MW01673995

Neuer Anzeiger für Bibliographie und Bibliothekwissenschaft

Jahrgang 1881

Anatiposi

Julius Petzholdt

Neuer Anzeiger für Bibliographie und Bibliothekwissenschaft

Jahrgang 1881

Unveränderter Nachdruck der Originalausgabe von 1881.

1. Auflage 2023 | ISBN: 978-3-38200-794-2

Anatiposi Verlag ist ein Imprint der Outlook Verlagsgesellschaft mbH.

Verlag: Outlook Verlag GmbH, Zeilweg 44, 60439 Frankfurt, Deutschland
Vertretungsberechtigt: E. Roepke, Zeilweg 44, 60439 Frankfurt, Deutschland
Druck: Books on Demand GmbH, In de Tarpen 42, 22848 Norderstedt, Deutschland

Neuer Anzeiger

für

Bibliographie und Bibliothekwissenschaft.

Jahrgang 1881.

Herausgegeben unter verantwortlicher Redaction

von

Dr. **Julius Petzholdt,**

Königl. Sächs. Geh. Hofrath, Bibliothekar Sr. Majestät des Königs Albert von Sachsen, sowie Sr. Königl. Hoheit des Prinzen Georg, Herzogs zu Sachsen etc. etc.

Dresden,
G. Schönfeld's Verlagsbuchhandlung.
1881.

NEUER ANZEIGER
für
Bibliographie und Bibliothekwissenschaft.

Herausgegeben von Dr. J. Petzholdt.

Januar.		1881.

Inhalt:

[1.] Reminiscenz an den verstorbenen Bibliothekar Dr. Bösigk*).

Der Du im Reich der Geister der Schätze viel bewachst,
Und als ihr hoher Meister auch Andern dienstbar machst;
Der Du in Schrift und Worte den Pfad den Jüngern wies'st,
Und willig stets die Pforte zu Deinem Schatz erschliess'st:

O lass mit diesem Grusse mich Dir willkommen sein,
Und schüchtern meine Muse dies Reis Dir dankbar weihn;
Wie leicht nur wiegt's im Kranze, den Dir die Wissenschaft
Mit hellem Silberglanze in ihrem Dienst verschafft!

Das Schönste und das Beste, des Wissens grösste Zier,
Zu Deinem selt'nen Feste gebührte heute Dir!
Verschmäh' nicht meine Gabe, dies anspruchslose Lied,
Das mit dem Wanderstabe Dich aufzusuchen zieht.

Es war Dein eigner Wille, dass Du den Ort verlässt,
Du feierst in der Stille Dein doppelt Jubelfest.
Du weilst so froh und gerne in der Dir lieben Stadt;
D'rum send' ich in die Ferne Dir nach dies kleine Blatt.

---

*) Es ist nicht Eitelkeit von meiner Seite, sondern ich bitte es nur als einen Act der Pietät gegen den unlängst Verstorbenen (s. Anz. J. 1880. Nr. 1175) anzusehen, dass ich hier nachträglich ein Gedicht veröffentliche, welches derselbe, ein beliebter Gelegenheitsdichter, mir zum 9. Juni 1878 — als dem Tage, an dem ich in der Ferne das 25jährige Jubiläum im Bibliotheksdienste des Königs Albert von Sachsen feierte, nachdem ich vor kurzem erst das 40jährige im Dienste der Prinzl. Secundogenitur-Bibliothek unter dem sel. König Johann u. dem Prinzen Georg von Sachsen gefeiert hatte, u. wo ich auch noch am Schlusse des Jahres das 40jährige Bestehen des Anz.'s zu feiern gedachte — gewidmet u. in die Ferne nachgesendet hat.
J. Petzholdt.

Im Dienste des Gelehrten, der Sachsens Krone trug,
Und jetzt des Sieg-Geehrten, der Deutschlands Feinde schlug;
Beherrschst Du selbst ein grosses und glänzendes zugleich,
Ein wirklich grenzenloses und unsichtbares Reich.

Das Amt, das Du verwaltest, erfüllt mit hohem Ruhm
Das Reich, in dem Du schaltest, Dein geist'ges Fürstenthum.
Lass dessen mich gedenken, wie sich auf diesem Feld
Die Fasces vor Dir senken in der gelehrten Welt.

Dein ganzes langes Leben hat durch die That gezeigt,
Wie nimmermüdes Streben sein hohes Ziel erreicht.
Vor fremdem Blick verborgen, von Allen anerkannt,
Hast Du stets Fleiss und Sorgen nur auf Dein Werk verwandt.

Acht Lustra sind es heute — Dir ward ein seltnes Glück,
Und voll gerechter Freude schaust Du auf sie zurück.
Auf eine Reihe Jahre der Arbeit, Mühe meist,
Jung noch im Silberhaare*), der Mann voll Kraft und Geist.

Du stehst, wie unsre Eichen, im Stamme kerngesund,
Belaubt mit tausend Zweigen auf gutem, festem Grund.
Was Deinem Lebensgange das Schicksal hat gewährt,
Sei Dir auch noch recht lange vom Glück fortan bescheert.

Mag Dich zu allen Zeiten, bis Deine Stunde schlägt,
Der helle Stern begleiten, der Deinen Namen trägt!
Und neben jenen Kränzen, die Dir die Mitwelt flicht,
Wird er in Zukunft glänzen mit vollem reinem Licht.

[2.] Schweizerische Schriftsteller.

Von A. Schumann**).

VII. Franz Xaver Bronner.

Quellen: I. Bronners Leben (s. unten Nr. 12). — II. J. G. Meusel, Das gelehrte Teutschland. 5. Ausg. 1. Bd. (1796.) S. 450—451; 9. Bd. (1801.) S. 147; 11. Bd. (1805.) S. 106; 17. Bd. (1820.) S. 265; 22. Bd. 1. Lief. (1829.) S. 396. — III. Joh. Jac. Gradmann, Das gelehrte Schwaben, oder Lexicon der jetzt lebenden schwäbischen Schriftsteller. (Ravensburg), Verfasser. 1802. 8°. S. 69. — IV. Clem. Alois Baader, Das gelehrte Baiern, oder Lexikon aller Schriftsteller, welche Baiern im 18. Jahrhunderte erzeugte oder ernährte. 1. (einz.) Bd. Nürnb. u. Sulzbach, Seidel. 1804. 4°. S. 152—155. — V. K. H. Jördens, Lexikon deutscher Dichter und Prosaisten. 1. Bd. (1806.) S. 221—228; 5. Bd. (1810.) S. 782—783; 6. Bd. (1811.) S. 590. — VI.

*) Poetische Licenz; denn trotz meines Alters habe ich noch schwarze Haare.

**) Fortsetzung von Anz. J. 1880. Nr. 222.

Biographie des hommes vivants. Paris, L. G. Michaud. Septembre 1816. 8⁰. p. 493b—494b. — VII. Allgemeine Schul-Zeitung. Begründet von D. Ernst Zimmermann, fortges. von D. Karl Zimmermann. 27. Jahrg. Darmstadt, v. Auw. 1850. gr. 4⁰. Sp. 1500—1501. — VIII. Neuer Nekrolog der Deutschen. 28. Jahrg., 1850. 1. Thl. Weimar, Voigt. 1852. 8⁰. S. 475—477. (Von Gröger. Nach Nr. VII und Brockhaus' Convers.-Lexikon.) —. IX. (Heinr. Kurz) Katalog der Aargauischen Kantonsbibliothek. 1. Thl. 1. Bd. Aarau, Albrecht. 1857. gr. 8⁰. S. XXX. — X. Heinr. Kurz, Geschichte der deutschen Literatur. 3. Bd. Leipzig, B. G. Teubner. 1859. Lex. 8⁰. S. 558b—559a. (Mit Bronner's Facsimile.) — XI. K. Goedeke, Grundrisz zur Geschichte der deutschen Dichtung. 2. Bd. 2. Ausg. Dresden, Ehlermann. 1862. gr. 8⁰. S. 585—586. — XII. Ein Jesuitenzögling — in: Die Gartenlaube. Jahrg. 1871. S. 52—55. (Der Verfasser, der sich „Fr." unterzeichnet, hat aus dem einfach bürgerlichen Bronner einen „Franz von Bronner" gemacht.) — XIII. J. Müller, Der Aargau. 2. Bd. Zürich, Fr. Schulthess. 1871. gr. 8⁰. S. 75—79. — XIV. Jac. Frey, Ein Idyllendichter — in: Die illustrirte Schweiz. Unterhaltungsblatt für den Familientisch. IV. Jahrg. 1874. Bern, Dalp. 1874. gr. 8⁰. Nr. 8. S. 561—576 u. Nr. 9. S. 627—643. — XV. Meyer's Konversations-Lexikon. 3. Aufl. 3. Bd. Leipzig. Bibliogr. Institut. 1874. Lex. 8⁰. S. 788b. — XVI. Conversations-Lexikon. 12. Aufl. 3. Bd. Leipzig, F. A. Brockhaus. 1875. Lex. 8⁰. S. 960. — XVI. Frz. Brümmer, Deutsches Dichter-Lexikon. 1. Bd. Eichstätt & Stuttgart, Krüll. 1876. Lex. 8⁰. S. 93b—94a. — XVII. Allgemeine Deutsche Biographie. 3. Bd. Leipzig, Duncker u. Humblot. 1876. Lex. 8⁰. S. 361. (Von Ant. Steichele.)

Franz Xaver Bronner stammt von Höchstädt an der Donau; dort wurde er als der älteste Sohn eines armen Ziegelbrenners am 23. Dezember 1758 geboren. Den ersten Unterricht empfing er in der Klosterfrauenschule und bei dem Ortskantor. Von Letzterem im Gesange tüchtig vorgebildet, fand er 1769 Aufnahme im Jesuitenseminar zu Dillingen, vertauschte dasselbe 1773 mit dem Seminar in Neuburg, trat 1776 als Novize in das Kloster zum heiligen Kreuz in Donauwörth und wurde nach einem Probejahr unter dem Namen Bonifacius als Mönch eingekleidet. 1782 begab er sich auf Kosten seines Klosters nach Eichstätt und bildete sich dort für eine Ordensprofessur in den mathematischen Wissenschaften weiter aus. Nachdem er hier zum Priester geweiht, aber auch in den Illuminatenorden eingetreten war, kehrte er nach Jahresfrist in sein Kloster zurück. Hier, wie schon vorher in Neuburg, las er eifrig die Werke neuerer Deutscher Dichter und versuchte sich auch selbst in Schäferspielen und Idyllen, angeregt durch das Vorbild eines Gessner und das Treiben in einem nahegelegenen Fischerdorfe.

Aber mit seinem freier gewordenen Denken nahm auch der Widerwille gegen das Klosterleben zu und veranlasste ihn im Sommer 1785 zur Flucht nach der Schweiz. In Zürich fand er eine Anstellung als Setzer in der Notendruckerei der Orelli'schen Buchhandlung, leistete daneben auch Aushilfe bei der Herausgabe der „Zürcher Zeitung" und wandte sich infolge Sal. Gessner's ermunternder Theilnahme von neuem der Idyllendichtung zu. Bevor aber die erste Sammlung seiner Idyllen im Druck erschien (1786), liess er sich durch die freundlichen Zuschriften und Versprechungen seiner früheren geistlichen Oberbehörde zur Rückkehr nach Augsburg bewegen, wo er, statt die gehoffte Pfründe eines Landgeistlichen zu erhalten, nur zu geringeren Kirchen- und Kanzleigeschäften verwendet wurde. Er entwich daher im Sommer 1783 zum zweiten Male nach der Schweiz. Von Zürich aus begab er sich noch im Spätjahre nach dem Elsass, um dort eine Anstellung als Weltgeistlicher zu finden. Die Verhältnisse im damaligen republikanischen Frankreich waren einer solchen Bewerbung nicht günstig, so dass er bereits am 4. Januar 1794 nach Zürich zurückkehrte. Hier besorgte er von 1794—98 die Redaktion der „Zürcher Zeitung," gab seine Selbstbiographie heraus und lieferte Beiträge in den „Helvetischen Calender." Im J. 1799 wurde er Bureauchef des Helvetischen Ministers der Künste und Wissenschaften, nachher des Helvetischen Justizministers und erhielt 1804 die mathematische Professur an der Kantonsschule in Aarau. 1810 folgte er einem Rufe als Professor und Russischer Hofrath an die Universität Kasan, kehrte aber nach sieben Jahren wieder in seine Aarauer Stellung zurück. Hier lehrte er anfangs wieder Mathematik, später Naturwissenschaften. Er trat zum evangelischen Glauben über, erwarb 1820 das Bürgerrecht von Matt und verheirathete sich mit einem einfachen Landmädchen. 1827 ernannte ihn die Regierung zum Kantonsbibliothekar und zwei Jahre darauf zugleich zum Staatsarchivar. Dieses Amt bekleidete er bis 1842, jenes bis 1846, nachdem ihm noch zwei Jahre zuvor in Prof. Dr. Heinr. Kurz ein Stellvertreter beigegeben worden war. Alterschwäche und zunehmende Erblindung nöthigten ihn zum Rücktritt von seinen Stellen, die er, namentlich die letztere, mit bewundernswürdiger Pflichttreue verwaltet hatte. Sorgenfrei, da ihm die Regierung für seine ihm abgekaufte Bibliothek eine jährliche Rate von 1000 Franken auszahlen liess, verlebte er den Rest seiner Tage, immer noch auf's eifrigste mit litterarischen Arbeiten beschäftigt. Er starb am 11. August 1850 in dem hohen Alter von 92 Jahren.

Bronner hat sich nicht nur durch seine Idyllen in der Litteraturgeschichte einen geachteten Namen, sondern auch durch seine geschichtlichen Forschungen um seine engere Heimat, den Kanton Aargau, grosse Verdienste erworben. In dankbarer Anerkennung derselben hat die Stadt Aarau im sog. Oberholze einen von ihm gern begangenen Weg voll landschaftlicher Anmuth mit dem Namen „Bronner's Promenade" bezeichnen und an einem Felsblocke eine Marmortafel anbringen lassen, welche in vergoldeten Lettern die Worte trägt: „Zur freundlichen Erinnerung an Professor F. X. Bronner, geb. den 23. Dezember 1758, gest. den 11. August 1850. Die Einwohnerschaft von Aarau 1866."

Schriften:

1. Fischergedichte und Erzählungen. Von Bronner. Zürich, bey Orell, Gefsner, Füfsli und Comp. MDCCLXXXVII. (1787.) 8°. 174 S. (Latein. Lettern.) Mit e. Titelvignette (nach „Bronner") von S. G(essner).

Enthält ausser einem Vorwort von S. Gessner (S. 3—4) folgende 21 Idyllen (S. 5—174): Der Traum, statt der Einleitung. Die Hühner. Die Nacht. Lamon und Elise. Das erste Feuer auf Erde(n). Der Geyer. Irin. Alint am Ufer. Der Knabenstolz. Die belohnte Wohlthat. Die Lüge. Das Bächlein. Der steinerne Wassergott im Platze zu Zürich. Der Dieb. Die Wandrer auf den Berg. Kalmus. Die Hilfe. Die Rache des Redlichen. Der Kuchen. Der Dreyfuss. Die erste Fischerinn. In drey Gesängen. — Vgl. Neue Bibliothek der schönen Wissenschaften und der freyen Künste. 33. Bdes 1. Stück. (1787.) S. 37—61. Allgemeine Literatur-Zeitung vom J. 1787. Bd. 2. Nr. 121. S. 357—360. Allgemeine deutsche Bibliothek. Des 74. Bdes 2. Stück. (1787.) S. 434—435. — Die „Fischergedichte und Erzählungen" kamen nach einer Notiz Bronner's (Schriften III. S. 5) schon im Laufe des Jahres 1786 heraus; nachgedruckt wurden sie, wie Jördens wohl richtig bemerkt, 1789 zu Lauingen, wogegen Meusel „1785 oder 1786" angiebt.

Französische Uebersetzungen: a. Idylles et Contes de Bronner, sur la pêche, par M. Holerbach. A Paris, chez la veuve Duchesne & Fils. 1789. in-16°. 4 Bll. (3 Titel, wovon der erste, in Kupfer gestochene mit Symbolen der Liebe und des Gesanges, und Dedicace) 218 S. [Vgl. Neue Bibliothek der schönen Wissenschaften. 42. Bdes 2. Stück. (1791.) S. 305. Als Uebersetzer wird hier „Holerback," als Jahr „1790" genannt. Beide Unrichtigkeiten wiederholt Jördens I. 227.] — b. Choix de Contes pour les Enfants. A Paris chez Louis Janet. (c. 1800.) in-18°. obl. 3 Bll. (2 Titel, wovon der erste, in Kupfer gestochene, mit einer der Gessner'schen nachgebildeten Vignette, und Avis de l'éditeur) 90 S. u. 2 S. „Table." Mit 4 Kupfern. [Enthält S. 9—48 sechs Erzählungen von Bronner, die ihrer Bestimmung gemäss an einzelnen Stellen, auch in den Ueberschriften, geändert, bezw. verkürzt sind. Statt der Griechischen Namen erscheinen moderne; Liebesverhältnisse sind vermieden. Im Einzelnen ist der Inhalt: Le petit Joseph (= Die belohnte Wohlthat). L'Amour-propre (= Der Knabenstolz). Le Mensonge. Le Gâteau. Le Vautour. Les Frères compatissants (= Der Dieb). Den Erzählungen voran geht S. 1—8 ein Gespräch: „Le Papa Bronner," welches die Veranlassung zur Uebersetzung darlegt. Von S. 49 (51) — 90 folgen 8 „Contes de (Arnaud) Berquin." Die 4 Kupfer gehören zu den Bronner'schen Erzählungen.]

2. Die Dryas. Auf S. Gessners Tod. In: Schweitzerisches Museum. (Hrsg. von H. H. Füssli.) 1788. 4. Jahrg. 10. Heft. Zürich, bey Orell, Gessner, Füssli und Comp. 8°. S. 797—800.

Idylle in Prosa; in den „Schriften" (s. unten Nr. 9) 1. Bdchn, S.

233—234 unter dem Titel: „Die beyden Nymphen" verkürzt wieder abgedruckt.

3. Bronners Klagen beym Tode Salomon Gessners. In: Der Teutsche Merkur vom Jahre 1788. 4. Vierteljahr. Weimar. 8°. S. 50—60.

Gedicht, mit metrischen Veränderungen wiederholt in den „Schriften" 1. Bdchn, S. 235—246.

4. Der Getröstete. (Eine wahre Geschichte.) Der Frau D. Z. geb. G. gewiedmet (so!) bey ihrer Vermählung. Von F. X. Bronner. 1790. In: Schweitzerisches Museum. 1790. 6. Jahrg. 2. Heft. S. 118—128.

Idylle in reimlosen vierfüssigen Jamben, wiederholt in den „Schriften" 2. Bdchn, S. 145—160, wo auch der oben nur angedeutete Name vollständig ausgedruckt ist: „Dorothea Zellweger, geb. Gessner" (Tochter des Idyllendichters).

5. Lebensplan. An Matthissons Vermählungstage den 9. Sept. 1793. v. Bronner. (Zürich, Orell, Gessner, Füssli u. Comp. 1793.) kl. 8°. 15 S. (Latein. Lettern.) Mit e. Titelvignette (nach „1793").

Idylle in dialogischer Form, wiederholt in den „Schriften" 2. Bdchn, S. 194—208.

6. Die Weinflasche und die Schlossen. Zwey Idyllen. In: Deutsche Monatsschrift. 1794. 1. Bd. Berlin, bey Friedr. Vieweg dem älteren. 1794. gr. 8°. März. S. 278—284.

Am Schlusse verdruckt: F. H. Bronner. — Beide Idyllen in Gesprächsform; wiederholt in den „Schriften" 1. Bdchn, S. 41—45 u. S. 151—155.

7. Die wahren Reichen. Gedichtet bey der Ansicht von Quinten, am Wallenstatter-See. In: Helvetischer Calender für das Jahr 1794. Zürich, bey Gessner. 16°. 2. Abtheil. S. 53 (54) — 66.

Idylle in Prosa, wieder abgedruckt in den „Schriften" 2. Bdchn, S. 216—234.

8. Schwanau. Ein Schweitzerisches Fischergedicht. Ebdas. 2. Abtheil. S. 87—93.

Zu „Schwanau" unter dem Text die Anmerkung: „Die grössere Insel im Lauwerzer-See, im Canton Schweitz" (= Schwyz). — Theils in Prosa, theils in Versen; aufgenommen in die „Schriften" 2. Bdchn, S. 299—307.

9. Franz Xaver Bronners Schriften. 3 Bdchn. (1. u. 2. Bdchn a. u. d. T.: Neue Fischergedichte und Erzählungen. Von F. X. Bronner. 2 Bdchn. — 3. Bdchn a. u. d. T.: Frühere Fischergedichte und Erzählungen. Von F. X. Bronner. Mit neuen Gedichten vermehrte und durchaus verbesserte Ausgabe.) Zürich, bey Orell, Geſsner, Füſsli und Comp. MDCCXCIV. (1794.) 8°. 248, 310 u. 271 S. (Latein. Lettern.) Mit 3 verschiedenen Vignetten auf den Haupttiteln (nach „Bdchn"), gez. von C(onrad) Geſsner, gest. v. J. H. Meyer.

Das 1. Bdchn enthält ausser einer Zuschrift: „An Herrn Professor J. J. Hottinger in Zürich" (S. 5—14) und einer Art Zueignung: „Wem ich singe" (S. 15—17) im Ganzen 29 Idyllen (S. 18—230), unter denen sich nur 2 bereits gedruckte befinden (s. oben Nr. 6). Diesen folgt: „Anhang. Gedichte bey S. Gessners Tod. 1788" (S. 231—246), ein Wiederabdruck der oben unter 2 und 3 angeführten Nrn. — 2. Bdchn: „Versuch einer kurzen Geschichte des Fischergedichtes" (S. 5—25); ferner 25 Idyllen, unter denen 4 bereits gedruckte (s. oben die Nrn. 4. 5. 7. 8). — 3. Bdchn: „Brief an die Herren Verleger" (S. 5—6), „Herrn Sal. Gessners Vorbericht zur ersten Ausgabe" (S. 7—8) und die 21 Idyllen der ersten Ausgabe „mit nicht unbeträchtlichen Veränderungen" nebst 8 neu hinzugekommenen. Zu „Nina oder die erste Fischerinn" hat Bronner einen „Vorbericht" hinzugefügt, in welchem er die Aehnlichkeit seiner Idylle mit Gessners „Der erste Fischer" zu rechtfertigen sucht. — Vgl. über die „Schriften": Neue Bibliothek der schönen Wissenschaften. 55. Bdes 1. Stück. (1795.) S. 103—108. Allgemeine Literatur-Zeitung vom J. 1795. Bd. 2. Nr. 126. S. 241—245. Neue allgemeine deutsche Bibliothek. Des 25. Bdes 2. Stück. (1796.) S. 432—436.

Nachdruck von Bdchn. 1 und 2: Neue Fischergedichte und Erzählungen. Von F. X. Bronner. 2 Thle. Wien, bey B. Ph. Bauer. 1812. 8°. 1 Bl. 203 S. u. 2 S. Inhalt; 1. Bl. 258 S. u. 2 S. Inhalt. Mit 2 Titelkupfern von J. Blaschke.

10. * Zürcher Zeitung. 1794—1798. (Zürich, Orell, Gessner, Füssli u. Comp.) kl. 4°. Jahrg. 1794: 105 Nrn. von je ½ Bogen = 420 ungez. zweispaltige S.; 1795: 104 Nrn. = 416 S.; 1796: 105 Nrn. u. 2 Beilagen von je 1 Bl. = 424 S.; 1797: 104 Nrn. u. 1 Bl. Beilage = 418 S.; 1798: 104 Nrn. von ½—1 Bogen mit mehren Beilagen = 443 S.

Die „Zürcher Zeitung", welche als „Neue Zürcher-Zeitung" noch heute im gleichen Verlage erscheint, wurde in den genannten Jahren von Bronner redigirt. Sie enthält bis zu Nr. 15 vom 21. Hornung 1798 nur politische Nachrichten des Auslandes; erst mit Nr. 16 vom 24. Hornung kommen auch Schweizerische Neuigkeiten hinzu, wie dies eine mit „Der Redacteur" unterzeichnete „Vorerinnerung" ankündigt (S. 1ab). Die Nrr. 16—49 tragen ausserdem das Motto: „Neu, freymüthig, wahr." In Nr. 25 vom 28. März 1798 erscheint zum ersten Male Bronner's Name unter einem Leitartikel (S. 1a—2a): „Warnung vor Lügen und Zuruf über das Besorgniss (so!) wegen eines stehenden Heeres." Ein zweiter Leitartikel in Nr. 30 vom 14. April des gleichen Jahres (S. 1a—4a): „Nähere Beleuchtung der Besorgnisse wegen eines stehenden Heeres in Helvetien" ist ebenfalls von Bronner unterzeichnet. Mit dem Jahre 1799, wo Letzterer von der Redaction zurücktrat, wurde die Zeitung, welche bisher nur am Mittwoch und Samstag erschienen war, wöchentlich viermal, nämlich am Dienstag, Mittwoch, Freitag und Samstag, ausgegeben. Heutiges Tages umfasst die „Neue Zürcher-Zeitung" wöchentlich 13 Nrr. in gr. Fol.

11. Poetische Landschaft- und Sittengemählde aus den Gegenden der Limmat. In: Helvetischer Calender fürs Jahr 1795. Zürich bey Gessner. 16°. 2. Abtheil. S. 25(26) — 50.

1. Versprechen macht halten. An J. K. T. in Z. Im Herbste 1794. — 2. Der Stein im Walde oder die Erscheinung. — 3. Die Namen im Buchenwäldchen. (J. K. T. in Z. = Joh. Kasp. Tobler in Zürich. [Pfarrer daselbst].)

12. Franz Xaver Bronners Leben, von ihm selbst beschrieben. 3 Bde. Zürich, bey Orell, Gessner, Füssli und Comp. 1795. 96. 97. — Neue (Titel-) Aufl. Ebdas. 1810. 8°. VIII u. 518 S.; VII u. 504 S.; 1 Bl. 560 S. Mit 3 Titelkupfern u. 3 Titelvignetten von H. Lips; ausserdem im 2. Bde. S. 449 eine Vignette.

Die Biographie schliesst mit dem 4. Januar 1794, wo Bronner nach seiner Rückkehr aus dem Elsass zum dritten Male nach Zürich kam. — Einige Berichtigungen derselben erschienen in der Oberdeutschen allgemeinen Literaturzeitung 1795. Stück 145. S. 1126—1130 und 1796. Stück 65. S. 1033—1040.

13. Kleine Reise über den Lägerberg, von Baden nach Regensperg, im Sommer 1794. In: Helvetischer Calender fürs Jahr 1797. 2. Abtheil. S. 47(48)—56.

14. Feudalabgaben, Grundzinsen und Zehenten, geprüft nach Begriffen des Eigenthums und der Verträge. Eine Vorlesung, in der französischen Kirche zu Zürich gehalten den 24. Juli 1798. von F. X. Bronner. Zürich, bey Orell, Füssli und Compagnie 1798. — Feudalabgaben — Verträge. Zweyte Vorlesung, in der französischen Kirche zu Zürich gehalten den 8. Aug. 1798. v. F. X. Bronner. Ebdas. 1798. 8°. 28 S.; 32 S.

Meusel IX. 147 hat in der Titelangabe „Fundalabgaben," woraus bei Kayser, Index I. 362b sogar „Fundamentalabgaben" geworden ist.

15. Schweizerlied, dem Feinde an der Grenze entgegen zu singen. In: Das helvetische Volksblatt. (Luzern, Nationalbuchdruckerei von Gruner u. Gessner. 1798—99.) 8°. Nr. 16. S. 241—244.

8 siebenzeilige Strophen. Erste Strophe: „Was willst du, Miethling, feil um Gold, Gekrönter Menschenquäler, | Du Waffenknecht im Herrensold, | Am Eingang meiner Thäler? | Was soll diess drohende Gesicht? | O geh! den Freyen schreckst du nicht! | Furcht ist des Sklaven Fehler."

16. Die gute Seite des Kriegs. Ebdas. Nr. 16. S. 246—256.

Der zusammenfassende Schluss dieses Aufsatzes lautet: „Lasst uns also zusammenhalten, allen einheimischen Groll vergessen, alles Misstrauen gegen die Franken bey Seite setzen, und handeln, wie die vereinigten Griechen handelten, sobald der Oesterreicher Miene macht, uns den Fuss ins Land zu setzen! Gewiss wird der Krieg für uns auch eine gute Seite haben; denn er ist gerecht, und wir sind einig; er wird uns bey allen Nachtheilen, die er unvermeidlich mit sich führt, auch grosse wichtige Vortheile bringen: Versöhnung aller Partheyen, innere Ruhe, eifriges Zusammenhalten, Wiederbelebung des alten Heldenmuths, Sicherung der Freyheit und Menschenrechte und einen glorreichen Namen."

17. Ueber die Einführung der englischen Spinnmaschinen in Helvetien. In: Der helvetische Genius. Eine periodische Schrift hrsg. von H. Zschokke. 1. (einz.) Bdes 2. Stück. Luzern und Zürich in der H. Gessnerschen Buchhdlg. 1799. 8°. S. 142 (143)—166.

18. * Der Freyheitsfreund oder das alte helvetische Tagblatt. 1. Stück. (1. Quartal.) Den 27. Sept. 1799. Den 5. Vend. VIII —78. Stück. 2. Quartal. Den 21. März 1800. Den 30. Ventose VIII. Bern. (Nationalbuchdruckerei von Gruner.) 4⁰. 312 S.

Nur diese beiden Quartale wurden von Bronner redigirt; vom 3. Quartal an besorgte die Redaction Alfons Pfyffer von Luzern, 1798 einer der 5 Directoren der Helvetischen Republik, nachher Mitglied des Helvet. Senates, † 1822. Mit dem 3. Quartal des 2. Jahrganges scheint das Blatt aufgehört zu haben.

19. Das Lied vom ersten Kinde. In: Schweizerische Minerva. Von einer Gesellschaft vaterländischer Gelehrten herausgegeben. 1. Bdes 1. Stück. Basel und Aarau in der Samuel Flickischen Buchhdlg. 1803. kl. 8⁰. S. 65—75.

41 vierzeilige und 8 siebenzeilige Strophen.

20. An Herrn Ludwig d'Affry, Landammann der Schweiz, bey seiner Ankunft von Paris in Bern den 28. Febr. 1803. Ebdas. S. 97—98.

Ode; 7 vierzeilige Strophen.

21. Der erste Krieg in Sechzig metrischen Dichtungen von Franz Xaver Bronner. 2 Bde. Aarau bey Heinrich Remigius Sauerländer. 1810. 8⁰. VIII u. 396 S.; 432 S. (Latein. Lettern.) Mit je einem Titelbilde u. einer Titelvign. von J. J. Scheuermann.

Thema: I. Mose IV, 16—26 und I. Mose V, 9—15. Wechselndes Metrum. — Die Titelangabe bei Meusel XXI, 1. 396 und bei Goedeke 586 ist nach dem Obigen zu berichtigen.

22. Flüchtige Bemerkungen auf einer Reise von Aarau nach Kasan. (Aus einem Schreiben des kais. russ. Hofraths und Professors Fr. Xav. Bronner an den Herausgeber.) In: Miszellen für die Neueste Weltkunde. Hrsg. von Heinrich Zschokke. 5. Jahrg., 1811. Aarau bei Heinrich Remigius Sauerländer. gr. 4⁰. Nr. 7 vom 23. Januar. S. 25a—27b u. Nr. 8 vom 26. Januar. S. 30b—32b.

23. Der Brand von Kasan. In: Erheiterungen. Hrsg. von Heinrich Zschokke und seinen Freunden. Jahrg. 1816. 1. Bd. Aarau bei H. R. Sauerländer. 8⁰. S. 61(62) — 95.

Schilderung der grossen Feuersbrunst vom 3. Sept. 1816.

24. * Kurze Uebersicht der einfachen Mineralien des Kantons Aargau. Neujahrsblatt für die aargauische Jugend hrsg. von der naturhistorischen Klasse der Gesellschaft für vaterländische Kultur im Aargau. Aarau, Heinrich Remigius Sauerländer. 1819. 8⁰. 32 S.

Bronner bearbeitete diese Schrift nach seiner eigenen Angabe (Der Kanton Aargau. 2. Bd. S. 41) in Gemeinschaft mit Andreas Wanger, Helfer in Aarau (1836 in der Aare verunglückt).

25. Kurze Geschichte der Steindruckerei von Erfindung derselben bis ans Ende des Jahres 1818; von Franz Bronner. (Nach des Erfinders eigenen Angaben.) In: Ueberlieferungen zur Geschichte

unserer Zeit. Gesammelt von Heinrich Zschokke. Jahrg. 1819. Aarau bei Heinrich Remigius Sauerländer. 4°. S. 33—55.

26. * Anleitung zum Gebrauche des Sinnstabes für kreisrunde und ovale Fässer mit ebenen oder verschiedentlich gesenkten Böden. Aarau, gedruckt bei Friedrich Jakob Bek. 1822. 8°. 43 S. Mit einer Figurentafel.

Zum Verständniss des Wortes „Sinnstab“ mag daran erinnert werden, dass Mhd. sinnen, aus Frz. signer, Lat. signare, die Bedeutung von eichen, visiren hat (Lexer, Mittelhochdeutsches Wörterbuch. 2. Bd. Sp. 934). Dieses Zeitwort, das auch bei Hebel erscheint, ist noch heute in Basel gebräuchlich (G. A. Seiler, Die Basler Mundart. Basel, Detloff. 1879. gr. 8°. S. 269a). Wenn man also bei Bronner, Der Kanton Aargau II. 42 „Sinusstab“ liest, so hat man es einfach mit einem Druckfehler zu thun.

27. Kurze Uebersicht der Verhandlungen der allgemeinen Schweizerischen Gesellschaft für die gesammten Naturwissenschaften in ihrer neunten Jahresversammlung zu Aarau den 21., 22. und 23. Heumonat 1823, abgefasst von ihrem diesjährigen Vorsteher Franz Xaver Bronner, Professor der Mathematik an der Kantonsschule daselbst, Russisch-kaiserlichem Collegienrathe, mit dessen eingeschalteter Eröffnungsrede. Auf Anordnung der Gesellschaft gedruckt. Aarau, gedruckt bei Friedrich Jakob Bek. 1823. 8°. 72 S.

Die „Eröffnungrede,“ S. 5—25, handelt zum grösseren Theile (S. 5—16) über das Thema: „Welche Gegenstände der Physik bieten sich Schweizer. Naturforschern zur Untersuchung dar?“

28. Abenteuerliche Geschichte Herzog Werners von Urslingen Anführers eines grossen Räuberheeres in Italien, um die Mitte des vierzehnten Jahrhunderts. Nebst einer Uebersicht der Geschichte der Herzoge von Urslingen am Schwarzwalde. Nach gleichzeitigen Schriftstellern treu geschildert von Franz Xaver Bronner, Professor an der Kantonsschule in Aarau, und Bibliothekar der Kantonsbibliothek. Aarau, bei Heinrich Remigius Sauerländer. 1828. gr. 8°. XVIII u. 299 S.

29. Franz Xaver Bronners, Professors der Mathematik an der Kantonsschule zu Aarau, ausführliches Rechenbuch, sowohl die Grundlehren, als deren mannigfache Anwendung in den Geschäften des Lebens umfassend, mit vielen ganz neu bearbeiteten Beispielen und mit vergleichenden Tafeln einheimischer und fremder Masse, Gewichte und Münzen. Aarau, bei Heinrich Remigius Sauerländer. 1829. gr. 8°. XVI u. 435 S.

Vgl. Allgem. Schul-Zeitung. 10. Jahrg. 1833. (Darmstadt, Leske. gr. 4°.) 1. Abth. Nr. 50. Sp. 403—405. (Σ.)

30. * Katalog der Aargauischen Kantonsbibliothek. Zweite — Siebente Fortsetzung des zweiten Bandes. Aarau, gedruckt in der obrigkeitlichen Buchdruckerei. 1830—43. 8°. II. 2 (1830): 1 Bl. 37 S.; II. 3 (1833): 62 S.; II. 4 (1835): 21 S.; II. 5 (1837): 28 S.; II. 6 (1840): 57 S.; II. 7 (1843): 39 S.

Der 1. Bd. dieses älteren Katalogs der Aarg. Kantonsbibl. erschien 1806, der 2. Bd. 1825, die 1. Fortsetzung des 2. Bdes 1827, bis hieher bearbeitet von Bronner's Amtsvorgänger Jos. Ant. Balthasar, 1805—1827 Kantonsbibliothekar in Aarau, nachher Regierungsrath in Luzern. — Ueber die Bde 1 u. 2 u. die 7 Fortsetzungen des 2. Bdes vgl. das Urtheil von Heinr. Kurz in dem (neuen) „Katalog der Aargauischen Kantonsbibliothek. 1. Thl. 1. Bd. Aarau, gedruckt bei Ed. Albrecht.“ 1857. gr. 8°. S. XXXVII—XL.

31. Franz Xaver Bronners, Archivars des Kantons Aargau, Anleitung, Archive und Registraturen nach leichtfasslichen Grundsätzen einzurichten und zu besorgen. Aarau, bei Heinrich Remigius Sauerländer. 1832. gr. 8°. 112 S.

32. Lustfahrten ins Idyllenland. Gemüthliche Erzählungen und neue Fischergedichte von Franz Xaver Bronner. 2 Bdchn. Aarau bei Heinrich Remigius Sauerländer. 1833. 8°. 262 S. u. 1 S. Inhaltsverzeichniss; 286 S. u. 2 S. Inhaltsverzeichniss.

Inhalt des 1. Bdchns: „Ein kleiner Briefwechsel, statt der Einleitung“ (S. 5—13), „Aussicht in die Zukunft“ (S. 14. Gedicht) und 20 Erzählungen und Idyllen (S. 15—262). — 2. Bdchn: „Ein Paar Briefchen“ (S. 5—7), „Zueignung“ (S. 8. Gedicht), „Gruss und Einladung“ (S. 9. Gedicht) und 91 Idyllen und Erzählungen (S. 10—286). — Der Stoff ist meist der Griechischen Welt entnommen; bisweilen sind auch die klassischen Schriftstellen angeführt, welche den Verfasser zu seinen Erzählungen angeregt haben. Die Darstellung ist theils in Prosa, theils in Versen. — Vgl. über die „Lustfahrten“ Jenaische Allgem. Literatur-Zeitung. 1833. Nr. 212. Sp. 256. (Vir.) Allgem. Litteratur-Zeitung (Halle). 1834. Nr. 39. S. 311—312.

33. Der Kanton Aargau, historisch, geographisch, statistisch geschildert. Beschreibung aller in demselben befindlichen Berge, Seen, Flüsse, Heilquellen, Städte, Flecken, Dörfer und Weiler, so wie der Schlösser, Burgen und Klöster; nebst Anweisung, denselben auf die genussreichste und nützlichste Weise zu bereisen. Ein Hand- und Hausbuch für Kantonsbürger und Reisende, von Franz Xaver Bronner, Kantonsbibliothekar. 2 Bde. (A. u. d. T.: Historisch-geographisch-statistisches Gemälde der Schweiz. Sechszehnter Band. I. u. II. Theil. Der Canton Aargau. Von Franz Xaver Bronner. 2. Hälften.) St. Gallen und Bern, bei Huber und Compagnie. 1844. 8°. 524 S.; 2 Bll. 430 S.

Vgl. über den 1. Bd.: Neue Helvetia Eine schweizerische Monatsschrift. 2. Jahrg. Zürich, Meyer u. Zeller. 1844. gr. 8°. S. 274—281; über das ganze Werk: Archiv für Schweizerische Geschichte. 6. Bd. Zürich, S. Höhr. 1849. gr. 8°. S. 313. Nr. 971. (Gerold Meyer v. Knonau.)

Zu diesen gedruckten Schriften kommen noch folgende handschriftliche:

34. Ausführlicher Inhalt des epischen Gedichtes: der Erste Krieg in sechzig metrischen Dichtungen von Franz Xaver Bronner. Ausgabe bei Heinrich Remigius Sauerländer in Aarau 1810. Octavo. 8°. 92 S.

Vgl. oben Nr. 21.

35. Mythen, Erzählungen und Idyllen von Franz Xaver Bronner. 2 Bde. 8°. 441 S.; 442 S.

In Prosa u. Versen. Der Inhalt des 1. Bdes ist meistens in den Jahren 1828 u. 1829 entstanden; eine Idylle trägt das Datum: „10. März 1796," eine andere: „4. Nov. 1827." Die Entstehung des 2. Bdes fällt in die Jahre 1829, 30, 32—34; Einzelnes stammt aus früherer u. späterer Zeit, wobei 1796 u. 1845 die äussersten Grenzen bezeichnen.

36. Benignitas oder die zweymal sieben Werke der Barmherzigkeit. Erzählungen und Idyllen von Franz Xaver Bronner. 8°. 258 S.

Aus den Jahren 1828 u. 1835. — 14 Nrr. in fünffüssigen jambisch-anapästischen Versen.

37. * Lebensweisheit des Rechtschaffenen in drey Theilen: I. Reine Gottesverehrung oder der rechte Glaube in seiner einfachen Schönheit. II. Die Grundsätze der Rechtschaffenheit (Sittenlehre oder Moral). III. Die Lehren der Klugheit. Zur Erquickung für Geist und Herz hrsg. von einem aufrichtigen Gottesverehrer und Menschenfreunde. 3 Bde. 8°. 460 S.; 212 S.; 405 S.

Moralische Abhandlungen aus dem Jahre 1836.

38. * Aargauische Chronik. Erstes — Achtes Buch. Von Cäsars Zeiten bis zur zweyten Hälfte des achtzehnten Jahrhunderts. 1748. 8 Bde. 8°. u. Alphabetisches Register in 4°. 6312 Artikel auf c. 3000 S.

Auszüge aus einem weitschichtigen Urkunden- u. Aktenmaterial, begonnen 1836 u. bis in die letzte Lebenszeit fortgesetzt.

39. Anhang von Verzeichnissen geistlicher Würdenträger und weltlicher Beamten. 8°. c. 70 S.

Verzeichnisse aarg. Landvögte, Aebte, Aebtissinnen u. Pröpste.

40. * Chronik der helvetischen Republik von 1798—1803. 8°. 400 S.

Um das Jahr 1838 verfasst.

41. Historisch-romantische Gemälde oder Auswahl sonderbarer romantischer Begebenheiten aus zuverlässigen Geschichtschreibern ausgezogen und anschaulich erzählt von Franz Xaver Bronner. 8°. 4 Bll. u. S. 117—462.

26 Erzählungen aus der alten u. mittleren Geschichte. Sie „schildern," sagt Bronner Bl. 4a, „grösstentheils Zustände, in welche merkwürdige Frauen mit ihren Freunden oder Feinden gerathen sind, also romanhafte Verhältnisse. Sie können Unterhaltung gewähren und zur Kenntniss des menschlichen Herzens beytragen. Die Erzählung hält sich genau an die historische Wahrheit und setzt keine andern Umstände bey, als solche, ohne welche die erzählte Thatsache gar nicht geschehen konnte." Beispielsweise seien angeführt: Marius und Fannia zu Minturnä im J. 85 v. Chr. — Der Tag des Schreckens zu Nicäa (1267). Die Abfassung scheint in die letzten 30er Jahre zu fallen.

42. Kurze Geschichte der Stiftung und des Fortbestandes der Aargauischen Kantonsschule von 1801 bis 1840. 8°. 1 Bl. 124 S.

43. * Chronik der aargauischen Kantonsbibliothek. 8°. 80 S.

Die Nrn. 38—40 u. 42—43 boten einem künftigen Bearbeiter der aarg. Geschichte ein reichhaltiges u. bequemes Material. Vornehmlich hierauf gestützt, verfasste dann Joh. Müller, Pfarrer in Rupperswyl, das Werk: Der Aargau. Seine politische, Rechts-, Kultur- und Sittengeschichte. 2 Bde. Zürich, Druck- und Verlag von Fr. Schulthess. 1870—71. gr. 8⁰. 640 u. 423 S. Ueber die Bronner'schen Vorarbeiten vgl. man die Vorrede Müller's: Bd. I. S. 4—6.

44. * Verax Ren-Born's Zahme Xenien 2 Bde. 8⁰. 1. Bd.: c. 200 S.; 2. Bd.: 2 Bl. 72, 17, 13 u. 6 S. (zusammen 2 Bll. 108 S.).

1845 verfasst. Die Schrift Bronner's zeigt bereits die Spuren des zunehmenden Alters.

45. Neuschweizerische Idyllen von Franz Xaver Bronner. 2 Abthlgn (Bde). 8⁰. je c. 100 S.

Die erste Abth. enthält 5 prosaische Stücke, die zweite 23 Gedichte. Von der zweiten ist auch ein sauberer Abschriftenband in 8⁰. vorhanhanden. Zeit der Entstehung: 1846—48.

46. * Vermischte Gedichte. 8⁰. c. 70 S.

Im Ganzen 48 Gedichte.

47. * Typusa (der bildende Geist) oder Kinderhut und Menschenschutz. 8⁰. 44 S.

Im 3. Bde von Nr. 37 befindlich. Aus Bronner's letzten Lebensjahren.

48. * Gebetbüchlein für wahre Gottesverehrer. 8⁰. 124 S. (Einzelne Bll. u. S. leer.)

49. * Psalmen neuen Inhalts oder Gottesverehrungen, Andachtsübungen, Gebete und gottselige Gedanken in Reimen verfasst von einem alten Dichter. 8⁰. 3 Bll. u. c. 300 S.

Notiz auf Bl. 1b: „Ein sehr alter Dichter ward blind und machte es zu seiner Beschäftigung, diese Psalmen in Gedanken abzufassen. Er lernte sie auswendig und diktirte sie seinem jungen Schreiber in die Feder in den Jahren 1846—1849.“ — Auch nochmals in sauberer Abschrift vorhanden.

50. * Gedichte, statistische Notizen, Naturwissenschaftliches u. s. w. 8⁰. 3 Fascikel loser Blätter.

Wie die meisten Druckschriften, so befindet sich auch der gesammte handschriftliche Nachlass Bronner's auf der Aargauischen Kantonsbibliothek in Aarau. Für die Benutzung dieses bibliographischen Materials bin ich meinem verehrten Freunde, dem Kantonsbibliothekar Dr. Herm. Brunnhofer, zu besonderem Danke verpflichtet. — Zum Schlusse möge der Vollständigkeit wegen noch erwähnt werden, dass auch das Mscr. des „ausführlichen Rechenbuchs“ (8⁰. 1 Bl. 710 S.; s. oben Nr. 29) auf derselben Bibliothek vorhanden ist und dass die „Gesammelten Abbildungen von Insecten, bey denen J. H. Sulzers Abbildungen in desselben abgekürzter Geschichte der Insecten, Winterthur b. Steiner. 1776 in Quarto, zum Grunde gelegt sind. 1794.“ (Fol. 95 S. mit Auslassungen) nicht eine Druckschrift sind, wie man nach dem Katalog der Kantonsbibliothek (I. Bd. S. 233) annehmen müsste, sondern nur eine Sammlung von Kupfertafeln und Einzelabbildungen, welche Bronner verschiedenen Werken entnommen, auf weisses Papier aufgeklebt und am unteren Rande mit den Lateinischen, bezw. auch den Deutschen Insektennamen versehen hat.

[3.] Nutrimentum spiritus*).

Von Dr. P. Mitzschke.

Wer die Kaiserstadt an der Spree einmal besucht u. seine Aufmerksamkeit auch den dortigen Anstalten für Kunst u. Wissenschaft zugewandt hat, dem werden die beiden Worte, welche gegenwärtigem Artikel als Ueberschrift vorgesetzt sind, nicht unbekannt sein. Befinden sich dieselben doch in grossen Lettern unter dem Gesimse jenes Gebäudes am Opernplatze, welches, äusserlich zufolge einer Laune Friedrichs des Grossen die Gestalt einer verschnörkelten Rokokokommode repräsentirend, im Innern durch die aufgestapelten Schätze der Königlichen Bibliothek „geistige Nahrung“ im reichsten Masse bietet. Der Bestand dieser Bibliothek beziffert sich auf beinahe 800 000 Bde, eine Büchermenge, welche in Deutschland nur von der Münchener Hof- u. Staatsbibliothek etwas übertroffen u. von der Königlichen öffentlichen Bibliothek in Dresden nahezu erreicht wird. An diese grössten Deutschen Büchereien schliesst sich eine hinsichtlich der Bändezahl ununterbrochen herabsteigende Reihe anderer Bibliotheken an, deren Verbreitung sich über das gesammte Deutsche Sprachgebiet erstreckt. Auch Naumburg besitzt in seinen Büchersammlungen mehre ganz wohl ausgestattete Vorrathskammern für „geistige Nahrung.“

Die älteste der vorhandenen Büchereien ist die Raths- oder Stadtbibliothek einschliesslich der Bibliotheca Lepsiana u. der älteren Theile des Stadtarchives. Ueber ihren Ursprung habe ich nichts Näheres in Erfahrung bringen können, doch reichen die Anfänge etwa 4—5 Jahrhdte weit zurück. Man fing damals zuerst an, die Dokumente, welche die Verwaltung nothwendigerweise mit sich brachte, zu sammeln u. aufzubewahren. Zuerst waren dies nur wirkliche Urkunden, später fügte man auch die verschiedenen Geschäftsbücher hinzu, sobald ein Band derselben vollgeschrieben war. So finden sich denn zahlreiche Lehnsbücher, Zinsregister, Gerichtsprotokollbücher, Händel- u. Urfehdenbücher, Rathsprotokolle u. Anderes mehr. Hieran schliessen sich handschriftliche Chroniken u. Annalen über Stadt u. Stift Naumburg, welche von den Verfassern den Sammlungen des Rathes überwiesen oder auch gegen Entschädigung erworben wurden. Nachdem durch die Erfindung der Buch-

---

*) Mit Genehmigung des Verf.'s aus der Beilage Nr. 285 u. 286 des „Naumburger Kreisblattes,“ 1880 abgedruckt.

druckerkunst das Anschaffen von Büchern wesentlich leichter u. billiger geworden war, legte sich der Rath zunächst wohl die für die Verwaltung wichtigsten Handbücher zu, dann auch einige von den Druckschriften, die sich auf Naumburg oder dessen Geschichte bezogen. Eine Katalogisirung u. besondere Aufstellung dieser Sammlungen scheint bei deren geringem Umfange lange nicht für nöthig angesehen worden zu sein, auch wird schwerlich eine eigentliche Verwaltung bestanden haben, weil kaum Jemand ausser dem Rathe die angesammelten Schriften benutzte. Im Jahre 1655 wurde die — soweit bekannt — erste Katalogisirung u. Aufstellung vorgenommen, wie das noch jetzt vorhandene „Repertorium derer Bücher, Acten vndt Uhrkundten der Stadtschreiberey, 1655 angefangen" *) bezeugt.

So wichtig dieser Fortschritt auch in der Entwickelung der Bibliothek war, eine irgend nennenswerthe Aufmerksamkeit wurde ihr in den folgenden 2 Jhrhdten nicht gewidmet u. ihre Vermehrung ging äusserst langsam von statten, weil bestimmte Mittel dafür nicht vorhanden waren. Erst 1853 erfuhr die Bibliothek eine neue, bedeutsame Förderung, deren weittragende Wirkung sich bis auf die jüngste Gegenwart erstreckt hat. Im April des genannten Jahres starb nämlich der Landrath des Naumburger Kreises, Geh. Regierungsrath Karl Peter Lepsius, der von treuer Anhänglichkeit an seine Geburtsstadt Naumburg erfüllt gewesen war u. dieselbe u. a. auch durch eifrige Beschäftigung mit der Lokalgeschichte bethätigt hatte, um die er sich die grössten Verdienste erwarb. In der Absicht, das Leben u. Wirken des Verstorbenen bei seiner Vaterstadt in stetem Andenken zu erhalten, übereigneten die hinterlassenen Erben am 18. November 1853 aus der Bibliothek des Erblassers alle diejenigen Bücher u. Manuskripte, welche Stadt u. Hochstift Naumburg betrafen — ungefähr 400 Bde — der Stadt Naumburg als Geschenk. Als Bedingung, zu deren Erfüllung die Stadtbehörden sich bereit erklärten, wurde festgesetzt, dass die Bibliothek unter dem Namen Bibliotheca Lepsiana als unveräusserliches Eigenthum in einem passenden Lokale des Rathhauses aufgestellt werde, der Zutritt aber einem Jeden u. die Benutzung dem Freunde der Lokalgeschichte zu gewähren sei**). Gleichzeitig schenkte ein Miterbe u. Sohn des Verstorbenen, der jetzige Geh. Regierungsrath u. Oberbibliothekar Professor Dr. Richard Lepsius in Berlin, seiner Vaterstadt das von ihm herausgegebene grosse Denkmälerwerk über Aegypten mit der Zusage, auch die künftigen Lieferungen je nach Erscheinen zu übersenden. Die so erlangten Bücherschätze wurden nun

*) B. I. 1 auf Seite 18 des neuen Kataloges.

**) Die Schenkungsurkunde ist abgedruckt auf Seite 4 des neuen Kataloges.

zusammen mit den Beständen der Stadtbibliothek in einem Zimmer der zweiten Etage des Rathhauses aufgestellt. Eine förmliche Katalogisirung fand damals nicht statt, die Verwaltung wurde einem Subalternbeamten des Magistrats übertragen. Systematische Ordnung kam erst 1864 in die Bibliothek. Der jetzige Direktor des Progymnasiums zu Geestemünde, Professor Dr. Holstein, damals Lehrer am Domgymnasium, unterzog sich der Mühe, die gesammte Büchermenge in sachlich geordnete Kategorien einzutheilen u. auf Grund dieser Ordnung einen vollständigen u. übersichtlichen Katalog auszuarbeiten, der im genannten Jahre durch den Druck veröffentlicht wurde*). Holstein hat wohl auch die Absicht gehabt, weiterhin bei der Verwaltung der Bibliothek sich zu betheiligen, indessen seine noch im Jahre 1864 erfolgte Versetzung von Naumburg hinderte die Ausführung dieses Planes. Es blieb daher hinsichtlich der Geschäftsführung beim Alten u. auch für eine Vergrösserung der Bibliothek wurde im städtischen Haushalt nichts ausgeworfen, so dass der geringe Zuwachs fast nur durch gelegentliche Schenkungen erfolgte. Die Benutzung der Bücher beschränkte sich, weil die Existenz der Bibliothek zu wenig bekannt war, auf eine recht bescheidene Anzahl von Fällen, in den letzten Jahren aber war eine solche wegen örtlicher Beengtheit überhaupt nur mit grossen Schwierigkeiten möglich. Als nämlich unter dem Drange der Nothwendigkeit einige Volksschulklassen in der zweiten Etage des Rathhauses Lehrzimmer zugewiesen erhielten, musste die Bibliothek ihren Saal räumen u. sich mit einem entsetzlich schmalen Stübchen begnügen, worin nach Aufstellung der Bücher sich kaum noch zwei Menschen bewegen u. die Schränke zum Theil gar nicht geöffnet werden konnten. Die Vollendung des neuen Schulhauses in der Schulstrasse schaffte wieder Luft, gleichzeitig aber traten noch andere Umwälzungen im Rathhause ein, da dessen nördlicher Flügel, das sogenannte „Neuhaus“, zur Aufnahme des Landgerichts ausgebaut werden musste. Hierbei schien es denn vortheilhafter, die ganze Bibliothek eine Treppe herabzuschaffen u. in einem neu ausgebauten geräumigen Zimmer des „Neuhauses“ unterzubringen, zumal durch eine neue Schenkung dem Bücherschatze ein erheblicher Zuwachs entstanden war. Der am 8. Mai 1879 zu Kösen verstorbene Geh. Regierungsrath a. D. Karl Martin Gustav Lepsius, ein Sohn von Karl Peter Lepsius, hatte nämlich durch testamentarische Bestimmung die Stadt Naumburg zur Erbin seiner ganzen Büchersammlung u. einiger anderen Gegenstände eingesetzt unter der Bedingung, dass die Bücher mit der Bibliotheca Lepsiana

---

*) Catalog der Stadt-Bibliothek zu Naumburg a/S. 1864. Mit Einschluss der Bibliotheca Lepsiana. Naumburg. Druck von H. Sieling. 1 Blatt, II u. 28 Seiten in gr. 8°. 50 ₰.

vereinigt u. ein Katalog davon gedruckt werde, der dann an gebildete Einwohner der Stadt vertheilt u. handschriftlich fortgesetzt werden solle. Ausserdem aber — u. das ist für die fernere Entwickelung der Stadtbibliothek von der grössten Bedeutung — hinterliess derselbe Erblasser der Stadt Naumburg ein Kapital von 5000 ℳ zur Bildung eines Bibliotheksfonds, vorausgesetzt, dass auch die Stadt einen den Zinsen dieser Summe gleichkommenden Betrag zur Verwendung für die Bibliothek auf ihren Etat bringen würde, sofern nicht etwa ein Dritter durch entsprechende Kapitalzuwendung sie von dieser Verpflichtung befreite*). Die städtischen Behörden erklärten sich zur Annahme dieser Vermächtnisse unter den daran geknüpften Bedingungen bereit u. erhielten durch Erlass vom 1. September 1879 die Allerhöchste Genehmigung zur Annahme der Zuwendungen. Der hierdurch entstandene Zuwachs beträgt etwa 1400 Bde aus den Gebieten der altklassischen u. modernen Litteratur, der Geschichte, Theologie, Philosophie, Rechtswissenschaft u. der Kunstgeschichte. Der Gymnasiallehrer Dr. O. Schulze hat sich das Verdienst erworben, die also vergrösserte Bibliothek zu ordnen, in dem oben erwähnten ausgebauten Zimmer des Rathhauses aufzustellen u. einen neuen Katalog anzufertigen. Letzterer ist zufolge der Bestimmung des Erblassers bereits gedruckt**) u. in der Stadt vertheilt worden. Es scheint, dass bei dem Umräumen einzelne Sachen verschleppt worden sind, wenigstens vermisse ich in dem neuen Katalog mehre Schriften, deren Vorhandensein mir dadurch bekannt ist, dass ich selbst sie der Stadtbibliothek im Laufe der letzten Jahre als Geschenk überwiesen habe. Inzwischen hat der Druck des Kataloges einen abermaligen dankenswerthen Zuwachs der Stadtbibliothek im Gefolge gehabt. Der berühmte Aegypotolog Geh. Regierungsrath Prof. Dr. Lepsius in Berlin, dessen bereits weiter oben bei Stiftung der Bibliotheca Lepsiana Erwähnung geschehen ist, hat sich durch das Erscheinen des neuen Kataloges veranlasst gefunden, ausser dem grossen Denkmälerwerk über Aegypten, auch noch seine sämmtlichen übrigen Veröffentlichungen, grosse wie kleine, Artikel aus Zeitschriften, Monographien, Bücher u. s. w. — hauptsächlich Aegyptologischen Inhaltes — der Stadtbibliothek schenkungsweise darzubringen.

Mit Einschluss dieser neuesten Erwerbungen mag sich der Bücherbestand auf etwa 2200 Bde beziffern, ungerechnet die zahlreichen eigentlichen Archivalien wie Urkunden u. dgl. Davon entfallen ungefähr 550—600 Bde auf Naumburg-Zeitzische Lokal- u. Thüringisch-Sächsische Provinzialgeschichte (hierin viele Handschrif-

*) Siehe Seite 5 des neuen Kataloges.

**) Katalog der Stadt-Bibliothek zu Naumburg a/S. 1880. Mit Einschluss der Bibliotheca Lepsiana. Naumburg. Druck von H. Sieling. 50 Seiten in gr. 8°.

ten), 60 auf Aegyptologie, 150 auf die Ersch-Grubersche Encyklopädie, der Rest auf die oben bei der K. M. G. Lepsius'schen Stiftung benannten Litteraturgebiete. Am vollständigsten ist die Sammlung hinsichtlich der Lokal- u. Provinzialgeschichte u. es wird daher naturgemäss Aufgabe der Verwaltung sein müssen, diesen Stamm u. Grundstock der Bibliothek durch Beschaffung der noch fehlenden älteren Sachen zu ergänzen u. durch Ankauf der neu erscheinenden Werke dieser Richtung immer auf dem Stande der neuesten Forschungen zu erhalten. Die übrigen in der Bibliothek vertretenen Wissensgebiete können, wie zu erwarten, auf eine auch nur relative Vollständigkeit ihrer Litteratur nicht Anspruch erheben, sie enthalten so ungefähr die Bücher, welche ein Gebildeter, ohne gerade Fachmann zu sein, sich zur Informirung in den betreffenden Gebieten verschaffen würde — freilich ein recht durchgreifendes Prinzip wird vermisst, auf der einen Seite möchte man mehr wünschen, während auf der anderen schon zu viel vorhanden ist. Die Theologica können am wenigsten befriedigen, denn sie gehören der Mehrzahl nach der verflachten u. negativen protestanten-vereinlichen Richtung an, gehen sogar noch darüber hinaus in das Gebiet der völligen Zersetzung, wie die Namen Büchner, Renan, Strauss zur Genüge beweisen. Für die Weiterentwickelung der Bibliothek giebt ein Passus der K. M. G. Lepsius'schen Stiftung einen Wink; es heisst da*): „Die Auswahl der anzuschaffenden Bücher soll sich vorzugsweise auf grössere Werke von unzweifelhaft wissenschaftlichem Werthe und muthmasslich dauernder Bedeutung richten." Hält man diese Worte mit dem vom Testator hinterlassenen Bücherschatze zusammen, so kann kein Zweifel obwalten, dass ihm nicht die Bildung einer reinen Fachbibliothek des einen oder anderen Wissensgebietes vorgeschwebt hat, sondern die Anschaffung der in den Hauptgebieten — vornehmlich Geschichte, Kultur, Litteratur — erscheinenden wichtigeren Werke, welche auch von dem Nichtfachmann, dem gebildeten Laien mit Interesse u. Nutzen für seine Bildung gelesen u. studirt werden können. Diesen Punkt bei Ankäufen nicht aus dem Gesicht zu verlieren, erscheint auch deshalb angezeigt, weil in Naumburg mehre recht ansehnliche Spezialbibliotheken vorhanden sind, in welchen den Bedürfnissen des Fachmanns Rechnung getragen ist.

Zur Benutzung der Bibliothek**) sind die Bürger der Stadt eo ipso, die Schüler der beiden Oberklassen des Domgymnasiums u. der Realschule gegen Cavet ihres Ordinarius berechtigt. Ueber etwaige Ausleihungen nach auswärts findet sich keine Bestimmung

---

*) Siehe Seite 5 des neuen Kataloges.

**) Die hierfür aufgesetzten Bestimmungen finden sich auf Seite 3 des neuen Kataloges abgedruckt.

und sonach ist wohl anzunehmen, dass die bei den Bibliotheken der ganzen civilisirten Welt allgemein geübte Gepflogenheit: „Bibliothek leiht an Bibliothek ohne Umstände" auch hier zur Anwendung gelangt. Bis auf weiteres ist die Bibliothek jeden Dienstag von 4—5 Uhr Nachmittags für Besucher u. Entleiher geöffnet. Die Obliegenheiten eines Bibliothekars besorgt der schon genannte Dr. O. Schulze.

War bei der Stadtbibliothek der Ursprung in Dunkel gehüllt, dagegen die weitere Geschichte wenigstens in einzelnen Perioden bekannt, so findet das Gegentheil statt bei der jetzt zu nennenden Bibliothek der Wenzelskirche, von der ausser den Stiftungsnachrichten kaum etwas gemeldet wird. Der Chronist Magister Johann Bürger, welcher 1617 als Archidiakonus der Wenzelskirche starb, berichtet über die Entstehung der Bibliothek Folgendes*): „Anno 1611 ist die Neüe Bibliotheca in der Wenzels Kirchen angefangen worden; darzu Herr Wolffgang Kretzschmar, ein Ratherr vnd Gastgeber domals zum dreyen Schwanen alhier 100 fl. (Gulden) vnd Herr Velden Hase, ein Handelsmann 50 fl. verehret haben. Etliche Handwerke, sonderlich die Fleischer vnd Färber haben besondere opera der patrum**) vnd andere autores darzu gekaufft vnd verehret. Auch ist darzu Herrn D. Balthasari Müllers S. gewesenen Superattendentis zu Altenburgk Liberey***) um 300 fl. gekaufft worden." Diese Notiz ist kulturhistorisch recht wichtig, sie zeigt uns, welch grosses Interesse damals in Naumburg selbst die Handwerker für die Wissenschaften hegten und wie sie dieses Interesse durch ansehnliche Geldspenden bethätigten, die erst dann in ihrer vollen Bedeutung erscheinen, wenn man bedenkt, dass das Geld in jener Zeit etwa den doppelten bis dreifachen Werth von jetzt besass. Wollte heutzutage Jemand die genannten Berufskreise um Beisteuern zu einer öffentlichen Bibliothek angehen, wie gering würde der Erfolg sein, wenn es überhaupt zu einem Erfolg käme!

Die Einrichtung der Bibliothek wurde von dem damaligen Konrektor Steiner besorgt. Weiter ist noch bekannt, dass des Annalisten Bürgers Nachfolger im Archidiakonate der Magister August Lippach bei seinem Tode im Jahre 1663 seine Bücher der Wenzelsbibliothek hinterliess. Sonst fehlen alle Nachrichen über die fernere Entwickelung dieser Bibliothek, welche ihren Platz ebenda hat, wo sie ursprünglich angelegt war, nämlich in einem Zimmer der Wenzelskirche neben dem sogenannten „Bildersaale". Sie ist dort in mehren Schränken aufgestellt, aber ihr Zustand ist ein derartig

*) Auf Seite 24 seiner Annales Numburgenses, deren Original in der Stadtbibliothek aufbewahrt wird. (Nr. 108 auf Seite 21 des neuen Kataloges.)

**) Kirchenväter.

***) Bibliothek.

verwahrloster, dass sie kaum benutzt werden kann u. einem todten Kapitale gleicht. Weder ein geschriebener noch ein gedrucker Katalog ist vorhanden, u. da ausserdem die Schränke sehr schwer zugänglich sind, lässt sich über den Inhalt der Bibliothek mit Gewissheit nichts aussagen. Nach dem Grundstock und der Lippachschen Stiftung zu urtheilen, wird wohl die Bibliothek hauptsächlich theologische Werke enthalten; auch ist das Jöcher'sche Gelehrtenlexikon in ihr vorhanden. Die Anzahl der Bde soll etwa 500 betragen, doch erscheint mir, soweit ich selbst habe einen Einblick thun können, die Ziffer als zu niedrig. Eine Verwaltung der Bibliothek existirt nicht, ebensowenig besondere Mittel für ihre Vermehrung. Es ist ein Jammer, dass diese Bücher so unbekannt u. unbenutzt in Staub und Moder zu Grunde gehen sollen! Dieses Aeusserste muss auf alle Fälle abgewandt werden, u. ich meine, es giebt ein sehr einfaches Mittel dazu, welches ich den betheiligten Faktoren hiermit zur reiflichen Erwägung ernstlich ans Herz legen will. Schon vor Jahren sind, wie mir mitgetheilt worden ist, einzelne Werke aus der Wenzelsbibliothek in die Stadtbibliothek überführt worden, man gehe damit radikal vor u. vereinige die ganze Bibliothek von St. Wenzel mit der Stadtbibliothek. Dadurch kommt erstere unter eine geregelte Verwaltung u. wird erst so Denjenigen zugänglich, für welche sie vielleicht von Haus aus bestimmt ist. In ihrer gegenwärtigen Verfassung ist die Wenzelsbibliothek einem Haufen Makulatur gleich zu achten.

Auch die übrigen Kirchen oder Kirchengemeinden Naumburgs besitzen kleine Bibliotheken. In der Sakristei der Marien-Magdalenen-Kirche befindet sich eine kleine Sammlung hauptsächlich älterer theologischer Werke — ca. 80 Bde — zum Gebrauche der Geistlichen. Mittel zur Vergrösserung der Bibliothek u. ein Katalog derselben existiren nicht.

Ferner verfügt die Othmarsgemeinde über eine kleine in der Othmarspfarre aufgestellte Unterhaltungsbibliothek von 143 Bden (Volksschriften), die im Jahre 1875 durch den Gemeindekirchenrath zu St. Othmar angelegt wurde u. unter Verwaltung des Pastors Möring steht. Sie wird von den Gemeindemitgliedern fleissig benutzt u. aus Gemeindemitteln ergänzt u. vermehrt.

In der Moritzgemeinde besteht eine vom Pastor Potel begründete Bibliothek zu St. Moritz, welche aus Beisteuern der Gemeindemitglieder unterhalten wird. Sie umfasst nach dem (geschriebenen) Kataloge gegenwärtig 220 Bde Volks- u. Jugendschriften, die in der Moritzpfarre aufgestellt sind. Der Verwaltung unterzieht sich Pastor Potel mit einem Mitgliede des Sonntagsschulvorstandes; benutzungsberechtigt sind die Mitglieder der Gemeinde, vornehmlich die Kinder, welche den Kindergottesdienst besuchen.

Gleichfalls aus Jugend- u. Volksschriften besteht die vom Pastor Schiele ins Leben gerufene u. verwaltete Bibliothek der Mariengemeinde am Dom, zur Zeit ungefähr 100 Bde zählend. Die Benutzung ist den Gemeindegliedern gestattet, die Vermehrung erfolgt nur durch freiwillige Gaben.

Dass die beiden ehemaligen Naumburger Klöster, das Benediktinerkloster zu St. Georg u. das Augustinerkloster zu St. Moritz im Besitze wenn auch nicht sehr bedeutender Bibliotheken gewesen sind, darf kaum bezweifelt werden. Was freilich aus diesen Büchersammlungen bei der Säkularisation der genannten Klöster gegen Mitte des 16. Jahrhunderts geworden ist, darüber liegen keinerlei Nachrichten vor. Vielleicht gingen sie in den Besitz des Kurfürsten Johann Friedrich als des Landesherrn über u. sind später einer Sächsischen oder Thüringischen Bibliothek einverleibt worden, etwa der Dresdner oder der Gothaer, welche beide mehrfach alte Klosterbibliotheken in sich aufgenommen haben. Vielleicht auch ist die Georgenbibliothek bei dem grossen Brande von 1532, der in der Georgenvorstadt u. im Kloster grossen Schaden anrichtete, mit zu Grunde gegangen.

Das Domkapitel besitzt keine besondere Bibliothek, denn die in der Kapitelstube aufgestellten wenigen Bücher (alte Wappenwerke u. Messbücher) können auf den Namen einer Bibliothek kaum Anspruch erheben.

Unter den Büchersammlungen der Lehranstalten nimmt die Bibliothek des Domgymnasiums den ersten Platz ein. Die frühste beglaubigte Erwähnung einer mit dem Domstifte verbundenen Schule kommt in einer Bischofsurkunde vom 14. April 1290 *) vor u. das Bedürfniss nach wissenschaftlichen Hilfsmitteln wird vermuthlich frühzeitig zur Sammlung von Büchern für den Gebrauch der Lehrer dieser Schule Anlass gegeben haben. Es sind jedoch aus dieser ältesten Zeit keinerlei Handschriften erhalten, auch berichtet Holstein in seiner leider nicht über den I. Theil hinausgekommenen Geschichte des Domgymnasiums**) bis zum Jahr 1771 nichts über die Bibliothek. Gegenwärtig umfasst dieselbe nahezu 3900 Werke, von denen viele aus mehren Bden bestehen. An Inkunabeln im engeren Sinne besitzt die Bibliothek nur eine Ausgabe der Satiren des Persius von 1482, an Büchern aus der ersten Hälfte des 16. Jhrhdts 6 Stück***). Der alte handschriftliche Katalog vertheilt mit

---

*) Siehe Seite 75 der gleich zu nennenden Holsteinschen Schrift.

**) Abriss einer Geschichte des Domgymnasiums zu Naumburg. Von Dr. Holstein, Lehrer am Domgymnasium zu Naumburg. I. Theil: Geschichte des Gymnasiums von der Stiftung bis 1771. Naumburg, Verlag von L. Garcke. 1859. VIII, 78 Seiten in gr. 8°, nebst drei Tabellen.

***) Das Verzeichniss dieser sieben alten Drucke der Bibliothek findet sich im Programm des Domgymnasiums 1877 auf Seite XXXXII.

einem grossen Aufwande von Gelehrsamkeit aber recht mangelhafter Logik die Bücher in etwa 8 Hauptrubiken mit ungefähr 70 Unterabtheilungen. Am besten sind vertreten klassische Philologie, Geschichte, Germanistik und Deutsche Litteratur, dann folgen Pädagogik, Philosophie, Theologie, Mathematik u. Naturwissenschaften; andere Litteraturgebiete, wie Künste, Medizin u. Jurisprudenz, sind nur höchst spärlich vertreten. Für Vergrösserung der Bibliothek ist seitens des Domkapitels jährlich eine gewisse Summe ausgesetzt, auch erfolgen mancherlei Schenkungen von den vorgesetzten Behörden wie von Privaten. Die Bestimmung oder Genehmigung des Ankaufes von Büchern giebt der Gymnasialdirektor Dr. H. Anton, welcher als Vorstand der Bibliothek fungirt, die eigentliche Geschäftsführung aber wird von dem Professor Dr. W. Holtze als Bibliothekar besorgt. Zur Benutzung der Bibliothek, welche in einem Zimmer des Gymnasialgebäudes aufgestellt ist, sind zunächst u. in erster Linie die Gymnasiallehrer berechtigt, sodann die Schüler der Prima, doch können zu wissenschaftlichen Zwecken auch an andere zuverlässige Personen Bücher verliehen werden.

Neben dieser grossen Bibliothek gehören dem Domgymnasium noch mehre kleine Büchersammlungen. Die Hilfsbibliothek oder Bibliotheca pauperum enthält die meisten auf dem Gymnasium eingeführten Schulbücher u. Klassikerausgaben in mehren Exemplaren (ca. 400 Bde), welche an unbemittelte Schüler geliehen werden. Mit der Leitung u. Verwaltung derselben ist der Gymnasiallehrer Dr. R. Hasper betraut. Eine kleine mathematisch-naturwissenschaftliche Schülerbibliothek von über 100 Werken*) wird durch den Oberlehrer Köstler verwaltet. Endlich besitzen die Gymnasialklassen für ihre jeweiligen Angehörigen besondere Lesebibliotheken. Die für Prima u. die beiden Sekunden gemeinschaftliche zählt etwa 450 Werke mit fast doppelt so viel Bden aus folgenden Gebieten: Deutsche Litteratur, Litteraturgeschichte, Mythologie, Deutsche Lesebücher u. Grammatik, Geschichte, Geographie, Unterhaltungsstoff**). Geleitet wird diese Bibliothek von dem Dr. O. Schulze. Beide Tertien besitzen ebenfalls eine gemeinschaftliche Bibliothek von 88 Werken mit etwa 200 Bden***) — besonders Litteratur u. Geschichte — unter der Verwaltung des Dr. B. Kneisel. Die Quartanerbibliothek, wieder verwaltet von dem Dr. O. Schulze, zählt 172 Bde (Geschichte u. belehrende Unterhaltungslektüre)†); die Bibliothek der Quinta, geleitet von dem Ordinarius der Klasse Lüttich, besteht aus 185††), die der

*) Der Katalog ist auszugsweise abgedruckt im Programm des Domgymnasiums Ostern 1880, Seite 7 u. 8.

**) Der Katalog in dem ebengenannten Programm Seite 1—7.

***) Der Katalog ebenda Seite 9—11.

†) Der Katalog ebenda Seite 11—13.

††) Der Katalog ebenda Seite 13—15.

Sexta — unter Leitung des Dr. Stephan — aus 80 Bden *) belehrenden Unterhaltungsstoffes. Alle die Klassenbibliotheken, sowie die Hilfsbibliothek u. die mathematisch-naturwissenschaftliche, die grösstentheils aus Schenkungen ehemaliger Schüler entstanden sind, befinden sich in verschiedenen Sälen des Gymnasialgebäudes.

Hiernächst komme ich zu der Bibliothek der Höheren Bürger- oder Realschule, welche letztere im Jahre 1863 errichtet worden ist. Die Bibliothek ist noch im Entstehen begriffen, zählt aber bereits 500—600 Bde (hauptsächlich Deutsche Litteratur, Französische u. Englische Philologie, Geschichte, Geographie, Mathematik, Naturwissenschaften, Pädagogik) u. ist in einem besonderen Zimmer des neuen Schulgebäudes in der Schulstrasse aufgestellt. Zur Vermehrung derselben (sowie zur Anschaffung von Apparaten u. dergl.) sind von dem Magistrate der Stadt als Schulpatron jährlich 450 Mk. etatsmässig ausgeworfen. Verzeichnet ist die Bibliothek bis jetzt nur in einem handschriftlichen Zuwachskataloge, ein Sachkatalog fehlt noch. Die Verwaltung ruht in den Händen des Realschuldirektors Dr. G. Neumüller. Zur Entnahme von Büchern sind eigentlich nur die Lehrer der Anstalt berechtigt, doch können auch andere wissenschaftlich gebildete u. zuverlässige Männer nach Rücksprache mit dem Direktor das eine oder andere Buch zu ihren Studien geliehen erhalten. Sämmtliche Klassen der Realschule besitzen ausserdem zum ausschliesslichen Gebrauch ihrer Schüler besondere Schülerbibliotheken, die in betreffenden Klassensälen in Schränken aufgestellt sind u. von den Ordinarien geleitet werden. Abgesehen von der Sekundanerbibliothek existiren über diese Klassenbibliotheken gedruckte Kataloge**), nach denen sich der Bücherbestand insgesammt auf ungefähr 400 Bde beziffert.

Neben dem Domgymnasium bestand früher in Naumburg noch das Rathsgymnasium oder die lateinische Stadtschule. Dies war jedoch zuviel für eine Stadt von Naumburgs Grösse u. so wurde 1808 eine Verschmelzung der Rathsschule mit dem Domgymnasium herbeigeführt. Wohin die Bibliothek des Rathsgymnasiums gekommen, lässt sich mit Sicherheit nicht angeben, vermuthlich aber gingen die Bücher gleich anderen Besitzthümern und Rechten der Anstalt in das Eigenthum der aus ihr gebildeten und im nämlichen Jahre 1808 begründeten Bürgerschule über. Gegenwärtig zählt die im Rektoratszimmer des neuen Schulgebäudes in der Schul-

---

*) Der Katalog ebenda Seite 15 u. 16.,

**) Bibliothek der Tertia, 4 Seiten in 8°,
Bibliothek der Quarta. 4 Seiten in 8°.
Verzeichniss der Bibliotheksbücher von Quinta (Realschule). 4 Seiten in 8°.
Verzeichniss der Bibliotheksbücher von Sexta. 4 Seiten in 8°.

strasse aufgestellte Bibliothek der Bürgerschule 831 Bde, welche den Gebieten der Pädagogik, Religion, Sprache, Geschichte, Geographie, Naturwissenschaft, Mathematik, des Gesanges, Schreibens, Zeichnens u. Turnens angehören u. in zwei handschriftlichen Katalogen (einem Zuwachs- u. einem Sachkatalog) verzeichnet sind. Die Vermehrung geschieht durch Bücherankäufe für ca. 100 Mk. jährlich, welche aus der städtischen Kasse hierzu gezahlt werden. Der Rektor Stahlberg besorgt die Verwaltung der Bibliothek, deren Benutzung zunächst den Lehrern der Bürger- u. Volksschulen zusteht, aber auch anderen Personen gestattet wird, welche genügender Sicherheit nicht ermangeln. Für die Besucher der Bürger- u. Volksschulen besteht daneben eine im Jahre 1873 von dem genannten Rektor ins Leben gerufene u. verwaltete Schülerlesebibliothek, die bis jetzt auf 361 Bde angewachsen ist u. zu deren Vergrösserung aus städtischen Mitteln jährlich 75 Mk. gezahlt werden. Es existiren über dieselbe zwei geschriebene Verzeichnisse, ein Zuwachskatalog u. ein Nominalkatalog.

Die im Jahre 1847 als Privatanstalt begründete u. 1858 von der Stadt übernommene Höhere Töchterschule besitzt eine Lehrerbibliothek u. eine Schülerinnenbibliothek, welche beide im Schulhause aufgestellt sind. Die Lehrerbibliothek ist im Jahre 1867 begründet worden u. zählt jetzt 500 Bde aus den Gebieten der Religion, Französischeu, Englischen u. Deutschen Litteratur, Geschichte, Geographie u. Naturwissenschaften. In der Schülerinnenbibliothek, augenblicklich 350 Bde stark, sind hauptsächlich Deutsche Jugendschriften u. Uebersetzungen fremder Autoren vertreten; reichhaltig ist auch eine Sammlung der besten Deutschen Dramen, deren Vervollständigung bei Ankäufen besonders berücksichtigt wird. Beide Bibliotheken stehen unter der Leitung des Rektors Dr. Rentner.

Unter den Büchersammlungen der staatlichen Anstalten u. Einrichtungen verdient an erster Stelle die Bibliothek des Königlichen Oberlandesgerichtes genannt zu werden. Als 1815 durch den Wiener Kongress die Hälfte des Königreichs Sachsen — darin Naumburg — an Preussen gekommen war, errichtete die Preussische Regierung in Naumburg ein Oberlandesgericht für den erworbenen neuen Landestheil. Das noch jetzt von dieser Behörde eingenommene grosse Gebäude wurde 1817 errichtet. Die Anfänge der Bibliothek des Oberlandesgerichts reichen bis ins Jahr 1819 zurück, in welchem ein Theil der Bibliotheken der 1816 aufgelösten Stiftsregierungen zu Merseburg u. Zeitz an das Oberlandesgericht abgegeben ward. Seitdem hat sich die Bibliothek durch Verwendung des von der Justizverwaltung etatsmässig hierfür ausgesetzten Fonds beständig vermehrt u. zählte bereits im Jahre 1867 nach dem damals im Druck erschienenen Kataloge*) etwa 3000 Werke ganz hauptsächlich staats- u. rechstwissenschaftlichen Inhalts, wozu das Preussische Recht den Löwenantheil lieferte. Inzwischen hat sich die Bibliothek schon wieder erheblich vergrössert, namentlich dadurch, dass ihr die Bibliotheken der beiden ehemaligen (jetzt mit dem Naumburger vereinigten) Oberlandesgerichte zu Halberstadt u. Magdeburg zugewachsen sind. Es hat sich deshalb die Herstellung eines neuen umgearbeiteten Kataloges nothwendig gemacht, der sich gegenwärtig auch schon im Drucke befindet. Die Bibliothek ist in dem Geschäftslokale des Oberlandesgerichtes (Domplatz Nr. 11) aufgestellt u. wird von dem Oberlandesgerichtspräsidenten Breithaupt u. dem Oberstaatsanwalt Hecker unter Zuziehung einiger Subalternbeamten verwaltet. Das Recht der Benutzung steht den Mitgliedern des Kollegiums, den Referendaren u. den Beamten des Oberlandesgerichts zu.

Gleichzeitig mit dem Oberlandesgericht wurde in Naumburg das Kreisgericht gebildet, welches nach der neuen Justizorganisation in ein Königliches Landgericht umgewandelt worden ist. Die allmählich entstandene Bibliothek des Kreisgerichtes wurde zum grössten Theile von dem Königlichen Landgericht übernommen und enthält jetzt in 1921 Bden 610 Werke, welche beinahe ausschliesslich zur rein juristischen Litteratur gehören. Ein Katalog darüber ist vorhanden, aber nicht gedruckt. Die Vergrösserung der Bibliothek, welche zum Theil in den landgerichtlichen Räumen des Rathhauses, zum Theil in denen des Schwurgerichtes aufgestellt ist, erfolgt aus dem im Staatsetat jeweilen festgestellten Fonds, dessen Höhe in den verschiedenen Etatsjahren abwechselt. Mit der Verwaltung sind die Vorstandsbeamten des Landgerichtes betraut; die Benutzung steht den Beamten des Gerichtes frei, kann aber nach Ermessen der Vorstandsbeamten auch anderen Personen gestattet werden. (Schluss folgt.)

[4.] Supplementum Bibliographiae Danteae ab anno MDCCCLXV. inchoatae.

Accessio opusculi anno MDCCCLXXVI. typis expressi quarta.

I. Generalia.

(Bibliographica.)

Supplementum Bibliographiae Danteae ab anno MDCCCLXV. inchoatae alterum edidit Julius Petzholdt. Dresdae, Schoenfeld. 1880. maj. 8°. 2 ff. 46 pp. Pr. n. 3 Mk.

Bibliographia Dantea ab anno MDCCCLXV. inchoata acce-

*) Katalog der Bibliothek des Königlichen Appellations-Gerichtes zu Naumburg. Naumburg 1867. 112 Seiten (exklus. Register) in gr. 8°.

dente Conspectu Tabularum Divinam Comoediam vel stilo vel calamo vel penicillo adhibitis illustrantium. Edidit Julius Petzholdt. Nova Editio duobus supplementis aucta. Dresdae, Schoenfeld. 1880. maj. 8⁰. VI, 90 pp.; 2 ff. 32 pp.; 2 ff. 46 pp.

Hoc volumen continet scriptionem a. 1872 editam et duo supplementa, quae eam a. 1876 et 1880 secuta sunt.

II. Specialia.
(Historica et Critica.)

Lo Scritto „Dante e il suo secolo“ è proprio di Ugo Foscolo? da Domenico Bianchini. Content. in: Il Propugnatore Periodico bimestrale di Filologia, di Storia e di Bibliografia instituito e diretto da Francesso Zambrini. [In Appendice alla Collezione di Opere inedite o rare.] Tom XIII. Bologna, Romagnoli. 1880. maj. 8⁰. Part. 2. p. 3—11.

Studi e Polemiche Dantesche di Olindo Guerrini e Corrado Ricci. Bologna, Zanichelli. 1880. maj. 16⁰. 1 f. 139 pp. Pr. 3 L.

Illustrazioni di Vittorio Imbriani al Capitolo Dantesco del Centiloquio. Esemplari CCL. Napoli, Marghieri di Gius. 1880. maj. 8⁰. 63 pp. Pr. n. 1,50 Mk.

Sulla Rubrica Dantesca nel Villani, da Vittorio Imbriani. (Continuazione e fine). Content. in: Il Propugnatore Periodico bimestrale di Filologia, di Storia e di Bibliografia instituito e diretto da Francesco Zambrini. [In Appendice alla Collezione di Opere inedite o rare.] Tom XIII. Bologna, Romagnoli. 1880. maj. 8⁰. Part. 1. p. 131—98 & 368—79. & Part. 2. p. 187—250.

Testamento della Suocera di Dante del XVII Febbrajo M. CCC. XV. illustrato da Vittorio Imbriani. Esemplari CXCVII, de' quali X su carte colorate. Fuori commercio. Pomigliano d'Arco. 1880. maj. 8⁰. 15 pp.

Causeries Florentines: III. Dante et le Catholicisme. IV. La Tragédie de Dante. Par Julian Klaczko. Content. in: Revue des Deux Mondes. L. Année. Troisième Période. Tom. XXXVIII. Paris. 1880. maj. 8⁰. p. 241—64; 515—45.

Julian Klaczko — Causeries Florentines — Dante et Michel-Ange Beatrice e la Poésie amoureuse Dante et le Catholicisme La Tragédie de Dante. Paris, Plon et Cie. 1880. 8⁰. 3 ff. 272 pp. Pr. n. 3,50 Mk.

Boccaccio's Leben und Werke von Gustav Koerting. [Et s. h. tit.: Geschichte der Litteratur Italiens im Zeitalter der Renaissance etc. Bd. II.] Leipzig, Fues. 1880. maj. 8⁰. Cont. p. 704—18: Die „Vita di Dante“ und der Dante-Commentar.

Armonia della Religione colle Scienze e collo Stato Saggio di Vincenzo Magnanini. Bologna, Zanichelli. 1877. maj. 8⁰. 4 ff. 208 pp., quarum 149—203 continent: Imagine della dogmatica intelligenza divina nelle Opere dell' Alighieri.

Auctor scripsit: Preambolo — I. Imagine della dogmatica intelligenza divina nelle Opere letterarie dell' Alighieri — II. Imagine della dogmatica intelligenza divina nel Poema dell' Alighieri da solo considerato.

Dante e la Statistica delle Lingue di Filippo Mariotti con la Raccolta dei versi della Divina Commedia messi in musica da G. Rossini, G. Donizetti, F. Marchetti e R. Schumann. Firenze, Barbèra. 1880. 8⁰. 191 pp. c. 1 tab. photogr. Pr. 3 L.

Abhandlungen über Dante Alighieri von Joh. Andr. Scartazzini. Frankfurt a. M., Literar. Anstalt Rütten & Loening. 1880. maj. 8⁰. 2 ff. 243 pp. Pr. n. 5 Mk.

Tres hoc volumine continentur tractatus: I. Dante's Abstammung und Adel; II. Wann wurde Dante geboren; III. Dante's geistige Enzwicklung.

Dante Alighieri's Leben und Werke. Von M. Carriere. Content. in: Beilage zur Augsburger Allgemeinen Zeitung 1879. maj. 4⁰. Nr. 207. p. 3034. (Typ. German. impr.)
Spectat ad opus a Fr. X. Wegelio de hac re editum.

* Gli Ezzelini, Dante e gli Schiavi. Prima Edizione Italiana, fatta sulla Viennese del 1864, con nuovi documenti inediti, e con l'aggiunta di frammenti storici del secolo XI, da Filippo Zamboni. Milano, tip. Editrice Lombarda di Menozzi e C. 8⁰. 68 pp.

(Divina Comoedia.)

La Divina Commedia di Dante Alighieri. Testo comune colle variazione dei codici publicati da Carlo Witte. Prima Edizione Americana arricchita del ritratto di Dante per Gustavo Doré. Boston, Vries Ibarra e C. (New-York, Leypoldt e Holt.) 1867. 8⁰. VII, 545 pp.

La Divina Commedia di Dante Alighieri col Commento medio tra il Grande ed il Piccolo di Bennassuti Luigi con correzioni ed aggiunte interessantissime e colla mnemonica per ritenere il testo. Terza Edizione. Verona, stereo-tipogr. vescovile in Seminario. 8⁰. Inferno. S. a. XXXI, 391 pp. c. editoris effigie et 1 tab.; Purgatorio 1878. XVIII, 482 pp.; Paradiso 1879. VIII, 482 pp. c. 1 tab., accedentibus appendice 1 f. et mnemonica XXI pp. c. 1 tab. Pr. n. 12 Mk.

* La Divina Commedia di Dante Allighieri, illustrata da Gustavo Doré. Disp. 1—6. Milano, Sonzogno. 1879—80. 4⁰. 48 pp. Pr. à 0,10 L.

La Commedia di Dante Allighieri raffermata nel testo giusta. la ragione e l'arte dell' autore da Giambattista Giuliani. Firenze, successori Le Monnier. 1880. 32°. C, 623 pp. Pr. 2,50 L.

* The Purgatory of Dante Alighieri. Edited, with Translation and Notes, by Athur John Butler. London, Macmillan & Co. 1880. 8°. 450 pp. Pr. 12 s. 6 d.

(Versiones Divinae Comoediae.)

* (Anglicae.) Dante's Divine Comedy. The Inferno. A literal prose translation. By John A. Carlyle. II. Edition (1867). London, Bell & sons. 1880. min. 8°. 414 pp. Pr. 14 s.

* Dante — Inferno; Purgatorio; Paradiso. — Translated by H. W. Longfellow. New Editiou. London, Routledge, 1880. 12°. Pr. à 2 sh.

* (Hollandica.) De Goddelijke Komedie van Dante Alighieri. In Nederlandsche Terzinen vertaald met verklaringen en geschiedkundige aanteekeningen nopens den dichter door Joan Bohl. 2e Lied. Het Vagevuur. Amsterdam, Brinkman en van der Meulen. 1880. maj. 8°. 502 pp. Cum effigie Dantis lith. Pr. 4,40 F.

(Scripta Divinam Comoediam illustrantia.)

Dante nel Pianeta di Giove e l'apoteosi dell' Aquila Imperiale per Sante Bastiani. Napoli, libr. dell' Iride. 1880. maj. 8°. 31 pp.
Spectat ad Parad. XVIII.

G. Bloise. — Anatomia delle Bruttezze di Dante di G. Ricciardi. Disp. I. Napoli, tipogr. degli Accattoncelli. 1880. min. 8°. 67 pp. Pr. n. 1 Mk.

Voci e maniere del Siciliano che si trovano nella Divina Commedia, da Giuseppe Bozzo. Content. in: Il Propugnatore Periodico bimestrale di Filologia, di Storia e di Bibliografia instituito e diretto da Francesco Zambrini. [In Appendice alla Collezione di Opere inedite o rare.] Tom. XIII. Bologna, Romagnoli. 1880. maj. 8°. Part. 2. p. 12—32.

Dell' Allegoria principale della Divina Commedia Appunti Di Giuliano Fenaroli. Torino, stamp. Paravia e C. 1880. min. 8°. 79 pp.

* Il Mito delle Furie in Dante, da Raff. Fornaciari. Content. in: Nuova Antologia di Scienze, Lettere ed Arti. Anno XIV. 2. Serie. Vol. XVI. Fasc. 16. Firenze. 1879. maj. 8°.

* Il Monaco nella parola di Dante, da Giovanni Franciosi. II. Edizione. Modena, tip. dell' Imm. Concezione. 1880. 18°. 10 pp.

Proposta di una correzione al Canto V del Purgatorio, da Luigi Gaiter. Content. in: Il Propugnatore Periodico bimestrale di Filologia, di Storia e di Bibliografia instituito e diretto da Francesco Zambrini. [In Appendice alla Collezione di Opere inedite o rare.] Tom. XIII. Bologna, Romagnoli. 1880. maj. 8°. Part. 2. p. 251—54.

Spectat ad Purg. V, 37—39.

* Al chiarissimo D. Luigi Bennassuti Lettera XXXI su Dante Alighieri di Carmine Galanti. Continuazione e fine dell' argomento: L'albero sulla vetta della montagna nel Purgatorio Dantesco, in relazione con i tre regni. Ripatransone, tip. Jaffei. 1880. 8°. 29 pp.

* Le Varianti al testo della Divina Commedia escogitate da Giambattista Giuliani, esaminate da Giuseppe Rigutini. [Dai N. 10, 11, 12 della „Nuova Rivista Internaz." 1880.] Firenze, tip. del Vocabolario. 1880. 8°. 31 pp. Pr. 1 L. (Tantum 150 exempl. impr.)

Die Göttliche Komödie des Dante Alighieri nach ihrem wesentlichen Inhalt und Charakter dargestellt von Franz Hettinger. Ein Beitrag zu deren Würdigung und Verständnifs. Mit Dante's Bildnifs. Freiburg i. Br., Herder. 1880. 8°. XII, 586 pp. c. 1 tab. Pr. n. 5 Mk. (Typ. German. impr.)

* Scena della Terza Cantica e sua ragione. Saggio di un nuovo Commento della Divina Commedia [di Antonio Lubin]. Venezia, tipogr. Antonelli. 1877. 8°.

Gedanken eines Gondoliers über Dante's „Göttliche Komödie. Von Karl Witte. Content. in: Magazin für die Literatur des Auslandes. Kritisches Organ der Weltliteratur. Gegr. von J. Lehmann. Herausg.: E. Engel. XLIX. Jahrg. Leipzig. 1880. maj. 4°. Nr. 40. p. 556—58.

Spectat ad „Pensieri e chiose sulla Divina Commedia del gondoliere Antonio Maschio" 1879.

* Considerazioni sul un passo della Divina Commedia, di Prompt. [Extrait du Journal El Pensiero di Nizza, mai-juin, juillet 1880.] Nice, imp. Viterbo. 1880. 12°. 93 pp.

Nozze Pindemonte-Castelbarco. [Saggio di studio sui versi 5310—5312 del Poema Dantesco, di Valerio Scaetta.] Verona, tip. Zuppini. 1880. min. 8°. 16 pp. c. 1 f. Corrig.

Spectat ad Purg. V, 37—39.

* Studio comparativo sulla Divina Commedia. Content. in:

Nuova Antologia di Scienze, Lettere ed Arti. Anno XIV. 2. Serie. Vol. XVI. Fasc. 16. Firenze. 1879. maj. 8°.

(Opera minora.)

* „Dallo profundo chiamo a te Signore“ von Dante [Salm. penitenz. VI], für eine tiefe Stimme mit Clavierbegleitung von F. Hiller. Op. 189. Italienischer und Deutscher Text. Leipzig, Rieter-Biedermann. (1880.) Pr. n. 2 Mk.

* Die älteste italienische Lyrik und ihr Verhältniss zu Dante. Von Karl Witte. Content. in: Magazin für die Literatur des Auslandes. Kritisches Organ der Weltliteratur. Gegr. von J. Lehmann. Herausg.: E. Engel. XLIX. Jahrg. Leipzig. 1880. maj. 4°. Nr. 48 & 49.

(Appendix.)

Del Volgare Illustre dal secolo VII fino a Dante Studj storici di Andrea Gloria. (Estr. dal Vol. VI, Ser. V degli Atti del R. Istituto veneto di scienze, lettere ed arti.) Venezia, tipogr. di Antonelli. 1880. 8°. 136 pp. Pr. n. 2 Mk.

Eine Florentiner Chronik zur Zeit Dantes. — Eine Chronik von Florenz zu den Jahren MCCC—MCCCXIII nach der Handschrift der Biblioteca nazionale zu Florenz zum ersten Male herausgegeben [von O. Hartwig]. Halle, Druck von Karras. 1880. min. 8°. 30 pp.

Hoc opusculum Carolo Wittio octogenario sacrum esse voluerunt A. Boretius, A. Dochow, E. Erdmann, H. Fitting, O. Hartwig, M. Kähler, H. Knoblauch, G. Kramer, G. Lastig, E. Meier, A. Pernice, H. Ulrici.

Juliusz Słowacki. Poema piasta Dantyszka herbu Leliwa o Piekle. Lwów, Gubrynowicz i Schmidt. 1879. 16°. 75 pp. Pr. n. 0,50 Mk. Słowacki, Poema piastae Dantisci insignis Leliwy de Inferno.)

Pertinet ad „Biblioteka kieszonkowa.“

Litteratur und Miscellen.

Allgemeines.

[5.] The Library Journal Official Organ of the Library Associations of America and of the United Kingdom. Associate Editors: W. E. A. Axon, Manchester, Eng.; George Bullen, British Museum; James T. Clark, Advocates', Edinburgh; P. Cowell, Liverpool Public; H. O. Coxe, Bodleian; John Eaton, U. S. Commissioner of Education; Richard Garnett, British Museum; H. A. Homes, N. Y. State (Albany); J. D. Mullins, Birmingham Public; S. B.

Noyes, Brooklyn; F. B. Perkins, Consulting Librarian, Boston; W. F. Poole, Chicago Public; A. R. Spofford, Congressional (Washington); Justin Winsor, Harvard University. General Editors: F. Leypoldt; Melvil Dui (Sec. A. L. A.). Bibliografy; C. A. Cutter, Boston Athenaeum. Pseudonyms: J. L. Whitney, Boston Public. General European Editor: H. R. Tedder (Sec. L. A. U. K.), Athenaeum Club, London Vol. V. New York, Office of Publication; London, Trübner & Co. 1880. 4⁰. Pr. f. Jahrg. $ 5, f. d. monatl. Nr. 50 c. (S. Anz. J. 1880. Nr. 1061.)

Das Septbr.-Octbr. Heft Nr. 9 u. 10 enthält: S. S. Green, the Relation of the Public Library to the Public Schools — W. E. Foster, Methods of Securing the Interest of a Community — Editorial Notes — American Library Association (Washington Conference; a Canadian Library Association) — United Kingdom Association (Edinburgh Meeting) — Communications (Past, Present, and Future of the A. L. A.; Explanatory; a Plan for Continuing the Library Journal; Duplicates; Warming Libraries) — A. D., the Index Society — The New Library of the Navy Department — French Libraries — A Text-Book Department — Bibliography — Pseudonyms and Anonyms — W. E. Foster, the Founding of Boston — Reference Lists on Special Topics (Longfellow-Burns) — Notes and Queries — General Notes.

[6.] Il Bibliofilo Giornale dell' arte antica in istampe e scritture e ne' loro accessorii e ornati colla relativa giurisprudenza compilato da una Società di Professori e Amatori e diretto da Carlo Lozzi. Anno I. Firenze, tip. dei successori Le Monnier. 1880. Lex. 8⁰. Monatlich 1 Nr. à 16 S. Pr. 6 L. f. Italien, 8 L. f. d. Ausland. (S. Anz. J. 1880. Nr. 1189).

Die Novbr.-Nr. 11 enthält: Della proprietà letteraria e delle edizioni privilegiate (C. Lozzi) — Notice sur l'Abbé Rive: ses publications, son catalogue (Prof. H. Topin) — Due manoscritti di magia del secolo XVII (L. F. Valdrighi) — Dell' introduzione dell' arte della stampa a Iesi per M⁰ Federico dei Conti da Verona, e della sua edizione quattrocentina della „Divina Commedia." Continua. (Prof. Antonio Gianandrea) — Carte da giuoco (March. F. Raffaelli) — Vocabolarietto bibliografico. Continuazione. (C. Arlía) — Notizie bibliografiche — Notizie varie.

[7.] Bulletin du Bouquiniste Fondé par Auguste Aubry Avec la collaboration de Bibliophiles et d'Erudits. XXIV. Année. 2e Semestre. Paris, Martin. 1880. 8⁰. Jährlich 24 Nrr. in 2 Bden. Gratis f. d. Kunden des Herausg.'s, Pr. 4 Fr. für Andere. (S. Anz. J. 1880. Nr. 1063.)

Die ansehnliche Liste der Mitarbeiter, die sich auf den Haupttiteln der einzelnen Bände aufgeführt findet, habe ich seither zu Anfang eines neuen Jahrganges des Anz.'s mit angegeben; ich unterlasse es aber diesmal, weil von der Thätigkeit dieser Mitarbeiter immer weniger u. weniger zu spüren ist. Wie in den früher erschienenen Nrr., so findet sich auch in den beiden letzten Nrr. 545 u. 546 im wesentlichen nichts weiter als der antiquar. Lagerkatalog des Herausg.'s.

Bibliographie.

[8.] Die Bücherornamentik der Hoch- und Spätrenaissance nach der eigenen Sammlung herausgegeben und erläutert von A. F. Butsch. II. Theil der Bücherornamentik der Renaissance. Lief. 4. Leipzig & München, Hirth. gr. 4°. VIII, 41—56 S. m. 40 Taf. Subscript. Pr. à n. 7 Mk., Ladenpr. f. d. Gesammtwerk n. 40 Mk. (S. Anz. J. 1880. Nr. 1193.)

Schluss des schönen u. wirklich empfehlenswerthen Werkes.

[9.] * Bibliographie contemporaine. — Manuel de l'Amateur de Livres rares et curieux d'éditions romantiques, d'ouvrages tirés à petit nombre, de réimpressions d'auteurs anciens etc. depuis 1800 jusqu' à nos jours par l'Apôtre Bibliographe. Paris, Laporte. gr. 8°. Erscheint seit 1879 in Lief. à 16 S., welche monatlich ausgegeben werden sollen.

Diese Bibliographie will sich dem „Brunet" an die Seite stellen. Ich glaube jedoch dem Verf. die Fähigkeit zur Bearbeitung eines solchen Werkes nicht zutrauen zu dürfen, wie denn auch die ganze Anlage desselben eine derartige zu sein scheint, dass weder auf seine Vollständigkeit, noch überhaupt auf seine Vollendung gerechnet werden dürfe. Auf bibliographische Genauigkeit finde ich in den 4 ersten, bis jetzt zu meiner Kenntniss gekommenen Lieferungen nicht Rücksicht genommen, wie dies auch in des Verf.'s „Bibliographie jaune" (s. Anz. J. 1880. Nr. 1211) der Fall ist.

L. Mohr.

[10.] * Mélanges bibliographiques. Quelques livres non cités dans la 4e et dernière édition du Guide de l'Amateur de Livres à vignettes et à figures du XVIIIe siècle, par le Marquis de M., arch. paléog. Marseille, Boy. Allemagne sur Colostre. 1880. 8. 35 S. (Nur 200 Exempl., wovon 50 auf Holländ. u. 150 auf Vel. Pap.)

[11.] * Fragments d'études de Bibliographie Lorraine. Les Editions des Mémoires du Marquis de Beauvau; Imprimés Pseudo-Lorrains; Imprimés Lorrains déguisés. Par Jules Rouyer. [Extrait des Mémoires de la Sociéte d'Archéologie Lorraine pour 1880.] Nancy, Wiener. 1880. 8°. 84 S.

[12.] Allgemeines Bücher-Lexikon oder vollständiges alphabetisches Verzeichniß aller von 1700 bis Ende 1879 erschienenen Bücher, welche in Deutschland und in den durch Sprache und Literatur damit verwandten Ländern gedruckt worden sind. Nebst Angabe der Druckorte, der Verleger, des Erscheinungsjahrs, der Seitenzahl, des Formats, der Preise &c. Von Wilhelm Heinsius. XVI. Band, welcher die von 1875 bis Ende 1879 erschienenen Bücher und die Berichtigungen früherer Erscheinungen enthält. Herausgegeben von Otto Kistner. Lief. 6. Leipzig. Brockhaus. 1880. 4°. Abth. I. S. 401—80. Pr. à n. 3 Mk., auf Schreibpap. n. 4 Mk. (S. Anz. J. 1880. Nr. 1068.)

Enthält die Artikel „Formenschatz" bis „Glatz."

[13.] Weihnachts-Catalog. 1880. Eine Auswahl Deutscher Werke welche sich besonders zu Geschenken eignen. Zwei Abtheilungen. XXV. vermehrte und verbesserte Auflage. Herausgegeben und verlegt von der J. C. Hinrichs'schen Buchhandlung in Leipzig. kl. 4°. 1 Bl. 80 S. m. eingedr. Holzschn. Pr. n. 0,50 Mk. (S. Anz. J. 1879. Nr. 13.)

Mit der vorl. neuen Auflage feiert dieser Weihnachts-Catalog sein 25jähriges Jubiläum — Beweis, dass er es durch zweckmässige Auswahl verstanden hat, die Gunst des Publikums, trotz der von allen Seiten gebotenen Concurrenz, sich doch fortdauernd zu erhalten. Er ist aber auch ein bewährter Führer bei der Auswahl von Kinder- und Jugendschriften (I. Abth.) und von Festgeschenken f. Erwachsene (II. Abth.).

[14.] * Illustrirter Weihnachts-Catalog für den Deutschen Buchhandel und literarischer Jahresbericht herausgegeben von Prof. Dr. E. Dohmke, Dr. A. Oppel, Dr. O. Seemann. X. Jahrgang 1880. Leipzig, Seemann. 1880. Lex. 8°. 1 Bl. 156 S. m. eingedr. Holzsch. Pr. 0,75 Mk. (S. Anz. J. 1880. Nr. 14.)

[15.] Bibliographie de Belgique. Journal officiel de la Librairie. V. Année 1879. Bruxelles, Manceaux. 8°. 312 S. Bibliographie & Tables u. 68 S. Feuilleton.

Mit den kürzlich ausgegebenen alphabet. u. systemat. Inhaltsverzeichnissen, welche letzere 60 S. umfassen, ist der Jahrg. 1879 abgeschlossen. Den grösseren Theil des für die Bibliographie bestimmten Raumes nehmen die period. Publikationen ein, deren Inhalt, soweit er die bedeutenderen Artikel betrifft, sich speziell angegeben findet. L. Mohr.

[16.] Le Edizioni Siciliane del secolo XVI. Indicate e descritte da Giuseppe Salvo-Cozzo. (Continuazione.) Enth. in: Il Propugnatore Periodico bimestrale di Filologia, di Storia e di Bibliografia instituito e diretto da Francesco Zambrini. [In Appendice alla Collezione di Opere inedite o rare.] Tom. XIII. Bologna, Romagnoli. 1880. gr. 8°. Part. 2. S. 257—71. (S. Anz. J. 1880. Nr. 16.)

Enth. 8 Drucke aus den J. 1511 (1), 1515 (1), 1516 (2), 1517 (1), 1521 (1) u. 1522 (2).

[17.] * Studio bibliografico sulla „Storia della Letteratura Italiana" del r. p. Raffaele Notari, barnabita, di Cesare Valentino Bertocchi. Firenze, tip. della Gazz. d' Italia. 1880. 8°. 31 S.

[18.] Wie studiert man Philologie? Eine Hodegetik für Jünger dieser Wissenschaft von Wilhelm Freund. IV. vermehrte und verbesserte Auflage. Leipzig, Violet. 1880. 8°. Enth. S. 64—91: Die Bibliothek des Philologie-Studirenden.

Der Verf. versichert, in dieses Bibl.-Verzeichniss nur diejenigen Werke aufgenommen zu haben, die der Studirende in 6 Semestern ganz oder theilweise durcharbeiten müsse. Gewiss hat der Verf. mit Kennerblick eine gute u. zweckmässige Auswahl von Büchern zum philolog. Studium getroffen, aber gewiss ist auch die an den Studirenden gerichtete Zumuthung, diese Bücher in 6 Semestern ganz oder theilweise durchzuarbeiten, eine etwas übermässige.

[19.] * Die Erscheinungen der deutschen Literatur auf dem Gebiete der katholischen Theologie. 1875—1879. Systematisch geordnet und mit einem alphabetischen Register versehen von Eduard Baldamus. Leipzig, Hinrichs. 8°. 2 Bll. 92 S. Pr. n. 3 Mk. Mit der protestant. Theologie zusammen n. 6 Mk.

[20.] * Die Erscheinungen der deutschen Literatur auf dem Gebiete der protestantischen Theologie. 1875—79. Systematisch geordnet und mit einem alphabetischen Register versehen von Eduard Baldamus. Leipzig, Hinrichs. 8°. 1 Bl. 144 S. Pr. n. 4 Mk. Mit der kathol. Theologie zusammen n. 6 Mk.

[21.] * Weihnachts-Katalog für das Jahr 1880. Zusammengestellt von Rud. Barth in Aachen. Eine Auswahl der in katholischen Kreisen beliebtesten deutschen Geschenk-Literatur, welche durch jede Buch- u. Kunsthandlung bezogen werden kann. IV. Jahrg. Aachen, Barth. 1880. gr. 8°. 56 S. m. eingedr. Holzschn. Pr. n. 0,40 Mk. (S. Anz. J. 1880. Nr. 136.)

[22.] Julius Drescher's Weihnachtskatalog. Verzeichniss über Geschenkliteratur für evangelische Kreise. Mit Besprechungen von Lic. Dr. Gustav Portig. VI. Jahrg. 1880. (Leipzig, Drescher.) kl. 8°. 1 Bl. 137 S. (S. Anz. J. 1880. Nr. 137.)

Dieser Weihnachtskatalog hat im gegenwärtigen Jahrgange eine erweiterte Fassung erhalten, insofern nicht nur die an die Spitze gestellten Besprechungen neu hinzugekommen sind, sondern auch die Rubrik der Jugendschriften erweitert, u. ein Verzeichniss neuer Volksschriften, ein dergl. von Musikalien, sowie die Angaben der Verleger hinzugefügt worden ist.

[23.] * Bibliotheca juridica. Verzeichniss der vorzüglichsten Werke aus allen Zweigen der Rechts- und Staatswissenschaften.

VII., sehr vermehrte, mit einem ausführlichen Materien-Register versehene Ausgabe. [Geschlossen mit Ende Juni 1880.] Wien, Manz. 1880. gr. 8°. 181 S. Pr. n. 2 Mk. (S. Anz. J. 1879. Nr. 788.)

[24.] * Systematische Uebersicht der in Deutschland erschienenen Schriften über Staats- und Rechtswissenschaften, mit besonderer Berücksichtigung der Erscheinungen, welche sich zum practischen Gebrauch, sowie zum Gebrauch auf der Universität eignen. V., verbesserte und bis September 1880 vervollständigte Auflage mit Kalender pro 1881. Breslau, Leuckart. 1880. 12°. 119 S. Pr. n. 1,20 Mk. (S. Anz. J. 1879. Nr. 33.)

[25.] Lehrmittel-Katalog. Systematisches Verzeichniss sämtlicher Lehrmittel für Elementar-, Mittel- und höhere Schulen. Ein Hülfs- und Nachschlagebuch für Schulbehörden, Schuldirigenten und Lehrer sowie für den Sortimentsbuchhandel. Bearbeitet von Conrad Schröder, Lehrer, Redacteur des „Magazin für Lehr- und Lernmittel". Lief. 1. Magdeburg, Friese. 1880. gr. 8°. Pr. n. 0,60 Mk.

Zerfällt in folg. drei Abth.: I, 1. Religion, 2. Anschauungsunterricht, 3. Lesen, 4. Schreiben, 5. Zeichnen (S. 1—48); II. Spezialkataloge verschiedener Firmen (S.1—131); III. Inserate (S.1—32).

[26.] * Beiträge zu einem Literaturverzeichnisse der physikalischen Höhenmessung. Von Max Friedrich Kunze, Prof. [Zeitschrift f. Vermessungswesen, 8. Bd. 1879, 1. Ergänzungsheft.] Karlsruhe. (Berlin, Friedländer & Sohn.) 1879. gr. 8°. 116 S. Pr. n. 2,50 Mk.

[27.] Historische Zeitschrift hrsg. von H. v. Sybel. München u. Leipzig, Oldenbourg. gr. 8°. Enth. Neue Folge Bd. IX. (Der ganzen Folge 45. Bd.) Hft. 1. S. 104—92: Literaturbericht. (S. Anz. J. 1880. Nr. 1080.)

Enthält 71 Artikel — ohne bibliographisch genaue Titelangaben.

[28.] * Bibliographie Picarde; par le Comte de Marsy. 2. Sigillographie. [Extrait de la Picardie, revue historique, etc., nouvelle série, t. 3, 1880.] Amiens, imp. Delattre-Lenoël. 1880. 8°. 23 S.

[29.] * Le Bibliophile Vellave, suivi d'un Catalogue de Livres anciens et modernes concernant le Velay, l'Auvergne, le Forez, etc. 1. Année. (1. Octbr. 1880.) Le Puy, imp. Freydier. 8°. Monatlich 1 Nr. à 16 S. Pr. 2 Fr. innerhalb und 3 Fr. ausserhalb des Departements Haute-Loire.

[30.] * Bibliographie des Contes Rémois; par le Dr. E. Bougard, membre correspondant de l'Académie nationale de Reims. Paris, Rouquette. 1880. 4°. 27 S. (Nur 100 Exempl.)

[31.] Das erste Jartausend der Schachlitteratur (850—1880) zusammengestellt von Dr. A. v. d. Linde. Berlin, Springer. 8°. 112 S. Pr. n. 5 Mk.

Der durch seine „Geschichte u. Litteratur des Schachspiels, 2 Bde, 1874 (s. Anz. J. 1874. Nr. 743 u. 936) u. andere auf das Schachspiel bezügliche Schriften rühmlichst bekannte Schachlitterator — ein enragirter Schachfreund, den schon der Versuch eines „verschollenen Fechtmeisters“, die Fechtkunst mit der edlen Schachspielkunst in Vergleich stellen zu wollen, in Harnisch bring — hat seiner 1875 herausgegebenen „Schaakbibliotheek (c. 850 bis 1875)“ (s. Anz. J. 1875. Nr. 892) ein neues Verzeichniss folgen lassen, welches, gewiss ein unverkennbares Zeichen ausdauernden Fleisses, über 1000 Nrr. mehr als das frühere enthält: letzteres zählte 2322 Nrr., das vorl. neue zählt dagegen 3362 Nrr. Unbestreitbar ist der Verf. der genaueste Kenner der Schachlitteratur in der Gegenwart; weshalb es gewisse Antiquare, welche ihre Waare gern als besondere Seltenheit dem Publikum anpreisen wollen, auch lieben, bei dem einen u. dem anderen Artikel ihrer Kataloge zu bemerken: „v. d. L. unbekannt“, wenn auch diese Bemerkung nicht mit der Wahrheit übereinstimmt. — Die äussere Ausstattung der vorl. Schrift ist, was besonders anzuerkennen, vortrefflich.

[32.] * Bibliographia Camoniana de Theophilo Braga. Lisboa, Rodrigues. 1880. 8°.

Herausgegeben bei Gelegenheit der 300jährigen Camoens-Jubelfeier. S. hierüber Library Journal Vol. V. Nr. 9—10. S. 284.

[33.] * Il R. Liceo „Melchior Gioia“ nell' anno scolastico 1878—79, con alcuni cenni intorno al ginnasio comunale pareggiato di Piacenza. Piacenza, tip. Marchesotti. 1880. 8°. 46 pp. Contiene: Toldo, Studi introno Catullo. Parte biografica, Parte bibliografica. Cronaca scolastica.

[34.] * Vita di Achille Monti e Catalogo delle sue pubblicazioni, per Basilio Magni. [Dal giorn. „Il Buonarroti“, serie II, vol. XIII, agosto e settembre 1879.] Roma, tip. delle Scienze Matem. e Fisic. 1880. 4°. 39 S.

[35.] * B. Q. A Biographical & Bibliographical Fragment. S. l. et a. (London. 1880.) kl. 8°. 22 S. Auf Holländ. Pap. (Nur in 25 Exempl. gedr. u. für „The Sette of Odd-Volumes“ bestimmt.)

Dieses von Charles Wyman, dem Präsidenten des Oddship, verfasste Schriftchen enthält Notizen über Bernard Quaritch, eins der Mitglieder der „Sette of Odd-Volumes“ (s. Anz. J. 1880. Nr. 1058). Die Dedication lautet: „This | Odd Volume | about | That Odd Volume | is dedicated to | t'other odd volumes, | who constitute | The Sette of Odd Volumes, | by | his President | 5—11—80. |

Der Umschlag trägt einen in Gold gedruckten Stempel, dessen Umschrift „There is divinity in odd numbers" die Inschrift „ODD VOLUMES" umschliesst. Nach S. 22 befindet sich auf einem weissen Blatte die von einer Ecke nach der andern laufende Druckerbezeichnung in Türkischer Schrift (auf Deutsch: „Aus der berühmten Druckerei von Wyman, Effendi, in London"). L. Mohr.

Buchhändler- und antiquarische Kataloge.

[**36.**] The illustrated Christmas Number of the Publishers' Weekly 1880. Vol. XVIII., Nos. 21—22. November 20, 1880. Whole Nos. 461—62.) New York, Leypoldt. gr. 8°. 625—780 S. (S. Anz. J. 1880. Nr. 41.)

Ein den von der „Bibliographie de la France" u. vom „Publishers' Circular" ausgegebenen illustrirten Festnummern ähnliches Heft, welches sich aber von denselben durch geschickte Redaction wesentlich u. sehr vortheilhaft unterscheidet. Recht gefällige Illustrationen laden zur Durchsicht des Heftes ein.

[**37.**] J. Bensheimer (Heinrich & Schmittner) Buchhandlung und Antiquariat. Antiquarischer Catalog 48. — Katholische und evangelische Theologie. Kirchengeschichte, Kirchenrecht. Orientalia und Judaica. Strassburg i. E. 8°. 1 Bl. 60 S. 1281 Nrr.

Besonders daraus hervorgehoben zu werden verdient eine grosse (c. 500 Nrr. starke) Suite von „Thèses de la faculté de théologie de Strasbourg.

[**38.**] Nr. 65. Der Wiener Antiquar. Verzeichnifs gediegener Bücher zu herabgesetzten Preisen. Bermann & Altmann, Buch- und Antquariatshandlung in Wien. — Paedagogik, einschl. der Beredsamkeit, Gymnastik und Kindergärtnerei. gr. 8. 40 S.

Grösstentheils neuere Deutsche Litteratur.

[**39.**] Incunabeln und einige Drucke des XVI. Jahrhunderts. Bibliographie. CXLIV. Catalog des Antiquarischen Bücherlagers von Fidelis Butsch Sohn (Arnold Kuczyński) in Augsburg. 8°. 1 Bl. 18 S. 175 Nrr. (S. Anz. J. 1880. Nr. 1219.)

Interessante Auswahl von Incunabeln u. denselben nahe stehenden alten Drucken — nach Orten, Druckern u. Jahren geordnet.

[**40.**] Verzeichniss des Antiquarischen Bücherlagers von Ch. Graeger in Halle a. S. Nr. 216. — Geschichte, Geographie, Topographie, Statistik, Reisen, Atlanten und Karten. gr. 8°. 1 Bl. 49 S. 1980 Nrr. (S. Anz. J. 1880. Nr. 983.)

Meist neuere, wie auch ältere Deutsche Litteratur.

[**41.**] Bibliotheca Philologica. LXXX. Lager-Katalog enthaltend die bei J. M. Heberle (H. Lempertz' Söhne) in Köln vorräthigen Werke aus dem Gesammt-Gebiete der Philologie. December 1880. gr. 8°. 1 Bl. 274 S. 6902 Nrr. (S. Anz. J. 1879. Nr. 1145.)

Enth.: A. Griech. Schriftsteller nebst Erläuterungsschriften (Nr. 1—1432); B. Römische dergl. (Nr. 1433—3260); C. Latein. Prosaiker u. Poeten des Mittelalters u. der Neuzeit (Nr. 3261 bis 3959); D. Grammatik, Lexicographie u. Metrik (Nr. 3960—4533); E. Litteraturgeschichte, Bibliographie, Theater, Pädagogik, Universität, Zeitschriften, Varia (Nr. 4534—4858); F. Alte Geschichte u. Geographie, Archäologie, Kunst etc. (Nr. 4859—6143); G. Religions-Alterthümer, Mythologie, Philosophie etc. (Nr. 6144—6383); H. Münz-, Medaillen- u. Gemmenkunde (Nr. 6384 – 6569); I. Inschriftenkunde (Nr. 6570—6671); K. Nachträge (Nr. 6672—6902).

[**42**.] No. 249 & 250. Bücher-Verzeichniss über Werke aus dem Gebiete der Philologie und Alterthumswissenschaft & der Schönen Wissenschaften, Kunst und Kinderschriften, welche bei Theodor Kampffmeyer in Berlin zu haben sind. 1880. 8°. 1 Bl. 22 S. & 1 Bl. 70 S. (S. Anz. J. 1880. Nr. 1095.)

Gangbare u., wie bekannt, billige Bücher.

[**43**.] * 145. Katalog von Wilhelm Koebner (L. F. Maske's Antiquariat) in Breslau. — Curiosa. Zur Culturgeschichte. Freimaurerei. Jesuitica. Magie u. Alchemie. Robinsonaden. Schach. Sprichwörter. Volkslieder. Seltenheiten etc. etc. Nebst Anhang: Werthvolle neue Erwerbungen aus verschiedenen Wissenschaften. (1880.) 8°. 1 Bl. 60 S. 1449 Nrr. (S. Anz. J. 1880. Nr.1264.)

Meist wirklich alles seltnere, grösstentheils Deutsche Werke.

[**44**.] 55. Bücher-Verzeichniss aus Mayer & Müller's Antiquariat in Berlin. — Polytechnische Wissenschaften. (1880.) 8°. 1 Tit.- u. 50 S. 1430 Nrr. (S. Anz. J. 1880. Nr. 858.)

Grösserentheils neuere Deutsche Litteratur.

[**45**.] Verlags-Katalog der Akademischen Verlagsbuchhandlung von J. C. B. Mohr (Paul Siebeck) in Freiburg i/B. früher in Heidelberg und Tübingen 1880. gr. 8°. IV, 206 S.

Das von Jacob Christian Benjamin Mohr in Frankfurt a. M. 1801 begründete Geschäft hat so manche Wandelungen erfahren, die sich in dem kurzen Vorworte des vorl. Kataloges angegeben finden. Der Katalog selbst ist mit musterhafter Accuratesse und grösster bibliograph. Genauigkeit gearbeitet, alphabetisch geordnet u. mit wissenschaftlicher Uebersicht versehen: der Inhalt der verschiedenen Zeitschriften findet sich speziell angegeben. Unter den von der Firma mit Vorliebe gepflegten Wissenschaften stehen Rechts- u. Staatswissenschaften, sowie Medicin mit Naturwissenschaften obenan.

[**46**.] Verlags-Calalog von Justus Perthes. Januar 1880. Gotha und Wien. 8°. 2 Bll. 76 S.

Der werthvolle, hauptsächlich aus Kartenwerken, sowie aus geograph. u. verwandter Litteratur bestehende Verlag findet sich gruppenweise, mit grosser Ausführlichkeit, was die Kartenwerke anlangt, sonst aber nicht in der Art u. Weise verzeichnet, wie man es gegenwärtig von guten Verlagskatalogen verlangt. An die Spitze des Verzeichnisses ist eine kurze alphabetische Uebersicht gestellt.

[47.] Nr. 11. A Catalogue of Second-Hand Works in all departements of Literature, many published in and relating to Africa, America, Australasia, China, India, Japan, the West Indies, etc. etc., on sale by George Rivers, London. (1880.) 8°. 68 S.

Verdient ganz vorzügliche Beachtung, besonders für Deutschland, wo viele der Bücher gewiss nur selten anzutreffen sein dürften.

[48.] Bibliotheca Catholico-Theologica altera. Catalogue XXVIII de la Librairie-ancienne de Ludwig Rosenthal à Munich (Bavière). — Munuscrits sur vélin et sur papier. Livres théologiques imprimés. Ouvrages religieux à figures et avec musique notée. En toutes les langues, excepté en Allemand. I. Partie: A—L. (1880.) 8°. 1 Bl. 209 S. 3725 Nrr. (S. Anz. J. 1880. Nr. 998.)

Sowohl der grosse Umfang des vorl. Kataloges, als auch u. mehr noch sein wirklich reicher Gehalt an werthvollen u. echt antiquarischen Werken geben ihm Anspruch auf mehr als gewöhnliche Beachtung. Besonders anzuerkennen ist auch die nicht allen Antiquarkatalogen gewöhnliche Sorgfalt, mit welcher, unter Zuhilfenahme von bibliographischen Schriften, namentlich die Antiquaria verzeichnet sind.

[49.] Katalog Nr. 166 & 167 der Schletter'schen Buchhandlung (E. Franck) Antiquariat in Breslau. (1880.) 8°. (S. Anz. J. 1880. Nr. 1109.)

Enth.: Architektur u. Ingenieurwissenschaft (14 S. 393 Nrr.) & Kunst, Archäologie, Holzschnitte u. Kupferwerke, Embleme, Portraitwerke, Trachten, Musik (1 Bl. 87 S. 1092 Nrr.).

[50.] 157. Antiquarischer Catalog von Felix Schneider (Adolf Geering) in Basel. — Auswahl werthvoller Werke aus allen Fächern der Literatur. 8°. 1 Tit.- u. 87 S. 1212 Nrr. (S. Anz. J. 1880. Nr. 1234.)

Grösstentheils Deutsche Litteratur u. meist aus den Fächern der Geschichte u. Geographie, Kunst, Theologie u. Naturwissenschaften.

[51.] Lager-Katalog Nr. 15 von L. Steckler Buchhandlung und Antiquariat in Wien. Inhalt: I. Bücher aus allen Wissenschaften. II. Weihnachts-Literatur. gr. 8°. 1 Bl 66 S.

Hauptsächlich neuere, auch ältere u. seltnere Deutsche Litteratur.

[52.] Nro. 1. Verzeichniß des Antiquarischen Bücherlagers von J. Ullrich (Gebr. Wullen) in Stuttgart. — Deutsche Belletristik und Literatur. 8°. 1 Bl. 66 S.

Nur neuere u. gangbare Litteratur.

[53.] 76. Verzeichniss des antiquarischen Bücher-Lagers von Karl Theodor Völcker's Verlag und Antiquariat in Frankfurt a. M. — Auswahl werthvoller Werke aus allen Gebieten der Literatur von Erfindung der Buchdruckerkunst bis zur Neuzeit. 8°. 1 Tit.- u. 138 S. 2168 Nrr. (S. Anz. J. 1880. Nr. 1238.)

Meist Deutsche u. viele ältere Litteratur.

[54.] Verzeichniss älterer und neuerer Bücher vorräthig in T. O. Weigel's Antiquarium in Leipzig. Neue Folge. No. 1. — Protestantische Theologie. Philosophie. 8°. 1 Bl. 96 S. 2117 Nrr.

Sehr werthvoll. Daraus hervorzuheben sind die Abschnitte: Bibeln, zur Geschichte der Bibel etc.; Herrnhuter u. Böhmische Brüder; Hymnologie; Kirchenordnungen u. Agenden, Liturgik; Socinianer u. Antisocinianer; Wiedertäufer und Mennoniten.

[55.] Choix d'Ouvrages importants, curieux ou rares (Alsatica, Amérique, Danses des Morts, Échecs, Écriture, Emblêmes, Incunables, Littérature Française et Espagnole, Musique, Palestine, Théâtre, Ouvrages à gravures etc. etc.) en vente chez T. O. Weichel, Libraire à Leipzig. 1880. 8°. 1 Bl. 48 S. 759 Nrr.

Nur wirklich Seltneres u. Werthvolleres.

Auktionskatalog.

[56.] Catalogue de livres, pièces historiques et documents manuscrits relatifs à Paris et aux provinces. Paris, Voisin. 1880. 8°. 38 S. 224 Nrr. (Auct. 27. Novbr. 1880.)

Bibliothekenlehre.

[57.] * 2d Annual Report of the Index Society, July 1880. (London. 1880.) 8°. 36 S.

[58.] * Verzeichnis der von den k. k. Bezirksschul-Inspectoren in Mähren für die Schüler-Bibliotheken zur Aufnahme geeignet erkannten Jugendschriften. Nebst einer Auswahl der erprobtesten Lehrmittel. II. vermehrte Auflage. Brünn, Winkler. 1880. 8°. 23 S. Pr. n. 0,40 Mk.

Bibliothekenkunde.

[59.] * Catalogue of the Library Company of Fallsinton (Pa.) Trenton, N. Y. 1879. 8°. 51 S.

A title-a-liner of simplest sort.

[60.] * 59th Annual Report of the Mercantile Library Association of New York. New York. 1880. 8°. 39 S.

Der neue Zuwachs beläuft sich auf 6489, der gesammte Bücherbestand auf 188,167 Bde.

[61.] * Classified Index of Sanskrit Mss. in the Palace at Tanjore, by A. C. Burnell. Part 3. London. 1880. 4°. 208 S.

Hierüber s. Library Journal Vol. V. Nr. 9—10. S. 282—83.

[62.] Katalog der Bibliothek des Dresdner Gabelsberger-Stenografen-Vereins. Zusammengestellt von G. Zumpe, derz. Bibliothekar. Dresden, Verlag des Vereins. 1880. gr. 8°. VI, 18 S.

Hierüber schreibt Dr. Mitzschke im Archiv f. Stenographie 1880. Nr. 383. S. 341—42: „Ob die Eintheilung dieses Kataloges, der im ganzen 254 Werke verzeichnet, Anspruch auf Wissenschaftlichkeit erheben kann, mag dahingestellt bleiben, dass dieselbe ganz übersichtlich ist, soll nicht geleugnet werden. Die Preisangabe hinter jedem Werke ist aber durchaus überflüssig, dafür sollte vielmer Format u. Seitenzahl mitgetheilt sein."

[63.] Die Bibliotheken Naumburgs. Von Paul Mitzschke. Naumburg a. S., Domrich. 1880. kl. 8°. 16 S.

Separatabdruck des oben Nr. 3 mitgetheilten Aufsatzes.

[64.] * Catalogue de la Bibliothèque communale de la Ville d'Amiens; acquisitions de 1879. Amiens, imp. Douillet et Cie. 1880. 8°. 132 S.

[65.] * Musées et Bibliothèques de Paris, par Remain-Mornai. Paris. 1880. 8°. 88 S.

Hierüber schreibt das Polybiblion: „L'auteur a beaucoup d'idées, qu'il espère voir adopter dans l'avenir, si elles effrayent aujourd'hui; nous avons trop de confiance dans le sentiment de la méthode et de la critique en France, pour penser que jamais on puisse assister à la réalisation de ces théories singulières.

[66.] * De Plutarchi Codice manuscripto Matritensi injuria neglecto, facultati litterarum Parisiensi thesim proponebat Carolus Graux. Paris, Klinksieck. 1880. 8°. 62 S.

[67.] * 17th and 18th Annual Reports of the Free Libraries Committee of Birmingham. Birmingham. (1880.) 8°. 2 Bll. 88 S.

Hierüber s. Library Journal Vol. V. Nr. 9—10. S. 280.

[68.] * 17th Annual Report of the Public Library of Lancaster, 1879—80. Clinton. 8°. 15 & 50 S. (List of additions) u. 11 S. (adv.)

Der neue Bücherzuwachs beträgt 574, der Gesammtbestand der Bibl. 11,954 Bde.

[69.] * The Free Libraries of Scotland; by an assistant librarian [T. Mason, Mitchell Library]. Glasgow, Smith & son. 1880. 8⁰. 32 S. (Vgl. Anz. J. 1880. Nr. 1184.)

Hierüber s. Library Journal Vol. V. Nr. 9—10, S. 281.

[70.] * Regolamento per la Biblioteca Circolante del R. Istituto tecnico-nautico di Bari. (Bari,) tip. Gissie C. (1880.) 8⁰. 5 S.

[71.] * Annali del R. Istituto Tecnico „Vittorio Emanuele II" in Bergamo, anno scolastico 1879—80, N. 1. Bergamo, Colombo. 1880. 8⁰. Enth. u. A.: La Biblioteca degli Alunni negli Istituti Tecnici, da Zerbini.

[72.] Le Scritture in volgare dei primi tre secoli della lingua ricercate nei Codici della Biblioteca nazionale di Napoli dall' assistente Alfonso Miola. (Continuazione.) Enth. in: Il Propugnatore Periodico bimestrale di Filologia, di Storia e di Bibliografia instituito e diretto da Francesco Zambrini. [In Appendice alla Collezione di Opere inedite o rare.] Tom. XIII. Bologna, Romagnoli. 1880. gr. 8⁰. Part. 2. S. 70—86. (S. Anz. J. 1880. Nr. 660.)

[73.] N. 18. Catalogo dei Libri di Bibliografia Biografia e Storia letteraria provenienti dalla Biblioteca Santangelo di Napoli. Roma, Dario Giuseppe Rossi. 1880. 8⁰. 136 S. 1167 Nrr. (Auct. 2. Decbr. 1880.)

Für Bibliographen von grossem Interesse.

[74.] * Per Nozze Ansidei-Piccolomini. — Memorie su Baldassarre Ansidei, bibliotecario della Vaticana. Segue a pagina 17: Distici di B. Ansidei e G. B. Lancellotti, con volgarizzamento (Dai Codici Ottoboniani della Biblioteca Vaticana, n. 3185, pag. 363 e 364). Perugia, tip. Bartelli. 1880. 8⁰. 24 S.

[75.] Ministero di Agricoltura, Industria e Commercio. Direzione dell' Agricoltura — Annali di Agricoltura 1880. Num. 29. Ordinamento dell' Istituto Forestale Vallombrosa ed Indicazione del Materiale scientifico di cui l'Istituto stesso è provveduto. Roma, tipogr. Eredi Botta. 1880. gr. 8⁰. Enth. S. 67—247: Catalogo della Biblioteca.

Die Bibliothek enthält 1730 Nrr., welche sich unter VII Hauptrubriken u. innerhalb derselben unter verschiedenen Unterrubriken übersichtlich verzeichnet finden. Der Hauptstock der Bibliothek besteht, ausser aus Italien., vorzüglich aus Deutschen u. nächstdem aus Franz. Werken.

[76.] * Regolamento della Biblioteca sociale per gli insegnanti elementari della Valsesia superiore. Varallo, tip. Colleoni. 1880. 8⁰. 61 S.

[77.] * Sollemnia anniversaria conditae Universitatis et munus auspicantis novi Rectoris una cum certaminibus litterariis die XVII ante Kalendas Decembres rite obeunda indicit Rector et Senatus Universitatis Bernensis. Inest Hermanni Hageni de Codicis Bernensis n. CIX. Tironianis Disputatio duabus tabulis lithographica arte depictis adiuta. Bernae, typ. Collini. 1880. gr. 4⁰. 16 S. m. 2 Taf.

Hierüber s. Archiv f. Stenographie 1880. Nr. 384. S. 384.

[78.] * Verzeichniss der Incunabeln der Stiftsbibliothek von St. Gallen. Herausgegeben auf Veranlassung des katholischen Administrationsrathes des Kantons St. Gallen. St. Gallen (Huber & Co.). 1880. gr. 8⁰. VII, 265 u. Register LXIV S. Pr. n. 10 Mk.

Privatbibliotheken.

[79.] 133. Bibliothek des Geh. Reg.-Raths August Hagen, weiland Professor an der Universität Königsberg. II. Theater. Deutsche Literatur. Literarische Seltenheiten. Zu verkaufen durch J. A. Stargardt in Berlin. 8⁰. 1 Bl. 64 S. 1669 Nrr. (S. Anz. J. 1880. Nr. 1152.)

Der spezielle Theil aus H.'s litterar. Rüstkammer zu dessen Lieblingsstudien.

[80.] Zoologie. Entomologie. Literatur der Phylloxera vastatrik. Bibliothek Kirschbaum. — Nr. 42. Antiquarischer Katalog von Heinrich Kerler Antiquariats-Buchhandlung in Ulm. Hierin die Bibliothek des † Entomologen Professors Dr. C. L. Kirschbaum, Inspectors des Naturhistorischen Museums in Wiesbaden, s. Z. Delegirten des deutschen Reichs zum Phylloxera-Congress in Montpellier etc. 8⁰. 1 Tit.- u. 23 S. 777 Nrr. (S. Anz. 1880. Nr. 1229.)

Neuere Deutsche, Franz. u. a. Litteratur.

[81.] N. 12. Catalogo dei Libri appartenuti per la maggior parte al celebre Professore Giuseppe Laurenzana di Napoli Scelta e copiosa Raccolta di Opere antiche e moderne d'Ingegneria, Architettura, Strade ferrate, Matematiche, Geodesia, Geometria, Pesi e Misure, Arte Militare, Acque, Ponti e Strade, Metrologia, Statistica, Metallurgia, Mineralogia, Economia politica, Agricoltura, Cinematica, Ceramica, Beni Fondi, Agronomia, Idrometria, Idraulica, Geografia e Viaggi, Archeologia e Numismatica, Storia patria, Belle Arti, Topografia, Astronomia, Meccanica, Fisica, Chimica, varia Letteratura etc. etc. Roma, Dario Giuseppe Rossi. 1880. 8⁰. 40 S. 451 Nrr. (Auct 26. Novbr. 1880.)

Mehr ältere, als neuere, wenigstens neueste Litteratur.

[82.] * Catalogue de la belle Collection de Portraits de feu

Emile Michelot, de Bordeaux, classés par graveurs; Anselin, Mme de Pompadour, oeuvres de Carmontelle, famille Mozart, de Cochin, Drevet, Ficquet, Grateloup, Saint-Aubin, Schmidt, etc. Paris, Vignères. 1880. 8°. 146 S. 1572 Nrr. (Auct. 6. Decbr. 1880.)

[83.] No. 54. Katalog der von Professor Dr. K. A. D. Röder in Heidelberg hinterlassenen rechts- u. staatswissenschaftlichen Büchersammlung. Zu beziehen von dem Buchhändler und Antiquar R. L. Prager Specialgeschäft für Rechts- u. Staatswissenschaften u. Geschichte in Berlin. 8°. 1 Bl. 49 S. 1482 Nrr. (S. Anz. J. 1880. Nr. 1106.)

Neuere u. auch ältere Deutsche, Franz. u. a. Litteratur.

[84.] N. 14. Catalogio diviso in quattro parti della ricca Libreria del distinto Bibliofilo Signor F.*** C.*** S.*** di Firenze. Parte IV. ed ultima. Roma, Dar. Gius. Rossi. 1880. kl. 8°. 99 S. 753 Nrr. Auct. 14. Decbr. 1880. (S. Anz. J. 1880. Nr. 544.)

Hauptsächlich reich auf dem Gebiete der Kunstlitteratur.

[85.] 59 & 60. Bücherverzeichniss von Simmel & Co. in Leipzig. — Classische Philologie. I. Griechische und lateinische Autoren. & II. Alterthumswissenschaft. Enthaltend u. A. die nachgelassene Bibliothek des Prof. F. Schmalfeld in Eisleben. 1880. 8°. 1 Bl. 58 S. & 1 Bl. 34 S. 2937 Nrr. (S. Anz. J. 1880. Nr. 863.)

Der besonderen Beachtung ist die I. Abth. — eine reiche Auswahl neuerer sowohl als älterer u. seltnerer Ausgaben, nebst Uebersetzungen u. Erläuterungsschriften enthaltend — zu empfehlen.

[86.] * Catalogue de la Bibliothèque de feu Jules Thonnelier, orientaliste. (Partie Européenne et Livres en maroquin.) Paris, Labitte. 1880. 8°. 144 S. 1273 Nrr. Auct. 20. Decbr. 1880. (S. Anz. J. 1880. Nr. 1273.)

[87.] * Notice de livres et manuscrits relatifs à l'Histoire du Berry, provenant de Vermeil, ancien libraire à Bourges. Paris, Voisin. 1880. 8°. 17 S. 100 Nrr. (Auct. 6. Decbr. 1880.)

[88.] Lager-Catalog von Joseph Baer & Co. Buchhändler und Antiquare in Frankfurt am Main, Paris, London. 84. — Bibliothek des verst. Baron de Wellens in Wiesbaden. Vorzügliche Auswahl Numismatischer Werke. 8°. 1 Bl. 16 S. 253 Nrr. (S. Anz. J. 1880. Nr. 1213.)

Gewählte Sammlung von Werken aus dem Gebiete der mittelalterl. u. neueren Deutsch. u. Franz. Numismatik, in meist schönen Exemplaren.

[89.] Bibliotheca historico-theologica. Verzeichniss der nachgelassenen Bibliothek des Carl Grafen v. Welsersheimb weil. Dom- u. Capitularherr u. St. Annen Probst in Olmütz. Wien, F. Lang. gr. 8⁰. 2 Bll. 64 S. 1960 Nrr. (Auct. 10. Jan.)

Enth., ausser Theologie u. Geschichte, auch Belletristik u. Philologie.

Abdrücke aus Bibl.-Handschriften.

[90.] * Lex salica mit der Mallobergischen Glosse, nach den Handschriften von Besançon — Sanct-Gallen 731 und Johs. Herold herausgegeben von Alfr. Holder. Leipzig, Teubner. 1880. gr. 8⁰. 95 S. Pr. n. 3,60 Mk.

[91.] Historia S. P. N. Benedicti a SS. Pontificibus Romanis Gregorio I. descripta et Zacharia Graece reddita nunc primum e codicibus saeculi VIII. Ambrosiano et Cryptensi Vaticano edita et notis illustrata cura Iosephi Cozza-Luzi Abbatis monachorum Basiliensium Cryptae Ferratae et Bibliothecae Vaticanae Scriptoris. Tusculani, typ. Abbatiae Cryptae Ferratae. 1880. gr. 8⁰. XXXII, 191 S. m. 1 Facsim. Taf. Pr. n. 4 Mk.

Ein recht schätzbarer Beitrag zur Benedict-Jubelfeier.

[92.] Aus Dresden ist aus dem Nachlasse des Königl. Bibliothekars Dr. Bösigk eine Sammlung von Abbildungen Dresdens um den Preis von 350 Mk. für die neue Stadtbibliothek angekauft worden.

[93.] Aus Kopenhagen hat der Bureauvorsteher des Dänischen Reichstages Dessau die testamentar. Bestimmung getroffen, dass nach seinem Tode seine reichhaltige stenographische Büchersammlung in das Eigenthum der Universitätsbibliothek übergehen soll.

(Archiv f. Stenographie. 1880. Nr. 384. S. 413.)

[94.] Aus Leipzig hat Dr. Bruno Stübel, Custos der Universitäts-Bibliothek, einen interessanten litterarischen Fund gethan, nämlich in der Bibliothek der Deutschen Gesellschaft zur Erforschung vaterländischer Sprache u. Alterthümer ein die älteste dramatische Behandlung des Sächss. Prinzenraubes enthaltendes Ms. in Deutscher Sprache aus dem J. 1385 entdeckt.

(Dresden. Journ. 1880. Nr. 287. S. 1451.)

[95.] Aus Münster i. W. hat Adolph Russell einen Probebogen mit Titelblatt seines im Anz. J. 1880. Nr. 796 angekündigten „Gesammt-Verlags-Katalogs des Deutschen Buchhandels. Ein Bild deutscher Geistesarbeit und Verlegerthätigkeit. Vollständig bis Ende 1880" ausgegeben, u. damit vorläufig den Beweis geliefert, dass er sich durch die mancherlei Anfechtungen, denen sein Unternehmen ausgesetzt gewesen ist, von der Durchführung desselben nicht hat abschrecken lassen. „Die Aufsätze im Börsenblatt", schreibt der Herausg., „welche so manche Gesichtspunkte verschoben, haben mir so manche unverdiente Arbeit mehr aufgebürdet, als nöthig war, allein eine gute Idee musste sich doch Bahn brechen, u. verdiente wohl mit Zähigkeit festgehalten u. durchgeführt zu werden. Ich hoffe, dass der Gesammt-Katalog dem deutschen und dem mit ihm verkehrenden ausländischen Buchhandel zur Ehre gereichen wird. Denn wenn ich auch die Idee u. deren Entwickelung für mich in Anspruch nehmen darf, so bin ich doch für die That nur die vermittelnde Persönlichkeit, u. muss das Verdienst jedem Collegen zuerkennen, der seinen Baustein hergegeben."

[96.] Aus Neapel bittet Francesco Florimo, Direktor der Biblioteca musicale del R. Collegio di San Pietro a Majella, „avendo deliberato di pubblicare l'Epistolari di Vincenzo Bellini, tutti quelli che posseggono lettere del grande maestrò catanese, a volerglione spedire o l'autografo, che verrà gelosamente custodito nella suddetta Biblioteca, o almeno una copia."

(Bibliogr. Ital. 1880, Cron. Nr. 20. S. 83.)

[97.] Aus New York beabsichtigt R. H. Shepherd, ähnlich der Ruskin- u. der Dickens-Bibliographie (s. Anz. J. 1879. Nr. 153 u. 345), eine „Bibliography of Thackeray" in kurzem erscheinen zu lassen. Für die Subscribenten der Luxusausgabe von Thackeray's Werken sollen Exemplare der Bibliographie in zu jener Ausgabe passender Ausstattung auf gr. Pap. hergestellt werden.

[98.] Aus Rom ist der Bibliothekar des Deutschen archäologischen Institutes Dr. Ad. Klügmann am 27. November 1880 gestorben.

[99.] Aus Strassburg hat Aug. Stöber von seinem verstorb. Freunde, dem Elsässischen Schriftsteller u. Bibliothekar Johann Georg Stoffel in Colmar, dessen kurze von Dr. A. Göb verfasste Lebensskizze im Anz. J. 1880. Nr. 1060 abgedruckt ist, ein grösseres Lebensbild entworfen, u. in der „Beilage zur Gemeinde-Zeitung für Elsass-Lothringen. Beiträge zur Landeskunde u. s. w." 1880. Nr. 20. S. 77—80 & Nr. 21. S. 81—83 veröffentlicht*). Als Unterschrift zu diesem Bilde finden sich die dem Verstorbenen von einem anderen Freunde gewidmeten Worte hinzugefügt: „Dans tout ce qu'il a écrit, Georges Stoffel a laissé la marque d'un savoir très-sur et très-étendu et de la critique la plus judicieuse; dans les branches qui lui étaient particulièrement familières, il était en droit de se mettre de niveau avec les plus compétents. L'étude a été son refuge et sa consolation; elle a été le

*) Hiervon ist ein Separatabdruck erschienen unter dem Titel: „Johann Georg Stoffel (1819—1880) Lebensbild eines oberelsässischen Gelehrten entworfen von August Stöber Mit Portrait Von der Familie des Heimgegangenen zum Drucke befördert. Straßburg, Druck von Schultz u. Co. 1881. gr. 8°. 27 S. m. 1 Taf.

secret de sa force, au cours d'une existence qui a eu sa part d'épreuves et de chagrins. Chez lui, l'homme valait le savant, et aujourd' hui qu'il n'est plus, la modestie ne nous défend plus de le dire."

[**100.**] Aus Warschau erscheint von gegenwärtigem Jahre an unter der Redaction von Cezary Wilanowski „Przeglad Biblijograficzno-Archeologiczny. Dwutygodnik illustrowany, poświęcony bibliografii, archeologii, numizmatyce, heraldyce, sztukom pięknym i literaturze" (Bibliographisch-Archäologische Umschau — Zweiwöchentliche illustrirte, der gesammten Bibliographie, Archäologie, Numismatik, Heraldik, der Schönen Künste u. Litteratur) in 4°. Pr. 9 Rs. f. Warschau, 12 Rs. f. auswärts.

[101.] Aus Weimar hat der Ende September 1880 versammelt gewesene Schriftstellertag beschlossen, bei dem Reichskanzler zu petitioniren, dass eine National-Bibliothek der Deutschen Litteratur in vollständigster Weise geschaffen werde, um ein Spiegelbild des litterarischen Zeitgeistes in Betreff des Guten u. Schlechten zu geben.

[102.] Aus Zürich hat Däniker der Stadt- u. Bürgerbibliothek seine sämmtlichen stenographischen Bücher u. interessanten handschriftlichen Sammlungen zur Verwahrung übergeben, unter der Bedingung, dass ihm noch eine Zeit lang das ausschliessliche Eigenthumsrecht daran vorbehalten bleibt, u. die Sammlung erst nach weiter zu erfolgender Bestimmung in den Besitz der Bibliothek übergehen soll. (Archiv f. Stenographie 1880. No. 384. S. 413.)

[103.] Meine offene Erklärung

an J. Scheible's Verlagsbuchhandlung u. Antiquariat in Stuttgart (s. Anz. J. 1880. Nr. 1291) hat in folg. von Prag aus an mich gerichteten Zuschrift Zustimmung gefunden: „Es war durchaus unklug von J. Scheible's Antiquariat über Ihre übrigens nicht im mindesten hämische noch vielweniger unwahre Notiz im „Anzeiger" so aufgebracht zu sein. Denn nicht allein, dass sich diese Firma hauptsächlich mit dem Verkaufe sotadischer Bücher u. Bilder befasst, was auch ihre neueren Kataloge seit 1868, deren Inhalt beinahe ausschliesslich aus solchen besteht, beweisen, es sind auch eine Menge Deutscher u. Französischer Erotica schlimmster Sorte seit Mitte der 50er Jahre bis in die jüngsten Tage hinein freilich mit falschen Druckorten durch sie verlegt worden. Scheible's Antiquariat hatte allen Grund, Ihre harmlose Bemerkung eher mit Stillschweigen zu übergehen, da ihr nicht blos der Verkauf sondern auch der Verlag von Schmutzbüchern nachgewiesen werden kann.

Wer Butter auf dem Kopfe hat,
Der nehm' vor's Maul ein Feigenblatt."

[104.] Gegen-Erklärung.

Am 6. September d. J. hat der Bibliothekar der Königl. Landesbibliothek hierselbst Hr. Dr. v. d. Linde mir zum Zwecke einer Bewerbung ein Zeugniss ausgestellt, worin die früher bei anderen Gelegenheiten ausgestellten Zeugnisse zusammengefasst werden. In demselben sind zunächst die für den bibliothekarischen Beruf zu stellenden Anforderungen eingehend erörtert u. zum Schluss wird gesagt: „Die Vereinigung so vielseitiger Vorzüge wird man der Natur der Sache nach in der Regel nur bei älteren Gelehrten finden. Es ist daher umsomehr anzuerkennen, wenn dieselbe sich auch einmal bei einer jüngeren Kraft in so reichem Maasse vertreten findet, wie dies in Folge seines eigenartigen Bildungsganges u. seiner vielseitigen Kenntnisse bei dem seit $3^1/_2$ Jahren als Sekretär an der hiesigen Königl. Landesbibliothek angestellten Hrn. A. Graser der Fall ist, welchen ich wegen seiner ausgezeichneten Leistungen für die Bekleidung eines höheren bibliothekarischen Postens sowohl in theoretischer als auch in praktischer Beziehung als ganz eminent befähigt erachten muss. Ich kann denselben demgemäss für eine Stellung, welche ihn in eine seinen hervorragenden Kenntnissen u. Fähigkeiten mehr entsprechende würdigere äussere Lage brächte, in Anbetracht seiner vorzüglichen Qualification aus bester Ueberzeugung nur auf das Wärmste empfehlen."

Nachdem es inzwischen zu persönlichen Differenzen zwischen uns gekommen war, deren Ursachen nicht vor die Oeffentlichkeit gehören, habe ich mich veranlasst gesehen, von Sr. Excellenz dem Hrn Minister der geistlichen etc. Angelegenheiten von Puttkamer meine Entlassung zu erbitten. Der blosse Umstand, dass ich bei dieser Gelegenheit auch jenes inzwischen wieder in meine Hände gelangte Zeugniss zur Kenntniss des Hrn Ministers gebracht habe, hat Hrn Dr. v. d. Linde zur Zurücknahme desselben in seiner im 12. Heft des laufenden Jahrganges veröffentlichten Erklärung bewogen, obwohl seit der Ausstellung des Zeugnisses am 6. September sich amtlich keinerlei thatsächliche Anhaltspunkte ergeben haben, woraus er die Unrichtigkeit des in Bezug auf meine wissenschaftliche Befähigung u. meine Tüchtigkeit in bibliothekarischer Hinsicht damals Bezeugten erweisen könnte. Ich muss demnach in beiden Beziehungen jene Erklärung als einen sachlich nicht begründeten Akt persönlicher Feindseligkeit u. Verfolgungssucht bezeichnen, gegen welchen ich behufs einer Rüge bei dem Hrn. Minister vorstellig zu werden mich veranlasst sehe.

Der Herr Herausgeber hat sich auf meinen Wunsch bereit erklärt bis zum Eintreffen des ministeriellen Bescheides keinerlei etwaige Entgegnung über die vorliegende Angelegenheit aufzunehmen.

Wiesbaden, den 27. Dezember 1880. A. Graser.

Druck von Joh. Pässler in Dresden.

NEUER ANZEIGER

für

Bibliographie und Bibliothekwissenschaft.

Herausgegeben von Dr. J. Petzholdt.

Februar.	Inhalt:	1881.

[105.] Die Bibelsammlung der Königl. öffentlichen Bibliothek in Stuttgart.

Von Bibliothekar Prof. Dr. Th. Schott*).

Eine der grössten Kostbarkeiten unserer an litterarischen Schätzen mancher Art so reichen öffentlichen Bibliothek ist ihre Bibelsammlung. Andächtiges Staunen, stummes oder lautes Bewundern kommt über den Beschauer, wenn er den gewaltigen oberen Parterresaal bis auf wenige Bretter angefüllt sieht mit Bibeln aller Zeiten seit Erfindung der Buchdruckerkunst in den verschiedensten Sprachen u. Dialekten, u. in der That imponirend ist die Sammlung durch die grossartige Fülle ihrer Ausgaben, kostbar durch die reiche Menge ihrer Seltenheiten, unter welchen viele ersten Ranges sind. Die Sammlung galt lange Zeit für die grösste auf dem Festlande, ich zweifle, ob sie es noch heute ist; die grösste der Welt ist meines Wissens die des British Museum in London mit über 18,000 Ausgaben. Aber mag die Stuttgarter Sammlung auch in Hinsicht der Menge von ihren Kolleginnen in Paris, Berlin, Wien oder sonst übertroffen werden — an innerem Werthe, an seltenen Ausgaben, an Gleichmässigkeit steht sie keiner nach. Gegenwärtig zählt sie 5777 Ausgaben mit 7209 Bänden in über 100 Sprachen u. Mundarten, u. da sie stets einen Hauptanziehungspunkt bildet für den Fremden, welcher die Sehenswürdigkeiten unserer Residenz durchmustert, u. wir allen Grund haben, stolz zu sein auf diese litterarische Seltenheit, so lohnt es wohl der Mühe, ihrer Geschichte etwas nachzugehen u. die mannigfachen Merkwürdigkeiten, die sie darbietet, kurz zu beschreiben. In der 1765 von Herzog Karl gegründeten Bibliothek hatte sich durch Kauf, durch Schenkung von Privaten u. Korporationen bald auch

*) Abgedruckt aus: „Schwäbische Kronik, des Schwäbischen Merkurs zweite Abtheilung. Nr. 307. Sonntagsbeilage, den 26. Dezember 1880. S. 2347—48."

ein ansehnlicher Bestand von Bibeln zusammengefunden. Mit Eifer wurde diese Sammlung vermehrt, die zahlreichen Anerbietungen von seltenen u. kostbaren Bibelausgaben, welche dem Herzoge von den verschiedensten Seiten gemacht u. von ihm zur Begutachtung den Bibliothekaren übergeben wurden, beweisen zur Genüge, dass eine gewisse Vorliebe für diesen Zweig der Litteratur bei dem Herzoge sich kund gab. Ueberdiess war es gewissermassen Mode im 18. Jhdt., Bibeln zu sammeln, so dass ein berühmter Sammler es „das Biblische“ nannte, weil diese Sucht in demselben erst eigentlich sich entwickelt hatte u. zur Blüthe gekommen war. Am Anfang des Jhrhdts hatte der Diakonus M. Posselt in Zittau eine stattliche Zahl von Deutschen, besonders Lutherischen Bibeln zusammengebracht, die leider bei der Beschiessung von Zittau 1757 in Flammen aufging. Mehr lächelte das Glück anderen Sammlungen, dass sie unversehrt an die Nachwelt gelangten. Die Herzogin Marie Elisabeth Sophie von Braunschweig, eine eifrige Sammlerin, welche auch die Bibelsammlung des Senior Palm zu Hamburg erworben hatte, schenkte die ihrige der Wolfenbüttler Bibliothek; die des Senior Solger in Nürnberg wurde mit der Nürnberger Stadtbibliothek verbunden; die besonders an Niederdeutschen Bibeln reiche Sammlung des Hauptpastors Göze in Hamburg (Lessings Ehrengöze, der übrigens im Fach der Bibelgeschichte sehr bewandert war) bildet einen Hauptschmuck der Hamburger Stadtbibliothek; auch jetzt noch berühmt ist die damals angelegte Stolberg'sche Sammlung in Wernigerode. Aber um eines Hauptes Länge überragte diese Sammlungen alle die des Pastors an der Deutschen Kirche in Kopenhagen Josias Lorck; sie wurde im Jahre 1784 von Herzog Karl erworben u. bildet den stärksten u. werthvollsten Bestandtheil der Stuttgarter Bibelsammlung. Lorck selbst hat in seiner schlichten anspruchslosen Weise erzählt, wie er „durch die gute Leitung seines Gottes ein glücklicher Bibelsammler geworden ist“. Beim Konfirmandenunterricht im J. 1753 berührte er unter den äusseren Beweisen für die Göttlichkeit der h. Schrift auch ihre grosse Verbreitung u. die zahlreichen Uebersetzungen; da kam ihm der Gedanke: wie überzeugend wäre dies, wenn er es seinen Zuhörern anschaulich machen könnte durch das Vorweisen von vielen Ausgaben in verschiedenen Sprachen, u. von dem Augenblicke an beschloss er zu sammeln. Es gelang ihm über Erwarten, obgleich er nie eigentlich ein leidenschaftlicher Sammler war, so dass er alles andere darüber vergessen hätte; im Gegentheil „sorgfältig wachte er über sein Herz, dass die Begierde nach dieser oder jener Rarität nicht zu heftig wurde“. Aber er hatte Sammeltalent, wie er auch eine Autographen-Sammlung besass, u. mit frommem Gemüth sah er in dem Wachsen seines Bibelreichthums einen Beweis von Gottes Segen. Er war kein reicher Mann, konnte also nicht allzuviel Geld darauf wenden; nur einmal erlaubte er sich einen grösseren Kauf u. erwarb die Hassel'sche Sammlung von 351 St. um 400 Thlr. Sonst rechnete er im Jahr auf einen Zuwachs von 200 Nummern, u. nur sein Wittwer- u. zweites Ehejahr machten eine Ausnahme; da sammelte er wenig. Im J. 1778 nannte er 4182 Ausgaben in 4676 Bden sein eigen, 49 Sprachen waren dabei vertreten, darunter 33 Europäische; sie war entschieden damals die grösste Privatsammlung, weltberühmt ihr Ruf und die „Bibelstube" des Pfarrhauses war nie leer von Besuchern, denen der gastfreundliche Pastor gern u. mit Stolz seine Schätze zeigte. Auch Herzog Karl gehörte zu diesen Besuchern, als er im Februar 1784 in Kopenhagen weilte; es scheint, dass er schon mit der Absicht, die Sammlung zu erwerben, dorthin gereist war. Aber wie u. durch wen die Verhandlungen eingeleitet wurden, darüber findet sich nirgends Auskunft, ebenso wenig darüber, was Lorck bewog, sich von „dem, was ihm unter allem Leblosen, das er besass, das Liebste war", zu trennen. Am wahrscheinlichsten ist, dass ihn nicht bloss das hohe Angebot des Herzogs reizte, sondern weit mehr die Gewissheit, die Sammlung, welche ihn „so viel Mühe, Zeit u. wartende Geduld gekostet hatte", werde nun als ein Ganzes beisammen bleiben, in die besten Hände u. in die beste Pflege kommen u. so zum gemeinnützigen Gebrauch der Menschheit besser dienen, als in seinem Hause. Am 21. Februar 1784 wurde der Vertrag unterschrieben, nach welchem die aus 5000 Stücken bestehende Sammlung gegen die Summe von 4000 Dänischen Dukaten, 100 Holländischen Dukaten „Schlüsselgeld" u. einer jährlichen Leibrente von 100 Thlr., welche nach Lorck's Tode auf seine Wittwe übergehen solle, in den Besitz des Herzogs überging. Ein Calwer Haus war mit der Ausbezahlung des Geldes u. mit der Spedition der Bücher betraut; glücklich gelangten die Bibeln über Lübeck nach Stuttgart u. wurden „in des Herzogs Gegenwart von seinen Bibliothekariis ausgepackt u. sogleich an ihren besten Platz aufgestellt." Lorck, der von seinen Bibeln „Abschied genommen hatte mit der Empfindung, wie es bei der Trennung guter Freunde zu geschehen pflegt, aber auch in dieser Sache Gottes Hand erkannte", überlebte die Trennung nicht lange; am 8. Februar 1785 starb er „ruhig u. still, wie sein Leben gewesen war", an völliger Entkräftung. Zwei Jahre nachher, am 14. Februar 1787, folgte ihm seine Wittwe nach; auf ihrem Todtenbette noch dankte sie dem Herzog für alle ihr erwiesenen Wohlthaten. Den Katalog über die Sammlung, welchen Lorck versprochen u. angefangen hatte, vollendete sein Schwiegersohn Adler. Unterdessen hatte der Herzog seine Augen schon wieder auf eine andere bedeutende Bibelsammlung geworfen, auf die des Schaffer (Archidiakonus) Panzer in Nürnberg, die besonders an Deutschen Drucken sehr reich war. Im September 1785 trat er mit dem Nürnberger Gelehrten in Verkehr; „es gereiche ihm zu grossem

Wohlgefallen", liess er ihm schreiben, „dass er Willens sei, seine Bibelsammlung stückweise wegzugeben; aber er versehe sich dazu, dass der etc. Panzer in den angesetzten Preisen um ein namhaftes heruntergehe." Ob dies der Fall war, kann ich nicht konstatiren, jedenfalls kam der Handel zu Stande. Anfangs 1786 reiste der Herzog selbst der Sache wegen nach Nürnberg, eine ganz besonders schöne Bibel, die Peypus-Bibel von 1524 auf Pergament gedruckt, eine unschätzbare Perle der Sammlung, liess er sich sogleich in den Gasthof bringen; um 3000 fl. erwarb er die 1645 Bibeln Panzer's. Noch manchen Zuwachs erhielt die Sammlung unter Herzog Karls Regierung, so 1789 aus der Bibliothek des Prinzen von Soubise, 1790 bei der Auktion Crevenna; aber nach des Herzogs Tode hörten die Anschaffungen in so grossartigem Massstabe auf, u. nur die 1823 erkaufte, in Orientalibus vorzügliche Bibliothek des Kanzlers Schnurrer fügte neue Schätze hinzu. Auch aus den aufgehobenen Klöstern kam manches kostbare Bibelwerk nach Stuttgart, durch Schenkungen floss ebenfalls vieles der Sammlung zu; besonders der Munifizenz des königlichen Hauses verdankte die Sammlung manches Prachtwerk, so die grosse Englische Prachtbibel, London 1800 bis 1816, 8 Bde Fol. Von den neuen Uebersetzungen, durch welche die Britische Bibelgesellschaft die Völker Indiens, die Wilden Polynesiens, die Neger Afrikas u. die Indianer Amerikas mit dem Worte Gottes in ihrer Heimathsprache bekannt machte, sind viele durch die Güte unserer Landsleute Prediger Steinkopf in London u. Dr. Barth in Calw der Sammlung zu Theil geworden. Jetzt noch vergeht kein Jahr, wo sie nicht einen Zuwachs erhielte, u. wenn die Bibliothekverwaltung nicht in der Lage ist, alle kostbaren Drucke zu erwerben, oder gar dem Wunsche u. Ziele Lorck's nachzukommen, womöglich alle Ausgaben einer Sprache zu vereinigen, so versäumt sie doch nicht, neue für gelehrte Zwecke wichtige Editionen zu erwerben. Die Sammlung ist in das Stadium reifen Alters eingetreten, wo das Wachsthum beinahe unmerklich ist, u. wenn der oben angegebene Stand Manchem geringer erscheinen möchte, als nach den grossen Ankäufen zu erwarten wäre, so darf nicht ausser Acht gelassen werden, dass bei solchen Masseerwerbungen auch viele Doubletten mit unterlaufen, ebenso, dass mit der Lorck'schen Sammlung viele liturgische u. exegetische Bücher vereinigt waren, die jetzt ausgeschieden sind, so dass die Sammlung auf den reinen Bibeltext beschränkt ist. Aber wichtiger als die Zahl der Bände ist ihr innerer Werth u. hierin steht unsere Sammlung beinahe unerreicht da. Wohl bietet sie in keiner Sprache Vollständigkeit, aber wo ist diese überhaupt zu finden? u. umgekehrt, keine wichtigere Sprache ist unvertreten u. in jeder derselben ist Seltenes und Werthvolles da; Kostbarkeiten, um welche uns die grössten Bibliotheken beneiden können, sind nicht hie u.

da, sondern ziemlich häufig anzutreffen. Da stehen neben einander die Polyglotten von Complutum (1514 bis 17), Antwerpen (1569 bis 72), von Hutter in Nürnberg (1599), die Pariser (1645) u. die Londoner (1660), u., gehen wir einen Schritt weiter, so besitzen wir die Hebräische Inkunabel der alten Propheten (Josua—Könige) von der aus Speyer stammenden Jüdischen Druckerfamilie der Soncinaten, die noch seltenere Neapolitaner Ausgabe der ganzen Hebräischen Bibel, von derselben Officin gedruckt 1491 (nur noch 5 Exemplare kann man nachweisen), die 1., 2., 3., 5. Bromberg'sche Ausgabe des Hebräischen A. Testamentes; von Ausgaben des Griechischen N. Testamentes ist die 1. Erasmische von 1516 stupendae raritatis, unsere Sammlung hat aber noch die folgenden von 1518, 1522, 1527, 1535 u. die 7. von 1541; würdig reihen sich daran die 4 von Beza besorgten von 1565, 1582, 1588 u. 1598. Wie viele Bibliotheken giebt es, welche die 14 vorlutherischen Deutschen Bibeln nebeneinander aufstellen können? u. wenn auch von der 12. (Augsburg 1490) nur Theil 1 vorhanden ist, so wird der Mangel reichlich dadurch ersetzt, dass wir von diesen alten Ausgaben, deren jede eine Seltenheit ist, oft 2 Exemplare haben, welche in unbedeutenden Varianten von einander abweichen. Wohin man den Blick wirft, ob auf die von der Inquisition verfolgten Spanischen Uebersetzungen oder auf die mit gleichem Loose bedrohten Böhmischen Bibeln, auf Orientalische oder Abendländische Sprachen, auf Lateinische oder Französische, Niederdeutsche oder Skandinavische Uebersetzungen, überall sind schöne, seltene Ausgaben zu treffen, u., was die Freude des Sammlers ausmacht, häufig ganze Suiten, d. h. alle von einem Autor besorgten Ausgaben. Neben Egede's Uebersetzung der 4 Evangelien in's Grönländische (1744) ist eine alte Uebersetzung des N. Testaments in's Malaische da vom J. 1629. Dass die seltenen Uebersetzungen in's Slavonische von Juri Dalmata, Primus Truber, Stephan Consul vorhanden sind, versteht sich von selbst; gehört ja doch der ganze Slavische Bücherdruck, wie er von der Mitte des 16. Jhdts an im Mönchshof in Urach u. in Tübingen Jahrzehnte lang seine segensreiche Wirksamkeit entfaltete, zu dem Erfreulichsten, was Württemberg in jener Zeit aufzuweisen hat. Aber auch zu den 2 einzigen Uebersetzungen in Baskischer Sprache dürfte sich der grösste Sammler Glück wünschen; die eine, das N. Testament 1571 von dem Prediger Lizarrague auf Befehl der Königin Johanna d'Albret in die Landessprache übersetzt, hielt Göze für das seltenste Stück seiner Sammlung, von der andern, einer metrischen Psalmenübersetzung von La Salette 1583 ist nur noch ein einziges Exemplar vorhanden, in dem Britischen Museum. Aber der Charakter u. der Werth der Sammlung würde nicht richtig beurtheilt, wenn man nur die Menge der Raritäten als das Hervorragende angeben wollte, sie hat vielmehr auch einen hohen wissenschaftlichen Werth; denn Lorck, Panzer, Schnurrer, u. wer sonst mit dem Bibelkauf betraut war, richteten ihr Augenmerk ebenso auf gute, kritisch hervorragende Ausgaben, begreiflicherweise besonders bei den Griechischen, Hebräischen, überhaupt den Orientalischen Editionen. An Benützern, welche sich der dargebotenen Schätze freuen, hat es daher auch nie gefehlt. — Treten wir eine kleine Wanderung durch den Saal an, wo die Bibeln alter Sitte gemäss nach Sprachen geordnet sind. Den Reigen eröffnen die Polyglotten, dann folgen die Grundtexte Hebräisch mit Syrisch u. Samaritanisch, hierauf Griechisch u. Lateinisch. An sie schliessen sich in geographischer Reihenfolge mit Portugal beginnend die Bibeln der Europäischen Sprachen; über Asien wandern wir nach Afrika u. Amerika, das mit 17 Ausgaben in 18 Bden von allen Welttheilen am schwächsten vertreten ist, um mit Polynesien ans Ende zu gelangen. Den Ehrenplatz nimmt, wie es sich gebührt, Deutschland ein mit 1580 Nummern in 1847 Bden. Es ist schon oben des Stolzes unserer Sammlung, der 14 vorlutherischen Foliobibeln gedacht worden; nach allgemeiner Annahme ist die erste derselben um 1466 von Eggestein in Strassburg gedruckt worden, die jüngste ist die von Silvanus Otmar in Augsburg „in kosten vnd verlegung des fürsichtigen hern Johann Rynmann von Öringen“ gedruckte von 1518. Noch ist der Name des 1. Deutschen Uebersetzers mit dem Schleier des Geheimnisses bedeckt, er wird auch schwerlich gelüftet werden, aber was Luther von seinen Vorgängern gelernt u. entlehnt hat, könnte man gar leicht vergleichen; denn auch jene seltenen ersten Lutherischen Ausgaben sind vorhanden: die 7 Busspsalmen mit Erklärungen von Martinus Luder, Augustiner zu Wittenberg 1517, dann die Editio princeps des N. Testaments September 1522, trotz der starken Auflage von 10,000 Exemplaren so begehrt, dass im Dezember desselben Jahres eine II. nöthig wurde, die ebenfalls vorhanden ist. Hans Schott zum Thiergarten in Strassburg veranstaltete noch 1522 einen Nachdruck in Oktav; 1523 erschien von dem Alten Testament Th. I, 1534 die erste Originalausgabe der ganzen Bibel; aber auch die letzte von Luther's Hand 1545 besorgte besitzen wir in mehren etwas abweichenden Exemplaren. Die unendliche Reihe der späteren Ausgaben von Luther's Uebersetzung, auch die Seltenheiten darin übergehen wir; für einen Sprachforscher wäre es vielleicht interessant, den Entwicklungsgang der biblischen Sprache daran zu studiren. Von anderen Uebersetzern sind vorhanden ein N. Testament von Nic. Krumbach 1522, zahlreiche Schweizerische, die alten Propheten durch den Wiedertäufer Hetzer (Augsburg 1527), eine Reihe von Emserschen Bibeln, von Dietenberger, die Berleburger Bibel, das Neue Testament übersetzt von Polanus (1603), Felbinger (1660), u. endlich sei der seltsamen Uebersetzung von Joh. Jak. Junckherrott

(1732) gedacht, nach Göze das einzige Buch, aus welchem nichts Gutes gelernt werden kann, wo der V. Matth. 11,28: Kommt her zu mir Alle etc. lautet: „Wohl her ihr da bei mich alle die arbeithende da auch habende sich lassen bepacken da auch ich werde beruhigen ich euch daaufhin". Nehmen wir als Annex dazu die Altdeutschen 25 Nummern in 29 Bden u. die Niederdeutschen mit 151 Nummern in 153 Bden, so fehlt unter den ersteren nicht die älteste Ausgabe des Ulfilas 1665, auch nicht die des Otfried 1571; unter den letzteren steht oben an die 1. Uebersetzung in dieser Sprache ohne Ort, Jahr, Drucker etc., wahrscheinlich Köln 1480. Das hohe Lied ist hier nicht Deutsch, sondern in Lateinischer Sprache gegeben „um der jungen Leute willen". Ein Evangelienbuch Basel 1513, die Halberstadter Bibel 1522, das neue Testament Wittenberg 1525, die 7 Busspsalmen aus demselben Jahre, das Rostocker N. Testament 1530 wären u. a. hier zu erwähnen. — Die zweite Stelle nehmen die Lateinischen Bibeln ein, 1046 Stück in 1282 Bden; darunter ist unser ältester Druck die von Albert Pfister in Bamberg zwischen 1450—60 gedruckte 36zeilige Bibel, der leider ein Blatt fehlt. Der älteste datirte Bibeldruck ist die von Fust u. Schoiffer in Mainz am 14. August 1462 vollendete Bibel. Zu ihnen gesellen sich eine grosse Menge datirter u. undatirter Bibeln, die von Mentel in Strassburg um 1460, von Eggestein in Strassburg um 1470, die sogenannte R-Bibel (wegen der seltsamen Form dieses Buchstabens) um 1473, die 1. Ausgabe der Vulgata von Sweynheim u. Pannartz in Rom 1471, die von Franz v. Hailbrun u. Nikolaus v. Frankfurt in Venedig 1475 gedruckte, die paginirten von Koburger 1478, 1479, 1482, eine Lateinische Bibel von Erasmus 1522, ein prachtvolles Exemplar der Vulgata-Ausgabe von 1590 u. 1592, die seltene von Servet korrigirte von 1542, einer Menge anderer interessanter nicht zu gedenken. Für den Freund von Inkunabeln wäre hier Gelegenheit, noch Manches zu erforschen, denn über manche undatirte Ausgabe gaben die besten bibliographischen Hilfsmittel keine Auskunft. Von den Lateinischen gehen wir zu den Griechischen, welche mit 491 Nummern in 706 Bden vertreten sind u. der Natur der Sache nach besonders aus N. Testamenten bestehen. Der älteste Druck ist ein Psalter 15. November 1486 in Venedig vollendet von Alexander ex Candace, in alten Griechischen Minuskeln; 1498 druckte Aldus Manutius ebenfalls in Venedig auch den Psalter, u. 1504 schob er einige Kapitel aus dem Evangel. Johannis Griechisch u. Lateinisch ein zwischen die Carmina von Gregor von Nazianz. Ferner sind der Brief Pauli an Titus 1518 aus einem sonst unbekannten Codex herausgegeben, der Römerbrief 1520 von Melanchthon edirt, die 1. Ausgabe des N. Testaments 1538 von Thomas Platter, dem bekannten Basler Drucker, die 3 Stephanischen Ausgaben von 1546, 1549, 1550, die sehr seltene Griechisch-

Lateinische von Johannes Tornäsius besorgt, die Mazariniana von 1642, die Mastrichter von 1711, die Evangelienharmonie von Toinardus, der Codex Sinaiticus u. Vaticanus Zierden unserer Sammlung. Ziemlich gleich stark ist die Französische Abtheilung, 467 Nummern in 788 Bden, darunter die 1. Französische Uebersetzung von Jean de Rely um 1487, der gleich alte auf Befehl Karls VIII. gedruckte Psalter, die 1. Gesammtausgabe von Faber Stapulensis, Antwerpen 1530. Die meisten Ausgaben sind reformirten Ursprungs, aber doch ist mir die Menge der katholischen Ausgaben u. Auflagen aufgefallen; nicht bloss der Einfluss der Jansenisten, sondern auch der grossen Französischen Theologen des 17. Jhdts., Bossuet, Massillon, Isaak de Saci, macht sich hier geltend. Den reformirten Bibeln ist meistens der Psautier von Marot und Beza beigebunden, wie den Englischen das Prayerbook u. den Holländischen die Psalmenübersetzungen von Dathenius, Marnix u. A. An Französischen Psautiers steht unsere Sammlung mit gegen 3 bis 400 Nummern wohl unerreicht da. Unter den Hebräischen Bibeln (414 Nummern in 458 Bden) bemerke ich die Ausgabe der 7 Busspsalmen von Reuchlin 1512, ein Psalterium von 1516, von Froben gedruckt, die Ausgaben von R. Stephanus 1543 u. 1546, Plantinische 1566 u. 1576; unter den Syrischen ist das N. Testament 1555—62 von unserem Landsmann J. C. Widmannstad die interessanteste. Die Englische Abtheilung (377 Bibeln in 410 Bden) zählt viele schöne Ausgaben auch in schönem Englischem Lederband, aber Seltenheiten ersten Rangs, wie eine Caxton Bibel, besitzen wir nicht, auch von Holländischen haben wir nicht die allerseltensten Stücke; doch ist eine Ausgabe von 1528 vorhanden, ebenso die Uebersetzungen von Liesveldt von 1532, 1538, 1542, 1546 der seine Thätigkeit mit dem Leben zahlte. Noch möchte ich hinweisen auf das Spanische N. Testament 1543 von Enzinas, auf die Italienischen Uebersetzungen von Malermi 1471, Bruccioli 1541, die erste Böhmische Bibel von 1488, die Hussitenbibel von 1506, die von den Jesuiten nach der Schlacht am Weissen Berg mit fanatischem Eifer gesuchte u. vernichtete Bibel von 1579—94, welche der Freiherr von Zierotin herstellen liess; eine Polnische Radzivilbibel von 1563 nimmt ihre Stelle ein neben der Russischen des Fürsten v. Ostrog 1561. Ferner sind vorhanden die Holländisch-Russische 1717—24 von Peter dem Grossen veranstaltete Uebersetzung, Finnische, Celtische, Lettische, Walachische, die in Island 1584 gedruckte, nicht minder eine Grusische 1743 in Moskau gedruckte Bibel; Türkische, Persische, Armenische, in zahlreichen Sprachen Vorder- und Hinterindiens, darunter die seltenen Uebersetzungen des N. Testaments von Ziegenbalg u. Grundler, Trangebar 1711, der Aethiopische Psalter, 1513 (das erste in Aethiopischer Sprache in Europa gedruckte Buch), die erste in

Amerika gedruckte Bibel von 1663, in Virginische Indianersprache von J. Eliot übersetzt. Wer zählt die Völker? nennt die Namen? kann man hier wohl fragen, u. doch habe ich nur eine oberflächliche Auslese gehalten. Wie interessant wäre es auch, wenn diese stummen Zeugen der Vergangenheit, die hier aus allen Welttheilen sich zusammengefunden haben, reden könnten u. erzählen von den Schicksalen, die sie miterlebt im Laufe der Jahrhunderte; von den Familien, deren Pracht- u. Erbstück sie bildeten oder deren täglicher Genosse sie bei den Hausandachten waren; durch welche Hände sie gegangen sind, bis sie endlich in die friedliche Ruhe unserer Bibliothek gelangten! Es fehlt nicht an handschriftlichen Bemerkungen aller Art, u. nach alter Sitte findet sich häufig auf den leeren Blättern vorne u. am Schluss eine Art Familienchronik, aber Wichtiges, allgemein Interessantes habe ich nirgends gefunden. Das Werthvollste findet sich in einer Lutherbibel von 1545, wo von Luther's, Melanchthon's, Bugenhagen's u. Cruciger's Hand eine Widmung eingetragen ist. Ein Griechisches N. Testament (Basel 1538) trägt auch ein Autograph Luther's; besonders reich an Autographen ist eine Hebräische Bibel von 1521, ein wahres Stammbuch, welches Widmungen von Melanchthon, Selneccer, Veit Dietrich d. J., Joachim Camerarius, Lukas Thangel u. A. vereinigt. Ein sehr merkwürdiges Stück ist die Handbibel der Königin Christine von Schweden, der exzentrischen Tochter Gustav Adolf's, eine Schwedische Bibel von 1633 mit reichem Goldschnitt u. schön gesticktem Einbande, einen Hirsch u. das Lamm mit der Kreuzesfahne darstellend. Von anderen fürstlichen Besitzern sind zu erwähnen Catharina, T. von Gustav Wasa von Schweden, geb. 1539, welche ihre Deutsche Lutherbibel von 1572 mit einer Fülle von ziemlich unbedeutenden Randbemerkungen versah; eine wunderschöne illuminirte Frankfurter Bibel von 1580 war die Familienbibel der Herzoge von Liegnitz; Anna, die Tochter unseres Herzogs Christoph, Gattin des Herzogs Johann Georg, hat die Geburt ihrer Kinder, den Todestag ihres Mannes darin eingetragen. Die herrliche Koburger Bibel von 1483 gehörte dem kunstsinnigen Tübinger Schlosshauptmann Nicolaus Ochsenbach an, u. war vorher das Eigenthum Jörg's von Sachsenheim gewesen; eine Englische Bibel gehörte Bengel, dem sie Zinzendorf übergab; eine Lateinische Bibel 1566 gehörte Leo Judä, eine Hebräische von 1536 dem Berner Professor Wolfgang Musculus, eine andere Hebräische von 1524 dem Tübinger Prof. Dr. Wilh. Schickhardt; in eine Lateinische Bibel von 1576 hat John Swift 1704 seinen Namen eingetragen. Zeuge eines tragischen Geschicks war eine Tübinger Bibel von 1627. Sie gehörte dem Pfarrer Georg Wölfflin von Owen, der 1634 nach der Nördlinger Schlacht nach Nürtingen flüchtete u. in der dortigen Kirche von kaiserlichen Soldaten ermordet wurde;

noch trägt das Exemplar die verblassten Spuren seines Blutes. Ein Vers, worin der Besitzer eines Griechischen N. Testaments (Basel 1585) seine Rechte in grausigem Latein wahrt, möge hier auch Platz finden;

Quis vult hoc (!) librum stehlen,
Pendebit an der Kehlen,
Deinde veniunt die Raben,
Volunt ei oculos ausgraben.
Sic nam venit Diabolus gar schnelle,
Transitque bis in die Hölle,
Sic nam clamat ach! ach! ach!
Cum ipsi suum jus geschach.

(Schluss folgt.)

[106.] Nutrimentum spiritus.

Von Dr. P. Mitzschke.

(Schluss.)

Eine hübsche militärwissenschaftliche Bibliothek ist Eigenthum des Offizier-Corps des Magdeburgischen Jägerbataillons Nr. 4. Begründet im Jahre 1853 durch freiwillige Geldspenden u. Bücherschenkungen der Offiziere hat sie sich durch dieselben Mittel sowie durch gelegentliche Zuwendungen der Behörden u. Vorgesetzten unterhalten u. auf den gegenwärtigen Bestand von etwa 1100 Bden u. 200 Plänen und Karten vergrössert. Sie enthält ausser einer stattlichen Reihe von Jahrgängen militärischer Zeitschriften hauptsächlich Werke über Organisation u. Verwaltung der Heere, Ausbildung der Truppen, Kriegsgeschichte, Weltgeschichte, Geographie, Statistik u. Forstwissenschaft. Der neueste gedruckte Katalog ist Anfang 1879 erschienen *). Die Bibliothek, welche ihre Aufstellung in der Jägerkaserne hat, wird durch eine Kommission von drei Offizieren mit dem Hauptmann u. Compagnie-Chef Reinbold an der Spitze verwaltet u. steht den Offizieren des Bataillons zur Benutzung offen.

Auch die Oberjäger des Bataillons haben eine Bibliothek für sich, welche im Jahre 1874 zugleich mit dem damals errichteten Oberjäger-Casino ins Leben gerufen wurde u. im Oberjäger-Casino aufgestellt ist. Die Unterhaltung u. Vermehrung der Bibliothek geschieht aus den vom Bataillon hierfür überwiesenen Mitteln. Gegenwärtig beziffert sich nach Ausweis des geschriebenen Kataloges der Bestand auf 40 Werke in etwa 190 Bden (Werke der Deutschen Klassiker, geschichtliche Bücher, Unterhaltungszeitschriften,

---

*) Bücherverzeichniss der dem Officier-Corps des Magdeb. Jäger-Bat. No. 4 gehörenden Bibliothek. Abgeschlossen den 31. December 1878. 23 Seiten in gr. 8°.

Forstwissenschaft), deren Benutzung den Oberjägern u. den Gefreiten, welche den Dienst dieser Charge versehen, gestattet ist. Die Verwaltung liegt in den Händen eines Oberjägers, welcher Mitglied des Casino-Vorstandes sein muss.

Von geringer Bedeutung ist die Garnisonbibliothek, die im Jahre 1865 von dem damaligen Garnisonpfarrer Archidiakonus Nottrott angelegt worden ist. Durch Gaben der evangelischen Felddiakonie wurde sie in den Kriegsjahren sehr vermehrt, durch starke Benutzung im Lazarethe aber wieder erheblich dezimirt, sodass sie augenblicklich nur 134 Bde zählt. Eine Ergänzung ist wegen mangelnder Geldmittel nicht möglich. Die Bibliothek steht unter der Obhut des Pastors Möring als jetzigen Garnisongeistlichen und ist in der Othmarspfarre aufgestellt.

Auch die spezielle Lazarethbibliothek hat nur geringen Umfang. Eine kriegsministerielle Verfügung vom 11. August 1857 ordnete zuerst die Einrichtung von Lazarethbibliotheken an, indem gleichzeitig den Corps-Intendanturen Fonds zur Beschaffung der ersten Ausstattung überwiesen wurden. Infolge dieser Verfügung entstand auch die Naumburger Lazarethbibliothek, zu deren Erhaltung und Vergrösserung eine jährliche Geldrate von früher 11, jetzt nur noch 10 Mk. aufgewandt wird. Daneben haben freiwillige Geschenke zur Erreichung des gegenwärtigen Bestandes beigetragen, der sich nach dem (geschriebenen) Kataloge auf 102 Bde beziffert. Diese Bücher betreffen vaterländische u. allgemeine Geschichte, Kriegswissenschaft, Biographien, Reisen; auch ist eine Reihe von Jahrgängen des Schneiderschen „Soldatenfreundes“ vorhanden. Die Bibliothek wird im Geschäftszimmer des Lazarethes aufbewahrt und vom Lazareth-Rechnungsführer Sergeanten Höne verwaltet, der für Instandhaltung der Bücher u. unter Konkurrenz des Garnisonpfarrers für Neubeschaffungen aus den geringen verwendbaren Mitteln zu sorgen hat. Zur Benutzung der Bibliothek werden einzig die Kranken des Lazarethes zugelassen.

Von den Büchereien der Naumburger Vereine kommen nur wenige in Betracht, und zwar zuerst die Bibliothek des (Stolzeschen) Stenographenvereins. Die älteste Vereinigung Stolzescher Stenographen bildete sich in Naumburg 1865 u. im darauf folgenden Jahre eine zweite. Letztere löste sich aber nach kurzem Bestande wieder auf und die angesammelte unbedeutende Bibliothek wurde später von der älteren Vereinigung übernommen, die auch ihrerseits aus Vereinsmitteln u. Schenkungen eine kleine Bibliothek angelegt hatte. Im Jahre 1872 entstand abermals ein zweiter Verein, der sich jedoch bereits am 28. August 1873 mit dem älteren zu dem noch jetzt bestehenden „Stenographenverein“ zusammenschloss u. einige Bücher zu der Vereinsbibliothek mitbrachte. Diese hat sich seitdem stetig vergrössert, theils durch Geschenke von Mitgliedern u. Freunden des Vereins, theils durch Ankäufe, für welche aus der Vereinskasse jährlich eine je nach der Mitgliederzahl sich richtende Geldsumme ausgesetzt ist. Ein authographirter Katalog erschien zuerst 1874*), ein neuer gedruckter im Jahre 1879**). Der letztere verzeichnet etwa 225 Bde stenographischen Inhalts, hauptsächlich Lehrmittel, Lesebücher, Zeitschriften, Bücher über Wesen u. Geschichte der Kurzschrift. Seit Ausgabe des Kataloges haben aber weitere Zuwachse stattgefunden, durch welche die Bändezahl bereits auf mehr als 250 gestiegen ist. Mit Verwaltung der Bibliothek, die im Rathskeller, dem Vereinslokale, aufbewahrt wird, ist der Vereinsbibliothekar Kassenassistent Schmidt betraut. Die Benutzung ist für Vereinsmitglieder kostenfrei, andern Freunden der Stenographie wird sie gegen Lesegebühren gestattet.

Die zweite zu nennende Vereinsbibliothek ist die Bibliothek des Gewerbevereins, welcher am 29. November 1866 begründet wurde. Regelmässige Mittel für Bücheranschaffungen sind im Vereinsetat nicht ausgeworfen u. so ist die Bibliothek im Verhältniss zu der Grösse des Vereins ziemlich klein geblieben. Sie zählt gegenwärtig in etwa 80 Bden 30 Werke über Industrie, Gewerbewesen, Staatswissenschaft u. Naturwissenschaft. Ein Verzeichniss derselben ist auf der letzten Seite des 1878 ausgegebenen Druckes der Vereinsstatuten zu finden. Zur Benutzung der Bibliothek sind die Mitglieder des Gewerbevereins berechtigt, die Ausgabe der Bücher erfolgt durch den Buchbindermeister Breden oder den Klempnermeister Schenk.

Endlich sei auch noch die Bibliothek des 1829 begründeten Missionsvereins genannt, welche etwa 70 Bde Missionszeitschriften u. sonstiger Werke über die Heidenmission enthält. Ihre Verwaltung liegt dem Vorsteher des Vereins, dem Domprediger Mitzschke, ob, in dessen Wohnung sie auch aufgestellt ist.

Ueberschaut man alle aufgezählten Bibliotheken mit den in ihnen angesammelten Büchern, so muss man gestehen, dass Naumburg über Mangel an „geistiger Nahrung" sich nicht beklagen kann. Wie aber Niemand durch das blosse Bewusstsein von der Existenz nahrhafter Speisen oder nur durch das Ansehen gedeckter Tafeln gesättigt wird, wie die Nahrung erst dann einen Nutzen für den Menschen hat, wenn er wirklich Gebrauch von ihr macht, so geht es auch mit der „geistigen Nahrung" der genannten Bibliotheken, deren Benutzung im Grossen und Ganzen zu wünschen übrig lässt. Möge der gegenwärtige Aufsatz dazu beiträgen, ein allgemeineres Interesse für die Bibliotheken Naumburgs zu erwecken!

---

*) Bücherverzeichniss des Stenographischen Vereins zu Naumburg a. d. S. Naumburg 1874. 16°. 10 Pf.

**) Verzeichniss der Bücher des Stenographen-Verein zu Naumburg a. d. S. 1879. 8 Seiten in 8°.

Zum Schlusse verfehle ich nicht, allen denjenigen Herren, welche durch gefällige Mittheilung von Daten zur Vervollständigung meines Aufsatzes so wesentlich beigetragen haben, hierdurch meinen verbindlichsten Dank abzustatten.

[107.] Zur Goethe-, Lessing- und Schiller-Litteratur *).

1. Goethe-Litteratur.

* Goethe's Briefe an die Gräfin Auguste zu Stolberg, verwittwete Gräfin v. Bernstorff. II. Auflage, mit Einleitung und Anmerkungen. Leipzig, Brockhaus. 1881. 12⁰. XL, 166 S. Pr. n. 2,50 Mk.

* Goethes Jugendbriefe. Ausgewählt und erläutert von Wilhelm Fielitz. Berlin, Weidmann. 1880. gr. 8⁰. XII, 307 S. Pr. n. 3,60 Mk.

* Egmont. Ein Trauerspiel in 5 Aufzügen von Goethe. [Uebersetzungs-Bibliothek zu den italienischen Unterrichts-Briefen von Buonaventura und Schmidt. Bdch. 6. Leipzig, Verlag des Hausfreundes. 1879.] 8⁰. 90 S. Pr. n. 0,60 Mk.

* Egmont. Ein Trauerspiel in 5 Aufzügen von Wolfgang v. Goethe. [Museum. Sammlung literarischer Meisterwerke. In neuer Rechtschreibung. Nr. 2.] Elberfeld, Loll. 1880. 8⁰. 74 S. Pr. n. 0,20 Mk.

* Faust of Goethe. Part I. German Text. With Notes by A. M. Leiss. London, Longmans & Co. 1880. gr. 8⁰. Pr. n. 5 sh.

Faust von Goethe. Erster Theil. Mit Bildern und Zeichnungen von A. v. Kreling. München, Bruckmann. (1880.) 4⁰. 2 Bll. 139 S. m. eingedr. Holzschn. u. 14 Taf. Lichtdruck. Pr. n. 20 Mk.

Faust. Eine Tragödie von Goethe. Mit Einleitung und erläuternden Anmerkungen von G. von Loeper. Zweite Bearbeitung. Th. II. Berlin, Hempel. 1879. 8⁰. LII, 356 S. Pr. n. 3,20 Mk.

Goethe — Faust Traduction littéraire Traduction Française Notes indiquant le rapport qui existe entre l'Allemand et l'Anglais Commentaires. Par A. Maussenet. Paris, Truchy. 1879. gr. 18⁰. XXIV, 780 S. Pr. n. 6 Mk.
Mit Deutschem Texte.

Faust von Goethe. Mit Einleitung und fortlaufender Erklärung herausgegeben von K. J. Schröer. I. Theil. Heilbronn, Henninger. 1881. 8⁰. LXXXVII, 304 S. Pr. n. 3,75 Mk.

Faust. Eine Tragödie von Johann Wolfgang von Goethe. Erster Theil. Illustrirt in 50 Compositionen von Alexander Liezen Mayer. Mit Ornamenten von Rudolf Seitz. Ausgeführt in 9 Radirungen von W. Hecht und W. Krauskopf und in Holzschnitten von W. Hecht's xylogr. Anstalt. Gedruckt bei Gebrüder Kröner in Stuttgart auf Papier der G. Schaeuffelen'-

---

*) Fortsetzung von Anz. J. 1879. Nr. 681.

schen Fabrik zu Heilbronn. [Wohlfeile Prachtausausgabe.] München, Stroefer. (1880.) gr. 4°. 254 S. m. eingedr. Holzschn. u. 9 Kpftaf. Pr. n. 24 Mk.

* Faust von Goethe. 1. Theil. Mit Bildern und Zeichnungen von A. v. Kreling. (Neue billige Prachtausgabe.) München, Bruckmann. 1880. gr. 4°. 139 S. m. eingedr. Holzschn. u. 14 Lichtdr. Bildern. Pr. n. 20 Mk.

* Faust. Eine Tragödie von Wolfgang v. Goethe. 1. Theil. Elberfeld, Loll's Nachf. 1880. 8°. 123 S. Pr. n. 0,30 Mk.
Museum. Sammlung literarischer Meisterwerke. Nr. 3.

* Goethe's Faust. Für die Aufführung als Mysterium in zwei Tagewerken eingerichtet von Otto Devrient. [Musik von Ed. Lassen.] Zum ersten Male aufgeführt zur Sälukärfeier von Goethe's Ankunft in Weimar. Mit einer Einleitung. II. durchgesehene Auflage. Karlsruhe, Braun. 1880. 12°. XLIV, 228 S.

Goethe's Faust. Zweiter Theil. Tragödie in fünf Akten. Nach der Bearbeitung von Dr. Wollheim für die Königl. Sächs. Hofbühne eingerichtet vom Oberregisseur A. Marcks. Musik von H. H. Pierson. Bühnen gegenüber Manuscript. Aufführungsrecht vorbehalten. Dresden, Pierson. 1880. 8°. 3 Bll. 82 S.

Götz von Berlichingen mit der eisernen Hand. Schauspiel in fünf Aufzügen. Erste vollständige Bühnenbearbeitung nach der Goethe-Handschrift der Universitätsbibliothek in Heidelberg. Karlsruhe, Bielefeld. 1879. 8°. XIII S., 1 Bl. 189 S. Mit 1 Theaterzettel. Pr. n. 3,50 Mk.
Mit Vorwort von G. Wendt.

* Goethe's Hermann und Dorothea. Mit vollständigem Commentar für den Schulgebrauch und das Privatstudium von A. Lundehn. [Schulausgaben ausgewählter klassischer Werke mit vollständigen Commentaren. 1. Reihe. Die Meisterwerke der klassischen Periode bearb. von J. Naumann und Frdr. Fr. Rückert. 5 Bdch.] Leipzig, Siegismund und Volkening. 1880. 8°. 128 S. Pr. n. 0,60 Mk.

* Hermann und Dorothea. Von Wolfgang v. Goethe. [Haus-Bibliothek. Auslese von Werken der bedeutendsten Schriftsteller des In- und Auslandes. Bd. 3.] Leipzig, Goldhausen. 1880. 16°. 78 S. Pr. 0,20 Mk.

* Hermann und Dorothea. Von Joh. Wolfg. Goethe. Leipzig, Matthes. 1880. 24°. 68 S. Pr. n. 0,50 Mk.
Miniatur-Bibliothek classischer Dichterwerke. Bdch. 1.

* Hermann und Dorothea. Von Wolfgang v. Goethe. Schulausgabe. Elberfeld, Loll's Nachf. 1880. 8°. 56 S. Pr. n. 0,50 Mk.
Museum. Sammlung literarischer Meisterwerke. Nr. 6.

* Goethe's Hermann und Dorothea mit 8 Bildern von Arthur Frhr. v. Ramberg, nach den Original-Oelgemälden in Lichtdruck hergestellt von

Friedrich Bruckmann. Mit Ornamentstücken von Adolf Schill. Neue Ausgabe. Berlin, Grote. 1881. Fol. 67 S. Pr. n. 12 Mk.

* Jeri und Bäteli. Oper in einem Act von Goethe. Orchester Partitur von Ingeborg von Bronsart. Leipzig, Kahnt. (1879.) Pr. 60 Mk.

* Goethe's Iphigenie auf Tauris. [Meisterwerke unserer Dichter. In neuer Auswahl für Volk und Schule herausgegeben und mit kurzen Erläuterungen begleitet von Franz Hülskamp. Bdch. 6.] Münster, Aschendorff. 1879. 16°. 72 S. Pr. n. 0,30 Mk.

Goethe's Iphigenie auf Tauris. Ein Schauspiel. Für die Zwecke der Schule erläutert und methodisch bearbeitet von H. Bockeradt. Paderborn, Schöningh. 1880. kl. 8°. VI, 186 S. Pr. 1,50 Mk.

Gehört zu „Schöningh's Ausgaben deutscher Classiker mit Commentar III."

* Iphigenie auf Tauris. Ein Schauspiel von Wolfgang v. Goethe. Schulausgabe. Elberfeld, Loll's Nachf. 1880. 8°. 60 S. Pr. n. 0,50 Mk. Museum. Sammlung literarischer Meisterwerke. Nr. 9.

* German Classics. Lessing, Goethe, Schiller. Edited, with English Notes, by C. A. Buchheim. Vol. V: Iphigenie auf Tauris; a Drama of Goethe. London, Macmillan & Co. 1880. 12°. 194 S. Pr. 3 s.

Leiden des jungen Werthers. Von Wolfgang v. Goethe. [Museum. Sammlung literarischer Meisterwerke. In neuer Rechtschreibung. Nr. 15.] Elberfeld, Loll. 1880. 8°. 102 S. Pr. n. 0,30 Mk.

Die Leiden des jungen Werthers von J. W. Goethe gedruckt in der Werkstatt der Heinzelmännchen getreu nach der ersten Ausgabe von 1774. 2 Thle. München, Ackermann. 1880. Dantinoformat 128°. 1 Bl. 224 S. Pr. n. 6 Mk.

Goethe's Märchendichtungen. Von Friedrich Meyer von Waldeck. Heidelberg, Winter. 1879. 8°. VII, 252 S. m. 1 Personen-Uebersichtstaf. Pr. n. 4,50 Mk.

* Italienische Reise. Von Wolfgang v. Goethe. Leipzig, Reclam. 1880. 16°. 432 S. Pr. n. 0,90 Mk.

* Meisterwerke unserer Dichter. In neuer Auswahl für Volk und Schule herausgegeben und mit kurzen Erläuterungen begleitet von Franz Hülskamp. Bdch. 10. Goethe's Torquato Tasso. München, Aschendorff. 1880. 16°. 108 S. Pr. n. 0,20 Mk.

* Torquato Tasso. Ein Schauspiel von Wolfgang v. Goethe. Schulausgabe. Elberfeld, Loll's Nachf. 1880. 8°. 91 S. Pr. n. 0,60 Mk. Museum. Sammlung literarischer Meisterwerke. Nr. 14.

* Aussöhnung. Aus Goethe's Trilogie der Leidenschaft für Männerstimmen, Soli u. Chor mit Orchester. Von H. Huber. Op. 45. Englische Uebersetzung von R. H. Benson. Leipzig u. Winterthur,

Rieter-Biedermann. (1879.) Pr. f. Partitur 8 Mk., Clavierauszug 3 Mk., Orchesterstimmen 10 Mk., Chorstimmen à 0,30 Mk., Solostimmen à 0,15 Mk.

* Das Tagebuch von Goethe. 1810. Karlsbad, Feller. 1880. 8°. 16 S. Pr. n. 0,60 Mk.

* Das Tagebuch von Goethe. [1810.] Wien, Massanetz & Co. 1880. 12°. 15 S. Pr. n. 0,30 Mk.

* Das Tagebuch von Goethe. 1810. Wien, Rosner. 1879. gr. 8°. 11 S. Pr. n. 0,60 Mk.

2. Lessing-Litteratur.

* National-Bibliothek sämmtlicher deutschen Classiker. 710—12. — G. E. Lessing's Werke 108—10. Berlin, Hempel. (1879.) kl. 8°. oder gr. 16°. Bd. XX. Abth. 1. LV, 673—863 S. Pr. à. n. 0,25 Mk.

* Lessing's Werke. Herausgegeben von Rich. Gosche. Erste illustrirte Ausgabe. II. verbesserte Auflage. Berlin, Grote. 1880. 8°. In 50 Lieferungen à 6½ Bog. mit eingedr. Holzschn. u. Holzschntafl. Pr. à. n. 0,50 Mk.

* Emilia Galotti. Ein Trauerspiel in 5 Aufzügen von Goth. Ephr. Lessing. Elberfeld, Loll's Nachf. 1880. 8°. 64 S. Pr. n. 0,20 Mk. Museum. Sammlung literarischer Meisterwerke. Nr. 41.

* Fables de Lessing en prose et en vers, suivies de vingt-cinq fables choisies dans Hagedorn, Gellert, etc. Texte allemand, publié avec des notes explicatives, par L. Boutteville. Paris, Hachette et Cie. 1879. 12°. IV, 88 S.

Lessings Laokoon. Herausgegeben und erläutert von Hugo Blümner. II. verbesserte und vermehrte Auflage. Mit drei Tafeln. Berlin, Weidmann. 1880. gr. 8°. XXV S. 1 Bl. 756 S. m. 3 Taf. Pr. n. 12 Mk.

* Lessing's Minna von Barnhelm. [Meisterwerke unserer Dichter. In neuer Auswahl für Volk und Schule herausgegeben und mit kurzen Erläuterungen begleitet von Franz Hülskamp. 7. Bdchn.] Münster, Aschendorff. 1879. 16°. 96 S. Pr. n. 0,20 Mk.

* Minna v. Barnhelm oder das Soldatenglück. Ein Lustspiel in 5 Aufzügen von Gotth. Ephr. Lessing. Leipzig, Matthes. 1880. 24°. Pr. n. 0,80 Mk. Miniatur-Bibliothek classischer Dichterwerke. Bdch. 3.

* Minna von Barnhelm oder das Soldatenglück. Ein Lustspiel in 5 Aufzügen. Von G. E. Lessing. (Schul-Ausgabe in neuer Rechtschreibung.) Elberfeld, Loll. 1880. 8°. 80 S. Pr. n. 0,50 Mk.

* Minna von Barnhelm oder das Soldatenglück. Ein Lustspiel in 5 Aufzügen von G. E. Lessing. [Museum. Sammlung literarischer Meister-

werke. In neuer Rechtschreibung. Nr. 45.] Elberfeld, Loll. 1880. 8°. 80 S. Pr. n. 0,20 Mk.

* Lessing's Minna von Barnhelm, with Idiomatic and Explanatory Notes, and a complete Vocabulary, by J. J. F. Schmidt. II. Edition. London, Williams & Norgate. 1880. gr. 8°. Pr. 2 s. 6 d.

* Nathan der Weise. Ein dramatisches Gedicht in 5 Aufzügen von Gotth. Ephr. Lessing. Elberfeld, Loll's Nachf. 1880. 8°. 124 S. Pr. n. 0,30 Mk.

Museum. Sammlung literarischer Meisterwerke. Nr. 46.

* Nathan der Weise. Ein dramatisches Gedicht in 5 Aufzügen von G. E. Lessing. In stenographische Schrift übertragen von Zeibig. Bd. II. [Universal-Bibliothek der Gabelsbergerschen Stenographie. Nr. 2.] Leipzig, Körner. 1880. 16°. 185 lith. S. Pr. n. 1 Mk.

* Miß Sara Sampson. Ein Trauerspiel in 5 Aufzügen, Von Lessing. Berlin, Hempel. (1879.) gr. 16°. 83 S. Pr. n. 0,60 Mk.

3. Schiller-Litteratur.

* Schillers sämmtliche Werke. Vollständig in vier Bänden. Mit Einleitungen von Karl Goedeke. Mit dem Portrait des Dichters. Stuttgart, Cotta. 1879. 8°. XVIII, 726; XXII, 788; XVI, 754; XII, 788 S. Pr. n. 7 Mk.

* Friedrich v. Schiller's Werke. Illustrirt von ersten deutschen Künstlern. Lief. 33—65 (Schluß). Stuttgart u. Leipzig, Hallberger. (1879.) 4°. Bd. II. VIII, 425—47 S.; Bd. III. VIII, 450 S.; Bd. IV. 423 S. Mit eingedr. Holzschn. Pr. à n. 0,50 Mk.

* Die Braut von Messina oder die feindlichen Brüder. Ein Trauerspiel mit Chören von Friedrich v. Schiller. Schulausgabe. Elberfeld, Loll's Nachf. 1880. 8°. 86 S. Pr. n. 0,60 Mk.

Museum. Sammlung literarischer Meisterwerke. Nr. 21.

* Don Carlos von Schiller. By H. Schünemann. London, Simpkin. 1880. gr. 8°. Pr. 1 s. 6 d.

Gehört zu „London German Classics."

* Schiller's Gedichte mit Zeichnungen von J. Füllhaas. Leipzig, Amelang. 1879. gr. 8°. 477 S. m. eingedr. Holzschn. u. 1 Stahlst. Pr. 6 Mk.

* Schiller's Revolt of the Netherlands. Books 1—4. German Text, with Literal Translation, by H. Apel. New Edition. London, Cornish. 1880. 18° Pr. 2 s. 6 d.

* Schiller's Jungfrau von Orleans. [Meisterwerke unserer Dichter. In neuer Auswahl für Volk und Schule herausgegeben und mit kurzen Erläuterungen begleitet von Franz Hülskamp. 9. Bdch.] Münster, Aschendorff. 1879. 16°. 130 S. Pr. n. 0,20 Mk.

* Die Jungfrau von Orleans. Eine romantische Tragödie von Fried-

rich v. Schiller. Schulausgabe. Elberfeld, Loll's Nachf. 1880. 8°. 107 S. Pr. n. 0,60 Mk.

Museum. Sammlung literarischer Meisterwerke. Nr. 26.

* Die Jungfrau von Orleans von Schiller. By H. Schünemann. London, Simpkin. 1880. gr. 8°. Pr. 1 s. 6 d.

Gehört zu „London German Classics."

* Die Jungfrau von Orleans. Eine romantische Tragödie von Friedrich von Schiller. In Stolzescher Stenographie herausgegeben von G. Schröder. Basel, Herausg. 1879. 16°. 106 S. autogr. Pr. 1,20 Mk.

Das Lied von der Glocke von Friedrich von Schiller. Illustrirt in 32 Compositionen von Alexander Liezen Mayer. Mit 43 ornamentalen Zeichnungen von Rudolf Seitz Ausgeführt in 6 Kupferstichen von J. F. Deininger, C. Forberg und Fr. Ludy und in 69 Holzschnitten aus Wilhelm Hecht's xylographischer Anstalt. 26 Compositionen Liezen Mayer's auf Holz gezeichnet von W. Hecht. Lief. 4—7 (Schluß). München, Ströfer. (1879.) gr. 4°. S. 33—55 m. eingedr. Holzschn. u. 3 Kpfrtaf. Pr. à n. 5 Mk.

* Schiller's Lied von der Glocke. 12 Blätter photographirt nach Original-Zeichnungen von L. Bode. — Bl. 1. Taufgang; 2. Mutterliebe; 3. Abschied; 4. Heimkehr; 5. Begegnung; 6. Erste Liebe; 7. Brautschmückung; 8. Walten der Hausfrau; 9. Häusliches Glück; 10. Brandstätten; 11. Erntesegen; 12. Vollendung der Glocke. — Frankfurt a. M., Keller. 1880. gr. Fol. (48 u. 35 Cm.) Pr. n. 144 Mk.; II. Grösse n. 27 Mk.; III. Grösse n. 20 Mk.; Cab. Form. n. 12 Mk.

* Das Lied von der Glocke von F. von Schiller. Utrecht, Dannenfelser & Comp. 1880. 16°. 16 S. Pr. 0,15 Fl.

* Maria Stuart. Ein Trauerspiel von Friedrich v. Schiller. Elberfeld, Loll's Nachf. 1880. 8°. 118 S. Pr. n. 0,30 Mk.

Museum. Sammlung literarischer Meisterwerke. Nr. 28.

* Phädra. Trauerspiel in 5 Aufzügen von Jean Racine. Übersetzt von Friedrich v. Schiller. [Museum. Sammlung literarischer Meisterwerke. In neuer Rechtschreibung. Nr. 285.] Elberfeld, Loll. 1880. 8°. 52 S. Pr. n. 0,20 Mk.

Die Räuber. Ein Schauspiel von Schiller. Frankfurt und Leipzig. 1781. — A. m. d. Tit.: Zur hundertjährigen Jubel-Feier der Räuber gedruckt in der Werkstatt der Heinzelmännchen. München, Ackermann. 1880. Dantinoformat in 128°. 9 Bll. 222 S. m. 2 Vign. Pr. n. 6 Mk.

Schillers Räuber. Ein Bogen der ersten Ausgabe in unterdrückter Fassung mitgetheilt von Albert Cohn. Enth. im Archiv für Litteratur hrsg. von Frz. Schnorr v. Carolsfeld. Bd. IX. Hft. 3. Leipzig, Teubner. 1880. gr. 8°. S. 277—96.

* Der Verbrecher aus verlorner Ehre von Schiller. By H. Schünemann. London, Simpkin. 1880. gr. 8°. Pr. 1 s. 6 d.

Gehört zu „London German Classics.“

* Wilhelm Tell. Schauspiel in fünf Aufzügen. Von Friedrich v. Schiller. (Schul-Ausgabe in neuer Rechtschreibung.) Elberfeld, Loll. 1880. 8°. 97 S. Pr. n. 0,60 Mk.

* Wilhelm Tell. Schauspiel in 5 Aufzügen von Friedrich v. Schiller. [Museum. Sammlung literarischer Meisterwerke. In neuer Rechtschreibung. Nr. 34.] Elberfeld, Loll. 1880. 8°. 97 S. Pr. n. 0,30 Mk.

Wilhelm Tell. Schauspiel in fünf Aufzügen von Friedrich von Schiller. Mit ausführlichen Erläuterungen in katechetischer Form für den Schulgebrauch und das Privatstudium von C. A. Funke. Paderborn, Schöningh. 1880. kl. 8°. 1 Bl. 164 S. Pr. n. 1,20 Mk.

Schöningh's Ausgaben deutscher Klassiker mit Commentar. IV.

* Wilhelm Tell. Schauspiel in 5 Aufzügen von Friedrich Schiller. Leipzig, Matthes. 1880. 24°. 139 S. Pr. n. 0,80 Mk.

Miniatur-Bibliothek classischer Dichterwerke. Bdch. 2.

* Wallenstein. Ein dramatisches Gedicht von Friedrich v. Schiller. 2 Teile. [Museum. Sammlung literarischer Meisterwerke. In neuer Rechtschreibung. Nr. 36 u. 37.] Elberfeld, Loll. 1880. 8°. 116 u. 119 S. Pr. n. 0,60 Mk.

* Wallenstein. Ein dramatisches Gedicht. Von Friedrich v. Schiller. 2 Abteilungen: 1. Wallensteins Lager. Die Piccolomini; 2. Wallensteins Tod. (Schul-Ausgabe in neuer Rechtschreibung.) Elberfeld, Loll. 1880. 8°. 116 u. 119 S. Pr. à n. 0,60 Mk.

Litteratur und Miscellen.

Allgemeines.

[108.] Bulletin du Bibliophile et du Bibliothécaire Revue mensuelle publiée par Léon Techener avec le concours De MM. L. Barbier, administrateur à la bibliothèque du Louvre; Ed. de Barthélemy; Baudrillart, de l'Institut; Jules Bonnassies; J. Boulmier; Ap. Briquet; Gust. Brunet, de Bordeaux; comte Clément de Ris, de la Société des Bibliophiles; Cuvillier-Fleury, de l'Académie française; Jules Delpit; A. Destouches; baron A. Ernouf; Ferdinand Denis, administrateur à la bibliothèque Sainte-Geneviève; Eug. Dramard, conseiller à la Cour de Limoges; Alfred Franklin, de la bibliothèque Mazarine; marquis de Gaillon; J. de Gaulle; Ch. Giraud, de l'Institut; Alf. Giraud, anc. député; P. Lacroix (Bibliophile Jacob), conservateur à la bibliothèque de l'Arsenal; comte de Longpérier-Grimoard; P. Margry; Ed. Meaume; Fr. Morand, de Boulogne-sur-Mer; Paulin Paris, de l'Institut; Louis Paris; Gaston Paris, de l'Institut; baron J. Pichon, président de la Société des Bibliophiles français; baron Roger Portalis, de la Société des Bibliophiles; baron de Ruble; Francis Wey, etc. contenant des notices bibliographiques, philologiques, historiques, littéraires. XLVII. Année. 1880. Paris, L. Techener. 8°. Monatlich 1 Heft à 4 Bog. Pr. 12 Fr. f. Paris, 14 Fr. f. d. Depart., 16 Fr. f. d. Ausland. (S. Anz. J. 1880. Nr. 1187.)

Das Octoberheft enth.: S. 433—36 Jules Jacquemart, par Léon Techener — S. 437—45 Notice nécrologique et artistique sur Jules Jacquemart, par Georges Duplessis — S. 445—76 Louise De Lorraine, Reine de France (1553—1601). Étude historique par Meaume (Fortsetzung folgt) — S. 476—79 Revue critique de Publications nouvelles — S. 479—80 Nouvelles et Variétés.

[**109.**] Il Bibliofilo Giornale dell' arte antica in istampe e scritture e ne' loro accessorii e ornati colla relativa giurisprudenza compilato da una Società di Professori e Amatori e diretto da Carlo Lozzi. Anno I. Firenze, tip. dei successori Le Monnier. 1880. Lex. 8°. Monatlich 1 Nr. à 16 S. Pr. 6 L. f. Italien, 8 L. f. d. Ausland. (S. Anz. J. 1880. Nr. 6.)

Nr. 12 enthält: Libri Cinesi (A. Severini) — Il Fort di Casa Savoia (Il Bibliofilo) — Canzoni a ballo, laudi e laudesi (C. Lozzi) — Dell' introduzione dell' arte della stampa a Iesi per M. Federico dei Conti da Verona, e della sua edizione quattrocentina della „Divina Commedia". Fine (Prof. Antonio Gianandrea) — Introduzione e alcune notizie della stampa in Lecce (L. G. De Simone) — Di un Codice Arabico della Biblioteca Gambalunga di Rimini (F. Lasinio) — Vocabolarietto bibliografico. Fine (C. Arlía) — Giurisprudenza (C. Lozzi) — Notizie bibliografiche — Notizie varie.

Bibliographie.

[110.] A Guide to the study of Book-Plates (Ex-libris) by J. Leicester Warren. With 16 facsimile plates. London, Pearson. 1880. 8°. 2 Bll. 238 S. Pr. 15 sh.

Das vorl. Buch, Frucht eines eingehenden Studiums, behandelt einen von denjenigen Gegenständen, von welchen manche moderne Bibliothekare z. Th. gar keine Notiz nehmen, und deren Studium ihnen daher als Spielerei erscheint. Warren's Buch belehrt eines Besseren, es ist ein interessanter Beitrag zur Geschichte des Geschmackes. Für diejenigen, welche nicht wissen sollten, was Bookplates oder Ex-libris sind, sei bemerkt, dass man darunter die, meistens auf die Innenseite des Bücherdeckels geklebten gedruckten Zettel, theils mit theils ohne Namen des Besitzers, theils mit theils ohne Datum etc. versteht, welchen zu entnehmen ist, wessen Bibliothek ein Buch angehört oder einst angehörte.

Schon 1851 wollte Daniel Parsons eine Geschichte der Exibris verfassen, starb jedoch, ehe er es thun konnte, und seitdem ist, mit Ausnahme von Poulet-Malassis' Schrift: „Les ex-libris français depuis leur origine jusqu' à nos jours. Nouv. éd. Paris, Rouquette, 1875. 8°.“ nichts Ausführlicheres über diesen Gegenstand erschienen; für Deutschland, Spanien, Italien etc. giebt es keine Quellen darüber. Um so dankenswerther sind die Gaben, die der Deutsche Bibliophile in dieser Englischen Schrift erhält. — Wir finden da zuerst die verschiedenen Redensarten angegeben, in welchen Besitzer von Büchern solche als ihr Eigenthum kennzeichnen wollten. Während Einer kurz seinen Namen auf einen solchen Einklebezettel drucken lässt, sagt ein Anderer: „Das Buch gehört dem John Hughes“, ein Dritter lässt drucken „Liber Bilibaldi Pirckheimer. Sibi et amicis“, ein Vierter lässt sein Alter und das Datum mit angeben, Solche, die ein Wappen besitzen, lassen auch dieses, und Solche, die keines haben, lassen wenigstens allegorische Figuren mit einzeichnen. Für England nun nimmt der Verfasser bei den verzierten Ex-libris gewisse Style als die hauptsächlichsten an, den der Jacobäischen Zeit und den Chippendale-Styl, nahe verwandt dem Rococo. Er verbreitet sich über allegorische Ex-libris, über die Landschaft in Englischen Ex-libris, über Englische datirte des 16. und 17. Jahrhunderts, über Mottos, welche an die Entleiher gerichtet sind, — wie Verf. sagt, giebt es Nichts, worüber so laxe moralische Grundsätze existiren, als gerade über Bücher u. höchstens noch Regenschirme, — ferner über Ex-libris von historischem Interesse, über Mottos, welche sich auf Bücher überhaupt beziehen oder Lob des Studirens enthalten, über Zeichner von Ex-libris, und gibt endlich mehre Listen Englischer und ausländischer Zeichner derselben. Wenigstens ein halbes Dutzend fertiger Kapitel hat der Verfasser nicht mit drucken lassen, damit das Werk nicht zu umfangreich werden sollte. R.

[111.] * Ozar Ha-Sepharim [Bücherschatz]. Bibliographie der gesammten hebräischen Literatur mit Einschluss der Handschriften [bis 1863]. Nach den Titeln alphabetisch geordnet. Von J. A. Benjacob. Herausgegeben vom Sohne Jac. Benjacob. 3 Bde. Wilna. (Berlin, Cohn.) 1880. gr. 8°. XXXIV, 678 S. Pr. n. 20 Mk.

[112.] * Bibliographisches Lexicon der gesammten jüdischen Literatur der Gegenwart und Adress-Anzeiger. Ein lexikalisch geordnetes Schema mit Adressen von Rabinen, Predigern, Lehrern, Cantoren, Schriftstellern, Freunden und Förderern der jüdischen Literatur in der alten und neuen Welt, nebst bibliographisch genauer Angabe sämmtlicher von jüdischen Autoren der Gegenwart publicirten, speciell die jüdische Literatur betreffenden Schriftwerke und Zeitschriften, in chronologischer Anordnung und Reihenfolge dargestellt von Ch. D. Lippe. Ein Hand- und Nachschlagebuch zur Orientirung für Buchhändler, Rabbinen, Gemeinden und Freunde der jüdischen Literatur. Lief. 7—8. Wien, Löwy in Comm. 1880. gr. 8°. 559—704 S. Pr. à n. 1,60 Mk. (S. Anz. J. 1880. Nr. 961.)

Mit diesen Lieferungen ist das Werk abgeschlossen.

[113.] Allgemeine Bibliographie für Deutschland. Wöchentliches Verzeichniß aller neuen Erscheinungen im Felde der Literatur. Herausgegeben und verlegt von der J. C. Hinrichs'schen Buchhandlung in Leipzig. 8°. 52 Nrr. à $^1/_2$—1 Bg. Pr. n. 6 Mk. (S. Anz. J. 1880. Nr. 128.)

Erscheint mit altgewohnter Pünktlichkeit u. mit langbewährter Sorgfalt redigirt.

[114.] Uebersetzungen aus dem Deutschen in die dänische, englische, französische, holländische, italienische, norwegische, schwedische und spanische Sprache. (Mitgetheilt von Otto Mühlbrecht.) 1880. I—III. Enth. im Börsenblatt für den Deutschen Buchhandel und die mit ihm verwandten Geschäftszweige 1880. 4°. Nr. 127. S. 2307—10, Nr. 190. S. 3309—10, Nr. 289. S. 5378—82.

Uebersetzungen aus dem Deutschen in die slavischen, die magyarische, rumänische u. a. osteuropäische Sprachen. (Mitgetheilt von T. Pech.) 1. u. 2. Quartal 1880. Enth. in dem nämlichen Bl. 1880. Nr. 142. S. 2570—71, Nr. 211. S. 3698—700.

Diese beiden Ueberschriften zeigen zur Genüge, wie stark die Deutsche Litteratur vom Auslande benutzt, resp. bestohlen wird.

[115.] Nachlese zu „Die ersten Deutschen Zeitungen". Von Emil Weller. Enth. in: Germania. Vierteljahrsschrift für Deutsche Alterthumskunde. Begr. von Frz. Pfeiffer, hrsg. von K. Bartsch. Jahrg. XXVI. (N. R. Jahrg. XIV.) Wien, Gerold's Sohn. gr. 8°. Hft. 1. S. 106—14.

37 Nrr. Zusätze zu dem vom Herausg. in der Bibliothek des Litterarischen Vereins in Stuttgart Th. CXI (s. Anz. J. 1873. Nr. 322) veröffentlichten Verzeichnisse.

[116.] Deutscher Journal-Katalog für 1881. Zusammenstellung von 1420 Titeln deutscher Zeitschriften systematisch in 44 Rubriken geordnet. 12. verbesserte und vermehrte Auflage. Herausgegeben von O. Gracklauer's literarischem Auskunfts-Bureau in Leipzig. 8°. 40 S. Nebst 1 Bl. Nachtrag. Pr. n. 0,50 Mk. (S. Anz. J. 1880. Nr. 819.)

Die neue Auflage zeigt mit Einschluss des Nachtrages eine Vermehrung von über 50 Titeln gegen früher — Beweis, dass der Herausg. alle neu auftauchenden period. Erscheinungen mit Aufmerksamkeit verfolgt. Dass ihm dabei nur nicht der Titel einer älteren Zeitschrift entgeht, wie diesmal der des „Kameraden, Organ des Sächss. Militair-Vereins-Bundes."

[117.] Catalogue général de la Librairie Française depuis 1840 rédigé par Otto Lorenz, Libraire. Tom. VIII. (Tom. II. de la

Table des Matières, 1840—1875. M—Z.) Fasc. 3. Paris, Lorenz. 1880. gr. 8°. XIV, 481—684 S. Pr. n. 10 Mk. (S. Anz. J. 1880. Nr. 1070.)

Mit der vorl. Lief., welche die Artikel „Sibérie-Zwingli" enthält, ist das fleissige Werk vorläufig abgeschlossen. Zwar war früher vom Herausg. in Aussicht gestellt worden, dass 1881 eine die letzten fünf Jahre (1876—80) umfassende Fortsetzung des Verzeichnisses erscheinen solle; allein die Herstellung der beiden Registerbände VII u. VIII hat Zeit u. Mühe des Verf.'s so in Anspruch genommen, dass er die Fortsetzung (Bd. IX u. X) erst später liefern kann, welche aber dann gleich die J. 1876—85 umfassen soll. Das Materienregister dazu würde den XI. Bd. bilden. In Betreff der weiteren Fortsetzung des Werkes — eines Kataloges der letzten 15 Jahre des lauf. Jahrhunderts (1886—1900) hofft der Herausg., dass, wenn es ihm selbst nicht vergönnt sein solle, dieselbe bearbeiten zu können, ein Anderer sich finden werde, welcher diese Bearbeitung in die Hand nehme.

[118.] Bibliographie de la France Journal général de l'Imprimerie et de la Librairie Publié sur les Documents fournis par le Ministère de l'Intérieur. Série II. Tom. XXV. (Année 70.) Paris, au cercle de la Librairie. gr. 8°. Wöchentlich 1 Nr. à c. 3 Bog. Pr. n. 20 Fr. (S. Anz. J. 1880. Nr. 130.)

Zerfällt in der seitherigen Weise in 3 Abtheilungen, von denen die I. die eigentliche, mit anerkennenswerther Sorgfalt bearbeitete Bibliographie, die II. eine „Chronique" u. die III. das „Feuilleton" enthält.

[119.] Catalogue-Tarif à prix forts et nets des Journaux, Revues & Publications périodiques parus à Paris jusqu'en Décembre 1880 contenant les titres complets par ordre alphabétique, le nom des rédacteurs, le format, la tomaison, la date d'origine, le mode de publication, le nombre de pages, planches ou feuilles de chaque numéro, son poids, le prix des numéros vendus séparément, la durée des abonnements, leurs échéances, leurs prix forts et nets pour Paris, les départements, l'union postale 1re et 2e zone et les autre pays, l'adresse des bureaux d'abonnements ainsi que d'autres renseignements pratiques, suivi d'une Table systématique et du Tarif postal pour la France et l'étranger publié par Henri Le Soudier. Paris, Le Soudier. 8°. 2 Bll. 187 S. Pr. n. 4,20 Mk.

Der ausführliche Titel sagt hinreichend, was der Herausg. in dieser Schrift dem Publikum zu bieten beabsichtigt hat; es genügt hinzuzufügen, dass sich dieses alles in der Schrift auch wirklich geboten findet.

[120.] * Recherches bibliographiques et historiques sur les

Almanachs de la Champagne et de la Brie, précédées d'un Essai sur l'Histoire de l'Almanach en général, compost, kalendriers, etc., par Auguste Denis. Châlons-sur-Marne, l'auteur. (Paris, Menu.) 1880. 8°. V, 59 S. Nur 200 numer. Exempl. auf Vel. Pap.

[121.] General English Book Catalogue for the retail trade comprising a selection of Works in the various Departments of Literature. Berlin, Kühl. 1880. kl. 8°. XII, 107 S. Pr. n. 1 Mk.

Eine bequem eingerichtete — in Rubriken (Fine Art Volumes; Theological and Devotional Works; Historical and Biographical Works; Geography, Travel, Natural History, and Science; Poetical and Dramatical Works; Works of Fiction and Children's Books; Works of Reference; Miscellaneous Works) eingetheilte u. mit alphabetischem Register versehene Uebersicht Englischen Sortiments, welche für den mit dem Engl. Buchhandel vertrauten Geschäftsmann recht brauchbar sein mag, die aber, da nirgends der Verleger, der Verlagsort, das Verlagsjahr u. das Format der angeführten Bücher angegeben sind, für den Bibliographen ohne Interesse bleibt.

[122.] * Slovanský Bibliografický Katalog za rok 1879. Redakcí Jos. M. Hovorky a Jar. Kloučka. Vydal Spolek Českovanských Knihkupeckých Účetních v Praze. Ročník III. (Slavischer bibliographischer Katalog für das J. 1879. Redakt.: J. M. Hovorka u. J. Klouček. Jahrg. III.) Prag, Klouček. 1880. 8°. XIV, 71 & XX, 104, 12, 8, 6, 2, 18 S. u. Inserate. Pr. 2 Fl. (S. Anz. 1880. Nr. 591.)

Hierüber s. Oesterreich. Buchhändl. Correspondenz 1880. Nr. 45. S. 439. Obwohl nach allen grösseren Städten Russlands u. auch nach Stockholm, Oxford, Paris etc. Exemplare dieses „ausgezeichneten Hilfsbuches“ expedirt worden seien, so habe dasselbe doch leider gerade in den eigentlichen Slavischen Ländern, wie in Polen, Croatien u. Serbien, noch nicht den verdienten Absatz gefunden. Von den einzelnen Abtheilungen haben K. Grabowski in Teschen die Polnische, Gustav Francl in Prag die Böhmische, A. Stefanović in Lemberg die Ruthenische, Jvan Tomsič in Laibach die Slovenische, A. Michálek in Prerau die Serbische u. Croatische u. K. Smoler in Bautzen die Serbo-Lausitzer zusammengetsellt.

[123.] Bibliografia Polska XIX stólecia przez K. Estreichera. Tom. VI. Zesz. 1 i 2. Wydanie Akademii Umiejętności, staraniem Komisyi bibliograficznéj. Kraków, druk. c. k. Uniwers. Jagiellońsk. 1880. Lex. 8°. S. 1—288. (S. Anz. J. 1878. Nr. 1032.)

Noch vor Beendigung des V. Bdes, worin meines Wissens noch das systematische Register Aufnahme finden soll, hat der Verf. mit der Ausgabe eines VI. Bdes begonnen: derselbe enthält Nachträge, u. zwar in den beiden vorl. Lieferungen die Artikel A bis Hruba. Diese Nachträge werden voraussichtlich — da der Verf. im Vorworte zum V. Bde von sieben Bden spricht, aus denen das XIX.

Jhrdt bestehen soll — zwei Bde füllen, u. Zeugniss davon geben, mit welchem Eifer es der Verf. sich angelegen sein lässt, sein Werk so vollständig als möglich zu machen.

[124.] Przewodnik Bibliograficzny miesięcznik dla wydawców, księgarzy, antykwarzów, jako téż czytających i kupujących książki. Wydawca i redaktor odpowiedzialny dr. Władysław Wisłocki. Rok IV. 1881. Kraków, Gebethner & Co. 8°. Monatlich 1 Bog. Jahrespr. 1 Fl. (S. Anz. J. 1880. Nr. 133.)

Zugleich mit der 1. Nr. des neuen Jahrganges ist der Titel- u. Registerbogen des letztbeendigten Bandes ausgegeben worden. Mit Anerkennung darf man sagen, dass sich die früher schon gerühmte bibliograph. Sorgfalt des Herausg.'s auch im letztbeendigten Bande, der durch das Register einen für den bequemen Gebrauch ganz willkommenen Abschluss erhalten, ferner bewährt hat.

[125.] Bibliotheca Scriptorum Classicorum herausgegeben von Wilhelm Engelmann. VIII. Auflage, umfassend die Literatur von 1700 bis 1878, neu bearbeitet von Dr. E. Preuss. 1. Abth. Scriptores Graeci. (1. Hälfte.) Leipzig, Engelmann. 1880. gr. 8°. S. 1—400. Pr. n. 20 u. auf Schreibpap. n. 26 Mk. pro 1—2.

Bekanntlich hatte Engelmann in den letzteren Jahren seines Lebens seine anerkannt verdienstvolle bibliographische Thätigkeit eingestellt: seine besonders geschätzte, in VII. Auflage 1858 erschienene „Bibliotheca Scriptorum Classicorum“ (s. Petzholdt's Biblioth. bibliogr. S. 687—88) hatte durch ihn keine neue u. vermehrte Auflage mehr erhalten. Dafür war an Engelmann's Stelle der Buchhändler Herrmann im II. Bde seiner „Bibliotheca philologica“ mit einer Fortsetzung der Engelmann'schen Arbeit hervorgetreten (s. Anz. J. 1871. Nr. 81), allerdings nicht mit der Engelmann'schen bibliograph. Fertigkeit u. Sachkenntniss, so dass, um die Herrmann'sche Fortsetzung erst eigentlich brauchbar u. zuverlässig zu machen, von Kluszmann ein berichtigendes Supplement dazu hatte gegeben werden müssen (s. Anz. J. 1873. Nr. 1022 u. J. 1874. Nr. 365). Seitdem war für die weitere Fortführung oder eine neue Bearbeitung der Engelmann'schen „Bibliotheca“ nichts mehr geschehen, bis jetzt endlich eine neue Auflage derselben zu erscheinen begonnen hat, die sich ihrer Vorgängerin würdig anschliessen soll.

[126.] Bibliographische Übersicht ueber die die Griechischen und Lateinischen Autoren betreffende Litteratur der Jahre 1867—1876. (Separatabdruck aus dem Philologus. Abth. II. Lateinische Autoren. Hft. 1: A — Hyginus. Göttingen, Dieterich. 1880. 8°. 1—215 S. Pr. n. 4 Mk. (S. Anz. J. 1880. Nr. 19.)

[127.] Bibliotheca philologica oder geordnete Uebersicht aller auf dem Gebiete der classischen Alterthumswissenschaft wie der älteren und neueren Sprachwissenschaft in Deutschland und dem Ausland neu erschienenen Bücher Herausgegeben von E. Ehrenfeuchter, Dr. phil., Custos der K. Univ.-Bibliothek zu Göttingen. XXXIII. Jahrg. 1. Heft. Januar bis Juni 1880. Göttingen, Vandenhoeck & Ruprecht. 8⁰. 1 Bl. 184 S. Pr. n. 1,60 Mk. (S. Anz. J. 1880. Nr. 822.)

Aus der Hand des langjährigen Herausg.'s der Bibl. phil., des von Göttingen als Unterbibliothekar an die Universitäts-Bibliothek in Halle versetzten Dr. W. Müldener hat dessen Nachfolger im Göttinger Amte die weitere Bearbeitung des Werkes übernommen: möge der neue Herausg. dem Werke das nämliche Interesse widmen, mit dem sein Vorgänger dasselbe durch eine lange Reihe von Jahren erfolgreich gepflegt hat, Allerdings wird diese Pflege mit dem immer mehr u. mehr anschwellenden Material auch immer mühevoller.

[128.] * Bibliotheca theologica oder systematisch geordnete Uebersicht aller auf dem Gebiete der evangelischen Theologie in Deutschland neu erschienenen Bücher. Herausgegeben von Dr. E. Ehrenfeuchter etc. XXXIII. Jahrg. 1. Hft. Januar—Juni 1880. Göttingen, Vandenhoeck & Ruprecht. 8⁰. 36 S. Pr. n. 0,40 Mk. (S. Anz. J. 1880. N. 824.)

[129.] * Bibliografia analitica sulla Legislazione Veneta, del Prof. A. Valsecchi. Venezia, tip. Naratovich. 1880. 8⁰. 64 S. Pr. 1 L.

[130.] * Bibliotheca medico-chirurgica, pharmaceutico-chemica et veterinaria oder geordnete Uebersicht aller in Deutschland und im Auslande neu erschienenen medicinischen, pharmaceutisch-chemischen und veterinär-wissenschaftlichen Bücher. Herausgegeben von Carl Ruprecht. XXXIV. Jahrg. 1. Hft. Januar-Juni 1880. Göttingen, Vandenhoeck & Ruprecht. 8⁰. 74 S. Pr. n. 0,70 Mk. (S. Anz. J. 1880. Nr. 827.)

[131.] Studien zur Literaturgeschichte des XVIIIten Jahrhunderts. Moralische Zeitschriften. I. Einleitung und Verzeichniss der engl., deutsch., franz. u. a. mor. Zeitschriften. II. Über den Tatler. Von Max Kawczyński. Leipzig, Matthes. 1880. gr. 8⁰. 2 Bll. 171 S. Pr. n. 5 Mk.

Diese Studien bestehen aus I. einer Einleitung, in welcher sich „über 220 Englische, mehr denn 500 Deutsche, ungefähr 28 Französische, 4 Holländische, nur 3 Italienische und 13 Polnische Zeitschriften mit einer deutlichen moralischen Richtung“ nachgewiesen finden, u. II. einem grösseren Aufsatz „über den Tatler“, die erste von Steele 1709—11 herausgegebene derartige Englische Zeitschrift.

[132.] * Anzeiger für die neueste pädagogische Literatur. Herausgegeben von H. E. Stötzner, unter Mitwirkung mehrerer Schulmänner.

X. Jahrgang. Leipzig, Klinkhardt. gr. 4°. Monatlich 1 Nr. à 1/2 Bog. Pr. n. 2 Mk. (S. Anz. J. 1880. Nr. 372.)

[133.] * Bibliotheca historico-naturalis, physico-chemica et mathematica oder systematisch geordnete Uebersicht der in Deutschland und dem Auslande auf dem Gebiete der gesammten Naturwissenschaften und der Mathematik neu erschienenen Bücher, herausgegeben von Dr. F. Frenkel, Gymn.-Lehrer. XXX. Jahrg. 1. Hft. Januar-Juni 1880. Göttingen, Vandenhoeck & Ruprecht. 8°. 158 S. Pr. n. 1,40 Mk. (S. Anz. J. 1880. Nr. 833.)

[134.] * Botanischer Jahresbericht. Systematisch geordnetes Repertorium der botanischen Literatur aller Länder. Unter Mitwirkung von Askenasy, Batalin, Briosi etc. herausgegeben von Professor Dr. Leop. Just. VI. Jahrg. [1878.] Abth. 2. Hft. 1. Berlin, Bornträger. 1880. gr. 8°. 272 S. Pr. n. 6,80 Mk. (S. Anz. J. 1880. Nr. 836.)

[135.] * 4. Nachtrag zur önologischen Litteratur-Zusammenstellung. Von E. Wagenmann. [Aus: „Annalen d. Oenologie".] Heidelberg, Winter. 1880. gr. 8°. 30 S. Pr. n. 0,80 Mk. (S. Anz. J. 1877. Nr. 25.)

[136.] * Bibliotheca Nicotiana. Catalogue of Books about Tobacco in various languages. By W. Bragge. London, Sotheran. 1880. gr. 8°. Pr. 21 sh.

[137.] * Bibliotheca historica oder systematisch geordnete Uebersicht der in Deutschland und dem Auslande auf dem Gebiete der gesammten Geschichte neu erschienenen Bücher. Herausgegeben von Dr. E. Ehrenfeuchter etc. XXVIII. Jahrg. 1. Hft. Januar-Juni 1880. Göttingen, Vandenhoeck & Ruprecht. 8°. 166 S. Pr. n. 1,60 Mk. (S. Anz. J. 1880. Nr. 838.)

[138.] Bibliografija historyi, geografii historycznéj i historyi prawa polskiego z lat 1878, 1879 i 1880. Przez dra Wł. Wisłockiego. (Odbitka z IIgo tomu Archiwum Komisyi historycznéj Akademii umiej.) Kraków Druk Anczyca i Sp. 1880. 4°. 65 S.

Mit anerkennenswerther bibliographischer Accuratesse findet man die in den bezeichneten Jahren erschienene Polnische sowohl als Polen interessirende historisch-geographische Litteratur in alphabetischer Ordnung verzeichnet. Durch eingefügte Verweise hat der Verf. sein Verzeichniss möglichst brauchbar zu machen gewusst.

[139.] Grundrisz zur Geschichte der Deutschen Dichtung aus den Quellen von Karl Goedeke. Bd. III. Hft 6. (In der Reihenfolge das 11. Heft.) Dresden, Ehlermann. 1880. 8°. S. 1073—1232. Pr. n. 4 Mk. (S. Anz. J. 1878. Nr. 27.)

Mit dem vorl. 6. Hefte ist das treffliche Werk, wie eigentlich bestimmt war, noch nicht abgeschlossen: das Schlussheft mit Titel,

Vorrede u. vollständigem Sachregister wird erst im März zur Ausgabe gelangen.

[140.] Ludwig Aurbacher (1784—1847). Ein Beitrag zur deutschen Literaturgeschichte von Joseph Sarreiter. München, Lindauer in Comm. 1880. 8°. 54 S. Pr. n. 0,50 Mk.

A.'s Name ist in der Gelehrtenwelt seiner Zeit bekannt genug gewesen, seine gesammte ausgedehnte litterarische Thätigkeit aber bis jetzt noch nicht gebührend gewürdigt. S. 21—28 findet sich eine Uebersicht von A.'s sämmtlichen Schriften unter drei Rubriken: A. Prosa; B. Poesie; C. Ausgaben.

[141.] Nécrologie. Le Dr. Desbarreaux-Bernard; par Alkan aîné. Enth. in der: Bibliographie de la France Journal général de l'Imprimerie et de la Librairie. Série II. Tom XXIV. (Année 69.) Paris. 1880. gr. 8°. Chronique. Nr. 51. S. 206—8 & Nr. 52. S. 209—12.

Der namentlich auf bibliograph. Gebiete dem Leser wohlbekannte D.-B. (geb. 20. November 1798 zu Toulouse) ist 15. Febr. 1880 in seiner Vaterstadt gestorben. Der Verf. des vorl. Artikels hat dem Verstorbenen einige Worte der Erinnerung gewidmet, denen sich eine Uebersicht von dessen litterar. Arbeiten angeschlossen findet. In Bezug darauf schreibt der Verf.: „On doit à l'activité incessante de D.-B. plus de 50 brochures et ouvrages, sans compter les nombreux articles bibliographiques ou historiques qu'il a semés partout. Nous allons en donner la liste en priant le lecteur de nous pardonner quelques lacunes bien involontaires.“

[142.] Ludwig Spach Ein Nachruf von Franz Xaver Kraus. Zweiter erweiterter und mit einem bibliographischen Anhang versehener Abdruck. Strassburg, Schulz & Cie. 1880. 8°. 93 S.

In L. Spach (geb. 27. Sptbr. 1800, gest. 16. Octbr. 1879), schreibt der Verf., habe das Elsass einen seiner edelsten Söhne verloren, den einzigen, dessen litterarisches Wirken in der Gegenwart weit über die Grenzen der Provinz hinausgegriffen habe. In ihm sei ein Typus zu Grabe gegangen, den gekannt zu haben, hinreiche, um Elsass u. die Elsässer für immer ins Herz zu schliessen. Den vom Verf. dem Verstorbenen gewidmeten u. in der „Allgemeinen Zeitung“ 1879, Nr. 306 u. 307, veröffentlichten Nekrolog hat derselbe auf Veranlassung Gustav Spach's, Generalsekretairs des Strassburger Bürgermeistereiamtes (des Bruders des Verstorb.), in dem vorl. sehr nett gedruckten Bändchen neu erscheinen lassen, u. mit einer Bibliographie vermehrt. Diese sehr ausführliche, S. 41—90 enthaltene Bibliographie, bei deren Zusammenstellung der als Bibliograph den Lesern vortheilhaft bekannte L. Mohr in Strassburg wesentliche Unterstützung geleistet hat, ist eine höchst dankenswerthe Beigabe; dieselbe enthält in drei Abschnitten: A. Aufsätze

u. Abhandlungen in periodischen Publikationen, B. Monographien, Dichtungen, Separatabdrücke u. Sammelwerke in chronol. Reihenfolge, C. Administrative Publikationen — aus denen man die vielseitige u. verdienstvolle litterar. Thätigkeit, für welche der Verstorbene trotz amtlicher angestrengter Arbeit doch Musse gefunden hat, hinreichend ersehen kann.

Buchhändler- und antiquarische Kataloge.

[143.] Börsenblatt für den Deutschen Buchhandel und die mit ihm verwandten Geschäftszweige. Eigenthum des Börsenvereins der Deutschen Buchhändler. Verantwortl. Redacteur: Jul. Krauß. XLVIII. Jahrgang. Leipzig, Kirchner in Comm. 4°. Täglich mit Ausnahme der Sonn- u. Festtage 1 Nr. à 1—2 Bog. (S. Anz. J. 1880. Nr. 153.)

Enth. regelmässig an der Spitze der einzelnen Nrr. eine Uebersicht der neuesten Erscheinungen des Deutschen sowohl als des mit diesem in Verbindung stehenden auswärtigen Buchhandels, sowie von Zeit zu Zeit Uebersichten des Deutschen Musikalien- u. Kunsthandels, ausserdem monatlich, als besondere Beilage, alphabet. Gesammtverzeichnisse der litterar. Neuigkeiten. — Der Ausschuss für das Börsenblatt hat es für angemessen erachtet, in Nr. 1 des vorl. neuen Jahrganges in einer Ansprache an die Leser daran zu erinnern, dass Krauss nunmehr volle 25 Jahre die Redaction des Börsenblattes geführt habe, u. den Jubilar zu beglückwünschen, dass „ihm noch lange die Rüstigkeit des Körpers, die Frische des Geistes, die Freudigkeit im Beruf, zu Nutz u. Frommen des Deutschen Buchhandels erhalten bleiben möge“.

[144.] Auswahl vorzüglicher Werke aus dem Gebiete der Architectur, Sculptur und Kunstgewerbe zu antiquarischen Preisen vorräthig bei Joseph Baer & Co. Buchhändler. Frankfurt a. M., Paris u. London. 8°. 1 Bl. 33 S. 587 Nrr.

Deutsche, Franz., Ital. u. Englische Litteratur, darunter viele Prachtwerke.

[145.] * Notice sur la Maison P. F. Bottier (imprimerie et librairie), fondée en 1792; précédée d'un aperçu historique de l'Imprimerie à Bourg-en-Bresse depuis le XVIe siècle; par Un Bibliophile. Avec une eau-forte de Paul Morgon et un portrait dessiné par H. Chartier. 1880. 8°. 15 S. (Nur 95 feine Exempl., wovon 5 auf Pap. Whatman.)

[146.] Nr. 34. Catalog des Antiquarischen Bücherlagers der Buch- und Antiquariatshandlung von Wilhelm Erras in Frankfurt a. M. — Deutsche Literatur. 8°. 1 Bl. 66 S. 2350 Nrr.

Hauptsächlich Belletristik.

[147.] Verzeichniss einer werthvollen Sammlung von Werken aus dem Gebiete der allgemeinen und ausserdeutschen Geschichte nebst ihren Hilfswissenschaften & der Deutschen Belletristik und Literaturgeschichte welche bei Ludolph St. Goar Buchhändler und Antiquar in Frankfurt a. M. zu haben sind. (Antiquarisches Verzeichniss Nr. 55 & 56.) 8°. 2 Bll. 71 S. 1770 Nrr. & 1 Bl. 55 S. 1931 Nrr. (S. Anz. J. 1879. Nr. 1143.)

Enth. u. A. ein ganz vollständiges u. vortrefflich erhaltenes Exemplar von L. Hulsius' Sammlung von 26 Schifffahrten, Deutsche Uebersetzung, 26 Thle in 4 Bden (Pr. 4500 Mk.).

[**148.**] Otto Harrassowitz, Buchhandlung und Antiquariat in Leipzig. Antiquarischer Catalog 70. — Theologie. Paedagogik. Philosophie. 8°. 1 Bl. 93 S. 2380 Nrr. (S. Anz. J. 1880. Nr. 1271.)

Die theologische Abtheilung, welche namentlich im Fache der Bibel-, Kirchenväter- u. Reformations-Litteratur vorzugsweise Beachtung verdient, ist sehr reichhaltig.

[**149.**] Nr. 63. Catalog des antiquarischen Bücherlagers von Joseph Jolowicz, Buchhandlung und Antiquariat in Posen. — Ausgewählte Sammlung älterer Werke (15. bis 18. Jahrhundert.) 8°. 1 Tit.- u. 59 S. 1408 Nrr. (S. Anz. J. 1880. Nr. 990.)

Ausser hauptsächlich Deutscher Litteratur viele Slavica.

[**150.**] No. 598—602. Antiquarisches Bücherlager von Kirchhoff & Wigand in Leipzig. Januar. 8°. (S. Anz. J. 1880. Nr. 1097.)

Die vorl. fünf Kataloge enthalten die ansehnliche Anzahl von nicht weniger als über 10 000 Nrr. meist ausgewählterer Bücher, nämlich: in 598. Anatomie u. Physiologie (s. unten Nr. 176); in 599. Medicin mit Ausnahme der Anatomie u. Physiologie (1 Bl. 82 S. 2984 Nrr.); in 600. Literärgeschichte, Bücherkunde, Belletristik I: Literärgeschichte, Bücherkunde, ausserdeutsche Belletristik (1 Bl. 58 S. 2025 Nrr.); in 601. Desgl. II: Deutsche Literaturgeschichte u. Belletristik (1 Bl. 46 S. 1758 Nrr.); in 602. Schöne Künste, Kupferwerke, Curiosa, Schreibkunst, Theater, Mnemonik, Spiele, Fecht- u. Reitkunst, Turnwesen, Jagd, Culturgeschichte, Ritterorden, Festlichkeiten, Costüme, Toilette, Kochkunst, Parkanlagen (1 Bl. 38 S. 1078 Nrr.).

[**151.**] Kunstgeschichte. Hundertdreiunddreissigster Catalog des antiquarischen Bücherlagers von M. Lempertz' Antiquariat (P. Hanstein) in Bonn. 1880. 8°. 1 Bl. 54 S. (S. Anz. J. 1880. Nr. 729.)

Werke über Kunst im weitesten Sinne (Numismatik, Heraldik, Musik etc.) u. Pracht-, Holzschnitt-, Kupferstichwerke, etc.

[**152.**] Verzeichniss von Werken aus dem Gesammtgebiete der Philosophie, welche von List & Francke in Leipzig zu beziehen sind. (Antiquarisches Verzeichniss Nr. 145.) 8°. 1 Bl. 32 S. 1269 Nrr. (S. Anz. J. 1880. Nr. 1153.)

Grösstentheils ausgewähltere Deutsche Litteratur.

[153.] Catalog No. 93. Schweizer. Antiquariat von Orell Füssli und Cie. in Zürich. — Auswahl hervorragender Werke aus allen Wissenschaften. (1880.) 8°. 1 Bl. 94 S. 2341 Nrr. (S. Anz. J. 1880. Nr. 395.)

Enth. hauptsächlich Pracht- u. Kunstwerke, Naturwissenschaft mit Verwandtem, Philologie, Geschichte u. Helvetica, Theologie mit Philosophie u. Pädagogik.

[154.] No. 423—26. Catalog des antiquarischen Bücherlagers von H. W. Schmidt, Antiquariats-, Sortiments- und Verlagsbuchhändler in Halle a. S. 1880. 8°.

Enth.: in 423 Bibliotheca entomologica. Grössere Werke u. Monographien über Gliederthiere (1 Bl. 16 S.): in 424 Bibliotheca historico-naturalis in universum (32 S.); in 425 Mineralogie u. Geologie nebst Bergwissenschaft (1 Bl. 20 S.); in 426 Mathematik (36 S.).

[155.] 92. Lager-Katalog von Ferd. Schmitz Antiquariat (Edm. Hilverkus) in Elberfeld. (1880.) 8°. 31 S. 651 Nrr. (S. Anz. J. 1880. Nr. 735.)

Enth. Theologie, Philosophie u. Pädagogik.

Bibliothekenkunde.

[156.] Finding List of the Providence Public Library. 1880. Providence, Freeman. 1880. gr. 8°. 1 Bl. 218 S.

Ist ein alphabetisches Verzeichniss der Werke obiger Bibliothek, in welchem jeder Titel zweimal, sowohl unter dem Namen des Verfassers, als auch unter dem Haupt-Stichworte des Titels vorkommt. Eine äusserst praktische Einrichtung, welche dem Publikum wie den Bibliothekaren viel Mühe und Zeit ersparen muss. R.

[157.] Verzeichniss der [vom 19. Juni 1879] bis zum 15. Nov. 1880 für die Bibliothek der D. M. G. [in Halle] eingegangenen Schriften u. s. w. Enth. in der Zeitschrift der Deutschen Morgenländischen Gesellschaft u. Redact. von E. Windisch. Bd. XXXIV. Leipzig, Brockhaus in Comm. 1880. 8°. S. XIV—XXIII, XXVI—XXXIII, XXXVI—XLII u. XLIV—XLIX. (S. Anz. J. 1879. Nr. 1055.)

Enth. ausser den Fortsetzungen, Nr. 3960—4128 andere Werke u. Nr. 418—20 Handschriften, Münzen etc. — Ueberdies findet sich in der Ztschrift S. VI—VIII der Bibliotheksbericht 1878—79 von A. Müller.

[158.] Bericht über die Verwaltung der Akademie-Bibliothek [in Halle] in dem Zeitraume vom September 1879—1880. Enth.

in der Leopoldina Amtliches Organ der Kaiserlichen Leopoldino-Carolinischen Deutschen Akademie der Naturforscher hrsg. von dem Präsidenten Dr. C. H. Knoblauch. Heft XVI. Halle a. S. 1880. gr. 4°. Nr. 19—20. S. 145—48 & Nr. 21—22. S. 162—66.

Enthält hauptsächlich eine Aufzählung der wissenschaftlichen Institute u. Gesellschaften, mit denen die Akademie im Tauschverkehre steht, u. durch deren Druckschriften die Bibliothek fast ausschliesslich bereichert wird.

[159.] Die Bibelsammlung der K. öffentlichen Bibliothek in Stuttgart. Von Theodor Schott. Enth. in der Schwäbischen Kronik, des Schwäbischen Merkurs zweite Abtheilung. 1880. Stuttgart. Fol. Sonntagsbeilage Nr. 307. S. 2347—48.

Ein interessanter Artikel, dessen Abdruck der Verf. Bibliothekar u. Professor Dr. Schott gütigst gestattet hat (s. oben Nr. 105). Auch im Börsenblatte f. d. Deutsch. Buchhandel 1881. Nr. 1. S. 5—6 u. Nr. 8. S. 38—40 findet sich dieser Artikel abgedruckt.

[160.] * Statuto, regolamento e catalogo della Biblioteca circolante catolica di Codogno sotte il titolo di „S. Biagio". Codogno, tip. di Cairo. 1880. 16°. 62 S.

[161.] * Ragguaglio dei Manoscritti Galileiani nella Biblioteca nazionale di Firenze, ed annuncio di alcuni frammenti inediti di Galileo, da Favaro. Enth. in: Atti del R. Istituto Veneto di Scienze, Lettere ed Arti, dal novembre 1879 all' ottobre 1880. Tom. VI, Serie V. Disp. 9. Venezia, tip. Antonelli. 1880. 8°.

[162.] Gli Istituti scientifici, letterari e artistici di Milano. Memorie pubblicate per cura della Societa storica lombarda in occasione del secondo congresso storico italiano II. di Settembre 1880. Milano 4°.

Das die Bibliotheken Mailands behandelnde Capitel umfasst Seite 93—254 des 728 Seiten starken Werkes. Drei Viertel davon nimmt die Geschichte der „Biblioteca Ambrosiana," gegründet von dem Cardinal Federico Borromeo, ein aus der Feder von A. Ceruti. Der Artikel enthält auch Notizen über die zahlreichen Gelehrten, deren Wirken mit der Ambrosiana eng verknüpft war. — Was wir über die „Biblioteca nazionale" finden, ist schon 1873 bei Gelegenheit der Wiener Weltausstellung als Brochüre in sehr wenigen Exemplaren veröffentlicht worden. Der Verfasser ist Giuseppe Sacchi. Der Bücherfreund findet in beiden Artikeln viele Werke von grosser Kostbarkeit erwähnt, deren Besitzes sich die beiden Bibliotheken erfreuen. — Kurz besprochen finden wir von P. B. Raineri die „Biblioteca del Capitolo metropolitano," von Luigi Zuffi die „Biblioteca della Corte d'appello", von einem Anonymus die „Biblioteca popolare," und endlich von Giuglio Porro die „Biblioteche Melzi e Trivulzio."

R.

[163.] Le Scritture in volgare dei primi tre secoli della Lingua ricercate nei Codici della Biblioteca nazionale di Napoli dall' assistente Alfonso Miola. (Continuazione.) Enth. in: Il Propugnatore Periodico bimestrale di Filologia, di Storia e di Bibliografia instituito e diretto da Francesco Zambrini. [In Appendice alla Collezione di Opere inedite o rare.] Tom. XIII. Bologna, Romagnoli. 1880. gr. 8°. Part. 2. S. 393—418. (S. Anz. J. 1880. Nr. 660.)

[164.] * Società per la lettura popolare educativa in Sciacca. Catalogo della Biblioteca circolante. Sciacca, tip. Barone. 1880. 16°. 16 S.

[165.] * Di un Codice delle Lettere di Santa Caterina da Siena. Notizia di Ermanno Ferrero. [Dagli „Atti della R. Acc. delle Scienze di Torino," vol. XV.] Torino, stamp. di Vigliardi. 1880. 8°. 20 S.

[166.] * Istoria monumentale, letteraria, paleografica della Capitolare Biblioteca di Verona da G. B. C. Giuliari. Enth in: Archivio Veneto diretto da R. Fulin. Anno X. Tom. XX. Part. 1. Nr. 39. Venezia, tipogr. del Commercio di Visentini. (Fortsetzung von Anz. J. 1880. Nr. 765.)

[167.] * Katalog der Bibliothek der Musikschule in Zürich. Zürich, Druck von Orell Füssli & Cie. 1880. 16°. 11 S.

Privatbibliotheken.

[168.] Verzeichniss der von den Geh. Med.-Rath Dr. Carl Aug. Sigmund Schultze Professor der Anatomie und Physiologie zu Greifswald (verstorben zu Jena) und Professor Dr. J. W. Schäfer Literarhistoriker und Goethebiograph zu Bremen hinterlassenen Bibliotheken mit mehreren anderen Sammlungen von Werken aus allen Wissenschaften. Leipzig, T. O. Weigel. 8°. 1 Bl. 123 S. 4856 Nrr. (Auct. 21. Febr.)

Medicin u. Naturwissenschaften bilden den vorzüglicheren Bestandtheil dieses Verzeichnisses: besonders bemerkenswerth darunter ist eine sehr grosse Sammlung von Dissertationen u. a. kleineren Schriften.

[169.] No. 50. A rough List of selections from the valuable Libraries of Books collected by The late W. Standish Carr Standish, Esq., of Duxbury Park, Lancashire; of the late W. H. Charlton, Esq., of Hesleyside, North Tyne; and of Robert Edmond Chester Waters, Esq., offered for Sale by Bernard Quaritch. London, December 1880. gr. 8°. 16 S. 159 Nrr. (S. Anz. J. 1880. Nr. 1145.)

Unter Nr. 21 findet sich eine „Cabalistic Library of a Rosicrucian" angeführt, die im ganzen verkauft werden soll.

[170.] Bibliotheca Medica Davidsoniana. — Catalogue de la Bibliothèque précieuse médicale de feu M. le Docteur Anseline Davidson, Conseiller de santé à Breslau. Leipsic, Simmel & Co. gr. 8⁰. VI, 175 S. 5450 Nrr. (Auct. 23. März in Breslau.)

Diese medicin. Sammlung, auf welche bereits im Anz. J. 1880. Nr. 1279 aufmerksam gemacht worden ist, nimmt unter den in neuerer Zeit unter den Hammer gekommenen derartigen Bibliotheken ohne allen Zweifel eine hervorragende Stelle ein. Sowohl in wissenschaftl. Hinsicht als auch vom Standpunkte der Bibliophilie ist die Sammlung eine ausgezeichnete zu nennen, auf welche der verst. Besitzer durch eine Reihe von mehr als 40 Jahren seine ganze Sorgfalt gewendet hat. „Bibliophile savant et amateur éclairé," schreibt das Vorwort, „il a fait la chasse à tout ce qui rentrait dans son domaine, et par suite des incessantes recherches il est arrivé à créer une bibliothèque médicale, presque unique dans cette science, pouvant servir de guide à tout savant et amateur. L'on remarquera surtout la richesse en fait d'ouvrages relatifs à l'histoire de la médecine, l'épidémiologie et à l'obstétrique, objets des études spéciales du défunt." Das Verzeichniss ist dem Werthe der Sammlung angemessen redigirt u., was zur leichteren Benutzung desselben sehr willkommen sein wird, mit alphabet. Register versehen.

[171.] * Catalogue des livres, des manuscrits et des autographes composant la Bibliothèque de feu Edouard Fournier, homme de Lettres; précédé d'une notice par Jules Cousin, bibliothécaire de la ville de Paris. Paris, Labitte. 1880. 8⁰. XIV, 303 S. 2710 Nrr. (Auct. 17. Jan. 1881.)

[172.] Catalogue de Livres anciens et modernes provenant de la Bibliothèque de M. H. Héber ancien bibliothécaire, Paris, Antonin Chossonnery. 8⁰. 2 Bll. 112 S. 1103 Nrr. (Auct. 3. Jan.)

Hauptsächlich Schöne Wissenschaften u. Künste, Geschichte, Theologie u. Naturwissenschaft.

[173.] Nro. 149. Antiquarischer Katalog der C. H. Beck'schen Buchhandlung in Nördlingen. — I. Kunst und Architektur. Aesthetik. II. Archäologie. Mythologie. Bibliothek des † Professors Dr. Rudolph Marggraff in München. 1880. 8⁰. 1 Bl. 40 S. 822 Nrr. (S. Anz. J. 1880. Nr. 1216.)

Für Kunstlitteratur im weitesten Sinne von Bedeutung.

[174.] Lager-Catalog von Joseph Baer & Co. Buchhändler und Antiquare, in Frankfurt am Main, Paris, London. 85. — Jurisprudenz. (Bibliothek des verst. Dr. jur. Schulin hierselbst.) 8⁰. 1 Bl. 58 S. 1444 Nrr. (S. Anz. J. 1880. Nr. 1213.)

Aeltere u. neuere Deutsche, Franz. u. a. Litteratur.

[175.] * Catalogue de Manuscrits d'Alexandre Tassoni, né a

Modène le 28 septembre 1565, mort à Modène le 25 avril 1635. Bologne. (Modène, Zanichelli.) 1880. 12°. 16 S.

[176.] No. 598. Antiquarisches Bücherlager von Kirchhoff & Wigand in Leipzig. — Anatomie und Physiologie, normale, pathologische und vergleichende, enthaltend u. A. die Bibliothek des Geh. Raths Professor Dr. A. W. Volkmann in Halle. Januar. 8°. 1 Bl. 70 S. 2435 Nrr. (S. oben Nr. 150.)

Enth.: I. Geschichte, Biographien von Anatomen etc.; II. Hilfsmittel u. Technik der Untersuchung; III. Zeitschriften, Werke u. Abhandlungen.

Abdrücke aus Bibl.-Handschriften.

[177.] Der hürnen Seufried Tragoedie in sieben Acten von Hans Sachs. Zum ersten Male nach der Handschrift des Dichters herausgegeben. [Neudrucke deutscher Litteraturwerke des XVI. und XVII. Jahrhunderts. No. 29.] Halle a. S., Niemeyer. 1880. kl. 8°. VIII, 42 S. Pr. n. 0,60 Mk.

Nach der Handschrift der Königl. öffentl. Bibliothek in Dresden hrsg. von Edmund Goetze.

[178.] * Der Diwan d. Lebîd. Nach einer Handschrift zum ersten Male herausgegeben von Prof. Jusûf Dijâ-Ad-Dîn Al-Châlidî. Wien, Gerold's Sohn in Comm. 1880. gr. 8°. 152 S. Pr. n. 7 Mk.

[179.] * Les Manuscrits de Léonard de Vinci. Le Manuscrit A de la Bibliothèque de l'Institut, publié en fac-similés (procédé Arosa) avec transcription littérale, traduction française, préface et table méthodique, par Charles Ravaisson-Mollien. Paris, Quantin et Cie. 1880. 4°. 301 S. m. 126 Taf. Pr. 100 Fr.

[180.] * Lex salica mit der Mallobergischen Glosse, nach dem Codex Lescurianus [Paris 9653] herausgegeben von Alfr. Holder. Leipzig, Teubner. 1880. gr. 8°. 30 S. Pr. n. 1,20 Mk.

[181.] * Lex salica mit der Mallobergischen Glosse, nach der Handschrift von Sens — Fontainebleau — Paris 4627 herausgegeben von Alfr. Holder. Leipzig, Teubner. 1880. gr. 8°. 43 S. Pr. n. 1,60 Mk.

[182.] * Collections Lorraines aux XVIe et XVIIe siècles. Documents conservés à la Bibliothèque nationale, recueillis et annotés par F. de Chanteau, archiviste-paléographe. [Extrait des Mémoires de la Société d'Archéologie Lorraine, 1880.] Nancy, impr. Crépin-Leblond. 8°. 80 S.

[183.] * Il Codice Irlandese dell' Ambrosiana, edito ed illustrato da G. J. Ascoli. Vol. II. Punt. 1: Le Chiose di S. Gallo. Traduzione delle Chiose di S. Gallo. [Archivio Glottologico Italiano diretto da G. J. Ascoli. Vol. VI. Punt. 1.] Roma, Torino, Firenze: Loescher. 1880. gr. 8⁰. S. 1—164. Pr. 12,50 L. (S. Anz. J. 1880. Nr. 1132.)

[184.] * Fr. Tholomaei de Luca, Ord. Praed., Exaemeron, seu de opere sex dierum tractatus, quem ex vetusto codice Bibliothecae Casanatensis in lucem protulit notisque illustravit P. F. Pius Thomas Masetti. Senis, typ. S. Bernardini. 1880. 8⁰. XVI, 239 S. Pr. 3 L.

Gehört zur „Biblioteca Tomistica, Ser. I., Vol. 1.“

[185.] Don Juan Manuel el Libro dela Caza. Zum erstenmale herausgegeben von G. Baist. Halle a. S., Niemeyer. 1880. gr. 8⁰. VII, 208 S. Pr. n. 6 Mk.

Aus der einzigen Handschrift der Madrider Nationalbibliothek.

[186.] * Lex salica emendata, nach dem Codex von Trier-Leijden [Vossianus Lat. Oct. 86] herausgegeben von Alfr. Holder. Leipzig, Teubner. 1880. gr. 8⁰. 42 S. Pr. n. 1,60 Mk.

[187.] * Abu Bekr ibno-'l-Anbāri, Kitābo-'l-Adhdād sive Liber de Vocabulis Arabicis quae plures habent significationes inter se oppositas. Ex unico qui superest codice Lugdunensi edidit atque indicibus instruxit M. Th. Houtsma. Lugduni, Brill. gr. 8⁰. VIII, 297 S. Pr. n. 7 Mk.

[188.] * Ad-Dhahabi, Schamso 'd-dín Abu Abdallah Mohammed ibn Ahmed, Al-Moschtabih e codd. mss. edit. a Prof. Dr. P. de Jong. Lugduni, Brill. gr. 8⁰. XII, 612 S. Pr. n. 15 Mk.

[189.] * La Passion de Notre Seigneur par Jean Holbein, gravée d'après les dessins originaux, qui se trouvent à la Bibliothèque publique de la Ville de Basle, publiée par Chr. de Mechel, graveur et membre de diverses académies. A Basle 1784. Stuttgart, Wittwer. 1880. gr. 4⁰. 1 Tit. u. 12 Bll. in Kupferst. Pr. n. 10 Mk.

[190.] Aus Amsterdam ist der wohlbekannte Buchhändler Frederik Muller in seinem 63. Lebensjahre am 4. Januar nach langem Krankenlager gestorben. Der Buchhandel hat mit dem Verstorbenen ein sehr ehrenwerthes u. hochachtbares Mitglied verloren; nicht minder ist aber M.'s Tod für die Bibliographie ein nicht unbedeutender Verlust. Der Anz. hat oft Anlass gehabt, der M.'schen sorgfältigen bibliograph. Arbeiten mit grosser Anerkennung Erwähnung zu thun.

[191.] Aus Berlin beabsichtigt die Verlagsbuchhandlung von A. Cohn ein grosses Interesse versprechendes Werk „Die Musikhandschriften auf öffentlichen Bibliotheken bis zum Anfange des 18.

Jahrhunderts, beschrieben von Robert Eitner. Bd. I. Mit zahlreichen Facsimile" auf Subscription herausgegeben: dasselbe wird 30 Bog. gr. 8°. umfassen, u. der Subscript. Pr. 12 Mk., der spätere Ladenpr. aber 20 Mk. betragen.

[192.] Aus Cassel ist Dr. Oskar Uhlworm, seither Custos der Leipziger Universitätsbibliothek, zum Bibliothekar der Murhard'schen Bibliothek gewählt worden.

[193.] Aus Dresden. Die Bibliothek der Königlichen Kunstgewerbe-Schule ist in den 5 Jahren ihres Bestehens jetzt auf über 1600 Werke mit etwa 2400 Bden, die dazu gehörige Vorbildersammlung (eine nach den verschiedensten Branchen u. Gegenständen des Kunstgewerbes sachlich u. chronologisch geordnete Sammlung von Illustrationen) auf ca. 16,000 Blatt u. die Ornamentstich-Sammlung (eine ebenso geordnete Sammlung von Original-Holzschnitten u. Kupferstichen früherer Jahrhdte aus demselben Bereiche) auf ca. 11,000 Nrr. angewachsen. Da diese Sammlungen vielfach ausser den bisher festgesetzten Stunden von Gewerbtreibenden benutzt wurden, die sich für vorliegende Fälle Raths erholen wollten, u. der Umstand wohl berücksichtigt zu werden verdient, dass in solchen Fällen ein Innehalten bestimmter Stunden nicht gut thunlich ist, so ist von der Königl. Staatsregierung durch Einstellen eines Expedienten Fürsorge getroffen, die Bibliothek auch den Gewerbtreibenden in weiterem Masse zugängig zu machen, u. wird dieselbe nunmehr an den Wochentagen von 9 Uhr früh bis 8 Uhr Abends (Sonnabends nur von 9—12 Uhr) ununterbrochen, sowie Sonntags von 11—1 Uhr zugängig sein. Der Besuch stellte sich im verflossenen Jahre auf über 3000 Personen (gegen ca. 2600 im Jahre 1879), darunter 1257 der Schule nicht Angehörige u. 156 Damen. Die aus dem Locale verliehenen Werke u. Einzelblätter (für der Schule nicht Angehörige unentgeltlich aber gegen Hinterlegung des Betrags oder einer Legitimation) ergaben 2402 Quittungen gegen 2046 im Vorjahr, so dass sich auch diesmal eine Steigerung des Verkehrs gegen das Vorjahr um ca. 20 Procent ergiebt. Bezüglich des Inhalts der Bibliothek sei namentlich hervorgehoben der Reichthum an illustrirten Werken für Tischler, Holzbildhauer, Decorationsmaler, Modelleure, Arbeiter in Edelmetall, Schlosser, für Stickerei u. Flachornamente, sowie an Costümwerken aller Art.

(Dresdner Anzeiger Nr. 14. S. 3.)

[194.] Aus Leipzig ist der frühere Gymnalliallehrer u. seit 1869 mit der Anfertigung eines grossen Kataloges der Stadtbibliothek beschäftigte Dr. Friedrich Wilhelm Tittmann mitten in seiner Arbeit vom Herzschlag betroffen worden; man fand ihn Tags darauf beim Oeffnen der Bibliothekräume, wo er sich behufs der Arbeiten eingeschlossen hatte, als Leiche vor.

[195.] Aus London findet sich im „Publishers' Circular" 1880. Nr. 1039. S. 1342—43 eine tabellarische Zusammenstellung der Productionen des Englischen Buchhandels im J. 1880 abgedruckt. Die Gesammtzahl dieser Productionen beläuft sich auf „4293 New Books & 1415 New Editions", im ganzen also auf 5708 (126 weniger als im J. 1879, s. Anz. J. 1880. Nr. 211). Diese 5708 Productionen vertheilen sich auf die einzelnen Wissenschaftsfächer in folg. Weise: 975 Theology, Sermons, Biblical, &c.; 675 Educational, Classical, and Philological; 719 Juvenile Works and Tales; 580 Novels, Tales, and other Fiction; 145 Law, Jurisprudence, &c.; 226 Political and Social Economy, Trade and Commerce; 479 Arts, Sciences, and Illustrated Works; 285 Voyages, Travels, Geographical Research; 363 History, Biography, &c.; 187 Poetry and the Drama; 353 Year Books and Serials in Volumes; 202 Medicine, Surgery, &c.; 166 Belles Lettres, Essays, Monographs, &c.; 353 Miscellaneous, including Pamphlets, not Sermons.

[196.] Aus Mailand ist der Professor Antonio Picozzi, seither Assistent I. Klasse an der „Biblioteca di Brera", zum Vice-Bibliothekar daselbst ernannt worden.

[197.] Aus Stuttgart. Die Verlagsbuchhandlung J. G. Cotta betheiligt sich an der im Monat Mai beginnenden Landesgewerbeausstellung Württembergs u. der Hohenzollern'schen Lande in Stuttgart mit einer historischen Ausstellung, welche die Entwicklung dieses Verlags von seinem Beginn im 17. Jhrdt. bis auf den heutigen Tag zur Anschauung bringen soll. Der litterargeschichtliche Rang der Officin Cotta u. ihre Stellung zu den ersten Schriftstellern der Deutschen Nation geben dieser Ausstellung eine hohe innere Bedeutung. Auch der technische u. typographische Entwicklungsgang der Buchdruckerkunst wird da an Büchern zu studiren sein, welche wie z. B. die Schiller'schen von so eingreifender Wirksamkeit auf die Bildung der Deutschredenden Völker sind. Man wird hier mit Musse die stufenweise Verbesserung der Schiller- oder Göthe-Ausgaben vom grauen Löschpapier bis zu den jüngsten kritischen u. Prachtausgaben verfolgen können. — Eine Collectivausstellung in grossartigem Massstabe ist von der bekannten Firma Eduard Hallberger in Angriff genommen, u. zwar als Darstellung des ganzen Fabrikationsprocesses, aus welchem die bekannten Hallberger'schen Zeitschriften, Prachtwerke, Romane etc. hervorgehen. Dem Beschauer wird das rohe Papiermaterial in allen seinen Durchgangsformen bis zur fertigen illustrirten Prachtbibel u. brochirten Nummer des „Ueber Land u. Meer" vorgeführt werden. Da Hallberger neue Verfahrungsarten nicht nur einzuführen, sondern selbständig weiterzubilden pflegt u. beispielsweise kürzlich dahin gelangt ist, gute Illustrationsdrucke auf der Rotationspresse (durch Spannen der galvanisirten Platten um den Druck-Cylinder) herzustellen, so wird diese Nachricht nicht verfehlen, auch in fachmännischen Kreisen Interesse zu erregen. Zur Vervollständigung des Bildes, welches der Buchhandel u. die graphischen Künste Stuttgarts darbieten werden, geben wir Ihnen demnächst eingehende Notizen. — Aus der Werkstätte für Lichtdruck von Martin Rommel in Stuttgart bringen wir noch eine Verbesserung in der heliographischen Nachbildung des Kupferstichs zur Erwähnung, weil derselben für die Folge eine bedeutende Rolle in der Vervielfältigung gestochener Bildwerke zufallen dürfte und diese Verbesserung, welche wohl den Namen Erfindung verdient, in der bevorstehenden Ausstellung zum ersten Mal öffentlich hervortritt. Der genannten Firma ist die Wiedergabe von Stichen mittelst Lichtdruck in Originalgrösse und in einem Grad von Treue gelungen, dass ein Unterschied zwischen Stich u. Heliographie nur dem geübten Auge erkennbar ist. Rommel hat eine Reihe Heliographien von berühmten Stichen für die Ausstellung vorbereitet. (Correspondenz d. Württemberg. Landes-Gewerbe-Ausstellung in Stuttgart.)

[198.] Aus Weimar ist der Oberbibliothekar der Grossherzogl. Bibliothek Geh. Hofrath Dr. A. Schöll in Rücksicht auf seine Gesundheitsverhältnisse in den erbetenen Ruhestand versetzt, u. an dessen Statt die Leitung dieser Bibliothek dem Bibliothekar Dr. Reinh. Köhler übertragen worden.

[199.] Aus Wien hat die Philosophisch-Historische Classe der Kais. Akademie der Wissenschaften von ihrem w. Mitgliede Dr. Pfizmaier eine für die Denkschriften bestimmte Abhandlung „Die Japanischen Werke aus den Sammlungen der Häuser“ überreicht erhalten. „In den bibliographischen Verzeichnissen der Japaner findet sich eine Classe von Werken, welchen der Name Ije-no siû ‚Sammlungen der Häuser‘ beigelegt wird. Zu dieser Classe gehören die Werke, in welchen die Verfasser in mehr oder weniger abgegrenzten Zusammenstellungen ihre Gedanken u. Meinungen äussern, oder eigene Erlebnisse zur Sprache bringen. — Die Bibliographie Gun-sio-itsi-ran ‚Uebersicht der Bücher‘ verzeichnet 116 solche Werke, welche in Japan theils gedruckt, theils nur als Handschriften vorgefunden werden. Zu ihnen werden auch besondere, von den Dichtern Fito-maro, Mi-tsune, Nari-fira, Sai-giò, ferner von den Kaisern Go-to-wa, Tsutsi-mi-kado u. Siûn-toku verfasste Schriften gezählt. Einige derselben wurden in die Sammlung Fu-sô-siû-jeô-siû aufgenommen, nach welch' letzterer sie in die dieser Abhandlung erklärt vorliegen. Sie dienen vorzugsweise zur Kenntniss des Geistes u. der Lebensanschauungen der bezüglichen Zeiten, nämlich des zehnten, elften u. zwölften Jahrhunderts unserer Zeitrechnung. Es sind die folgenden: Ka-mo-no jasu-nori-no musume-no siû. Sammlungen aus dem Hause der Tochter Ka-mo-no Jasu-nori's. Der genannte Vater der Verfasserin starb im zweiten Jahre des Zeitraumes Tsiò-gen (977 n. Chr.). Das Werk ist nur in Handschrift verbreitet u. soll nach Angabe des Gunsio-itsi-ran viele Gedichte enthalten, welche von der Verfasserin zur Zeit, als sie an den Blattern erkrankt war, geschrieben wurden. In dem vorliegenden Texte, welcher mit einem langen zierlichen Aufsatze beginnt, erzählt die Verfasserin nur von ihrer Erkrankung an den Blattern, führt einige Verse an, welche gegen die Blattern von Heilkraft gewesen sein sollen, und sagt, dass sie während ihrer Krankheit viele Gedichte verfasst u. mit unsicherer Hand niedergeschrieben habe. Die Gedichte selbst werden, mit Ausnahme eines einzigen, in dem Fu-sô-siû-jeô-siû nicht angeführt. — Fi-gaki-no musume-no ije-no siû. Sammlungen aus dem Hause des Mädchens von Figaki. Dieses Werk ist nur als Handschrift verbreitet. Der Geschlechtsname der Verfasserin ist unbekannt. Sie lebte in dem Reiche Fi-go zu den Zeiten Kijo-wara-no Moto-suke's, Statthalters von Fi-go, dessen in der Geschichte im fünften Jahre des Zeitraumes Ten-reki (951 n. Chr.) gedacht wird. — U-kiò-no tai-fu-no ije-no siû. Sammlungen aus dem Hause der Grossen der Mutterstadt zur Rechten. Die mit diesem Namen bezeichnete Verfasserin wurde auch die Nonne des Abendnebels genannt. Sie war in dem Palaste von Mijako angestellt u. zugleich Dichterin u. Harfenspielerin. Die gedruckten Exemplare des Werkes sind selten. In dem vorliegenden, in schwer verständlicher Sprache geschriebenen u. viele Gedichte enthaltenden Texte beklagt die Verfasserin beinahe überall den Tod Kore-mori's, von welchem erzählt wird, dass er sich im ersten Jahre des Zeitraumes Gen-reki (1184 n. Chr.) in die Bucht von Kuma-no gestürzt habe. — So-ne-no josi-tada-no ije-no siû. Sammlungen aus dem Hause So-ne-no Josi-tada's. Die Abstammung des Verfassers ist unbekannt. Er lebte in dem Zeitraume Kuan-wa (985—986 n. Chr.) und war Zugesellter des Reiches Tan-go. Die gedruckten Exemplare seines Werkes, welches anfänglich Mai-getsu-no siû ‚Sammlungen jeden Monats' genannt ward, sind selten.

(Sitzungs-Berichte der philosoph.-histor. Classe. 1880. Nr. XXV—XXVI. S. 78—79.)

[200.] Aus Wiesbaden ist der Gymnasial-Oberlehrer a. D. Dr. Gustav Becker von Berlin zum Sekretair der Königl. Landesbibliothek ernannt worden.

Druck von Joh. Pässler in Dresden.

NEUER ANZEIGER

für

Bibliographie und Bibliothekwissenschaft.

Herausgegeben von Dr. J. Petzholdt.

März. 1881.

Inhalt:

[201.] Die Bibelsammlung der Königl. öffentlichen Bibliothek in Stuttgart.

Von Bibliothekar Prof. Dr. Th. Schott.

(Schluss.)

Gehen wir von den Besitzern über zu den Druckern, so könnte man die Geschichte der Buchdruckerkunst von ihrer Entstehung an durch alle Wandlungen bis in die Gegenwart herein nirgends besser u. leichter studiren als in diesem Bibelsaal. Alle die grossen Namen der früheren Jhdte, die Fust u. Schoiffer von Mainz, die Eggestein, Mentel, Knoblauch, Grüninger von Strassburg, Sweynhein in Rom, Aldus Manutius, Hieronymus de Paganini von Venedig, Plantin von Antwerpen, Marschall von Lyon, Amerbach, Froben, Brylinger, Adam Petri von Basel, Froschauer von Zürich, Stephanus von Paris u. Genf, Koburger u. Peypus von Nürnberg, Luft von Wittenberg, Quentel von Köln, Th. Anshelm von Pforzheim, Elzevier von Leyden u. s. w. sind hier vertreten bis herab zu dem facsimilisirten Sinaiticus, zu den Stereotyp- u. Blindendrucken unserer Bibelanstalt. Eigenthümlich ist das Bild, das sich uns zeigt. Kaum war die edle Kunst erfunden, so entfaltete sie gewaltig ihre Schwingen; wie rasch verbreitete sie sich u. wie schnell war eine hohe Stufe technischer Vollendung errungen! Nirgends aber zeigt sich das furchtbare Elend, welches der 30jährige Krieg, die Armuth, welche er über Deutschland brachte, mehr als an den Erzeugnissen der damaligen und späteren Presse: das Papier ist schlecht, die Typen sind mangelhaft, die Ausstattung ist geschmacklos. Erst von Beginn unseres Jhdts an ist wieder das Aufsteigen zu bemerken, man wandelt wieder in den Fusstapfen der Renaissance und Reformation. Aber so schön, so glatt, so klar die Produkte unserer Pressen jetzt sind, sie sind manchen ersten Drucken kaum gleich. Ein Schaustück unserer Sammlung ist die oben erwähnte Lateinische Bibel von A. Pfister (1450—60) in 36 Zeilen, mit Holzlettern in Missalcharakter gedruckt; mehr als 4 Jhdte sind darüber hingegangen, aber der Druck ist noch so schwarz, wie wenn er eben aus der Presse käme; die Typen, so klar und schön, sind ein Entzücken des Kenners, das Papier ist so stark, dass es noch einmal 4 Jhdte übersteht, ohne zu brechen. Und wie viele Pressen könnten jetzt einen so reinen u. vollkommenen Pergamentdruck herstellen, wie jene Peypusbibel von 1524 u. der Psalter von 1525! Freilich es fehlt auch nicht an dem Gegentheil. England war schon früher stark an kleinerem, augenverderbendem Druck, und wenn der Goliath unserer Sammlung eine Oxforder Bibel von 1717 ist, 55 Ctm. hoch, so können wir auch mit einem Zwerge aufwarten, einem Griechischen N. Testament, Sedan 1628, 77 Millimeter hoch und 45 breit, einem Seitenstücke zu dem berühmten Dantino. Württembergische Drucker begegnen uns wenig; ich erwähne als Seltenheiten eine Lateinische Bibel von Zainer in Ulm 1480, eine noch frühere Glosse des Petrus Lombardus von Konrad Fyner in Esslingen um 1472 u. einen Hebräischen Psalter von 1542 aus der Druckerei des Paul Fagius in Isny. Zu dem Drucker gesellt sich der Künstler; welch reiches Feld bot die Bibel dem Xylographen, dem Kupferstecher! Auch die Geschichte des Holzschnittes lässt sich hier verfolgen von seinen frühesten rohen Anfängen an in der 3. Deutschen Bibel (Jodocus Pflanzmann in Augsburg 1475) bis zu ihrer höchsten Blüthe durch die Schnitte von Mich. Wohlgemuth, Albrecht Dürer, Hans Schäuffelin, H. Springinsklee, H. Burgmaier, Urs Graf, Lukas Cranach u. A. Seit 1480 die Niederdeutsche, 1483 die berühmte Koburger Bibel mit Bildern geschmückt war, erschien fast keine Deutsche Bibel ohne solchen Schmuck; jene mehr erwähnte Peypusbibel hat einen wunderbar schönen Schnitt von A. Dürer; zu der editio Princeps von Luther's N. Testament 1522 schnitt L. Cranach die apokalyptischen Bilder. Unendlich reich ist unsere Sammlung an solchen werthvollen Bibeln; manche sind herrlich gemalt, so das N. Testament von 1527 durch Vogtherr ganz gemalt, die schöne Weigelsche Bilderbibel prachtvoll illuminirt. Aber man sieht auch die Abnahme der Kunst in zahllosen schlechten Holzschnitten, bis sie in unserem Jhdte wieder zu neuer Herrlichkeit erstanden ist; eine Probe davon bilden Schnorr's und Doré's Bilderbibeln. Dass es an Kuriositäten nicht fehlt, lässt sich denken; das Griechische N. Testament von Stephanus 1545 zeigt in seinen Initialen den Kampf des Herkules mit der Lernäischen Schlange, mit dem Nemeischen Löwen u. s. w. Man nahm eben die Clichés, wo man sie fand, u. wenn Noahs Arche hie u. da von Meerweibern begleitet wird, so tragen sonst häufig die Bilder den Typus der Zeit, in welcher sie entstanden sind, nicht der, welche sie darstellen sollen. Ein letzter Blick gilt dem Kleide des Buches, dem Einbande. So verschieden, wie Format und Alter, ist auch dieser; auch seine Geschichte könnte man einigermassen hier verfolgen. Es sind einige wenige Schmelzarbeiten auf den mit Metall überzogenen Buchdecken da; die alten mit Leder überzogenen Holzeinbände zeigen Ende des 15. u. Anfang des 16. Jhdts. die Rautenordnung der Teppichmuster, einfach u. schön. Reicher u. voller wird die Behandlung, die Handarbeit wird ersetzt durch die Fabrikthätigkeit, auf den braunen oder weissgegerbten Lederdecken breitet sich die reichste Ornamentik aus, in der Mitte eine Hauptfigur, umgeben von zierlichen Arabesken u. Leisten, Köpfen u. Bildern verschiedener Art. Auch dies wurde später aufgegeben, der glatte Englische Einband drang immer mächtiger vor; Geschmacklosigkeit u. Armuth machte sich auch hier geltend. Besonders werthvolle Einbände besitzen wir nicht; Jean Grolier ist nicht vertreten, wohl aber de Thou. Auch eine Biblia catenata mit der Oese für die Kette ist vorhanden. Der Goldschnitt war so häufig wie jetzt, u. oft wurden Punkte oder kleine Figuren eingegraben; der Staub von Jhdtn hat nicht spurlos auf ihnen geruht, aber er war meistens nicht im Stande, den ächten Goldglanz ganz zu verdunkeln.

[202.] **Die Bibliothek der Kaiserl. Leopoldinisch-Carolinischen Akademie der Naturforscher*).**

Tagtäglich führt mich mein Weg in Dresden durch die Poliergasse, und täglich erinnert mich die oberhalb des Parterre des Hauses Nr. 11 an der Wand befindliche Inschrift „Bibliothek der Kaiserl. Leopold.-Carol. deutschen Akademie“ daran, dass dieser Bibliothek hier von dem vormaligen Präsidenten der Akademie Geheimrath Dr. Carus eine bleibende Stätte, wo sie von ihren seitherigen Wanderungen endlich einmal zur Ruhe kommen könnte, zugedacht gewesen war. Das Schicksal, in der Person des gegenwärtigen Präsidenten der Akademie Professor Dr. C. H. Knoblauch in Halle, hat es aber nicht gewollt, dass der Bibliothek die ihr von Carus zugedachte Wohlthat einer bleibenden Ruhestätte zu Theil werden sollte: die Bibliothek hat auf den Ruf Knoblauch's, wozu derselbe allerdings auf Grund der Satzungen der Akademie berechtigt war, ihr Dresdner Heim in dem der Akademie noch jetzt zugehörigen Hause verlassen und nach Halle übersiedeln müssen. Auf wie lange? denn trotz der schönsten Verheissungen, die der Bibliothek in Bezug auf ihre Zukunft bei der Ueber-

*) S. Anz. J. 1879. Nr. 896.

siedelung von Knoblauch entgegengebracht worden sind, kann sich dieselbe daraufhin für ihre künftige Wohlfahrt doch keine sichere Rechnung machen, so lange nicht die Bestimmung, „dass der Sitz der Akademie und das Eigenthum derselben sich stets in dem Wohnorte des zeitigen Präsidenten befinden solle", soweit sie die Bibliothek anlangt, aus den Satzungen der Akademie gestrichen, u. der Bibliothek eine bleibende Stätte endlich einmal gesichert wird. Eine solche Sicherung kann aber Knoblauch unter bewandten Umständen der Bibliothek keineswegs versprechen, ebensowenig wie Carus bei Begründung des Dresdner Heims daran gedacht haben mag, dass schon nach dem Tode seines Nachfolgers Behn die Bibliothek dieses Heim wieder werde verlassen müssen.

Knoblauch weiss in seinen beiden Berichten über die Verwaltung der Bibliothek*) seit deren Uebersiedelung nach Halle vieles Erspriessliche zu sagen, sowohl was den gegenwärtigen Stand der Bibliothek, als auch was deren Zukunft anlangt. Dank der Liberalität des Ministers Dr. Falk u. der bereitwilligen Fürsorge des Curators der Universität Geheimrath Dr. Rödenbeck habe die Bibliothek in den Räumen eines Universitätsgrundstückes eine neue Heimath gefunden. (Als ob nicht auch Carus geglaubt hätte, der Bibliothek in Dresden eine neue Heimath, u. zwar nicht in fremdem, sondern, Dank der Liberalität des nunmehr verstorbenen Königs Johann, im eigenen Grundstücke geschaffen zu haben.) Die Aufstellung der Bibliothek sei beendigt, so dass dieselbe der öffentlichen Benutzung wieder übergeben werden könne. (Als ob nicht auch in Dresden, wenigstens unter Carus' Präsidentschaft, die Bibliothek aufgestellt und der öffentlichen Benutzung zugänglich gewesen wäre.) Einen bedeutenden Zuwachs habe die Bibliothek durch die Incorporirung der Privatbibliotheken zweier ehemaliger Präsidenten der Akademie, des Professors Dr. Behn u. des Geheimraths Dr. Kieser erfahren, von denen die erstere vor kurzem käuflich erworben, letztere der Akademie durch Schenkung zu Theil geworden sei, nachdem sie bis zum Sommer 1879 in Kisten verpackt in Jena gestanden habe. (Als ob nicht auch in Dresden die Incorporirung dieser beiden Sammlungen möglich gewesen wäre.) Und was sonst noch Knoblauch von Vortheilen aufzählen könnte, die für die Bibliothek durch deren Uebersiedelung nach Halle erreicht worden seien, so kann wohl darüber kein Zweifel obwalten, dass sich diese alle auch in Dresden hätten erreichen lassen, zumal wenn, wie dies in Halle geschehen ist, die vorher Einer Person übertragenen Sekretariats- u. Bibliothekariats-Geschäfte voneinander getrennt, u. die früher dem Sekretaire mit zugewiesene

*) S. Leopoldina. Hft. XV. Sptbr. u. Octbr. 1879. S. 129—32 u. 145—50 & Hft. XVI. Octbr. u. Novbr. 1880. S. 145—48 u. 162—66.

Verwaltung der Bibliothek einem eigenen Bibliothekare, der sich natürlich in Dresden ebenso gut wie in Halle hätte finden lassen, übertragen worden wäre. Wenn aber Knoblauch sagt, dass es nicht im Interesse der Akademie liegen könne, einen reichen Schatz von Büchern als ein todtes Kapital aufzuspeichern — womit sich gewiss Jedermann für einverstanden erklären wird — u. trotzdem hinterher zugestehen muss, dass die Benutzung der Bibliothek in Halle leider nur eine mässige gewesen sei, u. hinsichtlich der Zahlen der benutzten Bücher im Vergleich zu denen der letzten sieben Jahre in Dresden einen Rückgang zeige, so hätte die Akademie an letzterem Orte, wo eine blühende Technische Hochschule besteht, jedenfalls auf eine fortdauernd regere Benutzung ihrer Bibliothek rechnen dürfen, zumal wenn dieselbe durch Ernennung eines eigenen Bibliothekars zugänglicher geworden wäre, als dies seither unter der Ohhut eines alleinigen Sekretairs hatte der Fall sein können. Denn wenn Knoblauch den in Halle eingetretenen Rückgang der Zahlen hinsichtlich der benutzten Bücher dadurch zu erläutern versucht, dass er sagt, die Bibliothek sei jederzeit weniger von Auswärtigen als von Ansässigen des Ortes, an welchem sie sich gerade befinde, benutzt worden, u. selbstverständlich gehe eine längere Zeit darüber hin, bevor die Bibliothek an ihrem neuen Wohnsitze bekannt werde u. gleichsam Bürgerrecht sich erwerbe, so kann darauf zur Erwiderung dienen, dass das grosse Dresden, wo die Bibliothek bereits Bürgerrecht erlangt hatte, unter ihren Ortsangehörigen gewiss mehr Leute zählt als das kleinere Halle sammt seiner Universität, welche Beruf und Bedürfniss haben, Bibliotheken gerade von der Art, wie die der Akademie ist, zu benutzen — besteht ja doch die Bibliothek der Akademie hauptsächlich aus Werken der exakten Wissenschaften, für welche Dresden mit seiner Technischen Hochschule allein schon mehr Leser zählen dürfte, als Halle mit der Universität, bei der nur ein geringer Bruchtheil der Professoren u. Studirenden auf das Studium der exakten Wissenschaften hingewiesen ist.

Indessen wennauch meiner unmaassgeblichen Ansicht nach die Bibliothek in Dresden am geeigneteren Platze gewesen wäre, als sie es in Halle ist, so muss man doch gegenwärtig mit der Thatsache rechnen, dass sich die Bücher eben schon im neuen Hallischen Heim befinden, u. daran nichts mehr zu ändern ist; nur möchte ich hier im Interesse der Bibliothek noch den Wunsch aussprechen, dass das Hallische Heim ein dauernderes als das Dresdner sein möge. Aber dann muss freilich zunächst u. vor allen darauf Bedacht genommen werden, dass die auf die Bibliothek bezügliche Bestimmung in den Satzungen der Akademie eine den dauernden Aufenthalt sichernde Aenderung erleide.

Nach Knoblauch's Berichte beläuft sich der Bestand der Bibliothek auf ungefähr 40,000 Bde, welche in folg. 12 Gruppen eingetheilt sind: A. Gesellschaftschriften; B. Medicin; C. Chirurgie; D. Materia medica, Pharmacie, Balneologie; E. Mathematik, Physik, Chemie, Astronomie, Meteorologie; F. Anatomie u. Physiologie; G. Allgem. Naturwissenschaften, Zoologie; H. Botanik; I. Mineralogie, Geologie, Geognosie, Petrefacten; K. Geographie u. Reisebeschreibungen, Anthropologie; L. Oekonomie u. Technologie; M. Varia.

Aus dieser Uebersicht ergebe sich, sagt Knoblauch, dass die Bibliothek nur eine Specialbibliothek f. Naturwissenschaften u. Medicin sei, u. mehr wolle u. solle sie auch nicht sein. Alles, was über diesen Kreis hinausgehe (Bücher, die entweder als Geschenke oder beim Ankaufe ganzer Bibliotheken erworben worden) sei in der Abth. „M. Varia“ zusammengefasst. Da der für die Ergänzung der Bibliothek vorhandene Fonds nicht bedeutend sei, vielmehr die Erwerbung neuer Bücher zum grössten Theile durch Austausch der eigenen Schriften der Akademie (Nova Acta u. Leopoldina) mit den von anderen Gesellschaften herausgegebenen Abhandlungen bewirkt werde, so sei es natürlich, dass der Hauptwerth u. das eigentlich Charakteristische dieser Bibliothek in der Abth. „A. Gesellschaftschriften“ liege, wie sich dies auch schon in den Zahlenverhältnissen ausspreche, da auf diese Gruppe allein gegen 20% des Gesammtbestandes entfalle. Die durch jenen Tauschverkehr angeknüpften Beziehungen erstrecken sich über die ganze civilisirte Erde, so dass man wohl zu der Behauptung berechtigt sei, in Deutschland dürfte es wenig Bibliotheken geben, welche sich in dieser Beziehung mit der der Kaiserl. Leopold.-Carolinischen Akademie messen könnten. Um eine Andeutung über die Reichhaltigkeit der Bibliothek im Fache der Gesellschaftschriften zu geben, sei zu bemerken, dass die Akademie mit mehr als 200 wissenschaftlichen Instituten und Gesellschaften im Tauschverkehre stehe. Diese Institute u. Gesellschaften vertheilen sich auf die verschiedenen Erdtheile, Länder u. Orte in folg. Weise:

A. Europa.

I. Deutschland.

1. Augsburg: (1) Naturhistorischer Verein.
2. Berlin: (2) Königl. Preuss. Akademie der Wissenschaften; (3) Verein zur Beförderung des Gartenbaues in den Königl. Preuss. Staaten; (4) Kaiserliche Admiralität; (5) Gesellschaft naturforschender Freunde; (6) Königl. Preuss. Landes-Oekonomie-Collegium.
3. Bonn: (7) Naturhistorischer Verein für die Preuss. Rheinlande u. Westfalen.
4. Bremen: (8) Geographische Gesellschaft; (9) Naturwissenschaftlicher Verein.

5. Breslau: (10) Schlesische Gesellschaft für vaterländische Cultur; (11) Verein für das Museum Schlesischer Alterthümer; (12) Verein für Schlesische Insektenkunde.
6. Lützow: (13) Verein der Freunde der Naturgeschichte in Mecklenburg.
7. Cassel: (14) Verein für Naturkunde.
8. Chemnitz: (15) Naturwissenschaftliche Gesellschaft.
9. Colmar: (16) Société d'Histoire Naturelle.
10. Danzig: (17) Naturforschende Gesellschaft; (18) Westpreuss. Botanisch-Zoologischer Verein.
11. Dresden: (19) Gesellschaft für Natur- u. Heilkunde; (20) Landes-Medicinal-Collegium; (21) Naturwissenschaftliche Gesellschaft „Isis"; (22) Verein für Erdkunde; (23) Oekonomische Gesellschaft im Königreiche Sachsen.
12. Dürkheim a. H.: (24) „Pollichia", ein naturwissenschaftlicher Verein der Rheinpfalz.
13. Elberfeld: (25) Naturwissenschaftlicher Verein.
14. Emden: (26) Naturforschende Gesellschaft.
15. Erfurt: (27) Königliche Akademie gemeinnütziger Wissenschaften.
16. Erlangen: (28) Physikalisch-Medicinische Societät.
17. Frankfurt a. M.: (29) Senckenbergische naturforschende Gesellschaft; (30) Neue Zoologische Gesellschaft.
18. Freiburg i. Br.: (31) Naturforschende Gesellschaft.
19. Fulda: (32) Verein für Naturkunde.
20. Giessen: (33) Oberhessische Gesellschaft für Natur- u. Heilkunde.
21. Görlitz: (34) Naturforschende Gesellschaft; (35) Oberlausitzische Gesellschaft der Wissenschaften.
22. Göttingen: (36) Königliche Gesellschaft der Wissenschaften.
23. Halle a. S.: (37) Naturforschende Gesellschaft; (38) Verein für Erdkunde.
24. Hamburg: (39) Deutsche Sternwarte; (40) Geographische Gesellschaft; (41) Naturwissenschaftlicher Verein für Hamburg-Altona; (42) Verein für naturwissenschaftliche Unterhaltung.
25. Hanau: (43) Wetterauische Gesellschaft für die gesammte Naturkunde.
26. Hannover: (44) Naturhistorische Gesellschaft.
27. Heidelberg: (45) Naturhistorisch-Medicinischer Verein.
28. Jena: (46) Medicinisch-Naturwissenschaftliche Gesellschaft.
29. Kaiserslautern: (47) Pharmaceutische Gesellschaft der Pfalz.
30. Kiel: (48) Ministerial-Commission zur Untersuchung der Deutschen Meere; (49) Naturwissenschaftlicher Verein für Schleswig-Holstein.
31. Königsberg: (50) Physikalisch-Oekonomische Gesellschaft.
32. Leipzig: (51) Königl. Sächs. Gesellschaft der Wissenschaften;

(52) Astronomische Gesellschaft; (53) Gesellschaft für Geburtshilfe; (54) Naturforschende Gesellschaft; (55) Polytechnische Gesellschaft.

33. Magdeburg: (56) Naturwissenschaftlicher Verein.
34. Marburg: (57) Gesellschaft zur Beförderung der gesammten Naturwissenschaften.
35. München: (58) Königl. Bayer. Akademie der Wissenschaften; (59) Königliche Sternwarte; (60) Anthropologische Gesellschaft; (61) Geographische Gesellschaft.
36. Münster: (62) Königliche Sternwarte.
37. Neisse: (63) Gesellschaft „Philomathie".
38. Nürnberg: (64) Naturhistorische Gesellschaft.
39. Offenbach: (65) Verein für Naturkunde.
40. Posen: (66) Gesellschaft der Freunde der Wissenschaften.
41. Putbus: (67) Redaction der „Entomologischen Nachrichten".
42. Regensburg: (68) Königl. Bayer. Botanische Gesellschaft; (69) Zoologisch-Mineralogischer Verein.
43. Stuttgart: (70) Verein für vaterländische Naturkunde in Württemberg.
44. Tharand: (71) Pflanzenphysiologische Versuchs-Station.
45. Thorn: (72) Copernikus-Verein.
46. Wiesbaden: (73) Nassauischer Verein für Naturkunde.

II. Oesterreich-Ungarn.

47. Aussig: (74) Naturwissenschaftlicher Verein.
48. Brünn: (75) Naturforschender Verein.
49. Buda-Pest: (76) Königl. Ungar. Naturwissenschaftliche Gesellschaft; (77) Königl. Ungar. Geologische Anstalt; (78) Königl. Ungar. Nationalmuseum.
50. Graz: (79) Naturwissenschaftlicher Verein für Steiermark; (80) Verein der Aerzte in Steiermark.
51. Hermannstadt: (81) Siebenbürgischer Verein für Naturwissenschaften; (82) Verein für Siebenbürgische Landeskunde.
52. Innsbruck: (83) Naturwissenschaftlich-Medicinischer Verein; (84) Tyrol-Vorarlbergisches Landesmuseum „Ferdinandeum".
53. Kesmark: (85) Ungarischer Karpathenverein.
54. Klagenfurt: (86) Naturhistorisches Landesmuseum für Kärnthen.
55. Krakau: (87) K. K. Akademie der Wissenschaften.
56. Prag: (88) Königl. Böhmische Gesellschaft der Wissenschaften; (89) Naturhistorischer Verein „Lotos".
57. Pressburg: (90) Verein für Naturkunde.
58. Triest: (91) Naturwissenschaftlicher Adriatischer Verein.
59. Wien: (92) Kaiserliche Akademie der Wissenschaften; (93) K. K. Geologische Reichsanstalt; (94) K. K. Zoologisch-Botanische Gesellschaft; (95) K. K. Sternwarte; (96) An-

thropologische Gesellschaft; (97) K. K. Gartenbau-Gesellschaft; (98) K. K. Geographische Gesellschaft; (99) Verein zur Verbreitung naturwissenschaftlicher Kenntnisse.

(Schluss folgt.)

[203.] Circulaire du Ministre de l'Instruction publique et des Beaux-Arts, adressée aux Recteurs, concernant les Bibliothèques universitaires *).

Monsieur le Recteur. Les rapports qui me sont adressés sur les bibliothèques universitaires me prouvent que ce service fait de rapides progrès. Je crois qu'il est possible de prendre, cette année, plusieurs mesures nouvelles dont nous devons attendre de bons résultats.

J'ai décidé qu'il n'y aurait pas en 1881 de crédits extraordinaires; le crédit qui est inscrit au budget pour achat de livres et abonnements aux périodiques, sera distribué au début de l'exercice entre les diverses académies. Vous avez reçu avis de la somme qui est mise, pour 1881, à la disposition de la bibliothèque universitaire de votre ressort.

La répartition de cette somme se fera de la façon suivante: chaque faculté, sous la présidence du doyen, discutera le montant de la dépense probable qu'elle croit être nécessaire. Tous les membres de la faculté, professeurs, agrégés, maîtres de conférences, chargés de cours et suppléants, assisteront à la réunion et présenteront leur liste d'acquisition en faisant valoir les raisons qui la justifient. La commission de la bibliothèque vous adressera des propositions motivées pour ramener les demandes totales des facultés au chiffre qui vous est alloué et vous statuerez ensuite en conseil de perfectionnement sur ces propositions. Vous savez l'état des collections, vous connaissez les besoins des divers enseignements, les nécessités des cours et des conférences, l'usage que chaque professeur fera pour lui et ses élèves des livres qu'il sollicite; je suis donc certain que vous n'accepterez pas de propositions qui soient contraires à l'intérêt général; il est aussi entendu que, pour des raisons graves, il sera toujours possible de revenir sur le partage provisoire fait entre les différentes facultés.

Ma circulaire du 23 avril 1880 vous autorise à employer un quart du crédit, sans soumettre les listes d'achat à mon approbation. Ce quart, pour l'année 1881, est porté à la moitié. Vous me ferez connaître, dans la dernière semaine de chaque trimestre, les acquisitions faites sur cette moitié du crédit total. Vous joindrez à cet état récapitulatif un rapport du bibliothécaire accompagné de vos observations.

---

*) Abgedr. aus der „Bibliogr. de la France, Chronique" Nr. 5. S. 17—18. — Vgl. Anz. J. 1880. Nr. 742.

Pour l'autre moitié du crédit, vous m'enverrez des listes qui seront soumises à la commission centrale des bibliothèques. Vous aurez soin qu'elles m'arrivent assez tôt pour éviter les retards que nous avons regrettés l'an dernier. Les professeurs doivent se rappeler que la commission ne se réunit pas pendant les vacances.

Sur la partie du budget qui est dépensée sans autorisation, il importe de faire une réserve pour profiter des occasions de librairie ou satisfaire aux exigences imprévues, en particulier aux enseignements nouveaux qui seraient confiés dans le courant de l'année à des titulaires ou à des maîtres de conférences. Faute de prendre cette précaution, la faculté, à un moment donné, se trouverait dans l'impossibilité d'acquérir les ouvrages qui lui seraient le plus nécessaires. Elle solliciterait en vain un crédit exceptionnel que je n'aurais aucun moyen de lui accorder.

L'initiative laissée au bibliothécaire, sous votre direction, doit être étendue, autant que possible, dans l'intérêt du service. Un bibliothécaire qui aime ses fonctions, qui connait les lacunes des collections, qui s'applique à les combler, qui sait quelles séries sont complètes et quelles séries ne le sont pas, en s'inspirant des vues et des besoins de la faculté, peut rendre de très grands services, s'il est assuré une liberté suffisante. Vous vous entendrez à cet égard aver MM. les doyens et les membres de la commission de la bibliothèque.

Vous ferez connaître l'ensemble de ces dispositions aux professeurs, aux agrégés et aux maîtres de conférences; vous leur monterez que, bien appliquées, elles doivent faire disparaître la plupart des abus dont ils se sont plaints, et, qu'en somme, la bonne administration de la bibliothèque dépend, désormais, en grande partie d'eux-mêmes.

Dans la manière dont ce service va être organisé, vous verrez une nouvelle preuve de mon désir d'assurer aux facultés une plus grande part d'initiative et de responsabilité, de rapprocher aussi les membres des diverses facultés pour qu'ils discutent et règlent ensemble des questions qui leur sont communes. Si vous constatez au début quelque incertitude, quelque défaut d'entente, tout le monde comprendra que l'intérêt des professeurs est d'assurer l'exercice facile de cette nouvelle organisation, de manière à ne nécessiter que dans des cas qui, je l'espère, deviendront de jour en jour plus rares, l'intervention ministérielle. Recevez, Monsieur le recteur, l'assurance de ma considération très distinguée. Le président du conseil, ministre de l'instruction publique et des beaux-arts, Jules Ferry. Paris, le 20 janvier 1881.

[204.] Litterarhistorisches biographisches Werk über den gesammten Benedictiner-Orden und Katalog der handschriftlichen Schätze desselben*).

Der Petzholdt'sche „Neue Anzeiger f. Bibliographie u. Bibliothekwissenschaft" 1880. Nr. 687 brachte unter der Aufschrift „Der Benedictiner-Orden und sein vierzehnhundertjähriges Jubiläum" einen längeren Artikel, in welchem er die Begründung unserer „Studien" freudig begrüsst u. zwei Unternehmen für dieselben in Vorschlag bringt. „Das erste derselben", schreibt er, „wäre ein die gesammte wissenschaftliche Thätigkeit des Benedictiner-Ordens umfassendes u. den Anforderungen der Gegenwart entsprechendes litterarhistorisches u. bibliographisches Werk, welches zur Zeit noch fehlt." Der Artikel weist in der Folge darauf hin, dass allerdings im vorigen Jahrhunderte ähnliche Werke erschienen seien, die aber theils veraltet, theils auch nicht allgemein genug gehalten sind. Er citirt hierauf mehre derselben nach seiner „Bibliotheca bibliographica" S. 157—60.

Dies nun, ein auf der Höhe der Zeit stehendes litterarhistorisches u. bibliographisches Werk durch Vermittelung der „Studien" erstehen zu sehen, ist der erste Wunsch, der erste Vorschlag, den Petzholdt unserer Redaction warm an's Herz legt. Der zweite Vorschlag, der im Verlaufe desselben Artikels gemacht wird, ist die Zusammenstellung eines Gesammtkataloges der in den Bibliotheken der Benedictiner-Klöster sich augenblicklich noch befindlichen Handschriftenschätze.

Später hat Petzholdt noch den Wunsch ausgesprochen, gelegentlich zu hören, wie man im Kreise unserer Mitarbeiter über die beiden früher angezogenen Vorschläge denkt. Wir halten diesen Wunsch Petzholdt's nicht nur für vollkommen gerechtfertigt, sondern wir sagen es hier, oder noch besser, wir wiederholen mit kurzen nackten Worten, was wir bereits in der Einleitung zum ersten Hefte der „Studien" durchblicken liessen, der ausgesprochene Wunsch Petzholdt's ist auch der unsrige. Auch unser Bestreben wird es sein, ein Gesammtbild der litterarischen Thätigkeit des Ordens fördern zu helfen, sowie weiter die noch ungehobenen Schätze der Bibliotheken u. Archive unseres Ordens zur allgemeinen Kenntniss zu bringen u. so auch der Benützung zugänglich zu machen. Da es uns jedoch im Augenblicke, wo wir dieses schreiben, noch nicht möglich war, die Ansichten aller unserer Mitarbeiter über diese beiden Punkte einzuholen, so sprechen wir hiermit diesen gegenüber die Bitte aus, ihre diesbezüglichen Aeusserungen mit näherer Auseinandersetzung ihrer Vorschläge uns baldigst möglich

*) Abgedr. aus den „Wissenschaftl. Studien u. Mittheilungen des Benedictiner-Ordens. Bd. I. Hft. IV. 1880. S. 248—50.

zukommen zu lassen. Ohne also denselben hierin vorgreifen zu wollen, sei es uns hier nur gestattet, uns darüber aussprechen zu dürfen, inwieweit wir bereits den ausgesprochenen zwei Vorschlägen u. Wünschen, die wir auch als die unserigen erklärt haben, im engen Rahmen unserer „Studien“ theils nachgekommen sind, theils später entgegenkommen wollen. Was zunächst den ersten derselben anlangt, so haben die Ergänzungen zu Ziegelbauer, die wir entweder schon brachten, oder noch bringen werden, nur den Zweck, für eine gründliche Bearbeitung der angeregten Frage, oder mit anderen Worten für eine Umarbeitung von dessen „Historia Rei litterariae“ das Material zu sammeln. Der Grundgedanke, der die Herausgeber der „Scriptores ordinis Sancti Benedicti Imperii Austriaco-Hungarici“, eines Werkes, das demnächst als Festschrift der Oesterreichisch-Ungarischen Benedictiner erscheinen wird, leitete, er ist derselbe, wie der unsrige, sowie auch der des bereits veröffentlichten Werkes Lindner's „Die Schriftsteller etc. des Benedictiner-Ordens im heutigen Königreiche Bayern“ u. anderer ähnlicher Werke, die theils für einzelne Länder, theils für einzelne Sprachen demnächst erscheinen sollen.

Alle diese Werke, sowie auch die einschlägigen Artikel unserer Zeitschrift beginnen mit dem J. 1750, mit welchem Ziegelbauer seine Litteraturgeschichte abschloss, u. laufen fort bis zur Gegenwart, sind somit besser gesagt als Fortsetzungen denn als Ergänzungen des Ziegelbauer'schen Werkes zu betrachten, u. werden als solche bei einer Umarbeitung u. Weiterführung desselben bis auf unsere Tage zur Quelle werden.

Im Anschlusse an diese Fortsetzungen bringen wir in der Folgezeit auch noch wirkliche Ergänzungen u. Verbesserungen aus Original-Quellen geschöpft, so dass es nur einer sichtenden Hand im Verlaufe der Zeit mehr bedürfen wird, um dem Wunsche Petzholdt's gerecht zu werden. Die Redaction dieser Blätter erkennt vollkommen die Schwierigkeiten, die mit der Herausgabe eines solchen Werkes, auf dem gegenwärtigen Standpunkte der Wissenschaften fussend, verbunden sind. Sie erachtet es auch nicht für ihre Aufgabe, ein solches Unternehmen selbständig durchführen zu wollen. Sie wird nur bestrebt sein, dasselbe auf jedwede mögliche Weise zu fördern, u. will heute nur die Bildung eines Comités beantragen, das sich mit dieser Aufgabe vertraut machen, u. deren Durchführung nach allen Seiten hin in reifliche Erwägung ziehen wollte.

Was den zweiten ausgesprochenen Wunsch anlangt, so glaubt die Redaction sich dahin äussern zu können, dass sich dieser viel leichter ausführen lässt, als der erste, da ja die Quellen hierzu, die Kataloge der Handschriften, wie sie sich aus eigener Erfahrung überzeugen konnte, in allen Benedictinerklöstern existiren.

Wenn nun auch diese Aufgabe ein Comité in die Hände nehmen wollte, was wir gleichfalls warm befürworten, so hätte ein solches nach dem mustergiltigen „Kataloge der Handschriften der Wiener Hofbibliothek“ nur die Zusammenstellung der einzelnen Handschriften nach den Autoren oder, wo diese unbekannt, nach anderen Merkmalen in alphabetischer Reihenfolge zu besorgen. Wir sind überzeugt, dass einem solchen Comité gewiss bereitwilligst alle nöthigen Kataloge zur Verfügung gestellt würden, u. erklären uns gern bereit, für die diesbezüglichen Correspondenzen etc. die Spalten unserer Zeitschrift zu öffnen.

Nur müsste in diesem Falle eine Eintheilung nach Ländergruppen zur Basis genommen werden, resp. je ein Band den Katalog der Handschriften der Oesterreichisch-Ungarischen Benedictiner-Klöster, ein zweiter den der Bayerischen u. s. w. umfassen, u. ein Generalindex am Schlusse des mehrbändigen Werkes dessen Benützung ermöglichen. Es versteht sich von selbst, dass sich dieses nur mit den noch bestehenden Benedictiner-Klöstern befassen könnte, da ja bekannter Weise die handschriftlichen Schätze der aufgehobenen entweder nach allen Richtungen der Windrose zerstreut oder aber, was leider oft geschah, für immer verloren gegangen sind.

Raigern. Die Redaction (P. Maurus Kinter, O. S. B.).

Litteratur und Miscellen.

Allgemeines.

[205.] Bulletin du Bibliophile et du Bibliothécaire publ. par Techener. XLVII. Année 1880. (S. oben Nr. 108.)

Das Novbr.-Heft enth.: S. 481—501 Notice sur deux Mystères dramatiques Allemands (1598 et 1618) — S. 501—7 Revue critique de Publications nouvelles. — S. 507—26 Causeries d'un Bibliophile: Les Oubliés et les Dédaignés du Dictionnaire des Littératures. Par le Baron Ernouf. — S. 527—28 Nouvelles et Variétés: La Bibliothèque de Massillon et la Bibliothèque de Clermont.

[206.] The Library Journal Official Organ of the Library Associations of America and of the United Kingdom. General Editors: F. Leypoldt; Melvil Dui. General European Editor: H. R. Tedder. Vol. V. (S. oben Nr. 5.)

Das Novbr.- u. Decbr.-Heft Nr. 11 u. 12 enthält: Mellen Chamberlain, Public Library and Public School — Editorial Notes — American Library Association (December Meeting; Washington Conference Committee) — United Kingdom Association (November Monthly Meeting) — Melvil Dui, Washington Conference — Incorporation of the American Library Association — Free Lending Library for New York — Community's Need of a Superintendent of the Cabinet of the Natural History Society — Homes, Lettering of Book-Titles — Melvil Dui, van Everen Numbers — Libraries in the Census — Melvil Dui, Blank-Book-Indexes — New Charging System — Melvil Dui, Slip Indicator — Useless Words — Communications (Future of the American Library Association) — Bibliography — Reference Lists on Special Topics (Foundation of American Colonies; Alienation of Am. Colon.) — Notes and Queries — General Notes.

Bibliographie.

[**207.**] Bibliographische Adversaria. Vierde Deel. No. 7 en 8. 's Gravenhage, Martinus Nijhoff. 1881. kl. 8⁰. 1 Bl. 197—260 S. (S. Anz. J. 1880. Nr. 123.)

Nach einjähriger Unterbrechung freue ich mich von diesem stets gehaltvollen Werkchen wieder eine Fortsetzung begrüssen zu können. Die neue Doppelnr. enthält: De oudst bekende Nederlandsche Boekdrukkerij, door M. F. A. G. Campbell — De „Summa der Godliker Scrifturen“, door P. A. Tiele — Een vergeten Boek van Caspar Jansz. Coolhaes, door Th. J. I. Arnold — Johan van Nijenborgh's Werken, door J. E. H. Hooft van Iddekinge — De Bibliotheca Thysiana te Leiden — A. Willems, les Elzeviers, door P. A. M. Boele van Hensbroek — Wagenaar's Vaderlandsche Historie. Eene aanteekening op de Bibliographische Adversaria, III. 171 vv., door J. G. Frederiks — Catalogus van Boeken, voorhanden in het Magazijn van Martinus Nijhoff, te 's Gravenhage.

[208.] * Die Psalter-Illustrationen im frühen Mittelalter mit besonderer Rücksicht auf den Utrechtpsalter. Ein Beitrag zur Geschichte der Miniaturmalerei. Von Anton Springer. Mit 10 Taf. in Lichtdruck. [Aus: Abhandlungen der k. sächs. Gesellschaft d. Wiss.“] Leipzig, Hirzel. 1880. Lex. 8⁰. 110 S. Pr. n. 8 Mk.

[209.] * Catalogus Librorum Officinae Elzevirianae, designans libros, qui tàm eorum typis & impensis prodierunt; quàm quorum aliàs copia ipsis suppetit. — Catalogue de l'officine des Elzevier [1628]. Reproduction héliographique d'après l'exemplaire de la Bibliothèque de Francfort-sur-le-Mein, avec une introduction par Ernest Kelchner. Paris. (Frankfurt a. M., Baer & Co.) 1880. 8⁰. VIII, 15 S. Pr. n. 4 Mk. (Nur 250 numer. Exempl.)

[210.] * The Enemies of Books. By William Blades. II. Edition. London, Trübner & Ludgate. 8⁰. XVI, 112 S. Pr. 5 sh. (S. Anz. J. 1880. Nr. 1194.)

Ein Buch mehr für Bücherfreunde als für Bibliothekare, weil diese grossentheils gegen Bücherfeinde machtlos sind, jene aber manche gute Lehre sich daraus annehmen können. Da ist zuerst vom Feuer die Rede, und Blades spricht vom Verbrennen der Bibliotheken zu Alexandrien und Ephesus sogut wie von dem der Strassburger. Unwillkürlich fragt man sich, was soll ein Bibliothekar thun, wenn Feuer in seiner Bibliothek ausbricht, er zufälligerweise zur Hand ist, der Fiscus ihm aber keinerlei Vorsichtsmassregeln geschaffen hat. Fehlt es nicht an Wasser, so kommt der zweite Feind in's Land. Viele Bücher sind in Schiffen ertrunken, welche untergingen, viele aber auch den langsamen und sicheren Angriffen des atmosphärischen Wassers erlegen, sei es dass es gleich in Form von Regen oder nur als dumpfe feuchte Stickluft aufgetreten ist — vgl. St. Albans Library und Wolfenbüttel. Gegen schadhafte Dächer und die Personen, welchen die wasserdichte Instandhaltung derselben obliegt, können oft Bibliothekare halbe Jahrhunderte lang Nichts ausrichten. Zu erwähnen hätte Blades hier gehabt, wie beim Löschen von Bibliotheksbränden das Wasser das verdirbt, was dem Feuer entrissen wurde; auch platzende Wasserleitungsrohre sollen fatale Wirkungen verursachen. — Der dritte Bücherfeind ist unter Umständen das Licht; besonders durch Gas und seine Verbrennungsprodukte leiden nicht nur Farben sondern sogar lederne Einbände. Daher gilt dem Verfasser das elektrische Licht als das Zukunftslicht der Bibliotheken. Sonnenlicht ist allemal unschädlich, denken manche Bibliothekare; deshalb arbeiten sie nur in den hellen Tagesstunden in ihren Bibliotheken. Feinde No. 4 u. 5 sind Staub und Liederlichkeit wie Dummheit. Man kennt Beispiele von schrecklich verstaubten und verlotterten Bibliotheken. Blades schildert ergötzlich eine gewisse College-Bibliothek in England und erwähnt den Zustand gewisser Französischer Bibliotheken neuesten Datums. Auch das Capitel von der Dummheit ist erbaulich zu lesen; man findet da z. B., wie ein Caxton in der Französischen protestantischen Kirche in London zum Feueranzünden verwendet wurde. Als Seitenstück kann dienen, wie einst in einer Bibliothek Scheuerfrauen auf Completirung wartende und deshalb ungebunden daliegende Bücher für Maculatur ansahen und davon nahmen, um sie auf ihre Weise zu verwerthen. Gegen Scheuerfrauen, auch Maurer und Zimmerleute, welche in grossen Bibliotheken arbeiten müssen, sind die armen Bibliothekare machtlos, da doch nicht zu jeder oder jedem eine Wache gestellt werden kann. — Heimtückische Feinde sind No. 6 und 7 Würmer, Käfer, Ratten und Mäuse, aber nicht weniger gefährlich sind No. 8 die Buchbinder, aus deren Händen schon so manches Werk anders gestaltet hätte kommen sollen, als es gekommen ist. Endlich kommen als No. 9 die Sammler an die Reihe: solche, die da planlos zusammentragen, und solche, die ein bestimmtes Ziel verfolgen. Beide Sorten verderben die werthvollsten Drucke u. Manuscripte, ohne sich die geringsten Gewissensbisse zu machen, ja, manchen reichen Sammlern sind die ihrer Zierden beraubten Werke werthlos, allein Blades kennt noch eine dritte schädliche Art von Sammlern;

das sind die Bücherfreunde, welche die kostbarsten Drucke anhäufen, nur um zu sagen „Ich habe sie“, aber nie bei ihren Lebzeiten ein anderes menschliches Wesen einen Blick darauf werfen lassen. — Auch ohne die niedlichen Chinesischen Seitenverzierungen würde man das Buch nicht ohne ein gewisses Behagen aus der Hand legen. R.

[**211.**] Allgemeine Bibliographie. Monatliches Verzeichniss der wichtigern neuen Erscheinungen der deutschen und ausländischen Literatur. Herausgegeben von F. A. Brockhaus in Leipzig. [Bd. XXVI.] Verantwortlicher Redacteur Otto Kistner in Leipzig. 8°. 12 Nrr. à 1 Bog. Pr. 1,50 Mk. (S. Anz. J. 1880. Nr. 231.)

Der Anz. ist in der glücklichen Lage gewesen, seinen Lesern dieses unter der Redaction des verstorb. bekannten Schillerbibliographen vor 25 Jahren ins Leben getretene und bewährte Blatt von Anfang als Beilage mit darzubieten; es ist daher auch nicht nöthig, den Lesern gegenüber, die sich von der Brauchbarkeit des Blattes selbst haben überzeugen können, dasselbe hier noch besonders anzuempfehlen.

[**212.**] Anno III. Bibliografia Universale Elenco mensile delle più importanti Pubblicazioni nuove Italiane ed estere vendibili ai prezzi indicati nelle Librerie di Ermanno Loescher in Firenze, Torino, Roma. gr. 8°. 12 Nrr. à 1 Bog. Mit alphab. Register am Jahresschlusse. (S. Anz. J. 1880. Nr. 365.)

Ein zunächst für die Verkehrsinteressen des Herausg.'s bestimmtes, aber auch ausserhalb des Kundenkreises desselben brauchbares, systematisch geordnetes Blatt. — Gleichzeitig mit der 1. Nr. dieser Bibliographie hat L. für seine Kundenkreise auch ausgegeben: „Elenco dei principali Periodici Francesi ed Inglesi scientifico-letterarii e politici. Dicembre 1880. gr. 8°. 2 Bll.; It. dei principali Periodici Tedeschi più diffusi. Dicembre 1880. gr. 8°. 2 Bll.; It. dei principali Giornali di Mode Francesi, Inglesi e Tedeschi. Dicembre 1880. gr. 8°. 2 Bll.; It. dei principali Periodici Francesi scientifico-letterari e politici. Gennaio 1881. gr. 8°. 2 Bll.

[213.] * Preis-Verzeichniss der in der Oesterreichisch-Ungarischen Monarchie und im Auslande erscheinenden Zeitschriften und periodischen Druckschriften f. d. J. 1881. Bearbeitet von der K. K. Postamts-Zeitungs-Expedition in Wien. Wien, v. Waldheim. Lex. 8°. V, 152 S. Pr. n. 1 Mk.

[214.] * Bibliographie der Nominal-, Verbal- und Real-Indices zum babylonischen und jerusalemitischen Talmud, zur Midrasch- und Sohar-Literatur und der alphabetisch geordneten Hagadasammlungen, nebst Zusätzen zu den früheren Bibliographien und handschriftlichen Mittheilungen. Von Dr. Ad. Jellinek. (In Hebr. Sprache.) Wien, Löwy. gr. 8°. 36 S. Pr. n. 1,20 Mk.

[215.] The Publishers' Weekly The American Book Trade Journal With which is incorporated the American Literary Gazette and Publishers' Circular [established 1852] F. Leypoldt, Editor and Publisher. Vol. XIX. New York, Publication Office. gr. 8⁰. Jährl. 52 Nrr. à 1—2 Bog. in 2 Bden. Pr. $. 3,20. (S. Anz. J. 1880. Nr. 235.)

Dieses Blatt bietet, ausser den Mittheilungen über alle bemerkenswertheren Vorkommnisse auf NAmerikanischem buchhändlerischem u. damit verwandtem litterarischem Gebiete, sowohl wöchentliche bibliographisch genaue Verzeichnisse der vorzüglicheren neuesten Litteratur, als auch monatliche Uebersichten sämmtlicher litterarischer Neuigkeiten.

[216.] Allgemeines Bücher-Lexikon oder vollständiges alphabetisches Verzeichniß aller von 1700 bis Ende 1879 erschienenen Bücher, welche in Deutschland und in den durch Sprache und Literatur damit verwandten Ländern gedruckt worden sind 2c. Von Wilhelm Heinsius. XVI. Band, welcher die von 1875 bis Ende 1879 erschienenen Bücher und die Berichtigungen früherer Erscheinungen enthält. Herausgegeben von Otto Kistner. Lief. 7—8. Leipzig, Brockhaus. 1880. 4⁰. Abth. I. S. 481—640. Pr. à n. 3 Mk., auf Schreibpap. n. 4 Mk. (S. oben Nr. 12.)

Enthält die Artikel „Glatz" bis „Hoppe".

[217.] Verzeichniß der Bücher, Landkarten 2c., welche vom Juli bis zum December 1880 neu erschienen oder neu aufgelegt worden sind, mit Angabe der Seitenzahl, der Verleger, der Preise, literarischen Nachweisungen und einer wissenschaftlichen Uebersicht. Herausgegeben und verlegt von der J. C. Hinrichs'schen Buchhandlung in Leipzig. Nebst einem Anhang: Die bedeutendsten Erscheinungen des niederländischen Buchhandels 1880 Januar bis December. Zusammengestellt vom niederländischen Buchhändlerverein. CLXV. Fortsetzung. 8. CXII, 546 S. Pr. n. 3 Mk. (S. Anz. J. 1880. Nr. 818.)

Mit jeder neuen Fortsetzung dieses halbjährlichen Bücherverzeichnisses empfindet man von neuem die Befriedigung darüber, dass keine andere Nation in Bezug auf ihre neueste Litteratur diesem ebenso prompten wie genauen und zuverlässigen Deutschen bibliographischen Führer einen ähnlichen ebenbürtig an die Seite zu stellen hat. Alle, welche in der grossen, immer mehr u. mehr anwachsenden Masse der Deutschen Litteratur genauen Bescheid haben wollen, können sich seiner Leitung mit Zuverlässigkeit anvertrauen.

[218.] * Wissenschaftliche Uebersicht der bedeutenderen Erscheinungen des deutschen Buchhandels. [XVI.] Jahrg. 1881. Leipzig, Hinrichs. 8⁰. 13 Nrr. à 1 Bog. Pr. n. 1,50 Mk. (S. Anz. J. 1880. Nr. 237.)

* Monatliche Uebersicht der bedeutenderen Erscheinungen des deutschen Buchhandels. VII. Jahrg. 1881. Leipzig, Hinrichs. 8. 13 Nrr. à 1 Bog. Pr. n. 2 Mk. (S. daselbst.)

Zum Verkehr zwischen Sortiment u. Publikum bestimmt u. bewährt.

[219.] Urbánkův Věstník Bibliografický. Měsíčník pro rozhled v literatuře, hudbě a umění. Majetník a Redaktor: Fr. B. Urbánek, knihkupec v Praze. Ročník II. Nakladatel Urbánek v Praze. gr. 8°. 12 Nrr. à 1—1½ Bog. Pr. 4, resp. auswärts 4,40 Fl. (S. Anz. J. 1880. Nr. 368.)

Litterarhistorischer u. bibliographischer Ueberblick im Bereiche der neuesten Czechischen Litteratur.

[220.] A Magyar nemzeti és nemzetközi irodalom könyvészete. I. Kötet. Magyarországra vonatkozó régi német nyomtatványok. 1454—1600. Közli Kertbeny Károly. A vallás-és közoktatási magyar királyi minister engedélyével. (Toldalék: a 15. és 16. század 371 magyar nyomtatványa német kimutatásban, Szabó Károly eredetie után.) A. u. d. Tit.: Bibliografie der ungarischen nationalen und internationalen Literatur. I. Band. Ungarn betreffende deutsche Erstlings-Drucke. 1454—1600. Mitgetheilt von K. M. Kertbeny. Mit Bewilligung des kön. ung. Ministers für Kultus und Unterricht. (Anhang: Deutscher Ausweis der 371 Druckwerke in ungarischer Sprache des 15. und 16. Jahrhunderts. Nach Akademiker Karl Szabó.) Budapest, K. Ungar. Universit.-Buchdruckerei. 1880. 8°. CLXXXIV, 760 S. Mit 14 S. Bibliografie der Werke K. M. Kertbeny's. (S. Anz. J. 1878. Nr. 82.)

Von dem auf die weitesten Dimensionen, auf nicht weniger als zehn Bde berechneten „Handbuche Ungarischer Bibliographie", dessen baldiges Erscheinen der Verf. bereits durch Prospekt 1862 in Aussicht stellen zu können geglaubt hatte (s. Petzholdt's „Bibliotheca Bibliograph. S. 320—21), ist es ihm „nach dreissigjährigen vergeblichen Unterhandlungen mit Verlegern u. Gesellschaften", jetzt erst möglich geworden, den ersten Bd. vollendet in Druck zu geben. Er finde keine Worte, schreibt der Verf., für sein Dankgefühl, dass es ihm doch noch an der Neige des Daseins vergönnt sei, durch die Herausgabe dieses ersten Bdes wenigstens den Versuch zu wagen, den Traum seines ganzen Lebens zu verwirklichen; u. wenn es ihm auch nicht beschieden sein sollte, noch weitere Bde druckfertig zu machen, so liege doch nunmehr das Programm vor, was er mit dem ganzen Unternehmen gewollt u. in welcher Form er sich dasselbe gedacht habe. Andere würden dann schon seine nationale u. weltlitterarisch bedeutsame Arbeit hoffentlich mit Erfolg fortsetzen. Nach des Verf.'s Plan soll das Werk, dessen vorl. I. Bd., ausser dem sehr umfänglichen Vorworte mit seinen (nach meiner unmassgeblichen Ansicht) fast zu weit ausgedehnten historisch-biographisch-geographischen Artikeln, die Deutschen Ungarn betreffenden Drucke des XV. u. XVI. Jhrhdts enthält, im II. der ebenfalls Deutschen Ungarn betreffenden Litteratur des XVII., im III. des XVIII., im IV. des XIX. Jhrhdts., im V. der betreff. Litteratur in den Roman. u. übrigen Germanischen Sprachen, im VI., VII. u. VIII. der Nationallitteratur in Ungarischer Sprache, im IX. den Slavischen Werken des In- und Auslandes und im X. Bd. endlich den Kartenwerken, Kunstartikeln u. Musikalien gewidmet sein. Ob sich freilich nach dem Verf., falls derselbe nicht mehr im Stande ist, das Werk in der bezeichneten Weise durch- u. zu Ende zu führen, ein Zweiter finden dürfte, der mit gleicher Beharrlichkeit u. Hingebung, sowie mit gleicher Sachkenntniss, wie der Verf., die Fortsetzung u. Vollendung des Werkes übernehmen könnte u. auch übernehmen würde, muss allerdings dahingestellt bleiben. Ich für meine Person möchte aber wenigstens bezweifeln, dass sich so leicht ein Anderer finden wird, um die Fortführung des Werkes in der vom Verf. gewählten, dem gelehrten Ballaste zu grossen Spielraum gewährenden Weise zu übernehmen. — Was den vorl. I. Bd. des Werkes anlangt, so besteht derselbe aus folg. Abschnitten: Alphabetischer Nachweis zum Namen- u. Sachregister S. XI—XXVI; Vorwort in Ungar. u. Deutscher Sprache S. XXVII—CLXXVII; Ungarns bibliograph. Statistik seit 424 Jahren (1454—1878) S. CLXXVIII—CLXXXIV; Bibliographie des XV. Jhrhdts S. 1—16; Bibliographie des XVI. Jhrhdts S. 17—326; Anhang bestehend aus sieben Relationen des XV. u. XVI. Jhrhdts, wörtlich abgedruckt, doch in heutiges Deutsch übersetzt S. 327—46; Nachträge zur Bibliographie des XVI. Jhrhdts S. 347—54; Namen- u. Sachregister S. 355—716; Zweiter Nachtrag zur Bibliographie: Deutsche Uebersicht der 371 Inkunabeln in Ungar. Sprache, gedr. 1484—1600 in Ungarn u. im Auslande. Nach Szabó. S. 717—32; Chronologie Ungarns u. der Welt 167 v. Chr. bis 1600 nach Chr. S. 733—57; Zeitgenossen des XVIII. u. XIX. Jhrhdts, die im I. Bde besonders erwähnt sind S. 757—58. J. P.

[221.] The Publishers' Circular and General Record of British and Foreign Literature containing a complete alphabetical List of all New Works published in Great Britain and every Work of interest published abroad. Vol. XLIV. No. 1040 ff. London, publ. by Sampson Low. Lex. 8°. Monatlich 2 Nrr. à c. 3 Bog. Pr. n. 6 s., im auswärt. Buchhand. n. 8 s. (S. Anz. J. 1880. Nr. 239.)

Bibliographisch von sehr schwankendem Werthe.

[222.] Messrs. Longmanns, Green & Co.'s Monthly List of New Books published in Great Britain. New Series. No. 457 ff. London. (Leipzig, Brockhaus.) Fol. Monatlich 1 Bog. Gratis. (S. Anz. J. 1880. Nr. 240.)

Hauptsächlich für den buchhändler. Verkehr u. speziell für die Geschäftsinteressen der Herausgeber bestimmt.

[223.] Bibliografia Italiana Giornale dell' Associazione Tipografico-Libraria Italiana Compilata sui Documenti comunicati dal Ministero della Pubblica Istruzione. Anno XV. Gio. Ponzoni Redatt. resp. Milano, Tip. Bernardoni di Rebeschini e C. gr. 8°. Monatlich 2 Nrr. à $1^1/_2$—2 Bog. Pr. 15 L. f. Italien u. 17 L. f. d. Ausland. (S. Anz. J. 1880. Nr. 241.)

Zerfällt, wie seither, in drei Abtheilungen: 1. die eigentliche Bibliographie, die, wennschon nicht vollständig, doch möglichst genau ist, 2. die Cronaca u. 3. die Avvisi.

[224.] Bibliographie und Literarische Chronik der Schweiz. (A. m. Franz. Tit.) XI. Jahrgang. Für die Redaktion: H. Georg's Verlagsbuchhandlung in Basel, Genf u. Lyon. gr. 8°. Monatlich 1 Nr. à c. 1 Bog. Pr. n. 4 Fr. f. d. Schweiz, n. 5 Fr. f. d. Ausland. (S. Anz. J. 1880. Nr. 244.)

Zerfällt in vier Abschnitte, von denen der 1. die Bibliographie, der 2. Referate über neu erschienene Schriften, der 3. die Chronik u. der 4. Buchhändleranzeigen enthält.

[225.] Anzeiger für slavische Literatur. Verantwortlicher Redacteur Traugott Pech in Leipzig. [Jahrg. I.] Verlag von F. A. Brockhaus in Leipzig. 8°. Erscheint vorläufig nur vierteljährlich à $^1/_2$ Bog.

Hauptsächlich im Interesse des Geschäftsverkehrs der Verlagshandlung.

[226.] * Literarischer Handweiser, zunächst für das katholische Deutschland. Herausgegeben und redigirt von Dr. Franz Hülskamp. XX. Jahrgang 1881. Münster, Theissing. Hoch 4°. Jährl. 24 Nrr. à 2 Bog. Pr. n. 4 Mk. (S. Anz. J. 1880. Nr. 594.)

[227.] * Handkatalog für Juristen. Eine Auswahl der vorzüglichsten Werke und Zeitschriften aus der Rechts- und Staatswissenschaft etc. mit besonderer Berücksichtigung der Gesetze für die Markgrafschaft Mähren. Geschlossen bis Ende 1880. Brünn, Winkler. 1881. 8°. 66 S. Pr. 20 Kr.

[228.] * Recherches bibliographiques sur le Notariat Français; par Albert Amiaud. Paris, Larose. 12°. XVI, 233 S. m. 1 Kpfr. Pr. 10 Fr. Nur 330 Exempl., wovon 30 numer. auf Chin. u. 300 numer. auf Holländ. Pap.

[229.] * Bibliografia Filosofica, corona dell' Italia filosofica contemporanea, di Raff. C. Pompa. Vol. I. Salerno, stabil. tip. Naz. 1880. 24°. 176 S. Pr. 2. L.

[230.] * La Lecture. Bulletin bibliographique mensuel à l'usage des familles, des institutions et des bibliothèques populaires, publié sous les auspices de la Société Genevoise pour l'encouragement de l'oeuvre des bibliothèques populaires. IV. Année. Genève, impr. Carey. 8°. Pr. 3,50 Fr. f. d. Schweiz, 4 Fr. auswärts. (S. Anz. J. 1880. Nr. 246.)

[231.] Jahrbuch der Schule Gabelsberger's auf das Jahr 1881. Herausgegeben vom Königl. stenographischen Institut zu Dresden. Redigirt von Dr. phil. Max Weiss und Dr. jur. Max Fröhliger. Mit einer Literaturübersicht von Prof. Dr. J. W. Zeibig. Dresden, Huhle in Comm. kl. 8°. XVI S. u. 1 Bl. 105 S. Pr. n. 4 Mk. (S. Anz. J. 1880. Nr. 249.)

Die S. 80—105 abgedruckte „Uebersicht der seit October 1879 bis Ende November 1880 erschienenen stenographischen Schriften" ist von Zeibig mit gewohntem Fleisse u. in möglichster Vollständigkeit zusammengestellt. Leider lässt aber auch diese, geradeso wie die vorherige Uebersicht, das vermissen, was die früheren Uebersichten als eine gewiss Vielen willkommene Zugabe gebracht hatten, nämlich die Bezeichnung derjenigen unter den angeführten Schriften, welche sich in der Bibliothek des Dresdner stenograph. Institutes vorfinden.

[232.] * Repertorium der Militär-Journalistik. IX. Heft. (1. Jänner bis 1. Juni 1880.) [Aus: „Organ der militair-wissenschaftlichen Vereine" 1880. Bd. XXI.] Wien, Seidel & Sohn in Comm. 1880. gr. 8°. XXV S. Pr. 50 kr. (S. Anz. J. 1880. Nr. 705.)

[233.] * Naturae Novitates. Bibliographie neuer Erscheinungen aller Länder auf dem Gebiete der Naturgeschichte und der exacten Wissenschaften. Herausgegeben von R. Friedländer & Sohn. III. Jahrg. Berlin, Friedländer & Sohn. gr. 8°. 24 Nrr. à 1 Bog. Pr. n. 4 Mk. (S. Anz. J. 1880. Nr. 251.)

[**234.**] Bibliographie der alpinen Literatur. Zwölfter Jahrgang 1880. Von Th. Trautwein in München. Separat-Abdruck aus der Zeitschrift des Deutschen und Oesterreichischen Alpenvereins. (München, Lindauer in Comm.) 8°. 1 Bl. 479—94 S. (S. Anz. J. 1880. Nr. 254.)

Durch grössere bibliographische Genauigkeit, welche den früheren Verzeichnissen mit Ausnahme des letztjährigen gefehlt hatte, hat die an sich zwar schon sehr fleissige u. treffliche Arbeit doch noch wesentlich gewonnen. Natürlich laufen dabei auch ungenauere Angaben mitunter, da es ja dem Verf. nicht überall möglich gewesen ist, aus durchaus zuverlässigen Quellen sein Material zu schöpfen.

[235.] * Bibliographie de la Bretagne, Catalogue général des ouvrages historiques, littéraires et scientifiques parus sur la Bretagne, avec la liste des revues publiées en cette province, les prix approximatifs des volumes rares, etc.; par Frédéric Sacher. Rennes, Plihon. 8°. VI, 236 S.

[236.] Uebersicht der vom November 1879 bis dahin 1880 auf dem Gebiete der Geographie erschienenen Werke, Aufsätze, Karten und Pläne. Von W. Koner. Enth. in der von Demselben herausgegebenen Zeitschrift der Gesellschaft für Erdkunde. Als Fortsetzung der Zeitschrift für allgemeine Erdkunde. Bd. XV. Berlin, Reimer. 1880. gr. 8°. Hft. 6. S. 435—566. (S. Anz. J. 1880. Nr. 252.)

Eine, wie anerkannt, ebenso treffliche u. reichhaltige, wie übersichtliche Zusammenstellung.

[237.] Kurzer Leitfaden zur Orientirung im Gebiete der neueren Kartographie u. Geographie herausgegeben von der Buchhandlung Schworella & Heick. Wien. II. erweiterte Auflage. gr. 8°. 2 Bll. 106 S. mit 2 Karten u. buchhändl. Prospecten. Pr. n. 1 Mk.

Enthält, nach der Herausg. Versicherung, eine kurze Uebersicht der besten Kartenwerke u. geographischen Bücher für den Gebrauch der gebildeten Klassen, u. zwar mit alleiniger Rücksicht auf die Besprechungen u. Empfehlungen von wissenschaftl. Autoritäten, wie z. B. Dr. H. Berghaus, Dr. J. Hann, Dr. F. v. Hochstetter, Dr. H. Kiepert, Dr. A. Petermann, k. Rath Steinhauser, E. v. Sydow u. A. zusammengestellt.

[238.] Badische Literatur aus den Jahren 1877—1877. [Von Hartfelder.] Enth. in der Zeitschrift für die Geschichte des Oberrheins hrsg. von dem Grossherzoglichen General-Landesarchive zu Karlsruhe. Bd. XXXIII. Karlsruhe, Braun. 1880. gr. 8°. Heft 4. S. 440—507. (S. Anz. J. 1877. Nr. 1109.)

Diese bibliograph. Uebersicht schliesst sich den früheren von Gmelin bearbeiteten, deren Verdienstlichkeit anerkannt ist, ebenbürtig an.

[239.] * Biblioteca Storica Italiana. Catalogo a prezzi netti di una numerosa collezione di opere antiche e moderne relative allà Storia generale e particolare d'Italia. Torino, frat. Bocca. 8°. 532 S. Pr. 8 L.

[240.] Quellenstudien zur Geschichte des Schachspiels von Dr. A. v. d. Linde. Mit Unterstützung der Königl. Akademie der Wissenschaften zu Berlin. Berlin, Springer. Lex. 8°. VIII, 412 S. m. eingedr. Figuren. Pr. n. 20 Mk.

Der gegenwärtig als erster u. hauptsächlicher Kenner der Geschichte und Litteratur des Schachspieles überall anerkannte u. geschätzte Verf. hat seiner vor kurzem erst erschienenen reichhaltigen Schachbibliographie (s. oben Nr. 31) das vorl. Werk jetzt nachfolgen lassen, welches, wenn ihn schon die 1874 veröffentlichte Geschichte u. Litteratur des Schachspieles u. andere auf das Schachspiel bezügliche Schriften als den unbestreitbar tüchtigsten Schachlitterator haben erkennen lassen, ihn auch als den tiefeingehendsten Forscher der selbst im entferntesten Gesichtskreise liegenden Quellen kennzeichnet. Beleg hierzu liefern schon die Aufschriften der XX. Abschnitte, in welche das Werk eingetheilt ist: I. Orientalisches Schach S. 1—54; II. Abendländisches Schach S. 55—71; III. Das Schachwerk Alfonso's X. 1283. S. 72—120; IV. Das lateinisch-pikardische Schachwerk des Nicholaus von S. Nicholai, um 1250—1512. S. 121—85; V. Uebersetzungen und freie Bearbeitungen, um 1300—1550. S. 186—248; VI. Indisch-Arabische Abarten S. 251—55; VII. Würfelvierschach S. 256—64; VIII. Grosse (d. h. vergrösserte) Schachspiele S. 365—67; IX. Das Linienschachspiel in China S. 268—73; X. Japanische Feldherrnspiele S. 279—87; XI. Schachbretter S. 291—96; XII. Lebende Schachbilder S. 297—306; XIII. Schachspieler S. 307—15; XIV. Litterarische Curiosa S. 316—24; XV. Kurze Anweisung (ältester deutscher Originalleitfaden zum Schachspiel von 1728) S. 325—28; XVI. Al-'Adlî S. 331—53; XVII. Al-Sûlî S. 354—81; XVIII. Al-Ladschlâdsch S. 382—89; XIX. Al-Hakîm S. 390—97; XX. Firdewsi's türkisches Schachwerk 1501. S. 398—412. In diesen Abschnitten birgt sich eine Fülle des trefflichsten u. augenscheinlich mit dem emsigsten Fleisse herbeigeschafften, sowie kritisch verarbeiteten Materiales, welches zum Theil auch für bibliograph. Zwecke sehr schätzbar ist.

[241.] Revue des Autographes des Curiosités de l' Histoire & de la Biographie Fondée en 1866 par Gabriel Charavay paraissant chaque mois sous la direction de Eugène Charavay Fils. XVI. Année. Paris. 8°. Monatlich 1 Bog. Pr. 3 Fr., f. d. Ausland 4 Fr. (S. Anz. J. 1880. Nr. 603.)

Den Verkehrsinteressen, hauptsächlich des Herausg.'s bestimmt.

[242.] Cervantes und seine Werke nach deutschen Urtheilen. Mit einem Anhange: Die Cervantes-Bibliographie. Herausgegeben von Edmund Dorer. Leipzig, Friedrich. gr. 8°. 4 Bll. 126 S. Mit 31 & 20 S. Literatur. Pr. n. 5 Mk.

Die im Anhange mitgetheilte „Cervantes-Literatur in Deutschland“ besteht aus Exemplaren des vom Verf. 1877 veröffentlichten Schriftchens (s. Anz. J. 1877. Nr. 1021), mit neu hinzugefügten Nachträgen u. Berichtigungen.

[243.] * Lettre à M. le Directeur du Bulletin du Bibliophile sur la Bibliographie des poésies de L'Hospital; par E. Dupré-Lasale, conseiller à la cour de cassation. [Extrait du Bulletin du Bibliophile et du Bibliothécaire, août-septembre 1880.] Paris, Techener. 8°. 8 S. (S. Anz. J. 1880. Nr. 1187.)

[244.] Carl Georg v. Wächter. Leben eines deutschen Juristen dargestellt von O. v. Wächter. Leipzig, Breitkopf & Härtel. gr. 8°. Enth. S. 143—57 v. Wächter's Schriftstellerische Arbeiten.

Mehr kritisch litterarhistorische als bibliographische Uebersicht.

Buchhändler- und antiquarische Kataloge.

[245.] The Publishers' Trade List Annual 1880 Embracing the latest catalogues supplied by the publishers; preceded by an order list for 1880; a classified summary and alphabetical reference list of books recorded in the Publishers' Weekly from July 1, 1879, to June 30, 1880, with additional titles, corrections, changes of price and publisher, etc. (forming a fourth provisional supplement to the American Catalogue); and the American Educational Catalogue for 1880. Eighth Year, New York, F. Leypoldt. 1880. Lex. 8°. 916 Bll. Pr. $ 1,50. (S. Anz. J. 1880. Nr. 40.)

Trotzdem dass nach Deutschen Begriffen der vor nunmehr acht Jahren in NAmerika gemachte Versuch, die in sehr verschiedener, meist sehr mangelhafter Weise redigirten Verlagskataloge einer grösseren Anzahl von Buchhändlerfirmen in einen Gesammtkatalog zusammenzufassen, als unzweckmässig hat bezeichnet werden müssen, so ist gleichwohl ein solcher Gesammtkatalog, in Ermangelung eines besser gestalteten bibliopolischen Hilfsmittels, für die Bedürfnisse des NAmerikanischen Buchhandels als brauchbar gefunden u. daher von Jahr zu Jahr bis jetzt fortgeführt worden. Auch hat dieser NAmerakanische Gesammtverlagskatalog in dem J. Whittaker'schen „Reference Catalogue of Current Literature" für den Englischen Buchhandel, sowie in dem vom Italienischen Buchhändler-Vereine herausgegebenen „Catalogo collettivo della Libreria Italiana", getreue Nachahmer erhalten, u. darf sich sogar rühmen, zu dem vom Buchhändler A. Russell in Münster geplanten u. bereits in Ausführung begriffenen „Gesammt-Verlags-Kataloge des Deutschen Buchhandels" — der allerdings mit Rücksicht auf die höheren Bedürfnisse des Deutschen Buchhandels eine weit bessere, u. zwar nicht blos bibliopolischen, sondern auch bibliographischen Zwecken dienende Gestaltung erhalten soll — die erste Anregung gegeben zu haben. — Der vorl. neueste NAmerikanische Gesammtkatalog enthält die Verlagsverzeichnisse von 176 Firmen.

[246.] Oesterreichische Buchhändler-Correspondenz. Eigenthum des österreichischen Buchhändler-Vereins. Verantwortlicher Redacteur: J. C. Fischer. XXII. Jahrg. Wien, Fischer & Co. 4°. Wöchentlich 1 Nr. à c. 1 Bog. Pr. n. 12 Mk. (S. Anz. J. 1880. Nr. 263.)

Enth., wie seither, an der Spitze der einzelnen Nrr. eine Uebersicht der im Oesterreichischen Buch-, Musikalien- u. Kunsthandel erschienenen Neuigkeiten, denen auch die Neuigkeiten des Auslandes, soweit sie für Oesterreich Interesse haben, mit beigefügt sind. Zu den Uebersichten der Oesterreich. Neuigkeiten erscheint noch ein besonderes „halbjährigen Inhalts-Verzeichniss."

[247.] Lager-Catalog von Joseph Baer & Co. Buchhändler

und Antiquare in Frankfurt am Main, Paris, London. 86—88. 8⁰. (S. oben Nr. 174.)

Enth.: in 86 Musik, Theater, Tanz (1 Tit.- u. 19 S. 416 Nrr.); in 87 Die Preuss. Rheinprovinz, Westphalen, Luxemburg, Waldeck, Lippe u. das ehemalige Herzogthum Nassau (1 Bl. 33 S. 658 Nrr); in 88 Hannover, Braunschweig, Oldenburg und Bremen (1 Bl. 18 S. 383 Nrr.).

[**248.**] No. 75. Catalogue de Livres anciens et modernes. — Théologie. Histoire ecclésiastique. Philosophie. — Utrecht, J. L. Beijers. gr. 8⁰. 1 Bl. 168 S. 3984 Nrr. (S. Anz. J. 1880. Nr. 1090.)

Als hauptsächlich hervorzuhebende Artikel sind zu bezeichnen: Bekkeriana; Bibles; Catechisme; Concordance; Confession; Eglises; Hernutes; Jésuites; Jésus; Juifs; Linguistique; Listes de Pasteurs Reformés; Luther; Mennonitica; Mission; Orgues; Palestine; Saint-Pères; Psaumes, Cantiques, Poésies, Sacrées; Remontrants; Sermons; Spinosa; Synode à Dordrecht.

[**249.**] Werthvolle und billige Bücher aus den Fächern der Baukunst, Mathematik und Astronomie. Vorräthig bei Eduard Fischhaber in Reutlingen. kl. 8⁰. 32 S.

Neuere u. ältere Deutsche Litteratur.

[**250.**] No. 91. Antiquarischer Anzeiger von Fr. Haerpfer's Buchhandlung und Antiquariat in Prag. — Theologie und Philosophie. 8⁰. 1 Bl. 36 S. 412 Nrr.

Grösserentheils neuere, hauptsächlich Deutsche, nächstdem auch Czechische Litteratur.

[**251.**] Otto Harrassowitz, Buchhandlung und Antiquariat in Leipzig. Antiquarischer Catalog 71. — Classische Philologie u. Alterthumskunde. 8⁰. 1 Bl. 74 S. 2152 Nrr. (S. oben Nr. 148.)

Reichhaltig u. übersichtlich — enthält zur Hälfte Griech. u. Latein. Classiker.

[**252.**] No. 19. Ouvrages Anciens et Modernes en tout genre Planches et Portraits gravés en vente chez Van Hengel & Eeltjes Libraires-Editeurs Rotterdam. gr. 8⁰. 1 Bl. 45 S. 692 Nrr. (S. Anz. J. 1880. Nr. 620.)

Grösserentheils Holländ. u. Holland betreff. Litteratur.

[**253.**] Antiquarischer Catalog No. 33 von Wilh. Jacobsohn & Co., Buch-, Musikalien- und Antiquariats-Handlung in Breslau. Januar. 2 Bll. 54 S. (S. Anz. J. 1880. Nr. 1224.)

Enth. grösstentheils gangbare Deutsche Litteratur, namentlich viele katholische Theologica, worunter die vom Seminardirector Schaefer in Ob. Glogau u. Pfarrer Fesser in Ob. Stephansdorf nachgelassenen Bibliotheken.

[**254.**] Nr. 64. Bibliotheca Polono-Slavica. Catalogue d'ouvrages anciens et modernes sur la litterature et l'histoire des pays slaves en vente chez Joseph Jolowicz Librairie ancienne et moderne à Posen. Part. I. Langues et belles lettres. 8°. 1 Tit.- u. 27 S. 795 Nrr. (S. oben Nr. 149.)

Die historische Abtheilung wird das 2. Heft bilden.

[**255**.] No. 603—5. Antiquarisches Bücherlager v. Kirchhoff & Wigand in Leipzig. — Geschichte und Militärwissenschaften. I—III. Februar. 8°. (S. oben Nr. 150.)

Von diesen drei reichhaltigen, zusammen 6027 Nrr. enthaltenden Katalogen betrifft: I. Vermischtes, Hilfswissenschaften, Militärwissenschaften (1 Bl. 54 S.); II. das Deutsche Reich u. die früheren Reichslande (1 Bl. 62 S.); III. die Ausserdeutschen u. Aussereuropäischen Länder (1 Bl. 78 S.).

[**256**.] Katalog von Wilhelm Koebner (L. F. Maske's Antiquariat) in Breslau. — Architektur, Kunst, Ingenieurwissenschaften. 8°. 1 Bl. 18 S. 463 Nrr. (S. oben Nr. 43.)

Grösserentheils gangbare Deutsche Litteratur.

[**257**.] K. F. Köhler's Antiquarium in Leipzig. Catalog No. 339. Literatur und Kunst der germanischen Völker. & No. 340. Deutsche Geschichte. 8°. 1 Bl. 82 S. 1868 Nrr. & 1 Bl. 50 S. 1110 Nrr. (S. Anz. 1880. Nr. 1268.)

Zwei durch reichen u. werthvollen Inhalt sowohl als sorgfältige Redaction sehr schätzbare Kataloge.

[258.] Kubasta & Voigt, Buchhandlung und Antiquariat in Wien. Antiquarischer Anzeiger 22. — Staats- und Rechtswissenschaft. Politik. 8°. 1 Bl. 26 S. (S. Anz. J. 1880. Nr. 1226.)

Grösstentheils neuere u. ältere Deutsche Litteratur.

[**259**.] Militärischer Katalog 1870 bis 1880. Uebersicht der im Verlage von Friedrich Luckhardt und der Luckhardt'schen Verlagshandlung erschienenen Werke sowie Verzeichniss der in den ersten fünf Jahrgängen 1876—1880 der Deutschen Heeres-Zeitung erschienenen grösseren Aufsätze. Berlin 1881. 8°. 4 Bll. 52 S.

Das ebenso umfängliche wie werthvolle Material, womit L.'s Verlegerthätigkeit die Militair-Litteratur der letzten 10 Jahre bereichert hat, findet sich sehr übersichtlich in folg. V Abschnitten verzeichnet: I. Allgem. alphabetisches Verzeichniss (welches allerdings etwas bibliographisch genauer hätte sein können); II. Verzeichniss nach den einzelnen Materien; III. Verzeichniss für einzelne Truppengattungen; IV. Lexikalisches Verzeichniss der in der Deutschen Heeres-Zeitung enthaltenen grösseren Aufsätze; V. Umschau auf den Kriegsschauplätzen der Erde 1876—80.

[**260**.] 56. Bücher-Verzeichniss aus Mayer & Müller's Antiquariat in Berlin. — Botanik. Mit Anhang: Land- und Forstwissenschaft. 8⁰. 1 Tit. u. 62 S. 2199 Nrr. (S. oben Nr. 44.)

Hauptsächlich neuere Deutsche, auch Franz. u. Englische Litteratur.

[261.] Catalogue de la Librairie Européenne C. Muquardt maison fondée en 1833 Merzbach & Falk, éditeurs libraires du Roi et du Comte de Flandre. Bruxellès et Leipzig. 1880. gr. 8⁰. 2 Bll. 103 & VII S.

Raisonnirendes alphabet. Verzeichniss mit Angabe des Inhalts von Sammel- u. and. grösseren Schriften; nebst systemat. Uebersicht. Hauptsächlich Politische, Histor.-Geographische Wissenschaften, Belletristik u. Naturwissenschaften betr.

[262.] Catalog No. 93. Schweizer. Antiquariat von Orell Füssli und Cie. in Zürich. — Auswahl hervorragender Werke aus allen Wissenschaften. 8⁰. 1 Bl. 94 S. 2341 Nrr. (S. Anz. J. 1880. Nr. 395.)

Ausgewählte ältere sowohl als neuere, grösstentheils Deutsche u. nächstdem Franz. Litteratur.

[263.] Verlags-Katalog von Paul Parey (Wiegandt, Hempel & Parey) in Berlin. Januar 1881. gr. 8⁰. 39 S.

Alphabetisch u. gut redigirt, mit vorangestellter Notiz über die Firma, welche „der Pflege der landwirthschaftl. Litteratur unter Heranziehung der verwandten gärtnerischen u. forstlichen Gebiete durch alle Zeiten ihre Hauptthätigkeit zugewandt hat."

[264.] No. 55. Katalog einer ausgewählten Sammlung von Werken aus dem Gesammtgebiete der Staats- u. Cameralwissenschaften. Zu beziehen von dem Buchhändler u. Antiquar R. L. Prager Specialgeschäft für Rechts- u. Staatswissenschaften u. Geschichte in Berlin. 8⁰. 1 Bl. 82 S. 2305 Nrr. (S. Anz. J. 1880. Nr. 1106.)

Hauptsächlich Deutsche, nächstdem Franz. Litteratur, übersichtlich geordnet.

[265.] No 333 & 334. Catalogue of Works on Natural History, Offered for Cash by Bernard Quaritch. Part I & II. London. January & February. 8⁰. 1 Bl. 91—122 S. & 1 Bl. 123—154 S. Zusammen 903 Nrr. (S. Anz. J. 1880. Nr. 1232.)

Enth.: General Works, Collections; Scientific Voyages; Palaearctic Region (1. Europe, 2. the British Isles).

[266.] Catalog 52 des antiquarischen Bücherlagers von J. Rentel's Verlagsbuchhandlung und Antiquariat in Potsdam. kl. 8⁰. 1 Tit. u. 43 S. (S. Anz. J. 1880. Nr. 630.)

Enth.: Philologie u. zwar zum überwiegenden Theile Griech. u. Römische Classiker.

[267.] F. Rohracher's Antiquariat in Lienz, Tirol. Catalog

No. V. — Katholische Theologie. 8°. 1 Bl. 49 S. 1410 Nrr. (S. Anz. J. 1881. Nr. 1107.)

Grösserentheils ältere Litteratur.

[**268.**] Verzeichnis Nr. 11 des antiquarischen Bücherlagers von H. L. Schlapp in Darmstadt. — Theologie. Philosophie. Orientalia. 8°. 1 Tit.- u. 51 S. 1576 Nrr.

Ueberwiegend Evangelische, Katholische u. auch Jüdische Theologica — meist gangbare Deutsche Litteratur.

[**269.**] Katalog Nr. 168 & 169 der Schletter'schen Buchhandlung (E. Franck) Antiquariat in Breslau. — Italien. Spanien u. Portugal. Frankreich. Literatur, Sprache, Geschichte, Geographie, Kunst, etc. & England desgl. Meist aus der Bibliothek des verstorbenen Dr. phil. L. G. Silbergleit. 8°. 1 Bl. 24 S. 903 Nrr. & 1 Bl. 17 S. 673 Nrr. (S. oben Nr. 49.)

Grösserentheils neuere, zum Theil auch ältere u. seltnere Litteratur.

[**270.**] 61. Verzeichniss von Dissertationen, Programmen, Gelegenheitsschriften auf dem Gebiete der classischen Philologie und Alterthums-Wissenschaft, vorräthig bei Simmel & Co. in Leipzig. 8°. 29 S. (S. oben Nr. 85.)

Eine gewiss Vielen willkommene Sammlung von über 1500 Stück à 60 Pf. bis 1 Mk.

[**271.**] (271—74.) Antiquarischer Katalog von Ferdinand Steinkopf in Stuttgart. 8°. (S. Anz. J. 1880. Nr. 1237.)

Enth.: in 271 Systematische Theologie (1 Bl. 29 S.); in 272 Theologie im Allgemeinen (1 Tit.- u. 23 S.); in 273 Mystiker, Sekten, Schwärmer, Theosophen (1 Bl. 18 S.); in 274 Historische Theologie (1 Bl. 37 S.).

[**272.**] Katalog 33 des Antiquarischen Bücherlagers von Stoll & Bader Buchhandlung und Antiquariat in Freiburg, Baden. — Incunabeln. Seltene Werke des 16. und 17. Jahrhunderts. Bücher mit Holzschnitten, Bordüren, Initialen. Auswahl werthvoller Werke aus dem Gebiete der Geschichte, Kunst, Litteratur- u. Sprachwissenschaft. 8°. 1 Bl. 50 S. 901 Nrr. (S. Anz. J. 1880. Nr. 865.)

Hinsichtlich der älteren Litteratur sehr interessant.

Bibliothekwissenschaft.

[273.] Monthly Notes of the Library Association of the United Kingdom. London, Trübner & Co. 1880. 8°. (S. Anz. J. 1880. Nr. 1241.)

In Nr. 11 u. 12 finden sich die Berichte über die Novbr.- u. Decbr.-Sitzungen der Gesellschaft. Nr. 11 enthält Vorträge von C. B. Nicholson über die Verwendung von Steifleinwand (Buckram),

Linoleum u. Cretonne zu Büchereinbänden, sowie der Commission, welche sich über den eventuellen Nutzen der Indicators in Bücher verleihenden Bibliotheken zu informiren die Aufgabe hat; ausserdem Notizen über verschiedene Bibliotheken etc. In Nr. 12 ist der von E. C. Thomas u. H. B. Wheatley verfasste Bericht über den Vorschlag eines anzufertigenden Sachregisters zu Bibliologien u. Bibliographien abgedruckt, an dessen Stelle Tedder lieber eine bis auf die Neuzeit fortgeführte Auflage von Petzholdt's „Bibliotheca Bibliographica" in Bearbeitung genommen zu sehen wünscht. Ausserdem ebenfalls Notizen über verschiedene Bibliotheken. R.

Bibliothekenkunde.

[274.] * Catalogue of the Massachusetts State Library. Boston. 1880. 8°. 4 Bll. 1047 S.

Es ist dies der vierte Katalog der Bibliothek (die früheren drei sind 1831, 1846, 1858 erschienen), über welchen vgl. Library Journal Vol. V. Nr. 11—12. S. 326.

[275.] Bulletin of the Boston Public Library. Vol. IV. No. 9. (Whole No. 56.) January 1881. Lex. 8°. S. 273—304. (S. Anz. J. 1880. Nr. 1242.)

Enth., ausser an der Spitze die gewöhnlichen Bibliotheks- u. Personalnotizen, das Zuwachsverzeichniss des vorjährigen Quartales u. am Schlusse von Specialitäten: United States Coast Survey Charts, Renaissance (Fortsetzung) u. Massachusetts Election Sermons.

[276.] * Analytical and classed Catalogue of the Brooklyn Library: authors, titles, subjects, and classes. [S. B. Noyes, comp.] Brooklyn. 1878—80. Fol. Zusammen 1118 S., ausserdem 6 S. Shakspere. Pr. $ 6.

Hierüber s. Library Journal Vol. V. No. 11—12. S. 325—26.

[277.] * Finding-Lists of the Chicago Public Library. V. Edition. Chicago. Febr. 1880. 8°. 5 Bll. 301 S.

[278.] Harvard University. Library Bulletin, No. 17. January. (Vol. II. No. 4.) Lex. 8°. S. 93—128. (S. Anz. J. 1880. Nr. 1243.)

Enth.: das Zuwachsverzeichniss des letzten Quartals u. die gewöhnlichen Personalnotizen, sowie zum Schlusse: A Bibliography of Fossil Insects (Fortsetzung), Halliwelliana (Fortsetzung), Calendar of the Lee Manuscripts (Fortsetzung).

[279.] * Public Library of Cincinnati (O.) Annual Report of the Librarian and Treasurer, for the year ending June 30, 1880. 8°. 18 S.

Der Zuwachs beträgt 11,117 Bde u. 1248 Pamphl., der gesammte Bücherbestand 118,955 Bde u. 13,852 Pamphl. Hierüber s. Library Journal Vol. V. Nr. 11—12. S. 322.

[280.] * Annual Report of the Public Library of Fall River, Mass. F. R. 1880. 8⁰. 12 S.

Der Zuwachs beträgt 2133, der gesammte Bücherbestand 19,405 Bde.

[281.] Die deutschen Augsburger Incunabeln der Kreis- und Stadtbibliothek in Augsburg. [Von J. Kränzler.] Separatabdruck aus der Beilage der „Augsburger Postzeitung" Nro. 87 vom 13. Oktober 1880. 8⁰. 4 S.

Die lateinischen Augsburger Incunabeln der Kreis- und Stadtbibliothek in Augsburg. [Von J. Kränzler.] Separatabdruck aus der Beilage der „Augsburger Postzeitung" Nro. 104 vom 11. Dezember 1880. 8⁰. 5 S.

Zum Abdrucke im Anz. vom Verf. gefälligst gestattet.

[282.] * Katalog der Bibliothek der Herzogl. Technischen Hochschule Carolo-Wilhelmina zu Braunschweig. 1. Abth. Braunschweig (Schulbuchh.) 1880. gr. 8⁰. VIII, 319 S. Pr. n. 2,50 Mk.

[283.] A Budapesti királyi magyar tudomány-egyetm Könyvtárának Czímjugyzéke. — III. 1878-dik évi gyarapodás. (1540 mü = 2484 kötet); IV. 1879-dik évi gyarapodás. (1842 mü = 2961 kötet.) Budapest, nyomat. a királ. mag. egyet. könyvnyomdában. 1879—80. gr. 8⁰. VIII, 193 & XII, 250 S. Pr. 40 & 50 Kr.

Die seit nunmehr vier Jahren erscheinenden Zuwachsverzeichnisse der Budapester Universitäts-Bibliothek zeichnen sich durch ihre für den bequemen Gebrauch sorgfältig eingerichtete Bearbeitung vor anderen derartigen Zuwachsverzeichnissen wesentlich aus. An der Spitze steht ein kurzer Bericht des Direktors der Bibliothek Alexander Szilágyi an den Minister; darauf folgt eine spezielle wissenschaftliche Uebersicht der Fächer, in welche das sich daran anschliessende bibliographisch genaue Zuwachsverzeichniss getheilt ist. Den Schluss bildet ein sehr ausführliches alphabet. Register, welches die Stelle eines alphabet. Kataloges vertritt.

[284.] Zugangs-Verzeichniss der Grossherzoglichen Hofbibliothek in Darmstadt. (Beilage zur „Darmstädter Zeitung.") 4 Quartale 1880. — Unterzeichnet: Grossherzogliche Hofbibliothek-Direction. Dr. Walther. Ausgeg. April 1880—Januar 1881. 8⁰. 1 Tit.-Bl. u. 28, 27, 24, 27 S.

Verhältnissmässig reicher Zuwachs, in systematischer Ordnung.

[285.] Anzeiger für Kunde der Deutschen Vorzeit. Organ des Germanischen Museums. Neue Folge. Jahrg. XXVIII. Verantwortlicher Redacteur: Dr. A. Essenwein. Nürnberg, liter.-artist. Anstalt des german. Museums. 4⁰. Monatlich 1 Nr. à 2 Bog. Pr. n. 6 Mk. (S. Anz. J. 1880. Nr. 298.)

Enth. in der Beilage die Chronik des Museums, worin sich unter anderen eine fortlaufende Liste der den Museumsammlungen zugekommenen Geschenke verzeichnet findet. Diese Geschenkliste hat für die Bibliothek zu Ende des J. 1880 — mit Einschluss des Jahreszuwachses von 2689 Nrr. — mit Nr. 42,851 abgeschlossen.

[286.] * Catalogue de la Bibliothèque Picollet. Lyon, imp. Albert. 12°. IV, 252 S.

[287.] * Life of Sir Anthony Panizzi, K. C. B., late Principal Librarian of the British Museum, Senator of Italy, etc. etc. By L. Fagan. II. Edition. 2 Vol. London, Remington & Co. 1880. 8°. 6 Bll. 389 S. & 3 Bll. 336, 20 S. Mit Portr.

* Life and Correspondence of Sir Anthony Panizzi, by L. Fagan. In 2 Vol. Authorized American Edition, to which is appended a 3d Vol., cont. 20 years personal and biographical reminiscences of Panizzi and the British Museum, 1845—1865, by H. Stevens. Boston, Houghton Mifflin & Co. 1881. 8°. 6 Bll. 389 S. & 4 Bll. 336, 20 S. m. Ill. u. Portr. Pr. $ 6.

Hierüber s. Library Journal Vol. V. No. 11—12. S. 322.

[288.] * Public Libraries of Newcastle-upon-Tyne. Catalogue of the Central Lending Department; by W. J. Haggerston. N.-u.-T. 1880. 8°. 4 Bll. 332 S.

Hierüber s. Library Journal Vol. V. Nr. 11—12. S. 326.

[289.] * Public Libraries of Newcastle-upon-Tyne. Catalogue of the Books in the Juvenile Lending Department. Compiled by W. J. Haggerston. Newcastle-u.-T. 1880. 8°. VIII, 24 S.

[290.] Reise nach Spanien im Winter von 1878 auf 1879. Von P. Ewald. Enth. im Neuen Archiv der Gesellschaft für ältere deutsche Geschichtskunde zur Beförderung einer Gesammtausgabe der Quellenschriften deutscher Geschichten des Mittelalters. Bd. VI. Heft 2. Hannover, Hahn. 8°. S. 217—398.

Die für Gesellschaftszwecke unternommene Reise hat sich hauptsächlich auf den Besuch von Madrid, des Escorials u. von Toledo beschränkt. Ausserdem hat der Reisende einen kurzen Ausflug nach Valladolid u. Salamanca u. eine Ferienreise nach Sevilla, Cordova, Granada u. Cadiz unternommen, sowie auf der Heimfahrt Barcelona berührt. Ueberall sind die Bibliotheken untersucht worden. Diese Untersuchungen haben nicht nur speziell gesellschaftliches, sondern auch allgemein bibliothekwissenschaftliches Interesse. Am Schlusse des Reiseberichtes finden sich auch einige Angaben über Handschriften in Lissabon.

[291.] * De Codicis Bernensis N. CIX Tironianis Disputatio duabus tabulis lithographica arte depictis adiuta a H. Hagen. Bern. 4°. 16 S. m. 2 Taf. (Universitätsschrift.)

[292.] * Neujahrsblatt von der Stadtbibliothek in Winterthur. 218. Stück auf das Jahr 1881. Winterthur, Druck von Bleuler-Hausheer & Cie. 4°. 33 S. Pr. 2 Fr. (S. Anz. J. 1880. Nr. 424.)

Enth.: Die Handschriften der alten Chronisten von Winterthur, von Dr. A. Hafner. (Schluss.)

[293.] * Bericht, betreffend die Stadtbibliothek Zürich in den Jahren 1855—79. Zürich. 4°. 20 S.

[294.] * Neujahrsblatt der Gesellschaft der Stadtbibliothek in Zürich auf das Jahr 1881. Zürich, Druck von Orell, Füßli & Cie. 4°. 20 S. m. 2 Taf. Pr. 1,50 Fr. (S. Anz. J. 1880. Nr. 425.)

Enth.: Die Holzschneidekunst in Zürich im XVI. Jahrhundert. 3. Heft. Von Prof. S. Vögelin.

Privatbibliotheken.

[**295.**] II. Verzeichniss des Antiquarischen Bücherlagers von Georg Rettig in Bern. — Medicin und Naturwissenschaften, hauptsächlich aus dem Nachlasse der alt-Regierungsrath Dr. J. R. Schneider und Dr. Arnold Haller. 8°. 1 Bl. 24 S. 578 Nrr.

Zum überwiegenden Theile medicinische, meist neuere Deutsche Litteratur.

[**296.**] Catalogus eener belangrijke Verzameling Boeken en Plaatwerken nagelaten door Mr. C. van Heukelom, Lid van de Tweede Kamer der Staten-Generaal, Jhr. C. M. Storm van's Gravesande, Lid van de Tweede Kamer der Staten-General, Ds. J. H. E. van der Zandt, Predikant te Diepenveen, en anderen. 's Gravenhage, Martinus Nijhoff. gr. 8°. 2 Bll. 152 S. 3896 Nrr. (Auct. 21. Febr.)

Hauptsächlich Rechts- u. Staatswissenschaft, Geschichte, Theologie, Sprachwissenschaft, Belletristik — grösserentheils Holländ. u. Französische Litteratur.

[**297.**] Catalogue No. 92. Librairie Ancienne Orell Füssli et Cie. à Zurich. — Philologie et littérature Françaises. Ouvrages provenant des bibliothèques de feu Mr. le Professeur Keller et de feu Mr * *. Professeurs de la langue française, en vente. (Paris, Borrani.) 8°. 1 Bl. 68 S. 2508 Nrr. (S. oben Nr. 153.)

Nach Inhalt werthvoll sowohl als übersichtlich u. gut redigirt.

[298.] * Catalogue de Livres rares et curieux des XVe, XVIe et XVIIe siècles, relatifs principalement à la Normandie ou imprimés dans cette province, composant une partie de la Bibliothèque d'un Amateur du Havre. Le Havre, Junca fils. 8°. 154 S. 1203 Nrr. (Auct. 17. Jan.)

[299.] * Catalogue de la Bibliothèque d'un Amateur comprenant de beaux livres à figures du XVIIIe siècle illustrés par Boucher, Eisen, Marillier, Gravelot, Cochin, Moreau-le-jeune,

Monnet, et autres artistes célèbres et des ouvrages importants de Littérature, d'Histoire, etc. Bruxelles, Fr. J. Olivier. gr. 8°. 2 Bll. 76 S. 479 Nrr. (Auct. 9. März.)

Die kleine, aber bibliophilisch sehr werthvolle Sammlung grösstentheils Franz. Litteratur besteht aus zwei Abtheilungen, von denen die I. u. grössere die „Livres à figures", die II. hauptsächlich Werke aus dem Fache der „Belles-Lettres" enthält.

[300.] Catalogue de Livres rares et précieux en vente à la Librairie de Ch. Porquet. Paris. gr. 8°. 2 Bll. 43 S. 219 Nrr.

Eine sehr werthvolle kleine Privatsammlung hauptsächlich von Werken aus den Fächern von „Belles-Lettres" u. „Histoire."

[301.] Catalogue de Livres rares et curieux en belle condition. Bruxelles, Fr. J. Olivier. gr. 8°. 2 Bll. 48 S. 297 Nrr. (Auct. 12. März.)

Sammlung eines Bibliophilen, der weniger auf den wissenschaftl. Gehalt seiner Bücher, als vielmehr auf deren Seltenheit, Curiosität u. a. äusseren Werth gesehen hat.

[302.] Catalogue d'ouvrages sur les Sciences Naturelles et Exactes. — Bibliothèque paléontologique délaissée par feu J. T. Binkhorst van den Binkhorst, à Maastricht. Ouvrages de Médecine. Amsterdam, Frederik Muller & Co. gr. 8°. 1 Bl. 60 S. 681 Nrr. (Auct. 14. Febr.)

Die paläontolog. Sammlung ist besonders reich an kleineren Schriften u. Monographien.

[303.] Katalog einer Sammlung seltener u. werthvoller Bücher aus der nachgelassenen Bibliothek des verstorbenen Prof. Dr. F. Deyks u. A. Münster, Antiquariatshandlung von J. Edelbeck. 8°. 1 Bl. 53 S. 1200 Nrr. (Auct. 1. Febr.)

Hauptsächlich Geschichte, Philologie, Franz. Litteratur.

[304.] Catalogue d'un choix de Livres rares et précieux provenant de la Bibliothèque de feu M. H. Jordan. Paris, Ch. Porquet. kl. 8°. VII, 31 S. 80 Nrr. (Auct. 23. Febr.)

Was der Sammlung an Zahl der Stücke fehlt, das besitzt sie an Werth der einzelnen Werke. „Tous ou presque tous se recommandent soit par leur rareté ou leur singularité, soit par la beauté exceptionnelle des exemplaires."

[305.] * Catalogue de grands ouvrages sur les Beaux-Arts, les Belles-Lettres et l'Histoire, composant la Bibliothèque de feu (Emile) Michelot (de Bordeaux). I. Partie. Paris, Labitte. 8°. VIII, 45 S. 200 Nrr. (Auct. 7. Febr.)

* Catalogue de Livres anciens et modernes composant la Bibliothèque de feu (Emile) Michelot (de Bordeaux). II. Partie. Paris, Labitte. 8°. VIII, 407 S. 3465 Nrr. (Auct. 14. Febr.)

* Catalogue de la belle Collection de feu Emile Michelot, de Bordeaux. Quatrième Vente. Estampes, illustrations, vignettes. Contes de La Fontaine, d'après Fragonard, livres à figures, Debucourt, modes et manières du jour, complet musée Filhol, le bon genre, XVIIIe siècle, en couleur, etc. Paris, Vignères. 8°. 92 S. 940 Nrr. (Auct. 14. Febr.)

[306.] * Sulla Sala da Biblioteca disegnata e scolpita dal Prof. Rinaldo Barbetti per il Barone Leopoldo de Rothschild, di Londra; da Emilio Biraghi. [Dal Corriere Italiano, anno XVI, n. 278, 279 e 280.] Firenze, stab. Civelli. 1880. 24°. 27 S.

[307.] Otto Harrassowitz, Buchhandlung und Antiquariat in Leipzig. Antiquarischer Catalog 72. — Deutsche Sprache, Literatur u. Alterthumskunde, worunter die deutsche Abtheilung der Bibliothek eines ausländischen Sammlers. 8°. 1 Bl. 78 S. 1933 Nrr. (S. oben Nr. 251.)

Ist diese Sammlung, schreibt der Herausg., auch gerade keine besonders kostbare, so ist sie doch als eine gewählte zu bezeichnen, die nach verschiedenen Richtungen hin, z. B. durch ihre Vollständigkeit in der jetzt immer seltener werdenden Litteratur der Sprachgesellschaften etc., beachtenswerthe Seiten bietet. Eine nicht geringe Anzahl von Schriften findet sich hier zum ersten Male verzeichnet. Ausser diesen u. anderen Seltenheiten oberen Ranges sind, besonders unter der Litteratur des XVI. u. XVII. Jhrhdts, zahlreiche nicht nur seltene, sondern auch werthvolle Werke zu bemerken.

[308.] Biblioteca storica Italiana. Bullettino periodico bimestrale Anno V. Gennaio-Febbraio 1881. Num. 49—50. — Catalogo di sceltissima Biblioteca già appartenuta all' insigne scultore Fiorentino Emilio Commendatore Santarelli (parte terza) contenente Storie Patrie Archeologia e Blasone. Vendibili presso Gennaro Cioffi e Figlio. Napoli, tipogr. di Marchese. gr. 8°. 1 Bl. 56 S. 1000 Nrr. (S. Anz. J. 1880. Nr. 1267.)

Grösstentheils Italien. u. darunter viele ältere Litteratur.

[309.] * Catalogue des livres, manuscrits et autographes composant la Bibliothèque de feu Adhémar Sazerac de Forge. Paris, Chossonnery. 8°. VII, 265 S. 2505 Nrr. (Auct. 10. Jan.)

[310.] Ludwig Bamberg Sortiments- und Antiquariats-Handlung Greifswald. Antiquarischer Katalog 41. — Classische Philologie. Grösstentheils aus der nachgelassenen Bibliothek des Geheimrath Professor Dr. Schömann in Greifswald. II. 8°. 1 Bl. 78 S. 2220 Nrr. (S. Anz. J. 1880. Nr. 1269.)

Enth.: Alte Geschichte, Archäologie, Mythologie — Litteraturgeschichte, Bibliographie — Grammatik, Lexikographie, Metrik — Neulateiner, Opuscula, Vermischtes, Gelehrtengeschichte, Universitäten — Neuere u. vergleich. Sprachwissenschaft, Orientalia — Nachträge.

[311.] Nr. 165. Livres anciens et modernes en vente chez Martinus Nijhoff à La Haye. — Ouvrages d' Entomologie, provenant en partie de la Bibliothèque de feu S. C. Snellen van Vollenhoven. Fevrier. 8⁰. 16 S. 343 Nrr.

Holländ., Deutsche, Engl. u. Französische Litteratur.

[312.] * Catalogue de Portraits anciens et Estampes, Plans et Vues de Paris et de France; belle réunion d'eaux-fortes par Ch. Meyron, provenant du Cabinet de feu Viollet-le-Duc. Paris, Clément. 8⁰. 20 S. 215 Nrr. (Auct. 2. Febr.)

Abdrücke aus Bibl.-Handschriften.

[313.] * Documents inédits sur Abélard, tirés des manuscrits de Fleury conservés à la Bibliothèque publique d'Orléans; par Ch. Cuissard, professeur, de l'Académie de Sainte-Croix de l'Orléans. Orléans, impr. Colas. 8⁰. 47 S.

[314.] Der Prosaroman von Joseph Arimathia. Mit einer Einleitung ueber die handschriftliche Ueberlieferung herausgegeben von Georg Weidner. Oppeln, Franck. 8⁰. 3 Bll. LXV, 148 S. Pr. n. 5 Mk.

Hauptsächlich nach den in den Pariser National- u. Arsenal-Bibliotheken befindlichen Handschriften.

[315.] * Michel Le Tellier, son administration comme intendant d'armée en Piémont (1640—1643), manuscrits inédits de la Bibliothèque nationale, copies du temps; par N. L. Caron. Paris, Pedone-Lauriel. 18 jés. CLXIX, 328 S. Pr. 5 Fr.

[316.] Eine Italienische Prosaversion der Sieben Weisen. Nach einer Londoner Handschrift zum ersten Male herausgegeben von Hermann Varnhagen. Berlin, Weidmann. 8⁰. XVI, 39 S. Pr. n. 2 Mk.

Ueber diese dem Brit. Museum gehörige Handschrift hat der Herausg. in der Zeitschrift f. Roman. Philologie I, 550 f. bereits berichtet.

[317.] * Sonetto di Torquato Tasso a Curzio Ardizio Pesarese. Facsimile dell' originale esistente nella Biblioteca Oliveriana, cod. 429, pag. 273, pubbl. da Cinelli Carlo e Lazzarini Saverio per nozze Viterbo-Padovano. Pesaro, tip. Federici. 1880. 4⁰. 3 S.

[318.] * Il Mistero provenzale di S. Agnese. Facsimile in eliotipia dell' unico manoscritto Chigiano con prefazione di Ernesto Monaci. Roma, tip. Martelli. 1880. Fol. 8 S. u. 19 Taf. Pr. 15 L.

Hierüber s. Liter. Centralbl. 1881. Nr. 3. Sp. 91. Eine

wichtige Publikation, die ausser den Romanisten auch den Paläographen u. die Musiker interessiren werde. Der ganze Text des seiner Zeit von Bartsch herausgegebenen Agnesmysteriums sei in Lichtdruck facsimilirt u. damit auch die bis jetzt unedirten Musiknoten veröffentlicht. Die Ausführung sei eine musterhafte, u. der Preis dabei ein so billiger, dass eine entsprechende Herstellung durch Typographie nicht weniger kosten würde.

[319.] Aus Berlin sind in neuerer Zeit von den im Lesesaal der Königl. Universitätsbibliothek zum allgem. Gebrauche ausgestellten Büchern 17 grössere Werke im Werthe von nahezu 400 Mk. gestohlen worden. Als Dieb ist ein Studiosus H. ermittelt.

(Berlin. Tageblatt Nr. 41.)

[320.] Aus Boston wird bei J. R. Osgood & Co. in nächster Zeit erscheinen: „Bibliography of Charlestown, Mass., and Bunker Hill, by James F. Hunnewell“ — containing a full and virtually complete statement of the literature (whether book, pamphlet, newspaper, or map) relating to this historic place; and, with its illustrations.

[321.] Aus Charlottenburg ist des Brandes der Mommsen'schen Bibliothek im vergangenen Jahre Erwähnung gethan worden (s. Anz. J. 1880. Nr. 934). In England hatte man den Gedanken angeregt, durch Veranstaltung einer Sammlung dem berühmten Deutschen Gelehrten den Verlust ersetzen zu helfen, Mommsen war aber nicht geneigt gewesen, in dieser Hinsicht eine Unterstützung vom Auslande anzunehmen, wogegen er eine Beihilfe seiner Landsleute nicht hat ablehnen mögen. Die zu diesem Zwecke im Kreise von Mommsen's Deutschen Freunden veranstaltete Sammlung hat über 100,000 Mk. ergeben.

[322.] Aus Czernowitz ist der seitherige Supplent an der Unterrealschule in Sereth Franz Wach zum Amanuensis der Universitätsbibliothek ernannt worden.

[323.] Aus Graz ist der Custos der Universitätsbibliothek Dr. Alois Müller zum Bibliothekar befördert worden. Dr. K. H.

[324.] Aus Leiden ist für die Universitäts-Bibliothek durch die Firma E. J. Brill eine kostbare Sammlung Chinesischer Bücher — 50 boeken van alle vakken van wetenschap in 2610 deelen vervat, in ongeveer 200 Chineesche banden — angekauft worden.

(Leidsch Dagblad 10. Febr. Nr. 6437.)

[325.] Aus Leipzig hat die J. C. Hinrichs'sche Buchhandlung im Börsenblatte f. d. Deutschen Buchhandel Nr. 24 S. 419 eine „Systematische Uebersicht der literarischen Erzeugnisse des deutschen Buchhandels in den Jahren 1879 und 1880“ mitgetheilt.

Nach dieser Uebersicht hat die Zahl dieser Erzeugnisse im letztvergangenen Jahre 14,941, die Production des J. 1879 dagegen 14,179 (s. Anz. J. 1880. Nr. 342) — also 762 mehr im J. 1880 als im J. 1879 — betragen. Von den genannten 14,941 gehören: 377 in das Fach der Sammelwerke, Litteraturwissenschaft, Bibliographie; 1390 der Theologie; 1557 der Jurisprudenz, Politik, Statistik, des Verkehrswesens; 790 der Heilwissenschaft, Thierheilkunde; 787 der Naturwissenschaft, Chemie, Pharmacie; 125 der Philosophie, 1950 der Pädagogik, Deutschen Schulbücher, Gymnastik; 496 der Jugendschriften; 533 der altclassischen u. orientalischen Sprachen, Alterthumswissenschaft, Mythologie; 506 der neueren Sprachen, altdeutschen Litteratur; 752 der Geschichte, Biographien, Memoiren, des Briefwechsels; 356 der Geographie, Reisen; 201 der Astronomie, Mathematik; 353 der Kriegswissenschaft, Pferdekunde; 588 der Handelswissenschaft, Gewerbskunde; 403 der Bau-, Maschinen- u. Eisenbahnkunde, des Bergbaues, der Schifffahrt; 112 der Forst- u. Jagdwissenschaft; 433 der Haus- u. Landwirthschaft, des Gartenbaues; 1209 der Schönen Litteratur (Romane, Gedichte, Theater etc.); 627 der Schönen Künste (Malerei, Musik etc.), Stenographie; 657 der Volksschriften, Kalender; 20 der Freimaurerschriften; 423 der Vermischten Schriften; 301 der Karten.

[326.] Aus Paris schreibt man über den neuen, jüngst eröffneten Lesesaal der Nationalbibliothek: „Cette nouvelle salle annule celle dite de Louis XIV, où depuis une douzaine d'années les simples lecteurs étaient admis. Les proportions de la nouvelle salle sont un peu supérieures à celle de l'ancienne. Elle a 24 mètres environ sur 6 de largour, et peut recevoir à la fois 180 lecteurs. Cette seconde salle n'est que provisoire. La nécessité de recevoir les ouvries à travers l'ancienne a seule provoqué la translation des services. Il n'a pas fallu déménager moins de 28,000 ouvrages, comprenant au moins 40,000 volumes, pour arriver à réaliser cette translation. Le mode de communication des ouvrages aux lecteurs demeure le même que par le passé. On est admis dans cette partie de la bibliothèque sans formalité et sans carte.

(Bibliogr. de la France, Chron. Nr. 5. S. 20.)

[327.] Aus Paris hat das „Bulletin du Bouquiniste" am Schlusse seines 24. Lebensjahres mit Nr. 546 (s. oben Nr. 7) zu erscheinen aufgehört: die vielen Mitarbeiter sind nicht im Stande gewesen, dem Bulletin, welches schon seit Aubry's, des Gründers, Tode zu kränkeln angefangen hatte, das Leben weiter zu fristen, u. ihm wenigstens das 25jährige Jubiläum erleben zu lassen. Leider scheidet das Bulletin aus dem Leben nicht ohne Hinterlassung von Schulden; denn trotzdem dass Jules Martin, Aubry's

Nachfolger, fortdauernd zugesagt hatte, monatlich zwei Hefte des Bulletins zu liefern — noch auf dem Titel des letzten Heftes sind die Worte zu lesen „Paraissant le 1er et le 15 de chaque mois" — so hat er doch zuletzt monatlich nur Ein Heft gegeben. Nun, desshalb wolle man keinen Process anfangen, da an den schuldig gebliebenen Heften nicht viel verloren sein dürfte. J. P.

[328.] Aus Paris findet sich im „Journal général de l'Instruction publique" folg. Statistik der „Bibliothèques pédagogiques" nach dem Stande vom 1. Octbr. 1880 mitgetheilt:

Ain, 36. — Aisne, 29. — Allier, 13. — Alpes (Basses-), 37. — Alpes (Hautes-), 24. — Alpes-Maritimes, 8. — Ardèche, 32. Ardennes, 5. — Ariège, 11. — Aube, 25. — Aude, 1. — Aveyron, 37. — Bouches-du-Rhône, 1. — Calvados, 38. — Cantal, 4 — Charente, 1. — Charente-Intér., 17. — Cher, 15. — Corrèze, 15. — Corse, 1. — Côte-d'Or, 10. — Côtes-du-Nord, 10. — Creuse, 25. — Dordogne, 21. — Doubs, 19. — Drôme, 16. — Eure, 36. — Eure-et-Loir, 24. — Finistère, 12. — Gard, 3. — Garronne (Haute-), 31. — Gers, 51. — Gironde, 38. — Hérauld, 23. — Ille-et-Vilaine, 15. — Indre, 22. — Indre-et-Loire, 24. — Isère, 36. — Jura, 32. — Landes, 28. — Loir-et-Cher, 12. — Loire, 36. — Loire (Haute-), 27. — Loire-Inférieure, 3. — Loiret, 6. — Lot, 30. — Lot-et-Garronne, 15. — Lozère, 13. — Maine-et-Loire, 3. — Manche, 1. — Marne, 6. — Marne (Haute-), 28. — Mayenne, 10. — Meurthe-et-Moselle, 20. — Meuse, 28. — Morbihan, 9. — Nièvre, 6. — Nord, 14. — Oise, 34. — Orne, 23. — Pas-de-Calais, 36. — Puy-de-Dôme, 36. — Pyrénées (Basses-), 36. — Pyrénées (Hautes-), 10. — Pyrénées-Orient, 17. — Rhin (Ht.) Belfort, 1. — Rhône, 1. — Saône (Haute-), 5. — Saône-et-Loire, 2. — Sarthe, 3. — Savoie, 11. — Savoie (Haute-), 28. — Seine, 2. — Seine-et-Marne, 29. — Seine-et-Oise, 36. — Seine-Inférieure, 57. — Sèvres (Deux-), 13. — Somme, 40. — Tarn, 27. — Tarn-et-Garonne, 4. — Var, 28. Vaucluse, 22. — Vendée, 16. — Vienne, 6. — Vienne (Haute-), 24. — Vosges, 30. — Yonne, 35. — Alger, 1. — Oran, 5. — Constantine, 8. (Bibliogr. de la France, Chron. Nr. 5. S. 18.)

[329.] Aus Wien ist im Verordnungsblatte des Ministeriums f. Cultus u. Unterricht vom 28. Dezbr. 1880 vom Minister bestimmt worden: „In theilweiser Abänderung des § 3 der Vorschrift über das Ausleihen der Bücher aus Universitätsbibliotheken vom 20. Dezbr. 1849 finde ich anzuordnen, dass Universitäts-Professoren u. Privatdocenten an Universitäten, auch wenn dieselben keine Bezüge aus öffentlichen Cassen geniessen, von dem Rechte, Bücher nach Hause zu entlehnen, unter den diesfalls festgesetzten Modalitäten Gebrauch machen können, ohne fernerhin zu dem Erlage einer Caution verpflichtet zu sein." Dr. K. H.

[330.] Aus Wien erscheint im Verlage von Wilhelm Braumüller ein hauptsächlich für die zahlreichen Goethe-Verehrer wichtiges u. zugleich auch für die Goethe-Bibliographen interessantes Werk: Die Goethe-Bildnisse. Biographisch-kunstgeschichtlich dargestellt von Dr. Hermann Rollett. Mit 10 Radierungen von W. Unger und vielen in den Text gedruckten Holzschnitten" (5 Lief. in gr. 4°. à 8 Bog. Subscript. Preis jeder Lief. n. 8 Mk.). Die Goethe-Litteratur, schreibt man, erhalte mit diesem Werke eine wesentliche Bereicherung, nicht nur von überraschendem Umfange (es werden über 100 Original-Bildnisse des Dichters u. über 300 Reproductionen derselben nachgewiesen, chronologisch beschrieben u. zum grossen Theil auch in entsprechendsten Nachbildungen beigegeben), sondern auch von wesentlicher Bedeutung, welche durch die Anführung von Belegstellen aus weit über 100 Werken der Goethe-Litteratur u. durch die kritische Beurtheilung der einzelnen Bildnisse noch beträchtlich erhöht u. vergrössert werde.

[331.] Aus Wien enthält das „Verordnungsblatt des Ministeriums für Cultus und Unterricht" Nr. 25 vom 15. Decbr. 1880 als selbständige Beilage ein: Verzeichniss der in den Programmen der österreichischen Gymnasien und Realschulen für das Schuljahr 1879/80 veröffentlichten Abhandlungen. Die Oesterreich. Buchhändl.-Correspond. 1881. Nr. 1. S. 4 schreibt darüber: Es ist dies ein sehr schätzenswerther bibliogr. Behelf für den Sortimenter, der sich oft vergeblich bemüht, in seinen Katalogen ein Werk zu finden, das sich schliesslich als Beilage eines Schulprogrammes entpuppt. Ein alphabet. Autoren-Register würde allerdings den Werth dieses Verzeichnisses erhöhen.

Unter den im Verzeichnisse aufgeführten Programmen haben, ausser dem Iglauer (s. Anz. J. 1880. Nr. 889), folg. für den Anz. besonderes Interesse: des K. K. Gymnasiums der Augustiner in Böhmisch-Leipa, Ferdinand Hölzel's Geschichte der Entstehung der Böhmisch-Leipaer Gymnasial-Bibliothek enth. 8 S.; der Staats-Realschule in Teschen, Karl Radda's Katalog der Realschulbibliothek enth. 26 S.; der Staats-Realschule in Troppau, Joseph Zukal's Schrift „Aus der Troppauer Museums-Bibliothek" 1. Abth. 22 S. enth.

Dr. K. H.

[332.] Aus Wien ist der den Lesern als Verf. der trefflichen Bibliographie der beiden Türkenbelagerungen Wiens (s. Anz. J. 1876. Nr. 594) bekannte Dr. Heinrich Kábdebo am 20. Januar gestorben.

[333.] Russische Revue Monatsschrift für die Kunde Russlands Herausgegeben von Carl Röttger. XVII. Band. (IX. Jahrg. 7—12. Heft.) St. Petersburg, Schmitzdorff. 1880. gr. 8°. 2 Bll.

568 S. Pr. des Jahrgangs in 2 Bden f. d. Ausland n. 20 Mk. (S. Anz. J. 1880. Nr. 945.)

Enthält: Die russische Kopfsteuer u. ihre Reform. Von Georg Staehr. S. 1—55 u. 225—70 — Das russische Telegraphenwesen im J. 1878. S. 35—70 — Ueber die Stellung der armenischen Sprache im Kreise der indo-europäischen. Von Prof. K. P. Patkanow. S. 70—89 — Die astronomischen, geodätischen u. topographischen Arbeiten auf der Balkanhalbinsel in den J. 1877, 1878 u. 1879. Von Generalmajor A. Järnefeldt. S. 97—108 — Russische Verwandte der Legende von Gregor auf dem Stein u. der Sage von Judas Ischariot. Von Victor Diederichs. S. 119—46 — Ueber die Verschmelzung von Ausländern mit Russen Von E. Karnowitsch. S. 147—54 — Zur Geschichte der Beziehungen Russlands zu Deutschland. Kleine historische Skizzen. Von Freiherr B. v. Koehne: I. Poroschin's Sendung nach Berlin. 1654; II. Ein Portrait Friedrichs des Grossen u. der Krönungswagen der Kaiserin. Geschenke an die Kaiserin Elisabeth. S. 155—64 — Wege u. Stege im Kaukasus: Durch das Kwirila-Thal im Scharopan. Von N. v. Seidlitz. S. 165—87 — Die polnische Frage in der Literatur der russischen Slawophilen. Nach A. Pypin. S. 193—224 — Ueber den Handels-, Schifffahrts- u. Personenverkehr zwischen Russland u. Oesterreich-Ungarn. Von J. Poznanski. S. 270—83 — Aus der slavischen Gelehrtenwelt. Von Prof. A. Brückner. S. 289—321 — Ethnographische Untersuchung über die Bevölkerung des alten Kappadokiens oder des Lasistans. Nach Prof. Tschukinow. S. 321—28 — Der Handels-Verkehr Russlands mit Deutschland resp. Preussen. Von J. Poznanski. S. 328—45 — Das Südussuri-Land. Eine Skizze von M. Stepanow. S. 345—61 u. 467—74 — Philipp Bruun. Nekrolog. S. 361—73 — Der Conflikt zwischen Russland u. China. Seine Entstehung, seine Entwickelung u. seine Tragweite. Von Prof. E. Martens. S. 381—415 u. 523—60 — Neue Materialien über den Zustand der Agrarverhältnisse in Russland. Von Joh. v. Keussler. S. 415—45 — Die Veränderungen des russischen Zolltarifs für Eisen, Stahl u. Eisenwaaren. Von J. Poznanski. S. 445—67 — Russisches Verwaltungsrecht. Studie von Dr. O. Eichelmann. I. Die Russische Städteverfassung im XVIII. Jhrhdt. S. 477—523 — Kleine Mittheilungen. S. 89—96, 187—90, 283—84, 373—78 u. 560—61 — Literaturbericht. S. 561—64 — Revue Russischer Zeitschriften. S. 190—91, 285—87, 378—79, 475—76 u. 564—67 — Russische Bibliographie. S. 96, 192, 287—88, 379—80, 476 u. 568.

Druck von Joh. Pässler in Dresden.

NEUER ANZEIGER

für

Bibliographie und Bibliothekwissenschaft.

Herausgegeben von Dr. J. Petzholdt.

April.	Inhalt:	1881.

Die Bibliothek der Kaiserl. Leopoldinisch-Carolinischen Akademie der Naturforscher. (Schluss.) — Die Zeitzer Bibliotheken. — Die Deutschen und Lateinischen Augsburger Inkunabeln der Kreis- und Stadtbibliothek in Augsburg. Von J. Kränzler. — Litteratur und Miscellen. — Allgemeine Bibliographie.

[334.] Die Bibliothek der Kaiserl. Leopoldinisch-Carolinischen Akademie der Naturforscher.

(Schluss.)

III. Schweiz.

60. Basel: (100) Naturforschende Gesellschaft.
61. Bern: (101) Allgem. Schweizerische Gesellschaft für die gesammten Naturwissenschaften; (102) Tellurisches Observatorium; (103) Naturforschende Gesellschaft.
62. Genf: (104) Institut national Gènevois; (105) Société de Physique et d'Histoire Naturelle.
63. St. Gallen: (106) Naturwissenschaftliche Gesellschaft.
64. Zürich: (107) Naturforschende Gesellschaft.

IV. Belgien.

65. Brüssel: (108) Académie Roy. des Sciences, des Lettres et des Beaux-Arts de Belgique; (109) Académie Roy. de Médecine de Belgique; (110) Société malacologique de Belgique; (111) Observatoire Royal.

V. Holland.

66. Amsterdam: (112) Koninkl. Akademie van Wetenschappen; (113) Koninkl. Zoologisch Genootschap.
67. Haarlem: (114) Hollandsche Maatschappij van Wetenschappen; (115) Musée Teyler.
68. Leyden: (116) Koninkl. Nederlandsche Botanische Vereeniging.
69. Luxemburg: (117) Société Botanique du Grand Duché de Luxembourg.

VI. Dänemark.

70. Kopenhagen: (118) Kongl. Danske Videnskabernes Selskab.

VII. Schweden mit Norwegen.

71. Bergen: (119) Museets Direction.
72. Christiania: (120) Kongl. Norske Universitet.

73. Lund: (121) Universität.
74. Stockholm: (122) Académie Roy. Suédoise des Sciences.
75. Tromsö: (123) Museum.
76. Upsala: (124) Societas Regia Upsaliensis.

VIII. Russland.

77. Helsingfors: (125) Finska Vetenskaps-Societet.
78. Moskau: (126) Société Imp. des Naturalistes.
79. St. Petersburg: (127) Académie Imp. des Sciences; (128) Kaiserl. Physikalisches Central-Observatorium; (129) Kaiserl. Botanischer Garten; (130) Ober-Medicinalverwaltung des Kaiserl. Russ. Kriegsministeriums; (131) Kaiserl. Russ. Mineralogische Gesellschaft; (132) Institut Imp. des Mines.

IX. Grossbritannien mit Irland.

80. Cambridge: (133) Philosophical Society.
81. Dublin: (134) Roy. Irish Academy.
82. Edingburgh: (135) Roy. Society; (136) Botanical Society.
83. Glasgow: (137) Society of Field Naturalists.
84. London: (138) Roy. Society; (139) Linnean Society; (140) Anthropological Institute of Great Britain and Ireland; (141) Geological Society; (142) Zoological Society; (143) Microscopical Society.
85. Manchester: (144) Literary and Philosophical Society.

X. Frankreich.

86. Caen: (145) Société Linnéenne de Normandie.
87. Cherbourg: (146) Société nation. des Sciences Naturelles et Mathématiques.
88. Lyon: (147) Académie des Sciences, Belles-Lettres et Arts; (148) Société d'Agriculture.
89. Montpellier: (149) Académie des Sciences et Lettres.
90. Paris: (150) Académie des Sciences etc.; (151) Muséum d'Histoire Naturelle; (152) Société géologique de France; (153) Société entomologique de France.

XI. Italien.

91. Florenz: (154) R. Istituto di Studi superiori.
92. Mailand: (155) R. Istituto Lombardo di Scienze, Lettere ed Arti.
93. Modena: (156) Società dei Naturalisti.
94. Pisa: (157) Società Toscana di Scienze Naturali.
95. Rom: (158) R. Accademia dei Lincei; (159) Società Italiana delle Scienze; (160) R. Comitato Geologico.
96. Turin: (161) R. Accademia delle Scienze; (162) R. Osservatorio dell' Università.
97. Venedig: (163) R. Istituto Veneto.

XII. Spanien.

98. Madrid: (164) R. Academia de Ciencias.
99. Valencia: (165) Estacion Agronomica.

XIII. Portugal.

100. Lissabon: (166) Academia R. das Sciencias.

B. Nord-Amerika.

101. Albany: (167) New York State Agricultural Society.
102. Boston: (168) American Academy of Arts and Sciences; (169) Society of Natural History.
103. Cambridge: (170) Museum of Comparative Zoology.
104. Chicago: (171) Academy of Sciences.
105. Columbus: (172) Staatsackerbaubehörde von Ohio.
106. Davenport: (173) Academy of Natural Sciences.
107. Mexico: (174) Sociedad Mexicana de Historia Natural.
108. Milwaukee: (175) Wisconsin Natural History Society.
109. Montreal: (176) Natural History Society.
110. New Haven: (177) Connecticut Academy of Arts and Sciences; (178) Expedition des „American Journal of Science".
111. New York: (179) Academy of Sciences.
112. Philadelphia: (180) American Philosophical Society; (181) Academy of Natural Sciences; (182) Zoological Society.
113. Salem: (183) American Association for the Advancement of Science; (184) Peabody Academy of Science; (185) Essex Institute.
114. San Francisco: (186) California Academy of Sciences.
115. St. Louis: (187) Academy of Science.
116. Washington: (188) Smithsonian Institution; (189) State Government (Office U. S. Geological Survey of the Territories, Coast Survey Office, War Department, Engineer Office, Department of Agriculture); (190) American Medical Association.

C. Süd-Amerika.

117. Buenos Aires: (191) Museo publico.
118. Cordoba: (192) Academia nacional de Ciencias; (193) Sociedad Zoológica Argentina.
119. Rio de Janeiro: (194) Museu nacional.
120. Santiago: (195) Sociedad Medica de Chile.

D. Asien.

121. Batavia: (196) Bataviaasch Genootschap van Kunsten en Wetenschappen; (197) Koninkl. Natuurkundige Vereeniging in Nederlandsch-Indië; (198) Vereeniging tot bevordering

van Geneeskundige Wetenschappen in Nederlandsch-Indië; (199) Magnetical and Meteorological Observatory.
122. Calcutta: (200) Geological Survey of India.
123. Tokio: (201) Deutsche Gesellschaft für Natur- u. Völkerkunde Ostasiens.

E. Australien.

124. Adelaide: (202) Direction of the Botanic Garden and Government Plantations; (203) Philosophical Society.
125. Melbourne: (204) Roy. Society of Victoria; (205) Observatory.
126. Sydney: (206) Roy. Society of New South Wales.
127. Wellington: (207) New Zealand Institute.

J. Petzholdt.

[335.] Die Zeitzer Bibliotheken*).

Unter den verschiedenen Bibliotheken der Stadt, die, obwohl sie von jeher wenig Berührung miteinander gehabt haben, doch in gelehrten Kreisen nicht immer deutlich voneinander geschieden worden sind, ist die älteste

Die Capitel- oder Domherren-Bibliothek. Ueber ihre Entstehung geben die Stiftsakten keine Auskunft, und auch bei den Chronisten, welche doch viel von der Stiftsbibliothek zu erzählen wissen, findet sich keine Nachricht darüber; dass aber eine solche, getrennt von der Stiftsbibliothek, bereits zu Anfang des XV. Jhrhdts. bestanden haben müsse, ergiebt sich deutlich aus der am 3. Juni 1492 von Seiten des Bischofs Johannes III. mit dem Domcapitel errichteten Capitulation, laut welcher der genannte Bischof unter anderem schwören musste: „[quod] neque libros in toto neque in parte, per bonae memoriae dominum Gerhardum episcopum praedecessorem nostrum relictos alienabimus.“ Der Bischof Gerhard II. von Goch war schon 1422 gestorben, seine Bibliothek also längst schon Gemeingut der Stiftsherren geworden. Später scheinen dieselben von Seiten des Domherrn Nicolaus Thielemann ein Geschenk oder Vermächtniss verschiedener juristischer Bücher erhalten zu haben: in 27 Bden findet sich wenigstens dessen Name, hier und da mit Angabe der Jahreszahl, eingezeichnet. Auch in vielen anderen Büchern kommen dergleichen Nameneinzeichnungen vor. Die in neuer Zeit, namentlich im XVIII. u. XIX. Jhrhdte, zur Bibliothek gekommenen Bücher sind durch verschiedene Domherren geschenkt worden; von dieser Zeit an ist es nämlich stehende Sitte, ja eine Art Verpflichtung gewesen, dass jeder neucooptirte Canonicus der Bibliothek ein Geschenk mache. Sehr seltsam ist es, dass die Existenz dieser, leider im Laufe der Zeit durch so manchen Ver-

---

*) S. unten Nr. 393.

lust geschädigten Bibliothek fast so gut wie unbekannt geblieben ist. Seit geraumer Zeit schon wird dieselbe in einem Raume neben der Stube der Capitelsherren — in demselben Hause, dem alten ehemaligen Franciskaner-Kloster, welches der jedesmalige Rector bewohnt — wohin sie vermuthlich schon 1663 zugleich mit dem Archive der Domherren gewandert sein mag, verwahrt u., vielleicht um weiteren Verlusten vorzubeugen, ziemlich verborgen gehalten. Die Zahl der Bücher, aus denen die Bibliothek gegenwärtig noch besteht, beträgt c. 380 Bde grösstentheils theologischer u. juristischer Hand- und Druckschriften. — An Alter der vorgenannten Bibliothek etwas nachstehend, aber etwas grösser als diese ist

Die Bibliothek der St. Michaelis-Kirche, welche noch vor der Reformation von Mag. Johann Schleswig, den man 1496 als Prediger an dieser Kirche aus Halle berufen hatte, begründet worden ist. — Die drittälteste ist

Die Naumburg-Zeitzer Stiftsbibliothek, welche ihren Stamm dem letzten Zeitzer Bischof Julius v. Pflug († 1564) u. später eine bedeutende Vermehrung dem Herzog Moritz verdankt, der auf Anregung seines Kanzlers Veit Ludwig v. Seckendorf die von dem bekannten Dr. Thomas Reinesius in Leipzig hinterlassene Büchersammlung hat ankaufen u. der Stiftsbibliothek einverleiben lassen. Sie enthält gegenwärtig über 30,000 Bde, darunter c. 88 (nach Anderen mehr, s. Petzholdt's Adressbuch der Deutsch. Bibliotheken S. 454—55) Handschriften. — Dem Alter nach folgt dann

Die Bibliothek der Schloss- oder Trinitatis-Kirche: dieselbe ist von so manchem Verluste heimgesucht gewesen, u. enthält jetzt nur noch c. 450, vorzugsweise theologische Druckschriften, meist aus dem XVI. Jhrhdte. — Die jüngste ist

Die Gymnasialbibliothek, deren Entstehung in das XVII. Jhrhdt fällt. Von ihrem ältesten Bestande ist leider durch Verkauf sowohl als Plünderung in früheren Jahren viel verloren gegangen, u. nur ein werthloser Rest übrig geblieben. Erst in neuerer Zeit hat sie sich mit Hilfe eines zu ihrer Vermehrung ausgesetzten bestimmten Fonds wieder zu vergrössern angefangen. Hierüber s. Petzholdt's Adressbuch der Bibliotheken Deutschlands S. 454. — Ausser diesen Bibliotheken hat die Stadt, wie der Zeitzer Chronist Zader im XVII. Jhrhdte berichtet, noch

Eine Bibliothek der alten Nicolai-Kirche, in der Capella St. Crucis, besessen, über deren Schicksal nichts bekannt ist: ob sie 1824, in welchem Jahre die Kirche abgebrochen worden, mit der dasigen Kirchengemeinde in die Schlosskirche oder früher schon anderswohin gewandert ist, lässt sich nicht mehr nachweisen.

[336.] Die Deutschen Augsburger Inkunabeln der Kreis- und Stadtbibliothek in Augsburg*).

Von Bibliothekar J. Kränzler.

Es wäre nicht uninteressant, zu wissen, wie viel Bücher in Augsburg**) bis zum Jahre 1500 gedruckt und verlegt worden sind. Doch das ist nicht mehr herauszubringen. Ohne Zweifel hat sich von vielen kein Exemplar bis auf unsere Tage erhalten.

Eine andere Frage ist: wie viele von den in jener Zeit gedruckten Büchern sind noch vorhanden? Wenn wir richtig gezählt haben, führt Zapf 350 Deutsche u. 274 Lateinische, im Ganzen also 624 Drucke auf, von denen sich Exemplare erhalten haben. Ist Zapf auch nicht vollständig und nicht ohne mancherlei Irrthümer, so sieht man sich doch noch immer auf ihn angewiesen, weil es eine andere, bessere Zusammenstellung nicht gibt. Hain's Repertorium wäre wohl vollständiger u. zuverlässiger, aber es ist so wenig glücklich angelegt, dass aus ihm nichts zu entnehmen ist, als die nackten Büchertitel. Man besinnt sich wohl, ehe man daran geht, aus 17,000 Titeln die Augsburger Drucke herauszusuchen.

Wenig im Vergleich mit der Summe des zerstreut noch vorhandenen befindet sich in Augsburg selber. G. C. Mezger liess 1840 bei Himmer einen Quartband drucken: „Augsburgs älteste Druckdenkmale etc., welche in der Kreis- und Stadtbibliothek daselbst aufbewahrt werden." Man findet darin aus der Zeit vor 1500 beschrieben 45 Deutsche u. 44 Lateinische. Das ist nun freilich nicht alles. Mehr als die Hälfte der vorhandenen alten Drucke ist Mezger unbekannt geblieben. Wir geben im Folgenden eine Aufzählung (beschrieben sind sie oft genug) der vorhandenen 75 Deutschen (Lateinische sind es mehr) Inkunabeln.

Hartlieb's Ciromantia, die Mezger auch hat, lassen wir weg, weil es kein typographisches, sondern ein Holzschnittwerk ist.

1. A. Ampigollis (Rampigollis), die guldin Bibel. s. a. & typ. n. 2⁰.
2. Ursprung und Anfang des heiligen Berges Andechs. 1473, Bämler. 2⁰.
3. J. Andreae, Baum der gesippten Freundschaft. 1474, Bämler 2⁰.
4. Historie des Königs Apollonius. 1479, Sorg. 4⁰.
5. Arnold de Villa nová, Tractat vom Wein. 1479, Bämler 4⁰.
6. Auslegung der hl. Messe. 1484, (Sorg). 2⁰.
7. Büchlein von der Beicht. 1491, Schobser. 4⁰.

*) S. oben Nr. 281.

**) Nach dem früheren Archivar Herberger hatte nebenbei bemerkt Augsburg anno 1460 nicht 25,000 Einwohner; 1510 vielleicht 30,000, 1560 sollen es an 50,000 gewesen sein. Höher war die Einwohnerzahl in den früheren Jahrhunderten nie.

8. Büchlein von der Beicht. 1488, Bämler. 8°.
9. Deutsche Bibel. s. l. & a. (Pflanzmann) gr. 2°.
10. „ „ (1473—75, Zainer) gr. 2° unvollst.
11. „ „ 1477 (Zainer) gr. 2°.
12. „ „ 1477, Sorg. gr. 2°.
13. „ „ 1480, Sorg. gr. 2° unvollst.
14. „ „ 1487, Schönsperger. 2° unvollst.
15. G. Boccaccio, Cento Novelle. 1490, Sorg. 2°.
16. Sct. Brandons Buch. s. l. & a. (Sorg). 2°.
17. Seb. Brant, Narrenschiff. 1494, Schönsperger. 8°.
18. B. v. Breydenbach, Reise in's hl. Land. 1488, Sorg. 2°.
19. Buch der Kunst, dadurch der weltliche Mensch mag geistlich werden. 1491, Bämler. 4°.
20. Buch der Natur. 1475, Bämler. 2°.
21. Buch der Natur. 1481, Bämler. 2°.
22. Buch der Natur. 1482, Sorg. 2°.
23. Buch der natürlichen Weisheit. 1490, Sorg. 2°.
24. Büchlein von der Liebe Gottes. 1493, Froschauer. 8°.
25. Büchlein von dem Kloster St. Ulrich &c. s. l. 1483, Bämler. 4°.
26. Cicero, Von den Pflichten. 1488, Schobser. 2°.
27. Herzog Ernst. s. l. & a. (Sorg). 2°.
28. Albert de Eyb, ob einem Manne zu nehmen ein ehelich Weib. 1474, Bämler. 2°.
29. Gregorius Magnus, Buch der zwayer red mit einander. 1476, Bämler. 2°.
30. Habicht zu baizen. s. l. & a. (Sorg). 4°,
31. Hieronymus, Leben der Altväter. 1482, Sorg. 2°.
32. Hieronymus, Leben der Altväter. 1497, Schönsperger. 2°.
33. Historia von den sieben weisen Meistern. 1473, Bämler. 2°.
34. Honorius Augustodunensis, Lucidarius. 1480, Sorg. 2.
35. Hortus sanitatis. 1486, Schönsperger. 2°.
36. Johannes Friburgensis, Summa confessorum. Deutsch. 1472, Bämler. 2°.
37. Jakob von Königshoven, Chronik. 1480, Sorg. 2°.
38. Jakob von Königshoven, Chronik. s. l. & a. (Bämler). 2°.
39. Stephan Lanzkranna, die Himmelsstrasse 1484, Sorg. 2°.
40. Leben der Heiligen, Summertheil. 1472, Zainer. 2°.
41. Lehenrecht. 1482, Sorg. gr. 2°.
42. Lehenrecht. 1493, Ratdolt. 2°.
43. Leopold von Oesterreich und sein Sohn Wilhelm. (1481, Sorg). 2° unvollständig.
44. Melibey, Unterweisung für Betrübte. 1480, Sorg. 4°.
45. Joh. Nider, die vier und zwanzig goldnen Harfen. s. a. Bämler. 2°.

46. Johann Nider, die vier und zwanzig goldnen Harfen. 1488, Bämler. 2°.
47. Ortolff von Bairland, Arzneibuch. 1479, Sorg. 2°.
48. Otto von Passau, die 24 Alten. 1480, Sorg. 2°.
49. Fr. Petrarca, von der Griesel s. l. & a. (Sorg). 2°.
50. Petrus (s. Ludolph) von Suchen, Reise in's hl. Land s. l. & a. (Sorg). 2°.
51. Plenarium. 1474, Bämler. 2°.
52. Processus juris. 1479, Bämler. 4°.
53. Psalter, Lateinisch und Deutsch. 1494, Ratdolt. 4°.
54. Psalter, Lateinisch und Deutsch. 1499, Ratdolt. 4°.
55. Psalter, Deutsch. 1498, Schönsperger. 8°.
56. Regimen sanitatis. 1475, Bämler. 2°.
57. „ „ 1495, Froschauer. 4°.
58. Johannes Regiomontanus, Kalender. 1489, Ratdolt. 4°.
59. Ulrich von Reichenthal, Concilium zu Costnitz. 1483, Sorg. 2°.
60. Rodericus Zamorensis, Spiegel des menschlichen Lebens. s. l. & a. (Zainer). 2°.
61. Rodericus Zamorensis, Spiegel des menschlichen Lebens. 1488, Berger. 2°.
62. Rudolf von Ems, Wilhelm von Orlens. 1491, Sorg. 2°.
63. Sachsenspiegel. 1482, Schönsperger. 2°.
64. Hartmann Schedel, Chronik. 1496, Schönsperger. 2°.
65. „ „ „ 1500, Schönsperger. 2°.
66. Michael Schrick, von den ausgebrannten Wassern. 1476, Bämler. 2°.
67. Schildberger's Reise. s. l. & a. (Sorg). 2°. Erster Druck dieser Reise.
68. Seelentrost. 1478, Sorg. 2°.
69. Kaiser Sigmund's Reformation. 1497, Zeissenmair. 2°.
70. Das guldin Spiel. 1472, Zainer. 2°.
71. Der Seuse. 1482, Sorg. 2°.
72. Jakob de Theramo, Belial. 1472, Zainer. 2°.
73. Jakob de Theramo, Belial 1481, Sorg. 2°.
74. Von der Vision des Tondalus. 1476, (Bämler). 2°.
75. Versehung von Leib, Seele, Ehre und Gut. 1490, Schobser. 4°.

Die übrigen Deutschen (nicht Augsburger) Inkunabeln sind:

1. Altherkommen und Regierung der Fürsten und des Landes Oesterreich. Basel, s. a. & typ. n. 2°.
2. Deutsche Bibel. s. l. & a. (Nürnberg, Frisner und Sensenschmid). 2°.
3. Deutsche Bibel. Nürnberg, 1483, Koburger. 2°.
4. Breydenbach, Reise in's hl. Land. Mainz, 1486, Rewich. 2°.

5. Buch der 10 Gebote. Venedig, 1483, Ratdolt. 2°.
6. Buch, wie wir Gott sollen lieb haben. s. l. & a. (Esslingen. Fyner.) 2°.
7. Die goldene Bulle. s. l. & a. (Nürnberg, Creussner.) 2°.
8. Chronik von allen Kaisern und Königen. Strassburg, s. a. & typ. n. 4°.
9. Chronik von Andechs. Wessobrunn, s. a. Zeissenmair. 4°.
10. Dionysius Areopagita, vom himmlischen Fürstenthum. Nürnberg, 1491, Koburger. 2°.
11. Erklärung der 12 Artikel des christlichen Glaubens. Ulm, 1485, Dinckmut. 2°.
12. Albert de Eyb, ob einem Manne zu nehmen ein ehelich Weib. s. l. a. & typ. n. (Nürnberg, Koburger.) 2°.
13. Fasciculus temporum, Deutsch. s. l. (Strassburg) a. & typ. n. 2°.
14. Gebetbüchlein. s. l. a. & typ. n. kl. 8°.
15. Der Glaube der Juden als irrig erwiesen. Nürnberg, 1473, Creussner. 2°.
16. Der Glaube der Juden als irrig erwiesen. Nürnberg, 1474, Creussner. 2°.
17. J. de Mandeville, Reise nach Jerusalem. Strassburg, 1484, Prüssz. 2°.
18. Martyrologium. Strassburg, 1484, Prüssz. 2°.
19. Mirabilia Romae, Deutsch. Strassburg, 1500, s. typ. n. 4°.
20. Peter Niger, der Stern Meschiah. Esslingen, 1477, Fyner. 4°.
21. Otto von Passau, die 24 Alten. s. l. a. & typ. n. 2°.
22. Plenarium. s. l. 1470, s. typ. n. 2°.
23. Rechnungsbüchlein. Bamberg, 1483, Petzensteiner. qu. 12°.
24. Riederer, Spiegel der wahren Rhetorik. (Freiburg i. Br. 1493, Riederer, 2°.
25. Schatzbehalter. Nürnberg, 1491, Koburger. 2°.
26. H. Schedel, Chronik. Nürnberg, 1493, Koburger. gr. 2°.
27. Seelenwurzgarten. Ulm, 1483, Dinckmut. kl. 2°.
28. Steinhöwel, Büchlein der Ordnung. Ulm, 1473, Zainer. 4°.
29. Von der Vision des Tondalus. Ulm, s. a. Zainer 4°.
30. Hans Tucher, Reise in's gelobte Land. Nürnberg, 1482, s. typ. n. 4°.
31. Vertrag zwischen Kaiser Friedrich und König Matthias. s. l. a. & typ. n. 2°.
32. Sct. Vincentius, ord. praed. vom Ende der Welt. s. l. 1486, s. typ. n. 4°.
33. Warnung vor der falschen Liebe dieser Welt. s. l. a. & typ. n. 4°.

[337.] Die Lateinischen Augsburger Inkunabeln der Kreis- u. Stadtbibliothek in Augsburg*).

Von Bibliothekar J. Kränzler.

Die Bibliothek hat circa 1800 Lateinische Inkunabeln (die doppelt etc. vorhandenen auch so gerechnet); darunter sind 119 Augsburger Drucke (die doppelt etc. vorhandenen nur einfach gerechnet). Weiterer Zugang, wenn auch kein grosser, ist wahrscheinlich.

Ehe wir nun die Lateinischen Augsburger Drucke aufzählen, müssen wir einen Deutschen Druck nachholen, der das vorigemal in der Feder geblieben ist, nämlich

Gregorius Magnus, liber dialogorum. Deutsch. s. l. 1473, s. typ. n. 2⁰. (Augsburg, Bämler.)

Placidus Braun lässt dieses Buch aus der Druckerei des Klosters St. Ulrich hervorgegangen sein, weil der gleichzeitige Wittwer in seinem Catalogus abbatum erzählt (s. Steichele, Archiv, III. S. 265), es seien daselbst gedruckt worden:

Sermones aurei Leonhardi de Utino,
Speculum naturale (!) Vincentii Bellovacensis,
Dialogi Gregorii papae in vulgari & alia opuscula.

Braun meint: non est, qui negat (dass der Deutsche Gregor bei St. Ulrich gedruckt worden), nisi qui omnem fidem historicam, & coaevorum & domesticorum scriptorum auctoritatem penitus subvertere audet (Notitia de libris impressis &c. I. S. 157).

Es muss aber doch ganz entschieden geleugnet werden. Wittwer's Zeugniss kann nicht aufkommen gegen die inneren Gründe, welche dagegen sprechen. Dieser Druck sieht der Bämler'schen Ausgabe desselben Werkes von 1476 u. den anderen Bämler'schen Drucken so ähnlich, wie ein Ei dem andern. Wittwer schrieb aus dem Gedächtniss, ohne zuvor in der Klosterbibliothek nachzusehen, u. hat sich eben geirrt, wie er sich in derselben Zeile auch darin irrt, dass er Vincentii speculum naturale bei St. Ulrich gedruckt sein lässt, während doch das speculnm historiale dort gedruckt ist. Hier sagt Braun nicht: non est, qui negat, etc. sondern setzt ganz ruhig bei: legendum historiale.

Die Druckerei von St. Ulrich, aus welcher, soweit bekannt, nur Lateinische Drucke hervorgingen, wurde von dem Abte Stamhain, einem eifrigen Verehrer der neuen Kunst, 1472 wider den Willen seines Convents in's Leben gerufen, u. hat ihn († 1474) offenbar nur kurze Zeit überdauert, höchstens ein paar Jahre. Zapf's Annahme (ihm folgte neulich ein Herr Lier in der Zeitschrift des historischen Vereins), sie habe bis 1516 bestanden, wird von ihm etwas sonderbar begründet. Keine Notiz spricht

---

*) S. oben Nr. 281.

dafür u. kein Druckwerk. Bereits Wittwer spricht von dieser Druckerei wie von einer längstvergangenen Sache.

Endlich müssen wir noch ein paar Versehen Mezger's notiren. Er theilt zwei Drucke des Johannes Wiener dem Kloster St. Ulrich zu, wahrscheinlich auf die Autorität Braun's hin, welcher aber diesen Irrthum schon im 2. Bande seiner Notitia wieder zurückgenommen hat. Der Jakobus Charthusianus bei Metzger hat das Wappen des Leipziger Druckers Martinus Herbipolensis und gehört nicht nach Augsburg, ebenso nicht Petrarca de remediis utriusque fortunae. Der Donatus grammaticus ist nicht der wirkliche Donatus, wie man nach der Anführung Metzger's glauben muss, sondern eine Schrift des Johannes Gerson mit dem Titel: Donatus moralisatus (allegoricus). In dem folgenden Verzeichniss ist nun überall „Augustae Vindelicorum" als angegeben hinzuzudenken, wo nicht das Gegentheil bemerkt. Das Eingeklammerte steht nicht in den betreffenden Büchern selbst, sondern ist sonst bekannt.

Diese Bemerkung gilt auch für das obige Verzeichniss der Deutschen Inkunabeln.

Keine Drucke haben wir von folgenden unbedeutenden Druckern, die auch in Augsburg gedruckt haben: Blaubirer, Ambrosius Keller, Johannes Keller, Thomas Rüger und Anna Rügerin, Schaitter u. Schauer.

1. Aegidius Columma, de regimine principum libri III. s. l. 1473, s. typ. n. (Zainer) 2°.
2. Albertanus Causidicus, de arte loquendi & tacendi. s. l. a. & typ. n. (Froschauer) 4°.

(Schluss folgt.)

Litteratur und Miscellen.

Allgemeines.

[338.] The Library Journal Official Organ of the Library Associations of America and of the United Kingdom chiefly devoted to Library Economy and Bibliography. Vol. 6. New York, Leypoldt; London, Trübner & Co. kl. 4°. Pr. f.. d. Jahrg. $ 3, f. d. monatl. Nr. 30 c. (S. oben Nr. 206.)

Es ist nicht ohne grosses Interesse zu sehen, dass sich die Nachricht, das „Library Journal" werde mit Ende 1880 zu erscheinen aufhören (s. Anz. J. 1880. Nr. 1057), nicht bestätigt hat: das Journal erscheint auch ferner noch, obwohl hinsichtlich des Aeusseren in verkleinertem Maassstabe u., wie auch der Titel anzeigt, von beschränkterem Inhalte. — Die Jan.-Nr. 1 enthält: Editorial-American Library Association (Fourth General Meeting, Washington) — United Kingdom Association (December 1880 & January 1881 Monthly Meeting) — Communication (Library Company of Philadelphia) —. A. P. Massey, Classification of Fiction —

Book-Thieves — Bibliografy — Reference Lists: „George Eliot“ — Pseudonyms und Anonyms — Library Purchase — List — General Notes.

[339.] Magyar könyv-szemle. Közrebocsátja a m. nemzeti múzeum könyvtára. Ötödik évfolyam. Budapest. 1880. gr. 8°. (S. Anz. J. 1880. Nr. 1188.)

Das Doppel- u. Schluss-Heft V—VI von Septbr. bis Decbr. enthält: Wilh. Fraknói, zwei Ungarische Unica in der Königl. Bibliothek zu Kopenhagen S. 281—84 — Jos. Koncz, unbekanntes Ungarisches Lied des XVII. Jhrhdts vom Woywoden Lubuj S. 284—97 — Georg Ráth, Beiträge zu Karl Szabó's altungarischer Bibliothek S. 297—305 — Arpád Hellebrant, auf Ungarn Bezug habende Inkunabeln in der Bibliothek der Ungar. Akademie der Wissenschaften (Fortsetzung) S. 305—28 — Joh. Csontosi, Beiträge zu den Zipser Bibliotheken des XV. Jhrhdts. S. 329—63 — Dr. Ladisl. Fejérpataki, Bücherkatalog der Agramer Kapitelbibliothek im XV. Jhrhdt. S. 363—68 — Bela Majláth, das Archiv der Gräfl. Forgách'schen Familie S. 368—71 — Andenken an Theodor Tivadar S. 372—76 — Unser Vaterland interessirende Revue: Joh. Csontosi, Gebetbuch der Königin Beatrix in Mölk mit 1 Facsim.-Taf. u. Zwei Horoskope des Johann Corvinus in Krakau mit 2 in den Text eingedr. Abbild. S. 377—87 — Vermischte Mittheilungen S. 388—96 — Schulberichte vom Unterrichtsjahre 1879—80 S. LIX—LXXV — Die Ungarische Litteratur im J. 1880 S. LXXVI—XCVI — Vaterländische nichtungarische Litteratur S. XCVI—CIV — Ungarn interessirende Schriften des Auslandes S. CV—CVIII.

[340.] Polybiblion Revue bibliographique universelle. Partie technique. Deuxième Série. Tom. VII. (XXXIII. de la Collection.) Paris, bur. du Polybiblion. gr. 8°. Erscheint monatlich. Pr. 10 Fr. (S. Anz. J. 1880. Nr. 359.)

Die vorl. „Partie technique“ bildet die II. ausschliesslich der Bibliographie gewidmete Abtheilung des „Polybiblion“, welches von der „Société“ herausgegeben wird. Sie enthält in zwei Abschnitten zuerst die „Bibliographie classée par les soins de G. Pawlowski“ in systematischer Anordnung, sowie an zweiter Stelle eine Uebersicht der in den hauptsächlicheren Zeitschriften des In- u. Auslandes enthaltenen Artikel.

Bibliographie.

[341.] * Bibliomania in the present day in France and England; or, some account of celebrated sales, giving prices at which the more important books were sold, together with prices brought by the same books in previous; from the French, with notice and portrait of Trautz Bauzonnet. By Philomneste jr. New York, Bouton. 1880. 16°. 141 S. Pr. $ 1,50.

[342.] * Allgemeiner literarischer Wochen-Bericht über alle empfehlenswerthen Neuigkeiten des In- und Auslandes, nebst literarischen Notizen und Mittheilungen. Red.: Th. Lissner. IX. Jahrgang. Leipzig, Expedition. gr. 8°. 52 Nrr. à $^1/_2$—1 Bog. Pr. n. 4 Mk. (S. Anz. J. 1880. Nr. 232.)

[343.] * United States Newspaper Directory; containing names of all newspapers and other periodicals publ. in America. Revised Edition. Chicago, C. A. Cook & Co. 8°. 214 S. Pr. $ 3.

[344.] Allgemeines Bücher-Lexikon oder vollständiges alphabetisches Verzeichniß aller von 1700 bis Ende 1879 erschienenen Bücher, welche in Deutschland und in den durch Sprache und Literatur damit verwandten Ländern gedruckt worden sind &c. Von Wilhelm Heinsius. XVI. Band, welcher die von 1875 bis Ende 1879 erschienenen Bücher und die Berichtigungen früherer Erscheinungen enthält. Herausgegeben von Otto Kistner. Lief. 9. Leipzig, Brockhaus. 4°. Abth. I. S. 641—720. Pr. à n. 3 Mk., auf Schreibpap. n. 4 Mk. (S. oben Nr. 216.)
Enth. die Artikel „Hoppe" bis „Katalog".

[345.] Catalogue mensuel de la Librairie Française publié par O. Lorenz, Propriétaire-gérant. 6e Année. Paris. (F. A. Brockhaus à Leipzig.) 8°. Monatlich 1 Nr. à $^1/_2$ Bog. Pr. 2,50 Fr. Mit Register am Jahresschlusse 3,50 Fr. (S. Anz. J. 1880. Nr. 369.)
Eine nach Fächern geordnete, gedrängte Uebersicht der vorzüglicheren u. interessanteren Neuigkeiten — für den Verkehr zwischen Sortimenter u. Publikum bestimmt.

[346.] * London Catalogue of Periodicals, Newspapers, and Transactions of various Societies; with a List of Metropolitan Printing Societies and Clubs. Corrected to January 1881. [XL. Annual Edition.] London, Longmans & Co. gr. 8°. Pr. 1 s. (S. Anz. J. 1880. Nr. 466.)
Blos für die Verkehrsinteressen.

[347.] Svenskt Boklexikon. Åren 1830—1865. Utarbetadt af Hjalmar Linnström. Hft. 37—38. Stockholm, Samson & Vallin. 1880. 4°. S. 577—608. Pr. n. 3,75 Mk. (S. Anz. J. 1880. Nr. 1199.)
Enthält die Artikel „Hase" bis Herslov".

[348.] * Polytechnische Bibliothek. Monatliches Verzeichniss der in Deutschland und dem Auslande neu erschienenen Werke aus den Fächern der Mathematik und Astronomie, der Physik und Chemie, der Mechanik und des Maschinenbaues, der Baukunst und Ingenieurwissenschaft, des Berg- und Hüttenwesens, der Mineralogie und Geologie. Mit Inhaltsangabe der wichtigsten Fachzeitschriften. XVI. Jahrg. Leipzig, Quandt & Händel.

gr. 8°. 12 Nrr. à 1—1$^{1}/_{2}$ Bog. Pr. n. 3 Mk. (S. Anz. J. 1880. Nr. 379.)

[349.] * Chemisch-technisches Repertorium. Uebersichtlich geordnete Mittheilungen der neuesten Erfindungen, Fortschritte und Verbesserungen auf dem Gebiete der technischen und industriellen Chemie, mit Hinweis auf Maschinen, Apparate und Literatur. Von Dr. Emil Jacobsen. [XVIII. Jahrg.] 1879. 1. Halbjahr. Berlin, Gaertner. 1881. gr. 8°. XV, 424 S. Pr. n. 11,60 Mk. (S. Anz. J. 1880. Nr. 710.)

[350.] * Vierteljahrs-Catalog aller in Deutschland erschienenen Werke aus dem Gebiete der Theologie und Philosophie. Jahrg. 1880. Leipzig, Hinrichs. 8°. 4 Hfte. 68 S. Pr. n. 0,85 Mk.

[351.] * Hand-Catalog für Juristen. Eine Auswahl der vorzüglichsten Werke und Zeitschriften aus der Rechts- und Staatswissenschaft, mit besonderer Berücksichtigung der Gesetze für die Markgrafschaft Mähren. Geschlossen mit Ende 1880. Brünn, Winkler. 16°. 66 S. Pr. n. 0,40 Mk.

[**352.**] Wolf's Medicinisches Vademecum. Alphabetische und systematische Zusammenstellung der neueren und besseren Literatur-Erscheinungen auf dem Gebiete der Medicin. [Leipzig, Kössling (Gustav Wolf). 1881.] kl. 8°. 2 Bll. 74 S. 1600 Nrr. (S. Anz. J. 1880. Nr. 1201.)

Der I. „gänzlich vergriffenen" Auflage dieses Vademecums ist eine II. neue gefolgt; obwohl sich dieselbe als solche nicht auf dem Titel bezeichnet findet, so muss man sie doch, da sie sich um ein Geringes vermehrt zeigt, als solche betrachten, u. dies zugleich als ein Zeichen ansehen, dass das Vademecum, dem der Herausg. ähnliche von anderen Wissenschaftsfächern folgen zu lassen beabsichtigt (s. unten Nr. 425), Beifall gefunden habe.

[353.] * Monatlicher Anzeiger über Novitäten und Antiquaria aus dem Gebiete der Medicin und Naturwissenschaft. Jahrg. 1881. Berlin, Hirschwald. 8°. 12 Nrr. à $^{1}/_{2}$—$^{3}/_{4}$ Bog. Pr. n. 0,80 Mk. (S. Anz. J. 1880. Nr. 472.)

[354.] * Vierteljahrs-Catalog aller in Deutschland erschienenen Werke aus dem Gebiete der Medicin und Naturwissenschaft. Jahrg. 1880. Leipzig, Hinrichs. 8°. 4 Hfte. 72 S. Pr. n. 0,90 Mk.

[355.] * Wegweiser durch die pädagogische Literatur. Herausgegeben unter Mitwirkung von Lehrer Jos. Ambros, Prof. A. Bechtel, Professor Dr. Otto Delitsch etc. Red.: F. Pichler jun. VII. Jahrg. 1881. Wien, Pichler's Wwe & Sohn. gr. 8°. 12 Nrr. à $^{1}/_{2}$—1 Bog. Pr. n. 2 Mk. (S. Anz. J. 1880. Nr. 596.)

[356.] * Vierteljahrs-Catalog aller in Deutschland erschienenen Werke aus dem Gebiete der Pädagogik. Jahrg. 1880. Leipzig, Hinrichs. 8°. 4 Hfte. 116 S. Pr. n. 1,45 Mk.

[357.] Zusammenstellung von Schriften über Leibesübungen (Turnen, Heilgymnastik, Ringen, Spiele, Turnlieder, Schwimmen, Eislauf, Fechten, Turniere.) Herausgegeben von G. F. Lenz, unter Mitwirkung von E. Angerstein, N. J. Cuperus, G. Eckler, C. Euler-Berlin, V. Heikel, J. Hermann, M. Kloss, C. Lion, B. Massmann, A. Maul, J. Niggeler, E. G., u. A. Ravenstein senr., H. Schlechter, F. Voigt, K. Wassmannsdorff. IV. stark vermehrte Auflage. Verlag der Turn- u. Feuerwehr-Buchhandlung von Lenz, Berlin. 8°. 69 S. Nebst Anzeigen von Fabriken u. Lieferanten von Turn- und Feuerwehr-Geräthen. (S. Anz. J. 1865. Nr. 675.)

Der Herausg. schreibt im Vorworte: „Auf der Weltausstellung zu London wurde die Schrift mit einem Preise bedacht; Beweis genug, dass die Arbeit Aufnahme u. Anerkennung gefunden hat.“ Der Preis kann jedenfalls nur der Masse des zusammengestellten Materiales, welches sich auf c. viertehalb Tausend Titel belaufen mag, gegolten haben, aber gewiss nicht der Zusammenstellung selbst d. h. der Verzeichung dieser Titel; denn diese ist nichts weniger als preiswürdig. Zwar schreibt der Herausg., dass er bei der Verzeichnung der Titel folg. Ordnung eingehalten habe: „Verfasser oder Schlagwort kommen zuerst, dann der Titel, die Jahreszahl, der Druckort, Verleger, Tafeln oder Abbildungen, zuletzt der Preis.“ Aber Titel, wie: „Tl. Düring, Handbuch. — T. Dale, von, Dissertationes. — E. Platen, An einen Freund. — T. Gelzer. — B. Goethe's Werke VI, 228. — T. Socrates. — T. Quintilianus“ (die vorgesetzten Buchstaben sollen anzeigen, welchem Fache, ob dem Turnen, Eislauf, Baden etc. die betreff. Titel angehören) kommen in Unzahl in der vorl. Zusammenstellung vor. Was solche dürftige Angaben aber nützen sollen, ist mir unbegreiflich, ebenso wie ich überhaupt nicht begreifen kann, wem von den Lesern der nicht für wissenschaftliche Studien, sondern für den praktischen Gebrauch bestimmten Zusammenstellung mit Citaten „Pindar's Olympische Gedichte, Ovid's Amores, Plato“ etc. gedient sein soll. Dies ist meines Erachtens alles durchaus überflüssiger Ballast.

Die Litteratur des Feuerlöschwesens, von des Herausg.'s Sohn „selbständig bearbeitet u. druckfertig gestellt,“ soll in nächster Zeit folgen.

[358.] Nr. 1. Volksschriftenkatalog, begleitet von orientirenden Bemerkungen über die einzelnen Verfasser und ihre Werke. 1. Serie: Eigentliche Volksschriften. Herausgegeben von der Gemeinnützigen Gesellschaft des Bezirkes Zürich. Zürich, Druck von Orell Füßli & Co. 8°. VI, 20 S. Pr. n. 0,50 Mk.

Dieser „Namens der Kommission für Volksliteratur von den Beauftragten H. Weber in Höngg u. F. Zehender in Zürich“ zusammengestellte Katalog enthält eine wohlerwogene Auswahl von

191 Nrr. empfehlenswerther A. Volksschriften verschiedenen Inhalts u. B. Biographien für das Volk.

[359.] * Les Elections dans le département de la Côte-d'Or. (1789—1879). Députés et Sénateurs. Fragment d'une Bibliographie Bourguignonne; par Ph. Milsand, bibliothécaire adjoint de la ville de Dijon. Dijon, Lamarche. 8°. XII, 74 S.

[360.] * Bullettino di Bibliografia e di Storia delle Scienze Matematiche e Fisiche, pubblicato da B. Boncompagni. Tom. XIII: Gennaio-Febbraio 1880. Roma, tip. delle Scienze Matem. e Fisiche. 4°. 120 S.

Enth.: Boncompagni, intorno ad un Trattato del P. Smeraldo Borghetti, Lucchese, Canonico regolare della Congregazione del S. Salvatore.

[361.] Ueber Buchdruck, Buchhandel und periodische Literatur in den Sudeten, und Beiträge zur historischen Literatur dieses Landstriches. Von Johann Gans. Enth. im Notizen-Blatt der historisch-statistischen Section der kais. königl. mährisch-schlesischen Gesellschaft zur Beförderung des Ackerbaues, der Natur- und Landeskunde. Red. von Chr. d'Elvert. 1880. Brünn. 4°. Nr. 6. S. 41—44.

Die historische Litteratur besteht aus einer bibliographisch sehr dürftigen Uebersicht dessen, was, soweit es dem Verf. bekannt geworden, in den letzten 30 Jahren zur Kenntniss des Sudeten-Gebietes erschienen ist.

[362.] Geographisches Jahrbuch. Begründet 1866 durch E. Behm. Hrsg. von H. Wagner. Gotha, Perthes. kl. 8°. Enth. S. 599—653: Die Geographischen Gesellschaften, Congresse und Zeitschriften. Von H. Wagner und H. Wichmann.

Uebersicht von 100 Nrr. theils rein geographischer Zeitschriften u. Blätter, theils solcher, welche neben geographischen Mittheilungen auch allgemein naturwissenschaftliche, culturhistorische, ethnographische Abhandlungen u. Mittheilungen enthalten.

[363.] * Max Steuer's musikalisches Conversations-Lexicon. Ein Handbuch der Tonkunst, herausgegeben zum Gebrauche für Musiker und Musikfreunde. 1. Thl. Die Lebensbeschreibungen aller berühmten Musiker, musikalischen Schriftsteller, Instrumentenbauer etc., nebst Angabe der einschlagenden Literatur. Berlin, Schlesinger. 8°. IV, 196 S. Pr. 2,50 Mk.

[364.] * Die Fröbelliteratur. Zusammenstellung, Inhalts-Angabe und Kritik derselben. Von Louis Walter. Dresden, Huhle. gr. 8°. XI, 196 S. Pr. n. 2,40 Mk.

[365.] * Saint Paul Apôtre Bio-Bibliographie par L'Abbé Ulysse Chevalier. [Extrait du Répertoire des sources historiques du moyen-âge. 4e Fascicule.] Montbéliard. 1880. 12°. 16 S.

Buchhändler- und antiquarische Kataloge.

[366.] Publikationen des Börsenvereins der Deutschen Buchhändler. Neue Folge. A. u. d. Tit.: Archiv für Geschichte des Deutschen Buchhandels. Herausgegeben von der Historischen Commission des Börsenvereins der Deutschen Buchhändler. VI. Leipzig, Börsenverein d. Deutsch. Buchhändl. gr. 8°. VI, 285 S. Pr. n. 5 Mk. (S. Anz. J. 1880. Nr. 489.)

Der hohe Standpunkt, den der Deutsche Buchhandel hinsichtlich seiner ganzen Organisation vor dem Buchhandel aller übrigen Länder einnimmt, zeigt sich auch namentlich in seinen Bestrebungen zur Feststellung seiner Geschichte, in deren Interesse bekanntlich durch Beschluss des Börsenvereins der Deutschen Buchhändler eine eigene historische Commission ins Leben gerufen u. dieser die Herbeischaffung der Materialien jener Geschichte übertragen worden ist. Mit welchem Eifer diese Commission ihres Amtes waltet, davon legt das von ihr herausgegebene Archiv, wovon nunmehr seit 1878 bereits sechs Bde, voll des trefflichsten Materials, erschienen sind, das beste u. vollgiltigste Zeugniss ab. Von dem reichen Inhalte der fünf ersten Bde hat der Anz. seiner Zeit Nachricht gegeben; der VI. u. neueste Bd enthält folg. Artikel u. Miscellen: Zweiter Bericht an die Historische Commission des Börsenvereins der Deutschen Buchhändler. Von Friedrich Kapp — Zur Geschichte des Deutschen Buchhandels in Siebenbürgen. Von Dr. Fr. Teutsch in Hermannstadt. II. Die Zeit von 1500—1700 — Geschichte des Deutschen Buchhandels in Krain. Von P. v. Radics — Die Breslauer Buchhändler u. der Buchdrucker Georg Baumann. Actenstücke, mitgetheilt von Albrecht Kirchhoff — Zur Geschichte des Buchhandels in Riga. Von Wilhelm Stieda — Ein „Localverein" im 17. Jhrhdt. Frankfurt a. M. 1669. Von Albrecht Kirchhoff — Zur Geschichte des Censurwesens in der Gesellschaft Jesu. Mitgetheilt von K. Th. Heigel — Ein Censurstreit aus Steiermark vom J. 1720. Mitgetheit von Dr. Anton Schlossar — Die Preussische Pressgesetzgebung unter Friedrich Wilhelm III. (1815—1840.) Nach den Acten im Kgl. Preuss. Geh. Staatsarchiv. Von Friedrich Kapp — Miscellen: Zur Geschichte der Strassburger Buchdrucker. Mitgetheilt von Adolf Buff u. Friedrich Teutsch — Die ältesten Augsburger Censuranordnungen. Mitgetheilt von Adolf Buff — Weitere Notizen über Johann Herrgott in Nürnberg. Von Albrecht Kirchhoff — Zwei Luzerner Buchdrucker u. Buchhändler. Von Franz Joseph Schiffmann — Zu Sigismund Feyerabends Streit mit Christoph Walther in Wittenberg. Von Albrecht Kirchhoff — Frankfurts Buchdruckerordnungen. Mitgetheilt von Heinr. Pallmann — Zur Statistik der Leipziger Buchdrucker und Kupferstecher im J. 1767. Mitgetheilt von Ernst Hasse — Kosten von Verlags-Privilegien. Mitgetheilt von F. Herm. Meyer — Druckkosten im

17. u. 18. Jhrhdt. Mitgetheilt von Demselben — Beiträge zur Geschichte der Oesterreichischen Bücherpolizei. Von Demselben — Nachträgliches über den Hanauer Bücher-Umschlag. Mitgetheilt von Demselben.

[367.] Nro. 150. Antiquarischer Katalog der C. H. Beck'schen Buchhandlung in Nördlingen. — Rechts- u. Staatswissenschaften. Mit einem Anhang werthvoller geschichtlicher Werke. 8°. 1 Bl. 49 S. 1130 Nrr. (S. oben Nr. 173.)

Ausser ausgewählter neuerer auch viele ältere Litteratur.

[368.] Verlags-Katalog von Gebr. Karl & Nikolaus Benziger, Typographen des hl. Apostol. Stuhles in Einsiedeln (Schweiz). Juli 1880. 8°. 3 Bll. 60 S.

Der zahlreiche Verlag der 1801 in Einsiedeln gegründeten Firma mit den Filialen in New-York 1853, in Cincinnati 1860 u. in St. Louis 1875 besteht ausschliesslich aus kathol. Gebet-, Andachts- u. a. erbaulichen Büchern. Das Verzeichniss ist ohne allen bibliograph. Werth.

[369.] CXXXVII Catalogue de Livres anciens pour la plupart rares et curieux faisant partie de la Librairie Albert Cohn à Berlin. — Incunables (livres imprimés avant l'année 1501) dont beaucoup avec figures. 8°. 1 Bl. 78 S. 522 Nrr. (S. Anz. J. 1880. Nr. 1258.)

Höchst werthvoll an Inhalt u. dem Inhalte angemessen gut redigirt.

[370.] H. Georg's in Basel Antiquarischer Catalog No. XLIV. (A. m. Franz. Tit.) Numismatique, Généalogie, Héraldique, Noblesse. 8°. 20 S. 411 Nrr.

Neben neuerer viele ältere Litteratur.

[371.] Nr. XCV. Mathematischer Lagercatalog von J. J. Heckenhauer in Tübingen. 8°. 1 Bl. 50 S. 1661 Nrr.

Enth.: I. Mathematik; II. Astronomie; III. Physik; IV. Baukunde, Technologie.

[372.] Pubblicazioni di Ulrico Hoepli in Milano con succursale a Pisa. Deposito generale Napoli, libreria Hoepli di F. Furchheim. gr. 8°. 2 Bll. 140 S.

Mit aussergewöhnlicher u. den Italien. Verlagskatalogen sonst nicht eigenen Eleganz sowohl als u. namentlich auch Sorgfalt ist dieser Katalog ausgestattet u. bearbeitet. Der zahlreiche Verlag findet sich unter neun Rubriken — I. Biblioteca Tecnica ed altre pubblicazioni riguardanti la Matematica, la Tecnologia, l'Arte Industriale e l'Industria; II. Biblioteca Scientifico-letteraria. Pubblicazioni storiche, Letteratura Dantessa e opere di lusso; III. Studi Giuridici, Politici e Sociali; IV. Manuali Hoepli. Grammatiche e Dizionari, libri per l'istruzione elementare e per bambini; V. Opere varie; VI. Pubblicazioni di Corporazioni scientifiche; VII. Opere di esclusivo deposito; VIII. Libri scolastici, classici, grammatiche e dizionari. Deposito di editori esteri; IX. Libreria Hoepli (F. Furchheim) in Napoli. Opere di fondo e possedute in numero — in alphabetischer Ordnung aufgeführt u. bibliographisch-gut u. genau verzeichnet, sowie theilweise durch Recensionscitate u. a. Bemerkungen näher erläutert. Am Schlusse findet sich ein alphabet. Register.

[**373.**] No. 65. Bibliotheca Polono-Slavica. Catalogue d'ouvrages anciens et modernes sur la litterature et l'histoire des pays slaves en vente chez Joseph Jolowicz Librairie ancienne et moderne à Posen (Prusse). Part. II. Histoire, Géographie, Culture, Antiquitées etc. 8⁰. 1 Bl. 66 S. 1652 Nrr. (S. oben Nr. 254.)

Systematisch u. übersichtlich zusammengestellt.

[**374.**] Nr. 251. Bücher-Verzeichniss über Werke aus dem Gebiete der Literaturgeschichte, altdeutschen Literatur und Pädagogik, der neueren fremden Sprachen, Orientalia und Tonkunst, welche bei Theodor Kampffmeyer in Berlin zu haben sind. 8⁰. 1 Bl. 88 S. (S. oben Nr. 42.)

Gangbare u. billige Artikel.

[**375.**] No. 606 & 607. Antiquarisches Bücherlager von Kirchhoff & Wigand in Leipzig. — Theologie. Kirchenrecht. & Philosophie. Freimaurerei. Pädagogik. — März. 8⁰. 1 Bl. 98 S. 3341 Nrr. & 1 Bl. 34 S. 1281 Nrr. (S. oben Nr. 255.)

No. 608 & 609. Desgl. Beschreibende Naturwissenschaften: I. Vermischtes. Entwickelungsgeschichte und Darwinismus. Geologie, Mineralogie, Palaeontologie und Bergbau (incl. Bergrecht). Zoologie. & II. Botanik. — April. 8⁰. 2 Bll. 84 S. & 1 Bl. 46 S. Zusammen 4463 Nrr.

Ausgewählteres in gewohnter guter Ordnung.

[**376.**] Antiquarischer Katalog No. 14 von Ludwig Koch. Theologisches Antiquariat in Hamburg. 8⁰. 1 Tit.- u. 67 S. 2163 Nrr. (S. Anz. J. 1880. Nr. 1160.)

Enth.: A. Bibeln in den Originalsprachen u. Uebersetzungen; B. Zeitschriften; C. Evangelische Theologie.

[**377.**] K. F. Köhler's Antiquarium in Leipzig Catalog No. 341 & 342. 8⁰. (S. oben Nr. 257.)

Enth.: Geschichte der ausserdeutschen Länder (1 Bl. 34 S. 712 Nrr.) & Linguistik, Literatur u. Kunst der romanischen Völker (1 Bl. 34 S. 739 Nrr.)

[**378.**] Kubasta & Voigt Buchhandlung und Antiquariat in Wien. Antiquarischer Anzeiger 23. — Geschichte und Hilfswissenschaften. 8⁰. 1 Bl. 54 S. (S. oben Nr. 258.)

Hauptsächlich Deutsche (darunter mehre ältere, resp. seltenere) u. nächstdem Franz. Litteratur.

[**379.**] Katalog des Antiquarischen Bücherlagers von Paul Lehmann, Buchhandlung und Antiquariat in Berlin. No. XIII: Theologie. Darunter eine reiche Sammlung von Original-Reformationsschriften Autotypen Luthers u. s. Zeitgenossen. 8°. 1 Tit.- u. 62 S. 1619 Nrr. (S. Anz. J. 1880. Nr. 1228.)

Die Zahl der Reformationsschriften beläuft sich auf 253 Nrr.

[**380.**] Nr. XL. Verzeichniss des antiquarischen Bücherlagers von R. Levi, Buchhändler und Antiquar in Stuttgart. Nr. XL. — Französische, Englische, Italienische, Spanische, Portugiesische, Holländische, Schwedische etc. Literatur. 1880. kl. 8°. 52 S. (S. Anz. J. 1880. Nr. 1229.)

Meist neuere Litteratur.

[**381.**] Ermanno Loescher. Torino casa libraria ed editrice (con casa a Roma e Firenze). Catalogo delle proprie Edizioni ed in deposito. Gennaio. Lex. 8°. 32 S.

Alphabetisch, mehr oder minder genau verzeichnet. Am Schlusse ein Verzeichniss von „Memorie separate estratte dagli Atti della R. Accademia dei Lincei in Roma 1871—80."

[**382.**] Catalogo N. 28 di Libri d'occasione della Libreria antiquaria di Ermanno Loescher in Torino. — Matematica ed Astronomia. 8°. 1 Bl. 45 S. (S. Anz. J. 1880. Nr. 1143.)

Hauptsächlich Ital. u. nächstdem Franz. Litteratur.

[**383.**] XXV. Lager-Catalog von G. Müller, Antiquar in Bern. — Thierarzneikunde, Haus- und Landwirthschaft, Gartenbau, Forst, und Jagd, Technologie, Bücher über Amerika, Alchymie, Magie etc. kl. 8°. 1 Tit.- u. 51 S. 1491 Nrr.

Meist gangbare Deutsche Litteratur.

[**384.**] Catalogue des Publications artistiques de l'éditeur Ferd. Ongania (succ. de Münster) libraire de la cour à Venise. kl. 4°. 26 Bll.

Die früher von der Firma einzeln ausgegebenen Prospecte über ihre Verlagsartikel finden sich im vorl. Heftchen zusammengefasst.

[**385.**] Bibliotheca Catholico-Theologica altera. Catalogue XXVIII de la Librairie-ancienne de Ludwig Rosenthal à Munich (Bavière). — Manuscrits sur vélin et sur papier. Livres théologiques imprimés. Ouvrages religieux à figures et avec musique notée. Ouvrages de différents sujets d'auteurs théologiens. Histoire ecclésiastique. Histoire des dogmes. Histoire et politique des Papes. En toutes les langues, excepté en Allemand. II. Partie: M-Z. 8°. 1 Bl. 209—385 S. 3708—6795 Nrr. (S. oben Nr. 48.)

Wie die I. Abth. werthvoll u. vorzüglich reich an echt antiquarischen Werken.

[386.] Bibliotheca Silesiaca. Verzeichniss von Werken aus dem Gebiete der Schlesischen Geschichte und Literatur. Zu beziehen von der Schletter'schen Buchhandlung (E. Franck) Antiquariat in Breslau. (Katalog Nr. 170.) 8°. 1 Bl. 28 S. 924 Nrr. (S. oben Nr. 269.)

Neuere sowohl als ältere Litteratur.

[387.] 96 & 97. Antiquarischer Anzeiger der Weller'schen Buchhandlung (Oscar Roesger) in Bautzen. Inhalt: Neue Sprachen. I. & II. Abth. 8°. 30 & 32 S. Zusammen 1745 Nrr. (S. Anz. J. 1880. Nr. 1001.)

Enth.: I. Allgem. Sprachwissenschaft, Germanische u. Slavische Sprachen, darunter eine wohl als Seltenheit geltende grosse Anzahl von Büchern in Wendischer Sprache (115 Nrr.); II. Engl., Franz., Italien., Span. u. Portugiesische Litteratur.

Bibliothekenkunde.

[388.] Verzeichniss der neuen Werke der Königl. öffentlichen Bibliothek zu Dresden 1880. Mit Register über die Jahrgänge 1876—1880. Herausgegeben von Paul Emil Richter. Dresden, Burdach in Comm. 8°. 2 Bll. 74 S. m. 15 S. Register. Pr. n. 1,50 Mk. (S. Anz. J. 1880. Nr. 295.)

Ob es rathsam sei, dass grössere u. allgemeine Bibliotheken Kataloge ihrer gedruckten Bücher veröffentlichen, ist Manchem, schon in Betracht des damit verbundenen hohen Kostenpunktes, noch sehr fraglich, wogegen man die Zweckmässigkeit des Druckes von Verzeichnissen des neuesten Zuwachses so ziemlich allgemein anerkennt. In Anerkennung solcher Zweckmässigkeit haben sich bereits viele Bibliotheken veranlasst gefunden, ihre Zuwachsverzeichnisse zu veröffentlichen. Zu diesen Bibliotheken ist seit sieben Jahren auch die Dresdner Königl. öffentliche Bibliothek hinzugetreten, aber, seltsam genug, nicht auf Veranlassung der betreff. Direktion selbst, sondern nur in Folge der Mühwaltung eines ihrer Beamten, der die Zuwachsverzeichnisse, zwar mit Unterstützung eines von ministerieller Seite zu den Druckkosten gewährten, freilich verhältnissmässig geringen Zuschusses, aber sonst auf eigene Rechnung u. Gefahr herausgiebt. Und mit welchem Eifer er diese seine Arbeit verfolgt, um die Verzeichnisse für das Publikum, welches davon Gebrauch macht, so nutzenbringend als möglich zu gestalten, das zeigt sich in jedem neuen Hefte. So hat er z. B. in dem neuesten Hefte, was in den früheren nicht geschehen war, „alle in die von der Bibliothek zu pflegenden Fächer gehörigen u. ihr zugegangenen Dissertationen u. Schulprogrammabhandlungen mit aufgenommen, ausserdem verschiedene Verweisungen u. consequent, wo solche vorhanden, Doppeltitel angegeben.“ Auch sind vom Verf. zum Nutzen u. Frommen der Besitzer der letzten fünf

Jahrgänge dem vorl. Hefte „ein gemeinsamer Titel" (Verzeichniss der neuen Werke der Königl. öffentlichen Bibliothek zu Dresden 1876—80 etc.) u. ein (allerdings nach meiner unmaassgeblichen Ansicht zu compendiöses u. desshalb wohl kaum ausreichend befriedigendes) Register über Jahrgang 1876—80 beigefügt worden.

[389.] Programm des evang. Gymnasiums in Schässburg und der damit verbundenen Lehr-Anstalten. Zum Schlusse des Schuljahres 1879—80 veröffentlicht vom Director Daniel Höhr. Schässburg, Druck von Binder & Horeth. 1880. 4°. Enth. S. III—XII u. 1—59: Fachwissenschaftlicher Katalog der Bibliothek des Gymnasiums in Schässburg mit einer Einleitung über deren Entwickelung, zusammengestellt von Wilhelm Berwerth und Theodor Fabini, Gymnasiallehrer. I. Theil, Theologie.

Die aus kleinem Anfange 1684 entstandene u. nach u. nach herangewachsene Bibliothek besteht gegenwärtig aus 8170 Druckwerken in 15,600 Bden, zu deren jährl. Vermehrung aus den angesammelten Fonds c. 360 Fl. zur Verfügung stehen. Der überwiegende Theil der Bibliothek gehört dem theologischen Fache an, worüber im vorl. Programm der Katalog mitgetheilt ist, während der Katalog über die anderen Fächer für das nächste Programm verspart geblieben. Obgleich die Verf. des vorl. Kataloges allem Anscheine nach im Bibliothekwesen nicht gerade sehr bewandert zu sein scheinen, so haben sie doch ihre Aufgabe, einen brauchbaren Katalog herzustellen, mit ziemlichem Geschick erfüllt. Allerdings sind Titelangaben, wie „Bibel mit Holzschnitten," „Bibel Lateinische, ohne Titelblatt," „Bibel, Illustrirte (Titelblatt fehlt)," „Biblia sacra latina, Fol." u. dergl. durchaus ungenügend, ebenso wie es bibliographisch falsch ist, Bibelausgaben unter dem Namen des Herausg.'s, z. B. Osiander, zu registriren. Auch haben sich die Verf. ganz überflüssiger Weise erlaubt, von der allgemein eingeführten Bezeichnung der Formate abzuweichen, und Quart mit IV. gr. Oct. mit VIII, kl. Oct. mit 8, Duodez u. Sedez mit XVI, statt mit 4, resp. gr. 8, kl. 8, 12, 16 zu bezeichnen.

[390.] Katalog der Kaiserlichen Universitäts- und Landesbibliothek in Strassburg. [Herausgegeben vom Oberbibliothekar Prof. Dr. Barack.] — Katalog der Hebräischen, Arabischen, Persischen und Türkischen Handschriften der Kaiserlichen Universitäts- und Landesbibliothek zu Strassburg bearbeitet von Dr. S. Landauer Docenten an der Kaiser-Wilhelms-Universität. Strassburg, Trübner. gr. 4°. 3 Bll. 75 S. (S. Anz. J. 1877. Nr. 1069.)

Die Zahl der im vorl. Kataloge verzeichneten u. beschriebenen Mss. beläuft sich auf 104, u. zwar 52 Hebr., 26 Arab., 24 Pers. u. 2 Türk. — eine, in Berücksichtigung dass die Bibliothek erst seit einem Jahrzehend besteht, schon recht erhebliche Anzahl. Einen grossen Theil derselben verdankt die Bibliothek der Liberalität mehrer ihrer Freunde. In Betreff des Kataloges schreibt Barack im Vorworte, dass der Verf. desselben, seit mehren Jahren als Hilfsarbeiter bei der Bibliothek beschäftigt, bei Beschreibung der Mss. bemüht gewesen sei, die für die Bibliographie wichtigen Momente möglichst gleichmässig zu sammeln, so dass überall, nach Ermittelung des Verf.'s u. dessen Lebenszeit, das Datum der Abfassung des Werkes u. die vollständige Eintheilung desselben nebst Anfang u. Ende beigefügt worden seien. In der Hebr. Abtheilung habe es angemessen geschienen, die seltenen aus Jemen stammenden Werke u. die wenig gekannten Karäischen Handschriften ausführlicher als sonst zu behandeln. Dem Kataloge sind mehre Register angehängt: 1. der Hebr. Titel; 2. der Copisten; 3. der Geograph. Namen u. Beinamen; 4. der Arab. Pers. u. Türk. Titel; 5. der Copisten.

[391.] Die alten Druckwerke in der Piaristen-Bibliothek zu Strážnic. Von Aug. Komers, Gymnasial-Professor in Znaim. Enth. im Notizen-Blatt der historisch-statistischen Section der kais. königl. mährisch-schlesischen Gesellschaft zur Beförderung des Ackerbaues, der Natur- und Landeskunde. Red. von Chr. d'Elvert. 1880. Brünn. 4°. Nr. 6. S. 44—46.

So lange das Gymnasium der Stadt von den Piaristen geleitet worden war, hatten in deren Collegium drei Bibliotheken nebeneinander bestanden, nämlich die Gymnasial-, Pfarr- u. Hausbibliothek. Bei dem Uebergange des Gymnasiums in die Verwaltung des Staates 1875 ist auch die Gymnasial-Bibliothek an denselben mit übergeben worden. Von den beiden übrig gebliebenen Bibliotheken ist, wie der Verf. schreibt, die Pfarrbibliothek, deren Gründung mit der Errichtung der Piaristenpfarre 1784 zusammenfällt, ziemlich reichhaltig an theolog. Werken, aber mehr noch verdiene die Hausbibliothek, die älteste unter den dreien, die volle Aufmerksamkeit; „denn hier seien die Bücherschätze aufgespeichert, die der zum Unterrichte der Jugend nach Mähren (1633 nach Strážnic) berufene Orden als geistige Nahrung aus Italien in die neue Heimath gebracht, u. die er, so lange die zum Unterhalte der Ordensmitglieder bestimmten Fundationsgelder reichlichen Ueberschuss ergaben, durch Neuanschaffungen zu vermehren gesucht habe.“ Von diesen sogenannten „Bücherschätzen“ hat der Verf. von Druckschriften (Handschriften besitzt die Bibliothek nicht) 32 Inkunabeln u. 24 Werke aus dem XVI. Jhrhdte — leider zum Theil sehr nachlässig — aufgeführt. Was nützen Angaben von undatirten Inkunabeln, wie „Biblia latina“ oder „Aesopus lateinisch“!

[392.] Das grosse historische Sammelwerk von Reutlinger in der Leopold-Sophien-Bibliothek in Ueberlingen. Von Adolph Boell. Enth. in der Zeitschrift für die Geschichte des Oberrheins hrsg. von dem Grossherzoglichen General-Landesarchive zu Karlsruhe. Bd. XXXIV. Karlsruhe, Braun. gr. 8°. Hft. 1. S. 31—65. (Fortsetzung.)

Nähere Nachricht über das für den Geschichtsforscher sehr schätzbare, besonders die Geschichte Ueberlingens u. seiner nächsten Umgebung betreffende Werk, welches der Ueberlinger Stadtschreiber u. Bürgermeister Jakob Reutlinger 1580 begonnen u. sein Enkel Medardus Reutlinger bis 1674 fortgeführt hat.

[393.] Verzeichniss der alten Handschriften und Drucke in der Domherren-Bibliothek zu Zeitz aufgestellt und mit einem Vorworte zur Geschichte der Bibliothek versehen von Fedor Bech. Berlin, Weidmann. Lex. 8°. XI, 58 S. Pr. n. 5 Mk.

Diese Schrift hat, obwohl sie der Verzeichnung einer nur ziemlich kleinen Büchersammlung gewidmet ist, doch ein nicht unerhebliches Interesse u. zwar ein doppeltes: einmal weil diese Sammlung, wenn schon aus früher Zeit stammend, gleichwohl bis auf die neueste Zeit ziemlich unbekannt geblieben ist, u. das andere Mal weil sie verhältnissmässig vieles Werthvolle enthält. Denn unter den c. 380 Bden, aus denen die Sammlung besteht, finden sich 86 alte Hand- u. 160 eben auch alte Druckschriften, grösstentheils Inkunabeln, die mehr oder minder hohen Werth haben. Von dem theils aus dem XIV., theils u. der Mehrzahl nach aus dem XV., theils auch aus dem XVI. Jhrhdte stammenden Handschriften gehören die meisten dem kirchlich-theologischen, viele auch dem juristischen Fache, die übrigen den Fächern der scholastischen Philosophie, Grammatik u. Rhetorik an. Dagegen bilden unter den alten Drucken — fast sämmtlich aus dem XV., nur wenige aus dem Anfange des XVI. Jhrhdts — die juristischen die Mehrzahl, die theologischen, mit Einschluss von einigen der scholast. Philosophie, Grammatik u. Rhetorik angehörigen, die Minderzahl. Die Verzeichnung und Beschreibung der Schrift- u. Druckstücke ist anerkennenswerth gut.

[394.] * Notice historique sur Alizay (légendes, notes et statistiques diverses, catalogue de la bibliothèque scolaire); par A. Doinel, instituteur du degré supérieur. Evreux, impr. Hérissey. 12°. 76 S.

[395.] * Catalogue des Manuscrits de la Bibliothèque municipale de Bordeaux; par Jules Delpit. Tom. I. Bordeaux, imp. Delpit. 4°. XXXIII, 464 S.

[396.] * Les Manuscrits de Bouhier, Nicaise et Peiresc, de la bibliothèque du Palais des Arts de Lyon; par E. Caillemer, doyen de la faculté de droit de Lyon. Lyon, Georg (1880.) 8°. VIII, 48 S. (Nur 100 Exempl. auf Holländ. Pap.)

Gehört zur „Collection des Opuscules Lyonnais. No. 1.“

[397.] * Catalogue des livres imprimés de la Bibliothèque des

Avocats à la Cour d'appel de Paris. Tom. I. Théologie et Jurisprudence. Paris, Pedone-Lauriel. 8°. 490 S.

[398.] * Catalogue des Manuscrits Espagnols de la Bibliothèque nationale; par Morel-Fatio. Livr. 1. Paris, impr. nationale. 4°. 243 S.

Der Schluss des Katalogs folgt in der 2. Lief.

[399.] Hand-List of Bibliographies, Classified Catalogues, and Indexes placed in the Reading Room of the British Museum for reference. Printed by ordre of the Trustees. 8°. 105 S. Pr. n. 2,40 Mk.

Dieses Heft enthält das von G. W. Porter, Senior Assistant Keeper in the Department of Printed Books, bearbeitete Verzeichniss des gesammten bibliographischen Materials, welches im Lesesaal dem daselbst arbeitenden Publikum zur beliebigen Benutzung bereit gestellt ist. Dieses Material ist natürlich, wie sich dies bei dem Reichthum des Britischen Museums nicht anders erwarten lässt, ein sehr reiches. Trotzdem machen sich hier u. da doch Lücken bemerkbar; so ist, um nur ein Beispiel anzuführen, die gesammte u. sehr umfängliche Schiller-Bibliographie einzig u. allein durch die durchaus unzulängliche Unflad'sche „Schiller-Literatur in Deutschland" vertreten. Auch das Fach der Militair-Bibliographie ist zu schwach vertreten. Die Anordnung des Materiales ist eine systematische, aber fast etwas zu complicirte. Dem systematischen Verzeichnisse ist ein recht gutes, nach Art der „Finding-Lists" eingerichtetes alphabet. Register angeschlossen.

[400.] * De Magnorum Moralium Codice Vaticano 1342. Dissertatio quam scripsit Franciscus Susemihl. Gryphiswaldae. 1880. 4°. 15 S. (Index scholarum Gryphiswald.)

[401.] Catalogue de Manuscrits de Pierre Camper et de Lettres inédites écrites par lui ou à lui adressés qui se trouvent dans la Bibliothèque de la Société Néerlandaise pour les progrès de la Médecine à Amsterdam. Amsterdam, Muller & Co. gr. 8°. 2 Bll. 18 S. Pr. 1 Fr.

Die im Besitze eines der Mitglieder der Camper'schen Familie, des Dr. D. v. Haan in Harlem, befindliche, in vorl. Schrift verzeichnete Sammlung — welche „mérite d'attirer l'attention non seulement à cause du nombre des pièces qui n'ont jamais été imprimées, mais encore à cause de la quantité considérable de lettres, émanant des principaux naturalistes du milieu du 18me siècle, qui furent en correspondance avec notre célèbre et savant compatriote" — ist zum Zwecke ihres bequemeren Gebrauches u. grösserer Sicherheit vom Besitzer in der Gesellschaftsbibliothek deponirt u. aufgestellt, u. der Katalog darüber von Dr. C. E. Daniëls u. Dr. H. C. Rogge, Bibliothekar der Universität in Amsterdam, angefertigt worden.

Privatbibliotheken.

[402.] Katalog einer Sammlung guter, zum Theil seltener Bücher der verschiedensten Wissenschaften, sowie einer Sammlung Kunstblätter, bestehend in Ansichten, Costumes, Portraits, Carricaturen etc. etc. aus dem Nachlasse d. Hofmarschäll R. E. v. Zezschwitz, der Bibliothek des verst. Hofschauspielers Fr. Dettmer, sowie einigen anderen kleinen Sammlungen. Dresden, G. Salomon. 8°. 1 Bl. 90 S. 2371 Nrr. (Auct. 7. März.)

Hauptsächlich Kunst, Geschichte u. Geographie, Belletristik.

[403.] Nr. 64. I & II. Verzeichniss des Schleswig-Holsteinischen Antiquariats (E. v. Maack) in Kiel. Z. Th. aus den hinterlassenen Bibliotheken Ihrer Königl. Hoheit der Herzogin Louise Auguste von Schleswig-Holstein († 1843), Tochter Christian VII. von Dänemark und der Königin Caroline Mathilde, geb. Prinzessin zu Grossbritannien, des Oberbibliothekars Conferenzrath Professor Dr. Ratjen in Kiel († 1880), sowie des Direktors der Königl. Sternwarte zu Kiel, Professor Dr. Peters († 1880). 8°. 1 Bl. 66 S. & 1 Bl. 66 S. Zusammen 3771 Nrr.

Hauptsächlich Deutsche, namentlich schönwissenschaftl. u. historische Litteratur, sonst aus verschied. Fächern. Von besonderem Interesse ist der Abschnitt „Chroniken, alte Drucke, Handschriften".

[404.] Catalog der nachgelassenen Bibliotheken der Ingenieur Angenstein in Köln, Pfarrer und Dechant Antwerpen in Deutz, Pfarrer Fergenholz in Neuhonrath, Pfarrer Föhse in Straberg, Pfarrer Ramacher in Quadrath, Pfarrer Zingsheim in Junkersdorf etc. Reiche Auswahl von Werken aus allen Gebieten der Wissenschaft, hauptsächlich Theologie, Literatur, Geschichte, Ingenieurwissenschaft, Naturgeschichte, Jurisprudenz, Philologie etc. etc. Köln, J. M. Heberle (H. Lempertz' Söhne). 8°. 1 Bl. 169 S. 4597 Nrr. (Auct. 23. März.)

Mit verhältnissmässig wenigen Ausnahmen nur Deutsche Litteratur.

[405.] Verzeichniss der nachgelassenen Bibliotheken der Ernst Ferdinand Wenzel, Lehrer am K. Sächs. Conservat. d. Musik in Leipzig, und Professor Dr. Emil Wilhelm Robert Naumann, Oberbibliothekar der Stadtbibliothek zu Leipzig, nebst mehreren anderen kleineren Bibliotheken. Leipzig, List & Francke. 8°. 1 Bl. 4399 Nrr. (Auct. 25. April.)

Enth. hauptsächlich Philosophie u. Theologie, Schöne Litteratur u. Litteraturgeschichte, Geschichte, Kunst u. Musik. Das Fach der Bibliographie u. Bibliothekwissenschaft findet sich im vorl. Kataloge, trotzdem dass derselbe die litterar. Verlassenschaft eines Fachmannes enthält, gleichwohl verhältnissmässig sehr wenig vertreten, wie ich dies auch bei den von anderen Bibliothekaren nachgelassenen Bibliotheken zu bemerken Gelegenheit gehabt habe.

[406.] No. 51. A rough List of selections from the valuable Libraries of Books collected by The late Earl of Clare; the late Lord Hampton; the late W. Harrison, Esq., of Samlesbury Hall, Lancashire; and others; offered for Sale by Bernard Quaritch. London. February. gr. 8⁰. 32 S. 310 Nrr. (S. oben Nr. 169.)

Hauptsächlich Englische (worunter seltene black letter) u. England betreffende Litteratur.

[407.] CXXXVI. Katalog des antiquarischen Bücherlagers von Albert Cohn in Berlin. — Ausgewählte Sammlung meist älterer Werke aus dem Besitz verschiedener Bibliotheken. 4. Abth. Schöne Wissenschaften und Linguistik. 8⁰. 1 Bl. 102 S. 2589—4075 Nrr. (S. Anz. J. 1880. Nr. 1258.)

Ausschliesslich ausgewähltere u. seltnere Werke.

[408.] * Catalogue des livres français illustrés et des suites de vignettes composant la Bibliothèque de M. le Baron M*** D*** C***. Paris, Labitte. 8⁰. IV, 212 S. 1654 Nrr. (Auct. 7. März.)

[409.] 147 Katalog von Wilhelm Koebner (L. F. Maske's Antiquariat) in Breslau. — Auswahl werthvoller und seltener Werke aus folgenden Gebieten: Geschichte und Hülfswissenschaften. Literatur. Orientalia. Philosophie. Classische und moderne Sprachwissenschaft. Enthält u. A.: die nachgelassene Bibliothek des Wirkl. Geh.-Rath u. ehem. Bundestagsgesandten W. v. Eisendecher in Oldenburg. 8⁰. 1 Bl. 64 S. 1541 Nrr. (S. oben Nr. 256.)

Hauptsächlich Deutsche, neuere sowohl als viele ältere u. seltnere Litteratur.

[410.] No. 134. Bibliothek des Geh. Reg.-Raths August Hagen, weiland Professor an der Universität Königsberg. III. Kunstgeschichte, Kunstgewerbe, Kupferwerke. Enthält auch Werke aus der Bibliothek des Florentiner Bildhauers Santarello. Zu verkaufen durch J. A. Stargardt in Berlin. 8⁰. 1 Bl. 53 S. 944 Nrr. (S. oben Nr. 79.)

Der grössere Theil dieser Sammlung besteht aus ausgewählteren u. seltneren Werken.

[411.] Katalog des Antiquarischen Bücherlagers von Paul Lehmann, Buchhandlung und Antiquariat in Berlin. No. XIV: Rechts- und Staatswissenschaft. Bibliothek des verstorbenen Professors A. W. Heffter. 8⁰. 1 Bl. 94 S. 2826 Nrr. (S. oben Nr. 379.)

Hauptsächlich Deutsche, neuere u. ältere, viele werthvolle Litteratur.

[412.] * Catalogue des livres composant la Bibliothèque de

feu J. L., de l'Institut. Paris, Labitte. 8°. 108 S. 642 Nrr. (Auct. 9. Febr.)

[413.] Nro. 93. Antiquarisches Bücherlager von Max Brissel in München. — Medizin. (Bibliothek des quiesc. k. bayer. Bezirksarztes Dr. M. L. Medicus in Mühldorf a. I.) 8°. 1 Bl. 34 S. 1056 Nrr. (S. Anz. J. 1880. Nr. 494.)

Grösserentheils Deutsche Litteratur.

[414.] * Catalogue de la Bibliothèque du Comte Raoul de Montesson telle qu'elle était en 1869. I. Partie comprenant les ouvrages qui faisaient encore partie de la collection après 1869. Le Mans, imp. Monnoyer. 18 jés. IV, 216 S.

[415.] Nro. 94. Antiquarisches Bücherlager von Max Brissel in München. — Rechtswissenschaft. (Enthält den römisch-rechtlichen Theil der nachgel. Bibliothek des † k. bayer. Staatsraths Frhrn. v. d. Pfordten). 8°. 1 Bl. 30 S. 893 Nrr.

Grösstentheils Deutsche Litteratur.

[416.] * Catalogue de livres rares et précieux, imprimés et manuscrits, la plupart français et latins, de la Bibliothèque de J. Renard (de Lyon). Paris, Labitte. 8°. XVI, 303 S. 1587 Nrr. (Auct. 21. März.)

[417.] Biblioteca storica Italiana. Bullettino periodico bimestrale. Anno V. Marzo-Aprile 1881. Num. 51—52. — Catalogo di sceltissima Biblioteca già appartenuta all'insigne scultore Fiorentino Emilio Commendatore Santarelli (parte quarta ed ultima) contenente Storie Patrie Bibliografia e Numismatica. Vendibili presso Gennaro Cioffi e Figlio. Napoli, tipogr. di Marchese. gr. 8°. 1 Bl. 58 S. 1001—2000 Nrr. (S. oben Nr. 308.)

Enth., wie die früheren Abtheilungen, meist Italien. u. darunter viele ältere Litteratur.

Abdrücke aus Bibl.-Handschriften.

[418.] * Sammlung kleiner Midraschim. 1. Theil, enth.: Perek Rabbi Eliezer ben Hyrkanos; drei Recensionen d. Midrasch Jona; Agadath Karnei-Reemim; Erzählung von Abraham; Abhandlung von zehn Königen; Midrasch Megilath Ester; Agadah aus dem Buche Hamaasim. Nach seltenen Handschriften und Druckwerken mit Varianten, Parallelstellen, Anmerkungen und kritischen Einleitungen herausgegeben von Chaim M. Horowitz. Berlin. (Frankfurt a. M., Kauffmann in Comm.) gr. 8°. XII, 80 S. Pr. n. 2 Mk.

[419.] * Eine italienische Prosaversion der sieben Weisen. Nach einer Londoner Handschrift zum ersten Male herausgegeben von Hermann Varnhagen, Berlin, Weidmann. gr. 8°. XVI, 39 S. Pr. n. 2 Mk.

[420.] * Per nozze Volner-Valeri. — Sonetti di anonimo

Poeta Petrarchesco del secolo XVI, tolti da un codice della Biblioteca Bertoliana. Vicenza, tip. Burato. 1880. 8°. 12 S.

[421.] Aus Berlin hat die Corporation der Berliner Buchhändler dem Prinzen u. der Prinzessin Wilhelm von Preussen zur Feier ihrer Vermählung eine aus zwei Haupttheilen — „Bücher, Kunstblätter, Globen" u. „Musikalien" — bestehende Prachtbibliothek in etwa 1000 gebundenen Bden aus fast allen Wissenschaftsfächern nebst systematischem Kataloge dargebracht. Diese Bibliothek u. den Katalog hat Ad. Behrend (in Firma A. Ascher & Co.) zusammengestellt u. die Musikalien-Abtheilung Hugo Bock (in Firma Ed. Bote & Bock) besorgt. Hierüber s. Börsenbl. f. d. Deutsch. Buchhandel Nr. 54. S. 970—72.

[422.] Aus Görlitz hat der Bergrath Schmidt-Reder im „Deutschen Reichs-Anzeiger u. Königl. Preuss. Staats-Anzeiger" Nr. 43 Folgendes veröffentlicht: „Wer der Verfasser der berühmten Imitatio Christi gewesen sei, ob Joh. Gerson? oder Thom. a Kempis? oder ein Anderer? ist eine alte, 1873 durch Karl Hirsche wieder angefachte Streitfrage. Es wird daher die Mittheilung interessiren, dass ich seit dem 3. d. Mts. eine vielleicht noch unbekannte Handschrift der Imit. Christi in meiner Verwahrung habe. Nach dem in Klein Saubernitz (bei Guttau in Sachsen) wohnenden beatus possessor erlaube ich mir sie den Codex Roolf zu nennen. Eine nähere Untersuchung, deren Resultate in dem Neuen Lausitzischen Magazin veröffentlicht werden sollen, behalte ich mir vor u. beschränke mich heute auf folgende Anzeige. Ganz vollständige Pergamenthandschrift, später schwach beschnitten u. elegant in Pergament gebunden. Auf drei ganz leere Vorsatzblätter folgen 119 fortlaufend beschriebene, ca. 174 Millimeter hohe u. 120 Millimeter breite Blätter. Ein unbeschriebenes u. drei ganz leere Blätter machen den Schluss. Jedes Blatt ist durch 4 vorgestochene Linien in 9 Felder getheilt, deren mittelstes von ca. 117 Millimeter Höhe u. 77 Millimeter Breite den Text, meist 25 Zeilen aufnimmt. Die Schrift scheint mir, nachdem ich Mabillon, Walther u. Arndt durchblättert habe, noch am meisten an die Proben der „Gutenberg-Schrift" in „Die Buchschriften des Mittelalters" etc. Wien 1852, S. 44, zu erinnern. Die Anfangsbuchstaben der einzelnen Bücher sind roth u. blau mit einfacher Eleganz gemalt, die Kapitelüberschriften roth (ähnlich wie etwa im Cod. Mon. lat. 17161 saec. XII.) geschrieben u. die grossen Anfangsbuchstaben der einzelnen Sätze roth markirt. Hirsche's Hakenpunkte fehlen ebensowenig, wie seine II. Das ganze Buch ist durchweg von derselben vortrefflichen Hand geschrieben, u. es folgt von ihr auf der letzten Seite nach dem bekannten Schlusswort „dicenda" noch: II Deo gracias Amen, u. nach einem Zwischenraum von zwei

Zeilen in Roth, ohne Spur von Rasur oder anderen Veränderungen: „Anno domini millesimo quadringentesimo tricesimo primo ipso die lucie virginis et martyris finitus et completus est liber iste per manus fratris iohannis cornelii Anno professionis eiusdem secundo." Jöcher sagt in seinem Gelehrtenlexikon I., 2105 „Cornelii (Jo.), ein Canonicus regularis Augustiner-Ordens, von Diest in Brabant, starb 1472 in dem Kloster Bethlehem bey Löven, im 69 Jahre, u. hinterliess orationes, meditationes etc. Dieser Codex Roolf hat vor dem von Thomas a Kempis geschriebenenen mindestens ein höheres Alter von 10 Jahren voraus u. ist vermuthlich die verschollene Löwener Handschrift. Im Grossen u. Ganzen scheint Uebereinstimmung zwischen beiden stattzufinden, doch fehlt es nicht an Varianten. Möge die werthvolle Handschrift, welche verkauft werden soll, unserem Deutschen Vaterlande erhalten bleiben!"

[423.] Aus Greifswald ist am 17. Febr. der ord. Professor der Geschichte u. Oberbibliothekar an der Universität Dr. Th. Hirsch im 75. Lebensjahre gestorben.

[424.] Aus Heidelberg hat die Universitäts-Bibliothek drei der ehemaligen Palatina zugehörige u. zuletzt im Besitze der Hallischen Universitäts-Bibliothek befindliche Codices — über welche Dr. O. v. Gebhardt im Anz. J. 1879. Nr. 324 nähere Mittheilung gemacht — durch Entschliessung des Preuss. Cultusministers v. Puttkamer, nach nicht weniger als 261 Jahren, wieder zurückgeliefert erhalten. Zur Zeit der Wegführung der Palatina nach Rom waren diese Codices an den Wittenberger Professor Erasmus Schmidt verliehen gewesen u. dadurch der gewaltsamen Uebersiedelung nach Rom entgangen, später aus dem Schmidt'schen Nachlasse in die Wittenberger Universitäts-Bibliothek u. dann aus dieser in die dortige Seminar-Bibliothek, sowie aus letzterer 1862 durch Kauf in die Hallische Universitäts-Bibliothek gekommen.

(Dresdner Journal Nr. 59. S. 317.)

[425.] Aus Leipzig wird dem Wolf'schen medicinischen Vademecum (s. oben Nr. 352) in allernächster Zeit folgen: „Wolf's naturwissenschaftlich-mathematisches Vademecum. Alphabetische und systematische Zusammenstellung der neueren und besseren Literatur-Erscheinungen auf dem Gebiete der Naturwissenschaften und Mathematik. Mit Vorwort von Dr. Luerssen, Privat-Docent in Leipzig. Nebst Verzeichniss von Antiquaria, z. Thl. die Bibliothek des Dr. A. B. Reichenbach in Leipzig, enthaltend:" von demselben sind bereits acht Bogen gedruckt. Auch befinden sich noch andere dergl. Vademecums, wie ein theologisch-philosophisch-pädagogisches, ein juristisches u. ein philologisch-linguistisches, in Vorbereitung.

[426.] Aus New Haven (Conn.) beabsichtigt H. P. Hubbard,

Verf. des 1880 erschienenen Amerikanischen Zeitungs-Adressbuches (s. Anz. J. 1880. Nr. 698) in der nächsten Zeit ein Zeitungs-Adressbuch der Welt herauszugeben, welches über 30,000 Zeitungen verzeichnet enthalten soll, u. nach des Verf.'s Versicherung „alles bis jetzt erzeugtes Derartiges übertreffen" wird.

[427.] Aus New York findet sich in „Publishers' Weekly" Vol. XIX. No. 5. S. 88—90 eine Zusammenstellung der Productionen des NAmerikanischen Buchhandels im J. 1880. Die Gesammtzahl dieser Productionen beträgt 2076, die sich auf die verschiedenen Fächer in folg. Weise vertheilen: 292 Fiction; 270 Juvenile Books; 239 Theology and Religion; 151 Biography, Memoirs, etc.; 131 Education, Language; 115 Description, Travel, etc.; 114 Medical Science; 111 Poetry and the Drama; 106 Literary History and Miscellany; 99 Political and Social; 72 History; 63 Useful Arts; 62 Law; 56 Natural Sciences; 44 Fine Arts, Illustrated Works; 43 Domestic and Rural; 32 Amusements, Sports, etc.; 30 Humor and Satire; 24 Music (chiefly Church and School); 22 Mental and Moral Philosophy.

[428.] Aus New York ist von J. W. Bouton das Erscheinen einer „Bibliomania in the present day in France and England — giving an account of several notable book sales in London and Paris, with the prices of the important works" — angekündigt. Es sollen davon nur 250 Exemplare, mit dem Portrait des berühmten Buchbinders Fr. Bauzonnet, gedruckt werden.

[429.] Aus Paris sind, gleich dem „Bulletin du Bouquiniste" (s. oben Nr. 327)*), mit Schluss des letztvergangnen Jahres auch die Rouveyre'schen „Miscellanées bibliographiques" nach nur dreijährigem Bestande aus diesem Leben geschieden, u. zwar ebenfalls mit Hinterlassung von Schulden: wenigstens fehlen mir von dem III. vollbezahlten Jahrgange noch die Nrr. 33—36 u. sind, trotz wiederholter Reclamation von Seiten der Sortimentshandlung, durch welche ich die Bll. bezogen habe, bis jetzt doch nicht zu erlangen gewesen. J. P.

[430.] Aus Paris ist in der „Bibliographie de la France" Chron. Nr. 10. S. 40 mitgetheilt: „Une institution peu connue du public et qui va prendre cette année un grand développement, par suite de la subvention qu'elle vient de recevoir de l'administration, nous dit la Liberté, ce sont les bibliothèques médicales des hôpitaux de Paris. Ces bibliothèques, dues à l'initiative des internes

---

*) Aus Prag hat man die Güte gehabt mir mitzutheilen, dass die von mir veröffentlichte Todesanzeige des Bulletins verfrüht sei: dasselbe lebe noch, allerdings in der seitherigen für den Anz. sterilen Weise, wie die in Wien eingetroffenen Jan.- u. Febr.-Nrr. zeigen. Ich für meine Person habe in Dresden bisher allerdings nichts erhalten. J. P.

des établissements hospitaliers de la capitale, sont actuellement au nombre de dix-sept. Jusqu' à l'année dernière elles n'avaient eu d'autres ressources que celles produites par des cotisations mensuelles de 1 franc, payées par les internes. C'est au moyen de ces faibles ressources que plusieurs hôpitaux de Paris sont cependant parvenus à posséder des bibliothèques pourvues d'un nombre de volumes relativement considérable, si l'on songe que tous les volumes dont elles se composent sont des ouvrages de choix, traitant tout spécialement des matières, qui font l'objet du traitement de chaque établissement. Ainsi à la date du 31 décembre 1880, la bibliothèque de l'hôpital Beaujon possédait 1150 volumes, dont 900 reliés; celle de Bicêtre 1868; celle de l'Hôtel-Dieu 2530; la bibliothèque de l'hôpital Lariboisière 1325; celle de la Salpêtrière 1530. Les deux bibliothèques médicales les moins complètes, à la même date, étaient celle de Lourcine, qui n'avait que 52 volumes, et celle de l'hôpital Sainte-Eugénie, qui n'en avait que 96. La subvention que la ville de Paris vient d'accorder à ces bibliothèques pour la présente année s'élève à la somme totale de 7400 francs, répartis par parts variant entre 200 francs et 500 francs entre les dix-sept bibliothèques existantes. En outre, il est question d'élever à 2 francs par mois le chiffre des cotisations fournies par les internes."

[431.] Aus Paris ist der als Litterarhistoriker rühmlich bekannte Alexis Paulin Paris (geb. 25. März 1800) — 1828—53 im Departement der Handschriften der Nationalbibliothek u. 1853—72 als Inhaber des eigens für ihn am Collége de France errichteten Lehrstuhles der mittelalterlichen Franz. Litteratur angestellt — kürzlich gestorben.

[432.] Aus Stuttgart hat der Bibliothekar Prof. Dr. Th. Schott in der „Schwäbischen Kronik" Nr. 43 vom 20. Februar S. 321—22 einen Artikel „Württembergische Literatur im Jahre 1880" veröffentlicht, worin sich ein Ueberblick Dessen findet, was an selbständigen neuen Schriften im letztvergangenen Jahre von Württembergern verfasst worden, soweit es zu des Verf.'s Kenntniss gekommen; neue Auflagen u. Artikel in Zeitschriften sind dabei nicht berücksichtigt. Auch in dieser Beschränkung zeige, wie der Verf. schreibt, die litterarische Zusammenstellung die ehrenvolle Stellung, welche die Württembergische Schriftstellerwelt in allen Gebieten des Wissens u. Forschens einnehme.

[433.] Aus Washington ist für die Congressbibliothek, aus dem Besitze von Porter & Coates, das Exemplar der Bibel angekauft worden, welches Dr. Thomas Wilson an George Washington geschenkt hat. Die in vortrefflichem Zustande erhaltene Bibel, die Washington's eigenhändige Inschrift trägt, besteht aus 3 Bden.

(Publish. Weekly. Vol. XIX. No. 5. S. 93.)

Druck von Joh. Pässler in Dresden.

NEUER ANZEIGER
für
Bibliographie und Bibliothekwissenschaft.

Herausgegeben von Dr. J. Petzholdt.

Mai.		1881.

Inhalt:

[434.] Eingabe an den Reichskanzler Fürsten von Bismarck, die Begründung einer Deutschen Reichsbibliothek betr.*)

Ew. Durchlaucht beehren sich die ergebenst Unterzeichneten nachstehendes Gesuch zur geneigten Berücksichtigung ehrerbietigst zu unterbreiten: Die grosse Bedeutung des Bibliothekenwesens für die geistige Cultur des Deutschen Volkes ist eine anerkannte Thatsache. Jede im Druck erschienene Schrift, vom umfangreichsten wissenschaftlichen Werk bis zum kleinsten ephemeren Flugblatte repräsentirt eine Aeusserung des geistigen Lebens der Nation und ist als ein culturhistorisches Zeugniss der Zeitbewegung zu betrachten. Dieser Auffassung hat auch Seine Majestät der Kaiser seiner Zeit Ausdruck gegeben, als er nach seiner Rückkehr aus dem letzten glorreichen Feldzuge eine Sammlung von Schriften, Drucksachen, Zeichnungen u. s. w., welche sich auf den Französisch-Deutschen Krieg beziehen, anlegen u. der Königl. Bibliothek in Berlin überweisen liess. Das geeinigte Reich ist jetzt im Begriff, eine Ruhmeshalle für die Trophäen Deutscher Siege zu errichten, ein nicht minder wichtiges u. zeitgemässes Unternehmen würde die Errichtung einer Ruhmeshalle für die Siegeszeichen des Deutschen Geistes u. zugleich eines dauernden Denkmales geistiger Einheit, nämlich einer Deutschen Reichsbibliothek als eines Centralpunktes für die Erzeugnisse der Deutschen Nationallitteratur sein.

Das Bedürfniss einer öffentlichen Deutschen Nationalbibliothek, welche die vollständige litterarische Production eines jeden Jahres pflichtmässig aufzunehmen und zu bewahren hätte, ist seit lange in gelehrten wie in litterarischen Kreisen empfunden worden. Für eine derartige Reichsbibliothek nahm zuerst der Hallische Bibliothekar Dr. Karl Kehrbach in der Presse das Wort, u. auf dem Schriftstellertage des Allgemeinen Deutschen Schriftstellerverbandes

*) Auch abgedr. im Börsenbl. f. d. Deutsch. Buchhand. Nr. 89. S. 1662—63.

in Weimar (26. September 1880) wurde der einstimmige Beschluss gefasst: an Ew. Durchlaucht das ehrerbietige Gesuch zu richten, eine Deutsche Reichsbibliothek begründen zu wollen. Als Mandatare des Deutschen Schriftstellertages bringen die Unterzeichneten dieses Gesuch vor Ew. Durchlaucht mit der ergebenen Bitte, bei dem hohen Bundesrath bezw. dem Reichstage das Erforderliche gütigst veranlassen zu wollen.

Ew. Durchlaucht möge gestatten, die Motive unseres Gesuches in Kürze darzulegen: In einigen Deutschen Staaten hat das Bibliothekswesen erfreuliche Resultate aufzuweisen, im allgemeinen aber muss die bei Gelegenheit der Pressgesetzberathungen (1874) von dem Reichstagsabgeordneten Prof. Dr. von Schulte aufgestellte Behauptung, dass unser Bibliothekswesen gegenüber dem anderer Staaten zurückstehe, mit vollem Recht bestehen bleiben. Keine Deutsche Bibliothek enthält auch nur annähernd die vollständige Litteraturproduction gewisser wichtiger Zeiträume, geschweige denn die gesammte Production der Gegenwart u. jüngsten Vergangenheit. Der Grund dieses Missstandes liegt darin, dass unsere grossen Bibliotheken meist aus einseitigen gelehrten Gesichtspunkten geleitet werden, von welchen aus wohl die Interessen wissenschaftlicher Specialitäten, nicht aber die der Nationallitteratur, insbesondere der schönen Litteratur gepflegt werden. Ursprünglich sind die Bibliotheken aus dem Bedürfniss entstanden, diejenigen Schriften, welche man lesen wollte, auch zu haben. Jeder kaufte also das an, was er sich für nothwendig hielt, und für eine öffentliche Bibliothek wurde ebenfalls das angekauft, was für wichtig u. werthvoll zu studiren galt. Jeder Bibliothekar wählte demnach aus der erscheinenden Litteratur nur das aus, was er für das Beste hielt. Jetzt aber sehen wir in einer Bibliothek noch ein ganz anderes Object. Die Bibliotheken sollen nicht blos das enthalten, was wir um seines eignen Werthes willen lesen wollen, sondern auch, was wir kennen wollen, weil es producirt worden ist, kurz sie sollen ein Repertorium des Volksgeistes u. seiner Erzeugnisse sein. Eine Bibliothek war bisher ein Werkstätte, in welcher man gewisse Werkzeuge aufbewahrte, um gewisse Dinge zu produciren. Aber Kenntniss des Volksgeistes u. seine Geschichte zu produciren, diesen Zweck hatte man nicht, folglich brauchte man das Mittel nicht. Jetzt aber ist die litterarische Production einer Zeit ihr geistiges Gewissen geworden. Andere Nationen haben die unserige in der musterhaften Organisation und im rechten Verständniss des Bibliothekswesens längst übertroffen. Die Nationalbibliotheken in Paris und Washington u. selbst in Petersburg, vor Allem aber die Englischen Bibliotheken, sind von uns unerreichte Muster. Was auch der Engländer innerhalb der verschiedensten Litteraturzweige seines Vaterlandes für Studien machen will, er darf hoffen, das grösste und das kleinste litterarische Dokument, das in seinem Vaterlande gedruckt wurde, vorzufinden. Er brauche ein grossartiges Prachtwerk, er brauche die kleinste Wochenschrift des unbedeutendsten Englischen Ortes, er brauche den Wahlaufruf einer politischen Partei, oder er schreibe Theatergeschichte u. suche einen Theaterzettel, er findet alles vor u. zwar nicht nur in der einen Bibliothek des British Museum, nein, in den 5 Hauptbibliotheken seines Landes. Da ist keine wissenschaftliche, keine politische, sociale, keine mercantilische etc. Richtung in dem Geistesleben seines Volkes, der er nicht, sobald sie sich in irgend welcher Form durch die Typographie manifestirt hat, bis in's kleinste Detail folgen könnte. Diese absolute Vollständigkeit, welche die musterhaften Bibliotheken des Auslandes hinsichtlich der Litteratur ihres Vaterlandes aufweisen, ist den Deutschen Bibliotheken ganz fremd, u. so mancher Deutsche Gelehrte muss in Paris u. London nach Deutschen Schriftwerken suchen, die er in seinem Vaterlande nicht findet. Dem Mangel an Pietät für die Früchte des Deutschen Geisteslebens soll — das ist unser Gesuch an Ew. Durchlaucht — durch eine bibliothekarische Sammelstätte abgeholfen werden, durch die es den spätern Geschlechtern vergönnt wäre, sich ein plastisches Bild über unsere Cultur verschaffen zu können. Oft bereits hat in Deutschland der Staat wissenschaftliche Aufgaben übernommen und treu gehegt; wir erinnern an das archäologische Institut in Rom, die Monumenta Germaniae, die Ausgrabungen in Olympia. So dürfte denn auch die Errichtung einer Deutschen Reichsbibliothek des Deutschen Reiches u. seiner hohen Culturbedeutung würdig sein! Um die Begründung der Reichsbibliothek zu ermöglichen, dürfte — ohne dass wir der hohen Einsicht Ew. Durchlaucht vorgreifen wollen — der Vorschlag in Erwägung zu ziehen sein, den Deutschen Buchhandel zur Abgabe von Pflichtexemplaren auf gutem haltbaren Papier an die Reichsbibliothek gesetzlich anzuhalten. In England müssen von jeder Druckschrift fünf Exemplare auf gutem Papier u. gut eingebunden an die fünf Hauptbibliotheken des Landes abgeliefert werden. In Frankreich müssen zwei Exemplare dem Ministerium des Innern eingesandt werden. In Italien verlangt das Gesetz zum Schutze der Urheberrechte an Geisteswerken vom 25. Juni 1865 die Einlieferung von drei Exemplaren jedes Werkes an den Präfecten der Provinz. In Oesterreich müssen auf Grund des § 18 des Pressgesetzes vom 17. Dezember 1862 von jeder Druckschrift vier Freiexemplare sc. Pflichtexemplare der Regierung abgegeben werden. Dabei herrscht die Einschränkung, dass bei Werken von sehr kostspieliger Ausstattung auf Verlangen des Verlegers eine Vergütung von 50% des Ladenpreises gewährt wird. In Amerika müssen zwei Freiexemplare innerhalb der zehn ersten Tage nach dem Erscheinen auch von den kostbarsten Werken an den Bibliothekar des Congresses in Washington eingeschickt werden. Im Falle einer Verspätung oder Unterlassung tritt Strafe ein. Es kann demnach in Deutschland an die Errichtung einer Reichsbibliothek wohl nur dann gedacht werden, wenn die in England etc. bestehenden Einrichtungen acceptirt werden. Es muss also im Deutschen Pressgesetze die Einlieferung eines Freiexemplares von jeder beliebigen, auch der nicht im Buchhandel erscheinenden Druckschrift vorgeschrieben sein.

In obigen Darlegungen glauben wir Ew. Durchlaucht die Motive mitgetheilt zu haben, welche uns zu der hier nochmals wiederholten ganz ergebenen Bitte an Ew. Durchlaucht bewegen: Ew. Durchlaucht wolle gütigst die erforderlichen Schritte zur Begründung einer Deutschen Reichsbibliothek thun, in welcher alle Erzeugnisse des Deutschen Geistes, soweit sie auf typographischem Wege hergestellt u. für die Oeffentlichkeit bestimmt sind, eine gesetzmässige Sammelstelle finden, welche eventuell die künftige Königl. Bibliothek in Berlin, deren umfassender Neubau dem Vernehmen nach beabsichtigt wird, sein könnte.

Indem wir unsere Bitte dem hohen Wohlwollen Ew. Durchlaucht empfehlen, verharren wir in höchster Ehrerbietung Ew. Durchlaucht gehorsamster Vorstand des Allgemeinen Deutschen Schriftstellerverbandes: Dr. Friedrich von Bodenstedt-Wiesbaden. Dr. Rudolf Doehn-Dresden. Dr. Ernst Eckstein-Leipzig (Schatzmeister). Dr. Friedrich Friedrich-Leipzig (Vorsitzender). Professor Dr. Richard Gosche-Halle. Dr. Franz Hirsch-Leipzig (Schriftführer). Dr. Edmund Hoefer-Stuttgart. Dr. Robert Keil-Weimar. Dr. Hermann Kletke-Berlin. Dr. August Lammers-Bremen. Dr. Heinrich Laube-Wien. Professor Dr. Moritz Lazarus-Berlin. Dr. Johannes Nordmann-Wien. Dr. Hermann Presber-Frankfurt a/M. Emil Rittershaus-Barmen. Rechtsanwalt Albert Traeger-Nordhausen. Oberlandesgerichtsrath Ernst Wichert-Königsberg i/Pr. Leipzig, 30. März 1881.

[435.] Die Lateinischen Augsburger Inkunabeln der Kreis- u. Stadtbibliothek in Augsburg.

Von Bibliothekar J. Kränzler.

(Schluss.)

3. Albertus Magnus, sermones de tempore & de sanctis. s. a. Wiener. kl. 2°.
4. Albumasar, introductorium in astronomiam. 1489, Ratdolt. 4°.
5. Albumasar, flores astrologiae. 1495, Ratdolt. 4°.
6. Petrus de Aliaco, concordantia astronomiae cum theologia. 1490, Ratdolt. 4°.
7. Ambrosius, hexaemeron. 1472, Schüssler. 2°.

8. Ambrosius, explanatio evangelii s. Lucae. 1476, Sorg. 2°.
9. Augustin de Ancona, summa de ecclesiastica potestate. 1473, Schüssler. 2°.
10. Thomas de Aquino, catena aurea. s. l. a. & typ. n. (Zainer). 2°.
11. Athanasius, in psalmorum effectus & proprietates divina sequestratio. s. l. a. & typ. n. (Froschauer). 4°.
12. Augustinus, liber, qui vocatur quinquaginta. 1475, Sorg. 2°.
13. Johannes de Aurbach, summa de sacramentis. 1469, Zainer. 2°.
14. Bartholomaeus de Chaimis, confessionale. 1491, Ratdolt. 4°.
15. Bartholomaeus Pisanus, summa de casibus conscientiae. s. l. 1475, s. typ. n. (Zainer). 2°.
16. St. Bernardus, de consideratione ad Eugenium papam. s. l. a. & typ. n. (Sorg). 2°.
17. Boethius, arithmetica. 1488, Ratdolt. 4°.
18. Guido Bonatus, liber astronomicus. 1491, Ratdolt. 4°.
19. Bonaventura, meditationes vitae Jesu. 1468, Zainer. 2°.
20. Bonaventura, speculum b. Mariae. 1476, Sorg. 2°.
21. Bonaventura, speculum b. Mariae. 1477, Sorg. 2°.
22. Wenceslaus Brack, vocabularium. 1495, Schönsperger. 4°.
23. Breviarium Augustanum. pars II. 1481, Bämler. 2°.
24. Breviarium Augustanum. pars I. & II. 1493, Ratdolt. 2°.
25. Robert Caracciolus, sermones de laudibus sanctorum. 1489, Ratdolt. 4°.
26. Robert Caracciolus, sermones de laudibus sanctorum. 1490, Sorg. 2°.
27. Cassiodorus, historia tripartita eccles. 1472, Schüssler. 2°.
28. Dionysius Cato, ethica amplissimo commentario illustrata. 1475, s. typ. n. (Sorg). 2°.
29. Konrad Celtis, panegyricus ad duces Bavariae. s. a. Ratdolt. 4°.
30. Petrus Comestor, historia scholastica. 1473, Zainer. 2°.
31. Composita verborum. 1496, Froschauer. 4°.
32. Cyprianus, de duodecim abusivis saeculi. s. l. a. & typ. n. (Sorg). 2°.
33. Directorium Breviarii Augustani. s. l. a. & typ. n. (Wiener) 141 ff. 2°.
34. Directorium Breviarii Augustani. s. l. 1475, s. typ. n. (Zainer) 159 ff. 2°.
35. Directorium Breviarii Augustani. 1497, Ratdolt. 4°.
36. Epistola de miseria curatorum seu plebanorum. s. l. a. & typ. n. (Froschauer). 4°.
37. Epistola de miseria curatorum etc. s. a. Sorg. 4°.
38. Anderer Druck von Demselben.
39. Dritter Druck von Demselben.
40. Errores Judaeorum extracti ex Talmud. s. l. a. & typ. n. (Zainer). 2°.

41. Expositio super canonem missae. s. l. a. & typ. n. (1477, Zainer). 2°.
42. Johannes Friburgensis, summa confessorum. s. l. 1476, s. typ. (Zainer). 2°.
43. Johannes Gallensis, communiloquium. 1475, Sorg. 2°.
44. Johannes Gerson, Donatus moralisatus. s. l. a. & typ. n. (Zainer). 2°.
45. Johannes Gerson, conclusiones de diversis materiis moralibus. s. l. a. & typ. n. (Wiener). 2°.
46. Graduale, 2 partes. 1494—98, Ratdolt. 2°.
47. Gregorius Magnus, liber epistolarum. s. l. a. & typ. n. (Zainer). 2°.
48. Gregorius Magnus, dialogorum libri quatuor. s. l. a. & typ. n. (Wiener). 2°.
49. Johannes Gritsch, quadragesimale. 1477, Wiener. 2°.
50. Guido de monte Rochen, manipulus curatorum. s. l. 1471, Heyny. 2°.
51. Guillermus, postilla super epistolas & evangelia. s. l. a. & typ. n. (Zainer). 2°.
52. Dasselbe. s. l. 1476, s. typ. n. (Zainer). 2°.
53. Dasselbe. 1499, Schönsperger. 4°.
54. Guillermus, de fide & legibus. s. l. a. & typ. n. (Zainer). 2°.
55. Henricus de Hassia, secreta sacerdotum. 1497, Froschauer. 4°.
56. Hippocrates, de insania Democriti facetum epistolium. s. l. a. & typ. n. (Froschauer). 4°.
57. Historia Friderici imperatoris (autore Burchardo Biberac.) s. l. a. & typ. n. (in monast. St. Udalrici). 2°.
58. Historia sct. Joachim. s. l. a. & typ. n. (Sorg). 2°.
59. Horologium devotionis circa vitam Christi. 1489, Sorg. 8°.
60. Hugo de s. Victore, sententiae in secundum librum de incarnatione verbi. s. l. a. & typ. n. (Zainer). 2°.
61. Nicolaus de Janua, compendium morale. s. l. a. & typ. n. (St. Ulrich). 2°.
62. Henricus Institoris, de miraculoso eucharistiae sacramento, quod apparet in forma pueri. s. l. a. & typ. n. 4°.
63. Johannes Cantuariensis, liber de oculo morali. s. l. a. & typ. n. (Sorg). 2°.
64. Anderer Druck von Demselben.
65. Flavius Josephus, Opera, latine. 1470, Schüssler. 2°.
66. Isidorus Hispalensis, de responsione mundi et de astrorum ordinatione. 1472, Zainer. 2°.
67. Isidorus Hispalensis, etymologiarum libb. XX. 1472, Zainer. 2°.
68. Jurare & blasphemare. 1499, Froschauer. 4°.
69. Thomas a Kempis, imitatio Christi. s. a. Zainer. 2°.
70. Lavacrum conscientiae. s. l. & a. & typ. n. (Froschauer). 4°.

71. Lavacrum conscientiae. 1489, Sorg. 4°.
72. „ „ 1492, Sorg. 4°.
73. Leupoldus, dux Austriae, compilatio de astrorum scientia. 1489, Ratdolt. 4°.
74. Lumen animae seu liber moralitatum. 1477, Sorg. 2°.
75. „ „ „ „ „ 1477, Zainer. 2°.
76. Manuale parochialium sacerdotum. 1494, Froschauer. 4°.
77. „ „ „ 1499, Froschauer. 4°.
78. Johannes Melber, vocabularius praedicantium. 1489, Sorg. 4°.
79. Margarita Davidica. s. l. a. & typ. n. (Zainer). 2°.
80. Missale Augustanum. 1496, Ratdolt. 2°.
81. Johannes Moesch, tractatus de horis canonicis dicendis. 1489, Sorg. 4°.
82. Nikolaus Cisterc. Imago beatae Mariae virg. s. l. a. & typ. n. (Sorg). 2°.
83. Joh. Nider, consolatorium timoratae conscientiae. s. l. a. & typ. n. (Sorg). 2°.
84. Joh. Nider, formicarius. s. a. Sorg. 2°.
85. „ „ praeceptorium legis s. expositio decalogi. 1475, Sorg. 2°.
86. Joh. Nider, idem liber. 1479, Wiener. 2°.
87. Obsequiale Augustanum (Rituale). 1487, Ratdolt. 4°.
88. Dasselbe. 1499, Ratdolt. 4°.
89. Paul Orosius, historiarum adversus paganos libb. VII. 1471, Schüssler. 2°.
90. P. Ovidius Naso, de arte amandi & de remedio amoris. 1471, Zainer. 2°.
91. Paulus II. papa, regulae cancellariae apostolicae. s. l. 1476, s. typ. n. (Wiener). 4°.
92. Petrus de Crescentiis, opus ruralium commodorum. 1471, Schüssler. 2°.
93. Reynerus de Pisis, pantheologia s. summa universae theologiae. s. l. 1474, s. typ. n. (Zainer). 2°.
94. Privilegia clericorum. 1498, Froschauer. 4°.
95. Processus judiciarius. s. l. a. & typ. n. (Zainer). 2°.
96. Processus contra Savonarolam. s. l. a. & typ. n. (Oglin). 4°.
97. Psalterium latinum. s. l. a. & typ. n. (Zainer). 2°.
98. Psalterium latino-germanicum. 1494, Ratdolt. 4°.
99. „ „ „ 1499, Ratdolt. 4°.
100. Jacobus Publicius, artis oratoriae epitome; ars epistolaris; ars memoriae. 1490, Ratdolt. 4°.
101. Antonius Rampigollis, aurea biblia, s. repertorium aureum bibliorum. s. l. a. & typ. n. (St. Ulrich). 2°.
102. Joh. Regiomontanus, tabulae directionum. 1490, Ratdolt. 4°.
103. Regula puerorum fundamentalis. s. a. Froschauer. 4°.

104. Regulae grammaticales antiquorum. s. a. Schönsperger. 4°.
105. Rodericus Zamorensis, speculum vitae humanae. 1471, Zainer. 2°.
106. Rupertus Tuitiensis, de victoria verbi Dei. 1487, Sorg. 2°.
107. Sacerdotium Jesu Christi. 1499, Froschauer. 4°.
108. Hieron. Savonarola, expositio in psalmum L. miserere mei Deus. 1500, Froschauer. 4°.
109. Hieron. Savonarola, expositio in psalmum: in te, Domine, speravi. s. l. a. & typ. n. (Froschauer). 4°.
110. Hartmann Schedel, liber chronicarum. 1497, Schönsperger. 2°.
111. Soccus (Succus), sermones de tempore. s. l. 1476, s. typ. n. (Sorg). 2°.
112. Jakobus de Theramo, Belial s. consolatio peccatorum. 1472, Schüssler. 2°.
113. Johannes de Thwrocz, Chronica Hungariae. 1488, Ratdolt. 4°.
114. Joh. de Turrecrėmata, expositio super toto psalterio. s. a. Schüssler. 2°.
115. Joh. de Turrecremata, dasselbe Buch. 1472, Schüssler. 2°.
116. Joh. de Turrecremata, de efficacia aquae benedictae. s. l. a. & typ. n. (Sorg). 2°.
117. Leonardus de Utino, sermones de sanctis. s. l. 1474, s. typ. n. (St. Ulrich). 2°.
118. Vincentius Bellovacensis, speculum historiale. s. l. 1474, s. typ. n. (St. Ulrich). gr. 2°.
119. Jakobus de Voragine, sermones de sanctis. 1484, Kestlin. 2°.

Anmerkung: Als doppelt vorhanden gilt ein Buch nur, wenn von derselben Ausgabe zwei Exemplare sich finden.

Anm. zu Nr. 19: Dies ist der älteste bekannte Augsburger Druck.

Anm. zu Nr. 118: Von diesem ausgezeichneten Drucke, 3 grosse Folianten von zusammen 1038 Bll., verkaufte die Stadt Augsburg 1798 ein Exemplar auf **Pergament** an den Russischen Grafen Golowkin. Ein Exemplar auf Papier blieb da. Auch hat die Kreisbibliothek ein Exemplar, welches einst dem Kloster Irsee gehörte.

[436.] Büchergeschenk an das Predigermönchskloster in Turin.

Libri quos Johannes Taurinensis de ordine praedicatorum conventus Mediolani conventui praedicatorum Taurinensi donavit*).

In nomine Domini. Anno Dominicae incarnationis mcclxxviij die veneris xvij° die mensis iulii indictione vj^{a} in domo fratrum

*) Abgedruckt aus „Miscellanea di Storia Italiana" Tom XIX. S. 364—69.

praedicatorum Mediol. in loco seu in domo infirmariae, praesentibus frê dionixio de Vercellis conuentus Mediolani et fratre rainerio de Vercellis ejusdem conuentus et frê Jacobo de Varigino conuentus jan.(uensis) de ord. praedicatorum et fratre Petro de septimo conuentus Alexandriae et fratre Georgio conuentus Bononiae testibus ad hoc rogatis. Ego in Dei nomine frater Johannes Taurinensis de ordine praedicatorum conuentus Mediolani de licencia et auctoritate fratris Johannis magistri totius ordinis praed. et auctoritate literarum ejus quas ego notarius et infradicti testes vidimus sanas et integras ejus sigillo pendenti sigillatas quarum tenor iste est. In Christo sibi karissimo fratri Johanni taurinen. ordinis fratrum praedicatorum frater Johês fratrum ejusdem ordinis servus inutilis sal. Cum sincerae dilectionis affectu. Cum per vestram diligenciam procuratum fuerit ut in ciuitate Taurinensi conuentus nostri ordinis habitetur et nouella plantatio librorum solatio destituta sit et opportunis subsidiis a paupertatis oneribus relevanda presencium vobis tenore concedo quatenus eidem conuentui de libris vestris possitis prout expediens vestra discretio judicaverit prouidere. Valete et rogate pro me. Data Mediolani anno Domini mcclxij xvj° kal. mai.

Dono et donacionem facio inter vivos puram et meram remittens singulas causas ingratitudinis conuentui taurinensi et fratribus eiusdem conuentus fratri videlicet Bonifacio de Cellis priori ejusdem conuentus recipienti vice et nomine dicti conuenti omnes libros nostros mihi ab ordine concessos eo pacto et ex conditione quod nunquam vendi vel alienari possint dicti libri sine licentia speciali magistri totius ordinis vel prioris prouincialis. retentis in me quibusdam libris ad meum solacium donec vixero. tantum prout mihi videbitur. et post decessum meum sint dicti libri illius conuentus. Nomina autem librorum sunt haec:

Theologie majora volumina.
Biblia.
Sententie.
Psalterium intercisum.
Isajas.
Originalia. Dionixius et Damascenus cum libris Boetii.
Damascenus de nova translatione.
Examen Origenis.
Basilius.
Gregorius niscenus.
Crisus de laudibus Pauli cum libris ethicorum.
Augustinus de trinitate cum enchiridion et libro de varia religione. libro soliloquiorum etiam cum extentionibus de civitate Dei.
Augustinus de ciuitate Dei integer.
Augustinus super euangelium Johannis et super canonica ejusdem.

Augustinus super genesim ad litteram integer cum extentionibus multis Augustini Jeronimi Ilarii et Ambrosii.

Augustinus de decem chordis cum aliis quatuordecim voluminibus.

Augustinus de spiritu et littera de diuinatione de ..... de doctrina christ[a]. de sancta uirginitate. de viduitate. de regimine regum. de tullianis questionibus et quibusdam libris Auicenne.

Ambrosius de officiis cum libris Augustini de catheciandis rudib. et de heresibus et libris de viris illustribus Jeronimi Gennadii et tribus libris Crysostomi de compunctione cordis et reparacione lapsi et cujus est titulus: neminem ledi nisi a se ipso: cum extencionibus Jeronimi contra Jovinianum super epistolas Pauli.

Examen Ambrosii.

Ilarius de trinitate. de synodis.

Jeronimus super Matheum et Marcum.

Jeronimus super Danielem.

Jeronimus super xij prophetas.

Extenciones Jeronimi sup. Ysaia. Jeremià cum extencionibus. Ambrosii sup. Lucam et super epistolas Pauli et extencionibus. Remigii super epistolas Paulli.

Crisostomus super Johannem cum libro Augustini de compensu euangelistarum.

Augustini super psalmos graduales.

Augustinus de quantitate anime.

Libri Anselmi cum libris Augustini de libero arbitrio.

De lxxxiij questionibus et de recta intencione ..... libris Ricaldi. videlicet archa mystica.

...... et Bec .....

Extenctiones Augustini sup. Johannem cum libris Jeronimi sup. ecclesiastem et quibusdam sermonibus fratris Johannis taurinensis et quibusdam titulis de originalibus compilatus.

Extenctiones Crisostomi sup. Matheum cum quadam parva cronica et quibusdam extenctionibus de .....

Quedam epistole Jeronimi cum sermone cogitis et xj omilie Eusebii emisceni et omilie vj sup. missus est.

Isidorus ethimologiarum.

Rabbi Moyses extenctiones et expositiones sup. Dionixium cum duobus libellis Anselmi.

Remigius sup. epistolam ad romanos cum correctionibus biblie et Remigius super apocalypsin.

Quaedam concordantiae de biblia secundum cantorem parisiensem.

Duo magni quaterni de sermonibus Ambrosii et Maximi.

Quatuor paria hystoriarum cum uno volumine videlicet hystoria ecclesiastica tripartita romana et lombarda.

Cassiodorus sup. ultima parte psalterii.

Breviarium unum bonum de nova correctione.

Kalendarium unum De nova correctione.
Questiones et rationes.
Scriptum domini Alberti sup. sent.
Postille Ricardi sup. IV^{m} sententiarum.
Questiones fratris Alexandri et questiones fratris Quarici.
Summa Cancellarii.
Summe domini Alberti.
Postille sup. . . . .
Postille seu diuisiones domini Alberti sup. libros Moysi.
Postille sup. libros Salomonis.
Postille sup. prophetas.
Postille seu diuisiones sup. nouum testamentum.
De jure canonico decretum.
Decretales cum apparatu Bernardi.
Quidam apparatus super decretum.
Quedam antique compilationes de canonibus.
Summa Gaufredi sup. titulis decretalium.
Summa Raymundi.
De philosophia.
Metaphysica et ethica simul.
Libri naturales.
Liber Aristotelis de anima lib.
Liber domini Alberti de animalibus. . . . .
. . . . et de generatione et corrutione.
Thimeus Platonis.
Loyca vetus.
Loyca nova.
Arismetica.
Rhetorica. . . . .
Petri hispani sup. libro de animalibus.
Boetius de consolatione.
Tres libri Tulii in eodem volumine s. de senectute de amicitia de paradoxis.
Seneca de beneficiis et tribus aliis libellis.
Ego g . . . . . filius q . . . . de . . . . . ciuitatis Mediolani porte Ticinens. notarius tradidi et ad scribendum dedi et subscripsi. ego Ambrosius filius quondam item domini Ambrosii de Valxexia ciuitatis Mediolani porte Ticinens. habitans in parochia sancti Petri in campo Laudensi notarius jussu jam scripti notarii scripsi.

Litteratur und Miscellen.

Allgemeines.

[437.] The Library Journal Official Organ of the Library Associations of America and of the United Kingdom. Vol. 6. (S, oben Nr. 338.)

Die Febr.-Nr. 2 enth.: Editorial-Communication (Washington Conference) — W. E. Foster, Specializing of Reading for General Readers — Fashionable Reading-Room — Bibliography — Reference Lists („Evolution and Theism," and „Immanent Finality and the Theistic Interpretation of Nature") — Library Purchase-List — Notes and Queries — General Notes.

[438.] Bulletin du Bibliophile et du Bibliothécaire publ. par Techener. XLVII. Année 1880. (S. oben Nr. 205.)

Das Decbr.-Heft enthält: S. 529—37 Nouvelles Lettres de Pétrarque sur l'amour des livres trad. en Français etc. par V. Develay (Fortsetzung folgt) — S. 537—49 Lettres historiques inédites (Bossuet, Cardinal d'Estrées, Regnier des Marets, la mère Arnauld, lettres extraites de la cassette de Fouquet) publ. par E. de Barthélemy — S. 549—52 Un Bibliophile du XVIIIe siècle M. de Selle, Trésorier de la Marine, par G. Brunet — S. 553—55 Le Pillage dans les Bibliothèques d'Italie, par B. E. — S. 555—65 Revue critique de Publications nouvelles — S. 565—68 Causeries d'un Bibliophile (les statues de Rabelais, de Jean Cousin et de Denis Papin) par le Baron Ernouf — S. 569—70 Nouvelles et Variétés — S. 571—81 Nécrologie de l'année 1880 — S. 581—90 Bibliotheca Amicorum (Fortsetzung) — S. 591—94 Table de Matières. — Hierüber 2 Bll. Titel zum vollständigen Jahrgange u. 1 Taf. Bibliothekszeichen von Iac. Aug. Thuanus.

[439.] Il Bibliofilo Giornale dell' arte antica ecc. diretto da C. Lozzi. Anno II. (S. oben Nr. 6.)

Die Jan.-Nr. 1 enthält: Fonti inesplorate per la storia (A. Gennarelli) — Gli Annali inediti della Tipografia Sanese, compilati dal Conte Scipione Bichi-Borghesi (L. Banchi). — Di un prezioso Libretto postillato in lingua francese da Maria Cristina Regina di Svezia (G. Angelini) — La Geografia del Berlinghieri, rarissimo cimelio dell'arte tipografica fiorentino (F. Roediger) — Notizie bibliografiche di Lettere autografe inedite, di J. Morelli (Cont.) — Di un Codicetto prezioso e del Processo degli Untori, già della Biblioteca Vittorio Emanuele (C. Giannini) — L'Appressamento della morte di G. Leopardi e la critica di G. Chiarini — La Strenna del Bibliofilo (C. De Gubernatis) — Il Fert di Casa Sovoia (C. Correnti) — Notizie bibliografiche — Notizie varie. In der Febr.-Nr. 2 finden sich folg. Artikel: Il Dalfino di Francia (S. Bonghi) — Ancora sul Fert di Casa Savoja (C. Padiglione) — Giunte e correzioni al Brunet (Il Bibliofilo) — Appendice al Vocabolarietto bibliografico (C. Arlia) — Le Cassette-Catalogo a schede fermate, sistema Staderini (L. B.) — Carte da giuoco (G. Tedeschi) — Giurisprudenza (C. Lozzi).

Bibliographie.

[440.] * Les Imprimeurs Vendômois et leurs oeuvres; par le Marquis de Rochambeau, correspondant du ministère de l'instruction publique pour les travaux historiques. Nouvelle Édition, précédée d'une lettre de Paul Lacroix (bibliophile Jacob) et illustrée des fac-similés de trois grandes gravures du XVIe siècle. Paris, Dumoulin. 8°. 56 S.

[441.] * Dictionnaire universel des Littératures, contenant: 1° des Notices sur les Écrivains de tous les temps et de tous les pays et sur les personnages qui ont exercé une influence littéraire; l'analyse et l'appréciation des principales oeuvres individuelles, collectives, nationales, anonymes, etc.; des résumés de l'histoire littéraire des diverses nations; les faits et souvenirs intéressant la curiosité littéraire ou bibliographique; les académies, les théâtres, les journaux et revues, etc.; 2° la Théorie et l'Histoire des différents genres de Poésie et de Prose, les règles essentielles de rhétorique et de prosodie, les principes d'esthétique littéraire; des notions sur les langues, leurs systèmes particuliers de versification, leurs caractères distinctifs et les principes de leur grammaire; 3° la Bibliographie générale et particulière, les ouvrages à consulter sur les questions d'historie, de théorie et d'érudition. Par G. Vapereau. Paris, Hachette et Cie. gr. 8°. XVI, 2096 S. Pr. 30 Fr.

[442.] Wissenschaftlicher Jahresbericht über die Morgenländischen Studien im Jahre 1878. Unter Mitwirkung mehrerer Fachgelehrten herausgegeben von Ernst Kuhn. 1. Hälfte. Leipzig, Brockhaus in Comm. 1881. gr. 8°. S. 1—96. (S. Anz. J. 1880. Nr. 582.)

Der vorl. Jahresbericht ist in der bei dem vorigen eingeführten Weise aus einzelnen Berichten, die von verschiedenen Gelehrten bearbeitet sind, zusammengestellt. Von dergl. Einzelberichten enthält die 1. Hälfte zwölf, mit unter den Text in Form von Anmerkungen gesetzten bibliograph. Angaben u. Nachweisen, die sich zusammen auf 854 belaufen.

[443.] * Putnam's Library Companion: a quarterly summary, giving priced and classified lists of the English and American Publications of the past year with the add. of brief analyses or characterizations of the more important books; a quarterly continuation of „The best Reading." V. 4, 1880. New York, Putnam's Sons. 1881. 8°. 3 Bll. 74 S. Pr. 50 c.

[444.] Biographisches Lexikon des Kaiserthum Oesterreich, enthaltend die Lebensskizzen der denkwürdigen Personen, welche seit 1750 in den österreichischen Kronländern geboren wurden oder darin gelebt und gewirkt haben. Von Dr. Constant von Wurzbach. Th. XLII. Szebler— Taaffe. Mit sechs genealogischen Tafeln. Mit Unterstützung des Autors durch die kaiserliche Akademie der Wissenschaften. Wien, k. k. Hof- u. Staatsdruckerei. gr. 8°. V, 330 S. m. 3 Taf. Pr. n. 6 Mk. (S. Anz. J. 1880. Nr. 1069.)

Trotz der Schwierigkeiten, mit denen nach des Verf.'s eigenem Geständniss gerade die Bearbeitung der Artikel Sz ... verbunden gewesen, ist der vorliegende Band doch mit gewohnter Promptheit seinem Vorgänger gefolgt.

[445.] * The English Catalogue of Books for 1880, containing A Complete List of all the Books published in Great Britain and Ireland in the Year 1880, with their Sizes, Prises, and Publishers' Names; also of the principal Books published in the United States of America, with the addition of an Index of Subjects. A Continuation of the London and British Catalogues. London, Sampson Low & Co. 1881. gr. 8°. 1 Bl. 114 S. Pr. 5 sh. (S. Anz. J. 1880. Nr. 587.)

[446.] * Rivista bibliografica Italiana. Revista bimestrale delle Pubblicazioni Italiane. Anno I. Milano, tip. Italiana. 4°. Erscheint monatlich zweimal à 8 S. Pr. 3 L.

[447.] * Lo Studio dell' Italiano, svolgimento della lingua letteraria: bibliografia per l'aiuto degli studiosi di H. Breitinger, trad. di Pietro Susani. Siracusa, tipogr. di Norcia. 1880. 8°. 114 S. Pr. 2 L.

[448.] Nederlandsche Bibliographie. Lijst van nieuw verschenen Boeken, Kaarten, enz. in het Koningrijk der Nederlanden. Uitgegeven door J. L. Beijers te Utrecht en Martinus Nijhoff te's Gravenhage. 8°. 12—15 Nrr. à $^1/_2$—1 Bog. Nebst Register. Pr. n. 2 Mk. (S. Anz. J. 1880. Nr. 371.)

Statt der seither gebräuchlichen alphabet. Ordnung der Büchertitel, welche stets bibliographisch genau verzeichnet werden, ist die Reihenfolge nach wissenschaftl. Rubriken gewählt.

[449.] Allgemeine Bibliographie der Staats- und Rechtswissenschaften. Uebersicht der auf diesen Gebieten im deutschen und ausländischen Buchhandel neu erschienenen Literatur. Redacteur: Otto Mühlbrecht. XIV. Jahrgang 1881. Berlin, Puttkammer & Mühlbrecht. gr. 8°. Jährl. 6 Doppelnrr. à 2—3 Bog. Pr. n. 4 Mk. (S. Anz. J. 1880. Nr. 471.)

[450.] Lijst van Boeken over het Notariaat, bijeenverzameld door J. P. J. W. Korndörffer. Overgedrukt uit het Tijdschrift Regt en Wet. ('s Gravenhage, Susan. 1875.) Lex. 8°. 1 Bl. 77 S. 724 Nrr.

Das „Notariat" hat, ausser dem Verf. der vorl. Schrift, in

neuerer Zeit noch drei Bibliographen gefunden, u. zwar, nächst dem Verf., D. M. Torres Campos (Estudios de Bibliografia Espagnola y extranjera del Derecho y del Notariado. Madrid, Cuesta. 1878. 8°.) u. V. Pappafava (Delle Opere che illustrano il Notariato. Zara, Solic. 1880. 8°.), sowie in den letzten Monaten A. Amiaud, dessen Schrift oben Nr. 228 Erwähnung gethan worden ist.

[451.] * L'Italia filosofica contemporanea, o cenni bibliografico-critici intorno Filosofi Italiani viventi. Part. 2. Filosofi inquisitivi od eterodossi, detti anche sconciliativi. & Part. 3. Appendice. Salerno, stab. tip. Nazionale. 1877—80. 16°. 183 & 112 S. (S. Anz. J. 1876. Nr. 486.)

[**452.**] Wolf's naturwissenschaftlich-mathematisches Vademecum. Alphabetische und systematische Zusammenstellung der neueren und besseren Literatur-Erscheinungen auf dem Gebiete der Naturwissenschaften und Mathematik. Mit Vorwort von Dr. Luerssen, Privat-Docent in Leipzig. Nebst Verzeichniss von Antiquaria, z. Thl. die Bibliothek des † Dr. A. B. Reichenbach in Leipzig enthaltend. [Catalog No. VIII der Kössling'schen Buchhandlung Antiquariat und Sortiment (Gustav Wolf) in Leipzig.] kl. 8°. 2 Bll. 251 S. c. 5000 Nrr. (S. oben Nr. 425.)

Das vorl. Vademecum bringt, wie das Vorwort sagt, „ein möglicht vollständiges Verzeichniss der gesammten Deutschen Litteratur der letzten 6 Jahre; aus früheren Jahren bis 1850 zurück ist nur das Gangbarste ausgewählt, ebenso aus der neueren Litteratur des Auslandes. Nach Art der Amerikaner haben wir hierbei Namen- u. Sachregister in ein Alphabet verschmolzen, u. hoffen damit dem Bücherfreunde beim Aufsuchen gänzlich unbekannter oder nicht genügend gekannter Bücher wirksam an die Hand zu gehen. Bei grösseren Serien u. Zeitschriften sind wir möglichst auf den Anfang zurückgegangen mit kurzen Angaben dessen, was uns als „vergriffen" bekannt. Wenn wir jedoch hier leider nicht immer consequent sein konnten, so wolle man uns das freundlichst zu Gute halten, es ist bei den vielen Schriften gelehrter Gesellschaften, welche zum Theil gar nicht in den Handel kommen, u. bei der Unzulänglichkeit der Hilfsmittel nicht immer Vollständigkeit zu geben möglich gewesen."

[453.] * Hedwigia. Notizblatt für kryptogamische Studien, nebst Repertorium für kryptogamische Literatur. Red.: Dr. G. Winter. Jahrg. 1881. Dresden, Heinrich. gr. 8°. 12 Nrr. à 1 Bog. Pr. n. 7 Mk. (S. Anz. J. 1880. Nr. 597.)

[454.] Die Erscheinungen der deutschen Literatur auf dem Gebiete der Land- und Hauswirthschaft, sowie des Gartenbaues. 1876—1880. Alphabetisch geordnet und mit einem Materien-

Register versehen von Eduard Baldamus. Leipzig, Hinrichs. 8°. 98 S. Pr. n. 1,50 Mk. (S. Anz. J. 1876. Nr. 395.)

In dem Vorgänger dieses Schriftchens, worin sich vom Verf. die landwirthschaftl. u. a. Litteratur von 1871—1875 verzeichnet findet, war die forst- und jagdwissenschaftl. Litteratur mit aufgenommen. Diesmal hat es der Verf. für zweckmässiger gehalten, die letztere Litteratur von der landwirthschaftlichen etc. abzutrennen, u. ihr in Betracht ihres weiteren Anwachsens ein eigenes Schriftchen (s. unten Nr. 456) zu widmen, was gewiss so Manchem ganz willkommen sein wird.

[455.] * Ministero di Agricoltura, Industria e Commercio: Direzione di Statistica. Bibliografia Romana: Notizie della vita e delle opere degli Scrittori Romani dal secolo XI fino ai nostri giorni. Vol. I. Roma, tip. Eredi Botta. 1880. 4°. CLXXIII, 266 S.

Autori che hanno scritto in questo I. vol.: Teresa Venati, Giuseppe Tommassetti, Francesco Seni, Francesco Scalzi, Giuseppe Pinto, Enrico Narducci, Francesco Labruzzi di Nexima, Vincenzo Forcella, Giuseppe Cugnoni, Pio Conti, Francesco Cerroti, Paolo Emilio Castagnola, Alessandro Cappannari, Girolamo Amati.

[456.] Die Erscheinungen der deutschen Literatur auf dem Gebiete der Forst- und Jagdwissenschaft. 1876—1880. Alphabetisch geordnet und mit einem Materien-Register versehen von Eduard Baldamus. Leipzig, Hinrichs. 8°. 32 S. Pr. n. 0,80 Mk. (S. Anz. J. 1876. Nr. 395.)

Die forst- u. jagdwissenschaftl. Litteratur der fünf vorhergegangenen Jahre ist vom Verf. mit der landwirthschaftlichen etc. vereinigt verzeichnet worden (s. oben Nr. 454).

[457.] * Baldwin Locomotive Works Catalogue: illustr. Catalogue of Locomotives, with sketch of the works, valuable tables, etc.; il. with designs and photo. of locomotives. Philadelphia, Lippincott & Co. 4°. Pr. $ 5.

[458.] General-Register der Zeitschrift für Mathematik und Physik 1856—1880. Jahrgang I—XXV. Leipzig, Teubner. 1881. 8°. 123 S. Pr. n. 3,60 Mk.

Durch das vorliegende Register ist einem schon vielfach ausgesprochenen Bedürfnisse abgeholfen. Die Einrichtung ist zweckmässig gewählt. An erster Stelle steht ein Namenregister zu den Abhandlungen, in welchem diejenigen Abhandlungen u. Notizen, die nicht aus Recensionen bestehen, nach dem Namen der Verfasser geordnet verzeichnet sind (S. 3—35); darauf folgt ein Sachregister zu den Abhandlungen, welches das vorhergehende Material sachlich, in den einzelnen Gegenständen aber alphabetisch ordnet (S. 36—83); ihm schliesst sich an dritter Stelle ein Namenregister zu den Recensionen (S. 84—101), u. an vierter ein Sachregister zu den Recensionen (S. 102—123) an, in ähnlicher Weise wie die Register über die Abhandlungen. Zwei Ausstellungen hätten wir an dem Register zu machen: 1. dass den Titeln der resp. Abhandlungen nicht hinzugefügt ist, ob zu derselben Figurentafeln gehören, wodurch das Verzeichniss für das Bedürfniss des Buchhandels — z. B. bei Collationirung von Separatabzügen — bedeutend gewonnen haben würde, u. 2. dass das Register nicht vollständig ist. Der Verfertiger desselben hat nämlich die beiden Supplementhefte der Zeitschrift zum 12. u. 13. Jahrgang*) gänzlich unbeachtet gelassen. Hier die Ergänzung des Verzeichnisses. I. Namenregister zu den Abhandlungen: Bartholomei, Erhard Weigel, Ein Beitrag zur Geschichte der mathematischen Wissenschaften auf den deutschen Universitäten im 17. Jahrhundert. XIII. Supplement-Heft 1. — Cantor, Moritz, Euklid und sein Jahrhundert. Mathematisch-historische Skizze. XII. Suppl.-Heft 1. — Curtze, Maximilian, Ueber die Handschrift R. 4°. 2, Problematum Euclidis explicatio der Königl. Gymnasialbibliothek zu Thorn. XIII. Suppl.-Heft 45. — v. Drach, C. A., Einleitung in die Theorie der cubischen Kegelschnitte (Raumcurven dritter Ordnung). XII. Suppl.-Heft 73; 2 Tafeln. — Schubring, Gustav, Die Tonleiter u. ihre Berechnung. XIII. Suppl.-Heft 105; 1 Tafel. — II. Sachregister zu den Abhandlungen: Akustik: Schubring, Gustav, Die Tonleiter u. ihre Berechnung. XIII. Suppl.-Heft 105; 1 Tafel. — Analytische Geometrie des Raumes: v. Drach, C. A., Einleitung in die Theorie der cubischen Kegelschnitte (Raumcurven dritter Ordnung). XII. Suppl.-Heft 73; 2 Tafeln; vrgl. XIII, 353 (Erklärung in Betreff der Abhandlung des Dr. v. Drach über die cubischen Kegelschnitte von O. Hesse, A. Clebsch, C. Neumann**). — Geschichte der Mathematik, Astronomie u. Physik: Bartholomei, Erhard Weigel, Ein Beitrag zur Geschichte der mathematischen Wissenschaften auf den deutschen Universitäten im 17. Jahrhundert. XIII. Suppl.-Heft 1. — Cantor, Moritz, Euklid u. sein Jahrhundert. Mathematisch-historische Skizze. XII. Suppl.-Heft 1. — Curtze, Maximilian, Ueber die Handschrift R. 4°. 2, Problematum Euclidis

---

*) Zeitschrift für Mathematik u. Physik hrsg. unter der verantwortl. Redaction von Dr. O. Schlömilch, Dr. E. Kahl u. Dr. M. Cantor. XII. Jahrg. Supplement. Leipzig, Teubner. 1867. 1 Bl. 184 S. 8°. m. 2 Tafeln. — XIII. Jahrg. Supplement. Ebendas. 1868. 1 Bl. 140 S. 8°. m. 1 Tafel.

**) Auch diese Abhandlung ist in dem Register nicht verzeichnet. Sie wendet sich gegen eine Arbeit des Herrn E. Beltrami, in welcher derselbe gegen ein Plagiat, das Herr v. Drach in obiger Abhandlung sich L. Cremona gegenüber zu Schulden kommen liess, aufgetreten war, u. sucht das Plagiat durch Sophismen zu vertheidigen.

explicatio, der Königl. Gymnasialbibliothek zu Thorn. XIII. Suppl.-Heft 45. M. Curtze in Thorn.

[459]. Historische Zeitschrift hrsg. von H. v. Sybel. München u. Leipzig, Oldenbourg. gr. 8°. Enth. Neue Folge Bd. IX. (der ganzen Folge 45. Bd.) Hft. 2. S. 312—80 & Hft. 3. S. 488—568: Literaturbericht. (S. oben Nr. 27.)

Enth. zusammen 143 Artikel.

[460.] * Badische Literatur in den Jahren 1877 bis 1879. Von Dr. Karl Hartfelder. [Aus: „Zeitschr. f. d. Geschichte d. Oberrheins."] Karlsruhe, Braun. gr. 8°. 72 S. Pr. n. 1,20 Mk. (S. oben Nr. 238.)

[461.] * Bibliografia analitica della Repubblica di Venezia, del Prof. Antonio Valsecchi. Venezia, stab. tip. Naratovich. 1880. 8°. 37 S.

[462.] Cyrillus von Alexandrien. Eine Biographie nach den Quellen gearbeitet von Dr. Joseph Kopallik, Priester etc. in Wien. Mit Genehmigung des Hochw. F. E. Ordinariates in Wien. Mainz, Kirchheim. gr. 8°. Enth. S. 369—75: Die Ausgaben der Werke des heiligen Cyrillus.

Chronologisch geordnete Uebersicht von 75 Nrr. bibliographisch durchaus unzulänglicher Angaben.

[463.] * Bibliografia Mascheroniana, ossia Catalogo bibliografico delle Opere a stampa dell' ab. Lorenzo Mascheroni, con un Elenco de' suoi Manoscritti, da Giuseppe Ravelli. Bergamo, tip. Gaffuri e Gatti. 8°. 84 S. (Nur 150 numer. Exempl., wovon 10 auf fein. Pap. in 4°.)

Buchhändler- und antiquarische Kataloge.

[464.] O. A. Schulz Allgemeines Adressbuch für den Deutschen Buchhandel, den Antiquar-, Kolportage-, Kunst-, Landkarten- und Musikalienhandel sowie verwandte Geschäftszweige. [XLIII. Jahrgang.] 1881. Bearbeitet und herausgegeben von Hermann Schulz. Mit George Westermann's Bildnis. Gestochen v. A. Neumann, gedr. v. F. A. Brockhaus. Leipzig, Schulz. gr. 8°. XX, 480 & 360 S. Mit 1 Portr.-Taf. u. buchhändl. Beilagen. Pr. n. 7,50 Mk. (S. Anz. J. 1880. Nr. 386.)

Wiederholt habe ich Gelegenheit genommen, auf die hervorragende Stellung des Deutschen Buchhandels hinsichtlich seiner Organisation aufmerksam zu machen. Den neuesten Beweis hierzu liefert das vorl. sorgfältig gearbeitete Adressbuch, dem der auswärtige Buchhandel etwas Aehnliches ebenbürtig nicht an die Seite zu stellen hat.

[465.] Nr. 72—74. Katalog von Theodor Ackermann K. Hof-

Buchhandlung nebst Antiquariat in München. 8°. (S. Anz. J. 1880. Nr. 720.)

Enth.: in 72 Hebraica u. Judaica (1 Bl. 12 S. 396 Nrr.); in 73 Schriften über Freimaurerei, Illuminaten u. Rosenkreuzer (12 S. 281 Nrr.); in 74 Musik, Theater, Tanzkunst (1 Bl. 42 S. 1235 Nrr.).

Nr. CXLII. Lager-Katalog von Demselben. 8°. 1 Bl. 61 S. Ueber 1500 Nrr.

Enth. hauptsächlich Geschichte, Naturwissenschaften u. Technologie, Belletristik.

[466.] Lager-Catalog von Joseph Baer & Co. Buchhändler und Antiquare in Frankfurt am Main, Paris, London. 89. — Deutsche Literatur- u. Gelehrtengeschichte. (Reichhaltige Sammlung Goetheana etc.) 8°. 1 Bl. 82 S. 2057 Nrr. (S. oben Nr. 247.)

Von vielem Interesse. Die Goethe-Sammlung besteht aus 170 Nrr.

[467.] Nr. 89. Verzeichniss des antiquarischen Bücherlagers von A. Bielefeld's Hofbuchhandlung in Karlsruhe. — Kunst, Kupfer- u. Holzschnittwerke, Prachtwerke. Kostümkunde. Malerei. Kupferstichkunde. Zeichenschulen. Seltenheiten. Werke in französischer Sprache mit Kupfern. 8°. 1 Tit.- u. 71 S. 1117 Nrr. (S. Anz. J. 1880. Nr. 1217.)

Von seltneren u. werthvolleren Werken hat der vorl. Katalog eine merkliche Fülle.

[468.] Verzeichniss von werthvollen Werken aus Verschiedenen Wissenschaften welche bei Ludolph St. Goar Buchhändler und Antiquar in Frankfurt a. M. zu haben sind. (Antiquarisches Verzeichniss No. 57.) 8°. 1 Bl. 45 S. 867 Nrr. (S. oben Nr. 147.)

Enth. viele gute u. echte Antiquaria.

[469.] Otto Harrassowitz, Buchhandlung und Antiquariat in Leipzig. Bücher-Catalog 73 & 74. 8°. (S. oben Nr. 307.)

Enth.: Romanica; Geschichte, Linguistik u. Literatur der romanischen Völker (1 Bl. 53 S. 1240 Nrr.) & Skandinavica, Anglosaxonica, Anglica, Hollandica, Frisiaca; Linguistik, Literatur u. Geschichte der ausserdeutschen Völker germanischen Stammes (1 Bl. 46 S. 966 Nrr.). Zwei sehr werthvolle Kataloge.

[470.] No. 48. Antiquarisches Verzeichniss von Werner Hausknecht in St. Gallen. — Helvetica. 8°. 1 Bl. 114 S. 2616 Nrr. (S. Anz. J. 1880. Nr. 1222.)

Enth.: Schriften über die Schweiz im Allgem. u. über die einzelnen Kantons, nebst Biographien, Belletristik u. einigen wenigen Schriften über die angrenzenden Länder der Schweiz.

[471.] Antiquarischer Catalog No. 34 enthaltend: werthvolle antiquarische Werke, welche zu beziehen sind von Wilh. Jacobsohn & Co., Buch-, Musikalien- und Antiquariatshandlung in Breslau. 8°. 60 S. (S. oben Nr. 253.)

Grösserentheils gangbare Deutsche Litteratur aus den Fächern der Geschichte u. Geographie, Rechts- u. Staatswissenschaft, Theologie, Philologie.

[472.] No. 252. Bücher-Verzeichniss über Werke aus dem Gebiete der Astronomie, Mathematik, Naturwissenschaften, Medicin, Thierheilkunde, Technologie, Landwirthschaft, Forst- und Jagdwissenschaft, welche bei Theodor Kampffmeyer in Berlin zu haben sind. 8°. 1 Bl. 46 S. (S. oben Nr. 374.)

Bietet, wie immer, Gelegenheit zu billigen Käufen.

[473.] * No. VIII. Katalog des antiquarischen Bücher-Lagers von J. Kauffmann, Verlags-, Antiquariats- und Sortimentsbuchhandlung hebräischer Literatur. — Hebraica und Judaica. Anhang: Manuscripte. Frankfurt a. M. 8°. 63 S. 1203 Nrr. (S. Anz.-J. 1880. Nr. 157.)

Aeltere u. überwiegend neuere Litteratur.

[474.] No. 610—11. Antiquarisches Bücherlager von Kirchhoff & Wigand in Leipzig. April. (S. oben Nr. 375.)

Enth.: in 610 Mathematisch-physikalisch-mechanische Wissenschaften (Mathematik, Astronomie, Physikalische Geographie u. Meteorologie, Physik u. Chemie, Bau-, Ingenieur- u. Maschinenwesen, Technologie) 1 Bl. 78 S. 2553 Nrr.; in 611 Handelswissenschaften, Land- u. Hauswirthschaft, Kochkunst, Gartenbau, Forst- u. Jagdwissenschaft. 1 Bl. 22 S. 723 Nrr.

[475.] Katalog des Antiquarischen Bücherlagers von Paul Lehmann, Buchhandlung und Antiquariat in Berlin. No. XV: Medizin. 8°. 1 Tit.- u. 39 S. 1222 Nrr. (S. oben Nr. 411.)

Meist neuere Deutsche Litteratur.

[476.] Verzeichniss von Werken aus dem Gebiete der Belletristik und Literaturgeschichte, nebst vielen Schriften über Theaterwesen, über die Frauen und einem Anhange Curiosa etc. enthaltend, welche von List & Francke in Leipzig zu beziehen sind. (Antiquarisches Verzeichniss Nr. 146.) 8°. 1 Bl. 68 S. 2493 Nrr. (S. oben Nr. 152.)

Hauptsächlich Deutsche u. nächstdem Franz. Litteratur. Unter den Curiosis findet sich so manche bemerkenswerthere Seltenheit.

[477.] No. 56 & 57. Katalog einer ausgewählten Sammlung von Werken aus dem Gesammtgebiete des Civilrechts u. Civilprocesses. Zu beziehen von dem Buchhändler und Antiquar R. L. Prager Specialgeschäft für Rechts- u. Staatswissenschaften u. Geschichte in Berlin. I & II. Abth. 8°. 1 Bl. 1—70 S. & 1 Bl. 73—134 S. 4111 Nrr. (S. oben Nr. 264.)

Werthvolle u. übersichtlich geordnete, an grösseren Werken ebenso wie an Monographien u. einzelnen Zeitschriften-Ausschnitten reichhaltige Sammlung überwiegend Deutscher Litteratur.

[**478.**] No. 335. Catalogue of Works on Natural History, Offered for Cash by Bernard Quaritch. Part III. London. March. 8°. 1 Tit.- u. 155—240 S. 916—2073 Nrr. (S. oben Nr. 265.)

Enth.: 1. Palaearctic Region; 2. Ethiopian Region.

[**479.**] Nr. 64. Bücher-Verzeichniss von Oscar Richter Antiquariats-Buchhandlung. Leipzig. 8°. 1 Bl. 74 S. 1530 Nrr.

Enth.: Europäische Linguistik u. Literatur; Encyklopädien u. biograph. Wörterbücher, Literaturgeschichte; Bibliographie, Paläographie, Bibliothekswissenschaft; Buchdruckerkunst, Buchhandel, Papierfabrikation; Miscellanea (Schreibkunst, Spiele, Box- u. Reitkunst, Culturgeschichte, Trachtenbücher, Kochbücher).

[**480.**] Seznam kněh českých a slovanských a cenách snížených. Verzeichniss böhmischer und slavischer Werke zu herabgesetzten Preisen. Josef Schalek v Praze. Oddl. II—IV. 8°.

Enth.: in II. Literatura vědecká, Wissenschaftl. Litteratur (1 Bl. 28 S.); in III. Slovanské řeči. Slavische Sprachen; Staročeská literatura. Altböhm. Litteratur (1 Bl. 12 S.); in IV. Bohemica v rozličných řečich. Bohemica in verschiedenen Sprachen; Mapy a obrazy. Karten u. Bilder (16 S.).

[481.] 158. Antiquarischer Catalog von Felix Schneider in Basel. — Varia, Curiosa. Magie, Alchymie, Magnetismus, Mystik, Freimaurerei, Humoristik, Spiele etc. 8°. 1 Bl. 82 S. mit Nachtrag 8 S. 1824 Nrr. (S. oben Nr. 50.)

[**482.**] 62 & 63. Antiquariats-Katalog von Simmel & Co. in Leipzig. 8°. (S. oben Nr. 85.)

Enth.: Kunst. Schöne Wissenschaften (1 Bl. 36 S. 1044 Nrr.) & Linguistik. Ortientalia. Literaturgeschichte. Bibliographie. (1 Bl. 39 S. 1128 Nrr.)

[**483.**] Catalog No. 45. Antiquarisches Bücherlager der Stahel'schen Buch- und Kunsthandlung in Würzburg und Kitzingen. — Medicin. Chemie & Pharmacie. gr. 8°. 1 Bl. 63 S. 2774 Nrr.

Grösstentheils neuere u. ausgewähltere Deutsche u. nächstdem Franz. Litteratur in übersichtlicher u. guter Ordnung. Zum Schlusse nahezu 1000 Dissertationen.

[**484.**] A Cataloguc of mostly Second-hand Books on the History, Languages, Religions, Antiquities, Literature and Geography of the Semitic, Iranian, & Tatar Races, to be had of Trübner & Co. London. 8°. 1 Bl. 65 S.

Ein reicher Schatz, namentlich Orientalischer Originaldrucke.

[**485.**] Bücher-Verzeichniss von Karl J. Trübner Buchhändler zu Strassburg im Elsass. XXVIII. Alsatica. (A. m. Franz. Tit.) 8°. 1 Bl. 34 S. 765 Nrr. (S. Anz. J. 1880. Nr. 1114.)

Enth. viele ältere u. seltnere Werke.

[486.] Pietro Vergani Milano. Catalogo di Libri antichi e moderni. gr. 8°. 1 Bl. 80 S. 2040 Nrr.

Enth. die erste Hälfte einer hauptsächlich aus Italien. Litterätur bestehenden u. namentlich an Antiquariis reichen Sammlung.

[487.] 77. & 78. Verzeichniss des antiquarischen Bücher-Lagers von Karl Theodor Völcker's Verlag und Antiquariat in Frankfurt a. M. 8°. (S. oben Nr. 53.)

Enth.: Praktische Theologie (1 Tit.- u. 27 S. 690 Nrr.) & Historische u. systematische Theologie (1 Tit.- u. 35 S. 872 Nrr.).

Bibliothekwissenschaft.

[488.] * Monthly Notes on the Library Association of the United Kingdom. (S. oben Nr. 273.)

In den drei ersten Nrr. finden sich die Berichte über die Monatsversammlungen vom Januar bis mit März. In der Jan.-Versammlung sprach W. R. Douthwaite über die Gray's Inn Library, die aus der Zeit der grossen Elisabeth stammt, sowie auch Mittheilungen über den Besuch der Guildhall Library gemacht wurden. In der Febr.-Versammlung verbreitete sich W. H. Overall über Maueranschläge u. Proklamationen u. betonte die Nothwendigkeit, einen systemat. Katalog derselben herzustellen; ausserdem wurden kleinere Mittheilungen über Bibliotheken zu Edinburgh, im Lambeth Palace, in Richmond u. Salford gemacht. In der März-Versammlung beschäftigte man sich hauptsächlich mit der Free Libraries Bill, im Uebrigen mit kürzeren Mittheilungen. R.

Bibliothekenkunde.

[489.] * 3d Annual Report of the Public Library of Milwaukee (Wis.), Oct. 1. Milwaukee. 1880. 8°. 58 S.

Hierüber s. Library Journal Vol. 6. Nr. 2. S. 28. — Der Zuwachs im J. 1879/80 beträgt 1399, der gesammte Bücherbestand 16,410 Bde.

[490.] Landgraf Wilhelm IV. von Hessen, genannt der Weise, und die Begründung der Bibliothek zu Kassel im Jahre 1580. Von Dr. Albert Duncker, Bibliothekar der ständischen Landesbibliothek zu Kassel. Kassel, Fischer. 8°. 1 Bl. VII, 38 S. Pr. n. 1,20 Mk.

Die vorl. Schrift verdankt ihre Entstehung der Erinnerungsfeier der 300 jährigen Begründung der Kasseler Landesbibliothek, welche der Verein für Hessische Geschichte u. Landeskunde im Novbr. 1880 begangen hat: sie soll zugleich davon Zeugniss geben, dass schon vor Jahrhunderten die Wissenschaft im Hessenlande Schutz u. Pflege gefunden habe. Die Bibliothek ist die Stiftung des auf dem Titel genannten Landgrafen Wilhelm IV., eines Mannes von hervorragenden Gaben des Geistes u. Herzens, der, wie er sich durch seine hohen Verdienste um die Hebung der Landwirthschaft u. Gartencultur, des Forstwesens u. Bergbaues bekannt gemacht hat, so auch als Kenner u. Förderer der Wissenschaften thätig gewesen ist. In letzterer Hinsicht war es ihm sehr nahe gelegt, für die Begründung einer Bibliothek in seiner Residenzstadt Kassel, die an einer solchen noch Mangel hatte, zu sorgen, oder, wie er sich selbst ausdrückt, die neu erbaute Kanzlei ausser mit anderen Schmuckgegenständen „auch mit einer schönen Bibliothek von Büchern aller Art zu zieren, die unseres Erachtens dieses Namens nicht unwerth ist.“ Am 25. Aug. 1592 starb im 61. Lebensjahre Landgraf Wilhelm IV., gen. der Weise, von seiner Familie u. seinen Unterthanen tief betrauert. Viele seiner Schöpfungen sind längst verschwunden, doch auch gar manche zeugen heute noch von seinem Ruhme. Zu ihnen gehört auch die Hessische Landesbibliothek, die jetzt über 160,000 Bde u. an 1400 Handschriften zählt, zwar keine der ersten unter den grossen wissenschaftl. Bibliotheken des Deutschen Vaterlandes (sie nimmt darunter der Bdezahl nach etwa die 19. Stelle ein), doch auch keine der letzten.

[491.] Uebersichtlicher Katalog der Musikalien der ständischen Landesbibliothek zu Cassel. Bearbeitet von Carl Israël. Cassel, Freyschmidt in Komm. 8°. VIII, 73 S.

Die ständ. Landesbibliothek, schreibt der Verf., bewahrt eine kleine, aber für die Musikgeschichte interessante Sammlung von musikalischen Werken. Zwar erstrecken sich dieselben in der Hauptsache nur über den Zeitraum von den letzten Decennien des XVI. bis in die Mitte des XVII. Jhrhdts, aber diese wichtige Epoche sei sehr reich vertreten, in Drucken sowohl wie Handschriften. Das Meiste weise auf die Zeit des Landgrafen Moritz (1592—1627), ja man dürfe die ganze Sammlung als ein Denkmal der Musikliebe u. Musikkunde dieses Fürsten ansehen. Nicht allein dass er, wie der Augenschein lehre, die wichtigsten u. interessantesten Musikwerke seiner Zeit, besonders die Italien., zu seinem Gebrauche u. Genusse gesammelt habe: er erscheine auch selbst als Componist in einer langen Reihe von Werken. Weit geringeres Interesse an der Musik haben die späteren Hessischen Landgrafen genommen, am meisten wohl noch Landgraf Carl. Die von den Landgrafen angesammelten Musikalien bilden mit den aus den Kirchenbibliotheken von Cassel u. Fulda entnommenen zusammen das Musikalien-Depôt der ständ. Landesbibliothek, von welchem der Verf. in vorl. Schrift mit sehr anerkennenswerther Accuratesse den Katalog resp. die nähere Beschreibung gegeben hat. In der Hauptsache enthält das Depôt Kirchen- u. Kammermusik. Für die Geschichte der Instrumentalmusik bietet es werthvolles Material. Besondere Erwähnung verdienen nach dem Verf. Carlo Farina's fünf Bücher von „Pavanen, Gagliarden, Bransles" u. s. w., die in ihrer Vollständigkeit, wie es scheine, ein Unicum der Casseler Bibliothek bilden.

[492.] An die Schuldeputation. Bericht über die Verwaltung der Stadtbibliothek während des Jahres 1880. Unterzeichnet: Dr. Carl Curtius. Lübeck, 15. März 1881. 4°. 5 S. (S. Anz. J. 1880. Nr. 653.)

Wie im letztveröffentlichten, die beiden J. 1878 u. 1879 betreffenden Berichte, so ist auch im vorl. nur Günstiges über den Stand der Bibliothek mitzutheilen gewesen, vor allen, dass der der Bibliothek aus Staatsmitteln gewährte Zuschuss durch Rath- u. Bürgerschluss vom Januar 1880 an von 5000 auf 6000 Mk. erhöht worden ist. Durch Ankauf der gesammten vom Director Breier († 24. Aug. 1880) hinterlassenen Bibliothek u. einer Auswahl von Büchern aus der Sammlung des Professors Prien hat der seither fühlbar gewesene Mangel an guten Ausgaben der Deutschen, Latein. u. Griechischen Classiker eine wesentliche Abhilfe (über 1000 Werke) erhalten.

[493.] * La Bibliothèque des Avocats et ses conférences. Notes et souvenirs, par M. Cresson. [Extrait de l'Annuaire de l'Association amicale des secrétaires de la conférence des Avocats à Paris.] Paris, imp. Alcan-Lévy. 8°. 25 S.

[494.] * Catalogue supplémentaire de la Bibliothèque de l'Ecole des ponts et chaussées. Paris, impr. nationale. 8°. XVI, 380 S.

[495.] * Catalogue de la vente des Doubles de la Bibliothèque de la Société géologique de France, dont la vente aura lieu le 22 avril 1881. Paris, imp. de la Société de Typogr. 18°. 35 S. 529 Nr.

[496.] * Società delle Donne Padovane per gli interessi cattolici Appendice Ia al Catalogo della Biblioteca circolante „Utilità e diletto." Padova, tip. del Seminario. 16°. 20 S.

[497.] * Catalogo dei Manoscritti riguardanti la Storia di Roma, che si conservano nella Biblioteca Vaticana. Ed. da Vincenzo Forcella. Vol. II. Roma, fratr. Bocca. 1880. 8°. 446 S. Pr. 15 L. (S. Anz. J. 1879. Nr. 635.)

[498.] Fortegnelse over det Statistiske Bureau's Bogsamling. Kjöbenhavn, Lunos Bogtr. 1880. Lex. 8°. 1 Bl. 185 S.

Die im vorl. Kataloge verzeichnete, geographisch geordnete, sehr reiche Sammlung, enthält zur grösseren Hälfte die Scandinavien u. vorzugsweise Dänemark mit Schleswig u. Holstein betreffende Litteratur, um derentwillen der Katalog besondere Beachtung verdient. Die Titelverzeichnungen sind nicht gleichmässig genau.

[499.] * *Ἔκθεσις Σπυρίδωνος Π. Λαμπροῦ, πρὸς τὴν Βουλὴν τῶν Ἑλλήνων, περὶ τῆς εἰς τὸ ἅγιον ὄρος ἀποστολῆς αὐτοῦ κατὰ τὸ θέρος τοῦ* 1880. *Ἀθήνησιν.* 1880.

Die Bibliotheken der Klöster des Athos. Nach dem Rechenschaftsberichte des Prof. Dr. Spyridion Lambros an die griechischen Kammern deutsch von Dr. August Boltz, Professor. Bonn, Nolte. 1881. gr. 8°. 32 S. Pr. n. 1 Mk.

Der im feinsten Hellenisch verfasste sehr werthvolle Bericht, schreibt der Uebersetzer, habe das Verdienst, „die Unwissenheit über Bestand u. Inhalt der Athonischen Bibliotheken für alle Zeiten gehoben u. die oft sehr sanguinischen Erwartungen auf ein bescheidenes u. positives Maass zurückgeführt zu haben.“ Der Verf. hat die Reise zu den Athosklöstern in der Absicht unternommen, um in den dortigen Bibliotheken unter den Handschriften nach Hellenica zu forschen, theils auch u. namentlich um einen Gesammtkatalog der noch vorhandenen Handschriften anzufertigen. Waren die Forschungen nach auf Hellenische Philologie u. Geschichte bezüglichen Handschriften auch ohne sonderliche Früchte, so fand dagegen der Verf. die Zahl der Handschriften, trotzdem dass die Ungunst der Zeiten grosse Verheerung darunter angerichtet hat, doch immerhin noch sehr bedeutend. Mit Ausnahme der beiden grossen u. berühmten Klöster Lawra u. Watopédion, deren Hellenische Handschriften zu katalogisiren der Verf. behindert gewesen war, hat der Verf. in den übrigen 20 Klöstern nicht weniger als 5759 Handschriften zusammengefunden, u. zwar 1386 in Iwíron, 588 in St. Dionysín, 461 in Kutlumusín, 395 in Dochíaríu, 342 in Xíropotámu, 320 in Esfigménu, 264 in St. Panteímonos, 250 in Filothéu, 250 in Karakállu, 245 in Símonos Pétras, 234 in Pantokrátoros, 162 in Stawronikíta, 163 in Xenophontos, 155 in Grigoríu, 111 in Kastamonítu, 107 in Sográfu, 105 in Chiliantaríu, 94 in St. Paúlu, 81 in der Bibliothek des Direktoriums in Karyä u. 46 in der Kapelle H. Anna. Der vom Verf. gefertigte Katalog von diesen 5759 Athonischen Handschriften bildet einen Band von 2500 geschriebenen Quartseiten. Es ist sehr zu wünschen, dass diese höchst verdienstliche Arbeit durch den Druck veröffentlicht werden möge.

Eine längere Mittheilung aus der Schrift von Lambros findet sich in unter der Aufschrift „Die Klosterbibliotheken auf dem Berge Athos“ in der 1. Beilage zur Vossischen Zeitung 1881. Nr. 157.

Privatbibliotheken.

[500.] K. F. Köhler's Antiquarium in Leipzig. Catalog No. 343. Slavica. Archäologie, Ethnographie, Geschichte, Literatur und Sprachen der slavischen Völker, der unteren Donauländer und der Balkan-Halbinsel. (Hierin: die slavische Abtheilung der Bibliotheken des verst. Akademikers A. von Schiefner und des Staatsraths P. Lerch in Petersburg). 1 Bl. 1—52 S. & 1 Bl. 53—78 S. 1851 Nrr. (S. oben Nr. 377.)

Enth. in zwei Abth.: 1. Ethnographie u. Geschichte; 2. Litteratur u. Sprachen.

[501.] * Catalogus eener fraaie verzameling Boeken, Plaatwerken, Handschriften, diverse voorwerpen enz., meerendeels nagelaten door Mevr. de Douairière M. Viruly van Vuren en Dalem en Mevr. de Wed. P. van der Dussen van Beeftingh. Rotterdam, van Hengel & Eeltjes (J. van Baalen & Zonen). gr. 8°. 2 Bll. 78 S. 2109 Nrr. (Auct. 6. April.)

Hauptsächlich Staats- u. Rechtswissenschaft, Geschichte, Naturwissenschaft u. Verwandtes, Schöne Wissenschaften.

[502.] No. 135. Amerika und Orient. Enthält auch Original-Manuscripte und Werke von Professor J. C. E. Buschmann, (Königl. Bibliothekar, Mitglied der Akademie) Wilh. v. Humboldt u. Alex. v. Humboldt. Zu verkaufen durch J. A. Stargardt in Berlin. 8°. 1 Bl. 38 S. 800 Nrr. (S. oben Nr. 79.)

Die aus Buschmann's Bibliothek stammenden Bücher sind durch ein vorgesetztes Sternchen kenntlich gemacht: darunter haben die theils von B.'s eigener Hand, theils von der Hand der Gebr. Humboldt gefertigten Mss. mehr oder minder hohen Werth.

[503.] * Inventaire des Manuscrits en langue Française possédés par Francesco Gonzaga Ier, capitaine de Mantoue, mort en 1407; par Gaston Paris. [Extrait de la Romania, t. 9.] Nogent-le-Rotrou, imp. Daupeley-Gouverneur. 8°. 18 S.

[504.] Catalogue d'une précieuse Collection de Musique Manuscrits originaux et Lettres autographes, Partitions, Morceaux de Musique, Curiosités, etc. Des plus grands compositeurs du XVIII e et du XIX e siècle, tels que: Mozart, Bach, Beethoven, Haydn, Schubert, Mendelssohn, etc. Provenant du Cabinet de Johann Kafka Compositeur è Vienne (Autriche). Paris, Gabriel Charavay. gr. 8°. 24 S. 90 Nrr. (Auct. 14. Mai.)

Durchaus Werthvolles; darunter auch Haare von Mozart u. Schubert.

[505.] Nr. 95. Antiquarisches Bücherlager von Max Brissel in München. — Bavarica. (Enthält u. A. den Bayern betreffenden Theil der nachgel. Bibliothek † Se. Excell. des k. bayer. Staatsraths Frhrn. v. d. Pfordten.) 8°. 1 Bl. 24 S. 663 Nr.

Enth.: I. Allgem. u. Provincialgeschichte, Culturgeschichte, Vermischtes; II. Ortsgeschichte; III. Numismatik, Heraldik, Genealogie.

[**506.**] Catalogue de la 2e partie de la Bibliothèque de feu Ch. Fréd. Speiser ancien greffier du tribunal de Strasbourg. Comprenant la théologie, la philosophie, la jurisprudence, la médecine, la littérature, l'histoire etc. etc. Strasbourg, E. Freiesleben. 8⁰. 1 Bl. 60 S. 1758 Nrr. (Auct. 21. April.) (S. Anz. J. 1880. Nr. 1272.)

Fast durchweg Französische Litteratur.

[507.] * Catalgoue des livres de la Bibliothèque de feu M. le docteur Uricoechea, ex-professeur d'arabe à l'Université de Bruxelles. Paris, impr. Ves Renou Maulde et Cock. 8⁰. 31 S. 349 Nrr.

Abdrücke aus Bibl.-Handschriften.

[508.] * Der ungefälschte Luther nach den Urdrucken der Königl. öffentlichen Bibliothek in Stuttgart hergestellt von Dr. Karl Haas. 6. Bdch. [Das 17. Kapitel Johannis, von dem Gebete Christi.] Stuttgart, Metzler. 12⁰. 118 S. Pr. n. 0,40 Mk.

[509.] * Journal d'un Bourgeois de Paris (1405—1449), publié, d'après les manuscrits de Rome et de Paris, par Alexandre Tuetey. Paris, Champion. 8⁰. XLIV, 419 S.

Gehört zu den „Publications de la Société de l' Histoire de Paris."

[510.] * Inedita Galilaeiana. Frammenti di Galileo Galilei tratti dalla Biblioteca Nazionale di Firenze, pubblicati ed illustrati dal Prof. Antonio Favaro. [Dal vol. XXI delle Memorie del R. Istituto Veneto di scienze, ecc.] Venezia, tip. Antonelli. 1880. 4⁰. 43 S. m. 1 Taf.

[511.] * Diario Palermitano di Francesco Maria Emanuele e Gaetani, da gennaio 1780 a dicembre 1782, da' mss. della Biblioteca comunale di Palermo a' segni Qq. D. 102—103. Palermo Lauriel. 1880. 8⁰. 441 S. Pr. 9 L. (Nur 275 Exempl.)

Gehört zur „Biblioteca storica e letteraria di Sicilia, ossia Raccolta di Opere inedite o rare di Scrittori Siciliani dal secolo XVI al XIX, per cura di Giovacchino Di Marzo. Vol. XXVIII: Diarii della Città di Palermo. Vol. XVIII.

[512.] Aus Brooklyn (N. Y.) soll in nächster Zeit bei Fred. Tredwell ein „Monograph of Privately-illustrated Books, and the Men who have Illustrated them, by Daniel M. Tredwell" (200 S.) erscheinen. „The work will describe the privately-illustrated books, their illustrations, bindings, inlayings, etc., contained in libraries in and about New York, with many other curious and interesting facts concerning books."

(Publishers' Weekly. Vol. XIX. No. 11. S. 290.)

[513.] Aus Capetown ist der verdienstvolle Sprachgelehrte Theophilus Hahn Nachfolger des Dr. W. H. J. Bleek in der für die Afrikanische Linguistik so wichtigen Stelle eines Bibliothekars der Grey-Bibliothek geworden. Vgl. Petzholdt's Biblioth. bibliogr. S. 701.

[514.] Aus Dresden ist der Bibliothekar der Königl. öffentlichen Bibliothek u. Direktor des K. Münzkabinets a. D. Heinrich August Lossnitzer am 28. März im 81. Lebensjahre gestorben. In Zittau am 23. Decbr. 1800 geb., besuchte L. 1812—16 das Gymnasium zu Zwickau, 1816—19 das Wittenberger, studirte dann von Ostern 1819 bis Mich. 1822 Philologie in Leipzig u. wurde darauf Hauslehrer in Holstein u. Curland, wo er bis 1831 blieb. Von da an privatisirte er bis 1834, wo er an der Dresdner Königl. öffentl. Bibliothek als zweiter Secretair Anstellung erhielt. 1852 wurde er daselbst zum Bibliothekar u. zugleich zum Inspector des Münzkabinets ernannt u. trat 1877 in den Ruhestand. R.

[515.] Aus Graz berichtet die „Tagespost", dass die K. K. Universitätsbibliothek am 19. März den 100. Gedenktag der Eröffnung ihrer Localitäten gefeiert habe. „Am 19. März 1781 wurde der grosse Saal, der auf Befehl der Kaiserin Maria Theresia aus der alten Aula u. dem Universitätstheater hergestellt wurde, mit einer grossen Feierlichkeit eröffnet. Der damalige Director der theologischen Facultät, Franz Tomitschich, hielt eine Lateinische Festrede, welche der Universitätsprofessor Franz Xaver Gmeiner in's Deutsche übersetzte u. seiner Sammlung von „Gelegenheitsreden", die in Graz im Jahre 1804 erschien, einverleibte. Professor Josef Werneking veröffentlichte eine Ode unter dem Titel: „Bey Eröffnung des Büchersaales an der hohen Schule zu Grätz" (1781). — Der Saal zeigt heute noch die ursprüngliche Malerei u. gewährt einen freundlichen Anblick. In ihm ist der grösste Theil des Bücherbestandes, der sich heute auf weit über 100 000 Bände beläuft, untergebracht." Dr. K. H.

[516.] Aus London haben Henry R. Tedder, Bibliothekar des Athenaeum Club, u. Ernest E. Thomas, Secretair der Library Association of the United Kingdom, — welche im Begriffe sind, den Artikel „Bibliotheken" für die neue Ausgabe der „Encyclopaedia Britannica" vorzubereiten — Fragebogen an die verschiedenen Bibliotheken ausgesendet, um von denselben die sie betreffenden u. also unmittelbar aus der Quelle geschöpften, für jenen Artikel nöthigen Notizen zu erhalten. Es ist sehr zu wünschen, dass die Bibliotheksdirektionen den Fragebogen, wie es mir leider bei einer ähnlichen Arbeit über Deutsche Bibliotheken ergangen ist, nicht bei Seite legen, sondern die gewünschte Antwort geben. J. P.

[517.] Aus London findet sich in „Publishers' Circular" No. 1044. S. 206 berichtet: „The Picture Gallery and Library of the Shakespeare Memorial, Stratford-on-Avon, are now completed, and will be opened with a loan exhibition of Shakespearean pictures and dramatic portraits in April next. Many valuable and interesting works have been lent for the purpose. The Art Department of the South Kensington Museum will send some pictures from the National Collection. Noblemen and others having such pictures, and especially examples from the Boydell Gallery, if willing to lend them to the Shakespeare Memorial Association, are requested to communicate with the Hon. Secretary for the Art Exhibition, Edgar Flower, Esq., The Hill, Stratford-on-Avon. Donations and subscriptions to the Library Endowment Fund are solicited. Further particulars, with an account of the origin and object of the Shakespeare Memorial, can be obtained on application to the Secretary, C. Lowndes, Esq., Stratford-on-Avon."

[518.] Aus London erscheint in allernächster Zeit im Verlage von Dulau & Co. „A Guide to the Literature of Botany; being a classified selection of Botanical Works, including nearly 6000 titles not given in Pritzel's Thesaurus. By Benjamin Daydon Jackson, Secretary of the Linnean Society. 4°." Pr. 1 £ 11 sh. 6 d.

[519.] Aus London: „A valuable donation of modern standard works has just been made to Lambeth Palace Library by Mr. John Murray. As the Primate has lately sanctioned the loan of books to the clergy and laity of the diocese of Canterbury, and to those residing within the parishes of Lambeth, Southwark, and Westminster, the gift is most opportune."

(Publishers' Circular Vol. XLIV. Nr. 1045. S. 245.)

[520.] Aus London hat, an Stelle des verstorbenen Thomas Carlyle, Lord Houghton die Präsidentschaft der London Library — welche erst vor 40 Jahren begründet worden ist u. doch bereits gegen 90,000 Bde besitzt — übernommen.

[521.] Aus Mailand berichtet die „Bibliografia Italiana", Cron. Nr. 4. S. 15: Il comm. avv. Carlo Lozzi, direttore del Bibliofilo, nella sua villa di Colli del Tronto ha messo su una biblioteca tutta destinata alla bibliografia delle Marche e specialmente di Ascoli: vi sono raccolte molte copie rarissime de' primi libri stampati nelle città marchigiane, parecchie edizioni dell' Acerba, non pochi statuti municipali e storie e croniche d'ogni fatta."

[522.] Aus München. Der Neue Anzeiger für Bibliographie, welcher mit grosser Gewissenhaftigkeit von allen Erscheinungen im

Gebiete der Bibliographie Notiz nimmt, erwähnt zwar unter Nr. 204. S. 100 im Vorübergehen das Werk Lindner's „Die Schriftsteller etc. des Benedictiner-Ordens im heutigen Königreiche Bayern", hat aber von diesem bedeutenden Buche bisher weder den vollständigen Titel noch eine Inhaltsangabe oder Besprechung gebracht. Der Grund liegt einfach darin, dass das Werk nicht in einer Buchhandlung erschienen, sondern bei Gelegenheit des Benediktinerjubiläums von den Bayerischen Benediktinerklöstern herausgegeben u. nur im Benediktiner-Stifte St. Bonifaz dahier zum Preise von 6 Mk. 50 Pf. (nahezu nur um die Herstellungskosten) zu haben ist. Der volle Titel des Buches lautet: „Die Schriftsteller u. die um Wissenschaft u. Kunst verdienten Mitglieder des Benediktiner-Ordens im heutigen Königreich Bayern vom Jahre 1750 bis zur Gegenwart. Von August Lindner, Priester des Fürstbisthums Brixen 2 Bde. Regensburg, 1880. Druck von Georg Joseph Manz. In Commission der M. Hueber'schen Buchhandlung in Schrobenhausen". gr. 8°. (XIII, 317 u. VIII, 303 S.) Ein kurzer Ueberblick über den Inhalt möge die Reichhaltigkeit des Gebotenen zeigen. Der I. Bd. enthält nach der allgemeinen Quellenangabe die litterarhistorische Einleitung, welcher I. die Abteien der Bayerischen Benediktiner-Congregation in chronologischer Ordnung nach ihrem Entstehen folgen: Weltenburg, St. Emmeram, Oberaltaich, Benediktbeuern, Tegernsee, Wessobrunn, Thierhaupten, Weihenstephan, Attel, Weissenohe, Rott, Scheyern, Prifling, Reichenbach, Michelfeld, Ensdorf, Mallersdorf, Frauenzell, Andechs. Die Litteratur der Klöster der Bayer. Benediktiner-Congregation u. Nachträge u. Berichtigungen schliessen den Band. Der II. Bd. enthält: II. Die Abteien in Ober- u. Niederbayern ausser der Bayerischen Benediktiner-Congregation: Seon, St. Veit, Ettal, Niederaltaich, Metten, Aspach, Formbach. III. Die Benediktinerabteien in Schwaben: St. Magnus in Füssen, Ottobeuern, Kempten, St. Ulrich in Augsburg, Hlg. Kreuz in Donauwörth, Mehreran, Elchingen, Fultenbach, Deggingen. IV. Die Benediktiner-Abteien in Franken: Amorbach, Neustadt a. Main, Schwarzach, Michelsberg in Bamberg, Theres, St. Stephan in Würzburg, Banz, Plankstetten. V. Die Schottenstifte in Regensburg u. Würzburg. VI. Die nach der Säkularisation entstandenen Benediktinerstifte: St. Stephan in Augsburg, St. Bonifaz in München, Scheftlarn, woran sich abermals Nachträge u. Berichtigungen reihen, denen noch 3 Beilagen beigegeben sind. Die Einrichtung innerhalb dieser einzelnen Stifte ist folgende. Nach einer kurzen geschichtlichen Skizze des Klosters folgt die allgemeine Litteratur über dasselbe, welche a. die gedruckten Werke u. b. die Handschriften umfasst. Hierauf werden die einzelnen Schriftsteller des Stiftes aufgeführt mit meist kurzen, öfters (u. zwar bei hervorragenden Männern) mit längeren Biographien, denen die litterarischen Quellen angefügt sind.

Das sich hier anreihende Schriftenverzeichniss der einzelnen Autoren giebt sowohl die gedruckten Schriften, soweit sie dem Verfasser zur Einsicht vorlagen, bibliographisch genau, als auch die in den verschiedenen Bibliotheken noch handschriftlich vorhandenen Werke der einzelnen Conventualen an. Bearbeitet ist das Buch mit grösstem Fleisse u. peinlicher Gewissenhaftigkeit u. überblickt man die vielfachen in der Litteratur höchst ansehnlichen Namen, welche in dem Buche vorkommen, so gelangt man leicht zur Ueberzeugung, dass dasselbe nicht nur für jeden Bayerischen Specialforscher unentbehrlich ist, sondern dass es kaum in einer etwas beträchtlichen Deutschen Bibliothek fehlen darf. Es mögen nur Namen wie Anselm Desing, Frobenius Forster, Othmar Frank, Ignaz Gropp, Sebastian Günthner, Maurus Harter, Placidus Heinrich, Aegidius Jais, Colomann Sanftl, Willibald Schrettinger genannt werden, eine kleine Reihe, welche durch weitere Anführungen noch vielfach vergrössert werden können. In Zeitschriften fand das Werk allenthalben günstige Aufnahme, wie die Besprechungen in den historisch-politischen Blättern. Bd. 86., Innsbrucker Theolog. Zeitschrift. 1880. S. 771 f. A. Allgem. Zeitung. 1880. S. 1861. Berliner Germania, 1880, Beilage zu Nr. 99. Beilage zur Augsburger Postzeitung. 1880. Nr. 44 beweisen. A. Gutenaecker.

[523.] Aus New York hat sich unter dem Vorsitze des als Danteübersetzer bekannten Longfellow eine NAmerikanische Dante-Gesellschaft gebildet, welche auch eine Dantebibliothek anzulegen beabsichtigt.

[524.] Aus New York: „Commemorating Longfellow's seventy-fourth birthday (February 27), the Literary World for February 26 is a „Longfellow number", containing upward of fifteen articles a half-dozen or more original poems, extracts, and a complete bibliography of Longfellow, one most important feature of which is a list of the translations of his writings, now published for the first time, and extending to upward of seventy titles."

(Publishers' Weekly. Vol. XIX. Nr. 12. S. 308—9.)

[525.] Aus Paris ist der als fruchtbarer geographischer Schriftsteller bekannte Oberbibliothekar der geographischen Abtheilung der Nationalbibliothek Pierre François Eugène Cortambert (geb. 12. Octbr. 1805 zu Toulouse) Anfang März im 76. Lebensjahre gestorben.

[526.] Aus Paris hat Édouard Rouveyre auf Abschlàg der Schulden, welche seine „Miscellanées bibliographiques" bei ihrem oben Nr. 429 angezeigten Hinscheiden hinterlassen haben (4 Hfte des III. Bdes), die Gläubiger d. h. die Käufer des Blattes mit einem einzigen Bogen abzuspeisen für gut befunden. Dieser Bogen enthält den Schluss des im 32. Hfte begonnenen Artikels von Al. Piedagnel „L'Esprit du temps jadis."

[527.] Aus Tübingen ist der den Lesern des Anz.'s durch seinen in Verbindung mit G. Schwab ins Leben gerufenen u. später allein fortgesetzten „Wegweiser durch die Literatur der Deutschen" (a. u. d. Tit.: Literarischer Wegweiser für gebildete Laien. 4 Auflagen) wohlbekannte Bibliothekar der Universität Dr. Karl Klüpfel in den Ruhestand getreten.

[528.] Aus Ulm hat die Loge „Karl z. d. 3 Ulmen" im letzvergangenen Jahre die werthvolle Bibliothek des bekannten Maurerischen Geschichtsforschers J. G. Findel erworben, mit deren streng bibliographischer Katalogisirung man jetzt beschäftigt ist.

[529.] Aus Washington findet sich in „Publishers' Circular" Vol. XLIV. Nr. 1045. S. 245 berichtet: At the meeting of the American Library Association recently held at Washington, Mr. Poole made a report of progress on the new edition of his „Index to Periodical Literature", in which the references will be brought down to January 1880. Nearly seventy-five of the principal libraries in America and in England for mor than two years have been co-operating with Mr. Poole in the work of indexing the leading reviews and magazines for this new edition. Mr. Poole reports that the work of all these collaborators has been sent in, revised, and distributed under the first letter of the headings. About 600 pages of manuscript is ready for the printer, but it is deemed advisable not to begin to print till all the matter is arranged and has received its final revision. The edition of 1853 has long been out of print, and is one of the rarest books in the market. The new edition will include all the matter of the last edition, and about five times as much new matter besides. In the original circular it was proposed to index for the new edition 182 new sets of periodicals. The actual number which has been indexed is 188, comprising 4318 volumes. It is expected that the printing will commence early in 1882, and will require a year to complete it. It will make a royal octavo volume of 1200 pages. Messrs. James R. Osgood & Co., of Boston, will be the publishers."

Druck von Joh. Pässler in Dresden.

NEUER ANZEIGER
für
Bibliographie und Bibliothekwissenschaft.

Herausgegeben von Dr. J. Petzholdt.

Juni. **1881.**

Inhalt:

[530.] Codex Roolf, Pergamenthandschrift des Traktats De imitatione Christi vom Jahre 1431.

Vom Bergrath Schmidt-Reder in Görlitz.

Das gelehrte, in der Imitatio-Frage und Litteratur heimische Publikum wird meine in Nr. 43 des Deutschen Reichs-Anzeigers etc. vom 19. Februar d. Jhrs publicirte vorläufige Anzeige wohl nicht ganz ohne Bedenken aufgenommen haben. Ich darf bekennen, dass ich selbst etwas misstrauisch an die Collationirung gegangen bin, dass ich aber bei dreimaliger Durchsicht des Mss. nicht das geringste Verdächtige gefunden habe u. jetzt von der Echtheit völlig überzeugt bin.

Besitzer ist der Rendant Joseph Roolf in Klein-Saubernitz bei Guttau im Königreich Sachsen, ein mir seit Jahren befreundeter ehemaliger Philologe, welcher den Codex mit anderen werthvollen Büchern von seinem Onkel, einem katholischen Geistlichen, um das Jahr 1855 erbte u. sich von ihm trotz annehmbarer Angebote (100 Louisd'or von einem Rheinischen Antiquar) nicht trennen konnte. Der Vorbesitzer hatte das Buch in Heidelberg auf einem Boden gefunden u. für 8 Thaler gekauft.

Das Material ist feines neues, nicht rescribirtes Pergament. Vier, einmal gebrochene Stücke bilden eine Quaternio von 8 Folien. Jedes Blatt war vorn in der unteren Ecke mit dem laufenden Buchstaben der Quaternio u. den laufenden arabischen Ziffern von 1 bis 8 bezeichnet; also A 1, A 2, A 3 bis A 8, dann B 1, B 2 u. s. w. Auf der Rückseite des letzten Blattes sind die Anfangsworte der nächsten Quaternio angegeben. — Wenn auch diese Custoden zum Theil beim Beschneiden des Buchs verloren gingen, so lässt sich das Fehlende doch leicht u. sicher interpoliren u. es kann über die ursprüngliche Aufeinanderfolge nicht der mindeste Zweifel bestehen. — Es sind 15 Quaternionen vorhanden u. es würde daher dem — unbeschriebenen — letzten der 120 Blätter die Bezeichnung P 8 zukommen.

Das Pergament hatte von Anfang viele Löcher, welche aber sorgfältig gleich geschnitten u. mit Miniumlinien eingefasst, auch, wo dies zur Verhinderung des Weiterreissens zweckmässig u. sonst anwendbar erschien, zusammengenäht wurden. — Von Fol. 9. (B 1) ist die obere Ecke abgerissen u. ein zweiter Riss geht bis durch zwei Zeilen des Textes, doch ohne die Schrift erheblich beschädigt zu haben. Der Einband, die 3 Vorsatzblätter u. die letzten 3 Blätter sind aus neuerer Zeit.

Jedes Blatt ist durch 4 vorgestochene u. mit einer Reissfeder gezogene feine schwarze Linien in 9 Felder getheilt. Das mittelste, von ca 117 mm Höhe u. 77 mm Breite nimmt den auf Bleilinien stehenden Text von meist 25 Zeilen auf. Wie ich beispielsweise u. ohne die Genauigkeit eines Markscheiderhaars prästiren zu wollen, auf Fol. 68 rect. (J 4) messe, hat der oberste Rand 17,5 mm Höhe, der unterste 40 mm u. der Schnittseitenrand 32,5 mm Breite. Die ganze Höhe der Blätter lässt sich im Durchschnitt mit 174 mm, die ganze Breite mit 120 mm beziffern.

Das Buch ist von derselben vortrefflichen Hand mit gleichmässiger Sorfalt u. Ausdauer geschrieben. Einer eingehenden Charakterisirung der mehr runden als eckigen Schrift glaube ich mich enthalten zu dürfen, weil ich hoffe, dass eine photolithographische Reproduction nicht lange auf sich warten lassen wird. Nur Einiges. Innerhalb der Sätze ist nur Minuskel angewendet u. es kommen sog. grosse Buchstaben nur am Satzanfange vor. Selbst Wörter wie deus, cristus, maria, paulus, sixtus machen keine Ausnahme. Nur iob ist einmal (1. 13. 3) leicht roth unterstrichen. — Die Buchstaben c u. t sind meist schwer oder gar nicht von einander zu unterscheiden u. man würde in Zweifel gerathen können, ob ein wie „cristi“ aussehendes Wort „Christi“ oder „tristi“ bedeuten solle. Alle übrigen Buchstaben sind deutlich. Das i ist oben mit einem Strichelchen versehen, wo dies zur Unterscheidung erforderlich; wenn also etwa eine m geschriebene Silbe in oder ni heissen soll, so steht schräg über dem ersten bezw. dritten Grundstriche ein feines Strichelchen; ist keine Verwechselung zu besorgen, so fehlt in der Regel das Strichelchen. — Der Buchstabe a ist oben spitz. — Compendien sind in sehr verschiedenem Maasse zur Anwendung gebracht, so z. B. sind 1. 1. 13 die vier Wörter „quia spiritum Christi non“ aufs Knappste abbreviirt u. einige Zeilen darauf (1. 1. 19) die fünf Wörter „sed virtuosa vita efficit deo“ wieder voll u. ganz ausgeschrieben. — Anachronismen habe ich in den Abkürzungen nicht wahrgenommen. — Arabische Ziffern kommen ausser in den Custoden selten vor. Die 4 erscheint als unten offene 8.

Dieselbe Hand hat nicht nur den Text in schwarzer Tinte ausgeführt sondern auch das Rubriciren oder Miniiren besorgt. Zu gleicher Zeit mit schwarzer u. mit rother Farbe zu manipuliren mag technische Schwierigkeiten gehabt haben. Der Schreiber machte daher erst den Text in schwarzer Tinte fertig. Für das roth zu Schreibende liess er sich einen entsprechenden Raum frei u. notirte sich den Wortlaut der Kapitalüberschrift ganz klein unten am Rande, oder, wenn es an Platz fehte, auch am Schnittseitenrande. Auch für die theils mit geschmackvollen Miniaturen, theils mit grossen, abwechselnd rothen u. blauen Buchstaben auszuführenden Initialen sparte er den Raum aus u. schrieb — was für seinen eigenen Bedarf unnöthig gewesen wäre — den betreff. Buchstaben ganz klein an, weil wohl die wissenschaftliche Bildung des Initialenkünstlers die Kenntniss der Buchstaben nicht viel übersteigen mochte. Letzterer würde es ja nicht einmal gewahr, dass er im lib. 3 mit dem Initial des 14. Kapitels, einem grossen rothen J, den ersten Grundstrich im m des Wortes me überdeckt u. so dem Buche fast zu der neuen Variante superne verholfen hatte. — Später dann wurde die rothe Farbe u. die Vorrichtung zum Trocknen präparirt u. alles Rothe geschrieben, insbesondere auch jeder schwarze Anfangsbuchstabe eines Satzes mit einem rothen Striche versehen; ebenso erhielten die *II* die Einschaltungs-, Umsetzungs- u. Ungiltigkeitszeichen eine rothe Deckung.

Ob dictando geschrieben worden, oder nicht, darüber habe ich keine Anzeichen gefunden; ich glaube, ohne es beweisen zu können, das Letztere. Doch musste die erste Vorlage, von welcher dictirt oder gelesen wurde, mangelhaft gewesen sein, denn der Schreiber liess in seinem Texte Lücken. Als er dann diese mit Hilfe einer andern Vorlage ergänzen wollte, fand er, dass die einzusetzenden Wörter im Verhältniss zu dem freigelassenen Raume zu lang oder zu kurz waren u. er musste nun entweder die Buchstaben ungewöhnlich zusammendrängen oder ausdehnen u. füllte im letzteren Falle auch den übrigen Raum mit Bindestrichen (1. 3. 29. uniuerse ==) aus. Die zweite Vorlage musste aber auch sonst von grösserem Ansehen gewesen sein, denn man könnte sich sonst die hinterher von der ersten Hand vorgenommenen Umstellungen wie z. B. in der Ueberschrift von lib. 3, Kap. 18; sensus nostri 1. 14. 11; te vales 1. 19. 40, u. te liberauerit 3. 4. 7 kaum erklären.

Bei der Collationirung seiner Schrift mit der zweiten Vorlage fand der Schreiber, dass er doch oft falsch gelesen hatte u. er nahm keinen Anstand, an unzähligen Stellen das Unrichtige fortzuradiren u. das Bessere an die Stelle zu setzen, wie z. B. 3. 25. 41 quasi hec tantaque etc. wo das Fortradirte noch durchscheint u. auf chemischem Wege wiederhergestellt werden könnte. Wenn aber beide Quellen differirten u. er sich nicht von der unzweifelhaften Vorzüglichkeit der zweiten Vorlage überzeugen konnte, so schrieb er das Abweichende der zweiten mit Asteriscus an den Rand. Derartiges findet sich:

	Text.	Variante.
3. 38. 13.	Sic etiam	Si sic etiam
3. 55. 80.	stirps	stips
3. 57. 44.	diuinitatem	dignitatem

Möglich ist es freilich auch, dass der Schreiber diese 3 Varianten nicht erst selbst ausschied, sondern schon in seinen Quellen vorgefunden hatte. Dies möchte ich sogar für wahrscheinlicher halten, weil ich auch glaube, dass er die beiden Nõ. — unsere jetzigen Notabene — in 3. 19. 30 u. 3. 30. 58 schon vorgefunden hatte.

Der Inhalt und die Anordnung entspricht in der Hauptsache der Ausgabe von Hirsche (Thomae Kempensis de imitatione Christi libri quatuor. Berolini 1874), nach welcher ich im Vorstehenden schon citirt habe.

Es beginnt die Handschrift unmittelbar mit der Kapitel-Ueberschrift: De imitacione cristi et contemptu omnium vani | tatum mundi Capitulum primum | Auf 1. 25. 151 vim intuleris. | folgt als Schluss: Deo gracias Amen, dann die Recapitulation: Incipiunt capitula precedentis libelli | De imitacione cristi et contemptu omnium | vanitatum Capitulum primum | etc. bis: De feruenti emendatione tocius vite nostre XXV | auf Fol. 24 verso. Der übrige Raum dieser Seite — 19 Zeilen — ist ganz frei. Auf der neuen Quaternio (D) beginnt die erste Seite mit: Incipiunt capitula huius libri | De interna conuersatione Cap^m^ primum etc. bis: De regia via sancte crucis Cap^m^ duodeci^m^ | Dann sofort: Incipiunt ammoniciones ad interna trahentes | De interna conuersacione cap^m^ primum | etc.

Auf 2. 12. 191 „regnum dei" folgt wieder: Deo gratias. Dann „Incipiunt capitula tertii libri sequentis | De interna cristi locucione ad ani | mam fidelem Capitulum primum" | bis „Quod omnis spes et fiducia in solo deo est figenda ca^m^ LIX. |" Weiter auf der neuen Quaternio F: De interna cristi locucione ad animam fidelem capi | tulum primum etc. bis 3. 59. 56: perp. claritatis Amen. Hier schliesst auch wieder eine Quaternio (M). Die nächste, 13., beginnt mit dem Index: Incipiunt capitula libri sequentis | Cum quanta reuerentia cristus sit suscipien | dus Cap^m^ primum etc. bis: sacre fidei XVIII |; dann: Incipit deuota exhortatio ad sacram **cristi** | comunionem vox cristi | Venite ad me etc. bis 4. 18. 51: non essent mirabilia nec in**falli** | bilia dicenda *II* Deo gracias Amen |

Den Schluss bildet der Kolophon:

Anno dñj Millesimoquadrĩgentesi- | motricesimoprimo ipõ die lucie virgi- | nis et mr finitus et cõpletus est li- | ber iste per manus fratris iohĩs cor- | nelij Anno pfessionis eiusdem 2° |

Was der Cod. Roolf bezüglich der Interpunktion u. des Rhythmus bietet, dies näher zu untersuchen überlasse ich Anderen. Wegen meiner persönlichen Verhältnisse muss ich mich auf die gröbste Bergmannsarbeit beschränken u. kann nur Haufwerk fördern. Zur richtigen Aufbereitung gehören jüngere Kräfte. Die völlige Zugutemachung wird Jahrzehnte beanspruchen.

So intakt die Schrift selbst geblieben ist, so viel Aenderungen hat die Interpunktion von späterer Hand erfahren.

Auf einige Bemerkungen in Hirsche's Prolegomena (Berlin 1873) kann ich mich en passant äussern. Die *Π* hat, wie schon bemerkt, unser Cod., die C fehlen dagegen gänzlich. Fragezeichen, einfache u. Doppelpunkte verschiedener Art, Hakenpunkte u. andere noch aufzuklärende Zeichen (in sequeris 1. 9. 24, superuenit 1. 13. 24; incidunt 1. 13. 28 comparet 1. 23. 4, preuidet 1. 23. 9), das Zeichen nach tumultus 3. 47. 10 nicht zu vergessen — sind vertreten. Der Hakenpunkt beginnt einmal 3. 12. 22 vor „sed" die Zeile; von ihm ist öfters der Punkt fortradirt worden u. nur noch der Haken übrig geblieben, wie nach animam 1. 2. 18, nach preferre 1. 2. 30, nach perpetrare 1. 2. 41.

Zu Proleg. S. 33. In der Regel hat C. R. vor einem grossen Anfangsbuchstaben keinen Punkt, so auch nicht nach dem dicit 2. 12. 185. Doch kommen nicht gerade seltene Ausnahmen vor.

Zu S. 39. Wenn Hirsche fünf Stellen aus lib. 3, Kap. 5, in welchen „jedes Interpunctionszeichen" fehlt, zum Beweise für die „angemessenste u. geistvollste" Interpunktion seines Autographs heranzieht, so muss ich bemerken, dass C. R. an vieren derselben Interpunctionszeichen zeigt, nämlich 40. 86. 93 und 94 sehr deutliche Punkte nach plenius, nach velox, sincerus, pius u. amenus; nach levis u. nach quietus. — Zeile 43 steht nach letatur ein Colon, wie bei Ruelens (Imitation de Jésus Christ. Leipzig, 1879), u. nicht ein Hakenpunkt wie bei Hirsche. — Nach Ruelens scheint mir übrigens auch im sog. Autograph hinter plenius u. ebenso hinter dem darauf folgenden melius ein Punkt zu stehen, aber durch das 9 artige Abkürzungszeichen für „us" grösstentheils verdeckt zu sein.

Zu S. 7 und 52. Thomas pflegt „durch den lateinischen Buchstaben C (Capitulum) oder den griechischen Buchstaben *Π* (Paragraphus) die Disposition seiner Gedanken selbst bemerklich" zu machen. C. R. oder Cornelius hat das C, wie gesagt, gar nicht, dafür öfters da das *Π*, wo bei Thomas das C steht. So befindet sich lib. 3 Kap. 56. Zeile 42. 51 u. 67, wie ich aus Ruelens entnehme, bei Thomas ein C und es zeigt an denselben Stellen C. R. ein *Π*. Ueberdies aber hat C. R. noch Zeile 58 vor „Domine" dasselbe Zeichen, Thomas aber Nichts. Auch ist die Fassung der folgenden 9 Zeilen auffallend verschieden, nämlich:

Cornelius.	Thomas (nach Ruelens).
Π Domine igitur (ausgeschrieben!) sicut dixisti et pro- | misisti: sic vtique michi promereri contingat | Suscepi de manu tua crucem? (=Hakenpunkt) portabo | eam usque ad mor-	Domine Jesu sicut dixisti et promisisti: | sic vtique fiat et mihi promereri contingat. Susce | pi suscepi de manu tua crucem? (=Hakenpunkt) portabo et | portabo eam usque ad

Cornelius.	Thomas (nach Ruelens).
tem sicut imposuisti michi | Vere vita boni monachi crux est: sed dux | paradisi Inceptum est. retro abire non licet: | nec relinquere oportet *II* Eya fratres etc.	mortem: sicut imposuisti | mihi. Vere vita boni monachi crux est: sed | dux paradisi. Inceptum est retro abire non licet: | nec relinquere oportet C Eya fratres etc.

Ich halte das Einfachere, Ungeschmücktere für das ältere u. vermuthe, dass die Stelle bei Thomas eine jüngere Redaction ist, bei welcher das Zeichen C verloren ging.

Mir scheint das Zeichen vor „Domine" ganz unabkömmlich, weil ja ein Personenwechsel eingetreten u. solito modo anzuzeigen war. — Solche Zeichen werden übrigens auch ohne Umárbeitung verloren gegangen sein. So hat z. B. Thomas 4. 1. 54 nach „mediam" das C. An dieselbe Stelle wollte Cornelius das *II* setzen u. zeichnete es beim Schreiben des Textes mit schwarzer Tinte durch zwei parallele Strichelchen vor, übersah es aber später u. unterliess daher die erforderliche Miniirung.

Zu S. **54.** Im C. R. beginnt das Kap. 56 mit Fili quantum d. i. ohne Punkt u. mit k l e i n e m q, ganz wie in Zeile 52.

Zu S. **242.** Bezüglich der Rhythmik, so freue ich mich Herrn Hirsche als thomistischen Leverrier beglückwünschen zu können. Rhythmische Accente kommen, augenscheinlich nicht von Cornelius' Hand geschrieben, in der That vor. Z. B. 3. 21. 3. requiéscere 4. ét 6. dignitátem 7. súbtilitatem 8. ártes 9. exúltationem 11. consolaciónem 13. ét des. (?) 14. infúndere 16. caperé 17. céli 18. ínuisibilia 20. óptimus 21. potentíssimus 26. gloriossimús (?) 27. érunt 29. reuélas; plené.

Einzelne Kapitel, wie z. B. Kap. 7 u. 49 im 3. Buche sind sogar durchweg accentuirt. Es scheinen verschiedene Zeichen, ein Acut- u. ein Gravis-artiges aufzutreten. 3. 49. 103 erscheint so:

et sincéra voluntate stùdeas àdimplére.

2. 8. 23 ist noch auffallender:

Qui ínuenit iesum ìnuenit thesaurum.

Diese Accentuirung, richtig erkannt, wird die Textkritik fördern helfen können. Vielleicht vermag später der Musiker zu entscheiden, ob es 3. 49. 53 mit Thomas: ultra oder nach dem Continuator des Cornelius: àlteri heissen muss.

Ebenfalls nicht von erster Hand kommen Abtheilungen durch senkrechte Striche vor, welche vielleicht auch mit dem Rhythmus oder dem Kirchengesange zu thun haben. Z. B. 2. 9. 78:

Siue enim assint homines boni | siue deuoti fratres | uel amici fideles: siue libri sancti | siue tractatus etc.

Ich wende mich jetzt zu den Textvarianten. Man wird es billigen, dass ich etwas weit gehe, auch einige Druckfehler verbessere. Gewiss wird mir Manches entgangen sein u. auf meinen Nachfolger eine lohnende Nachlese warten. Kleine Inconsequenzen bitte ich zu entschuldigen.

Admonit. ad spir. vit. ut. Lib. primus fehlt.

1. 1. 16. Quid prod. **homini** alt. 20 conpunctionem (ausgeschrieben!) 31. statum fehlt. 34. long. vit. **sperare**.

1. 2. 28. Noli **ergo** alt. sap. 31. inveniuntur.

1. 3. 23. cordis. 63. sicut. 70. et **in** stud. flor. 73. esse fehlt.

1. 4. 8. Magn. **est** sap. 13. et **cum** consc. 14. meliori.

1. 5. In der Ueberschrift fehlt sanctarum. 14. sed **verbum** dom. man. 26. Sine.

1. 6. 15. ad pac. **suam** quam ques.

1. 7. 34. cum humilibus: 35. zelus **est** et indig.

1. 8. 4. blandiri.

1. 9. 5. quam in prelatura **seu regimine**. 9. nec. 18. quandoque fehlt.

1. 10. 17. haec fehlt. 27. sibi fehlt.

1. 11. 10. mort. **et** ab omn. terr. des. **elongare** stud. 43. possit. 44. fac. **nobis** in pr.

1. 12. 1. habemus. 12. totaliter.

1. 13. 4. vita **hominis** sup. 10. habet. 11. **quia** plene. 17. qui **bene** tent. 20. non **sunt** tent. 34. **ymmo**. 69. non. **vero** sat. leuiter tempt. 72. cunct. **secundum** elect. 82. existit.

1. 14. 6. fructuose (Druckfehler). 11. tam fehlt. 18. eorum **libitu** fiunt.

1. 15. 5. deseritur. 8. quantumque. 34. quiescunt.

1. 17. 6. vixit. 7. consummauit.

1. 18. 8. domino. 35. et fehlt. 50. electi. 53. in.

1. 19. 7. ejus fehlt. 68. in fehlt (ebenso wie bei Ruelens).

1. 20. 12. secr. **viuere** elig. 38. finem . ., ipsius fehlt. 47. nec. 73. degat. 93. vides? . . 94. terram. 110. rum. **seculi** aud.

1. 21. 20. se redigere sanct. 29. Habe.

1. 22. 8. trib. **et** ang. 13. Ecce. 20. mediocritas (Druckf.?) 31. devote fehlt. 44. nichil. 49. des. **ipsorum**; sursum fehlt. 92. instituerernur.

1. 23. 11. quasi **statim** esses. 13. mort. paueres. 22. Ach (wie bei Ruelens). 29. suae fehlt. 42. filius. 57. ex inf. emendantur. 61. futuris. 71. sed. 89. nullam. 111. preter.

1. 24. Ueberschrift: De iud. et pen. **inferni** (im Index steht peccatorum). 37. purgentur. 46. artissima. 57. qui **nunc** se. 64. omnis fehlt. 97. delect. **scilicet** hic.

1. 25. 12. deus. 23. Quid si. 38. pre alijs. 39. sunt viribus. 104. cistersienses. 106. turpe est . . pigritare. 117. solummodo. 123. tunc. 151. intuleris. **Deo gracias.**

2. 1. 31. cristus. 51. sicut fehlt, wie nach Hirsche (Epilogus) im sog. Autographon. Nach Ruelens ist es am Rande eingeschaltet. 55. **ut non** capiaris. 57. ad Christum fehlt. 64. detrahentium. 106. displ. et **multa** cont. 111. rēnuis (mit Auslassungszeichen über e).

2. 2. 15. sciant.

2. 3. 36. laud. **munus.**

2. 5. 39. consolicionis.

2. 6. 48 u. 50. deus. 57. dicit beat.

2. 7. 11. finem.

2. 8. 18. conferre (Druckfehler?)

2. 9. 15. aliqua. 57. hoc. 61 u. 71. suae fehlt. 64. dominus. 79. sancti **siue** tract.

2. 10. 1. qu. **requiem.** 64. aut **munus** vil.

2. 11. 7. cum deo. 17. vermuthlich absconderet. 32. Raro **inuenitur**. Nach Hirsche Epil. soll dies Wort gestrichen werden. Nach dem Instrumentum von 1671 (Wolfsgruber, Joh. Gersen pag. XXVI) fehlt es im sog. Autographon u. steht von neuerer Hand am Rande. 32. spiritalis. 51. estimare. 57. vere **vere** paup.

2. 12. 4. dur. **est.** 11. judicem fehlt. 93. tibi fehlt. 106. ut si. 116. homines fug. 129. portandum. 153. usque fehlt. 158. perpetuo. 182. cristus. 191. Dei. **Deo gratias.**

3. Die Buch-Ueberschrift: De int. cons. Lib. tert. fehlt.

3. 1. 31. **et** fid.

3. 2. 2. tuus fehlt. 19. sed fehlt. 36. Deus **meus.**

3. 3. 30. pro una (nicht vana) re. 43. mea fehlt. 57. Ueberschrift. Or. ad implorandum. 58. et.

3. 4. 2. ambula. 10. sicut. 12. veritas. 29. vilifacere. 32. pret. **nil** amm.

3. 5. Ueberschrift. affectu (Im Index steht effectu). 37. amare. 45. dat. 71. deus. 73. totus fehlt. 75. interiora. 97. deo. 103. accedencia.

(Schluss folgt.)

[531.] Neuester Nachtrag zur Kaspar-Hauser-Litteratur*).

„Caspar Hauser und kein Ende! So werden nicht Wenige beim Erscheinen einer neuen Schrift über den räthselhaften Findling ausrufen.“ Mit diesen Worten beginnt der Herausg. der neuesten Schrift zur Kaspar-Hauser-Litteratur seine Vorrede. Aehnlich kann auch ich den nachfolgenden neuesten Nachtrag zur Kaspar-Hauser-Litteratur beginnen; es ist aber, falls in dem Ausrufe ein Vorwurf gefunden werden könnte, dass die weitere Vermehrung der betr. ohnehin schon fast zu umfänglichen Litteratur als ein Zuviel des Guten anzusehen sei, zwischen jener neuesten Schrift u. meinem neuesten Nachtrage insofern ein Unterschied, als ich, so lange diese Litteratur noch nicht abgeschlossen ist, gewissermaassen gezwungen bin, die vor Jahren nun einmal begonnene u. von Zeit zu Zeit stetig

*) S. Anz. J. 1878. Nr. 733.

fortgeführte bibliographisch-kritische Uebersicht derselben auch noch weiter fortzusetzen, um sie auf dem Laufenden zu erhalten u. zu vervollständigen, während es jenem Herausg. freigestanden hätte, seine Schrift unveröffentlicht zu lassen, dafern sie nicht im Stande ist, in das trotz aller Aufklärungen immer noch vorhandene Dunkel der Kaspar-Hauser-Legende neues Licht zu werfen. Ob dies hinsichtlich jener neuesten Schrift der Fall sei — davon später; vorerst die Anzeige von ein paar Schriften, die seit meinem letzten Nachtrage erschienen sind.

Zur Geschichte der Herkunft Caspar Hauser's von Julius Meyer. Würzburg, Stahel. 1878. 8°. 27 S.

Der Verf. weist die von Blum u. früher schon aufgestellte Behauptung, dass K. H. der Sohn des Bamberger Domherrn Freiherrn v. Guttenberg u. einer Demoiselle Königsheim sei, entschieden zurück.

Kaspar Hauser, der Findling von Nürnberg. Eine Erzählung von Ferdinand Hoffmann. Oberhausen u. Leipzig, Spaarmann. 1879. kl. 8°. 48 S. (Neue Volks-Bibliothek. Nr. 16.)

Eine erbärmliche Colportage-Geschichte von K. H. als angeblichem natürlichem Sohne des Kaisers Napoleon u. der Polnischen Gräfin Jadwiga Boginska. — Die neueste Schrift ist:

Caspar Hauser. Hinterlassenes Manuskript von Josef Hickel, k. b. Gendarmerie-Major, Mitglied der Hauser'schen Untersuchungs-Commission und gerichtlich bestelltem Vormund desselben, nebst einer Selbstbiographie Kaspar Hausers. Herausgegeben und mit Anmerkungen versehen von Julius Meyer. Mit einem Lichtdruckbilde und Facsimile Caspar Hausers. Ansbach, Brügel u. Sohn. 1881. 8°. VI, 157 S. m. 1 Taf.

Zur Veröffentlichung dieser Schrift, sagt der Herausg. im Vorworte, sei er durch folg. Erwägungen bestimmt worden: „Während meine Authentischen Mittheilungen über Caspar Hauser 1872 schon unter der Presse sich befanden, erhielt ich von dem nunmehr verst. Domcapitular Pflaum in Bamberg ein Manuscript seines i. J. 1862 verlebten Freundes, des k. b. Gendarmerie-Majors Hickel über Caspar Hauser mit der Erlaubniss, dasselbe bei meiner Schrift beliebig benutzen zu dürfen. Hickel hatte sich selbst mit der Absicht getragen, seine Arbeit dem Drucke zu übergeben, wie aus einem Briefe desselben de dato Bamberg 8. Nov. 1858 an meinen verst. Vater, den Lehrer J. G. Meyer, hervorgeht, in welchem er schreibt: Ich bin nicht säumig in meiner Arbeit u. werde mit derselben Offenheit u. Geradheit auftreten, wie ich es am 4. Januar 1834 vor dem König u. dem ganzen Hofe gethan habe. Nur die Frage ist: Darf ich sie herausgeben, weil ich der Untersuchungs-Commission beigegeben war? Dieses letzteren Bedenkens wegen — aus Furcht, die Bestimmungen über die Amtsverschwiegenheit zu verletzen, unterliess Hickel die Herausgabe.“ Nachdem nun aber dem

Herausg. 1870 von den Königl. Bayer. Staatsministerium der Justiz u. des Innern die Einsichtnahme der sämmtlichen auf K. H. bezüglichen Criminal- u. Polizei-Acten gewährt worden war, sind natürlich für ihn die von Hickel gehegten Bedenken in Wegfall gekommen, u. er hat dessen ihm übergebenes Manuscript — welches, wie der Herausg. sagt, in Form von an einen Freund gerichteten Briefen (53 an der Zahl) eine vollständige, gedrängte Geschichte des Hauser'schen Falles enthält — ungehindert benutzen können. Erwägt man, dass Hickel — als „derjenige Gendarmerie-Offizier, in dessen Hand hauptsächlich die Anordnung u. Durchführung der gerichtlichen u. polizeilichen Recherchen gelegt gewesen sind, die man zur Aufklärung der Schicksale K. H.'s u. zur Feststellung der an ihm etwa begangenen Verbrechen für nothwendig erachtet hatte," u. von dem selbst Anselm v. Feuerbach bezeugt hat, dass „er in der Hauser'schen Sache ausgezeichnete Dienste geleistet habe" — in der Lage gewesen ist, auf eigener Anschauung beruhende Mittheilungen über K. H. zu machen, u. in einer hervorragenden öffentlichdienstlichen Stellung zu der Angelegenheit des Findlings sich befunden hat, so mag man gern zugeben, dass diese Mittheilungen Interesse beanspruchen; aber dieses Interesse würde sicher ein weit grösseres gewesen sein, wenn sie früher gemacht u. nicht von den inzwischen von anderer Seite gemachten Mittheilungen überholt worden wären, u. übrigens auch zu einem bestimmteren u. glaubhafteren Resultate, als dass man in K. H. einen blossen Leporello zu sehen habe, geführt hätten. J. Petzholdt.

[532.] Plan eines Journal-Inhalts-Verzeichnisses.

Unter der Aufschrift „Eine neue Idee" findet sich im „Leipziger Korrespondenzblatt. Central-Organ für die Interessen der Gehilfenschaft des deutschen Buchhandels I." Nr. 1, S. 2 folgender Aufsatz: „Ein Königreich für eine Idee!" seufzt mancher junge Verleger, der, von Moses u. den Propheten genügend unterstützt, gern ein noch nicht dagewesenes, natürlich allen Erfolg versprechendes Unternehmen in Scene setzen möchte: u. hier soll eine neue Idee mir nichts dir nichts preisgegeben werden, da muss wohl etwas faul sein im Staate Monaco?! Je nun — gewiss soll unsere funkelnagelneue Idee des Längeren u. Breiteren dargelegt werden, ob sie eine gute genannt werden darf, das ist eben die Frage, die wir durch unsere freie Aussprache anregen u. zur Diskussion stellen wollen, mag ein Jeder, der sich berufen fühlt, sich für oder wider äussern: wir möchten so oder so das Unternehmen verkörpert sehen, weil es uns — doch davon später. In medias res: Es handelt sich um die Herausgabe eines fortlaufenden Journal-Inhalts-Verzeichnisses. Wir besitzen, ebenso dem gelehrten, wie dem Laien-Publikum, wie dem Vermittler, dem Buchhändler, zugänglich: Bücherkataloge — Hinrichs, den grossen u. kleinen, Kayser etc., die besseren Zeitschriften bringen: Bücherschau, „Vom Recensententische" u. s. f. — überall ist nur das abgeschlossene Buch registrirt, recensirt u. in übersichtlicher Weise klassifizirt. — Sehr schön, — aber wo finden wir Nachweise über die zum Theil kostbaren Aufsätze, welche sich in den Revuen, Journalen etc. geradezu verkrümeln: sei es, dass der Autor eine Buchausgabe nicht beabsichtigt, oder dass eine solche quantitativ nicht lohnt? Gesetzt ein Gelehrter hat jahrelangen Fleiss einer Arbeit gewidmet, neue Quellen aufgedeckt, kurzum ein verdienstliches Werk geschaffen, — aber diesen u. jenen mehr oder weniger wesentlichen Punkt musste er unberücksichtigt lassen — es fehlten ihm die bezüglichen Hilfsmittel! Hätte er nur die u. die Nummer der u. der Zeitschrift zur Verfügung gehabt, so würde er pro posito Glimmen u. schwaches Leuchten angetroffen haben, das er leicht zu hellem, erwärmendem u. klärendem Feuer anzufachen vermochte! Wer in aller Welt hätte denn Zeit, all' die Bände, Hefte, Blätter u. Blättchen durchzustöbern, in denen der Stein der Weisen wie oft klar zu Tage liegt — oder vielleicht das in diesem Falle gleichwerthige Gegentheil! Diesem Uebelstande oder Manco glauben wir durch einen Anzeiger abhelfen zu können, der nach den Wissenschaften geordnet, mit oder ohne kritische Bemerkungen in gewissen Zwischenräumen (14täglich oder monatlich) Auskunft ertheilt, was das ganze Heer von Zeitschriften an für das Individuum Interessantem bietet. Lassen Sie uns einen fingirten Fall als Erklärung erzählen, — dass dergleichen passiren kann, wird kein Einsichtsvoller leugnen. Ein vir doctissimus arbeitet über Afrika, speziell die Boers. Die Zeitschriften u. Zeitungen wimmeln von Aufsätzen über den Gegenstand, Neues u. immer Neues kommt zu Tage, jeder Gebildete muss wohl oder übel Akt davon nehmen, wie viel mehr der Forscher. Soll er sich alle hervorragenden Zeitschriften lediglich in der Hoffnung „zulegen", dass eine nach der andern seinen Stoff neu zergliedern u. bereichern werde? — Nein, er geht in die Lesehalle oder in das Kaffeehaus u. spielt nun recht eigentlich ein litterarisches Lotto. Globus — nichts über die Boers, Ausland, nach langem Harren endlich erobert, dito, Westermann, dito, dito — ihm reisst die Geduld — er geht. Sein Nachbar las in der Rundschau oder in den Grenzboten etc., hätte er darnach gegriffen, so würde er neue Anschauungen, vielleicht Belehrung, vielleicht Stoff zum Angriff, sicher aber Anregung gefunden haben. Gesetzt nun, der Journal-Anzeiger sei ins Leben getreten u. liegt oder hängt am bestimmten Orte. Unser vielbeschäftigter Forscher schlägt — die Anordnung ist genau die des Hinrichs — seine Rubrik auf, u. — time is money — das neueste Material steht ihm fast mühelos zu Gebot.

Wirklich werthvolle Artikel, die er auf den ersten Blick zu würdigen versteht, wird er sich so wie so anschaffen, kurze Notizen an Ort u. Stelle sammeln, — es wäre mit andern Worten dem Manne selbst u. vielfach dem Verleger geholfen. Ad vocem Verleger! Wie wird sich der Zeitschriften-Verleger zu dem Unternehmen stellen? Nun wir glauben: Er wird alle Hände dazu bieten, es zu verwirklichen, er kann ja nur Vortheil davon haben, wenn fortlaufend der Inhalt seines Werkes dem Publikum ad oculos demonstrirt wird; ganz abgesehen davon, dass das Journal-Inhalts-Verzeichniss eine absichtslose, doch nichtsdestoweniger heilsame Presspolizei auszuüben berufen ist, die jedem anständigen Verleger — ein selten Ding einer Polizeimacht gegenüber — persona gratissima sein wird. Und wer soll Käufer sein? — Unbesorgt! Bibliotheken, Lesehallen, Kaffeehäuser, Gelehrte, Bibliophilen, Lesezirkel; freilich: ein Gutes u. Ganzes muss geboten werden. Wenn die strengen Fachjournale theilweise bereits gegenseitige Inhaltsverzeichnisse zu Nutz u. Frommen ihrer Leser bringen u. dafür Anerkennung ernten, so ist das lediglich ein Moment für unsere Idee, die wir — anknüpfend an unsere kurzabgebrochene Einleitung — für lebensfähig u. gut halten. Wer noch? Wer nicht?

Th. Rother.

Hierzu sind im nämlichen Bl. Nr. 3, S. 14 folgende Mittheilungen gekommen: Anfang der 70er Jahre ging ich mit der Idee um, alle jene Aufsätze aus politischen u. nichtpolitischen Zeitungen u. Zeitschriften zu registriren, welche irgendwie mein engeres Heimathland berührten. Ausgeschlossen blieben selbstverständlich politische u. Tagesneuigkeiten. Dazumal noch im Sortimentsgeschäfte thätig, hatte ich Gelegenheit, eine erkleckliche Anzahl benannter Blätter durchmustern zu können. Ich legte 2 Journale an mit den (s. Z. als praktisch bewiesen) betr. Rubriken versehen. Das eine sollte dienen zur Registrirung der Aufsätze aus in meinem engern Heimathland erscheinenden Schriften, das andere zur Aufnahme solcher von ausserhalb meines Heimathlandes erscheinenden Schriften. Der Gedanke war derselbe, den Sie in Ihrer ersten Nummer des Korrespondenzblattes darlegen. Ich trat an die Arbeit heran u. führte sie kurze Zeit durch. Bald jedoch musste ich erkennen, dass mir, um ein Ganzes zu leisten, u. das wollte ich doch, Hindernisse in den Weg traten, die zu überwinden mir Einzelnem unmöglich sind. Wenngleich das Sortimentsgeschäft Journale u. Zeitschriften in grosser Auswahl führte, wenngleich die Redaktion des im Lande bedeutendsten politischen Blattes mir räumlich nahe gelegen u. in jeder Weise mich in meinem Vorhaben zu unterstützen bereit war, so stellte es sich doch sehr bald heraus, dass meine Arbeit selbst bei Anwendung allen Fleisses eine lückenhafte u. der vorgeschwebten Idee nicht entsprechende war. Ich stellte daher jede weitere Registrirung ein. Ihr Artikel in Nr. 1 des Korrespondenzblattes ermuntert mich wieder, Versäumtes nachzuholen, die Arbeit mit Ernst u. Fleiss wieder aufzunehmen, da die Hoffnung nicht mehr ausgeschlossen zu sein scheint, etwas Ganzes leisten zu können, vorausgesetzt, dass mit vereinten Kräften gearbeitet wird. Wollen Sie in kurzen Umrissen meine Gedanken hören, deren Ausführung, wie mir scheint, das Unternehmen am ersten zum Ziele führen könnte. Der allgemeine Buchhandlungs-Gehilfen-Verband (dessen Mitglied ich seit Gründung desselben bin) hat seine Mitglieder in allen Zonen des Deutschen u. mit dem Deutschen in Verbindung stehenden Buchhandels. Dieser Verband, resp. dessen Mitglieder sollen sich verpflichten, sektionenweise (ev. hiervon noch in Unterabtheilungen) die Arbeit in die Hand zu nehmen, auszuführen u. in bestimmten und von Seiten der geehrten Redaktion Ihres Blattes vorgeschriebenen Terminen einzusenden. Die Redaktion hinwieder hätte die Verpflichtung, das Material zu sichten, nach Materien zu ordnen u. für die Drucklegung vorzubereiten. Das Unternehmen wird Verlag des allgemeinen Buchhandlungs-Gehilfen-Verbandes, die Mehr-Einnahmen sollen bestimmt sein zur Gründung eines Wittwen- u. Waisenfonds. Für die Redaktion würde es sehr gut, für die Arbeit überhaupt förderlich sein, eigene Formulare zusammenzustellen und hinauszugeben, in welchen das Programm so dargelegt ist, dass kein Zweifel aufkommen kann. Sollte ich mit Obigem ein Scherflein zur Verwirklichung des Planes beigetragen haben, wird es mich freuen. G. W.

Rr. Als vorstehender Artikel bereits gesetzt war, ging uns von Dr. Jul. Petzholdt, Geh. Hofrath u. Königl. Bibliothekar in Dresden, den wir um sein bekanntlich durchaus kompetentes Votum angegangen haben, nachstehendes Schreiben zu, welches wir — die Erlaubniss ist wohl stillschweigend gewährt — trotz seines abfälligen Entscheides mit frohem Danke gegen den verehrten Autor hier in extenso zur Kenntniss unserer Leser bringen. Freilich, darnach ist es schier zweifelhaft, ob wir auf die kecke Frage: Wer noch? aufrichtig „wir“ antworten würden; jedenfalls gilt auch hier das alte gute Wort, erst wägen, dann wagen! „Wie ehrenvoll es auch für mich ist, dass Sie das Vertrauen in mich setzen, die mir vorgelegte Frage über Ihre neue Idee mit Leichtigkeit beantworten zu können, so mag ich doch nicht leugnen, dass mich die mir abverlangte Antwort, die mir für meine Person gar nicht so leichter Art zu sein scheint, einigermaassen in Verlegenheit gesetzt hat. Ihre neue Idee eines „fortlaufenden Journal-Inhalts-Verzeichnisses“ — es ist dabei freilich fraglich geblieben, ob dieses Verzeichniss sich nur auf Deutsche Journale beschränken, oder auf die ausländische Litteratur auch mit erstrecken soll — halte ich an sich für sehr ansprechend, u., falls sie zur Ausführung gebracht werden könnte, für ausserordentlich nützlich. Aber ich mag nicht bergen, dass ich die Herstellung eines solchen Inhalts-Verzeichnisses (vorausgesetzt natürlich, dass davon kein irgendwie erhebliches Journal ausgeschlossen bleibt), unter allen Umständen für, wenn nicht durchaus unausführbar, doch mit ausserordentlich grossen Schwierigkeiten verknüpft halten muss. Wo wollen Sie das Material, d. h. den ganzen Vorrath der zu excerpirenden Journale beisammen finden. Keine Bibliothek verfügt über einen solchen Vorrath, u. anzunehmen, dass die sämmtlichen Verleger von Journalen es in ihrem eigenen Interesse finden würden, ihre Journale zur Benutzung für das Inhalts-Verzeichniss zur Disposition zu stellen, dürfte meiner unmaassgeblichen Ansicht nach ein Fehlschluss sein. Ich habe in dieser Sache einige Erfahrung u. glaube diese Annahme als durchaus trügerisch bezeichnen zu müssen. Aber selbst angenommen, dass es möglich sein würde, die zur Herstellung des Inhalts-Verzeichnisses erforderlichen Journale sämmtlich herbeizuschaffen, wo sollen die Leute dazu herkommen, welche nicht blos Zeit genug haben, regelmässig die einlaufenden Journale zu excerpiren, sondern auch das Geschick besitzen, die Excerpte nach Einer Schablone zu besorgen; denn Regelmässigkeit u. Uebereinstimmung der Excerpte sind durchaus unerlässliche Bedingungen jenes Inhaltsverzeichnisses. Zudem dürfte den Leuten, auch wenn solche in hinreichender Anzahl gefunden würden (dass ein Einziger die Geschäfte bewältigen könnte, davon ist natürlich durchaus keine Rede), als Entgeld für ihren Zeit- u. Müheaufwand schwerlich ein so hinreichendes Honorar geboten werden können, dass sie sich lange an das Unternehmen gefesselt halten möchten, u. doch müsste, wenn das Unternehmen nicht Schaden leiden sollte, ein Wechsel der Mitarbeiter möglichst vermieden werden. Wo sollte aber ein hohes, die Mitarbeiter fesselndes Honorar herkommen? Ich möchte nicht so unbesorgt auf eine derartig grosse Anzahl von Abnehmern des Inhalts-Verzeichnisses rechnen, dass durch deren Theilnahme die Zahlung eines hohen angemessenen Honorars ermöglicht werden könnte. Die nicht unbedeutenden Druckherstellungskosten u. das Honorar für die Mitarbeiter müssten — abgesehen von noch vielen anderen Ausgaben für Regie, Porto u. dergl. — den Herausgeber des Inhalts-Verzeichnisses nöthigen, den Verkaufspreis des letzteren in einer Höhe zu normiren, die von denen, die man im voraus u. unbesorgt als Käufer annehmen zu dürfen glaubt, eine nicht unerhebliche Anzahl von dem Ankaufe abschrecken würde. Unter so bewandten Umständen, die, meiner Ansicht nach, hier in Betracht gezogen werden müssen, glaube ich auf Ihre am Schlusse des Artikels aufgestellte Frage: „Wer noch? Wer nicht?“ antworten zu dürfen: „Ich nicht!“

Litteratur und Miscellen.

Allgemeines.

[533.] The Library Journal Official Organ of the Library Associations of America and of the United Kingdom. Vol. 6. (S. oben Nr. 437.)

Die März-Nr. 3 enth.: Editorial-Communications (Injurious Insects; the Academy and the Library Journal) — the Annex Library — the British Museum Catalogue — W. J. Fletcher, Serial Stories — Bibliography — Special Reference Lists: „Carlyle" — Library Purchase-List — List of Ladies' Commission on S. S. Books — Notes and Queries — Harvard College Shelf-Guide — General Notes.

[534.] Bulletin du Bibliophile et du Bibliothécaire publ. par Techener. XLVIII. Année 1881. (S. oben Nr. 438.)

Das Doppelheft vom Jan. u. Febr. enthält: S. 1—19 Étude sur François premier et les historiens de son règne, par Paulin Paris — S. 20—47 Louise de Lorraine, reine de France (1553—1601), par M. E. Meaume (Fortsetzung folgt) — S. 48—53 Nouvelles Lettres de Pétrarque sur l'amour des livres traduites en Français pour la première fois, d'après les manuscrits de la Bibliothèque nationale par Victor Develay (Fortsetzung) — S. 53—64 Le Mystère de Noé (1546), par le Baron Ernouf — S. 65—73 Un Gentilhomme Languedocien au XVII e siècle (lettre inédite de Sully), par le Comte Edouard de Barthélemy — S. 73—74 Revue critique de Publications nouvelles — S. 75—96 Du Prix courant des Livres anciens (Revue des ventes: Bibliothèque de M. le Comte d'Essertenne; Vente d'une petite Collection de Livres appartenant à Quentin Bauchard) — S. 96 Nouvelles et Variétés.

[535.] * Il Bibliofilo Giornale dell' arte antica ecc. diretto da C. Lozzi. Anno II. (S. oben Nr. 439.)

Die März-Nr. 3 enthält: Dei Segni distintivi delle antiche edizioni e stampe (Lozzi) — Di un Manoscritto miscellaneo del principio del sec. XVI, con accenno ad un istromento stipulato per la proprietà del libro (Fiorenzi) — Restauratori di Libri, imitatori di caratteri e fregi antichi (Il Bibliofilo) — Appunti di Bibliografia musicale (Roediger) — Notizie bibliografiche di Lettere autografe inedite, di J. Morelli, possedute dal March. Campori (Cont.) — Giurisprudenza (Lozzi) — Bibliografia bibliografica — Notizie.

Bibliographie.

[536.] Histoire de l'Imprimerie par Paul Dupont, Sénateur, ancien Député etc. Tom. I—II. Paris, Rouveyre. gr. 12°. XXIV, 523 S. & 2 Bll. 612 S. Pr. n. 15 Mk. Enth. Tom. II. S. 537—55: Bibliographie.

Der Verf., Sohn des bekannten Buchdruckers François Dupont († 19. Jan. 1853), schreibt: „Malgré le titre — et je n'en ai pas su trouver d'autre — donné à cet ouvrage, je n'ai pas la prétention d'avoir écrit l'Histoire de l'Imprimerie. C'est un travail qui reste encore à faire, et que les materiaux réunis dans ces deux volumes serviront seulement, je l'espère, à rendre plus facile." In den zusammengetragenen Materialien sowohl als in der Bibliographie ist das Französische Element das verhältnissmässig überwiegende.

[537.] * La Bibliomanie en 1880. Bibliographie rétrospective des adjudications les plus remarquables faites cette année et de la valeur primitive de ces ouvrages. Par Philomneste Junior. Bruxelles. 1880. 8°. 89 S. Pr. 5 Mk. (S. oben Nr. 341.)

[538.] Allgemeines Bücher-Lexikon oder vollständiges alphabetisches Verzeichniß aller von 1700 bis Ende 1879 erschienenen Bücher, welche in Deutschland und in den durch Sprache und Literatur damit verwandten Ländern gedruckt worden sind ꝛc. Von Wilhelm Heinsius. XVI. Band, welcher die von 1875 bis Ende 1879 erschienenen Bücher und die Berichtigungen früherer Erscheinungen enthält. Herausgegeben von Otto Kistner. Lief. 10. Leipzig, Brockhaus 4°. Abth. I. S. 721—800. Preis à n. 3 Mk., auf Schreibpap. n. 4 Mk. (S. oben Nr. 344.)

Enth. die Artikel „Katalog" bis „Kühling."

[539.] Vierteljahrs-Catalog aller neuen Erscheinungen im Felde der Literatur in Deutschland. Nach den Wissenschaften geordnet. Mit alphabetischem Register. Jahrgang 1881. Heft 1. Januar bis März. Leipzig. Hinrichs. gr. 8°. 2 Bll. XLIV, 183 S. Pr. n. 1,80 Mk. (S. Anz. J. 1880. Nr. 584.)

Jeder neue Jahrgang des vorl. Viertelj.-Catalogs wird dem Herausg. des „Ungarischen Schulboten" sammt seiner dem Cataloge angedrohten gefahrbringenden Concurrenz die Wahrheit der Worte „Si tacuisses, philosophus mansisses" (falls er überhaupt von dem Latein mehr verstehen sollte, als von der Bibliographie) immer deutlicher machen.

[540.] Halbjähriges Inhalts-Verzeichniss der in den Bibliographien der österr. Buchhändler-Correspondenz aufgenommenen Neuigkeiten und Fortsetzungen. Juli bis December 1880. Wien, Druck von Fischer & Co. 4°. 32 S. (S. Anz. J. 1880. Nr. 1196.)

Neun Jahre sind nunmehr vergangen, seit dieses Inhalts-Verzeichniss an die Stelle des früheren Oesterreichischen Cataloges getreten ist, und man hört noch immer nichts davon, dass wieder ein der Würde u. der Bedeutsamkeit des Oesterreichischen Buchhandels angemessenes u. würdiges Organ seiner Publikationen geschaffen werden solle. Denn als ein solches kann das Inhalts-Verzeichniss, so nützlich es auch sein mag, nicht angesehen werden.

[541.] * Nachrichten von dem Leben und den Schriften Münsterländischer Schriftsteller des 18. u. 19. Jahrhunderts. Von Ernst Raßmann, Oberlehrer. Neue Folge. Münster, Coppenrath in Comm. gr. 8°. VIII, 270 S. Pr. n. 4 Mk. (S. Anz. 1866. Nr. 892.)

[542.] Bibliotheca Belgica. Bibliographie générale des Pays-Bas. Signée: Le bibliothécaire de l'Université de Gand, Ferd. Van der Haeghen. Livr. 10—12. kl. 8°. Zusammen 148 Nrr. Pr. à n. 2,10 Mk. (S. Anz. J. 1880. Nr. 1198.)

Im Laufe von noch nicht zwei Jahren sind bereits über 700 Titelcopien geliefert worden, u. sämmtlich mit musterhafter Accuratesse ausgeführt.

[543.] Bibliografia Romana Buletin mensual al Librăriei generale din România şi al Librăriei Române din străinătate. Editor: Degenmann, Bucurescĭ. Anul III. Typogr. Grecescu. gr. 8°. Monatlich 1 Nr. à 1/2 Bog. Preis 5 Leĭ f. Rumänien, Siebenbürgen u. die Bukowina, 10 Leĭ f. d. Ausland. (S. Anz. J. 1880. Nr. 242.)

Der neue Jahrgang beginnt die Abtheilung der Neuigkeiten mit Nr. 2634 von Büchern u. Nr. 141 von Musikalien. Eine zweite Abtheilung enthält Erscheinungen früherer Jahre.

[544.] * Jenč, K. A. Pismowstwo a spisowarjo delnjołužiskich Serbow wot (1548) 1574—1880. Lipsk. 1881. 8°. 82 S. Pr. 1,50 Mk. [Das Schriftthum u. die Schriftsteller der niederlausitzer Serben von (1548) 1574—1880.]

Separat-Abdruck aus „Casopis Mačicy Serbskeje" Jahrg. XXXIII. Hft. 2.

Das erste vollständige, bis zur Gegenwart reichende Verzeichniss aller im Niederlausitzisch-Serbischen Dialekt bekannter Drucke und Handschriften mit bibliographischen und historisch-kritischen Bemerkungen, eingetheilt in 12 Rubriken (1. Grammatiken, 2. Wörterbücher etc.). Darauf folgen in drei Alphabeten die Biographien der Personen, welche in diesem Dialekt geschrieben haben, und schliesslich die Zusammenstellung einiger Abhandlungen, Werke, Zeitungsartikel in Deutscher Sprache, welche die Niederlausitzer Serben betreffen.

[545.] Uebersicht der gesammten staats- und rechtswissenschaftlichen Literatur des Jahres 1880 zusammengestellt von Otto Mühlbrecht. Mit einem ausführlichen Register. XIII. Jahrg. Berlin, Puttkammer & Mühlbrecht. 1881. gr. 8°. XX, 264 S. 3756 Nrr. (S. Anz. J. 1880. Nr. 471.)

Bekanntlich werden die im nämlichen Verlage monatlich erschienenen Nrr. der „Allgemeinen Bibliographie der Staats- u. Rechtswissenschaften" des jedesmal verflossenen Jahres im darauffolgenden in Einem Bändchen zusammengefasst u., mit einem Register versehen, unter dem Titel „Uebersicht" von neuem ausgegeben. Auf diese Weise wird die stets sehr reichhaltige Bibliographie in sehr zweckmässiger Art dauernd brauchbar erhalten. Die vorl. Uebersicht enthält 1829 Nrr. in Deutsch. Sprache, 866 in Franz., 412 in Engl., 277 in Italien., 169 in Holländ., 141 in Dän. u. Schwed. u. 62 in Span. Sprache.

[546.] Die Erscheinungen der deutschen Literatur auf dem Gebiete der Medicin und Pharmacie. 1876—1880. Alphabetisch geordnet und mit einem Materien-Register versehen von Eduard Baldamus. Leipzig, Hinrichs. 8°. XXXIV, 152 S. Pr. n. 3,50 Mk. (S. Anz. J. 1876. Pr. 485.)

Den vom Verf. erst kürzlich veröffentlichten fünfjährigen Katalogen der Deutschen Litteratur auf dem Gebiete der Land- u. Hauswirthschaft, sowie des Gartenbaues (s. oben Nr. 454) u. der Forst- u. Jagdwissenschaft (s. oben Nr. 456) ist schnell der medicinisch-pharmaceutische gefolgt. Mit der hinsichtlich der B.'schen bibliographischen Arbeiten früher schon gerühmten Sorgfalt ist auch dieser letztere bearbeitet. Lücken habe ich nach einer vorläufigen Durchsicht des Kataloges nicht darin bemerkt u. was die Verzeichnung der einzelnen Titel betrifft, so glaube ich, dass dieselbe nichts zu wünschen übrig lässt. Für möglichst bequemen u. leichten Gebrauch des Kataloges hat der Verf. mit Umsicht gesorgt, theils durch die in die alphabet. Reihenfolge der Titel eingefügten Verweise, theils u. vorzüglich durch das beigegebene Materien-Register. Die vollkommene sowohl als consequente Herstellung eines solchen Registers hat ihre mancherlei Schwierigkeiten, die der Verf., dies kann man gern anerkennen, grösstentheils zu überwinden verstanden hat. Nur hier und da ist ihm dies nicht geglückt; denn er hat z. B. „Ansprüche der Physiologen" nicht unter „Physiologen", wie sich es doch gehört, sondern unter „Ansprüche"; ferner „diätetische Kuren" nicht unter „diätetische", sondern unter „Kuren", sowie „Rede über das Gedächtniss" nicht unter „Gedächtniss", sondern unter „Rede" angemerkt. Unter „Reden" sucht der Leser gewiss nichts.

[547.] * De la Prostitution en Europe depuis l'antiquité jusqu'à la fin du XVI e siècle; par Rabutaux. Avec une Bibliographie, par Paul Lacroix. Planches hors texte, gravées par Bisson et Cottard d'après les dessins fac-similés de A. Bacinet fils, sous la direction artistique de Ferdinand Seré. Paris, Duquesne. 8°. 307 S. Pr. 5 Fr.

[548.] * Bibliographie générale de l'Astronomie, ou Catalogue méthodique des ouvrages, des mémoires et des observations astronomiques publiés depuis l'origine de l'imprimerie jusqu'en 1880. Par J. C. Houzeau. Tom. II: Mémoires et notices insérés dans les collections académiques et les revues. Fasc. 1. Bruxelles. 1880. 8⁰. 258 S. Pr. 4,80 Fr.

[549.] * Guide to the Literature of Botany; Being a Classified Selection of Botanical Works, including nearly Six Thousand Titles not given in Pritzel's Thesaurus. By Benjamin Daydon Jackson, Secretary to the Linnaean Society. London, Longman & Co. kl. 4⁰. 666 S. Pr. 31 s. 6 d.
Index Society's Publications, 1880.

[550.] * Repertorium der technischen Journal-Literatur. Im Auftrage des kaiserlichen Patentamtes herausgegegen von Bruno Kerl. Neue Folge Jahrg. 1879. Berlin, Heymann. 1881. hoch 4⁰. IV, 502 Sp. Pr. n. 15 Mk. (S. Anz. J. 1880. N, 144.)

[551.] * Bibliographie Céramique, nomenclature analytique de toutes les publications faites en Europe et en Orient sur les arts et l'industrie céramiques depuis le XVIe siècle jusqu'à nos jours; par Champfleury, conservateur du musée de Sèvres. Paris, Quantin. 8⁰. XVI, 358 S. Pr. 20 Fr.

[552.] * (Deuxième) Supplément au Catalogue par ordre chronologique des Cartes, Plans, Vues de Côtes, Mémoires et Instructions nautiques qui composent l'Hydrographie Française [Dépôt des Cartes et Plans de la Marine.] Paris, impr. nationale. 8⁰. 12 S. (S. Anz. J. 1880. Nr. 718.)

[553.] * Bibliography of Charlestown and Bunker Hill, by Ja. F. Hunnewell. Boston, Osgood & Co. 1881. 8⁰. 4 Bll. 100 S. m. 3 Illustr. Pr. $ 2.

[554.] Repertorium op de Koloniale Litteratuur of Systematische Inhoudsopgaaf van hetgeen voorkomt over de Koloniën, (beoosten de Kaap) in mengelwerken en tijdschriften, van 1595 tot 1865 uitgegeven in Nederland en zijne Overzeesche Bezittingen. Door J. C. Hooykaas, in leven Commies bij het Dep. van Koloniën. Ter perse bezorgd door Dr. W. N. du Rieu. Deel I. St. 1—2 & Deel II. St. 3—4. Amsterdam, van Kampen & zoon. 1877—80. gr. 8⁰. XIV, 29 S. 1 Bl. 651 & XV, 752 S. Pr. 22,75 F.

Dieses vor sieben Jahren (1874) begonnene und in 4 Lief. erschienene Werk ist ein Denkmal des rühmlichsten bibliographischen Fleisses u. der Sorgfalt, wovon zwar die Holländ. Litteratur gerade schon mehrfache Beweise gegeben hat, die aber nicht überall in so hervorragender Weise, wie dies bei dem vorl. Werke der Fall ist, zu Tage getreten sind. Zum Belege dessen dürfte es genügen in Kürze zu bemerken, dass sich in dem Werke nicht weniger als 21,373 Nrr. aus mehr als 500 zum Theile sehr bändereichen Zeit- u. a. Sammelschriften sorgsam entnommener Artikel zusammengestellt u. in bester systematischer Ordnung verzeichnet finden. Das Ganze ist nach den 4 verschiedenen Lief. in 4 Hauptabtheilungen geschieden, von denen die I. von dem Lande (4455 Nrr.), die zweite von dem Volke (6045 Nrr.), die III. von der Regierung (5563 Nrr.) u. die IV. von der Wissenschaft (5310 Nrr.) handelt. An der Spitze der 1. Lief. steht eine Uebersicht aller der Zeit- u. Sammelschriften, aus welchen die Artikel entnommen sind, mit Angabe der im Texte der bibliograph. Zusammenstellung gebrauchten Abkürzungen, sowie am Schlusse der 4. Lief. ein alphabet. Register der im Werke behandelten Materien hinzugefügt ist. Mit Hilfe dieses Registers sowohl als der mit Geschick u. Sachkenntniss gewählten Eintheilung der Hauptabschnitte in Unterabschnitte ist es dem Leser bequem gemacht, sich in dem so umfänglichen Materiale mit Leichtigkeit zurecht zu finden. Solcher Unterabschnitte sind in dem I. Hauptabschnitte folgende drei: 1. Reizen en Beschrijvingen, 2. Natuurkundige Aardrijksbeschrijving, 3. Natuurlijke Historie; im II. vier: 1. Bevolking, 2. Zeden en Gewoonten, 3. Nijverheid, 4 Handel; im III. zwölf: 1. Het Bestuur der Koloniën in Europa, 2. Betrekkingen met Vreemde Mogendheden, 3. De Hooge Regering in Indië, 4. Betrekkingen met Oostersche Vorsten en Volken, 5. Inlandsch en Gewestelijk of Plaatselijk Bestuur, 6. Ambtenaren en Beambten, 7. Regtswezen, 8. Financiën, 9. Heerendiensten, 10. Waterstaat en Publieke Werken, 11. Geneeskundige Dienst, 12. Krijgswezen; im IV. fünf: 1. Godsdienstwetenschap, 2. Onderwijs, 3. Kunsten en Wetenschappen, 4. Geschiedenis, 5. Drukpers.

[555.] Dei Musicisti Bolognesi al XVII secolo e delle loro Opere a stampa: ragguagli biografici e bibliografici di Gaspari. Enth in: Atti e Memorie delle RR. Deputazioni di Storia patria per le provincie dell' Emilia. Nuova Serie. Vol. V. Part. 2. Modena, tip. di Vincenzi e Nipoti. 1880. 8°.

[556.] Die Calderon-Literatur in Deutschland. Bibliographische Uebersicht von Edmund Dorer. Leipzig, Friedrich. 8°. 42 S. Pr. n. 1,20 Mk.

Der Verf. der „Cervantes-Literatur in Deutschland“ (s. oben Nr. 242) hat ähnlich, wie in Bezug auf Cervantes, ebenso in Betreff Calderon's die in Deutschland entweder selbständig erschienenen Schriften, oder in anderen Werken abgedruckten Artikel zusammengestellt. Er glaubt, dass diese Zusammenstellung so manchem Freunde der südlichen Poesie zum Andenken an den 200. Todestag Calderon's willkommen sein werde: sie dürfte jedenfalls willkommen sein, wenn sie bibliographisch genauer wäre, und nicht an ganz überflüssiger Papier- und Raumverschwendung litte, wodurch sie mehr als nothwendig vertheuert worden ist. Die Zusammenstellung zerfällt in folg. drei Hauptabschnitte: I. Ueber C. u. seine Werke (1. Litterarhistorische Werke, in denen C. u. seine Werke besprochen werden; 2. Specielle Werke); II. Uebersetzungen

u. Bearbeitungen der Dichtungen von C. (17 Abth.); III. Verschiedenes (1. Ausgaben der Werke C.'s im Original; 2. Musikalisches, Illustrationen u. Bildnisse; 3. Dichtungen über C. u. seine Werke).

[557.] Dante in Germania Storia letteraria e Bibliografia Dantesca Alemanna per G. A. Scartazzini. Parte I. Storia critica della Letteratura Dantesca Alemanna dal secolo XIV sino ai nostri giorni. Napoli, Milano, Pisa: Hoepli. gr. Lex. 8°. 2 Bll. 312 S.

Das Werk eines des ersten Danteforschers und Kenners der Dante-Litteratur unserer Zeit, von welchem sich eine recht tüchtige bibliographische Arbeit im II. Thle erwarten lässt.

[558.] Michael Denis Ein Beitrag zur Deutsch-Oesterreichischen Literaturgeschichte des XVIII. Jahrhunderts von Dr. P. v. Hofmann-Wellenhof. Innsbruck, Wagner. 8°. 3 Bll. 379 S. Pr. 6,40 Mk.

Der den Lesern des Anz.'s hauptsächlich durch seine bibliothekarische u. bibliographische Thätigkeit (S. 46 ff.) bekannte Johann Nepomuk Cosmal Rudolf Denis — geb. 27. Sptbr. 1729 zu Schärding, gest. 29. Sptbr. 1800 zu Wien — hat in dem Verfasser des vorl. Werkchens einen beredten Biographen gefunden, der sich allerdings verhältnissmässig weniger mit I. D.'s Leben (S. 1—90), als vielmehr ausführlicher mit II. D.'s Dichtung (S. 91—300) u. III. D.'s Verhältniss zu den Dichtern seiner Zeit (S. 301—59) beschäftigt. Als Bibliothekar ist D. zuerst in der Garellischen Bibliothek der Theresianischen Akademie in Wien u. seit 1784, wo in Folge der Aufhebung des Theresianum die Garellische Bibliothek vom Kaiser nach Lemberg verschenkt worden war, in der Wiener K. K. Hofbibliothek thätig gewesen.

[559.] Zu den Kügelgen'schen Goethe-Bildnissen. Von Fr. Zarncke. Enth. in der Augsburger Allgemeinen Zeitung. gr. 4°. Nr. 101. S. 1482—83.

Weitere Mittheilungen zu den vom Verf. früher (s. Anz. J. 1878. Nr. 1175) über Goethe-Bildnisse gegebenen.

[560.] * P. Riccardi. Commemorazione di Michele Chasles. (Estrato dal Rondiconto dell' Accademia delle Scienze dell' Istituto di Bologna e letta nella Sessione del 17. Febbraio 1881.) Tip. Gamberini e Parmeggiani. 8°. 36. S.

Der eingehenden Darlegung des Lebensganges des im Alter von 86 Jahren verstorb. Gelehrten folgt S. 17—36 das sehr vollständige u. wohlausgeführte, 221 Nrr. starke Verzeichniss der Schriften desselben. M. C.

[561.] Shakespeare-Bibliographie 1879 und 1880. (Mit Nachträgen zur Bibliographie seit 1864 in Band I, II, III, V, VI,

VIII, X, XII und XIV des Jahrbuches.) Von Albert Cohn. Separatabdruck aus dem Shakespeare-Jahrbuch, Band XVI. (Druck von Metzger & Wittig in Leipzig.) gr. 8⁰. 47 S. (S. Anz. J. 1879. Nr. 577.)

Zeigt der grosse Umfang des vorl. Heftes einestheils von dem grossen, ja fast gesteigertem Interesse des Publikums für die Sh.-Lectüre u. Studien, so ist er auch anderntheils ein in die Augen fallender Beweis der Sorgfalt u. des Fleisses, welche der Verf. auf die Fortsetzung u. Vervollständigung seiner Arbeit fortdauernd verwendet. Die vom Verf. zusammengebrachten, theils u. hauptsächlich selbständig erschienenen, theils in anderen Schriften enthaltenen Sh.-Artikel sind in der bisherigen Weise nach Ländern, nämlich: I. England u. Amerika (a. Texte, b. Shakespeareana); II. Deutschland (ebenfalls a. Texte, b. Shakespeareana); III. Frankreich; IV. Verschiedene Länder, verzeichnet.

Buchhändler- und antiquarische Kataloge.

[562.] Aufsätze zur Geschichte des Buchhandels im 16. Jahrhundert von Ed. Frommann. Hft. 2. Jena, Frommann. 8⁰. 2 Bll. 160 S. Pr. n. 2,40 Mk. (S. Anz. J. 1876. Nr. 887.)

Enth.: I. Die ersten Buchdrucker in Subiaco u. Rom; II. Aldus Manutius; III. Aus den Briefen von Paulus Manutius an seinen Sohn Aldus den Jüngeren; IV. Aktenstücke aus Mailand 1472 u. 1589. Nebst zwei Beilagen: A. Publicae tabulae foederis initi inter primos typographos, Mediolani 1472; B. Statuti et ordini dell' Università de librari et stampatori della città di Milano. 1589.

[**563.**] Organisation und Rechtsgewohnheiten des Deutschen Buchhandels. Von Aug. Schürmann. Th. II. A. u. d. Tit.: Die Usancen des Deutschen Buchhandels und der ihm verwandten Geschäftszweige. Zweite neu bearbeitete Auflage. Halle, Buchhandl. d. Waisenhauses. kl. 8⁰. XIII, 245 S. Pr. n. 3 Mk. (S. Anz. J. 1880. Nr. 848.)

Der Verf. u. bekannte Herausg. des trefflichen „Magazins für den Deutschen Buchhandel 1874—76" gilt als Auctorität auf dem Gebiete der die Praxis des Deutsch. Buchhandels betreffenden Litteratur. Man wird daher die vorl. Schrift ganz willkommen heissen, zumal dieselbe der ersten vor 14 Jahren erschienenen u. damals sehr freundlich aufgenommenen Auflage gegenüber wesentliche Verbesserungen und Vermehrungen aufzuweisen hat. Die Schrift zerfällt in folg. 13 Abschnitte: 1. Die Geschäfts- u. Betriebszweige; 2. Das Geschäftsverhältniss zwischen Verlags- u. Sortimentshandel; 3. Preis- u. Rabattverhältnisse; 4. Fracht u. Emballage; 5. Auftragsformen; 6. Bezugs- u. Lieferungsformen; 7. Jahresrechnung, Abrechnung u. Rechnungsabschluss; 8. Die Haftpflicht; 9. Der Credit; 10. Das Commissionsgeschäft; 11. Der Geschäftsverkehr mit dem Publikum; 12. Antiquariat u. Auctionswesen; 13. Das ausländische Sortimentsgeschäft. Als Anhang folgt noch die Grundordnung des Deutschen Buchhandels nach seinen herrschenden Bräuchen. Buchhändlern wie den mit dem Buchhandel in Verkehr stehenden Laien wird die Lectüre der Schrift von grossem Nutzen sein; namentlich wird sie dazu beitragen, dass unser Deutscher Buchhandel doch etwas mehr und etwas Höheres ist als ein blosses kaufmännisches Geschäft, zu dem man ihn so gern von verschiedenen Seiten herabzuwürdigen bestrebt ist.

[**564.**] Das 25jähr. Geschäfts-Jubiläum der Firma Kirchhoff & Wigand in Leipzig. (Abdruck aus dem Börsenblatt für den Deutschen Buchhandel 1881.) Druck von Teubner in Leipzig. 8°. 6 S.

Das von Dr. Albrecht Kirchhoff in Leipzig am 25. April gefeierte Jubiläum seiner „25jährigen erfolgreichen geschäftlichen Selbständigkeit" hat dessen Freund Adolf Ulm nicht vorübergehen lassen wollen, ohne in gedrängten treffenden Zügen das Bild der verdienstvollen buchhändlerischen Thätigkeit Kirchhoff's auf praktischem sowohl als historischem Gebiete zu entwerfen.

Im Börsenbl. findet sich der vorl. Artikel in Nr. 95. S. 1761—63 abgedruckt.

Ueber dieses Jubiläum berichtet noch das „Leipziger Korrespondenzblatt. Central-Organ für die Interessen der Gehilfenschaft des deutschen Buchhandels. I". Nr. 2. S. 12: „Eine Deputation des Vereins der Leipziger Buchhändler, sowie viele andere Berufsgenossen brachten der Firma, besonders dem Begründer derselben, Dr. Albrecht Kirchhoff, ihre Glückwünsche dar. Eine werthvolle, höchst originelle Festgabe überreichte die Firma Breitkopf & Härtel: Ein in mittelalterlichem Deutsch geschriebenes „Brieffbuch der Koberger zw Nurmbergk." Die ganze Ausstattung des Buches, Papier, Schrift, Einband, ist durchaus im Stile des 16. Jahrhunderts gehalten. Auf dem Titel befindet sich das Portrait von Dr. A. Kirchhoff, in Dürer'scher Manier vorzüglich in Holz geschnitten, darunter die Worte: „Dem Erbern weysen wolgelerten meyster Albrechten Kirchhoff zw Leyptzigk meinem gunstigen hern vnd guten freund soll diss brieffbuch. Im Jare vnsers Seligmachers 1881." (Die spationirten Worte sind roth gedruckt.) Das Buch besteht aus 100 Briefen auf 117 Octavseiten; die letzte Seite enthält Folgendes: „Gedrucket in der guten Stadt Leyptzigk nach vnsers Seligmachers gepurt im 1881 jar im 162 darnach erstlich bress gerichtet zw Leyptzigk Bernhard Christoph Breitkopf im 11 jar des wiederumb vffgerichten reichs durch Gottfried Christoph Härtels getrewe encklein den ersamen vnd fursichtigen Wilhelm Volkmannn der Stadt Eldisten vnd den Magister Oskar Hase weyland by des kaysers eysenreutern rottenfürer." — Das Werk dürfte in kurzer Zeit zu den gesuchten literarischen Seltenheiten gehören, da es nur in

25 Exempl. hergestellt worden ist. Ein Verzeichniss der 25 Empfänger befindet sich vor dem 1. Briefe, mit der Ueberschrift: „Grosser heymlichkeit wegen in 25 exemplarien getrucket vnd den Erbern fursichtigen hern vber anttwortt wie nachfolgett auff czedell stat.“

[565.] Anz. CXLIII. Katalog von Theodor Ackermann K. Hof-Buchhandlung nebst Antiquariat in München. 8°. 1 Bl. 20 S. 649 Nr.

Enth. 486 Nr. Goethe- u. 162 Nr. Schiller-Litteratur. Zuletzt Iffland's Stammbuch 1778—1812 mit 235 Autographen.

[566.] Lager-Catalog von Joseph Baer & Co. Buchhändler und Antiquare in Frankfurt am Main, Paris, London. 90. — Ausgewählte Sammlung von Werken über Englische Nationalökonomie. 8°. 1 Bl. 18 S. 350 Nrr. (S. oben Nr. 466.)

Enth. „die Bibliothek eines intelligenten Kaufmannes, der sie während eines 10jährigen Aufenthaltes in London zusammengebracht hat,“ sowie an letzter Stelle eine von Sir H. Goulburn angelegte Sammlung von „262 Tracts on Political Economy.“

[567.] Antiquariats-Katalog Nr. 3 von C. Bartenhauser's Buchhandlung & Antiquariat in München. — Auswahl aus allen Fächern. 8°. 1 Tit.- u. 35 S. 953 Nrr.

Meist nur gangbare Deutsche Litteratur.

[568.] Nro. 151. Antiquarischer Katalog der C. H. Beck'schen Buchhandlung in Nördlingen. — Deutsche Sprache und Literatur. 8°. 1 Bl. 86 S. 2098 Nrr. (S. oben Nr. 367.)

Enth.: I. Geschichte der Deutsch. Sprache u. Litteratur, Zeitschriften; II. Deutsche Mythologie u. Sage; III. Grammatik, Rhetorik u. Poetik, Wörterbücher; IV. Deutsche Litteratur; V. Volkslied, Mundarten u. Sprichwörter; VI. Uebersetzungen aus fremden Sprachen.

[569.] Antiquarisches Bücherlager von Max Brissel in München. Catalog Nr. 96. 8°. 1 Bl. 64 S. 1616 Nrr. (S. oben Nr. 505.)

Auswahl von zum Theil grösseren Werken aus verschiedenen Wissenschaften u. Litteraturen.

[570.] Katalog CLIX. Verzeichniss einer Sammlung von Werken aus dem Lager von S. Calvary & Co. Special-Geschäft für Philologie und Naturwissenschaft in Berlin. — Ausgewählte Sammlung meist älterer Werke. 8°. 1 Bl. 25 S.

Fast durchaus seltnere u. viele grössere Werke, hauptsächlich bemerkenswerthe aus dem Fache der Alterthumswissenschaft.

[571.] No. 253. Bücher-Verzeichniss über Werke aus dem Gebiete der Rechts- und Staatswissenschaft welche bei Theodor Kampffmeyer in Berlin zu haben sind. 8°. 16 S. (S. oben Nr. 472.)

Enth., wenn schon nicht gerade viel aus der neuesten, doch billige Litteratur.

[572.] Nr. 49. Antiquarischer Katalog von Heinrich Kerler Antiquariats-Buchhandlung in Ulm. — Orientalia. Sprachwissenschaft. Judaica. 8⁰. 1 Tit.- u. 15 S. 580 Nrr.

Fast nur Deutsche Drucke. Ein Unicum findet sich unter Nr. 429 angeführt, nämlich Schrader, Eticologyma. Stendal 1845. 4⁰;" zwar sind dieses Verf.'s „Etymologica" von gleichem O. u. J. bekannt, aber von jener Schrift kennt sicher Niemand noch ein zweites Exemplar.

[573.] No. 612—14. Antiquarisches Bücherlager von Kirchhoff & Wigand in Leipzig. Mai. 8⁰. (S. oben Nr. 474.)

Enth.: in 612 Jurisprudenz (1 Bl. 130 S. 4335 Nrr.); in 613 Staats- u. Cameralwissenschaften (1 Tit.- u. 31 S. 1069 Nrr.); in 614 Neuere u. Orientalische Linguistik (2 Bll. 43 S. 1532 Nrr.).

Werthvoll u. gut redigirt, wie die früheren Kataloge, auf deren lange Reihe K. bei seinem Jubiläum (s. oben Nr. 564) mit gerechter Genugthuung zurückblicken kann.

[574.] K. F. Köhler's Antiquarium in Leipzig Catalog No. 346—48. 8⁰. (S. oben Nr. 500.)

Enth.: in 346 Theologie (1 Bl. 50 S. 1334 Nrr.); in 347 Kirchengeschichte (1 Bl. 42 S. 956 Nrr.); in 348 Philosophie (1 Bl. 14 S. 422 Nrr.).

[575.] No. 4. Antiquarischer Anzeiger von W. H. Kühl in Berlin. — Deutsche Literatur bis zu den Ausläufern der classischen Periode, einschliesslich Uebersetzungen, Sittengeschichte und Memoiren. 8⁰. 36 S. 562 Nrr.

Enth. viele seltner vorkommende Drucke.

[576.] Catalogue d'une Collection d'Incunables, de Livres illustrés (XV. au XVIII. Siècles), de Manuscrits avec Miniatures etc. Verzeichnifs einer Sammlung von Incunabeln, illustrirten Werken des XV.—XVIII. Jahrhunderts, Einblattdrucken, Manuscripten mit Miniaturen etc. zu beziehen von der Buchhandlung von List & Franke in Leipzig. (Antiquarisches Verzeichniss No. 147.) 8⁰. 1 Bl. 61 S. 1008 Nrr. (S. oben Nr. 476.)

Dieser sehr beachtenswerthe Katalog enth.: Incunabeln bis 1520 (543 Nrr.); Holzschnitt- u. Kupferwerke (219 Nrr.); Einblattdrucke (18 Nrr.); Aeltere Medicin, Pest, Regimen- et Hortus-Sanitatis, Kräuterbücher, Kochbücher etc. (107 Nrr.); das Gelobte Land, die Türkei (47 Nrr.); ältere Schriften über Juden (56 Nrr.); Manuscripte (17 Nrr.); die IX. Deutsche Bibel von 1483.

[577.] Libreria antiquaria di Ermanno Loescher in Torino. Catalogo N. 30. — Letteratura delle Lingue moderne straniere. 8⁰. 1 Bl. 54 S. 1602 Nrr. (S. oben Nr. 382.)

Hauptsächlich Franz., nächstdem Engl. u. Deutsche Litteratur.

[578.] Alfred Lorentz Antiquariats- & Sortimentsbuchhandlung in Leipzig. Antiquariats-Katalog No. 7. Linguistik. I. Abth. Sprachen und Literaturen des gesammten Erdkreises mit Ausnahme der deutschen Sprache und Literatur. & No. 9. Jurisprudenz & Staatswissenschaften. 8°. 1 Bl. 144 S. & 1 Bl. VIII, 103 S.

Diese beiden für den bequemen Gebrauch wohleingerichteten Kataloge — der linguistische ist systematisch geordnet u. mit alphabet. Rubriken-Verzeichniss versehen, der juristische dagegen alphabetisch verzeichnet, aber mit beigefügtem Sachregister — empfehlen sich durch ihre grosse Reichhaltigkeit hauptsächlich an neuer u. neuester Litteratur der besonderen Beachtung: der erstere enthält weit über 4000, der andere über 3000 Nrr., die neuesten Bücher zu Ladenpreisen, die übrigen zu billigen Verkaufspreisen.

[579.] XLV. Verzeichniss des Medicinischen Bücherlagers von Albert Moser in Tübingen. — Abth. 1: Medicinische Classiker etc. Physiologie und Anatomie. Pathologie und Therapie. 8°. 1 Bl. 138 S. 5846 Nrr.

Die grosse Nummernzahl zeugt von der grossen Reichhaltigkeit der im vorl. Kataloge recht gut u. übersichtlich verzeichneten Sammlung, die, was namentlich hervorzuheben ist, eine ungewöhnlich grosse Anzahl akademischer Dissertationen aufzuweisen hat.

[580.] No. 336. Catalogue of Works on Natural History, Offered for Cash by Bernard Quaritch. Part. IV. London. April. 8°. 1 Bl. 241—96 S. 2074—2663 Nrr. (S. oben Nr. 478.)

Enth.: II. Ethiopian Region; III. Oriental R.; IV. Australian R.; V. Nearctic R.; VI. Neo-tropical R.

[581.] Catalogue de Livres relatifs à l'Architecture, à la Sculpture, à la Peinture et à la Gravure en vente à la Librairie de Rapilly. Paris. Mars. 8°. VIII, 128 S. 2615 Nrr.

Eine sehr werthvolle Sammlung von Werken aus der Franz., Ital., Deutschen u. a. Litteratur.

[582.] La Tipografia editrice alla Minerva dei Fratelli Salmin Libraj in Padova. Catalogo generale (Novembre 1869 — Marzo 1881) Preceduto da Cenni (La Tipografia, Il Dantino, Il Catalogo.) 4°. XXXV, 44 S.

Dieses vom Prof. Dr. Luigi Busato mit der grössten bibliograph. Accuratesse bearbeitete Verzeichniss wird den Besuchern der National-Ausstellung in Mailand im gegenwärtigen Jahre als sicherer und willkommener Führer durch die grosse Anzahl von Presserzeugnissen dienen, mit denen die Firma in ihrer noch nicht ganz 12jährigen Thätigkeit die Litteratur bereichert hat. Einem dieser Presserzeugnisse, dem weltbekannten „Dantino“, ist in der Einleitung ein eigener Artikel gewidmet, dem sich zwei andere anschliessen, welche über die Entwickelung der Druckerei der Firma, sowie über die Herstellung des Kataloges nähere Auskunft geben.

[583.] Catalog Nr. 123. J. Scheible's Antiquariat & Verlagsbuchhandlung in Stuttgart. — Saxonica. Thuringica. gr. 8°. 1 Bl. 16 S. 537 Nrr.

Enth. u. A. über 300 Portraits.

[584.] 159. Antiquarischer Catalog von Felix Schneider in Basel. — Wissenschaft und Literatur der Neuen Sprachen nebst Anhang: Handelswissenschaft. 8°. 1 Tit.- u. 59 S. 1533 Nrr. (S. oben Nr. 481.)

Durchweg neuere, wennschon nicht gerade neueste Litteratur.

[585.] Catalog Nr. 39 von A. Stuber's Antiquariat in Würzburg. 8°. 1 Bl. 48 S. 1483 Nrr. (S. Anz. J. 1880. Nr. 1257.)

Enth.: Franz., Ital., Span., Engl., Holländ. etc., hauptsächlich aber Deutsche Litteratur, sowie Litteraturgeschichte.

[586.] A Catalogue of leading Books on Egypt and Egyptology, and on Assyria and Assyriology, To be had by Trübner & Co. London. 8°. 2 Bll. 52 S. (S. Anz. J. 1880. Nr. 67.)

Die Firma Trübner ist auf dem Gebiete der antiquar. Litteratur des Orients eine weltbekannte u. berühmte: ihre Antiquarkataloge dürfen überall auf das lebhafteste Interesse von Seiten der Orientalisten sich Rechnung machen. „In presenting the Second Edition of this Catalogue,“ schreibt der Herausg., „devoted entirely to Egypt and Egyptology, and the kindred study of Assyria and Assyriology, which, to some extent, deserves to be considered a bibliography of these sciences, we claim for it the credit of its being the fullest list of works on these subjects as yet put forth by any European book-seller.“

[587.] 79—81. Verzeichniss des antiquarischen Bücher-Lagers von Karl Theodor Völcker's Verlag und Antiquariat in Frankfurt a. M. 8°. (S. oben Nr. 487.)

Enth.: in 79 Katholische Theologie (1 Tit.- u. 19 S. 382 Nrr.); in 80 Philosophie (1 Tit.- u. 15 S. 381 Nrr.); in 81 Orientalia: Litteratur, Geschichte u. Geographie des Orients, Judaica, nebst Nachtrag über Süd- u. Central-Afrika (1 Tit.- u. 35 S. 721 Nrr.).

Auktionskatalog.

[588.] Catalog einer gewählten Sammlung vorzüglicher Grabstichelblaetter aelterer und neuer Meister, dabei Abdrücke vor der Schrift, Arbeiten nach Boucher, Greuze, Lancret, Watteau und viele treffliche Portraitstiche, ferner ausserordentlich reichhaltiger Werke von W. Hogarth und D. Chodowiecki mit vielen grossen Seltenheiten. Leipzig, Kunsthandlung von C. G. Boerner. gr. 8°. 2 Bll. 188 S. (Auct. 23. Mai.)

Unter den im vorl. Kataloge verzeichneten 2261 Nrr. ausgewählter u. trefflicher Bll. sind für den Anz. hauptsächlich 244 Hogarthiana (S. 109—31) u. 1000 Chodowieckiana (S. 132—88) von Interesse. Die vorzügliche u. viele Seltenheiten enthaltende Sammlung der letzteren stammt aus dem Nachlasse des Hofkapellmeisters Julius Rietz in Dresden.

Bibliothekwissenschaft.

[589.] Monthly Notes on the Library Association of the United Kingdom. (S. oben Nr. 488.)

In Nr. 4 findet sich mitgetheilt, dass in der Aprilversammlung die Secretaire einen Beschluss des Localcomités für den District Birmingham vorgelegt haben, wodurch gegen die „Free Libraries Bill" protestirt werde, wogegen John Lubbock in einem Circulare die Bill, unter Annahme von Aenderungen u. Zusätzen, für eine nützliche Massregel erkläre. Auch hat in dieser Versammlung W. Brace über F. A. Ebert's Ansichten von der Bildung des Bibliothekars gesprochen. R.

Bibliothekenlehre.

[590.] * Du développement de l'Instruction primaire par la Bibliothèque scolaire, par Michel Rougier, instituteur communal au Bugue (Dordogne). Périgueux, impr. Rastouil et Co. 8°. 21 S.

[591.] * Katalog für die Schüler-Bibliotheken österreichischer Gymnasien mit deutscher Unterrichtssprache. Herausgegeben vom Vereine Mittelschule in Wien. Wien, Hölder. (in Comm.) 8°. VIII, 112 S. Pr. 75 kr.

[592.] * Ladies' Commission on Sunday. School Books. Catalogue of Books for Sunday-School Libraries. New Edition revised. Boston, Amer. Unitarian Association. 1878. 16°. 98 & 20 S. — Suppl. & 2. Suppl. Boston. 1879. 80. 16°. 11 & 13 S.

Bibliothekenkunde.

[593.] * 12th Annual Report of the Public School Library of Cleveland (O.). Cleveland. 1880. 8°. 16 S.

Der Zuwachs beträgt 2665, der gesammte Bücherbestand 29,155 Bde.

[594.] * Annual Report of the Friends' Free Library of Germantown, Penn., with Catalogue of New Books. 1881. 8°. 20 S.

Der Zuwachs beläuft sich auf 452, der gesammte Bücherbestand auf 9774 Bde.

[595.] * 3d Annual Report of the Public Library of Malden. Boston. 1881. 8°. 15 S.

Hierüber s. Library Journal Vol. 6. Nr. 3. S. 47. — Der neue Zuwachs beträgt 599, der gesammte Bücherbestand 6112 Bde.

[596.] * 95th Annual Report of the General Society of Mechanics and Tradesmen of the City of New York. N. Y. 8°. 39 S., wovon 6—22 enth: Library Committee's and Librarian's Report.

Der letztjährige Zuwachs der Bibliothek beträgt 4358, der gesammte Bücherbestand am Schlusse des Jahres 61,645 Bde.

[597.] 27th Annual Report of State Historical Society of Wisconsin. O. O. u. J. 8°. 31 S.

Der Bibliothekszuwachs im letzten Jahre beträgt 1884 Bde u. 2707 Pamphlets u. Documente, der gesammte Bücherbestand 90,773 Bde u. Pamphl.

[598.] * Mittheilungen über die Gymnasialbibliothek zu Büdingen, nebst einem Verzeichnisse der in ihr befindlichen Bücher aus dem 15., 16. u. 17. Jahrhundert. Von A. Weyerhäuser. (Oster-Programm des Gymnasiums in Büdingen.) 4°. 24 S.

[599.] Mittheilungen aus der Verwaltung der Königl. öffentlichen Bibliothek zu Dresden in den Jahren 1876—1880. Herausgegeben auf Veranlassung der Generaldirection der Königl. Sammlungen für Kunst und Wissenschaft von Prof. Dr. C. W. Förstemann, Hofrath und Oberbibliothekar. Dresden, Burdach. gr. 8°. 50 S. Pr. n. 1 Mk. (S. Anz. J. 1876. Nr. 334.)

Das vorl. Heft schliesst sich an die beiden 1871 u. 1876 erschienenen, ebenfalls wie dieses fünf Verwaltungsjahre umfassenden Hefte, die nun mit dem vorl. zusammen den 15jährigen Zeitraum übersehen lassen, seit der Verf. an die Spitze der Verwaltung der Bibliothek getreten ist. Seit F.'s Eintritt in die Bibliothek hat sich in derselben sehr vieles, und man mag gern anerkennen, zum bessern geändert, was aber auch um so nothwendiger gewesen ist, als in der Bibliothek seit des verdienstvollen Oberbibliothekar Ebert's Tode, unter der Verwaltung der leider nur zu sehr mit ausserbibliothekarischen Gegenständen beschäftigten Oberbibliothekare Falkenstein u. Klemm, nicht alles den wünschenswerth geregelten Gang genommen hatte. Schon dass das Publikum seit F.'s Eintritt durch die „Mittheilungen" von Zeit zu Zeit in den Stand gesetzt wird, in die Verhältnisse der Bibliothek u. namentlich den Fortgang ihrer Arbeiten einen näheren Einblick sich zu verschaffen, ist als eine wesentliche Aenderung zum bessern anzuerkennen. Auch erinnere ich daran, dass das Publikum unter F.'s Verwaltung endlich, an Stelle der früheren traditionellen „Observanzen", ein gedrucktes Reglement (s. Anz. J. 1880. Nr. 294) in die Hände erhalten, aus dem es sich hinsichtlich der Bibliotheksbenutzung über seine Pflichten sowohl als über seine Rechte belehren kann. Das Bibliothekspersonal ist in den 15 Jahren ein wesentlich anderes nicht nur, sondern auch grösseres geworden.

[600.] Bericht über die Bibliothek des Börsenvereins, die Zeit vom 1. April 1880 bis 31. März 1881 umfassend. Unterzeichnet: Der Bibliothekar des Börsenvereins F. Herm. Meyer. Enth. im Börsenblatt für den Deutschen Buchhandel und die ihm verwandten Geschäftszweige. Leipzig. 4°. Nr. 88. S. 1641—43. (S. Anz. J. 1880. Nr. 652.)

Der letztjährige Zuwachs hat sich um einige Nrr. mehr als im Jahre vorher, nämlich auf 337, belaufen. Der gesammte Bestand der Bibliothek beträgt gegenwärtig c. 6650 grössere oder kleinere, zum Theil mehr- oder vielbändige Nrr. Unter den zur Bibliothek gehörigen Sammlungen sind die Portraitsammlung (ausser einer Anzahl von Doubletten, 2306 ältere u. neuere Portraits meist von Buchhändlern u. Buchdruckern, einzelne wenige von Buchbindern, Papiermachern, Bibliophilen etc.), die Signetsammlung (6905) und die Verlagskatalogsammlung (5170 Nrr. von 2013 verschiedenen Firmen) hervorzuheben.

[601.] Ein neuentdecktes Blatt einer Heliandhandschrift. Von Hans Lambel. (Mit 1 Tafel.) [Aus dem Jahrgange 1880 der Sitzungsberichte der phil.-hist. Classe der kais. Akademie der Wissenschaften (XCVII. Bd., II. Heft, S. 613) besonders abgedruckt.] Wien, Gerold's Sohn in Comm. gr. 8°. 14 S. Pr. n. 0,90 Mk.

Das Blatt ist Eigenthum der Prager Universitäts-Bibliothek.

[602.] Zuwachs der Bibliothek der Deutschen Shakespeare-Gesellschaft seit Anfang März 1880. [Unterzeichnet: Der Bibliothekar der Deutschen Shakespeare-Gesellschaft Dr. R. Köhler. Weimar, Ende Februar 1881.] Separat-Abdruck aus dem Jahrbuch der Shakespeare-Gesellschaft Band XVI. gr. 8°. S. 476 78. (S. Anz. J. 1880. Nr. 761.)

Obwohl der letztjährige Zuwachs kleiner ist als der vorletzte — im letzten Jahre hat sich derselbe nur auf 34 Nrr. (darunter allein 22 Geschenke), belaufen, während er im Jahre zuvor nahezu 50 Nrr. betragen hatte — so darf sich die Bibliothek der Deutschen Sh.-Gesellschaft doch immer einer regeren Theilnahme rühmen, als sich solcher die Bibliothek der Deutschen Dante-Gesellschaft seither zu erfreuen gehabt hat.

[603.] * Schulnachrichten nebst Nachtrag II zum Katalog der Schülerbibliothek und Schulbücher-Leihbibliothek. Katalog des Museums und Uebersicht des sonstigen Schuleigenthums. Von Richard Grosser. Programm des Gymnasiums zu Wittstock. 4°. 20 S.

[604.] Pariser Handschriften. Von G. Waitz. Enth. im Neuen Archiv der Gesellschaft für ältere deutsche Geschichtskunde zur Beförderung einer Gesammtausgabe der Quellenschriften deutscher Geschichten des Mittelalters. Bd. VI. Hft. 3. Hannover, Hahn. 8°. S. 473—95.

Nachträge zu den 1839 u. 1840 von Bethmann u. dem Verf. im Interesse der „Monumenta Germaniae historica“ — gemachten Mittheilungen.

[605.] * 28th Annual Report of the Liverpool Free Public Library. Liverpool. 1881. 8°. 27 S.

Der letztjährige Zuwachs, resp. gesammte Bücherbestand der Reference Library beträgt 2575, resp. 72,406 Bde. u. der Lending Library 1180 resp. 48,285 Bde.

[606.] * 3d Report of the Free Public Library of Wigan. Wigan. 8°. 15 S.

Der letztjährige Zuwachs beläuft sich auf 942, der gesammte Bücherbestand auf 24,201 Bde.

[607.] * Cataloghi dei Codici Orientali di alcune Biblioteche d'Italia, stampati a spese del Ministero della Istruzione. Fasc. 2. Firenze, tip. Succ. Le Monnier. 1880. 8°. 241 S. Pr. 4,25 L. (S. Anz. J. 1878. Nr. 857.)

Enth.: Perreau, Catalogo dei Codici Ebraici nella Biblioteca di Parma non descritti dal De-Rossi; Buonazia, Catalogo dei Codici Arabi della Biblioteca Nazionale di Napoli.

[608.] * Accademia ‚Adamo Mickiewicz‘ adunanza solenne tenuta a Bologna il 28 novembre 1880, e Relazione sullo stato della sua Biblioteca, del Prof. Domenico Santagata. Firenze, tip. della Gazz. d'Italia. 1880. 8°. 47 S.

Pubblicazioni dell' Accademia ‚Adamo Mickiewicz‘ num. 4.

[609.] Lateinische Handschriften in St. Petersburg. Von Karl Gillert. (Fortsetzung.) Enth. im Neuen Archiv der Gesellschaft für ältere deutsche Geschichtsfreunde zur Beförderung einer Gesammtausgabe der Quellenschriften deutscher Geschichten des Mittelalters. Bd. VI. Heft 3. Hannover, Hahn. 8°. S. 497—511. (S. Anz. J. 1880. Nr. 909.)

Mit Nachträgen u. Berichtigungen zu den früheren Mittheilungen.

[610.] Kongl. Bibliotekets Handlingar. — Årsberättelse för år 1880. C. E. Klemming. Stockholm, Haeggströms Boktr. 1881. gr. 8°. 14 S. (S. Anz. J. 1880. Nr. 1027.)

Der vom Oberbibliothekar an den König gerichtete Vortrag giebt einestheils Auskunft über den letztjährigen Zuwachs der Bibliothek u. die sonst in derselben vorgekommenen Bewegungen, theils über die von den einzelnen Bibl.-Beamten im letztvergangenen Jahre ausgeführten Arbeiten. Ausser dem Oberbibliothekare zählt die Bibliothek folg. wissenschaftliche Beamte: die Bibliothekare H. Wieselgren u. R. Bergström; die Amanuensen C. Eichhorn, L. B. Bagge, E. Tegnér u. E. W. Dahlgren; die ausserord. Amanuensen Dr. Lundstedt, P. Beijer, A. Strindberg, R. Geete, J. G. af Forsell, C. G. Wahlberg, E. Thyselius u. G. Eneström.

Privatbibliotheken.

[611.] Catalogue de Livres anciens et modernes. — Histoire générale et particulière. Histoire des Pays-Bas. Maison d'Orange Nassau. Histoire de l'Église. Théologie. Philosophie. Littérature. Beaux-Arts (Peinture, Gravure, Architecture. Théâtre et Musique). Livres à Figures. Livres rares et Curieux. — Bibliothèques de feu H . . . ., Ancien Consul à Amsterdam, et A. G. de Visser, Ancien Directeur de ventes à la Haye. Amsterdam, Frederik Muller & Co. gr. 8°. 3 Bll. 160 S. 1850 Nrr. (Auct. 19. Mai.)

Hauptsächlich Litteratur in Franz. u. Holländ. Sprache.

[612.] Antiquariats-Catalog No. 35 von Wilh. Jacobsohn &. Co. Buchhandlung und Antiquariat in Breslau. — Katholische Theologie enthaltend u. A. die nachgelassenen Bibliotheken der Pfarrer Hauke (Breslau), Bittner (Neisse), Blomin (Graudenz) und des Seminardirector Schaefer (Glogau). Mai. 8°. 20 S. (S. oben Nr. 253.)

Meist nur neuere u. gangbare Deutsche Litteratur.

[613.] S. Glogau & Co. Leipzig. Catalog No. 1 des Antiquarischen Bücher-Lagers. Enthaltend den naturwissenschaftlichen und geographischen Theil der Bibliotheken des † Dr. Wilh. Friedr. Volger, Director der Realschule des Johanneums in Lüneburg und des † Directors Th. Thurn, Instituts-Vorsteher in Altona. 8°. 1 Bl. 45 S. 1745 Nrr.

Ueberwiegend naturwissenschaftl. Inhalts.

[614.] Medicin. Chemie. Bibliotheken Buchheim, Bröking, Martini, Möller, Tritschler. — Nr. 50. Antiquarischer Katalog von Heinrich Kerler Antiquariats-Buchhandlung in Ulm. 8°. 1 Bl. 90 S. 3812 Nrr.

Enth.: Anatomie, Physiologie, Pharmakologie, Chemie aus der Bibliothek des Prof. Dr. Buchheim in Giessen; neuere Medicin aus der des Dr. Bröling in Soden; Chirurgie, Augenheilkunde aus der des Dr. Martini in Biberach; gerichtliche Medicin aus der des Sanitätsraths Dr. Möller in Hanau; alte Medicin aus der des Dr. Tritschler in Cannstatt.

[615.] Otto Harrassowitz, Buchhandlung und Antiquariat in Leipzig. Antiquarischer Catalog 75. — Verzeichniss einer werthvollen juristischen Privatbibliothek. 8°. 1 Bl. 73 S. 1852 Nrr. (S. oben Nr. 469.)

Enth. fast ausschliesslich „die Bibliothek eines Rechtsanwalts, der, in glücklichen äusseren Verhältnissen in einer kleinen Stadt lebend, neben seinen praktischen Berufsgeschäften mit besonderer Vorliebe seine Mussestunden rechtswissenschaftl. Studien gewidmet, u. sich für diesen Zweck eine Bibliothek gesammelt, wie sie sich höchst selten im Besitz eines praktischen Juristen befindet." Ein Theil dieser in fast allen jurist. Fächern auffallend reichhaltigen, hauptsächlich nur Deutsche Litteratur enthaltenden Bibliothek ist von der Familie des Verstorbenen zurückbehalten worden.

[616.] Bibliotheca storica Italiana. Bullettino periodico bimestrale Anno V. Maggio-Giugno 1881. Num. 53—54. — Catalogo di sceltissima Biblioteca già appartenuta al riputatissimo Archeologo Napoletano Raimondo Cavalier Guarini Accademico Pontaniano, Ercolanese, Florimontano ecc. (I. Parte) contenente Storie Patrie — Archeologia e Curiosità Bibliografiche. Vendibili presso Gennaro Cioffi e Figlio. Napoli, tipogr. di Marchese. gr. 8°. 1 Bl. 60 S. 2001—3000 Nrr.

Ausgewähltere, grösserentheils Italienische Litteratur.

[617.] Katalog Nr. 171 der Schletter'schen Buchhandlung (E. Franck) Antiquariat in Breslau. — Protestantische Theologie. Bibliothek des verstorbenen Superintendenten Haacke in Schweidnitz. 8°. 1 Tit.- u. 47 S. 1612 Nrr. (S. oben Nr. 386.)

Grösstentheils Deutsche, darunter viele biblische Litteratur.

[618.] Catalogue de livres d'ouvrages illustrés et de gravures formant la Bibliothèque de Feu Adriaan van der Hoop Jacz., Négociant à Rotterdam. La Haye, Martinus Nijhoff. 8°. 1 Bl. 85 S. 2547 Nrr. (Auct. 3 Mai.)

Hauptsächlich Schöne Wissenschaften u. Künste, nebst Geschichte.

[619.] * Catalogue d'une précieuse Collection de Musique, manuscrits originaux et lettres autographes, partitions, morceaux de musique, curiosités etc., des plus grands compositeurs du XVIIIe et du XIXe siècle, tels que: Mozart, Bach, Beethoven, Haydn, Schubert, Mendelssohn, etc. provenant du Cabinet de Johann Kafta, compositeur à Vienne (Autriche). Paris, Charavay frères. gr. 8°. 24 S. 90 Nrr. (Auct. 14. Mai.)

[620.] Verzeichniss der von dem Meteorologen Professor Dr. Michael Aug. Friedrich Prestel Oberlehrer der Mathematik und Naturwissenschaften am Gymnasium zu Emden hinterlassenen Bibliothek mit mehreren anderen Sammlungen von Werken aus allen Wissenschaften. Leipzig, T. O. Weigel. 8°. 1 Bl. 123 S. 4462 Nrr. (Auct. 13 Juni).

Enth. hauptsächlich Naturwissenschaft u. Verwandtes, Geschichte, Rechts- u. Staatswissenschaft, Theologie, Philologie, Schöne Wissenschaften u. Künste. Die 897 Nrr. starke Prestel'sche Bibliothek findet sich S. 99—123 verzeichnet.

[621.] IV. Verzeichniss des Antiquarischen Bücherlagers von Georg Rettig in Bern. — Staatswissenschaft (Jurisprudenz, Staats- und Kirchenrecht, Nationalökonomie, Statistik, Geschichte, Länder- und Völkerkunde) meist aus dem Nachlasse des alt-Regierungsrath Dr. J. R. Schneider. 8°. 32 S. 806 Nrr.

Schn., „wohl der idealste Führer der demokratischen Partei im Kanton Bern seit den 30er Jahren", hat in Bezug auf das ihn leitende Princip der Demokratie „eine einzigartige Bücher- u. Broschüren-Sammlung von seltner Vollständigkeit" hinterlassen.

Abdrücke aus Bibl.-Handschriften.

[622.] Der Codex Teplensis enthaltend ‚Die Schrift des newen Gezeuges,' Aelteste deutsche Handschrift, welche den im XV. Jahrhundert gedruckten deutschen Bibeln zu Grund gelegen. Erster Theil. Die vier heiligen Evangelien. München, Liter. Institut von Dr. Max Huttler. tl. 4°. 3 Bll. 157 S. Pr. n. 6 Mk.

Von dem der Bibliothek des Prämonstratenser-Stiftes Tepl zugehörigen sogen. Codex germ. Teplensis, einer Perg.-Handschrift aus der 2. Hälfte des XIV. Jhrhdts, welche eine Deutsche Uebersetzung des ganzen Neuen Testamentes enthält, hat der Stiftsbibliothekar P. Philipp Klimesch mit diplomat. Treue eine Abschrift besorgt, u. diese Abschrift, soweit der wirklich anerkennenswerth schöne Abdruck davon hier vorliegt, unter dem Texte mit einer nach der VII. Deutschen Bibel (Augsburg 1477) sorgfältig gearbeiteten Varianten-Sammlung versehen. Der Herausg. glaubt diesem Codex, der nach seiner Ansicht eine Abschrift der Uebersetzung des Neuen Testamentes der berühmten in der Wiener K. K. Hof- u. Staatsbibliothek aufbewahrten Kaiser Wenzel-Bibel enthalten dürfte, aus dem Grunde einen eigenthümlichen Werth beilegen zu sollen, weil seine Uebersetzung der ersten u. damit zugleich allen vor Luther gedruckten Deutschen Bibeln zu Grunde liege. Die beigefügte Varianten-Sammlung zeige, welche geringe Verschiedenheit zwischen den gedruckten Deutschen vorlutherischen Bibeln u. dem Codex bestehe. Die vorl. Ausgabe wird in 3 Lief. bis Ende des Jahres abgeschlossen sein, u. der 3. Lief. der Haupttitel u. eine ausführliche Einleitung als Vorwort beigegeben werden.

[623.] * A Relation of a Voyage to Sagadahoc: now first printed from the original manuscript in the Lambeth Palace Library; edited, with preface, notes and appendix, by the Rev. B. F. de Costa. Cambridge, Wilson & son. 1880. 8°. 43 S.

[624.] * Inedita Galileiana. Frammenti tratti dalla Biblioteca Nazionale di Firenze pubblicati ed illustrati dal Prof. Antonio Favaro Socio corr. del R. Istituto Veneto di Scienze, Lettere ed Arti. (Estr. dal Vol. XXI delle Memorie dell' Istituto stesso.)

Venezia, presso la Segretaria del R. Istituto. Tipogr. di Antonelli. 1880. 4°. 43 S. m. 1 Taf.

Von Manoscritti Galileiani besitzt die Nationalbibl. 303 Bde in 5 Abtheilungen. M. C.

[625.] * Codex Cumanicus Bibliothecae ad Templum Divi Marci Venetiarum. Primum ex integro edidit, prolegomenis, notis et compluribus glossariis instruxit Comes Geza Kuun. Budapest, Akad. d. Wissensch. 1880. gr. 8°. CXXXIV, 395 S.

Hierüber s. Literar. Centralbl. 1881. Nr. 20. Sp. 702—3.

[**626.**] Aus Berlin berichtet das „Deutsche Tageblatt" vom 29. April: In Sachen der Reichsbibliothek erhalten wir folgendes Schreiben des Landtags-Abgeordneten Dr. Kropatscheck-Brandenburg: „In der Sonntagsnummer Ihres geschätzten Blattes lese ich die Nachricht, dass der Vorstand des allgemeinen Deutschen Schriftstellerverbandes sich in einer Petition an den Reichskanzler gewendet habe, worin er ihn ersucht, Schritte zur Begründung einer Deutschen Reichsbibliothek zu thun. Ohne die näheren Ausführungen dieser Eingabe zu kennen, stimme ich denselben, soweit sie mir aus jener obigen Notiz entgegentraten, voll und ganz zu. Habe ich doch in der Abendsitzung des 15. Dezember v. Js. im Abgeordnetenhause nach Kräften darauf hingewiesen, dass es vielfach eine nationale Pflicht sei, eine Centralstelle zu schaffen, wo alles von gedruckten Litteraturdenkmälern, was sich irgendwie auf Deutschland bezieht und noch nicht in festen Händen ist oder ihnen wieder entgleitet, zu dauerndem Eigenthum der Nation gesammelt werde. Ich gehe hier auf den Inhalt jener Rede nicht näher ein, nur einen Punkt möchte ich kurz hervorheben. Auch der vom Deutschen Schriftstellerverbande im vorigen Jahre zu Weimar gefassten Beschlüsse, die eben jetzt an der rechten Stelle vorgetragen worden sind, gedachte ich, fügte jedoch hinzu, dass ich es für ein aussichtsloses Unternehmen halten müsse, eine solche Nationalbibliothek neu schaffen zu wollen. Daran muss ich jetzt noch festhalten. Nicht darum kann es sich zunächst handeln, alle heut erscheinenden Schriften aufzukaufen, sondern die Hauptaufgabe muss es doch sein, die Denkmäler der Vergangenheit vor dem Untergang zu retten und in möglichster Vollständigkeit zu sammeln. Das kann aber — daran wird kein irgendwie Sachverständiger zweifeln — nur geschehen, wenn man sich an eine schon bestehende Bibliothek anlehnt. Selbst die gewaltigsten Geldbewilligungen von Seiten des Reiches wären nicht im Stande eine nur annähernd komplette Sammlung herzustellen. Das meiste befindet sich schon in festen Händen. Kommt es aber darauf an, eine der grösseren Deutschen Bibliotheken zu solcher Centralstelle zu machen, so kann dies nur die königliche Bibliothek in Berlin sein. Wer ihre Schätze aus dem 16. u. 17. Jrhrhdt kennt, die sie zum guten Theil der Fürsorge Friedrich Wilhelms IV. dankt, der weiss, dass hier ein Anfang gemacht, ein Grund gelegt ist, den wo anders von neuem zu legen nicht blos ein überflüssiges sondern unmögliches Unternehmen sein würde; deshalb sprach ich auch damals in meiner Rede der Staatsregierung die dringende Bitte aus, der Bibliothek in Berlin einen Extrafonds von pp. 40 000 Mk. jährlich zum Zweck der Komplettirung in nationaler Hinsicht zu gewähren. Wenn man sich erinnert, welche Summen für Afrika- und Nordpolreisen, für Pergamum und Olympia und erst vor einem Jahre für Ornamentblätter (361 000 Mk. im Preussischen Etat 1880!) bewilligt wurden, so erscheint jene Forderung gewiss sehr bescheiden. Und — ohne neidisch auf jene unterstützten Unternehmungen zu blicken — sollte es nicht am Ende mindestens ebenso nahe liegende Pflicht sein, unser eigenes nationales Geistesleben zu erforschen als das einer fremden Nation u. sei es auch das der Griechischen? Wurde auch meiner Anregung keine zustimmende Antwort vom Ministertisch zu Theil, so bin ich doch keinen Augenblick darüber zweifelhaft, dass man an massgebender Stelle dieser Angelegenheit volle Sympathie entgegenbringt. Ganz besonders erfreulich war es mir, dass schon am 23. Dezember v. J. die Norddeutsche Allgem. Ztg. in einem warm geschriebenen Leitartikel für den Zweck meiner Rede eintrat. Er schloss mit den Worten: „Vielleicht in keiner Hinsicht dürfte einer Centralisirung von allen Seiten freudiger zugestimmt werden als in dieser, und welcher Ort wäre geeigneter für dieselbe als die Hauptstadt des neuerstandenen Deutschen Reiches.“ Und wer wäre, füge ich hinzu, mehr der Mann dazu, diese Wünsche zu verwirklichen, als der Reichskanzler, dessen ganzes Sein und Denken so mächtig von der nationalen Idee beherrscht wird! Erscheinen wir anderen im Vergleich zu ihm doch immer wieder als die Kleingläubigen. Ihm wird es nicht schwer sein, die Wege zu finden, die Bibliothek zu Berlin, ohne dass sie aufhört, ein königlich Preussisches Institut zu sein, doch zu einer Deutschen Nationalbibliothek in dem bezeichneten Sinne zu machen. Dr. Kropatscheck-Brandenburg.

Ferner im nämlichen Bl. vom 3. Mai: In meinem ersten Aufsatze, welchen ich über die Errichtung einer Deutschen Reichsbibliothek schrieb u. welcher in Gemeinschaft mit den beiden folgenden Aufsätzen die Grundlage sowohl für die bezüglichen Debatten und den betr. Beschluss des Deutschen Schriftstellerverbandes auf der Versammlung in Weimar als auch für den Wortlaut der jetzt an den Reichskanzler gesandten Petition gebildet hat, habe ich das, was Dr. Kropatscheck jetzt vorschlägt, als eine Nothwendigkeit bereits gefordert. Sowohl in dem Aufsatze als in der Petition ist nämlich für einen Anschluss der Reichsbibliothek an die grosse königl. Bibliothek in Berlin bereits plaidirt worden. Ich erlaube mir aus meinem ersten Aufsatze: „Eine Deutsche Reichsbibliothek“ (Nr. 68, 1880 d. Allgem. literar. Correspondenz) die betreffenden Sätze im genauen Wortlaut hier anzuführen: „Was den Sitz der Reichsbibliothek anbelangt, so dürfte wohl ohne Zweifel von allen Städten Berlin, die Reichshauptstadt, der politische Mittelpunkt Deutschlands, ganz naturgemäss den ersten Anspruch darauf haben. Selbstverständlich ist schon aus finanziellen Gründen ausgeschlossen, dass neben der grossen königlichen Bibliothek, neben der Universitäts- u. Bibliothek des Reichstages noch eine vierte als Reichsbibliothek begründet werde. Da ferner zur Nutzbarmachung der neu einlaufenden Bücherschätze ein alter Bestand dringend erforderlich ist, so wird hierdurch der Anschluss der Reichsbibliothek an eine schon bestehende zur Nothwendigkeit. Dass hierbei nur die grosse königl. Bibliothek in Frage kommen könnte, bedarf für jeden Kundigen keiner Erörterung. Dazu ist freilich erforderlich, dass die königl. Bibliothek ihr partikularistisches Gewand abstreife, in das Eigenthum des Reiches übergehe, u. zur kaiserlichen sich entfalte, wogegen die kleinen Staaten das so viel kleinere Opfer zufiele, die daselbst erscheinenden Bücher in je 1 Exemplare nach der Reichshauptstadt abzuliefern. Es wäre ja nicht zum ersten Male, dass das Reich eine wissenschaftliche Aufgabe übernähme; ich erinnere an das archäologische Institut in Rom, die Monumenta Germaninae, die neueren Ausgrabungen. Und wenn nun auch die von mir vorgeschlagene Massregel eine viel weitergehendere ist und nicht ohne eine Verfassungsänderung zur Durchführung gelangen könnte, so ist doch gegenüber den grossen Vortheilen, welche die Reichsbibliothek einerseits den Angehörigen des preussischen Staates, anderntheils den Bewohnern der mittleren u. kleineren Staaten*) bieten würde, ein erheblicher Widerstand von der einen oder anderen Seite wohl kaum zu erwarten.“ Wie Dr. Kropatschek hieraus ersehen wird, habe ich sogar die von ihm mit den „Ausgrabungen“ gezogene Parallele bereits antecipirt. In mehr drastischer Weise ist dies in der bezüglichen Debatte auf der Schriftsteller-Versammlung in Weimar geschehen, wo ein Redner unter dem Beifall der Zuhörer unter Anderem die Worte sprach: „Wir graben heute tief in die Erde hinein u. suchen alle Ueberreste von einem Stück Sarg oder Topf, um daraus irgend etwas auf die geistige Thätigkeit jener Zeit zu schliessen, wir besitzen aber von unserer Nation, von dem, was wir heute erzeugen, an keiner Stätte eine wirkliche Sammlung

*) „Natürlich würden die Rechte, welche bezüglich der Benutzung bisher nur den Preussen zustanden, von da an auf alle Reichsangehörigen übergehen. Die ersteren würden dagegen alle im ganzen Deutschland erschienenen Bücher in ihrer Bibliothek vorfinden.“

dessen, was wir erleben“ (cfr. Stenograph. Bericht in der Allgem. litterar. Correspondenz Nr. 76. 1880). — Ueber die Wahl des Ortes, in welchem die Reichsbibliothek errichtet werden u. über die Bibliothek, an welche sie sich angliedern sollte, ist sogar eine kleine Controverse entstanden, über welche ich in Nr. 69, 1880 der Allgem. litter. Correspondenz berichte, dabei aber bei meinem ersten Vorschlage verharre. So war von kompetenter Seite, von dem Veteranen des Deutschen Bibliothekswesens, Geh. Hofrath Dr. Petzholdt in Dresden, der Vorschlag gemacht worden, die Reichsbibliothek mit dem Germanischen Museum in Nürnberg zu verbinden. Es sollte also ein Pendant zu dem von mir mehrfach gepriesenen British Museum geschaffen werden. Petzholdt war übrigens auch gegen die Centralisation in litterarischen Dingen, so sehr er sie in politischen auch gutheissen müsse. Von anderer Seite war die Bibliothek des Reichstages, von noch anderer die Leipziger („Sitz des Buchhandels“) in Vorschlag gebracht worden etc. Etwas später hat das „Freie Deutsche Hochstift“ in Frankfurt a. M. sogar den Vorschlag gemacht, zwei Reichsbibliotheken zu gründen u. zwar in kleinern („billigern“) Orten (etwa in Weimar u. Frankfurt a. M.). Wie ich von dem ersten Vorstand des Germanischen Museums in Nürnberg brieflich erfuhr, ist aber das Hochstift, nachdem sein Vorsitzender bei Gelegenheit eines Besuches des Germanischen Museums von Dr. Essenwein auf die Unausführbarkeit des Vorschlages aufmerksam gemacht worden ist, von der Idee einer doppelten Reichsbibliothek zurückgekommen. Der am Schluss des Kropatschek'schen Aufsatzes von Ihrer geschätzten Redaktion ausgesprochene Wunsch: dass man von vornherein der Angelegenheit die von Dr. Kr. angedeutete praktische Richtung gegeben haben möchte, ist demnach bereits in den Aufsätzen, welche die Anregung zur Gründung einer Deutschen Reichsbibliothek gegeben haben u. in der betr. „Petition“ erfüllt worden.

Und hierauf noch in demselben Bl. vom 6. Mai: Wir erhalten in Sachen der Reichsbibliothek-Angelegenheit eine fernere Zuschrift des Dr. Kropatscheck: „Verehrte Redaktion! Eben lese ich in Nr. 31 des „Deutschen Tagebl.“ die Zeilen, die Dr. Kehrbach-Halle mir auf meine Bibliotheks-Bemerkungen in Nr. 27 erwidert hat. Meine ganze Kenntniss jener Petition des Deutschen Schriftstellerverbandes beschränkte sich auf eine Notiz Ihres geschätzten Blattes. Ich schrieb ausdrücklich: „Ohne die näheren Ausführungen dieser Eingabe zu kennen, stimme ich denselben, so weit sie mir aus jener obigen Notiz entgegentreten, voll u. ganz zu.“ Jetzt erfahre ich zu meiner Freude, dass Dr. Kehrbach schon im vorigen Jahre auf Berlin hingewiesen habe u. erhebe ich natürlich nicht die geringsten Ansprüche auf die Priorität dieses Gedankens. — Uebrigens bemerke ich nur kurz, dass meine Wünsche durchaus nicht zusammenfallen mit der Forderung des Dr. Kehrbach, die Königliche Bibliothek solle „auf dem Wege einer Verfassungsänderung in das Eigenthum des Reiches übergehen.“ Abgesehen davon, dass ein solcher Besitzwechsel zur Erreichung der von mir erstrebten Kompletirung nicht nöthig erscheint, werden wohl die meisten Derer, welche die geschichtliche Entwickelung unserer Bibliothek kennen, ihn auch nicht für wünschenswerth halten. Streift sie auch ihr „partikularistisches Gewand“ nicht ab, so kann natürlich trotzdem allen Reichsangehörigen dieselbe freie Benutzung zugestanden werden, wie uns Preussen. Ich glaube übrigens, dass auch heute schon die Verwaltung jenen gegenüber nicht weniger liberal ist, als diesen. Kropatscheck.“

[627.] Aus Czernowitz ist der seitherige Custos der Universitäts-Bibliothek Johann Sbiera zum ord. Professor der Rumänischen Sprache u. Litteratur an der Universität ernannt worden.

Dr. K. H.

[628.] Aus Greifswald berichtet das dortige Tageblatt in Nr. 94. S. 373—74: Die hiesige Universitätsbibliothek besitzt seit einigen Wochen ein kleines Buch, das für jeden mit der vaterländischen Geschichte Vertrauten von nicht geringem Interesse ist, nämlich dasjenige Exemplar des Littauisch-Deutschen u. Deutsch-Littauischen Wörterbuchs von Christian Gottlieb Mielcke, Königsberg 1800, welches am 3. August 1807, wenige Wochen nach dem Tilsiter Frieden, König Friedrich Wilhelm III. von seinen beiden ältesten Söhnen, dem Kronprinzen (Friedrich Wilhelm IV.) u. dem Prinzen Wilhelm (Sr. Maj. unserm Kaiser), zu seinem Geburtstage als Geschenk erhielt, wie aus einer auf dem vorderen Vorsetzblatt in kindlichen Schriftzügen befindlichen Widmung erhellt: „Zum 3. August 1807. Fritz. Wilhelm. Memel.“ Die Unterschriften sind von dem königlichen Hausarchiv, dem die Bibliotheksverwaltung ein Facsimile der Widmung vorlegte, als authentisch anerkannt worden. Das äusserlich unscheinbare Buch ist somit ein Augenzeuge der trübsten Epoche unserer vaterländischen Geschichte, als die königliche Familie in der nördlichsten Stadt Preussens vor dem Feinde eine Zuflucht gefunden hatte. Nach den dem Titelblatt aufgedrückten Stempeln hat der Band, nachdem er die königliche Privatbibliothek verlassen, zuerst der königlichen Kupferstichsammlung, dann der Bibliothek der königlichen Museen angehört, von welcher ihn die hiesige Universitätsbibliothek zum Geschenk erhalten hat.

[629.] Aus Leipzig ist in der Kössling'schen Buchhandlung (Wolf) zu „Wolf's naturwissenschaftlich-mathematischem Vademecum“ (s. oben Nr. 452) als Manuscript für Buchhändler ein „Schlüssel“ zum Pr. von 1,50 Mk. erschienen, welcher von den im Vademecum verzeichneten 4709 Nrr. nicht nur die dort weggelassenen Namen der Verlagsfirmen angiebt, sondern auch die billigsten Bezugsquellen nachweist.

[630.] Aus New York beabsichtigt R. H. Shepherd, wie eine „Bibliography of Thackeray" (s. oben Nr. 97), so auch eine „Bibliography of Thomas Carlyle" herauszugeben.

[631.] Aus Nürnberg hat das Germanische Museum vom „Direktor u. Redacteur H. Klemm in Dresden, dessen Interesse für die älteste Geschichte der Buchdruckerkunst allen Fachmännern bekannt ist, die Summe von 1000 Mk. überwiesen erhalten, als Beitrag zu einer entsprechenden Ausstattung ihres Inkunabelnsaales".

(Anz. f. Kunde der Deutsch. Vorzeit Nr. 3. Sp. 81.)

[632.] Berichtigung.

Ich wünsche einen auf die Werke Ungarischer Autoren bezüglichen Irrthum zu berichtigen, der sich in den, unter dem Titel „Verzeichniss der Incunabeln der Stiftsbibliothek von St. Gallen (St. Gallen, 1880.)" erschienenen, sehr werthvollen u. gut disponirten Katalog eingeschlichen hat. Ich halte die Berichtigung dieses Irrthums um so mehr für nothwendig, als derselbe von der gesammten Presse ausserhalb Ungarns getheilt wird.

Das bezeichnete Werk zählt pag. 128—129 sub Nr. 781—785 die Werke eines zu Ende des Mittelalters unter dem Namen Michael de Hungaria wohlbekannten Schriftstellers auf. Eines von diesen Werken, das sub 284 u. 285 erwähnte „Euagatorium" ist in der That das Werk des Michael de Hungaria; dagegen ist ein anderes, das sub 781—783 angeführte: „Biga salutis" nicht sein Werk. Auch Panzer (V. Bd. p. 256) u. Hain (II. Bd. p. 9054—9056) sowie alle anderen Bibliographen ausserhalb Ungarns schreiben das Werk dem Michael zu. Aber alle irren. Der Verfasser dieses Werkes ist Osvald v. Laskó, derselbe, welcher Pelbart's „Rosarium Theologicae Sapientiae" beendet hat (wie am Ende des Werkes zu ersehen ist). Auf Seite 14 u. 15 seines Werkes: „Historia seu compendiva Descriptio Provinciae Hungariae ord. min. S. P. Francisci Capoviae, 1759" ist zu lesen: „Nr. 35. XIII. Vicarius P. Fr. Osvaldus de Lasko ..... pro aedificatione fidelium et devotione praedicaturibus edidit plurimos libros, quos Bigam Salutis nominavit, nimirum de tempore de Sanctis et Sermones Quadragesimales de Praeceptis, congessit et aliud opus valde utile, quod Gemma fidei intitulatur." Friedrich schöpfte aus Originalquellen, aus den Jahrbüchern des Instituts. Eben darum bezweifelten auch die Ungarischen Litteraturgeschichtschreiber die Glaubwürdigkeit dieser Angabe nicht, um so mehr, als die Behauptung der Deutschen Bibliographen auf blossen Muthmassungen und nicht auf irgendwelche annehmbaren Daten beruht.

Im Allgemeinen hat bei uns in Litterar-historischer Beziehung eine erfreuliche Bewegung begonnen. In jüngster Zeit erschien eine ausgezeichnete Biographie des Meisters des Osvald von Laskó, des Pelbart von Temesvár, deren Verfasser Aron Szilády ist. Dies Werk ist auch in bibliographischer Hinsicht merkwürdig, da es die bisher bekannten Ausgaben der Werke des Pelbart mit Fachkenntniss u. Genauigkeit zusammengestellt hat.

A. Szilágyi,
Direktor der König. Ungar. Universit.-Bibliothek in Budapest.

Druck von Joh. Pässler in Dresden.

NEUER ANZEIGER
für
Bibliographie und Bibliothekwissenschaft.

Herausgegeben von Dr. J. Petzholdt.

Juli.	Inhalt:	1881.

[633.] Gothaische Schriftsteller*).

Von A. Schumann.

III. Johann Georg Brückner.

Quellen: I. Brückner's Kirchen- u. Schulenstaat (s. unten Nr. 1). I. Thl. 6. Stück (1756). S. 18—19; II. Thl. 3. Stück (1758). S. 10. — II. J. Chrph. Adelung, Fortsetzung zu Jöcher's Gelehrten-Lexicon. 1. Bd. (1784). Sp. 2316. — III. J. H. Gelbke, Kirchen- u. Schulenverfassung des Herzogthums Gotha. 1. Thl. Gotha, Ettinger. 1790. gr. 4^{0}. S. 106. — IV. J. G. Meusel, Lexikon. 1. Bd. (1802). S. 624—625. — V. Allgemeine Deutsche Biographie. 3. Bd. (1876). S. 399. (Von Aug. Beck.)

Die Gothaische Familie Brückner stammt von Münnerstadt an der Lauer im jetzigen Bayrischen Unterfranken. Aus diesem ehemals Würzburgischen Orte war der Glaser Joh. Georg Brückner, weil er sich in seinem evangelischen Glauben bedroht sah, im Laufe des 17. Jahrhunderts nach Coburg ausgewandert u. daselbst Mitglied des Rathes geworden († 1699). Sein gleichnamiger Sohn setzte das väterliche Gewerbe fort, erhielt den Titel eines Hofglasers u. trat ebenfalls in den städtischen Rath. Von seiner Gattin, der Tochter eines Coburger Bürgers u. Lohgerbers, hatte er zwei Söhne, von denen unser Joh. Georg der jüngere war. Am 12. März 1701 geboren, verlor dieser frühzeitig den Vater (1710); doch erlitt seine wissenschaftliche Ausbildung dadurch keinen Schaden. Denn nachdem er die Stadtschule u. das akademische Gymnasium besucht hatte, widmete er sich seit Ostern 1719 in Halle der Theologie u. setzte dann seine Studien noch dritthalb Jahre in Jena fort. Wieder heimgekehrt, war er anfangs als Hauslehrer in zwei bürgerlichen Familien thätig; 1728 erhielt er die Stelle eines Pagenhofmeisters bei der verwitweten Herzogin Elisabeth Sophie von Sachsen-

*) Fortsetzung von Anz. J. 1879. Nr. 895.

Coburg-Meiningen, einer Tochter des Grossen Kurfürsten, u. wurde 1733 zu deren Kabinetsprediger u. gleichzeitig zum Bibliothekar am akademischen Gymnasium befördert. 1735 berief ihn Herzog Friedrich III. von Sachsen-Gotha ganz unerwartet u. wohl nicht ohne Zuthun seiner geistreichen Gemahlin Luise Dorothea, einer Stieftochter jener Fürstin, zu seinem Hofprediger u. ernannte ihn nach zehnjährigen treuen Diensten zum Oberhofprediger u. Konsistorialrath. Nachdem er zweimal vermählt gewesen u. drei Söhne hatte heranwachsen sehen, starb er nach vierwöchentlicher Krankheit am 15. Juli*) 1771, Abends zwischen 9 u. 10 Uhr, in einem Alter von 70 Jahren, 4 Monaten u. 3 Tagen. Seine Ruhestätte fand er in der Morgenfrühe des 18. Juli auf dem jetzt ältesten Friedhofe Gothas. — Brückner hat sich durch seinen „Kirchen- u. Schulenstaat" kein geringes Verdienst erworben. Dieses auf Urkunden u. Akten gebaute Werk bietet dem Kirchenhistoriker u. Hymnologen, dem Biographen u. dem Geschichtschreiber der Pädagogik eine Quelle reicher Belehrung. Trotzdem ist es über die Grenzen des Herzogthums hinaus im ganzen nur wenig bekannt geworden.

Schriften:

1. * Sammlung verschiedener Nachrichten zu einer Beschreibung des Kirchen- und Schulenstaats im Hertzogthum Gotha. (I. Theil.) Erstes — Zwölfftes Stück. II. Theil (.) Erstes — Zwölftes Stück. III. Theil (.) Erstes — Vierzehntes Stück. Gotha, verlegts Christian Mevius (vom 4. Stück des 1. Theiles an: Gotha, in Commission bey Christian Mevius), 1753—63. 4°. Auf dem Titel jedes Stückes die Inhaltsangabe. — (1. Thl.) 1. Stück mit e. Titelkupfer (Johanniskirche u. Neue Immanuelskirche mit den Dörfern Altenbergen u. Catterfeld) u. e. Titelvignette (sitzende Frauengestalt mit e. Merkurstab in der Rechten; neben ihr rechts unten e. Wappenschild mit dem Signet des Verlegers; links: Schloss u. Festung Gotha).

I. Thl. 1. Stück (1753): 3 Bll. (Titel u. Widmung an Herzog Friedrich III.) u. S. 1—88. — 2. Stück (1753): S. 89—184. — 3. Stück (1754): S. 185—288. — 4. Stück (1755): 1 Bl. (Titel) u. 100 S. — 5. Stück (1756): 88 S. — 6. Stück (1756): 1 Bl. 101 S. u. 1 S. Druckfehler. — 7. Stück (1756): 1 Bl. 84 S. — 8. Stück (1757): 1 Bl. 93 S. — 9. Stück (1757): 1 Bl. 94 S. — 10. Stück (1757): 1 Bl. 94 S. — 11. Stück (1757): 1 Bl. 92 S. — 12. Stück (1757): 1 Bl. 91 S. u. 23 ungez. zweispaltige S. „Register über die XII ersten Stücke des Gothaischen Kirchen- u. Schulen-Staats."

II. Thl. 1. Stück (1758): 1 Bl. 94 S. — 2. Stück (1758): 1 Bl. 94 S. — 3. Stück (1758): 1 Bl. 95 S. — 4. Stück (1758): 1 Bl. 86 S. — 5. Stück (1759): 1 Bl. 92 S. — 6. Stück (1759): 1 Bl. 86 S. — 7. Stück

*) Tag u. Stunde seines Todes, welche in keiner der obengenannten Quellen zu finden sind, entnehme ich dem Sterberegister der Schlosskirche zu Gotha.

(1759): 1 Bl. 86 S. — 8. Stück (1760): 1 Bl. 93 S. — 9. Stück (1760): 1 Bl. 93 S. — 10. Stück (1760): 1 Bl. 86 S. — 11. Stück (1760): 1 Bl. 94 S. — 12. Stück (1760): 1 Bl. 77 S. u. 24 ungez. zweispaltige S. „Register über die XII Stücke des andern Theils“ etc. Ausserdem e. Stammtafel in qu. Fol.

III. Thl. 1. Stück (1760): 1 Bl. 88 S. — 2. Stück (1761): 1 Bl. 86 S. — 3. Stück (1761): 1 Bl. 104 S. — 4. Stück (1761): 1 Bl. 93 S. — 5. Stück (1761): 1 Bl. 94 S. — 6. Stück (1761): 1 Bl. 86 S. — 7. Stück (1761): 1 Bl. 88 S. nebst 4 ungez. S. („Milwitzische Genealogie“) zwischen den S. 72 u. 73. — 8. Stück (1761): 1 Bl. 93 S. — 9. Stück (1762): 1 Bl. 94 S. — 10. Stück (1762): 1 Bl. 102 S. — 11. Stück (1762): 1 Bl. 86 S. — 12., 13. u. 14 Stück (1763): 1 Bl. 260 S. nebst 4 ungez. zweispaltigen S. „Verzeichnis aller Kirchen im Hertzogthum Gotha nach der Ordnung der Inspectionen“ u. 26 ungez. zweispaltigen S. „Register über den dritten Theil“ etc.

2. * Kurtze von der Natürlichen u. geoffenbarten Religion überhaupt handelnde Einleitung in den Catechismum, nebst einer Gothaischen Catechismus-Historie. Gotha, verlegts Joh. Christoph Reyher, 1754. 8°. 68 S.

Inhalt: Vorrede S. 3—6; Catechetische Einleitung in den Evangelisch-Lutherischen Catechismum etc. S. 7—36; Historische Nachricht von dem Lutherischen Catechismo im Hertzogthum Gotha S. 37—68. — Keine der obigen Quellen führt das Buch an. Dass es Brückner verfasst hat, bezeugen die Acta historico-ecclesiastica. 19. Bd. 109. Thl. Weimar, bey Siegm. Heinr. Hoffmann. 1755. kl. 8°. Bl. 7b der Vorrede.

3. Vorrede zu: M. Friedrich Albrecht Augusti, Predigers zu Eschenberge, . . . Frommer Proselyten Trost und Aufmunterung zur Glaubens-Beständigkeit . . . Erste Abtheilung. Erfurt, druckts u. verlegts J. D. Jungnicol. 1755. kl. 8°. S. 3—14.

IV. Christian Wilhelm Jacobs.

Quellen: I. J. G. Meusel, Das gelehrte Teutschland. 5. Ausg. 3. Bd. (1797.) S. 495; 11. Bd. (1805.) S. 391; 14. Bd. (1810.) S. 217; 18. Bd. (1821.) S. 245. — II. National-Zeitung der Deutschen. Jahrg. 1814. Gotha, Beckersche Buchhandlung. 4°. 40. Stück vom 5. October. Sp. 823—826. — III. Aug. Beck, Ernst der Zweite, Herzog zu Sachsen-Gotha u. Altenburg, als Pfleger u. Beschützer der Wissenschaft u. Kunst. Gotha, Justus Perthes. 1854. 8°. S. 128. — Vgl. ausserdem: IV. Friedr. Jacobs, Vermischte Schriften. 7. Bd.: Personalien. Leipzig, Dyk'sche Buchhdlg. 1840. kl. 8°. S. 6 u. 151—152.

Christian Wilhelm Jacobs, der älteste Bruder des Philologen Friedrich J., wurde den 7. Juli*) 1763 zu Gotha geboren, wo sein Vater, seit 1789 Amtmann in Georgenthal, zu jener Zeit die Stelle

*) Ich folge hier der unzweifelhaft richtigen Angabe von Fr. Jacobs a. a. O. S. 5. Meusel nennt an der erstgenannten Stelle des Gel. Teutschl. das gleiche Datum, glaubt aber Bd. XVIII. S. 245, durch die National-Zeitung der Deutschen (s. oben) veranlasst, den 6. Juli dafür setzen zu müssen.

eines Bürgermeisters bekleidete. Nach dem Besuche des heimischen Gymnasiums studierte er seit 1779 in Jena die Rechte u. liess sich hierauf als Amtsadvokat in Gotha nieder. Daselbst wurde er 1796 Kommissionssekretär beim Oberkonsistorium, 1803 Oberkonsistorialassessor mit Sitz u. Stimme u. zuletzt Oberkonsistorialrath. Als solcher starb er, 51 Jahre alt, den 24. September 1814 unfern des Dorfes Wipperoda an einem Schlagflusse, als er sich eben auf einem Ausfluge nach dem Thüringer Walde befand, welchen er seit 1792 entweder allein oder in Gesellschaft seiner Freunde Adolf v. Hoff u. Friedr. Kries so oft begangen u. erforscht hatte. — Gleich seinem jüngeren u. berühmteren Bruder reich begabt u. rastlos thätig, beschäftigte sich J. neben seinen Berufsarbeiten gern mit Zoologie, Botanik u. Gewerbskunde, u. gerade diese Fächer waren es, welche er in dem von ihm u. v. Hoff herausgegebenen Werke über den Thüringer Wald (s. unten Nr. 4) vortrefflich zur Darstellung brachte, während seinem in dieser Hinsicht bewährten Genossen der mineralogische Theil zufiel. Dass seine Neigung ferner auch der Geographie gehörte, beweisen die von ihm u. Fr. Kries gemeinsam unternommenen Uebersetzungen einiger dahin einschlagender Werke (s. unten Nr. 2 u. 3).

Schriften:

1. Ideen über Gegenstände der Criminalgesetzgebung von C. W. Jakobs*). Leipzig, in der Dyckschen Buchhandlung 1793. gr. 8°. XVIII S. (Titel, Widmung an seinen Vater, Vorrede u. Inhalt), 1 ungez. S. (Nebentitel) u. 282 S. nebst 1 S. „Verbesserungen" u. 1 S. „Anmerkung." — Der Bogen N falsch paginirt: statt 139—154 sollte 193—208 stehen. Auf dem Bogen O folgt wieder die richtige Zählung mit 209. (In der „Anmerkung" berichtigt.)

Inhalt: I. Ueber die Nothwendigkeit fortgesetzter Untersuchungen zur Verbesserung der Criminalgesetze, u. über die allgemeinern Quellen der Verbrechen: S. 1 (3) — 100. — II. Margarethe Kerst u. Johann Matthess Schröter, Ehebrecher u. Mörder: S. 101 (103) — 162. — III. Magdalene Dorothee Cl —, Mörderinn ihres zweyjährigen Kindes: S. 163 (165) — 196 (irrig 142). — IV. Justitzmord einer ganzen Nation an ihrem guten König: S. 197 (199, irrig 145) — 248. — V. Johann Christian S.**, Verbrecher durch Veruntreuung einer ihm anvertrauten Summe: S. 249 (251) — 282.

---

*) Diese auch in den beiden folgenden Werken auftretende Schreibweise (statt „Jacobs") beruht auf einer puristischen Neigung, welcher auch Friedr. Jacobs eine Zeit lang huldigte. Der Letztere äussert sich in den „Personalien" S. 6, Anmerkung, darüber also: „Eine unverständige Puristerei war es, dass ich in meinen deutschen Schriften das C meines Familiennamens mit K vertauschte, was denn auch noch jetzt, nachdem ich meinen Irrthum erkannt u. längst zu der richtigen Schreibung zurückgekehrt bin, von Mehrern beibehalten wird." Wie hartnäckig diess theilweise geschah, ersieht man z. B. aus Mützell's Zeitschrift für das Gymnasialwesen. 10. Jahrg. Berlin, Enslin. 1856. 8°. S. 522.

2. * Stedman's Nachrichten von Surinam und von seiner Expedition gegen die rebellischen Neger in dieser Kolonie in den Jahren 1772 bis 1777. Ein Auszug aus dem Englischen Original. Mit einer Karte und Kupfern. Mit allergnädigsten Freiheiten. Hamburg bei Benjamin Gottlob Hoffmann. 1797. gr. 8°. XIV (Titel u. Vorerinnerung) u. 522 S. nebst 1 S. Druckfehler. — Die 7 Kupfer in 8°., die Karte von Surinam in qu. schmal Fol. — Auf S. XIV der „Vorerinnerung" die Namen der Uebersetzer: C. W. Jakobs. F. Kries.

Das Englische Original erschien 1796 zu London, „printed for J. Johnson, St. Paul's Church-Yard" in 2 Thln. gr. 4°. mit 80 Kupfern nach Zeichnungen des Verfassers.

3. * Anton Pigafetta's Beschreibung der von Magellan unternommenen ersten Reise um die Welt. Aus einer Handschrift der ambrosianischen Bibliothek zu Mailand von Amoretti zum erstenmal herausgegeben. Aus dem Französischen. Mit Karten. Gotha, bey Justus Perthes, 1801. gr. 8°. LXX (Titel, Vorbericht der Uebersetzer, Vorrede von Amoretti) u. 296 S. — Von den 2 Karten ist die erste („Entwurf des Weges der ersten Reise um die Welt nach der Beschreibung des Ritters Ant. Pigafetta") in qu. schmal Fol., die zweite („Die Philippinischen u. Moluckischen Inseln") in Fol. Ausserdem e. illum. Prospekt der Molukken (ohne Ueberschrift) in gr. 8°. — Auf S. XVI des „Vorberichtes der Uebersetzer" die Namen: C. W. Jakobs. F. Kries.

In Ermangelung des Italienischen Originals, welches 1800 in Mailand erschien, benutzten die Uebersetzer die von demselben Herausgeber besorgte Französische Ausgabe, welche zu Paris, „chez Jansen, l'an IX" (1801), herauskam. „Diese Vertauschung," heisst es S. V des Vorberichtes, „konnte um so unbedenklicher geschehen, da beyde Ausgaben denselben Herausgeber haben u. auch die Italienische kein wörtlicher Abdruck von Pigafetta's Handschrift ist, sondern eine Uebersetzung aus der Sprache des Originals in das heutige Italienisch." Weggeblieben ist in der Deutschen Uebertragung „Des Hrn. v. Murr diplomatische Geschichte Martin Behaims", die in dem Französischen Werke den Schluss bildet.

4. Der THÜRINGER WALD besonders für Reisende geschildert von Karl Ernst Adolf von Hoff (,) Herzogl. Sachsen Gothaischem Legations-Rath, Mitglied der Gesellsch. naturforschender Freunde zu Berlin, u. der mineralog. Societ. zu Jena. u. Christian Wilhelm Jacobs (,) Herzogl. Sachsen Gothaischem Oberconsistorial-Rath. Erste oder Nordwestliche Hälfte (.) I. Heft. mit Kupfern u. einer Karte. Gotha, in der Ettingerschen Buchhandlung 1807. — Dasselbe. Erste oder Nordwestliche Hälfte (.) II. Heft. mit Kupfern. Ebda 1807. — Dasselbe. Zweyte oder südöstliche Hälfte. 1. Heft. Mit Kupfern und einer Karte. Ebda 1812. — Dasselbe. Zweyte oder südöstliche Hälfte. II. Heft. Mit einem Kupfer. Ebda 1812. kl. 8°. (Latein. Lettern.)

I. 1: 1 Bl. (in Kupfer gestochener Titel mit e. Vignette: Der Spitterfall) XXX (Haupttitel, Widmung an Fr. Kries, Vorrede, Nachricht wegen der (5) Kupfer u. der Karte [in qu. Fol., gezeichnet von K. E. A. v. Hoff, in Kupfer „gestochen von Ernst Knittel in Gotha"]) u. S. 1—288. — I. 2: VI (Titel, Inhalt, Verbesserungen u. Druckfehler) u. S. 288—690. Mit 2 Kupfern. — II. 1: 2 Bll. (2 Titel, wovon der eine in Kupfer gestochene mit e. Vignette: Ein Haus im Meiningischen Oberlande) XXXVIII (Vorrede, Nachricht wegen der Kupfer u. der Karte, Berichtigungen u. Zusätze zu der I. Hälfte, Verbesserungen u. Druckfehler, Inhalt) u. S. 1—243. Mit 6 Kupfern u. e. Karte in qu. gr. Fol. („Nach den besten Hülfsmitteln entworfen von K. E. A. v. Hoff. 1811"). — II. 2: S. 244—526 (Titel als S. 244 gezählt).

Ausserdem lieferte J. viele Recensionen in die „Allgemeine Literatur-Zeitung", in die „Leipziger Literatur-Zeitung", in die „Gothaischen gelehrten Zeitungen", in die „Allgemeine deutsche Bibliothek" (Bd. 37—118, 1779—92) u. in die „Neue allgemeine deutsche Bibliothek" (Bd. 1—107, 1793—1806). Ueber die Zeichen, deren er sich in den beiden letzteren bediente, vgl. man (G. Parthey) Die Mitarbeiter an Friedr. Nicolai's Allgemeiner deutschen Bibliothek. Berlin, Nicolai. 1842. 4°. S. 12—13.

V. Friedrich Wilhelm Josias Jacobs.

Quellen: I. J. G. Meusel, Das gelehrte Teutschland. 5. Ausg. 18. Bd. (1821.) S. 247; 23. Bd. (1834.) S. 7. — II. Friedr. Jacobs, Vermischte Schriften. 7. Bd.: Personalien. Leipzig, Dyk'sche Buchhdlg. 1840. kl. 8°. S. 46 u. 265, besonders aber S. 556—570. — Vgl. auch: III. Neue Jahrbücher für Philologie u. Paedagogik. 4. Jahrg. 11. Bd. 1. Heft. Leipzig, B. G. Teubner. 1834. gr. 8°. S. 108. — IV. Allgemeine Literatur-Zeitung vom Jahre 1834. Halle, Exped. d. L.-Z. 1834. 4°. Intelligenzblätter Nr. 28. Sp. 227. — Allgemeine Deutsche Biographie. 13. Bd. (1881.) S. 613. (Von A. Schumann.)

Friedrich Wilhelm Josias Jacobs, der älteste Sohn des Philologen Friedr. Jacobs u. seiner ersten Gattin, einer Tochter des Konsistorialrathes Seidler in Weimar, wurde den 24. März 1793 zu Gotha geboren. Anfangs im elterlichen Hause u. durch Privatlehrer vorgebildet, besuchte er dann das Gymnasium illustre, welches er jedoch vor dem Eintritt in die oberste Klasse wieder verliess, weil sein Vater zu jener Zeit (1807) einem Rufe nach München folgte. Dort wurde der häusliche u. private Unterricht von neuem aufgenommen u. J. dann für zwei Jahre einer Pension in Genf anvertraut. Er sollte dieselbe später mit dem Fellenberg'schen Institut zu Hofwyl vertauschen; allein die frühere Neigung zur Landwirthschaft verlor sich unterdessen, so dass er nach seines Vaters Rückkehr in die Heimat nochmals das Gothaische Gymnasium auf kurze Zeit besuchte u. seit Michaelis 1813 in Göttingen Medizin studierte. In trautem Verkehre mit jungen Männern wie Abeken u. Ernst Schulze verlebte er hier angenehme Tage, u. wie diese Freunde, so ergriff auch ihn die Begeisterung für Deutschlands Erhebung. Von persönlicher Theilnahme am Kriege musste ihn vor allem die Erwägung zurückhalten, dass bereits zwei seiner Brüder im Felde standen. Nachdem er im Herbst 1815 mit einer fleissigen Arbeit aus der vergleichenden Anatomie (s. unten Nr. 1) als Dr. med. promoviert hatte, verliess er Göttingen im Frühling 1816, machte zu seiner weiteren Ausbildung eine wissenschaftliche Reise nach Würzburg, München u. Wien u. kehrte im folgenden Jahre nach Gotha zurück, wo er nun als praktischer Arzt eine glückliche Thätigkeit entfaltete. Seine freie Zeit widmete er als echter Sohn seines Vaters der Poesie u. dem niemals unterbrochenen Studium der klassischen Sprachen; auch betrieb er mit Eifer die Reitkunst u. wurde dadurch zu einer Uebersetzung von Xenophon's bekannter Schrift angeregt (s. unten Nr. 4), einer trefflichen Leistung, welche man bisweilen, durch den gleichen Vornamen irregeführt, seinem berühmten Vater zugeschrieben hat. Wie er hier in einem beigegebenen Kommentar diejenigen Stellen sammelte, welche sich bei den alten Schriftstellern über diesen Gegenstand vorfinden, so trug er sich auch hinsichtlich der Medizin mit dem Gedanken einer Sammlung alles Dessen, was den Alten vor Hippokrates über diese Wissenschaft bekannt gewesen ist. Zur Ausführung dieses Planes kam er leider nicht; denn im Sommer 1822 suchten seinen bisher gesunden Körper plötzlich epileptische Zufälle heim, die wohl hin u. wieder nachliessen, aber dann mit neuer Heftigkeit wiederkehrten. Mehrmalige Badekuren hatten keinen Erfolg, so dass ihn die Seinen endlich dem Grossherzogl. Krankeninstitut zu Jena übergeben mussten, wo ihn der Tod nach zweijähriger Anwesenheit am 29. Juli 1833 von seinen Leiden erlöste.

Schriften:

1. Talpae europaeae anatome. Dissertatio, quam Illustris in Georgia Augusta ordinis medici consensu pro summis in medicina et chirurgia honoribus rite obtinendis edidit Frider. Guilielmus Josias Jacobs, Gothanus. Cum 3 tabulis aeneis. Jenae, sumtibus Fr. Frommann 1816. 8°. XX (Titel, Widmung an J. Fr. Blumenbach u. S. Th. v. Sömmering, Index Scriptorum, qui de Talpa tradiderunt, Einleitung ohne Ueberschrift) u. 68 S. — Von den Kupfertafeln 2 in kl. 4°, 1 in 8°.

Die Abhandlung in 5 Kapiteln oder 62 Paragraphen S. 1—48; Descriptio tabularum S. 49—68. — Die Tafeln (1. mit 28, 2. mit 15, 3. mit 18 Figg.) sind von Jacobs selber gezeichnet.

2. Der Ring. Poetische Erzählung in drei Gesängen von D. Friedrich Jacobs. In: Urania. Taschenbuch auf das Jahr 1821. Neue Folge, 3. Jahrg. Leipzig, F. A. Brockhaus. 1821. 16°. S. 449 (451) — 509.

In Octaven.

3. Rosenkranz. Von Dr. Fr. Jacobs. In: Minerva. Taschenbuch für das Jahr 1823. 15. Jahrg. Leipzig, bei Gerhard Fleischer. 16°. S. 461 (463) — 472.

12 Sonette.

4. *ΞΕΝΟΦΩΝΤΟΣ ΠΕΡΙ ἹΠΠΙΚΗΣ ΛΟΓΟΣ.* Xenophons Buch über die Reitkunst übersetzt und mit Anmerkungen versehen von Friedrich Jacobs, D. M. Mit einer Kupfertafel. Gotha, bey Justus Perthes. 1825. gr. 8°. VIII (Titel, Widmung an seinen Lehrer in der Reitkunst, Vorwort) u. 226 S. nebst 1 S. Druckfehler. (Lat. Lettern.)

S. 2—83 links der Griech. Text, rechts die Deutsche Uebersetzung (unter dem Text auf beiden S. Lesarten); S. 85 (87) — 205: Erklärende Anmerkungen; S. 206—226: Verzeichniss der in den Anmerkungen erklärten Worte u. Redensarten (zweispaltig). — Kupfertafel zu S. 190 mit 4 Figg. — Vgl. Chrn. Dan. Beck's Allgem. Repertorium d. neuesten in- u. ausländ. Literatur für 1826. III. Bd. Leipzig, Cnobloch. 1826. gr. 8°. S. 358. — Pädagogisch-Philologisches Literaturblatt. 2. Abthl. Hrsg. von D. Ernst Zimmermann. Jahrg. 1827. Darmstadt, Leske. 4°. Nr. 3 vom 12. Januar. Sp. 17—18.

[634.] Codex Roolf, Pergamenthandschrift des Traktats De imitatione Christi vom Jahre 1431.

Vom Bergrath Schmidt-Reder in Görlitz.

(Schluss.)

3. 6. 17. et fehlt. 18. affectus. 20. super. 26. materie. 46. tenderit. 48. ingerit. 49. dicito. 53. quia tal. 65. consistunt.

3. 7. 2. vtilius. 39. conc. non valuerint. 42. modicum fehlt. 58. incederes. 74. ver. displiceat.

3. 8. 1. Loquor. 31. Qui tu. 32. sup. id quam.

3. 9. 2. ego.

3. 10. 1. loquor. 3. domini. 7. sed. 17. quid. 31. digneris. 32. omn. mea. 52. ut. 57. subjecerunt. 59. abjecerunt. 62. neglexerunt. 67. deo.

3. 11. 2. oportet. 8. sepius. 28. et tamd.

3. 12. 20. Esto quod ita. 22. u. 46. sed. 53. labori.

3. 13. 2. qui. 12. interius. 19. et ideo. 28. et sub omn. ped. inc. fehlt. 38. inf. totiens.

3. 14. 29. abyssali | libus. 31. quamquam.

3. 15. 2. sic. 8. esse fehlt. 10. nocuum. 20. est ac pet. 29. fac. 58. Amen fehlt.

3. 16. 5. diu desiderare. 17. etiam si. 23. spir. et. 31. hec.

3. 17. 1. Fili my. 2. sine.

3. 18. 2. ego. 30. vita tua via nost. 37. te fehlt.

3. 19. 9. Op. te ergo. 32. a prelato homine. 35. quantumque. 37. quamlibet. 49. Fac Dom. my (= mi, nicht mihi cf. 3. 17. 1.).

3. 20. 5. propono. 10. et cum puto. 13. mis. mei. 17. confusionem. 18. eorum. 20. mihi sit. 32. et fehlt. 33. alie. 48. sed pene et miserie juste et sequent.

3. 21. 33. que fehlt. 47. u. 91. et fehlt.

3. 22. 8. Min. ergo. 12. nat. vel spiritualiter. 38. Ita . ., et fehlt. 55. tua fehlt. 56. magis quam.

3. 23. 14. parvus. 25. deus. 26. vane. 33. et fehlt. 39. te fehlt. 40. et fehlt.

3. 24. 11. sunt vid. 19. veniet.

3. 25. 2. ego. 7. pax. 25. fiunt. 38. longanimis (ausgeschrieben!)

3. 26. Ueberschrift. supplex fehlt. 8. aut multis. 12. que tot. aff. 14. libuerit.

3. 27. Ueberschrift. in summo. 2. oportet. 34. hoc. 51. hoc.

3. 28. 2. non. 12. es igitur.

3. 29. 9. praes. tribulatione. 12. saluifica. 29. aut. deus omn.

3. 30. 2. ego. 13. In „consilium" ist das s aus c, vermuthlich noch von Cornelius, auffällig verbessert. Gewöhnlich (z. B. 1. 4. 13, 4. 2. 54, 4. 6. 9, 4. 10. 23) steht concilium etc. 41. an fut. 49. sepe magis.

3. 31. 2. bone. 14. supertranscire. 39. et in sens. 48. vbi. 49. sunt.

3. 32. 13. hoc. 25. proposui 32. idz(?) | celest.

3. 33. 8. letus.

3. 34. 14. festinam. 17—19. sed si debet gratum esse oportet condimento tue sapiencié condiri. 35. et lucis illum. 54. potestati (Schluss-s fortradirt!) 55. exurge et adj.

3. 35. 2. numquam. 3. semper fehlt. 25. infirmitates: innumeras obloc.

3. 36. 2. iacta. 6. corde.

3. 37. Ueberschrift. obtinendum. 2. relinque.

3. 38. 2. ad. 5. et sis. 13. Sic etiam. 15. mox cum qualib. 19. inprobitatibus (ausgeschrieben!).

3. 39. 2. committe. 11. eum.

3. 40. Ueberschrift. boni fehlt. 15. ipse fehlt. 16. iuste et sancte. 24. requiescat.

3. 41. 18. nec plene.

3. 42. 2. si . . conviuere scheint aus conniuere verbessert zu sein. 3. implacatus. 27. sit si in te inord. 28. summo bono et vic.

3. 43. 2. non. 25. et fehlt. 51. doct. veritatis.

3. 44. 2. in. 24. Et nisi.

3. 45. 69. verbum. 70. call. longe fac. 85. prosint.

3. 46. 2. sta. 32. mometur (sic!) 47. errat aut err. pot. 58. quia non.

3. 47. 2 u. 5. **non.** 23. pax **summa.**

3. 49. 2. **cum.** 17. **saepe.** 53. plac. **alteri** non **prof.** 68. **videri.** 101. siue prelatus **seu** jun.

3. 50. Ueberschrift. **manu.** 2. sic fehlt. 4. **letetur.** 25. **tondendum.** 49. **presumptionis.** 56. **amoris.** 68. sicut b$\overline{\eta}$ fácere. (Vermuthlich **benedictionem** — Walther 36, 22 vom Jahre 1317. Cornelius schreibt das Adverb bene entw. aus oder abbreviirt es bñ.) 77. **purgandum.**

3. 52. 3. **et.** 29. **commorari.** Anfänglich stand commemorari; die Silbe me ist aber dann von Cornelius selbst fortgestrichen worden. 44. **reconsiliatur.**

3. 53. Ueberschrift. Dei fehlt. 2. **preciosa.** 13. **dei.** 26. **renunciari.** 38. occ. **et** inord. (eingeschaltet!)

3. 54. 39. **et** abhor. 58. **vanitatem.** 71. et dicta fehlt. 94. **se** asscribit. 106. in fehlt.

3. 55. 4. **captiuam.** 52. **estimentur.** 80. **stirps.** 81. Das erste „et" fehlt. 83. **Per.**

3. 56. 2. **quantum.** 10. **ego.** 35. **beatam** (Druckf.?) 43. Dom. Jes. **Christe** quia art. er. **vita.** 44. **despectum.** 59—62. siehe vorn!

3. 57. 2. **magis.** 7. 8. **sed** nunc **dimitte** transire. **non** est. 12. **bene.** 37. caro es **et** non.

3. 58. 2. **caveas.**

3. 59. 2. **magis.** 5. **fuit** ist unsicher. 15. gemere **et** clamare. 16. **oportunis.** 34. **neque.** 37. et amœn. fehlt. 47. das Gebet ist überschrieben: Oratio bona mit der Abbreviatur Walther 37, 24 des s. XIV.

4. 1. 4. Quia ergo tua sunt **verba.** 8. ea fehlt; mea ist durch den Zeilenschluss in 2+1 Buchstaben getrennt. 42. **arche.** 45. u. 52. **archam.** 47. **eis.** 54. horam? **Et.** 55. tibi **agere** stud. 69. **vera** . . **hostia** . . **completiua.** 79. **cantari.** 118. **affectu.** 130. **et** talem (ad fehlt dazwischen). 131. **celebrare.**

4. 2. 2. ad **medicum et** saluatorem. 30. tibi **fehlt.** 48. **vivum** scheint aus **vinum** verbessert zu sein. 65. corp. **meum** imm. 72. **efficieris.**

4. 3. 43. **et** celebro. 45. non **sum.** 49. **Dei** fehlt. 52. creat. **ac** viuif. 56. meretur **mente** deuota. 64. **dulcissima.**

4. 4. 6. **gustandum.**

4. 4. 7. **plenaria.** 17. de tam alto **sacrosancto** potero. 18. mei fehlt; spe **et** reu. 23. **vnde.** 48. **melios** (vermuthlich ist das Auslassungszeichen s nach o für **meliores** verloren gegangen). 57. **coloris.** Das erste o ist mit anscheinend absichtlicher Deutlichkeit geschrieben, als habe der Schreiber sagen wollen, er kenne u. verwerfe die Variante caloris. 62. potare. **ponam.** 65. **cherubin** et **seraphin.** 71. **venite.** 82. **ad** vitam.

4. 5. 6. **misterium.** 15. **patet.** 19. **corpus.** 44. **Post.**

4. 6. 1. **Dum.** 8. **erga.**

4. 7. 12. **d**eo. 34. tar- | (am Schlusse einer mit dus anfangenden Zeile; die zweite Silbe fehlt — auch eine Art Homöoteleuton! die Bindestriche vielleicht von späterer Hand).

4. 8. 4. mihi fehlt. 7. das **michi non** curo.

4. 9. 6. simpl**itat**e. 7. sempiternum: **et** obsequium et sacrificium. 35. beat. **et** laud. 36. pia fehlt. 52. scienter **et** ignoranter.

4. 10. 12. solita **eius** nequitia (sua fehlt) perturbet. 27. paruam **tribul**acionem. 41. cras forsitan **illud magis** eueniet. 42. poss**i**s. 45. i**n**portat (ausgeschrieben). 55. in fehlt. 56. communicar**i**.

4. 11. 36. pro nichi**l** duco. 41. mortal**it**e (Gallicismus?) 51. hab**eo**. 73. creat. **et** red. 107. **ut** in spir... deseruire **valeamus**.

4. 12. 7. ut fehlt. 21. benefici**j**. 22. ei fehlt. 46. **semper** prepara.

4. 13. 44. deo **meo**.

4. 15. 6. deo **tempus** et mod. 52. sup. omn. dev. et cons. fehlt.

4. 16. 9. pote**s**. 35. s**c**is.

4. 17. 11. gratissim**e**. 18. **et** deuote. 32. **et** immense.

4. 18. 32. acceder**e**: 33. et fehlt. 34. **d**eo. 36. ipsi fehlt. 51. nec in**fallib**ilia dicenda *II* **Deo gracias Amen.**

Die Varianten der Ueberschriften in den Indices scheinen, besonders für genetische Erklärungen, beachtenswerth.

1. 1. mundi fehlt.

2. 11. crucis **cristi** iesu.

3. 13. hum. sub**iect**i ad.

3. 14. ne extoll**ant**ur.

3. 17. statuenda **est**.

3. 33. intetione od. intecione, jedenfalls ohne Auslassungszeichen.

3. 37. De pur. et int**im**a resign.

4. 9. debeamus (am auf Rasur!)

4. 11. max. sit.

Abweichende Wortstellungen sind schon in dem von Cornelius selbst geschriebenen Texte der ersten Vorlage häufig. Z. B.

1. 1. 23. car. et gr. dei.

1. 1. 40. Mem. freq. ill.

1. 2. 21. magn. prest. ad deum.

1. 5. 4. pot. vt. in scr. deb.

1. 6. 17. non aut. seru. eis.

1. 7. 6. sed sp. t. in deo const.

1. 7. 10. uel cuj. viu. ast.

1. 7. 12. qui hum. adj.

1. 7. 29. cr. mel. de al.

Es fällt mir doch auf, dass die spätere Hand, welche die Interpunktion vervollständigte u. das Gros der rhythmischen Accente hinzubrachte, gar nicht oder wenigstens nur selten Wortumstellungen vorzunehmen genöthigt war.

Ueber den **Autor** enthält die Handschrift nicht die allergeringste Andeutung.

Der Schreiber, Joh. Cornelius, war, wie Jöcher (Gelehrtenlexicon I, 2105) nach Fabricius (Bibl. lat. med. et inf. aet. I, 429) berichtet ein spezieller Ordensbruder u. Zeitgenosse des Thomas a Kempis; beide wohnten in demselben Lande, räumlich gar nicht so weit von einander; beide schrieben Bücher ab, bedienten sich dabei derselben Abschreiberformel (finitus et completus . . per manus fratris . .) u. schriftstellerten endlich selbst. War Thomas der Autor, so wusste es Cornelius bestimmt; er hätte gewiss Gelegenheit gehabt u. Veranlassung genommen sich durch αὐτὸς ἔφα einen reinen, authentischen Text zu verschaffen u. das ominöse stips (3. 55. 80.), welches Codex Roolf nur als Variante am Rande, das sog. Autographon aber noch 10 Jahre später im Text selbst hat, wäre wohl nicht auf die Nachwelt gekommen u. hätte nicht als Beispiel eines errati von Gelehrten wie Baluze u. du Cange (Wolfsgruber, Joannis Gersen de Im. Chr. pag. XXVI.) hervorgehoben zu werden brauchen.

Mir scheint die Textkritik an unserem Traktat schon oder noch vor 450 Jahren in vollem Gange gewesen zu sein u. die Abfassungszeit weit zurückzuliegen.

Ist der Codex Roolf ganz, also auch in Betreff der Datirung, echt — was ich bestimmt glaube u. bis zum Beweise des Gegentheils ebenso bestimmt behaupte — so kann Thomas nicht der Autor sein; Cornelius selbst würde, wenn er nicht so gewissenhaft kritisch gearbeitet hätte u. seine Marginalien nicht auch gegen ihn selbst bewiesen, ein eben so grosses u. älteres Anrecht auf die Autorschaft haben. — Es ist ganz undenkbar, dass der Verfasser eines solchen Werkes, mindestens 10 Jahre nach der Conception desselben, es noch hätte über sich bringen können sollen, eine pedantische Abschrift anzufertigen u. man wird die in dem sog. Autographon enthaltenen Auffälligkeiten Jedem zu gute halten dürfen, nur nicht dem Autor selbst.

Wolfsgruber's vortreffliches Buch (Giovanni Gersen. Sein Leben etc. 1880) überzeugt mich bis jetzt mehr gegen Thomas als wie für Gersen u. ich vermag den beim Lesen gewonnenen Eindruck des Verschiedenartigen, namentlich im lib. 1, gegen das Dogma von Einem Verfasser noch nicht aufzugeben.

Immerhin schätze ich mich glücklich, durch einen zufälligen Fund in einem fremden Reviere dies herrliche Buch kennen gelernt zu haben! Gewiss liegt noch viel Gold an der Strasse! Ich glaube an die göttliche Wünschelruthe Ora et labora u. rufe allen Schlägelgesellen: Glückauf!

Litteratur und Miscellen.

Allgemeines.

[635.] The Library Journal Official Organ of the Library Associations of America and of the United Kingdom. Vol. 6. (S. oben Nr. 533.)

Das April-Heft Nr. 4 ist den Verhandlungen der im Febr. zu Washington abgehaltenen Bibliothekaren-Versammlung gewidmet, und enth.: List of Members present — Justin Winsor, the President's Address — C. A. Cutter, Classification on the Shelves — W. F. Poole, Construction of Library Buildings — J. L. Smithmeyer, the National-Library Building — Dr. H. A. Homes, Libraries with Museums — S. S. Green, Distribution of Public Documents — C. Warren, the Place of Libraries in a System of Education — Melvil Dui, Heating Libraries — Otis H. Robinson, Relation of Libraries to College Work — S. S. Green, Library Aids — the Proceedings. Inhalt des Mai-Heftes Nr. 5: Editorial — United Kingdom Association (February & March Monthly Meeting) — Communications (the Cincinnati Conference; Mr. Foster's Lists; Book-Auction Catalogues; Fiction in Public Libraries) — The Hundred „Next Best“ Books — Obituary: Prof. J. L. Diman — For Sunday-School Libraries — Sunday Opening — Bibliografy — W. I. Fletcher, Special Stories — Library Purchase-List — List of Ladies' Commission on S. S. Books — Pseudonyms and Anonyms — Special Reference Lists: Ruskin — General Notes.

[636.] Magyar könyv-szemle. Közrebocsátja a m. nemzeti múzeum könyvtára. Hatodik évfolyam. 1881. (S. oben Nr. 339.)

Das Doppelheft von Jan. u. Febr. enthält: Joh. Csontosi, der Jenaer Corvin-Codex S. 1—8 m. 1 Facs. Taf. — Alex. Jakab, zur Geschichte der Buchdruckereien Siebenbürgens S. 9—26 — Wilh. Fraknói, ein interessantes Agramer Manuscript S. 26—30 — Baron Béla Radvánszky, Bericht der zur Prüfung der Angelegenheit des National-Museums entsendeten Commission S. 31—63 — Georg Wolf, der Schutz unserer alten Manuscripte S. 64—74 — Revue unser Vaterland interessirender ausländischer Werke: V. F., Französische Schriften des XVI. u. XVII. Jhrhdts über Ungarn; Joh. Mircse, Latein. Gelegenheitsverse unseres Landsmanns Martin Bozdogh vom J. 1610; J. Csontosi, zur Bibliographie der Aquin. Codices des Heil. Thomas; der Escurial-Codex über Aureus; Ein aus Waag-Neustadt stammendes Manuscript in Prag vom J. 1423; Auf unser Vaterland Bezug habende Urschriften auf dem Büchermarkte in Berlin S. 74—80 — Vermischte Mittheilungen S. 81—88 — Die Ungarische Litteratur im J. 1881. S. I—XIII — Vaterländische nichtungarische Litteratur S. XIV—XV — Ungarn interessirende Schriften des Auslandes S. XVI — Ungarische u. ausländische Kalender f. d. J. 1881. S. XVII—XXII.

[637.] * Il Bibliofilo Giornale dell' arte antica ecc. diretto da C. Lozzi. Anno II. (S. oben Nr. 535.)

Die April-Nr. 4 enthält: Legge medioevale del fodero ossia jus primae noctis sulle spose e relativa bibliografia (C. F. Gabba) — Il Codice di una Cronaca municipale pubblicata dal Muratori (D. M. Faloci-Pulignani) — Studi biografici e bibliografici su Giovanni Crastone ellenista del sec. XV (V. Cortesi) Cont. — Della Introduzione della Stampa in Genova e della guerra che le mossero gli amanuensi favoriti dalla Repubblica (C. Lozzi) — Dell' antico Esemplare di Disegni a penna di antichi vetri di Murano (G. Molza). Inhalt der Mai-Nr. 5: Le Marche principali delle Carte Fabrianesi dal 1293 al 1599, raccolte e dichiarate (A. Zonghi) — Il Centenario di Camoens e la Bibliografia Camoensiana (C. Lozzi) — Studi biografici e bibliografici su Giovanni Crastone, ellenista del sec. XV. Cont. (V. Cortesi) — Pietro Fanfani, Cino da Pistoja e la critica fanfullesca (Il Bibliofilo) — Notizie bibliografiche di Lettere autografe inedite di Jacopo Morelli, possedute dal March. Giuseppe Campori, Cont. — L' Edizione principe rarissima di un poemetto di Nicolo Machiavelli (G. Torre) — Una Stampa sconosciuta di Marcantonio su disegno di Raffaello (Il Bibliofilo).

Bibliographie.

[638.] L'Imprimerie et les livres dans l'Amérique Espagnole au XVIe, XVIIe et XVIIIe siècle. Discours prononcé au Congrès international des Américanistes (3me session). Séance du 24 Septembre 1879, au Palais des Académies, à Bruxelles par Ernesto Quesada Secrétaire de la Bibliothèque Publique de Buenos Ayres, etc. Bruxelles, imp. Havermans. 1879. gr. 8°. 30 S.

Der Verf. hat seinen Aufenthalt auf dem Europ. Continente mit dazu benutzt, den Brüsseler Congress zu besuchen und demselben insbesondere von der Arbeit seines Vaters Vicente G. Quesada, Direktors der öffentl. Bibliothek in Buenos Aires, über die Südamerikanischen Bibliotheken (s. Anz. J. 1878. Nr. 487) Kenntniss zu geben, und daraus die Frage „Quand les Américains ont-ils commencé à imprimer par eux-mêmes“ zu beantworten, sowie überhaupt darauf hinzuweisen, dass „Les Républiques Latino-Américaines, si superficiellement connues en Europe, apparaîtraient alors dans leur juste place, et occuperaient dans l'opinion scientifique le rang qui en bonne justice leur est dû.“

[639.] * Bookbindings: ancient, mediaeval and modern; with 28 eng. from examples formerly in the possession of Maioli, Grolier, Henry Deux, Diane de Poitiers and other noted collectors. By Jos. Cundall. New York, Scribner & Welford. 4°. Pr. $ 12.

[640.] Allgemeines Bücher-Lexikon oder vollständiges Alphabetisches Verzeichniß aller von 1700 bis zu Ende 1879 erschienenen Bücher, welche in Deutschland und in den durch Sprache und Literatur damit verwandten Ländern gedruckt worden sind. Nebst Angabe der Druckorte, der Verleger, der Preise 2c. Von Wilh. Heinsius. Bd. XVI. Lief. 11. A. u. d. Tit.: Allgemeines Deutsches=Bücher=Lexikon oder vollständiges alphabetisches Verzeichniß aller Bücher, welche in Deutschland und in den angrenzenden mit deutscher Sprache und Literatur verwandten Ländern gedruckt worden sind. Mit ausführlichen Angaben der Verleger, Druckorte, Preise, Auflagen, Jahrzahlen, Formate, Seitenzahlen, artistischen Beilagen und vielen buchhändlerischen und literarischen Nachweisungen, Angaben der anonymen und pseudonymen Schriftsteller 2c. Bd. IX. Die von 1875 bis Ende 1879 erschienenen Schriften enthaltend. Bearbeitet und herausgegeben von Otto Kistner. Abth. I. A—K. Leipzig, Brockhaus. 4°. 2 Bll. 801—12 S. Nebst Abth. II. 1—64 S. Pr. à. n. 3 Mk., auf Schreibpap. n. 4 Mk. (S. oben Nr. 538.)

Enthält die Artikel „Kühling“ bis „Lohrisch.“

[641.] Die Publicistik der Gegenwart. — Die Pressverhältnisse im Königreich Preussen. Würzburg, Woerl. gr. 16. VIII, 529 S. (S. 585—1113 der Publicistik der Gegenwart.) Pr. n. 5 Mk.

Kurze Mittheilungen über Tendenz, Redaktion, Modalität des Erscheinens u. Preis, nebst Statistischer Uebersicht von 2169 Bll., wovon 169 der Katholischen u. 1260 der Akatholischen Presse angehören, sowie 740 zu den Religiösen Vereinsschriften u. Fachblättern zählen. — Aehnliche aus der „Publicistik der Gegenwart“ besonders abgedruckte Mittheilungen sind auch über Hessen u. Baden, Württemberg, die Schweiz, Bayern, Oesterreich-Ungarn erschienen — u. über Sachsen unter der Presse.

[642.] Uebersetzungen aus dem Deutschen in die dänische, englische, französische, holländische, italienische, norwegische, schwedische und spanische Sprache. (Mitgetheilt von Otto Mühlbrecht.) 1881. I. Enth. im Börsenblatt für den Deutschen Buchhandel und die mit ihm verwandten Geschäftszweige. 1881. 4°. Nr. 128. S. 2378—84. (S. oben Nr. 114.)

[643.] Die Polnische Literatur in Deutschland bibliographisch zusammengestellt von L. Kurtzmann, ehem. Custos an der Stadt-Bibliothek zu Breslau. Posen, Żupański. gr. 8°. 89 S.

Im Serapeum (s. Anz. J. 1870. Nr. 366), schreibt der Verf., habe er 124 Titel Deutscher Schriften, die entweder aus der Polnischen Litteratur übersetzt sind, oder über die litterar. Erzeugnisse der Polen handeln, zusammengestellt. Seitdem sei diese Sammlung auf das achtfache angewachsen, u. würde wohl noch bedeutender ausgefallen sein, wenn ihm vergönnt gewesen wäre, grössere Poln. Bibliotheken zu benutzen u. dabei Sammelwerke u. Zeitschriften excerpiren zu können. Trotzdem glaube er von selbständig in Buchform erschienenen Publikationen kaum etwas übergangen zu haben. Die Schrift verräth überall Fleiss u. Sorgsamkeit des Verf.'s, mit denen er bestrebt gewesen ist, seiner Arbeit die ihm nur immer mögliche Vollendung zu geben; leider haben ihn seitdem die Verhältnisse gezwungen, die ihm lieb gewordene Biblioth.-Stellung, welche ihm für seine bibliograph. Studien genug Mittel geboten hatte, aufzugeben, u. sich als Rector in Schmiegel (in der Prov. Posen) dem Schulfache zu widmen.

[644.] * Indexes to Medical Literature. By Francis H. Brown. Cambridge, Riverside Press. 12°. 8 S.

[645.] Allgemeine Chronik des Volksschulwesens. Herausgegeben in Verbindung mit A. Büttner &c., J. Gerhardt &c., Graeßner &c., A. Hummel &c., F. Kratz &c., W. Kupfermann &c., C. F. Platen &c., R. Wäber &c., Zeppenfeld &c., von C. W. Seyffarth, Pastor prim. zu Liegnitz. 1880. Neue Folge III. Jahrg. (Der ganzen Reihe 16. Jahrg.) Breslau, Morgenstern. 1881. 8°. Enth. S. 239—480: Die litterarische Bewegung auf dem Gebiete des Volksschulwesens. Mit alphabetischem Namensverzeichnis der im litterarischen Berichte genannten Autoren.

Gute kritische Revue.

[646.] * Repertorium der Militär-Journalistik. X. Heft (1. Juli bis Ende December 1880.) [Aus: „Organ der militair-wissenschaftlichen Vereine“ 1881. Bd. XXII.] Wien, Seidel & Sohn in Comm. gr. 8°. XXXV S. Pr. n. 1 Mk. (S. oben Nr. 232.)

[647.] Die Flugschriften-Literatur zu Beginn des spanischen Erbfolgekriegs. Verfasst von Dr. phil. Carl Ringhoffer. Berlin, Mittler u. Sohn. gr. 8°. 3 Bll. 121 S. Pr. n. 2,40 Mk.

Durch das angehängte Register über die in der Schrift besprochenen Flugschriften erhält dieselbe für den Bibliographen einigen Werth.

[648.] * Biologie der Käfer Europas. Eine Uebersicht der biologischen Literatur, gegeben in einem alphabetischen Personen- und systematischen Sach-Register, nebst einem Larven-Cataloge, von Mathias Rupertsberger, regul. Chorherrn. Linz (Fink). 1880. gr. 8°. XII, 295 S. Pr. n. 6 Mk.

[649.] * Chemisch-technisches Repertorium. Uebersichtlich geordnete Mittheilungen der neuesten Erfindungen, Fortschritte und Verbesserungen auf dem Gebiete der technischen und industriellen Chemie, mit Hinweis auf Maschinen, Apparate und Literatur. Von Dr. Emil Jacobsen. [XVIII. Jahrg.] 1879. 1. & 2. Halbjahr. Berlin, Gaertner. gr. 8°. XV, 424 & XV, 376 S. Pr. n. 21,60 Mk. (S. Anz. J. 1880. Nr. 710.)

[650.] Historische Zeitschrift hrsg. von H. v. Sybel. München u. Leipzig, Oldenbourg. gr. 8°. Enth. Neue Folge Bd. X. (der ganzen Folge 46. Bd.) Hft. 1. S. 106—183: Literaturbericht. (S. oben Nr. 459.)

Enth. 50 Nrr.

[651.] * Bibliotheca Americana. Parts LXXV—LXXVIII. A Dictionary of Books relating to America, from its Discovery to the present Time. By Joseph Sabin. New York, Sabin's Son. 1880. 8°. Pr. $ 10. (S. Anz. J. 1880. Nr. 1081.)

Reicht bis zum Artikel „Omai."

[652.] Gracklauer's Fach-Katalog No. 12—13. — Verzeichniss der besten Schriften über Kunstlitteratur, Malerei, Sculptur, Archäologie u. Architektonik welche von 1866—1881 im deutschen Buchhandel erschienen sind. — I. Abth. Allgemeine Kunstliteratur, Kunstgeschichte, Biographien der Künstler, Anatomie für Künstler, Perspective, Ornamentik, Aesthetik, Renaissance, Kirchliche Kunst, Ausstellungen etc.; II. Abth. Geschichte der Malerei, Malerei-Kunstwerke, Gallerieen-Museen, Lehrbücher der Malerei, Vorlagen, Kupferstecher, Farbenlehre, Kostümkunde; III. Abth. Archäologie, Antike, Sculptur, Geschichte u. Denkmäler der Baukunst. Mit Materien- und alphabetischem Register. — Abth. I II. O. Gracklauer's literar. Auskunftsbureau in Leipzig. 8°. 2 Bll. 62 S. & 2 Bll. 38 S. Pr. n. 1,65 Mk.

Der Umstand, dass der Herausg. die seit ein paar Jahren begonnenen Fachkataloge fortgesetzt hat, kann als Beweis dafür gelten, dass das Publikum, für dessen Verkehr mit dem Sortiment dieselben bestimmt sind, sie für seine Zwecke ganz brauchbar findet.

[653.] * Les Beaux-Arts en France et à l'étranger. L'Année artistique: l'administration, les musées, les écoles, le salon annuel, chronique des expositions, les ventes de l'hôtel Drouot, l'art en province, l'art à l'étranger, bibliographie et nécrologie; par Victor Champier, secrétaire du Musée des arts décoratifs. (3. Année.) 1880—1881. Paris, Quantin. 8°. LXXXVIII, 660 S.

[654.] * Verzeichniss der im J. 1880 erschienenen Musikalien, auch musikalischen Schriften und Abbildungen, mit Anzeige der Verleger und Preise. In alphabetischer Ordnung nebst systematisch geordneter Uebersicht. 28. Jahrg. oder 5. Reihe 1. Jahrg. Leipzig, Hofmeister. 1881. gr. 8°. LXXXII, 349 S. Pr. n. 12, auf Schreibpap. n. 14 Mk.

[655.] * Bibliographie des Traveaux scientifiques et Bibliographie biographique de Claude Bernard; par Godefroy Malloizel, sous-bibliothécaire au Museum d'Histoire naturelle. [Extrait de l'Oeuvre de Claude Bernard.] Paris, Baillière et fils. 8°. 52 S.

[656.] * The Pilgrim's Progress, by J. Bunyan, with a Life of the Author, and Bibliographical Notes. By Robert Southey. Illustrated by 32 Wood Engravings from Original Designs by by W. Harvey. London, Hogg. 8°. 410 S. Pr. 3 s. 6 d.

[657.] Die Goethe-Bildnisse biographisch-kunstgeschichtlich dargestellt von Dr. Hermann Rollett. 1. Lief. Mit 2 Radierungen und 18 Holzschnitten. Wien, Braumüller. gr. 4⁰. S. 1—64 m. 2 Taf. Pr. n. 8 Mk.

Erscheint in 5 Lief. u. wird den Nachweis u. die chronologische Beschreibung, zum Theil auch Nachbildung, von über 100 Original-Bildnissen des Dichters sammt Angaben von über 300 Reproductionen derselben enthalten. Die Ausstattung des Werkes ist ausgezeichnet. S. hierüber Oesterreich. Buchhändl.-Correspondenz Nr. 19. S. 168—69 u. namentlich Literar. Centralblatt Nr. 22. Sp. 771—75.

[658.] * Poésies diverses et pièces inédites de Lattaignant, chanoine de Reims, avec une notice bio-bibliographique; par Ernest Jullien. Paris, Quantin. 8⁰. LX, 225 S. Mit Portrait u. Kpfrn. Pr. 10 Fr. (Nur wenige Exempl.)

Gehört zu den „Petits Poètes du 18e siècle."

Buchhändler- und antiquarische Kataloge.

[659.] Friedrich Arnold Brockhaus. Sein Leben und Wirken nach Briefen und andern Aufzeichnungen geschildert von seinem Enkel Heinrich Eduard Brockhaus. Th. III. Leipzig, Brockhaus. 8⁰. VII, 533 S. (S. Anz. J. 1876. Nr. 304.)

Das bei Gelegenheit der bekannten Jubelfeier der Brockhaus'schen Firma zuerst erschienene Werk, in welchem sich der Lebensgang u. das Wirken des Gründers der Firma von dessen Enkel u. Nachfolger im Geschäft mit Ausführlichkeit dargestellt findet, ist nunmehr nach nahezu 10 Jahren mit dem vorl. III. Thle abgeschlossen. Dieser letzte Theil enthält eine Darstellung der letzten fünf Lebensjahre von F. A. Br., in denen aber die Schilderung des von ihm Erlebten räumlich sehr zurücktritt gegen die Darstellung der Kämpfe, die ihn in diesen Jahren neben seiner Thätigkeit als Verlagsbuchhändler u. noch mehr als diese in Anspruch nahmen: seines Auftretens gegen den Nachdruck u. für eine Reform der Gesetzgebung über die Presse, seiner litterarischen Streitigkeiten, endlich seiner Conflicte mit der Preuss. u. in geringerem Maasse auch mit der Oesterreichischen Regierung. Hat die Darstellung dieser Kämpfe u. Streitigkeiten zwar dazu Veranlassung gegeben, dass der vorl. Theil umfangreicher geworden ist, als es sonst der Fall gewesen sein würde, so hat sie aber auch dazu beigetragen, den Werth des Werkes in Bezug auf die buchhändlerische Geschichte wesentlich zu erhöhen.

[660.] Nr. 75 & 76. Katalog von Theodor Ackermann K. Hof-Buchhandlung nebst Antiquariat in München. 8⁰. 1 Bl. 30 S. 703 Nrr. & 1 Tit.- u. 19 S. 600 Nrr. (S. oben Nr. 465.)

Enth.: Curiositäten der Medicin (hauptsächlich seltene Schriften über Bäder, Pest u. andere Seuchen, Syphilis etc.).

[661.] Lager-Catalog von Joseph Baer & Co. Buchhändler

und Antiquare in Frankfurt am Main, Paris, London. 93. — Oesterreich-Ungarn. 8°. 1 Bl. 45 S. 1024 Nrr. (S. oben Nr. 566.)

Ausgewählte ältere u. neuere Litteratur.

[662.] Catalogue de Livres anciens pour la plupart rares et et choisis. — 1. Editions du XVIme siècle; 2. Editions des Elzeviers; 3. Livres illustrés. — En vente chez G. D. Bom, HGz. à Utrecht. 8°. 1 Bl. 56 S. 277 Nrr.

Dieses sehr gut redigirte Verzeichniss ist hauptsächtlich bemerkenswerth durch die Suite von 102 Elzeviriana, denen der Herausg. sehr zweckmässig die betr. Nrr. des neuesten Elzevier-Kataloges von Willems (s. Anz. J. 1880. Nr. 696) beigesetzt hat. Nächstdem ist hervorzuheben die Suite von 130 Drucken des XVI. Jhrhdts, zu denen am Schlusse des Heftes ein „Index topographique des Editeurs et leurs Marques typographiques" hinzugefügt ist.

[663.] CXXXVIII. Katalog des antiquarischen Bücherlagers von Albert Cohn in Berlin. — Schach und andere Spiele. Nebst einem Vorwort als Memorandum für Herrn Dr. A. van der Linde. 8°. VIII, 20 S. 279 Nrr. (S. oben Nrr. 407.)

Die Schach- u. verwandte Litteratur ist eine von C. mit Vorliebe gepflegte Specialität. Der Umstand, dass C. in seinem früher veröffentlichten Schachkataloge bei einigen Schriften bemerkt hat, sie seien in der bekannten Schach-Bibliographie von v. d. Linde nicht mit verzeichnet zu finden, hat Letzteren veranlasst (s. oben Nr. 31), gegen dergl. Bemerkungen — allerdings in einer nicht gerade passenden Redeweise — Verwahrung einzulegen, gegen welche das Vorwort im vorl. Kataloge gerichtet ist.

[664.] No. 29. Verzeichniss des Antiquarischen Bücherlagers der Dieterich'schen Sortiments-Buchhandlung in Göttingen. — Classische Philologie, Orientalia, Altdeutsche und nordische Sprache und Literatur, Varia. 8°. 1 Bl. 25 S. 925 Nrr.

Mit Ausnahme weniger Nrr. nur classische Philologie.

[665.] Verzeichniss des antiquarischen Bücher-Lagers von Ferd. Dümmler's Buchhandlung (Edmund Stein) in Berlin. — Medicin. Juni. 8°. 1 Bl. 85 S. 2878 Nrr.

Reiche und wohlgeordnete Sammlung von hauptsächlich Deutscher Literatur.

[666.] No. 67. Catalog des antiquarischen Bücherlagers von Joseph Jolowicz, Buchhandlung und Antiquariat in Posen. Inhalt: A. Judaica und Hebraica. B. Alle anderen orientalischen Sprachen. 1882. 8°. 1 Tit.- u. 39 S. 1081 Nrr. (S. oben Nr. 373.)

Zum grössten Theile nur Deutsche Litteratur.

[667.] No. 615. Antiquarisches Bücherlager von Kirchhoff & Wigand in Leipzig. — Medicin und Veterinärkunde. Juni. 8°. 16 S. 488 Nrr. (S. oben 578.)

Supplement zu Katalog Nr. 599 (s. oben Nr. 150.).

[668.] K. F. Köhler's Antiquarium in Leipzig. Catalog No. 350. — Zoologie. 8°. 1 Bl. 33 S. 884 Nrr. (S. oben Nr. 574.)

Werthvoll u. wohlredigirt, wie stets die K.'schen Antiquarkataloge.

[669.] No. X. Alphabetisch und systematisch geordneter Catalog des Antiquarischen Bücher-Lagers der Kössling'schen Buchhandlung (Gustav Wolf) in Leipzig. Inhalt: Freimaurerei. Rosenkreuzer. Illuminaten. Jesuiten. Tempelherren. Ritterwesen. Miscellanea. 8°. 2 Bl. 56 S. 832 Nrr.

Sehr beachtenswerth. Die Freimaurer- u. verwandte Litteratur ist schon früher ein von der K.'schen Buchhandlung gern gepflegtes Fach.

[670.] Verzeichniss einer Sammlung von Werken aus der Deutschen Literatur bis zur Mitte des 18. Jahrhunderts, nebst einer grossen Anzahl von Originalschriften der Reformatoren und ihrer Gegner, welche zu beziehen sind von der Buchhandlung von List & Francke in Leipzig. (Antiquarisches Verzeichniss Nr. 148.) 8°. 1 Bl. 105 S. 1729 Nrr. (S. Nr. 576.)

Ein wirklicher Deutscher Sprachschatz, mit angemessener Accuratesse verzeichnet.

[671.] 58—60. Bücher-Verzeichniss aus Mayer u. Müller's Antiquariat in Berlin. 8°. (S. oben Nr. 260.)

Enth.: in 58 Geologie, Paläontologie, Mineralogie u. Krystallographie (20 S. c. 700 Nrr.); in 59 Sprachwissenschaft (1 Bl. 64 S. 2044 Nrr., worunter 2004—17 seltene aus dem Nachlasse des Prof. K. E. Buschmann stammende Werke über Mexikanische Sprachen umfassen); in 60 Classische Philologie (1 Bl. 54 S. c. 3000 Nrr.) — Im Kataloge Nr. 59. S. 63—64 finden sich zum Theile Werke über Sprichwörter aus der Sammlung von C. Mayreder verzeichnet.

[672.] Catalog No. 94. Schweizer. Antiquariat von Orell Füssli und Cie. in Zürich. — Naturwissenschaft, Haus- und Landwirthschaft, Forst- und Jagdwissenschaft. 8°. 1 Bl. 70 S. 2421 Nrr. (S. oben Nr. 262.)

Hauptsächlich Deutsche u. nächstdem Franz. Litteratur.

[673.] No. 59. Katalog einer ausgewählten Sammlung von Werken aus dem Gesammtgebiete des Strafrechts und Strafprocesses einschliesslich Gerichtliche Medicin und Polizei. Zu beziehen von dem Buchhändler und Antiquar R. L. Prager Specialgeschäft für Rechts- u. Staatswissenschaften u. Geschichte in Berlin. 8°. 1 Bl. 37 S. 1073 Nrr. (S. oben Nr. 477.)

Grösserentheils Deutsche Litteratur.

[674.] Catalog Nr. 5 des Antiquarischen Bücherlagers von

C. F. Prell in Luzern. — Philosophie. Pädagogik. Varia. 8°. 1 Bl. 34 S.

Grösstentheils Deutsche Litteratur.

[675.] Catalog Nro. 124. J. Scheible's Antiquariat und Verlagsbuchhandlung in Stuttgart. Inhalt: Englische Litteratur. gr. 8°. 46 S. 1213 Nrr. (S. oben Nr. 583.)

Neuere sowohl als ältere u. seltenere Werke.

[676.] No. 65. Verzeichniss des Schleswig-Holsteinischen Antiquariats (E. v. Maack) in Kiel. — Medicin. 8°. 29 S. 660 Nrr. (S. oben Nr. 403.)

Fast durchaus Deutsche Litteratur.

[677.] 160. Antiquarischer Catalog von Felix Schneider in Basel. — Biographien, Memoiren, Briefwechsel, Portraits. 8°. 1 Bl. 92 S. 2177 Nrr. (S. oben Nr. 584.)

Von besonderem Interesse.

[678.] 64. Bücherverzeichniss von Simmel & Co. in Leipzig. — Neueste Erwerbungen auf dem Gebiete der Classischen Philologie und Alterthumswissenschaft. (Supplement zu den Katalogen 59—61.) 8°. 31 S. 940 Nrr. (S. oben Nr. 482.)

Enth. zum überwiegenden Theile Ausgaben, Uebersetzungen u. Erläuterungsschriften alter Classiker.

[679.] P. Steffenhagen Buchhandlung und Antiquariat in Merseburg a. S. Antiquarischer Catalog No. 7. I. Abth.: Philologie. Sprachwissenschaft. Orientalia. 8°. 1 Bl. 48 S. 1481 Nrr.

Enth. zur grösseren Hälfte Griech. u. Röm. Schriftsteller, sowie Neulateiner.

Bibliothekenlehre.

[680.] * Connaissances nécessaires à un Bibliophile; par Edouard Rouveyre, libraire de la Société des études japonaises. III. Édition, revue, corrigée et agmentée. Partie 1., accompagnée de 7 planches et de cinq spécimens de papier. Paris, Rouveyre. kl. 8°. XIV, 200 S. Pr. 5 Fr. (S. Anz. J. 1878. Nr. 149.)

Hiervon ist eine Luxusausgabe in 50 Exempl. (wovon 4 auf Perg., 6 auf Japan., 10 auf Chin. u. 30 auf Whatman Pap.), sowie eine Ausgabe in zweifarbigem Drucke ebenfalls in 50 Exempl. auf Pap. Whatman veranstaltet worden.

Bibliothekenkunde.

[681.] * United States Census Office. 10th Census: statistics of Libraries. Schedule 1. H. Randall Waite, special agent. (Washington.) 4°. 13 Bll.

[682.] Bulletin of the Boston Public Library. Vol. IV. No. 10.

(Whole No. 57.) April 1881. Lex. 8°. S. 305—36. (S. oben Nr. 275.)

Enth. das Zuwachsverzeichniss des diesjährigen I. Quartales, sowie ausserdem an der Spitze die gewöhnlichen Personal- u. Bibliotheksnotizen u. am Schlusse einige Specialitäten über Russland u. den Nihilismus, ferner Thomas Carlyle, William Blake u. A.

[683.] * 24th Annual Report of the Public Library of Brookline (Mass.) Brookline. 8°. 23 S.

Der letztjährige Zuwachs beträgt 1163 Bde u. 313 Pamphl., der gesammte Bücherbestand 25,181 Bde.

[684.] * 7th Annual Report of the Fletcher Free Library of Burlington (Vt.) Burlington. 8°. 17 S.

Mit Einschluss von 908 Bden des letztjährigen Zuwachses beläuft sich der gesammte Bücherbestand auf 12,785 Bde.

[685.] Harvard University Bulletin, No. 18; or Vol. II. No. 5. (In continuation of the Library Bulletin.) Edited By Justin Winsor, Librarian of the University, with the assistance of members of the various faculties. April 1881. Lex. 8°. S. 129—76. (S. oben Nr. 278.)

Seit Ausgabe von No. 17 hat das Bulletin eine Umgestaltung erfahren. Diese Umgestaltung beschränkt sich aber, vor der Hand wenigstens, blos darauf, dass dem Bulletin zum Anfange sowohl als zum Schlusse einige Seiten „to contain official announcements, notices of original investigation, and other literary and scientific intelligence“ hinzugefügt worden sind. Im Uebrigen u. Wesentlichen enthält dasselbe, wie früher, das Zuwachsverzeichniss der Bibliothek vom letzten Quartale, sowie ein paar bibliograph. u. Bibliotheksspecialitäten: A Bibliography of Fossil Insects (Fortsetzung) u. Halliwelliana (Fortsetzung).

[686.] * 7th Annual Report of the Bigelow Free Public Library of Clinton (Mass.) S. l. et a. 8°. 8 S.

Mit Einschluss des letztjährigen Zuwachses von 583 Bden beträgt der gesammte Bücherbestand 9335 Bde.

[687.] * 18th Annual Report of the Public Library of Lancaster (Mass.) Clinton. 8°. 71 S.

Der letztjährige Zuwachs hat sich auf 1517 Bde u. 1599 Pamphl. belaufen, u. ist dadurch der gesammte Bücherbestand auf 13,511 Bde u. 5775 Pamphl. angewachsen.

[688.] * 9th Annual Report of the Free Public Library of Lawrence (Mass.) Lawrence. 8°. 27 S.

Der Zuwachs im letzten Jahre hat 1698 Bde u. 275 Pamphl. betragen, u. ist dadurch der gesammte Bücherbestand auf 20,859 Bde gestiegen. Vgl. Library Journal Vol. VI. Nr. 5. S. 161.

[689.] * Annual Report of the Abbot Public Library of Marblehead (Mass.) 8°.

Mit Einrechnung des Zuwachses im vergangenen Jahre von 686 Bden beträgt der gesammte Bücherbestand 5826 Bde.

[690.] * Morse Institute Library of Natick (Mass.) Reports, with the Supplement Catalogue for 1880—81. Boston. 8°. 38 S.

Die Bibl. besitzt 11,364 Bde.

[691.] * 3d Report of the Public Library of Providence (R. I.) Prov. 8°. 34 S.

Der neue Zuwachs beläuft sich auf 1407 u. der gesammte Bücherbestand auf 18,029 Bde. Hierüber vgl. Library Journal Vol. VI. Nr. 5. S. 164—65.

[692.] * 28th Annual Report of the Mercantile Library Association of San Francisco. S. Fr. 8°. 82 S.

Der Zuwachs des letzten Jahres beträgt 1415 Bde u. der gesammte Bücherbestand 50,379 Bde.

[693.] * 35th Annual Report of the Mercantile Library Association of St. Louis (Mo.) St. L. 8°. 23 S.

Der gesammte Bücherbestand beträgt, mit Einschluss von 2527 Bden des letztjährigen Zuwachses, 55,690 Bde.

[694.] * 15th Annual Report of the Public Library of Taunton (Mass.) Taunton. 8°. 8 S.

Der Zuwachs hat sich auf 817 Bde belaufen, u. ist dadurch der gesammte Bücherbestand auf 16,878 angestiegen.

[695.] * 13th Annual Report of the Free Public Library of Watertown (Mass.) Boston. 8°. 22 S.

Der neue Zuwachs beträgt 586 Bde, der gesammte Bücherbestand 12,447 Bde nebst 11,830 Pamphl.

[696.] Lehnin. Beiträge zur Geschichte von Kloster und Amt. Von G. Sello. Berlin, Lehmann. gr. 8°. 3 Bll. V S. & 1 Bl. 262 S. Pr. n. 4 Mk.

Handelt S. 87—192 von der Klosterbibliothek, u. enthält S. 225—45 „Bibliothecae Leninensis index 1514" (986 Nrr.) mit angehängtem Verzeichniss der im Index mit Namen aufgeführten Schriftsteller. Ausserdem finden sich S. 246—55 „die Handschriften des Vaticinium Lehninense" aufgeführt. Ueber letztere vgl. Anz. J. 1879. Nr. 4.

[697.] * Notices et Extraits des Manuscrits de la Bibliothèque nationale et autres Bibliothèques, publiés par l'Institut national de France, faisant suite aux Notices et Extraits lus au comité établi dans l'Académie des Inscriptions et Belles-Lettres. Tom. XXV. Paris, impr. nationale. 4°. 1 Bl. 500 S. (S. Anz. J. 1880. Nr. 1021.)

[698.] * Catalogue méthodique de la Bibliothèque communale de Brest; par E. Fleury, bibliothécaire-archiviste de la ville. Tom. II., contenant les sciences et arts et les belles-lettres. (Brest, 1859.) Brest, imp. Gadreau. 8°. 187 S.

[699.] * Catalogue de la Bibliothèque des souscripteurs de l'Oeuvre des bons livres de Laval, suivi d'un supplément. Laval, impr. Moreau. 8°. 129 S.

[700.] * L'Evangéliaire Slave, manuscrit, dit Texte du Sacre, conservé à la Bibliothèque de la ville de Reims. Lecture faite à l'Académie nationale de Reims par l'Abbé Cerf, membre titulaire. Reims, impr. coopérative. 8°. 27 S.

[701.] * Catalogue de la Bibliothèque de la Ville de Troyes; par Emile Socard, conservateur. Tom. VIII. Ouvrages intéressant l'Histoire de Troyes et du Département de l'Aube. T. 2. Troyes, impr. Bertrand-Hu. 8°. VII, 563 S. (S. Anz. J. 1880. Nr. 1132.)

[702.] * Free Library of Cambridge. Catalogue, Reference Department. Part 2, compiled by J. Pink, librarian. Cambridge. 8°. 64 S.

[703.] 10th Annual Report of the Public Library of Leeds. Leeds. Nov. 1880. 8°. 22 S.

Der letztjährige Zuwachs beträgt 1827 Bde. Ref. Libr., 1521 Central Lend. Libr., 5586 Branches Libr. u. der gesammte Bücherbestand 24,590 R. L., 23,809 C. L. L., 76,901 B. L.

[704.] * Public Libraries of Newcastle - upon - Tyne. Catalogue of the Juvenile Lending Departement, compiled by W. J. Haggerston. N.-u.- T. 1880. 8°.

[705.] * 4th Report of the Free Public Library and News-Rooms of Plymouth. Pl. 8°. 47 S.

Mit Einschluss des letztjährigen Zuwachses von 1460 Bdn beträgt der gesammte Bücherbestand 12,721 Bde.

[706.] * Ragguaglio dei Manoscritti Galileiani nella Biblioteca nazionale di Firenze, ed annuncio di alcuni frammenti inediti di Galileo; di Antonio Favaro. Enth. in: Atti del R. Istituto Veneto di Scienze, Lettere ed Arti, dal novembre 1879 all' ottobre 1880. Tom. VI, serie V, disp. 9. Venezia 8°.

[707.] * Biblioteca Lazzaro Papi in Lucca. Relazione annuale di Mariano Paladini. Lucca, tip. Canovetti. 16°. 31 S.

[708.] * Catalogo ragionato dei Libri di prima stampa e delle Edizioni Aldine e rare esistenti nella Biblioteca Nazionale di Palermo. Opera di Antonio Pennino. Vol. II. Palermo, stab. tip. Lao. 1880. 8°. 422 S. Pr. 10 L. (S. Anz. J. 1875. Nr. 846.)

Der III. Bd., welcher Nachträge u. Verbesserungen enthalten wird, ist unter der Presse.

[709.] * Di un antico Processionario segnato con néumi esistente nella Biblioteca comunale di Piacenza, da Giovanni Della-Valle. Ristampa. Piacenza, tip. Marchesotti. 16⁰. 8 S.

[710.] * Catalogo della Biblioteca Romano-Sarti, Parte 1: Catalogo delle Opere disposte secondo l'ordine alfabetico dei nomi dei loro autori o dei titoli delle opere stesse, da Francesco Cerroti. Roma-Firenze, tip. Bencini. 4⁰. VII, 737 S.

[711.] * Nachtragskatalog der Aargauischen Kantonsschulbibliothek 1881. Aarau, Sauerländer. 8⁰. 54 S.

[712.] * Verzeichniß der Programme der Aargauischen Kantonsschulbibliothek, 1881. Aarau, Sauerländer. 8⁰. 22 S.

Privatbibliotheken.

[713.] * Lists of Sanskrit Manuscripts in private Libraries of Southern India. Compiled, arranged and indened by Gustav Oppert, ph. D. Vol. I. Madras. (London, Trübner.) 1880. 8⁰. VIII, 620 S. Pr. 1 £ 1 sh.

[714.] Katalog 85 des Antiquarischen Bücherlagers von Stoll & Bader Buchhandlung und Antiquariat in Freiburg, Baden. — Classische Philologie u. Alterthumskunde. Enthält u. A. die Bibliotheken der verst. Hofrath Prof. Weissgerber und Professor Dr. Schmitt-Blank in Freiburg. 8⁰. 1 Bl. 50 S. 1645 Nrr.

Enth. zur grösseren Hälfte Griech. u. Latein. Schriftsteller, zur kleineren Werke aus den übrigen Theilen der Philologie.

[715.] K. F. Köhler's Antiquarium in Leipzig Catalog No. 344. — Ethnographie und Reisen. (Aus den Bibliotheken des Akademikers Anton von Schiefner und des Staatsraths P. Lerch in Petersburg.) 8⁰. 1 Bl. 42 S. 791 Nrr. (S. oben Nr. 500.)

Enth., mit Ausschluss der Slavica (die sich bereits im Catalog No. 343 verzeichnet finden), hauptsächlich Deutsche, Franz. u. Englische Litteratur.

[716.] No. 337. Catalogue of Works on Natural History, Offered for Cash by Bernard Quaritch. Part V. London. June. 8⁰. 1 Bl. 297—332 S. 2664—3168 Nrr. (S. oben Nr. 580.)

Enth.: VII. Sir William Jardine's Ornithological Library; VIII. John Gould's Ornithological Library.

[717.] Mathematik. Astronomie. Physik. Meteorologie. Bibliotheken: Seyboth, Weiss. Nr. 51. Antiquarischer Katalog von Heinrich Kerler Antiquariats-Buchhandlung in Ulm. — Enthält die Bibliothek des Professors Dr. Seyboth an der Universität Tübingen und des Professors Dr. Weiss an der Industrieschule Nürnberg. 8⁰. 1 Bl. 34 S. 1307 Nrr.

Hauptsächlich Deutsche, nächstdem Franz. u. Englische Litteratur.

[718.] * Catalogue des livres précieux, manuscrits et imprimés, faisant partie de la Bibliothèque de Ambroise Firmin Didot, de l'Académie des Insciptions et Belles-Lettres. (Belles-Lettres, Histoire.) Paris, Labitte. 8⁰. VIII, 230 S. 550 Nrr. (Auct. 9. Juni.)

[719.] Catalogue d'un choix de Livres rares et précieux composant le Cabinet de M. Double. Paris, Ch. Porquet. kl. 4⁰. 21 S. 59 Nrr. (Auct. 30. Mai.)

Eine zwar sehr kleine, aber für Bibliophilen gewiss sehr interessante Sammlung von Büchern, welche in Bibliophilen-Kreisen dadurch besonderen Werth haben, dass sie aus Bibliotheken berühmter Leute, theilweise auch aus berühmten Buchbinder-Ateliers stammen.

[720.] * Catalogue d'un choix de livres rares et précieux, manuscrits et imprimés, composant le Cabinet de feu M. le Marquis de Ganay. Paris, Porquet. 8⁰. XVI, 139 S. (Auct. 12. Mai.)

[721.] Entomologie. Nr. 52. Antiquarischer Katalog von Heinrich Kerler Antiquariats-Buchhandlung in Ulm. Enthält die Bibliothek des † Pfarrers Huber in Alberweiler, eines renommirten Lepidopterologen. 8⁰. 1 Bl. 9 S. 317 Nrr. (S. oben Nr. 614.)

Hauptsächlich Deutsche u. nächstdem Franz. Litteratur.

[722.] K. F. Köhler's Antiquarium in Leipzig Catalog No. 349. — Orientalia. Supplement zu Catalog No. 338. Hierin ein Theil der Bibliothek des Staatsrath P. Lerch aus St. Petersburg. 8⁰. 1 Bl. 58 S. 1457 Nrr. (S. Anz. J. 1880. Nr. 1268.)

Ein ebenso interessanter wie werthvoller Katalog. Im Anhange finden sich 102 Nrr.: Bibel in verschiedenen Oriental. Sprachen.

[723.] Lager-Catalog von Joseph Baer & Co. Buchhändler und Antiquare in Frankfurt am Main, Paris, London. 95. — Sammlung werthvoller Numismatischer Werke, meist über Städte- und Stiftsmünzen, grossentheils aus der Bibliothek des Rud. Lietzmann in Berlin. 8⁰. 1 Tit.- u. 19 S. 341 Nrr. (S. oben Nr. 661.)

Eine schätzbare Sammlung.

[724.] Nro. 152. Antiquarischer Katalog der C. H. Beck'schen Buchhandlung in Nördlingen. I. Numismatik. Sphragistik. (Hierunter die ausgewählte numismatische Bibliothek des † Coburgischen Staatsraths Lotz.) II. Adels- und Ordensgeschichte, Genealogie, Heraldik. 8⁰. 1 Bl. 37 S. 649 Nrr.

Nur ausgewähltere u. theilweise seltner vorkommende Werke.

[725.] * Inventaire des Bijoux, Vêtements, Manuscrits et Objects précieux appartenant à la Comtesse de Montpensier (1474); publié par A. de Boislisle, d'après l'original appartenant à M. le Duc de La Trémoille. [Extrait de l'Annuaire-Bulletin de la

Société de l'Histoire de France.] Nogent-le-Rotrou, imp. Daupeley-Gouverneur. 8⁰. 41 S.

[726.] 57. Bücher-Verzeichniss aus Mayer & Müller's Antiquariat in Berlin. — Chemie meist aus G. J. Mulders, Professors in Utrecht, Bibliothek. 8⁰. 48 S. 1434 Nrr. (S. oben Nr. 671.)

Hauptsächlich Deutsche, neuere u. viele ältere u. seltenere Litteratur.

[727.] Heinrich J. Naumann's theologischer Lager-Catalog IV. Hauptsächlich evangelisch-lutherische Theologie, doch auch Philologia sacra —, Schriften der Gegner, Kirchenrecht und Philosophie. 1. Heft: A. bis Eusebius. Von diesem Catalog bildet einen Haupt-Bestandtheil die nachgelassene Bibliothek des weil. Pastor Otto Rudel in Constappel. Dresden. 8⁰. 1 Bl. 48 S. 1175 Nrr.

Wer auf dem orthodox-evangelischen Standpunkte steht, wie der Herausg., Der wird an dem vorl. Kataloge grosses Interesse nehmen, ebenso wie auch an dem im vorigen Jahre erschienenen „Nr. 2. Verzeichniss empfehlenswerther Bücher & Schriften aus dem Gebiet der evangelisch-lutherischen Theologie und der Erbauungsliteratur, vorräthig in der Buchhandlung von Heinrich J. Naumann in Dresden. (Zwickau. kl. 8⁰. 2 Bll. 28 S.)" Der Herausgeb. hat sich bei Neubegründung seiner Buchhandlung 1877 zur Aufgabe gestellt, sich des Verkaufes der offenbar rationalistischen, sowie der schwärmerischen Literatur zu enthalten, u. ganz u. fest ausschliesslich darnach zu streben, die Schriften Luther's u. der rechtgläubigen Kirchenlehrer u. Autoren zu verbreiten, nicht minder auch den von der ehem. Synode von Missouri, Ohio u. a. Staaten veröffentlichten Büchern, Zeitschriften u. Lehrtractaten in Deutschland u. auch nach andern Ländern hin Eingang u. Verbreitung zu verschaffen.

[728.] * Catalogo dei Libri dell' eredità del Principe di Sant' Elia. Palermo, tip. Corselli. 1880. 8⁰. 711 S.

[729.] No. 616. Antiquarisches Bücherlager von Kirchhoff & Wigand in Leipzig. — Prähistorik, Ethnographie und Geschichte, enthaltend die Bibliothek des Grafen K. G. von Sievers auf Wenden, und Belletristik, Literärgeschichte, Kunst und Curiosa. Juni. 8⁰. 1 Bl. 42 S. 1294 Nrr. (S. oben Nr. 667.)

Von überwiegend historischem Gehalte.

[730.] Lager-Catalog von Joseph Baer & Co. Buchhändler und Antiquare in Frankfurt am Main, Paris, London. 91. — Aeltere und Neuere Deutsche Literatur. Vlämisch und Holländisch. (Meist aus der Bibliothek des verst. Baron de Wellens.) 8⁰. 1 Tit.- u. 51 S. 4442—5679 Nrr. (S. oben Nr. 723.)

Nur Ausgewählteres u. zum Theil Seltneres.

[731.] XCII. Catalogue d'une belle collection d'Ouvrages sur les Beaux-Arts, la Littérature, la Bibliographie, l'Histoire et les Sciences Naturelles. Ouvrages à gravures du XVe au XIXe siècle, etc. Provenant de la Bibliothèque de feu M. le Baron de Wellens, ancien Directeur de la Banque de Wiesbade. En vente chez Joseph Baer & Cie Libraires a Francfort-sur-le-Mein et Paris. 8°. 1 Bl. 96 S. 968 Nrr. (S. oben Nr. 730.)

Franz., Deutsche, Engl. ausgewähltere Werke.

[732.] Bibliothek Wetzler. Naturwissenschaften. Zoologie. Entomologie. Botanik. Palaeontologie. Geologie. Sodann: Numismatik. Geschichte. — Nr. 55. Antiquarischer Katalog von Alphons Hug u. Heinrich Kerler in Ulm. Enthält die Bibliothek des † Palaeontologen und Numismatikers Wetzler. 8°. 1 Tit.- u. 19 S. 569 Nrr. (S. oben Nr. 721.)

Grösstentheils Deutsche Litteratur.

Abdrücke aus Bibl.-Handschriften.

[733.] * Glossae Hibernicae, e codicibus Wirziburgensi Carolisruhensibus aliis adjuvante Academiae Regiae Berolinensis liberalitate edidit Henricus Zimmer. Accedit Specimen scripturae e codice Wirziburgensi. Berolini, Weidmann. gr. 8°. LIX, 288 S. Pr. n. 8 Mk.

[734.] * Der ungefälschte Luther nach den Urdrucken der Königl. öffentlichen Bibliothek in Stuttgart hergestellt von Dr. Karl Haas. 7 Bdch. [Die Epistel St. Paul's an die Galater. Lief. 1.] Stuttgart, Metzler. 12°. 80 S. Pr. n. 0,40 Mk. (S. oben Nr. 508.)

[735.] * Lothringischer Psalter [Bibl. Mazarine No. 798], altfranzösische Uebersetzung des XIV. Jahrhunderts, mit einer grammatischen Einleitung, enthaltend die Grundzüge der Grammatik des altlothringischen Dialects, und einem Glossar zum ersten Mal herausgegeben von Friedrich Apfelstedt. Heilbronn, Henninger. 8°. LXIII, 177 S. Pr. n. 6 Mk.

Gehört zur „Altfranzösischen Bibliothek hrsg. von Prof. Dr. Wendelin Foerster. Bd. IV.

[736.] * Strambotti gentilissimi ed esempio d'ogni innamorato. Da una stampa del secolo XVI appartenente alla Biblioteca Melzi. Mortara, tip. di Botto. 1880. 16°. 14 S.

[737.] Aus Bern hat die Stadtbibliothek den Zuwachs von zwei interessanten Sammlungen in nächster Zeit zu erwarten, welche dem Bürgerrathe geschenkt worden sind: nämlich die Correspondenz des Generals v. Erlach während seines Aufenthaltes in Frankreich u. während des Feldzuges von 1797 u. 1798, sowie drei Bände handschriftlicher Briefe, welche im Beginn des XVIII. Jhrhdts von verschiedenen berühmten Persönlichkeiten (z. B. Marlborough, Prinz

Eugen, Kaiser Leopold III.) an die Landammänner Hieronymus u. Sigismund v. Erlach geschrieben worden sind.

(Bibliogr. u. Liter. Chronik d. Schweiz. Nr. 4. Sp. 116.)

[738.] Aus Bonn ist der Oberbibliothekar der Universitätsbibliothek Professor Dr. Jacob Bernays am 27. Mai im 52. Lebensjahre gestorben.

[739.] Aus Dresden ist in der Kunst- u. Malutensilien-Handlung von Emil Richter (vormals Magazin Reichel) eine Sammlung von 31 Bll. (à 10 Mk.) Initialen käuflich zu haben: dieselben sind aus in Admont, Heiligenkreuz b. Wien, Göttweig, im Oesterreich. Museum f. Kunst u. Industrie in Wien, sowie im Privatbesitze befindlichen Handschriften des XI—XV. Jhrhdts mit der grössten Eleganz getreu copirt.

[740.] Aus London ist die Versteigerung der berühmten Sunderland-Bibliothek auf den December anberaumt. Die Bibliothek wurde während der Regierungen der Königin Anna u. Georgs I. gebildet u. besteht aus etwa 30,000 Bden. Sie ist wegen ihrer grossen Sammlung von früheren Ausgaben der Griechischen u. Lateinischen Klassiker berühmt u. umfasst auch seltene Ausgaben der grossen Italienischen Schriftsteller, eine prächtige Sammlung früh gedruckter Bibeln in verschiedenen Sprachen, darunter eine auf Pergament gedruckte Kopie der ersten Lateinischen Bibel mit einem Datum, eine Anzahl früh gedruckter seltener Französischer Chroniken u. Memoiren, sowie einige alterthümliche Manuscripte. Einige der Bücher sind auf Pergament gedruckt u. fast alle in prachtvollen alten Marocco gebunden. (Deutsch. Tageblatt Nr. 46.)

[741.] Aus München schreibt man in Bezug auf den oben Nr. 532 mitgetheilten „Plan eines Journal-Inhalts-Verzeichnisses“ folgendes: „Dieser Plan ist zwar nicht „Eine neue Idee“, wie Th. Rothner meint, denn die Nr. 529 des Anz.'s erwähnte neu vorbereitete Ausgabe des Poole'schen „Index to the Periodical Literature“, welcher 1853 zum erstenmale erschien u. nun bis zum Schlusse des Jahres 1879 fortgeführt u. ergänzt erscheinen soll, beweist, dass der praktische Amerikaner dieses Bedürfniss schon lange empfunden hat, aber er hat eine so grosse Berechtigung u. verdient gewiss die gerechte Beachtung aller Gelehrten, dass es sich lohnen dürfte, nochmals auf denselben zurückzukommen. Während einerseits jeder Sachkundige mit dem oben S. 206 ausgesprochenen Urtheile des Herausgebers des Anz.'s gewiss übereinstimmen wird, wird er andererseits bedauern, wenn dieser schöne Plan so einfach zurückgelegt u. aufgegeben werden sollte. Es entstände also die Frage, ob nicht auf andere ausgiebigere Weise dieser Plan eines Realkataloges über die Journale gefördert werden könne. Könnten hier nicht grosse Bibliotheken helfen u. wie wäre ein solches Unternehmen durch diese am zweckmässigsten zu fördern? Jeder Bibliothekar weiss, wie viele Zeit es kostet, eine Frage nach der Litteratur eines bestimmten Gegenstandes zu beantworten, namentlich wenn bei diesen Litteraturnachweisen nicht nur nach selbständigen Werken, sondern auch nach Journal- oder gar Zeitungsartikeln gesucht wird; u. doch ist ein Bibliothekbeamter sehr häufig in der Lage, eine solch' zeitraubende Suche zu unternehmen, welche leider oft nicht das erwünschte günstige Resultat liefert, da auch den eifrigsten Nachforschungen oft gerade die wichtigsten u. einzig Aufschluss gebenden Aufsätze in diesem oder jenem Journale nothwendiger Weise entgehen mussten, da sie sich vielleicht in Zeitschriften finden, in welchen man sie am allerwenigsten erwarten sollte. Da nun aber derlei Anfragen sich am meisten bei öffentlichen Bibliotheken einstellen, so wären die Fragen, 1. ob es nicht im Interesse der Bibliotheken vor allem läge, dass ein solches „Journal-Inhalts-Verzeichniss" hergestellt würde u. 2. ob es nicht aber auch eine Aufgabe der grossen Deutschen Bibliotheken wäre, dass sie sich an der Herstellung dieses Verzeichnisses in hervorragender Weise betheiligen? Beide Fragen dürften mit ja beantwortet werden; denn dass es im Interesse der Bibliotheken liegt, wird jeder Bibliothekar leicht zugeben, der schon so viele kostbare Stunden auf das Suchen nach dieser oder jener Materie vergebens verwendet hat; wesshalb ich im Folgenden nur einen Vorschlag über die Art machen möchte, wie von Seite der Bibliotheken ein solches Unternehmen gefördert werden könnte. Hätte man sich zuvor verständigt u. sich darüber genau unterrichtet, was bisher an einzelnen Bibliotheken für Herstellung eines auch über die Journale sich erstreckenden Fachkatalogs geschehen ist, so könnte leicht eine weitere Vereinbarung darüber erfolgen, welche Zeitschriften u. Zeitungen zur Bearbeitung von den einzelnen Bibliotheken übernommen werden. Selbstverständlich wird es Aufgabe der grössten Bibliotheken sein, solche Zeitschriften zu übernehmen, in deren alleinigen Besitze in Deutschland die betreff. Bibliothek ist, während bei allgemeiner verbreiteten Journalen die Hilfe kleinerer Bibliotheken, welche sich zum Excerpiren einiger Zeitschriften verstehen, sehr gerne in Anspruch genommen würde. Auf diese Weise erhielt jede Bibliothek eine bestimmte Aufgabe, welche selbstverständlich auf's gewissenhafteste u. von kundiger Feder gelöst werden müsste. Ich denke mir, dass etwa 4 grosse Deutsche Bibliotheken, z. B. Berlin, Göttingen, München u. Wien, diesen Plan in die Hand nehmen würden, dass die kleineren Bibliotheken, welche sich an dieser Arbeit betheiligen, ihre Elaborate einer dieser grösseren Bibliotheken überlassen würden; dann hätte der Gelehrte, welcher sich über irgend einen Gegenstand Aufschluss erholen wollte, sich nur an die betreff. 4 Bibliotheken zu wenden u. könnte von diesen 4 Seiten her, so weit dies bei bibliographischen Arbeiten überhaupt möglich ist, ein ziemlich vollständiges Material erhalten. Ist bei gutem, ernstlichem Willen die handschriftliche Herstellung eines Journal-Inhalts-Verzeichnisses auf diese Weise keine undenkbare Arbeit, so ist die Frage nach dem Drucke desselben eine andere. Findet sich ein Verleger hierzu, was allerdings noch als sehr fraglich erscheinen dürfte, dann wäre durch Vereinigung der in den verschiedenen Bibliotheken befindlichen Vorarbeiten das Manuscript leicht als ein Ganzes hergestellt. Sollte jedoch sich kein Verleger zur Herausgabe dieses Verzeichnisses entschliessen, so wäre es für keine dieser Arbeiten schade, da dann jede einzelne Bibliothek für sich einen Schatz als Realkatalog besässe, der gewiss jedem Benützer der Bibliothek höchst willkommen ist u. dem Bibliothekar bei Anfragen viele Zeit erspart.

[742.] Aus Strassburg hat der Oberbibliothekar Prof. Dr. Barack in Begleitung des Kaiserl. Ministerialraths Pavelt eine Rundreise nach Frankreich, Italien, Oesterreich u. durch Deutschland angetreten, um einige in Bezug auf Baulichkeit hervorragendere Bibliotheken zu besichtigen, u. die dabei gemachten Erfahrungen bei einem etwaigen Neubau für die Kaiserl. Universitäts- u. Landesbibliothek zu verwerthen.

(Presse v. Elsass u. Lothringen Nr. 110.)

[743.] Aus Wien ist der seitherige Hilfsarbeiter der Bibliothek der Akademie der bildenden Künste Moriz Warmuth zum Amanuensis dieser Bibliothek ernannt worden. Dr. K. H.

[744.] Aus Wien findet sich in der Wiener Zeitung Nr. 97 über die Stadtbibliothek Folgendes berichtet: „Aus Anlass des auf den 29. April 1881 fallenden 25. Jahrestages der Gründung der Wiener Stadtbibliothek hat der Vorstand der letzteren dem Gemeinderathe einen Bericht über den Stand der Sammlung vorgelegt. Nach dieser Darstellung zählt die Stadtbibliothek gegenwärtig — ohne die noch nicht aufgestellte grosse Kysselak'sche u. Zoller-Berhard'sche Büchersammlung — beiläufig 26 000 Bde mit 5700 Plänen, Ansichten u. anderen bildlichen Darstellungen. Wie die Pariser Stadtbibliothek, welche nach dem Brande des Stadthauses neu angelegt wurde, theilt sich auch die Wiener Stadtbibliothek in zwei Hauptabtheilungen. Die eine ist geschichtlichen Inhaltes u. umfasst in gesonderten Unterabtheilungen: Werke über Wien von der ältesten Zeit bis zur Gegenwart, Werke der schönen Litteratur u. Kunst mit besonderer Rücksicht auf deren Pflege in Wien u. Pläne u. Ansichten über das ganze Stadtgebiet, einzelne Strassen u. Gebäude, bildliche Darstellungen von festlichen Ereignissen, Zeit- u. Costümbilder u. Portraits. Durch die seit dem Bestande der Bibliothek von dem Gemeinderathe ununterbrochen fortgesetzten Erwerbungen aus den zur Versteigerung gelangten Sammlungen von Bücherliebhabern, wie jene von Kaltenböck, Bergenstamm, Feil, Schimmer, Haydinger, Wiser, Posonyi, Graf Enzenberg, Dr. Theodor von Karajan, u. durch zahlreiche Widmungen ganzer Büchersammlungen, wie jene des Bürgermeisters Dr. Zelinka, des Fräuleins Katharina Fröhlich (Grillparzer-Bibliothek) u. s. w., besitzt die Stadtbibliothek heute schon eine Reihe der interessantesten u. seltensten Werke u. Abbildungen. Die zweite Hauptabtheilung besteht zu Zwecken der Verwaltung. Dieselbe enthält Werke über Verfassung, Rechtswissenschaft, Verwaltung, Volkswirthschaft u. Statistik u. Nachschlagewerke, wie Encyklopädien, Wörterbücher, Karten u. s. w. In einer besonderen Unterabtheilung werden Publicationen über die Verfassung, Verwaltung, das Finanzwesen u. die Einrichtungen der bedeutendsten Städte des In- u. Auslandes gesammelt, zu welchem Zwecke ein ununterbrochener Schriftenaustausch mit den Landeshauptstädten, mit Berlin, München, Dresden, Frankfurt a. M., Hamburg, Paris, Brüssel, London, New-York u. s. w. besteht. In einer zweiten Unterabtheilung sind die Statuten u. Rechenschaftsberichte der in Wien bestehenden Vereine u. Gesellschaften aufgestellt. Die Stadtbibliothek hat eine Jahresdotation, welche im Jahre 1856 auf Antrag des Bürgermeisters Dr. Ritter von Seiller auf 500 fl. festgestellt, im Jahre 1862 auf Antrag des Gemeinderathes Dr. Kuranda mit 1000 fl. u. auf Antrag der Bibliotheks-Commission im Jahre 1877 auf 1400 fl. u. im Jahre 1879 auf 1800 fl. zeitweilig erhöht wurde. Diese Dotation wurde bisher grösstentheils für die administrative Abtheilung verwendet. Zu grösseren Erwerbungen für die historische Abtheilung bewilligte der Gemeinderath bisher stets besondere Summen u. gab damit in wahrhaft munificenter Weise seinem lebhaften Interesse an der Pflege der Geschichte der Stadt Ausdruck. Die Stadtbibliothek untersteht unmittelbar dem Bürgermeister u. Gemeinderathe; über die Verwendung der Geldmittel entscheidet auf Grund der Vorschläge des Vorstandes die Commission für das Archiv u. die städtischen Sammlungen, der auch die Ueberwachung der Sammlung obliegt. Eine der Stadt würdige Aufstellung der Bibliothek so wie eine allgemeine Benutzung derselben wird erst in den Räumen des neuen Rathhauses möglich sein. Gegenwärtig ist dieselbe wegen Mangels an Localitäten in verschiedenen Räumen in- u. ausserhalb des Rathhauses untergebracht. Nach der Aufstellung im neuen Rathhause dürfte es auch geboten sein, die Benützung der Bibliothek durch die Drucklegung eines Kataloges über die einzelnen Abtheilungen zu erleichtern." Dr. K. H.

Druck von Joh. Pässler in Dresden.

NEUER ANZEIGER
für
Bibliographie und Bibliothekwissenschaft.

Herausgegeben von Dr. J. Petzholdt.

August u. September.	Inhalt:	1881.

[745.] Gothaische Schriftsteller*).

Von A. Schumann.

VI. Christian Friedrich Steffani.

Quellen: I. J. G. Meusel, Das gelehrte Teutschland. 20 Bd. (1825). S. 586. — II. Aug. Beck, Geschichte des gothaischen Landes. Bd. III. Thl. I. Gotha, E. F. Thienemann's Hofbuchhdlg. 1875. gr. 8.⁰ S. 451 u. 369. — III. Gefällige Mittheilungen des Pfarrers Jul. Steffani in Laucha. (Biographische Hauptquelle.)

Christian Friedrich Steffani, der Sohn eines Organisten u. Lehrers, wurde den 9. April 1780 in dem Flecken Wandersleben geboren. Anfangs von seinem Vater u. vom Ortspfarrer unterrichtet, besuchte er dann sieben Jahre lang das Gothaische Gymnasium, wo er, da sein Vater frühzeitig starb und seine Mutter nur geringes Vermögen besass, einen Theil seines Unterhaltes durch Singen im Schülerchor u. durch Stundengeben verdienen musste. Nach Vollendung der theologischen Studien in Jena bestand er die Kandidatenprüfung u. übernahm hierauf eine Hauslehrerstelle in Friedrichsanfang, einem einsam gelegenen Forsthause des Thüringer Waldes. Drei Jahre nachher vertauschte er dieselbe mit einer anderen in Regensburg, wo er die Kinder von vier grossen Kauf- und Handelsherren zu unterrichten hatte. 1809 wurde ihm in Gotha das Amt eines sogen. Visitations-Kandidaten übertragen. Als solcher wohnte er im Hause des damaligen Generalsuperintendenten Josias Fr. Chrn Löffler u. begleitete diesen als Protokollführer auf seinen Inpectionsreisen. Zu jener Zeit verlobte er sich mit einer Gothaischen Bürgerstochter u. führte seine Braut als Gattin heim, sobald er im Dezember 1812 Pfarrer in Laucha geworden

*) S. oben Nr. 633.

war. Hier setzte er zugleich seine erziehende Thätigkeit fort, indem er eine Anzahl Knaben in sein Haus aufnahm u. unterrichtete. In dem benachbarten Hörselgau, wohin er 1833 versetzt wurde, erwarb er sich ebenso wie vorher in Laucha durch seinen lauteren Charakter, seine milde Gesinnung u. echt volksthümliche Predigtweise die allgemeine Liebe der Dorfbewohner. Am 24. November 1846, da eben seine zweite Tochter getraut werden sollte, bereitete ein Schlagfluss seinem thätigen Leben ein unerwartetes Ende.

Schriften:

1. Historische Fragen und deren Beantwortung für die Jugend. Zur angenehmen und nützlichen Unterhaltung von C. F. Steffani. Gotha, bey C. Steudel. 1811. 8⁰. 2. Bll. II. u. 198 S. — Dasselbe. Zweyte, vermehrte Auflage. Ebda 1816. 8⁰. VI u. 200 S.

2. Dr. Martin Luthers Leben und Wirken. Hrsg. von C. F. Steffani. (A. u. d. T.: Dr. Martin Luthers Werke. In einer das Bedürfniss der Zeit berücksichtigenden Auswahl. Supplementband.) Gotha, Henning'sche Buchhandlung. 1826. — Dasselbe. Neue (Titel-) Ausgabe. Ebda 1831. 16⁰. 2 Bll. (die beiden Titel) 134 S.

Zum grössten Theil nach der seltenen Schrift des M. Joh. Matthesius: Historien von des Ehrwirdigen ine Gott seligen thewern Manns Gottes Doctoris Martini Luthers anfang, Lehr, leben vnd sterben etc. Gedruckt zu Nürnberg, durch die Erben Johann von Bergs 1570. 4⁰. (Ebert, Allgem. Bibliogr. Lexikon. 2. Bd. S. 69. Nr. 13406.) — Vgl. über Steffani's Bearbeitung, in welcher die alterthümliche Sprache des Originals möglichst beibehalten ist: Jen. Allgem. Literatur-Zeitung vom J. 1827. Nr. 63. Sp. 19—20. (—m—.)

VII. Eduard Adolf Jacobi.

Quellen: I. Allgemeine Zeitung. (Augsburg.) Nr. 327 vom 23. November 1865. S. 5295ᵇ. — II. Karl Regel, Eduard Adolf Jacobi. Rede bei der am 3. Februar 1866 zu seinem Andenken veranstalteten Gymnasialfeier. Gotha, Stollbergsche Verlagsbuchhdlg. 1866. gr. 8⁰ 15 S. — III. Programm des Herzoglichen Gymnasium Ernestinum zu Gotha. Gotha, Engelhard-Reyher'sche Hofbuchdruckerei. 1866. gr. 4⁰. S. 25. (Vom Director Dr. Joach. Marquardt). — Vgl. ausserdem: IV. Allgemeine Literatur-Zeitung vom Jahre 1821. 1. Bd. Halle, Expedit. d. L. Z. 1821. gr. 4⁰. Nr. 56. Sp. 447. — V. Allgemeine Schul-Zeitung. 2. Abthl. Hrsg. von Ernst Zimmermann. Jahrg. 1828. Darmstadt, Leske, gr. 4⁰. Nr. 94. Sp. 776. — VI. Neue Jahrbücher für Philologie u. Paedagogik. 3. Jahrg. 9. Bd. 1. Heft. Leipzig, B. G. Teubner. 1833. gr. 8⁰ S. 116. — VII. Programm des Herzoglichen Realgymnasiums zu Gotha, hrsg. zu Michaelis 1847. Gotha, Engelhard-Reyher'sche Hofbuchdruckerei. gr. 4⁰. S. 18. — VIII. Programm des Gymnasii illustris zu Gotha. Ebda 1848. gr. 4⁰. S. 17. — IX. Programm desselben Gymnasiums. Ebda 1857. gr. 4⁰. S. 11. (Danach: Zeitschrift für das Gymnasialwesen. Hrsg. von Dr. Jul. Mützell. 11. Jahrg. Berlin, Enslin. 1857. 8°. S. 686.) — X. Ph. H. Welcker, Abschiedsworte, nachgerufen dem Herzoglichen Ministerialrath Dr. Eduard Adolf Jacobi. (Gotha 1865.) gr. 8°. 1 Bl. 4 ungez. S. (Gedicht.)

Eduard Adolf Jacobi wurde den 11. Dezember 1796 in Jena geboren, wo sein Vater Joh. Adolf J., zuletzt Superintendent zu Waltershausen, eben damals die Stelle eines Diakonus u. Rektors an der Stadtschule übernommen hatte. Unter der Leitung desselben u. auf dem Gothaischen Gymnasium erhielt er seine Vorbildung u. bezog dann 1814 die Universität Göttingen. Nachdem er hier gleichzeitig theologische u. philologische Studien betrieben hatte, letztere namentlich unter dem anregenden Einflusse der Professoren Mitscherlich u. Dissen, erwarb er sich die philosophische Doktorwürde u. wurde (1817) als Lehrer des Griechischen am Göttinger Gymnasium angestellt, versah aber daneben noch die Stelle eines Hilfsarbeiters an der Universitätsbibliothek. Zu Ostern 1819 als Oberlehrer an das zwei Jahre zuvor gegründete Gymnasium in Rinteln berufen, entfaltete er nach empfangener Ordination bereits damals jene zweifache Thätigkeit als Schulmann u. Kanzelredner, welcher er sich auch für die Folgezeit mit besonderer Vorliebe hingab. Seit 1828 mit dem Amte eines ersten Hofpredigers in Coburg betraut, lag er nicht nur seinem geistlichen Berufe mit Auszeichnung ob, sondern nahm auch wesentlichen Antheil an der Erziehung der beiden Prinzen Ernst u. Albert, des jetztregierenden Herzogs u. des verstorbenen Prinzgemahls von England. 1832 wurde er zum Oberhofprediger u. Oberkonsistorialrath in Gotha befördert. Bald zog ihn seine pädagogische Neigung wieder zur Schule hin. Denn als im Herbst 1833 der Direktor des Gymnasiums, Fr. Wilh. Döring, infolge zunehmender Altersschwäche von seinem Amte zurücktrat, übernahm J. mit sicherer Hand die Leitung der Anstalt nebst einer Anzahl Lehrstunden in den obersten Klassen. Er blieb in dieser Stellung bis 1839, u. indem er als pietätvoller Schüler Döring's für sich selbst keine Entschädigung verlangte, ermöglichte er es durch seine Uneigennützigkeit, dass sein früherer Lehrer in den bisher gewohnten Verhältnissen fortleben konnte. Ebenso führte er 1845 ein halbes Jahr lang das Directorium des Realgymnasiums u. befestigte in dieser kurzen Zeit den erschütterten guten Ruf der Anstalt wieder. Er vertrat ferner während der beiden Wintersemester von 1847—1849 den Generalsuperintendenten Bretschneider im Religionsunterricht am Gymnasium u. von Johannis 1856 bis Ostern 1857 seinen hingeschiedenen Freund Wüstemann in der Erklärung des Horaz. Bei der Neuordnung der Verwaltungs- und richterlichen Behörden im Herzogthum Gotha (Sommer 1858) wurde er zum Ministerialrath für Kultus u. Schulwesen ernannt u. ihm damit ein Wirkungskreis zugewiesen, der seiner Neigung voll u. ganz entsprach u. ihm zugleich hinreichende Musse gewährte, sich der Beschäftigung mit der Wissenschaft ungehindert zu überlassen. In diesem Amte verblieb er bis zu seinem Tode, welcher am Morgen des 21. November 1865 nach längerer Krankheit erfolgte. Am 3. Februar 1866 ehrte das dankbare Gymnasium das Andenken des hochverdienten Mannes durch eine Gedächtnissfeier. — J. war reich an Begabung u. Wissen, aber auch ein wahrhaft edler Mensch. Der feingebildete Geist, die tiefe Empfindung u. der poetische Hauch, wodurch sich alle seine Vorträge auszeichneten, rissen seine Zuhörer mächtig hin, mochte er nun von der Kanzel oder vom Katheder herab zu ihnen reden.

Schriften:

1. Adnotationes quaedam ad Platonis Phaedonem. (Programm zur Feier des scheidenden Jahres. Rinteln 1820.) 4°. 12 S.

2. Handwörterbuch der griechischen und römischen Mythologie von D. Eduard Jacobi. Erste Abtheilung. A—F. Koburg und Leipzig: in der Sinner'schen Hofbuchhandlung. 1830 (bezw. 1835). — Dasselbe. Zweite Abtheilung. G—Z. Ebda 1835. gr. 8°. VIII S. (Titel, Widmung, Vorrede) u. S. 1—343 (S. 344 leer); IV (Titel, Vorrede) u. S. 347—899 nebst 1 S. Druckfehler. — Handwörterbuch der griechischen und römischen Mythologie von Dr. Eduard Jacobi. Neue (Titel-) Ausgabe. Leipzig, Verlag von Gustav Brauns. (1847.) gr. 8°. VI (Titel, die beiden Vorreden des Verfassers, Zusatz des neuen Verlegers) u. 899 S., worunter wieder S. 345 u. 346 fehlen, nebst 1 S. Druckfehler.

Die Lücke in der Paginirung erklärt sich aus der doppelten Zählung des Titelblattes der 2. Abth., welches dann in der neuen Ausg. weggefallen ist. Nach dem Erscheinen der 2. Abthl. wurde bei den noch auf Lager befindlichen Exemplaren das erste Titelblatt durch ein anderes mit der Jahrzahl 1835 ersetzt. Diese Aenderung hat in Kayser's Index, Thl. 7 (1841). S. 464b, den Irrthum veranlasst, dass in diesem Jahre eine „N. Ausg." erfolgt sei. Ebenso unrichtig ist die Angabe im 3. Thle. (1835) des „Index" S. 226b, wonach die beiden Abtheilungen der ersten Ausgabe das Jahr 1830 auf dem Titel führen sollen. — Den Artikel „Rhea", S. 780—793 des Handwörterbuches, hat laut Vorrede Dr. Georg Rathgeber, Bibliothekssekretär in Gotha, verfasst. — Vgl. über die 1. Abthl. der 1. Ausg.: Allgemeine Schul-Zeitung. 2. Abthl. Hrsg. von Ludw. Chrn. Zimmermann. Jahrg. 1832. Darmstadt, Leske. gr. 4°. Nr. 120 vom 5. October. Sp. 967—968 (Ch.); über beide Abthln derselben Ausg.: Literaturblatt auf das J. 1838. Redigirt von Dr. Wolfg. Menzel. Stuttg. u. Tüb., Cotta. 4°. Nr. 42 vom 23. April. S. 168ab (d.) u. Neue Jahrbücher für Philologie u. Paedagogik. 10. Jahrg. 28. Bd. 2. Heft. Leipzig, B. G. Teubner. gr. 8°. S. 164—168. (Heffter in Brandenburg a. H.)

Französische Bearbeitung: DICTIONNAIRE MYTHOLOGIQUE UNIVERSEL, OU BIOGRAPHIE MYTHIQUE DES DIEUX ET DES PERSONNAGES FABULEUX DE LA GRÈCE, DE L'ITALIE, DE L'ÉGYPTE, DE L'INDE, DE LA CHINE, DU JAPON, DE LA

SCANDINAVIE, DE LA GAULE, DE L'AMÉRIQUE, DE LA POLYNÉSIE, etc., etc. OUVRAGE COMPOSÉ SUR UN PLAN ENTIÈREMENT NEUF, PAR LE Dr. E. JACOBI; TRADUIT DE L'ALLEMAND, REFONDU ET COMPLÉTÉ PAR TH. BERNARD. PARIS, LIBRAIRIE DE FIRMIN DIDOT FRÈRES, IMPRIMEURS DE L'INSTITUT. 1846. 8°. 2 Bll. (Vor- u. Haupttitel) II S. (Préface) u. 515 zweispalt. S. [Ueber die Art der Bearbeitung heisst es in der Vorrede: „L'ouvrage allemand étant rédigé dans des formes trop étrangères à l'esprit français, nous avons dû le modifier souvent et d'une manière capitale, pour la forme et pour le fond... Nous réclamons l'indulgence du lecteur pour les mythologies autres que les deux mythologies classiques. Les articles qui y affèrent nous appartiennent entièrement, M. Jacobi n'ayant traité que le polythéisme gréco-romain.... La disposition matérielle de notre livre est celle adoptée par l'auteur allemand. Les articles y figurent avec la forme française, suivie de la forme grecque.] — Nach einer Notiz des Verlegers G. Braun (S. VI. der N. Ausg.) erschien zu Neapel auch eine Italienische Uebersetzung. Genaueres bringt derselbe nicht bei.

3. Die Erziehung des weiblichen Geschlechtes. Aus dem Französischen der Frau Necker von Saussüre übersetzt durch Eduard Adolph Jacobi, Doctor der Philosophie und der Theologie und H. S. Ober-Consistorial-Rath zu Gotha. (A. u. d. T.: Die Erziehung des Menschen auf seinen verschiedenen Altersstufen. Uebersetzung des Werkes: L'éducation progressive ou étude du cours de la vie par Mme Necker de Saussure. Dritter Theil.) Hamburg, Verlag von Friedrich Perthes. 1839. gr. 8°. VIII. (2 Titel, Vorwort des Uebersetzers S. V—VI, Inhalt) u. 408 S.

Vgl. Wolfg. Menzel's Literaturblatt auf das J. 1840. Nr. 128 vom 16. Dezember. S. 511a—512a. (W. B. M. = W. B. Mönnich.) — Nach W. Heinsius' Allgem. Bücher-Lexikon. 9. Bd. 2. Abthl. (1849) erschien Jacobi's Uebersetzung 1839—1840 in zwei Abthln. Die beiden ersten von A. v. Hogguer u. K. v. Wangenheim übertragenen Theile des Werkes kamen 1836 u. 1838 im gleichen Verlage heraus.

4. * Deutsche Uebersetzung einer Lateinischen Ode E. F. Wüstemann's. In: FAVSTISSIMAS NVPTIAS SERENISSIMI DVCIS SAXONIAE ERNESTI PRINCIPIS IVVENTVTIS COBVRGENSIVM ET GOTHANORVM ET SERENISSIMAE PRINCIPIS ALEXANDRINAE CELSISSIMAE MAGNI DVCIS BADENSIVM FILIAE PIE CONCELEBRANT GYMNASII ILLVSTRIS GOTHANI DOCTORES. GOTHAE LITERIS ENGELHARDO-REYHERIANIS. MDCCCXXXXII. (1842.) Fol. S. 9—10. Wiederholt in Gotha's Erinnerungen an die denkwürdigen Junitage des Jahres 1842 von Adolf Bube. Gotha, Gläser'sche Buchhdlg. (1842.) gr. 8°. S. 7—8.

10. Strophen in Alcäischem Versmaasse. — Im Anz. 1879. S. 12. Nr. 34 habe ich die Uebersetzung irrig Ph. H. Welcker zugeschrieben. Dass sie von Jacobi herrührt, bezeugt A. Bube a. a. O. S. 2.

5. Auszug einer Predigt über den Text Luc. I, 57—58, am Sonntage, dem Feste Johannes des Täufers (1842), in der Schlosskirche zu Reinhardsbrunn gehalten von Oberhofprediger Dr. Jacobi. In: Adolf Bube, Gotha's Erinnerungen u. s. w. S. 62—66.

6. Rede bei der Beisetzung des weiland Durchlauchtigsten Fürsten und Herrn, Herrn Ernst, Herzogs zu Sachsen-Coburg-Gotha, in der Schlosskirche des Friedensteins am 3. Februar 1844 gehalten von Dr. Eduard Jacobi. Gotha, in der Hennings'schen Buchhandlung. 1844. gr. 8⁰. 12 S.

Herzog Ernst I. zu Sachsen-Coburg-Gotha starb den 29. Januar 1844.

7. Rede am Grabe des Herrn Dr. Friedrich Jacobs, Herzogl. S. Coburg-Gothaischen Geh. Hofraths, Directors der wissenschaftlichen und Kunstsammlungen auf Friedenstein, Ritters des königl. baierschen Verdienst- und des herzogl. sächsischen Hausordens etc. etc. etc. am 2. April 1847 gehalten von Dr. Ed. Ad. Jacobi, Ober-Consistorialrath und Oberhofprediger. Gotha, Druck der Engelhard-Reyher'schen Hofbuchdruckerei. (1847.) gr. 8⁰. 8 S.

Fr. Jacobs starb den 30. März 1847. — Ein Theil der Rede (Charakteristik des Verstorbenen) ist abgedruckt in: Friderici Jacobsii Laudatio. Scripsit E. F. Wuestemann. Gothae typis exscripsit et sumptus fecit officina Stollbergiana. 1849. gr. 8⁰. S. 93—94.

8. Einige Reden von Dr. Eduard Jacobi in Gotha. Gotha, Druck der Engelhard-Reyherschen Hofbuchdruckerei. 1847. 8⁰. VI (Titel, Widmung an Karl v. Wangenheim) u. 40 S.

Im ganzen 6 Reden, darunter (S. 1—4 u. 9—14) die oben unter Nr. 7 u. 6 genannten.

9. Predigt bei der Eröffnung des Landtages am 18. Juni 1848 in der Kirche des H. Schlosses Friedenstein zu Gotha gehalten von Dr. Eduard Jacobi. Gotha, Thienemann'sche Buchhandlung. 1848. 8⁰. 13 S.

10. * Eine Bemerkung über Goethe zum 28. August 1849. Schluss: Gotha, Druck der Engelhard-Reyherschen Hofbuchdruckerei. (1849.) kl. 8⁰. 8 S.

Eine feinsinnige u. geistreiche Charakteristik des Dichters. Die Einsichtnahme dieser seltenen Schrift verdanke ich der Güte meines verehrten Lehrers, des Hrn. Prof. Dr. K. Regel in Gotha.

11. Anzeige von: Gesammelte Abhandlungen aus dem classischen Alterthume von C. W. Göttling, Prof. in Jena. Zweiter Band. Nebst zwei lithographischen Tafeln. München, Friedr. Bruckmanns Verlag. 1863. VIII u. 288 S. gr. 8⁰. In: Neue Jahrbücher für Philologie u. Paedagogik. 34. Jahrg. 89. Bd. Leipzig, B. G. Teubner. 1864. gr. 8⁰. S. 577—579.

12. Der sterbende Schwan. In: Karl Regel, Eduard Adolf Jacobi (s. oben Nr. II). S. 14—15.

Gedicht.

Zur Vermeidung von Verwechselungen sei schliesslich noch bemerkt, dass die in Kayser's Index, Thl. 7, S. 464b, ohne weitere Notiz unter dem mythologischen Handwörterbuche (s. oben Nr. 2) verzeichneten „Predigten und Reden gr. 8⁰. Dresden und Leipzig, Arnold. 1838, einem anderen Verfasser des Namens Eduard Jacobi zugehören. Ueber diesen giebt Wilh. Haan, Sächsisches Schriftsteller-Lexicon. Leipzig, Rob. Schaefer. 1875. gr. 8°. S. 142 einige Auskunft.

VIII. Ernst Giese.

Quellen: I. Karl Regel, Gedächtnissrede auf Dr. Ernst Giese. (1870.) Mscr. 4°. 14 S. (Der Verfasser, dem ich auch sonstige Auskunft verdanke, hat mir diese Rede in gewohnter freundlicher Weise zur Benutzung überlassen.) — Vgl. ausserdem: II. Neue Jahrbücher für Philologie u. Paedagogik. 15. Jahrg. 43 Bd. 2. Heft. Leipzig, B. G. Teubner. 1845. gr. 8°. S. 225. — III. Programm des Gymnasium Ernestinum zu Gotha. Gotha, 1860. Engelhard-Reyher'sche Buchhandlung. gr. 4°. S. 25. — IV. Programm desselben Gymnasiums. Ebda. 1871. S. 26—27.

Ernst Giese, als Sohn achtbarer Bürgersleute den 18. Januar 1817 zu Gotha geboren, verlor schon früh seine Eltern, fand aber einen ausgleichenden Ersatz in dem Bürgermeister u. Stadtgerichtsrath Karl Grosch und seiner trefflichen Gattin, welche, selbst kinderlos, sich des verwaisten Knaben u. seiner einzigen Schwester grossherzig annahmen u. für das leibliche u. geistige Wohl der Beiden fortan Sorge trugen. Von Ostern 1828 bis Ostern 1837 besuchte G. das von Fr. Wilh. Döring u. nachher von Eduard Adolf Jacobi geleitete Gymnasium illustre, um sich hierauf von 1837 bis 1840 in Jena dem Studium der Theologie zu widmen. Am 22. Oktober des letzteren Jahres promovirte er unter Schmid's Prorectorat u. Eichstädt's Decanat als Dr. phil. u. wurde zu Ostern 1842 interimistisch u. im folgenden Jahre definitiv als Lehrer am Gymnasium seiner Vaterstadt angestellt. Der scharfblickende Rost, welcher seit 1841 die Anstalt leitete, überwies ihm den Unterricht in der damals neugegründeten sechsten Klasse, u. in der That war G. für diese Altersstufe in vorzüglichem Maasse geeignet. Denn der milde Ernst seines Wesens, die Klarheit seiner Lehrweise u. die väterliche Liebe, mit welcher er seinen Schülern begegnete, zogen diese unwiderstehlich zu ihm hin u. erweckten einen Lerneifer, der fast jede Mahnung entbehrlich machte. Er selbst blieb dieser Klasse bis zu seinem Tode treu, u. während er hier als Hauptlehrer ununterbrochen wirkte, ertheilte er nur zeitweise auch in höheren Klassen religiösen und Lateinischen Unterricht. Im Jahre 1854 ehrte ihn die Universität Giessen für seine fleissige und gutgeschriebene Abhandlung „De christianae doctrinae praeceptis" (s. unten Nr. 2) durch die Würde eines Licentiaten der Theologie; am 4. Mai 1859 wurde er zum Professor ernannt. Sein Tod erfolgte nach einer plötzlichen Erkrankung den 25. Mai 1870. Am 15. Juni des gleichen Jahres begingen Lehrer und Schüler des Gymnasiums seine Gedächtnissfeier, bei welcher Prof. Dr. K. Regel in der obengenannten Rede eine warmempfundene Schilderung seines Charakters gab. Die letzte Ruhestätte hat G. in einem Grabgewölbe des ältesten Friedhofes gefunden, Wand an Wand mit Andreas Romberg, dem Komponisten von Schiller's „Glocke".

Schriften:

1. Die Säugethiere in Beschreibungen und Erzählungen zur Belehrung und Unterhaltung für die Jugend dargestellt von Dr. Ernst Giese. Erster Band: Beschreibungen. Mit 11 Abbildungen. — Zweiter Band: Erzählungen. Mit 6 Abbildungen. Gotha, Verlag von J. G. Müller. 1846. 8°. XIV S. (Titel, Widmung an seine Schüler, Vorwort, Inhaltsanzeige), 1 Bl. (Nebentitel) u. 178 S.; XVI (Haupt- u. Nebentitel nebst Inhaltsanzeige) u. 364 S. — Die Abbildungen (7 + 4 u. 3 + 3 Figuren) auf 2 lithogr. Tafeln.

2. COMMENTATIO DE CHRISTIANAE DOCTRINAE PRAECEPTIS SECUNDUM IPSIUS CHRISTI ATQUE APOSTOLORUM EFFATA AD ARTIS FORMAM REVOCANDIS, QUAM SCRIPSIT ERNESTUS GIESE, PH. Dr. AA. LL. M. IN GYMN. ILLUSTRI GOTHANO DOCTOR. GOTHAE, LITTERIS OFFICINAE DUCALIS AULICAE ENGELHARDO-REYHERIANAE. (1854.) gr. 4°. 12 S. — Wiederholt u. d. T.: De christianae doctrinae praeceptis, quae quidem ab ipso Jesu Christo eiusque apostolis nobis tradita sunt, ad artem revocandis. Scripsit Dr. E. Giese — in: Programm des Gymnasii illustris zu Gotha. Gotha, Druck und Papier der Engelhard-Reyher'schen Hofbuchdruckerei. 1854. gr. 4°. S. 1—8.

3. Die christliche Lehre zum Schul- und Hausgebrauche für junge evangelische Christen, dargestellt von Dr. Ernst Giese, Lehrer am Gymnasium illustr. in Gotha. Erfurt, Verlag von E. Weingart. 1855. gr. 8°. V (Titel, Vorbemerkung, Inhalt) u. 125 S. — Dasselbe 2. Auflage. Ebdas. 1868. gr. 8°. V u. 109 S.

Vgl. über die 1. Aufl.: Zeitschrift für das Gymnasialwesen. Hrsg. von Jul. Mützell. 9. Jahrg. Berlin, Enslin. 1855. 8°. S. 668—670. (W. H. in B.) u. Neue Jahrbücher für Philologie u. Paedagogik. 25. Jahrg. 72. Bd. Leipzig, B. G. Teubner. 1855. gr. 8°. S. 446—448. (Dr. K. W. Piderit in Hanau.)

4. Vater Unser Gebete für häusliche Erbauung. Zusammengestellt von Lic. th. Dr. Ernst Giese. Erfurt, Verlag von E. Weingart. 1856. 16°. X (Titel, Widmung an seine Pflegemutter, Inhalt) u. 105 S.

Im Ganzen 63 zum weitaus grösseren Theile poetische Nummern.

5. Schul-Gebete für kleinere und grössere Schüler und Schülerinnen, zusammengestellt von Dr. Ernst Giese. Erfurt, Verlag von E. Weingart. 1857. 16°. VIII (Haupttitel, Widmung auf der Rückseite desselben: Seinen lieben Kindern etc., Nebentitel, Inhalt) u. 107 S.

Theils poetische, theils prosaische Stücke.

IX. Adolf Friedrich Wilhelm Jakob Seyfarth.

Quellen: I. Karl Regel, Gedächtnissrede auf W. Seyfarth. (1862). Mscr. 4°. 19 S. — II. Programm des Gymnasium Ernestinum zu Gotha. Gotha, Engelhard-Reyher'sche Hofbuchdruckerei. 1863. gr. 4°. S. 19. (Vom Director Dr. Joach. Marquardt.) — Vgl. ferner: III. Programm des Gymnasii illustris zu Gotha. Ebda 1848. gr. 4°. S. 17. — IV. Programm des Gymnasium Ernestinum. Ebda 1860. S. 25 u. 1861. S. 18.

Adolf Friedrich Wilhelm Jakob Seyfarth, der Sohn eines Pfarrers und den 15. März 1817 in dem nahe bei Gotha gelegenen Dorfe Sundhausen geboren, besuchte das Gymnasium illustre von 1827—1836 und studierte von 1836—1839 in Jena Theologie. Sobald er die Fachprüfung bestanden hatte, übernahm er aus besonderer Neigung eine Lehrerstelle am Bernhardi'schen Erziehungsinstitute in Meiningen, von wo er nach achtjährigem erfolgreichem Wirken zu Johannis 1847 an das Gothaische Gymnasium kam. Sein Unterricht erstreckte sich hier vornehmlich auf Französische und Lateinische Sprache, sowie auf Naturgeschichte; auch lehrte er zeitweise noch an der Handelsschule und an der vom Verlagsbuchhändler Bernhard Perthes gegründeten Bildungsanstalt für angehende Geographen. Nachdem er den 4. Mai 1859 zum Oberlehrer ernannt worden war, erkrankte er Ende Mai 1860 infolge allzu angestrengter Thätigkeit an einem Lungenübel, welchem er, zum grossen Schaden für die Anstalt, am 24. November 1862 erlag. Eine Feier zum Andenken des unermüdlichen und reichbegabten Lehrers wurde am 13. December desselben Jahres in den Räumen des Gymnasiums begangen.

Schrift:

Verbi Latini et Francogallici inter se comparatio. Scripsit Guilielmus Seyfarth. In: Programm des Gymnasii illustris zu Gotha. Gotha, Druck und Papier der Engelhard-Reyher'schen Hofbuchdruckerei. 1856. gr. 4°. S. 1—21.

[746.] Der Oettinger-Schramm'sche Moniteur des Dates.

Den Schluss des Erscheinens des bekannten von Eduard Maria Oettinger im Laufe der J. 1866—68 in 33 Lief. oder 6 Bden herausgegebenen „Moniteur des Dates", dessen im Anz.*) seiner Zeit ausführlich u. in empfehlender Weise gedacht worden, ist dem Verf. nicht vergönnt gewesen lange zu überleben: kaum vier Jahre später, am 26. Juni 1872, hat der Tod Oettinger im noch nicht vollendeten 64. Lebensjahre, nach vorausgegangener schwerer Krankheit, von seinen litterarischen Studien abberufen. Die Krankheit trägt die Schuld, dass Oettinger nicht vor seinem Tode noch den

*) S. J. 1869. Nr. 1, 85, 179, 361.

zu seinem Werke in Aussicht gestellten Supplementbd „mit über 12,000 Nachträgen u. Ergänzungen“ hat veröffentlichen können. An des Verstorbenen Stelle ist aber dessen Freund Dr. Hugo Schramm-Macdonald dafür eingetreten, den „Moniteur des Dates“ zu ergänzen u. insbesondere bis auf die neueste Zeit fortzusetzen*), ebenso wie er es auch übernommen hat, das andere mit dem „Moniteur des Dates“ in sehr naher Beziehung stehende Oettinger'sche Werk „Bibliographie biographique universelle“ wovon die in Brüssel erschienene II. Ausgabe vergriffen sein soll, in neuer ergänzter u. vermehrter Ausgabe erscheinen zu lassen.

Was die Schramm'sche Fortsetzung des „Moniteur des Dates“ betrifft, so ist dieselbe kurz nach Oettinger's Tode, bereits im J. 1873, mit Lief. 34 begonnen worden u. am Schlusse des J. 1880 bis zur 49. Lief. vorgeschritten: sie naht damit ihrer baldigen Beendigung, was mir Veranlassung giebt, die Aufmerksamkeit der Leser des Anz.'s, soweit sie sich noch nicht selbst mit dem Werke vertraut gemacht haben, auf dasselbe nochmals zu lenken, u. es ihnen bei Beantwortung genealogischer Fragen, die sonst wohl vielen Müh- u. Zeitaufwand beansprucht haben würde, als ein ebenso ausserordentlich nützliches u. bequemes, wie fast unentbehrliches Hilfsmittel angelegentlich u. mit Ueberzeugung zu empfehlen. Leider wird freilich der Preis des Werkes, der, wenn er auch verhältnissmässig knapp bemessen ist, doch im ganzen eine sehr ansehnliche Summe repräsentirt (n. 8 Mk. pro Lief.), für so manchen Privatmann ein unübersteigliches Hinderniss bilden, sich das Werk zu eigen zu machen; dafür haben aber die öffentlichen Bibliotheken um so mehr die unabweisbare Verpflichtung, das Werk anzukaufen u. für ihre Leser zur Benutzung bereit zu halten. Seltsam ist es daher im Vorworte zum 1. Bde der Schramm'schen Fortsetzung zu lesen, dass „in Berlin bis heute (1873) noch auf keiner öffentlichen Bibliothek der Moniteur des Dates zu finden sei.“ Sollte dies damals in der That der Fall gewesen sein, so wird es sich hoffentlich inzwischen u. bis jetzt wohl geändert haben, da man sich doch jedenfalls der Ueberzeugung von dem Werthe u. zumal von der Unentbehrlichkeit des Werkes in einer öffentlichen Bibliothek auf die Dauer nicht hat verschliessen dürfen. Ich kann hier das nur wiederholen, was ich bereits am Schlusse meiner Besprechung des Werkes im Anz. J. 1869 geschrieben habe, dass ich nämlich „den Moniteur als ein sehr brauchbares, zweckmässiges u. werth-

*) Schramm schreibt hierüber: „Mein Bestreben geht nicht blos dahin, durch neue zuverlässige Daten, sondern auch durch sorgfältige u. gewissenhafte Prüfung der bereits im Hauptwerke enthaltenen den Moniteur mehr u. mehr zur reichhaltigsten u. sichersten Quelle, zu einem Daten-Lexikon zu machen, das in der That den strengsten u. weitgehendsten Anforderungen genügt.“

volles Werk, als ein Werk von aussergewöhnlicher Arbeitskraft u. ebenso aussergewöhnlichen Fleisses, als ein in der Litteratur bis jetzt einzig in seiner Art dastehendes Werk bezeichnen zu dürfen glaube, dessen Anschaffung ich allen Gelehrten u. überhaupt allen Gebildeten, welche nur irgend die Mittel dazu haben — vor allen aber, füge ich hinzu, den öffentlichen Bibliotheken — als unentbehrlich angelegentlich empfehlen möchte."

Wenn ich mit Rücksicht hierauf mein Bedauern nicht verhehlen mag, dass Schramm im Vorworte zum 1. Bde seiner Fortsetzung hat schreiben können: „Mit Ausnahme des Königs Johann von Sachsen hat noch kein Fürst dem Unternehmen seine Gunst erwiesen, ebenso hat noch keine Regierung die Hand zur Verbreitung des Moniteur geboten, noch keine Gelehrten-Gesellschaft die Herausgabe desselben unterstützt, noch kein reicher Privatmann sich diesem Werke gegenüber als ein Mäcenas bethätigt", so kann ich auch gleichzeitig mein Bedauern nicht unterdrücken, dass sich Schramm gestattet hat, in einer Bemerkung zu den vorstehenden Worten hinzuzufügen: „Nachdem König Johann das Verdienstliche des Unternehmens bereits durch Uebersendung eines Brillantringes an Oettinger geehrt hatte, liess er im Febr. 1872 auch 4 Exemplare des Hauptwerkes ankaufen." Schramm hat füglich wissen müssen, dass der Ankauf der 4 Exemplare aus ganz anderem Grunde, als wegen „des Verdienstlichen des Unternehmens" — das ich für meine Person ja keineswegs bestreite — vom König Johann angeordnet worden ist. J. Petzholdt.

[747.] Der Gesammt-Verlags-Katalog des Deutschen Buchhandels.

„Der hohe Standpunkt", schrieb ich oben bei Gelegenheit der Anzeige des neuesten Bandes des Archivs für Geschichte des Deutschen Buchhandels*), „den der Deutsche Buchhandel hinsichtlich seiner ganzen Organisation vor dem Buchhandel aller übrigen Länder einnimmt, zeigt sich auch namentlich in seinen Bestrebungen zur Feststellung seiner Geschichte, in deren Interesse bekanntlich durch Beschluss des Börsenvereins der Deutschen Buchhändler eine eigene historische Kommission ins Leben gerufen u. dieser die Herbeischaffung der Materialien jener Geschichte übertragen worden ist." Diesen Worten habe ich jetzt gerade Anlass hinzuzufügen, dass jener hohe Standpunkt nicht minder in den Bestrebungen der einzelnen Mitglieder des Deutschen Buchhandels sich kenntlich macht, insofern sie durch Herausgabe guter u. wissenschaftlich werthvoller Verlagskataloge zeigen, dass sie das Gefühl haben, nicht blosse Producenten u. Verkäufer von Büchern zu sein, sondern, wie man

---

*) S. oben Nr. 366.

zu sagen pflegt, als Träger der Litteratur zu gelten. Den einzelnen Verlagskatalogen des Buchhandels im Auslande gegenüber, die in der Regel nichts weiter als Preislisten verkäuflicher Bücher zu sein pflegen, nimmt die Mehrzahl der Deutschen Verlagskataloge einen weit höheren u. der Litteratur würdigeren Standpunkt ein: unter den letzteren finden sich, namentlich aus den nächstvergangenen Jahren, wahre Musterkataloge, z. B. der jüngst erst erschienene „Verlagskatalog von Joh. Ambr. Barth in Leipzig"*), denen der auswärtige Buchhandel nichts Aehnliches gegenüber zu stellen hat. Und was hat das Ausland erst dem neu begonnenen „Verlags-Katalog der Verleger des Deutschen Reiches", welchen Adolf Russell in Münster herausgiebt**), gegenüberzustellen — etwa die „Publishers' Trade List" für den NAmerikanischen Buchhandel, oder den J. Whittaker'schen „Reference Catalogue of Current Literature" für den Englischen Buchhandel, oder endlich den „Catalogo collettivo della Libreria Italiana"?***) Diese sind, obwohl sie — vor allen der NAmerikanische Katalog — die Ehre der Priorität für sich in Anspruch nehmen dürfen u. hinsichtlich der von den Herausg. auf ihre Zusammenstellung verwendeten Mühewaltungen gewiss alles Lob verdienen, doch nicht im entferntesten im Stande, dem ebenso grossartig angelegten, wie mit Deutscher Gründlichkeit durchgeführten Russell'schen Unternehmen sich ebenbürtig an die Seite zu stellen.

Bekannt ist, zumal den Lesern des Börsenblattes f. d. Deutschen Buchhandel, welche Anstrengungen es dem Herausg. gekostet hat, den von ihm gefassten Plan eines Deutschen Gesammtverlagskataloges in das Leben überzuführen, u. mit welchen Widersprüchen er zu kämpfen gehabt, ehe es ihm u. seiner Beharrlichkeit gelungen ist, endlich mit dem Werke hervorzutreten. Aber es ist auch endlich ein Werk zu Stande gekommen, das als eine Art Wahrzeichen der trefflichen Organisation des Deutschen Buchhandels überhaupt sowohl als des den einzelnen Mitgliedern der Deutschen Buchhändler-Corporation innewohnenden lebhaften Gefühles dafür mit allen Ehren begrüsst zu werden verdient. Dasselbe wird folg. Bände von verschiedener Stärke umfassen:

A. Deutsches Reich.

I. Aachen — Berchtesgaden. Mit dem Reichswappen u. dem Vereinigten Buchdrucker- (Buchhändler-) u. Künstler-Wappen. Enthält zugleich Vorrede u. allgemeine Uebersicht.

II. Berlin, Hauptstadt des Deutschen Reiches u. Centrale

*) S. unten Nr. 778.
**) S. unten Nr. 775.
***) S. oben Nr. 245.

(Commissionsplatz) des nordd. Buchhandels. Mit dem Reichswappen u. dem Wappen von Berlin.

III. Bernburg — Düsseldorf. Mit dem Reichswappen u. dem Wappen von Dresden, Hauptstadt von Sachsen.
Hervorragende Plätze: Bielefeld, Bonn, Braunschweig, Bremen, Breslau, Darmstadt, Dresden, Düsseldorf u. s. w.

IV. Eberswalde — Güstrow. Mit dem Reichswappen u. Wappen von Frankfurt a/M., früherem Messplatz des Buchhandels.
Hervorragende Plätze: Elberfeld, Erlangen, Frankfurt a/M., Freiburg i/Br., Giessen, Gotha, Göttingen u. s. w.

V. Habelschwerdt — Husum. Mit dem Reichswappen u. dem Wappen von Hamburg, 1. Freie Reichsstadt u. Hauptexportplatz des Deutschen Buchhandels.
Hervorragende Plätze: Halle, Hamburg, Hannover, Heidelberg u. s. w.

VI. Jauer — Leer. Mit dem Reichswappen u. dem Wappen von Karlsruhe, Hauptstadt von Baden.
Hervorragende Plätze: Jena, Karlsruhe, Kassel, Kiel, Köln, Königsberg u. s. w.

VII. Leipzig, Metropole (Gesammt-Commissions- u. Messplatz) des Deutschen Buchhandels. Mit dem Reichswappen u. dem Wappen von Leipzig.

VIII. Leisnig — Nürnberg. Mit dem Reichswappen u. dem Wappen von München, Hauptst. v. Bayern.
Hervorragende Plätze: Magdeburg, Mainz, Mannheim, Marburg, München, Münster i/W., Nürnberg, Oldenburg u. s. w.

IX. Oberglogau — Strassburg. Mit dem Reichswappen u. dem Wappen von Strassburg, Hauptstadt der neuen Reichslande.
Hervorragende Plätze: Paderborn, Posen, Regensburg, Rostock, Strassburg u. s. w.

X. Stuttgart, Hauptstadt von Württemberg u. Centrale des süddeutschen Buchhandels. Mit dem Reichswappen u. dem Wappen von Stuttgart.

XI. Suhl — Zwickau. Mit dem Reichswappen u. dem Wappen von Weimar, Hauptstadt von Sachsen-Weimar u. Deutschlands Musensitz.

B. Oesterreichische Kronländer.

XII. Agram — Wels. Mit dem Oesterreichischen Reichswappen u. den Wappen von Budapest u. Prag.

XIII. Wien, Oesterreichische Reichshaupstadt u. Centrale des Oesterreichischen Buchhandels. Mit dem Oesterreichischen Reichswappen u. dem Wappen der Stadt Wien.

C. Schweiz.

XIV. Bundes-Republik Schweiz. Mit dem Wappen der Schweiz u. dem Wappen von Zürich, Centrale des schweizerischen Buchhandels.

D. Ausland.

XV. Das mit dem Deutschen Buchhandel direkt verkehrende Ausland nach dem Alphabet der Länder.

XVI. Nachtrag- u. Register-Band. Alphabetischer Index der Verleger. Alphabetisches Verzeichniss der Käufer des Gesammt-Katalogs. Alphabetisches Autoren-Register.

Der Herausg. hofft, diese sämmtlichen Bände noch im Laufe des Jahres fertig stellen zu können, u. beabsichtigt dann, jedes Jahr einen neuen Band (Novitätenkatalog) mit den Verlagsberichten der Verleger, die aller fünf Jahre zu einem Bande des Gesammtkataloges vereinigt werden sollen, folgen zu lassen.

[748.] Zur Elzevier-Bibliographie*).

Das Interesse für die eleganten u. correcten aus den berühmten Officinen der Holländischen Buchdrucker-Familie der Elzeviere des 17. Jahrhdts zu Leyden u. Amsterdam vom J. 1617—1681 hervorgegangenen Ausgaben, welches in früheren Zeiten eine unglaubliche Höhe, namentlich in Frankreich, erreicht u. zahllose Sammlungen von solchen Ausgaben veranlasst hatte, die in den Auktionen mit fabelhaften Preisen im Wettstreite u. Kreuzfeuer der Angebote der Bibliophilen erstanden wurden, so dass diese Liebhaberei in eine leidenschaftliche Bibliomanie ausgeartet war, war später durch die gewaltigen Fortschritte der Typographie u. durch die geschmackvollen Drucke u. Meisterwerke berühmter Typographien im Laufe des 19. Jahrhdts, da es doch vor der strahlenden Sonne der modernen typographischen Kunst sein Auge nicht verschliessen konnte, in jenen früheren Ausschreitungen der Bibliomanie gehemmt und zurückgedrängt, jedoch nie ganz vernichtet worden.

Im Gegentheil wurde das Interesse für die Elzeviere in neuerer Zeit seit 1830 durch zahlreiche Schriften, zuerst in Frankreich durch hochverdiente Bibliographen u. Gelehrte, wie Brunet, Charles Nodier, ferner durch Bérard, Motteley, Chenu, de Reume u. A. wieder erneuert u. angeregt, welche zugleich die Echtheit u. Unechtheit der anonymen oder mit dem Namen der Elzeviere versehenen, aber unechten oder fingirten Elzevier-Ausgaben zum Gegenstande ihrer besonderen Forschungen u. Arbeiten machten, unter welchen kein Geringerer als der berühmte Charles Nodier eine „Théorie des éditions élzeviriennes“ schrieb. Hierauf erschien das erste Hauptwerk über die Geschichte der Familie der Elzeviere u. ihrer Typographien von Charles Pieters zu Gent: „Annales de l'Imprimerie des Elzevier ou Histoire de leur famille et de leurs éditions. 2. éd. Gand. 1858. 502 S. gr. 8⁰.“ — u. dazu ein Supplement: „Additions et Corrections“ p. 503—528. 1860. So verdienstvoll dieses Werk

---

*) Abgedr. aus dem St. Petersburger Herold Nr. 173 vom 22. Juni.

auch war, so konnte der Verfasser, der die Titel der Ausgaben sehr oft nur aus anderen Katalogen ausschrieb, nicht vermeiden, zahlreiche Fehler u. Unrichtigkeiten zu begehen oder aufzunehmen.

Dieser Mangel oder Fehler wurde zuerst durch die Arbeiten des hiesigen Bibliothekars, Wirkl. Staatsraths Dr. Chr. Fr. von Walther, der im Auftrage des Vorstandes die berühmte Sammlung der Elzevier-Ausgaben in der Kaiserlichen öffentlichen Bibliothek in Petersburg vom J. 1851—1864, zusammengesucht u. gebildet hatte, und durch sein Buch darüber: Les Elzevir de la Bibliothèque Impériale publique de St. Pétersbourg. Catalogue bibliographique et raisonné &c. St. Petersb. 1864. XXVII, 332 S. in 12° aufgedeckt u. sämmtliche Fehler, soweit sie in den Originalen der Kaiserlichen Bibliothek verifizirt werden konnten, berichtigt. Dieses Buch wurde im Auslande mit einstimmigem Beifall als ein bedeutender Beitrag zur Berichtigung der Elzevier-Bibliographie begrüsst.

Nach Pieters, der das Erscheinen dieser Schrift des Bibliothekars W. nicht erlebte, trat ein anderer Belgischer Elzevierolog an seine Stelle, Dr. Alphonse Willems in Brüssel, der es sich zur Aufgabe machte, das Werk von Pieters gänzlich umzuarbeiten, auf Grund der seitdem erschienenen Beiträge, wie des Walther'schen Buches u. späterer handschriftlicher Ergänzungen u. Mittheilungen von neu entdeckten Ausgaben, die Walther auf dringendes Ersuchen von Willems ihm übersandte, u. vieler Anderer, wie seiner eigenen langjährigen umfassenden Forschungen u. Arbeiten zu berichtigen u. zu erweitern. Dasselbe erschien endlich im vergangenen Jahre unter dem Titel: Les Elzevier Histoire et Annales typographiques par Alphonse Willems. Bruxelles, Paris, La Haye. 1880. CCLIX, 607 S. gr. 8°.*).

Durch diese u. andere Schriften u. Forschungen wurden vor allem der Ruhm u. die grossen Verdienste der Holländischen Typographen-Familie der Elzeviere rehabilitirt u. zu neuem Glanze verherrlicht, u. anderntheils die Gleichgiltigkeit, die durch die Reaction an die Stelle des früheren übertriebenen Enthusiasmus u. Kultus der Elzevieromanen getreten war, bekämpft u. beseitigt, u. die Theilnahme u. Gunst der Bibliophilen für die Elzeviere von neuem belebt u. angeregt.

Da nun die Grundlage des so ausgedehnten Gebietes der Bibliographie der Elzevier-Ausgaben auf den von diesen berühmten Typographen selbst herausgegebenen u. vom J. 1628 bis 1681 gedruckten Verlags-Katalogen beruht, u. die meisten der 21 Kataloge, welche Pieters u. Willems constatirt, wenigstens erwähnt gefunden haben, höchst selten sind, so erklärt sich das Interesse für diese Kataloge hinlänglich, als wichtige Documente in dem alten u.

---

*) S. Anz. J. 1880 Nr. 696.

heftigen Streite der Elzevierologen über die Echtheit u. Unechtheit so vieler anonymen Ausgaben u. solcher, die zwar den Namen der Elzeviere auf dem Titel führen, aber nur fingirte, unechte Elzevier-Ausgaben sind. — Einen der seltensten Elzevier-Kataloge besitzt bekanntlich die hiesige Kaiserliche öffentliche Bibliothek vom Jahre 1638, welchen der Bibliothekar Chr. Fr. v. W. bei seinen erwähnten Arbeiten u. Nachforschungen unter sogenannten Doubletten in Bogenform, ungebunden u. ungeheftet, entdeckte u. von dem er, da er ein wahres Unicum bildet, von dem weder Brunet, noch Pieters, noch Willems ein zweites Exemplar aufweisen konnte, nach dem Vorgange u. Beispiele anderer Bibliographen, wie Pieters, Motteley, Hoffmann u. Chenu, welche gleichfalls neue Abdrücke von seltenen Elzevier-Katalogen veranstaltet hatten, vor 3 Jahren zu Leipzig von dem rühmlich bekannten, seitdem verstorbenen Kunst-Typographen Drugulin einen neuen eleganten Abruck in Geschmack der kleinen Duodez-Elzevier-Ausgaben mit ihren Typen in Fleurons oder Vignetten auf Holländischem Papier ausführen liess*), worüber das Nähere im „Herold" von 1878 vom 4. December damals berichtet wurde. Dieser Neudruck wurde als gelungene Nachahmung der eleganten Elzevier-Ausgabe mit allgemeinem Beifall im Auslande u. hier aufgenommen, u. es sind nur noch wenige Exemplare in den Buchhandlungen von Ricker, Deubner, Schmitzdorff u. Wolf übrig.

Vor kurzem erschien aber in der rühmlich bekannten Buchhandlung von Jos. Baer zu Frankfurt a. M. u. Paris eine neue bibliographische Merkwürdigkeit dieser Art, nämlich der allererste von den Elzevieren im J. 1628 herausgegebene Verlags-Katalog, welchen der gelehrte Bibliothekar, Dr. Ernst Kelchner, in der Stadtbibliothek zu Frankfurt a. M. entdeckt u. in vergangenem Herbste zu Paris als getreues Facsimile des Originals auf heliographischem Wege in 250 Exemplaren hat abdrucken lassen, u. welches ausser dem Lateinischen alten Titel noch einen neuen Französischen trägt: Catalogus Librorum Officinae Elzevirianae. — Catalogue de l'Officine des Elzevier (1628) Reproduction héliographique d'après l'exemplaire de la bibliothèque de Francfort sur le Main. Avec une Introduction par Ernest Kelchner. Paris, chez Joseph Baer et Co., Nr. 18, Rue de l'Ancienne Comédie. 1880. pp. VIII, et 16, in 8°.**).

Das Original ist zwar kein Unicum, wie der Elzevier-Katalog der Kais. öffentl. Bibl. zu Petersb. vom J. 1638; denn Willems hat ein 2. Exemplar von jenem von 1628 in dem Musée Plantin zu Antwerpen gefunden u. erwähnt den Katalog nach diesem, so wie nach dem im Katalog Rothelin Nr. 4898 angeführten Exem-

*) S. Anz. J. 1878. Nr. 1061.
**) S. oben Nr. 209.

plare, da er, wie es scheint, von dem Frankfurter Exemplar noch keine Kenntniss hatte. Doch existirt dieser Katalog jetzt nur noch in 2 bekannten Exemplaren.

Die beiden Kataloge, von 1628 u. 1638 haben in gewisser Hinsicht grosse Aehnlichkeit, 1. in der Eintheilung der einzelnen Artikel, nur dass der von 1638 eine Rubrik mehr hat, als der erste, nämlich „Auctores varii ex editione Elseviriana“ u. für alle Abtheilungen zusammen 370 Artikel enthält, während der erste nur 246 aufweist; 2. durch das gleiche Format in 8⁰. Was aber den Druck der beiden Kataloge betrifft, so ist ein auffallender Unterschied, denn der erste von 1628 ist, nach diesem photographischen Facsimile zu urtheilen, mit gröberen, verbrauchten Typen, dagegen der zweite von 1638 mit feinerer und frischerer Schrift gedruckt. Beide Ausgaben sind auf dem Titel mit dem bekannten, von den Elzevieren am meisten gebrauchten Bilde des sogenannten „Einsiedlers“ (solitaire) mit der Devise „Non solus“ von grösserer Form geschmückt. Sonst tragen sie keine anderen Fleurons oder Vignetten. Bei der ersten Ausgabe fängt der Text des Kataloges auf der 3. Seite an, in der Ausgabe von 1638 sogleich auf der Rückseite des Titelblattes, und füllt volle 16 Seiten.

Da Willems in seinem genannten Buche behauptet, dass der Katalog von 1638 fast in gewisser Hinsicht nur eine Wiederholung (répétition) des Katalogs von 1628, der ihm allerdings als erster Katalog zu Grunde gelegen hat, sei, dass nur etwa 15 neue Artikel dazu gekommen seien, so ist wohl eine genauere Vergleichung der beiden Kataloge nicht unwillkommen. Was die Zahl der Artikel in jedem der beiden Kataloge betrifft, so enthält der erste von 1628: 246 Artikel u. nach den einzelnen Abtheilungen: 1. Catalogus librorum — 195. 2. Respublicae — 18. 3. Orientalia — 21. 4. Scholasticalia — 12. — Dagegen enthält der Katalog von 1638 im ganzen 370 Artikel u. zwar: 1. Catalogus librorum — 275. 2. Respublicae — 30. 3. Auctores varii ex edit. Elseviriana — 14. 4. Orientalia 35. — 5. Scholasticalia — 16. — Folglich enthält dieser Katalog einen Zuwachs von 124 Artikeln. Auch ist Willems' Behauptung (S. 3) falsch, dass die angegebene Zahl der Artikel desshalb nicht ganz genau sei, weil manche Titel in verschiedenen Serien wiederholt wären. — In dem Katalog von 1628 sind nur 3 Titel wiederholt, in dem von 1638 nur 7. — Ferner sind folgende Verschiedenheiten zwischen beiden Katalogen auffallend, welche grösstentheils Verbesserungen oder Berichtigungen genannt werden müssen. Im Kataloge von 1628 wird der Name der Typographen mit z, also Elzeviriana, in dem von 1638 mit dem s, Elseviriana, gedruckt. — S. 3, Z. 4. v. unten: Winghate, 1638 steht Wingate, ohne h. — S. 8, Z. 7 (1628) steht: condictione, 1638 steht richtiger conductione. S. 9: unter „Nonnii“

Metaphrasic, 1638 Metaphrasis, S. 13. Resp. de principibus Italiae, 1638 de principatibus, S. 14, Z. 3. von unten Instrutiones, 1638 Institutiones. Ausserdem sind die Formate derselben Bücher in beiden öfters verschieden bezeichnet.

Kelchner hat dem Kataloge eine interessante Introduction in Französischer Sprache vorausgeschickt, welche über diesen Katalog, seinen Ursprung u. seine Seltenheit, über die Familie des Herausgebers Isaac Elzevier u. s. w., sowie über die bisherigen Neudrucke der Elzevier-Kataloge Nachricht giebt. Obgleich das Original nicht zu den eleganten u. beliebten Ausgaben der Elzeviere gehört, so wird dieser Neudruck als das einzige photographische Facsimile unter jenen Neudrucken u. durch seine vortreffliche äussere Ausstattung allen Bibliophilen u. Freunden der Elzeviere eine willkommene, interessante Gabe sein, für die dem Entdecker und Herausgeber, Dr. Kelchner, sowie den Buchhändlern Baer in Frankfurt und Paris, wo es zum Preise von 4 Mk. zu haben ist, für die eifrige Mitwirkung bei dieser Ausgabe der wärmste Dank gebührt.

[749.] Verzeichniss des Archives des Heroldamtes des Gross-Ordens von Savoien in Turin*).

Liuentrere des tiltres et droys que l'on a trouue es papiers de feu le Roy darmes bonnes nouuelles, fayt le xy^e de januier mil v^c xxxix.

Premieremant vne commission dajornemant contre monsignieur Honorat baron de Bueil, datee le xviy^e de nouembre mil v^c xxvjj, selee et signee par Vulliet. — Item une certiffication des inuentoyres des biens de feu monsignieur de Nemours par luy remis a la Chambre des comptes, signee par monsignieur le clauayre Lambert le xxy de julliet mil v^c et xxxuy. — Item vng arbre de messieurs les princes de Savoye, fait et escrip de sa mein auecques ung aultre petit des roys de France. — Item une memoere par le trezorier Fauczon touchant le debte de madame la princesse d'Orenge, ou il nya nulle date. — Item une memoere touchant les funereres de feu madame de Nemours. — Item une requisitoere de monseignęur adressant aux maistres de Millan, pour la vertu de laquelle il mist dehors tous les ouurages quil lavoys fait fere pour lordre. Item diuerses memoeres touchant les croniques de Savoye. — Item aultres memoeres touchant les obseqes de feu monseigneur de Nemours et conte de Sant Pol. — Item aultre memoere touchant la restitution de lordre quant quelque cheuallier meurt. — Item vne memoere touchant le different de ceulx de Jallion. — Item ung arbre des marquis de Montferrat. — Item vng aultre des

*) Abgedruckt aus „Miscellanea di Storia Italiana" Tom. XIX. S. 379—82.

roys de France. — Item vne lettre du roy Loys touchant le port de la Riolte, datee du xy^e^ de januer. — Item vne lettre missiue pour fere dire les messes a quoy les cheualliers de l'ordre sont tenus pour Monseigneur le mareschal du Vergier. — Item double des lectres que lempereur mandoyt a Mosson au roy et les responces faictes par ledict roy au dict empereur. — Item ung double des testimoniales du bally de Charrolloys. — Item vne memoere touchant les funerallies de monseigneur de Myollans. — Item ung double de la restitution de feu monseigneur de Nemours faicte par Monseigneur de Menton au nom de madame de Nemours. — Item vne lettre de monseigneur le mareschal du Vergier touchant laceptacion de lordre et sermant par luy fayt. — Item une memoere touchant les seremonies que fault fere aux funereres des cheualliers de lordre. — Item vne memoere touchant les acoutremans de lordre. — Item ung liure des funereres du feu roy don Fernande et aultres princes avecques plusieurs exortacions. — Item blason darmes et des funerallies. — Item vne memoere touchant les funerallies de monseigneur de Myolans. — Item une memoere des ceremonies obseruees a Thurin a Nostre Dame de Mars. — Item aulcungs articles de lordre. — Item les epitaphes des feu princes d'Orenges. — Item vng aduis de feu monseigneur de Nemours touchant la creation en cheuallier de lordre du seigneur de Rey. — Item lordre que falloyt tenir pour les funereres de feu madame de Nemours. — Item larbre de Sauoye et des comptes de la Chambre. — Item une memoere touchant du Pont de Beau Voysin. — Item les lectres de monseigneur pour adiourner le seigneur d'Etouyl, datee le xviy^e^ de nouembre mil v^e^ xxvy. — Item vng translat de la lectre de Leuter a monseigneur avecques le double dune lectre de Herasme. — Item ung arbre de France. — Item ung arbre en parchemin de la meson de Sauoye et des alliances. — Item doubles de certeynes lectres de lempereur et aultres princeps de diverses matieres. — Item vng discor de ce questoyt affere pour les funereres de feu monseigneur de Nemour. — Item vne memoere des propos tenus par monseigneur de Monchenuz apres les funereres de feu monseigneur de Nemours. — Item des memoeres de ce questoyt requis pour la venue du roy a Chambery. — Item vng discor de lordre de Sauoye. — Item ung aultre discor touchant la genelogie de Sauoye. — Item aultre memoere touchant lordre. — Item ung discor des roys de Cipres. — Item de portres de choses de guerre a fayre de feu artifficiaulx. — Item aduys sus les croniques. — Item les obseques de feu monseigneur de Nemours. — Item vng tracte de l'excellence des dames avecquez la creation du conte du Pont de Vaulx avecquez plusieurs discors dedans entremeles.

Litteratur und Miscellen.

Allgemeines.

[750.] Bulletin du Bibliophile et du Bibliothécaire publ. par Techener. XLVIII. Année 1881. (S. oben Nr. 534.)

Das Doppelheft vom März u. April enthält: S. 97—122 Louise de Lorraine Reine de France (1553—1601); par E. Meaume (Fortsetzung) — S. 122—26 Antoine de Bourbon et Jeanne d'Albret, par le Baron de Ruble. Article du Comte E. de Barthélemy — S. 127—37 Thyrel de Boismont, de l'Académie Française. Sa Vie et son Oeuvre, 1715—86. Par H. Moulin (Fortsetzung folgt) — S. 137—40 Les Autographes de Pierre Corneille, par le Baron Ernouf — S. 140—43 Les Guerrcs sous Louis XV, par le Général Pajol. Article du Comte E. de Barthélemy — S. 144—48 Bibliographie particulière des Provinces de France: André Cavard et ses mémoires 1661—1728 — S. 148—78 Du Prix courant des Livres anciens: Vente de la précieuse collection de lettres autographes composant le Cabinet de M. Chambry; Vente de la Bibliothèque d'E. Collin — S. 179—87 Revue critique de Publications nouvelles — S. 188—92 Causeries d'un Bibliophile: De l'étymologie du nom de Figaro, par le Baron Ernouf.

[**751**.] Annales du Bibliophile Belge Nouvelle Série. Tom. I. Nr. 1. Bruxelles, Fr. J. Olivier, Libraire. Juillet. 8°. 1 Bl. 16 & 16 S. Monatlich 1 Hft von 2 Bog. Jahrespr. 6 Fr.

Den mit einem einzigen Jahrgange abgeschlossenen „Annales du Bibliophile Belge et Hollandais 1865—66" (s. Anz. J. 1867. Nr. 8) hat Olivier nach 15jähriger Unterbrechung eine Fortsetzung folgen lassen, wovon die 1. Nr. hier vorliegt. Dieselbe enthält in zwei Hälften: 1. Analecta-Biblion: David Joris et son livre des merveilles, par C. A. R.; Le Théatre Français en Belgique, par F. Faber; Les Dialogues du Gérard de Vivre (Fortsetzung folgt); 2. Catalogue des Livres anicens et modernes en vente chez l'éditeur.

Bibliographie.

[752.] * Christian Egenolff, der erste ständige Buchdrucker zu Frankfurt a. M. und seine Vorläufer. Gedenkblatt an die 350jährige Jubelfeier der Einführung der Buchdruckerei in Frankfurt. Von Dr. H. Grotefend, Stadtarchivar. Mit 2 Tafeln. Frankfurt a. M., Völcker. gr. 4°. VII, 28 S. Pr. n. 2,40 Mk.

[753.] * A Monograph on privately Illustrated Books: a plea for Bibliomania, by Daniel M. Tredwell. Brooklyn, Tredwell. 8°. 3 Bll. 161 S. Pr. $ 1,50, m. breit. Rändern $ 3.

Hierüber Publish. Weekly Vol. XIX. Nr. 25. S. 640: „A paper read before the Rembrandt Club, of Brooklyn, N. Y, giving the author's experiences in privately illustrated books; also other interesting data relative to books appropriate for illustrating, fine specimens of illustrated books, prices they have brought, to whom they belong, men who illustrate books, etc. Index."

[754.] Allgemeines Bücher-Lexikon oder vollständiges alphabetisches Verzeichniß aller von 1700 bis Ende 1879 erschienenen Bücher, welche in Deutschland und in den durch Sprache und Literatur damit verwandten Ländern gedruckt worden sind ꝛc. Von Wilhelm Heinsius. XVI. Band, welcher die von 1875 bis Ende 1879 erschienenen Bücher und die Berichtigungen früherer Erscheinungen enthält. Herausgegeben von Otto Kistner. Lief. 12. Leipzig, Brockhaus. 4⁰. Abth. II. S. 65—144. Pr. à n. 3, auf Schreibpap. n. 4 Mk.

Enth. die Artikel „Lohrmann" bis „Mittheilungen". (S. oben Nr. 640.)

[755.] Verzeichniß der Bücher, Landkarten ꝛc., welche vom Januar bis zum Juni 1881 neu erschienen oder neu aufgelegt worden sind, mit Angabe der Seitenzahl, der Verleger, der Preise, literarischen Nachweisungen und einer wissenschaftlichen Uebersicht. Herausgegeben und verlegt von der J. C. Hinrichs'schen Buchhandlung in Leipzig. CLXVI. Fortsetzung. 8⁰. CIV, 464 S. Pr. n. 3 Mk. (S. oben Nr. 217).

Vierzehn Tage sind seit Abschluss des ersten Halbjahres 1881 noch nicht ins Land gegangen, und schon hat es die Hinrichs'sche Buchhandlung möglich gemacht, dem Publikum das bekanntlich ebenso zuverlässige, wie musterhaft eingerichtete Verzeichniss der im Laufe dieses Halbjahres erschienenen litterarischen Erzeugnisse darzubieten. Diese wahrhaft wunderbare u. noch von keinem anderen derartigen Verzeichnisse erreichte Promptheit verdient mit dem höchsten Lobe anerkannt zu werden, u. zwar um so mehr, als man nirgends wahrnimmt, das in Folge dieser Promptheit die Zuverlässigkeit u. bequeme Uebersichtlichkeit des Verzeichnisses irgendwelchen Schaden erlitten hat.

[756.] Die periodische Presse im Gebiete der Gewerbe- und Industrie-Ausstellung zu Halle a. S. 1881. Faber'sche Buchdruckerei A. & Faber in Magdeburg. kl. 8⁰. 2 Bll. IV S.; 1 Bl. 1—65 Doppels. & 1 Bl. 67—85 einfache S.

Diese in einem sehr netten Bändchen enthaltene wissenschaftlich gruppirte Zusammenstellung von Notizen (Titel u. Preis; Verlagsort; Erscheinungsweise; Drucker; Verleger; Begründungsjahr; Begründer; Vorbesitzer; jetziger Besitzer; Bemerkungen) über die periodische Presse des Königr. Sachsen, der Prov. Sachsen, des Herzogth. Anhalt u. der Thüringischen Staaten ist vom Herausg. zunächst dazu bestimmt, „als eine Ergänzung der im Pavillon der Magdeburgischen Zeitung auf der Gewerbe- u. Industrieausstellung zu Halle veranstalteten Ausstellung von je einem Exemplare der periodischen Presse des vorbezeichneten Gebiets zu gelten." Dann aber hat der Herausg. in sehr liebenswürdiger Weise beabsichtigt, seine Collegen, die ihn mit ebenso liebenswürdiger Bereitwilligkeit bei seinen Ausstellungsbemühungen unterstützt haben, durch das nette Bändchen ein Zeichen des Dankes darzubieten.

[757.] Geschichte der russischen Literatur in gedrängter Uebersicht. Ein Leitfaden nebst bibliographischen Notizen mit besonderer Berücksichtigung der neueren Literatur von Dr. Paul von Wiskowatow ord. Prof. a. d. Universität Dorpat. Dorpat u. Fellin. 8°. 48 S. Pr. n. 1,20 Mk.

Bei der Bearbeitung dieses Leitfadens hat der Verf. besonders das Interesse der Studirenden der Dorpater Universität im Auge gehabt, u. in Folge dessen für zweckmässig gehalten, in den bibliograph. Notizen auf die in der Dorpater Universit.-Bibliothek vorhandenen betr. Werke zu verweisen.

[758.] Svenskt Boklexikon. Åren 1830—1865. Utarbetadt af Hjalmar Linnström. Hft. 39—40. Stockholm, Samson & Vallin. 4°. S. 609—40. Pr. n. 3,75 Mk. (S. oben Nr. 347.)

Enthält die Artikel „Herslov" bis „Historia".

[759.] * Dei diversi Scrittori Ticinesi appartenenti alla prima metà del nostro secolo. Note bibliografiche di Emilio Motta. [Estratto dal „Educatore della Svizzera italiana" anno 1880.] Bellinzona, tip. Colombi. gr. 8°. 46 S.

[760.] Philologisches Schriftsteller-Lexikon von W. Pökel. Lief. 1. Leipzig, Krüger. 8°. 64 S. Pr. n. 1 Mk.

Dieses Lexikon, welches in Lief. von 4—5 Bog. zum Durchschnittspreise von 25 Pf. pro Bog. erscheinen soll, u. in alphabet. Reihenfolge u. mit möglichster Kürze die vorzüglicheren philolog. Schriftsteller mit Angabe ihres Vor- u. Zunamens, Geburts- u. Todesjahres, Standes, sowie ihrer Schriften aufführt, wird für den Bibliographen auf philolog. Gebiete ein nützliches Hilfshandbuch bilden.

[761.] Bibliotheca philologica oder geordnete Uebersicht aller auf dem Gebiete der classischen Alterthumswissenschaft wie der älteren und neueren Sprachwissenschaft in Deutschland und dem Ausland neu erschienenen Bücher. Herausgegeben von E. Ehrenfeuchter, Dr. phil., Custos der K. Univ.-Bibliothek zu Göttingen. XXXIII. Jahrg. 2. Heft. Juli bis December 1880. (Mit einem alphabetischen Register.) Göttingen, Vandenhoeck & Ruprecht. 8°. 1 Bl. 185—454 S. Pr. n. 2,40 Mk. (S. oben Nr. 127.)

Das Material wächst von Jahr zu Jahr so gewaltig, dass man wohl auf eine Beschränkung der Grenzen, innerhalb deren sich die Biblioth. philol. zu bewegen hat, Bedacht nehmen sollte und gewiss auch könnte. Denn was soll die Verzeichnung der einzelnen Ausgaben resp. Uebersetzungen der Schriften von Ariost u. Dante, Corneille u. Lafontaine, Goethe u. Schiller etc. sammt der auf diese Autoren u. ihre Werke bezüglichen Erläuterungs- u. a. Schriften, soweit sie mit der „neueren Sprachwissenschaft" genau genommen, nicht das Mindeste zu schaffen haben. Ich finde in diesen Verzeichnungen einen überflüssigen, den Umfang erweiternden u. den Preis erhöhenden Ballast der Biblioth. philol.

[762.] * Bibliotheca philologica classica. Verzeichniss der auf dem Gebiete der classischen Alterthumswissenschaft erschienenen Bücher, Zeitschriften, Dissertationen, Programm-Abhandlungen, Aufsätze in Zeitschriften und Recensionen. Beiblatt zum Jahresbericht über die Fortschritte der classischen Alterthumswissenschaft. VIII. Jahrg. 1881. 4 Hfte. Berlin, Calvary & Co. 8°. 1. Hft. 110 S. Pr. n. 6 Mk. (S. Anz. J. 1880. Nr. 823.)

[763.] * Christlicher Bücherschatz. Ein vor, zu und nach Weihnachten verwendbares Verzeichniß nützlicher Werke für Jung und Alt. Von Engelbert Fischer. Wien, Sallmayer. 8°. 94 S. Pr. 45 kr.

[764.] * Classified Bibliography of English and American Works on Political Economy and Political and Social Science. Recommended for General Reading and as an Introduction to Special Study. Prepared by Profs. W. G. Sumner, David A. Wells, W. E. Foster and G. H. Putnam. New York, Society for Political Education. 8°. (London. Pr. 1 s. 6 d.)

[765.] * The Bacteria. By Dr. Antoine Magnin, licentiate of natural sciences, etc. Translated by George M. Sternberg, M. D. surgeon U. S. Army. Boston: Little, Brown, and Comp. 1880. 8°. Enth. S. 191—222: Bibliography.

Die Bibliographie enthält 519 Art. aus dem J. 1722—1880.
Library Boston Athenaeum.

[766.] Grundriß der Oesterreichischen Geschichte mit besonderer Rücksicht auf Quellen- und Litteraturkunde. Ein Compendium für Universitätshörer, Lehramts-Candidaten, zugleich Hilfsbuch für Geschichtslehrer und Geschichtsfreunde in 4 Abtheilungen, bearbeitet von Dr. Franz Krones R. v. Marchland, k. k. o. ö. Professor a. d. Univ. i. Graz. Abth. I—II. Wien, Hölder. gr. 8°. S. 1—440. Pr. à n. 4 Mk.

Die Litteraturangaben lassen zwar in Bezug auf Reichhaltigkeit nichts zu wünschen übrig, wohl aber rücksichtlich der Ausführlichkeit in der Form.

[767.] Bericht über die wissenschaftl. Litteratur aus d. J. 1878 u. 79, die Geschichte von Freiberg u. Umgegend betr. Von Dr. ph. Eduard Heidenreich, Oberlehrer am Gymnasium Albertinum zu Freiberg. Enth. in den Mitteilungen vom Freiberger Altertumsverein hrsg. von

H. Gerlach. 17. Heft 1880. Freiberg i. S., Gerlach's Buchdruck. 1881. 8°. S. 111—28.

Uebersicht von 36 Nrr. mit bald kürzeren, bald längeren Bemerkungen über den Inhalt.

[768.] * Bibliographie du Canton de Magny-en-Vexin; par Alfred Potiquet. II. Edition. 1. Supplément. Magny-en-Vexin, Bourgeois. 8°. 59 S. (Nur 25 Exempl.)

Dieses Supplement macht die am Schlusse der II. Ausg. der Hauptschrift von 1878 (s. Anz. J. 1878. Nr. 977) beigefügten Nachträge überflüssig.

[769.] * Musikalisch-literarischer Monatsbericht über neue Musikalien, musikalische Schriften und Abbildungen f. d. J. 1881. Als Fortsetzung des Handbuchs der musikalischen Literatur. LIII. Jahrg. 1881. Leipzig, Hofmeister. 8°. 12 Nrr. à $^1/_2$—2 Bog. Pr. n. 12, auf Schreibpap. n. 14 Mk.

[770]. Dr. Wł. Wisłocki. — Bibliografia obchodu uroczystości jubileuszowych J. I. Kraszewskiego. (Odbitka z Księgi pamiątkowéj jubileuszu Kraszewskiego r. 1879.) Kraków, druk. Anczyca i Spółki. 4°. 1 Bl. 40 S.

Das von Kraszewski am 8. Oktbr. 1879 in Krakau gefeierte 50jährige Schriftstellerjubiläum (s. Anz. J. 1879. Nr. 1105), welches die Polnische Nation des In- und Auslandes mit seltener Grossartigkeit zu begehen beflissen gewesen ist, hat eine wahre Fluth von theils selbständig erschienenen, theils eingedruckten Festartikeln in Schrift und Bild hervorgerufen, von denen sich eine nach Rubriken geordnete u. mit alphabet. Register versehene Uebersicht im vorl. Hefte enthalten findet. Diese Uebersicht besteht aus nicht weniger als 521 Nrr., deren grosse Zahl sich gewiss noch — ohne dass durch diese Bemerkung die dem grossen Fleisse des Verf.'s der Uebersicht gebührende Anerkennung irgendwie geschmälert werden soll — vermehren lassen würde, aber ohnehin schon vollkommen ausreicht, um anschaulich zu machen, in wie weiten Kreisen dem Kr.'schen Jubiläum Theilnahme u. Aufmerksamkeit geschenkt worden ist.

[771.] * Extraits de Montaigne, avec table bibliographique, étude, notes explicatives et glossaire; par Eugène Réaume, professeur de rhétorique au lycée Fontanes. Paris, Belin. 12°. XLVI, 344 S.

Buchhändler- und antiquarische Kataloge.

[772.] Rechnungsbuch der Froben & Episcopius, Buchdrucker und Buchhändler zu Basel, 1557—1564. Herausgegeben durch Rudolf Wackernagel, Staatsarchivar in Basel. Basel, Schwabe. gr. Lex. 8°. VII, 150 S. Pr. 12 Fr.

Die Originalhandschrift des hier mitgetheilten Rechnungsbuches, welche der Baseler öffentl. Bibliothek zum Eigenthum übergeben werden soll, ist seither im Besitze des Reg.-Raths Dr. Gottlieb Bischoff in Basel, eines Nachkommen des alten Nicolaus Episcopius, gewesen, der sie dem Herausg. in zuvorkommender Weise zur Veröffentlichung angeboten hat. „Dieses Rechnungsbuch," schreibt der Herausg., „ist von hoher Bedeutung zunächst für die Geschichte derjenigen Stadt, in welcher es entstand u. in welcher es jetzt veröffentlicht wird. Wenn es auch einer Zeit angehört, die für den Buchhandel Basels, der einst als inexhausta librorum mater berühmten Stadt (Oswald Bär 1532), nur als nachklassische bezeichnet werden darf, so enthält es doch für diese immerhin noch bedeutende Epoche die reichsten und werthvollsten Nachrichten. Aber nicht nur für des Baslerischen, für des gesammten Deutschen Buchhandels Geschichte darf das Rechnungsbuch jener beiden grossen Buchhändler als eine Quelle ersten Ranges bezeichnet werden. Und in dieser Hinsicht liegt die Vergleichung nahe einerseits mit Michael Harders Messmemorial (hrsg. von Kelchner u. Wülcker 1873 in Frankfurt bei Bär), andererseits mit den allgemeinen Messkatalogen (bearb. u. hrsg. von G. Schwetschke als „Codex nundinarius Germaniae" 1850 in Halle bei Schwetschke), welchen beiden Aufzeichnungen es nur um wenige Jahre vorangeht. Aber wie viel umfassender zugleich u. eindringender ist es als jenes, das nur den einmaligen Umsatz eines kleineren nicht als Drucker thätigen Händlers angiebt, u. wie viel aufschlussreicher als diese, die für Erkenntniss des inneren Ganges u. Betriebes einer Buchhandlung nichts beibringen!" An den Abdruck des Rechnungsbuches schliessen sich Mittheilungen über die Personen u. Verhältnisse derjenigen buchhändlerischen Gemeinschaft, zu deren Gebrauche das Rechnungsbuch gedient hat, sowie eine Reihe erläuternder Anmerkungen zu dem Texte des Rechnungsbuches u. darunter bibliographisch genaue Angaben von den im Texte genannten Baseler Drucken, soweit es dem Herausg. möglich gewesen ist, sich Exemplare davon zur Einsicht zu verschaffen. Den Beschluss der vorl. Ausgabe macht ein Personen- und Ortsregister. Hat somit der Herausg. all das Seinige gethan, den Werth und Inhalt des Rechnungsbuches zum vollen Verständniss der Leser zu bringen, so ist auch der Verleger bemüht gewesen, dem Buche eine seiner Natur nach ebenso angemessene wie würdige Ausstattung zu geben. Diese Ausstattung entspricht hinsichtlich des Druckes u. Papiers durchaus der des im gleichen Verlage 1880 erschienenen u. in des Verlegers eigener (Schweighausserischen) Druckerei gedrucktenWerkes „Henman Sevogel von Basel u. sein Geschlecht von K. Vischer-Merian." J. P.

[773.] Wilhelm von Braumüller und Heinrich von Cotta. Zwei Thüringer Charakterköpfe. Von Dr. C. Beyer in Stuttgart. Wien, Braumüller. gr. 8°. VI, 162 S. Pr. n. 2 Mk.

Die vorl. Schrift ist ein erweiterter Separatabdruck aus des

Verf.'s 1878 erschienenem Werke „Zillbach. Culturgeschichtliche Schilderung der Grafschaft Henneberg u. des Ortes Zillbach u. dessen Bedeutung als Forstlehranstalt. Mit den Biographien der beiden Söhne Zillbach's, Wilhelm Braumüller u. Heinrich Cotta." Von den beiden darin enthaltenen Biographien hat für die Leser des Anz.'s das nächste Interesse nur die von Braumüller, „dem Nestor deutschen u. österreichischen Buchhandels", in welcher der Verf. „ein auf actenmässigen Grundlagen, auf Briefen von den vielen Freunden Br.'s u. auf Forschungen an Ort und Stelle begründetes Lebensbild" zu geben gesucht hat. Der Verf. ist Enthusiast für seine beiden Zillbacher, u. daher haben auch deren Biographien, welche „einzelnen Kritikern wie Gedichte in Prosa erschienen seien", eine etwas enthusiastische Färbung erhalten, die leicht den Verdacht der Lobhudelei erwecken könnte, wenn es sich nicht dabei um zwei Männer handelte, deren grosse Verdienste in der That allgemein bekannt und von Jedermann anerkannt wären. Diese Anerkennung hat sich, was Braumüller betrifft, bei dessen am 1. Febr. 1871 gefeierten 50jährigen Buchhändler-Jubiläum, sowie bei der Feier seines 70. Geburtstages am 19. März 1877 (s. Anz. 1877. Nr. 444) in dem reichsten Maasse kundgegeben.

[774.] Inseraten-Versendungs-Liste. Verzeichniss der im Deutschen Reich, in Oesterreich und in der Schweiz erscheinenden Deutschen Zeitschriften wissenschaftlichen und unterhaltenden Inhalts, welche Inserate aufnehmen. Nach den Wissenschaften geordnet. Mit Angabe der Redacteure, der Verleger, der Journal-Preise, der Insertions-Gebühren, der Auflagen, ob Change-Inserate angenommen und Recensionen geliefert werden, sowie mit anderen Nachweisungen. Nach den sichersten Quellen bearbeitet von C. A. Haendel. XXIII. Jahrg. 1881/82. Leipzig, Haendel. 4°. 1 Bl. 40 S. Pr. n. 2 Mk. (S. Anz. J. 1880. Nr. 849.)

Diese Liste ist ein alter guter u. lieber Bekannter, zu dessen Empfehlung in den betreff. Kreisen es eigentlich keines Wortes bedarf, da man seine Brauchbarkeit hinreichend kennt; denn trotz seines verhältnissmässig hohen Alters hat er mit den eilenden Jahren Schritt zu halten verstanden, u. weiss mit jugendlichem Sinne den Bedürfnissen der Neuzeit überall u. selbst da, wo er bei den Zeitschriften-Verlegern nicht die gewünschte u. erbetene Unterstützung findet, doch möglichst Rechnung zu tragen.

[775.] Verlags-Kataloge der Verleger des Deutschen Reiches. — Buch- und Kunst-Katalog. Gesammt-Verlags-Katalog des Deutschen Buchhandels [und des mit ihm im directen Verkehr stehenden Auslandes]. Ein Bild deutscher Geistesarbeit und Cultur. Vollständig bis Ende 1880. — Bd. III. Bernburg-Düsseldorf. Lief. 1. (2 Bll. 320 Sp.); Bd. V. Habelschwerdt-Husum i. Schlesw. Lief. 1. (2 Bll. 320 Sp.); Bd. X. Stuttgart Centrale d. süddeutsch. Buchhandels. Lief. 1. (2 Bll. 320 Sp.); Bd. XIV. Schweizer-Katalog. Lief. 1. (2 Bll. 320 Sp.) — Münster i. W., Adolph Russell. 1881. gr. Lex. 8°. Pr. pro Lief. n. 0,60 Mk. (S. oben Nr. 747).

[776.] No. 10. Juridisches Antiquariat Buchhandlung für Rechts- und Staatswissenschaften von Hermann Bahr in Berlin. Lagerkatalog No. 10. — Rechtswissenschaft. I. Allgemeiner Theil. 8°. 1 Bl. 64 S. 1973 Nrr.

Enth.: 1. Allg. juristische Ztschriften u. Opera, Wörterbücher, Encyklopädie u. Studium des Rechts, Naturrecht, allg. Geschichte u. Litteraturgesch. des Rechts, Biographie, Bibliographie, Gesetzgebung; 2. Geschichte, Quellen u. Alterthümer des Röm. u. Griech. Rechts; 3. Desgl. des Deutsch. Rechts; 4. Desgl. des ausserdeutsch. Rechts; 5. Lehrbücher des Privatrechts, sowie Werke vermischten civilist. Inhalts, nebst international. Privatrecht.

[777.] Ludwig Bamberg Sortiments- und Antiquariats-Handlung Greifswald. Antiquarischer Katalog 42 & 43. 8°.

Enth.: Geschichte mit ihren Hilfswissenschaften (1 Bl. 60 S. 1446 Nrr.) & Mathematik, Astronomie, Physik, Mechanik, Ingenieurwissenschaft, Technologie, Baukunst, Chemie (20 S. 475 Nrr.).

[778.] Verlagskatalog von Joh. Ambr. Barth in Leipzig. 1780—1880. Prachtausgabe mit breitem Rande in 4°. X, 208 S. Mit 1 Taf. Portr. des Gründers der Firma Joh. Ambr. Barth in Lichtdruck, eingedr. Ansicht des Geburtsortes desselben, 2 eingeklebt. photogr. Portraits von Wilh. Ambr. Barth u. Dr. Adolf Ambr. Barth in Medaillon u. auf dem Titel eingedr. color. Familienwappen, sowie 2 Taf. die acht von der Firma geführten Signete enthalt.

Die seltene Feier des 100jährigen Bestehens der 1780 gegründeten Haug'schen Buchhandlung, in welche Joh. Ambr. Barth eingetreten, und die (1789) durch Verheirathung desselben mit der Wittwe Haug in den Barth'schen Besitz gekommen war u. damit zugleich die Barth'sche Firma erhalten hatte, hätte nicht würdiger begangen werden können, als durch die Herausgabe dieses schönen Verlagskataloges, welcher, abgesehen davon, dass er mit der grösstmöglichen bibliographischen Sorgfalt bearbeitet ist, leicht übersehen lässt, zu welchem bedeutenden Umfange die Buchhandlung, obwohl aus kleinen u. bescheidenen Anfängen entstanden, doch durch die Thätigkeit u. Intelligenz ihrer sämmtlich der Barth'schen Familie angehörigen Besitzer (1789—1813 Joh. Ambr. Barth, 1813—51 Wilh. Ambr. Barth, 1851—69 Dr. Adolf Ambr. Barth, seit 1869 Joh. Ambr. Barth) emporgewachsen ist. Und lässt der alphabetisch geordnete Katalog die Namen der vielen Schriftsteller, darunter Gelehrte mit Namen von bestem Klange, welche die Publikation ihrer Schriften der Barth'schen Firma verdanken, mit Bequemlichkeit übersehen, so vermittelt ein dem Kataloge angehängtes wissenschaftliches Sachregister eine ebenso bequeme Uebersicht über die Wissenschaftsfächer, in denen die Barth'sche Firma hauptsächlich thätig gewesen ist.

[779.] Nr. 88—90. Antiquarischer Anzeiger von Alfred Coppenrath in Regensburg. 8⁰.

Enth.: in 88 Classische Philologie, Alterthumskunde, Orientalia, Pädagogik (1 Tit.- u. 51 S. 2193 Nrr.); in 89 Bibliotheca Benedictina, Katholische Theologie; in 90 Auswahl aus allen Fächern mit Ausschluss der kathol. Theologie, sammt Ridingerschen Kupferstichen (1 Tit.- u. 55 S. 1736 Nrr.).

[780.] No. 12 & 13. Antiquarischer Anzeiger von F. Corradi-Janitsch. Bern. Juni & Juli. 8⁰.

Enth. in 12 ausschliesslich Franz. Litteratur (16 S. 417 Nrr.) u. in 13 nur Deutsche (16 S. 544 Nrr.).

[781.] Antiquarischer Catalog der N. G. Elwert'schen Universitäts-Buchhandlung in Marburg. — Medicin. Chemie. Pharmacologie. Toxicologie. 8⁰. 1 Bl. 37 S. 1303 Nrr.

Fast durchaus Deutsche Litteratur, darunter sechstehalbhundert Marburger Dissertationen u. Programme.

[782.] Kunst & Kunstliteratur, Kupfer- und Stahlstiche, Pracht- und illustrirte Werke. Zu antiquarischen Preisen vorräthig bei Eduard Fischhaber, Antiquarium für Kunst in Reutlingen. kl. 8⁰. 40 S.

Grösstentheils neuere Deutsche Werke.

[783.] S. Glogau & Co. Leipzig Catalog Nr. 2 & 3 des Antiquarischen Bücher-Lagers. 8⁰. (S. oben Nr. 613.)

Enth.: Classische Philologie, Alterthumskunde u. Orientalia (1 Bl. 26 S. 1018 Nrr.) & Werke aus allen Wissenschaften (1 Bl. 33 S. 1519 Nrr.)

[784.] Antiquarischer Lager-Catalog der Hirschwald'schen Buchhandlung. — Medicin. — Berlin. kl. 4⁰. 1 Bl. 326 S. 13,409 Nrr. Pr. 0,50 Mk.

Medicin u. Naturwissenschaft sind Specialitäten, denen bekanntlich die Hirschwald'sche B. schon seit langen Jahren ihre besondere Thätigkeit und Sorgfalt widmet. Desshalb wird das betr. Publikum dem von dieser Buchhandlung veröffentlichten medicinischen Lagerkataloge, zumal dessen Reichhaltigkeit aus der aussergewöhnlich grossen Nrr.-Zahl auf den ersten Blick hin schon ersichtlich ist, sein besonderes Interesse entgegenbringen. Und mit vollem Rechte. Der Katalog ist eine reiche Fundgrube ausgewählter neuerer sowohl als älterer Litteratur aus allen Disciplinen der Medicin, u. wird wegen dieser seiner Reichhaltigkeit einen weit über die Grenzen der gewöhnlichen Antiquarkataloge hinausreichenden dauernden Werth behalten. Allerdings würde sich dieser Werth noch höher stellen, wenn der Katalog systematisch geordnet worden wäre, während der Verf. zur Vermeidung zu vieler Wiederholung einzelner Titel vorgezogen hat, die grosse Büchermasse nach den Namen der Autoren alphabetisch zu ordnen. Die auf dem Antiquarlager befindlichen Journal- u. Sammelwerke, viertehalbhundert an der Zahl, sind in die alphabetische Reihenfolge mit aufgenommen, ausserdem aber noch in einem eigenen ihnen ausschliesslich gewidmeten Abschnitte S. 309—22 verzeichnet. Am Schlusse des Kataloges findet sich eine Auswahl von c. 150 guten Portraits berühmter Aerzte und Naturforscher.

[**785**.] N. 12. Notévole Raccolta di Opere grandiose Collezioni di Periodici ed Opere scientifiche adatte per Biblioteche, Istituti ed Amatori messe in vendita in un solo esemplare a prezzi straordinariamente ribassati da Ulrico Hoepli. Milano. Luglio. kl. 8⁰. 19 S.

Wirklich beachtenswerthe Auswahl.

[**786**.] Nr. 53. Antiquarischer Katalog von Heinrich Kerler Antiquariats-Buchhandlung in Ulm. — Kriegsgeschichte. Militärwissenschaft. 8⁰. 1 Tit.- u. 11 S. 408 Nrr. (S. oben Nr. 721.)

Grösserentheils neuere Deutsche Litteratur.

[**787**.] Alfred Lorentz Antiquariats- & Sortimentsbuchhandlung in Leipzig. Antiquariats-Katalog No. 8. — Linguistik. II. Abth. Deutsche Sprache und Literatur. 8⁰. 1 Bl. 93 S. (S. oben Nr. 578.)

In Verbindung mit der I. Abth. umfasst nunmehr die vorl. II., in welcher c. 2800 Nrr. enthalten sind, die „Sprachen u. Literaturen des gesammten Erdkreises."

[**788**.] N. 48. Catalogue de Livres rares et curieux anciens et modernes en vente à la Librairie H. F. Münster (C. Kayser Succ.) Vérone. gr. 8⁰. 1 Bl. 105 S. 1066 Nrr.

Enth.: Incunables (darunter an der Spitze ein Exemplar des in Brescia 1473 gedruckten Virgilius [Pr. 2000 Fr.], wovon nur noch ein zweites Exemplar aus der Lord Spencer'schen Bibliothek bekannt ist); Livres à figures en bois; Aldines; Oeuvres à gravures et à vignettes de Marillier, Eisen, Picart, Zucchi, Balestra, Piazetta; Curiosités littéraires; Beaux Arts; Costumes; Ouvrages sur l'Amérique; Littérature Espagnole; Curiosités médicalés.

[**789**.] No. 60. Katalog einer ausgewählten Sammlung von Werken aus dem Gesammtgebiete der Geschichte und ihrer Hilfswissenschaften. Zu beziehen von R. L. Prager Buchhändler und Antiquar Specialgeschäft für Rechts- und Staatswissenschaften und Geschichte in Berlin. I. Abth. 8°. 1 Bl. 70 S. 1649 Nrr. (S. oben Nr. 673.)

Enth. allgemeine Geschichte u. die histor. Hilfswissenschaften, sowie die Geschichte der Europäischen Länder, mit Ausnahme der Slavischen. Die Geschichte der letzteren sammt der aussereuropäischen Länder ist der im Herbste erscheinenden II. Abth. vorbehalten geblieben.

[**790.**] Adalbert Rente's Antiquariat in Göttingen. Catalog 57. — Literatur u. Sprachwissenschaft. Belletristik. 8°. 15 S. 392 Nrr.

Grösserentheils neuere Deutsche Litteratur.

[**791.**] Catalog 53 des antiquarischen Bücherlagers von J. Rentel's Verlagsbuchhandlung und Antiquariat in Potsdam. — Geschichte und deren Hülfswissenschaften. Geographie. kl. 8°. 1 Bl. 114 S. (S. oben Nr. 266.)

Fast durchaus Deutsche Litteratur, neuere u. ältere, gangbare sowohl als seltnere.

[**792.**] Catalog Nro. 125—28. J. Scheible's Antiquariat und Verlagsbuchhandlung in Stuttgart. gr. 8°. (S. oben Nr. 675.)

Enth.: in 125 Curiositäten der Medizin u. Naturwissenschaften, Portraits berühmter Aerzte (1 Bl. 24 S. 619 Nrr.); in 126 Littérature française, Livres à figures, Curiosités littéraires, Editions Cazin et Barbou, Romantiques (1 Bl. 34 S. 763 Nrr.); in 127 Neuere Deutsche Litteratur (1 Bl. 18 S. 572 Nrr.); in 128 Philologie, Griechische u. Römische Classiker, Studienwesen, Universitäten u. Gymnasien (1 Bl. 24 S. 737 Nrr.).

[**793.**] No. 167—69. Catalog des antiquarischen Bücherlagers von B. Seligsberg in Bayreuth. 1880—81. 8°.

Enth.: in 167 Katholische Theologie (1 Bl. 70 S. 1805 Nrr.); in 168 Bibliotheca Bavarica d. i. Bayerische Geschichte (1 Tit.- u. 35 S. 840 Nrr.); in 169 Protestantische Theologie, Philosophie (1 Bl. 66 S. 1631 Nrr.).

[**794.**] 83. Verzeichniss des antiquarischen Bücher-Lagers von Karl Theodor Völcker's Verlag und Antiquariat in Frankfurt a. M. — Aeltere Städte-Ansichten und Pläne. Nachtrag: Einzelblätter, Kupferstiche, Porträts etc. 8°. 1 Tit.- u. 15. S. 292 Nrr. (S. oben Nr. 587.)

Grösserentheils Deutsche Städte betr.

Bibliothekwissenschaft.

[795.] Monthly Notes on the Library Association of the United Kingdom. (S. oben Nr. 589.)

In Nr. 5 findet sich mitgetheilt, dass in der Maiversammlung ein Schreiben R. Richardsons über die Verwerfung der Free Library Acts von Seiten der Edinburgher Bürgerschaft zum Vortrage gekommen und die Erklärung gegeben worden sei, welche Machinationen die Annahme hintertrieben haben. Ein Brief Poole's stellt die Vollendung seines Index für das Ende des Jahres in Aussicht. Tedder gab ausserdem eine Beschreibung des Mechanismus des neuerfundenen „Perfect Binders" van Laer's, woran sich dann noch verschiedene Mittheilungen über die American Library Association, sowie über Bibliotheken zu Paris, Glasgow, Newcastle- u. -T., Preston u. A. anschlossen. R.

Bibliothekenlehre.

[796.] * The Library by Andrew Lang; with a chapter on modern illustrated books by Austin Dobson. New York, Macmillan & Co. 12⁰. 7 Bll. 184 S. Pr. $ 1,25.

Hierüber Publishers' Weekly Vol. XIX. No. 23. S. 583: About books and book-collectors; the best methods of preserving books; the enemies of books; the places in which to hunt books, etc., etc., and other information of a bibliographical nature. Divided into 4 chapters, named: „An apology for the book-hunter", „The library", „The book of the collector", „Illustrated books". A book for the amateur collector and general reader; handsomely printed and illustrated and entertainingly written. Index.

[797.] * Kodym, Fr. Vl., Rady a pokynutí o zařizování a správě knihoven. (Kodym's Rathschläge bei Gründung von Schulbibliotheken.) Prag, Knapp. 8⁰. 48 S.

[798.] * Le Magasin de Meubles. Livr. 52. Supplément: Bibliothèque (genre italien); Bibliothèque à deux corps. Paris, imp. lith. Quétin.

Bibliothekenkunde.

[799.] Harvard University Bulletin Nr. 19; or Vol. II. No. 6. (In continuation of the Library Bulletin.) Edited By Justin Winsor, Librarian of the University, with the assistance of members of the various faculties. June 1881. Lex. 8⁰. S. 177 — 219. (S. oben Nr. 685.)

Trotz der Umgestaltung des früheren „Library Bulletin" in ein „University Bulletin" bilden doch das Bibliotheks-Zuwachsverzeichniss des betr. letztbeendigten Quartales, sowie bibliograph. u. Bibliothekspecialitäten (Fortsetzung der Bibliography of Fossil Insects, sowie der Halliwelliana) den Hauptbestandtheil. Diesem voran gehen nur einige officielle Mittheilungen „From the records of the Corporation & of the Overseers" u. am Schluss folgen „University Notes."

[800.] Bulletin of Books in the various departments of Literature and Science added to the Public Library of Cincinnati during the year 1879 & 1880. Cincinnati, Published by the

Board of Managers. 1880 & 1881. 4⁰. 4 Bl. 292 S. & 4 Bll. 307 S.

Der reiche Bibl.-Zuwachs wird dem Publikum wissenschaftlich zusammengestellt, in monatlichen Nrr. (das J. 1879 umfasst Nr. 11—22 u. das J. 1880 Nr. 23—34) zur Kenntniss gebracht: die Monatsnrr. Eines Jahres fasst man dann in Einem Bande zusammen u. versieht denselben mit einem Register, welches das schnelle u. bequeme Auffinden der in den Monatsnrr. zerstreut verzeichneten Büchertitel vermittelt. Diese Einrichtung hat meine volle Zustimmung, ebenso wie der Umstand, dass die Büchertitel mit bibliographischer Genauigkeit, selbst mit Angabe der Seitenzahlen, verzeichnet sind. Dagegen mag ich der in dem Zuwachsverzeichnisse befolgten Methode, die Formatangabe der Bücher nicht, wie es in allen Bibliographien geschieht, nach der Bogengrösse, sondern nach der Grösse des Buches zu bezeichnen, nicht zustimmen. Bücher von der Höhe bis zu 10 cm. finden sich mit 48⁰, von 10—12 cm. mit 32⁰, von 12—14 cm. mit 24⁰, von 14—16 cm. mit 18⁰, von 16—18 cm. mit 16⁰, von 18—22 mit 12⁰, von 22—26 cm. mit 8⁰, von 26—30 cm. mit 4⁰, von 30—40 cm. mit f⁰, von 40—50 cm. mit f⁴, von 50—60 cm. etc. bezeichnet. Dergleichen von den allgemein gebräuchlichen abweichende Bezeichnungen geben nur zu bibliographischem Wirrwarr Veranlassung.

[801.] Annual Report of the Board of Regents of the Smithsonian Institution showing the operations, expenditures, and condition of the Institution for the year 1879. Washington, Government Print. Office. 1880. gr. 8⁰. Enth. S. 143—210: James Smithson and his bequest. By William J. Rhees.

Dieser dem verdienstvollen Begründer der „Smithsonian Institution“ James Lewis Macie Smithson (geb. 1754 aus der Herzog Northumberland'schen Familie, † 27. Juni 1839 zu Genua), gewidmete Artikel enthält S. 204—9: Catalogue of the Library of James Smithson. Deposited in the Smithsonian Institution.

[802.] Die Entwicklung der Landrechtsglosse des Sachsenspiegels. Von Dr. Emil Steffenhagen. I. Eine interpolierte Glossenhandschrift. [Aus dem Jahrgange 1881 der Sitzungsberichte der phil.-hist. Classe der kais. Akademie der Wissenschaften (XCVIII. Bd., 1. Heft, S. 47) besonders abgedruckt.] Wien, Gerold's Sohn in Comm. gr. 8⁰. 39 S.

Die aus Schlesien stammende u. früher im Besitze des Obergraths Steinbeck zu Brieg befindliche „Berlin-Steinbeck'sche Handschrift der Königl. Bibliothek“, die von Homeyer nur in sehr beschränktem Maasse benutzt worden ist, hat der Verf. einer abgesonderten u. ausführlicheren Betrachtung unterstellen zu dürfen geglaubt, weil sie die ursprüngliche (Buch'sche) Glosse des Sachsenspiegel-Landrechts in einer solchen Gestalt giebt, dass sie am treffendsten als interpolierte Glossenhandschrift charakterisirt werden könne — letzteres eine in der Entwickelungsgeschichte der Glosse ein Novum darstellende u. bisher unbeachtet gebliebene Thatsache.

[803.] Catalogus Codicum manuscriptorum in Bibliotheca Monasterii Cremifanensis Ord. S. Bened. asservatorum in memoriam anni a fundato monasterio MC. jubilaei edidit P. Hugo Schmid, professus Cremifanensis et bibliothecarii adiutor. Tom. I. Fasc. 3. Lentii, Ebenhoech. gr. 8°. S. 129—92. Pr. à n. 1,60 Mk. (S. Anz. J. 1878. Nr. 716.)

So gern ich bereit bin, über den ausserordentlichen Fleiss u. die minutiöse Sorgfalt, welche der Verf. auf die Beschreibung der Handschriften verwendet hat, meine volle Anerkennung wiederholt auszusprechen, ebenso ungern thue ich es, über das, nicht einmal durch ein Sterbenswörtchen gerechtfertigte, so langsame Erscheinen des Katalogs — das vorl. 3. Heft hat volle drei Jahre dazu gebraucht, um dem 2. folgen zu können — meine Missbilligung auszudrücken. Und mit dem so verspäteten 3. Hefte ist der Katalog nicht einmal ein erhebliches Stück vorwärts gerückt: dieses Heft enthält nichts weiter als den Schluss der Beschreibung des 9., sowie die Beschreibung des 10. Cod. Im wahren Interesse der fleissigen Arbeit wäre wohl ein schnelleres Vorschreiten des Druckes sehr zu wünschen.

[804.] Zugangs-Verzeichniss der Grossherzoglichen Hofbibliothek in Darmstadt. 1. Quartal 1881. — Unterzeichnet: Grossherzogliche Hofbibliothek-Direction. Dr. Walther. Ausgeg. im Mai 1881. 8°. 24 S. (S. oben Nr. 284.)

Zur Unterscheidung von den auf Bibl.-Kosten angeschafften Werken sind die der Bibliothek zugekommenen Geschenke resp. Pflichtexemplare durch ein den betr. Titeln vorgesetztes †, resp. * kenntlich gemacht.

[805.] Zuwachs der Groszherzoglichen Bibliothek zu Weimar in den Jahren 1879 und 1880. Weimar, Böhlau in Comm. 8°. 1 Bl. 50 S. Pr. n. 0,25 Mk.

Dieses Zuwachs-Verzeichniss, in welchem sich die der Bibliothek zugegangene Geschenke durch ein vorgesetztes Sternchen (*), sowie die von dem Lese-Museum in Weimar vertragsmässig an die Bibliothek abgegebenen Zeitschriften durch ein (M) kenntlich gemacht finden, ist unter wissenschaftlichen Rubriken zusammengestellt u. lässt auf diese Weise sehr leicht übersehen, in welchem Maasse die einzelnen Wissenschaftsfächer bereichert worden sind. Zur grösseren Bequemlichkeit der Benutzer des Verzeichnisses hätte vielleicht ein alphabet. Namenregister hinzugefügt werden können.

[806.] * Codex Wolffenbuttelanus Nr. 205 olim Helmstadiensis Nr. 304, primum ad complures Ciceronis orationes collatus.

Edidit Dr. Herm. Wrampelmeyer. Pars V. & VI. Addita sunt complura de cod. Cic. epist. ad famil. adhuc incognito. Clausthaliae. (Hannover, Schmorl & v. Seefeld.) 1880—1881. gr. 4°. 48 & 46 S. Pr. n. 2 & 1,20 Mk. (S. Anz. J. 1878. Nr. 974.)

[807.] * De l'utilité de l'Instruction. Discours prononcé à l'inauguration de la Bibliothèque populaire de Saint-Césaire-lès-Nîmes, le 15. octobre 1870; par Eugène de Masquard, président du comité de fondation. V. Édition. Nîmes, imp. Clavel-Ballivet. 8°. 8 S.

[808.] * Catalogue des ouvrages de la Bibliothèque populaire de Saint-Pierre-lès-Calais. Saint-Pierre-lès-Calais. 8°. 77 S. Pr. 50 c.

[809.] * Liste des Dons faits par des particuliers à la Bibliothèque publique de la ville de Verdun pendant l'année 1880. Verdun, impr. Renvé-Lallemant. 8°. 20 S. (S. Anz. J. 1880. Nr. 898.)

[810.] * Un Coup-d'oeil au Bréviare du Cardinal Grimani dans la Bibliothèque royale de Saint-Marc à Venise; par C. Soranzo. Venise, Ongania. 24°. 31 S.

[811.] * Katalog der Bibliothek des Töchterinstituts und Lehrerinnenseminars Aarau (Frühling 1881). Aarau, Sauerländer. 8°. 32 S.

[812.] * Bericht über die Stadtbibliothek von Bern von den Jahren 1871—79. Auszug aus dem Berichte des Bürgerrathes und der bürgerlichen Gemeindeverwaltung der Stadt Bern. Bern, Druck von Wyss. 8°. 52 S.

Privatbibliotheken.

[813.] Verzeichniss der hinterlassenen schönwissenschaftlichen und historischen Bibliotheken der C. Reineke, Musiklehrer in Danzig, und J. N. Rothländer, Lazareth-Inspector a. D. in Danzig, mit einer Sammlung von älteren Werken aus dem Gebiete der katholischen und protestantischen Theologie, sowie mehrerer anderer kleinerer Bibliotheken aus verschiedenen Wissenschaften. Danzig, Theodor Bertling. 8°. 1 Bl. 48 S. 3860 Nrr. (Auct. 11. Juli.)

Grösserentheils Deutsche Litteratur.

[814.] No. 52. A rough List of selections of cheap and valuable Books from the Libraries of The late Kenelm Henry Digby Esq.; the late Tom Taylor Esq.; the late Very Rev. Robert French Whitehead; and others; offered for Sale by Bernard Quaritch. London. June. gr. 8°. 36 S. 515 Nrr. (S. oben Nr. 406.)

Nur wirklich Ausgewähltes aus verschiedenen Wissenschaftsfächern, hauptsächlich den histor. u. philolog. Unter Nrr. 116—35 finden sich Sir William Dugdale's Works.

[815.] Nro. XCI. Theologischer Lagercatalog von J. J. Heckenhauer in Tübingen. I. Abth. Bibeln. Exegese. Biblische Wörterbücher. Concordanzen. [Biblische Geschichten.] Biblische Archaelogie, Geographie und Judaica. Enthaltend u. A. die Bibliotheken der Professoren: Aberle, Landerer, Diestel. 8⁰. 1 Bl. 170 S. 5504 Nrr. (S. oben Nr. 371.)

Von dem im vorl. Lagerkataloge verzeichneten älteren sowohl als neueren theolog., aussergewöhnlich grossen Büchervorrathe, der sich nach den sechs auf dem Titel genannten Rubriken übersichtlich zusammengestellt findet, bildet die exegetische Litteratur den bei weitem überwiegenden Theil: dieselbe umfasst nicht weniger als 3202 Nrr., wovon 376 auf die Exegese der gesammten Bibel, 393 des ganzen Alten Testaments, 879 über einzelne Bücher desselben, 480 des ganzen Neuen Testaments u. 1074 über einzelne Bücher des letzteren kommen. Die von katholischen Autoren herausgegebenen Schriften sind durch ein dem Titel vorgesetztes † kenntlich gemacht.

[816.] * Catalogue illustré des livres précieux manuscrits et imprimés faisant partie de la Bibliothèque d'Ambroise Firmin-Didot, de l'Académie des Inscriptions et Belles-Lettres. Paris, Firmin-Didot et Cie. 4⁰. VIII, 230 S. m. 25 Taf. 550 Nrr. Pr. 40 Fr. (Auct. 15. Juni.)

[817.] Verzeichniss der von dem Professor Dr. J. H. Floss in Bonn nachgelassenen Bibliothek. Abth. I. Bonn, M. Lempertz' Antiquariat (P. Hanstein). 8⁰. 1 Bl. 62 S. 2745 Nrr. (Auct. 11. Juli.)

Den überwiegenden u. wichtigeren Theil des Inhaltes bilden Theologica.

[818.] No. 7. Bibliotheca mathematica, mechanico-technologica, physico-chemica, historico-naturalis. Antiquarisches Bücher-Lager von Oskar Gerschel's Antiquariat & Buchhandlung, Gerschel & Anheisser, Stuttgart. I. — Reine und angewandte Mathematik. Unter anderen Sammlungen die nächgelassene Bibliothek des Professor Dr. Bernhard von Gugler, weil. Rektor am K. Polytechnikum zu Stuttgart, enthaltend. 8⁰. 1 Bl. 58 S. 1821 Nrr. (S. Anz. J. 1880. Nr. 857.)

Enth.: Geschichte u. Litteratur der exakten Wissenschaften; Mathematik im allgem.; Angewandte Mathematik, techn. Zeichen, darstellende Geometrie, Perspektive, Projektions- u. Schattenlehre, Geodäsie, militär. Aufnahmen; Mathemat. Tafeln, Kubik-, Reduktions-, Zins- etc. Tabellen; Astronomie u. Chronologie, mathemat. u. physische Geographie, Meteorologie u. Klimatologie, Nautik; Theoretische u. praktische Mechanik.

[819.] Nr. 90. Deutsche Sprachwissenschaft und ältere Deutsche

Literatur. Verzeichniss des antiquarischen Bücherlagers von A. Bielefeld's Hofbuchhandlung in Karlsruhe. Enthält die 2. Abtheilung der nachgelassenen Bibliothek des Archivdirectors Dr. Franz Joseph Mone: Geschichte und Grammatik der deutschen Sprache. Gothisch, Alt- und Mittelhochdeutsch, Niederdeutsch, nebst den verwandten Dialecten (Flämisch, Angelsächsisch, Friesisch.) Aeltere deutsche Literatur, meist aus dem 16. und 17. Jahrhundert. Nachtrag und Anhang (einige kleinere Sprachgruppen: Keltisch, Irisch, Gaelisch, Finnisch). Am Schlusse befindet sich eine kleine Sammlung höchst werthvoller alter Handschriften. 8°. 1 Bl. 66 S. 1260 Nrr. (S. oben Nr. 467.)

Sehr werthvollen Inhaltes. — Die I. histor. Abtheilung der Mone'schen Bibliothek s. Anz. J. 1876. Nr. 72.

[820.] Lager-Catalog von Joseph Baer & Co. Buchhändler und Antiquare in Frankfurt am Main, Paris, London. 94. — Mathematik, Physik, Astronomie und Meteorologie, zum Theil aus den Bibliotheken von A. und E. Quetelet. 8°. 1 Tit.- u. 19 S. 412 Nrr. (S. oben Nr. 661.)

Franz., Engl. u. Deutsche Litteratur.

Abdrücke aus Bibl.-Handschriften.

[821.] Schlesische denkmäler des deutschen schrifttums im mittelalter herausgegeben von Dr. Paul Pietsch, docenten an der universität Kiel. I. Trebnitzer psalmen herausgegeben von Paul Pietsch. Breslau, Koebner. gr. 8°. 8, CXII, 136 S. Pr. 6,40 Mk.

Nach der in der Königl. u. Universitäts-Bibliothek zu Breslau befindlichen Handschrift XIV. Jhrhdts.

[822.] * Der ungefälschte Luther nach den Urdrucken der Königl. öffentlichen Bibliothek in Stuttgart hergestellt von Dr. Karl Haas. 11. Bdch. [An den christlichen Adel deutscher Nation: von der christlichen Standes-Besserung.] Stuttgart, Metzler. 12°. 94 S. Pr. n. 0,40 Mk. (S. oben Nr. 734.)

[823.] * Les Plaisirs de la Cour de Lorraine pendant le carnaval. (Réimpression d'une relation de 1702, d'après l'original conservé à la Bibliothèque publique de Nancy.) Nancy, Sidot frères. 12°. 20 S.

[824.] * Le bon Varlet de Chiens, publié d'après le texte inédit d'un manuscrit de la Bibliothèque de l'Arsenal, avec une notice par Paul Lacroix et des notes par Ernest Julien. Paris, Libr. des Bibliophiles. 16°. XI, 124 S. Pr. 7 Fr. 50 c. (Nur 340 Exempl., wovon 300 auf Holländ., 20 auf Chin. und 20 auf Whatm. Pap.)

Gehört zum „Cabinet de Vénerie".

[825.] * Altburgundische Uebersetzung der Predigten Gregors

über Ezechiel, aus der Berner Handschrift herausgegeben von Konrad Hofmann. [Aus: „Abhandlungen d. k. b. Akad. d. Wiss.] München, Franz in Comm. gr. 4°. 126 S. Pr. n. 5 Mk.

[826.] Aus Berlin berichtet die Vossische Ztg. vom 26. Juni: „Eine Anfrage eines Universitäts-Curators, ob ein Verleger, welcher von einer Reihe von Publikationen oder Aufsätzen, die zunächst nacheinander in period. Schriften, Zeitungen u. dergl. erschienen sind, Separatabdrücke veranstaltet, verpflichtet ist, auch von diesen Separatabdrücken Pflichtexemplare an die hiesige Königl. Bibliothek u. die Bibliothek der Provinzial-Universität abzuliefern, hat der Unterrichts-Minister unter der Voraussetzung unbedingt bejaht, dass die Separatabdrücke als besondere Verlagsartikel erschienen u. gesondert für sich durch den Buchhandel vertrieben werden, sie dagegen verneint, sobald die Separatabdrücke nur für den Verfasser u. zu privater Vertheilung bestimmt sind. Eine andere Frage, ob auch von neuen Auflagen eines Werkes ohne Veränderungen Pflichtexemplare eingereicht werden müssen, sei bereits durch Erlass vom 25. Febr. 1840 von dem damaligen Minister bejaht worden, u. setzt der Minister hinzu: ich finde mich nicht veranlasst, von der damaligen Entscheidung abzugehen."

[827.] Aus Brooklyn ist der auf dem Gebiete des Buchhandels in NAmerika wohlbekannte u. im Anz. als Herausg. des „Dictionary of all Books relating to America" (s. oben Nr. 651) oft erwähnte Joseph Sabin (geb. im Decbr. 1821 zu Braunstow in Yorkshire, England) im 60. Lebensjahre am 5. Juni gestorben. (Publishers' Weekly. Vol. XIX. No. 24. S. 620—21.)

[828.] Aus Dresden hat die Königlich öffentliche Bibliothek in Aussicht genommen, den Katalog ihrer Handschriften im Verlage von B. G. Teubner in Leipzig erscheinen zu lassen.

[829.] Aus Dresden beabsichtige ich im Laufe des Jahres im Verlage von B. G. Teubner in Leipzig einen „Catalogus Bibliothecae Danteae" d. i. das bibliographisch genaue Verzeichniss der vom verst. König Johann hinterlassenen u. der Prinzl. Secundogenitur-Bibliothek angehörigen reichen Dante-Bibliothek herauszugeben. Ist dieser Katalog zunächst u. in der Hauptsache von mir dazu bestimmt, den von mir behufs einer künftigen Biographie des verst. Königs bereits veröffentlichten Schriften (s. Joannea, Anz. J. 1880, Nr. 1086) insofern sich anzuschliessen, als diese Dante-Bibliothek die eigene Schöpfung des Königs ist, u. deshalb eine Darstellung derselben, schon im Hinblicke auf die Königlichen Dantearbeiten, bei einer Biographie des Königs Johann wohl kaum gut vermisst werden dürfte; so hat der Katalog auch den Zweck, die Grundlage zu einer auf das sorgfältigste bearbeiteten Dantebibliographie zu bilden. Denn wenn auch an Dante-Litteraturen u. Bibliographien nichts weniger als Mangel ist, im Gegentheile dergl. Schriften in aussergewöhnlich grosser Anzahl vorhanden sind, so leiden dieselben doch sämmtlich mehr oder weniger an bibliographischer Ungenauigkeit um desswillen, weil den Verf. ein mehr oder minder grosser Theil der verzeichneten Danteschriften in natura nicht vorgelegen hat. — Bei dieser Gelegenheit erwähne ich, dass das Erscheinen der von Scartazzini im II. Theile seines Werkes „Dante in Germania" (s. oben Nr. 557) in Aussicht gestellten Dante-Bibliographie noch nicht ganz sichergestellt zu sein scheint. J. P.

[830.] Aus Göttingen wird darauf aufmerksam gemacht, dass die Universitätsbibliothek wegen Einräumung des jetzt vollendeten neuen Flügels während der Monate August u. September geschlossen bleibt, u. in dieser Zeit auch nach auswärts keine Bücher verliehen werden können.

[831.] Aus Hull in England ist J. R. Doyle mit der Bearbeitung einer „complete Bibliography of the Literature relating to Swedenborg and the New Church, from the publication of Swedenborg's first work in 1709 down to the present time" beschäftigt. (Publishers' Weekly. Vol. XIX. No. 23. S. 593.)

[832.] Aus Leipzig ist am 2. Juli der weit- u. wohlbekannte Buchhändler u. Antiquar Theodor Oswald Weigel — Sohn des 1846 verstorb. Buchhändlers u. Antiquars Joh. Aug. Gottlob Weigel, Gründers der Weigel'schen Firma, u. Bruder des 1867 verstorb. Kunsthändlers Rud. Weigel — im 69. Lebensjahre verschieden. Der echte wissenschaftlich antiquarische Buchhandel verliert in ihm einen seiner hauptsächlichen Vertreter.

[833.] Aus London ist der Bericht des Britischen Museums in Bezug auf die für das Institut erwähnenswertheren Ereignisse im letzten Jahre erschienen. In „Publishers' Circular" Nr. 1050. S. 472 findet sich darüber bemerkt: „Amongst the acquisitions are a considerable number of rare Mexican books, several rare liturgical works, a large number of books from a collection of rare German literature of the 16th, 17th and 18th centuries; a curious collection of German broadsides of the same centuries; and above 300 works in every branch of music. The number of Mss. and documents acquired during the year comprise the following: — General collection of Ms. 439. Egerton Ms. 2, Rolls and Charters 226, and detached seals. Of Oriental Mss. 111 have been acquired during the year, amongst which are a volume containing portraits of 86 Emperors of China, with historical notices, and a collection of 99 coloured drawings by Chinese artists, representing men and women of various classes and trades."

[834.] Aus London findet sich in Publish. Weekly Vol. XIX. No. 25. S. 645 mitgetheilt: The valuable Sunderland Library (the property of the Duke of Marlborough) is, after all, to be sold. The sale was postponed for a time, but it is now fixed for next December (unless the library should be previously disposed of by private contract) at Puttick & Simpson's Auction-Rooms. The library was formed by Charles, third Earl of Sunderland, during the reigns of Queen Anne and George I. It consists of some 30,000 volumes, and is celebrated for its large collections of early editions of Greek and Latin classics. It includes, also, the first and rare editions of the great Italian authors, a superb collection of early printed Bibles in various languages (including a copy on vellum of the first Latin Bible with a date), and many extremely rare works."

[835.] Aus Paris ist der Conservateur adjoint der Bibliothek Sainte-Geneviève A. Rochebilière — „un bibliophile bien connu, qui avait réuni la collection presque complète des éditions originales des auteus français du XVIIe siècle" — am 29. Juni gestorben.

[836.] Aus Richmond hat die Gräfin Russell auf Grund der Acte vom 18. März 1879 eine öffentliche Bibliothek eröffnet. „This is the first free library of the kind established in the neighbourhood of London. The building, which is in the Gothic style, is handsome and commodious, and has been erected on the little green. The collection, which comprises some of the best standard works in various departments of literature, is divided into lending and reference libraries, and there are news and magazine rooms. A juvenile library will constitute a special feature of the institution. Files of newspapers and periodicals will be kept, and Parliamentary Blue-books will be added. The principal room is very capacious and well lighted, and in it a bust of the late Earl Russell, K. G., occupies a prominent place.

(Publish. Circular Vol. XLIV. No. 1051. S. 509.)

[837.] Aus Stuttgart berichtet das Dresdner Journal Nr. 158. S. 936—37 aus dem „Schwäbischen Merkur" Folgendes: „Die amerikanische öffentliche Bibliothek ist nunmehr, vom 4. Juli an, der allgemeinen freien u. unentgeltlichen Benutzung eröffnet. Dieses Institut bezweckt die Verbreitung richtiger u. nützlicher Kenntnisse in Deutschland über die Vereinigten Staaten von Amerika u. begegnet damit einem sowohl hier wie in Amerika längst gefühlten Bedürfniss. Die Bibliothek enthält nur Werke über Amerika; hauptsächlich aber die Publikationen des Departements der Bundesregierung; sodann die Publikationen der Einzelstaaten, insbesondere die Codes u. Statutes sämmtlicher Staaten, die Berichte der Eisenbahnkommissioners, der Schulsuperintendenten, der Geologen; sodann Werke über die politischen, socialen u. industriellen Verhältnisse der Union im Allgemeinen; Berichte der Handelskammern, gewerblicher Etablissements; Directories, Almanachs, Adressbücher, Industriekataloge etc. etc. Es versteht sich von selbst, dass am Tage der Eröffnung die Büchersammlung des Instituts noch nicht so vollkommen ist, als bei einer älteren Bibliothek. Dennoch ist die Sammlung, wenn auch noch so klein, immerhin jetzt schon so werthvoll, dass sofort ihr gemeinnütziger Einfluss ein unverkennbar sicherer ist. Das Lesezimmer der Bibliothek, Olgastrasse 97 A. 1 Treppe hoch, ist vorläufig jeden Werktag von 9 bis 11 Uhr Vormittags geöffnet u. wird die Besuchszeit alsbald weiter ausgedehnt, wenn das Bedürfniss es fordert. Die Bücher der Bibliothek sollen über ganz Deutschland zur Ausleihung gelangen, voraussichtlich etwa unter denselben Normen, unter denen die Bücher der Württembergischen Staatsbibliothek innerhalb Württembergs ausgeliehen werden. Indessen wird hierüber ein Board-of-Trustees noch die näheren Bestimmungen treffen, die zwar sehr liberal sein, aber dennoch die Bibliothek vor Verlusten durch die Ausleihung schützen werden, ohne ihre für ganz Deutschland beabsichtigte Gemeinnützigkeit irgendwie zu beeinträchtigen. Die Bibliothek steht unter Verwaltung von Karl Lautenschlager, Herausgeber der „Internationalen Freundschafts- u. Handelsbeziehungen". (Diese Bibliothek ist ein patriotisches Unternehmen der Amerikaner, die mit Recht daran Aergerniss nehmen, dass über ihr Vaterland von Halbwissern*) so viele vorurtheilsvolle Ansichten in Deutschland verbreitet werden. Die Deutschen sind bis jetzt noch nicht auf die Idee gekommen, zu demselben nationalen und zugleich internationalen Zwecke in Paris eine öffentliche Deutsche Bibliothek zum unentgeltlichen Gebrauch für ganz Frankreich zu gründen, obgleich die Französischen Schriften u. Ansichten über Deutschland von Irrthümern voll sind.)

[838.] Aus Tübingen ist an der Universitätsbibliothek der seitherige zweite Bibliothekar Dr. Lange zum ersten und der Hilfsarbeiter Bibliothekar Steiff zum zweiten Bibliothekar ernannt worden.

*) Die Halbwisser verstehen in der Regel kein Englisch, ebensowenig wie die Franzosen mit dem Deutschen vertraut sind. Solchen Leuten wird daher die Stuttgarter Amerikanische Bibliothek ebenso wenig von Nutzen sein, wie eine Pariser Deutsche.

Nachtrag: S. 266, Z. 11 von unten ist vor „Vgl." einzufügen: IIIb. Allgemeine Deutsche Biographie. 13. Bd. (1881.) S. 576—577. (Von A. Schumann.) —

Druck von Joh. Pässler in Dresden.

NEUER ANZEIGER

für

Bibliographie und Bibliothekwissenschaft.

Herausgegeben von Dr. J. Petzholdt.

October. 1881.

Inhalt:

[839.] Die Mess-Kataloge des 16., 17. u. 18. Jahrhunderts in den Bibliotheken zu Königsberg i/Pr.

Von Ed. Krause.

In dem sowohl für die Geschichte des Deutschen Buchhandels im allgemeinen als auch für dessen noch sehr im Argen liegende Localgeschichte höchst wichtigen Quellenwerke:

Codex nvndinarivs Germaniae literatae bisecvlaris. Meß-Jahrbücher des Deutschen Buchhandels von dem Erscheinen des ersten Meß-Kataloges im Jahre 1564 bis zu der Gründung des ersten Buchhändler-Vereins im Jahre 1765. Mit einer Einleitung von Gustav Schwetschke. Nebst 3 Tafeln Facsimile's. Halle. 1850. Fol. (Fortsetzung. Ebend. 1877.)

befindet sich Seite XXXIII—XXXIV ein Verzeichniss derjenigen Bibliotheken, in denen Mess-Kataloge vorhanden sind.

Da dem Herrn Verfasser seiner Zeit aus Königsberg keine Angaben zugegangen sind, so dürften die folgenden Mittheilungen besonders für die Besitzer und Benutzer des genannten Werkes von einigem Interesse sein.

Auf eine ausführliche Beschreibung der Verzeichnisse verzichte ich, verweise in dieser Beziehung auf die mühe- u. werthvolle Arbeit Schwetschkes, sowie auf

Beschreibung der auf der Stadtbibliothek zu Hamburg befindlichen Bücher-Mess-Kataloge von M. Isler. 4°. [Hamburg. 1856. Eine Festschrift.]

u. beschränke mich auf eine kurze Aufzählung der in den 3 öffentlichen Königsberger Bibliotheken vorhandenen Mess-Verzeichnisse des 16. bis 18. Jahrhunderts, wobei ich hinsichtlich der Anordnung dem „Codex nvndinarivs“ folge.

Abkürzungen:

F.-M. = Fasten-Messe in Frankfurt a/M.
H.-M. = Herbst-Messe in Frankfurt a/M.
N.-M. = Neujahrs-Messe in Leipzig.

O.-M. = Oster-Messe in Leipzig.
M.-M. = Michaelis-Messe in Leipzig.

Die mit einem * bezeichneten Kataloge sind in der betreffenden Bibliothek doppelt vorhanden.

Aus den fortgefallenen Rubriken sind keine Mess-Verzeichnisse vorhanden.

I. Königl. u. Universitäts-Bibliothek.

A. Die Frankfurter Mess-Kataloge.

a) Die Mess-Kataloge von Privaten.

α) Der Willer'sche Mess-Katalog von 1564—1627. (?) — (Vergl. Cod. nvnd. S. IX—XIII.) — 1585. H.-M. 1587 H.-M.

Collectio in vnvm corpvs. Francof. 1592. 4⁰. 3 vol. — (Vergl. Cod. nvnd. S. XII—XIII.)

B. Die Leipziger Mess-Kataloge.

a) Die Grofs'schen Mess-Kataloge. Vom Michaelismarkt 1594 bis Ostermesse 1759 einschl.

β) Die Grofs'schen Mess-Kataloge mit dem Titel: Elenchi seu Indicis Quinquennalis Continuatio und später Indicis Generalis Continuatio etc. Vom Neujahrs-Markt 1600 bis Michaelis-Markt 1619. (?) — (Vergl. Cod. nvnd. S. XXVI—XXVII.) — 1619. M.-M. (führt den Titel: Indicis Generalis Continuatio etc.)

Elenchvs seu Index Generalis. (1593—1600.) [Gotthold'sche Abtheilung.]

γ) Die Grofs'schen Mess-Kataloge mit dem Titel: Catalogus Universalis hoc est (oder sive) Designatio omnium (oder eorum) librorum etc. Vom Oster-Markt 1620 bis Michaelis-Messe 1732. — (Vergl. Cod. nvnd. S. XXVII—XXIX.) — 1620. O.-M. 1621. M.-M. 1622. O.-M.

b) Die Lamberg'schen Mess-Kataloge. Vom Herbst 1598 bis Michaelis-Messe 1619 einschl.

(Vergl. Cod. nvnd. S. XXX—XXXII.) — 1615. O.-M. 1619. M.-M.

Sodann ist noch vorhanden:

Cless, J., Unius seculi elenchus librorum. Francof. 1602. 4⁰. (Vergl. Petzholdt, Bibliotheca bibliogr. S. 70.)

Ferner besitzt die Königl. u. Universitäts-Bibliothek noch folgende Kataloge, welche zwar keine Mess-Verzeichnisse sind, aber zu dem Begründer der Leipziger Mess-Kataloge in naher Beziehung stehen. Es sind hier nämlich die Verlags-Kataloge des Buchhändlers Henning Grofs und die seines gleichnamigen Sohnes, des späteren Mitherausgebers der Mess-Verzeichnisse, vorhanden. Eine ausführliche Beschreibung dieser Kataloge lasse ich hier folgen:

Catalogus librorvm, qvos Henningvs Grosius Lipsiae hactenus ſuis ſumptibus imprimi curavit. Verzeichnis der Bücher, ſo von Henningo Groſſen Buchhendlern in Leipzig vorlegt, vnd bey jhm zubekommen seyn. Vom Jahr Chriſti 1575. biſs auff jtziges 1610. Jahr. (Signet v. H. Groſs: Christophorus mit dem Christuskinde und der Umschrift: Transevndvm est Henningvs Gros.) Anno M. DC.X. 4°. Mit Randeinfassung. 19 Bl.

Auf der Rückseite des Titels befindet sich folgende Anrede an den Leser: Ad Lectorem. Libri Aſteriſco * notati, Henningi Groſii ſumtibus non ſunt excuſi, ſed hos ab aliis Bibliopolis permutavit. Eodem tamen precio cum illis, qui ipſius impenſis ſunt impreſsi, vendentur, quibus verò ¶ ſignum in margine appoſitum est, ij hactenus nondum editi, propediem in lucem venient. Omnis quoq; generis non ſolùm Scholaſtici, ſed & cujuſcunq; facultatis libri apud eundem venales habentur, quos univerſos huic Indici inſerere non neceſſe fuit. Et quia ab eo, omniū in Imperio ac finitimis regionibus editorum librorum Index Generalis hoc tempore publicatus est, atq; huic Indici generali deinceps, Deo conatus fortunante, ſingulis ſemeſtribus ſingulae continuationes ab eodem editae ſuccedent, Lector benevolus ex ijs, quos deſiderat, commodè petere poterit, id quod hoc loco paucis monendum duximus. Dabantur Lipſiae 24. Februarij Anno 1610.

Eintheilung: Cap. I. Referens libros Theologicos, latino idiomate conſcriptos. II. Continens libros Juridicos. III. Exhibens Medicorum libros. IV. Denotans Philoſophorum libros. V. Oſtendens Hiſtoricorum ſcripta. VI. Recenſens Poëtarum labores. VII. In welchem begriffen die jenigen Autores, so in der heiligen Schrifft geschrieben. VIII. Darinnen die Autores, welche in den Rechten geschrieben. IX. Darinnen begriffen die Autores, so in der Medicin vnd Alchimisterey geschrieben. X. Darinne enthalten die Autores, so Historien vnd dergleichen geschrieben. XI. Darinne begriffen die Autores, so von Poetischen Gedichten, in der Musica, vnd dergleichen Künsten geschrieben.

Continuatio Catalogi Henningi Grosii senioris, bibliop. Lipſenſ. ab anno 1610 usque ad annum 1617. Anhang des Catalogi Henningi Groſſen, des Eltern, Was von jhm vom Jahr 1610. biß auff dieses 1617. Jahr verlegt worden. (Dasselbe Signet wie oben.) Typis Grosianis. 4°. Mit Randeinfassung. 10 Bl.

Auf der Rückseite des Titels befindet sich folgende Vorbemerkung: DER günstige Leser sol wissen, dass die gezeigneten * Bücher, von Heinrich Biernstiel (seligen) zu Erffurt sind verlegt, Aber in Henning Groſſen des Eltern Buchhandel nunmehr zu bekommen seyn, etc.

Eintheilung: (I.) Libri Theologici Lat. (II.) Libri juridici. (III.) Medici Libri Lat. (IV.) Hiſtorici. (V.) Philoſophici & Poetici

Libri Lat. (VI.) Deutsche Theologische Bücher. (VII.) Deutsche Bücher in Rechten. (VIII.) Artzeney vnd andere, so in der Alchimisterey geschrieben. (IX.) Historien, vnd andere Polititische (!) Bücher. (X.) Musicalische Gesänge.

Appendix Catalogi Henningi Grosii senioris bibliopolae Lipſienſis. Kurtzer anhang Derer Bücher, welche von Henning Großen dem ältern*), Buchhändlern in Leipzig, biß auff diese itzige zeit weiter von jhm vorlegt worden. (Signet: Der heilige Christophorus.) Gedruckt im Jahr: M. DC. XIX. 4°. Mit Randeinfassung. 4 Bl.

Eintheilung: (I.) Libri Theologici Lat. (II.) Juridici Libri. (III.) Libri Philoſophici, Medici, Hiſtorici & Poetici. (IV.) Deutsche Theologische Bücher. (V.) Politische, Medicinische vnd andere Bücher.

Die Titel genügen für den buchhändlerischen Verkehr, sind aber bibliographisch nicht brauchbar; die Formate sind meistens angegeben, Jahreszahlen und Druckorte fehlen dagegen.

Catalogus, hoc est, Designatio omnium librorum qvos Henningus Groſius junior, bibliopola Lipſienſis, ſuis ſumptibus curavit. Verzeichnis derer Bücher, ſo von Henning Groſſen dem Jüngern, Buchhendlern zu Leipzig verleget, vnd bey jhme zu bekommen seyn. (Signet mit der Unterschrift: Sic itvr ad astra.) Anno 1610. 4°. Mit Randeinfassung. 3 Bl.

Eintheilung: Cap. I. Quo continentur libri Theologici. II. Quo continentur libri Juridici. III. Varij libri.

Designatio librorum, qvos Henningus Grosius junior, bibliopola Lipſienſis, ab anno 1610. uſq; ad annum 1614. (!) ſuis sumptibus edi curavit. Verzeichnis derer Bücher, So von Henning Groſſen dem Jüngern, Buchhändlern in Leipzig, von Anno 1610 biß auf kommendes 1617. Jahr verlegt worden. (Signet mit der Inſchrift: Sic itvr ad astra.) Anno M. DC. XVII. 4°. Mit Randeinfaſſung. 4 Bl.

Die Eintheilung ist dieselbe wie im Haupt-Kataloge. — Die Lateinischen u. Deutschen Werke sind in den einzelnen Abtheilungen alphabetisch nach den Vornamen der Verfasser geordnet. Die

---

*) Ueber Gottfried Groſs, der ein jüngerer Sohn von Henning Groſs, dem Aelteren, ist, u. der gleichfalls Mitherausgeber der Mess-Kataloge war, ist in der Königl. u. Universitäts-Bibliothek eine Nachricht vorhanden, die hier eine Stelle finden mag:

Ein Hochzeit gespräch Des — — Herrn Gottfried Groſſen, Bürgers vnd fürnehmen Buchhändlers zu Leipzig, Breutigams, Mit seiner geliebten vertrawten Braut, Der — — Jungfrawen Margarethen, Des — — Herrn Fridrich Meyers, auff Plauſſig Erbsassen, fürnehmen Rathsverwandten vnd Bawmeisters zu Leipzig Eheleiblichen Tochter. Gesangweise in vier Stimmen, mit einem Baſſo continuo, aus Schwägerlicher Affection gestellet Durch Jacobum Schultes, beyder Rechten Doctoren. (Signet.) Gedruckt zu Leipzig, bey Lorentz Kober 1618. Fol. Vorhanden sind 2 Bl.: Bassus contin. u. II. Bassus (Posaun oder Dulcian). „Gott hat durch seine Güte, Mir bschert ein Jungfräwlein." 4 siebenzeil. Strophen. (Signatur: 25039 Gh. [Musikalien]).

Titel sind zwar kurz, aber für den Handelsverkehr genügend verzeichnet; die Druckorte fehlen, die Formate sind angegeben, die Jahreszahlen fehlen im ersten Kataloge von 1610, dieselben sind aber im zweiten von 1617 verzeichnet.

II. Stadtbibliothek.

A. Die Frankfurter Mess-Kataloge.

d) Die Kaiserl. Privilegirten Mess-Kataloge.

β) Der Mess-Katalog mit dem Kaiserl. Privilegium für den Buchhändler Sigismund Latomus (Maurer) in Frankfurt und dessen Nachfolger. 1618—1749. — (Vergl. Cod. nvnd. S. XXI—XXII.) 1680. H.-M. — Dieser Mess-Katalog ist der einzige, den die Stadt-Bibliothek von den Frankfurter Ausgaben besitzt. Derselbe ist offenbar zur Ergänzung des fehlenden Verzeichnisses der Leipziger M.-M. angeschafft: ein Zeichen, dass entweder bereits zur Zeit des Erscheinens, event. kurze Zeit nachher diese Leipziger Ausgabe nicht mehr zu beschaffen gewesen ist. (Vergl. Cod. nvnd. S. VI Note 8.)

Ferner ist noch vorhanden:

Collectio in vnvm corpvs omnivm librorvm. 4. Francf. 1592. 3 vol. (Vergl. Cod. nvnd. S. XII—XIII.)

B. Die Leipziger Mess-Kataloge.

a) Die Grofs'schen Mess-Kataloge. Vom Michaelis-Markt 1594 bis Oster-Messe 1759 einschl.

β) Die Grofs'schen Mess-Kataloge mit dem Titel: Elenchi seu Indicis Quinquennalis Continuatio und später Indicis Generalis Continuatio etc. Vom Neujahrs-Markt 1600 bis Michaelis-Markt 1619. (?) (Vergl. Cod. nvnd. S. XXVI—XXVII.) — Elenchvs seu Index Generalis (1593- 1600). — 1600 N.-M. O.-M. 1601 O.-M. M.-M.

γ) Die Grofs'schen Mess-Kataloge mit dem Titel: Catalogus Universalis hoc est (oder sive) Designatio omnium (oder eorum) librorum etc. Vom Oster-Markt 1620 bis Michaelis-Messe 1732. — (Vergl. Cod. nvnd. S. XXVII—XXIX.) — 1677. O.-M. M.-M. 1678. O.-M. M.-M. 1679. O.-M. M.-M. 1680. O.-M. 1681. O.-M. M.-M. 1682. O.-M. M.-M. 1683. O.-M. M.-M. 1684. O.-M. M.-M. 1685. O.-M. M.-M. 1686. O.-M. *M.-M. 1687. *O.-M. M.-M. 1688. *O.-M. *M.-M. 1689. O.-M. M.-M. 1690. *M.-M. 1691. *O.-M. 1692. *O.-M. M.-M. 1693. O.-M. *M.-M. 1694. O.-M. M.-M 1695. *O.-M. (1 Expl. defect.) 1696. O.-M. M.-M. 1697. *O.-M. *M.-M. 1698. O-M. M.-M. 1699. M.-M. 1700. O.-M. M.-M. 1701. O.-M. M.-M. 1702. O.-M. M.-M. 1703. N.-M. O.-M. M.-M. 1704. O.-M. M.-M. 1705. N.-M. O.-M. 1706. O.-M. M.-M. 1707. *O.-M. M.-M. 1708. O.-M. M.-M. 1709. N.-M. *O.-M. M.-M. 1710. O.-M. *M.-M. 1711. O.-M. M.-M. 1712. O.-M. M.-M. 1713. O.-M. *M.-M. 1714. O.-M. *M.-M. 1715. O.-M. M.-M. 1716. O.-M. M.-M. 1717. O.-M. M.-M.

1718. O.-M. M.-M. 1719. O.-M. M.-M. 1720. O.-M. M.-M. 1721. O.-M. M.-M. 1722. O.-M. M.-M. 1723. O.-M. M.-M. 1724. O.-M. M.-M. 1725. O.-M. M.-M. 1726. O.-M. M.-M. 1727. O.-M. M.-M. 1728. O.-M. M.-M. 1729. O.-M. M.-M. 1730. O.-M. M.-M. 1731. O.-M. M.-M. 1732. O.-M. M.-M.

Von den buchhändlerischen Anzeigen*) wären noch folgende beachtenswerth:

1701. O.-M. Denen Buchhändlern und andern zur Nachricht, dass Herr Joh. Völcker in Frf. an der Oder, seines sel. Vaters Rupert Völckers gantze in Berlin befindl. Buchhandlung mit Verlag, Sortiment und allen Rechten an Joh. Christoph Papen, Buchhändlern daselbst abgetreten.

1701. M.-M. Ein Prediger bietet eine Sammlung von Predigten den Buchhändlern zum Verlage an.

1702. M.-M. Anzeige, dass von der nächsten Neujahrs-Messe (1703) ab ein Katalog zu dieser Messe erscheinen werde, weil in denen Leipziger Oster-Messen der Catalogus Universalis so stark und über Proportion anzuwachsen pfleget.

1703. M.-M. So ist auch zu erinnern, dass (1.) künfftige Neu-Jahrs-Mess G. G. gleichwie vormahls ein Catalogus Librorum Universalis gedruckt werden soll. (2.) Dass die Herren Buchhändler die Zettel doch nicht so confuse untereinander schreiben, sondern nach denen Facultäten ordentlich setzen. Auch (3.) die Lateinischen Titul verständlich abfassen mögen, deren unterschiedene difsmahl eingelauffen, welcher Bedeutung man nicht penetriren können, und gleichwohl notable Aenderungen darinnen den Verlegern bedenklich fallen. (4.) Dass sie die jenigen Zettel, so im Franckfurter Catalogo bereits stehen, doch zurückhalten. Und (5.) wenn ein Buch in zweyen Messen unter denen praesentibus gestanden, sich daran genügen lassen; wenn aber neue Editiones heraus kommen, solche anmercken. Und (6.) die Zettel, welches ohne alle incommodité geschehen kann, in Zeiten einsenden mögen.

1709. M.-M. Denen Buchhändlern wird bekannt gemacht, dass Johann Völcker, von Franckfurt an der Oder, das Privilegium, so er von der Hochpreissl. Königl. Schwed. Pommerischen Regierung erhalten, um daselbst einen offenen und freyen Buchladen in Stettin zu halten, dabey er aller Oner. public. befreyet und exemt ist; Ingleichen eine Parthey gewisser Verlags-Bücher mit ihren special darüber erhaltenen Privilegien und Rechten in bevorstehender Leipziger Michaelis-Messe verkaufen will. Wer dazu Belieben

---

*) Leider ist mir bei Abfassung dieser Mittheilung die „Beschreibung der auf der Hamburger Stadt-Bibliothek befindl. Bücher-Mess-Kataloge von M. Isler“ nicht mehr zugänglich; jedoch dürften bei der Seltenheit der Isler'schen Arbeit — dieselbe gelangte nicht in den Handel — einige Wiederholungen kaum schaden.

hat, kan sich bey ihm zu der Zeit in der Nicolaus-Strasse in seinem Gewölbe melden, da die Originalia der Privilegien und der Catalogus der Verlags-Bücher wird gezeiget werden.

1710. M.-M. Anzeige, dass künftig kein Neujahrs-Mess-Katalog mehr erscheinen wird.

1721. O.-M. Nachricht, dass der völlige Rest von Kühn- und Mauchartischen Verlags-Bücher 122 Ballen, und an Sortiment-Büchern 49, in Summa 171 Ballen zu verkauffen seyn, der Ballen zu Ulm à fl. 8.— baare Zahlung, wer nun Lust hat, kan sich in Franckf. und Leipz. bey Hrn. Dan. Bartholomäi, Buchh. von Ulm anmelden, und von ihm sowohl von denen Verlags-Büchern eine Specification mit beygefügter Anzahl der Exemplarien, als auch mehrere Nachricht von dem bemeldten Sortiment erhalten.

1722. M.-M. Anzeige, dass bei Moritz Georg Weidmann unterschiedliche Fuhrmannische Bücher zu haben sind.

1727. M.-M. Denen respective sämtlich. Herren Buchhändlern ist zur dienstl. Nachricht, dass des sel. Herrn Joh. Siegm. Strauffens, gewesenen Buchhändlers in Hof gäntzlicher Verlag der Zeit bey Joh. Chr. Martini allhier in Leipzig zu finden, und offeriret derselbe einen jeden solchen, als sein rechtmässig erlangtes Gut, entweder überhaupt [d. h. in der heutigen Geschäftssprache = en bloc], oder (will) auch einen oder mehr Artikul davon um Christ-billige Bezahlung überlassen.

δ) Die Grofs'schen Mess-Kataloge mit dem Titel: Catalogus Universalis Oder Verzeichniss derer Bücher u. s. w. Von Oster-Messe 1733 bis Oster-Messe 1759 einschl. — (Vergl. Cod. nvnd. S. XXIX—XXX.) — 1733. O.-M. M.-M. 1734. O.-M. M.-M. 1735. O.-M. M.-M. 1736. O.-M. M.-M. 1737. O.-M. M.-M. 1738. O.-M. M.-M. 1739. O.-M. M.-M. 1740. M.-M. 1741. O.-M. M.-M. 1742. O.-M. M.-M. 1743. O.-M. M.-M. 1744. O.-M. M.-M. 1745. O.-M. (defect.) M.-M. 1746. O.-M. M.-M. 1747. M.-M. 1748. O.-M. M.-M. 1749. O.-M. M.-M. 1750. O.-M. M.-M. 1751. O.-M. M.-M. 1752. O.-M. 1753. O.-M. M.-M. 1754. O.-M. M.-M. 1755. O.-M. 1756. O.-M. M.-M. 1757. O.-M. 1758. O.-M. M.-M. 1759. O.-M.

b) Die Lamberg'schen Mess-Kataloge. Vom Herbst 1598 bis Michaelis-Messe 1619 einschl.

(Vergl. Cod. nvnd. S. XXX—XXXII.) — 1603. O.-M. 1605. O.-M. M.-M.

c) Die Weidmann'schen Mess-Kataloge. Von Michaelis-Messe 1759 [bis dahin 1850].

(Vergl. Cod. nvnd. S. XXXII—XXXIII.) — 1760. O.-M. M.-M. 1761. O.-M. M.-M. 1762. O.-M. M.-M. 1763. O.-M. M.-M. 1764. O.-M. M.-M. 1765. O.-M. M.-M. 1766. O.-M. M.-M. 1767. O.-M. M.-M. 1768. O.-M. M.-M. 1769. O.-M. M.-M. 1770. O.-M.

M.-M. 1771. O.-M. M.-M. 1772. O.-M. M.-M. 1785. O.-M. 1786. M.-M. 1787. O.-M. 1788. O.-M.

Schliesslich besitzt die Stadtbibliothek noch:

Cless, J., Unius seculi elenchus librorum. 4°. Francof. 1602. (Vergl. Petzholdt, Bibliotheca bibliogr. S. 70.)

III. v. Wallenrodt'sche Bibliothek.

A. Die Frankfurter Mess-Kataloge.

a) Die Mess-Kataloge von Privaten.

α) Der Willer'sche Mess-Katalog von 1564—1627. (?) — (Vergl. Cod. nvnd. S. IX—XIII.) — 1591. F.-M.

β) Die Portenbach-Lutz'schen Mess-Kataloge von 1577 (?) bis 1616. (?) — Vergl. Cod. nvnd. S. XIII.) — 1591. H.-M. (Tobias Lutz.)

Auch diese Bibliothek besitzt:

Cless, J., Unius seculi elenchus librorum. 4°. Francof. 1602. (Vergl. Petzholdt, Biblioth. bibliogr. S. 70.)

[840.] Zur Litteraturgeschichte des Benedictiner-Ordens.

Die im J. 1880 bei Gelegenheit u. in Folge des 1400jährigen Jubiläums des Benedictiner-Ordens ins Leben gerufenen „Wissenschaftlichen Studien u. Mittheilungen aus dem Benedictiner-Orden"[1]) haben nicht blos einen regelmässigen, sondern u. namentlich auch einen recht erfreulichen Fortgang genommen: es sind davon bereits sieben Quartalhefte erschienen, u. von Seiten der Redaction, an deren Spitze P. Maurus Kinter O. S. B., Stiftsarchivar zu Raigern, steht, ist alle Aufmerksamkeit darauf verwendet worden, dieses Werk zu einem wirklichen „Centralorgan für die wissenschaftlichen Bestrebungen der einzelnen Ordensmitglieder" zu machen. Auch hat die Redaction ihre überall zustimmende Bereitwilligkeit gezeigt, das Interesse des Centralorgans den beiden grossen litterarischen Unternehmen zuzuwenden, deren Ausführung nicht nur für die Wissenschaft überhaupt im höchsten Grade wünschenswerth, sondern u. namentlich auch als die wissenschaftliche Strebsamkeit der Mitglieder des Benedictiner-Ordens treffend bezeichnend sich empfehlen würde, nämlich „einem die gesammte wissenschaftliche Thätigkeit des Benedictiner-Ordens umfassenden sowohl als den Anforderungen der Gegenwart entsprechenden litterarhistorischen u. bibliographischen Werke," sowie „einem Gesammtkataloge der in den Bibliotheken der Benedictiner-Klöster befindlichen Handschriftenschätze"[2]). Zeichen des Interesses nach diesen Richtungen hin finden sich in allen bereits erschienenen Heften der „Studien": vor allen in den

[1]) S. Anz. J. 1880. Nr. 687.
[2]) S. oben Nr 204.

von P. Willibald Hauthaler, O. S. B. zu St. Peter in Salzburg, gegebenen u. regelmässig fortgesetzten „Literatur-Verzeichnissen“ d. h. Uebersichten der neuerschienenen „Literatur der Ordensmitglieder“ u. der „Literatur fremder Autoren, die den Orden betrifft“ [3]). Nicht minder in der von P. Utto Kornmüller, O. S. B. in Metten, ausgeführten litterarhistorisch beachtenswerthen Darstellung über „die Pflege der Musik im Benedictiner-Orden“ [4]). Ebenso theils in dem von den „Studien“ veröffentlichten „Plan zu einer Germania Benedictina“ [5]), theils in den dort auch in Vorschlag gebrachten „Schematismen der einzelnen Benedictiner-Ordenshäuser“ [6]). In diesen Schematismen würden „die Namen der Ordensmitglieder, welche sich durch Schrift oder schaffende Kunst (z. B. seit 1800 oder 1850) verdient gemacht haben,“ mit aufzuführen sein, wogegen die „Germania Benedictina“ sich nicht nur mit der Darstellung der „Culturhistorischen Leistungen (Schriftsteller u. Schriften. Klosterbibliothek früher u. jetzt)“ der einzelnen Stifter, sondern u. namentlich auch mit der dieselben betreff. „Literatur: a. Schriften, die speziell die Geschichte des Stiftes behandeln; b. Schriften, die dieselbe theilweise oder gelegentlich, aber in wichtigen Sachen berühren; c. Archivalien, Urkunden, gedruckte u. ungedruckte, mit Angabe des Ortes, wo dieselben zu finden sind,“ zu beschäftigen hätte. Endlich auch in den ebenfalls in den „Studien“ von P. Gilbertus Dolan O. S. B. zu Bath in England veröffentlichten „Additamenta ad Ziegelbauer: Historia rei literariae ordinis S. Benedicti eiusque continuatores (I. Nomina auctorum congregationis Anglicanae OSB)“ [7]), wozu später noch ein kleiner Beitrag „Nomina et opera quorundam Auctorum monasterii S. Petri in Silvia nigra“ hinzugekommen ist [8]).

Auch ausserhalb der Grenzen der „Studien“ u. selbst ausserhalb des Ordenskreises hat sich nach der oben bezeichneten Richtung hin seit dem letztvergangenen Jahre das Interesse kundgegeben. Als erstes Zeichen davon ist das zur Zeit des Jubelfestes selbst erschienene Werk über die Schriftsteller u. um Wissenschaft u. Kunst verdienten Benedictiner des Königreichs Bayern von A. Lindner [9]) zu nennen, der, obwohl dem Orden selbst nicht angehörig, doch diesen u. seine Mitglieder seit geraumer Zeit schon, wie die von ihm seither herausgegebenen Schriften beweisen, zum Gegen-

---

3) S. Studien 1880. I. S. 169—77; II. S. 183—87; III. S. 165—76; IV. S. 207—17. 1881. I. S. 181—88; II. 363—67; III. S. 150—53.

4) S. Studien 1880. I. S. 64—90; II. S. 46—73; IV. S. 3—35. 1881. II. S. 209—35; III. S. 3—44.

5) Studien 1880. II. S. 229.

6) S. Studien 1880. II. S. 232.

7) S. Studien 1880. I. S. 164—68.

8) S. Studien 1881. I. S. 180.

9) S. unten Nr. 851.

stande fleissiger Studien gemacht hat. Ausser Angabe der gedruckten u. handschriftlich vorhandenen Quellen finden sich an der Spitze dieses Lindner'schen Werkes in der Einleitung ein kurzer Umriss der litterarischen Thätigkeit der Benedictiner in Bayern im XVIII. Jhrhdt., sowie Mittheilungen über deren Thätigkeit auf dem Gebiete des Unterrichts u. der Erziehung an den Universitäten, Lyceen, Gymnasien u. den vorherrschend zur Bildung des Ordensklerus bestimmten Lehranstalten, überdies auch über deren Pflege der Wissenschaften u. schriftstellerische Thätigkeit u. die von Benedictinern angelegten wissenschaftlichen Sammlungen u. ausgeführten litterarischen Reisen. An diese allgemeine, mit ebenso grosser Sachkenntniss wie Liebe geschriebene Einleitung schliesst sich dann das eigentliche Werk, in welchem die dem Gegenstande bestimmten speziellen Nachrichten u. Mittheilungen nach der Reihenfolge der einzelnen Abteien — im I. Bde der Abteien der Bayerischen Benedictiner-Congregation u. im II. Bde der Altbayerischen Abteien ausser der Bayerischen Benediktiner-Congregation, sowie der Abteien in Schwaben u. Franken, der beiden Schottenstifte in Regensburg u. Würzburg u. der nach der Säkularisation entstandenen Abteien — zusammengestellt sind. An zweiter Stelle ist der Lindner'schen Arbeit zunächst, als Zeichen des in neuester Zeit für die Litterargeschichte des Benedictiner-Ordens kundgegebenen Interesses das „Scriptores Ordinis S. Benedicti qui 1750—1880 fuerunt in Imperio Austriaco-Hungarico" betitelte Werk [10]) zu nennen, in welchem sich, in alphabetischer Reihenfolge der Namen, die betreff. Schriftsteller mit Angabe biographischer Mittheilungen u. unter Aufzählung der von ihnen bearbeiteten Schriften aufgeführt finden. Ueber ein drittes im Drucke befindliches Werk, „La Bibliothèque des écrivains de la Congrégation de Saint-Maure" schreibt die Redaktion der „Studien", nach Angabe eines ihr zugekommenen Briefes Rigault's O. S. B., eines Mitarbeiters an dem Werke, Folgendes [11]): „Das ganze Manuscript dieser neuen Ausgabe der Benedictiner Schriftsteller aus der Französischen Congregation des H. Maurus ist bereits im Jänner druckreif u. fertig der Druckerei des H. E. Monnoye in Mans übergeben worden, welcher auch verschiedene Probenummern (specimina) sofort anfertigte u. vorlegte. Hiervon wurde auch uns ein Exemplar zur Einsichtnahme zugeschickt. Das Werk ist chronologisch angelegt, wird aber am Schlusse zur Bequemlichkeit der Leser ein reichhaltiges Register enthalten, wesshalb auch bei jedem Opus eine Nummer angebracht ist, welche durch das ganze Werk fortläuft. Es wird jedoch nicht in dem früheren grossen, sondern in dem mehr handlichen 18°., in

[10]) S. unten Nr. 872.
[11]) S. Studien 1881. III. S. 188.

Frankreich sogenannten Jésus-Formate erscheinen. Mit dem Satze u. Drucke, der durch die Krankheit des Verlegers Carl v. Lama in München unliebsamer Weise verzögert wurde, ist erst am Schlusse des Monats Mai fortgefahren worden. Wie weit derselbe bisher gediehen, darüber mangeln uns augenblicklich die Nachrichten. Den ganzen Reinertrag hat der Verleger den ausgewiesenen Benedictinern von Solesmes zugewendet, die, wie bekannt, diese neue Ausgabe besorgt haben. Mit Rücksicht auf die Nützlichkeit dieses bibliographischen Werkes im allgemeinen, wie auf die Nothwendigkeit desselben für jeden Historiker insbesondere glauben wir dasselbe allseits bestens empfehlen zu müssen. Doch mögen kräftigere Lettern u. ein stärkeres Papier, wie das des Probesatzes ist, angewendet u. die Correktur mit aller möglichen Aufmerksamkeit besorgt werden.“

Litteratur und Miscellen.

Allgemeines.

[841.] The Library Journal Official Organ of the Library Associations of America and of the United Kingdom. Vol. 6. (S. oben Nr. 635.)

Das Juli-Heft Nr. 7 enthält: Editorial — Communications — United Kingdom Association (Special General Meeting; June Monthly Meeting) — Fiction at the Boston Public Library — Bibliografy — Library Economy and History — Anonymous and Pseudonyms — Library Purchase-List. — Das August-Heft Nr. 8 enthält: Editorial — United Kingdom Association (July Monthly Meeting) — Bibliography — Library Economy and History — Paul Barron Watson, Bibliography of the Pre-Columbian Discoveries of America — Notes and Queries — Library Purchase-List — Anonyms and Pseudonyms. (Ueber den Inhalt des Juni-Heftes Nr. 6 später.)

[842.] Bulletin du Bibliophile et du Bibliothécaire publ. par Techener. XLVIII. Année 1881. (S. oben Nr. 750.)

Das Doppelheft Mai u. Juni enthält: S. 193—206 Notice biographique de Paulin Paris, par Philippe Tamizey de Larroque — S. 207—19 Nouvelles Lettres de Pétrarque sur l'Amour des Livres trad. en Franç. pour la première fois, d'après les manuscrits de la Bibliothèque nationale, par Victor Develay (Fortsetzung) — S. 220—32 N. Thyrel de Boismont, de l'Académie Française. Sa Vie et son Oeuvre, 1715—86. Par H. Moulin (Fortsetzung) — S. 233—69 Du Prix courant des Livres anciens: Vente d'un choix de livres rares et précieux, manuscrits et imprimés, composant le Cabinet de feu M. le Marquis de Ganay — S. 270—71 Revue critique de Publications nouvelles — S. 271—88 Causeries d'un Bibliophile: Fragments de la Lune de miel (The Honey-Moon) traduite par Nodier; par B. E. — S. 288 Nouvelles et Variétés.

[843.] Magyar könyv-szemle. Közrebocsátja a m. nemzeti múzeum könyvtára. Hatodík évfolyam. 1881. (S. oben Nr. 636.)

Die beiden Doppelhefte von März bis Juni enthalten: Dr. Fl. Frz. Rómer, meine bibliothekarischen Nachforschungen in Altenburg und Göttweig. S. 99—116 — Karl Szabó, Beiträge zur altungarischen Bibliothek. IV. Mitth. S. 117—20 — Ludw. Thallóczi, Bibliothek des alten Apafi Mihály. S. 121—34 — Alex. Szilágyi, über die Werke des Kriegsgeschichtschreibers Nikolaus Gablman im XVI. Jhrhdt. S. 134—36. Joh. Csontosi, Bibliographisches Verzeichniss Lateinischer Corvin-Codices. S. 137—76 m. 1 Facsim.-Taf. — Farkas Deák, ein patriotischer Hermannstädter Bücherhändler im XVIII. Jhrhdt. S. 177—78 — Arpád Hellebrant u. Karl Kudora, Beiträge zu Karl Szabó's „altungarischer Bibliothek". S. 179—80 — Was sollen wir von den als Manuscript gedruckten Büchern halten? S. 181—84 — Vermischte Mittheilungen. S. 185—90 — Die Ungarische Litteratur im J. 1881. S. XXIII—XLI — Vaterländische nichtungarische Litteratur. S. XLII—XLVIII — Ungarn interessirende Schriften des Auslandes. S. XLVIII—L.

[844.] * Il Bibliofilo Giornale dell' arte antica ecc. diretto da C. Lozzi. Anno II. (S. oben Nr. 637.)

Die Juni- u. Juli-Nrr. 6 u. 7 enth.: Di un recente libro sul Berni (A. Gotti) — Gli ex-libris (C. Lozzi) — Della introduzione della stampa in Sicilia e della priorità tra Palermo e Messina (A. Pennino e Il Bibliofilo) — Appunti di bibliografia musicale (F. Roediger) Continuazione — Un nuovo documento per la storia della tipografia a Jesi (G. Annibaldi) — Della danza macabra e di altri bizarri ornati nelle antiche chiese e nei primi libri di divozione (Il Bibliofilo) — Studi biografici e bibliografici su Giovanni Crastone, ellenista del sec. XV. (V. Cortesi) — Il libro delle sorti di Lorenzo Spirito (G. Molza) — Opuscoli e fogli volanti; rassegna bibliografica (C. Arlia) Continuazione — Notizie bibliografiche di lettere autografe inedite de Jacopo Morelli, possedute dal March. Giuseppe Campori. Continuazione — Notizie.

[845.] Annales du Bibliophile Belge Nouvelle Série publ. par Fr. J. Olivier. Tom. I. (S. oben Nr. 751.)

Nr. 2 enth.: Analecta Biblion (Funus Gvil. Assonlev. Bouchautii etc. Antverp. 1619) — Les Dialogues de Gérard de Vivre (Schluss aus Nr. 1) — Bibliothèque d'un Bourgeois d'Ath en 1625 — Troisième Vente Didot — Nécrologie (Fr. Jo. Vergauwen) — Catalogue des Livres anciens et modernes en vente chez Olivier (Fortsetzung.) Nr. 3 enth.: Almanachs Belges (zum Anschluss an die darüber früher vom Bibliophile Belge [s. Anz. J. 1878. Nr. 193] gemachten Mittheilungen) — Variétés — Weitere Fortsetzung des Olivier'schen antiquar. Lagerkatalogs.

Bibliographie.

[846.] Der erste Buchdruck in Tübingen (1498—1534) Ein Beitrag zur Geschichte der Universität von Karl Steiff Bibliothekar an der K. Universitätsbibliothek. Tübingen, Laupp. gr. 8°. XI, 254 S. Mit facsim. Portraittaf. Joh. Stöffler's u. eingedruckt. Buchdruckerzeichen. Pr. n. 6 Mk.

Diese auf Grund fleissiger u. sorgfältiger Forschung bearbeitete Schrift enthält in zwei Abschnitten: I. Geschichte des Buchdrucks (1. Die Drucker u. ihre Pressen, unter denen Joh. Otmar von Reutlingen 1498 zuerst in Tübingen thätig gewesen zu sein scheint; 2. Buchdruck u. Universität; 3. Uebersicht der Drucke) u. II. Verzeichniss der Drucke (1. Echte Drucke, 161 Nrr.; 2. Zweifelhafte Drucke, 18 Nrr.; 3. Apokryphe Drucke, 57 Nrr.). In einem Anhange findet sich ein Verzeichniss der auswärts bestellten Drucke zusammengestellt.

[847.] Abbildungen von Mustereinbänden aus der Blüthezeit der Buchbinderkunst in Lichtdruck ausgeführt von A. Naumann & Schroeder in Leipzig mit einleitendem Texte von Dr. J. Stockbauer. Leipzig, Titze. Fol. 13 S. u. 40 Taf. Pr. n. 32 Mk.

Gewiss recht kunstvoll ausgeführt; der Lichtdruck bringt aber doch nicht die eigentliche Schönheit der Einbände — von denen eine grosse Anzahl der Dresdner Königl. öffentl. Bibliothek angehört — zur vollen Anschauung.

[848.] * Index Librorum prohibitorum, Ss. Dom. N. Leonis XIII. P. M. jussu editus. Editio novissima, in qua libri omnes ex apostolica sede usque ad annum 1880 proscripti suis locis recensentur. Romae, ex typ. polygl. S. C. de propaganda fide. 8°. 360 S. Pr. 4,50 L.

[849.] * Bibliographie des Impressions microscopiques par Charles Nauroy. Paris, Charavay frères. 32°. XIII, 125 S. Pr. 6 Fr. (Nur 250 numer. Exempl.)

Ein grosser Theil der in der vorl. Schrift — die in Avertissement, Observations, Bibliographie & Supplément nicht ganz zweckmässig eingetheilt ist — verzeichneten Werkchen hat dem Verf. zur Durchsicht selbst vorgelegen; zum Theil verdankt er die Kenntniss derselben nur den Mittheilungen Anderer. Bei der Verzeichnung wäre eine genaue Grössenangabe der verwendeten Schrift, soweit wenigstens als möglich, sowie auch eine Unterscheidung der photograph. Reproduktionen von den eigentlichen Drucken wünschenswerth gewesen. Ebenso hätten die Schriften, welche nur der Format-Grösse wegen Aufnahme gefunden haben, eine besondere Abtheilung verlangt. Bigmorre & Wyman's „Bibl. of Printing" u. Cohen's „Guide" zu den mikroskopischen Drucken zu rechnen, scheint etwas gewagt. Die Anordnung der verzeichneten Werkchen ist alphabetisch, aber ein richtiges System dabei nicht befolgt; denn die Bibel findet sich z. B. an drei verschiedenen Stellen, nämlich unter „Bible“, „Holy Bible“ u. „Sainte Bible“, aufgeführt. Jedenfalls ist jedoch das Material mit Aufwand vielen Fleisses zusammengetragen: mit nur wenigen Ausnahmen vereinigt die Bibliographie wohl alles, was zur mikroskopischen Litteratur gezählt zu werden die Berechtigung hat, u. darf somit den Sammlern einer mikroskopischen Bibliothek als zweckmässiger Leitfaden empfohlen werden.

L. Mohr.

[850.] * Petite Revue d'Ex-libris Alsaciens. Par Auguste Stoeber. Avec un fac-simile de l'Ex-libris de C. Wolfhardt, dit Lycosthènes, de Rouffach [1518—1561]. Mülhouse (Detloff). 8°. 43 S. Pr. n. 1,40 Mk.

[851.] * Die Schriftsteller und die um Wissenschaft und Kunst verdienten Mitglieder des Benediktiner-Ordens im heutigen Königreich Bayern vom J. 1750 bis zur Gegenwart. Von Aug. Lindner. Bd. I—II. Regensburg. (Schrobenhausen, Hueber in Comm.) 1880. gr. 8°. XIII, 317 & VIII, 303 S. Pr. n. 9 Mk.

Hierüber s. Beil. zur Augsb. Allg. Zeit. 1880. Nr. 127. S. 1861 u. Wissenschaftl. Studien u. Mittheilungen aus d. Benedict.-Orden I. Jahrg. 1880. Hft. I. S. 190—91.

[852.] Scriptores Ordinis S. Benedicti qui 1750—1880 fuerunt in Imperio Austriaco-Hungarico. Vindobonae, sumpt. Ordinis. (Woerl in comm.) 4°. 2 Bll. CXIX, 600 S. Pr. n. 10 Mk.

Ein fleissiges Werk, in welchem sich die betr. Schriftsteller in alphabet. Reihenfolge aufgeführt finden: bei jedem derselben sind bald kürzere, bald längere biographische Mittheilungen gegeben, denen eine Uebersicht der von ihnen verfassten Schriften mit bibliographisch mehr oder minder genauen Angaben folgt.

[853.] * Bibliotheca Orientalis oder eine vollständige Liste der im Jahre 1880 in Deutschland, Frankreich, England und den Colonien erschienenen Bücher, Broschüren, Zeitschriften u. s. w. über die Sprachen, Religionen, Antiquitäten, Literaturen und Geschichte des Ostens. Zusammengestellt von Karl Friederici. [V. Jahrg.] London, Trübner. (Leipzig, Schulze.) (1881.) 8°. 2 Bll. 62 S. Pr. n. 2,50 Mk. (S. Anz. J. 1880. Nr. 462.)

[854.] * Biblioteca Arabo-Sicula ossia Raccolta di Testi Arabici che toccano la Geografia, la Storia, la Biografia e la Bibliografia della Sicilia Raccolti e tradotti in Italiano da Michele Amari. Vol. II. Torino, Loescher. 8°. 838 S. Pr. 20 L. — Ausgabe in Fol.: (Supplemento al „Muratori Rer. Ital. Scr.“ Tom. I. Parte 2.) Disp. 2 (ultima). Torino, Loescher. 145—363 S. Pr. 27,50 L. (S. Anz. J. 1880. Nr. 463.)

[855.] * Bibliotheca Sinica. Dictionnaire bibliographique des ouvrages relatifs à l'Empire Chinois, par Henri Cordier, de la Société Asiatique de Paris. Tom. I. Fasc. 4. Paris, Leroux. gr. 8°. S. 321—873. (S. Anz. J. 1880. Nr. 962.)

[856.] * Hebräische Bibliographie. Blätter für neuere und ältere Literatur des Judenthums. Herausgegeben von Jul. Benzian. Mit literarischer Beilage von Dr. Steinschneider. XXI. Jahrg. Berlin, Benzian. gr. 8°. 6 Nrr. à 1—2 Bog. Pr. n. 8 Mk. (S. Anz. J. 1880. Nr. 464.)

[857.] The American Catalogue under the direction of F. Leypoldt [Vol. II.] Subject Entries of books in print and for sale (including reprints and importations) July 1, 1876 compiled by Lynds E. Jones. New York, Armstrong & son. (Leipzig in Comm. von Koehler.) gr. 4°. XX, 492 S. Pr. pro compl. $ 25. (S. Anz. J. 1880. Nr. 697.)

Hierüber s. Publishers' Weekly Vol. XX. No. 2. S. 32—33. Mit diesem II. Bde ist ein 1878 begonnenes Werk geschlossen, welches die Bestimmung hat, die Litteratur aus dem Verlage von über 900 Firmen in möglichst kurzer und gedrängter, aber dabei doch auch möglichst übersichtlicher u. für die Bedürfnisse des Buchhandels ausreichender Weise verzeichnet darzubieten. Diese Verzeichnung ist eine alphabetische, u. zwar im I. Bde nach den „Authors and Titles", im II. nach den „Subject Entries". Das Werk, die Frucht ausserordentlicher Arbeitskraft, verdient als eine höchst anerkennenswerthe u. verdienstliche Leistung auf dem Gebiete der bibliographischen Litteratur bezeichnet u. hervorgehoben zu werden. An der Spitze des vorl. Bandes steht eine von Leypoldt bearbeitete treffliche Liste von „Bibliographical Aids".

[858.] * Hinrichs' Fünfjähriger Bücher-Catalog Verzeichniss der in der zweiten Hälfte des neunzehnten Jahrhunderts im Deutschen Buchhandel erschienenen Bücher und Landkarten. Bd. VI. 1876—1880 bearbeitet von Richardt Haupt. 1. Hälfte. A—K. Leipzig, Hinrichs. 4°. 1 Bl. 352 S. Pr. n. 16 Mk. (S. Anz. J. 1876. Nr. 978.)

[859.] Allgemeines Bücher-Lexikon oder vollständiges alphabetisches Verzeichniß aller von 1700 bis Ende 1879 erschienenen Bücher, welche in Deutschland und in den durch Sprache und Literatur damit verwandten Ländern gedruckt worden sind ꝛc. Von Wilhelm Heinsius. XVI. Band, welcher die von 1875 bis Ende 1879 erschienenen Bücher und die Berichtigungen früherer Erscheinungen enthält. Herausgegeben von Otto Kistner. Lief. 13—14. Leipzig, Brockhaus. 4°. Abth. II. S. 145—304. Pr. à n. 3, auf Schreibpap. n. 4 Mk. (S. oben Nr. 754.)

Enth. die Artikel „Mittheilungen" bis „Rabenstein".

[860.] Deutscher Journal-Katalog für 1882. Zusammenstellung von 1450 Titeln deutscher Zeitschriften systematisch in 44 Rubriken geordnet. 13. verbesserte und vermehrte Auflage. Herausgegeben von O. Gracklauer's literarischem Auskunfts-Bureau in Leipzig. 8°. 44 S. Pr. 0,50 Mk. (S. oben Nr. 116.)

Abermals hat sich die Zahl der Zeitschriften in der neuen Ausgabe des vorl. Kataloges im Vergleich zur letzterschienenen um 30 Nrr. vermehrt — abermals Beweis, dass der Herausg. nicht versäumt, seinen Katalog auf dem Niveau der fortschreitenden Zeit zu erhalten.

[861.] * Verzeichniss von 600 Titeln der gangbarsten Kalender, Jahrbücher und Almanachs. In 35 Rubriken systematisch zusammengestellt für 1881/82. IV. verbesserte und vermehrte Auflage. O. Gracklauer's literarisches Auskunftsbureau in Leipzig. 8°. 16 S. Pr. n. 0,35 Mk. (S. Anz. J. 1879. Nr. 909.)

[862.] Biographisches Lexikon des Kaiserthum Oesterreich, enthaltend die Lebensskizzen der denkwürdigen Personen, welche seit 1750 in den österreichischen Kronländern geboren wurden oder darin gelebt und gewirkt haben. Von Dr. Constant von Wurzbach. Th. XLIII. Tabacchi—Terklau. Mit sechs genealogischen Tafeln. Mit Unterstützung des Autors durch die kaiserliche Akademie der Wissenschaften. Wien, k. k. Hof- und Staatsdruckerei. gr. 8°. 1 Bl. 301 S. m. 3 Taf. Pr. n. 6 Mk. (S. oben Nr. 444.)

[863.] Journal général de l'Imprimerie et de la Librairie. Deuxième Série. Tom. XXIV. (69.) Année 1880. Table alphabétique. Paris, au cercle de la Librairie etc. gr. 8°. 1 Bl. 173 S.

Der alphabet. Theil des Registers zur „Bibliographie de la France“ 1880 (s. Anz. J. 1880. Nr. 130.).

[864.] * Provins lettré, notes biographiques et bibliographiques. Par A. Fourtier. II. Edition. Provins, Lebeau. 1880. 8°. 132 S.

Das Bull. crit. 1881. S. 311 schreibt darüber: „Les renseignements n'ont généralement pas la parfaite précision exigée par la critique actuelle.

[865.] * Praise of Books as said or sung by English Authors. By J. Alfred Langford. London and New York, Cassell. 16°. Pr. $ 1.

[866.] Rivista bibliografică Italiana. Rivista Mensile delle pubblicazioni Italiane. Anno I. Milano, Ambrosoli e C. editori. gr. 4°. Monatlich 2 Bog. Pr. 3 L. für Italien, 4 L. auswärts.

Dient mehr buchhändl., als bibliographischen Interessen.

[867.] Ministero di Agricoltura, Industria e Commercio Direzione di Statistica. — Bibliografia Romana Notizie della Vita e delle Opere degli Scrittori Romani dal secolo XI fino ai nostri giorni. Vol. I. Roma, tipogr. eredi Botta. 1880. Lex. 8°. 4 Bll., Prolegg. 1 Bl. CLXXIII S. & Bibliogr. 1 Bl. 267 S. Pr. n. 8,75 Mk. (S. oben Nr. 455.)

In diesem I. Bande, an dessen Spitze sehr ausführliche, von Girolamo Amati bearbeitete Prolegomena gestellt sind, finden sich in alphabetischer Reihenfolge 186 Schriftsteller angeführt, u. von jedem, ausser einer bald mehr, bald minder ausführlichen biograph. Mittheilung, die betr. Schriften, „edite" sowohl als resp. „inedite", in chronologischer Ordnung angegeben. Ausser dem genannten Amati haben an der Bearbeitung dieses Bandes Alessandro Capannari, Paolo Emilio Castagnola, Francesco Cerroti, Pio Conti, Giuseppe Cugnoni, Vincenzo Forcella, Francesco Labruzzi di Nexima, Enrico Narducci, Giuseppe Pinto, Francesco Scalzi, Francesco Seni, Giuseppe Tommassetti u. Teresa Venuti Theil genommen. Die Titel der Schriften sind mehr oder weniger bibliographisch genau verzeichnet. Am Schlusse des Bandes sind drei Indici — alfabetico degli Autori, cronologico, metodico — angehängt.

[868.] * Norsk Forfatter-Lexikon af J. B. Halvorsen. Paa Grundlag af J. E. Krafts og Ch. Langes „Norsk Forfatter-Lexikon 1814—1856". Hft. 1. Christiania. 8°. 64 S. Pr. 2 Mk.

Ueber das Kraft-Lange'sche Werk s. Petzholdt's Biblioth. bibliogr. S. 402.

[869.] Svenskt Boklexikon. Åren 1830—1865. Utarbetadt af Hjalmar Linnström. Hft. 41—42. Stockholm, Samson & Vallin. 4°. S. 641—72. Pr. n. 3,75 Mk. (S. oben Nr. 758.)

Enth. die Artikel „Historia" bis Hongelin.

[870.] * Viestnik književni izdaje knjižara Lav. Hartmana Kugli i Deutsch u Zagrebu. — Catalogue mensuel de la Littérature des Slaves du Sud, publié par la Librairie L. Hartmann (Kugli & Deutsch) à Agram. 8°. Gratis.

[871.] * Bibliotheca theologica oder systematisch geordnete Uebersicht aller auf dem Gebiete der evangelischen Theologie in Deutschland neu erschienenen Bücher. Herausgegeben von Custos Dr. E. Ehrenfeuchter. XXXIII. Jahrg. 2. Hft. Juli-December 1880. Göttingen, Vandenhoeck & Ruprecht. 8°. S. 37—80. Pr. n. 0,50 Mk. (S. oben 128.)

[872.] * Bibliotheca medico-chirurgica, pharmaceutico-chemica et veterinaria oder geordnete Uebersicht aller in Deutschland und im Auslande neu erschienenen medicinischen, pharmaceutisch-chemischen und veterinär-wissenschaftlichen Bücher. Herausgegeben von Carl Ruprecht. XXXIV. Jahrg. 2. Hft. Juli-December 1880. Göttingen, Vandenhoeck & Ruprecht. 8°. S. 75—175. Pr. n. 1 Mk. (S. oben Nr. 130.)

[873.] * Traité des Eaux de Pougues. Fasc. 3. Etude bibliographique et critique de documents médicaux complémentaires du XVIIIme siècle par le Dr. J. Janicot. Paris, Delahaye et Cie. 8°. 2 Bll. 31 S. (S. Anz. J. 1879. Nr. 788.)

Nachdem der Verf. in dem 1. u. dem 1880 erschienenen 2. Hefte die Drucke des XVI. u. des XVII. Jhrhdts verzeichnet, hat er im vorl. Hefte eine Bibliographie des XVIII. Jhrhdts folgen lassen. Pougues im Nièvre-Departement gehört zu den ältesten alkalischen Quellen: die bis jetzt als ältestbekannte Schrift darüber von Pidoux ist aus dem J. 1584, wogegen die erste Monographie über Vals erst 1639 u. über Vichy 1642 erschienen ist.

L. Mohr.

[874.] Literatur der Stolzeschen Schule von Mitte Dezember 1879 bis Anfang März 1881. Zusammengestellt von Dr. Paul Mitzschke in Weimar. Enth. im Almanach für Freunde der Stolzeschen Stenographie für das Jahr 1881. Redigirt und herausgegeben von der statistischen Kommission für Stolzesche Stenographie und L. Isenburg. Berlin, Druck von Liebheit & Thiesen. 16°. S. 80—88. (S. Anz. J. 1880. Nr. 250.)

Mit Aufmerksamkeit hat der Verf. dieser Litteratur alle betr. neuen litterarischen Erscheinungen verfolgt u. gut verzeichnet.

[875.] Zeitschrift für die gesammte Staatswissenschaft. XXXVII. Jahrg. Hft. 3. Tübingen, Laupp. 8°. Enth. S. 648—82: Systematische bibliographische Uebersicht, zum Theil mit kurzen Besprechungen. (October 1880—Juni 1881.)

Von Dr. Ad. Wagner in Berlin. 109 Nrr.

[876.] * The Literature of Civil Service Reform in the United States. By W. E. Foster. Published by the Young Men's Political Club. Providence. 8°. 15 S.

[877.] * Bibliotheca historico-naturalis, physico-chemica et mathematica oder systematisch geordnete Uebersicht der in Deutschland und dem Auslande auf dem Gebiete der gesammten Naturwissenschaften und der Mathematik neu erschienenen Bücher, herausgegeben von Dr. F. Frenzel, Gymn.-Lehrer. XXX. Jahrg. 2. Hft. Juli—December 1880. Göttingen, Vandenhoeck & Ruprecht. 8°. S. 159—233. Pr. n. 1,80 Mk. (S. oben Nr. 133.)

[878.] * Repertorium annuum Literaturae Botanicae periodicae curavit G. C. Bohnensieg, custos. Tom. VI. 1877. Harlemi, Erven Loosjes. 1881. gr. 8°. XXVI, 420 S. Pr. n. 9,20 Mk. (S. Anz. J. 1880. Nr. 377.)

[879.] * Elenchus librorum de Apium cultura. — Bibliographie universelle d'Apiculture, accueillie par ordre de M. Auguste de Keller, directeur du 1. Musée international d'Apiculture à Milan. Milan, Hoepli. 8°. 2 Bll. 223 S., wovon 201—4 doppelt vorhanden sind. Pr. 5 Fr. (Nur 200 Exempl. im Handel.)

Der Verf. macht für seine Arbeit auf Vollständigkeit keinen Anspruch, sondern will dieselbe nur als einen Versuch betrachtet wissen, der, für die Zwecke der Nationalausstellung in Mailand bestimmt, mit einiger Eile habe hergestellt werden müssen, um bei der Eröffnung der Ausstellung im Mai bereit gehalten zu werden. Die hier u. da wahrnehmbare Flüchtigkeit der Arbeit mag sich dadurch theilweise entschuldigen lassen, aber gewiss nicht alle u. jede; denn ist wohl anzunehmen, dass die mit einem Sternchen bezeichneten u. dadurch als Eigenthum der Bibliothek des Museums kenntlich gemachten Schriften dem Verf. in natura vorgelegen haben, so hätten diese wenigstens mit etwas mehr bibliographischer Genauigkeit, als es in der That der Fall gewesen ist, behandelt werden können. Auch hinsichtlich der Vollständigkeit der Arbeit hätte sich trotz der Eile, mit der sie hat angefertigt werden müssen, doch wohl, z. B. mit gewissenhafter Benutzung der Büchting'schen Bibliographie u. des landwirthschaftl. Katalogs von Gerold & Co. in Wien, mehr erreichen lassen. Nichts destoweniger ist u. bleibt aber die vorl. Bibliographie, deren Gebrauch durch ein systemat. Inhaltsverzeichniss sehr erleichtert wird, insofern eine sehr schätzbare Arbeit, als man eine bessere über den betreff. Gegenstand vor der Hand nicht besitzt. — Zu bemerken ist, dass alle in der Bibliographie nicht mit einem Sternchen bezeichneten Schriften vom Museum (durch Vermittelung von Hoepli) zu kaufen gesucht werden. L. Mohr.

[880.] Gracklauer's Fachkatalog No. 14. — Verzeichniss sämmtlicher Schriften über Gewerbe-Literatur und Industrie, Handwerks-, Innungs- u. Patentwesen, Kunsthandwerk, Gewerbe-Ausstellungen etc. welche von 1865—1881 im deutschen Buchhandel erschienen sind. Nach den einzelnen Gewerben in ca. 100 Abtheilungen zusammengestellt. Mit ausführlichem Materien-Register. (In c. 4 Heften.) Hft. 1—2. O. Gracklauer's literarisches Auskunftsbureau in Leipzig. 8°. 142 S. Pr. à n. 1,35 Mk. (S. oben Nr. 652.)

Im wohlverstandenen Interesse des Publikums, von welchem ein Theil dem einen, der andere wieder dem anderen Fache der im vorl. Kataloge vertretenen Gewerbe-Litteratur seine hauptsächliche Beachtung widmet, hat es der Herausg. für gut befunden, aus diesem Gesammtkataloge Specialkataloge abdrucken zu lassen u. dieselben einzeln dem betr. Publikum zugänglich zu machen. Dergl. Specialkataloge sind von den Schriften über Beleuchtungswesen, Petroleum, Gasbeleuchtung, elektr. Beleuchtung (7 S. Pr. 20 Pf.), ferner über Bierbrauerei, Böttcherei, Branntweinbrennerei, Destillation, Hefenfabrikation u. Gährung (27 S. Pr. 40 Pf.), über die

Buchdruckerkunst, Auto- u. Lithographie, Schriftgiesserei u. Buchbinderei (12 S. Pr. 27 Pf.), über Färberei, Druckerei, Bleicherei, Appretur u. Farbenfabrikation (12 S. 27 Pf.), über Gewerbechemie u. chemisch-technische Rezeptbücher (12 S. Pr. 27 Pf.), über Dekorations- u. Zimmermalerei, Holz-, Glas- u. Porzellanmalerei, Vorlagen für Firmenschreiber (8 S. Pr. 20 Pf.), über die Industrie der Fette, Oele, Harze, Seifen- u. Parfümerie-Fabrikation (7 S. Pr. 20 Pf.), über Feuerwehrwesen (11 S. Pr. 27 Pf.), über Juwelier-, Gold- u. Silber-Arbeiten, Edelsteinkunde (7 S. Pr. 20 Pf.), über Keramik, Töpferei, Ofenbau, Porzellan- u. Steingut-Fabrikation (7 S. Pr. 20 Pf.), über Metall-Industrie, Klempnerei, Legir- u. Löthkunst, Vergoldung, Galvanoplastik (8 S. Pr. 20 Pf.), über Mühlenwesen u. Mühlenbau (4 S. Pr. 20 Pf.), über Photographie u. Lichtdruck (11 S. Pr. 27 Pf.).

[881.] Historische Zeitschrift hrsg. von H. v. Sybel. München u. Leipzig, Oldenbourg. gr. 8°. Enth. Neue Folge Bd. X. (der ganzen Folge 46. Bd.) Hft. 2. S. 299—383: Literaturbericht. (S. oben Nr. 650.) Enth. 79 Nrr.

[882.] * Bibliotheca historica oder systematisch geordnete Uebersicht der in Deutschland und dem Auslande auf dem Gebiete der gesammten Geschichte neu erschienenen Bücher. Herausgegeben von Custos Dr. E. Ehrenfeuchter. XXVIII. Jahrg. 2. Hft. Juli—December 1880. Göttingen, Vandenhoeck & Ruprecht. 8°. S. 167—399. Pr. 2,40 Mk. (S. oben Nr. 137.)

[883.] Publication de la Société de Géographie — Liste provisoire de Bibliographies géographiques spéciales par James Jackson. Paris, Delagrave. gr. 8°. VIII, 125 S.

Der Titel zeigt schon an, dass man in der vorl. Schrift etwas relativ Vollständiges nicht zu erwarten habe; die Schrift ist vielmehr blos dazu bestimmt, darauf hinzuarbeiten, dass unter Mitwirkung Anderer etwas möglichst Vollständiges zu Stande gebracht werde. Mit Zugrundelegung der in der Gesellschafts-Bibliothek vorhandenen Schriften, welche durch ein vorgesetztes Sternchen kenntlich gemacht sind, hat der Verf. in der Liste 559 Nrr. zusammengestellt, in Betreff welcher er erwartet, dass alle Diejenigen, welche Interesse an dem Gegenstande nehmen u. die Mittel haben, dazu beitragen werden, die Liste zu vervollständigen u. zu vermehren. Die Gesellschaft werde jedweden Beitrag mit Dank in Empfang nehmen.

[884.] Dr. A. Petermann's Mittheilungen aus Justus Perthes' geographischer Anstalt über wichtige neue Erforschungen aus dem Gesammtgebiete der Geographie hrsg. von E. Behm u. M. Lindeman. Gotha, Perthes. 4°. Enth. Bd. XXVI. 1880. Hft. XII. S. 476—78 u. Bd. XXVII. 1881. Hft. II. S. 77—80,

Hft. III. S. 119—20, Hft. V. S. 196—200, Hft. VI. S. 236—40, Hft. VIII. S. 312—20, Hft. IX. S. 357—60: Geographische Literatur. (S. Anz. J. 1880. Nr. 1204.)

Anerkannt gute u. reichhaltige bibliograph.-kritische Uebersicht der neuesten litterar. Erscheinungen.

[885.] Neues aus der Geographie, Kartographie und Statistik Europa's und seiner Kolonien. XI. Jahrgang. Quellennachweise, Auszüge und Besprechungen zur laufenden Orientirung bearbeitet vom Grossen Generalstabe, Geographisch-statistische Abtheilung. [A. u. d. Tit.: Registrande der Geographisch-statistischen Abtheilung des Grossen Generalstabes. Jahrg. XI.] Berlin, Mittler & Sohn. gr. 8°. XIV, 634 S. Pr. n. 12,50 Mk. (S. Anz. J. 1880. Nr. 978.)

Wie stets reich auch an für Bibliographie interessanten Materialien.

[886.] * Numismatischer Verkehr. Ein Verzeichniss verkäuflicher und zum Ankauf gesuchter Münzen, Medaillen, Bücher etc. Herausgegeben von C. G. Thieme. XIX. Jahrg. 1881. Leipzig, Thieme. gr. 4°. à 4 Nrr. (Bog.) Pr. à n. 0,40 Mk. (S. Anz. J. 1880. Nr. 715.)

[887.] * Necrologie et Bibliographie contemporaines de la Sarthe (1844—1880); par F. Legeay. Le Mans, Leguicheux-Gallienne. 8°. 504 S.

[888.] * Indroduction to the Study of English History. By S. Rawson Gardiner and Ja. Bass. Mullinger. London, Kegan Paul & Co. 8°. XXII, 424 S., wovon 201—404 enth.: a very comprehensive and valuable series of notes and references on the authorities for English History.

[889.] * Bibliografia Atestina. Saggio di Leo Benvenuti. Bologna. 8°. X, 133 S. Pr. 3,50 L.

[890.] Karl Georg Bruns von Heinrich Degenkolb. [Besonderer Abdruck aus dem „Archiv für die Civilistische Praxis" Bd. 64. Heft 3.] Freiburg i. Br. u. Tübingen, Mohr. 8°. IX, 47 S. Pr. n. 1 Mk. Enth. S. 44—47 das Verzeichniß der Bruns'schen Schriften.

Das Verzeichniss der Schriften von Karl Eduard Georg Bruns (geb. 24. Febr. 1816 zu Helmstädt, gest. als Professor 10. Decbr. 1880 in Berlin) findet in dem zweiten, von den Bruns'schen Werken u. seinem Wirken handelnden Abschnitte (S. 10—34) zum Theile kritische Erläuterung.

[891.] Fünfte Fortsetzung der Nachträge zu Hirzels „Neuestem Verzeichniss einer Goethe-Bibliothek." Von Woldemar Freiherrn von Biedermann. Enth. im Archiv für Litteraturgeschichte hrsg. von Frz. Schnorr v. Carolsfeld. Bd. X. Leipzig, Teubner. gr. 8°. Hft. 4. S. 488—95. (S. Anz. J. 1880. Nr. 842.)

Enth. die Erscheinungen des J. 1880 u. aus dem Anfange des J. 1881, sowie Nachträge aus früheren Jahren.

[892.] Goethe's Briefe. Verzeichniß derselben unter Angabe von Quelle, Ort, Datum und Anfangsworten. Uebersichtlich nach den Empfängern geordnet, mit einer kurzen Darstellung des Verhältnisses Goethe's zu diesen und unter Mittheilung vieler bisher ungedruckter Briefe Goethe's. Bearbeitet von Fr. Strehlke. Lief. 1. Berlin, Hempel. 8°. 2 Bll. 64 S. Pr. n. 1 Mk.

Ein für Special-Goethebibliographen sehr intressantes u. dankenswerthes Werkchen, bei dessen Ausführung die verwandte Arbeit des verst. Buchhändlers C. A. Diezel in Elsterberg (s. Anz. J. 1872. Nr. 181), deren litterar. Eigenthum von der Hempel'schen Verlagshandlung erworben worden ist, wesentliche Hilfe gewährt hat.

[**893.**] Library of Harvard University. Bibliographical Contributions. Edited by Justin Winsor, Librarian. No. 10. — Halliwelliana: a Bibliography of the publications of James Orchard Halliwell-Phillipps. By Justin Winsor, Librarian of Harvard University. Republished from the Bulletin of Harvard University. Cambridge, Mass.: University Press. Lex. 8°. 30 S.

Dieses — hauptsächlich nach Vorlage der in Harvard College Library, Boston Athenaeum u. Boston Public Library befindlichen Exemplare, sowie mit Unterstützung einer Collegin Miss Annie E. Hutchins — sorgfältig zusammengestellte u. chronologisch geordnete Verzeichniss, dem überall die erforderlichen weiteren Erläuterungen beigefügt sind, ist als eine höchst achtbare Arbeit des Verf.'s anzuerkennen.

[894.] * Notice bibliographique sur les Ouvrages imprimés du P. Cl. Fr. Menestrier, complément aux recherches de M. P. Allut sur les oeuvres de cet auteur; par J. Renard. Lyon, imp. Mougin-Rusand. 8°. 16 S.

[895.] * Etude bibliographique sur les Mélodies Grégoriennes de Dom Joseph Pothier, moine bénédictin de l'abbaye de Solesmes; par Félix Velluz. Grenoble, l'auteur. (Impr. Vincent et Perroux.) 12°. 80 S.

[896.] * L'Oeuvre historique et archéologique de M. Ernest Prarond, étude critique et bibliographique; par Alcius Ledieu, bibliothécaire. Amiens, imp. Jeunet. gr. 16°. 98 S.

[897.] Zur Schillerlitteratur. Von J. E. Wackernell in Innsbruck. Enth. in der Zeitschrift für Deutsche Philologie hrsg. von E. Höpfner u. J. Zacher. Bd. XIII. Hft. 1. Halle, Buchh. d. Waisenhauses. gr. 8°. S. 90—121.

In vorl. Litteratur hat der Verf. den „Ueberschuss zur Schiller-litteratur von Unflad, der sich aus seinen Sämmlungen u. der Collation der übrigen Schillerbibliographien ergeben", zusammengestellt.

[898.] * Notice biographique et bibliographique sur M. L. C. H., Comte de Widranges; par Alfred Jacob, secrétaire quinquennal de la Société des lettres, sciences et arts de Bar-le-Duc. [Extrait du t. X des Mémoires de la Société, année 1881.] Bar-le-Duc, imp. Contant-Laguerre. 8°. 25 S. m. 1 Abb.

[899.] Codex Roolf, Pergamenthandschrift des Traktats De imitatione Christi vom Jahre 1431. Von Bergrath Schmidt-Reder in Görlitz. Separat-Abdruck aus Petzholdt's „Neuer Anzeiger für Bibliographie und Bibliothekwissenschaft" 1881. Dresden, Schönfeld. 8°. 14 S. m. 2 Facsim. Taf. (S. oben Nr. 634.)

Der Verf. der vorl. Schrift hat den Wunsch gehabt, seine Mittheilung über den C. R. durch einen Separatabdruck auch in Kreise, in welche der Anz. nicht zu kommen pflegt, Eingang zu verschaffen. Dieser Separatabdruck, zumal derselbe durch 2 Facsim. Taf. in Lichtdruck bereichert ist, wird so Manchem, dem sonst die Mittheilung unbekannt geblieben sein würde, ganz willkommen sein, liefert ja doch die Mittheilung einen neuen Beitrag zu der — allerdings, glaube ich, wohl nunmehr schon erfolgten — Lösung der interessanten Frage über den eigentlichen Verf. des berühmten Traktats.

Buchhändler- und antiquarische Kataloge.

[900.] Verlags-Kataloge der Verleger des Deutschen Reiches. — Buch- und Kunst-Katalog. Gesammt-Verlags-Katalog des Deutschen Buchhandels [und des mit ihm im directen Verkehr stehenden Auslandes]. Ein Bild deutscher Geistesarbeit und Cultur. Vollständig bis Ende 1880. Münster i. W., Adolph Russell. 1881. gr. Lex. 8°. Bd. II. Lief. 1. 2 Bll. 320 Sp.; Bd. IV. Lief. 1. 2 Bll. 320 Sp.; Bd. V. Lief. 2. 321—608 Sp.; Bd. VIII. Lief. 1. 2 Bll. 288 Sp.; Bd. X. Lief. 2. 321—608 Sp.; Bd. XIV. Lief. 2. 321—608 Sp. Pr. pro Lief. n. 0,60 Mk. (S. oben Nr. 747 u. 775.)

[901.] Associazione Tipografico-Libraria Italiana — Catalogo collettivo della Libreria Italiana Nuova Edizione per la Esposizione Nazionale del 1881 in Milano con Indice generale alfabetico e Indice metodico per Materie. Milano, Tip. Bernardoni di C. Rebeschini e C. gr. Lex. 8°. VIII S. Tit. u. Vorwort, 1268 Bll. Verlagskataloge, 168 u. 151 S. Register. Pr. n. 20 Mk. (S. Anz. J. 1880. Nr. 1179.)

Enth. die mehr oder minder gut, zum Theil sehr mittelmässig redigirten Verlagskataloge von 206 verschiedenen Firmen.

[902.] Literarischer Merkur. Mittheilungen aus dem geistigen

Leben der Gegenwart und Nachrichten für Bücherfreunde über empfehlenswerthe Neuigkeiten des In- und Auslandes. I. Jahrg. 1881. Berlin, Neugebauer. gr. 8⁰. Jährl. 24 Nrr. (Bog.) Quartalpr. n. 0,75 Mk.

[903.] * Oeffentliches Börsenblatt oder der Börsenmarkt. Verzeichniss sämtlicher im Buchhandel erscheinenden Bücher, Karten, Musikalien etc. I. Jahrg. Mai—December 1881. Leipzig, Gruner. gr. 4⁰. Jährl. 70 Nrr. à $^1/_2$ Bog. Quartalpr. n. 1 Mk.

[904.] * Le Moniteur de la Librairie et de l'Imprimerie. I. Année. No. 1. Décembre 1880. Paris. 4⁰. 4 p. à 3 col. Jährl. Pr. 5 Fr. f. Paris u. d. Departements, 7 Fr. f. d. Ausland.

[**905**.] Adressbuch für den Buch-, Kunst-, Musikalienhandel und verwandte Geschäftszweige der österreichisch-ungarischen Monarchie mit einem Anhange: Oesterr.-ungarisches Zeitungs-Adressbuch. Herausgegeben von Moritz Perles. 1881. XVI. Jahrgang. Mit dem Bildnisse von R. von Waldheim. Wien, Perles. gr. 8⁰. 5 Bll. 186 S. m. buchhändl. u. a. Ankündigungen. Nebst einer Portr.-Taf. u. einer geografisch-statistischen Karte des oesterr.-ungarischen Buchhandels. Pr. n. 2 Fl. (S. Anz. J. 1880. Nr. 987.)

Der neue Jahrgang dieses Adressbuches, schreibt die Oesterreich. Buchhändler-Correspondenz Nr. 34. S. 303, bezeugt in allen Theilen aufs neue die grosse Sorgfalt, welche der Herausg. seit 16 Jahren diesem unentbehrlichen buchhändlerischen Behelfe widmet. Ich für meine Person, der ich das Adressbuch schon Jahre lang zu verfolgen Gelegenheit gehabt habe, mag dieser Anerkennung gern beipflichten. Mit den an ein solches Adressbuch zu stellenden fortschreitenden Anforderungen weiss der Herausg. stets Tritt zu halten. Ueberall findet man Zuwachs. In dem Zeitungs-Adressbuche ist die vorjährige Ziffer von 730 Journalen in 136 Städten auf 925 Blätter in 173 Städten gestiegen, von welchen letzteren Wien allein 317, Prag 86 u. Budapest 83 Blätter aufzuweisen hat. J. P.

[**906**.] XV. Catalogue mensuel de Livres anciens en vente chez Louis Bihn. — Collection d'ouvrages pour la plupart rares et curieux provenant de plusieurs Bibliophiles. I. Partie. Paris. 8⁰. 1 Bl. 106 S. 2194 Nrr. (S. Anz. J. 1880. Nr. 1218).

Zum grösseren Theile Werke Französischer Pressen.

[**907**.] CXXXIX Catalogue de Livres anciens et modernes pour la plupart rares et curieux faisant partie de la Librairie Albert Cohn à Berlin. 8⁰. 1 Bl. 94 S. m. 2 Facs. Taf. 358 Nrr. (S. oben Nr. 663.)

Enth.: Manuscrits, Xe au XVIIe siècles (an der Spitze ein Perg. Ms. aus der 1. Hälfte des XIV. Jhrhdts „Legenda Sanctorum, ein Monument Deutscher Miniaturmalerei ersten Ranges“ Pr. 7500

Mk. Mit 2 Facsim.); Livres à figures, XVe au XIXe siècles. Gravures sur bois des anciens maîtres, Ornements, Broderies, Livres à figures du 18e siècle, etc. (an der Spitze ein Perg. Druck, „das Leben Mariae und die Passion Jesu Christi, 35 Deutsche Metallschnitte, 1440 bis 1450“ Pr. 2250 Mk.); Livres divers, Incunables (y compris la Bible de Gutenberg, sur vélin [bereits verkauft]), Americana, Hungarica et Rumanica, Polonica, Russica, etc.

CXL. Katalog des antiquarischen Bücherlagers von Demselben. — Theoretische und praktische Musik XV. — XVIII. Jahrhundert. 8⁰. 1 Bl. 22 S. 331 Nrr.

Meist nur Ausgewählteres u. Seltneres.

[**908.**] No. 14. Antiquarischer Anzeiger von F. Corradi-Janitsch. Bern — Naturwissenschaften. 8⁰. 16 S. 454 Nrr.

Hauptsächlich Deutsche, nächstdem Franz. Litteratur.

[**909.**] Antiquariats-Katalog von Julius Drescher Specialgeschäft für Theologie in Leipzig. No. 13. 8⁰. 1 Bl. 57 S. 1914 Nrr.

Enth.: Theologie, Philosophie, Pädagogik, Schöne Litteratur; nebst Sachregister.

[**910.**] Antiquarischer Catalog der N. G. Elwert'schen Universitäts-Buchhandlung in Marburg. — Werke über die Provinz Hessen-Nassau und das Grossherzogthum Hessen. 8⁰. 1 Bl. 62 S. 1120 Nrr.

Dieses von H. Hayn redigirte Verzeichniss enthält theils histor., geograph. u. a. Schriften über die betr. Landestheile (Nr. 1—815), theils „seltnere Schriften aus verschiedenen Wissenschaften, sämmtlich Drucke aus dem Gebiete der jetzigen Provinz Hessen-Nassau und des Grossherzogthums Hessen“ (Nr. 816—1088), sowie zum Schlusse Zeitschriften u. Zeitungen (Nr. 1089—1120).

[**911.**] Weimar's Glanzperiode. Goethe-, Schiller-, Herder- und Wieland-Literatur, zu beziehen von Eduard Fischhaber in Reutlingen. kl. 8⁰. 20 S.

Curiosa, Jocosa, Varia. — Bücher über Waidwerk, Fischfang, Pferde-Wissenschaft, Reit- & Fahrkunst, Fechtkunst, Schwimmkunst, Feuerwerkkunst, Schach- und andere Spiele, Anstand und Sitte, Humor und Satyre, Frauen, Liebe, Zechen u. s. w., nebst vielen anderen auf die Cultur- und Sitten-Geschichte bezüglichen Werken. Zu beziehen von Demselben. 8⁰. 32 S.

Neben Gewöhnlichem so manches Seltnere u. Interessante.

[**912.**] No. 254. Bücher-Verzeichniss über Werke aus dem Gebiete der Theologie und Philosophie welche bei Theodor Kampffmeyer in Berlin zu haben sind. 8⁰. 1 Bl. 62 S. (S. oben Nr. 571.)

Beachtenswerth, wie stets, um der billigen Preise willen.

[913.] Catalog No. 1 des Antiquarischen Bücherlagers von Lipsius & Tischer in Kiel. — Classische und neuere Philologie. 8°. 1 Bl. 24 S. 860 Nrr.

Grösstentheils nur gangbare Litteratur.

[914.] Catalogue annoté de Livres d'Amateurs la plupart tirés à petit nombre, sur papiers de luxe, en caractères antiques et Elzéviriens, avec des encres supérieures, titres en rouge et en noir. 1881. Paris, Lehec librairie ancienne et moderne. 8°. 50 S. 148 Nrr.

Ein für Bibliophilen interessanter raisonnirender Katalog.

[915.] Nr. XLI. Verzeichniss des antiquarischen Bücherlagers von R. Levi, Buchhändler und Antiquar in Stuttgart. — Auswahl aus verschiedenen Fächern. 16. Abth. kl. 8°. 48 S. (S. oben Nr. 380.)

Grösstentheils nur Deutsche gangbare Litteratur.

[916.] Catalogue des ouvrages pour l'étude des Langues Romanes le Basque et le Bas-Breton publiés Par Maisonneuve & Cie. Paris. (Leipzig, Brockhaus Commiss.) 8°. 20 S.

Verdient alle Beachtung.

[917.] Catalogus van eene uitgezochte verzameling Werken in hoofdzaak de Nederlandsche Letterkunde betreffende verkrijgbaar bij H. W. van Marle te Arnhem. 8°. 1 Bl. 16 S. 152 Nrr.

Viel Neueres, wenig Aelteres.

[918.] Catalog 53 des antiquarischen Bücherlagers von J. Rentel's Verlagsbuchhandlung und Antiquariat in Potsdam. — Geschichte und deren Hülfswissenschaften. Geographie. kl. 8°. 1 Bl. 114 S. (S. oben Nr. 266.)

Fast durchaus Deutsche Litteratur, ältere sowohl als neuere, ebenso wie gangbare u. seltner vorkommende.

[919.] Lager-Catalog Nr. 1 von G. Salomon's Antiquariats-Buchhandlung in Dresden. — Gute und seltene Bücher in deutscher Sprache. 8°. 1 Bl. 112 S. 2909 Nrr.

Grösstentheil's neuere Litteratur.

[920.] Catalog Nr. 129—132. J. Scheible's Antiquariat und Verlagsbuchhandlung in Stuttgart. gr. 8°. (S. oben Nr. 792.)

Enth.: in 129 Archaeologie, Geschichte des Alterthums, Aegyptiaca (1 Bl. 17 S. 454 Nrr.); in 130 Genealogie, Heraldik, Embleme, Duell, Vehmgericht, Ritterorden, nobles Landleben, Park- u. Gartenanlagen, Turn-, Reit- u. Tanzkunst, Luxus u. Moden, Räthsel, Diplomatie, Schach- u. andere Spiele (1 Bl. 33 S. 787 Nrr.); in 131 Spanische u. Portugiesische Litteratur (1 Bl. 12 S. 263 Nrr.); in 132 Militaria (1 Bl. 26 S. 637 Nrr.).

[921.] No. XIV. Verzeichnis einer kostbaren Sammlung von

Autographen der berühmtesten Fürsten, Feldherren, Staatsmänner sowie Dichter und Gelehrten aller Nationen des 15.—19. Jahrhunderts. Zu beziehen von Otto Aug. Schulz in Leipzig. 1882. 8°. 1 Bl. 32 S. 1121 Nrr.

Eine in Wirklichkeit an kostbaren u. prächtigen Autographen, zum Theil mit Portraits, reichhaltige Sammlung. Die Preise einzelner Stücke sind freilich sehr, meines Bedünkens fast übermässig, hoch.

[922.] 65. Antiquariats-Katalog von Simmel & Co. in Leipzig. — Geschichte und ihre Hülfswissenschaften. 8°. 32 S. 852 Nrr. (S. oben Nr. 678.)

Mit wenigen Ausnahmen nur Deutsche Litteratur.

[923.] Catalog Nr. 40 von A. Stuber's Antiquariat in Würzburg. 8°. 1 Bl. 50 S. 1445 Nrr. (S. oben Nr. 585.)

Enth.: Rechtswissenschaft; Kirchenrecht, Kirche u. Staat; Staatswissenschaft, Politik.

[924.] No. 121. 123. 124. 126. 127. 128. 129. 130. Verzeichniss von antiquarischen Büchern der Buch- & Antiquariats-Handlung von W. Weber in Berlin. 8°.

Enth.: in 121 Belletristik (1 Bl. 52 S.); in 123 Philosophie u. Pädagogik (1 Bl. 24 S.); in 124 Naturwissenschaften (1 Tit.- u. 71 S.); in 126 u. 127 Geschichte Abth. I. II. (1 Bl. 56 S. u. 1 Bl. 68 S.); in 128 Kunst u. Kunstgeschichte (1 Bl. 54 S.); in 129 Auswahl gangbarer Werke aus allen Wissenschaften (1 Tit.- u. 49 S.); in 130 Rechts- u. Staatswissenschaften (1 Tit.- u. 77 S.).

Bibliothekwissenschaft.

[925.] Monthly Notes on the Library Association of the United Kingdom. Vol II. (S. oben Nr. 795.)

Enth.: in Nr. 6, ausser Mittheilung eines Schreibens H. Wilson's über die alte u. reiche Bibliothek der Stadt Tours, ein Circular des Councils, welches an die im „Bookbinders' Trade Directory" verzeichneten Buchbinder geschickt werden soll, um über die besten Materialien u. bestimmten Preise für Buchbinderarbeiten Aufklärung zu erhalten, sowie am Schlusse kurze Notizen über die Victoria Soldiers Library im Lager zu Aldershot, das Britische Museum u. der Grafen Balzani. Ferner in Nr. 7 einen Vortrag G. R. Humphery's über Arbeiter-Bibliotheken in Fabriken u. Mittheilungen über den verstorb. Henry Octavius Coxe von der Bodlej. Bibliothek u. über die Mitchell Library u. Stirling's Library zu Glasgow, die neue Universitäts-Bibliothek zu Nottingham, die Annahme der Free-Libraries-Act in Kington-on-Thames u. die Eröffnung der Free Public Library in Richmond. In Nr. 8 einen Vorschlag des „Committee on the training of Library Assistants", welcher dahin geht, dass sich die künftigen Bibliothekare einem oder mehren Fachexaminibus unterwerfen sollen; ausserdem Notizen über die Public Library in Ayr, über eine der Stadt Newark von Mr. Gilstrop versprochene Bibliothek u. A. R.

Bibliothekenlehre.

[926.] * Church Library Association. List of Books recommended for Sunday-School and Parish Libraries. Cambridge (Mass.), Easter. 12°. 36 S.

Bibliothekenkunde.

[927.] Boston Public Library. — Twenty-ninth Annual Report. 1881. gr. 8°. 1 Bl. 83 S. m. 6 Tabellen. (S. Anz. J. 1880. Nr. 1005.)

Gleich seinen Vorgängern zerfällt der vorl. Jahresbericht in drei verschiedene Reports, nämlich: of the Trustees of the Public Library (S. 1—13); of the Examining Committee (S. 14—26); of the Librarian (S. 27—45). An letzterem schliessen sich XXIII Appendixes an, welche das in den Amerikanischen Jahresberichten allgemein beliebte, umfängliche tabellarische Zahlen- und Namenwerk enthalten, wodurch dem Leser die Bibliotheksbewegung des letztverflossenen Jahres nach allen Richtungen hin u. mit Vergleich zu früheren Jahren ersichtlich gemacht wird.

[928.] Bulletin of the Boston Public Library. Vol. IV. No. 11. (Whole No. 58.) July 1881. Lex. 8°. S. 337—72. (S. oben Nr. 682.)

Enth., ausser den an die Spitze gestellten gewöhnlichen Personal- u. Bibliotheksnotizen, das Zuwachsverzeichniss des II. Quartales in d. Bates Hall, Lower Hall and Branches u. Roxbury Branch. Letzterer Abschnitt umfasst das Verzeichniss eines Theiles der Bibliothek des verst. Dr. Henry Bartlett, of Roxbury, welcher in Folge des Todes der Wittwe Hannah E. Bartlett an die öffentliche Bibliothek gekommen ist.

[929.] * Catalogue of the Erie Railway Library Association. Buffalo. 1880. 8°. 15 S. mit 4 S. Suppl.

[930.] * Catalogue of the S. S. Library of the Broadway Church of Norwich (Ct.) 12°. 30 S.

[931.] Index-Catalogue of the Library of the Surgeon-General's Office, United States Army. Authors and Subjects. Vol. II. Berlioz-Cholas. Washington, Government print. press. gr. Lex. 8°. 2 Bll. [12] & 990 S. (S. Anz. J. 1880. Nr. 1182.)

Der Herausg. Dr. J. S. Billings, Bvt. Lt. Col. and Surgeon, U. S. Army, sagt in der an den Surgeon-General Joseph K. Barnes gerichteten u. dem vorl. Bande vorangestellten Zuschrift über den

Inhalt desselben: „This volume includes 12,459 author-titles, representing 4934 volumes and 9810 pamphlets. It also includes 11,550 subject-titles of separate books and pamphlets, and 37,310 titles of articles in periodicals.“ Diese wenigen Worte sind hinreichend, um dem Leser einen Begriff von dem ganz ausserordentlichen Reichthum der im vorl. Bande aufgehäuften — u. ich setze hinzu, in trefflichster Ordnung zusammengestellten — Materialien zu geben. Um solche Massen von Materialien zu bewältigen, dazu gehört allerdings eine ganz aussergewöhnliche Arbeitskraft u. zugleich Sachkenntniss, hinsichtlich deren sich freilich sicher nicht Viele dem Dr. Billings — der auch bei Gelegenheit des Londner medicin. Congresses im August durch seinen Vortrag über die jetzige medicin. Litteratur Zeugniss von einer selten so ausgebreiteten Fachkenntnis gegeben hat (s. Publishers' Weekly Vol. XX. No. 9. S. 211—12) — ebenbürtig an die Seite würden stellen können.

[932.] * Catalogue of the Free Public Library of Watertown (Mass.) Watertown. 8°. 8 Bll. 462 S.

[933.] * Die Stiftsbibliothek zu Admont. Zur Orientirung und Erinnerung für die Besucher derselben. Mit einer Abbildung des Büchersaales nach einer Photographie von Franz Frankhauser in Admont. Graz, Buchdr. Styria. 8°. 39 S. (Der Reinertrag wird dem Dotationsfonde der Bibliothek zugeführt.)

Hierüber s. Wissenschaftl. Studien u. Mittheil. aus dem Benedict.-Orden, Jahrg. II. Hft. III. S. 180. Enth. eine kurze Geschichte der Bibliothek, eine Erklärung der Localität u. ihrer Ausschmückung, die Angabe ihrer vorzüglichsten Schätze, die Art u. Weise ihrer Benutzung etc.

[934.] Schriften des Vereins für die Geschichte der Stadt Berlin. Heft XVIII. Verzeichniß der Bücher, Karten- und Bilder-Sammlung des Vereins für die Geschichte Berlins. Bearbeitet von L. Alfieri und H. Guiard. Berlin, Verlag des Vereins. (Mittler u. Sohn in Comm.) gr. 8°. XIV, 279 S. Pr. n. 2,50 Mk.

Verdient sowohl wegen seiner grossen Reichhaltigkeit als seiner anerkennenswerthen guten Redaction alle Beachtung.

[935.] * Die Arabischen Handschriften der Herzoglichen Bibliothek zu Gotha. Auf Befehl Sr. Hoheit des Herzogs Ernst II. von Sachsen-Coburg-Gotha verzeichnet von Dr. Wilhelm Pertsch. Bd. III. [A. u. d. Tit.: Die Orientalischen Handschriften der Herzoglichen Bibliothek zu Gotha u. s. w. Th. V.] Gotha, Perthes. gr. 8°. VII, 488 S. Pr. n. 17 Mk. (S. Anz. J. 1880. Nr. 758.)

[936.] Königliches Dom-Gymnasium in Halberstadt. Oster-Programm 1881. Inhalt: Die Handschriften der Gymnasial-Bibliothek II. vom Direktor Dr. Gustav Schmidt. Halberstadt, Druck von Meyer. 4°. 1 Bl. 32 S. (S. Anz. J. 1878. Nr. 825.)

Der im Programm von 1878 veröffentlichten Uebersicht u. sorgfältigen Beschreibung von 100 Handschriften hat der Verf. im vorl. Programm eine gleiche Beschreibung von 120 weiteren Handschriften folgen lassen, u. derselben ausserdem am Schlusse ein Verzeichniss der „bei der Durchsicht der Handschriften u. Bücher abgelösten Handschrift-Fragmente“, soweit ihm dieselben von grösserem Werthe erschienen sind, beigefügt.

[937.] * Katalog der Bibliothek der deutschen morgenländischen Gesellschaft [in Halle]. II. Handschriften, Inschriften, Münzen, Verschiedenes. Leipzig, Brockhaus in Comm. gr. 8°. VI, 84 S. Pr. n. 3 Mk. (S. Anz. J. 1880. Nr. 522.)

[938.] Bericht über die Verwaltung der Königlichen Universitäts-Bibliothek zu Kiel im Etatsjahr 1880/81. Unterzeichnet: Steffenhagen. 4°. IV S. (S. Anz. J. 1880. Nr. 890.)

Mit der gewohnten Kürze giebt der Bericht Auskunft über die Fortschritte der Katalogarbeiten u. dergl., über die Schenkgeber, die gesteigerte Benutzung, den durch den neuen Zuwachs nicht unerheblich vermehrten Bücherbestand — der am Schlusse des letzten Etatsjahres 175137 Bde, mit Ausschluss der Dissertationen- u. Programmen-Bde, u. annähernd 2000 Mss. betragen hat — sowie über Personalveränderung.

[939.] * Notice des Objets exposés à la Bibliothèque nationale par les départements des imprimés, des manuscrits et des estampes. Paris, Champion. 12°. 279 S.

[940.] * Histoire générale de Paris; le Cabinet des Manuscrits de la Bibliothèque nationale; Étude sur la formation de ce dépôt, comprenant les éléments d'une histoire de la calligraphie, de la miniature, de la reliure et du commerce des livres à Paris avant l'invention de l'imprimerie; par Léopold Delisle, de l'Institut, administrateur général, directeur de la Bibliothèque. Tom. III et Tables de planches d'écritures anciennes. Paris, impr. nationale. 4°. VIII, 531 & XIV S.

[941.] * Catalogue of the Manuscripts and Muniments of Alleyn's College of God's Gift at Dulwich. By G. F. Warne. London, Longmans & Co. 8°. Pr. 15 s.

[942.] * The Book of British Topography. A classified Catalogue of the Topographical Works in the Library of the British Museum relating to Great Britain and Ireland. By J. P. Anderson. London, Satchell. gr. 8°. Pr. 25 s.

[943.] * Regolamento per la Biblioteca civica di Bergamo. Bergamo, tip. Pagnoncelli. 8°. 12 S.

[944.] * La Chirurgie de Roger de Parme en vers provençaux. Notice sur un manuscrit de la Bibliothèque de Bologne; par Antoine Thomas. [Extrait de la Romania, t. 10.] Nogent-le-Rotrou, imp. Daupeley-Gouverneur. 8⁰. 12 S.

[445.] * Statuto sociale e regolamento della Biblioteca circolante operaia in Casalpusterlengo ed uniti. Codogno, tip. Cairo. 24⁰. 26 S.

[946.] Le Scritture in volgare dei primi secoli della lingua ricercate nei Codici della Biblioteca nazionale di Napoli dall' assistente Alfonso Miola. (Continuazione.) Enth. in: Propugnatore Periodico bimestrale di Filologia, di Storia e di Bibliografia instituito e diretto da Francesco Zambrini. [In Appendice alla Collezione di Opere inedite o rare.] Tom. XIV. Part. 1. Bologna, Romagnoli. gr. 8⁰. S. 372—416. (S. oben Nr. 72.)

[947.] * Catalogo dei Manoscritti riguardanti la Storia di Roma, che si conservano nella Biblioteca Vaticana. Ed. da Vincenzo Forcella. Vol. III. Roma, fratr. Bocca. 8⁰. 480 S. Pr. 15 L. (S. oben Nr. 497.)

[948.] * Un Coup-d'oeil au Bréviaire du Cardinal Grimani dans la Bibliothèque royale de Saint-Marc à Venise. Par C. Soranzo. Venise, Ongania. 24⁰. 31 S.

[949.] Verslag van de Aanwinsten der Koninklijke Bibliotheek gedurende het jaar 1880. 's Gravenhage, algem. Landsdrukkerij. 1881. gr. 8⁰. 123 S. (S. Anz. J. 1880. Nr. 1026.)

Das vorl. neueste Zuwachsverzeichniss, dem der Oberbibliothekar der Königl. Bibliothek M. F. A. G. Campbell den kurzen Jahresbericht an den Minister des Innern vorangestellt hat, ist nach Vorgang der früheren derartigen Verzeichnisse in zwei Abtheilungen geschieden, von denen die erste die der Bibliothek zugekommenen Geschenke nach Ordnung der Schenkgeber u. die zweite die von der Bibliothek angekauften Artikel unter wissenschaftlichen Rubriken aufgeführt enthält. Die Zahl der Geschenke u. der Ankäufe ist nahezu gleich.

[950.] * Essai sur les origines du fonds grec de l'Escurial. Episode de l'histoire de la renaissance des lettres en Espagne. Par Charles Graux. Paris, Vieweg. 1880. 8⁰. XXXI, 529 S.

Hierüber s. Literar. Centralbl. 1881. Nr. 31. Sp. 1064—65. Dieses ausserordentlich gründliche u. eingehende Buch, welches den 46. Fasc. der „Bibliothèque de l'école des hautes études, Sciences philologiques et historiques“ bilde, sei dass Ergebniss einer in officiellem Auftrage zum Zwecke der Forschung über die Griech. Handschriften in Spanien unternommenen Studienreise. Die dabei in Betracht kommende bedeutendste Bibliothek war die des Escurial, die, obgleich sie früher ungleich grössere Schätze an Griech. Handschriften gehabt hat, doch gegenwärtig immer noch 580 dergl. besitzt. Der Verf. habe es sich bei seinen Studien zur Aufgabe gemacht, das Geschichtliche in Bezug auf diese Handschriften zusammenzustellen, u. somit ein Werk geliefert, welches für die gesammte Geschichte des Wiederauflebens der klassischen Studien in Spanien von höchster Bedeutung sei.

[951.] Ein Besuch auf dem Berge Athos. Bericht des Dr. Spyridion Lambros, Privatdocenten an der Universität Athen, an die griechische Kammer ueber seine Sendung nach dem hl. Berge im Sommer 1880. Aus dem Neugriechischen. Von dem Verfasser genehmigte und durchgesehene Uebersetzung von P. Heinrich von Rickenbach O. S. B. Würzburg u. Wien, Woerl. gr. 8⁰. 1 Bl. 33 S. Pr. 1 Mk.

Der werthvolle Bericht von Lambros ist dem Deutschen Publikum bereits durch den Prof. Dr. Boltz (s. oben Nr. 499) zugänglich gemacht worden. Nichts destoweniger hat der Herausg. der vorl. Schrift — die eine Beilage zu den „Wissenschaftlichen Studien u. Mittheilungen aus dem Benedictiner-Orden“ bildet — geglaubt, von der Veröffentlichung seiner Uebersetzung aus dem Grunde nicht absehen zu sollen, weil dieselbe das Original getreu wiedergiebt u. überdies Zusätze u. Berichtigungen des Verf.'s enthält, während die Boltz'sche Uebersetzung „nicht vollständig ist u. zum Theil den Charakter eines Referates trägt“.

Privatbibliotheken.

[952.] Verzeichniss der von den Dr. Paul Becker Kaiserl. russ. wirkl. Staatsrath, gew. Director des Lyceums Richelieu zu Odessa, und Professor Dr. Theodor Döhner em. Rector des Gymnasiums und der Realschule zu Plauen hinterlassenen Bibliotheken, mit mehreren anderen Sammlungen von Werken aus allen Wissenschaften. Leipzig, T. O. Weigel. 8⁰. 1 Bl. 118 S. 4542 Nrr. (Auct. 2. Novbr.)

Enth. hauptsächlich Geschichte mit Hilfswissenschaften u. Philologie, nächstdem Rechts- u. Staats- u. a. Wissenschaften. An der Spitze steht „das Album oder Stammbuch des Mag. Johannes Frenzel aus Annaberg, eine Reliquie des 17. Jahrhunderts“, welches schon von den Zeitgenossen als ein „liber singularicus“ u. eine „pinacotheca illustrium virorum“ gerühmt worden ist.

[953.] No. 53. A rough List of selections of cheap and valuable Books from the Libraries of the late Colonel Sir W. L. Merewether, K. C. S. I. and C. B., Commissioner in Sind; the late Peter Potter, Esq. of Walsall; the late Mr. James Tennant, F. G. S., Professor of Geological Mineralogy at King's College, London; Gregory Lewis Way, Esq., Translator of the Fabliaux;

and others; offered for Sale by Bernard Quaritch. London. September. gr. 8°. 48 S. 648 Nrr. (S. oben Nr. 814.)

Ausgewähltes, hauptsächlich aus den sprachwissenschaftl. u. histor. Fächern; auch einige sehr seltene Shakespeareana.

[954.] Biblioteca storica Italiana. Bullettino periodico bimestrale Anno V. Luglio-Agosto 1881. Num. 55—56. — Catalogo di sceltissima Biblioteca già appartenuta al riputatissimo Archeologo Napoletano Raimondo Cavalier Guarini Accademico Pontaniano, Ercolanese, Florimontano ecc. II. Parte contenente Storie Patrie—Bibliografia e Curiosità. Vendibili presso Gennaro Cioffi e Figlio. Napoli, tipogr. di Marchese. gr. 8°. 1 Bl. 60 S. 3001—4000 Nrr. (S. oben Nr. 616.)

Ausgewähltere, grösserentheils Italienische Litteratur.

[955.] No. 339. Catalogue of Works on Physics and Mathematics; the Occult Sciences; and Freemasonry, Offered for Cash by Bernard Quaritch. London. August. 8°. 1 Bl. 373 S. 3645—4542 Nrr. (S. oben Nr. 716.)

Die Abtheilung der Freimaurer-Litteratur enth. „the Masonic Library of the late R. W. John Hervey, Esq., Grand Secretary, for many years, Grand Lodge of England.

[956.] * Catalogue of Sanscrit Manuscripts (Buddhist). Collected in Nepal by B. H. Hodgson. Compiled from lists in Calcutta, France, and England by W. W. Hunter. London. 8°. 28 S. Pr. 2 s.

[957.] Lager-Catalog von Joseph Baer & Co. Buchhändler und Antiquare in Frankfurt am Main, Paris, London. 96. — Jurisprudenz. Zum grossen Theil aus der Bibliothek des verst. Oberlandesgerichtsraths Dr. Kugler hierselbst. 8°. 1 Tit.- u. 51 S. 1118 Nrr. (S. oben Nr. 820.)

Die Hauptpartien bilden: Allgemeines, Rechtsquellen, Gesetzsammlungen u. Zeitschriften; Civilrecht u. Civilprocess; Strafrecht.

[958.] Katalog der Musikalischen Bibliothek des verstorbenen Dr. Joseph Müller Bibliothekar der Königl. Hochschule für Musik zu Berlin. I. Abtheilung: Theorie und Geschichte der Musik. Berlin, Leo Liepmannssohn. 8°. X, 92 S. 1832 Nrr. (Auct. 12. Sptbr.)

Der am 18. Juni 1880 in Berlin verstorbene Besitzer, eine Autorität auf dem Gebiete der musikal. Bibliographie u. bekannt als Verf. des Kataloges der musikal. Abtheilung der Königl. u. Universitäts-Bibliothek zu Königsberg, welcher als eine der besten bibliographischen Leistungen ihrer Art gilt, hat mit ebenso grosser Liebe wie Umsicht an der Sammlung seiner Bibliothek gearbeitet u. hat das Glück gehabt, viele Seltenheiten ersten Ranges u. namentlich werthvolle musik-wissenschaftliche Werke zusammenzubringen, wovon der vorl. 1. Theil des Kataloges eine sehr grosse Anzahl aufzuweisen hat. Ein 2. u. 3. Theil wird eine sehr bedeutende Sammlung hymnologischer Werke u. praktischer Musik, sowie ein 4. Theil eine Sammlung von Werken über das Theater u. von mehren Tausenden Operntexten von der ältesten bis auf die neueste Zeit enthalten.

[959.] Kubasta & Voigt, Buchhandlung und Antiquariat in Wien. Antiquarischer Anzeiger 24. Enthaltend u. A. die werthvolle Bibliothek des verstorbenen Professors Dr. Theodor Ritter v. Pachmann. 8°. 1 Bl. 34 S. (S. oben Nr. 378.)

Enth.: Rechts- u. Staatswissenschaften, Geschichte mit Hilfswissenschaften, Theologie, die Universitäten betreff. Litteratur, Philologie.

[960.] * Mes Livres (1864—1881); par Ernest Quentin-Bauchart. Paris, Labitte. kl. 8°. XX, 71 S. (Nur 200 Exempl. auf Vel. Pap.)

[961.] Wilhelm Koebner (L. F. Maske's Antiquariat) in Breslau. Katalog 148. Enthält u. A. die nachgelassene Bibliothek K. F. W. Wander's, Herausgebers des deutschen Sprichwörterlexikon. 8°. 1 Bl. 66 S. 1913 Nrr. (S. oben Nr. 409.)

Enth.: Deutsche Sprache u. Litteratur; Französische dergl. Romanisch; Bibliographische Repertorien. Das Interessanteste darunter ist die nachgelassene Handbibliothek. Zu dieser Bibliothek gehören die umfangreichen handschriftlichen Vorarbeiten für das Lexikon, welche Wander selbst angefertigt hat, oder welche ihm aus allen Theilen Deutschlands u. auch aus Holland, Russland, Schweden und Nordamerika von zahlreichen Förderern seines Werkes zugegangen waren. Diese von Mitarbeitern aus dem Volksmunde geschöpften Sammlungen von Sprüchwörtern, Auszüge u. Uebersetzungen aus Schriften, Ausschnitte aus Zeitschriften u. s. w. mit zahlreichen Begleitbriefen der Einsender füllen 25 starke Bände. Der reiche Stoff derselben konnte vollständig im Lexikon nicht aufgenommen werden, insbesondere konnten neuere Eingänge in die zum Theil nach dem Tode Wander's vollendeten Nachträge nur zum Theil Verarbeitung finden. Es ist zu wünschen, dass diese Sammlung, deren Preis mit 200 Mk. angesetzt ist, von einer öffentlichen Bibliothek erworben und dadurch gegen einstigen Untergang gesichert werde.

Abdrücke aus Bibl.-Handschriften.

[962.] * Guntherus Parisiensis, Solimarius. Edidit Guil. Wattenbach. Genua. gr. 8°. 13 S.

Aus zwei Doppelpergamentbll. in der Kölner Gymnasialbibliothek. Hierüber s. Literar. Centralbl. Nr. 35. S. 1210.

[963.] * Cinque Prediche a monache in lingua volgare di

due celebri francescani del secolo (fr. Bernardino da Feltro, e fr. Michele da Milano), tratte da un codice della Nazionale di Firenze per cura di fr. Marcellino da Civezza. Prato, Guasti. 16⁰. XXII, 110 S. Pr. 1,50 L.

[964.] Aus Bologna ist in „Publishers' Circular" Nr. 1055. S. 692 berichtet: „The Public Library has been closed by order of the Minister of Public Instruction for a thorough revision. A librarian, who had precious engravings in charge, has absconded and has not yet been found. Amongst others thirty valuable engravings by Durer are missing; but it is feared that, as the fugitive has been for more than thirty years in employ at the library, far more important abstractions will be discovered.

[965.] Aus Breslau ist die orientalische Bibliothek des verst. Professors Schmoelders von der antiquar. Buchhandlung J. A. Stargardt in Berlin angekauft worden.

[966.] Aus Dresden ist am 15. Juli der Reg.-Rath a. D. Dr. jur. Karl Gustav Wenzel, ein eifriger Göthe-, Lessing- u. Schiller-Bibliophile, gestorben. Ueber seine bibliographische Jubelfestgabe zur 100jährigen Geburtstagsfeier Schillers „Aus Weimars goldenen Tagen" s. Petzholdt's Biblioth. bibliogr. S. 249.

[967.] Aus Erfurt ist das Bureau des Deutschen Gärtner-Verbandes mit der Zusammenstellung eines „Führers durch die gärtnerische u. die gärtnerisch-botanische Litteratur" beschäftigt.

[968.] Aus Frankfurt a. M. ist am 24. August der frühere Custos der Universitätsbibliothek zu Greifswald Dr. K. Aug. Fr. Pertz im 53. Lebensjahre gestorben.

[969.] Aus Freiberg findet sich im letzterschienenen 17. Hefte der „Mittheilungen vom Freiberger Altertumsverein hrsg. von H. Gerlach (1880)" ein Aufsatz „Zur Geschichte des Freiberger Jungfrauenklosters und seiner Aufhebung. Von Karl Gautsch" abgedruckt, welchem der Herausg. einige „den Ueberresten von dem Jungfrauenkloster zu Freiberg" gewidmete Nachbemerkungen hat folgen lassen. Darunter sind nachstehende Mittheilungen über die ehemalige Klosterbibliothek enthalten: „Wenn wir in unserer freundlichen Nonnenkirche bis hinter den Altar vorgeschritten sind, führt uns rechts eine eigenthümlich konstruirte uralte Holztreppe geradehinauf zu einer hochgelegenen Gallerie, u. von hier aus gelangen wir durch eine, gewöhnlich verschlossene, Thür in einen engen Vorraum, aus dem uns eine zweite Thür in den gewölbten Raum führt, welcher die sogenannte „Klosterbibliothek" enthält. — Wir finden dieselbe, nur spärlich durch ein kleines Fenster erleuchtet, ringsum an den Wänden aufgestellt u. auf einer grossen, sehr alten Schranktafel ausgebreitet. Auch eine Anzahl Oelportraits aus vorigem Jahrhundert ist hier an die Wand gelehnt, — aber alles in tiefem Staub u. einer säubernden, ordnenden Hand sehr bedürftig. — Es ist begründete Aussicht vorhanden, dass von der zustehenden hohen Behörde in dieser Hinsicht bald geholfen werde. Diese Bibliothek, grossentheils theologischen Inhalts, ist in ihrem Hauptbestandteil erst im vorigen Jahrhundert der Kirche geschenkt worden, wozu auch ein Faszikel Handschriften Luther's u. Melanchthon's etc. gehört, deren zwei wir im Heft 5, S. 495 u. 98 abgedruckt haben. Aber nur weniges dieser Bibliothek dürfte wirklich aus der Klosterzeit stammen. Unter Hinweis auf den uns vorgelegenen, im Pfarramt St. Jacobi befindlichen geschriebenen Katalog könnte man vielleicht hierzu zählen: In Folio: Nr. 16 u. 25. Leben der heil. Altväter u. der Heiligen, Augsburg 1488; Nr. 19. Predigten, desgl. Geschichte eines Klosterbruders, Manuscr. v. J. 1494; Nr. 39. Hans Nyder, 24 gülden Harpffen, 1476; — in Quart: Nr. 4. Das irrend Schaf (nebst anderen Traktaten), Strassburg; Nr. 132. Breviarium romanum, Venet. 1516. „ist bei Lebzeiten Herrn P. M. Schneider's nebst Nr. 315 in 8°. hinter einem Verschlag gefunden worden und sollen der letzten Priorin des Klosters gehört haben;" — in Oktav: Lateinische und deutsche Gebete, Manuscr. „aus dem vormaligen Kloster"; Nr. 315. Manuscript in altdeutscher Schrift, Gebete bei dem Gottesdienste im ehemal. Kloster. Unter den Manuscripten der Bibliothek sind ferner hervorzuheben: Zach. Wagners 35jähr. Reise in Europa, Asia, Afrika und Amerika von 1633 bis 1668, — und: Pet. Rindfleischens (eines Breslauer Patriziers) Wallfahrt zum heiligen Grabe 1496. Es ist dies aber eine aus dem 18. Jahrhundert stammende, unvollständige Abschrift der Handschrift des 16. Jahrhunderts in der Milich'schen Bibliothek zu Görlitz, abgedruckt in dem umfassenden, werthvollen Werk: Deutsche Pilgerreisen nach dem heiligen Lande, herausgegeben und erläutert von Reinhold Röhricht und Heinrich Meisner. (Berlin, Weidmann'sche Buchhandlung 1880.)"

[970.] Aus Graz ist an der Universitäts-Bibliothek der seitherige Scriptor Georg Schmid zum Custos, der Amanuensis Dr. Anton Schlossar zum Scriptor, sowie Dr. Rudolph Koelle zum Amanuensis ernannt worden. Dr. K. H.

[971.] Aus Lauban hat der Gymnasiallehrer Dr. Thamm im Jahres-Bericht des Evangelischen Städtischen Gymnasiums von Ostern 1881. 15—34 über den kürzlich erst im Anz. (s. oben Nr. 746) besprochenen Oettinger'schen „Moniteur des Dates" eine ausführliche Kritik veröffentlicht, die allerdings mit dem, was oben über dieses Werk gesagt worden ist, nicht im entferntesten übereinstimmt. Dass es wahrhaft lächerlich ist, den Moniteur als die „Personal-Acten der Menschheit u. der Geschichte des Weltgerichts" ausposaunen zu wollen, darin wird wohl Jedermann beistimmen; dass aber derselbe so unter aller Kritik schlecht, so unbrauchbar ist, wie ihn Thamm schildert, das dürfte, trotz der von diesem nachgewiesenen Fehler u. Mängel des Werkes, doch nicht von Jedermann, welcher den Moniteur wiederholt zu Rathe zu ziehen Anlass gehabt hat, zugegeben werden. Oettinger's massloses Sich-indiebrustwerfen, was keinen Widerspruch vertrug (zur Ergötzlichkeit vgl. man Anz. J. 1869; Nr. 274), mag wohl jedenfalls auf die zu grosse Schärfe der Thamm'schen Kritik nicht ohne Einfluss geblieben sein.

[972.] Aus London ist in „Publishers' Circular" Nr. 1054. S. 621 berichtet: „The Trustees of the British Museum have purchased a collection of Biblical and other Oriental manuscripts, which are of the utmost importance to the criticism and exegesis of the Old Testament. The collection, which was made in South Arabia, consists of 40 manuscripts. Fifteen of these are portions of the Hebrew Scriptures, and two are probably the oldest which have as yet come to light of the Old Testament Scriptures. A third, which contains the Hagiographa, exhibits a recension of the Hebrew text, the other two portions of which are already in the Museum, thus completing the whole Hebrew Bible. Several of these manuscripts have the Arabic translation of Suadiah, in alternate verses with the Hebrew, while others have the superlineary or Assyrian vowel points, which till comparatively recent times were unknown. The remainig 25 manuscripts are Midrashim, or homiletic commentaries and liturgies, which are more or less unknown.

[973.] Aus Mainz findet sich in der Frankfurter Zeitung berichtet: „Bei der eben stattfindenden Neuordnung der Mainzer Stadtbibliothek sind durch unseren verdienstvollen u. rastlosen Bibliothekar Dr. Velke eine Reihe der seltensten u. werthvollsten Funde an Handschriften u. Inkunabeln (Drucke vor 1550) gemacht worden. Die werthvollsten hiervon sind zwei Gutenberg'sche Drucke, von deren Existenz in der hiesigen Stadtbibliothek man bis jetzt keine Ahnung hatte. Der erste ist die Bulle Pius' II. an die Kapitelherren u. Pröpste etc. der Diöcese Mainz über die Absetzung des Erzbischofs Diether vom J. 1451. Der zweite Druck ist: Tractatus rationis et conscientiae, von 1459, also schon vor dem „Katholikon", von Gutenberg gedruckt. Derselbe besteht aus 20 Bll. Obgleich die einzelnen Bogen aus verschiedenen als werthlos bei Seite gelegten Fascikeln zusammengesucht werden mussten, ist das Exemplar doch in jeder Beziehung vollständig. Beide vortrefflich erhaltene Funde sind mit den „Katholikon"-Typen gedruckt, nur viel schöner u. reiner, als in dem „Katholikon" von 1460 selbst, welches auch auf der Stadtbibliothek vorhanden ist. Soweit bekannt, existirt von dem zweiten Drucke nur noch ein Exemplar in Paris; der erste dagegen scheint ein Unicum zu sein."

[974.] Aus Marienberg, Benediktiner-Stift in Tyrol, ist am 10. Januar der Subprior u. Senior des Stiftes P. Pius Zingerle (geb. 17. März 1801), ein tüchtiger Orientalist u. fruchtbarer Schriftsteller, früher eine Zeit lang Scriptor der Vaticana, im 80. Lebensjahre gestorben. Der Gymn.-Professor P. Cölestin Stampfer O. S. B. in Meran hat ihm in den „Wissenschaftl. Studien u. Mittheilungen aus dem Benedict.-Orden" II. Jahrg. Hft. II. S. 355—60 einen ehrenden Nachruf gewidmet.

[975.] Aus Meiningen ist am 1. August der Bibliothekar der Herzogl. öffentlichen Bibliothek u. Archivrath des Herzogl. Gesammtarchivs Geh. Hofrath Georg Brückner im 81. Lebensjahre gestorben.

[976.] Aus New-York findet sich in „Publishers' Weekly" Vol. XX. No. 7. 166 berichtet: „M. A. Longlet has in preparation a ‚Dictionnaire-Manuel des Libraires et des Amateurs de Livres', which will be one of the greatest bibliographical works ever published. It will be twenty-five volumes, and will contain biographies of all eminend publishers, booksellers, and bibliophiles from 1445 to 1881, but will have, too, a list of all Mss. in the public Libraries of France.

[977.] Aus Oxford ist der bekannte u. hochverdiente Bibliothekar der Bodleiana Henry Octavius Coxe (geb. 1811) am 8. Juli im 70. Lebensjahre gestorben. Vergl. über ihn Publishers' Circular Nr. 1052. S. 549.

[978.] Aus Wien ist in der „Wiener Zeitung" berichtet: „Aus Anlass des auf den 29. April 1881 gefallenen 25. Jahrestages der Gründung der Wiener Stadtbibliothek hat der Vorstand der letzteren dem Gemeinderathe einen Bericht über den Stand der Sammlung vorgelegt. Nach dieser Darstellung zählt die Stadtbiblithek gegenwärtig — ohne die noch nicht aufgestellte grosse Kysselak'sche u. Zoller-Berhard'sche Büchersammlung — beiläufig 20,000 Bände mit 5700 Plänen, Ansichten u. anderen bildlichen Darstellungen. Wie die Pariser Stadtbibliothek, welche nach dem Brande des Stadthauses neu angelegt wurde, theilt sich auch die Wiener Stadtbibliothek in zwei Hauptabtheilungen. Die eine ist geschichtlichen Inhalts u. umfasst in gesonderten Unterabtheilungen: Werke über Wien von der ältesten Zeit bis zur Gegenwart, Werke der schönen Litteratur u. Kunst mit besonderer Rücksicht auf deren Pflege in Wien u. Pläne und Ansichten über das ganze Stadtgebiet, einzelne Strassen u. Gebäude, bildliche Darstellungen von festlichen Ereignissen, Zeit- u. Kostümbilder u. Portraits. Durch die seit dem Bestande der Bibliothek von dem Gemeinderathe ununterbrochen fortgesetzten Erwerbungen aus den zur Versteigerung gelangten Sammlungen von Bücherliebhabern, wie jene von Kaltenböck, Bergenstamm, Feil, Schimmer, Haydinger, Wiser, Posonyi, Graf Enzenberg, Dr. Theodor von Karajan u. durch zahlreiche Widmungen ganzer Büchersammlungen, wie jene des Bürgermeisters Dr. Zelinka, des Fräuleins Katharina Fröhlich (Grillparzer-Bibliothek) u. s. w. besitzt die Stadtbibliothek heute schon eine Reihe der interessantesten u. seltensten Werke u. Abbildungen. Die zweite Hauptabtheilung besteht zu Zwecken der Verwaltung. Dieselbe enthält Werke über Verfassung, Rechtswissenschaft, Verwaltung, Volkswirthschaft u. Statistik u. Nachschlagewerke, wie Encyklopädien, Wörterbücher, Karten u. s. w. In einer besonderen Unterabtheilung werden Publikationen über die Verfassung, Verwaltung, das Finanzwesen u. die Einrichtungen der bedeutendsten Städte des In- u. Auslandes gesammelt, zu welchem Zwecke ein ununterbrochener Schriftenaustausch mit den Landeshauptstädten, mit Berlin, München, Dresden, Frankfurt a. M., Hamburg, Paris, Brüssel, London, New-York u. s. w. besteht. In einer zweiten Unterabtheilung sind die Statuten u. Rechenschaftsberichte der in Wien bestehenden Vereine u. Gesellschaften aufgestellt. Die Stadtbibliothek hat eine Jahresdotation, welche im J. 1856 auf Antrag des Bürgermeisters Dr. Ritter von Seiller auf 500 fl. festgestellt, im J. 1862 auf Antrag des Gemeinderaths Dr. Kuranda mit 1000 fl. u. auf Antrag der Bibliotheks-Commission im J. 1877 auf 1400 fl. u. im J. 1879 auf 1800 fl. zeitweilig erhöht wurde. Diese Dotation wurde bisher grösstentheils für die administrative Abtheilung verwendet. Zu grösseren Erwerbungen für die historische Abtheilung bewilligte der Gemeinderath bisher stets besondere Summen u. gab damit in wahrhaft munificenter Weise seinem lebhaften Interesse an der Pflege der Geschichte der Stadt Ausdruck."

(Oesterreich. Buchhändl. Correspond. Nr. 30. S. 267.)

[979.] Aus Wien ist am 23. Juli der Scriptor der K. K. Hofbibliothek Joseph Haupt, wirkl. Mitglied der K. K. Akademie der Wissenschaften, im 61. Lebensjahre gestorben.

[980.] Aus Woodside bei Aberdeen findet sich in „Publishers' Circular" Nr. 1055. S. 692 berichtet: „Sir John Anderson, late of Woolwich Arsenal, has presented to the inhabitants of Woodside, near Aberdeen, his native place, a free library, comprising upwards of 5000 volumes, at a cost of £ 4000. In addition, Sir John has invested the sum of £ 1000 to form the nucleus of a fund to erect a permanent building for library purposes."

[981.] Aus Zehlendorf bei Berlin ist am 9. September der Dichter Christian Friedrich Scherenberg (geb. 5. Mai 1798 zu Stettin), seit 1849 Bibliothekar im Preussischen Kriegsministerium, gestorben.

[982.] Russische Revue Monatsschrift für die Kunde Russlands Herausgegeben von Carl Röttger. XVIII. Band. (X. Jahrg. 1—6. Heft.) St. Petersburg, Schmitzdorff. 1881. gr. 8°. 2 Bll. 572 S. Pr. des Jahrgangs in 2 Bden f. d. Ausland n. 20 Mk. (S. oben Nr. 333.)

Enthält: Zwischen Kurà und Araxes. Ein Ritt durch den Antikaukasus. Von N. v. Seidlitz. S. 1—27, 169—84, 255—71, 460—69, 558—65 — Allgemeines Reichs-Budget der Einnahmen und Ausgaben für das Jahr 1881. Allerhöchst bestätigt am 31. Dezember 1880. S. 28—48 — Ueber die Ausführung des Reichs-Budgets vom Jahre 1879. Nach dem Bericht des Reichskontroleurs. S. 48—60 — Zur Geschichte Katharina II. Von Prof. A. Brückner. S. 60—75 — Ein lateinisches Epos auf Peter I. Von Prof. L. Müller. S. 75—81 — Einiges über die Tschuktschen. Von O. A. Nordquist. S. 82—87 — Zur Rückkehr Prsbewalskij's. Begrüssungsrede des Vicepräsidenten der K. Russ. Geogr. Gesellschaft P. P. Ssemenow. S. 88—95 — Ausgabe-Budget der Landschafts-Institutionen im Gouvernement St. Petersburg. Von Andreas Blau. S. 101—34, 197—227 — Archivalien zur Geschichte Katharina II. Von Prof. A. Brückner. S. 134—58 — Die Zuckerbesteuerung in Russland. S. 159—69 — Russlands auswärtiger Handel im Decennium 1870—1879 und insbesondere im Jahre 1879. S. 227—71, 317—61 — Der V. archäologische Kongress in Tiflis im September 1881. S. 289—317 — Karategin und Darwas. Von W. Oschanin. S. 362—79, 438—60 — Die Instruktion der Kaiserin Katharina II. 1767. Von Prof. A. Brückner. S. 385—437 — Die Zolleinnahmen Russlands in den Jahren 1870—1879. S. 470—73 — Ein kurzer Ueberblick über die Wirksamkeit des Finanzministeriums in den Jahren 1855—1880. (Nach dem amtlichen Berichte.) S. 481—518. [Schluss folgt] — Die Achal-Teke-Oase und die Communikationswege nach Indien. Von Generallieutn. M. Annenkow. [Schluss folgt.] S. 518—41 — Hydrometische Messungen am Amur-Darja und klimatische Verhältnisse in Chiwa. Von C. Mielberg. S. 542—57 — Kleine Mittheilungen. S. 95—99, 184—89, 286, 379—82, 473—79, 566—70 — Literaturbericht. S. 189—94, 271—85 — Revue Russischer Zeitschriften. S. 99—100, 194—95, 287—88, 383—84, 479—80, 571—72 — Russische Bibliographie. S. 100, 195—96, 288, 384, 480, 572. — Unter den im Vorstehenden verzeichneten Artikeln nehmen vorzüglich das Interesse der Leser in Anspruch theils der v. Seidlitz'sche Ritt durch den Antikaukasus, theils die Brückner'schen Mittheilungen über die grosse Kaiserin Katharina II., zu deren Geschichte der Verf. bereits im XVI. Bde sehr werthvolle Beiträge gegeben hat. J. P.

Druck von Joh. Pässler in Dresden.

NEUER ANZEIGER
für
Bibliographie und Bibliothekwissenschaft.

Herausgegeben von Dr. J. Petzholdt.

November.	Inhalt:	1881.

[983.] Ueber Petzholdt's Dantebibliographie.

Meine „Bibliographia Dantea ab anno MDCCCLXV. inchoata", welche 1872 erschienen u. seitdem durch zwei Supplemente, nämlich 1876 das erste u. 1880 das zweite, vermehrt worden ist, hat sich im allgemeinen, soweit mir bekannt*), einer ganz wohlwollenden Aufnahme zu erfreuen gehabt. Habe ich dies einerseits mit vielem Danke gern anzuerkennen, so darf ich andererseits aber auch wohl sagen, dass meine Schrift, die trotz aller von mir darauf verwendeten Aufmerksamkeit u. Sorgfalt, doch durchaus bescheiden u. ohne alle Ansprüche auf irgendwelche Werthstellung aufgetreten ist, diese wohlwollende Aufnahme in Wahrheit verdient.

Am allerwenigsten macht meine Schrift auf Vollständigkeit irgendeinen Anspruch, u. damit wird dem ihr gemachten Vorwurfe der Unvollständigkeit als einem nicht gerechtfertigten begegnet. Es hat mir bei der Zusammenstellung meiner Bibliographie nicht im entferntesten in den Sinn kommen können, zu glauben, dass ich im Stande sein werde, alles u. jedes, was von u. über Dante erschienen ist, darin zu vereinigen: dazu hätten mir hier in Dresden, wie auch Scartazzini anerkennt — selbst in der günstigen Stellung als Bibliothekar der reichen vom König Johann v. Sachsen angesammelten u. nach dessen Tode weiter vermehrten Dantebibliothek — die Mittel durchaus gefehlt. Bei dieser Zusammenstellung habe ich vielmehr einzig u. allein den Plan gehabt, alles Dasjenige, was ich auf dem Gebiete der von mir mit besonderer Liebe verfolgten Dantelitteratur, soweit eben mein Gesichtskreis reicht, zu sammeln im Stande bin, zum Nutzen u. Frommen auch anderer Dantelitteratur-Freunde, deren Gesichtskreis vielleicht ein beschränkterer ist als

*) Vgl.: J. A. Scartazzini in seiner Schrift „Dante in Germania" Parte I. S. 217—18; K. Witte im Literaturblatt f. german. u. romanische Philologie Jahrg. 1881. Nr. 7; G. Körting im Archiv f. Litteraturgeschichte Bd. X. Hft. 4; Anonymus in Herrig's Archiv f. d. Studien der neueren Sprachen u. Literaturen Bd. LXVI. Hft. 1 u. im Literar. Centralbl. f. Deutschland 1881. Nr. 39.

der meinige, in übersichtlicher Ordnung mitzutheilen u. insbesondere auch alle die Schriften, welche mir selbst zu Händen kommen, bibliographisch genau zu verzeichnen, um damit zugleich zu einer genauen Bibliographie der Dantelitteratur, an der es trotz aller der zahlreichen über diesen Gegenstand erschienenen Schriften doch immer noch fehlt, einige Beiträge zu liefern. Letzteres ist auch der Zweck der Herausgabe meines gegenwärtig unter der Presse befindlichen Kataloges der vorerwähnten, aus der Verlassenschaft des Königs Johann v. Sachsen (als Dante-Uebersetzer u. Commentator bekanntlich Philalethes genannt) stammenden u. der Dresdner Prinzl. Secundogenitur-Bibliothek zugehörigen reichen Dantesammlung.

Ein zweites, was Witte meiner Dantebibliographie zum Vorwurfe gemacht hat, ist, dass, während Ferrazzi in seiner Dantelitteratur die Aufstellung von vielleicht zu vielen Unterabtheilungen für die zu verzeichnenden Schriften etc. für geeignet gehalten habe, deren in meiner Bibliographie zu wenige zu finden seien. Auch diesen Vorwurf kann ich nicht als durchaus gerechtfertigt gelten lassen; denn abgesehen davon, dass es immer etwas sehr missliches ist, in einem Verzeichnisse von Schriften, die man nicht alle selbst gesehen u. deren Inhalt kennen gelernt hat, deren specieller Inhalt aber oft aus allgemein gehaltenen Titeln nicht speciell bestimmt werden kann, allzu speciell gegliederte Abtheilungen aufzustellen, so ist überhaupt Seneca's Ausspruch „confusum est, quidquid in pulverem sectum est" nirgends passender anzuwenden, als auf solche Bibliographien, wie die meinige, welche ihren Inhalt nicht nach Tausenden von Nummern zählt, sondern sich innerhalb beschränkter, speciellere Abtheilungen sicher nicht erfordernder Grenzen bewegt. Ich kann daher — in Uebereinstimmung mit Scartazzini, der meinen in der Dantebibliographie befolgten Schematismus als nicht nur genügend, sondern auch ganz zweckmässig anerkannt hat — den demselben gemachten Vorwurf der Unzulänglichkeit nicht begründet finden, u. habe ihn desshalb auch bei der Classification meines Kataloges der Königlichen Dantesammlung unbedenklich beibehalten. Zudem schafft, wie selbst Witte zugesteht, das von mir der Bibliographie hinzugefügte dreifache Register (1. der Verfasser u. Künstler, 2. der berührten Stellen der Divina Commedia, 3. der Personen u. Sachen) in Fällen, wo der Eine oder der Andere eine etwas speciellere Classification behufs schnellerer Orientirung über den Inhalt vermissen sollte, einige Abhilfe. Allerdings muss ich hinsichtlich dieses Registers Witte Recht geben, welcher gewünscht hätte, dass bei dem Drucke der neuen Ausgabe meiner Bibliographie die drei Register der Hauptschrift u. der beiden Supplemente zu einem einzigen verschmolzen worden wären; allein dass dies nicht geschehen ist, daran tragen weniger ich für meine Person, als vielmehr buchhändlerische Rücksichten die Schuld. Bei einer etwaigen neuen Ausgabe, die sich vielleicht durch ein hinzukommendes drittes Supplement später nöthig machen dürfte, soll, soviel an mir wenigstens liegt, dem Wunsche Witte's gebührende Rechnung getragen werden.

Endlich u. zudritts ist von Körting meiner Dantebibliographie zum Vorwurfe gemacht worden, dass ihm das Lateinische Gewand derselben nicht gefalle, weil es weder sonderlich geschmackvoll, noch irgend ein Grund zu seiner Existenzberechtigung zu entdecken sei, da man doch, was den letzteren Punkt betrifft, wohl voraussetzen dürfe, dass jeder nichtdeutsche Danteforscher wenigstens insoweit der Deutschen Sprache mächtig sei, um eine Deutsch abgefasste Bibliographie verstehen zu können. Ich lasse den ersten Punkt des Körting'schen Vorwurfes hinsichtlich des „Geschmackes" durchaus unerörtert, weil mir ganz unklar ist, welchen „Geschmack" er von meist so kurz als möglich gefassten Lateinischen Bemerkungen verlangt u. zu verlangen berechtigt ist; was aber den anderen Punkt anlangt, so darf ich denselben, soweit wenigstens meine eigenen Erfahrungen reichen, als keineswegs richtig bezeichnen, weil ich selbst, u. gerade Italienern gegenüber, mehr als einmal in den Fall gekommen bin, dass ich auf ihre in ihrer Muttersprache verfassten Zuschriften nicht in meiner Muttersprache, also nicht Deutsch — was sie nicht verstanden — habe antworten dürfen, sondern die Antworten in dem ihnen verständlichen Latein habe abfassen müssen. Und ich halte auch das Latein unter allen wissenschaftlich Gebildeten für die einzige wirklich internationale Sprache. J. P.

[984.] Das Börsenblatt für den Deutschen Buchhandel und seine unberufenen Leser.

Aus Leipzig ist von Seiten des Börsenvereins f. d. Deutschen Buchhandel dekretirt worden, dass das „Börsenblatt" fortan dem Postdebit entzogen bleibt. Diese Maassregel hat den Zweck, dass das Börsenblatt nicht mehr, wie seither, dem nichtbuchhändlerischen Publikum zugänglich gemacht, u. vor demselben die buchhändlerischen Geschäftsgeheimnisse, wie Bezugsbedingungen, Rabattverhältnisse, Preisermässigungen u. dergl., durchaus gewahrt bleiben sollen. Mir ist zwar nun nicht bekannt, in welchem Umfange überhaupt das Börsenblatt seither in nichtbuchhändlerische Kreise Eingang gefunden hat, u. noch weniger bekannt ist mir, welcher besondere Nachtheil dem Buchhandel in Wirklichkeit daraus entstanden ist, dass dadurch die ausschliesslich für die Buchhändler bestimmten, im Börsenblatte abgedruckten Mittheilungen auch „Unberufenen" d. h. Nichtbuchhändlern zu Augen gekommen sind. Aber ich glaube auf Grund meiner eigenen langjährigen Erfahrungen, die ich in ziemlich regem Verkehre mit dem Buchhandel habe sammeln können, wohl annehmen zu dürfen, dass die Grenzen, bis zu welchen das Börsenblatt ausserhalb des buchhändlerischen Kreises gedrungen ist, nur ziemlich beschränkte gewesen sein mögen, u. mithin die Zahl der vermeintlich oder auch möglicher Weise aus dem Bekanntwerden jener Mittheilungen in nichtbuchhändlerischen Kreisen den Buchhändlern entstandenen Nachtheile gewiss nur auf ein so geringes Maass beschränkt geblieben sein kann, dass mir das aus diesen Nachtheilen hergeleitete Dekret des Börsenvereins als ein durchaus ungerechtfertigtes u. überflüssiges erscheint. Soweit meine Erfahrungen reichen, habe ich das Börsenblatt nirgends im Besitze von „unberufenen" Privatleuten, sondern blos in einzelnen Bibliotheken angetroffen, die es aber auch meist nur, weniger zum Nutzen u. Frommen ihrer gewöhnlichen Leser oder zum eigenen Gebrauche, als vielmehr zur Vervollständigung ihrer für wissenschaftliche Studien bestimmten Sammlungen anzukaufen pflegen; denn das Börsenblatt bietet ausser Dem, was lediglich dem buchhändlerischen Geschäftsmanne zu wissen dienlich ist, in der Regel nichts, was Andere u. Unberufene zur Lectüre anlocken könnte; die Lectüre ist für Nichtbuchhändler eine durchaus unerquickliche u. nichts weniger als anziehende, am allerwenigsten aber zur Ausgabe von 15 Mk. behufs des Ankaufes des Blattes für eigenen Besitz anreizende. Ist sonach, soweit nämlich, wie gesagt, meine Erfahrungen reichen, die Zahl der „Unberufenen", die sich seither durch das Börsenblatt die Möglichkeit verschafft haben, die buchhändlerischen Geschäftsgeheimnisse kennen zu lernen, nur eine geringe gewesen, so hat natürlich auch das Maass der Nachtheile, die den Buchhändlern möglicher Weise aus dem Bekanntwerden der Geschäftsgeheimnisse entstanden sind, nur ein geringes sein können, falls sich überhaupt Nachtheile haben nachweisen lassen. Ich für meine Person habe, obwohl nicht als Abonnent, sondern nur weil mir ein buchhändlerischer Geschäftsfreund Gelegenheit dazu geboten hat, seither auch mit zu den „unberufenen" Lesern des Börsenblattes gehört, aber ich darf mir mit gutem Gewissen das Zeugniss geben, dass weder von meiner Seite den mit mir im Geschäftsverkehre gewesenen Buchhändlern daraus, dass ich die Geschäftsgeheimnisse aus dem Börsenblatte kennen gelernt habe, irgend ein Schaden erwachsen, noch mir je überhaupt der Gedanke beigekommen ist, von den in jenen geschäftsvertraulichen Mittheilungen gebotenen Vortheilen (?) zum Schaden meiner Buchhändler Gebrauch zu machen. Und wie ich, ebenso werden sicher wohl auch andere „Unberufene" gewesen sein. Was hätten uns aber auch geschäftsvertrauliche Mittheilungen, wie z. B., dass bei Abnahme von so u. soviel Exemplaren (in der Regel meist von Werken durchaus untergeordneten Ranges) so u. viel % zu verdienen seien, u. dergl. nützen können. Preisermässigungen erfahre ich gewöhnlich auch ohne Hilfe des Börsenblattes durch den Sortimenter, der mir von den im Preise herabgesetzten Büchern (worunter allerdings viele Ladenhüter) die für meinen Bedarf passenden zu ermässigtem Preise anzubieten pflegt. Von anderen buchhändlerischen Geschäftsgeheimnissen, die mir eher etwas nützen könnten, wenn ich davon Gebrauch machen wollte, erfahre ich ohnehin nichts aus dem Börsenblatte: die lerne ich schon auf anderem Wege kennen, wie z. B. dass Bibliotheken, welche sich verpflichten, ihren Bücherbedarf nur von Einem Sortimenter des betr. Ortes oder allenfalls noch von einem zweiten zu entnehmen, die übrigen Sortimenter von der Concurrenz bei Bücherlieferungen ganz auszuschliessen, von den ersteren Extrarabatt bewilligt erhalten. J. P.

[985.] Ueber Volksbibliotheken der inneren Mission*).

Die zweite Specialkonferenz des in Bremen zu Anfang des September abgehaltenen 22. Congresses für innere Mission beschäftigte sich mit den „Volksbibliotheken" der inneren Mission. Gymnasiallehrer Dr. Noltenius referirte über diesen Gegenstand. Redner führte aus, dass er bei den Volksbibliotheken der innern Mission die specielle Bezeichnung „christlich" vermieden sehen möchte, damit es nicht erscheine, als enthielten solche Bibliotheken im Gegensatz zu denen der Volksbildungsvereine nur christliche Tendenzschriften. Unter Volk habe man zu verschieden Zeiten etwas Verschiedenes verstanden; die Schriften der Bibliotheken der innern Mission wenden sich besonders an die den gebildeten höheren Ständen gegenüber stehenden Klassen des Volkes. Zwar werde in vielfacher Beziehung für das geistige Bedürfniss des Volks gesorgt, besonders durch die periodische Presse, allein man dürfe auch nicht übersehen, dass über all dem politischen u. wissenschaftlichen Material, welches dem Volke geboten werde, dasselbe leicht der Heimath, Tüchtigkeit u. Pietät entfremdet werde, der Bauer wolle schliesslich nicht mehr Bauer, der Bürger nicht mehr Bürger sein. Aufgabe der Bibliotheken sei es nun, das gesunde Volksbewusstsein, das dem Volke ursprünglich innewohnende Gefühls- u. Gemüthsleben wieder zu erwecken. Die heilige Schrift sei freilich der lebendigste Quell für diesen Zweck, u. um so schmerzlicher sei es, dass dieser Hauptquell nicht als solcher genügend erkannt u. gewürdigt werde. Diese Erkenntniss u. Würdigung herbeizuführen, diesen Geist wieder zu wecken sei die Hauptaufgabe der Volksbibliotheken. Redner erörtert dann als geeignet für diesen Zweck namentlich in christlichem Geiste gehaltene Erzählungen

*) Aus der Weser-Zeitung in der Beilage zum Berliner Reichsboten Nr. 211 abgedruckt.

aus dem Volksleben, wie sie Schubert, Barth, Caspari, Stöber, v. Horn, Josephson, Glaubrecht, Fries u. Frommel geliefert; er warnt vor dem Realismus, wie er sich z. B. bei Melchior Meyer finde, welcher die Wirklichkeit an die Stelle der sittlichen Wahrheit setze. Den Romantiker Chr. v. Schmid mit seinen legendenhaften Erzählungen glaubt der Redner nachgerade als überlebt betrachten zu müssen. Jeremias Gotthelf, Fritz Reuter's Romane u. Riehl's Novellen sollen für die gereifteren Leser in den Volksbibliotheken Aufnahme finden. Biographien u. historische Schriften, wie sie Jung-Stilling, Nettelbeck, v. Horn u. Schubert, ferner Jahn, Hahn, Frd. Schmidt geliefert, empfiehlt Redner insbesondere als für das Volk herzstärkende u. seinem Herzen naheliegende Lektüre. Von naturwissenschaftlichen Schriften, geographischen u. Reisewerken sei immer nur das beste auszuwählen; aus den Klassikern sei bei dem mangelnden Verständniss des Volkes nur weniges zu entnehmen; Redner führt speciell Lessing's „Minna von Barnhelm", Schiller's „Tell", u. Goethe's „Hermann u. Dorothea" an. Er hält es für nothwendig, dass die innere Mission Einfluss zu gewinnen suchen müsse auf die Bibliotheken der Volksbildungsvereine. Nach weiterer Ausführung seines Themas stellt der Vortragende folgende Thesen:

1. Der Congress für innere Mission zu Bremen ist der Ueberzeugung, dass es sich bei den Volksbibliotheken keineswegs um ein untergeordnetes Gebiet christlicher Liebesthätigkeit handelt, dass sie vielmehr bei der zunehmenden kirchlichen Entfremdung u. der Abnahme gesunden christlichen Volksthums je mehr u. mehr an Bedeutung gewinnen. 2. Dieselben haben weder direkt auf Bekehrung, noch auch in erster Linie auf Belehrung hinzuwirken, sondern eine edle Unterhaltung zu bieten, die auf Herz u. Gemüth einzuwirken vermag u. Zeugniss dafür ablegt, dass im Leben unseres Volkes noch Glaube, Liebe, Treue wurzeln u. wachsen können, wenn es festhält am Worte Gottes. 3. Als vorzugsweise dazu geeignet sind anzusehen in christlichem Geiste geschriebene Geschichten u. Erzählungen, in denen sich bei Nothständen inneren u. äusseren Lebens das Evangelium der Liebe als kräftig erweist. Je psychologischer diese des Menschen eigenes Ringen u. Kämpfen mit dem Walten der göttlichen Vorsehung in Beziehung setzen, je freier sie sich halten von allerlei gewaltsamen Bekehrungsgeschichten, desto höher sind sie zu schätzen. Die Gesinnung des Verfassers darf auch nicht ästhetische Mängel decken; langathmige moralische oder erbauliche Betrachtungen sind nur ein dürftiges Surrogat für Originalität der Erfindung u. wirklich kunstvolle Erzählung. 4. Daneben ist besonderer Werth zu legen auf Biographien u. Geschichtswerke, die in frischem volksthümlichem Tone geschrieben sind u. dem Volke unmittelbare Theilnahme abgewinnen. 5. Auch an die übrigen Zweige der Litteratur ist nicht so sehr der Maassstab

anzulegen, dass die Kenntnisse des Volkes auf entlegenen Gebieten durch populärwissenschaftliche Werke erweitert werden, als dass es ein tieferes Verständniss gewinnt für das ihm Zunächstliegende, Heimathliche. 6. Predigten, überhaupt Erbauungsbücher, werden besser verschenkt als verliehen u. eignen sich daher nicht für Volksbibliotheken; hingegen ist es ein dringendes Bedürfniss, wahrhaft volksthümliche apologetische Schriften den Bibliotheken einzuverleiben, u. da solche Schriften wenig vorhanden sind, die Herstellung derselben anzuregen. 7. Es ist nicht nur hinsichtlich der Auswahl der Bücher ein Unterschied zwischen städtischen u. ländlichen Bibliotheken zu machen, sondern auch in der Verwaltung, indem die städtischen Volksbibliotheken besser Vereinen, die ländlichen kirchlichen Gemeinden zu überlassen sind. 8. Bestehen mehre Volksbibliotheken in einer Stadt, so haben sie, wo möglich unter einander im Anschluss an einen Verein für innere Mission in einem Verbande zu stehen, u. es sind behufs Berathung über neu anzuschaffende Bücher, Organisationsfragen u. dergl. regelmässige gemeinschaftliche Sitzungen abzuhalten. 9. Je nachdem die Bibliotheken in einer Stadt nur für das Volk im engeren Sinne des Wortes oder auch für ein gebildeteres Publikum bestimmt sind, ist ein Lesegeld zu fordern oder nicht. Auch wo die Benutzung eine unentgeltliche ist, muss den wohlhabenderen Lesern Gelegenheit gegeben werden zu freiwilligen Beiträgen. 10. Da kleine Bibliotheken auf dem Lande leicht von fleissigen Lesern ausgelesen werden, empfiehlt es sich, dass das Kirchdorf eine grössere Gemeindebibliothek unterhält u. Abtheilungen derselben in den Schuldörfern von Jahr zu Jahr getauscht werden. 11. Für die Bibliotheken auf dem Lande ist ein nicht zu hoch zu bemessendes Lesegeld statthaft. Ausserdem sind aber, damit sie lebensfähig bleiben, Unterstützungen aus öffentlichen Fonds u. durch Private dringend wünschenswerth. 12. Es genügt nicht, Bibliotheken christlicher Unterhaltungsschriften in Männer- u. Jünglingsvereinen u. geschlossenen Anstalten zu halten, vielmehr müssen in Städten u. Dörfern öffentliche Bibliotheken gegründet werden. 13. Ausser in Städten u. Dörfern ist auf Verbreitung guter Volksschriften bei Leuten zu sehen, die durch ihre Stellung am Kirchenbesuch u. weiterem Verkehr gehindert sind; namentlich ist auch für Wanderbibliotheken bei den Bahnwärtern zu sorgen. 14. Durch öffentliche Vorträge über die Volksschriftsteller, Vorlesungen aus ihren Werken u. gelegentliche Artikel in den Blättern ist darauf hinzuwirken, dass die Volksschriften beim Volke Eingang finden. 15. In den Zeitschriften für innere Mission sind noch mehr, als es bisher geschehen ist, Monographien über unsere Hauptschriftsteller u. Nekrologe auf dieselben zu berücksichtigen.

In der sich dem Vortrage anschliessenden Debatte befürwortet

Pastor Biernatzky aus Bargum, dass der Verein für innere Mission besonders auch die christliche Journallitteratur pflegen u. verbreiten solle, da solche sich am besten eigne, die schädlichen Colportageorgane zu verdrängen. Redner empfiehlt ferner auch die Einrichtung von christlichen Journallesezirkeln für das Volk. Pastor Zeidler aus Achim verwaltet seit 20 Jahren eine dortige Volksbibliothek; er bricht eine Lanze für die christlichen Erbauungsschriften. Vor allen Dingen aber komme es stets darauf an, dass dem Volke das Wort Gottes lauter und rein gelehrt werde. Pastor Peters aus München gedenkt als specieller Landsmann Caspari's der Verdienste desselben. Consistorialrath Dalton aus Petersburg theilt mit, dass in Petersburg eine Volksbibliothek der evangelischen Gemeinde bestehe, welche ca. 60,000 Bde zähle u. schon viel Gutes gewirkt habe. Bei der Auswahl der Bücher handle er nicht nach dem Wahlspruch: „Wer nicht für mich ist, der ist wider mich“, sondern nach dem Worte: „Wer nicht wider mich ist, der ist für mich“; alles, was nicht direkt unchristlich oder unsittlich sei, finde Aufnahme. Redner schliesst mit dem Wunsche, dass man auch in Deutschland der Deutschen Protestanten in Russland in dieser schweren Zeit nicht vergessen möge. Nachdem noch Pastor Zauleck über die Einrichtung der hiesigen Bibliothek des Vereins u. ihre Verwaltung gesprochen, ertheilt die Versammlung den Thesen in der obigen Form ihre Zustimmung.

Litteratur und Miscellen.

Allgemeines.

[986.] The Library Journal Official Organ of the Library Associations of America and of the United Kingdom. Vol. 6. (S. oben Nr. 841.)

Das rückständige Juni-Heft Nr. 6 enth.: Editorial — American Library Association — United Kingdom Association (April & May Monthly Meeting) — S. S. Green, Books for Boys and Girls — W. F. Poole, the Great Fire Memorial — The Prize Question — The Fiction Question — W. M. Griswold, a Note on Indexing — Library Economy — Sir W. Hamilton, Special Reference Lists — Anonyms and Pseudonyms — Library Purchase-List — Notes and Queries. Inhalt des letzterschienenen August-Heftes Nr. 8: Editorial — United Kingdom Association (July Monthly Meeting) — Bibliography — Library Economy and History — Paul Barron Watson, Bibliography of the Pre-Columbian Discoveries of America — Notes and Queries — Library Purchase-List — Anonyms and Pseudonyms.

[987.] * Il Bibliofilo Giornale dell' arte antica ecc. diretto da C. Lozzi. Anno II. (S. oben Nr. 844.)

Das August-September-Hft Nr. 8—9 enthält: Collezioni di

autografi — Gli annali inediti della Tipografia Sanese, compilati dal Conte Scipione Bichi-Borghesi (L. Banchi) — Lo statuto municipale e la stampa in Recanati (cont.) — Di Ottaviano de' Petrucci da Fossombrone, inventore dei tipi mobili metallici della Musica nel sec. XV (A. Gianandrea) — Della Merope del Maffei postillata dall'Alfieri (G. Angelini) — Proposta di un Catalogo generale degli Scritti contenuti in raccolte periodiche ed in atti accademici (E. Narducci) — Notizie bibliografiche da lettere inedite di J. Morelli (cont. e fine) — Opuscoli e fogli volanti: rassegna bibliografica. Cont. (C. Arlia.)

[988.] Annales du Bibliophile Belge Nouvelle Série publ. par Fr. J. Olivier. Tom. I. (S. oben Nr. 845.)

Nr. 4 enth.: Almanachs Belges, par J. B. Douret (Schluss) — Le plus ancien Décret Royal sur l'Imprimerie ou Thierry Martens en Espagne, par J. P. — Variétés — Catalogue des Livres anciens et modernes en vente chez Olivier (Fortsetzung).

Bibliographie.

[989.] **Koráb, Julius. Vývoj knihtiskařství a české prvotisky. Ku čtyrsetlétému jubileju české typografie. S ukázkami prvotisků plzenských. V Plzni 1880. 8°. 2 Bll. 79 S.** (Die Entwickelung der Buchdruckerkunst und die čechischen Incunabeln. Zum 400jähr. Jubiläum der čech. Typographie.) Pr. 2 Mk.

In „Publicaci spolku přátel vědy a literatury české v Plzni" (Publicationen des Vereins der Freunde der Wissenschaft und čech. Literatur in Pilsen) Nr. 3. — Behandelt insbesondere die čechischen Pilsener Drucke mit Proben daraus im Text, woran sich dann allgemeinere Uebersichten der čech. Drucke zu Prag, Kutenberg, Venedig, Jungbunzlau, Leitomischl, Nürnberg, Weisswasser, Wilhelmskloster (Kreis Chotěbor), Wien, Wittenberg anschliessen.

[990.] Allgemeines Bücher-Lexikon oder vollständiges alphabetisches Verzeichniß aller von 1700 bis Ende 1879 erschienenen Bücher, welche in Deutschland und in den durch Sprache und Literatur damit verwandten Ländern gedruckt worden sind 2c. Von Wilhelm Heinsius. XVI. Band, welcher die von 1875 bis Ende 1879 erschienenen Bücher und die Berichtigungen früherer Erscheinungen enthält. Herausgegeben von Otto Kistner. Lief. 15. Leipzig, Brockhaus. 4°. Abth. II. S. 305—84. Pr. à n. 3, auf Schreibpap. n. 4 Mk. (S. oben Nr. 859.)

Enth. die Artikel „Rabinowitz" bis „Sacher-Masoch."

[991.] Halbjähriges Inhalts-Verzeichniss der in den Bibliographien der österr. Buchhändler-Correspondenz aufgenommenen Neuigkeiten und Fortsetzungen. Januar bis Juni 1881. Wien, Druck von Fischer & Co. 4°. 29 S. (S. oben Nr. 540.)

Ceterum censeo — — — das Uebrige brauche ich wohl nicht zu wiederholen.

[992.] Uebersetzungen aus dem Deutschen in die dänische, englische, französische, holländische, italienische, norwegische, schwedische und spanische Sprache. (Mitgetheilt von Otto Mühlbrecht.) 1881. II. Enth. im Börsenblatt für den Deutschen Buchhandel und die mit ihm verwandten Geschäftszweige. 1881. 4°. Nr. 227, S. 4230—34. (S. oben Nr. 642.)

[993.] Dansk Bogfortegnelse for aarene 1869—1880. Udarbeidet af J. Vahl. Hft. 1. Kjobenhavn, Forlagsbureaut. 1881. 4°. 16 S. Pr. n. 1,50 Mk.

Für eigentlich bibliographische Zwecke sind die Titel — jedem Titel ist nur Eine Zeile eingeräumt! — zu kurz gefasst. Das vorl. 1. Heft reicht von „Aberg" bis „Bergsöe.

[994.] Svenskt Boklexikon. Aren 1830—1865. Utarbetadt af Hjalmar Linnström. Hft. 43—44. Stockholm, Samson & Vallin. 4°. S. 673—704. Pr. n. 3,50 Mk. (S. oben Nr. 869.)
Enth. die Artikel „Honoré" u. „Högman".

[995.] Bibliografia Polska XIX. stólecia przez K. Estreichera. Tom. VI. Dopełnienia. (A—O) Zesz. 3 i 4. Wydanie Academii Umiejętności, staraniem Komisyi bibliograficznéj. Kraków, druk. c. k. Uniwers. Jagiellońsk. Lex. 8°. 2 Bll. 289—577 S. (S. oben Nr. 123.)

Mit jedem neuen Hefte erhält man neue Veranlassung, dem Herausg. in Bezug auf seinen dem Werke zugewendeten Fleiss u. die darin überall sichtbare Sorgfalt in der Bearbeitung die vollste Anerkennung auszusprechen. Die Polnische Litteratur darf sich Glück wünschen, in dem Herausg. einen ebenso tüchtigen u. unterrichteten, wie eifrigen Bibliographen gefunden zu haben.

[996.] Котляревскій, А. Библіологическій опытъ о древной русской письменности. Введеніе. воронежъ. 8°. 218 S. (A. Kotljarevskij. Bibliographischer Versuch über die altruss. Literatur. Voronež.)

[997.] Кулаковскій, П. А. Славянская библіографія. Воронежъ 1880. 8°. 16 S. (P. A. Kulakovskij. Slavische Bibliographie. Voronež.)

[998.] Verzeichniß der von den neuen Reichs-Justiz-Gesetzen bis September 1881 erschienenen Ausgaben mit und ohne Anmerkungen. Köln, Boisserée. gr. 8°. 68 S. Pr. n. 1,35 Mk.

[999.] Pädagogischer Jahresbericht von 1880. Im Verein mit Eckardt, Emericzy, Felsberg, Flinzer, Gottschalg, Haberl, Hauschild, Kleinschmidt, Lion, Lüben, Morf, Oberländer, Richter, Rothe und Zimmermann bearbeitet und herausgegeben von Dr. Friedr. Dittes in Wien. XXXIII. Jahrg. Leipzig, Brandstetter. gr. 8°. XII, 872 S. Pr. n. 10 Mk. (S. Anz. J. 1880. Nr. 1077.)

Für die eigentlichen Zwecke des Buches, eine Art raissonnirenden, in Fächer getheilten Katalog aller in das pädagogische [...]iet einschlagenden litterar. Erscheinungen zu geben, ist der am [...]e (S. 597—872) enthaltene Artikel „Zur Entwickelungsgeschichte der Schule" überflüssig, u. trägt nur dazu bei, das Buch umfänglicher zu machen u. dadurch den Preis desselben zu vertheuern.

[1000.] Bibliographie de la France Journal général de l'Imprimerie et de la Librairie. 70. Année, 2. Série. Nr. 38. — Catalogue des Livres classiques pour la Rentrée des Classes 1881. Paris, au cercle de la Librairie etc. gr. 8°. 3 Bll. 1377—1695 S.

Besteht nur aus buchhändlerischen Anzeigen mit kurzen Registern der Verleger u. der Materien.

[1001.] * Bibliographie générale de l'Astronomie ou Catalogue méthodique des ouvrages, des mémoires et des observations astronomiques publiés depuis l'origine de l'imprimerie jusqu'en 1880 par J. C. Houzeau et A. Lancaster. Tom. II. Fasc. 1—3. Bruxelles. 8°. 844 S. à 2 Sp. Pr. 17,10 Mk.

Der I. Theil erscheint später.

[1002.] * Repertorium annuum Literaturae Botanicae periodicae curavit G. C. W. Bohnensieg. Tom. VI. 1877. Harlemi, erven Loosjes. 1881. gr. 8°. 2 Bll. XXVI, 420 S. Pr. 5,50 F. (S. Anz. J. 1880. Nr. 377.)

[1003.] * Botanischer Jahresbericht. Systematisch geordnetes Repertorium der botanischen Literatur aller Länder. Unter Mitwirkung von Askenasy, Batalin, Dingler etc. herausgegeben von Professor Dr. Leop. Just. VI. Jahrg. [1878.] Abth. 1. Hft. 2. Physiologischer Theil. Berlin, Bornträger. gr. 8°. S. 289—632. Pr. n. 8,80 Mk. (S. oben Nr. 134.)

[1004.] Gracklauer's Fachkatalog No. 14. — Verzeichniss sämmtlicher Schriften über Gewerbe-Literatur und Industrie, Handwerks-, Innungs- u. Patentwesen, Kunsthandwerk, Gewerbe-Austellungen etc. welche von 1865—1881 im deutschen Buchhandel erschienen sind. Nach den einzelnen Gewerben in ca. 100 Abtheilungen zusammengestellt. Mit ausführlichem Materien-Register. Hft. 3—4. Gracklauer's literarisches Auskunftsbureau in Leipzig. 8°. S. 143—264. Pr. à n. 1,35 Mk. (S. oben Nr. 880.)

Schluss des Verzeichnisses, woraus folg. Specialkataloge einzeln erschienen sind: über Bau- u. Möbeltischlerei, Tapezieren, Dekorationen, Holzschnitzerei u. Laubsägearbeiten (14 S. Pr. 27 Pf.); über Schneiderkunst (8 S. Pr. 20 Pf.); über Textil-Industrie, Spinnerei, Weberei, Tuchfabrikation, Seiden- u. Wollenindustrie, Muster-Vorlagen, Spitzenfabrikation, Ausstellungsberichte etc. (19 S. Pr. 45 Pf.); über Weinbereitung, Weinverbesserung, Kellereiwesen etc. (8 S. Pr. 20 Pf.); über Ziegel- u. Röhrenfabrikation, Kalk, Asphalt u. Cemente (7 S. Pr. 20 Pf.); über Zuckerfabrikation (6 S. Pr. 20 Pf.).

[1005.] Jahresberichte der Geschichtswissenschaft im Auftrage der Historischen Gesellschaft zu Berlin herausgegeben von Dr. F. Abraham Dr. J. Hermann Dr. Edm. Meyer. II. Jahrgang 1879. Berlin, Mittler & Sohn. 1881. gr. 8⁰. X, 138, 364, 336 S. Pr. n. 16 Mk.

Zerfällt in drei Abtheilungen: Alterthum, Mittelalter u. Neuere Zeit. Unter dem Texte finden sich die darin besprochenen Schriften aufgeführt u. ausserdem noch am Schlusse des Werkes, mit betreff. Hinweisen, alphabetisch kurz verzeichnet.

[1006.] * Notices sur les Cartes, Dessins et Ouvrages exposés par le Ministère des Travaux publics de France à l'Exposition géographique de Venise en 1881. Paris, impr. nationale. 8⁰. IV, 196 S. m. Plan.

[1007.] * Proeve eener Geographische Bibliographie van Nederlandsch Oost-Indië voor de jaren 1865—1880. Door Dr. C. M. Kan. Utrecht, Beijers. gr. 8⁰. XVI, 128 S. (Nicht im Handel.)

[1008.] * Bibliographie géographique et historique de la Picardie, ou Catalogue raisonné des ouvrages tant imprimés que manuscrits, titres, pièces et documents de toute nature relatifs à la géographie et à l'histoire de cette province; par E. Dramard, de la Société académique de Boulogne-sur-Mer. Tom. I. Paris, Dumoulin. 8. XXIII, 494 S.

[1009.] * Les Rues d'Etampes et ses monuments, histoire, archéologie, chronique, géographie, biographie et bibliographie, avec documents inédits, cartes et figures, pouvant servir de supplément et d'éclaircissement aux Antiquités de la ville et du duché d'Etampes, de dom Bazile Fleureau; par Léon Marquis. Avec préface par V. A. Malte-Brun. Etampes, Brière. 8⁰. VII, 434 S.

[1010.] * Giunte e correzioni alla Lettera A della Bibliografia Siciliana di G. M. Mira; da Gius. Salvo-Cozzo. Palermo, tip. Virzi. 8⁰. VIII, 216 S. Pr. 6 L. (S. Anz. J. 1876. Nr. 118.)

[1011.] * Bibliografia Ariostesca di Jacopo Ferrazzi. Bassano, tip. S. Pozzato. 16⁰. XII, 275 S. Pr. 3,50 L.

[1012.] Neueste Deutsche Calderon-Literatur. Von H. Schuchardt. I-III. Enth. in der Beilage zur Augsburger Allgemeinen Zeitung. gr. 4⁰. Nr. 193. S. 2817—19, Nr. 200. S. 2922—24, Nr. 216. S. 3161—63.

Litterarisch-Kritische Uebersicht.

[1013.] * Der Kampf um's Unbewusste. Von O. Plumacher. Nebst einem chronologischen Verzeichniss der Hartmann-Literatur Anhang. Berlin, Duncker. gr. 8⁰. VIII, 151 S. Pr. n. 3 Mk.

[1014.] Gabriel Rollenhagen sein Leben und seine Werke Beitrag zur Geschichte der Deutschen Litteratur des Deutschen Dramas und der Niederdeutschen Dialektdichtung nebst Bibliographischem Anhang von Karl Theodor Gaedertz. Leipzig, Hirzel. gr. 8⁰. 3 Bll. 130 S. Pr. 2,80 Mk.

Der S. 102—24 abgedruckte bibliograph. Anhang ist, meist nach den Quellen, mit musterhafter Sorgfalt gearbeitet.

Buchhändler- und antiquarische Kataloge.

[1015.] Die Mess-Kataloge des 16., 17. und 18. Jahrhunderts in den Bibliotheken zu Königsberg in Pr. Ein Nachtrag zu G. Schwetschke's Codex nvndinarivs. Von Ed. Krause. [Separat-Abdruck aus Petzholdt's „Neuer Anzeiger für Bibliographie und Bibliothekwissenschaft" 1881, Heft 10.] Dresden, Druck von Pässler. 8⁰. 10 S. (S. oben Nr. 839.)

Zum Gebrauche des Verfassers u. nicht im Handel.

[1016.] Verlags-Kataloge der Verleger des Deutschen Reiches. — Buch- und Kunst-Katalog. Gesammt-Verlags-Katalog des Deutschen Buchhandels [und des mit ihm im direkten Verkehr stehenden Auslandes]. Ein Bild deutscher Geistesarbeit und Cultur. Vollständig bis Ende 1880. Münster i. W., Adolph Russell. 1881. gr. Lex. 8⁰. Bd. IV. Lief. 2. Sp. 321—608; Bd. V. Lief. 3. Sp. 609—928. Pr. à n. 0,60 Mk. (S. oben Nr. 900.)

[1017.] Catalog No. 4 des Antiquarischen Bücher-Lagers von A. Bender's Antiquariat und Buch-Handlung in Mannheim. Enthält: Classische Philologie. 8⁰. 1 Tit.- u. 35 S. 1027 Nrr.

Griech. u. Römische Schriftsteller mit betreff. Wörterbüchern u. Deutschen Uebersetzungen, sowie Grammatik u. Lexikographie.

[1018.] No. 35. Catalog des Antiquarischen Bücherlagers der Buch- und Antiquariatshandlung von Wilhelm Erras in Frankfurt a. M. — Volksthümliche Literatur. 8⁰. 1 Bl. 50 S. 1424 Nrr.

Enth. so Manches, was dem Titel durchaus nicht entspricht: Freimaurerlitteratur rechnet man z. B. nicht zu dem Volksthümlichen.

[1019.] Catalog 27 & 28. Antiquarisches Bücherlager von L. M. Glogau in Hamburg. 8.

Enth.: Geschichte u. Geographie (1 Bl. 33 S. 1240 Nrr.) & Belletristik, Deutsche Litteratur u. Gelehrtengeschichte (1 Bl. 25 S. 1146 Nrr.).

[1020.] No. 94. Antiquarischer Anzeiger von Fr. Haerpfer's Buchhandlung und Antiquariat in Prag. — Medicin. 1882. 8⁰. 1 Bl. 66 S. 2224 Nrr.

Reichhaltige u. wohlgeordnete Sammlung meist Deutscher Litteratur.

[**1021.**] Otto Harrassowitz, Buchhandlung und Antiquariat in Leipzig. Antiquarischer Catalog 76 & 78. 8°. (S. oben Nr. 615.)

Enth.: Slavica, Geschichte, Linguistik u. Litteratur der slavischen Völker (1 Bl. 26 S. 592 Nrr.) & Kunstlitteratur, Musik, Buchdruckerkunst, Bibliographie (1 Bl. 52 S. 879 Nrr.).

[**1022.**] Librairie ancienne de U. Hoepli Milan. Catalogue Nr. 1—3. 8°.

Diese drei recht beachtenswerthen Kataloge betreffen ausschliesslich Naturwissenschaften, nämlich: in 1. Entomologie, Conchyliologie, Vers (1 Bl. 32 S. 764 Nrr.); in 2. Paléontologie, Géologie, Minéralogie, Cristallographie, Littérature sur les Alpes, Volcans et Tremblements de terre, Méteorites (1 Bl. 80 S. 1932 Nrr.); in 3. Anthropologie, Darwinisme, Anatomie, Physiologie, Zoologie, Mammifères, Oiseaux, Reptiles, Amphibies, Poissons (1 Bl. 56 S. 1220 Nrr.).

[**1023.**] No. 68. Catalog des antiquarischen Bücherlagers von Joseph Jolowicz, Buchhandlung und Antiquariat in Posen. 1882. 8°. 1 Tit.- u. 37 S. 1150 Nrr. (S. oben Nr. 666.)

Enth. hauptsächlich Geographie u. Naturwissenschaften.

[**1024.**] Manuscripte und seltene und werthvolle Werke aus der deutschen Literatur. Nr. 54. Antiquarischer Katalog von Heinrich Kerler in Ulm. 8°. 1 Tit.- u. 15 S. 269 Nrr. (S. oben Nr. 786.)

Unter den Mss. viele neuere Abschriften aus älteren werthvollen Mss.

[**1025.**] Nr. 617—23. Antiquarisches Bücherlager von Kirchhoff & Wigand in Leipzig. October. 8°. (S. oben Nr. 729.)

Diese sieben Kataloge enthalten zusammen einen meist ausgewählten Bücherschatz von nicht weniger als 13224 Nrr. aus folg. Fächern: in 617 Musikwissenschaft u. Musikalien (1 Tit.- u. 47 S. 1511 Nrr.); in 618 die Reuter'sche Privatbibliothek (s. unten Nr. 1069); in 619 Jurisprudenz, Staats- u. Cameralwissenschaften (1 Bl. 26 S. 877 Nrr.); in 620 Classische Philologie u. Alterthumskunde mit der Holtze'schen Privatbibliothek (s. unten Nr. 1065); in 621 Medicin u. Veterinärwissenschaft (1 Bl. 106 S. 3749 Nrr.); in 622 Auswahl von Werken aus den Gebieten der Mathematik u. Astronomie, Physik u. Chemie, des Bau-, Ingenieur- u. Bergwesens, der Technologie u. Handelswissenschaft (2 Bll. 36 S. 1033 Nrr.); in 623 desgl. der Litterärgeschichte, Belletristik, Kunstgeschichte, Kunstwerke, Curiosa u. Varia (1 Tit.- u. 55 S. 1579 Nrr.).

[**1026.**] Antiquarischer Katalog No. 15 von Ludwig Koch Theologisches Antiquariat in Hamburg. — Theologie, Philosophie. 8°. 1 Bl. 30 S. 1034 Nrr. (S. oben Nr. 376.)

Grösstentheils Deutsche u. zwar meist neuere Litteratur.

[**1027.**] 149. Katalog von Wilhelm Koebner (L. F. Maske's Antiquariat) in Breslau. — Rechts- und Staatswissenschaft. 8°. 1 Bl. 45 S. 1427 Nrr. (S. oben Nr. 961.)

Meist neuere Deutsche Litteratur.

[**1028.**] K. F. Köhler's Antiquarium in Leipzig. Catalog No. 351—56. 8°. (S. oben Nr. 668.)

Enth.: in 351 Geologie u. Paläontologie (1 Bl. 18 S. 438 Nrr.); in 352 Botanik (1 Bl. 18 S. 521 Nrr.); in 353 Medicin (1 Bl. 14 S. 335 Nrr.); in 354 Exakte Wissenschaften (1 Bl. 20 S. 445 Nrr.); in 355 Orientalia (s. unten Nr. 1068); in 356 Classische Philologie (1 Bl. 38 S. 995 Nrr.).

[**1029.**] No. VII. Katalog des antiquarischen Lagers von Hugo Kuh Buch- und Antiquariats-Handlung in Hirschberg i. Schl. 1882. gr. 8°. 1 Bl. 49 S.

Enth. hauptsächlich Theologie, Philologie u. Pädagogik, Naturwissenschaften u. Verwandtes, etc.

[**1030.**] Verzeichniss einer Sammlung von Werken aus dem Gebiete der Geschichte, Geographie und deren Hilfswissenschaften, umfassend Europa, Asien, Afrika, Amerika und Australien, (mit Ausschluss von Deutschland, Oesterreich, Ungarn und der Schweiz.) & von Theoretischen Werken über Musik, sowie von seltenen älteren praktischen Musikstücken und neueren Musikalien, nebst einer Sammlung von Schriften über das Theater & einer Sammlung von Werken aus dem Gebiete der Genealogie, Heraldik, Numismatik, der Militairwissenschaft und Kriegsgeschichte, welche zu beziehen sind von List & Francke in Leipzig. (Antiquarisches Verzeichniss Nr. 149—151.) 8°. 1 Bl. 96 S. 2886 Nrr.; 1 Bl. 56 S. 2070 Nrr. 1 Bl. 33 S. 911 Nrr. (S. oben Nr. 670.)

Wohlgeordnete Verzeichnisse ausgewählter Litteratur.

[**1031.**] Catalogo N. 31 di una ricca collezione di Incunabula, Edizioni Aldine, de' Giunti e di G. Giolito libri rari e curiosi del secolo XVI vendibili nella Libreria antiquaria di Ermanno Loescher in Torino. 8°. 2 Bl. 60 S. 982 Nrr. (S. oben Nr. 577.)

Sehr beachtenswerth. Namentlich hervorzuheben ist die Suite von 160 Aldinen.

[**1032.**] XLVII. Verzeichniss des Medicinischen Bücherlagers von Albert Moser in Tübingen. III. Abth. gr. 8°. 1 Bl. 98 S. 7327—11286 Nr. (S. oben Nr. 579.)

Enth.: Chirurgie u. Verwandtes; Staatsarzneikunde etc.; Arzneimittellehre, Pharmacie etc.; Bade- und Brunnschriften etc.; Homöopathie; Populäre Medicin u. Diätetik; Vermischte Schriften u. Mikroskopie; Thierheilkunde. — Die im XLVI. Kataloge enthaltene zweite Abth. hat Gynäkologie, Geburtshilfe, Frauen- u. Kinderkrankheiten (nahezu 1500 Nrr.) umfasst.

[**1033.**] No. 62. Katalog einer ausgewählten Sammlung von Werken umfassend Kirchenrecht, Kirche und Staat. Staats- und Cameralwissenschaften. (Zugleich eine Ergänzung zu Katalog 55) Zu beziehen von dem Buchhändler und Antiquar R. L. Prager Specialgeschäft für Rechts- und Staatswissenschaften und Geschichte in Berlin. 8°. 1 Bl. 28 S. 800 Nrr. (S. oben Nr. 789.)

Meist Deutsche, nächstdem Franz. Litteratur.

[**1034.**] Adalbert Rente's Antiquariat in Göttingen. Catalog 58. — Medicin. 8°. 1 Bl. 18 S. 566 Nrr. (S. oben Nr. 790.)

Fast durchaus neuere Deutsche Litteratur.

[**1035.**] Katalog Nr. 172 & 173 der Schletter'schen Buchhandlung (E. Franck) Antiquariat in Breslau. 8°. (S. oben Nr. 386.)

Enth.: Deutsche Sprache u. Literatur, kleinere Sprachgebiete, Bibliographie u. Buchdruckerkunst (1 Tit.- u. 47 S. 1893 Nrr.) & Genealogie, Heraldik, Sphragistik, Numismatik, Diplomatik, Ordenswesen, Trachten (1 Bl. 17 S. 487 Nrr.).

[**1036.**] Nr. 170. Catalog des antiquarischen Bücherlagers von B. Seligsberg in Bayreuth. Inhalt: Geschichte und deren Hülfswissenschaften. (excl. Bayern.) Numismatik. Varia. 8°. 1 Bl. 82 S. 1792 Nrr. (S. oben Nr. 793.)

Fast durchaus gangbare Deutsche Litteratur.

[**1037.**] 66. Antiquariats-Katalog von Simmel & Co. in Leipzig. — Theologie. Philosophie. Paedagogik. 8°. 1 Bl. 49 S. 1373 Nrr. (S. oben Nr. 922.)

Ausgewähltere, grösstentheils Deutsche Litteratur.

[**1038.**] No. 136. Verzeichniss einer ausgewählten Bücher-Sammlung aus allen Fächern von J. A. Stargardt in Berlin. 1882. gr. 8°. 1 Bl. 90 S. 1953 Nrr.

Nur durchaus Ausgewählteres u. Seltneres, hauptsächlich reich an Bibliothekswerken, Borussicis, Russicis & Polonicis, etc.

[**1039.**] Lager-Katalog Nr. 20 von L. Steckler Buchhandlung und Antiquariat in Wien. gr. 8°. 1 Bl. 50 S.

Zerfällt in 4 Abth., von denen die beiden ersteren u. grösseren, zugleich auch beachtenswertheren Kunst u. Pracht- u. Bilderwerke, die beiden letzteren u. kleineren Mythologie u. Histor. Hilfswissenschaften enthalten.

[**1040.**] (275.—284. & 286—288.) Antiquarischer Katalog von Ferdinand Steinkopf in Stuttgart. 8°. (S. oben Nr. 271.)

Sämmtliche Kataloge enthalten ausschliesslich Theologie mit Verwandtem u. Philosophie mit Pädagogik, fast durchaus Deutsche Litteratur.

[**1041.**] Katalog 36 des Antiquarischen Bücherlagers von

Stoll & Bader Buchhandlung und Antiquariat in Freiburg, Baden. — Zoologie, Anthropologie. Anatomie und Physiologie. 8°. 24 S. 660 Nrr.

Hauptsächlich Deutsche Litteratur.

[1042.] Verlags-Katalog von B. G. Teubner in Leipzig. Erster Nachtrag 1875—1881. Geschlossen am 1. September 1881. gr. 8°. VI, 140 S. mit 12. S. Anhang. (S. Anz. J. 1876. Nr 54.)

Schliesst sich hinsichtlich der mustergiltigen Redaction genau an den Hauptkatalog, den ich seinem Werthe angemessen im Börsenblatte f. d. Deutsch. Buchhand. mit wirklichem Vergnügen besprochen habe. Dieser Nachtrag zerfällt in I. das alphabetisch geordnete Verzeichniss, II. eine wissenschaftliche Uebersicht u. III. ein Namenregister, sowie im Anhange das kurzgefasste, aber vollständige Verzeichniss der Teubner'schen Sammlungen von Ausgaben Griech. u. Latein., Engl. u. Franz. Schriftsteller. Welcher Reichthum, namentlich auf philolog. Gebiete, findet sich in dem vorl. Nachtrage aufgehäuft, u. doch enthält er nur den Verlag der letzten sechs Jahre!

[1043.] Bücher-Verzeichniss von Karl J. Trübner Buchhändler zu Strassburg im Elsass. XXX. Französische Flugschriften des 16. u. 17. Jahrhd. Holzschnittwerke und seltene Drucke. (A. m. Franz. Tit.) 8°. 1 Bl. 36 S. 351 Nrr. (S. oben Nr. 485.)

Höchst beachtenswerth, vor allen die aus 124 Nrr. bestehende Franz. Flugschriften-Sammlung aus den J. 1571 — c. 1700, deren Preis auf 2000 Mk. festgestellt ist.

[1044.] 82. Verzeichniss des antiquarischen Bücher-Lagers von Karl Theodor Völcker's Verlag und Antiquariat in Frankfurt a. M. — Livres d'heures. Pergament- und Papiermanuscripte. Autographen. Stammbücher. Kalligraphie. Aquarelle und Handzeichnungen. 8°. 1 Tit.- u. 43 S. 749 Nr. (S. oben Nr. 794.)

Vorzüglicher Beachtung würdig sind die an die Spitze gestellten 13 handschriftl. „Livres d'heures", darunter eines auf Perg. XV. Jhrhdt. für 7000 Mk. u. ein zweites ebenfalls auf Pgmt. XV. Jhrhdt. für 1200 Mk. Die interessante aus 81 Nrr. bestehende Sammlung von Stammbüchern ist bereits en bloc verkauft.

[1045.] 99 & 100. Antiquarischer Anzeiger der Weller'schen Buchhandlung (Oscar Roesger) in Bautzen. Inhalt: Theologie. I & II. Abth. 1881—82. 8°. 28 S. 792 Nrr. & 44 S. 1258 Nrr. (S. oben Nr. 387.)

Deutsche evangel. Litteratur.

Auctionskatalog.

[1046.] Katalog einer werthvollen Sammlung von Abbildungen, Flugschriften und Büchern zur Geschichte Berlins und der Mark

Brandenburg sowie anderer Theile des Preussischen Staates. Berlin, Albert Cohn. 8⁰. 2 Bll. 72 S. 1507 Nrr. (Auct. 24. Octbr.)

Eine in ihrer Art wirklich einzige Sammlung, wie solche, soweit bekannt, seither noch nicht zum Verkauf gebracht worden ist.

Bibliothekwissenschaft.

[1047.] Monthly Notes of the Library Association of the United Kingdom. Vol. II. (S. oben N. 925.)

Enth.: in Nr. 9. Further Report of the Committee on Title Entries. R.

Bibliothekenlehre.

[1048.] * Catalogue des Livres classiques recommandés pour l'usage des Lycées et Collèges. [Publication du Ministère de l'Instruction publique et des Beaux-Arts.] Paris, impr. nationale. 8⁰. 103 S. (S. Anz. J. 1880. Nr. 1078.)

Bibliothekenkunde.

[**1049**.] A Budapesti királyi magyar tudomány-egyetem Könyvtárának Czímjegyzéke. — V. 1880-dik évi gyarapodás. (1456 mű = 2265 kötet.) Budapest, nyomat. a királ. mag. egyet. könyvnyomdában. 1881. gr. 8⁰. X, 242 S. Pr. 50 Kr. (S. oben Nr. 283.)

Unter den Zuwachsverzeichnissen, deren Veröffentlichung, namentlich seit neuerer Zeit, von vielen Bibliotheken eingeführt ist, nimmt das der Budapester Universitäts-Bibliothek unter der Direktion Alexander Szilágyi's eine vorzügliche Stelle ein. Man erhält darin über den sehr bedeutenden Zuwachs durch das mit aller Sorgfalt bearbeitete, systematisch geordnete Verzeichniss u. das daran angeschlossene ausführliche alphabetische Register einen so vollständigen Ueberblick, wie er wirklich nichts zu wünschen übrig lässt. Allerdings sind nicht all u. jeder Bibliothek die reichen Mittel geboten, welche dazu gehören, um solche umfängliche Zuwachsverzeichnisse in Druck zu geben.

[**1050**.] Zugangs-Verzeichniss der Grossherzoglichen Hofbibliothek in Darmstadt. 2. Quartal 1881. — Unterzeichnet: Grossherzogliche Hofbibliothek-Direction. Dr. Walther. Ausgeg. im August 1881. 8⁰. 25 S. (S. oben Nr. 804.)

[1051.] Die Bibliothek der kaiserlichen Leopoldino-Carolinischen deutschen Akademie der Wissenschaften. Enth. in der Beilage zur Augsburger Allgemeinen Zeitung. gr. 4⁰. Nr. 246. S. 3610.

Der Verf. giebt der Hoffnung Raum, dass sich die Bibliothek an ihrem neuen Sitze in Halle endlich einer gedeihlichen Zukunft erfreuen, u. nicht mehr, wie seither, von den gewöhnlichen Geschicken der Biblioteche volanti heimgesucht werden möge. Aber — so lange nicht in den akadem. Statuten in Bezug auf die Bibliothek eine Abänderung getroffen wird (s. oben Nr. 202), dürfte auf jene Hoffnung nicht viel Vertrauen zu setzen sein.

[1052.] Biblioteka Jagiellońska. Kraków w drrk Anczyca i Spółki. kl. 8⁰. 2 Bll. 19 S. mit 5 eingedr. Abbild. in Holzschn.

Der fleissige u. immer rüstige Universitäts-Bibliothekar Carl Estreicher hat in dem vorl. ganz netten Heftchen einen kurzen Ueberblick über die Geschichte u. den Bestand der seiner Obhut unterstellten Bibliothek gegeben. Die dazu gefügten Abbildungen zeigen die anheimelnden Räumlichkeiten des alten Collegium artistarum (Collegium majus), in denen die Bibliothek untergebracht ist.

[1053.] Geschichtliche Handschriften der fürstlich Oettingen-Wallersteinschen Bibliothek in Maihingen verzeichnet von Philipp Jaffé. Mitgetheilt von W. Wattenbach. Enth. im Neuen Archiv der Gesellschaft für ältere deutsche Geschichtskunde zur Beförderung einer Gesammtausgabe der Quellenschriften deutscher Geschichten des Mittelalters. Bd. VII. Hft. 1. Hannover, Hahn. 8⁰. S. 169—86.

Der werthvollste Theil der Handschriften stammt aus St. Mang bei Füssen.

[1054.] Catalogue des Livres anciens et modernes composant la Bibliothèque du Chateau de Loyat, près Ploërmel (Morbihan). Nantes, A. L. Morel. 8⁰. 1 Bl. 82 S. 499 Nrr. (Auct. 4. Octbr.)

Fast durchaus Franz., mehr neuere als ältere Litteratur.

[1055.] * Deux Portulans de la Bibliothèque de Lyon. Lettre à M. le Directeur du Courrier de Lyon, par Aimé Vingtrinier. Lyon, Georg. 12⁰. 15 S.

[1056.] * Bibliotheca Casinensis seu Codicum manuscriptorum qui in Tabulario Casinensi asservantur Series, per paginas singillatim enucleata, notis, characterum speciminibus ad unguem exemplatis aucta cura et studio monachorum Ordinis S. Benedicti Abbatiae Montis Casini. Tom. IV. Montis Casini, typ. Casin. gr. 4⁰. 307 & 438 S. m. Facsim.-Taf. Pr. 100 L.

[1057.] * Systematische Catalogus der Provinciale Bibliotheek van Friesland. Bewerkt en uitgegeven op last van de Provinciale Staten van dit gewest. 5. Gedeelte: Godgeleerdheit — Handschriften — Kaarten van Friesland. Leeuwarden, Eekhoff en zoon. gr. 8⁰. VII, 1587—2009 S. Pr. 1,40 F. (S. Anz. J. 1875. Nr. 847.)

Ueber die 4. Abth. findet sich in der Nederlandsch. Bibliogr. keine Mittheilung.

[1058.] Леонидъ (архим.). Славанскія рукописи хранящіяся въ ризницѣ свято-троицкой сергіевой лавры. Москва 1880. 8⁰. 51 S. (Leonid,

Archim., Slavische Handschriften, die in der Schatzkammer des Troicko-Sergievschen Klosters aufbewahrt werden. Moskau.)

Privatbibliotheken.

[**1059.**] Antiquariats-Catalog No. 39 von Wilh. Jacobsohn & Co. Buchhandlung und Antiquariat in Breslau. — Kathol. Theologie u. Philosophie. Silesiaca (Schlesiens Cultur, Geschichte und Natur) enthaltend u. A. die nachgelassenen Bibliotheken der Pfarrer König (Parchwitz,) Erzprister Dorn (Sprottau,) und (Silesiaca,) Prof. Dr. Beinert (Breslau.) October. 8°. 32 S. (S. oben Nr. 612.)

Ueberwiegend sind Theologica.

[**1060.**] Catalog der nachgelassenen Bibliotheken der Vicar Beckers in Köln, Pfarrer Eischen in Dreys, Oberlehrer Dr. Lefarth in M.-Gladbach, Oberlehrer Dr. Ossenbeck in Köln, Dr. phil. Otto in Köln, Pfarrer Stein in Köln, Pfarrer Vormbaum in Kaiserswerth etc. etc. Reiche Auswahl von Werken aus allen Gebieten der Wissenschaft, hauptsächlich Geschichte, Literatur, Theologie, Philologie, Kunst, Naturgeschichte, Musik, Rechtswissenschaft etc. Köln, J. M. Heberle (H. Lempertz' Söhne). 8°. 1 Bl. 256 S. 6931 Nrr. (Auct. 7. Novbr.)

Historica u. Theologica sind überwiegend.

[1061.] * Organografia, ossia descrizione degli Strumenti musicali antichi, da Luigi Arrigoni. — Autografia e Bibliografia Musicale della collezione Arrigoni Luigi. Milano, tip. Pagnoni di Colombo e Cardani. 8°. 118 S.

[**1062.**] Otto Harrassowitz: Leipzig. Catatog Nr. 77. Shakespeare und seine Zeit. Bibliothek des verstorbenen Dr. R. Gericke in Leipzig. 8°. 12 S. 270 Nrr. (S. oben Nr. 1021.)

Enth.: Texte, Uebersetzungen, Bibliographie, Grammatik, Kritik u. Erläuterungen, Zeitgenossen Shakespeare's.

[**1063.**] No. 58. Katalog einer ausgewählten Sammlung von Werken aus dem Gesammtgebiete des Civilrechts u. Civilprocesses. Zu beziehen von dem Buchhändler und Antiquar R. L. Prager Specialgeschäft für Rechts- und Staatswissenschaften und Geschichte in Berlin. — III. Abthl.: Neue Erwerbungen zum Theil aus der hinterlassenen Bibliothek des Appellationsgerichtsrath Dr. J. A. Gruchot in Hamm i. W. 8°. 1 Bl. 30 S. 4112—4982 Nrr. (S. oben Nr. 1033.)

Hauptsächlich Deutsche u. nächstdem Franz. Litteratur.

[**1064.**] Biblioteca storica Italiana. Bullettino periodico bimestrale Anno V. Settembre—Ottobre 1881. Num. 57—58. — Catalogo di sceltissima Biblioteca già appartenuta al riputatissimo Archeologo Napoletano Raimondo Cavalier Guarini Accademico Pontaniano, Ercolanese, Florimontano ecc. III. Parte (ultima) contenente Storie Patrie—Archeologia e Curiosità. Vendibili presso Gennaro Cioffi e Figlio. Napoli, tipogr. di Marchese. gr. 8⁰. 1 Bl. 58 S. 4001—5000 Nrr. (S. oben Nr. 954.)

Wie in den beiden ersten Abtheil., nur ausgewähltere, meist Ital. Litteratur.

[**1065.**] Nr. 620. Antiquarisches Bücherlager von Kirchhoff u. Wigand in Leipzig. — Classische Philologie und Alterthumskunde, enthaltend unter anderem die Bibliothek des Professor F. W. Holtze in Naumburg. October. 8⁰. 1 Bl. 70 S. 2585 Nrr. (S. oben Nr. 1025).

Ueberwiegend sind die Abschnitte: Griech. u. Lateinische Schriftsteller nebst Erläuterungsschriften, sowie Linguistik.

[**1066.**] Verzeichniss einer reichhaltigen Sammlung älterer, werthvoller und seltener Bücher (XV.—XVII. Jahrhundert) aus der vormals gräflich Königsacker'schen Bibliothek. Wien, A. Einsle. gr. 8⁰. 1 Bl. 139 S. 3761 Nrr. (Auct. 7. Novbr.)

Grösserentheils Deutsche Litteratur; darunter auch vieles aus den beiden letzten Jhrhdten.

[**1067.**] No. XIII. Alphabetisch und systematisch geordneter Catalog der Kössling'schen Antiquariats- u. Sortiments-Buchhandlung (Gustav Wolf) in Leipzig. — Theologie. Philosophie. Paedagogik. Zum Theil die hinterlassene Bibliothek des † Superintendent Dr. G. Ed. Leo in Waldenburg i. S. [Gratisbeilage zu: „Wolf's theologisch-philosophisch-paedagogisches Vademecum."] kl. 8⁰. 1 Bl. 60 S. 610 Nrr.

Hauptsächlich Deutsche Litteratur.

[**1068.**] K. F. Köhler's Antiquarium in Leipzig. Catalog No. 355. — Orientalia. Hierin die Bibliothek des verstorbenen Professors O. Loth hier. 8⁰. 1 Bl. 42 S. 1060 Nrr. (S. oben Nr. 1028.)

Recht beachtenswerth, namentlich im Fache der Semitischen Sprachen spez. Arabisch.

[**1069.**] No. 618. Antiquarisches Bücherlager von Kirchhoff & Wigand in Leipzig. — Bibliothek des emerit. Rectors am Lyceum zu Aurich Wilhelm Reuter, enthaltend Philosophie, Theologie, Deutsche Literatur, Philologie und Geschichte. October. 8⁰. 1 Bl. 57 S. 1940 Nrr. (S. oben Nr. 1025.)

Obschon diese Bibliothek weder durch bedeutenden Umfang, noch durch Kostbarkeit oder Seltenheit ihres Inhaltes besonders hervorrage, schreibt der Verf., so habe er doch das Verzeichniss derselben in ihrer Totalität, unvermischt mit sonstigen einschlagenden Lagerbeständen, als ein abgeschlossenes Ganzes in das vorl. Heft aufgenommen, u. zwar auf den besonderen Wunsch des grossen Kreises der Freunde u. anhänglichen Schüler R.'s († 29. März

1881), um damit ein Erinnerungszeichen an den Heimgegangenen u. zugleich ein getreues u. sprechendes Bild seines Strebens, Wirkens u. Arbeitens zu erhalten.

[1070.] Linguistik. Hierin die Bibliothek des Sprachforschers Professors Dr. Schwarzmann in Ehingen. — Nr. 56. Antiquarischer Katalog von Heinrich Kerler Antiquariats-Buchhandlung in Ulm. 1882. 8°. 1 Bl. 42 S. 1577 Nrr. (S. oben Nr. 1024.)

Sehr beachtenswerth; enthält zum grösseren Theile Germanica, nächstdem Romanisch, Orientalisch u. Vergleichende Sprachwissenschaft.

Abdrücke aus Bibl.-Handschriften.

[1071.] * Der ungefälschte Luther nach den Urdrucken der Königl. öffentlichen Bibliothek in Stuttgart hergestellt von Dr. Karl Haas. 12. u. 13. Bdch. [Das 5., 6. u. 7. Kapitel S. Matthäi.] Stuttgart, Metzler. 12. S. 1—176. Pr. à n. 0,49 Mk. (S. oben Nr. 822.)

[1072.] * Li Romanz de la Poire de Messire Thibaut. Erotisch-allegorisches Gedicht aus dem XIII. Jahrhundert, nach den Handschriften der Bibliothèque nationale zu Paris zum ersten Male herausgegeben von Dr. Friedrich Stehlich. Halle, Niemeyer. gr. 8°. 2 Bll. 136 S. Pr. n. 4 Mk.

[1073.] * Commentaire sur Jérémie; par Rabbi Josef ben Siméon Kara, auteur français du XIe siècle. Publié pour la première fois d'après deux manuscrits de la Bibliothèque nationale de Paris, par Leon Schlosberg. Paris, Durlacher. 8°. 58 S.

[1074.] * Remarques singulières de Paris, d'après l'exemplaire unique de la Bibliothèque nationale accompagnant le plan de Vassalieu; par Estienne Cholet. Introduction et notes par l'abbé Valentin Dufour. Paris, Quantin. 8°. XX, 181 S. m. Plan. Pr. 8 Fr. (Nur 330 Exempl., wovon 30 auf Chin. u. 300 auf Holländ. Pap.)

Gehört zu den „Anciennes Descriptions de Paris, 6".

[1075.] Rerum Britannicarum medii aevi Scriptores. — Polychronicon Ranulphi Higden monachi Cestrensis; together with the English translations of John Trevisa and of an unknown writer of the fifteenth century. Edited by Rev. Joseph Rawson Lumby, D. D., Norrisian Professor of Divinity, &c. Vol. VII. London, Longman & Co. 1879. Lex. 8°. LXV, 538 S. Pr. n. 10,50 Mk. (S. Anz. J. 1877. Nr. 425.)

It. — Materials for the History of Thomas Becket, Archbishop of Canterbury, (canonized by Pope Alexander III., a. D. 1173.) Edited by James Craigie Robertson, M. A., Canon of Canterbury. Vol. IV. (Anonymous Lives, Quadrilogus, &c.) London, Longman & Co. 1879. Lex. 8°. XXVIII, 453 S. Pr. n. 10,50 Mk. (S. Anz. J. 1878. Nr. 603.)

It. — The Historical Works of Gervase of Canterbury. Vol. II. The minor Works comprising the Gesta Regum with its continuation, the Actus Pontificum, and the Mappa Mundi, by Gervase the monk of Canterbury. Edited from the Ms. C. C. C. 438. By William Stubbs, D. D., Hon. LL. D., Canon Residentiary of S. Paul's, London etc. London, Longmans & Co. 1880. Lex. 8°. CXVIII, 562 S. Pr. n. 10,50 Mk. (S. Anz. J. 1879. Nr. 1206.)

It. — Recueil des Chroniques et anchiennes Istories de la Grant Bretaigne, a present nomme Engleterre, par Jéhan de Waurin, Seigneur du Forestel. Edited by William Hardy, F. S. A., Clerk of the Public Records. From a. D. 1422 to a. D. 1431. London, Longman & Co. 1879. Lex. 8°. VII, 477 S. Pr. n. 10,50 Mk. (Fortsetzung von Anz. J. 1869. Nr. 76.)

[1076.] Fragmente von Rudolfs von Ems Barlaam und Josaphat in einer Hs. des Britischen Museums in London. Von John Koch in Berlin. Enth. in der Zeitschrift für Deutsche Philologie hrsg. von E. Höpfner u. J. Zacher. Bd. XIII. Hft 1. Halle, Buchh. d. Waisenhauses. gr. 8°. S. 78–89.

Die Handschrift ist früher im Besitze Eschenburg's gewesen u. von demselben mit Ergänzungen versehen worden.

[1077.] * Atti della Reale Accademia dei Lincei, anno CCLXXIII (1875—76). Serie seconda. Vol. V, VI e VII. Roma, tip. Salviucci. 1880. 4°. Cont.: Codex Astensis, qui de Malabayla communiter nuncupatur. Vol. I et II. Pars prima, secunda et tertia codicis; Vol. III. Pars quarta et quinta codicis; Vol IV. Appendix et Indices locorum et hominum. Edidit Quintinus Sella. 1196 & 263 S.

[1078.] Aus Dresden findet sich im Dresdner Journal Nr. 244. S. 1344 berichtet: „Der Stadtrath hat in der 11. Oktbr. abgehaltenen Plenarsitzung das Anerbieten der ökonomischen Gesellschaft im Königr. Sachsen, ihre Gesellschaftsbibliothek in städtische Verwaltung übergehen zu lassen, angenommen. Die Bibliothek, welche gegenwärtig sehr ungünstig aufgestellt u. dem Publikum nicht zugänglich ist, besteht aus c. 5000 Bden, u. zerfällt in eine vorwiegend staats- u. volkswirthschaftliche Litteratur enthaltende u. in eine landwirthschaftliche Abtheilung. Ungefähr der vierte Theil der ganzen Bibliothek erstreckt sich auf dieselbe Litteratur, deren Sammlung auch die Stadtbibliothek sich zur Aufgabe gemacht hat, der übrige Theil ist vornehmlich der landwirthschaftlichen Litteratur gewidmet, hat sich aber bei der Prüfung als eine Specialsammlung von hervorragender Vollständigkeit herausgestellt, u. war desshalb von dem Rathsarchivar Dr. Richter als sehr geeignet zur Aufnahme in die Stadtbibliothek bezeichnet worden.“

[1079.] Aus Frankfurt a. M. wird in K. Th. Völcker's Verlag & Antiquariat in nächster Zeit erscheinen: „Register zu Wendelin von Maltzahn's deutschem Bücherschatz des 16., 17., u. 18. bis um die Mitte des 19. Jahrhunderts. Bearbeitet von Georg Völcker" (gr. 8⁰. c. 4 Bog. Pr. 2,40 Mk.) u. „Sigmund Feyerabend, sein Leben u. seine geschäftlichen Verbindungen. Ein Beitrag zur Geschichte des Frankfurter Buchhandels im 16. Jahrhundert. Nach archivalischen Quellen bearbeitet von Heinr. Pallmann. Mit 5 Taf. Abbildungen." (Lex. 8⁰. c. 17 Bog. Pr. 6 Mk.) Letztere Schrift bildet zugleich den VII. Bd. des Archis für Frankfurts Geschichte u. Kunst.

[1080.] Aus Halle ist der den Lesern als Verf. des hochverdienstlichen „Codex nundinarius Germaniae literatae" (s. oben Nr. 839) u. sonst auch wohlbekannte Buchhändler Dr. Karl Gustav Schwetschke (geb. 5. April 1804) am 5. Octbr. gestorben.

[1081.] Aus Jena beabsichtigt O. Deistung's Buchhandlung (H. Dabis) in nächster Zeit einen „Jenaer Dissertationen-Katalog. Verzeichniss der in den letzten Jahren an der Universität Jena eingereichten Dissertationen u. Habilitationsschriften, sowie akademischer Gelegenheitsschriften u. Programme" 760 Nrr. — wovon sie grössere Vorräthe besitzt — herauszugeben.

[1082.] Aus Köln hat der Stadtbibliothekar Dr. Keysser im Börsenblatte f. d. Deutsch. Buchhand. Nr. 222. S. 4123—25 den Burchard'schen internationalen uniformen Katalogzettel, dessen im Anz. 1880. Nr. 686 bereits gedacht worden ist, einer längeren Besprechung unterzogen: er findet die Idee eines solchen Katalogzettels „ebenso vortrefflich, wie die Anregung zu ihrer praktischen Verwerthung im Interesse der Bibliotheken, des Buchhandels u. des Bücher kaufenden Publikums verdienstlich." Es erscheint ihm jedoch „zweifelhaft, ob die in dem Circulare des bibliograph. Comités vorgeschlagene Form des Katalogzettels eine zweckmässige u. lebensfähige ist."

[1083.] Aus London ist der Oberbibliothekar des Britischen Museums John Winter Jones (geb. 1805) am 7. September gestorben. S. Publishers' Circular Nr. 1056. S. 733—34.

[1084.] Aus Melbourne ist der in Australien als Schriftsteller wohlbekannte Marcus Clarke, seit 1876 assistant librarian of the Public Free Library, am 2. August gestorben.

[1085.] Aus New York findet sich in „Publishers' Weekly" Vol. XX. No. 9. S. 213 mitgetheilt: „Furnivall is compiling a bibliography of the poet Browning for the Browning Society."

Druck von Joh. Pässler in Dresden.

NEUER ANZEIGER
für
Bibliographie und Bibliothekwissenschaft.

Herausgegeben von Dr. J. Petzholdt.

Dezember.		1881.

Inhalt:

[1086.] Schweizerische Schriftsteller.

Von A. Schumann*).

VIII. Heinrich Kurz.

Quellen: I. Nouvelle Biographie générale. Tome XXVIIIe. Paris, Firmin Didot frères, fils et Cie. 1859. gr. 8°. Sp. 285. — II. Illustrirte Zeitung. (Leipzig, J. J. Weber.) Nr. 1477 vom 21. October 1871. S. 303c und 306a. (Von Herm. Neumann. — Bildniss von Kurz auf S. 301.) — III. Geillustreerd Nieuws. (Leiden, A. W. Sijthoff. gr. Fol.) Nr. 11 vom 6. November 1871. S. 85ab. (Mit Kurz' Bildniss auf S. 81.) — IV. „Für's deutsche Reich!" — Jahrbuch deutscher Dichter und Gelehrten. 1. (einz.) Jahrg. 1873. Berlin, Heinersdorff. Lex. 8°. S. XVIII—XIX. — V. Allgemeine Zeitung. (Augsburg.) Beilage Nr. 61 von Sonntag 2. März 1873. S. 919b—920a. — VI. Neue Zürcher-Zeitung. (Zürich, Orell, Füssli & Co. Fol.) Nr. 115 von Dienstag 4. März 1873. S. 1—2, Feuilleton. — VII. Programm der Aargauischen Kantonsschule. 1873. Aarau 1873. Buchdruckerei von H. R. Sauerländer. gr. 4°. S. 27—30. (Nekrolog auf S. 27—29 von Prof. Jak. Hunziker in Aarau, Schriftenverzeichniss auf S. 29—30 von Prof. Dr. Ludwig Hirzel in Bern. Letzteres, 36 Nrn., beschränkt sich, mit einer Ausnahme, auf die in Buchform erschienenen Schriften.) — VIII. Unsere Zeit. Deutsche Revue der Gegenwart. (Hrsg. von Rud. [v.] Gottschall.) Neue Folge. 9. Jahrg. 1. Hälfte. Leipzig, F. A. Brockhaus. 1873. Lex. 8°. S. 424. (Vom Herausgeber.) — IX. Schweizer Grenzpost und Tagblatt der Stadt Basel. (Basel, H. Amberger. gr. Fol.) Nr. 62 von Samstag 14. März 1874. 1. Blatt. S. 1a—d und Nr. 63 von Montag 16. März 1874. 1. Blatt. S. 1a—d. Feuilleton. (Von A. N. = Arnold Niggli in Aarau.). — X. Egbert Friedr.

*) Fortsetzung von Anz. 1881. Nr. 2.

von Mülinen, Prodromus einer Schweizerischen Historiographie. Bern, Huber & Comp. 1874. Lex. 8°. S. 47—48. — XI. Conversations-Lexikon. 12. Aufl. 9. Bd. Leipzig, F. A. Brockhaus, 1878. Lex. 8°. S. 424. — Vgl. ausserdem: XII. Literarischer Handweiser zunächst für das katholische Deutschland. Hrsg. von Dr. Franz Hülskamp u. Dr. Herm. Rump. 1873. Münster, Theising. Lex. 8°. Nr. 136. Sp. 236—237.

Heinrich Kurz wurde den 28. April 1805 in Paris geboren. Sein Vater war ein Deutscher, seine Mutter eine Französin*). Nach dem frühzeitigen Tode des Ersteren (1816) nahm ein Bruder desselben, der ritterschaftliche Sekretär Kurz in Hof (Bayern), den verwaisten Neffen zu sich, um für dessen fernere Erziehung zu sorgen. Der junge Kurz besuchte das Gymnasium in Hof bis zum Jahre 1823 u. widmete sich dann in Leipzig der Theologie, die ihn jedoch nicht sonderlich zu fesseln vermochte. Weil er sich den damaligen burschenschaftlichen Bestrebungen anschloss, so erfolgte nach einer über ihn verhängten Untersuchung seine Relegation von der Hochschule, worauf er nach München übersiedelte u. sich dort ausschliesslich den morgenländischen Sprachen zuwandte. Nach Erlangung der philosophischen Doktorwürde begab er sich 1827 zu seiner weiteren Ausbildung nach Paris. Hier gewann ihn der bekannte Gelehrte Abel-Rémusat für das Studium des Chinesischen. Bereits vom nächsten Jahre an veröffentlichte nun Kurz im „Ausland“ u. „Morgenblatt“, sowie in selbständiger Form eine Reihe von Arbeiten in diesem Fache, unter denen namentlich das „Mémoire sur l'état politique et religieux de la Chine, 2300 ans avant notre ère“, die Aufmerksamkeit der Sinologen erregte u. zur Folge hatte, dass er in die Redaktion des „Journal Asiatique“ aufgenommen u. mit der Neubearbeitung des Chinesischen Wörterbuches von Basile betraut wurde. Die wissenschaftlichen Hilfsmittel, deren er zu der letzteren Aufgabe bedurfte, gewann er sich durch Privatunterricht, besonders im Deutschen, u. hatte dabei das Glück, Männer wie den Historiker Jules Michelet u. den Politiker Saint-Marc-Girardin unter seinen Schülern zu sehen. Die Pariser Julirevolution von 1830 liess ihn auch für die freiheitliche Entwickelung Deutschlands Gutes hoffen u. veranlasste ihn zur Rückkehr nach München, wo er als Privatdocent an der Hochschule Vorlesungen über Chinesische Sprache hielt u. die von Dr. Eisenmann gegründete Zeitschrift „Bayerns Deputirten-Kammer“ herausgab. Im Frühling 1832 übernahm er in Augsburg die Redaktion des freisinnigen Tageblattes „Die Zeit“, wurde aber kaum zwei Monate später wegen eines Artikels von Savogé verhaftet und nach sechswöchentlicher Untersuchung

*) Gef. Mittheilung der Frau Prof. Kurz in Aarau. In den biographischen Quellen ist von „Deutschen Eltern“ die Rede.

zu zweijähriger Gefangenschaft auf der Bergfeste Wülzburg*) in Mittelfranken verurtheilt. Dort übersetzte er die epische Dichtung der Chinesen „Das Blumenblatt“ und entwarf Pläne zu künftigen wissenschaftlichen Arbeiten. Nach seiner Entlassung begab er sich 1834 nach der Schweiz und erhielt noch zu Ende dieses Jahres eine Anstellung als Professor der Deutschen Sprache u. Litteratur an der Kantonsschule in St. Gallen. Als Ausländer und Protestant war er jedoch von vorn herein der ultramontanen Partei verhasst, u. auch das Bürgerrecht von Schwamendingen (Kt. Zürich), das er sich damals erworben hatte, vermochte ihn nicht vor deren Feindseligkeiten zu schützen. Eine Folge derselben war seine Entlassung im Jahre 1839; doch wurde er bald darauf für die gleichen Fächer an die Kantonsschule in Aarau berufen. Seitdem verlief sein Leben in den ruhigen Bahnen des Lehrers und Gelehrten. 1842 zum Mitglied der Bibliothekkommission ernannt, trat er 1844 dem alternden Bibliothekar Franz Xaver Bronner**) als Stellvertreter zur Seite u. übernahm seit 1846 die selbständige Führung dieses Amtes, welches er bis zum Ende seines Lebens bekleidet hat. Ein Beweis seiner einsichtsvollen Thätigkeit ist der vortreffliche alphabetische Katalog in vier Bänden. Von der Professur trat Kurz infolge eines Brustleidens zu Ostern 1866 mit einem Ruhegehalte zurück. Die Musse, welche ihm seine amtlichen Geschäfte übrig liessen, benutzte er zu wissenschaftlichen Arbeiten und erwarb sich dadurch einen wohlverdienten Ruf. Am bekanntesten ist er durch seine „Geschichte der deutschen Literatur“ geworden. — Mit einer gebildeten Gattin, einer geborenen Schweizerin, verheirathet, erfreute er sich eines äusserst glücklichen Familienlebens. Die politische Entwickelung seines Deutschen Heimatlandes verfolgte er mit regem Antheil, u. seine Freude über die Wiedergewinnung des Elsasses bezeugte er noch durch eine seiner letzten Arbeiten. An der Ausführung mancher anderen Entwürfe hinderte ihn der Tod, welcher am 24. Februar 1873 nach kurzer Krankheit erfolgte.

Schriften***):

1. Dschung-ging, d. i. das Buch von der Treue. Aus dem Chinesischen übersetzt von Heinrich Kurz. In: Das Ausland. Ein Tagblatt für Kunde des geistigen und sittlichen Lebens der Völker. 1. Jahrg. Stuttg. u. Tüb., Cotta 1828. 4⁰. Nr. 256. S. 1023b—1024b; Nr. 258. S. 1029a—1030b; Nr. 259 u. 260. S. 1039a—1040b.

---

*) Einige Quellen verwechseln dies mit Würzburg.

**) Ueber ihn s. Anz. 1881. S. 2—14.

***) Für das hier verzeichnete bibliographische Material bin ich namentlich der Kantonsbibliothek in Aarau, sowie der Frau Prof. Kurz und ihrem Sohne, Hrn. Herm. Kurz, zu besonderem Danke verpflichtet.

2. Ueber die älteste Poesie in China. In: Morgenblatt für gebildete Stände. 23. Jahrg. 1829. Stuttg. u. Tüb., Cotta. 4°. Nr. 100. S. 398b—399b; Nr. 101. S. 401a—402b; Nr. 102. S. 406b—407a.

Mit zwei Uebersetzungsproben aus dem Schi-king u. dem Schu-king.

3. Yun tseu mo lo. Tableau des Elémens vocaux de l'Ecriture Chinoise. Divisé en 2 Parties. par J. C. Levasseur et H. Kurz, Membres de la Société Asiatique de Paris. Paris, chez V. Ratier, Imprimeur Lithographe, Rue des Fossés St. Germain l'Auxerrois, No. 24. 1829. gr. 8°. 1 Bl. 4 S.; 1 Bl. (32) S.

Lithographirt. („Die Lithographie scheint für die Chinesische Schrift sehr geeignet, der Druck mit beweglichen Lettern bietet dagegen zu beschränkte und zu kostspielige Hülfsmittel." Abel-Rémusat in: Das Ausland. 2. Jahrg. (1829.) Nr. 158 u. 159. S. 631b.) — Die Worte: „Yun tseu mo lo" sind in Chinesischen Typen wiedergegeben.

4. Die Zusammenkunft Jügungs mit dem Geiste des Feuerheerdes. (Legende, aus dem Chinesischen verdeutscht und mit der tartarisch-mandshuischen Uebersetzung verglichen von Heinrich Kurz.) In: Das Ausland. 3. Jahrg. (1830.) Nr. 126. S. 503a—504b; Nr. 127. S. 508b—509b.

5. Buchdruckerei und Buchhandel in China. In: Morgenblatt für gebildete Stände. 24. Jahrg. 1830. Nr. 120. S. 478b—479b; Nr. 121. S. 482b—483b.

6. Ueber des chinesischen Philosophen Laodsö Leben und Schriften. (Mitgetheilt von Heinrich Kurz in Paris.) In: Das Ausland. 3. Jahrg. (1830.) Nr. 141. S. 563a—565a; Nr. 142. S. 567a—569b.

7. Ueber einige der neuesten Leistungen in der Chinesischen Litteratur(.) Sendschreiben an Herrn Professor Ewald in Göttingen von Dr. Heinrich Kurz. (Druckerstock: das bourbonische Wappen.) Paris, in der Königlichen Druckerei. 1830. (Rückseite des Titels: Leipzig, in Commission bei Fr. Chr. W. Vogel.) 4°. 19 S. (Latein. Lettern.)

Nachweisung und Berichtigung der Irrthümer in Prof. Karl Friedr. Neumann's „Verzeichniss der von Alexander von Humboldt aus Sibirien mitgebrachten u. der Königl. Bibliothek zu Berlin geschenkten Bücher" (abgedruckt in den Berliner Jahrbüchern für wissenschaftl. Kritik. Februar 1830. Anzeigeblatt Nr. 2 und wiederholt in der Beilage zur Allgemeinen Preussischen Staatszeitung. 1830. Nr. 83).

8. Gang-ing-piang d. i. das Buch der Belohnung und der Strafen. (Aus dem Chinesischen verdeutscht von Heinrich Kurz.) In: Das Ausland. 3. Jahrg. (1830.) Nr. 187. S. 745a—746a; Nr. 188. S. 750b—752a.

9. Khungste, und seine Moralphilosophie. Ebda. Nr. 220. S. 877a—878b.

10. Ueber den chinesischen Philosophen Tschuangtse und seine

Schriften. Ebda. Nr. 289. S. 1155b—1156b; Nr. 290. S. 1159b —1160a.

11. Mémoire sur l'état politique et religieux de la Chine, 2300 ans avant notre ère, selon le Chou King. Par H. Kurz. Schluss: Imprimerie Royale (à Paris). — Décembre 1830. (Rückseite des Titels: Extrait du Nouveau Journal Asiatique.) in 8°. 88 S.

12. Ueber die neuere Poesie der Chinesen. Mitgetheilt von Heinrich Kurz. In: Das Ausland. 4. Jahrg. (1831.) Nr. 46. S. 181a—182a; Nr. 48. S. 190a—191a; Nr. 53. S. 210b —211b; Nr. 59. S. 233a—234b.

Mit Uebersetzungsproben.

13. Beschreibung von London aus dem Chinesischen übersetzt von Heinrich Kurz. Ebda. Nr. 72. S. 287b—288b.

Zu „London" unter dem Text die Anmerkung: „Der chinesische Titel dieser Beschreibung ist Landün schi jung, das heisst Landün in zehn Stanzen. Verfasst wurde sie gegen 1813 von einem in England reisenden Chinesen, der einen Englischen Herrn als Sprachlehrer begleitete. Das Original dieses Gedichtes findet sich mit einer Englischen Uebersetzung in den Denkwürdigkeiten der Asiatischen Gesellschaft." Am Schlusse folgt noch die Besprechung eines anderen von einem Kaufmann Hung verfassten Gedichtes Si jang tsa jung, d. i. ungebundene Verse über die Europäer.

14. * Bayerns Deputirten-Kammer vom Jahre 1831. (Ein Supplement-Band zum bayerischen Volksblatt.) München. Gedruckt bey Franz Seraph Hübschmann. 4°. 1670 Sp. mit Einschluss des Titelblattes, das als Sp. 1—4 zählt. — Dasselbe. 2. Band. München, Druck der Michael Lindauer'schen Hofbuchdruckerei. 4°. 1128 Sp. einschl. d. Titelblatt. — Beylagen zu Bayerns Deputirten-Kammer vom Jahre 1831. München. Gedruckt bei Franz Seraph Hübschmann. 4°. 216 Sp; 2. Beylage: 62 Sp.; 3. Beyl.: 20 Sp.; 4. Beyl. 40 Sp.; 5. Beyl.: 12 Sp.; 6. Beyl.: 12 Sp.; 7. Beyl.: 8 Sp.; 8. Beyl.: 44 Sp.; 9. Beyl.: 32 Sp.; 10. Beyl.: 12 Sp.; 11. Beyl: 8 Sp.; 12. Beyl.: 24 Sp.; 13. Beyl. 148 Sp.; 14. Beyl.: 20 Sp.; 15. Beyl.: 28 Sp.; 16. Beyl.: 74 Sp.

In der K. Hof- u. Staatsbibliothek in München. Die genaueren bibliographischen Angaben verdanke ich der Güte des Hrn. Oberbibliothekars Dr. K. Halm.

15. Die Zeit. Ein konstitutionelles Tagblatt für das öffentliche Leben in Deutschland. (Schluss jeder Nr.: Verantwortlicher Redacteur: Heinrich Kurz. Verlag der Albr. Volkhart'schen Buchdruckerei. C. 333 in Augsburg.) gr. 4. Nro. 1. Sonntag 1. April 1832 — Nro. 53. Freitag 25. Mai 1832. 424 Sp.

Nr. 1. Sp. 1—5 entwickelt das freisinnige Programm des Redaktors. Am Ende von Sp. 424 die Notiz: „Zur Nachricht. Unser Redacteur Hr. Dr. Heinrich Kurz wurde diesen Morgen ½11 Uhr durch das königl. Kreis- u. Stadtgericht verhaftet und in die hiesige Frohnfeste gesperrt. Es erscheint daher „die Zeit" vor der Hand unter Verantwortlichkeit der unterzeichneten Verlagsdruckerei u. zwar nur einigemal die Woche.

Das Weitere nächstens. Augsburg, den 25. Mai 1832. Albr. Volkhartsche Buchdruckerey". — Von Nr. 54 an unterzeichnete als „verantwortlicher Redacteur" zuerst Albr. Volkhart und später Carl Gemmerli. Während unter der Redaction von H. Kurz die Censurlücken nur mässig auftreten, nehmen sie seit seiner Verhaftung bedeutend zu. In Nr. 94 vom 25. Juli 1832 ist fast nichts stehen geblieben. Die letzte Nr., welche mir vorlag, war Nr. 115 von Samstag 15. Sept. 1832 (Nr. 54—115= Sp. 425—932). Ueber das Jahr 1832 ist das arg gemassregelte Blatt jedenfalls nicht hinausgekommen.

16. * Geschichte des baierischen Landtags 1831. In: Annalen für Geschichte u. Politik. In Verbindung mit einer Gesellschaft von Gelehrten hrsg. von Dr. Wilderich Weick. 2. Bd. Leipzig u. Stuttgart, J. Scheible's Verlagsexpedition. 1833. 8°. S. 259—315. (Latein. Lettern.)

17. * Absolutismus und Freiheit. Dialoghetti. Von F. de la Mennais. Aus dem Französischen übersetzt. Bern, J. J. Burgdorfer. 1834. 8°. 40 S.

18. Das Blumenblatt, eine epische Dichtung der Chinesen, aus dem Original übersetzt von Dr. Heinrich Kurz, Professor an der Kantonsschule zu St. Gallen, Mitglied der asiatischen Gesellschaft in Paris. Nebst einleitenden Bemerkungen über die chinesische Poesie und einer chinesischen Novelle als Anhang. St Gallen. Druck u. Verlag von Wartmann u. Scheitlin. 1836. gr. 8°. XXIV, 180 u. 44 S.

S. V—XXIV: Einleitende Bemerkungen über die chinesische Poesie.— S. 1—167: Das Blumenblatt. Eine epische Dichtung aus dem Chinesischen. — S. 168—180: Noten. — S. 1—44: Der weibliche und der männliche Bruder. Eine Novelle aus dem Chinesischen. — Vgl. Wolfg. Menzel's Literatur-Blatt auf das J. 1837. Nr. 98. Sp. 389a—392a.

19. Meine Gefangenschaft, von Silvio Pellico. Aus dem Italienischen übersetzt von Heinrich Kurz. (Mit dem Bildnisse des Verfassers.) St. Gallen, Druck u. Verlag von Wartmann u. Scheitlin. 1837. 8°. 4 Bll. 263 S. — Das Bildniss lithographirt.

20. Grammatik der deutschen Sprache nach Becker, zunächst für höhere Real- und Industrieschulen. Von Heinrich Kurz, Professor der deutschen Sprache und Literatur an der katholischen Kantonsschule in St. Gallen. Zürich, Druck u. Verlag von Orell, Füssli u. Compagnie. 1839. gr. 8°. X und 417 S.

21. Handbuch der poetischen Nationalliteratur der Deutschen von Haller bis auf die neueste Zeit. Vollständige Sammlung von Musterstücken aus allen Dichtern und Dichtungsformen, nebst Angabe der frühern Lesarten, biographischen Notizen und literarisch-ästhetischem Kommentar. Von Dr. Heinrich Kurz. Erste—Dritte Abtheilung. Zürich, Verlag von Meyer u. Zeller, ehedem Ziegler u. Söhne. 1840—42. Lex. 8°. 1. Abthl.: Haller bis Göthe. 1840: XII S., 716 Sp. und 1 S. Inhalt. — 2. Abthl.: Schiller bis Beck. 1840: 1 Bl. 764 Sp. nebst 1 S. Inhalt und 1 S. Uebersicht der

in beiden Abthln. mitgetheilten Dichter. — 3. Abthl.: Kommentar 1842: VIII S. u. 454 Sp. — Dasselbe. (2. Aufl.) Ebda. 1840—42 (eigentl. 1852). Lex. 8°. [Kurz sagt darüber in der Vorrede zur 3. Aufl. S. XVI: „Da sie (die 2. Aufl.) von der damaligen Besitzerin der Verlagshandlung ohne Mitwirkung des Herausgebers veranstaltet wurde, u. da sie auch nur ein unveränderter Abdruck der ersten Auflage war, von der sie sich nur durch die zahlreichen Druckfehler unterscheidet, welche sie vom Anfang bis zum Ende verunstalten, so hielt man es damals für zweckmässig, sie nicht als neue Auflage zu bezeichnen u. sogar die Jahreszahl der ersten beizubehalten."] — Dasselbe. Dritte vermehrte und verbesserte Auflage. Erste — Dritte Abtheilung. Ebda. 1857—59. Lex. 8°. 1. Abthl. 1857: XVI S. 744 Sp. — 2. Abthl. 1858: 2 Bll. 850 Sp. nebst 1 S. Uebersicht der in beiden Abthlgen mitgetheilten Dichter. — 3. Abthl. 1859: VIII S., 452 Sp.

Vgl. über die 1. u. 2. Abthl. der 1. Aufl.: Mager's Pädagogische Revue. 2. Bd. (1841.) S. 158—160. (Mgr. = K Mager) u. Wolfg. Menzel's Literaturblatt auf das J. 1841. Nr. 63. S. 250ab.

22. * Schweizerischer Robinson oder der schiffbrüchige Schweizerprediger und seine Familie. Ein lehrreiches Buch für Kinder und Kinderfreunde von J. R. Wyss. Zürich, Druck u. Verlag von Orell, Füssli u. Comp. (1841—42). gr. 8°. XVI u. 640 S. Mit lithogr. Titel u. Titelbild, 1 Karte u. vielen Holzschnitten auf besonderen Blättern u. im Text nach Originalzeichnungen Lemercier's von Bréval, Budzilowicz, Castan, Corbay, Nivet, Odiardi, Pibareau, Verdeil u. A.

In dem Vorworte dieser von Kurz besorgten u. jetzt sehr selten gewordenen Ausgabe handelt derselbe (S. V.—XVI.), nach einem Rückblick auf den ersten Robinson Dan. Defoe's (1719) und dessen Nachahmungen, von dem Schweizer. Robinson u. seinem Verfasser, dem Bernischen Pfarrer Joh. David Wyss († 1818), dessen Sohn, der Prof. Joh. Rud. Wyss, auf dem Titel irrig als Verfasser genannt, diese Schrift seines Vaters 1812—13 in zwei Bänden u. in dem obengenannten Verlage zum ersten Male herausgab. — Obige Ausgabe erschien in Lieferungen.

23. Die französische Conjugation nebst einem Versuche über die Bildungsgesetze der französischen Sprache von Heinrich Kurz. Zürich, Verlag von Meyer u. Zeller. 1843. gr. 8°. XVI u. 124 S.

Vgl. Heidelberger Jahrbücher der Literatur. 37. Jahrg. 1. Hälfte. (1844.) Nr. 17. S. 267—270 (Chr. Bähr) u. Neue Jahrbücher für Philologie u. Paedagogik. 16. Jahrg. 48. Bd. 3. Heft. (1846.) S. 263—268. (R. Holzapfel in Berlin.)

24. Handbuch der deutschen Prosa von Gottsched bis auf die neueste Zeit. Historisch geordnete Sammlung von Musterstücken aus den vorzüglichsten Prosaikern unter Berücksichtigung aller Gattungen der prosaischen Schreibart, nebst einem literarisch-ästhetischen Kommentar. Von Dr. Heinrich Kurz. Erster — Dritter Theil. (A. u. d. T.: Handbuch der deutschen Nationalliteratur von Gottsched bis auf die neueste Zeit. Von Dr. Heinrich Kurz. Vierter — Sechster

Theil. Handbuch der deutschen Prosa. Drei Theile.) Zürich, Verlag von Meyer u. Zeller. 1845—53. Lex. 8°. 1. Abthl.: Gottsched bis Kant. 1845. XII S. u. 851 Sp. nebst 2 S. Inhalt. — 2. Abthl.: Göthe bis auf die neueste Zeit. 1846: 918 Sp. nebst 3 S. Inhalt u. 1 S. Uebersicht der in beiden Abthlgen mitgetheilten Prosaisten. — 3. Abthl.: Kommentar. 1853: 511 Sp. — Dasselbe. Neue Ausgabe. Ebda. 1868. Lex. 8°. 1 Bl. 852 Sp. u. 2 S. Inhalt; 1 Bl. 918 Sp. u. 3 S. Inhalt nebst 1 S. Uebersicht der in beiden Abthlgen mitgetheilten Prosaisten; 1 Bl. 512 Sp.

Vgl. über die 1. Abthl: Allgemeine Schul-Zeitung. 23. Jahrg. 1846. 1. Bd. Sp. 556—560 (A. Nodnagel); über die 2. Abthl.: Heidelberger Jahrbücher der Literatur. 39. Jahrg. 1. Hälfte. (1846.) Nr. 20. S. 315—316.

25. Beiträge zur Geschichte und Literatur, vorzüglich aus den Archiven und Bibliotheken des Kantons Aargau. Hrsg. von Dr. Heinrich Kurz, Mitglied der Bibliothek-Commission des Kantons Aargau, Professor an der Kantonsschule; und Placid. Weissenbach, d. Z. Präsidenten des Grossen Raths, und Mitglied des Obergerichts des Kantons Aargau, gew. Referenten der Klosterarchive. Erster (einz.) Band. Aarau 1846. H. R. Sauerländer, Verlagsbuchhandlung. gr. 8°. VIII u. 599 S. (Latein. Lettern. — Ursprünglich in 4 Heften erschienen.)

Darin von Kurz: S. 107—126: Die Aargauische Kantonsbibliothek. — S. 374—421: Bündniss zwischen Zürich, Bern und Strassburg im Jahr 1588. Beschreibung desselben durch Johann Fischart. S. 428—432: Miscellen aus der Aargauischen Kantonsbibliothek (I. Ein noch ungedruckter Brief Luther's. II. Mary du Puis.) — Ausser den Herausgebern haben Beiträge geliefert: Wilh. Wackernagel (Ueber das Schachzabelbuch Konrads von Ammenhausen u. die Zofinger Handschrift desselben), K. Oehler, A. E. Fröhlich (s. Anz. 1878. S. 6. Nr. 39). Wilh. Knöbel, (Wilh. Theod.) Streuber u. Gerold Meyer v. Knonau (Vater). — Eine genaue Inhaltsangabe des Buches findet sich bei G. R. Ludw. v. Sinner, Bibliographie der Schweizergeschichte. Bern. Stämpfli. Zürich, Fr. Schulthess. 1851. gr. 8°. S. 164—166. — Vgl. über das 1. Heft (bis S. 136): Heidelberger Jahrbücher der Literatur. 39. Jahrg. 2. Hälfte (1846.) Nr. 52. S. 830—832 (Schlosser); über das 2. Heft (S. 137—287): Dieselben. 40. Jahrg. 1. Hälfte (1847). Nr. 11. S. 169—170 (Kortüm); über das 3. Heft: Dieselben. 41. Jahrg. 1. Hälfte. (1848.) Nr. 5. S. 76—78.

26. Johann Fischart über das im Jahr 1588 zwischen Zürich, Bern und Strassburg geschlossene Bündniss. In (dem Festprogramm): Zur Feier der Fünfundzwanzigjährigen Lehrerwirksamkeit des derzeitigen Rectors der Aargauischen Kantonsschule Herrn Professor Dr. Rudolf Rauchenstein, hrsg. am 3. Januar 1847 von der Lehrerversammlung dieser Anstalt. Aarau. Gedruckt in der H. R. Sauerländer'schen Offizin. gr. 4°. S. 47—68. (S. auch die vorige Nummer.)

Vgl. Heidelberger Jahrbücher der Literatur. 40. Jahrg. 1. Hälfte. (1847.) Nr. 20. S. 314.

27. Deutschland und seine Bundesverfassung. Von Heinrich Kurz. Augsburg, Verlagsbuchhandlung von C. A. Fahrmbacher. 1848. 8°. 76 S.

28. * Briefe eines ausgewanderten Deutschen an den Fürsten von Oettingen-Wallerstein. Ebda. 1848. 8°. 28 S.

5 Briefe an den damaligen Bayerischen Ministerpräsidenten, dem hier die Summe seiner Willkürlichkeiten vorgehalten und zugleich gesagt wird, was die Anforderungen der Zeit von ihm verlangen. Sehr bezeichnend steht unter allen Briefen der Ortsname „Wülzburg."

29. Thomas Murner's Gedicht vom grossen Lutherischen Narren. Hrsg. von Dr. Heinrich Kurz. Zürich, Verlag von Meyer u. Zeller. 1848. gr. 8°. LVI u. 256 S.

Vgl. Naumann's Serapeum. 9. Jahrg. (1848.) S. 264—268. (Der Herausgeber.)

30. * Gespräche über die Verfassungsrevision im Kanton Aargau. Aarau, 1849. Gedruckt bei Heinrich Remigius Sauerländer. gr. 8°. 35 S.

31. Die Schweiz. Land, Volk und Geschichte in ausgewählten Dichtungen. Hrsg. von Dr. Heinrich Kurz. Bern, Verlag der J. Dalp'schen Buchhandlung. 1852. — Neue (Titel)-Ausgabe. Ebda. 1853. 4°. XVII u. 499 S.

32. Geschichte der deutschen Literatur mit ausgewählten Stücken aus den Werken der vorzüglichsten Schriftsteller von Heinrich Kurz. Mit Illustrationen in Holzschnitt. (Signet.) Erster — Dritter Band. Leipzig, Druck u. Verlag von B. G. Teubner. 1853 (eigentl. 1851)—1859. — Zweite (unveränd.) Aufl. Ebda. 1857 (eigentl. 1855)—1859. — Dritte (unveränd.) Aufl. Ebda. 1861 (eigentl. 1860—61). — Vierte (unveränd.) Aufl. Ebda. 1864 (eigentl. 1863)—1865. — Fünfte (unveränd.) Aufl. Ebda. 1869. — Sechste unveränderte Auflage. Ebda. 1869. — Siebente unveränderte Auflage. Ebda. 1876. Lex. 8°. 1. Bd.: XIV S. [wovon V—VIII (Vorwort) zweispaltig, IX—XIII (Uebersicht des Inhalts) dreispaltig u. XIV (Uebersicht der Illustrationen) zweispaltig] u. 867 S. [wovon 1—798 zweispaltig u. 799—867 dreispaltig]. — 2. Bd.: XII S. [wovon V—X dreispaltig u. XI—XII zweispaltig] u. 764 zweispaltige S. — 3. Bd.: XI S. [wovon V—IX dreispaltig u. X—XI zweispaltig] u. 841 zweispaltige S. — Dasselbe. Vierter Band. (A. u. d. T.: Geschichte der neuesten deutschen Literatur von 1830 bis auf die Gegenwart. Mit ausgewählten Stücken der vorzüglichsten Schriftsteller von Heinrich Kurz.) Ebda. 1872 (eigentl. 1871—72). — Zweite (unveränd.) Aufl. Ebda. 1874. Lex. 8°. XIII S. [wovon V—VI zweispaltig, VII—X dreispaltig u. XI—XIII zweispaltig] 1 Bl. u. 983 zweispaltige S.

Vgl. über Lief. 1—9 (bis S. 576 des 1. Bdes): Heidelberger Jahrbücher der Literatur. 46. Jahrg. 1. Hälfte. (1853.) Nr. 30. S. 467—470;

über Lief. 10—21 (oder Bd. I. S. 577—867 u. Bd. II. S. 1—448): Dieselben. 48. Jahrg. 2. Hälfte. (1855.) Nr. 40. S. 633—636; über Lief. 22—31 (oder Bd. II. S. 449—764 u. Bd. III. S. 1—320): Dieselben. 50. Jahrg. 2. Hälfte. (1857.) Nr. 60. S. 956—959; über Bd I—III: Neue Jahrbücher für Philologie u. Paedagogik. 29. Jahrg. 80. Bd. (1859.) S. 538—540 (Buchner in Crefeld); über die 1.—6. Aufl. der 3 ersten Bde u. die 1. Aufl. des 4. Bdes: Börsenblatt für den Deutschen Buchhandel. Nr. 131 vom 9. Juni 1880. S. 2377a.

(Schluss folgt.)

[1087.] Plan eines „Catalogo generale alfabetico dei libri stampati delle Biblioteche d'Italia".

Von E. Narducci.

Aus Rom hat der Bibliothekar der Biblioteca Alessandrina an der Königl. Universität Enrico Narducci an seine Italienischen Collegen folg. Rundschreiben*) vom 1. Octbr. erlassen: „Desiderando io di consacrare il rimanente della mia vita letteraria, ove pure mi fia concesso, ad un'opera non mai prima tentata, e d'incontestabile utilità pei cultori dei buoni studi, ho immaginato di compilare, giusta un mio particolare metodo già esposto in altre occasioni, un *Catalogo generale alfabetico dei libri stampati delle Biblioteche d'Italia*, ordinato per nomi d'autori, dai primordi della stampa a tutto l'anno 1880, compresi gli opuscoli legati in miscellanee. Ed in questo proposito mi rafferma il desiderio, che da Roma, onde s'ebbe a deplorare lo sperpero di tanti libri pregevoli, sorga a beneficio degli studiosi e ad incremento delle italiane lettere una splendida riparazione. Ma, come suole intervenire per tutte le opere di vasta mole e di lunga lena, non mancò chi accolse con incredulità un mio primo saggio, ove sono registrate per le sole biblioteche governative le opere sì manoscritte e sì a stampa di Giovanni Boccaccio; allegando essere impossibile l'attuazione del mio concetto; mentre in vece i principali dotti e le più illustri Accademie di tutta Europa vi fecero plauso e m'incoraggiarono all' impresa. Sono quindi venuto nella determinazione di dare intanto come nuovo saggio il principio stesso del lavoro, limitandomi alla sola sillaba AB, compresi i pochi libri indicati colla lettera A, sola od accompagnata da altre iniziali, ed omettendo per brevità gli scritti inseriti in atti accademici, periodici ed altre raccolte, quando non siano tirature a parte. Sarà questa una pratica dimostrazione della possibilità del lavoro, posto che l'accennata sillaba non gode il privilegio di più facile compilazione delle altre. Senza dubbio, come avviene in simili lavori, questo mio non andrà scevro di difetti, potendo, ad esempio, accadere che uno stesso libro, specialmente

*) Das am Schlusse des Rundschreibens angehängte Verzeichniss der öffentlichen Bibliotheken Italiens findet sich in folg. Nr. 1088 abgedruckt.

se anonimo, sia registrato in due diversi luoghi, secondo che nei rispettivi cataloghi sia riportato o no sotto il nome del vero autore. Ma, a fronte di sì tenui mende, si avrà l'inestimabile vantaggio di completare moltissime biografie e bibliografie, stabilire la rarità delle edizioni, e presentare mediante un solo alfabeto, e con numeri convenzionali, oltre il prospetto generale delle ricchezze bibliografiche della nazione, altresì il catalogo parziale di meglio che 250 biblioteche italiane. In così ardua impresa spero non mi mancherà il benevolo concorso della S. V. chma, anche per risparmiare al lavoro deplorevoli lacune, a scapito dell'oggetto scientifico ch'esso si propone. E però prego la sua cortesia a volermi inviare, con quella sollecitudine che non Le rechi soverchio disturbo, in fogli da potersi tagliare in rettangoli di dimensioni simili a quello segnato in margine e scritti longitudinalmente da una sola parte, l'elenco di tutti i libri posseduti dalla Biblioteca degnamente affidata alle sue cure, compresi nella sillaba AB, non esclusi quelli indicati colla lettera A, sola, o seguita da altre iniziali, includendovi ove occorra le schede di richiamo, che volgarmente si chiamano *Vedi*. Per uniformità poi di ciascun libro la scheda dovrà recare: *a)* il cognome e nome dell' autore — *b)* il titolo succinto dell' opera, con quella brevità che non nuoca alla fedeltà e alla chiarezza — *c)* il numero progressivo della edizione, se trattisi di ristampa — *d)* il luogo della stampa — *e)* il cognome e l'iniziale del nome dello stampatore — *f)* l'anno, e se v'è anche il mese e il giorno della impressione — *g)* il formato — *h)* il numero dei volumi di che si compone, non in che è legata l'opera.

[1088.] Verzeichniss der öffentlichen Bibliotheken Italiens.

Von Enrico Narducci.

Acicatena *Comunale*
Acireale *degli Zelanti*
Adria *Ginnasiale*
Agira *Comunale*

Albaredo *Comunale*
Albenga *Civica*
Alcamo *Comunale*
Alessandria *Civica*
Alghero *Ginnasiale*
Ancona *Comunale*
Aquila *Provinciale*
Arezo *Comunale*
Ariano *Mancini Stanislao Pasquale*
Arona *Comunale*
Ascoli *Comunale*
Asti *Popolare*
Aversa *Comunale*
Bagnacavallo *Comunale*
Bari *Comunale*
Bassano *Comunale*
Belgiojoso *Comunale*
Belluno *del Seminario*
Benevento *Provinciale*
Bergamo *Civica*
" *Popolare circolante*
" *di Sant' Alessandro in Colonna*
Biella *del Seminario*
Bitonto *del Ginnasio*
Bologna *Comunale*
" *Universitaria*
Borgotaro *dell' Istituto Manara*
Bormio *Sertorio*
Bosa *Comunale*
Brescia *Queriniana*
Brindisi *Comunale*
Bronte *Del Collegio*
Budrio *Comunale*
Busto Arsizio *Comunale*
Cagli *Comunale*
Cagliari *Universitaria*
Calatafimi *Comunale*
Caltagirone *Comunale*
Caltanisetta *Comunale*
Camerino *Valentiniana presso l' Università*
Cantiano *Comunale*
Caprino *Ex valle San Martino*
Caramagra *dell' Asilo infantile*
Casale *del Seminario*
Casalmaggiore *Comunale*
Casei-Gerola *Comunale*
Caserta *Comunale*
Castellammare *Comunale*
Castelnuovo di Garfagnana *Comunale*
Castelvetrano *Comunale*
Catania *dell' Ateneo Siculo*
" *del Seminario*
" *Universitaria*
" *Ventimilliana*
Catanzaro *Liceale*
Cava dei Tirreni *della SS.ma Trinità*
Cento *Comunale*
Centuripe *Comunale*
Cesena *Comunale*
" *Malatestiana*
Cetona *Comunale*
Chiaravalle *Cistercense*
Chiari *Marcellina*
Chiavari *della Società economica*
Chieti *Provinciale*
Chiusi *Comunale*
Cingoli *Ascarinna*
Codevilla *Comunale*
Como *Comunale*
Correggio *Comunale*
Cosenza *Comunale*
Crema *Comunale*
Cremona *Governativa*
" *degli Asili infantili*
Crescentino *Gregoriana*
Cuglieri *Comunale*
Cuneo *Comunale*
Domodossola *Civica*
Empoli *Comunale*
Faenza *Comunale*
Fano *Comunale*
Feltre *Seminario*
Fermo *Comunale*
Ferrara *Comunale*
Firenze *Nazionale*
" *Marucelliana*

Firenze *Mediceo-Laurenziana*
„ *Riccardiana*
„ *della R. Accademia della Crusca*
„ *del R. Istituto musicale*
„ *Medicea di S. Maria Nuova*
Foggia *Comunale*
Foligno *Comunale*
Forlì *Comunale*
Fossano *dell' Accademia delle Scienze*
Fossarmato *Comunale*
Fossombrone *Passionei*
Gallarate *Comunale*
Gallipoli *Comunale*
Genova *Civica*
„ *Franzoniana*
„ *Municipale*
„ *Universitaria*
Gibellina *Comunale*
Girgenti *Principe Oddone*
Grosseto *Chelliana*
Guastalla *Comunale*
Gubbio *Spereliana*
Imola *Comunale*
Latisana *Comunale*
Lecce *Provinciale*
Lendinara *Comunale*
Livorno *Labronica*
Lodi *Comunale*
Longiano *Comunale*
Lovere *Tadini*
Lucca *Governativa*
Lucera *Comunale*
Lugo *Comunale*
Macerata *Comunale*
Maniago *Comunale*
Mantova *Governativa*
„ *Comunale*
„ *del Seminario*
Marsala *Comunale*
Massa *dell' Accad. de' Rinnovati*
Massa Marittima *Comunale*
Matera *Liceale*
Messina *Universitaria*
Milano *Ambrosiana*
„ *di Brera*
„ *del R. Istit. Lomb. di scienze e lettere*
„ *del Conservatorio di Musica*
Mirandola *Comunale*
Modena *Estense*
„ *Universitaria*
„ *della R. Società delle Scienze*
Modigliana *Comunale*
Montalbano Jonico *Comunale*
Montepulciano *Comunale*
Monte S. Giuliano *Comunale*
Montù de' Gabbi *Comunale*
Monza *Comunale*
„ *del Ginnasio Zucchi*
„ *Popolare circolante*
Mortara *Sociale*
Murello *Comunale*
Napoli *Nazionale*
„ *Universitaria*
„ *Brancacciana*
„ *di San Giacomo*
„ *de' Girolamini*
„ *della soc. Reale delle Scienze*
Narni *Comunale*
Naro *Comunale*
„ *di S. Francesco d'Assisi*
Nicosia *Comunale*
Nocera *Piervisiani*
Novara *Civica*
„ *Liceale*
„ *del Seminario*
„ *nelle Carceri*
„ *di Novellara*
Novi *Comunale*
Oneglia *Comunale*
Oristano *Comunale*
Orvieto *del Seminario*
Osimo *Comunale*
Padova *Universitaria*
„ *Civica*

Padova *R. Accad. di scienze e lettere*
" *del Seminario*
" *Pubblica popolare*
" *di S. Antonio*
Palermo *Nazionale*
" *Comunale*
Pallanza *Comunale*
Palma Montechiaro *Comunale*
Parma *Nazionale e Palatina*
" *Medica*
" *dei Teologi di Collegio*
" *delle Scuole serali*
Partanna *Comunale*
Pavia *Universitaria*
" *Sociale*
" *Universitaria*
Pavullo *Comunale*
Pennabilli *del Seminario*
" *del Capitolo*
Pergola *Comunale*
Perugia *Comunale*
" *Universitaria*
Pesaro *Oliveriana*
Piacenza *Passerini*
Piazza *Comunale*
Pinerolo *Comunale*
Pisa *Universitaria*
" *Nuova*
Pistoia *Fabroniana*
" *Forteguerri*
Pitigliano *Comunale*
Pontremoli *Comunale*
Portoferraio *Comunale*
Porto-Maurizio *Comunale*
Potenza *Liceale*
Prato *Roncioniana*
Ravenna *Classense*
Reggio Emilia *Comunale*
Rieti *Comunale*
Rimini *Comunale*
Roma *dell' Accademia Pont. di Archeologia*
" " *R. di S. Cecilia*
" " *R. dei Lincei*

Roma *dell' Accademia Pont. de nuovi Lincei*
" *Alessandrina*
" *Angelica*
" *di S. Apollinare*
" *Aracœlitana*
" *Barberina*
" *della Camera dei Deputati*
" *Casanatense*
" *Chigiana*
" *del Comando della Divisione*
" *del Comitato d' Artigl. e Genio*
" *del Corpo di Stato Maggiore*
" *Corsiniana*
" *Lancisiana*
" *del Ministero di Agr. Ind. e Comm.*
" " *degli Esteri*
" " *delle Finanze*
" " *di Grazia Giust. e dei Culti*
" " *della Guerra*
" " *dell' Interno*
" " *dell' Istruz. Pub*[ca]
" " *dei Lavori Pubblici*
" " *della Marina*
" *Nazionale V. E.*
" *di S. Paolo de' Benedettini*
" *Sarti*
" *del Senato*
" *Vallicelliana*
" *Vaticana*
Rovigo *dell' Accad. scient. lett. dei Concordi*
" *Silvestriana*
" *del Seminario*
Sacile *Comunale*
Salaparuta *Comunale*
Salemi *Comunale*
Salerno *Provinciale*
Salza-Irpina *Comunale*
Salò *dell' Ateneo*
Sampierdarena *Pubblica*
San Daniele del Friuli *Comunale*

San Miniato *Del Seminario*
Sanseverino Marche *Comunale*
San Zenone *Sociale*
Sarnano *Comunale*
Sassari *Universitaria*
Savignano *Comunale*
„ *della Rubiconia*
Savona *Comunale*
„ *Rocca*
Scandiano *Comunale*
Sciacca *Comunale*
Senigallia *Comunale*
Siena *Comunale*
„ *Universitaria*
Sondrio *Comunale*
Spezia *dei Filomati*
Spoleto *Comunale*
Subiaco *dei Benedettini*
Taranto *Comunale*
Tarcento *Comunale*
Teramo *del Convitto*
Terni *Comunale*
Terranova *Comunale*
Torino *Nazionale*
„ *Reale*
„ *Comunale*
„ *della R. Accademia delle Scienze*
„ *della R. Accad. d'Agricoltura*
„ *di Medicina*
Trapani *Comunale*
Treia *della Società Georgica*
Treviso *Comunale*
„ *della R. Scuola di viticoltura ed enologia*
Trivento *Comunale*
Udine *dei docenti del Comune*
Udine *del R. Ginnasio*
„ *dell' Istituto tecnico*
„ *dell' Ospedale*
„ *della Società Operaia*
„ *Arcivescovile*
„ *del Seminario*
Urbania *Comunale*
Urbino *Universitaria*
„ *Baldi nell'Istit. di B. Arti*
Varallo *delle Scuole tecniche*
Velletri *Comunale*
Venezia *Marciana*
„ *del Museo Correr*
„ *Istituto Querini*
„ *R. Istituto di sc. l. ed a.*
„ *dell' Ateneo*
Ventimiglia *Aprosiana*
Vercelli *Comunale*
„ *del Convitto Nazionale*
„ *Agnesiana*
„ *dell' Archivio Capitolare*
„ *del Seminario*
Verona *Comunale*
„ *della R. Accademia di Agricoltura*
„ *del R. Liceo*
„ *Capitolare*
„ *del Seminario*
Verucchio *Comunale*
Viadana *Comunale*
Vicenza *Comunale*
Viggiano *Pubblica*
„ *del Seminario*
Viterbo *Comunale*
Vizzini *Comunale*
Volterra *Comunale*
Zevio *Comunale*

Litteratur und Miscellen.

Allgemeines.

[1089.] The Library Journal Official Organ of the Library Associations of America and of the United Kingdom. Vol. 6. (S. oben Nr. 986.)

Das Sptbr.-Octbr.-Heft Nr. 9—10 enth.: Editorial — United

Kingdom Association (Report of the Council; Training of Library Assistants; the Annual Meeting) — Communications (Pre-Columbian Discovery Bibliography) — Convention in Illinois — Astor Library — Obituary (J. Winter Jones; H. Octavius Coxe) — Library Economy and History — Bibliography — Special Reference Lists (Tenure of Land) — Anonyms and Pseudonyms — Library Purchase-List — Notes and Queries — General Notes.

[**1090**.] Annales du Bibliophile Belge Nouvelle Serie publ. par Fr. J. Olivier. Tom. I. (S. oben Nr. 988).

Nr. 5 enthält: Devises d'Hommes de Lettres, Religieux, Artistes, Diplomates et Guerriers tirées de Portraits Néerlandais et non publiées par F. Vanderhaeghen et Th. J. J. Arnold. Belgique et Hollande. Par J. F. van Someren, Attaché à la Bibliothèque de l'Université à Amsterdam — Supplément aux Almanachs Belges (Fortsetzung folgt) — Analecta-Biblion — Catalogue des Livres anciens et modernes en vente chez Olivier. (Fortsetzung.)

Bibliographie.

[1091.] * Notice sur la Société bibliographique, par P. V. Grenoble, impr. Ve Rigaudin. 12⁰. 23 S.

[1092.] * Books and Reading. By Noah Porter, LL. D., President of Yale College. Enlarged and revised Edition, with amended Bibliography and Additions, prepared, under the Direction of President Porter, by James M. Hubbard, of the Boston Public Library. New York. (London.) gr. 8⁰. Pr. 10 s. 6 d.

[1093.] * Bibliographie Lyonnaise an XVe siècle; par H. B. (Origines de l'imprimerie d'Alby en Languedoc, 1430—1484.) [Extrait de la Revue Lyonnaise, janvier 1881.] Lyon, impr. Pitrat aîné. 8⁰. 15 S.

[1094.] Hinrichs' fünfjähriger Bücher-Catalog. Verzeichniss der in der zweiten Hälfte des neunzehnten Jahrhunderts im Deutschen Buchhandel erschienenen Bücher und Landkarten. VI. Band 1876—1880 bearbeitet von Richardt Haupt. Leipzig, Hinrichs. 1881. 4⁰. 1 Bl. 746 S. Pr. n. 33 Mk. (S. oben Nr. 858).

Der von Albrecht Kirchhoff 1856 zuerst ins Leben gerufene fünfjährige Bücherkatalog (s. Petzholdt's Biblioth. bibliogr. S. 295) welcher bereits mit dem II. Bande in den Hinrichs'schen Verlag übergegangen ist, hat sich als durchaus praktisch bewährt; er hat sich neben den trefflichen Kayser'schen u. Heinsius'schen Bücher-Lexicis, die hauptsächlich bibliographischen Anforderungen mit Rechnung zu tragen bestimmt sind, in den Kreisen der Buchhändler u. Litteraturfreunde als sehr handliches u. möglichst compendiöses, nichts desto weniger aber vollkommen genügendes Nachschlagebuch eine durchaus geachtete Stellung gesichert. Der Katalog nimmt unter den zahlreichen Publikationen der Hinrichs'schen Buchhandlung auf dem Gebiete der Deutschen Bücherkunde eine vorzügliche Stelle ein, die selbst jener Ungarische Schulmeister, welcher das Hinrichs'sche „Monopol" auf diesem Gebiete anzufechten sich berufen gefühlt hat, respektiren muss.

[**1095.**] Deutscher Journal-Katalog für 1882. Zusammenstellung von 1496 Titeln deutscher Zeitschriften systematisch in 44 Rubriken geordnet. 14. verbesserte und vermehrte Auflage. Herausgegeben von O. Gracklauer's literarischem Auskunfts-Bureau in Leipzig (1881.) 8°. 44 S. Pr. 0,50 Mk. (S. oben Nr. 860.)

Die ziemlich rasch aufeinander folgenden Auflagen u. die steten Vermehrungen — die vorl. neue Auflage hat der letzten gegenüber einen Zuwachs von 46 Titeln aufzuweisen — zeigen wie einestheils, dass das Publikum den Katalog ganz brauchbar finden mag, ebenso anderentheils, dass der Herausg. für die Vervollständigung des Kataloges fortdauernd besorgt ist.

[**1096.**] Jenaer Dissertationen-Katalog 816 Jenaer Dissertationen, Habilitationsschriften, Programme etc. Nach Wissenschaften geordnet. Vorräthig in O. Deistung's Buchhandlung (Hermann Dabis) in Jena. Pätz'sche Buchdr. in Naumburg a. S. 1882. 8°. 1 Bl. 29 S. (S. oben Nr. 1081.)

Zum bequemen Gebrauche u. übersichtlich eingerichtet. Ein kurzes alphabet. Autoren-Register würde vielleicht dazu gedient haben, den Gebrauch noch bequemer zu machen.

[1097.] Dansk Bogfortegnelse for aarene 1869—1880. Udarbeidet af J. Vahl. Hft. 2. Kjöbenhavn, Forlagsbureaut. 1881. 4°. S. 17—32. Pr. n. 1,50 Mk. (S. oben N. 993.)

Reicht von „Bergsöe" bis „Carlsen".

[1098.] Svenskt Boklexikon. Åren 1830—1865. Utarbetadt af Hjalmar Linnström. Hft. 45—46. Stockholm, Samson & Vallin. 4°. S. 705—36. Pr. n. 3,50 Mk. (S. oben Nr. 994.)

Enth. die Artikel „Högman" bis „Instruktionspunkter."

[1099.] * Norsk Forfatter-Lexikon, 1814—1880, af J. B. Halvorsen. Paa Grundlag af J. E. Krafts og C. Langes „Norsk Forfatter-Lexikon. 1814—1856. Hft. 1—2. Christiania. 8°. S. 1—128. Pr. à n. 2 Mk.

Reicht von „Aabel" bis „Asperhain." — Ueber das Kraft-Lange'sche Werk u. dessen Vorgänger s. Petzholdt's Biblioth. bibliogr. S. 401—2.

[1100.] Bibliographische Übersicht der Erscheinungen auf dem Gebiete der Germanischen Philologie im Jahre 1880. Von Karl Bartsch. Enth. in: Germania. Vierteljahrsschrift für Deutsche Alterthumskunde begr. von Frz. Pfeiffer, hrsg. von K.

Bartsch. XXVI. Jahrg. oder neue Reihe XIV. Jahrg. Wien, Gerold's Sohn. 1881. gr. 8⁰. Hft. 4. S. 423—505. (S. Anz. J. 1880. Nr. 1073.)

Uebersicht von 1363 Nrr. selbständiger Schriften u. Abhandlungen, sowie eingedruckter Aufsätze u. kürzerer Mittheilungen — mit Unterstützung von J. H. Gallée in Utrecht, K. Gislason in Kopenhagen, Th. Möbius in Kiel u. K. F. Södervall in Lund.

[**1101.**] Wolf's Theologisches Vademecum. Alphabetische und systematische Zusammenstellung der neueren und besseren Literatur-Erscheinungen auf dem Gebiete der Theologie. Leipzig. Kössling'sche Buchhandlung. Antiquariat und Sortiment (Gustav Wolf). kl. 8⁰. 1 Bl. 129 S. 3324 Nrr. (S. oben Nr. 425.)

Dem in zwei Auflagen erschienenen Medicin. Vademecum (s. oben Nr. 352) u. dem Naturwissenschaftlich-Mathematischen (s. oben Nr. 452) sind nun zwei neue, das vorl. Theologische u. ein Juristisch-Staatswissenschaftliches (s. unten Nr. 1102), gefolgt, u. sollen ausserdem auch in nächster Zeit noch die anderen folgen, nämlich ein Philosophisch-Pädagogisches, ein Linguistisches und ein Philologisches Vademecum, welche sich bereits unter der Presse, resp. in Vorbereitung befinden. Der Herausg. hat durch Zusammenstellung solcher Vademecums, in welchen die Büchertitel, nach Vorgang der Amerikaner, zu einer Art Namen- und Sachregister verschmolzen sind, offenbar einen glücklichen Griff gethan: dem betreff. Publikum ist darin das, was es sucht, in der leicht findbarsten Weise dargeboten.

[**1102.**] Wolf's juristisches-staatswissenschaftliches Vademecum. Alphabetische und systematische Zusammenstellung der neueren und besseren Literatur-Erscheinungen auf dem Gebiete der Jurisprudenz und Staatswissenschaften. Leipzig, Kössling'sche Buchhandlung Antiquariat und Sortiment (Gustav Wolf). kl. 8⁰. 1 Bl. 100 S. 3411 Nrr. (S. oben Nr. 1101.)

[**1103.**] Literatur der Stolzeschen Schule von Mitte Dezember 1879 bis Anfang März 1881. Zusammengestellt von Dr. Paul Mitzschke in Weimar. [Separatabzug aus dem Almanach f. Freunde der Stolzeschen Stenographie. Berlin 1881.] 16⁰. 9 S. (S. oben Nr. 874.)

Zur Vertheilung an des Verf.'s Freunde.

[1104.] * Guide to the Study of Political Economy, by L. Cossa; tr. from the II. Italian edition, with a preface by W. Stanley Jevons. London, Macmillan, 1880. 12⁰.

Hierüber in Library Journal Vol. 6. Nr. 9—10. S. 266: „The first half (72 pp.) is devoted to defining the various uses of the term political economy. The remainder of the book is taken up with a bibliography (taken chronologically) with a running commentary.

[1105.] * Katalog über die Literatur des Feuerwehrwesens von 1750—1879. Von Ludwig Tesař. Brünn, Rohrer. 8⁰. 24 S. Pr. 20 kr.

[1106.] * Chemisch-technisches Repertorium. Uebersichtlich geordnete Mittheilungen der neuesten Erfindungen, Fortschritte und Verbesserungen auf dem Gebiete der technischen und industriellen Chemie, mit Hinweis auf Maschinen, Apparate und Literatur. Von Dr. Emil Jacobsen. [XIX. Jahrg.] 1880. Berlin, Gaertner. gr. 8⁰. XX, 503 S. Pr. n. 13 Mk. (S. oben Nr. 649.)

[1107.] * La Profumeria dai tempi più antichi fino ai giorni nostri. Cenni storici e bibliografic idi Ant. Dom. Pierrugues. Nuova Edizione. Firenze, tip. Pellas. 8⁰. 40 S.

[1108.] Historische Zeitschrift hrsg. von H. v. Sybel. München u. Leipzig, Oldenbourg. gr. 8⁰. Enth. Neue Folge. Bd. X. (der ganzen Folge 46. Bd.) Hft. 3. S. 450—562: Literaturbericht. (S. oben Nr. 881.)
Enth. 58 Nrr.

[1109.] Quellenkunde der römischen Geschichte bis auf Paulus Diaconus von Dr. ph. M. Schmitz. Gütersloh, Bertelsmann. 8⁰. 128 S. Pr. n. 2 Mk.

Ein Compendium „zur Erwerbung der für den Studirenden der Geschichte, in besonderem Falle für das Staatsexamen nothwendigen Kenntnisse". Mit Rücksicht auf diesen Zweck habe es, schreibt der Verf., auf erschöpfende Litteraturangabe nicht abgesehen sein können; „doch sind die hauptsächlichsten u. besonders die neueren Ausgaben u. Bearbeitungen bei jedem Schriftsteller angegeben, so dass hier Jedem sich weiter umzusehen Gelegenheit geboten ist".

[1110.] The Bibliography of the Pre-Columbian Discoveries of America. By Paul Barron Watson. Boston. 4⁰. 20 S.

Diese sehr fleissige, aus dem „Library Journal" Vol. 6. Nr. 8 (s. oben Nr. 986) besonders abgedruckte Schrift hat als Einleitung folg. Bemerkungen: „These notes were begun as an introduction to a thesis prepared under Dr. Emerton, in one of the history courses at Harvard College. The present essay is intended as a complete bibliography of those claims to the discovery of America before Columbus which are based upon documentary evidence. The claims are nine in number — Chinese (499), Northmen (1000—1347), Arabs (about 1125), Welsh (1170), Venetians (1380), Portuguese (1463), Poles (1476), Martin Behaim (1483), and Cousin of Dieppe (1488). The order of arrangement is strictly chronological" etc. Was von den in der vorl. Bibliographie angeführten Schriften in der Bibliothek des Harvard College zu Cambridge, im Boston Athenaeum u. in der Bostoner öffentl. Bibiothek zu finden ist, hat der Verf. durch ein beigesetztes H., BA. u. BP. kenntlich gemacht.

[1111.] Grundriß der Oesterreichischen Geschichte mit besonderer Rücksicht auf Quellen- und Literaturkunde. Ein Compendium für Universitätshörer, Lehramts-Candidaten, zugleich Hilfsbuch für Geschichtslehrer und Geschichtsfreunde in 4 Abtheilungen bearbeitet von Dr. Franz Krones R. v. Marchland, k. k. o. ö. Professor a. d. Univ. i. Graz. Abth. III. Wien, Hölder. gr. 8°. S. 441—616. Pr. n. 2,60 Mk. (S. oben Nr. 766.)

[1112.] Grundrisz zur Geschichte der Deutschen Dichtung aus den Quellen von Karl Goedeke. Bd. III. Hft. 7. (In der Reihenfolge das 12. Heft.) Dresden, Ehlermann. 8°. XII, 1233—1427 zur 2. Abth. des III. Bdes, nebst XVIII S. zur 1. Abth. Pr. n. 4,60 Mk. (S. oben Nr. 139.)

Endlicher Schluss des vortrefflichen Werkes.

[1113.] Ubi sunt, qui ante nos In mundo fuere? Ausgewählte Lateinische Studenten-, Trink-, Liebes- und andere Lieder des vierzehnten bis achtzehnten Jahrhunderts aus verschiedenen Quellen mit neudeutschen Uebertragungen, geschichtlicher Einleitung, Erläuterungen, Beigabe und einer Abbildung. Eine literaturgeschichtliche Studie, zugleich ein Liederbuch von Adorf Pernwerth von Bärnstein, Herausgeber der „Carmina burana selecta." Würzburg, Stahel. 8°. XIV, 162 S. m. 1 Holzschntaf. Pr. n. 3 Mk.

Man braucht sich nicht zu wundern, dass dieses — beiläufig gesagt, sehr elegant u. geschmackvoll ausgestattete — Büchelchen hier zur Anzeige gebracht wird: es bildet zum Theile eine sehr schätzbare u. interessante bibliographische Specialität, zu deren weiteren Ergänzung der Verf. in nächster Zeit noch „Das deutsche Studententhum vom XIV. bis zum Schlusse des XVIII. Jhrhdts. Historische bibliographische Skizze" herauszugeben beabsichtigt. An die Spitze des Büchelchens findet sich S. 1—13 ein „Literatur-Verzeichniss" gestellt, welches den Zweck hat, theils eine Uebersicht aller der Publikationen zu bieten, welche vom Verf. als Grundlage der vorl. Arbeit benutzt worden sind, theils u. hauptsächlich denjenigen Lesern, welche sich für den in dem Büchelchen dargestellten Stoff weiter interessiren, als „literarischer Wegweiser" zu dienen. Citate, welche auf diesen Wegweiser hinzeigen, finden sich im Büchelchen an den erforderlichen Stellen überall sorgsam angebracht. Darf ich sonach das Büchelchen als eine interessante bibliographische Specialität gern der besonderen Aufmerksamkeit der Leser empfehlen, so mag ich zugleich die Gelegenheit nicht versäumen, diejenigen Leser, welche selbst mit dem Universitätswesen in nähere Berührung gekommen sind, auf die ebenso angenehme, wie ergötzliche Lectüre des Büchelchens hinzuweisen.

[1114.] Gracklauer's Fachkatalog Nr. 34 (?). — Verzeichniss der besten Schriften über Kunstliteratur, Malerei, Sculptur, Archäologie und Architektonik, welche von 1866—1881 im deutschen

Buchhandel erschienen sind. III. Abth. Archäologie, Sculptur, Architektur, Baudenkmäler, Geschichte der Baukunst, Kirchenbaukunst etc. In 10 Rubriken systematisch zusammengestellt. Leipzig, Gracklauer. 8°. 2 Bll. 44 S. Pr. n. 0,90 Mk. (S. oben Nr. 652.)

Mit dieser III. Abth. ist der Kunstkatalog abgeschlossen, der unter den zahlreichen Gracklauer'schen Fachkatalogen nicht an letzter Stelle genannt zu werden verdient.

[1115.] * George Eliot; a Bibliography by C. W. Sutton. [Repr. from the papers of the Manchester Literary Club, v. 7.] Manchester. 8°. 11 S.

[1116.] Giacomo Manzoni — Studii di Bibliografia analitica — Studio primo Francesco da Bologna incisore di caratteri mobili metallici da stampa nell' ultimo decennio del secolo XV e nel primo ventennio del XVI, e stampatore in Bologna negli anni 1516 e 1517, non potè essere Francesco Raibolini detto il Francia. Bologna, Romagnoli. gr. 8°. IV, 77 S. Pr. 2,50 L.

Der Verf. schreibt: „Questo studio bibliografico intorno a Francesco da Bologna doveva comparire secondo in un volume di tre studii di bibliografia analitica, che mi propongo di pubblicare in breve, facendolo poi seguire da altri volumi di studii in parte abbozzati, e che terminerò bastandomi la vita.“

[1117.] Anton Graff Ein Beitrag zur Kunstgeschichte des achtzehnten Jahrhunderts von Richard Muther. [Mit Graff's Portrait.] Leipzig, Seemann. gr. 8°. 3 Bll. 128 S. Pr. n. 3 Mk.

Der grössere Theil dieser Schrift beschäftigt sich mit der Aufzählung der zahlreichen Arbeiten des ebenso fleissigen, wie seiner Zeit berühmten Portraitmalers Graff (geb. 18. Novbr. 1736 in Winterthur, gest. 22. Juni 1813 in Dresden). S. 49—92 findet sich das Verzeichniss der erhaltenen Portraits (Nr. 1—180), S. 92—103 derjenigen, welche nur in Kupferstichen vorhanden sind (Nr. 181—237) u. S. 103—9 der verschollenen Portraits (Nr. 238—300). Darauf folgen noch S. 109—16 eine Uebersicht der Copien, Radirungen, Silberstiftbildchen u. Zeichnungen, sowie S. 116—19 ein topograph. Verzeichniss der erhaltenen Portraits u. S. 120—25 ein dergl. alphabetisches der dargestellten Personen. Auch für den Bibliographen nicht ohne Interesse.

[1118.] Wilhelm Herschel. Sein Leben und seine Werke von Edward S. Holden. Uebersetzt von U. W. Mit einem Vorwort von W. Valentiner. Berlin, Hertz. 1882. 8°. Enth. S. 216—38: Bibliographie.

Die Bibliographie zerfällt in I. ein Verzeichniss der astronomischen Schriften Wilhelm Herschel's in chronolog. Anordnung u. II. ein Verzeichniss der Schriften, welche sich auf das Leben u.

die Werke von Wilhelm Herschel beziehen. (Nach den Autoren alphabet. geordnet.)

[1119.] * Elenco delle pubblicazioni del Prof. V. Cav. Zanetti. Venezia, tip. Longo. 8°. 8 S.

Buchhändler- und antiquarische Kataloge.

[1120.] The Publisher's Trade List Annual 1881 Embracing the latest catalogues supplied by the publishers; preceded by an order-list for 1881; a classified summary and alphabetical reference-list of books recorded in the Publishers' Weekly from July 1, 1880, to June 30, 1881, with additional titles, corrections, changes of price and publisher, etc. (forming a fifth provisional supplement to the American Catalogue); and the American Educational Catalogue for 1881. Ninth Year. New York, F. Leypoldt. 1881. Lex. 8°. 913 Bll. Pr. $ 1,50. (S. oben Nr. 245.)

Wenn man den jetzt im Erscheinen begriffenen Gesammt-Verlags-Katalog des Deutschen Buchhandels (s. oben Nr. 747) mit dem vorl. Amerikanischen vergleicht — welch ein Unterschied zwischen beiden! Dieser Unterschied hat allerdings seinen Grund in der Verschiedenheit der Amerikanischen u. Deutschen buchhändlerischen Verhältnisse von einander. Auf Deutschem Boden würde ein Versuch, eine der Amerikanischen ähnliche „Publishers' Trade List Annual" ins Leben zu rufen, wohl kaum von Erfolg begleitet gewesen sein, während der Bestand der Amerikanischen Publikation seit nunmehr fast einem ganzen Decennium den besten Beweis liefert, dass dieselbe für Amerikan. Verhältnisse ganz angemessen u. brauchbar gefunden worden ist. Und in der That hat man alle Ursache, dem Herausg. die Anerkennung auszusprechen, dass er stets bemüht gewesen ist, den Katalog so brauchbar als möglich zu gestalten.

[1121.] Verlags-Kataloge der Verleger des Deutschen Reiches. etc. Münster i. W., Adolph Russell. 1881. gr. Lex. 8°. Bd. VII. Lief. 1. 2 Bll. 1—288 Sp. & Bd. VIII. Lief. 2. 289—576 Sp. Pr. à n. 0,60 Mk. (S. oben Nr. 1016.)

[1122.] Bibliotheca Bavarica et Palatina. — Lager-Catalog von Joseph Baer & Co. Buchhändler und Antiquare in Frankfurt am Main, Paris, London. 97. Das Königreich Bayern. 8°. 1 Bl. 50 S. 1017 Nrr. (S. oben Nr. 957.)

Eine reiche Spezialsammlung.

[1123.] Ludwig Bamberg Sortiments- und Antiquariats-Handlung Greifswald. Antiquarischer Katalog 44—47. 1882. 8°. (S. oben Nr. 777.)

Enth.: in 44 Geschichte mit ihren Hilfswissenschaften (s. unten Nr. 1185); in 45 Theologie u. Philosophie (1 Bl. 74 S.

1892 Nrr.); in 46 Medicin (1 Bl. 66 S. 1847 Nrr.); in 47 Jurisprudenz u. Staatswissenschaft (1 Bl. 30 S. 855 Nrr.).

[1124.] Nro. 153. Antiquarischer Katalog der C. H. Beck'schen Buchhandlung in Nördlingen. — Protestantische Theologie. Auswahl. 8°. 1 Bl. 54 S. 1053 Nrr. (S. oben Nr. 724.)

Enth. wie gewöhnlich viele ältere u. seltnere Schriften, hauptsächlich aus der Deutschen Litteratur.

[1125.] No. XXIX. Verzeichniss des Antiquarischen Bücherlagers von F. Dörling in Hamburg. Inhalt: Werke aus verschiedenen Wissenschaften. 1882. 8°. 1 Tit-. u. 47 S. 1466 Nrr.

Neuere u. ältere, Deutsche u. ausländische, hauptsächlich histor., theolog., schönwissenschaftliche Litteratur.

[1126.] Verzeichniss des antiquarischen Bücherlagers von Hans Englmann in München Buchhandlung & Antiquariat. — Auswahl aus verschiedenen Fächern. 8°. 32 S.

Hauptsächlich Deutsche schönwissenschaftl. u. philologische Litteratur.

[1127.] Belletristische Literatur, darunter viel Classisches, hierauf Bezügliches und Verwandtes. Von Eduard Fischhaber in Reutlingen zu beziehen. 1882. 8°. 32 S.

Deutsche Litteratur, mit Ausnahme der Goethe-, Schiller-, Herder-, und Wieland-Litteratur, die sich in einem eigenen Kataloge (s. oben Nr. 911) zusammengestellt findet.

[1128.] Catalog 29. 31. 32. Antiquarisches Bücherlager von L. M. Glogau Sohn in Hamburg. 8°. (S. oben Nr. 1019.)

Enth.: in 29 Kunst und Technologie (1 Bl. 21 S. 796 Nrr.); in 31 Ausländ. schönwissenschaftliche und Deutsche Romanlitteratur (1 Bl. 21 S. 974 Nrr.); in 32 Naturwissenschaften u. Geschichte (1 Bl. 30 S. 1068 Nrr.).

[1129.] Otto Harrassowitz, Buchhandlung und Antiquariat in Leipzig. Antiquarischer Katalog 79. — Semitica. Geschichte, Sprache u. Literatur der semitischen Völker. 8°. 1 Bl. 42 S. S. 1002 Nrr. (S. oben Nr. 1021.)

Ein neuer beachtenswerther Beitrag zu der von der Firma mit Vorliebe gepflegten philologisch-linguistischen Spezialität.

[1130.] No. 20. Livres anciens et modernes en vente chez Van Hengel & Eeltjes Libraires-Editeurs Rotterdam. — Jurisprudence. Politique. Économie politique. I. Partie. gr. 8°. 1 Bl. 64 S. 1184 Nrr. (S. oben Nr. 252.)

Hauptsächlich Holländ. u. Französische Litteratur.

[1131.] Librarie ancienne de V. Hoepli Milan. Catalogue Nr. 4. — Médecine (Maladies Mentales, Cholera, Peste, etc.) 8°. 1 Bl. 24 S. 559 Nrr. (S. oben Nr. 1022.)

Neuere u. ältere Ital., Franz., Deutsche, Englische Litteratur.

[1132.] * Primo Supplemento al Catalogo delle Carte e Libri vendibili dall' Istituto Topografico militare pubblicato nel gennaio 1879. Firenze. (1881.) 8⁰. Mit 2 Karten u. 8 Taf.

[1133.] No. 255. Bücher-Verzeichniss über Werke aus dem Gebiete der Geschichte, Geographie, Reisen, Militärwissenschaften und Kriegs-Geschichte, welche bei Theodor Kampffmeyer zu haben sind. 8⁰. 1 Bl. 38 S. (S. oben Nr. 912.)

Stets billige Bücher.

[1134.] Protestantische Theologie Nr. 58. Antiquarischer Katalog von Heinrich Kerler Antiquariats-Buchhandlung in Ulm. 1882. 8⁰. 1 Bl. 74 S. 2911 Nrr. (S. oben Nr. 1070.)

Fast durchaus Deutsche, gangbare sowohl als ältere u. seltnere Litteratur. Am Schlusse ein paar Handschriften, darunter das Stammbuch Paul Eber's, des Schülers, Freundes u. Amtsgenossen der Reformatoren.

[1135.] Katalog No. 16 des Antiquarischen Bücher-Lagers von Ludwig Koch in Hamburg. 8⁰. 1 Bl. 41 S. 1275 Nrr. (S. oben Nr. 1026.)

Hauptsächlich Deutsche Litteratur aus fast allen Wissenschaftsfächern.

[1136.] Kubasta & Voigt, Buchhandlung und Antiquariat in Wien. Antiquarischer Anzeiger 25—26. 8⁰. (S. oben Nr. 959.)

Enth.: Alte Druckwerke, Bücher mit Holzschnitten u. Kupferstichen, Chroniken, Curiosa etc., Archäologie, Mythologie, Architektur, Malerei, Bildhauerei, Holzschnitt- und Kupferstichkunde, Illustrirte Werke (1 Bl. 26 S.) u. Litteratur- u. Sprachwissenschaft, Deutsche schönwissenschaftl. Schriften, etc. (1 Bl. 26 S.).

[1137.] Katalog des Antiquarischen Bücherlagers von Paul Lehmann, Buchhandlung und Antiquariat in Berlin. No. XVI. — Orientalia. 8⁰. 15 S. 1900—2236 Nrr. (S. oben Nr. 475.)

Nur Europäische Drucke.

[1138.] Libreria antiquaria di Ermanno Loescher Torino. Catalogo N. 34. — Medicina. 8⁰. 1 Bl. 46 S. 1239 Nrr. (S. oben Nr. 1031.)

Ein beachtenswerther Katalog, hauptsächlich Italien., neuere sowohl als ältere, Litteratur enthaltend.

[1139.] Alfred Lorentz Antiquariats- & Sortimentsbuchhandlung in Leipzig. Antiquariats-Katalog No. 10. — Mathematisch-physikalisch-technologische Wissenschaften. 8⁰. 1 Bl. VIII, 64 S. (S. oben Nr. 787.)

Neuere, meist Deutsche u. nächstdem Franz. Litteratur. Sowohl des Inhaltes wegen, als auch u. insbesondere um der sehr zweckmässig getroffenen Einrichtung willen, den Inhalt durch ein ausführliches systematisch geordnetes Sach-Register dem Leser möglichst zugänglich zu machen, beachtenswerth.

[1140.] Les Indes Orientales. Catalogue de livres sur les Possessions Néerlandaises aux Indes, avec des divisions sur les Indes Anglaises, la Chine et le Japon, Siam, la Perse, Sibérie, l'Afrique, spécialement la Cote de Guinée et le Cap de Bonne Espérance, Surinam, Guyana et l'Australie. à la fin un Atlas de Cartes, de Planches historiques et topographiques et de Portraits. En vente chez Frederik Muller & Co. Amsterdam. 1882. gr. 8⁰. 1 Bl. 238 S. 3480 Nrr.

Antiquités. Numismatique. Beaux-Arts. — Catalogue de Livres anciens. En vente chez les mêmes. 1882. gr. 8⁰. 1 Bl. 108 S. 2160 Nrr.

Von besonderer Wichtigkeit ist der erste Katalog sowohl um seines Inhaltes, als auch seiner guten Redaktion willen.

[1141.] Catalog No. 95. Schweizer. Antiquariat von Orell Füssli und Cie. in Zürich. — Kunst. Kupferstiche, Radirungen, Lithographien, Holzschnitte, Photographien, Portraits, Aquarellen und Handzeichnungen, Illustrirte Werke, Schriften über Kunst, Schreib- und Zeichnenkunst. 8⁰. 1 Bl. 60 S. 2008 Nrr. (S. oben Nr. 672.)

Hauptsächlich Deutsche u. nächstdem Franz. Publikationen.

[1142.] No. 52—55. Bibliotheca historica. Abth I—IV. Verzeichniss des Antiquarischen Bücherlagers von Ferd. Raabe's Nachf. Eugen Heinrich, Antiquariat und Buchhandlung in Königsberg i. Pr. 8⁰. 4544 Nrr.

Enth.; I. Numismatik, Genealogie, Heraldik, Ordenswesen, Freimaurerei, Jesuitica, Mysticismus, Militärwissenschaft (1 Bl. 18 S.); II. Allgemeine Geschichte u. Geographie, alte Geschichte, Kirchen- u. Culturgeschichte, Encyklopädien, Zeitschriften, Atlanten u. Karten (1 Bl. 46 S.); III. Deutsche Geschichte (1 Bl. 42 S.); IV. Die Jacoby'sche Bibliothek (s. unten Nr. 1186.)

[1143.] Adalbert Rente's Antiquariat in Göttingen. Catalog 59. 8⁰. 1 Bl. 34 S. 942 Nrr. (S. oben Nr. 1034.)

Enth. hauptsächlich Schöne Wissenschaften, Geschichte u. Philologie.

[1144.] Catalog 54 des antiquarischen Bücherlagers von J. Rentel's Verlagsbuchhandlung und Antiquariat in Potsdam. kl. 8⁰. 1 Bl. 74 S. (S. oben Nr. 918.)

Enth. Deutsche Belletristik, sowie Litteratur u. Kunstgeschichte.

[1145.] Catalogue de Livres anciens en vente chez G. van Rijn Utrecht. [No. 1. Theologie, Histoire, Varia.] gr. 8⁰. 1 Bl. 60 S. 690 Nr.

Hauptsächlich Holländ., darunter viele ältere Litteratur.

[1146.] F. Rohracher's Antiquariat Lienz, Tirol. Catalog No. VII—VIII. 1881/82. 8°.

Enth.: in VII. Werthvolle u. seltene Werke aus allen Fächern (1 Bl. 57 S. 1164 Nrr.) & in VIII. Austriaca und Hungarica mit einem Anhange Turcica (1 Bl. 48 S. 1115 Nrr.).

[1147.] Catalog Nro. 134—137. J. Scheible's Antiquariat und Verlagsbuchhandlung in Stuttgart. gr. 8°. (S. oben Nr. 920.)

Enth.: in 134 Mystik, Theosophie, Swedenborgianer, Herrnhuter, Waldenser, Mennoniten u. andere Religionsparteien (1 Bl. 14 S. 304 Nrr.); in 135 Geographie u. Reisen, Americana (1 Bl. 36 S. 838 Nrr.); in 136 Jansenisten, Utrechter Kirche, Port Royal, Emser Congress, Gallican. Kirche, Jesuitica u. Inquisition, Calvinisten, Salzburger Emigranten, Päpstin Johanna, Ehe, Cölibat u. Polygamie (1 Bl. 14 S. 300 Nrr.); in 137 Naturwissenschaften: Zoologie u. Botanik (1 Bl. 17 S. 439 Nrr.). Darunter viele Rara u. Curiosa.

[1148.] (289 & 291—93.) Antiquarischer Katalog von Ferdinand Steinkopf in Stuttgart. 1882. 8°. (S. oben Nr. 1040.)

Enth.: Curiosa u. Verwandtes, ält. u. neuere Deutsche Litteratur, Litterärgeschichte mit Buchhandel u. Buchdruckerkunst, Kunst.

[1149.] I. Verzeichniss antiquarischer Bücher von Carl Steyer Antiquariat Cannstatt bei Stuttgart. — Classische Philologie. 1. Abth.: Autoren. 8°. 1 Bl. 43 S. 1312 Nrr.

Das wirklich empfehlenswerthe I. Verzeichniss einer neuen Antiquarfirma.

[1150.] Katalog 37 des Antiquarischen Bücherlagers von Stoll & Bader Buchhandlung und Antiquariat in Freiburg, Baden. — Deutsche Sprache und Literatur. 1882. 1 Bl. 50 S. 1349 Nrr. (S. oben Nr. 1041.)

Verdient besondere Beachtung.

[1151.] A Catalogue of leading Books on Pali, Prakrit, and Buddhist Literature, to which is added a List of Books on Ceylon. To be had of Trübner & Co. London. 8°. 1 Bl. 28 S.

Die Trübner'schen Kataloge bilden für Orientalische Studien stets eine reiche Fundgrube.

[1152.] Bücher-Verzeichniss von Karl J. Trübner Buchhändler zu Strassburg im Elsass. XXXI. — Germanische Sprachen. (A. m. Franz. Tit.) 1882. 8°. 1 Bl. 39 S. 748 Nrr. (S. oben Nr. 1043.)

Alt- u. Neuhochdeutsch, Angelsächs., Engl., Altnord., Isländ., Dän., Schwedisch.

[1153.] 84 & 86. Verzeichniss des antiquarischen Bücher-Lagers von Karl Theodor Völcker's Verlag und Antiquariat in Frankfurt a. M. 8°. (S. oben Nr. 1044.)

Enth.: Religiöse u. historische Flugschriften, Flugblätter u. Einzeldrucke (1 Bl. 46 S. 660 Nr.) & Aeltere Deutsche Litteratur bis zum J. 1750, Theoretische u. Praktische Musik (1 Tit. u. 35 S. 594 Nrr.).

[1154.] 101. Antiquarischer Anzeiger der Weller'schen Buchhandlung (Oscar Roesger) in Bautzen. Inhalt: Deutsche Geschichte. 1882. 8⁰. 46 S. 1155 Nrr. (S. oben Nr. 1045.)

Besonders reich an Saxonicis mit Einschluss der Lusatica, namentlich an betreff. Topographien u. Ortsgeschichten.

Bibliothekenkunde.

[1155.] Harvard University Bulletin. No. 20; or Vol. II. No. 7. (In continuation of the Library Bulletin.) Edited By Justin Winsor, Librarian of the University, with the assistance of members of the various faculties. Octobre 1, 1881. Lex. 8⁰. S. 221—67. (S. oben Nr. 799.)

Ausser den Universitäts-Notizen, die seit Umgestaltung des Bulletins darin Aufnahme gefunden haben, enth. das vorl. neue Heft das Zuwachsverzeichniss der Bibliothek aus dem diesjährigen dritten Quartale (mit genauer Bezeichnung, was davon der allgem. Universitätsbibl. u. was den verschiedenen akadem. Spezialbibliotheken zugehört), sowie am Schlusse desselben von den gewöhnlichen bibliograph. u. Bibliotheksspezialitäten die Fortsetzung der Abschnitte „Calendar of the Lee Manuscripts" u. „Bibliography of Fossil Insects". Angehängt sind daran noch „Notes on the Historical Hydrography of the Handkerchief Shoal in the Bahamas. (Taken mainly from maps in the Harvard College Library.) By Wm. H. Tillinghast."

[1156.] Annual Report of the Librarian and Treasurer of the Public Library of Cincinnati for the year ending June 30th, 1881. 8⁰. 1 Bl. 16 S.

Mit Einschluss des letztjährigen Zuwachses von 6510 Bden u. 137 Pamphl. beläuft sich der gesammte Bücherbestand auf 124,495 Bde u. 13,989 Pamphlets, wovon 114,554, resp. 9290 der Public Library, 4253 resp. 1340 der Theological Library u. 5688 resp. 3359 der Mussey Library angehören.

[1157.] * Catalogue of the Library of the Interior, including the additions made from May 31, 1877, to Feb. 1, 1881. Washington, Department of the Interior. 4⁰. 292 S.

[1158.] Catalogus Codicum Bibliothecae Universitatis R. Scientiarum Budapestinensis. [Edidit Alexander Szilágyi, Bibliothecae Universitatis Budapestinensis Praefectus.] Budapestini, typogr. Univers. R. Scient. Lex. 8⁰. VIII, 156 S. Pr. n. 2 Mk.

Obgleich die Zahl der Handschriften keine erheblich grosse

ist — sie beläuft sich im ganzen nur auf 143 Nrr. — u. unter diesen wenigen keine von hervorragendem Werthe, noch von besonders hohem Alter — die allermeisten sind aus dem XV. u. späteren Jhrdten — sich befindet, so verdient doch der vorl. Katalog alle Aufmerksamkeit, zumal um seiner sorgfältigen u. allen Bedürfnissen der Leser Rechnung tragenden Bearbeitung willen. Der Katalog, mit dessen Bearbeitung, unter Hinzuziehung anderer Kräfte für einzelne Abschnitte, zuerst Ladislaus Fehérpataky u. nach dessen Weggange nach Deutschland u. Frankreich behufs einer Studienreise Samuel Barabás beauftragt gewesen ist, zerfällt in folg. neun Abschnitte: I. Codd. anno 1877 a gloriosissimo Turcarum Imperatore Abdul-Hamid II. Universitati Budapestinensi dono dati. 35 Nrr. Es sind dies die nämlichen Corvin- u. a. Handschriften, welche Johann Csontosi in „Magyar Könyvszemle" (s. Anz. J. 1877. Nr. 956) sowohl als im Anz. J. 1877. Nr. 875 u. 1005 beschrieben hat — II. Codd. Latini saec. XIV. 15 Nrr. — III. Codd. Latini saec. XV. 60 Nrr. — IV. Codd. Latini saec. XVI. 6 Nrr. — V. Codd. Graeci. 2 Nrr. von Eugen Abel verzeichnet — VI. Codd. Slavici. 5 Nrr. von I. Bojnisich u. I. Kukuljevich verzeichnet — VII. Codd. Orientales: Arabici 5 Nrr. von Ignaz Goldziher & Turcici 4 Nrr. von Aron Szilády beschrieben — VIII. Codd. Germanici 3 Nrr. — IX. Codd. Hungarici 8 Nrr. An diesen Katalog schliessen sich fünf den Gebrauch desselben sehr erleichternde Indices: librorum, auctorum, possessorum, scriptorum, nominum. Bei einer so sorgsamen Gestaltung darf der Katalog — zumal derselbe zum allergrössten Theile Handschriften enthält, von denen der Herausg. schreibt, „praeter duos codices latinos a Floriano Rómer et Joanne Csontosi descriptos et praeter codices hungaricos et Corvinianos hucusque nihil de iis innotuit" — sicher auf eine sehr freundliche u. anerkennende Aufnahme von Seiten des gelehrten Publikums rechnen. Auch hinsichtlich der sehr anständigen, fast möchte ich sagen, etwas zu luxuriösen, äusseren Ausstattung wird der Katalog vollen Beifall finden.

[1159.] Die Prinzliche Sekundogenitur-Bibliothek zu Dresden unter dem König Johann von Sachsen. Von J. Petzholdt. Enth. in der Wissenschaftlichen Beilage der Leipziger Zeitung 1881. 4°. Nr. 85. S. 505—8.

Im Anz. J. 1878. Nr. 696 habe ich bereits eine kurze Geschichte u. Beschreibung dieser Bibliothek veröffentlicht. Mit Weglassung der dort beigefügten litterarischen Nachweise findet sich hier diese Geschichte u. Beschreibung, unter besonderer Bezugnahme der Verdienste des Königs Johann um die Bibliothek, erweitert.

[1160.] Autotypen der Reformationszeit auf der Hamburger Stadtbibliothek von A. v. Dommer. Hamburg, gedr. bei Meissner. 4°. IV, 24 S.

Wenn auch die im Besitze der Bibliothek befindliche Sammlung von Reformationsschriften nicht viel über 3500 Drucke, also immer nur einen kleineren Bruchtheil von der Summe aller überhaupt vorhandenen oder bekannten enthält, so gehört sie doch ihrem inneren Werthe nach wohl zweifellos zu den wichtigeren Sammlungen ihrer Art u. darf auf Beachtung von Seiten der Fachmänner Anspruch machen. „Ihr ansehnlicher Reichthum an litterar. u. typograph. Werthstücken, verbunden mit dem nicht gering anzuschlagenden Umstande einer überwiegend guten u. lange Dauer verheissenden Beschaffenheit der Exemplare, sichert ihr eine höhere Stellung unter ihresgleichen". Aus dieser Sammlung hat der Verf. in dem vorl. als Programm erschienenen Schriftchen die Beschreibung einer Auswahl von 100, besonders anonymen Satyren, Flugschriften u. Tractaten gegeben, die er erforderlichen Falles fortzusetzen bereit ist. Die Beschreibung ist mit grösster Sorgsamkeit gearbeitet, u. verdient alle Anerkennung.

[1161.] * Catalogue méthodique de la Bibliothèque communale de Brest, dressé et rédigé par E. Fleury, bibliothécaire-archiviste de la ville. Tom. I, contenent la Théologie et la Jurisprudence. (Brest, 1859.) Brest, impr. Gadreau. 1881. 8⁰. CLXVIII, 428 S.

[1162.] * **Notices et extraits de Manuscrits de la Bibliothèque de Lyon; par E. Caillemer, président du Comité d'inspection** des Bibliothèques de Lyon. [Extrait des Mémoires de l'Académie des sciences, belles-lettres et arts de Lyon, vol. 20e de la classe des lettres.] Lyon, imp. Giraud. 8⁰. 54 S.

[1163.] Catalogue of Books added to the Library of the University of St. Andrew 1880—81. [Edited by James M. Anderson, chief librarian. Printed by Blackwood & sons, Edinburgh. 8⁰. 87 S. (S. Anz. J. 1880. Nr. 1133.)

Der fortdauernd steigende Umfang des vorl. Zuwachsverzeichnisses zeugt auch von der fortdauernd grösseren Vermehrung der Bibliothek. Der neue Zuwachs gehört natürlich überwiegend der Englischen Litteratur an; jedoch finden sich unter den periodischen Schriften auch die Deutschen mit guter Auswahl berücksichtigt.

[1164.] Die Bibliothek und der Lesesaal des Brittischen Museums. Von Dr. Dziatzko, Oberbibliothekar in Breslau. [Abdruck aus dem XLVIII. Bande der Preußischen Jahrbücher.] Druck von Reimer in Berlin. 8⁰. S. 346—76.

Bei einer längeren Anwesenheit in London hat der Verf. Gelegenheit gehabt, das Britische Museum zu besuchen u. die Einrichtungen der Bibliothek desselben genauer kennen zu lernen. Von dem, was er dort mit Kennerblick gesehen u. sonst durch die Gefälligkeit der Beamten in Erfahrung gebracht hat, findet sich in dem vorl. Schriftchen eine sehr interessante Darstellung gegeben, an deren Spitze ein ganz kurzer Abriss der wichtigsten Ereignisse aus der Geschichte des Britischen Museums gestellt ist. Ist auch der Verf. von der Grossartigkeit der Anstalt u. ihrer Einrichtungen, namentlich des Lesesaals (Reading Room) überrascht gewesen, u. hat er dieser Ueberraschung durch Worte der Bewunderung Ausdruck gegeben, so hat er sich doch auch nicht blind vor den zu Tage tretenden Mängeln verschliessen mögen, u. am Schlusse des Schriftchens alles das zusammengestellt, was seinem Kennerblick als Uebelstand erschienen ist. Der Fachmann sowohl als jeder Gebildete werden das Schriftchen mit Interesse lesen. Etwas störend sind bei dieser Lektüre die unter den Text gestellten zahlreichen u. nicht gerade kurzen Anmerkungen, welche die Aufmerksamkeit beim Lesen des Textes beeinträchtigen.

[1165.] III. Internationaler Geographischer Congress zu Venedig September 1881. — Verzeichniss einer Sammlung von Welt- und Kompasskarten des XIII, XIV, XV, und XVIten Jahrhunderts aus den Archiven, Bibliotheken und Museen Italiens mit erklärendem Text von Theobald Fischer Professor an der Universität zu Kiel. Venedig, Ongania. kl. 8°. XVI S.

Das vorl. Verzeichniss enthält nur „Schätze Italienischer Bibliotheken u. Archive, welche Italiener zu Verfassern haben oder wenigstens nachweisbar geistiges Eigenthum Italiens in fremdem Gewande sind — als Denkmäler zur Würdigung der Italienischen Cultur im Mittelalter u. der Bedeutung der Italiener als seefahrender u. entdeckender Nation“.

[1166.] Milano 1881. Milano, Ottino. gr. 8°. Enth. S. 75—124: Biblioteche e Archivi, de Isaia Ghiron.

Darstellung für Gebildete überhaupt, aber nicht für Fachleute.

[1167.] * Regolamento della Biblioteca Comunale di Siena. Siena, tip. Lunghetti. 8°. 21 S.

[1168.] * Drei Venetianer Renaissance-Bauten. — Bibliothek San Marco, 4 Tafeln. Bruderschaftshaus San Marco, 4 Tafeln. Bruderschaftshaus San Rocco, 6 Tafeln. [Sep.-Abdr. aus Bauschatz I. Bd.] Wien, Lehmann & Wentzel. Fol. Pr. 4 Fl. 50 kr.

[1169.] * Catalogo da Camoneana da Biblioteca publica municipal do Porto ordenado por un dos officiaes guardasalas. Porto. 8°. 69 S.

[1170.] Kongl. Bibliotekets Handlingar. 3. Årsberättelse för år 1880. Bibliografi: Sverige till fremmande magter 1: 1483—1658. Stockholm, Central-Tryckeriet. gr. 8°. 1 Bl. 14 S. & 1 Bl. 171 S. (S. Anz. J. 1880. Nr. 1027.)

An der Spitze der vorl. Schrift steht der von dem Vorstande der Bibliothek G. E. Klemming an den König überreichte Jahresbericht, in welchem sich in möglichster Kürze alle die letztjährigen Vorgänge, welche auf die Weiterentwickelung des Instituts von wesentlichem Einflusse gewesen sind, dargestellt finden. Von Interesse ist es, daraus mit zu erfahren, was jeder einzelne der Bibliothekare, sowie der ord. u. ausserordentlichen Amanuensen im letztverflossenen Jahre für die Bibliothek geleistet hat. Der Hauptwerth der Schrift liegt aber in der dem Jahresberichte angehängten bibliographisch genauen Uebersicht eines Theiles der in der Bibliothek vorhandenen ebenso reichen, wie werthvollen Sammlung von Flug- u. dergl. a. Schriften über Schwedens Beziehungen zu den auswärtigen Mächten, unter denen die auf den 30 jährigen Krieg bezüglichen Stücke nahezu die volle Hälfte bilden.

[**1171.**] Fach-Katalog der Aargauischen Kantonsbibliothek. Im Auftag der h. Regierung entworfen und ausgeführt von Dr. Hermann Brunnhofer, Kantonsbibliothekar. Bd. I. Archäologie und Kunstwissenschaft, Geschichte, Geographie und Ethnologie. Aarau, gedr. bei Albrecht. gr. 8°. XXX, 1000 S. m. 1 Bl. Nachtrag.

Dem vor nunmehr längerer Zeit schon gefassten Beschlusse der Regierung, die Bücherschätze der Kantonsbibliothek, welche damals keine genügend brauchbaren Kataloge aufzuweisen hatte, durch einen guten Alphabetischen sowohl als Fachkatalog dem Publikum zugänglicher zu machen, hat der fleissige u. bekannte Bibliothekar Prof. Dr. Heinrich Kurz durch Herausgabe des Alphabetischen Kataloges in 4 Bden 1857—68 nur zu einem Theile zu entsprechen vermocht; die Vorarbeiten zum anderen Theile, dem Fachkataloge, u. zwar auf breitester Grundlage, hatte er zwar auch bereits begonnen, ist aber an der Ausführung dieser Arbeit durch seinen nach kurzem Krankenlager 1873 eingetretenen Tod verhindert worden. An seiner Stelle hat es sein Amtsnachfolger übernehmen müssen, jenen Regierungsbeschluss vollständig zur Ausführung zu bringen. Und man darf es mit aller Anerkennung sagen, dass er sich dieser ihm überwiesenen Arbeit mit ebenso grossem Geschick, wie mit Umsicht u. Sorgsamkeit zu unterziehen gewusst hat, und in ganz ungewöhnlich fleissiger Weise bemüht gewesen ist, den Katalog durch Einfügung von Excerpten aus Sammelschriften, die man nicht eigentlich von einem gewöhnlichen allgemeinen Bibliothekskataloge zu verlangen hat, so brauchbar als möglich zu machen u. zu einer Art bibliographischem Handbuche mit reichem Citatenschatze — hinsichtlich dessen z. B. im Abschnitte der Geschichte des Mittelalters der Katalog sich der trefflichen Potthast'schen „Bibliotheca historica medii aevi" an die Seite stellen darf — zu gestalten. Ob freilich dereinst, sei es der Herausg. selbst, oder sein Nachfolger Kräfte u. Neigung haben wird, den Katalog, dessen II. u. letzter Band innerhalb Jahresfrist nachfolgen soll, in einem durch den reichen Citatenschatz aus nahezu 200 zum Theile sehr bändereichen Sammelschriften so ausgedehnten Umfange fortzusetzen, ist nach den bei anderen Bibliotheken in ähnlichen Fällen gemachten Erfahrungen wohl etwas fraglich. Was den bei der Ordnung der Materialien befolgten Plan betrifft, so hat der Verf. dabei von den Vorabeiten seines Amtsvorgängers, die sich eher für das System einer Riesenbibliothek, nicht aber einer Bibliothek von beschränkterem Umfange geeignet haben würden, keinen Gebrauch machen können, hat sich vielmehr darauf angewiesen gesehen, einen eigenen neuen Plan zu entwerfen, der an Uebersichtlichkeit u. der erforderlichen Spezialisirung wohl kaum etwas zu wünschen übrig lässt.

Privatbibliotheken.

[1172.] Verzeichniss von Werken aus dem Gebiete der gesammten Medicin, aus dem Nachlasse des Professors Dr. L. Waldenburg in Berlin, Herausgeber der Berliner klinischen Wochenschrift, sowie der Professoren Dr. O. Funke in Freiburg i. B., Dr. H. Köhler in Halle und Anderer, welche zu beziehen sind von List & Francke in Leipzig. (Antiquarisches Verzeichniss Nr. 152.) 1882. 8°. 1 Bl. 89 S. 3159 Nrr. (S. oben Nr. 1030.)

In allen Theilen der Medicin reichhaltig u. gut redigirt.

[1173.] * Catalogue d'une remarquable Collection de livres de littérature, de voyages, d'histoire, de livres à gravures, provenant de feu M. D. Staes, receveur de la ville de Louvain, et d'une Collection de livres de droit et de sciences, etc., provenant de feu M. Van Genechten. Louvain, Emile Fonteyn. 8°. (Auct. 26 Octbr.)

[1174.] Catalogus van eene belangrijke verzameling Boeken en Plaatwerken meerendeels nagelaten door J. A. Le Clercq Gep. Luit.-Generaal en Ds J. A. Schuurman Evang. Luth. predikant waarbij gewegd zijn gedeelten van een Rechtsgeleerde en van een Bouwkundige Bibliotheek een fraaie verzameling Boeken over theoretische en practische Muziek eenige wiskundige Handschriften van wijlen den Hoogleeraar R. Lobatto benevens eene verzameling oude Etsen, Gravuren en Zwartekunst-prenten. 's Gravenhage, W. P. van Stockum & Zoon. gr. 8°. 2 Bll. 134 S. 3459 Nrr. (Auct. 14 Novbr.)

Hauptsächlich Holländ., nächstdem Franz. u. Deutsche Litteratur.

[1175.] * Catalogue des livres composant la Bibliothèque de feu Léger Boivin, maître des requêtes au conseil d'Etat, etc. Bordeaux, Foret et fils. 8°. (Auct. 15. Novbr.)

[1176.] Katalog des Antiquarischen Bücherlagers von Paul Lehmann, Buchhandlung und Antiquariat in Berlin. No. XVII. —

Classische Philologie. Enthält auch einen Theil der Bibliothek des verstorb. Profess. O. Clason a. Rostock. 1882. 8⁰. 1 Tit.- u. 58 S. 1876 Nrr. (S. oben Nr. 1137.)

Aeltere (darunter mehre Aldinen u. Inkunabeln) u. neuere, gangbare u. seltenere Litteratur.

[1177.] No. 50. Antiquarischer Katalog von Isaac St. Goar Buch- & Antiquariats-Handlung in Frankfurt am Main. — Mathematik, Physik, Mechanik, Chemie, Astronomie. Enthält u. A. die von Stadtphysicus Dr. A. Crailsheim hier nachgelassene mathematische Bibliothek. 8⁰. 1 Tit.- u. 43 S. 1340 Nrr.

No. 51 Desgl. — Philosophie. Enth. u. A. die Schlussabtheilung der von Stadtphysicus Dr. A. Crailsheim hier nachgelassenen werthvollen Bibliothek, sowie einen Anhang spiritistischer Literatur. 8. 1 Bl. 80 S. 954 Nrr.

Hauptsächlich Deutsche, nächstdem Franz. Litteratur.

[1178.] 67. Antiquariats-Katalog von Simmel & Co. in Leipzig. — Medicin. (Einschl. Anatomie, Physiologie, Chirurgie.) Meist aus dem Nachlass des San.-Raths Dr. A. Davidson in Breslau. 8⁰. 1 Bl. 25 S. 743 Nrr. (S. oben Nr. 1037.)

Deutsche u. ausländ., ältere u. neuere Litteratur.

[1179.] * Catalogue des livres d'architecture et autres composant la Bibliothèque de feu Davioud, architecte. Paris, Labitte. 8⁰. 80 S. 461 Nrr. (Auct. 8. Novbr.)

[1180.] * Catalogue des livres la Bibliothèque de feu Deléclusе. Livres, dessins, gravures, albums, caricatures. Reims, F. Michaud. 8⁰. (Auct. 10. Octbr.)

[1181.] Lager-Catalog von Joseph Baer & Co. Buchhändler und Antiquare in Frankfurt am Main, Paris, London. 100. — Kunst und Kunstgewerbe, Costüm-, Holzschnitt- und Kupferwerke. Enthaltend die Bibliotheken des verst. Kunstsammlers Stadtrath Fischer in Breslau und des verst. Architekten Kalb von hier. 1882. 8⁰. 1 Bl. 97 S. 1821 Nrr. (S. oben Nr. 1122).

Eine sehr reiche u. werthvolle Sammlung für Freunde der Kunst und Kunstgewerbe.

[1182.] * Catalogue des livres d'histoire naturelle, anatomie, physiologie et embryogénie, histoire et littérature, composant la Bibliothèque de Z. G., ancien préparateur du cours d'embryogénie au collège de France. Paris, Baillière et fils. 8⁰. (Auct. 24. Octbr.)

[1183.] Verzeichniss älterer und neuerer Bücher vorräthig in T. O. Weigel's Antiquarium in Leipzig. Neue Folge. No. 2. — Genealogie, Heraldik und Verwandtes. Militaria. Zu einem guten Theile aus der Bibliothek des Herrn von Hecht zu Halberstadt, Friedrichs des Grossen Geheimer Rath u. zur Zeit des siebenjährigen Krieges „Minister accrédité“ für den niedersächsischen Kreis zu Hamburg etc. 8°. 1 Bl. 89 S. 1644 Nrr. (S. oben Nr. 54.)

Von grossem Interesse, besonders der umfängliche Abschnitt der Monographien zur Geschichte fürstl. u. adeliger Geschlechter etc., sowie über Festlichkeiten u. Leichenbegängnisse.

[1184.] Catalogus der Bibliotheek nagelaten door J. Heemskerk Bz. Lid van den Raad van State, enz. 's Gravenhage, Martinus Nijhoff. gr. 8°. 1 Bl. 114 S. 3200 Nrr. (Auct. 5 Novbr.)

Hauptsächlich Staats- u. Rechtswissenschaft, Geschichte u. Schöne Wissenschaften.

[1185.] Ludwig Bamberg Sortiments- und Antiquariats-Handlung Greifswald. Antiquarischer Katalog 44. — Geschichte mit ihren Hilfswissenschaften. (Aus der nachgelassenen Bibliothek des Professor Dr. Th. Hirsch in Greifswald.) ·1882. 8°. 1 Bl. 37 S. 848 Nrr. (S. oben Nr. 1123.)

Vorzugsweise für Freunde Deutscher Geschichte beachtenswerth.

[1186.] No. 55. Bibliotheca historica. 4. Abth. Bibliothek Dr. Joh. Jacoby. Politische Geschichte Deutschlands und Preussens. Die Jahre 1847—49. Demokratie, Sociale und Arbeiter-Bewegung. Allgemeine Staatswissenschaft. — Verzeichniss des Antiquarischen Bücherlagers von Ferd. Raabe's Nachf. Eugen Heinrich, Antiquariat und Buchhandlung in Königsberg i. Pr. 1882. 8°. 1 Bl. 41 S. 3168—4544 Nrr. (S. oben Nr. 1142.)

Der Name des bekannten politischen Agitators u. — in vieler Augen wenigstens — Märtyrers Jacoby (geb. 1. Mai 1805, gest. 6. März 1877) dürfte wohl dazu anregen, dass man mit Interesse einen Blick in seine litterar. Rüstkammer thue.

[1187.] * Catalogue des livres composant la Bibliothèque de MM. Alfred et Paul de Musset. Paris, Labitte. 8°. 40 S. 283 Nrr. (Auct. 7 Octbr.)

[1188.] * Catalogue de livres provenant de la Bibliothèque de Gavino Pacheco-Zogarra. Ouvrages Espagnols, Italiens, Anglais et Français. Paris, A. Cretaine. 8°. 16 S. 164 Nrr. (Auct. 20. Octbr.)

[1189.] * Catalogue de livres anciens et modernes composant la Bibliothèque de feu Paulin Paris, membre de l'Institut. Paris, Léon Techener. 8°. (Auct. 7. Novbr.)

[1190.] * Catalogue des livres composant la Bibliothèque théâtrale de F. Périn. Paris, J. Baur. 8°. (Auct. 27. Octbr.)

Abdrücke aus Bibl.-Handschriften.

[1191.] Li Hystore de Julius Cesar. Eine altfranzösische Erzählung in Prosa von Jehan de Tuim zum ersten mal herausgegeben von Dr. F. Settegast, Professor an der Universität Zürich. Halle, Niemeyer. gr. 8°. 2 Bll. XXXIV, 269 S. Pr. n. 9 Mk.

Aus den beiden dem Herausg. vollständig zugänglich gewesenen Handschriften in der Vaticana u. der Pariser Arsenalbibliothek, mit Benutzung zweier anderen in der öffentl. Bibliothek von Saint Omer u. der Königl. Bibliothek in Brüssel.

[1192.] * Le Livre de Sîbawaihi, traité de Grammaire Arabe; par Sîboûya, dit Sîbawaihi. Texte arabe, publié d'après les manuscrits du Caire, de l'Escurial, d'Oxford, de Paris, de Saint-Petersbourg et de Vienne, par Hartwig Derenbourg, professeur d'arabe littéral à l'Ecole spéciale des langues orientales. Tom. I. Paris, Baer et Cie. gr. 8°. XLIV, 464 S.

[1193.] * Das mittelenglische Poëma morale. Im kritischen Text, nach den sechs vorhandenen Handschriften zum ersten Male herausgegeben von Hermann Lewin, Dr. phil. Halle a. S., Niemeyer. Lex. 8°. 78 S. Pr. 2 Mk.

Hierüber s. Literar. Centralbl. Nr. 43. Sp. 1479.

[1194.] Die Romfahrt Kaiser Heinrich's VII. ein Bildercyclus des Codex Balduini Trevirensis herausgegeben von der Direktion der K. Preußischen Staatsarchive. Erläuternder Text bearbeitet (unter Benutzung des literarischen Nachlasses von L. v. Eltester) von Dr. Georg Irmer, Archivsecretär in Marburg. Berlin, Weidmann. gr. 4°. XII, 130 S. m. 39 Taf. Pr. n. 45 Mk.

Vortreffliches Facsimile des dem K. Provinzialarchiv zu Koblenz gehörigen Codex.

[1195.] * Jacob von Maerlants Merlijn nar het eenig bekente Steinforter handschrift uitgegeven door J. van Vloten. L. 1—3. Leiden, Brill. 1880—81. 4°. 232 S. Pr. f. 5 Lief. 6,25 Fl.

Hierüber s. Jan te Winkel im Literaturbl. f. german. u. roman. Philologie Nr. 10. Sp. 347—51.

[1196.] * Galilée, Torricelli, Cavalieri, Castelli. Documents nouveaux tirés des Bibliothèques de Paris par Charles Henry. Rome, Salviucci. 1880. gr. 4°. 20 S.

Hierüber s. Literar. Centralbl. 1881. Nr. 44. S. 1505.

[1197.] * Lothringischer Psalter (Bibl. Mazarine Nr. 798.) Altfranzösische Uebersetzung des 14. Jahrhunderts. Mit einer grammatischen Einleitung, enth. die Grundzüge der Grammatik des altlothringischen Dialekts, und einem Glossar zum ersten Mal herausgegeben von Friedrich Apfelstädt. [A. u. d. Tit.: Altfranzösische Bibliothek hrsg. von W. Förster. Bd. IV.] Heilbronn, Henninger. 8°. LXIII, 177 S. Pr. 6 Mk.

Hierüber s. Literar. Centralbl. Nr. 46. Sp. 1582—83.

[1198.] Rerum Britannicarum medii aevi Scriptores. — Matthaei Parisiensis, Monachi Sancti Albani, Chronica majora. Edited by Henry Richards Luard, D. D., Fellow of Trinity College, &c. Cambridge. Vol. V. A. D. 1248 to A. D. 1259. London, Longmans & Co. 1880. Lex. 8⁰. XXIII, 748 S. m. 1 Facsim. Pr. n. 10,50 Mk. (S. Anz. J. 1878. Nr. 473.)

It. — Henrici de Bracton de Legibus et Consuetudinibus Angliae. Libri quinque in varios tractatus distincti, ad diversorum et vetustissimorum codicum collationem typis vulgati. Edited by Sir Travers Twiss, Q. C., DCL. Vol. III. London, Longman & Co. 1880. Lex. 8⁰. XCV, 625 S. Pr. n. 10,50 Mk. (S. Anz. J. 1879. Nr. 664.)

[1199.] * Die Fragmente der Rede der Seele an den Leichnam in der Handschrift der Cathedrale zu Worcester neu nach der Hs. herausgegeben von Ernst Haufe. Greifswald, Sell. 1880. 8⁰. 48 S.

Hierüber s. Literaturbl. f. germ. u. romanische Philologie 1881. Nr. 3. Sp. 92—94.

[1200.] Il Canzionere Palatino 418 della Biblioteca nazionale di Firenze. Pubblicato da Adolfo Bartoli e Tommaso Casini. Enth. in: Il Propugnatore Periodico bimestrale di Filologia, di Storia e di Bibliografia instituito e diretto da Francesco Zambrini. [In Appendice alla Collezione di Opere inedite o rare.] Tom. XIV. Part. I. Bologna, Romagnoli. gr. 8⁰. S. 230—65. (Fortsetzung folgt.)

Unter den 418 Palatin. Codd., welche die Nationalbibliothek besitzt, u. die Palermo (s. Anz. J. 1861. Nr. 65) näher beschrieben hat, ist der vorl. aus dem XIII. Jhrhdt. an Alter u. Werth einer der wichtigsten.

[1201.] * Dialogo in volgare veronese del secolo XV di Franc. Nursio Timideo, da un antico ms. della Biblioteca nazionale di Firenze, pubblicato da G. B. Carlo Giuliari per nozze Sparavieri-Rezzonico. Verona, tip. Vianini. 4⁰. XVIII S.

[1202.] * Narrazione dello stato della Repubblica di Genova: scrittura del secolo XVI, pubblicata per la prima volta da I. G. Isola, per nozze Ferrari-Remedi. [Dal cod. Magliab. cl. XIII, n. 13, e dal cod. Palatino, serie Baldovinetti, num. 180.] Genova, tip. Schenone. 8⁰. 19 S.

[1203.] * Compendio di Storia Romana di Lucio Anneo Floro, volgarizz. inedito secondo un codice dell' Ambrosiana; pubblicato per cura del Dr. Antonio Ceruti. Bologna, Romagnoli. 16⁰. XLIV, 228 S. Pr. 10 L.

Gehört zur „Scelta di Curiosità letterarie inedite o rare dal secolo XIII al XVII, disp. 130.“

[1204.] * Codex Cumanicus Bibliothecae ad Templum Divi

Marci Venetiarum, primum ex integro edidit, prolegomenis, notis et compluribus glossariis instruxit Comes Geza Kuun. Edit. Scient. Academ. Hung. Budapestini. 1880. gr. 8°. CXXXIV, 395 S.

Hierüber s. C. Desimoni im Archivio storico Italiano. IV. Serie. Tom. VIII. S. 253—70.

[1205.] * Kitâbo-'l-adhdâd sive liber de vocabulis arabicis quae plures habent significationes inter se oppositas auctore Abu Bekr ibno 'l-Anbâri. Ex unico qui superest codice Lugdunensi edidit atque indicibus instruxit M. Th. Houtsma. Lugduni, Brill. 8°. VIII, 297 S.

Hierüber s. Literar. Centralbl. Nr. 45. Sp. 1544—46.

[1206.] Speculum regale. Ein altnorwegischer Dialog nach Cod. Arnamagn. 243 Fol. B und den ältesten Fragmenten herausgegeben von Dr. Oscar Brunner, Privatdocent der Universität München. München, Kaiser. gr. 8°. XVI, 212 S. Pr. n. 5 Mk.

Wortgetreuer u. correkter Abdruck aus der in der Kopenhagener Universitätsbibliothek befindlichen Handschrift.

[1207.] Elis Saga ok Rosamundu. Mit Einleitung, Deutscher Übersetzung und Anmerkungen zum ersten mal herausgegeben von Eugen Kölbing. Heilbronn, Gebr. Henninger. 8°. XLI, 217 S. Pr. n. 8,50 Mk.

Auf Grundlage des Perg.-Codex Delagard. in der Universitätsbibl. zu Upsala.

[1208.] * Der Diwan des Lebîd. Nach einer Handschrift zum ersten Male herausgegeben von Jûsuf Dijâ-ad-dîn Al-Châlidî, Prof. an d. Orient. Academie zu Wien. Wien, Gerold's Sohn. 1880. gr. 8°. 154 S. P. 7 Mk.

Die Handschrift befindet sich in des Herausg.'s Besitze. Hierüber s. Literat. Centralbl. 1881. Nr. 44. Sp. 1508—9.

[1209.] Aus Baden hat Dr. Leopold Janauschek in den „Wissenschaftlichen Studien u. Mittheilungen aus dem Benedictiner-Orden“ Jahrg. II. Hft. 4. S. 371—81 eine ausführliche u. sehr empfehlende Besprechung der oben Nr. 852 angeführten „Scriptores Ordinis S. Benedicti qui 1750—1880 fruerunt in Imperio Austriaco-Hungarico“ gegeben u. darin einen von ihm zusammengestellten, nach den Klöstern, denen die einzelnen (883) Schriftsteller angehören, geordneten interessanten „Nomenclator Scriptorum“ mitgetheilt.

[1210.] Aus Cambridge findet sich in Publishers' Circular Nr. 1058. S. 883 berichtet: „In the library of Trinity College has just been brought to light a hitherto unknown specimen of Caxton's printing. It is a ‚Letter of Indulgence‘, issued in 1480 by John Kendall, the Turcopolier of Rhodes, to encourage contributions for carrying on the war against the Turks.“

[1211.] Aus Cassel ist der 1. Bibliothekar der ständischen Landesbibliothek Dr. J. H. Chr. Schubart in den Ruhestand getreten u. in seine Stelle der seitherige 2. Bibliothekar Dr. A. Duncker befördert worden.

[1212.] Aus Culemborg erscheint im Verlage von Blom & Olivierse u. unter der Redaction von T. H. de Beer in Amsterdam ein neues Blatt „Onze Volkstaal Tijdschrift gewijd aan de studie der Nederlandsche Tongvallen“ (4 zwanglose Hfte bilden einen Band zu 9 Mk.), welches die Herstellung eines allgemeinen Niederländischen Idiotikons anzubahnen bestimmt ist, u. unter anderen auch eine vom Universitäts-Bibliothekar Louis D. Petit in Leiden bearbeitete Bibliographische Uebersicht der einschlägigen Litteratur enthalten wird.

[1213.] Aus Dresden ist bei der Königl. öffentlichen Bibliothek der seitherige 2. Sekretair Dr. Albert Max Richard Hügel entlassen, u. in dessen Stelle Dr. Hermann Julius Gottlieb Hänel, seither 3. Sekretär, befördert, gleichzeitig auch der 4. Sekretair Dr. Johann Hermann Gustav Buchholz zum dritten u. der wissenschaftliche Hilfsarbeiter Konrad Häbler zum vierten Sekretair ernannt worden.

[1214.] Aus Dresden sind dem vom Stadtrathe über das Rathsarchiv u. die Stadtbibliothek auf das J. 1880 erstatteten Verwaltungsberichte folg. Mittheilungen zu entnehmen: „Infolge eines unter dem 15. August 1879 an den Rath erstatteten Vortrags, die Begründung einer öffentlichen Stadtbibliothek betreffend, wurde der Rathsarchivar Dr. Richter beauftragt, einen Plan zur Errichtung einer solchen Bibliothek vorzulegen. Nachdem dies unter dem 15. Februar 1880 geschehen, wurde vom Rathe am 8. beziehentlich 9. März die Einrichtung einer Stadtbibliothek nach dem vorgelegten Plane beschlossen. Demzufolge wird die zu begründende Stadtbibliothek umfassen: 1. eine Sammlung zur Geschichte Dresdens, 2. eine juristisch-administrative Fachbibliothek u. 3. einen allgemeinen Theil.

Die erste Abtheilung soll alle für die städtische Geschichtschreibung brauchbaren Presserzeugnisse sammeln und sich nicht nur auf die eigentliche Geschichte Dresdens, sondern auch auf die Sächsische Landesgeschichte und die Geschichte des Deutschen Städtewesens in ihren wichtigsten Litteraturerscheinungen erstrecken. Die zweite Abtheilung soll vorwiegend die Bedürfnisse der praktischen Juristen u. Verwaltungsbeamten ins Auge fassen, u. zwar sollen in erster Linie Gesetzgebung und Rechtspflege, Städte- u. Gemeindeverfassung u. Verwaltung, Polizei u. öffentliche Gesundheitspflege, sowie Bauwesen, in zweiter Linie Staatsverfassung u.

Verwaltung, Finanzwesen u. Volkswirthschaft berücksichtigt werden. Zu Bücheranschaffungen für diese beiden Abtheilungen sollen vom J. 1881 ab 4000 Mk. jährlich in den Haushaltplan eingestellt werden, so zwar, dass zum Ankaufe der für die einzelnen Rathsexpeditionen erforderlichen Handbücher noch eine besondere Summe unter dem Titel „Expeditionsaufwand" im Haushaltplane erscheint. Für die dritte, die in der Fachbibliothek nicht vertretenen Wissenschaften umfassende Abtheilung sollten Gelder zunächst nicht verausgabt werden, sondern man wollte abwarten, ob sich nicht eine brauchbare Sammlung durch die Heranziehung mehrer Kirchen- und Schulbibliotheken und durch etwaige Geschenke würde herstellen lassen.

Die Stadtverordneten ertheilten diesem Plane durch Beschluss vom 23. Juni ihre Zustimmung u. genehmigten zugleich, dass aus ihrer Bibliothek die für den Handgebrauch nicht erforderlichen Werke ausgeschieden u. in die Stadtbibliothek übergeführt würden. Die Einrichtung der Bibliothek konnte nunmehr in Angriff genommen werden. Als Localität für dieselbe wurde ein Theil der bisher von der Direction der Wohlthätigkeitsanstalten innegehabten zweiten Etage des Hauses Scheffelstrasse 5 bestimmt, in welcher 4 Zimmer des Hintergebäudes rechts als Bücherräume, ein Raum im Hintergebäude links zur Aufnahme der Zeitungen u. der Doubletten u. 1 Zimmer im Vordergebäude als Expeditions- u. Lesezimmer hergerichtet wurden. Im October wurden die bisher im Rathhause aufbewahrten Bücher der Rathsbibliothek in die neuen Räume übergeführt. Die Bestände der ehemaligen Rathsbibliothek haben im verflossenen J. eine bedeutende Vermehrung erfahren. Als Grundlage für die dritte Abtheilung waren mehre Kirchen- u. Schulbibliotheken, deren räumliche Vereinigung eine ausgiebigere Ausnutzung möglich machen sollte, in Aussicht genommen. Die hierauf gerichteten Bemühungen haben jedoch bis jetzt einen geringen Erfolg gehabt. Namentlich sind die Verhandlungen wegen der hauptsächlich in Betracht kommenden Bibliothek des Kreuzgymnasiums resultatlos gewesen. Auch der Vorstand der Kreuzkirche ist nicht auf die vorgeschlagene Vereinigung der Kirchenbibliothek mit der städtischen Sammlung eingegangen, hat jedoch bestimmte Eröffnungsstunden für die Kirchenbibliothek festgesetzt und deren Benutzung dadurch erleichtert. Der Vorstand der Dreikönigskirche und die Direction der Neustädter Realschule haben das dankenswertheste Entgegenkommen gezeigt. Von ersterem wurde in Aussicht gestellt, das eine Anzahl der werthvollsten Bücher der Kirchenbibliothek, besonders ältere Drucke, unter Vorbehalt des Eigenthumsrechts der Kirche, der Stadtbibliothek zur Aufbewahrung u. Verwaltung übergeben werden sollten. Die Direction der Realschule hat die Ablieferung aller für den Handgebrauch des Lehrercollegiums nicht mehr erforderlichen Werke der Schulbibliothek angeordnet. — Vom 3. October d. J. ab wird übrigens die Stadtbibliothek Montags, Mittwochs und Freitags von 11 bis 2 Uhr geöffnet sein."

(Dresdner Journ. Nr. 228. S. 1268.)

[1215.] Aus Innsbruck ist der Universitäts-Bibliothekar Adalbert Jeitteles, unter Kaiserl. Anerkennung seiner seitherigen Dienstleistungen, in den bleibenden Ruhestand übergetreten.

Dr. K. H.

[1216.] Aus Leipzig haben an der Königl. Universitäts-Bibliothek der Bibliothekar Dr. Joseph Förstemann u. der Custos Dr. Bruno Stübel den Titel u. Charakter, ersterer als zweiter Oberbibliothekar u. letzterer als Bibliothekar, beigelegt erhalten.

[1217.] Aus London ist in nächster Zeit das Erscheinen eines „English Catalogue for 1872—1881" im Verlage von Low & Co. zu erwarten. Darüber berichtet Publishers' Circular Nr. 1058. S. 877: „In this volume ten years' Catalogues, which have been separate books, are brought into one, with the exception of the Index, which is found similarly blended in a volume dated 1876, and embracing twenty years. In addition to the alphabet of Authors, Transactions of Societies and Publications of Clubs, &c., are given in an Appendix, ordinary Collections and Series in another Appendix. The volume will be printed uniformly with the previous volumes. It is now in active preparation, and it is hoped will be ready for publication early next spring."

[1218.] Aus Nürnberg hat das Germanische Museum „als Vermächtniss des verst. Grafen Botho v. Stolberg-Wernigerode, eine Sammlung von c. 30,000 Bll. Abbildungen aus alter u. neuer Zeit, zur Geschichte des Baues der Burgen u. Wohnhäuser, des Turnierwesens u. der Volkstrachten, in 130 Mappen wohl geordnet, übergeben erhalten. Die zugehörige Bibliothek soll noch folgen.

(Anz. f. Kunde d. Deutsch. Vorzeit Nr. 50. Sp. 305.)

[1219.] Aus Oxford ist, an Stelle des verst. Prof. Rolleston, der Professor Max Müller zum Curator der Bodleianischen Bibliothek ernannt worden. Um die durch Coxe's Tod erledigte Bibliothekarstelle (s. oben Nr. 977) sind mehre Bewerber aufgetreten.

(Publish. Circular Nr. 1059. S. 925. 926.)

[1220.] Aus Paris findet sich aus dem „Temps" in der „Bibliographie de la France" Chronique Nr. 42. 182—83 u. Nr. 43. S. 186—87, ein „Une bibliothèque à sauver" betitelter Artikel abgedruckt, in welchem der Ankauf der werthvollen, vom Baron Taylor hinterlassenen dramatischen Bibliothek auf Staatskosten, um sie vor Zerstreuung zu sichern, befürwortet u. anempfohlen ist.

Druck von Joh. Pässler in Dresden.

Verzeichniss der Mitarbeiter.

1. Bibliothekar A. Schumann in Zofingen.
2. Archivar u. Bibliothekar Dr. P. Mitzschke in Weimar.
3. Buchhändler L. Mohr in Strassburg.
4. Bibliothekar Professor Dr. Th. Schott in Stuttgart.
5. Bibliotheksekretair P. E. Richter in Dresden.
6. Dr. K. Hugelmann in Wien.
7. Bibliothekar J. Kränzler in Augsburg.
8. Bibliothekar A. Gutenaecker in München.
9. Bergrath Schmidt-Reder in Görlitz.
10. Gymnasialoberlehrer M. Curtze in Thorn.
11. Direktor der Universitäts-Bibliothek A. Szilágyi in Budapest.
12. Staatsrath Bibliothekar Dr. Ch. Fr. Walther in St. Petersburg.
13. E. Krause in Königsberg.
14. Bibliothekar E. Narducci in Rom.

Register.

1. Verfasser etc.

2. Allgemeines.

3. Bibliographie.

4. Buchhändler- u. antiquarische Kataloge.

5. Bibliothekwissenschaft.

6. Bibliothekenlehre.

7. Bibliothekenkunde.

8. Privatbibliotheken.

9. Abdrücke aus Bibl.-Handschriften.

10. Bibliothekare*).

*) Die Bibliothekare sind hier nur insoweit angeführt, als sie nicht bereits unter Nr. 1 Erwähnung gefunden haben.

DRUCK VON JOHANNES PÄSSLER, DRESDEN, GR. KLOSTERG. 5.

Anzeiger für slavische Literatur.

1881. Januar. Nr. 1.

Der „Anzeiger für slavische Literatur“ wird zunächst vierteljährlich erscheinen. Die in demselben angekündigten Werke sind von ***F. A. Brockhaus in Leipzig*** *zu beziehen.*

Russische Literatur.

Брунъ, Ф. Черноморье. Сборникъ изслѣдованій по исторической географіи Южной Россіи (1852—1877 г). 2 Части. Одесса 1879, 80. gr. 8. IV, 277; VIII, 408 pp. mit 2 Karten und 1 Tabelle. 20 *M*

F. Brun, Das Gebiet am Schwarzen Meere. 2 Bde. Odessa.

Eine Sammlung von 23 historisch-geographischen Abhandlungen über Südrussland: über die Verwandtschaft der Geten mit den Daken, der letztern mit den Slaven, der Rumänen mit den Römern; Spuren eines alten Flusswegs vom Dněpr zum Asov'schen Meer; die Gothen am Schwarzen Meer und Spuren ihres langen Aufenthalts in Südrussland; über verschiedene Benennungen Kiev's in früherer Zeit; Vermuthungen über die Betheiligung der Russen an den Dingen in Bulgarien im 13. und 14. Jahrhundert; zwei Artikel über die Dobrudža u. s. w. Die Karten enthalten Herodot's Skythien, ferner ein Facsimile der Karte des Schwarzen Meeres von P. Vesconte 1318. Den Schluss bildet eine vergleichende topographische Tabelle des östlichen Ufers des Schwarzen Meeres nach den alten Periplus und den Compasskarten. Der Sbornik erlangte den Uvarov'schen Preis der St.-Petersburger Akademie.

Каратаевъ, С. Библіографія финансовъ, промышленности и торговли со временъ Петра Великаго до настоящаго времени (1714—1879). Ст. Петербургъ 1880. 8. 10 *M*

S. Karataev, Bibliographie der Finanzen, der Industrie und des Handels von Peter dem Grossen bis zur Gegenwart (1714—1879 incl.). St. Petersburg.

Es ist das beste derartige Werk in Russland und bildet eigentlich den 1. Theil von des Verfassers Bibliographie der ökonomischen Wissenschaften in Russland. Dieser I. Band zählt gegen 7000 Titel auf. Der II. Band soll ein Verzeichniss der selbständigen Werke über Nationalökonomie, der III. Band ein Verzeichniss von Artikeln in periodischen Publicationen enthalten.

Іознанскій, Іосифъ. Производительныя силы Царства Польскаго. Сравнительная статистика промышленнаго, торговаго и финансоваго положенія Польши за 1874, 1875 и 1876 гг. Ст. Петербургъ 1880. gr. 8. VIII, 266, X, II pp. mit Tabellen. 10 *M*

Joseph Poznanskij, Die productiven Kräfte des Königreichs Polen. St. Petersburg.

Auf Grund eingehender Quellenstudien und nach möglichster Prüfung der Angaben am Orte selbst bietet das Werk eine umfassende Statistik der gesammten wirthschaftlichen Thätigkeit Polens in den Jahren 1874, 1875, 1876, nach dem System der kaufmännischen Buchhaltung mit Debet und Credit, deren Bilanz dann zur Ermittelung des Betriebskapitals, Gewinnes und Verlustes, des Bestandes des Volksvermögens dient. Die zu Grunde liegenden Berechnungen und Aufstellungen sind in einer Menge Tabellen im Text und auf besondern Beilagen ausgeführt, wobei jeder Gewerbsthätigkeit eine kurze Geschichte derselben in Polen vorausgeschickt ist. Die ersten Kapitel enthalten eine allgemeine Beschreibung des Landes, Flächen-

Пыпинъ, А. Н., и В. Д. Спасовичъ. История славянскихъ литературъ. 2. изданіе, вновь переработанное и дополненное. 2 тома. Ст. Петербургъ 1879—81. gr. 8. VIII, 447; XXIV, p. 449—1129, I—XI. 25 ℳ

A. N. Pypin und V. D. Spasovič. Geschichte der slavischen Literaturen. 2. Aufl. 2 Bde. St. Petersburg.

Der I. Band enthält nach der Einleitung (slavische Ethnographie, Dialecte, geschichtlicher Ueberblick, die Frage der Einheit u. s. w.) die Literatur der Bulgaren, Südslaven (Serbo-Kroaten, Slovenen) zuletzt der Südrussen (Kleinrussen in Russland und der galizischen und und ungarischen Russinen). Preis des 1. Bandes 10 ℳ

Der II. Band beginnt mit der polnischen Literatur (S. 449—782) von V. D. Spasovič, der von dem Werke überhaupt nur diesen Theil bearbeitet hat, dann folgt die čechische (S. 783—999) und slovakische Literatur. Ein weiteres Kapitel bildet das Baltische Slaventhum nebst den Lausitzer Serben (S. 1062—1092), woran sich ein Essay über die slavische „Renaissance" anschliesst. Es folgen dann noch einige Blatt Ergänzungen und Berichtigungen sowie ein sehr vollständiges Namenregister für beide Bände. Preis des 2. Bandes 15 ℳ

Mit diesen beiden Bänden ist das Werk vorläufig abgeschlossen. Die noch fehlende grossrussische Literatur gedenkt A. Pypin in einem besondern Werk zu bearbeiten, welches als III. Band zu dem erstern wird gelten können.

Uebersetzungen werden veranstaltet in die čechische, deutsche und französische Sprache; von den erstern beiden ist bereits der I. Band erschienen:

Historie literatur slovanských. Sepsali A. N. Pypin a V. D. Spasovič. Podle druhého zcela přepracovaného a doplněného vydání z ruštiny přeložil Antonín Kotík. Díl I. v 6 seš. V Praze 1880. gr. 8. XII, 393 pp.

Geschichte der slavischen Literaturen. Von A. N. Pypin und V. D. Spasovič. Nach der zweiten Auflage aus dem Russischen übertragen von Traugott Pech. Autorisirte Ausgabe. I. Bd. Leipzig 1880. 8. X, 586 pp. 11 ℳ, geb. 12 ℳ 50 ₰

Смирновъ, И. Очеркъ исторіи хорватскаго государства до подчинія угорской коронѣ. Казань 1879 (1880). gr. 8. II, 128, II pp. 2 ℳ 40 ₰

I. Smirnov. Abriss der Geschichte des Kroatischen Reichs bis zu seiner Unterwerfung unter die Ungarische Krone. Kasan.

Kapitel 1—3 schildert die äussere Geschichte; 4. die innern Zustände; im 5. Kapitel folgt eine Kritik der Quellen und Hülfsmittel (S. 111—128), insbesondere der Arbeiten von Rački, Drinov u. A.

Андріевскій, М. А. Изслѣдованіе текста пѣсни Игорю Святославичу. Часть I., глав. 1—3. Екатеринославъ 1879. 8. 128 pp. 5 ℳ

M. A. Andrievskij. Untersuchungen über den Text des Liedes von Igor Svjatoslavič. I. Thl., 1.—3. Kap. Jekaterinoslav.

Воспитаніе болгаръ и южнославянскій пансіонъ Ѳ. М. Минкова въ Николаевѣ. Ст. Петербургъ 1880. 8. 90 pp.

Die Erziehung der Bulgaren und das südslavische Pensionat von F. M. Minkov in Nikolaev. St. Petersburg.

Галаховъ, А. Исторія русской словесности, древней и новой. 2. изданіе. Томъ I. Ст. Петербургъ 1880. 8.

A. Galachov. Geschichte der russischen Literatur. I. Bd.; reicht bis Karamzin. St. Petersburg.

Годовиковъ, И. Ѳ. Описаніе и изображеніе древностей Псковской губерніи. Вып. I. Псковъ 1880. 12. 145 pp.

I. F. Godovikov. Beschreibung und Darstellung der Alterthümer de-

Гротъ, Константинъ. Извѣстія Константина Багрянороднаго о Сербахъ и Хорватахъ на балканскомъ полуостровѣ. Историко-этнографическое изслѣдованіе. Ст. Петербургъ 1880. 8. 231 pp.

K. Grot. Nachrichten des Konstantin Porphyrogenetes über die Serben und Kroaten auf der Balkanhalbinsel. St. Petersburg.

Даль, Владиміръ. О повѣрьяхъ, суевѣріяхъ и предразсудкахъ русскаго народа. 2. изд. Ст. Петербургъ 1880. 8. 152 pp.

V. Dal. Ueber Meinungen, Aberglauben und Vorurtheile des russischen Volks. St. Petersburg.

Западно-русецъ. Сборникъ. Томъ I. Кіевъ 1880. 8. 237 pp.

Der Westrusse. Ein literarisches Sammelwerk. I. Bd. Kiev.

Изборникъ Великаго князя Святослава Ярославовича 1073 года. Ст. Петербургъ 1880. 4. 266, 266 pp.

Der für den Grossfürsten Svjatoslav Jaroslavovič geschriebene Sbornik vom Jahre 1073. Herausgegeben auf Kosten der Gesellschaft der Freunde des alten Schriftwesens von Thimotheus Lavrič Morozov; Kartograph. Institut von Iljin. St. Petersburg.

Иловайскій, Д. Краткіе очерки русской исторіи. 19. изд. Москва 1880. 8. 404 pp. u. 2 Karten. 4 ℳ 50 ₰

D. Ilovajskij. Kurze Skizzen der russischen Geschichte. 19. Aufl. Moskau.

Исторія, Всеобщая, литературы. Составл. подъ ред. В. Ѳ. Корша. Вып. 1—6. Ст. Петербургъ 1880. 8. à Heft 4 ℳ 50 ₰

Allgemeine Geschichte der Literatur, unter Redaction von V. F. Korš. Heft 1—6. St. Petersburg.

Кирпичниковъ, А. Исторія русской литературы (для учащихся). 2. изд. Москва 1880. 8. 197 pp. 4 ℳ 50 ₰

A. Kirpičnikov. Geschichte der russischen Literatur (für Schüler). Moskau.

Книга былинъ. Сводъ избранныхъ образцовъ русской народной эпической поэзіи. Составилъ В. П. Авенаріусъ. Ст. Петербургъ 1880. 12 ℳ

Das Buch der Bylinen, herausgegeben von V. P. Avenarius. St. Petersburg.

Eine neue Ausgabe des Buchs über die Kiever Bogatyren, vervollständigt durch Novgoroder, Moskauer, Kosakische, Petrovski'sche Epen.

Лавровскій, П. А. Русско-сербскій словарь. Ст. Петербургъ 1880. 8. 582 pp.

P. A. Lavrovskij. Russisch-serbisches Wörterbuch. St. Petersburg.

Максимовичъ, М. А. Собраніе сочиненій. Томъ III. Кіевъ 1880. 8. 750 pp. 18 ℳ

M. A. Maksimovič. Gesammelte Werke. III. Bd.: Sprachkunde. Geschichte der Literatur.

Марковъ, Василій. Илья Муромецъ. Поэма. Пѣснь первая. Ст. Петербургъ 1880. 16. 50 pp. 2 ℳ 50 ₰

V. Markov. Ilja Muromec. 1. Gesang. St. Petersburg.

N. N., Матеріалы для исторіи Шипки. Ст. Петербургъ 1880. 116 pp. und 1 Karte.

Materialien zur Geschichte Šipka's. St. Petersburg.

Некрасовъ, А. Мѣсто первоначальнаго обособленія славянскаго племени и направленія его движеній по отношенію къ Черному Морю, гипотеза по даннымъ филологіи. Казань 1879. 8. 32 pp. 1 ℳ

A. Nekrasov. Die Ursitze der Slaven und ihre Bewegung nach dem Schwarzen Meere zu. Kasan.

Немировичъ-Данченко, В. И. Послѣ войны. Очерки и впечатлѣнія русскаго корреспондента въ освобожденной Болгаріи. Ст. Петербургъ 1880. 8. 7 ℳ 50 ₰

V. J. Nemirovič-Dančenko. Nach dem Kriege. Skizzen und Ein-

Памятники древней письменности 1880. Вып. 1. подъ наблюденіемъ Ѳ. И. Булгакова. Ст. Петербургъ 1880. 4. 252 pp.

Denkmäler des alten Schriftwesens 1880. I. Bd. Unter Aufsicht von F. A. Bulgakov. St. Petersburg.

Полевой, П. Очерки русской исторіи въ памятникахъ быта. Ст. Петербургъ 1880. 4. 241 pp. 13 ℳ 50 ₰

P. Polevoj. Skizzen der russischen Geschichte in den Denkmälern des Volkslebens. St. Petersburg.

Полушкинъ, С. П. Дневникъ Донскаго Казака, 1877—1878 г. Ст. Петербургъ 1880. 8. 220 pp. 7 ℳ

S. P. Poluškin. Das Tagebuch eines Donischen Kosaken, 1877—1878. St. Petersburg.

Поповъ, Василій. Народныя пѣсни, собранныя въ Чердынскомъ уѣздѣ Пермской губерніи. Москва 1881. 8. 256 pp. 7 ℳ

V. Popov. Volkslieder aus dem Kreise Čerdyn im Gouvernement Perm. Moskau.

Пыпинъ, А. Н. Старообрядческій синодикъ. Ст. Петербургъ 1880. 8. 18 pp.

A. N. Pypin. Der Synodik der Altgläubigen. St. Petersburg.

Раковски, Г. С. Ключъ болгарскаго языка. Одесса 1880. 8. 192 pp.

G. S. Rakovski. Schlüssel der bulgarischen Sprache. Odessa.

Соколовъ, Иванъ. Отношеніе протестантизма къ Россіи въ XVI и XVII вѣкахъ. Москва 1880. 8. 536 pp.

J. Sokolov. Die Beziehung des Protestantismus zu Russland im 16. und 17. Jahrhundert. Moskau.

Ягичъ, В. В. Законъ Винодольскій. Подлинн. текстъ съ русск. переводомъ, критическ. замѣчан. и обясн. Ст. Петербургъ 1880. 8. 158 pp.

V. V. Jagić. Das Statut von Vinodol. Serbisch-kroatischer Text mit russischer Uebersetzung, kritischen Bemerkungen u. s. w. St. Petersburg. Ein Schriftdenkmal aus dem 13. Jahrh., wichtig zur Kenntniss der damaligen dalmatin. Gemeindeverfassung.

Ящуржинскій, Х. Лирическія малорусскія пѣсни, преимуществ. свадебныя, сравнительно съ великорусскими. Варшава 1880. 8. 133 pp. 4 ℳ 50 ₰

Ch. Jaščuržinskij. Die lyrischen, besonders Hochzeitslieder der Kleinrussen im Vergleich zu den grossrussischen. Warschau.

Хитрово. Полная исторія Русскаго государства. Томъ I. Москва 1880. 8. 720 pp. 13 ℳ

Chitrovo. Vollständige Geschichte des russischen Reichs. I. Bd. (in 2 Bdn. vollständig). Moskau.

Флоринскій, В. М. Русскіе простонародныя травники и лѣчебники. Собраніе медицинскихъ рукописей XVI и XVII столѣтія. Казань 1880. 8. 250 pp.

V. M. Florinskij. Volksthümliche Kräuter- und Arzneibücher der Russen. Handschriften aus dem 16. u. 17. Jahrhundert. Kasan.

Фурманъ, П. Разсказы изъ русской исторіи: князь Яковъ Ѳедоровичъ Долгоруковъ. Москва 1880. 8. 176 pp. 2 ℳ

P. Furman. Erzählungen aus der russischen Geschichte: Fürst Jakob Fed. Dolgorukov. Moskau.

Щербакъ, А. В. Черногорія и ея война съ турками въ 1877—78 годахъ. 2 выпуска. Ст. Петербургъ 1880. 8. 13 ℳ

A. V. Ščerbak. Montenegro und und sein Krieg mit den Türken 1877—78. 2 Hefte. St. Petersburg.

Kleinrussisches.

Кухаренко, Я. Г. Збирникъ творивъ. Посмертне выдання скомповане Ф. М. Пискуновымъ. Кіевъ 1881. 12. 126 pp. 4 ℳ

J. G. Kucharenko. Gesammelte Werke, herausg. von F. M. Piskunov.

уданскій, Ст. Співомовкы. Выдавъ Н—й Г—ъ Волынскій. Кіевъ 1880. 12. 72 pp. 2 ℳ
St. Rudanski. Gesänge. Kiev.

Polnische Literatur.

Grabowski, Bronisław. Królewicz Marko, dramat z podan południo-słowiańskich w pięciu aktach. Warszawa 1880. 16. VIII, 122 pp. 2 ℳ 50 ₰
Kralević Marko, Drama aus der südslav. Geschichte in 5 Akten.

Hanusz, Jan. O samogłosach nosowych w narzeczu: Słowinców Pomorskich, Kabatków i Kaszubów. Kraków 1880. 8. 49 pp. 1 ℳ 80 ₰
Ueber die Nasalvocale der Pommerschen Slovincen, Kabatken und Kaśuben.

Kalinka, Waleryan. Sejm czteroletni. Tom I. Kraków 1880. 8. VIII, 583 pp. 15 ℳ
Der vierjährige Reichstag. I. Bd.

Kempiński, Ignacy. Słowniczek techniczno-kolejowy polsko-rossyjski i rossyjsko-polski. Warszawa 1880. 8. 81 pp. 5 ℳ
Polnisch-russisches und russisch-polnisches Wörterbuch der Eisenbahntechnik.

Kętrzyński, Wojciech. Nazwy miejscowe polskie Prus zachodnich, wschodnich i Pomorza, wraz z przezwiskami niemieckimi. Lwów 1879. 8. 20, 236, LXXXIV pp.
Polnische Ortsnamen in West-, Ost-Preussen und Pommern, nebst den deutschen Benennungen.

Kalinowski, Frz. Xav. Gramatyka sanskrytu, porownanego z językiem starosłowjanskim i polskim, na podstawie sanskritskiéj gramatiki Francizka Boppa. Poznań 1872—80. 4. XVI, 581 pp. 15 ℳ, Velinpapier 20 ℳ
Grammatik des Sanskrit verglichen mit der altslavischen und polnischen Sprache nach Bopp.

Malinowski, Lucyan. Ślady dyjalektyczne w oznaczeniu samogłosek nosowych w kilku zabytkach języka polskiego wieku XV i XVI. Kraków 1880. 8. 31 pp. 80 ₰
Dialektische Spuren in der polnischen Sprache des 15. und 16. Jahrh.

Podbereski, A. Meteryały do demonologii ludu ukrainskiego, z opowiadań ludowych w powiecie czehryńskim. Kraków 1880. 8. 82 pp. 7 ℳ
Zur Dämonologie des ukrainischen Volkes aus Volkssagen im Kreis Czehryn.

Pułikowski, W., i Z. L. Radzimiński. Kniazowie i szlachta między Sanem, Wieprzem, Bugiem, Przypetią, Dnieprem, Sininchą, Dniestrem i północnymi stokami Karpat osiedleni, opowiadania historyczne, heraldyczno-geneal. i obyczajowe. Tom I. Kraków 1880. 8. XV, 224 pp. mit Abbildgn., Karte, Tafel.
Die Fürsten und die Szlachta in Rothrussland, historisch-genealogische etc. Erzählungen und Sittenschilderungen. I. Bd.

Szematyzm Królewstwa Galicyi i Lodomeryi z Wielkiem księstwem krakowskiem na rok 1880. Lwów 1880. 8. XXIII, 832 pp. 7 ℳ 40 ₰
Schematismus des Königreichs Galizien und Lodomerien mit dem Grossherzogthum Krakau.

Szulc, Kaźmirz. Mythyczna hystorya polska i mythologia słowiańska. Poznań 1880. 8. 4 ℳ
Die mythische Geschichte Polens und die Mythologie der Slaven.

Upominek wilenski, pismo zbiorowe poswięcone Jozefowi Ign. Kraszewskiemu na pamiątkę pięćdziesięcioletniéj rocznicy jeho zawodu literackiego. Wilno 1880. 8. 271 pp.

Wojcicki, K. Wł. Warszawa, jéj życie umyslowe i ruch literacki w ciągu lat trzydziestu, od 1800 do 1830 r. Warszawa 1880. 8. 199 pp. 6 ℳ
Das geistige und literarische Leben Warschaus in den Jahren 1800–1830.

Kašubisches.

Cenova, Florjan. Zarés do Grammatikj kašébsko-słovjnskjè mòvé. V Poznanja 1879. 8. 96 pp. 2 ℳ
Entwurf zu einer Grammatik der kašubisch-slovin. Sprache.

Čechische Literatur.

Bartoš, Frant. Skladba jazyka českého, pro střední školy a ustavy učitelské 2. vyd. V Brně 1880. 8. XI u. 173 pp. 3 ℳ
Syntax der čech. Sprache für Mittelschulen. 2. Aufl.

Brikcí z Licka, M. Práva městská. Dle textu z r. 1536 upravili Jos. Hermeneg. Jireček. V Praze 1880. Lex. 8. XXVI u. 510 pp. 12 ℳ
Die Stadtrechte nach einem Text von 1536 herausgegeben von Jos. und Herm. Jireček.

Dlouhý, Fr. Tanec. O historickém vývoji tance a jého kulturním významě. Český tanec narodný. V Praze 1880. 8. 86 pp. 2 ℳ 50 ₰
Der Tanz, seine Geschichte und Culturbedeutung. Der čechische volksthümliche Tanz.

Hrubý, Karel. Sbírka přisloví, pořekadel a průpovědí, kterych užívá náš lid rolnický. V Praze 1880. 8. 40 pp. 60 ₰
Sammlung čechischer Sprichwörter, Redensarten etc.

Hattala, Martin, u Adolf Patera. Zbytky rýmovaných Alexandreid staročeských. Díl I. Texty u transkripce. V Praze 1880. Lex. 8. XXVI, 98 pp. 5 ℳ
Auch mit latein. Titel: „Reliquiae metricarum Alexandreidon palaeobohemicarum". 1. Thl. Text und Transcription.

Ježek, J. Zasluhy duchovenstva o řeč a literaturu českou. V Praze 1880. 8. 208 pp. 2 ℳ 50 ₰
Die Verdienste der Geistlichkeit um die čechische Sprache und Literatur (vom Jahre 1780—1880).

Jireček, Hermenegild. Svod zákonův slovanských. V Praze 1880. 8. XXVIII u. 598 pp. 15 ℳ
Codex slavischer Gesetze.

Katalog, Slovanský, bibliograficky za rok 1879, redakcí Ios. Hovorky a J. Kloučka vydal spolek českoslovanských knihkupeckých učetních v Praze. III ročník. — Catalogue slave bibliografique pour 1879. III. année. V Praze 1880. 8. XIV, 71, XX, 104, 12, 8, 6, 2, 18 pp. u. Anzeigen. 4 ℳ
—— za rok 1877, redakcí A. Michalka a Jar. Kloučka. Ročník I. — Pour 1877. Ire année. XII, 67, XXX, 88, 10, 17, 7 pp. 4 ℳ
—— za rok 1878. Ročník II. — Pour 1878. IIe année. X, 69, 121, 10, 2, 12, 10 pp. 4 ℳ
Enthält eine gesammtslavische Bibliographie für die betreffenden Jahre mit Ausschluss des Russischen und Bulgarischen. Im 1. Jahrgang fehlt auch die Bibliographie der Slovenen und Lausitzer-Serben.

Kott, František. Česko-německý slovník, zvláště grammaticko-fraseologický. Seš. 1—38. (Díl I. II. III, seš. 1.) A—Řečnictví. V Praze 1878—1880. Lex. 8. XII, 1097; 1272; p. 1—74. à Heft 1 ℳ 20 ₰
Čechisch-deutsches Wörterbuch, insbesondere grammatisch-phraseologisch. Heft 1—38 (Band I—III, 1. Hft.).

lenčík, Ferd. Rozmanitosti. Příspvěvky k dějinám starší české literatury. Díl I. V Jičíně 1880. 8. 106 pp. 1 ℳ 80 ₰

Verschiedenes. Beiträge zur Geschichte der ältern čechischen Literatur. I. Bd. Enthält: I. Wörterbücher; II. Legenden; III. Religiöse Tractate; Nachträge.

'amátky staré literatury české. Číslo 6. Knížky o hře šachové. K tisku upravil F. Menčík. V Praze 1880. 8. XX u. 57 pp. 1 ℳ 30 ₰

Denkmäler der alten čechischen Literatur. No. 6. Eine Schrift über das Schachspiel, herausg. von F. Menčik.

lbírka Zřížení zemských kralovství Českého, markhrabství Moravského a Sleszkých knížectví. Díl I. Vydali Jos. Jireček a Herm. Jireček. Seš. 1—7. V Praze 1879—80. 8. p. 1—448. Subscriptionspreis für 10 Hefte 15 ℳ

Sammlung von Landes-Verordnungen des Königreichs Böhmen, Markgrafthum Mähren und der Schlesischen Fürstenthümer. Bd. I. Die Landesordnung des Königreichs Böhmen im 16. Jahrhundert, Heft 1-7.

nemé, České, od lěta 1526 až po naši dobu. Vydavá kr. česk. archiv zemský. II. 1546—1557. V Praze 1880. 4. IV, 831 pp. 18 ℳ

Die böhmischen Landtage von 1526 bis zu unserer Zeit. II. 1546—1557.

'rána, Fr. M. Moravské národní pohádky a pověsti. Seš. 1. V Brně 1880. 8. 61 pp. 1 ℳ

Mährische Volkssagen. 1. Hft. (Aus der Umgegend von Němčičko in der Hana).

Slovakisches.

byčaje, Prostonarodnie, povĕry a hry slovenské. Uspor. a vydal Pavel Dobšinský. V Turč. Sv. Martine 1880. 8. 179 pp. 5 ℳ

Volksthümliche Gebräuche, Meinungen, Spiele der Slovaken. Herausg. von P. Dobšinský.

pevy, Slovenské. Vydávajú priatelia slovenských spevov. Seš. 1. V Turč. Sv. Martine 1880. Lex. 8. VIII, 40 pp. 4 ℳ

Slovakische Lieder. 1. Hft.

Serbisch-kroatische Literatur.

огишић, В. Преглед радова на обичајном праву у Русији, превео I. Аћимовић. Београд 1879. 8. XIII, 24 pp. 1 ℳ

V. Bogišić. Uebersicht der Arbeiten über das Gewohnheitsrecht bei den Russen, serbisch von I. Aćimović. Belgrad.

Mit einer Uebersicht der Literatur über das Gewohnheitsrecht bei den Südslaven.

'aničić, D. Rječnik hrvatskoga ili srpskoga jezika. Na svijet izdaje jugoslavenska akademija znanosti i umjetnosti. Dio I., svez. 1. A—Besjeda. Zagreb 1880. Lex. 8. 240 pp. 8 ℳ

Kroatisch-serbisches Wörterbuch, herausg. von der südslav. Akademie. I. Bd., 1. Hft.

ilipović, Ivan. Kraljević Marko u narodnich pjesmah. Zagreb 1880. 16. XVIII u. 470 pp. 3 ℳ 50 ₰

Kraljević Marko in den Volksliedern, mit Erklärungen weniger bekannter Worte.

ruber, Dane. Borba Hrvata sa Turci od padu Sigeta do mira Žitva-Dorožkago (1566—1606). Zagreb 1879. 8. 230 pp. 3 ℳ 80 ₰

Der Kampf der Kroaten mit den Türken 1566—1606.

Живановић, Іван. Старословенска граматика. 3. изд. Панчево 1880. 8. 155 pp.

I. Živanović. Alt-slavische Grammatik. 3. Aufl. Pancsova.

Maretić, S. Metrički prijevod I. i II. pjevanja Vergilijeve Eneide s prilogo[m] o akcentu. Zagreb 1879. 8. 55 pp. 1 *M* 50 [.]
Uebersetzung des 1. u. 2. Gesanges von Virgils Aeneide, mit einer Bei lage über den Accent.

Pavlinović, M. Narodna pjesmarica. Izdala Matica dalmatinska. Zadar 1879. 8. 354 pp. 4 *M*
Volksliederbuch. Herausg. von der Matica dalmatinska.

Pesmarica. Velika srpska i hrvatska. U Novome Sadu 1880. 32. 192 pp.
Serbisch-kroatisches Liederbuch. 400 Lieder.

Поповић, Ђорђе. Речник српскога и немачкога језика. 2 дела. Панчев[о] 1879—1880. 8. 15 *M*
Georg Popović. Serbisch-deutsches Wörterbuch. 2 Bde. (Deutsch-serbisch und serbisch-deutsch.) Pancsova.

Radetić, Ivan. Pregled hrvatske tradicionalne književnosti. Senj 1879. [8.] 212 pp. 4 *M*
Uebersicht der kroatischen traditionellen Literatur.

Smičiklas, Tade. Poviest Hrvatska po vrelih. Dio drugi od godine 1526-1848. Zagreb 1879. 8. 496 pp. 8 *M*
Geschichte Kroatiens nach den Quellen. II. Bd. (1526—1848.)

Zima, Luka. Figure u našom narodnom pjesničtvje s njihovom teorijo[m]. U Zagrebu 1880. 8. 335 pp. 7 *M* 50 [.]
Die Figuren in der serbisch-kroat. Volkspoesie mit ihrer Theorie.

Bulgarisches.

Атанасовъ, Василь. Начална неорганическа химия. 1. книжка. Въ Пра[гa] 1881. gr. 8. 48 pp. mit Abbildgn. 2 *M* 50 [.]
V. Atanasov. Anfangsgründe der unorganischen Chemie. 1. Buch. Pra[g]
Für weitere Kreise von Interesse, weil hier zum erstenmal eine vo[m] Verfasser selbst aufgestellte bulgarische Terminologie der Chemie zur An-wendung kommt. Das Ganze werden 3 Hefte.

Litauisches.

Juškevič, Antanas. Lietuviškos dájnos. Литовскія народныя пѣсни. Казан[ь] 1880. 8. 418, XVIII pp. 12 *M*
Litauische Volkslieder.

Schriften in nichtslavischen Sprachen.

Bruun, Philipp. Die Goten am Pontus und die Spuren ihres lange an-dauernden Aufenthalts im südlichen Russland. Aus dem Russischen vo[n] F. Remy. Odessa 1879. 8. IV, 83 pp. 2 *M* 40 [.]

Gelcich, Gius. Memorie storiche sulle Bocche di Cattaro. Zara 1880. gr. 8. 207 pp. 5 *M*

Knorr, E. Die polnischen Aufstände seit 1830 in ihrem Zusammenhange mi[t] den internationalen Umsturzbestrebungen. Berlin 1880. 8 *M*

Leger, Louis. Nouvelles études slaves. Paris 1880. 8. 406 pp. 4 *M*

Lucianović, Melch. Storia della letteratura slava (serba e croata). Vol. [I.] Spalato 1880. 164 pp. 3 *M* 50

Matković, P. Reisen durch die Balkanhalbinsel während des Mittelalt[ers.] Deutsch von J. Knapp. Wien 1880. 3

Schulenburg, W. von. Wendische Volkssagen und Gebräuche aus dem Spr[ee-]wald. Leipzig 1880. 8. XXIX, 312 pp. 6

Vymazal, Fr. Grammatik der böhmischen Sprache für Deutsche. Br[ünn] 1880. 8. 2 *M* 80

Berner Taschenbuch auf das Jahr 1881. Gegründet von Ludwig Lauterburg und in Verbindung mit Freunden fortgesetzt von Dr. Emil Blösch. XXX. Jahrgang. Mit zwei Abbildungen. Bern, Haller. 1881. kl. 8°. IV, 308 S. m. 2 Taf. Pr. 3,50 Mk.

Hatte im vorjährigen Taschenbuche, dessen im Jan.-Hefte des Anz.'s mit Anerkennung gedacht worden ist, im allgemeinen die Lokalgeschichte vorgeherrscht, so ist es diesmal die Geschichte einzelner Personen, die Biographie, welche den Haupttheil des neuen Jahrganges einnimmt. Man findet darin den ebenso bescheidenen, wie trefflichen Landpfarrer vom Mittellande Hieronymus Ringier, Dekan in Kirchdorf (mit Abbild.), den verdienten Landmann aus dem Oberaargau Alt-Grossrath Jakob Käser von u. zu Melchnau, die vornehme Weltdame oder Abenteurerin aus der Gesellschaft des XVIII. Jhrhdts Madame de Franquini, den Gelehrten u. Prediger aus der Gährungs-Periode kurz vor der Reformation Dr. Johannes a Lapide, die Doppelgestalt der zwei gräflichen Prälaten aus dem kriegerischen Mittelalter Burchard v. Hasenburg u. Burchard v. Oltingen, den Landschaftsmaler von Brienz Johannes Stähli, sowie den verbannten Prinzen Louis Napoleon in Bern geschildert. Man wird diese Schilderungen sicher mit Interesse lesen; nicht minder das aus der Berner Stadtbibliothek mitgetheilte u. historisch werthvolle Lustspiel A. v. Tillier's „Drei Völker in Einem Hause" u. Studer's Ausflug auf der Insel Kerguelen. J. P.

Rosegger's Ausgewählte Schriften. — Lief. 3—5. Das Buch der Novellen. Bd. I. S. 161—397; Lief. 6. Die Schriften des Waldschulmeisters. S. 1—80. — Wien, Pest, Leipzig: Hartleben. 1881. kl. 8°. Pr. à 0,50 Mk. (S. Jan.-Heft des Anz.'s.)

Der I. Band der Novellen, der mit der 5. Lief. abgeschlossen [i]st, enthält neun ebenso einfache, wie anmuthige Stücke: die Har[f]enspieler, Felix den Begehrten, das Haus auf der Höhe, der Geld[f]eind, das Holzknechthaus, das Reich Gottes, das Felsenbildniss, [d]as Viktel u. das Leben siegt. Unter diesen Stücken finden sich, [a]usser neueren, mehre hervorragendere Jugendarbeiten R.'s: alle zeigen, [d]ass der aus eigenthümlichen Verhältnissen hervorgegangene Dichter [t]rotz seiner ausgeprägten Eigenart durchaus nicht einseitig ist, [s]ondern vielmehr in jedem einzelnen Stücke das Interesse der Leser [i]n anderer Weise zu fesseln versteht. Gern wird man die beiden [a]nderen Bände der Novellen willkommen heissen. Inzwischen ist [i]n der 6. Lief. mit dem Abdrucke der unter den R'schen Arbeiten [a]m meisten geschätzten „Schriften des Waldschulmeisters" begonnen [w]orden. J. P.

Druck von Joh. Pässler in Dresden.

Anzeiger für slavische Literatur.

1881.] April. [Nr. 2.

Der „Anzeiger für slavische Literatur" wird zunächst vierteljährlich erscheinen. Die in demselben angekündigten Werke sind von ***F. A. Brockhaus in Leipzig*** *zu beziehen.*

Russische Literatur.

Schriften von J. F. Golovackij

(in Commission bei F. A. Brockhaus in Leipzig).

Пѣсни, **Народныя, Галицкой и Угорской Руси,** собранныя **Я. Ѳ. Головацкимъ. 3 части въ 4 томахъ. Москва 1878.** gr. 8. 42 ℳ

Volkslieder der galizischen und ungarischen Russinen, gesammelt von J. F. Golovackij. 3 Theile in 4 Bdn. Moskau.

Das Werk erschien zuerst in den „Чтенія" (Vorlesungen) der Moskauer Gesellschaft der Freunde der russischen Geschichte und Alterthümer und ist aus den Bänden derselben zusammengestellt.

I. Band: **Думы и думки** (Dumen und Dumken). 388 pp. mit 4 Tafeln Abbildungen der Volkstypen und Trachten. Vorher gehen: je 1 Blatt Widmung (an den Kaiser Alexander II.) und Titel; eine historisch-statistische und historisch-ethnographische Beschreibung Galiziens, Nordostungarns und der Bukovina (p. 557—744), mit 1 colorirten ethnographischen Karte, gr. 4. Maassstab 1 : 1600000, color.; Erklärungen zu den Bildern (p. 1—24).

II. Band: **Обрядныя пѣсни** (Festlieder). 1 Bl. 841, II pp. mit 6 Tafeln Abbildungen (Volkstypen und Trachten).

III. Band: **Разночтенія и дополненія** (Varianten und Nachträge). 1. Abtheilung: Dumen und Dumken. 1 Bl. 523, III pp. mit 5 Tafeln Abbildungen. — 2. Abtheilung: Festlieder. 556, 16 (Nachrichten über die Sammler), LXXX (Sach- und Alphabetisches Register), II pp. mit 5 Tafeln Abbildungen.

Es ist das reichhaltigste und bedeutendste Werk über den Gegenstand, das alle früher erschienenen Materialien in sich vereint, vgl. Jagić's Archiv, IV, 704, und Pypin und Spasovič, Geschichte der slav. Literaturen I, 585.

Головацкій, **Я. Ѳ. Этнографическая карта русскаго народонаселенія въ Галичинѣ, Сѣверной Угріи и Буковинѣ. Въ Вѣнѣ.** gr. 4. Maassstab 1 : 1600000, color. 2 ℳ

J. F. Golovackij. Ethnographische Karte der russischen Bevölkerung in Galizien, Nordungarn und der Bukovina. Wien.

Головацкій, **Я. Ѳ. Карпатская Русь.** 8. 30 pp. Ausschn. 1 ℳ

J. F. Golovackij. Das Karpatische Russland (Statistik, Ethnographie).

Головацкій, **Я. Ѳ. О народной одеждѣ и убранствѣ Русиновъ или Русскихъ въ Галичинѣ и сѣверовосточной Венгріи. Ст. Петербургъ 1877.** gr. 8. 85 pp. mit Abbildungen. 3 ℳ 50 ₰

J. F. Golovackij. Ueber die volksthümliche Kleidung und den Schmuck der Russinen in Galizien und Nordungarn. St. Petersburg.

Головацкій, **Я. Ѳ. Книга о новомъ календарѣ, напечатанная въ Римѣ въ 1596 году.** (1876). 8. 7 pp. mit 3 Tafeln Abbildungen. Ausschn. 1 ℳ

J. F. Golovackij. Ein (russ.) Buch über den neuen Kalender, gedruckt zu Rom 1596. Bisher nur in den abgebildeten Bruchstücken bekannt.

оловацкій, **Я. Ѳ. О рукописномъ Молитвенникѣ старочешскомъ съ XIV—XV вѣка, хранящемся въ университетской библіотекѣ во Львовѣ. Въ Прагѣ 1861.** 4. 24 pp. 1 ℳ

J. F. Golovackij. Ueber die Handschrift eines altčech. Gebetbuchs

Головацкій, Я. Ѳ. **Попытки и старанія римской куріи, ввести грегоріянскій календарь у славянъ православныхъ и уніатовъ.** 8. 36 pp. S.-A. 1 ℳ

J. F. Golovackij. Die Versuche und Bemühungen der römischen Curie, den gregorianischen Kalender bei den griechisch-orthodoxen und unirten Slaven einzuführen.

Памяти Димитрія Головацкаго. Во Львовѣ 1877. 8. 29 pp. 80 ₰

Zum Andenken an Demeter Golovackij (russin. Priester in Galizien). Lemberg.

Skizzen zur Charakteristik der Beziehungen der Russinen zum polnischen Adel und zum Katholicismus, nebst historischen Nachrichten über die Familie Golovackij.

Акты, издаваемые виленскою археографическою комиссіею. Томъ XI. Акты главнаго литовскаго трибунала. Вильна 1880. 4. 658 pp. 9 ℳ

Urkunden, herausgegeben von der Archäograph.-Commission in Wilna. XI. Bd. Die Acten des Haupttribunals von Litauen. Wilna.

Антоновичъ, В. Б. Очеркъ исторіи Великаго Княжества Литовскаго до половины XV столѣтія. Вып. I. Кіевъ 1878. 8. 156, II pp. 4 ℳ

V. B. Antonovič. Abriss der Geschichte des Grossfürstenthum Litauen bis zur Mitte des 15. Jahrhunderts. 1. Heft. (Aus den „Izvestija" der Kiever Universität.) Kiev.

Березинъ, Л. В. Хорватія, Славонія, Далмація и Военная Граница. 2 тома. Ст. Петербургъ 1879. gr. 8. XI, VIII, 520; VIII, 590 pp., mit Karte. 24 ℳ

L. V. Berezin. Kroatien, Slavonien, Dalmatien und die Militärgrenze. 2 Bde. St. Petersburg.

Der Verfasser hat die Länder zum Zwecke der Bearbeitung dieses Buches bereist, und bietet nun eine wissenschaftliche Erforschung und Zusammenstellung alles dessen, was über dieselben wissenswerth ist (Geographie und Topographie, politische Organisation, Gerichtswesen, Landwirthschaft, Industrie u. Handel, Literatur, Unterrichtswesen u. s. w.). Am eingehendsten sind die religiösen Verhältnisse, namentlich der griech.-kathol. Kirche, und die Ethnographie behandelt. Letztere (II, 361—591) zerfällt in folgende Hauptabschnitte: die mythischen Vorstellungen der Südslaven in Oesterreich; das häusliche Leben; halbchristliche Gebräuche und Glaubensvorstellungen; volksthümliche Spiele und Tänze.

Брандтъ, Романъ. Начертаніе славянской акцентологіи. Ст. Петербургъ 1880. 4. IV, 340 pp. 8 ℳ

R. Brandt. Grundzüge der slavischen Accentlehre. St. Petersburg.

Die erste alle slavischen Dialekte umfassende Arbeit auf diesem Gebiet, mit literarisch-bibliographischen Angaben der Vorarbeiten. Um gründlich vorgehen zu können, hat sich der Verfasser nur auf die Erforschung der Accentuirung des Nominativs und Genetivs beschränkt, und andere Sprachformen nur nebenbei in Betracht gezogen.

Бѣленскій, Т. Народныя заклинанія надъ пчелами. Двѣ рукописи XVIII вѣка о пчеловодствѣ съ примѣчаніями и замѣчаніями. Каменецъ-Подольскъ 1880. 8. 67 pp. 3 ℳ

T. Bělenskij. Volksthümliche Bienenbeschwörungen. Zwei Handschriften aus dem 18. Jahrh. über Bienenzucht mit Anmerkungen. Kamieniec-Podolsk.

Ваденюкъ, Павелъ. Темное мѣсто въ „Словѣ о плъку Игоревѣ". Ст. Петербургъ 1880. 8. 6 pp.

Paul Vadenjuk. Eine dunkle Stelle im „Liede vom Heereszug Igors". St. Petersburg.

Великановъ, А. С. Развѣдки о доисторическихъ временахъ русь-славянскаго народа. Томъ II, вып. 1. Одесса 1879. 8. 88 pp. 4 ℳ 50 ₰

A. S. Velikanov. Forschungen über die vorhistorischen Zeiten de

Веселовскій, А. Н. Разисканія въ области русскихъ духовныхъ стиховъ. Ст. Петербургъ 1880. 8. 228 pp. 3 *M* 75 *Pf*

A. N. Veselovskij. Untersuchungen auf dem Gebiete der russischen geistlichen Verse. St. Petersburg.

Достоевскій, Ѳ. Дневникъ писателя. Годъ III. Единств. выпускъ на годъ 1880. Ст. Петербургъ. 8. 44 pp. 1 *M* 40 *Pf*

F. Dostoevskij. Das Tagebuch eines Schriftstellers. 3. Jahrg., enthält die Rede D.'s bei Enthüllung des Puškin-Denkmals nebst polemischen Bemerkungen. St. Petersburg.

Ежегодникъ, Славянскій. Альманахъ и сборникъ статей по славяновѣдѣнію, издаемый Кіевскимъ Славянскимъ обществомъ подъ ред. Н. П. Задерацкаго. Вып. IV. Кіевъ 1880. 8. 438 pp. 4 *M*

Slavisches Jahrbuch. Herausgegeben von der Slav. Gesellschaft in Kiev unter Redaction von N. P. Zaderackij. 4. Band. Kiev.

Das Unternehmen hat in erster Linie den Zweck, die Russen mit den andern Slaven bekannt zu machen, bietet daher vielfach russische Uebersetzungen aus andern slavischen Sprachen. Der obige Band enthält u. a. Drumev's „Unglückliche Familie" (aus dem Bulgarischen), Tyl's Drama „Johann Hus", Šmilovský's Roman „Der blaue Abt" (aus dem Čechischen), ferner Artikel über Hus, Dobrovský, Hanka, Sreznevskij (zum Theil übersetzt), eine slavische Bibliographie für 1878 vom Herausgeber, in der auch Artikel aus Zeitschriften angeführt sind.

— Вып. I. 1876. 8. 240 pp. 2 *M* 40 *Pf*

Band I: Die Fortschritte der Slavistik in Russland bis 1872 nach Majkov, Lavrovskij, Kotljarevskij. — Pervolf, Ueber die slavische Gegenseitigkeit im 18. u. 19. Jahrhundert. — Budilovič, Montenegro. — Zahlreiche kleine Mittheilungen u. a.

— Вып. II. 1877. 8. 328 pp. 2 *M* 40 *Pf*

Band II: Artikel über Bulgarien, Montenegro, Bosnien, Palacký, Šafařík, Grigorovič, Boris-Michael (zum Theil übersetzt). — Vinogradov, Die Bibel in den slav. Dialekten.

— Вып. III. 1878. 8. 435 pp. 4 *M*

Band III: N. Popov, Die österreich. Publicistik vor Einführung des Dualismus. — Makušev, Ein vergessener polnischer Dichter. — Aus der neuern polnischen Literatur. — Jagić's Studie über slav. Volkspoesie (aus dem Serbischen). — Ueber Montenegro, Čelakovský, Bodjanskij. — Hunfalvy's Ansicht über die Slaven.

Григоровичъ, В. И. Обзоръ славянскихъ литературъ. Лекціи читанныя имъ студентамъ IV. курса Новороссійскаго Университета въ 1868—69 акад. году. Записаны слушателемъ его А. Смирновымъ. Воронежъ 1880. 1 Bl. 52 pp. S—A. 1 *M* 40 *Pf*

V. J. Grigorovič. Uebersicht der slavischen Literaturen. Vorlesungen an der Universität Odessa 1868—69, aufgezeichnet von einem seiner Hörer A. Smirnov. Voronež.

Die Veröffentlichung dieser im Auszug mitgetheilten Vorträge des verstorbenen Professors Grigorovič, eines der ersten und, wie die Vorrede bemerkt, sympathischesten Slavisten in Russland wird auch neben der umfänglichen Arbeit Pypin's nicht für unnöthig erachtet, da sie von einem andern Standpunkte ausgehen, und auch die Dinge etwas anders beleuchten. Grigorovič vindicirt der slavischen Literatur eine selbstständigere und einheitlichere Entwickelung als Pypin, und theilt sie nicht nach Nationalitäten, sondern nach Perioden ein: 1) vom 9. bis 11. Jahrhundert, d. i. bis zur Spaltung der Slaven in Ost- und Westslaven; 2) von da bis zu Hus und der literarischen Polemik mit dem Katholicismus in Russland (Anfang des 15. Jahrh.); 3) von da bis zur Vorherrschaft der Jesuiten und Gründung der Kiever Akademie (1620—1634); 4) von da bis zum Auftreten von Lomonosov, Konaŕski, Kramerius, Obradović; 5) von da bis zum Auftreten der Romantik; 6) die neueste Zeit: die Zeit des nationalen Bewusstseins. — In den weitern Skizzen ist am ausführlichsten von der neubulgarischen Literatur seit Paysius die Rede

ловайскій, Д. Куликовская побѣда Дмитрія Ивановича Донскаго. Историч. очеркъ. Москва 1880. 8. 65 pp. mit Karte. 1 *M* 50 ₰

D. Ilovajskij. Der Sieg des Demetrius I. Donskij auf der Kulikovo-Ebene. Eine historische Skizze. Moskau.

Johannes Damascenus. — Богословіе святаго Іоанна Дамаскина въ переводѣ Іоанна экзарха болгарскаго по харатейному списку московской синодальной библіотеки буква въ букву и слово въ слово. Москва 1878. 4. od. gr. 8. 1 Bl. 69 u. 3—422 (letzteres mit altslavischen Zahlzeichen u. zweispaltig) pp. und 2 lith. Beilagen. 6 *M*

Die Theologie des heil. Johannes Damascenus, in der Uebersetzung des Exarchen Johann von Bulgarien, wörtlich und buchstäblich nach einem Pergamentcodex der Synodalbibliothek. Moskau.

Zum Druck gebracht von O. Bodjanskij, mit Vorwort herausgegeben von A. Popov.

Johannes, Exarch von Bulgarien. — Шестодневъ составленный Іоанномъ экзархомъ болгарскимъ. По харатейному списку московской синодальной библіотеки 1263 года, слово въ слово и буква въ букву. Москва 1879. 4. oder gr. 8. 1 Bl. XXI pp. 6, 254 Bl. mit den altslav. Zahlzeichen numerirt. zweispaltig. 6 *M*

Das Hexaemeron des Exarchen Johann von Bulgarien. Nach einem Pergamentcodex vom Jahre 1263 wörtlich und buchstäblich abgedruckt. Moskau.

Zum Druck gebracht von O. M. Bodjanskij, mit Vorrede herausgegeben von Andreas Popov.

Кашкаровъ, И. Нужды русскаго народа. Ст. Петербургъ 1880. 8. 224 pp.

I. Kaškarov. Die Nöthe des russ. Volks. St. Petersburg. 4 *M*

Кирпичниковъ, А. Синтаксисъ русскаго языка примѣнительно къ правописанію. 2. изд. Москва 1880. 8. 64 pp. 1 *M* 50 ₰

A. Kirpičnikov. Syntax der russ. Sprache. 2. Aufl. Moskau.

Костомаровъ, Н. Русская исторія въ жизнеописаніяхъ ея главнѣйшихъ дѣятелей. Томъ I: Господство дома св. Владиміра. X—XVI столѣтіе. 2. изд. Ст. Петербургъ 1880. gr. 8. IV, 759 pp. 10 *M* 50 ₰

N. Kostomarov, Russische Geschichte in Biographien. I. Bd. 2. Aufl. St. Petersburg.

Dieser 1. Band enthält 31 Biographien der Hauptpersonen aus dem 10. —16. Jahrhundert, d. i. aus der Zeit der Herrschaft des Hauses des heil. Vladimir, und beginnt mit der Biographie des letztern selbst; dann folgen die Lebensbeschreibungen von Jaroslav, Alexander Nevskij, Maksim Grek, Baškin, Ivan Groznyj, Jermak, Minin und Požarskij, sowie anderer Fürsten. Heiligen, Priester u. s. w. Der Verfasser ist in Russland nicht nur als unermüdlicher Quellenforscher, sondern auch als künstlerischer Darsteller berühmt, der es versteht die Vergangenheit lebendig und plastisch zu restauriren.

Красускій, Михаилъ. Древность малороссійскаго языка. Одесса 1880. 8. 28 pp. 1 *M* 80 ₰

M. Krasuskij. Das Alter der kleinruss. Sprache. Odessa.

Межовъ, В. И. Систематическій каталогъ русскихъ книгъ за 1877—1878 г. Ст. Петербургъ 1880. 8. IV, 627, 54, 18, 59 pp. 20 *M*

V. I. Mežov. Systemat. Katalog russischer Bücher für 1877 u. 1878. mit Angabe der Uebersetzungen, kritischer Artikel u. Recensionen. St. Petersburg.

Миллеръ, Орестъ. Публичныя лекціи. 2. дополн. изданіе. Ст. Петербургъ 1878. VIII, 404 pp. 6 *M*

Orest Miller. Oeffentliche Vorlesungen. 2. Aufl. St. Petersburg.

Die 1. Auflage enthielt nur 10 (1874 im St. Petersburger Künstler-Club) gehaltene Vorlesungen über die russische Literatur nach Gogol (Gončarov. Dostoevskij, Pisemskij, Nekrasov, Ščedrin u. a.). Dem sind jetzt je 3 (1871 gehaltene) Vorlesungen über I. S. Turgenev und L. N. Tolstoj's „Krieg und Frieden“ vorausgeschickt. Im Anhang folgt ein Artikel über Nekrasov's

biete, und beschränkt sich, wo abschliessende Urtheile noch nicht möglich waren (wie z. B. bei Turgenev), auf eine Erörterung der gesellschaftlichen Erscheinungen, welche sich in den Haupttypen der Dichter reflectiren.

Миллеръ, И., и К. Модрахъ. Нѣмецко-русскій военно-техническіи словарь. Вып. 1. (A — Auspumpen). Ст. Петербургъ 1881. gr. 8. II, 64 pp. zweispaltig. 2 ℳ 40 ₰

I. Miller und K. Modrach. Deutsch-russisches Wörterbuch des Militärwesens (im weitesten Sinne) und der Technologie (Baukunst, Architektur, Astronomie, Geodäsie, Mathematik, Mechanik, Physik, Chemie, Bergbau u. s. w.). 1. Lfg. St. Petersburg.

Das ganze sollen 10—12 Liefgn. werden, von denen etwa 3—4 jährlich erscheinen sollen. Nach Vollendung des Werkes tritt ein erhöhter Preis ein.

Морозовъ, Петръ. Ѳеофанъ Прокоповичъ какъ писатель. Очеркъ изъ исторіи русской литературы въ эпоху преобразованія. Ст. Петербургъ 1880. 8. 407 pp.

P. Morozov. Theophanes Prokopovič als Schriftsteller. Skizze aus der Geschichte der russ. Literatur in der Epoche der Umbildung. St. Petersburg.

Незлобинъ, А. Кружковщина. „Наши лучшіе люди — гордость націи". Разсказы. 2. изд. со статей автора: „Нигилизмъ и литературное развитіе". Одесса 1880. 8. 508 pp. 10 ℳ

A. Nezlobin. Das Clubwesen. „Unsere bessern Leute sind der Stolz der Nation". Erzählungen. 2. Aufl. mit einer Abhandlung des Verfassers: „Der Nihilismus und die literar. Entwickelung". Odessa.

Die letztere Abhandlung apart (92 pp.) 2 ℳ 50 ₰

Несторъ. — Житіе препододнаго отца нашего Ѳеодосія, игумена печерскаго, списаніе Нестора. Съ предисловіемъ Андрея Попова. Москва 1879. 2 Bl. 10 pp., 42 Bl. mit den altslav. Zahlzeichen numerirt, zweispaltig. 1 ℳ 60 ₰

Nestor's Leben des heil. Theodosius, zum Druck gebracht von O. Bodjanskij, mit einem Vorwort herausg. von A. Popov. Moskau.

Петровъ, К. Русская историческая хрестоматія. Ст. Петербургъ 1880. 8. 744 pp. 6 ℳ

K. Petrov. Russische historische Chrestomatie, in Anschluss an Galachov's russ. Literaturgeschichte. St. Petersburg.

Письма южнорусса по поводу юбилея Крашевскаго. Кіевъ 1879. 12. 34 pp.
Briefe eines Südrussen aus Anlass des Jubiläums Kraszewski's. Kiev. 1 ℳ

Попко, Иванъ. Терскіе казаки съ стародовныхъ временъ. Историч. очеркъ. Вып. I. Гребенское войско. Ст. Петербургъ 1880. 8. 566 pp. 15 ℳ

I. Popko. Die Kosaken von Ter aus alten Zeiten. 1. Hft. Das Grebenskische Vojsko. St. Petersburg.

Поповъ, А. Библіографическіе матеріалы, собранные Андреемъ Поповымъ. I—VII въ 2 вып. Москва 1879 — 80. 4. oder gr. 8. 1 Bl. 48 pp.; 1 Bl. 316 pp. u. Inhalt. 4 ℳ

A. Popov. Bibliographische Materialien. 2 Hefte. Moskau.

Enthält die Beschreibung von 7 altslavischen Handschriften (im 1. Hft. 1, im 2. Hft. 6) mit Bruchstücken der Texte, zuweilen auch dem vollen Text.

Прозоровскій, Д. Опись древнихъ рукописей, хранящихся въ Музеѣ Императ. Русск. Археол. Общества. Ст. Петербургъ 1879. gr. 8. 307 pp. 8 ℳ

D. Prozorovskij. Beschreibung alter Handschriften die im Museum der k. russ. Archeolog. Gesellschaft aufbewahrt werden. St. Petersburg.

Beschreibt in 10 Rubriken 292 Handschriften zum Theil mit beträchtlichen Auszügen, so dass der Forscher annähernd sehen kann, was er in den Handschriften zu erwarten hat. Einige sind auch ganz abgedruckt.

Сборникъ матеріаловъ для изученія сельской поземельной общины. Изд. подъ редакціею Ѳ. Л. Барыкова, А. В. Половцова и П. А. Соколовскаго. Томъ I. Ст. Петербургъ 1880. 8. 474 pp. u. 4 Karten. 12 ℳ

Sammlung von Materialien zur Erforschung der Landgemeinde. Unter

Сборникъ, Одесскій Славянскій. Рѣчи и сообщенія въ торжественныхъ собраніяхъ 11-го мая въ день св. Кирилла и Меѳодія 1878, 1879 и 1880 г. Одесса 1880. gr. 8. 110 pp. 3 *M*

Slavischer Sammelband von Odessa. Odessa.

Enthält die Reden und Mittheilungen, welche am Tage der heil. Cyrill und Method in den Jahren 1878—1880 in der Slavischen Gesellschaft zu Odessa gehalten worden sind. Sie behandeln Zweck und Ziel dieser Gesellschaft, geben Berichte über die Thätigkeit derselben, über die Vorgänge bei den einzelnen slav. Stämmen. In einer Rede A. Kočubinskij's reflectiren sich die Eindrücke des Friedens zu St. Stefano. Interessant sind die Erinnerungen an den verstorbenen Slavisten Grigorovič (von G. Afanasjev), eine Lebensskizze Venelin's u. a.

Смирновъ, А. Слово о полку Игоревѣ. I. Литература Слова со времени открытія его до 1876. Воронежъ 1877. 8. II, 486 pp. S—A. 3 *M*

—— —— II. Пересмотръ нѣкоторыхъ вопросовъ. 8. II, 249, II pp. S—A. 3 *M* 75 *S*

A. Smirnov. Das Lied vom Heereszug Igor's. 2 Hefte. Voronež.

Eine Uebersicht der Arbeiten und Forschungen über das genannte Literaturdenkmal. Das 1. Heft enthält die Literatur über dasselbe bis 1876 mit Angabe des Gedankenganges der einzelnen, oft sehr selten gewordenen Arbeiten; Heft 2. die Uebersicht einiger Fragen: Alter und Ductus der Handschrift, die Sprache mit Bezug auf Laute und Formen, die Beziehung zur nordrussischen Volkspoesie und Sprache u. s. w.

Соловьевъ, Сергѣй. Учебная книга русской исторіи. 8-ое изд. Москва 1880. 8. 411, II pp. 5 *M*

S. Solovjev. Lehrbuch der russ. Geschichte. 8. Aufl. Moskau.

Сосногоровъ, М. Путеводитель по Крыму. 3. изд. Одесса 1880. 16. 434 pp. 8 *M* 50 *S*

M. Sosnogorov. Führer durch die Krim. 3. Aufl. Odessa.

Тургеневъ, И. С. Записки охотника. Полное собраніе очерковъ и разсказовъ 1847—1876. 2. стереотипн. изд. Ст. Петербургъ 1880. 8. VII, 385 pp. 6 *M*

J. S. Turgenev. Memoiren eines Jägers. Stereotyp-Ausgabe. 2. Aufl. St. Petersburg.

Eine vollständige Ausgabe der unter jenem Titel bekannten und fast in alle europäischen Sprachen übersetzten vortrefflichen Skizzen und Erzählungen aus der russischen Natur und dem russischen Leben, mit Biographie, Portrait und Autograph des Verfassers. Correct im Druck und schön ausgestattet.

Штейнбергъ, О. Н. Полный русско-еврейскій словарь. Часть I. А—Н. Вильна 1880. 8. 612 pp.

O. N. Steinberg. Vollständiges russisch-hebräisches Wörterbuch. 1. Thl. A—N. Wilna.

Von Pypin und Spasovič „Geschichte der slavischen Literaturen" ist nun auch von der französischen Uebersetzung der 1. Band erschienen:

Histoire des littératures slaves par Pypin et Spasovic. Traduit du russe par Ernest Denis. Bulgares — Serbo-Croates — Yougo-Russes. Paris 1881. gr. 8. IV, 627 pp. 16 *M*

Nach der Vorrede bildet das Werk zugleich den 1. Band einer ganzen Serie von Uebersetzungen ähnlicher Art, die allmählich publicirt werden sollen.

Kleinrussisches.

Письмо, Святе, Нового Завіту. Мовою русько-українською переклали вкупі П. А. Куліш и др. Н. Пулюй. Відень 1871, 1880. 8. 1 Bl. 464 pp. und Register 3 M 50 ₰

Das Neue Testament in kleinruss. Sprache, übersetzt von P. A. Kuliš und N. Puljuj. Wien.

Die erste vollständige Ausgabe des N. T. in dieser Sprache. Die Evangelien erschienen schon 1871 gesondert:

Євангелия по св. Матееві (Matthäus). Переклад украіньский. Відень. 16. 96 pp. 60 ₰

— по св. Маркові (Markus). 16. 61 pp. 60 ₰

— по св. Луці (Lukas). 16. 102 pp. 60 ₰

— по св. Іоанові (Johannes). 16. 76 pp. 60 ₰

Polnische Literatur.

Antologia polska. Wybór najcelniejszych utworów poetów polskich. Z illustracyami Andriollego, Brandta, Kossaka i Lessera. Lwów (1880). 8. XVI, 408 pp. Eleg. Callicobd. mit Goldschn. 12 M

Anthologie aus polnischen Dichtern von Rej an. Mit Abbildungen von Andriolli, Brandt, Kossak, Lesser.

Belza, Stanisł. Karól Miaska, kartka z dziejów Górnego Szląska. Warszawa 1880. 8. 59 pp. 1 M 50 ₰

Karl Miaska, ein Blatt aus der Geschichte Oberschlesiens.

Beyer, Karól. Skorowidz monet polskich od 1506—1825. Kraków 1880. 4. V, 107, 36 pp. autographirt u. Tafeln. 17 M 50 ₰; auf Bütenpap. 25 M

Uebersicht der polnischen Münzen von 1506—1825.

Bobrzyński, Michał. Dzieje Polski w zarysie, znacznie zwiększone wydanie. Tom I. Warszawa 1880. 8. 324 pp. mit einer lith. Karte Polens im Jahre 1492. 4. Für beide Bände 18 M

Geschichte Polens im Abriss. 2. Aufl. 1. Bd.

Bobrzyński, Michał. O podziale historyi polskiéj na okresy. Warszawa 1880. 8. 24 pp. 1 M 50 ₰

Ueber die Eintheilung der polnischen Geschichte in Perioden.

Dubiecki, Maryan. Rys dziejów najnowszych od r. 1815 po 1875, z krótkim rzutem oka na dzieje lat 1876—1878. Wilno 1880. 8. 452 pp. 8 M 50 ₰

Abriss der neuesten Geschichte von 1815 bis 1875, mit einem kurzen Blick auf die Geschichte der Jahre 1876—1878.

Głos szlachcica polskiego: J. I. Kraszewski a zakon szlachecki. Lwów 1880. 8. 232 pp. 12 M

Die Stimme eines polnischen Szlachcic: J. I. Kraszewski und das Gesetz der Szlachta.

Gody weselne, 394 pieśni i śpiewek weselnych polskich, z ust ludu i źródeł etnograficznych drukowanych zebrał Zygmunt Gloger. Warzawa 1880. 8. 199 pp. 2 M

394 poln. Hochzeitslieder aus Volksmund und ethograph. Quellen.

Gregorewicz, Kazimierz. Pogląd krytyczny na wypadki z roku 1861, 1862 i 1863 i zaczerpnięte z nich wskazówki polityczne, z powodu pracy Bolesławity. Tom I i II. Lwów 1880. 8. 216; 228 pp. 12 M

Kritischer Blick auf die Ergebnisse aus den Jahren 1861, 1862 u. 1863 und die daraus gezogenen politischen Winke, aus Anlass der Arbeit von Bolesławita (J. I. Kraszewski).

Gromnicki, Tadeusz. Święci Cyryl i Metody. Kraków 1880. 8. 239 pp.

Die Heiligen Cyrill und Method.

Kalina, Antoni. Artykuły prawa magdeburgskiego, z rękopisu około r. 1500.

Kantecki, Klemens. Stanisław Poniatowski, kasztelan krakowski, ojciec Stanisława Augusta. 2 tomy. Poznań 1880. 8. X, 282; 139, CIV pp. 10 ℳ
Stanisław Poniatowski, Castelan von Krakau, Vater von Stanisław August.

Kętrzyński, Wojciech. Katalog rękopisów biblioteki Zakładu nar. im. Ossolińskich. Zesz. I. (rękopisy 1—168). Lwów 1880. 8. 320 pp. 3 ℳ 50 ₰
Katalog der Handschriften der Bibliothek des Ossolińskischen Instituts. 1. Heft. (Die Handschriften 1—168).

Kisielewski, Wł. Tad. Reforma książąt Czartoryskich na sejmie konwokacyjnym r. 1764, z poprzednim poglądem na stan Polski za czasów saskich i literaturę polityczną XVIII. wieku aż do Siennickiego 1764 r. włącznie. Sambor 1880. 8. 302, III pp. 9 ℳ
Die Reformideen der Fürsten Czartoryski auf dem Convocations-Reichstag von 1764, mit vorhergehender Uebersicht über den Zustand Polens in den sächsischen Zeiten und der politischen Literatur des 18. Jahrhunderts bis zu Siennicki.

Kolberg, Oskar. Lud. Jego zwyczaje, sposób życia, mowa, podania, przysłowia, obrzędy, gusła, zabawy, pieśni, muzyka i tańce. I—IV serya. Warszawa 1857—1869. V—XIII serya. Kraków 1871—1880. gr. 8. mit Melodien, Abbildungen u. s. w.
Das polnische Volk, seine Sitten, Lebensweise, Sprache, Ueberlieferungen, Sprichwörter, Gebräuche, Musikinstrumente, Unterhaltungen, Lieder, Musik und Tänze. I.—XIII. Serie.
Diese encyclopädische Sammlung ist auf einem Neben-Titel auch als „Materiały do etnografii słowiańskiej" („Materialien zur slavischen Ethnographie") bezeichnet. Inhalt:
I. Serie unter d. Titel: Pieśni ludu polskiego zebrał i wydał Oskar Kolberg. Serya I. (Lieder der polnischen Volks gesammelt und herausgegeben von — — 1. Serie.) Warszawa 1857. gr. 8. XI, 448 pp., 15 Bl. und 10 col. Tafeln (Trachten).
Enthält 41 Dumen und Lieder zum Theil mit zahlreichen Varianten und mit den Melodien, darauf folgen 466 verschiedene Volkstänze. Der Inhalt ist auf dem gesammten polnischen Gebiet gesammelt. Die weiteren Serien sollten ebenfalls aus ganz Polen je eine Liedergattung, z. B. Liebes-, Hochzeitslieder u. s. w. enthalten. Doch ist die Sammlung in dieser Weise nicht fortgesetzt worden. Der Herausgeber hat vielmehr vorgezogen, die Kreise einzeln zu bearbeiten, und hat unter den Eingangs genannten allgemeinen Titel nicht nur die Lieder (nebst Melodien) verzeichnet, sondern eine Beschreibung und Darstellung alles dessen gegeben, was ethnographisch und volksthümlich bemerkenswerth ist, wobei auch die Sprache, Ortsnamen, Beschreibung des Landes u. s. w. mit zugezogen sind. Es schliesst sich also nach neuem Plan an:
II. Serie. Sandomirskie (zwyczaje etc.) — Gewohnheiten etc. aus dem Kreise Sandomir. 1865. 283 pp. mit Holzschnitten im Text u. 2 col. Tafeln (Trachten).
III—IV. Serie. Kujawy — Kujawien. 2 Bde. 1867—69. 347, V; 318, IV pp. mit Holzschn. im Text und 2 col. Tafeln (Trachten).
V—VIII. Serie. Krakowskie — aus dem Krakauer Gebiet. 4 Bde. 1871—75. VIII, 384; V, 540; VI, 354; VII, 368 mit Abbildgn.
IX—XIII. Serie. W. Ks. Poznańskie — Aus dem Grossherzogthum Posen. 5 Bde. 1875—1880. IV, 320; II, 388; IV, 248; VIII, 335; XV, 212 pp. mit Abbildgn.
Die in der 1. Serie (aus Gesammt-Polen) enthaltenen Lieder sind in den folgenden den einzelnen Kreisen gewidmeten Serien nicht wiederholt.

Korytkowski, Jan. Jan Łaski, arcybiskup gnieznieński, primas Królewstwa polskiego i W. księstwa litewskiego. Gniezno 1880. 4. 90 pp. 2 ℳ 50 ₰
Jan Łaski, Erzbischof von Gnesen, Primas von Polen und Litauen.

Kubala, L. Szkice historyczne, serya I. Lwów 1880. 8. 332 pp. 12 ℳ
Historische Skizzen. I. Serie. Inhalt: Der Königssohn Joh. Kasimir;

iteratura poznańska w pierwszéj połowie bieżącego stulecia. Poznań 1880. 8. 196 pp. 5 ℳ

Die Literatur zu Posen in der 1. Hälfte des 19. Jahrh.

latusiak, Szymon. Gwara Lasowska w okolicy Tarnobrzega, studyum dialektyczne. Kraków 1880. 8. 109 pp.

Die Lasower Mundart in der Umgegend von Tarnobrzeg. Eine dialekt. Studie.

lecherzyński, Karol. Historya literatury polskiéj dla młodzieży opowiedziana w krótkości. 2 wyd. Kraków 1880. 8. XX, 424 pp. 6 ℳ

Kurze Geschichte der poln. Literatur für die Jugend. 2. Aufl.

lilkowski. Galicya i Wschód, przyczynek do historyi powstania r. 1863. Poznań 1880. 8. 208 pp. 5 ℳ

Galizien und der Orient. Ein Beitrag zur Geschichte des Aufstandes im Jahre 1863.

rda, Napoleon. Album widoków, przedstawiających miejsca historyczne Księstwa poznańskiego i Prus zachodnich, zrysowane z natury. Pińsk 1880. Fol. 45 ℳ

Album von Ansichten historischer Oertlichkeiten im Herzogthum Posen und Westpreussen, nach der Natur gezeichnet.

arczewski, A. J. Regestr poborowy województwa kaliskiego, 1618—1620. Warszawa 1879. 8. VIII, 304 pp. 10 ℳ

Das Steuerregister der Wojewodschaft Kalisz, 1618—1620.

arylak, Piotr. O elegiach i odach łacińskich Jana Kochanowskiego z uwzględnieniem poetów klasycznych. Lwów 1880. 4. 12 pp. Progamm.

Ueber die lateinischen Elegien und Oden des Johann Kochanowski mit Bezug auf die classischen Dichter.

odania i legendy polskie, ruskie i litewskie, zebrał Łucyan Siemieński, illustrował Władysław Motty. Zesz. I. Poznań 1880. Imp.-Fol. mit 4 Karten, Text (polnisch u. französisch) u. 4 Photogr. 28 ℳ

Polnische, russische und litauische Ueberlieferungen und Legenden, gesammelt von L. Siemieński, illustr. von W. Motty. 1. Heft.

sałterz Puławski. Z kodeksu pergaminowego księcia Władysława Czartoryskiego. Przedruk homograficzny wykonali Adam i Stanisław Pilińscy. Nakładem Biblioteki Kórnickiéj. 1880. 16. 35 ℳ

Der Psalter von Puławy. Aus dem Pergamentcodex des Fürsten Władysław Czartoryski. Facsimilirter Ueberdruck der Handschrift in Photolithographie mit den Miniaturen, hergestellt von Adam und Stanisław Piliński. Verlag der Bibliothek zu Kornik. 1 Bl. Titel in Buchdruck, 311 unpaginirte Blätter mit Signatur 1—20, 14 Zeilen Text auf der Seite.

ymarkiewicz, Jan. Kolebka dom i grób Jana Kochanowskiego, czyli Sycyna, Czarnylas i Zwoleń jaki dziś przedstawiają widok. Poznań 1880. 8. 130 pp. 2 ℳ

Wiege und Grab des Joh. Kochanowski (Sycyna, Czarnylas und Zwoleń in ihrem jetzigen Zustand).

ieniawski. Pogląd na dzieje Słowian zachodnio-północnych miedzy Łabą (Elbą) a granicami dawnéj Polski od czasu wystąpienia ich na widownię dziejową aż do utraty politycznego bytu i znamion narodowych. Gniezno 1881. gr. 8. V, 469, X pp. 10 ℳ

Ein Blick auf die Geschichte der nord-westlichen Slaven zwischen der Elbe und den Grenzen des ehemaligen Polens von ihrem Eintritt in die Geschichte bis zum Verlust ihrer politischen Selbständigkeit und volksthümlichen Merkmale.

Ein slavischer Pendant zu Giesebrecht's „Wendische Geschichten“.

łownik geograficzny Królewstwa polskiego i innych krajów słowiańskich, wydany pod redakcyą Filipa Sulimierskiego, Bronisława Chlębowskiego, Władysława Waleskiego. Tomu I. zesz. 1—9. Warszawa 1880. 4. 720 pp. 28 ℳ 80 ₰

Geographisches Wörterbuch des Königreichs Polen und anderer slavischer Länder, herausg. unter Redaction von F. Sulimierski, B. Chlebowski

Spadek literacki a polityczny po A. Wielopolskim. Poznań 1880. gr. 8. 126 pp.
Der literarische u. politische Verfall nach A. Wielopolski. 4 ℳ 50 ₰

Stadnicki, Kasimierz. O tronie elekcyjnym domu Jagiellonów w Polsce. Lwów 1880. 8. 98 pp. 2 ℳ 50 ₰
Ueber den Wahlthron des Hauses Jagello in Polen.

Stronczyński, K. Legenda obrazowa o św. Jadwidze, księżnie szłąskiéj, według rękopisu z r. 1353 przedstawiona i późniejszymi téjże treści obrazami porównana. Kraków 1880. 4. VII, 264 pp. mit Atlas. 18 ℳ
Die bildliche Legende von der heiligen Hedwig, Fürstin von Schlesien, dargestellt nach einer Handschrift vom Jahre 1353 und verglichen mit spätern Bildern desselben Inhalts.

Lausitzisch-Serbisches (Wendisches).

Časopis Maćicy Serbskeje. Redaktor Michał Hórnik. Lětnik XXXIII. 2 zeš. (Cyłeho rjada čo. 61—62). Budyšin 1880. 172 pp. à Heft 1 ℳ 25 ₰
Zeitschrift der Maćica Serbska. Jahrg. XXXIII. 2 Hefte. (Der ganzen Folge Nr. 61—62.)
Inhalt: 1. Heft. Pful, Der Auslaut „dło"; das Wort „twjerdy". — M. Hórnik, Das Futurum mit „du"; der Verein zur Unterstützung studirender L-Serben und seine Statuten. — E. Muka, Frenceliana. — Statuten der niederserb. Abtheilung der M. S. — Volks- und Kunstpoesie (auch niederserb.) u. a.
2. Heft: K. A. Jenč, Das Schriftthum und die Schriftsteller der niederlaus. Serben (auch separat, s. unten). — M. Hórnik, Ueber die weitere Ausbildung unserer Schriftsprache und ihre Annäherung ans Niederserbische. — J. E. Wjelan, Vom anthropolog. Congress in Berlin. — Ein Volkslied.
—— —— Lětnik I—XXXII. (Cyłeho rjada čo. 1—60). 1848—1879. 75 ℳ
Einzelne Hefte 1 ℳ 25 ₰

Jenč, K. A. Pismowstwo a spisowarjo delnjołužiskich Serbow wot (1548) 1574—1880. Lipsk 1881. 8. 82 pp. S-A. 1 ℳ 50 ₰
Das Schriftthum und die Schriftsteller der niederlausitzer Serben von (1548) 1574—1880.
Das erste vollständige, bis zur Gegenwart reichende Verzeichniss aller im niederlausitzisch-serbischen Dialekt bekannter Drucke und Handschriften mit bibliographischen und historisch-kritischen Bemerkungen, eingetheilt in 12 Rubriken (1. Grammatiken, 2. Wörterbücher etc.). Darauf folgen in drei Alphabeten die Biographien der Personen, welche in diesem Dialekt geschrieben haben, und schliesslich die Zusammensellung einiger Abhandlungen, Werke, Zeitungsartikel in deutscher Sprache, welche die Niederlausitzer-Serben betreffen.

Čechische Literatur.

Brus jazyka českého, který sestavila kommisse širším sborem Matice zřízená. 2. rozm. vyd. V Praze 1881. Lex. 8. XV, 296 pp. 5 ℳ
Der čechische Sprachpurist, zusammengestellt von einer dazu erwählten Matica-Commission.

Čech, Svatopluk. Nová sbírka veršovaných prací. V Praze 1880. 8. 248 pp. 3 ℳ 80 ₰
Neue Gedichte: Europa. Tscherkesse. Im Schatten der Linde. Winternacht. Handžar. Auf Havlas' Grab.

Čelakovský, Fr. L. Růže stolistá. Báseň a pravda. S podob. spisov. V Praze 1880. 8. 54 pp. 1 ℳ 20 ₰
Die Centifolie. Dichtung und Wahrheit. Mit dem Porträt Čelakovský's.

Durdík, Jos. O letorách. Rozprava psychologická. 2. vyd. V Praze 1880.

ërben, K. J. Kytice z básní. 5. vyd. S podobiznou. V Praze 1880. 8. 16, 176 pp. 3 M
Liederstrauss. 5. Aufl. Mit Portrait.

Frič, Jos. V. Sebrané spisy veršem i prosou. 4 sv. V Praze 1879—80. 8. 146; 178; 112; 162 pp. 10 M
Gesammelte Schriften in Versen und Prosa. 4 Hefte.

Hálek, V. Spisy prosou. Nové, laciné vydání. V Praze 1880. 8. 323 pp. 2 M
Prosaische Schriften. Neue wohlfeile Ausgabe. Inhalt: Erzählungen und Humoresken.

Hálek, V. Večerni písně. Páté vyd. V Praze 1880. 12. 72 pp. 1 M 50 Pf
Abendlieder. 5. Aufl.

Herites, Fr. Arabesky a kresby. Část' I. V Praze 1880. 8. 144 pp.
Arabesken und Zeichnungen. 1. Thl. 2 M 50 Pf

Holeček, Jos. Rozmanité čtení. V Praze 1881. 8, 215 pp. 3 M
Mannichfaches. — „Ueber unsere literarischen Verhältnisse“, ferner Erzählungen, Humoresken u. s. w.

Jamot, B. E. Příroda a lidé. Kresby. V Praze 1880. 8. 189 pp. 3 M
Natur und Leute. Zeichnungen, vielfach mit specieller Rücksicht auf Böhmen.

Jelinek, Bohd. Spisy veršem i prosou. V Praze 1880. 8. 124 pp. 2 M 50 Pf
Schriften in Vers und Prosa.

(Kalaš, J.) Jak ruský literární historik A. N. Pypin píše o novější krasné historické literatuře české. Obrannym úvodem opatřil ***. V Praze 1881. 8. 23 pp. 60 Pf

Čechische Uebersetzung des Theils von Pypin's Slav. Literaturgeschichte, welcher die neuere čechischeBelletristik behandelt, mit einer Einleitung und Bemerkungen zur Vertheidigung Pypin's gegen die absprechende Kritik jenes Theils von J. V. Sládek (in Lumír 1880. Nr. 36). Eine zweite Vertheidigung von A. Kotík enthält der „Světozor“ 1881. Nr. 3.

Komenský, J. A. Janua linguarum reserata aurea. Zlatá brána jazykův otevřená aneb planiště všech řečí a umění. Nové vydání. V Praze 1880. 8. X, 122 pp. 3 M

Krásnohorská, Eliška. K slovanskému jihu. Básně. V Praze 1880. 8. 244 pp. 4 M
Zum slavischen Süden. Gedichte.

Langer, Jaroslav. Spisy. Díl I—II. 2. vyd. V Praze 1880. 8. 368; 6-1 pp.
Werke. Bd. 1 u. 2. 2. Aufl. 4 M

Mácha, K. H. Spisy prosou. Nové, laciné vydání. V Praze 1880. 8. 498 pp.
Prosaische Schriften. Neue wohlfeile Ausg. 2 M

Miltner, Jan Boh. Účast' Čechů v obraně Vídně proti Turkům 1529. V Hradci Králové 1880. 8. X, 122 pp.
Der Antheil der Čechen an der Vertheidigung Wiens gegen die Türken 1529.

Národ sobě. List pamětní vydaný v prospěch českého divadla národního péčí Umělecké Besedy. V Praze 1880. Fol. 20 pp.
1 M 50 Pf; auf Velinpapier 4 M
Das Volk sich selbst. Eine Publication im Genre von „Paris-Murcie“ zum Besten des čech. Nationaltheaters veranstaltet von der čech. Künstlergesellschaft in Prag.

Němcová, Božena. Národní báchorky a pověsti. Díl I—II. V Praze 1880. 8. 316; 364 pp. 8 M
Volksmärchen und Erzählungen. 1. u. 2. Bd.

Pinkas, Ota. Cesta po Španělích. S vyobr. V Praze 1880. 4. X, 186 pp.
Reise in Spanien, mit zahlreichen Abbildungen, Karten u. Plänen. 15 M

Pank, Jos. Čechy. Krátký popis země, obyvatelstva, jeho života, dějin, jazyka a literatury. S mapou Čech. V Praze 1880. 8. 32 pp 90 Pf

Svod zákonův slovanských (Сводъ славянскихъ законовъ). Zpořadal Hermenegild Jireček. V Praze 1880. 8. XXVIII, 596 pp. u. Register. 15
Codex slavischer Gesetze. Zusammengestellt von Hermenegild Jireček.
Das Werk enthält in vollständigen Originaltexten:
1) Russische und litauische Gesetze: Den Vertrag des Fürsten Oleg mit den Griechen 912; den Vertrag des Fürsten Igor mit den Griechen 945; die Pravda Russkaja (in zwei Abschriften); das Recht Novgorods mit den Deutschen 1189—1199; das Recht des Fürsten von Smolensk mit Riga 1229; die Ordnung (rjad) des Fürsten von Smolensk mit Riga (1240—50); die statuarische Urkunde, welche den Bewohnern des Gebiets an der Dvina 13.. gegeben wurde; die Gerichtsurkunde von Pskov; das Statut des Königs Vladislav II. für Litauen 1420—23; das Gerichtsbuch des Königs Kazimir für Litauen 1468; die Gerichtsurkunde von Novgorod 1471; der Vertrag Novgorod's mit dem polnischen König Kazimir IV. 1471; das Gerichtsbuch des Grossfürsten Johann Vasiljevič 1497; das Litauische Statut 1529 (p. 1..—233); das Gerichtsbuch des Zaren Ivan Vasiljevič 1550.
2) Serbische Gesetze: Das Gesetzbuch des Zaren Stephan Dušan (in 3 Redactionen; pag. 273—339); die Verträge Ragusa's mit dem Ban von Bosnien (1332), dem König von Serbien (1349), mit der Zeta (1386), dem König von Serbien (1387); das allgemeine Gesetzbuch von Crnagora (Montenegro) und Brda (1798); das Landesgesetz von Montenegro (1855).
3) Kroatische Gesetze: das slavonische Statut 1273; das Statut von Vinodol 1289; das Policer Statut 1400; Gesetzliche Bestimmungen über die Zadruga (Hauscommunion), 5 verschiedene, aus den Jahren 1807—1874.
4) Čechische Gesetze: Fragmente von Liedern aus der Grüneberger Handschrift; Decreta Brecislai I. 1039; Privilegium Theutonicorum Pragensium 1178; Statuta ducis Ottonis (1229—1237); Privilegium ecclesiasticorum 1222; Decretum comitiorum regni Boemiae 1266; ein Fragment aus der Majestas Carolina 1346—1348; Ordnung des Landrechts.
5) Polnische Gesetze: Statuta Wislicensia I 1348; Statuta Wislicensia II; Statuta Wartensia 1423.
Die Einleitung enthält antiquarische und literarische Angaben über jedes einzelne Schriftdenkmal. Durch Zusammenstellung des gesammten Materials wird die Erforschung des slavischen Rechts wesentlich erleichtert. Der Herausgeber will zu dem Zweck noch ein slavisches „Lexikon juridischer Ausdrücke" auf Grund aller zugänglichen Quellen folgen lassen.

Šembera, A. V. Kdo sepsal Kralodvorský rukopis roku 1817? Ve Vídni 1880. 8.
Wer ist der Verfasser der Königinhofer Handschrift?

Špatný, Frant. Německo-český slovník pro koželuhy, jircháře atd. — s seznamem veškerých tovaren na kůže atd. Sestavil Em. Procházka. V Praze 1880. 8. 272, 93 pp. 5
Čechisch-deutsches Wörterbuch für Loh-, Weissgerber u. s. w., mit einem Verzeichniss verschiedener Lederwaaren.

Vrchlický, Jaroslav. Dojmy a rozmary. Básně. V Praze 1880. 8. 224
Eindrücke und Launen. Gedichte. 3 ℳ 80

Vymazal, Fr. Dějiny německé národní literatury. Podle Kluge, Kurze a jiných. V Brně 1879. 8. 114 pp. 1 ℳ 80
Geschichte der deutschen Literatur, nach Kluge, Kurz u. a.

Vymazal, Fr. Rukopis Zelenohorský a Kralodvorký s úvodem a výkladem ku potřebě školní i soukromé. V Brně 1879. 8. 111 pp. 1 ℳ 50
Die Grüneberger und Königinhofer Handschrift mit Erklärungen für den Schul- und Privatgebrauch.

Zeyer, Julius. Roman o verném přatelství Amise i Amila. V Praze 18.. 8. 263 pp. 4
Roman von der wahren Freundschaft des Amis und Amil.

Zeyer, Julius. Vyšehrad. Kruh epických básní. V Praze 1880. 8. 206 pp. 4
Vyšehrad. Ein Cyklus epischer Lieder.

Slovakisches.

nihovna českoslovanská. Pořádá Rud. Pokorný. I. V Praze 1880. 8. 4 ℳ
Čecho-slovakische Bibliothek. I.: Spevy Jana Botto (Lieder von J. Botto). 234 pp. mit Portr. und musikal. Beil.

ovesti, Prostonarodnie slovenské. Usporiadal a vydáva Pavol Dobšinský. Seš. 1—3. Turč. Sv. Martin 1880. 8. 96; 96; 96 pp. mit je 1 Titelholzschn.
Slovak. Volkssagen. 1.—3. Heft. Jedes Heft 1 ℳ 60 ₰
Die Sagen sind an verschiedenen Ortschaften, unter Beibehaltung der Ortsmundarten, und von verschiedenen Personen, die bei jeder Sage mit Namen angeführt sind, gesammelt. Im Druck erscheinen sie hier zum erstenmal.

)evy, Slovenské. Vydávajú priatelia slovenských spevov. Sošit 1—3. Turč. Sv. Martin 1880. Lex. 8. oder 4. VIII, 120 pp. 9 ℳ
Slovakische (Volks-)Lieder mit Melodien.

Serbisch-kroatische Literatur.

рхив, Српски, за целокупно лекарство. Издаје српско лекарско друштво у Београду. Одељак први, књига шеста. У Београду. 8. 540 pp. 3 ℳ 50 ₰
Auch mit latein. Titel: Archivum serbicum pro universa et arte medica recipienda. Editum a societate medicorum serbicorum Belgradensi. Sectio prima, liber sextus. Belgradi.

— —— књига I—V (liber I—V). 7 ℳ 50 ₰

ржавопис Србије. Свеска X. Из статистичког одељења министерства финансије. У Београду 1880. 4. 341 pp. 6 ℳ
Auch mit französ. Titel: Statistique de la Serbie. Volume X. Belgrad.

— —— Свеска II—IX (vol. II—IX). à 6 ℳ

ın, Matija. Marojica Kaboga. Tragedija u 5 čina. U Dubrovniku 1880. 8. XXIV, 123 pp. mit 2 Abbildgn. 2 ℳ 70 ₰
Marino Caboga. Tragödie in 5 Acten. Mit Ban's Biographie und Porträt, sowie einer histor. Einleitung von Djuro Dević.

ežolić, G. Stj. Hrvatska norodnost iliti duša hrvatskoga naroda. Poviestno-filosoficka rozprava. Zagreb 1880. 16. 416 pp. 1 ℳ 80 ₰
Die Seele des kroatischen Volksthums. Eine historisch-philosoph. Abhandlung.

ım, Hrvatski. Zabavnik hrvatske omladine za godinu 1880. Izdalo ga djačko družtvo „Hrvatski dom“ na I. hrvatskom sveučilištu. Godina IV. U Zagrebu 1880. 8. XXIV, 338 pp. u. Anzeigen. 4 ℳ 50 ₰
Das kroatische Haus. Almanach der kroatischen Omladina (Jugend) für das Jahr 1880. Herausgegeben vom Studentenverein auf der Universität zu Agram, mit dem Porträt von deren erstem Rector Mesić.
Den Inhalt bilden Gedichte, Erzählungen und belehrende Artikel.

урић, Стеван. Изложба Крстићевих слика. У Београду 1880. 16. 115 pp.
St. Djurić. Die Ausstellung der Bilder von Krstić. Belgrad.

vatska. Knjiga za godinu 1880. Napisala i izdala ju hrvatska mladost stranke prava. Sa slikom. U Zagrebu 1880. 8. X, 260 pp. 4 ℳ 50 ₰
Kroatien. Ein ähnliches Album für 1880, wie „Hrvatski dom“, aber von demjenigen Theil der kroatischen Jugend herausgegeben, welcher sich zur Rechtspartei hält. Mit Biographie und Portrait Eugen Kvaternik's.

иланович, J. J. Српска стенографија, по Габелсбергском систему. У Београду 1880. 8. II, 73 pp.
J. J. Milanović. Serbische Stenographie nach dem Gabelsberger'schen System. Belgrad.

илићевић, Ђ. М. Летње вечери. Приче из народног живота у Србији. У Београду 1880. 16. 340 pp.
Dj. M. Milićević. Sommerabende. Erzählungen aus dem Volksleben

Миодраговић, J. Загоркиња или живот наш у шуми и без шума с једном фотографском сликом српског сељака. У Београду 1880. 16. XXII, 150 pp.
J. Miodragović. Die Waldvila. Belgrad. 2 ℳ
Aufforderung zur Schonung und Pflege des Waldes unter Darlegung seines Nutzens, seiner Verbreitung und seines wirklichen Zustandes in Serbien, mit zahlreichen Citaten aus der serbischen Volks- und Kunstpoesie. Die Einleitung schildert den Typus eines serbischen Bauers mit dessen Photographie.

Pavić, Armin. Estetična ocjena Gundulićeva Osmana. Zagreb 1879. 8. 40 pp.
Aesthetische Würdigung von Gundulić's Osman. 1 ℳ 20

Пелагић, Васа. Путовање у накрст око земље. 2. изд. У Новому Саду 1880. 16. 510 pp.
Vasa Pelagić. Kreuz- und Querwanderungen um die Erde. Neusatz.

Pisci, Stari, hrvatski. Na svijet izdaje jugoslavenska akademija znanosti i umjetnosti. Knjiga XI. U Zagrebu 1880. gr. 8. XV, 257 pp. u. Inhalt. 4 ℳ 80
Alte kroatische Schriftsteller, herausgegeben von der Südslav. Akademie der Wissenschaften und Künste. 11. Band.
Der Band trägt auch den Specialtitel: „Pjesme Miha Bunića Babulinova, Maroje i Oracija Mažibradića, Marina Barešića" (Lieder von M. Bunić, M. u. H. Mažibradić, M. Barešić). Der Text ist von S. Žepić redigirt. Die Biographien der Dichter (in der Vorrede) sind vom Präses der Akademie F. Rački verfasst.
In den „Stari pisci" werden namentlich die Werke der Dichter der ragusanischen Periode publicirt, unter Beifügung von deren Biographien.

—— —— Knjiga I—X. 1869—1878. 66 ℳ
Band 1—10, auch einzeln verkäuflich: 1. Bd., enthaltend die Lieder von M. Marulić. 5 ℳ — 2. Bd.: Menčetić. 5 ℳ — 3. u. 4. Bd.: Vetranić Čavčić. 2 Bde. 12 ℳ 50 ₰ — 5. Bd.: Dimitrović und N. Nalješković. 5 ℳ — 6. Bd.: P. Hektorović und H. Lucić. 5 ℳ — 7. Bd.: M. Držić. 8 ℳ — 8. Bd.: N. Nalješković, A. Čubranović, Pelegrinović, Mišetić und die „Jedjupka" eines unbekannten Dichters. 4 ℳ 60 ₰ — 9. Bd.: Ivan F. Gundulić. 14 ℳ — 10. Bd.: F. Lukarević. 7 ℳ

Поповић, Сима. Освојење Никшића. Спјев. У Новоме Саду 1880. 8. 191 pp. mit 1 Abbildung. 3 ℳ 50
S. Popović. Die Aneignung von Nikšić. Eine Dichtung. Neusatz.

Поповић, Стерија Јован. Даворје. Са отвореним писмом Јована Ристића. I—II. Панчево 1880. 16. 64 pp.
Sterija Joh. Popović. Kriegslieder. I—II. Pančova.
Bildet in „Народна библиотека" (Volksbibliothek) Nr. 1 u. 3.

Rad jugoslavenske Akademije Znanosti i umjetnosti. Knjiga LI. U Zagrebu 1880. 8. 2 Bl., 212 pp. 4 ℳ
Arbeit der Südslavischen Akademie der Wissenschaften. 51. Buch.
Inhalt: L. Vukotinović, Neue Formen der Eichen und andere Beiträge zur kroatischen Flora. — M. Valjavec, Die Bildung des Imperfects im Altslavischen mit Bezug auf die im Kroatischen oder Serbischen und dann in der Kajkavština. — F. Rački, „Scriptores rerum croaticarum" vor dem 12. Jahrh.

—— —— Knjiga LII. 1880. 2 Bl. 272 pp. 4 ℳ
52. Buch. F. Marković, Aesthetische Würdigung von Gundulić's Osman (Schluss). — Fr. Rački, Weisskroatien und Weissserbien. — S. Brusina, Ein Decennium unserer zoolog. Literatur (1867—1877).

—— —— Knjiga LIII. 1880. 2 Bl. 227 pp. 4 ℳ
53. Buch. O. Utiešenović, Biographie des Cardinals Georg Utiešenović genannt Martinusius. — S. Ljubić, Ueber die Beziehungen der Republik Venedig zu der Republik Ragusa vom Anfang des 16. Jahrh. bis zu deren Verfall. — J. Torbar, Die Sonenflecke mit Bezug auf die meteorolog. Erscheinungen der Erde (mit 1 Tafel in fol.) — Zwei mathem. Abhandlungen

ad jugoslavenske Akademije Znanosti i umjetnosti. Knjiga LIV. 1880. 2 Bl. 236 pp. 4 ℳ

54. Buch. O. Utiešenović, Biographie des Cardinals G. Utiešenović (Schluss). — S. Ljubić, Ueber die Beziehungen etc. (Schluss). — F. Rački, Der russ. Historiker S. M. Solovjev, Nekrolog. — J. S. Hanĕl, Das Rechtsleben in der Gemeinde zu Spalato.

— — Knjiga I—L. 1867—79. 190 ℳ

Einelne Bände 3 ℳ 50 ₰ — 4 ℳ

'истић, Јов. После бомбардирања Београда. I. У Београду 1880. 8. 38 pp.

Joh. Ristić. Nach dem Bombardement von Belgrad. Belgrad.

'рпић, Величко. Милан С. Милојевић у Призрену и његовој околини. У Београду 1880. 8. 106 pp.

V. Trpić. Milan S. Milojević in Prizrend u. seiner Umgebung. Belgrad.

Іапчанин, Милорад П. Невеста Љутице Богдана. Спев. Београд 1880. 16. II, 67 pp.

Milor. P. Šapčanin. Die Braut des Ljutica Bogdan. Eine Dichtung. Belgrad.

Іематизам, Трговачки, Кнежевине Србије. Београд 1880. gr. 8. II, 36, II, 72 pp. 3 ℳ 50 ₰

Handelsadressbuch Serbiens. Deutsch und serbisch.

tojanović, Mijat. Slike iz života hrvatskoga naroda po Slavoniji i Sriemu. U Zagrebu 1881. 8. XIII, 267 pp. 4 ℳ

Bilder aus dem kroatischen Volksleben in Slavonien und Syrmien.

Naturschilderungen, Reiseskizzen, volksthümliche Erzählungen u. s. w., zuletzt Schilderung der Sitten und Gebräuche bei der Taufe, Hochzeiten, Begräbniss u. s. w.

ulek, Bog. Jugoslavenski imenik bilja. Zagreb 1879. 8. XXIII u. 564 pp.

Südslavische Nomenclatur der Pflanzen. 4 ℳ

Slovenisches.

etopis Matice Slovenske za leto 1879. Vredil Janez Bleiweis. V Lubljani 1879. 8. II, 290 pp. 3 ℳ

Jahrbuch der slovenischen Matica für 1879.

Inhalt: P. Radics, Die sloven. Sprache im Verkehr, in der Schrift, in den Schulen und Aemtern. — F. Hubad, Skizzen über slav. Alterthümer. — M. Vodušek, Johann V. Popovič (Geograph † 1774). — F. Erjavec, Aus der Reisetasche (Sammlung sloven. Pflanzen- und Thiernamen; p. 118—147). — J. Navratil, Neue Briefe über Bosnien und die Hercegovina. — Sloven. Bibliographie u. a.

— — za leto 1876. Uredil M. Pleteršnik. 1876. 8. 270 pp. 2 ℳ 50 ₰

Inhalt: D. Terstenjak, Slavische Elemente im Venetianischen. III. — J. Parapat, Beiträge zur Geschichte krainerischer Städte; Numismat. Erinnerungen von 1848 u. 1849. — J. Starè, Politische und volksthümliche Namen. — Sloven. Bibliographie u. a.

— — za leto 1877. Uredil Janez Bleiweis. 1877. 8. IV, 394 pp. 3 ℳ

Inhalt: Biographische Skizzen (F. Palacký, N. Karamzin). — D. Terstenjak, Slavische Elemente im Venetianischen. IV. — M. Valjavec, Proben der sloven. Sprache in Ungarn. — Briefe von Jarnik an Stanko Vraz. — L. Gorenjec, Die Hauscommunion der Südslaven (nach Bogišić). — J. Bleiweis, „Ain newes lied von den krainerischen bauern“ (mit Facsimile. Der erste Druck, in welchem sloven. Worte vorkommen). — P. Radics, Valvasor mit Bezug auf das Slaventhum (p. 251—323). — Sloven. Bibliographie u. a.

— — za leto 1878. 4 Thle in 2 Bdn. 1878. 8. VI, 191; IV, 265 pp. 3 ℳ 50 ₰

Inhalt: R. B., Alt- und neuslovenische sprachwissenschaftl. Skizzen. — P. Radics, Thomas Chrön, sloven. Dichter, Mäcen u. s. w. — B. Božidar, Jroslav Caf. — J. Navratil, Montenegrin. und serbische ärztliche Empiriker; Briefe aus Bosnien und der Hercegovina. — Sloven. Bibliographie u. a.

Bulgarisches.

Захарiевъ, Стефанъ. Географико-историко-статистическо описание на Татаръ-Пазарджикѫ-тѫ каазѫ съ еднѫ хартѫ и таблицѫ. Віена 1870. 80 pp. 6 [illegible]

St. Zachariev. Geographisch-historisch-statistische Beschreibung [illegible] Bezirks von Tatar-Pazardschik, mit einer Karte desselben und einer Ta[illegible] Abbildungen alter Denkmäler (meist Inschriften).

Litauisches.

Juškevič, Antanas. Svotbíné réda Velônyčiu Lietûviu Kazań 1880. 120 pp. 2 *M* 25 [illegible]

Hochzeitsgebräuche der Litauer von Velona (Wileny).

Schriften in nichtslavischen Sprachen.

Cybulski, Adalbert. Geschichte der polnischen Dichtkunst in der erst[illegible] Hälfte des laufenden Jahrhunderts (übersetzt von Kurtzmann). 2 Bde. Pos[illegible] 1880. 8. XV, 332; 270 pp. 10 [illegible]

Diefenbach, Lor. Völkerkunde Osteuropas, insbesondere der Hämoshalbin[illegible] und der untern Donaugebiete. 2 Bde. Darmstadt. XXII, 318; VIII, 414 p[illegible] 15 [illegible]

Honegger, J. J. Russische Literatur und Cultur. Ein Beitrag zur Kri[illegible] derselben. Leipzig 1880. gr. 8. X, 360 pp. 6 [illegible]

Enthält nach einem Ueberblick der Geschichte Russlands Erörterung[illegible] über dessen ethnographische, politische, sociale u. s. w. Zustände. D[illegible] 2. Buch ist der Literatur, namentlich im 19. Jahrhundert gewidmet; i[illegible] 3. Buche sind einzelne russische Autoren behandelt, am ausführlichst[illegible] I. Turgenev.

Immisch, H. Die innere Mission unter den Wenden. Vortrag gehalten i[illegible] Evangelischen Vereinshause zu Breslau. Bautzen 1881. 8. 20 pp. 40 [illegible]

Eine Uebersicht der Bestrebungen zur Erhaltung eines volksthüml[illegible] religiösen Lebens bei den protestantischen Wenden in der Ober- und Nied[illegible] lausitz, nebst Aufdeckung von Nothständen in Kirche und Schule, namentli[illegible] im preussischen Antheil und Skizzirung des religiösen Volkscharakters.

Kraszewski, J. I. Ausgewählte Werke. Autorisirte Ausgabe. 1.—10. B[illegible] Wien, 1880—81. 8. 28 [illegible]

Inhalt: 1. u. 2. Die Gräfin Cosel. Historischer Roman. 2 Bde. 31[illegible] 380 pp. 6 *M* — 3. Ulana. Eine Dorfgeschichte. 120 pp. 2 *M* — 4.-6. Sphinx. Roman in sechs Büchern. Aus dem dem Poln. übertragen v[illegible] E. V. Szrajber. 3 Bde. 236; 244; 256 pp. 9 *M* — 7. Der dritte M[illegible] historisches Drama in 5 Aufzügen. Stahl und Stein. Dramat. Sprichwo[illegible] Deutsch von Jul. Meixner. 154 pp. 2 *M* — 8. Wie Herr Paul freite. W[illegible] Herr Paul heiratete. Zwei Erzählungen. Deutsch von Malvina Lande[illegible]berger. 204 pp. 3 *M* — 9.—10. Der verlorene Sohn. Eine Erzählung a[illegible] dem Ende des 18. Jahrhunderts. Aus dem Poln. übertragen von Valeri[illegible] Exner. 2 Bde. 208; 220 pp. 6 *M*

National-Trachten, Oesterreichisch-ungarische, unter Leitung von F. G[illegible] nach der Natur photographirt von J. Löwy. 1. Lfg. Wien 1881. gr. [illegible] 4 Lichtdruckbilder. 6 *M*; colorirt 10 [illegible]

Vollständig in 6 Lieferungen.

Schmidt, J. A. E. Vollständiges russisch-deutsches und deutsch-russisch[illegible] Wörterbuch zum Gebrauch beider Nationen. 3. gänzl. umgearb. Ster.-Au[illegible] 2 Thle in 1 Bde. Leipzig. 1880. gr. 8. VIII, 559; 484 pp. 9 [illegible]

Turgenjeff, Iwan. Die neue Generation. Deutsch von Wilh. Lange. 2. Au[illegible] 4 Bde. Leipzig 1880. 16. 387 pp. 80 *Pf*, geb. 1 *M* 20 [illegible]

Anzeiger für slavische Literatur.

1881.] September. [Nr. 3.

*Der „Anzeiger für slavische Literatur" wird zunächst vierteljährlich erscheinen. Die in demselben angekündigten Werke sind von **F. A. Brockhaus** in Leipzig zu beziehen.*

Russische Literatur.

Андріевскій, М. А. Изслѣдованія текста пѣсни Игорю Святославичу. I. часть, глава 1—4. Екатеринославъ 1879—1880. gr. 8. 316 pp. 13 ℳ

M. A. Andrievskij. Untersuchung des Textes vom Liede an Igor Svjatoslavič. 1. Thl. 4 Kapitel. Jekaterinoslav.

Die Resultate der Untersuchung sind nun in einer neuen Textausgabe angewendet:

Пѣсни Игорю Святославичу (Слово о полку Игоревѣ). По чтенію М. А. Андріевскаго. 1. часть. Екатеринославъ 1880. 1 Bl. 16 pp. 1 ℳ

Die Lieder an Igor Svjatoslavič (Das Lied vom Heereszuge Igors); nach der Lesart des M. A. Andrievskij. 1. Thl. Jekaterinoslav.

Басистовъ, П. Хрестоматія для употребленія при преподаваніи русскаго языка. Курсъ первый. 14. изд. Москва 1879. gr. 8. 368 pp. 3 ℳ

P. Basistov. Chrestomathie zum Gebrauch beim Unterricht in der russischen Sprache. 1. Cursus. 14. Aufl. Moskau.

Enthält prosaische und poetische Stücke „zur Lectüre und Nacherzählung"; fast alle Stücke sind in einfacher volksthümlicher Sprache geschrieben, der russischen Geschichte, der russ. Natur und den russ. Lebensverhältnissen entnommen. Am Schluss sind weniger bekannte Worte erklärt.

— — Курсъ второй. 9. изд. 1880. gr. 9. VIII, 340, IV pp. 3 ℳ

Dasselbe. 2. Cursus. 9. Aufl.

Poetische und prosaische Stücke in Original und Uebersetzung „zur Zerlegung und zu schriftlichen Arbeiten".

Бѣлохъ, П. Учебникъ географіи Россійской Имперіи. 17. изд. Ст. Петерб. 1880. 8. 320 pp. 5 ℳ

P. Běloch. Lehrbuch der Geographie des russischen Reichs. 17. Aufl. St. Petersburg.

Весинъ, С. Очерки исторіи русской журналистики двацатыхъ а трицатыхъ годовъ. Ст. Петербургъ 1881. 8. 601 pp. u. Inhalt. 9 ℳ

S. Vesin. Skizze der Geschichte der russischen Journalistik in den zwanziger und dreissiger Jahren. St. Petersburg.

Das Werk zerfält in zwei Haupttheile: die Journalistik der zwanziger und die der dreissiger Jahre. Jeder davon beginnt mit einer allgemeinen Skizze und Charakteristik der in der betreffenden Periode erschienenen wichtigern Journale. Dann folgt eine Zusammenstellung dessen, was darin über bemerkenswerthe Personen, namentlich Zeitgenossen, ferner dessen, was über charakteristische Vorgänge im gesellschaftlichen Leben gesagt ist, und endlich eine Uebersicht des wissenschaftlichen, kritischen und belletristischen, in der 2. Hauptabtheilung auch des musikalischen Inhalts, häufig mit Excerpten, darunter auch Poesien. Neben russischen sind auch Stoffe aus der deutschen, französischen und englischen Geschichte u. Literatur behandelt.

Гердеръ, Ф. І. Нѣмецко-русскій словарь важнѣйщихъ техническихъ терминовъ употребляемыхъ при описанія и опредѣленіи растеній. Ст. Петербургъ 1881. 8. 36 pp. 1 ℳ 80 ₰

Auch u. dem Titel: F. I. Herder. Deutsch-russisches Wörterbuch der wichtigsten Kunstausdrücke welche bei der Beschreibung und Bestimmung

Гоголь, Н. В. Полное собраніе сочиненій. 4. изд. 4 тома. Москва 1880. 8. 480; 492; 315; 828 pp. 22 *M*

N. V. Gogol. Gesammelte Werke. 4 Bde. Moskau.

Градовскій, А. Трудныя годы (1876—1880). Очерки и опыты. Ст. Петербургъ 1880. 8. VIII, 459 pp. 8 *M*

A. Gradovskij. Die schweren Jahre (1876—1880). Skizzen und Essays. St. Petersburg.

Eine Sammlung von Abhandlungen, welche der Verfasser, Professor der Rechte in St. Petersburg, in den für Russland schweren Jahren des Krieges mit der Türkei und der Attentate unter dem Eindruck der erschütternden Ereignisse in Zeitungen veröffentlichte. Sie spiegeln, wie ihre sympathische Aufnahme bewies, die Stimmung und die Erwägungen eines grossen Theils der russischen Gesellschaft wieder, haben somit die Bedeutung von Memoires und liefern einen wichtigen Beitrag zur Charakteristik der Zeitgeschichte Russlands.

Die Titel der einzelnen Abhandlungen lauten: Die Bedeutung des Ideals im politischen Leben (dem Andenken von Jurij Samarin gewidmet; zwei Vorträge zum Besten der Slaven auf der Balkanhalbinsel). — Eine Charakterskizze des eben genannten Patrioten Jurij Samarin. — Die Nationalitätenfrage. — Der Graf Cavour (nicht lange vor der Einnahme Plewnas geschrieben). — Der Socialismus in Westeuropa und in Russland (p. 127—276: Entwickelung der Arbeiterfrage in Westeuropa; die Elemente derselben; die sociale Revolution; der russische Socialismus; Ursachen und Folgen). — Die Aufgabe der russischen Jugend. — Vergangenheit und Gegenwart (die Jahre 1856 und 1879; Russland und Europa; die Krisis; das neue Russland; die Last des Tages). — Was heisst conservativ sein? — Hoffnungen und Enttäuschungen (die alten und die neuen Zapadniki; Rechte und Functionen einer von den Versuchen der Selbstverwaltung; am Vorabend der Reform; der Erbfehler). — Reformen und Volksthum.

Котляревскій, А. Библіологическій опытъ о древной русской письменности. Введеніе. Воронежъ 1881. 8. 218 pp.

A. Kotljarevskij. Bibliographischer Versuch über die altruss. Literatur. Voronež.

Кулаковскій, П. А. Славянская библіографія. Воронежъ 1880. 8. 16 pp.

P. A. Kulakovskij. Slavische Bibliographie. Voronež.

Леонидъ (архим.). Славанскія рукописи хранящіяся въ ризницѣ свято-троицкой сергіевой лавры. Москва 1880. 8. 51 pp.

Leonid (Archim.) Slavische Handschriften, die in der Schatzkammer des Troicko-Sergievschen Klosters aufbewahrt werden. Moskau.

Литвинова, П. А. Сборникъ народныхъ русскихъ узоровъ для женскихъ рукодѣлій. Кіевъ 1880. qu. 4. 10 Bll. 7 *M* 50 *S*

Frau P. A. Litvinov. Sammlung volksthümlich-russischer Muster für weibliche Handarbeit. Kiew.

Макаровъ, Н. П. Полный русско-французскій словарь. 3. изд. 2 части. Ст. Петербургъ 1880. 8. 409; 510 pp. 20 *M*

N. P. Makarov. Vollständiges russisch-französisches Wörterbuch. 3. Aufl. 2 Thle. St. Petersburg.

—— Полный французско-русскій словарь. 3. изд. 2 части. Ст. Петербургъ 1881. 8. 522; 556 pp. 20 *M*

Vollständiges französisch-russisches Wörterbuch. 3. Aufl. 2 Thle. St. Petersburg.

Максимовичъ, М. А. Собраніе сочиненій. 3 тома. Кіевъ 1876—1880. gr. 8.

M. A. Maksimovič. Gesammelte Werke. 3 Bde. Kiew. 35 *M*

Inhalt: I. Band: Отдѣлъ историческій (Historischer Theil). 1876. VIII, 847 pp. 14 *M*

Dieser Band wurde von der Südwestlichen Abtheilung der k. russischen Geograph. Gesellschaft unter Redaction von V. B. Antonovič herausgegeben u. enhält die Abhandlungen, welche sich beziehen 1) auf die Geschichte Russlands bis zum 13. Jahrhundert, 2) auf die Geschichte des litauischen Russ-

II. Band: **Отдѣлы: историко-топографическій, археологическій и этнографическій** (historisch-topographische, antiquarische und ethnologische Abtheilung). 1877. VII, 524 pp. mit 2 Tfln. Abbildgn. 12 *M*

Mit diesem Bande begann die Kirchlich-Archäologische Gesellschaft die Herausgabe des Werks fortzusetzen, unter Redaction desselben Antonovič. Die Artikel betreffen sämmtlich Kiew (Stadt und Fürstenthum), die Ukraine, überhaupt Kleinrussland. Der ethnologische Theil enthält 4 Abhandlungen über kleinrussische Volkslieder, Dumen, Tage und Monate des ukrain. Bauers.

III. Band: **Языкознаніе. Исторія словесности** (Sprachwissenschaft. Geschichte der Literatur). 1880. IV, 745 pp. 14 *M*

Ohne Angabe eines Redacteurs. Von besonderm Interesse sind die Abhandlungen über die Geschichte der klein-russischen Sprache. Der literarhistorische Theil enthält mehrere Abhandlungen über den Heereszug Igors, und überhaupt über Literatur und Buchdruck in Kleinrussland. Die zu diesem Bande versprochene Biographie Maksimovič's fehlt.

Орнаментъ, Южнорусскій, собранный А. Лисенко. Изданіе И. А. Розова. Кіевъ 1880. gr. 4. 12 lith. Taf. in Mappe. 9 *M*

Auch mit französ. Titel: Les ornements petits-russiens, recueillis par A. Lisenko. Édition de I. A. Rosoff. Kiew.

Die Tafeln enthalten 146 verschiedene volksthümliche Stickmuster aus Kleinrussland, elegant in Buntdruck ausgeführt.

Письма къ М. П. Погодину изъ славянскихъ земелъ (1835—1861). Съ предисловіемъ и примѣчаніями Нила Попова. 3 выпуска. Москва 1879—1880. XVIII, 744, II, IV pp. 12 *M*

Briefe an M. P. Pogodin aus den slavischen Ländern (1835—1861). Mit einem Vorwort und Bemerkungen von Nil Popov. 3 Hefte. Moskau.

Inhalt: 1. Heft: **Письма О. М. Бодянскаго** (Briefe von O. M. Bodjanskij). — 2. Heft: **Письма П. І. Шафарика** (Briefe von P. I. Šafařík; p. 137—448). — 3. Heft: Briefe von verschiedenen andern slavischen Gelehrten (Kopitar, Miklosich, Kollár, Hanka, Maciejowski, Golovackij, Karadžić u. a.).

Письма о современномъ состояніи Россіи 11го апрѣля 1879 — 6го апрѣля 1880. Лейпцигъ, Ф. А. Брокгаузъ, 1881. VI, 148 pp. 2 *M* 50 *Pf*

Briefe über die gegenwärtige Lage Russlands. 11. April 1879 — 6. April 1880. Leipzig.

Diese von zwei hochgestellten Russen verfassten Briefe sollen schon dem Kaiser Alexander II. im Manuscript vorgelegt worden sein; sie behandeln mit grosser Sachkenntniss und mit Freimuth die Uebelstände, an denen Russland leidet, und bezeichnen die Wege, auf denen eine Besserung der Zustände und Reformen möglich sind.

Von der Schrift erschien gleichzeitig eine deutsche Uebersetzung:

Briefe über die gegenwärtige Lage Russlands. 11. (23.) April 1879 — 6. (18.) April 1880. Aus dem Russischen übersetzt. Leipzig, Brockhaus, 1881. 8. XI, 160 pp. 2 *M* 80 *Pf*

Пѣсни, Историческія, малорусскаго народа съ объясненіями Вл. Антоновича и М. Драгоманова. Томъ I. Кіевъ 1874. gr. 8. XXIV, 336 pp. 5 *M* 50 *Pf*

Historische Lieder des kleinruss. Volkes mit Erklärungen von V. Antonovič und M. Dragomanov. 1. Bd. Kiew.

Eine kritische Bearbeitung der genannten Volkslieder mit Varianten und Erklärungen, die insbesondere dazu beitrug, die Lieder von den Fälschungen und Nachbesserungen der Sammler zu befreien. Leider ist nicht mehr als dieser eine Band erschienen; er enthält die Lieder aus der Periode der Gefolgschaften und Fürsten, ferner (2. Abtheil.) aus der Kosakenzeit die Lieder, welche sich auf die Kämpfe mit den Tataren und Türken beziehen.

Пѣсни, Чумацкія народныя. И. Я. Рудченка. Кіевъ 1874. 8. VII, XIII, 257 pp. mit 3 Bll. Melodien. 4 *M* 50 *Pf*

Čumakische Volkslieder, herausgeg. von I. J. Rudčenko. Kiew.

Enthält 72 Lieder der angegebenen Art mit Varianten aus den vorhandenen handschriftlichen und gedruckten Sammlungen kleinruss. Lieder die zugleich dem Herausgeber als Hauptquelle für die der Sammlung vorausgeschickten ethnographischen Skizze über die Čumaken (p. 1—78) gedient haben.

Сборникъ государственныхъ знаній, подъ редакціею В. И. Безобразова. Томъ I—VIII. Ст. Петербургъ 1874—1880. gr. 8. 96 ℳ Einzelne Bände à 12 ℳ

Sbornik der Staatswissenschaft. Unter Redaction von V. P. Bezobrazov. Bd. I—VIII. St. Petersburg.

Es ist dies eine Art Zeitschrift für Staatswissenschaften im weitesten Sinne, von der ursprünglich jährlich 2 Bände (von je 300—400 pp.) erschienen, für 1879 und 1880 aber nur je 1 Band vorliegt. Jeder Band enthält eine Reihe grösserer Abhandlungen, dann kritische und bibliographische Artikel (auch über nichtrussische Literatur), zuletzt eine Uebersicht der Bewegungen in der Gesetzgebung und in der Staatsverwaltung.

Hauptmitarbeiter sind: I. E. Andreevskij (für Polizeiwesen), M. I. Gorčakov (für Kirchenrecht), A. D. Gradovskij (für Staatsrecht), F. A. Martens (für internationales Recht) V. J. Snĕgirev und P. V. Kalačov (für Geschichte des russ. Rechts), I. E. Janson (für Statistik), G. A. Leer (für Militärisches), F. G. Terner (für Nationalökonomie).

Der 8. Band (IV, 251, 146, 75 pp.) enthält Abhandlungen über die Strategie (von Leer), über die russ. Eisenbahnen (von A. A. Golovačev), über das russ. Geldsystem (von N. Ch. Bunge), über die Volost- und Dorfgerichte im alten und jetzigen Russland (von Kalačov), über Verbannung (von I. J. Fojnickij).

Слово о полку Игоревѣ, въ переводѣ на нынѣшній русскій языкъ М. А. Максимовича. Кіевъ 1879. 8. III, 23 pp. 1 ℳ

Das Lied vom Heereszug Igors, in die jetzige russische Sprache übersetzt von M. A. Maksimovič. Kiew.

Mit erklärenden Anmerkungen.

Смирновъ, А. Исторія англійской этики. Томъ I. Казань 1880. 8. 458 pp.

A. Smirnov. Geschichte der englischen Ethik. I. Bd. Kasan. 11 ℳ

Сумцовъ, Н. Ф. О свадебныхъ обрядахъ преимущественно русскихъ. Харьковъ 1881. 8. 214 pp. 5 ℳ

N. F. Sumcov. Ueber Hochzeitsgebräuche vorzüglich bei den Russen. Charkov.

Хитрово. Свѣтъ, правда и народы Россіи всѣхъ временъ, или полная исторія Русскаго государства. Жизнь русск. народа со времени призванія варяжскихъ князей: всѣ войны, набѣги, бунты, литература, музыка, театръ и художества до нынѣ благополучно царствующаго Императора Александра II, царя освободителя народовъ. 2 части въ 1-мъ томѣ. 2. изд. Москва 1881. gr. 8. VI, 649 pp. mit zahlreichen lith. Abbildungen. 20 ℳ

Chitrovo. Licht, Wahrheit und die Völker Russlands aller Zeiten oder vollständige Geschichte des russ. Reichs. 2 Thle. in 1 Bde. 2. Aufl. Moskau.

Eine volksthümliche Compilation mit 54 Abbildungen, die zwar nichts weniger als künstlerisch ausgeführt, aber in der Scenerie originell und typisch sind.

Чистовичъ, И. А. Диссидентскій вопросъ въ Польшѣ въ первой половинѣ XVIII столѣнія. Ст. Петербургъ 1881. 8. 90 pp. 1 ℳ 50 ₰

I. A. Čistovič. Die Dissidentenfrage in Polen in der ersten Hälfte des 18. Jahrhunderts. St. Petersburg.

Штейнбергъ, О. Н. Полный русско-еврейскій словарь. Часть II. О—V. Вильно 1880. 8. 914 pp.

O. N. Steinberg. Vollständiges russisch-hebräisches Wörterbuch. 2. Thl. (Schluss.) Wilna. Preis für beide Bände zusammen 12 ℳ

S. oben S. 14.

Щербина, Ф. Очерки южно-русскихъ артелей и общинно-артельныхъ формъ. Одесса 1880. 8. 390 pp. 7 ℳ 50 ₰

F. Ščerbina. Abriss der südrussischen Artele u. s. w. Odessa.

зовъ, I. Русскіе диссиденты. Староверы и духовные христіяне. Ст. Петербургъ 1881. 8. 2 Bl. 180 pp. 4 ℳ 50 ₰

I. Južov. Die russischen Dissidenten. Die Altgläubigen und die Spiritualisten. St. Petersburg.

Rücksichtlich der Altgläubigen wird auf Grund der vorhandenen russischen Literatur festzustellen gesucht: die Gründe ihres Auftretens und ihrer Ausbreitung, ihre Zahl (13—14 Millionen), die Erfolge des Rationalismus unter ihnen, die Ehelichen und Ehelosen, der Communismus bei ihnen. Im zweiten Theil behandelt der Verfasser die Spiritualisten, meint, dass ihr Ursprung weniger auf den deutschen Protestantismus, als auf slavische Einflüsse (die Bogumilen, Hus) zurückzuführen sei. Er rechnet dazu die Duchoborcen, Molokanen, Communisten und Evangeliker (Štundisten), bespricht die Entstehung und Lehre einer jeden dieser Secten.

Belletristik.

ксаковъ, С. М. Семейная хроника и воспоминанія. 5. изд. Москва 1879. 8. 624 pp. 10 ℳ

S. M. Aksakov. Die Familienchronik und Reminiscenzen. 5. Aufl. Moskau.

аскинъ, В. С. На распутьи. Драма въ пяти дѣйствіяхъ и шести картинахъ. Ст. Петербургъ 1880. 8. 140 pp. 4 ℳ

V. S. Baskin. Auf dem Scheidewege. Ein Drama in 5 Acten. St. Petersburg.

острeмъ, Ю. К. Разсказы смѣющаго философа. 2. изд. Москва 1880. 8. 376 pp. 8 ℳ

J. K. Bostrem. Erzählungen eines lachenden Philosophen. Moskau.

ушкевичъ, С. Дневникъ дѣвочки. Съ предисловіемъ И. С. Тургенева. 2. изд. Москва 1881. 12. 186 pp. mit Abbildungen. 4 ℳ 50 ₰

S. Buškevič. Das Tagebuch eines Mädchens. Mit einem Vorwort von I. S. Turgenev. 2. Aufl. Moskau.

одовозова, Е. Н. Изъ русской жизни и природы, разсказы для дѣтей. 4. изд. Ст. Петерб. 1880. 8. 432 pp. mit Bildern. 6 ℳ

Frau E. N. Vodovosov. Aus dem Leben und der Natur Russlands. Erzählungen für Kinder. 4. Aufl. St. Petersburg.

ончаровъ, И. А. Четыре очерка. Ст. Петербургъ 1881. 8. 297 pp.

I. A. Gončarov. Vier Skizzen. St. Petersburg. 7 ℳ 50 ₰

митріевъ, В. Г. Сцены, куплеты и разсказы изъ еврейскаго и русскаго народнаго быта. 3. изд. Кіевъ 1880. 12. 112 pp. 2 ℳ 50 ₰

V. G. Dmitriev. Scenen, Couplets und Erzählungen aus dem Volksleben der Juden und Russen. 3. Aufl. Kiew.

остоевскій, Ѳ. М. Братья Карамазовы. Романъ въ 4 частяхъ въ 2 томахъ. Ст. Петербургъ 1881. 8. 512; 700 pp. 20 ℳ

F. M. Dostoevkij (gest. im Febr. 1881). Die Brüder Karamazov. Ein Roman in 4 Thln. in 2 Bdn. St. Petersburg.

изнь и приключенія Робинзона Крузо. По Даніэлю де Фоэ. Изданіе для дѣтей. Москва 1880. 8. 296 pp. 7 ℳ

Robinson nach D. de Foe für Kinder. Moskau.

аратыгинъ, П. А. Сборникъ театральныхъ піесъ. Оригинальные и переводные водевили и комедіи. Томъ 1 и 2. Ст. Петербургъ 1880. 8. 452; 456 pp. à Bd. 12 ℳ 50 ₰

P. A. Karatygin. Sammlung von Theaterstücken. Bd. 1. u. 2.

ольцовъ, А. В. Стихотворенія. 7. изд. Москва 1880. 8. 1 ℳ

A. V. Kolcov. Gedichte. 7. Aufl. Moskau.

остомаровъ, Николай. Черниговка. Быль второй половины XVII вѣка. Ст. Петербургъ 1881. 8. 297 pp. 6 ℳ 50 ₰

N. Kostomarov. Die Černigoverin. St. Petersburg.

Eine Erzählung aus dem kleinrussischen Leben in der 2. Hälfte des 17. Jahrhunders. Während der erzählende Text grossrussisch ist, sind die

Крыловъ, И. А. Трумфъ. Комедія въ двухъ дѣйствіяхъ. Ст. Петербургъ 1880. 8. 46 pp. 2 *M*
I. A. Krylov. Der Trumpf. Lustspiel in 2 Acten. St. Petersburg.

Лейкинъ, Н. А. Шуточныя сцены. 2. изд. Ст. Петерб. 1880. 8. 260 pp.
N. A. Lejkin. Scherzhafte Scenen. 2. Aufl. St. Petersburg. 6 *M*

Лермонтовъ, М. Ю. Юношескія драмы. Изд. подъ редакц. П. А. Ефремова. Ст. Петербургъ 1880. 8. 326 pp. 6 *M*
M. J. Lermontov. Jugenddramen. Herausgeg. unter Redaction von P. A. Efremov. St. Petersburg.

Лугскій (Н. Ф. Савичъ). Повѣсти и разсказы. Съ портретомъ и факсимиле автора. Москва 1880. 8. 316 pp. 6 *M*
Lugskij (N. F. Savič). Novellen und Erzählungen. Mit Portrait und Facsimile des Autors. Moskau.

Лѣсковъ, Н. С. Обойденные. Романъ въ трехъ частяхъ. 3. изд. Ст. Петерб. 1881. 8. 387 pp. 7 *M* 50 *S*
N. S. Lěskov. Die Uebergangenen. Roman in 3 Thln. 3. Aufl. St. Petersburg.

Любецкій, С. М. Разсказы изъ отечественной войны 1812 года. 2 части. Москва 1880. 8. 488 pp. 8 *M*
S. M. Ljubeckij. Erzählungen aus dem vaterländ. Kriege im Jahre 1812. Moskau.

Мерзляковъ, А. Ѳ. Романсы. Съ очеркомъ жизни поэта. Ст. Петерб. 1880. 12. 99 pp. 2 *M* 50 *S*
A. F. Merzljakov. Romanzen. Mit einer Lebenskizze des Dichters. St. Petersburg.

Мещерскій, Влад. князь. Въ улику времени. 2. изд. Ст. Петерб. 1880. 8. 324 pp. 6 *M*
Fürst V. Meščerskij. Zum Zeugniss der Zeit. 2. Aufl. St. Petersb.

Минаевъ, Д. Д. Чѣмъ хата богата. Пѣсни и риѳмы. Ст. Петерб. 1880. 8. 376 pp. 6 *M*
D. L. Minaev. Lieder und Reime. St. Petersburg.

Мордовцевъ, Д. Л. Двѣнадцатый годъ. Историческій романъ въ трехъ частяхъ. 2 тома. Ст. Петерб. 1880. 8. 245; 388 pp. 12 *M*
D. L. Mordovcev. Das Jahr 1812. Historischer Roman in 3 Thln. 2 Bde. St. Petersburg.

Немировичъ-Данченко, В. И. Въ гостяхъ. Очерки и разсказы. Ст.-Петербургъ 1880. 9. 282 pp. 5 *M*
V. I. Nemirovič-Dančenko. Zu Gaste. Skizzen und Erzählungen. St. Petersburg.

Немировичъ-Данченко, В. И. Даль. Очерки и разсказы. Ст. Петербургъ 1880. 8. 282 pp. 5 *M*
V. I. Nemirovič-Dančenko. Die Ferne. Skizzen und Erzählungen. St. Petersburg.

Немировичъ-Данченко, В. И. Плевна и Шипка. Романъ изъ событій послѣдней войны, въ 3 частяхъ. Ст. Петерб. 1881. 8. VII, 708 pp. 13 *M*
V. I. Nemirovič-Dančenko. Plevna und Šipka. Roman aus den Ereignissen des letzten Krieges. St. Petersburg.

Немировичъ-Данченко, В. И. Святыя горы. Очерки и впечатлѣнія. Ст. Петерб. 1880. 8. 176 pp. 3 *M*
V. I. Nemirovič-Dančenko. Heilige Berge. Skizzen und Eindrücke. St. Petersburg.

Перелыгинъ, Н. И. Вечерніе досуги, стихотворенія. Москва 1881. 8. 192 pp. 4 *M*
N. I. Perelygin. Der Feierabend. Gedichte. Moskau.

Писемскій, А. Ѳ. Масоны. Романъ въ пяти частяхъ. Въ 2-хъ томахъ. Ст. Петербургъ 1881. 8. 532; 446 pp. mit 60 Abbildungen. 14 *M*
A. F. Pisemskij. Die Freimaurer. Roman in fünf Theilen. 2 Bde.

лещеевъ, А. Сборникъ театральныхъ пьесъ для домашнихъ и любительскихъ спектаклей. Москва 1880. 16. 116 pp. 6 ℳ

A. Pleščeev (Schauspieler). Vier Theaterstücke für Haus- und Dilettantentheater. Moskau.

абиновичъ, О. А. Сочиненія. Томъ 1. Ст. Петерб. 1880. 8. 548 pp. 8 ℳ

O. A. Rabinovič. Werke. 1. Bd. St. Petersburg.

алмановъ, П. А. Князь Борисъ Щеглатевъ. Историческій романъ XIII-го вѣка, изъ времень нашествія Батыя на Россію. Ст. Петербургъ 1881. 8. 292 pp. 6 ℳ

P. A. Salmanov. Fürst Boris Šceglatev. Histor. Roman aus dem 13. Jahrhundert, aus der Zeit der Invasion Baty's in Russland. St. Petersb.

амсоновъ, Л. Н. Пережитое, мечты и разсказы русскаго актера. 1860—1878. Ст. Петербургъ 1880. 12. 382 pp. 8 ℳ

L. N. Samsonov. Erlebtes, Phantasien und Erzählungen eines russischen Schauspielers, 1860—1878. St. Petersburg.

борникъ стихотвореній изъ 54 русскихъ поэтовъ въ 2 томахъ. Ст. Петербургъ 1881. 16. 412; 432 pp. 6 ℳ

Sammlung von Gedichten aus 54 russ. Dichtern. 2 Bde. St. Petersb.

танюковичъ, К. М. Наши нравы, романъ въ 2 частяхъ. Ст. Петербургъ 1880. 8. 312; 312 pp. 10 ℳ

K. M. Stanjukovič. Unsere Sitten. Roman in 2 Theilen. St. Petersb.

олстой, А. К. гр. Князь Серебряный, повѣсть временъ Іоанна Грознаго. 4. изд. Ст. Петербургъ 1880. 8. 364 pp. 6 ℳ

Graf A. K. Tolstoj. Fürst Serebrjannyj, Erzählung aus den Zeiten Ivan's des Schrecklichen. 4. Aufl. St. Petersburg.

спенскій, Глѣбъ. Люди и нравы современной деревни, изъ деревенскаго дневника, въ сѣверной полосѣ. Москва 1880. 8. 248 pp. 5 ℳ

G. Uspenskij. Leute und Sitten des jetzigen Dorfes. Aus einem Dorftagebuch im Norden Russlands. Moskau.

мыревъ, Н. Раскольничьи мученицы. Истор. романъ изъ эпохи церковныхъ смутъ. 3 части. Москва 1880. 8. 396 pp. 7 ℳ 50 ₰

N. Čmyrev. Dissidentische Märtyrerin. Histor. Roman aus der Zeit der kirchlichen Unruhen. 3 Bde. Moskau.

Іведовъ, И. Г. Записки сибирскаго Немврода, охотничьи разсказы. Ст.-Петербургъ 1880. 8. 414 pp. 10 ℳ

I. G. Švedov. Memoiren eines sibirischen Nimrod. Jagdgeschichten. St. Petersburg.

Kleinrussisches.

ілецкій-Носенко, Павло. Приказки, скомпоновавъ — —. Въ чотирохъ частяхъ (въ одномъ томѣ). Кіивъ 1872. 8. V, 123; 142, X; 132; 133, VIII pp. 9 ℳ

P. Bileckij-Nosenko. Fabeln (in Versen). 4 Thle. in 1 Bde. Kiew.

отляревскій, И. П. Собраніе сочиненій на малороссійскомъ языкѣ. I. Энеида; II. Наталка-Полтавка; III. Москаль Чаривныкъ; IV. Ода до князя Куракина. Издано подъ редакціей С. И. Катранова. 2. изд. Кіевъ 1875. gr. 8. XIV, 409 pp. 8 ℳ

I. P. Kotljarevskij. Gesammelte Werke in kleinrussischer Sprache. 2. Aufl. Kiew.

Enthält u. a. die Travestie von Virgils Aeneis in jener Sprache.

евицькій, І. Бурлачка. Повисть. Кіевъ 1880. 8. 223 pp. 2 ℳ 50 ₰

I. Levickij. Die Burlakin. Eine Erzählung. Kiew.

Іараневичъ, Из. Галшка княгына Острожска. Оповиданіе историчне. Львів 1880. 8. 198 pp. 1 ℳ 80 ₰

I. Šaranevič. Halška, die Fürstin von Ostrog. Eine historische Erzählung. Lemberg.

Polnische Literatur.

Album Koła literackiego we Lwowie dla Zagrzebia. Lwów, 1881. gr. 8. VIII, 164 pp. 3 ℳ 80 ₰
Album des literarischen Zirkels zu Lemberg für Agram.
Mit belletristischen und literarischen Abhandlungen von Kraszewski, Małecki, Kantecki, Bełza und vielen andern.

Chmielowski, Piotr. Kobiety Mickiewicza, Słowackiego i Krasińskiego, zarys literacki. 2. wyd. Warszawa 1881. 8. 304 pp. 4 ℳ
Die Frauengestalten des Mickiewicz, Słowacki und Krasiński. Ein literarischer Abriss. 2. Aufl.

Dunin, Karol. Dawne mazowieckie prawo. Warszawa 1880. 8. III, 271 pp.
Das ehemalige masurische Recht.

Dybowski, Władisław. Przysłowia białoruskie z powiatu Nowogrodzkiego. Kraków 1881. 8. 23 pp. S-A. 1 ℳ
Weissruss. Sprichwörter aus dem Kreis Nowogrodek.

Dydyński, T. O prawie rolném w starożytnym Rzymie. Warszawa 1881. 8. 36 pp. 2 ℳ
Ueber das Agrarrecht im alten Rom.

Fredro, Jan Alexandr hr. Komedye, tom I i II. Wydanie nowe. Warszawa 1880. 8. 371; 343 pp. und 1 Portrait. 7 ℳ 50 ₰
Komödien. 1. u. 2. Band. Neue Ausg.

Gorski, Kazimierz. Stosunki Kazimierza Sprawiedliwego z Rusią. We Lwowie 1875. 8. 33 pp. S-A. 1 ℳ 20 ₰
Die Beziehungen Kasimirs des Gerechten zu Russland.

Gotz, Marceli. Mapa Królestwa polskiego z oznaczeniem odległości na drogach żelaznych, bitych i zwyczajnych. Warszawa 1880. 1 Bl. gr. fol. 2 ℳ, geb. 5 ℳ
Karte des Königreichs Polen mit Angabe der Entfernungen auf Eisenbahnen, Strassen etc.

Hube, Romuald. Prawo polskie w XIV wieku: Ustawodawstwo Kazimierza Wielkiego. Warszawa 1881. 8. 226, LXVI, V pp.
Das polnische Recht im 14. Jahrhundert: Die Gesetzgebung Kasimirs des Grossen.

Krasiński. — Listy Zygmunta Krasińskiego do hr. Montalemberta i A. Lamartina. Z francuskiego na polskie przełożyła Teofila Radońska. Poznań 1881. 8. 46 pp. 1 ℳ
Z. Krasiński's Briefe an Graf Montalembert und A. Lamartin. Aus dem Französischen.

Kuliczkowski, Adam. Zarys dziejów literatury polskiéj na podstawie badań najnowszych pracowników do użytku szkólnego i podręcznego. 4. wyd. Lwów 1880. 8. XIX, 522 pp. 8 ℳ
Abriss der Geschichte der polnischen Literatur. 4. Aufl.

Lewicki, Anatol. Obrazki z najdawniejszych dziejów Przemyśla. Przemyśl 1881. 8. 148 pp. 2 ℳ 50 ₰
Bilder aus der ältesten Geschichte der Stadt Przemyśl.

Likowski, Edward. Dzieje kościoła unickiego na Litwie i Rusi w XVIII i XIX wieku, uważane głównie ze względu na przyczyny jego upadku. Poznań 1880. gr. 8. XVI, 495 pp. 10 ℳ
Geschichte der unirten Kirche in Litauen und Russland im 18. und 19. Jahrhundert, insbesondere mit Rücksicht auf die Gründe ihres Verfalls.

Likowski, Edward. Historya unii kościoła ruskiego z kościołom rzymskim. Poznań 1875. 8. VIII, 287 pp. 5 ℳ 50 ₰
Geschichte der Union der russ. Kirche mit der römischen Kirche.

Łapicki, Julian. Stosunki gminne w Królestwie polskiém i właściwy kierunek ich rozwoju. Warszawa 1881. 8. 95 pp. 3 ℳ
Die Gemeindeverhältnisse im Königreich Polen und die eigenthümliche Richtung ihrer Entwickelung.

Małecki, Antoni. Juliusz Słowacki, jego życie i dzieła w stosunku do współczesnéj epoki. 2. wyd. Tom I—III. Lwów 1881. 8. XII, 305; 347; 286 pp.
Julius Słowacki, sein Leben und Werke im Verhältniss zu seiner Zeit. 13 *M* 50 *ℌ*

Mickiewicz, Adam. Dzieła. Wydanie zupełne przez dzieci autora dokonane. 6 tomów. Paryż 1880. 8. 411; 422; 353; 335; 299; 259 pp. 27 *M*
Mickiewicz' Werke. Vollständige Ausgabe, von den Kindern des Verfassers veranstaltet. Paris.
Bd. 5 u. 6 enthält „hinterlassene Dichtungen", die hier zum erstenmal herausgegeben werden, auch Uebersetzungen. Für die Besitzer der frühern vierbändigen Ausgabe sind diese Bände auch apart zu 9 *M* zu haben.

Mickiewicz, Adam. Pan Tadeusz czyli ostatni zajazd na Litwie. Historya szlachecka z 1811—1812 r. Z illustracyami E. M. Andriollego. Zesz. 1—4. Lwów (1881). gr. 4. 104 pp. mit Holzschnitten im Text u. auf 9 Tafeln. 16 *M*
Herr Tadäus. Mit Illustrationen von E. M. Andriolli. Lemberg.
In künstlerischer wie technischer Ausführung ein Prachtwerk. Die Holzschnitte sind meist von A. Zaikowski in Warschau ausgeführt, der Druck von F. A. Brockhaus in Leipzig. Das ganze wird aus 12 monatlich erscheinenden Lieferungen bestehen, zum Preise von je 4 *M*. Nach Beendigung des Abonnements tritt ein erhöhter Preis ein.

Mycielski, Jerzy. Kandydatura Hosyusza na byskupstwo warmińskie z roku 1548 i 1549. Kraków 1881. 8. 113 pp. S-A. 2 *M* 80 *ℌ*
Die Candidatur des Bischofs Hosius auf das Bisthum von Ermeland aus dem Jahre 1548—1549. Krakau.

Naimski Józef. O pojedynkach. Warszawa 1881. 8. 146, II pp. 5 *M*
Ueber Duelle.

Nowicki, M. Ryby i wody Galicyi pod względem rybactwa krajowego. Kraków 1880. 8. 96, X pp. 2 *M* 50 *ℌ*
Die Fische und die Wässer Galiziens mit Rücksicht auf die Landfischerei.

Parczewski, I. A. Z dolnych Łużyc, kilka zarysów i wspomnień. Warszawa 1881. 8. 31 pp. 1 *M* 20 *ℌ*
Aus der Niederlausitz, einige Abrisse und Erinnerungen.

Pawiński, Adolf. Skarbowość w Polsce i jéj dzieje za Stefana Batorego. Warzawa 1881. 8. XV, IX, 470 pp. 12 *M*
Das Finanzwesen in Polen und seine Geschichte zur Zeit des Stephan Batory.

Przyborowski, Walery. Niewieście ideały poetów polskich. Szkic biograficzno-literacki. Warszawa 1881. 8. 272 pp. 6 *M*
Frauenideale der polnischen Dichter. Biograph.-literar. Skizzen.

Przyborowski, Walery. Włościanie u nas i gdzieindziéj. Szkice historyczne. Wilno 1881. 8. 131 pp. 6 *M*
Die Landleute bei uns und anderwärts. Historische Skizzen.

Radliński, I. Język asyryjski w rodzinie języków semickich. Studyum historyczno-lingwistyczne. Warszawa 1880. 8. 59 pp. 4 *M*
Die assyrische Sprache in der Familie der semitischen Sprachen. Eine geschichtlich-sprachliche Studie.

Rehman, Antoni. Szkice z podróży do południowéj Afryki, odbytéj w latach 1875—1877. Warszawa 1881. 8. 368 pp. 9 *M*
Skizze einer Reise nach Südafrika in den Jahren 1875—1877.

Rejchmann, Bronisław. Z dalekiego wschodu, wrażenia, obrazki, opisy z dobrowolnéj podróży po Syberyi. Warszawa 1881. 8. 287 pp. 6 *M*
Skizzen etc. von einer freiwilligen Reise durch Sibirien.

Rys historiji księgarstwa. Przyczynek do dziejów oswiaty. Warszawa 1880. 8. 60 pp. 2 *M*
Geschichte des Buchhandels. Ein Beitrag zur Geschichte der Cultur.

Sękowski, Michał. Satyra i satyrycy okresu Zygmuntowskiego. Nowy Sącz 1880. 8. 39 pp. Progr.

Siemieński, Lucyan. Dzieła. Tom I. Warszawa 1881. 8. VIII, 302 pp.
Werke. 1. Bd. 4 M
Enthält Varia aus der Literatur, Geschichte, Alterthumskunde und Natur.

Smolka, Stanisław. Mieszko Stary i jego wiek. Warszawa 1881. 8. XXXI, 544 pp. mit 1 Chromolith. u. 1 genealog. Tafel. 14 M
Mieszko Stary und seine Zeit.
Gekrönte Preisschrift.

Sprawozdania Komisyi językowéj Akademii umiejętności. Tom I. Kraków 1880. 8. 374 pp. mit 3 lith. Tafeln. 9 M
Berichte der Sprachcommission der Akademie der Wissenschaften. I. Bd.
Enthält Publicationen alter polnischer und lateinisch-polnischer Texte aus dem 14. und 15. Jahrh. — I. **Hanusz, Materialien zur Geschichte** der Declinationsformen in der altpolnischen Sprache des 14. u. 15. Jahrh.

Stosunki z Mendli-Girejem, chanem Tatarów perekopskich, 1469—1515. Akta i listy, wydał i szkicem historycznym poprzedził Kazimierz Pułaski. Warszawa 1881. 8. 449 pp. 14 M
Die Beziehungen zu Mendli-Girej, Chan der Tataren von Perekop, 1469—1515. Actenstücke und Briefe, herausgeg. und mit einer histor. Skizze versehen von K. Pułaski.
Bildet den 1. Band von „Stosunki Polski z Tatarszczyzną od połowy XV wieku" (Die Beziehungen Polens zu den Tataren seit Mitte 15. Jahrh.)

Syrokomla, Wł. (L. Kondratowicz.) Urodzony Jan Dęboróg, dzieje jego rodu, głowy i serca, przez niego samego opowiadane, rytmem spisał — —, illustrował E. M. Andriolli. Warszawa 1881. 4. 112 pp. mit 9 Illustr. 24 M
Der hochgeborene Johann Dęborog, sein Geschlecht, Leben etc. rythmisch dargestellt mit Illustr. von E. M. Andriolli.

Świeżawski, Ernest. Przyczynki do dziejów medycyny w Polsce. I. Warszawa 1879. 8. 137 pp. 2 M
Beiträge zur Geschichte der Medicin in Polen. I.

Szujski, Józef. Odrodzenie i reformacya w Polsce, pięć prelekcyj publicznych mianych 1880 w Krakowie. Kraków 1881. VIII, 197 pp. 4 M 50 Ŝ
Die Entnationalisirung und die Reformation in Polen. Fünf Vorträge.

Tarnowski, Stanisł. hr. Dwa odczyty, miane w Poznaniu dnia 4 i 6 stycznia 1881. I. Balladyna, II. Lilla Weneda. Warszawa 1881. 8. 68 pp. 1 M 20 Ŝ
Zwei Vorlesungen: I. Balladyna; II. Lilla Weneda.

Wdowiszewski, Wincenty Juliusz. Dwaj polscy malarze, bracia Siemianowscy. Lwów 1881. 8. 80 pp. 3 M 50 Ŝ
Zwei polnische Maler, die Brüder Siemianowski.

Wierzbicki, Ludwik. Wzory przemysłu domowego, hafty włościan na Rusi. wydane przez Muzeum przemysłowe miejskie we Lwowie. Serya II. Lwów 1880. gr. 4. 17 Bll. Text in polnischer, französischer und deutscher Sprache und 10 Tafeln Abbildungen, gezeichnet von Helene Komarowska.
Muster der Hausindustrie, Stickmuster der Dorfbewohner in Russland. herausg. vom städtischen Gewerbemuseum zu Lemberg. 2. Serie.

Wilczyński, Al. Sielanki szlacheckie, przez autora Kłopotów starego komendanta. Lwów 1881. 8. 317 pp. 9 M
Adeliche Idylle vom Verfasser der „Klopoty" etc.

Wybicki, Józef. Pamiętniki. Lwów 1881. 8. VIII, 264 pp. 5 M
Denkwürdigkeiten.

Zaleski, Bronisław. Zywot księcia Adama Jerzego Czartoryskiego. Tom I. Poznań 1881. 8. II, 501 pp. 15 M
Leben des Fürsten Adam Georg Czartoryski. I. Bd.

Zawiliński, Roman. Gwara Brzezińska w starostwie Ropczyckim. Studyjum dyjalektologiczne. Kraków 1880. 8. 58, 8 pp. S-A. 1 M 20 Ŝ
Die Mundart des Dorfes Brzeziny in der Starostei Ropczycy. Eine dialektolog. Studie.

Zbiór pamiętników do historyi powstania polskiego z roku 1830—31. Zesz. I. Lwów 1880. 4. 160 pp.
Sammlung von Denkmälern zur Geschichte des polnischen Aufstandes

ychliński, Teodor. Złota księga szlachty polskiéj. Rocznik III. Poznań 1881. 8. 380 pp. mit 2 genealog. Taf. 12 ℳ
Das goldene Buch der polnischen Szlachta. 3. Jahrg.

Čechische Literatur.

řezan, Václav. Život Petra Voka z Rosenberka. K tisku upravil Frant. Mareš. V Praze 1880. 8. 298 pp. 7 ℳ
Das Leben des Peter Vok von Rosemberk, herausgeg. von F. Mareš.
Bildet Nr. V der „Staročeská Bibliotéka" (Altčech. Bibliothek).

urdík, Josef. Poetika jakožto aesthetika umění básnického. I. díl. V Praze 1881. Lex. 8. 8, 564 pp. 13 ℳ
Die Poetik als Aesthetik der Dichtkunst.

rben, Josef. Politická a místopisná mapa království Českého. 8. vyd. V Táboře 1881. 1 Bl. Fol. In Buntdruck. 7 ℳ 50 ₰
Politische und topograph. Karte des Königreichs Böhmen. 8. Aufl.
Enthält alle Gemeinden von über 300 Einwohnern, Pfarren, Klöster, wichtigere Schlösser, Ruinen u. s. w.

ebauer, Jan. Odpověd na přídavek p. Martina Hattaly ku prvému dílu Zbytků rymovaných Alexandreid staročeských. V Praze 1881. 8. 32 pp. 80 ₰
Antwort auf die Zugabe des Herrn M. Hattala zum 1. Theil der „Zbytki rymovaných Alexandreid" (s. u.).

lansgirg, Ant. Květena okolí Hradce Králové. S mapou okolí Hradce Králové. V Hradci Král. 1881. 8. 113 pp. 1 ℳ 50 ₰
Flora der Umgegend von Königgrätz. Mit Karte.

attala, Martin. Přídavek ku prvému dílu Zbytků rymovaných Alexandreid staročeských. Proti původcům nejnovčjšího pravopisu staročeského a společníkům jejich. V Praze 1881. Lex. 8. 60 pp. 1 ℳ 60 ₰
Nachtrag zum 1. Theil der „Zbytki rymovaných Alexandreid". Gegen die Urheber der neuesten altčech. Rechtschreibung und ihre Genossen.

ablonský, Boleslav. Básně. 6. vyd. V Praze 1881. 8. 390 pp. 4 ℳ
Gedichte. 6. Aufl.

oráb, Julius. Vývoj knihtiskařství a české prvotisky. Ku čtyrsetlétému jubileju české typografie. S ukázkami prvotisků plzenských. V Plzni 1880. 8. 2 Bl. 79 pp. 2 ℳ
Die Entwickelung der Buchdruckerkunst und die čechischen Incunabeln. Zum 400jähr. Jubiläum der čech. Typographie.
In „Publicaci spolku přátel vědy a literatury české v Plzni" (Publicationen des Vereins der Freunde der Wissenschaft und čech. Literatur in Pilsen) Nr. 3.
Behandelt insbesondere die čechischen Pilsener Drucke mit Proben daraus im Text, woran sich dann allgemeinere Uebersichten der čech. Drucke zu Prag, Kutenberg, Venedig, Jungbunzlau, Leitomischl, Nürnberg, Weisswasser, Wilhelmskloster (Kreis Chotěbor), Wien, Wittenberg anschliessen.

evečerel, Rich. Tři úvahy o delegace rakouské. V Praze 1880. 8. 114 pp. 2 ℳ 50 ₰
Drei Essays über die österr. Delegation (I. Ueber die Bedeutung derselben; II. Ueber die oriental. Frage; III. Ueber die Wahlordnung zur Delegation).

oroctví, Česká. Příspěvek k dějinám prostonárodní literatury. Vydal F. Menčík. Vídeň 1879. 8. 47 pp. 1 ℳ
Čechische Prophezeihungen. Ein Beitrag zur Geschichte der volksthüml. Literatur, herausgeg. von F. Menčík.

chmajer, Antonín Jaroslav. Sebrané básně. 2. vyd. V Praze 1881. 8. 303 pp. 3 ℳ

Rieger, Dr. František Ladislav, politický vůdce národu Českého. Nastín životopisný. V Žižkové 1881. 8. 4, 56 pp. 1 *M* 50 *S*
Dr. F. R. Rieger, der politische Führer des čech. Volkes. Eine biograpraph. Skizze.

Rosius, Venceslaus. — Zapisky kněze Václava Rosy. Vydal F. Menčík. Vídeň 1879. 8. 64 pp. 1 *M* 50 *S*
Memoiren des (utraquistischen) Priesters Wenzel Rosa (Vencesl. Rosius, † um 1560). Herausg. von F. Menčík.
Vorausgeschickt ist eine Biographie des Rosius (S. 3—13).

Rusko. Země, stát i národ. Sestaveno dle nejlepších a nejspolehlivějších pramenů. Laciné vydání. 2 díly. V Praze 1881. 8. 888; 376 pp. S-A.
Russland. Land, Staat und Volk. 2 Bde. Billige (Titel-) Ausgabe. 2 *M* 50 *S*

Sbírka přednášek a rozprav. Pořádají Jar. Goll a Ot. Hostinský. Serie I, číslo 1—10. V Praze 1881. Lex. 8. 9 *M*
Sammlung von Vorträgen und Abhandlungen. Herausg. von J. Goll und O. Hostinský. I. Serie, Nr. 1—10.
Inhalt: 1. Thomas von Štitný. 34 pp. — 2. Entstehung des englischen Parlaments. 32 pp. — 3. Johann Dominicus Larey. 25 pp. — 4. Die Entdeckungen Schliemanns in Tyrins und Mykenae. 48 pp. — 5. u. 8. Der afrikanische Continent im Lichte der neueren Forschungen. 36; 52 pp. — 6. Pompei und die Pompejaner. 60 pp. — 7. Giacomo Leopardi. 37 pp. — 9. Ueber Hypnotismus. 52 pp. — 10. Hâfiz, sein Leben und seine Lieder. 46 pp.
Die Vorträge sind auch einzeln verkäuflich. Preis à 1 *M*

Sládek, Jos. V. Světlou stopou. Básně. V Praze 1881. 8. 138 pp. 4 *M*
Mit glänzendem Schritt. Gedichte.

Stárek, Jan. Nep. Moudrost na ulici v příslovích a pořekadlech národa českého. V Praze 1881. 8. 178 pp. 1 *M* 50 *S*
Die Weisheit auf der Strasse in Sprichwörtern und Redensarten des čech. Volks.

Světlá, Karolina. Kresby z Ještědí. V Praze 1880. 8. 294 pp. 1 *M* 50 *S*
Zeichnungen vom Jeschken (Berg in Böhmen).

Šercl, Čeněk. Z oboru jazykozpytu. Díl I, seš. 1. V Praze 1881. gr. 8. 64 pp. 1 *M* 20 *S*
Vincenz Scherzl. Aus dem Bereich der Sprachforschung. I. Bd. 1. Heft.
Ein auf 5 Bde. berechnetes Werk, von dem zunächst Bd. I. u. II. in 10—12 Heften erscheinen soll. Es will eine summarische Uebersicht aller wichtigern Seiten der Sprachwissenschaft im allgemeinen und der vergleichenden insbesondere auf Grund der neuern Forschungsresultate geben, dann aber auch zeigen, wie man Sprachen theoretisch und praktisch am besten erlernen kann. Hierin wird der Verfasser, der sich schon vor Jahren durch eine erstaunliche praktische Fertigkeit in den mannichfachsten europäischen und orientalischen Sprachen auszeichnete, seine eigenen reichen Erfahrungen mittheilen.

Šubert, Fr. Ad. Zajetí krále Václava. Historická povídka z roku 1394. 2 sv. V Praze 1881. 8. 353; 354—762 pp. 2 *M* 50 *S*
Die Gefangennahme des Königs Wenzel. Eine historische Erzählung aus dem Jahre 1394. 2 Bde.

Trnovský, J. L. O životě a působení Josefa Kajetána Tyla. V Praze 1881. 8. 278 pp. 3 *M*
Leben und Wirksamkeit des I. K. Tyl (čech. Schriftstellers).

Tyl, Jos. Kajetán. Sebrané spisy. Svazek 1. V Praze 1881. 8. 380 pp. 4 *M*
Gesammelte Schriften. 1. Band.

Vlček, Jaroslav. Literatura na Slovensku, její vznik, rozvoj, význam a úspěchy. V Praze 1881. 8. 254 pp. 4 *M* 50 *S*
Die Literatur bei den Slovaken, ihr Ursprung, ihre Entwickelung, Bedeutung und Erfolge.
Bildet Bd. 2. der „Knihovna Československá“ (Čecho-slovak. Bibliothek.

Wagner, Jan. Krátká mluvnice jazyka bulharského. Čtení se slovníčkem uspořadal P. I. D. V Praze 1879. 8. IV, 78 pp. mit 1 lith. Tafel (die bulg. Schreibschrift enthaltend). 2 ℳ

Bulgarische Grammatik mit Lesestücken und Wörterbuch.

Zelený, Václ. Život Josefa Jungmanna. Z usnešení užšího sboru musejního pro řeč u literaturu českou. 2. vyd., rozmnožené rejstříkem jmen a věcí od Fr. Bílého. V Praze 1881. Lex. 8. VIII, 321—424, XXIV pp. 4 ℳ

Josef Jungmann (Biographie). 2. Aufl., mit einem Namen- und Sachregister von F. Bílý.

Theater.

Almanach Matice divadelní. K slavnému otevření Národního divadla. Pořádali I. V. Frič a I. L. Turnovský. V Praze 1881. 8. 196 pp. 3 ℳ

Almanach der Theater-Matica. Zur feierlichen Eröffnung des Nationaltheaters. Herausg. von I. V. Frič und I. L. Turnovský.

Enthält eine Chronik des Theaters in Böhmen, Berichte über die Dilettantentheater in Böhmen und Mähren, 1 Lustspiel u. a.

Srb, Adolf. Upomínka na slavnostní otevření Národního divadla. Knížka příruční. V Praze 1881. 8. 36, XXXII pp. 1 ℳ

Andenken an die Feier der Eröffnung des Nationaltheaters.

Beschreibung des Gebäudes, Biographien čech. Künstler etc.

Šubert, Fr. Ad. Národní divadlo v Praze. Dějiny jého a stavba dokončená. Redaktor části obrazové: Sob. Pinkas. Jménem sboru pro zřížení národního divadla v Praze vydává J. Otto. Seš. 1. V Praze 1881. Fol. 28 pp. mit Abbildgn. im Text u. 1 Lichtdruck. 2 ℳ

Das Nationaltheater zu Prag. Seine Geschichte und das vollendete Bauwerk. Text von F. A. Schubert. Redacteur der Illustrationen S. Pinkas. Herausg. im Namen des Comités des Theaterbaus von I. Otto. 1. Heft.

Dem vor kurzem eröffneten čechischen Nationaltheater zu Prag (leider ist es am 12. August durch ein Brandunglück in Asche gelegt worden) wird in diesem Werke auch ein literarisch-artistisches Denkmal gesetzt, an dem sich eine ganze Reihe čechischer Künstler betheiligt.

Das 1. Heft enthält nach einem Vorwort und einer einleitenden Uebersicht der Theaterverhältnisse zu Prag bis zum Jahre 1845 den Anfang des *1.* Theils: die vorbereitenden Arbeiten, vom Auftauchen der Idee, ein solches Theater zu errichten (1845) bis zur Grundsteinlegung desselben.

Die Illustrationen bieten vor allem Abbildungen der Kunstwerke, mit denen das Theater selbst geschmückt war, ferner Portraits u. a. Der Lichtdruck stellt eine äussere Ansicht des Gebäudes, gezeichnet von K. Janda, dar.

Serbisch-kroatische Literatur.

Amicis, Edmondo de. Različiti spisi, preveo Marko Jov. Car. U Novom Sadu 1880. 8. 160 pp. 1 ℳ 80 ₰

Zehn Abhandlungen von E. de Amicis, kroatisch von M. J. Car.

Бабамићић, Никола. Хајдук и окружни начелник. Београд 1881. 16. 52 pp. 1 ℳ 50 ₰

N. Babamićić. Der Hajduk und der Kreishauptmann. Belgrad.

Видаковић, Милован. Усамљени јуноша. Роман. У Новоме Саду 1881. 16. 175 pp. 3 ℳ

M. Vidaković. Der einsame Jüngling. Ein Roman. Neusatz.

Димић, Павле. О Назаренима. У Вел. Кикинди 1881. 8. 23 pp. 1 ℳ

P. Dimić. Ueber die Nazarener. Gross-Kikinda.

Ђорђевић, Манојло Призренац. Слободарка. Трагедија у пет радња. У Новоме Саду 1881. 16. XX, 162 pp. 3 ℳ 50 ₰

M. Djordjević aus Prizren. Slobodarka. Eine Tragedie in 5 Acten.

Игнатовић, Іаша. Адам и берберини први људи. Шалива игра у четири радње. У Новоме Саду 1881. 16. 158 pp. 2 M 50 S
I. Ignatović. Adam und die Barbierer die ersten Menschen. Lustspiel in 4 Acten. Neusatz.

Іовановић, Богољуб. Попис људства у кнежевини Србији 1874 године. Статистички нацрт. Са осам статистичких картица. У Београду 1881. 8. 52 pp. 2 M
B. Jovanović. Beschreibung der Bevölkerung des Fürstenthum Serbien im Jahre 1874. Eine statistische Skizze. Mit 5 statist. Karten. Belgrad.

Лучић, Константин. Одјек ерцеговачке пушке. Рат балканских Славена од покрета херцеговачког до Свето-Стеванског мира. У Митровици 1881. 16. 32 pp. 1 M
K. Lučić. Das Echo der herzegovin. Büchse. Der Kampf der Balkanslaven seit dem Aufstand in der Herzegovina bis zum Frieden zu St. Stefano. Mitrovic.

Матић, Жив. Рањен ђак. Историски роман. Београд 1881. 16. 148 pp.
Ž. Matić. Der verwundete Student. Ein histor. Roman. Belgrad. 3 M

Милићевић, Ђ. М. Десет пара. Прича из живота у вароши. У Београду 1881. 16. IV, 74 pp. 2 M 50 S
Dj. M. Milićević. Zehn Para. Erzählung aus dem Stadtleben. Belgrad.

Његуш, Петар Петровић. Лажни цар Шћепан Мали. Историско збитије XVIII вијека. Ново издање. Панчево 1881. 32. 148 pp. 1 M 50 S
Peter P. Njeguš. Der falsche Zar Stephan der Kleine. Ein geschichtlicher Vorgang aus dem 18. Jahrh. Neue Ausg. Pancsova.

Parčić, Dragustin A. Rječnik Slovinsko-talijanski. U Zadru 1874. — Vocabulario slavo-italiano compilato per cura di Carlo A. Parčić. Zara 1874. 16. VIII, 1059 pp. 8 M

Stojanović, Mijat. Šala i zbilja. Sbirka narodnih pripoviedaka sa tri dodatka: narodne poslovice, narodne zagonetke i putopisnice. Senj 1879. 32. 254 u. IV pp. 3 M
Ernst und Scherz. Volksmärchen, -Sprichwörter, -Räthsel etc.

Zahar, Ivan. Hajka na vuka. Izvorna pripovjetka. U Zagrebu 1881. 8. 56 pp. 80 S
Die Wolfshetze. Eine Originalerzählung.

Bulgarisches.

Блъсковъ, И. Злочеста Крьстинка. Повѣсть народно-българска. Русчюкъ 1870. 8. 228 pp. 3 M
I. Blskov. Die unglückliche Krstinka. Eine volksthümlich-bulgarische Erzählung. Rustschuk.

Богоровъ, И. А. Френско-българскы и българско-френскы рѣчникъ. 2 дѣла. Віена 1871—1873. gr. 8. 25 M
I. A. Bogorov. Französisch-bulgar. und bulgar.-französ. Wörterbuch. 2 Bde. Wien.
I. Bd. Französ.-bulgar. Theil. VIII, 512 pp.
II. Bd. Bulgar.-französ. Theil. VII, 506 pp.

Венелинъ, Ю. И. Критическы издырянія за исторіѭ-тѫ блъгарскѫ. Преведе отъ русскый Ботю Петковъ. 2 части. Въ Земунъ 1853. 8. IV, 176; IV, 204 pp. mit dem Portrait Venelins. 8 M
J. I. Venelin. Kritische Forschungen über die Geschichte der Bulgaren. Aus dem Russischen von B. Petkov. 2 Thle. Semlin.

Вѣженовъ, С. Д. Грамматика за бѫлгарский языкъ. Пловдивъ и София 1880. 8. IV, 105 pp. 2 M 50 S
S. D. Vĕženov. Grammatik der bulgar. Sprache. Philippopel u. Sofia.
Bietet die gegenwärtige Schriftsprache.

Горбановъ, Петко В. Рѫководство на изучванье на българския языкъ. София 1880. 8. 160 pp. mit einem bulgarisch-französ. Wörterverzeichniss.

Auch mit französ. Titel: „Petit manuel pour apprendre la langue bulgare par P. V. Gorbanoff." Sofia.

Der erklärende Text und die Beispiele sind französisch. — Nach der Vorrede ist der Lehrgang speciell zu dem Zweck verfasst und gedruckt worden, um dem Fürsten Alexander I. von Bulgarien zum Erlernen des Bulgarischen zu dienen.

Дриновъ, М. Погледъ врьхъ происхожденье-то на блъгарскій народъ и начало-то на блъгарска-та исторія. Пловдивъ, Русчюкъ, Велесъ 1869. 8. VIII, 100 pp. 2 *M*

M. Drinov. Ein Blick auf den Ursprung der bulgar. Sprache und den Anfang der bulgar. Geschichte. Philippopel, Rustschuk, Veles.

Eine historisch-ethnologische Untersuchung.

Друмевъ, В. Нещастна фамилія. Българска народна повѣсть. 2. изд. Руссе 1873. 8. 128 pp. 2 *M* 50 *Pf*

V. Drumev. Die unglückliche Familie. Eine bulgar. volksthümliche Erzählung. 2. Aufl. Rustschuk.

Иліевъ, Стефан П. и Дима В. Храновъ. Словарь французско-българско-турскы за найупотрѣбителны-тѣ думы. Пьрво изданіе. Русчюкъ 1868. 8. 294 pp. 5 *M*

St. I. Iliev und Dima V. Hranov. Französisch-bulgarisch-türkisches Wörterbuch für die gebräuchlichsten Wörter. Rustschuk.

Die Sprachen laufen alphabetisch in drei Spalten nebeneinander. Das Türkische ist mit cyrillischen Schriftzeichen gedruckt.

Иречекъ, Константинъ. Българско-то княжество. Прѣвелъ отъ чески Г. Веневъ. Пловдивъ 1878. 8. 86 pp. 1 *M* 80 *Pf*

Konst. Jireček. Das Fürstenthum Bulgarien. Aus dem Čechischen von G. Venev. Philippopel.

Ein geschichtlicher Ueberblick der Befreiung der Bulgaren.

Мариновъ, Тончо. Български народни гатанки. Българска мждрость. 777 гатанки. Книжка пьрва. София 1879. 8. 2 Bl. 52 pp. 1 *M* 20 *Pf*

T. Marinov. Volksthümliche Räthsel der Bulgaren. 1. Heft. Sofia.

Enthält 777 Räthsel mit den Lösungen, davon sind 329 im Volke gesammelt, 291 aus Büchern, 157 vom Verfasser selbst verfasst.

Песме, Народне, Македонски Бугара. Скупіо Стефанъ И. Верковић. Књига I.: Женске песме. У Београду 1860. 8. XIX, 373 pp. 8 *M*

Volkslieder der Bulgaren in Makedonien. Gesammelt von St. Verković. I. Buch (mehr erschien nicht). Belgrad.

Enthält 335 lyrische (sogenannte Frauen-) Lieder, am Schluss Erklärungen weniger bekannter Worte (in serbischer Sprache).

Пѣсни, Български народни. Изъ И. Богоровыя книжатникъ. Брой 1. София 1879. 8. 1 Bl 62 pp. 2 *M* 50 *Pf*

Bulgarische Volkslieder aus I. Bogorov's Knižatnik. 1. Heft. Sofia.

Enthält 56 Lieder.

Раковскій, Г. С. Горскій пжтникъ. Повѣствителнь спѣвъ. У Новый Садъ 1857. 8. 288 pp. 5 *M*

G. S. Rakovskij. Der Pilger im Waldgebirge (Balkan). Eine erzählende Dichtung. Neusatz. *M*

Der Band enthält nur den 1. Theil der Dichtung (mehr ist nicht erschienen) mit ausführlichen histor.-antiq. Anmerkungen (p. 161—288).

Раковскій, Г. С. Ключъ българскаго языка. Издава гу Киро-Стояновъ. Одесса 1880. gr. 8. XI, 179, XII pp. mit dem Portrait Rakovskij's. 5 *M*

G. S. Rakovskij. Schlüssel der bulgarischen Sprache. Herausg. von Kiro-Stojanov. Odessa.

Ein hier zum erstenmal herausgegebenes hinterlassenes (bulgarisches) Werk Rakovskij's, das derselbe in Odessa begonnen und 1865 in Bukarest vollendet hat. Es bietet etymologisch-antiquarische Erörterungen über die alte bulgarische Sprache und Cultur u. s. w. im Charakter des „Pokazalec" und der „Starina"; darunter ist eine Anzahl bulgarischer

Von vorhandenen ungedruckten Manuscripten Rakovskij's erwähnt der Herausgeber, ein Neffe desselben: einen 2. Theil des „Gorski pütnik"; einen 2. Theil des „Pokazalec"; einen 2. Theil des „Jasen"; ausserdem ist auch noch eine Biographie Rakovskij's im Manuscript vorhanden.

Раковскій, Г. С. Показалецъ или рѫководство, какъ да сѫ изисквать найстари чьрти нашего бытия, языка, народоколения, стараго ни правленія, славнаго ни прошествия и пр. Часть пьрва. Одесса 1859. gr. 8. XXIV, 144 pp. 5 ℳ

G. S. Rakovskij. Handbuch zur Erforschung der ältesten Züge des bulgarischen Volkslebens, der bulg. Sprache u. s. w. 1. (einziger) Thl. Odessa.

Enthält interessante Schilderungen des bulgarischen Lebens, wenn auch zum Theil nicht frei von den diesem Schriftsteller eigenen Phantasien über das bulgarische Alterthum.

Цановъ, А. С. Българія въ источний въпросъ. Пловдивъ 1879. 8. 238 pp.
A. S. Canov. Bulgarien in der oriental. Frage. Philippopel. 3 ℳ

Schriften in nichtslavischen Sprachen.

Ethnographie de la Macédoine. Philippopel 1881. gr. 8. VII, 106 pp. 4 ℳ

Hunfalvy, Paul. Die Ungarn oder Magyaren. Wien und Teschen 1881. 8. 2 Bll. 254 pp. u. Inhalt. 4 ℳ 50 ₰

Bildet 5. Bd. von „Die Völker Oesterreich-Ungarns. Ethnographische und culturhistorische Schilderungen".

Letzteres Unternehmen ist auf 12 Bde. berechnet, von denen zunächst nur der obige 5. u. der 6. Band (die Rumänen s. u.) erschienen ist. Bd. 1—4 wird die Deutschen behandeln; Bd. 7 die Semiten. Bd. 8—11 die Slaven (die Čecho-Slaven von J. Vlach; die Polen und Ruthenen von J. Szujski; die Slovenen von J. Šuman; die Kroaten von I. Staré; die Südslaven in Dalmatien, Bosnien, der Herzegovina, Südungarn von I. Stefanović); Bd. 12 die Zigeuner.

Iris. Dichterstimmen aus Polen. Von Heinrich Nitschmann. Leipzig 1880. 8. VIII, 289 pp. 5 ℳ

Enthält in vortrefflicher deutscher Uebersetzung Gedichte von A. Mickiewicz, I. Słowacki, S. Krasiński, A. E. Odyniec, F. Morawski, V. Pol, A. Bielowski.

Kühnel, P. Die slavischen Ortsnamen in Mecklenburg-Strelitz. 1. Thl. Neubrandenburg 1881. 4. 31 pp. Progr. 1 ℳ 50 ₰

Melodie russe. Leggende, liriche, poemetti. Prima versione italiana col testo russo a fronte per E. W. Foulques et D. Ciâmpoli, con prefazione del Angelo de Gubernatis. Lipsia 1881. 8. IX, 309 pp. 5 ℳ

Auch mit russ. Titel. Enthält Gedichte von Puškin, Nekrasov, Lermontov, Kolcov, Rylěev u. a.

Ogonowski, Emil. Studien auf dem Gebiete der ruthenischen Sprache. Lemberg 1880. 8. 244 pp. 6 ℳ 50 ₰

Poëtes illustres de la Pologne au XIX siècle, cycle lithuanien. 2 parties. Paris 1880. 8. 319; 343 pp. 8 ℳ

Schlegel, Thomas. Die Opfernacht. Ein episches Gedicht aus der wendischen Sage. Hamburg 1881. 16. 2 Bl. 124 pp. 2 ℳ

Slavici, Joan. Die Rumänen in Ungarn, Siebenbürgen und der Bukowina. Wien und Teschen 1881. 8. 2 Bll., 236 pp. u. Inhalt. 4 ℳ 50 ₰

Bildet 6. Bd. von „Die Völker Oesterreich-Ungarns. Ethnographische und culturhistorische Schilderungen".

Tolstoj, Graf A. und **N. Nekrassow.** Dichtungen. Eine Auswahl in deutscher Uebertragung mit Beifügung des russischen Textes von Jessen. St. Petersburg 1881. 8. V, 167 pp. 6 ℳ

Verantwortlicher Redacteur Traugott Pech in Leipzig.

Allgemeine Bibliographie.

Monatliches Verzeichniss

der

wichtigern neuen Erscheinungen der deutschen und ausländischen Literatur.

Herausgegeben von F. A. Brockhaus in Leipzig.

881.] **Januar.** [Nr. 1.

Dieses Verzeichniss erscheint regelmässig monatlich und ist, gleich den darin ingezeigten Büchern, direct von F. A. Brockhaus in Leipzig sowie durch alle Buchhandlungen zu beziehen.

I. Encyklopädie und Literaturwissenschaft.

1. Abhandlungen der mathematisch-physikalischen Classe der k. bayerischen kademie der Wissenschaften. XIII. Bd. 1.—3. Abth. [In der Reihe der Denkhriften der XLVIII. Bd.] *München*, 1880. *Franz.* 4°. 176 pp. *Mit 10 Steintaf.* *10 Bl. Tafelerklärgn.*, 274 pp. *Mit 8 Steintaf. u. 2 Bl. Tafelerklärgn.*, 310 pp. *lit 7 Steintaf. u. 1 lith. Karte.* 27 *M*
S. 1877 Nr. 908.

2. Abhandlungen der philosophisch-philologischen Classe der k. bayerischen kademie der Wissenschaften. XIV. Bd. 1.—3. Abth. XV. Bd. 1. u. 2. Abth. In der Reihe der Denkschriften der XLIX. u. LII. Bd.] *München*, 1880. *Franz.* 4°.
S. 1875 Nr. 613. 40 *M* 60 *₰*

3. **d'Ancona, A.**. Studii di critica e di storia letteraria. *Bologna*, 1880. 16°. 04 pp. 6 *M*

4. **Boerckel, Alfr.** Frauenlob. Sein Leben und Dichten. Mit einem phototyp. itelbild nach der Statuette Frauenlob's von H. Barth. *Mainz*, 1880. *v. Zabern.* °. XI, 107 pp. 2 *M* 25 *₰*

5. **Burdach, Konr.** Reinmar der Alte und Walther von der Vogelweide. Ein eitrag zur Geschichte des Minnesangs. *Leipzig*, 1880. *Hirzel.* 8°. VI, 234 pp. 5 *M*

6. **Castelar, E.**. Ensayos literarios. *Madrid*, 1880. 8°. 330 pp. 4 *M* 80 *₰*

7. **Düntzer, H.** Schillers Leben. Mit authentischen Illustrationen: 46 Holzschn. nd 5 Beilagen [facsimilirten Autographien]. *Leipzig*, 1881. *Fues.* 8°. XIV, 558 pp. 7 *M*

8. **Ganghofer, L.** Johann Fischart und seine Verdeutschung des Rabelais. *München*, 1881. *Th. Ackermann.* 8°. 89 pp. 1 *M* 60 *₰*

9. **Heinsius, W.** Allgemeines Bücher-Lexikon oder vollständiges alphabeisches Verzeichniss aller von 1700 bis Ende 1879 erschienenen Bücher, welche ı Deutschland und in den durch Sprache und Literatur damit verwandten Länern gedruckt worden sind. Nebst Angabe der Druckorte, der Verleger, des Erheinungsjahres, der Seitenzahl, des Formats, der Preise etc. XVI. Bd., welcher ie von 1875 bis Ende 1879 erschienenen Bücher und die Berichtigungen früherer rscheinungen enthält. Herausgegeben von *O. Kistner.* 6. u. 7. Lfg. *Leipzig*, 1880. *Brockhaus.* 4°. 1. Abth. p. 401—560. *Jede Lfg.* 3 *M*; *Schreibpap.* 4 *M*
S. 1880 Nr. 2740

10. **Hettinger, Fr.** Die göttliche Komödie des Dante Alighieri nach ihrem wesentlichen Inhalt und Charakter dargestellt. Ein Beitrag zu deren Würdigung und Verständniss. Mit Dante's Bildniss. *Freiburg i. Br.*, 1880. *Herder*. 8°. XII, XII, 586 pp. 5 *M*

11. **Lorenz, O.** Catalogue général de la librairie française depuis 1840. Tome VIII. [Tome 2 de la table des matières, 1840—1875, M—Z.] 2ᵉ et 3ᵉ Fasc. Poésies—Zwingli. *Paris*, 1880. 8°. à 3 col. XIV, p. 241—684.
Schluss. — S. 1880 Nr. 2140. *Preis für Tome VII. VIII.* 60 *M*

12. **Lotheissen, Fd.** Molière. Sein Leben und seine Werke. *Frankfurt a. M.*, 1880. *Literar. Anstalt.* 8°. XII, 418 pp. *Mit rad. Portr.* 10 *M*

13. **Marbach, Osw.** Goethe's Faust. 1. u. 2. Theil erklärt. *Stuttgart*, 1881. *Göschen*. 8°. XIII, 481 pp. 8 *M*

14. **Milego é Inglada, S.** Estudios, disertaciones y ensayos filosófico-literarios. *Toledo*, 1880. 8°. 248 pp. 4 *M* 80 *Ꝭ*

15. **Oliphant, Mʳˢ.** Cervantes. *London*, 1880. 12°. 222 pp. 3 *M*

16. **Piper, P.** Die Sprache und Litteratur Deutschlands bis zum 12. Jahrhundert. Für Vorlesungen und zum Selbstunterricht bearbeitet. I. Thl. *A. u. d. T.:* Litteraturgeschichte und Grammatik des Althochdeutschen und Altsächsischen. Für Studirende bearbeitet. *Paderborn*, 1880. *F. Schöningh.* 8°. IX, 471 pp. 4 *M* 50 *Ꝭ*

17. **Scartazzini, J. Andr.** Abhandlungen über Dante Alighieri. *Frankfurt a. M.*, 1880. *Literar. Anstalt.* 8°. IV, 243 pp. 5 *M*

18. **Sohr, A., und A. Reifferscheid.** Heinrich Rückert in seinem Leben und seinen kleineren Schriften dargestellt. III. Bd. *A. u. d. T.:* Heinrich Rückert in seinem Leben und Wirken dargestellt von *A. Sohr. Weimar*, 1880. *Böhlau.* 8°. XIV, 318 pp. 5 *M*
S. 1877 Nr. 2110.

19. **Spark, W.** H. Smart, his Life and Works. *London*, 1880. 8°. 12 *M* 50 *Ꝭ*

20. **Stapfer, P.** Etude sur la littérature française moderne et contemporaine. *Paris*, 1880. 18°. 373 pp. 3 *M* 50 *Ꝭ*

21. **Tytler, S.** Jane Austen and her Works. *London*, 1880. 8°. 386 pp. 6 *M*

22. Verzeichniss der Incunabeln der Stiftsbibliothek von St. Gallen. Herausgegeben auf Veranlassung des katholischen Administrationsrathes des Kantons St. Gallen. *St. Gallen*, 1880. *Huber & Co. Verl.* 8°. VII, 265 u. Register LXIV pp. 10 *M*

23. **Wander, K. F. W.** Deutsches Sprichwörter-Lexikon. Ein Hausschatz für das deutsche Volk. 74. u. 75. Lfg. *Leipzig*, 1880. *Brockhaus.* 4°. V. Bd. XXIV pp. u. Sp. 1665—1824. *Jede Lfg.* 2 *M. Preis des ganzen Werkes* 150 *M*, geb. 160 *M*
Schluss. — S. 1880 Nr. 2750.

24. **v. Zezschwitz, Gh.** Das mittelalterliche Drama vom Ende des römischen Kaisertums deutscher Nation und von der Erscheinung des Antichrists. Nach einer Tegernseer Handschrift des 12. Jahrhunderts, nebst deutscher Uebersetzung und Einleitung. *Leipzig*, 1880. *Hinrichs' Verl.* 8°. VII, 248, 75 pp. *Mit 1 Lichtdr.* 4 *M*

II. Theologie und Philosophie.

25. The Epistle of Barnabas. From the Sinaitic MS. of the Bible. With a Translation by *S. Sharpe. London*, 1880. 8°. 3 *M*

26. **Baur, A.** Die Weltanschauung des Christenthums. *Blaubeuren*, 1881. *Mangold.* 8°. VII, 271 pp. 4 *M*

27. **Boyce, W. B.** The higher Criticism and the Bible. *London*, 1880. 8°. 488 pp. 10 *M* 80 *Ꝭ*

28. **Bresson, Lp.** Idées modernes. Cosmologie, sociologie. *Paris*, 1880. 8°. VIII, 357 pp. 5 *M*

29. **Brooks, Ph.** The Influence of Jesus. (Bohlen Lectures 1879.) *London*, 1880. 8°. 4 *M* 20 *Ꝭ*

30. **Butler, S.** Unconscious Memory. A Comparison between the Theory of Ewald and „The Philosophy of the Unconditioned" of E. v. Hartmann. With Translations from these Authors and preliminary Chapters bearing on Life and Habit, Evolution old and new and C. Darwin's edition of Krause's Erasmus Darwin. *London*, 1880. 8°. 288 pp. 9 *M*

31. **Capes, W.. W..** Stoicism. *London*, 1880. 12°. 255 pp. 3 *M*
32. **Carranee, E..** Légendes sacrées. Les grandes figures de la Bible. *Agen*, 80. 8°. VIII, 255 pp. 5 *M*
33. **Dixon, Rch. W..** History of the Church of England, from the Abolition of e Roman Jurisdiction. Vol. II. *London*, 1880. 8°. 604 pp. 19 *M*
S. 1878 Nr. 327.
34. **Ehrenhauss, M..** Die neuere Philosophie und der christliche Glaube in ihrem rhältnisse, aus den Quellen dargelegt. *Wittenberg*, 1881. *Wunschmann*. 8°. 0 pp. 2 *M* 40 *ℌ*
35. **Hall, W.. J..** Some sceptical Fallacies of certain modern Writers examined. ndon, 1880. 16°. 279 pp. 6 *M*
36. **Harris, H.** Death and Resurrection. With an Introduction on the Value of ternal Evidence. *London*, 1880. 12°. 192 pp. 4 *M* 20 *ℌ*
37. **Jacobus, M.. W..** Notes, critical and explanatory, on the Book of Genesis. vols. *London*, 1880. 8°. 580 pp. 7 *M* 20 *ℌ*
38. **Jevons, W. S..** Studies in deductive Logic. *London*, 1880. 8°. 330 pp. 7 *M* 20 *ℌ*
39. **Kaufmann, D..** Die Spuren Al-Batlajûsis in der jüdischen Religions-Philophie. Nebst einer Ausgabe der hebräischen Uebersetzungen seiner bildlichen reise. *Leipzig*, 1880. *Brockhaus' Sort. & Antiq.* 5 *M*
40. **Landerer, Mx. Alb.** Neueste Dogmengeschichte [von Semler bis auf die egenwart]. Herausgegeben von *P. Zeller*. *Heilbronn*, 1881. *Henninger*. 8°. X, 85 pp. 7 *M* 50 *ℌ*
41. **Leigh, A..** The Story of Philosophy. *London*, 1880. 8°. 210 pp. 7 *M* 20 *ℌ*
42. **Lozoya, J..** Los jesuitas, su vida, costumbres, adulterios, asesinatos, regiidios, envenenamientos y demás pequeñeces cometidas por la célebre compañía esde su fundacion hasta la época presente. *Madrid*, 1880. 4°. 204 pp. 3 *M* 20 *ℌ*
43. **Maclachlan, M^rs.** Notes and Extracts on misunderstood Texts. *London*, 880. 8°. 246 pp. 4 *M* 20 *M*
44. **Maclachlan, M^rs.** Notes on the Prophecies of Zachariah. *London*, 1880. 8°. 8 pp. 3 *M*
45. **van Manen, W.. C..** Conjecturaal-kritiek toegepast op den tekst van de schriften les nieuwen testaments. *Haarlem*, 1880. 8°. XVI, 352 pp. 5 *M*
46. **Maurer, Rb.** Kampf gegen Materialismus oder die Electricitätslehre. *Leipzig*, 1880. *Findel*. 12°. III, 88 pp. 1 *M* 20 *ℌ*
47. **Mendelssohn's, Moses,** Schriften zur Philosophie, Aesthetik und Apologetik. Mit Einleitungen, Anmerkungen und einer biographisch-historischen Charakteristik Mendelssohn's herausgegeben von *Mr. Brasch*. 2 Bde. Mit dem Bildnisse Mendelssohn's in Stahlst. *Leipzig*, 1880. *L. Voss*. 8°. XC, 537, VI, 602 pp. 12 *M*
48. **Meyer, H.. A.. W..** Critical and exegetical Commentary on the New Testament: Ephesians and Philemon. Thessalonians. *Edinburgh*, 1880. 8°. *Jeder Theil* 12 *M* 50 *ℌ*
49. **Michelis, F.** Katholische Dogmatik. 2 Thle. in 1 Bd. *Freiburg i. Br.*, 1881. *Wagner*. 8°. IV, 499 pp. 12 *M*
50. **Morris, J.** The new Nation. 5 vols. *London*, 1880. 8°. 50 *M*
51. **Pollock, F.** Spinoza, his Life and Philosophy. *London*, 1880. 8°. 508 pp. 19 *M*
52. **Schneider, Gfr.** Entwurf einer rationalen Seelenlehre. *Magdeburg*, 1881. *Creutz*. 8°. XVI, 120 pp. 3 *M*
53. **Tadra, Fd.** Cancellaria Arnesti. Formelbuch des ersten Prager Erzbischofs Arnest v. Pardubic. Nach einer Handschrift der k. k. Universitätsbibliothek zu Prag herausgegeben. *Wien*, 1880. *Gerold's Sohn*. 8°. 320 pp. 5 *M* 40 *ℌ*
54. **Tait.** The Church of the Future, its Catholicity, its Conflict with the Atheist, its Conflict with the Deist, its Conflict with the Rationalist, its dogmatic Teaching, practical Counsils for its Work, its Cathedrals. *London*, 1880. 8°. 212 pp. 4 *M* 20 *ℌ*
55. **Townsend, W..** Church and Dissent, in Principle and Practice. Being Reflections and Reasonings that have induced the Author, after eighteen Years' Communion among the Plymouth Brethren, to leave them and enter the Communion of the Church of England. *London*, 1880. 8°. 98 pp. 1 *M* 20 *ℌ*

56. **Wallace, W..** Epicureanism. *London*, 1880. 8⁰. 508 pp. 3 ℳ
57. **Woods, F.. H..** A Guide to the Study of Theology. *Thornton*, 1880. 8⁰. 80 pp. 3 ℳ

III. Erziehungswissenschaft.

58. **Guardia, J.. M..** L'Education dans l'école libre. *Paris*, 1880. 18⁰. V, 41 pp. 4 ℳ
59. **Krier, J.. B..** Das Studium und die Privat-Lektüre. *Luxemburg*, 1881. Brück. 8⁰. VII, 187 pp. 1 ℳ 20 ₰
60. **Smiles, Sam.** Duty. With Illustrations of Courage, Patience and Endurance. *London*, 1881. 8⁰. 418 pp. 7 ℳ 20 ₰
61. **Smith, J.. G..** Thoughts on Education. *London*, 1880. 8⁰. 62 pp. 2 ℳ 40 ₰

IV. Rechts- und Staatswissenschaft.

62. Annalen des Reichsgerichts. Sammlung aller wichtigen Entscheidungen des Reichsgerichts, sowie aller auf die Reichsrechtsprechung bezüglichen Erlasse und Verfügungen. Unter Mitwirkung von K. Braun herausgegeben von *Hs. Blum*. I. Bd. 2.—4. Heft. II. Bd. 1.—4. Heft. *Leipzig*, 1880. *Duncker & Humblot*. 8⁰. p. 113—448 u. p. 1—400. *Jedes Heft* 1 ℳ 60 ₰
S. 1880 Nr. 647.
63. **Barsanti, P..** La socialità nel sistema della proprietà privata. *Lucca*, 1880. 12⁰. 74 pp. 5 ℳ
64. **Bos, E.** Les Avocats aux conseils du roi. Etude sur l'ancien régime judiciaire de la France. *Paris*, 1880. 8⁰. 572 pp. 7 ℳ 50 ₰
65. **Bourne, St.** Trade, Population, and Food. A Series of Papers on economic Statutes. *London*, 1880. 8⁰. 360 pp. 14 ℳ 40 ₰
66. **Buckley, Rbt. B.** The Irrigation Works of India and their financial Results. Being a brief History and Description of the Irrigation Works of India and of the Profits and Losses which they have caused to the State. *London*, 1880. 8⁰. 198 pp. 10 ℳ 50 ₰
67. **Cantalupi, And.** Politica in Italia. *Torino*, 1880. 16⁰. 281 pp. 6 ℳ
68. **de Crescensio, C..** I fondamenti del dovere e del diritto. *Siracusa*, 1880. 8⁰. 24 pp. 1 ℳ 20 ₰
69. **Deuntzer, J.. H..** Den extraordinære Civilproces. *Kjøbnhavn*, 1880. 8⁰. 114 pp. 3 ℳ 50 ₰
70. **Ehrenberg, Vct.** Beschränkte Haftung des Schuldners nach See- und Handelsrecht. *Jena*, 1880. *Fischer*. 8⁰. XXII, 472 pp. 9 ℳ
71. Die Gesetzgebung des deutschen Reiches mit Erläuterungen. In Verbindung mit Endemann, v. Holtzendorff, Puchelt u. A. herausgegeben von *E. Bezold*. III. Thl. Strafrecht. V. Bd. 1. Hft. *Erlangen*, 1881. *Palm & Enke*. 8⁰. VIII u. p. 1—109. 2 ℳ 60 ₰
Inhalt: Reichsgesetz, betreffend den Wucher, vom 24. Mai 1880. Erläutert von F. Osc. v. Schwarze.
S. 1880 Nr. 3446.
72. **Grotefend, G. A..** Die Gesetze und Verordnungen nebst den sonstigen Erlassen für den preussischen Staat und das Deutsche Reich. Jahrgang 1880. Aus den Gesetzsammlungen für das Königreich Preussen und das Deutsche Reich, dem Reichs-Centralblatt und den amtlichen Mittheilungen der staatlichen und kirchlichen Centralbehörden in Preussen chronologisch zusammengestellt. 4. Heft. *Düsseldorf*, 1880. *Schwann*. 8⁰. p. 177—254. 1 ℳ
S. 1880 Nr. 2810.
73. **Grünewald, Ed.** Rechtsgrundsätze der Entscheidungen des Reichsgerichts. Nach dem Systeme der Gesetzbücher geordnet und gesammelt. II. Bd. Mit ausführlichem Gesetz- und Sachregister. *Berlin*, 1881. *C. Heymann's Verl.* 8⁰. 132 pp.
S. 1880 Nr. 2811. 2 ℳ 40 ₰
74. **Grünewald, Ed.** Repertorium zum allgemeinen deutschen Handelsgesetzbuch [mit Ausschluss des Seerechts]. III. Bd. [Mit ausführlichem Sachregister] *Bamberg*, 1881. *Buchner*. 8⁰. III, 282 pp. 4 ℳ 60 ₰
S. 1874 Nr. 372.

75. **Gugino, Gius.** Della possessio in solidam e della compossessio in diritto romano. *Palermo*, 1880. 8°. 58 pp. 2 *M* 40 *₰*

76. **Hasenöhrl, Vct.** Das österreichische Obligationenrecht in systematischer Darstellung mit Einschluss der Handels- und wechselrechtlichen Lehren. I. Bd. 2. Abth. *Wien*, 1881. *Braumüller*. 8°. VII u. p. 307—644. 6 *M*
S. 1878 Nr. 63.

77. **Jamieson, Rbt.** Political Economy for Business People. *London*, 1880. 8°. 310 pp. 6 *M*

78. **Jenkins, J.** The Laws relating to religious Liberty and public Worship. *London*, 1880. 8°. 232 pp. 6 *M*

79. Lex salia mit der Mallobergischen Glosse, nach dem Codex Lescurianus [Paris 9653] herausgegeben von *Alfr. Holder*. *Leipzig*, 1880. *Teubner*. 8°. 30 pp. 1 *M* 20 *₰*

80. Lex salica mit der Mallobergischen Glosse, nach den Handschriften von Besançon — Sanct-Gallen 731 und Jhs. Herold herausgegeben von *Alfr. Holder*. *Leipzig*, 1880. *Teubner*. 8°. 95 pp. 3 *M* 60 *₰*

81. Lex salica emendata, nach dem Codex von Trier-Leijden [Vossianus Lat. Oct. 86] herausgegeben von *Alfr. Holder*. *Leipzig*, 1880. *Teubner*. 8°. 42 pp. 1 *M* 60 *₰*

82. **Pelacchi, Pt.** Manuale teorico-pratico di procedura civile, commerciale e penale, per uso degli uscieri giudiziarii e degli inservienti comunali addetti ai conciliatori. *Poggibonsi*, 1880. 16°. 495 pp. 4 *M* 80 *₰*

83. **Petit, A.** Etude sur les titres au porteur. *Paris*, 1880. 8°. 202 pp. 5 *M*

84. **Pfaff, Lp.**, und **Fr. Hofmann.** Excurse über österreichisches allgemeines bürgerliches Recht. Beilagen zum Commentar. II. Bd. 1. u. 2. Heft. *Wien*, 1880. *Manz*. 8°. p. 1—212. *Jedes Heft* 2 *M*
S. 1877 Nr. 3379.

85. **Plósz, Alx.** Beiträge zur Theorie des Klagerechts. *Leipzig*, 1880. *Duncker & Humblot*. 8°. VII, 173 pp. 4 *M*

86. **Pret, C. A.** Le Droit de rétention dans les législations anciennes et modernes, françaises et étrangères. *Paris*, 1880. IV, 462 pp. 7 *M* 50 *₰*

87. **Richey, Alx. G.** The Irish Land Laws. *London*, 1880. 8°. 130 pp. 4 *M* 20 *₰*

88. Sammlung der in Elsass-Lothringen geltenden Gesetze. Herausgegeben von *E. Althoff*, *R. Förtsch*, *A. Harseim*, *A. Keller* und *A. Leoni*. I. Bd. Verfassungsrecht und Gesetzbücher. Anhang: Kostengesetze und Gebührenordnungen. *Strassburg*, 1880. *Trübner*. 8°. XXXI, 751 pp. 18 *M*

89. **Scamuzzi, L.** La viabilità obbligatoria e la giurisprudenza dei conciliatori nelle questioni d'opere: Studio di dottrina e di giurisprudenza. Seguito da un codice delle strade comunali obbligatorie. *Biella*, 1880. 8°. 372, 352 pp. 14 *M* 40 *₰*

90. **Weiffenbach, Jul.** Strafprozessordnung nebst Gerichtsverfassungs-Gesetz für das Deutsche Reich. Nach der Rechtsprechung des Reichsgerichts erläutert. *Cassel*, 1881. *Wigand*. 8°. VII, 189 pp. 2 *M*

91. **Wellington, Duke.** A Selection from the Despatches, Memoranda, and other Papers relating to India. Edited by S. J. Owen. With an Introductory Essay, Maps and Plans. *London*, 1880. 8°. 814 pp. 28 *M*

92. **Wiedemann, A.** Die communale Verfassung und Verwaltung der Provinz Ostpreussen. *Königsberg*, 1881. *Hartung*. 8°. VI, 251 pp. 4 *M*

93. **Winiker, R.** Die Klassen- und klassifizirte Einkommensteuer in Gemässheit der neuesten gesetzlichen Vorschriften und Ausführungsbestimmungen. *Berlin*, 1880. *v. Decker*. 8°. VII, 213 pp. 2 *M* 80 *₰*

V. Mathematik und Naturwissenschaften.

94. Abhandlungen der naturforschenden Gesellschaft zu Halle. Original-Aufsätze aus dem Gebiete der gesammten Naturwissenschaften. XV. Bd. 1. Heft. *Halle*, 1880. *Niemeyer*. 4°. 196 pp. *Mit 13 Holzschn. u. 3 zum Theil color. Steintaf.*

95. **Allen, J. H.** History of North American Pinnatipeds. A Monograph of Walruses, Sea Lions, Sea Bears and Seals of North America. *Washington*, 1880. 8°. XVI, 785 pp. 25 *M*

96. **Auerbach, Fel.** Untersuchungen über die Natur des Vocalklanges. *Berlin*, 1876. [*Breslau, Barschak.*] 8°. 49 pp. *Mit 1 Steintaf.* 1 *M* 20 *S*

97. **Avé-Lallemant, Rb.** Wanderungen durch die Pflanzenwelt der Tropen. Allen Verehrern der Natur, insonderheit den Freunden der Botanik gewidmet. *Breslau*, 1880. *F. Hirt.* 8°. VIII, 188 pp. 4 *M*

98. **v. Bauernfeind, C. Mx.** Ergebnisse aus Beobachtungen der terrestrischen Refraction. 1. Mittheilung, enthaltend die Feststellung von Thatsachen. Mit 2 Steindr.-Taf. [Aus: „Abhandlungen der k. bayer. Akademie der Wissenschaften."] *München*, 1880. *Franz.* 4°. 132 pp. 5 *M*

99. **Berge, Hm.** Pflanzenphysiognomie. Besprechung der landschaftlich wichtigsten Gewächse. Mit 328 in den Text gedr. Holzschn. *Berlin*, 1880. *Wiegandt, Hempel & Parey.* 8°. XII, 288 pp. 6 *M*

100. **Bombicci, L.** Mineralogia generale. *Milano*, 1880. 16°. XIV, 174 pp. *Mit Illustr.* 1 *M* 80 *S*

101. **Burmeister, H.** Cephalocoema und Phylloscyrtus, zwei merkwürdige Orthopteren-Gattungen der Fauna Argentina. Mit 1 Taf. [Aus „Abhandlungen der naturforschenden Gesellschaft zu Halle."] *Halle*, 1880. *Niemeyer.* 4°. 20 pp. 1 *M* 60 *S*

102. **Cairns, F. A.** A Manual of quantitative chemical Analysis. *New York*, 1880. 8°. VIII, 270 pp. 14 *M* 40 *S*

103. **Chapuis, A.** Rôle chimique des ferments figurés. *Lyon*, 1880. 4°. 170 pp. 3 *M* 50 *S*

104. **Cleve, P. T., und A. Grunow.** Beiträge zur Kenntniss der arctischen Diatomeen. Mit 7 Taf. [Aus: „Svenska Vêtenskaps-Akademiens Handlingar."] *Stockholm*, 1880. [*Upsala, Akadem. Buchh.*] 4°. 131 pp. 14 *M*

105. **Cohen, E.** Sammlung von Mikrophotographien zur Veranschaulichung der mikroskopischen Structur von Mineralien und Gesteinen, aufgenommen von *J. Grimm* in Offenburg. 1. Lfg. *Stuttgart*, 1881. *Schweizerbart.* 4°. *8 Taf. mit 1 Bl. Text.* 16 *M*

106. **Fries, El.** Icones selectae Hymenomycetum nondum delineatorum. Vol. II. Fasc. 5. *Stockholm*, 1880. [*Berlin, Friedländer & Sohn.*] Fol. p. 41—44. *Mit 10 Chromolith.* 13 *M*
S. 1879 Nr. 3179.

107. **Graefe, F.** Erweiterungen des Paskal'schen Sechsecks und damit verwandter Figuren. *Wiesbaden*, 1881. *Limbarth.* 8°. IV, 57 pp. 1 *M* 60 *S*

108. **Gunther, Albt. C. L.** An Introduction to the Study of the Fishes. *Edinburgh*, 1880. 8°. 732 pp. 28 *M* 50 *S*

109. **Gurney, Edm.** The Power of Sound. *London*, 1880. 8°. 550 pp. 30 *M*

110. **Hallier, E.** Untersuchungen über Diatomeen, insbesondere über ihre Bewegungen und ihre vegetative Fortpflanzung. Mit 2 Taf. in Farbendr. *Gera*, 1880. *Köhler.* 8°. 32 pp. 1 *M* 50 *S*

111. **Hess, W.** Bilder aus dem Leben schädlicher und nützlicher Insekten. III. Die Schmetterlinge. Mit 82 in den Text gedr. Holzschn.-Illustr. *Leipzig*, 1881. *Wilfferodt.* 8°. III, 200 pp. 2 *M*
S. 1874 Nr. 1298.

112. **van Heurck, H.** Synopsis des diatomées de Belgique. Fasc. I. Raphidées. Ire partie. *Anvers*, 1880. 8°. 16 pp. *Mit 10 Taf.* 8 *M*

113. **Jensen, O. S.** Die Structur der Samenfäden. Mit einer lith. Taf. *Bergen*, 1879. [*Berlin, Friedländer & Sohn.*] 8°. 38 pp. 1 *M* 60 *S*

114. **Karsten, H.** Deutsche Flora. Pharmaceutisch-medicinische Botanik. Ein Grundriss der systematischen Botanik zum Selbststudium für Aerzte, Apotheker und Botaniker. Mit gegen 700 Holzschn.-Abbildgn. 1. Lfg. *Berlin*, 1880. *Spaeth.* 8°. p. 1—128. 1 *M* 50 *S*
Soll in ca. 10 Lfgn. erscheinen.

116. **Lauche, W.** Deutsche Dendrologie. Systematische Uebersicht, Beschreibung, Kulturanweisung und Verwendung der in Deutschland ohne oder mit Decke aushaltenden Gehölze. Mit 283 Holzschn. nach Zeichnungen des Verfassers. *Berlin*, 1880. *Wiegandt, Hempel & Parey.* 8°. XIII, 727 pp. 20 ℳ

117. **Lorinser, F.** Das Buch der Natur. Entwurf einer kosmologischen Theodicee. VII. Bd. *A. u. d. T.:* Physik in Beziehung zur Theodicee. *Regensburg*, 1880. *Manz.* 8°. XVI, 640 pp. 10 ℳ
Schluss. — S. 1880 Nr. 2943.

118. **M'Leod and G. S. Clarke.** Determination of the Rate of Vibration of Tuning Forks (Philosophical Transactions). *London*, 1880. 4°. 14 pp. *Mit Taf.* 7 ℳ 20 ₰

119. **Martini und Chemnitz.** Systematisches Conchylien-Cabinet. In Verbindung mit Philippi, L. Pfeiffer, Dunker u. E. Römer neu herausgegeben und vervollständigt von *H. C. Küster*; nach dessen Tode fortgesetzt von *W. Kobelt* und *H. C. Weinkauff.* 295.—297. Lfg. *Nürnberg*, 1880. *Bauer & Raspe.* 4°. 72 pp. *Mit 18 color. Steintaf.* *Jede Lfg.* 9 ℳ
S. 1880 Nr. 2847.

120. **Niven, C.** Conduction of Heat in Ellipsoids of Revolution. (Philosophical Transactions.) *London*, 1880. 4°. 34 pp. 3 ℳ 60 ₰

121. Palaeontographica. Beiträge zur Naturgeschichte der Vorzeit. Herausgegeben von *W. Dunker* und *K. A. Zittel*, unter Mitwirkung von W. Benecke, E. Beyrich, v. Fritsch, W. Neumayr, und Fd. Römer als Vertretern der deutschen geologischen Gesellschaft. XXVII. Bd. oder 3. Folge. III. Bd. 2. Lfg. *Kassel*, 1880. *Fischer.* 4°. p. 81—127. *Mit 3 Steintaf. u. 3 Bl. Taf.-Erklärgn.* 15 ℳ
S. 1880 Nr. 2538.

122. **Peschka, Gst. Ad.** Normalenflächen längs ebener Flächenschnitte. [Mit 4 Taf.] [Aus: „Sitzungsberichte der k. Akademie der Wissenschaften."] *Wien*, 1880. *Gerold's Sohn.* 8°. 52 pp. 2 ℳ 50 ₰

123. **Pisani, F.** Traité pratique d'analyse chimique qualitative et quantitative à l'usage des laboratoires de chimie. *Paris*, 1880. 18°. XII, 309 pp. 3 ℳ 50 ₰

124. **Potts, Rbt.** Elementary Algebra, with brief Notices of its History. *London*, 1880. 8°. 7 ℳ 80 ₰

125. Publicationen des astrophysikalischen Observatoriums zu Potsdam. I. Bd. 2.—4. Stück. *Potsdam*, 1880. [*Leipzig*, *Engelmann.*] 4°. 40 pp. *Mit 2 Steintaf.*, 79 pp. *Mit 8 Steintaf.*, 28 pp. 10 ℳ
Inhalt: 2. Beobachtungen und Untersuchungen über die physische Beschaffenheit des Jupiter, und Beobachtungen des Planeten Mars. Von O. Lohse. 1878. 5 ℳ. — 3. Untersuchungen über das Sonnenspectrum. Von H. C. Vogel. 12 ℳ. — 4. Meteorologische Beobachtungen in den Jahren 1877 und 1878. 2 ℳ.
S. 1879 Nr. 110.

126. **Robson, J. H.** An elementary Treatise on geometrical Drawing. With numerous Examples. *London*, 1880. 8°. 4 ℳ 20 ₰

127. **Romanes, G. J.** Concluding Observations on the Locomotor System of Medusae (Philosophical Transactions). *London*, 1880. 4°. 42 pp. 3 ℳ

128. **Russ, K.** Die fremdländischen Stubenvögel, ihre Naturgeschichte, Pflege und Zucht. III. Bd.: Die Papageien. 10. Lfg. *Hannover*, 1880. *Rümpler.* 8°. XXVIII u. p. 737—891. 3 ℳ
Schluss. — S. 1880 Nr. 2852.

129. **Scheibner, W.** Supplement zur Abhandlung über die Reduction elliptischer Integrale in reeller Form. [Aus: „Abhandlungen der k. sächs. Gesellschaft der Wissenschaften."] *Leipzig*, 1880. *Hirzel.* 8°. XLII pp. 1 ℳ 50 ₰
S. 1879 Nr. 3203.

130. **Schimper, A. F. W.** Die Vegetationsorgane von Prosopanche Burmeisteri. Mit 2 Taf. [Aus: „Abhandlungen der naturforschenden Gesellschaft zu Halle."] *Halle*, 1880. *Niemeyer.* 4°. 27 pp. 2 ℳ

131. **Schott, O.** Beiträge zur Kenntniss der unorganischen Schmelzverbindungen. Eine Reihe chemisch-krystallographischer Untersuchungen. Mit in den Text eingedr. Holzst. *Braunschweig*, 1880. *Vieweg & Sohn.* 8°. VII, 122 pp. 4 ℳ

132. **Swinton, A. H.** Insect Variety, its Propagation and Distribution. *London*, 1880. 8°. 830 pp. 12 ℳ

133. **Thompson, W.** Electricity and Heat, being Articles contributed to the En-

134. **Weyrauch, Jac. J..** Theorie des Erddrucks auf Grund der neueren Anschauungen. Mit 34 Holzschn. im Text. [Aus: „Allgemeine Bauzeitung".] *Wien*, 1881. *v. Waldheim*. 8⁰. 52 pp. 1 *M* 20 *Ŝ*

135. **Wilckens, Mt.** Grundzüge der Naturgeschichte der Hausthiere. *Dresden*, 1880. *Schönfeld*. 8⁰. XVI, 317 pp. 6 *M*

136. **Williams, W.. M..** Simple Treatise on Heat. *London*, 1880. 8⁰. 176 pp. 3 *M*

137. **Willkomm, Mr.** Illustrationes florae Hispaniae insularumque Balearium. Figures de plantes nouvelles ou rares décrites dans le Prodromus Flora Hispanicae ou récemment découvertes en Espagne et aux îles Baléares, accompagnées d'observations critiques et historiques. 1re livr. *Stuttgart*, 1881. *Schweizerbart*. Fol. 12 pp. *Mit 9 color. Steintaf.* 12 *M*

138. **Woldřich, J. N..** Diluviale Fauna von Zuzlawitz bei Winterberg im Böhmerwalde. [Mit 4 Taf.] [Aus: „Sitzungsberichte der k. Akademie der Wissenschaften."] *Wien*, 1880. *Gerold's Sohn*. 8⁰. 60 pp. 2 *M*

139. **Zittel, K. A.** Handbuch der Palaeontologie, unter Mitwirkung von *W. Ph. Schimper* herausgegeben. II. Bd. 2. Lfg. Mit 49 Orig.-Holzschn. *München*, 1880. *Oldenburg* 8⁰. p. 153—232 pp. 3 *M*
S. 1880 Nr. 3131.

VI. Medicin.

140. **Anton, Jhs.** Ueber hereditäre Syphilis. *Berlin*, 1880. *Mayer & Müller*. 8⁰. 50 pp. 1 *M*

141. **Balkwill, F.. H..** Mechanical Dentistry in Gold and Vulcanite, arranged with regard to the Difficulties of the Pupils mechanical Assistant and young Practitioner. *London*, 1880. 8⁰. 220 pp. 12 *M*

142. **Cayley, W..** Pathology and Treatment of Typhoid Fever. Croomian Lectures. *London*, 1880. 8⁰. 126 pp. 5 *M* 40 *Ŝ*

143. Deutsche Chirurgie. Mit zahlreichen eingedr. Holzschn. und lith. Taf. Bearbeitet von *Bandl, v. Bergmann, Billroth* etc. Herausgegeben von *Billroth* u *Luecke*. 51. u. 64. Lfg. *Stuttgart*, 1880. *Enke*. 8⁰ XVI, 240 pp. *Mit 22 Holzschn. und 3 Taf. in Farbendr.*, XXXV, 292 pp. *Mit 116 Holzschn. u. 2 Taf.* 15 *M*
Inhalt: 51. Die Endoskopie der Harnröhre und Blase. Von Jos. Grünfeld. — 64. Die chirurgischen Krankheiten der oberen Extremitäten. Von P. Vogt.
S. 1880 Nr. 2869.

144. **Davy, Rch.** Surgical Lectures delivered in the Theatre of the Westminster Hospital. *London*, 1880. 8⁰. 124 pp. 9 *M*

145. **Faget, J.. C..** L'Art d'apaiser les douleurs de l'enfantement. *Paris*, 1880 8⁰. 87 pp. 2 *M*

146. **Graff, K.** Lehrbuch der Gewebe und Organe der Haussäugethiere. Für Landwirthe und Thierärzte. Zum Selbstunterricht und als Leitfaden bei Vorlesungen. Mit 143 Holzst. *Jena*, 1880. *Dege & Haenel*. 8⁰. XVI, 184 pp. 6 *M*

147. **Gros, Sam. W..** A practical Treatise on Tumours of the Mammary Gland, embracing History, Pathology etc. *London*, 1880. 8⁰. 12 *M* 50 *Ŝ*

148. **Hager, Hm.** Handbuch der pharmaceutischen Praxis. Für Apotheker, Aerzte, Droguisten und Medicinalbeamte. Mit zahlreichen in den Text gedr. Holzschn. Ergänzungsbd. 1.—2. Lfg. *Berlin*, 1881. *Springer*. 8⁰. 224 pp.
Soll in ca. 6 Lfgn. erscheinen. *Jede Lfg.* 2 *M*
S. 1878 Nr. 2843.

149. Handbuch der Kinderkrankheiten. Bearbeitet von *Hennig, v. Vierordt, Henke* etc. Herausgegeben von *C.. Gerhardt*. VI. Bd. 2. Abth. *Tübingen*, 1880. *Laupp*. 8⁰. X, 790 pp. 15 *M*
Inhalt: Die chirurgischen Erkrankungen II. Von F.. Beely, J. Trendelenburg, E. v. Wahl, F. Meusel, Bokai, Th. Kocher.
S. 1880 Nr. 2563.

150. Handbuch der allgemeinen Therapie, bearbeitet von *J.. Bauer, F.. Busch, W.. Erb* etc. Herausgegeben von *H.. v. Ziemssen*. II. Bd. 1. Thl. *Leipzig*, 1880. *F. C. W. Vogel*. 8⁰. XII, 454 pp. 9 *M*
Inhalt: Klimatotherapie von H.. Weber. Balneotherapie von O.. Leichtenstern.

151. v. **Hecker, C.** Beobachtungen und Untersuchungen aus der Gebäranstalt München, umfassend den Zeitraum 1859—1879. Mit 4 Taf. in Lichtdr. *München*, 1881. *Rieger.* 8°. VIII, 174 pp. 8 ℳ

152. **Hofheim und Heppenheim.** Die Irrenanstalten des Grossherzogthums Hessen. Berichte über Organisation, Verwaltung und Leistungen derselben in den Jahren 1866 bis 1877. Mit 2 lith. Plänen. *Darmstadt*, 1880. *Jonghaus.* 8°. XXXII, 92 pp. 4 ℳ 50 ₰

153. **Knoll, Ph.** Ueber Myocarditis und die übrigen Folgen der Vagussection bei Tauben. Mit 2 Taf. [Aus: „Zeitschrift für Heilkunde."] *Prag*, 1880. *Tempsky.* 8°. 63 pp. 1 ℳ 60 ₰

154. **Koeppe, C.** Die Homöopathie Hahnemann's und die der Neuzeit. Eine vergleichende Studie. *Berlin*, 1881. *Hirschwald.* 8°. III, 100 pp. 2 ℳ

155. **Lewis, W.. B..** Researches on the comparative Structure of the Cortex cerebri. (Philosophical Transactions.) *London*, 1880. 4°. 30 pp. *Mit Taf.* 6 ℳ

156. **Marsden, A..** The Treatment of Cancer and Tumours by Chian-Turpentine, Caustics, Excision and other Methods. To which is added a short practical and systematic Description of all the Varieties of this Disease, and Remarks on the Nature and Treatment of Ulcers. *London*, 1880. 8°. 32 pp. 1 ℳ 20 ₰

157. **Ridge, J. Jam.** The Non-Alcoholic Home Treatment of Disease. *London*, 1880. 8°. 124 pp. 1 ℳ 80 ₰

158. **Rigauer, Val.** Die Diphtherie und ihre Behandlung durch das kalte Nasenbad. Mit 2 Taf. *Leipzig*, 1880. *F. C. W. Vogel.* 8°. III, 98 pp. 2 ℳ 80 ₰

159. **Swain, P.** Hints on the Application of the poro-plastic Jacket in spinal Curvature. *London*, 1880. 8°. *Mit Illustr.* 1 ℳ 20 ₰

160. **Thompson, H.** Clinical Lectures and Cases with Commentaries. *London*, 1880. 8°. 208 pp. 9 ℳ

161. **Unman, Gst. Arn.** Die schwedische Heilgymnastik, ihre physiologisch-pathologische Grundlage und therapeutische Bedeutung. *Hamburg*, 1880. *Kriebel.* 8°. 66 pp. 1 ℳ 50 ₰

162. **Untersuchungen aus dem physiologischen** Institute der Universität Heidelberg. Herausgegeben von *W. Kühne.* III. Bd. 3. u. 4. Heft. [11. u. 12. Ergänzungsheft zu den Verhandlungen des naturhistorisch-medicinischen Vereins zu Heidelberg.] *Heidelberg*, 1880. *C. Winter.* 8°. p. 197—420. *Mit 5 Holzschn. u. Steintaf.* 8 ℳ 20 ₰
S. 1880 Nr. 93.

VII. Geographie und Geschichte.

163. **Actenstücke aus den Correspondenzen** des k. u. k. gemeinsamen Ministeriums des Aeussern über orientalische Angelegenheiten. [Vom 13. Juli 1878 bis . October 1880.] *Wien*, 1880. *k. k. Hof- u. Staatsdruckerei.* 4°. 404 pp. 6 ℳ

164. **d'Albertis, L.. M..** New Guinea. What I did and what I saw. 2 vols. *London*, 1880. 8°. 830 pp. 50 ℳ

165. **Altenburger, G..,** und **B.. Rumbold.** Wappenbuch des Königreichs Ungarn und seiner Nebenländer. 1. Heft. *Budapest*, 1880. *Grimm.* 4°. 10 pp. *Mit Steintaf.* 4 ℳ
Soll in 15 Heften erscheinen.

166. **Andrews.** A daring Voyage across the Atlantic Ocean by two Americans, the Brothers Andrews. The Log of the Voyage by Capt. W.. A.. Andrews. With Introduction and Notes by Macaulay. *London*, 1880. 8°. 158 pp. 3 ℳ

167. **Asensio, J.. M..** El Conde de Lemos, protector de Cervantes. Estudio histórico. *Madrid*, 1880. 56 pp. 1 ℳ 60 ₰

168. **Ashe.** The Story of the Zulu Campaign. *London*, 1880. 8°. 416 pp. *Mit Karte.* 19 ℳ

169. **Aubugeois de la Ville du Bost, H.** Histoire du Dorat. *Paris*, 1880. 8°. X, 2 pp. *Mit Plan.* 5 ℳ

170. **Babsch, Fr.** Die alten Germanen in der Universalgeschichte und ihre Eigen-

171. **van Basel, W.. H..**, Schetsen uit Siam. *Amsterdam*, 1880. 8⁰. 123 pp. 5 ℳ
172. **Van den Berg.** Petite histoire des Grecs depuis les origines jusqu'à la conquête de la Grèce par les Romains. *Paris*, 1880. 16⁰. 619 pp. *Mit 85 Illustr.* 2 ℳ 50 ₰
173. **Besse, P..** Geschichte der Deutschen bis zur höchsten Machtentfaltung des römisch-deutschen Kaiserthums unter Heinrich III. 5. Lfg. *Leipzig*, 1880. *Webel.* 8⁰. p. 321—400. 1 ℳ 20 ₰
S. 1880 Nr. 2898.
174. **Bird, J.. L..** Unbeaten Tracks in Japan. An Account of Travels in the Interior, including Visits to the Aborigines of Gezo and the Shrines of Nikkô and Tsé. 2 vols. *London*, 1880. 8⁰. 780 pp. *Mit Karten u. Illustr.* 28 ℳ 50 ₰
175. **Böhtlingk, Arth.** Napoleon Bonaparte, seine Jugend und sein Emporkommen. II. Bd. Vom 13. Vendémiaire bis zum 18. Brumaire [5. October 1795—9. November 1799]. *Jena*, 1880. *E. Frommann.* 8⁰. XVII, 483 pp. 8 ℳ
S. 1877 Nr. 3443.
176. **v. Borch, Lp.** Beiträge zur Rechtsgeschichte des Mittelalters mit besonderer Rücksicht auf die Ritter und Dienstmannen fürstlicher und gräflicher Herkunft. *Innsbruck*, 1881. *Rauch.* 4⁰. 84 pp. *Mit 1 lith. Taf.* 4 ℳ
177. Briefwechsel zwischen Gauss und Bessel. Herausgegeben auf Veranlassung der k. preussischen Akademie der Wissenschaften. *Leipzig*, 1880. *Engelmann.* 8⁰. XXVI, 597 pp. 16 ℳ
178. Briefwechsel zwischen Jacob und Wilhelm Grimm aus der Jugendzeit. Herausgegeben von *Hm. Grimm* und *Gst. Hinrichs. Weimar*, 1881. *Böhlau.* 8⁰. VII, 541 pp. 10 ℳ
179. **Brunkow, Osk.** Die Wohnplätze des Deutschen Reiches. Auf Grund der amtlichen Urmaterialien bearbeitet u. herausgegeben. I. Abth. Königreich Preussen. 5.—8. Lfg. *Berlin*, 1880. *Bickhardt.* 4⁰. *Jede Lfg.* 5 ℳ
S. 1880 Nr. 2304.
180. **Buller, Jam.** New Zealand past and present. *London*, 1880. 8⁰. 204 pp. 4 ℳ 20 ₰
181. **Bushnell, H..** Life and Letters. *London*, 1880. 8⁰. 586 pp. 6 ℳ
182. Calendar of State Papers. Domestic Series. **Charles I. 1640.** Edited by *W.. W.. Hamilton. London*, 1880. 8⁰. 18 ℳ
S. 1880 Nr. 3172.
183. **Cañamaque, Fr.** Las Islas Filipinas. Reformas. La novela de Filipinas. Candelario. Monografía de Zambales. Costumbres en Visayas. *Madrid*, 1880. 8⁰. 238 pp. *Mit 1 Karte.* 4 ℳ
184. **Cooper, H.. S..** Coral Lands. 2 vols. *London*, 1880. 8⁰. 720 pp. 33 ℳ
185. **Dreifuss, Hm.** Die Münzen und Medaillen der Schweiz, beschrieben. Herausgegeben zur 100jährigen Jubelfeier des schweizerischen Münz- und Medaillen-Cabinets von Glb. Em. v. Haller. Mit Abbildgn. 1. u. 2. Lfg. *Zürich*, 1880. *Schmidt.* 8⁰. I. Bd. p. 1—96. *Mit 1 Steintaf. Jede Lfg.* 1 ℳ 60 ₰
186. **Eden, C.. H..** Africa seen through its Explorers. *London*, 1880. 8⁰. 6 ℳ
187. **Egger, Jos.** Geschichte Tirols von den ältesten Zeiten bis in die Neuzeit. III. Bd. 5. Lfg. *Innsbruck*, 1880. *Wagner.* 8⁰. VIII u. p. 513—954. 4 ℳ 80 ₰
S. 1879 Nr. 466.
188. **Escher, Alb.** Schweizerische Münz- und Geldgeschichte von den ältesten Zeiten bis zur Gegenwart. 5. Heft. *Bern*, 1880. *Dalp.* 8⁰. I. Bd. IV u. p. 193—227. *Mit eingedr. Holzschn.* 2 ℳ
S. 1879 Nr. 1057.
189. **Fagan, L.** Sir Anthony Panizzi. With an Etching and other Illustrations. 2 vols. *London*, 1880. 8⁰. 810 pp. 30 ℳ
190. **Farley, J.. L..** New Bulgaria. *London*, 1880. 8⁰. 64 pp. 3 ℳ
191. **Faulmann, K.** Illustrirte Culturgeschichte. Mit 14 Taf. in Farbendruck, mehreren Facsimilebeilagen und ca. 300 in den Text gedr. Illustr. 5.—8. Lfg. *Wien*, 1880. *Hartleben.* 8⁰. p. 129—256. *Jede Lfg.* 60 ₰
S. 1880 Nr. 2913.
192. **Feudge, F.. R..** India. *Boston*, 1880. 12⁰. XIII, 640 pp. 9 ℳ
193. **Fontane, M..** Histoire universelle. Inde védique (de 1800 à 800 avant Jésus-Christ. *Paris*, 1880. 8⁰. VIII, 436 pp. 7 ℳ 50 ₰

195. **Gallenga, A.** South America. *London*, 1880. 8°. 400 pp. 16 M 80 ₰

196. **Hannay, J.** The History of Acadia, from its first Discovery to its Surrender to England by the Treaty of Paris. *London*, 1880. 8°. 438 pp. 15 M

197. **Hansjakob, H.** In den Niederlanden. Reise-Erinnerungen. 2 Thle. [1. Bellen. — 2. Holland.] *Heidelberg*, 1881. *Weiss.* 8°. IV, 565 pp. 7 M 20 ₰

198. **Havard, H.** La Hollande à vol d'oiseau. **Eaux-fortes et fusains de Mx. alanne.** *Paris*, 1880. 4°. 404 pp. *Mit Vign. & Illustr.* 25 M

199. **Hayward, A.** Sketches of eminent Statesmen and Writers. With other Essays, reprinted from the Quarterly Review with Additions and Corrections. vols. *London*, 1880. 8°. 580 pp. 33 M

200. **Herquet, K.** Cyprische Königsgestalten des Hauses Lusignan. Mit einer Karte. *Halle*, 1881. *Buchh. des Waisenhauses.* 8°. IV, 182 pp. 5 M

201. **Hill, Sir Rowland.** Life and the History of Penny Postage. By Sir R. Hill and his Nephew G. Birkbeck Hill. 2 vols. *London*, 1880. 8°. 1066 pp. 36 M

202. **Iffland, A. A.**, und **F. L. Schröder.** Briefe an den Schauspieler Werdy. Herausgegeben von *O. Devrient.* Mit den Bildnissen der beiden Meister. *Frankfurt a. M.*, 1881. *Rommel.* 8°. IV, 149 pp. 2 M 40 ₰

203. **Japp, A. H.** German Life and Literature. In a Series of biographical Sketches. *London*, 1880. 8°. 530 pp. 14 M 40 ₰

204. Kaiserurkunden in Abbildungen, herausgegeben von *H. v. Sybel* und *T. Sickel.* 1. Lfg. 30 Urkunden in Lichtdr. auf 29 Taf. Mit Text. *Berlin*, 1881. *Weidmann.* 4°. VIII, 16 pp. 30 M

205. **Kekulé, Rhrd.** Das Leben Friedrich Gottlieb Welcker's. Nach seinen eigenen Aufzeichnungen und Briefen. Mit einem Bildniss Welcker's in Radirungen von L. Otto. *Leipzig*, 1880. *Teubner.* 8°. VIII, 519 pp. 10 M 80 ₰

206. **Koch, Adf.** Die frühesten Niederlassungen der Minoriten im rechtsrheinischen Bayern. *Heidelberg*, 1880. *C. Winter.* 8°. 35 pp. 1 M

207. **Kossuth.** Souvenirs et écrits de mon exil. Période de la guerre d'Italie. *Paris*, 1880. 8°. XLVIII, 351 pp. 8 M

208. Der deutsch-französische Krieg 1870—71. Redigirt von der kriegsgeschichtlichen Abtheilung des Grossen Generalstabes. 18. Heft. *Berlin*, 1880. *Mittler & Sohn.* 8°. p. 1031—1178 u. Anlagen p. 475—616. 10 M

Inhalt: 2. Thl. Geschichte des Krieges gegen die Republik. Die Ereignisse auf dem südöstlichen Kriegsschauplatze bis Mitte Januar 1871 und vor Paris vom Beginn des Jahres 1871 bis zum Waffenstillstande. Mit 9 lith. Karten und Plänen, und Skizzen im Text.
S. 1880 Nr. 2316.

209. **Leader, J. Dn.** Mary, Queen of Scots, in Captivity. A Narrative of Events from Jan. 1569 to Dec. 1584, whilst George Earl of Shrewsbury was the Guardian of the Scottish Queen. *London*, 1880. 8°. 660 pp. 25 M

210. **Leclercq, J.**, Voyage aux Iles Fortunés. Le Pic de Ténériffe et les Canaries. *Paris*, 1880. 18°. 243 pp. 3 M

211. **Livingstone, D.** Personal Life. Chiefly from his unpublished Journals and Correspondence in the possession of his Family. By W. G. Blaikie. *London*, 1880. 8°. 518 pp. 18 M

212. **Lopez de Vicuña, R.** Curso de historia universal. *Corruña*, 1880. 8°. 198 pp. 28 M

213. **Lund, T.** Danmarks og Norge's Historie i Slutningen af det 16de Aarhundrede. I. Indre Historie, Tredie Bog. Dagligt Liv i Norden: Herregaarde og Slotte. *Kjøbenhavn*, 1880. 8°. 302 pp. 9 M
S. 1880 Nr. 3189.

214. **M'Grath, T.** Pictures from Ireland. *London*, 1880. 8°. 202 pp. 6 M

215. **Menzies, S.** Turkey, old and new, historical, geographical and statistical. 2 vols. *London*, 1880. 8°. 860 pp. 38 M

216. **Möller, J. Csp.** Geschichte der vormaligen Grafschaft Bentheim von den ältesten Zeiten bis auf unsere Tage. *Lingen*, 1879. *van Acken.* 8°. VIII, 536 pp. 5 M

217. **Möller, J. Csp.** Geschichte der vormaligen Grafschaft Lingen von den ältesten Zeiten bis auf unsere Tage. *Lingen*, 1874. *van Acken.* 16°. IV, 236 pp. 2 M

219. **Palmer, E.. H..** Haroun Alraschid, Caliph of Bagdad. *London*, 1880. 8°. 228 pp. 3 *M*

220. **v. Ranke's, Lp.,** sämmtliche Werke. XLV.—XLVII. Bd. *Leipzig*, 1880. *Duncker & Humblot.* 8°. VIII, 302, XVI, 331, 318 pp. *Jeder Bd.* 4 *M* 50 *S.*

Inhalt: 45. Ursprung und Beginn der Revolutionskriege 1791 und 1792. — 46. 47. Hardenberg und die Geschichte des preussischen Staates von 1793—1813. Zweite Auflage der in den Werke „Denkwürdigkeiten des Staatskanzlers Fürsten v. Hardenberg" den eigenhändigen Memoiren Hardenberg's beigegebenen historischen Darstellung des Herausgebers. I. u. II. Bd. S. 1880 Nr. 787.

221. **Reed, Edm. J.** Japan, its History, Traditions and Religions, with the Narrative of a Visit in 1879. 2 vols. *London*, 1880. 8°. 770 pp. *Mit Karten u. Illustr.* 33 *M*

222. **Rohlfs, Ghd.** Neue Beiträge zur Entdeckung und Erforschung Afrika's. Mit einem Bilde von Mohammed el Gatroni, dem Diener von H. Barth, E. Vogel M. v. Beurmann, Duveyrier, Rohlfs und Nachtigal. *Kassel*, 1881. *Fischer.* 8°. III, 156 pp. 3 *M*

223. **Salas, J..** Portugal. Nociones geográficas. Reseña histórica. Organizacion política, judicial y ecclesiástica y servicios administrativos etc. *Barcelona*, 1880. 8°. 266 pp. 4 *M*

224. **Schlagintweit, Emil.** Indien in Wort und Bild. Eine Schilderung des indischen Kaiserreiches. Mit ca. 400 Illustr. 12.—23. Lfg. *Leipzig*, 1880. *Schmidt & Günther.* Fol. Bd. I. p. 153—253, Bd. II. p. 1—36. *Jede Lfg.* 1 *M* 50 *S.*
S. 1880 Nr. 1719.

225. **Seebohm, H.** Siberia in Europe. A Visit to the Valley of the Petchora in North-East Russia. With Descriptions of the Natural History etc. *London* 1880. 8°. 316 pp. *Mit Karten & Illustr.* 16 *M* 80 *S.*

226. **Stieve, Fel.** Der Kalenderstreit des 16. Jahrhunderts in Deutschland. [Aus: „Abhandlungen der k. bayer. Akademie der Wissenschaften."] *München*, 1880. *Franz.* 4°. 98 pp. 3 *M*

227. **Tietz, Jul.** Die geschichtliche Entwickelung des deutschen Nationalbewusstseins. *Hannover*, 1880. *Hahn.* 8°. 199 pp. 2 *M*

228. Urkundenbuch der Stadt Göttingen aus dem XVI. Jahrhundert. Beiträge zur Geschichte von Braunschweig-Lüneburg. 1500—1533 von *A.. Hasselblatt* und *G.. Kaestner.* *Göttingen*, 1881. *Vandenhoeck & Ruprecht's Verl.* 8°. IX, 471 pp. 10 *M*

229. **de Vries, J.. F..,** und **T.. Focken.** Ostfriesland. Land und Volk in Wort und Bild. Mit zahlreichen Holzschn., einer lith. Taf., einem Plan von Wilhelmshaven, einer Dollartkarte und einer Karte von Ostfriesland. *Emden*, 1881 *Haynel.* 8°. V, 469 pp. 5 *M*

230. **Wilson, W..** Memorials of Rob. Smith Candlish. With concluding Chapter by Rb. Rainy. *Edinburgh*, 1880. 8°. 630 pp. 15 *M*

231. **Yriarte, C..** Florence. L'Histoire, les Médicis, les Humanistes, les lettres, les arts. Orné de 500 gravures et 6 planches. *Paris*, 1880. 4°. 60 *M*

232. **Zieliński, T..** Die letzten Jahre des zweiten punischen Krieges. Ein Beitrag zur Geschichte und Quellenkunde. *Leipzig*, 1880. *Teubner.* 8°. 175 pp. 4 *M*

233. **v. Zwiedineck-Südenhorst, H.** Venetianische Gesandtschafts-Berichte über die böhmische Rebellion [1618—1620], mit besonderer Rücksicht auf die Stellung der deutschen Länder zu derselben mitgetheilt. *Graz*, 1880. *Leuschner & Lubensky.* 8°. 70 pp. 2 *M*

VIII. Sprachwissenschaft.

234. **v. Bahder, K.** Ueber ein vokalisches Problem des Mitteldeutschen. *Halle.* 1880. *Niemeyer.* 8°. 46 pp. 1 *M*

235. **v. Bahder, K.** Die Verbalabstracta in den germanischen Sprachen ihrer Bildung nach dargestellt. Eine von der philosophischen Facultät der Universität Heidelberg gekrönte Preisschrift. *Halle*, 1880. *Niemeyer.* 8°. V, 212 pp. 5 *M*

236. **Berghaus, H.** Sprachschatz der Sassen. Wörterbuch der plattdeütschen prache in den hauptsächlichsten ihrer Mundarten. 12. Heft. *Berlin*, 1880. *Eisenchmidt.* 8⁰. II. Bd. p. 97—176. 1 *M* 50 *ȝ*
S. 1880 Nr. 2944.

237. Buddhist Birth Stories, or Jâtaka Tales. The oldest Collection of Folk ore extant being the Jâtakatthavannanâ. For the first Time edited in the orinal Pali by V. Fausböll, and translated by T.. W. Rhys Davids. Translation. 'ol. I. *London*, 1880. 8⁰. 406 pp. 21 *M* 50 *ȝ*

238. **Cassal, C.** A Glossary of Idioms, Gallicisms, and other Difficulties conained in the Senior Course of the modern French Reader. With short Notices f the most important French Writers, and historical and literary Characters and lints as to the Works to be read or studied. *London*, 1880. 8⁰. 110 pp. 3 *M*

239. Niederdeutsche Denkmäler. Herausgegeben vom Verein für niederdeutsche prachforschung. III. Bd. 1. Heft. *Bremen*, 1880. *Kühtmann & Co.* 8⁰. V, 57 pp. 1 *M* 60 *ȝ*
Inhalt: Flos unde Blankflos. Von St. Waetzoldt. (Als Anhang: De vorlorne Sone lobert der Teufel] und De Segheler.) 1. Heft. Text.
S. 1878 Nr. 2057.

240. **ten Doornkaat-Koolman, J.** Wörterbuch der ostfriesischen Sprache. 11. Heft. *loorden*, 1880. *Braams.* 8⁰. II. Bd. p. 241—336. 2 *M*
S. 1880 Nr. 2032.

241. **Geistbeck, Mch.** Historische Wandlungen in unserer Muttersprache. Ein leitrag zur Förderung des grammatikalischen Studiums und Unterrichts. *München*, 881. *Th. Ackermann.* 8⁰. 62 pp. 1 *M* 20 *ȝ*

242. **Lindner, Fel.** Grundriss der Laut- und Flexions-Analyse der neufranzösichen Schriftsprache. *Oppeln*, 1881. *Franck.* 8⁰. VII, 109 pp. 2 *M* 80 *ȝ*

243. **Lyall, C. J..** Sketch of all Hindustani Language. *London*, 1880. 8⁰. 56 pp. 1 *M* 20 *ȝ*

244. **Nöldeke, Th.** Kurzgefasste syrische Grammatik. Mit einer lith. Schrifttaf. on Jul. Euting. *Leipzig*, 1880. *T. O. Weigel.* 8⁰. XXXII, 279 pp. 12 *M*

245. **Paul, Hm.** Principien der Sprachgeschichte. *Halle*, 1880. *Niemeyer.* 8⁰. II, 288 pp. 6 *M*

246. **Pourret, L..** Nouveau Dictionnaire français, contenant tous les mots de ingue définis et expliqués à l'aide de 2300 fig., la géographie ancienne et moerne. *Paris*, 1880. 12⁰. X, 918 pp. à 2 col. 3 *M*

247. Sammlung englischer Denkmäler in kritischen Ausgaben. I. Bd. *A. u. d. T.:* elfrics Grammatik und Glossar. Herausgegeben von Jul. Zupitza. I. Abth.: 'ext und Varianten. *Berlin*, 1880. *Weidmann.* 8⁰. V, 322 pp. 7 *M*

248. **Schiller, K.** Deutsche Unterrichtsbriefe in systematischer Stufenfolge über ie Laut- und Biegungslehre, Wortbildung, Orthographie, Syntax, Stilistik, Metrik nd Literaturgeschichte der deutschen Sprache in populär-wissenschaftlicher Darellung. *Wien*, 1881. *Hartleben.* 8⁰. VIII, 568 pp. 5 *M* 40 *ȝ*

249. Englische Studien. Organ für englische philologie unter mitberücksichtiung des englischen unterrichtes auf höheren schulen. IV. Bd. 1. Heft. *Heilbronn*, 881. *Henninger.* 8⁰. 195 pp. 15 *M*
S. 1880 Nr. 2953.

250. Französische Studien. Herausgegeben von *G. Körting* und *E. Koschwitz.* Bd. 1. Heft. *Heilbronn*, 1881. *Henninger.* 8⁰. 126 pp. 15 *M*

251. **Windisch, E.** Irische Texte mit Wörterbuch. *Leipzig*, 1880. *Hirzel.* 8⁰. V, 886 pp. 24 *M*

IX. Alterthumswissenschaft.

252. **Baumstark, Ant.** Ausführliche Erläuterung des besondern völkerschaftlichen heiles der Germania des Tacitus. *Leipzig*, 1880. *T. O. Weigel.* 8⁰. IV, 339 pp. 7 *M*

253. Kaiser Julian's Bücher gegen die Christen. Nach ihrer Wiederherstellung bersetzt von *K. Jhs. Neumann.* *Leipzig*, 1880. *Teubner.* 8⁰. III, 53 pp. 1 *M*

254. **Merguet, H.** Lexikon zu den Reden des Cicero mit Angabe sämmtlicher tellen. II. Bd. 20.—23. Lfg. *Jena*, 1880. *Fischer.* 4⁰. III u. p. 697—826 pp. 7 *M*
Schluss. — S. 1880 Nr. 3257.

255. **Petersen, W.** Quaestiones de historia gentium atticarum. *Schleswig*, 18 *Bergas.* 8°. 150 pp. 3

256. **Reiss, W., and A. Stübel.** The Necropolis of Ancon in Peru. A Series Illustrations of the Civilisation and Industry of the Empire of the Incas. Bei the Results of Excavations made on the spot. With the aide of the General A ministration of the Royal Museums of Berlin. 1st part. *Berlin*, 1880. *Asher & C* Fol. *Mit 1 lith. u. 9 chromolith. Taf. mit 10 Bl. Taf.-Erklärgn.* 30

Soll in ca. 10 Lfgn. erscheinen.

257. **Reiss, W., und A. Stübel.** Das Todtenfeld von Ancon in Perú. Ein Bei trag zur Kenntniss der Kultur und Industrie des Inca-Reiches. Nach den E gebnissen eigener Ausgrabungen. Mit Unterstützung der Generalverwaltung d königlichen Museen. 1. Lfg. *Berlin*, 1880. *Asher & Co.* Fol. *1 lith. u. 9 ch molith. Taf. u. 10 Bl. Taf.-Erklärgn.* 30

Soll in ca. 10 Lfgn. erscheinen.

258. **Schliemann, H.** Ilios, the City and Country of the Trojans. The Res of Researches and Discoveries on the Site of Troy and throughout the Troas the years 1871, 1872, 1873, 1878 and 1879. With Maps, Plans and about 18 Illustr. *London*, 1880. 8°. 916 pp. 80

259. **Schmidt, Hm.** Exegetischer Commentar zu Platos Theätet. [Aus: „Ja bücher für classische Philologie." XII. Suppl.-Bd.] *Leipzig*, 1880. *Teubner.* 114 pp. 3 ℳ 20

260. **Terninck, A.** L'Artois souterrain. Études archéologiques sur cette cont depuis les temps les plus reculés jusqu'au règne de Charlemagne. Tomes II—I *Arras*, 1879. 8°. 8

S. 1879 Nr. 2368.

X. Schöne Literatur und Kunst.

261. **Astori, A.** Scetticismo e fede. Racconto. *Genova*, 1880. 16°. 190 pp 1 ℳ 80

262. **Ballestrem, E.** Raoul, der Page. Ein Sang aus alten Tagen. *Leipzig*, 18 *Albrecht.* 12°. VIII, 282 pp. *Mit Portr. in Lichtdr.* 5

263. **Beaconsfield, Earl of.** Endymion. 3 vols. *London*, 1880. 8°. 1008 pp. 37

264. **Beaconsfield, Earl of.** Endymion. Aus dem Englischen von C. Bött Autorisirte deutsche Ausgabe. I. Thl. *Leipzig*, 1880. *Brockhaus.* 8°. 344 pp. 6

265. **Daudet, L.** Instruments et musiciens. Avec une préface par Alph. Daud *Paris*, 1880. 18°. VIII, 387 pp. 3 ℳ 50

266. **van Dewall, Jhs.** Nadina. Roman. 3 Bde. *Stuttgart*, 1881. *Hallberg* 8°. 254, 248, 247 pp. 10

267. **Ebers, G.** Der Kaiser. Roman. 2 Bde. *Stuttgart*, 1881. *Hallberger.* XI, 400, 415 pp. 10

268. **Ewald, H. F.** Anna Hardenberg. Historisk Roman. *Kjøbenhavn*, 18 8°. 640 pp. 16

269. **Fibiger, E.** Askepot. En Nutids-Roman. *Kjobenhavn*, 1880. 8°. 308 7 ℳ 50

270. **Freytag, Gst.** Die Ahnen. Roman. 6. Abth. *Leipzig*, 1880. *Hirzel.* 400 pp. 6

Inhalt: Aus einer kleinen Stadt.
Schluss. — S. 1880 Nr. 850.

271. **Grove, G.** Dictionary of Music and Musicians. Parts 2—12. *London*, 1 —80. *Jeder Bd.* 4 ℳ 20

S. 1878 Nr. 851.

272. **Hawthorne, J.** Ellice Quentin and other Stories. 2 vols. *London*, 18 8°. 25

273. **Ingelow, J.** Sarah de Berenger. 3 vols. *London*, 1880. 8°. 37

274. **La Mara.** Musikalische Studienköpfe. IV. Bd.: Classiker. 2.—5. L *Leipzig*, 1881. *Knapp.* 8°. p. 49—240. *Jede Lfg.* 40

S. 1880 Nr. 2692.

275. **Lover, Sam.** A biographical Sketch. With Selections from his Writi and Correspondence. By Andr. Jam. Symington. *London*, 1880. 12°. 260 pp. 3

276. **Méreuvel, C.** La Maitresse de M. le ministre. *Paris*, 1880. 18°. 350 pp. 3 *M*

277. **Mora.** Les deux femmes de Mademoiselle. Histoire de garnison. *Paris*, 80. 18°. 352 pp. 3 *M* 50 *S*

278. **Murray, A. S.** A History of Greek Sculpture, from the earliest Times wn to the Age of Phidias. *London*, 1880. 8°. 290 pp. *Mit Illustr.* 25 *M*

279. **Noirot, Osc.** Le Prix d'un mari. *Paris*, 1880. 18°. 357 pp. 3 *M* 50 *S*

280. Nordlandfahrten. Malerische Wanderungen durch Norwegen und Schwe-n, Irland, Schottland, England und Wales. Mit besonderer Berücksichtigung n Sage und Geschichte, Literatur und Kunst. Herausgegeben von *A. Brennecke*, *. Broemel, Hs. Hoffmann* etc. Illustrirt durch mehrere 100 Holzschn. nach Orig-ichnungen, von den bewährtesten Künstlern an Ort und Stelle eigens für das erk aufgenommen. 2. Lfg. *Leipzig*, 1880. *Hirt & Sohn.* 4°. p. 33—64. 2 *M*
S. 1880 Nr. 3650.

281. **Norton, C. E.** Historical Studies of Church Building in the Middle Ages: nice, Siena, Florence. *London*, 1880. 8°. 326 pp. 18 *M*

282. **Palmié, F.** Rufus. Eine Erzählung aus dem 1. Jahrhundert nach Christi burt. *Nordhausen*, 1880. *Greiner.* 8°. 324 pp. 5 *M*

283. **Payn, Jam.** A Confidential Agent. 3 vols. *London*, 1880. 8°. 37 *M*

284. **Randolph, M^rs.** Little Pansy. 3 vols. *London*, 1880. 8°. 37 *M*

285. Deutsche Renaissance. Eine Sammlung von Gegenständen der Architektur, coration und Kunstgewerbe in Original-Aufnahmen. Redigirt von *A. Scheffers*. ue Folge. 70. u. 71. Lfg. [Nr. 114 u. 115.] *Leipzig*, 1880. *Seemann.* Fol. *Bl. mit 2 pp. Text.* *Jede Lfg.* 2 *M* 40 *S*
Inhalt: 35. Abth.: Hildesheim. Autorisirt und herausgegeben von G. Hauser. 2. u. 3. Hft.
S. 1880 Nr. 2401.

286. **Rochefort, H.** Le Palefrenier. *Paris*, 1880. 18°. 380 pp. 3 *M* 50 *S*

287. **Russell, W. C.** A Sailor's Sweetheart. 3 vols. *London*, 1880. 8°. 37 *M*

288. **Schmarsow, A.** Raphael und Pinturicchio in Siena. Eine kritische Studie. *uttgart*, 1880. *Spemann.* 4°. 40 pp. *Mit 11 Lichtdr.-Taf.* 12 *M* 50 *S*

289. **Shepherd, G. H.** A short History of the British School of Painting. *London*, 80. 8°. 194 pp. 4 *M* 20 *S*

290. **Smith, J. M.** The Wooing of the Water-Witch. A Northern Oddity. *ndon*, 1880. 16°. 130 pp. *Mit 125 Illustr.* 7 *M* 20 *S*

291. **Storm, Thdr.** Die Söhne des Senators. *Berlin*, 1881. *Paetel.* 16°. 75 pp. 3 *M*

292. **Tennyson, Alfr.** Ballads and other Poems. *London*, 1880. 12°. 188 pp. 6 *M*

293. **Turner, C. T.** Collected Sonnets, old and new. *London*, 1880. 12°. 408 pp. 9 *M*

294. **Verne, J.** Histoire générale des grands voyages et des grands voyageurs. s voyageurs du XIXe siècle. *Paris*, 1880. 18°. 346 pp. 7 *M*

295. **Vischer, F. Thdr.** Altes und Neues. 1. Heft. *Stuttgart*, 1881. *Bonz & Co.* VII, 232 pp. 4 *M*

296. **Wedmore, F.** Studies in English Art. 2^d Series: Romney, David Cox, Cruikshank, W. Hunt, Prout Meryon, B. Jones, Albt. Moore. *London*, 1880. 246 pp. 9 *M*
S. 1877 Nr. 278.

297. **Woermann, K.** Kunst- und Natur-Skizzen aus Nord- und Süd-Europa. Ein ise-Tagebuch. 2 Bde. *Düsseldorf*, 1880. *Voss & Co.* 8°. XII, 403, VIII, 4 pp. 17 *M*

298. **Zimmern, H. and A.** Half Hours with Foreign Novelists. With short tices of the Lives and Writings of the various Authors. 2 vols. *London*, 1880. 700 pp. 30 *M*

299. **Zola, E.** Le Roman expérimental. *Paris*, 1880. 18°. VII, 416 pp. 3 *M* 50 *S*

XI. Handel. — Industrie. — Oekonomie.

300. **Baumeister, R.** Normale Bauordnung nebst Erläuterungen. Auf Veranssung und unter Mitwirkung des Verbandes deutscher Architekten- und Ingenieurereine bearbeitet. *Wiesbaden*, 1880. *Kreidel.* 8°. IV, 88 pp. ...

301. **Bethke, Hm.** Decorativer Holzbau. Neue Folge. Eine Sammlung von allen in der Praxis vorkommenden Baulichkeiten, als: Villen, Gartenhäuschen, Lauben etc. 17.—20. Lfg. *Stuttgart*, 1880. *Wittwer*. Fol. *Je 5 Steintaf. Jede Lfg.* 3 *M* 60 *S*
Schluss. — S. 1880 Nr. 3015.

302. **Crawford, J.. B..** The Credit Mobilier of America. Its Origin and History, its Work of constructing the Union Pacific Railroad, and the Relation of Members of Congress therewith. *Boston*, 1880. 8°. 229 pp. 9 *M*

303. **Dalziel, H..** British Dogs, their Varieties, History, Characteristics, Breeding, Management, and Exhibition. Illustrated with Portraits of Dogs of the Day. *London*, 1880. 8°. 488 pp. 12 *M*

304. **Fischbach, F.** Ornamente der Gewebe mit Benutzung der Bock'schen Stoffsammlung des k. k. österreichischen Museums für Kunst und Industrie in Wien herausgegeben. 2.—4. Lfg. *Hanau*, 1875—80. *Alberti*. Fol. *Je 40 Chromolith.*
S. 1875 Nr. 304. *Jede Lfg.* 48 *M*

305. **Forschungen auf dem Gebiete der Agrikulturphysik.** Unter Mitwirkung von G.. Ammon, J.. van Bebber, A.. Blomeyer etc. herausgegeben von *E.. Wollny*. III. Bd. 4. u. 5. Heft. *Heidelberg*, 1880. *C. Winter*. 8°. X u. p. 325—529. *Mit 2 Holzschn.* 6 *M* 40 *S*
S. 1880 Nr. 2416.

306. **Henschel, Gst.** Der Forstwart. Lehrbuch der wichtigsten Hilfs- und forstlichen Fachwissenschaften zum Selbst-Studium für Forstwarte, Eleven, Kleingrundbesitzer etc. und zu Unterrichtszwecken an Waldbau-Schulen. 2. Lfg. *Wien*, 1881. *Braumüller*. 8°. VIII u. p. 201—400. *Mit 30 Holzschn.* 4 *M*
S. 1878 Nr. 597.

307. **Heuschmid, A..** Landesmelioration, Moorkultur, Arrondirung und Spüljauchenrieselung. Reisebericht an das königl. bayerische Staatsministerium des Innern zu München. *München*, 1880. *Ad. Ackermann*. 8°. V, 158 pp. *Mit 4 chromolith. Plänen.* 6 *M*

308. **Hirth, C.** Album für Frauen-Arbeit, enthaltend klassische Motive für Weissstickerei, Bunt-, Gold- und Applikationsstickerei, Spitzen-, Verschnürungs- und Knüpfarbeit, sowie Weberei, Passementerie und Stoffbemalung. 1. Serie. 40 Taf. in Facsimile-Druck. *Leipzig*, 1880. *Hirth*. 4°. IV pp. Text. 2 *M*

309. **Leaming, T..** Quantity Surveying, for the use of Surveyors, Architects, Engineers, and Builders. *London*, 1880. 8°. 388 pp. 10 *M* 80 *S*

310. **Meissner, G..** Die Hydraulik und die hydraulischen Motoren. Ein Handbuch für Ingenieure, Fabrikanten und Constructeure. Zum Gebrauche für technische Lehranstalten, sowie ganz besonders zum Selbstunterricht. II. Bd. Die Turbinen und Wasserräder. 9. Heft. *Jena*, 1880. *Costenoble*. 8°. p. 457—504. *Mit 7 Steintaf.* 3 *M*
S. 1880 Nr. 3021.

311. **Pütsch, Alb.** Ueber Gasfeuerungen. Sachliche Würdigung der in Deutschland erteilten Patente. *Berlin*, 1880. *Polytechn. Buchh.* 4°. 28 pp. *Mit 2 Steintaf.* 2 *M* 50 *S*

312. **Pütz, Hm.** Die äusseren Krankheiten der landwirthschaftlichen Haussäugethiere. Mit 90 in den Text gedr. Holzschn. *Berlin*, 1880. *Wiegandt, Hempel & Parey*. 8°. IV, 478 pp. 8 *M*

313. **Schlichting, J..** Ueber die Wasserstrassen Frankreichs, insbesondere über die Flüsse Seine, Loire, Saône und Rhône. [Aus: „Zeitschrift für Bauwesen."] *Berlin*, 1880. *Ernst & Korn*. 4°. 26 pp. *Mit eingedr. Fig. u. 3 Taf.* 6 *M*

314. **Schnabel, C..** Die Entsilberung des Werkbleies durch Zink und die neuesten Fortschritte dieser Entsilberungsmethode auf den fiskalischen Hüttenwerken des Oberharzes. [Aus: „Zeitschrift für das Berg-, Hütten- und Salinenwesen im preussischen Staate."] *Berlin*, 1880. *Ernst & Korn*. 4°. 45 pp. 4 *M*

315. **Wershoven, F.. J..** The scientific English Reader. Englisches naturwissenschaftlich-technisches Lesebuch für höhere technische Lehranstalten und zum Selbststudium für Studirende, Lehrer, Techniker, Industrielle. Mit sprachlichen und sachlichen Erläuterungen. II. Teil. Maschinentechnik und mechanische Technologie. Mit 15 Abbildgn. in Holzschn. *Leipzig*, 1881. *Brockhaus*. 8°. V, 112 pp.
S. 1880 Nr. 3241. 1 *M* 50 *S*

Verantwortlicher Redacteur Otto Kistner in Leipzig.

Allgemeine Bibliographie.

Monatliches Verzeichniss

der

wichtigern neuen Erscheinungen der deutschen und ausländischen Literatur.

Herausgegeben von F. A. Brockhaus in Leipzig.

881.] **Februar.** [Nr. 2.

Dieses Verzeichniss erscheint regelmässig monatlich und ist, gleich den darin angezeigten Büchern, direct von F. A. Brockhaus in Leipzig sowie durch alle Buchhandlungen zu beziehen.

I. Encyklopädie und Literaturwissenschaft.

316. Abhandlungen der königl. Gesellschaft der Wissenschaften zu Göttingen. XVI. Bd. vom Jahre 1880. *Göttingen*, 1880. *Dieterich's Verl.* 4°. XIX, 538 pp.
S. 1880 Nr. 312. 44 ℳ

317. Bibliotheca Danica. Systematisk Fortegnelse over den danske Literatur a 1482 til 1830, efter Samlingerne i det store kongelige Bibliothek i Kjøbenavn. Med Supplementer fra Universitetsbibliotheket i Kjøbenhavn etc. Fjerde efte. *Kjøbenhavn*, 1879. 4°. 184 pp. 4 ℳ 50 ₰
S. 1877 Nr. 2714.

318. Bibliografia Romana. Notizie della vita e delle opere degli scrittori romani il secolo XI fino ai nostri giorni. Vol. I. *Roma*, 1880. 4°. CLXXIII, 266 pp. 10 ℳ

319. Allgemeine Encyklopädie der Wissenschaften und Künste, in alphabetischer olge von genannten Schriftstellern bearbeitet und herausgegeben von *J. S. Ersch* d *J. G. Gruber*. Mit Kpfrn. und Karten. I. Section A—G. Herausgegeben n *Hm. Brockhaus*. 98. Thl. *Leipzig*, 1881. *Brockhaus*. 4°. 405 pp.
S. 1878 Nr. 614. 11 ℳ 50 ₰; *Velinpap.* 15 ℳ

320. **Gensichen, O. F.** Studienblätter. Cultur- und literarhistorische Skizzen. erlin, 1881. *Grosser*. 8°. 334 pp. 5 ℳ

321. **Goedeke, K.** Grundriss der Geschichte der deutschen Dichtung aus den ellen. III. Bd. 6. Heft. [In der Reihenfolge das 11. Heft.] *Dresden*, 1880. *ilermann.* 8°. p. 1073—1232. 4 ℳ
S. 1878 Nr. 314.

322. **Hansen, P.** Nordiske Digtere i vort Aarhundrede. En skandinavisk thologi med Biografier og Portraiter af danske, norske og svenske Digtere. —12de Hefte. (Med Portraiter af Richardt, Magdalene Thoresen, Rydberg, Almist, Runeberg, Bagger, Malmstrøm, Kaalund, H. F. Ewald, Bergsøe, Lie, Snoilski, achmann.) *Kjøbenhavn*, 1880. 8°. 122 gesp. pp. *Jedes Heft* 2 ℳ
S. 1880 Nr. 3031.

323. **Kawczyński, Mx.** Studien zur Literaturgeschichte des 18. Jahrhunderts. oralische Zeitschriften. I. Einleitung und Verzeichniss der englischen, deutschen, nzösischen und anderen moralischen Zeitschriften. II. Ueber den Tatler. *Leipzig*, 30. *Matthes*. 8°. 170 pp. 5 ℳ

324. **de Lagarde, P.** Aus dem deutschen Gelehrtenleben. Aktenstücke und

325. **v. d. Linde, A.** Das erste Jartausend der Schachlitteratur [850—188
Berlin, 1881. *Springer*. 8°. 112 pp. 5

326. **Lippe, Ch. D.**. Bibliographisches Lexicon der gesammten jüdischen Litera der Gegenwart und Adress-Anzeiger. Ein lexikalisch geordnetes Schema Adressen von Rabbinen, Predigern, Lehrern, Cantoren, Schriftstellern, Freund und Förderern der jüdischen Literatur in der alten und neuen Welt, nebst bibl graphisch genauer Angabe sämmtlicher von jüdischen Autoren der Gegenw publicirten, speciell die jüdische Literatur betreffenden Schriftwerke und Ze schriften, in chronologischer Anordnung und Reihenfolge dargestellt. Ein Han und Nachschlagebuch zur Orientirung für Buchhändler, Rabbinen, Gemeinden Freunde der jüdischen Literatur. 7. u. 8. Lfg. *Wien*, 1880. *Löwy*. 8°. p. 5 —704. 2 *M* 40

Schluss. — S. 1880 Nr. 2435.

327. **Morris, C.**. A Manual of classical Literature. *Chicago*, 1881. 8°. 413 10 *M* 80

328. **Myers, F. W. H.** Wordsworth. *London*, 1881. 8°. 192 pp. 3

329. Neudrucke deutscher Litteraturwerke des 16. und 17. Jahrhunderts. Nr u. 29. *Halle*, 1880. *Niemeyer*. 8°. VI, 75, VIII, 42 pp. *Jede Nr.* 60

Inhalt: 28. Wider Hans Worst von Mt. Luther. Abdruck der 1. Ausg. [1541]. — 29. hürnen Seufried. Tragoedie in 7 Acten von Hs. Sachs. Zum ersten Male nach der Handsch des Dichters herausgegeben.
S. 1880 Nr. 1824.

330. **Pozzetti, E.**. Storia della letteratura greca narrata agli alunni licei *Napoli*, 1881. 12°. X, 257 pp. 3 *M* 60

331. **Salomon, L.** Geschichte der deutschen Nationalliteratur des 19. Jahrhu derts. 8.—10. Lfg. Mit 24 Portr. *Stuttgart*, 1881. *Levy & Müller*. 8°. XII p. 353—496. *Jede Lfg.* 1 *M* 50

Schluss. — S. 1880 Nr. 2748.

332. **Scherer, W.** Geschichte der deutschen Litteratur. 3. Heft. *Berlin*, 18 *Weidmann*. 8°. p. 145—224. 1

S. 1880 Nr. 1829.

333. **Schulze, E.** Skizzen hellenischer Dichtkunst. *Gotha*, 1881. *F. A. Perth* 8°. V, 132 pp. 2 *M* 40

334. **Stedmann, E. C.**. Edgar Allan Poe. *London*, 1881. 16°. 104 pp. 6

335. **Symington, Andr. Jam.** Thomas Moore, the Poet. His Life and Work *London*, 1880. 12°. 264 pp. 3

II. Theologie und Philosophie.

336. **Allen, Jos. H.** Fragments of Christian History to the Foundation of Holy Roman Empire. *Boston*, 1881. 16°. XX, 284 pp. 9

337. **Anderson, Rbt.** The coming Prince the last great Monarch of Christend *London*. 1881. 8°. 240 pp. 9

338. **Bartholomew, C.**. The Life and Doctrine of our blessed Lord and Savi Jesus Christ. Being a continuous Narrative from the four Gospels. *Lond* 1881. 8°. 18

339. **Baxter, R.**. On the Sacraments, Holy Orders, Holy Baptism, Confirmati Absolution, Holy Communion. *London*, 1881. 18°. 1 *M* 20

340. **Bestmann, H. J.**. Geschichte der christlichen Sitte. I. Thl. *A. u. d.* Die sittlichen Stadien in ihrer geschichtlichen Entwicklung dargestellt. *Nördling* 1881. *Beck*. 8°. XII, 461 pp. 8

341. **Bloch, Ph.** Vom Glauben und Wissen. Saadiah's Emunoth we-Des [Einleitung und Kosmologie.] Aus dem Hebräischen des Jehuda ibn Tibbon, Benutzung einer älteren hebräischen Paraphrase übersetzt und erläutert. *Münch* 1879. *Th. Ackermann*. 8°. III, 101 pp. 1 *M* 60

342. **Carneri, B.**. Grundlegung der Ethik. *Wien*, 1881. *Braumüller*. 8°. V 457 pp. 9

343. **Charteris, A. H.**. Canonicity. A Collection of early Testimonies to Canonical Books of the New Testament, based on Kirchhofer's Quellensamml

344. **Corpus reformatorum.** Vol. L. *Braunschweig*, 1880. *Schwetschke & Sohn.* . 642 Sp. *Mit 1 Fcsm.- Taf.* 12 M
Inhalt: Joannis Calvini opera quae supersunt omnia. Edd. Guil. Baum, Ed. Cunitz, Ed. ·uss. Vol. XXII.
S. 1880 Nr. 334.

345. **Deisenberg, W.**. Theismus und Pantheismus. Eine geschichtsphilosophische ·ntersuchung. *Wien*, 1881. *Faesy & Frick*. 8°. 267 pp. 5 M

346. **Duncan, W. S.**. Conscious Matter, or the physical and the psychical uni·rsally in causal Connection. *London*, 1881. 8°. 6 M

347. **Fairbairn, A. M.**. Studies in the Life of Christ. *London*, 1881. 8°. 360 pp. 10 M 80 ₰

348. **Henke's, E. L. T.**, neuere Kirchengeschichte. Nachgelassene Vorlesungen, ·rausgegeben von *W. Gass*. III. Bd. Geschichte der Kirche von der Mitte des . Jahrhunderts bis 1870, für den Druck bearbeitet von *Alx. Vial*. *Halle*, 1881. *·iemeyer*. 8°. XV, 214 pp. 4 M 50 ₰
Schluss. — S. 1878 Nr. 333.

349. **v. Hertling, G.**. Albertus Magnus. Beiträge zu seiner Würdigung. *Köln*, ·81. *Bachem*. 8°. VII, 150 pp. 2 M

350. **Kawerau, Gst.** Johann Agricola von Eisleben. Ein Beitrag zur Refor·ationsgeschichte. *Berlin*, 1881. *Hertz*. 8°. XII, 358 pp. 6 M

351. **Koch, Ant.** Die Psychologie Descartes', systematisch und historisch-kritisch ·arbeitet. *München*, 1881. *Kaiser*. 8°. VIII, 318 pp. 6 M

352. **Langhans, Ed.** Handbuch der biblischen Geschichte und Literatur. Nach ·n Ergebnissen der heutigen Wissenschaft bearbeitet. 5. Lfg. *Bern*, 1880. *Dalp*. . IV u. p. 585—844. 2 M 40 ₰
Schluss. — S. 1878 Nr. 3060.

353. **Mahaffy, J. P.**. Descartes. *London*, 1881. 12°. 216 pp. 4 M 20 M

354. **Martin, P.** Anglican Ritualism as seen by a Catholic and Foreigner. A ·eries of Essays. With an Appendix on the present Position of the Church in ·rance. *London*, 1881. 8°. 298 pp. 9 M 50 ₰

355. **Maybaum, S.**. Die Entwickelung des altisraelitischen Priesterthums. Ein ·eitrag zur Kritik der mittleren Bücher des Pentateuchs. *Breslau*, 1881. *Koebner*. ·. VIII, 126 pp. 2 M 80 ₰

356. **Michelet, C. L.**. Das System der Philosophie als exacter Wissenschaft, ·nthaltend Logik, Naturphilosophie und Geistesphilosophie. IV. Thl., enthaltend ·ie Philosophie der Geschichte. 2. Abth.: Rom, das christliche Europa, America, ·ie Nachwelt. *Berlin*, 1881. *Nicolai's Verl.* 8°. VIII, 684 pp. 6 M
S. 1879 Nr. 2495.

357. **Mönckeberg, C.** Das Ende des Kulturkampfes. *Hamburg*, 1880. *Nolte*. 8°. ·6 pp. 2 M

358. **Moriconi, F.**. Religione e scienza. Vol. I. *Albenga*, 1880. 8°. 353 pp. 4 M 80 ₰

359. **Nicoll, W. R.**. The Incarnate Saviour. A Life of Jesus Christ. *Edin·rgh*, 1881. 8°. 400 pp. 7 M 20 ₰

360. **Radenhausen, C.**. Christenthum ist Heidenthum, nicht Jesu Lehre. *Ham·rg*, 1881. *O. Meissner*. 8°. III, 395 pp. 4 M 50 ₰

361. **Räss, Andr.** Die Convertiten seit der Reformation, nach ihrem Leben und ·us ihren Schriften dargestellt. XIII. Bd. [3. Nachtrag.] Vom Anfang der Re·rmation bis zum Beginn des 19. Jahrhunderts. Mit einem Inhaltsverzeichniss ·er Bde. I—XIII. *Freiburg i. Br.*, 1880. *Herder*. 8°. XVIII, 596 pp. 7 M 20 ₰
S. 1875 Nr. 3325.

362. **Roth, F.** Augsburg's Reformationsgeschichte 1517—1527. Gekrönte Preis·chrift. *München*, 1881. *Th. Ackermann*. 8°. 257 pp. 4 M 80 ₰

363. **Sala, F.** Institutiones theologiae dogmaticae. Tome II. *Mediolani*, 1880. ·°. 207 pp. 4 M 20 ₰
S. 1880 Nr. 1857.

364. **Schneemann, Gerh.** Weitere Entwickelung der thomistisch-molinistischen ·ontroverse. Dogmengeschichtliche Studie. Mit den autographen Aufzeichnungen ·aul V. über die Schlusssitzung der Congregatio de auxiliis, in Lichtdr. *Frei·urg i. Br.*, 1880. *Herder*. 8°. III, 220 pp. 3 M 20 ₰

365. **de Seoane.** Elliptische Philosophie des verborgen Wirkenden. Pantano mische Pentanomie oder das fünffache Welt-Gesetz. II. Thl.: Die Special-Philo sophie, deren Geschichte und Spaltungen. (Mit gegenüberstehender französisch Uebersetzung.) *Frankfurt a. M.*, 1881. *Rommel.* 8⁰. X, 336 pp. 2 ℳ 50
S. 1879 Nr. 2815.

366. **Siebeck, Hm.** Geschichte der Psychologie. I. Thl. 1. Abth.: Die Psycho logie vor Aristoteles. *Gotha*, 1880. *F. A. Perthes.* 8⁰. XVIII, 284 pp. 6 ℳ

367. **Studer, Glo. L.** Das Buch Hiob, für Geistliche und gebildete Laien übe setzt und kritisch erläutert. *Bremen*, 1881. *Heinsius.* 8⁰. VIII, 232 pp. 4 ℳ

368. **Warren, E..** Savonarola, the Florentine Martyr, a Reformer before th Reformation. *London*, 1880. 8⁰. 238 pp. 4 ℳ 20

369. **Woker, Fr. W.** Geschichte der norddeutschen Franziskaner-Missionen d sächsischen Ordens-Provinz vom heiligen Kreuz. Ein Beitrag zur Kirchengeschich Norddeutschlands nach der Reformation. *Freiburg i. Br.*, 1880. *Herder.* 8⁰. XI 735 pp. 8 ℳ

III. Erziehungswissenschaft.

370. **Carré, J..** Essai de pédagogie pratique. Souvenirs de dix ans d'inspecti *Charleville*, 1881. 32⁰. 543 pp. 3 ℳ

371. **Kinsey, A.. A..** Report of the Proceedings of the International Congr on Education of the Deaf. *London*, 1881. 8⁰. 6 ℳ

372. **Pagano, G..** Manuale completo di ginnastica educativa. *Palermo*, 18 16⁰. XVI, 272 pp. 2 ℳ 40

373. **Petzel, K.** Das Turnen im Schulzimmer. Drei Wandtafeln. Mit Begl worten. *Troppau*, 1880. *Volprecht.* 8⁰. 4 pp. 2 ℳ 40

IV. Rechts- und Staatswissenschaft.

374. **d'Abzac, P.** La Question sociale. Un projet de réforme. *Paris*, 1880. 8 90 pp. 3 ℳ

375. **Aubert, L.. M.. B..** Den norske Vexelret fremstillet paa Grundlag af danske, norske og svenske Love af 7. Maj 1880. Med Tillæg indeholdende norske Vexellove, sammenstillede med den tydske og den ældre svenske Vexello Første Levering. *Kjøbenhavn*, 1880. 8⁰. 232 pp. 7 ℳ

376. **Beaune, H..** Introduction à l'étude historique du droit coutumier franç jusqu'à la rédaction officielle des coutumes. *Paris*, 1880. 8⁰. VII, 566 pp. 8 ℳ

377. **v. Bismarck, Fürst.** Ausgewählte Reden. Gehalten in den Jahren 186 1880. II. Thl. Reden aus den Jahren 1871—1880. Mit Anhang: Reden a den Jahren 1847—1852. 1. Heft. *Berlin*, 1880. *Kortkampf.* 8⁰. VII u. p. 1–1 1 ℳ 50
S. 1877 Nr. 958.

378. **Böhlau, Hg. H. Alb.** Mecklenburgisches Landrecht. Das particulare Priv recht des Grossherzogthums Mecklenburg-Schwerin mit Anschluss des Lehnrech III. Bd. 1. Abth. *Weimar*, 1880. *Böhlau.* 8⁰. VIII, 300 pp. 6 ℳ
S. 1874 Nr. 3102.

379. **Braun, J. Bapt.** Die Lehre vom Domicilwechsel. Nach dem Stande d heutigen Theorie und Praxis des deutschen Wechselrechts kurz dargestellt. Wi 1880. *Manz.* 8⁰. IV, 127 pp. 2 ℳ

380. **Brunialti, A..** Le moderne evoluzioni del governo costituzionale. Saggi letture. *Milano*, 1880. 8⁰. 364 pp. 7 ℳ 20

381. **Burnett, H.. B..** The London City Tithes Act 1879, and the other Tith Act. With Introduction, Notes etc. *London*, 1881. 8⁰. 12 ℳ 50

382. **Damm, J.. F.. U..** Om obligationes qvasi ex contractu, navnlig negotiorum gestio og dermet beslægtede Forhold efter romersk og dansk Ret. *Kjøbenhavn* 1881. 8⁰. 378 pp. 7 ℳ

383. **Darbois, F..** Traité théorique et pratique de la contrainte par corps matière criminelle, correctionelle et de simple police. Suivi d'un appendice co tenant les règlements circulaires et instructions en vigueur sur l'application la contrainte par corps, de formules diverses etc. *Paris*, 1880. 8⁰. XIII, 470 p

384. **Dramard, E..** Traité des effets de complaisance, en droit civil et commercial et en droit pénal. *Paris*, 1880. 8°. 167 pp. 5 *M*

385. **Dühring, E..** Die Judenfrage als Racen-, Sitten- und Culturfrage. Mit einer weltgeschichtlichen Antwort. *Karlsruhe*, 1881. *Reuther*. 8°. VIII, 158 pp. 3 *M*

386. **Eddis, A. S..** Principles of the Administration of Assets in Payment of Debts. *London*, 1881. 8°. 7 *M* 20 *Pf*

387. **Fahrmbacher, L.** Die Gerichts-Kosten in Civilsachen nach dem Reichs-Gerichtskostengesetz und dem bayerischen Gebührengesetze. *Ansbach*, 1881. *Brügel & Sohn*. 8°. III, 86 pp. 1 *M* 80 *Pf*

388. **Ferraris, C. F..** Saggi di economia statistica e scienza dell' amministrazione. *Torino*, 1881. 8°. 476 pp. 6 *M*

389. **Gambetta.** Discours et plaidoyers politiques, publiés par Jos. Reinach. 1re partie (14 Novembre 1868 — 4 Septembre 1870). Tome I. *Paris*, 1880. 8°. 7 *M* 50 *Pf*

390. **Gaupp, L..** Die Civilprozessordnung für das Deutsche Reich, nebst den auf den Civilprozess bezüglichen Bestimmungen des Gerichtsverfassungsgesetzes und den Einführungsgesetzen. Mit eingehender Berücksichtigung des Württembergischen Landesrechts erläutert. III. Bd. 1. Lfg. *Freiburg i. Br.*, 1880. *Mohr*. 8°. p. 1—192. 3 *M*

S. 1880 Nr. 1590.

391. **Gerkrath, F..** Ueber die Höhe der Beiträge für die Arbeiter-Versicherung. *Berlin*, 1880. *Hempel*. 8°. 45 pp. 1 *M*

392. Die Gesetzgebung des deutschen Reiches mit Erläuterungen. In Verbindung mit Endemann, v. Holtzendorff, Puchelt u. A. herausgegeben von *E. Bezold*. I. Thl. Staats- und Verwaltungsrecht. I. Bd. 5. u. 6. Heft. *Erlangen*, 1880. *Palm & Enke*. 8°. IV u. p. 463—484, V u. p. 485—534. 2 *M*

Inhalt: 5. Deutsche Münzverfassung. 4. Abth. VII. Gesetze, Verfügungen und Bekanntmachungen in Betreff der Ausführung der Münzgesetzgebung. Vom Oktober 1875 bis Oktober 1880. 60 *Pf* — 6. Deutsche Bankverfassung. Nachtrag. Verordnungen, Verfügungen und Bekanntmachungen in Betreff der Bankverfassung. 1875—1880. 1 *M*. 40 *Pf*

S. oben Nr. 71.

393. **Geyer, A.** Lehrbuch des gemeinen deutschen Strafprocessrechts. *Leipzig*, 1880. *Fues*. 8°. XVI, 911 pp. 15 *M*

394. **Gneist, Rdf.** Die preussische Finanzreform durch Regulirung der Gemeindesteuern. *Berlin*, 1881. *Springer*. 8°. VIII, 288 pp. 6 *M*

395. **Gobbi, U..** Il lavoro e la sua retribuzione. Studio sulla questione sociale. *Milano*, 1880. 8°. 89 pp. 2 *M* 40 *Pf*

396. **Gumplowicz, L.** Rechtsstaat und Socialismus. *Innsbruck*, 1881. *Wagner*. 8°. VIII, 548 pp. 10 *M* 80 *Pf*

397. **Habert, J..** Leçons familières d'économie politique. *Paris*, 1880. 18°. 84 pp. 1 *M* 50 *Pf*

398. **Hahn, C..** Die gesammten Materialien zu den Reichs-Justizgesetzen. Auf Veranlassung des kaiserlichen Reichs-Justizamts herausgegeben. IV. Bd. Materialien zur Konkursordnung. 2. Lfg. *Berlin*, 1880. *v. Decker*. 8°. p. 321—640. 6 *M*

S. 1880 Nr. 2812.

399. **Hairdet, J..** Le Parti de la liquidation sociale, son but, son organisation, ses progrès depuis la Commune de Paris. *Paris*, 1880. 8°. 108 pp. 2 *M*

400. **Harrison, J. C..** An Epitome of the Laws of Probate and Divorce. *London*, 1881. 8°. 7 *M* 20 *Pf*

401. **Hrehorowicz, T..** Grundfragen und Grundbegriffe des Strafrechts. [I. Die Willensfreiheit. II. Die Strafe. III. Das Verbrechen.] *Dorpat*, 1880. *Schnakenburg*. 8°. XX, 375 pp. 6 *M*

402. **Jäger, Alb.** Geschichte der landständischen Verfassung Tirols. I. Bd. *u. d. T.:* Die Entstehung und Ausbildung der socialen Stände und ihrer Rechtsverhältnisse in Tirol von der Völkerwanderung bis zum XV. Jahrhundert. *Innsbruck*, 1881. *Wagner*. 8°. VIII, 720 pp. 12 *M*

403. **Jolly.** Der Reichstag und die Parttheien. *Berlin*, 1880. *G. Reimer*. 8°. II, 186 pp. 3 *M*

404. **Kahl, W..** Das obere Kirchengericht für die Grossherzogthümer Mecklen-

405. **Kleiner, O.** Kommentar zur Civilprozessordnung für das Deutsche Reich Nach den Quellen bearbeitet mit besonderer Berücksichtigung der Gesetzgebung i Bayern, Sachsen und Württemberg. 13. Lfg. *Würzburg*, 1880. *Stuber*. 8⁰. III. B p. 1—112. 2 M 40
S. 1880 Nr. 63.

406. **Lautour, L.** Code des frais de justice en matière criminelle, correctionnelle et de simple police. *Paris*, 1880. 8⁰. XVI, 370 pp. 8

407. **Liszt, Fr. Ed.** Das deutsche Reichsstrafrecht, auf Grund des Reichsstrafgesetzbuchs und der übrigen strafrechtlichen Reichsgesetze unter Berücksichtigung der Rechtsprechung des Reichsgerichts systematisch dargestellt. *Berlin*, 188 *Guttentag*. 8⁰. XXI, 473 pp. 6

408. **Meykow, O.** Grundriss der Institutionen des römischen Rechts. *Dorpat* 1880. *Karow*. 8⁰. V, 69 pp. 1 M 20

409. **Minieri Riccio, C.** Saggio di codice diplomatico, formato sulle antiche scritture dell' Archivio di Stato di Napoli. Vol. II. parte II. *Napoli*, 1880. 88 pp. 18
S. 1879 Nr. 2959.

410. **Nanne, O.** Die Disjunctivobligation. *Heidelberg*, 1880. *C. Winter*. 8⁰. II 64 pp. 2

411. **Paoli, B.** Nozioni elementari di diritto civile. Dei figli di famiglia dell' instituto della patria potestà secondo il codice civile italiano. *Genova*, 188 8⁰. 175 pp. 3 M 60

412. **Piola, A.** L'equilibrio politico e la riforma rappresentativa in Italia. *Milano*, 1880. 8⁰. 182 pp. 3 M 60

413. **Poudra, J., et Eug. Pierre.** Traité pratique du droit parlementaire. *Paris* 1881. 8⁰. XIX, 344 pp. 10

414. **Rehbein, H., und O. Reincke.** Allgemeines Landrecht für die Preussischen Staaten, nebst den ergänzenden und abändernden Bestimmungen der Reichs- und Landesgesetzgebung. Mit Erläuterungen. 3. Lfg. *Berlin*, 1880. *H. W. Müller*. 8⁰. II. Thl. XVIII u. p. 337—562. 2 M 50
S. 1880 Nr. 2502.

415. **Rethwisch, E.** Begünstigung. Strafrechtliche Studie. *Berlin*, 1880. *Grieben*. 8⁰. 62 pp. 1 M 50

416. **v. Richthofen, K.** Untersuchungen über friesische Rechtsgeschichte. 1. Abhandlung. Upstalsbom, Freiheit und Grafen in Friesland. I. Thl. *Berlin*, 1880 *Hertz*. 8⁰. VI, 614 pp. 15

417. **de Rossi, V.** Studii di diritto internazionale privato in relazione alla legge italiana. *Livorno*, 1880. 8⁰. 207 pp. 6

418. **Sammito, M. A.** La questione sociale. *Piazza Armerina*, 1880. 8⁰. 64 pp. 1 M 20

419. **Schulze-Delitzsch.** Streitfragen im deutschen Genossenschaftsrecht. 1. Heft *Leipzig*, 1880. *Keil*. 8⁰. V, 73 pp. 1

420. **Strohal, Emil.** Die Prioritätsabtretung nach heutigem Grundbuchrecht, mit besonderer Rücksichtnahme auf die österreichische Gesetzgebung. *Graz*, 188 *Leuschner & Lubensky*. 8⁰. III, 107 pp. 3

421. Untersuchungen zur deutschen Staats- und Rechtsgeschichte, herausgegeben von *O. Gierke*. 9. Heft. *Breslau*, 1880. *Koebner*. 8⁰. V, 109 pp. 2 M 80
Inhalt: Das Hausmeieramt ein echt germanisches Amt. Eine rechtsgeschichtliche Untersuchung betreffend die wesentlichen Functionen des Hausmeieramtes der Germanenkönige und dessen Ursprung von E. Hermann.
S. 1880 Nr. 1276.

422. **Vivante, C.** La polizza di carico. Studio di diritto marittimo. *Milano* 1880. 8⁰. 158 pp. 3 M 60

423. **Vogt, Emil.** Zur Einbürgerung des schweizerischen Obligationenrechts besonders im Kanton Bern. Nebst kritischen Darstellungen der Grundideen desselben. 2. Heft: Schweizerisches Obligationenrecht. *Bern*, 1880. *Dalp*. 8⁰. 112 pp. 2
S. 1877 Nr. 2204.

424. Oesterreichische Weisthümer. Gesammelt von der kaiserlichen Akademie der Wissenschaften. VI. Bd. *A. u. d. T.:* Steirische und kärnthische Taidinge. Im Auftrage der kaiserl. Akademie der Wissenschaften herausgegeben von *F. Bischoff* und *Ant. Schönbach*. *Wien*. 1880. *Braumüller*. 8⁰. XX. 735 pp. 19 M

V. Mathematik und Naturwissenschaften.

425. Botanische Abhandlungen aus dem Gebiete der Morphologie und Physiologie. Herausgegeben von *Jhs. v. Hanstein.* IV. Bd. 2. Heft. *Bonn,* 1880. *Marcus.* °. VI, 56 pp. 6 *M*
Inhalt: Einige Züge aus der Biologie des Protoplasmas von Jhs. v. Hanstein. Mit 10 Taf.
1879 Nr. 1293.

426. **Bertacchi, C.**. Della coesione in rapporto alle forze cristallogeniche. Nota fisico-matematica. *Torino,* 1880. 8°. 137 pp. 2 *M* 40 *₰*

427. **Brongniart, A.**. Recherches sur les graines fossiles silicifiées. *Paris,* 1880. °. XIV, 93 pp. *Mit 21 Taf. u. Portr.* 70 *M*

428. **Bronn's, H. G.**. Klassen und Ordnungen des Thier-Reichs, wissenschaftlich argestellt in Wort und Bild. Mit auf Stein gezeichneten Abbildungen. VI. Bd. Abth. 13.—15. Lfg. *Leipzig,* 1880. *C. F. Winter.* 8°. p. 353—400. *Mit 14 Bl. afelerklärgn.* *Jede Lfg.* 1 *M* 50 *₰*
Inhalt: Reptilien. Fortgesetzt von C. K. Hoffmann. 13.—15. Lfg.
S. 1880 Nr. 2829.

429. **Brühl, C. Bh.** Zootomie aller Thierklassen für Lernende, nach Autopsien, irt. Illustrirt durch 200 Taf. mit nahezu 4000, vom Verfasser meist nach Natur gezeichneten und sämmtlich von ihm mit dem Diamant in Stein radirten ren. Atlas in 50 Lfgn. zu 4 Taf. 16. — 20. Lfg. *Wien,* 1880. *Hölder.* Fol. *Steintaf. mit 26 Bl. Text.* *Jede Lfg.* 4 *M*
S. 1880 Nr. 995.

430. **Falb, Rdf.** Von den Umwälzungen im Weltall. Drei Bücher: In den Regionen der Sterne. — Im Reiche der Wolken. — In den Tiefen der Erde. Mit Holzschn.-Abbildgn. *Wien,* 1880. *Hartleben.* 8°. XXIV, 288 pp. 4 *M* 50 *₰*

431. **Goebel, Fd. H.**. Die Wunder des Planetensystems, sowie die Entfernung d Grösse der Sonne und die Geschwindigkeit des Lichtes, entdeckt und mathetisch nachgewiesen. *Wiesbaden,* 1880. *Limbarth.* 8°. VIII, 231 pp. 3 *M*

432. **Gruner, H.** Opfersteine Deutschlands. Eine geologisch-ethnographische ntersuchung. Mit Holzschn. u. 4 Steintaf. *Leipzig,* 1880. *Duncker & Humblot.* 63 pp. 2 *M* 40 *₰*

433. **Günther, Sgm.** Die Lehre von den gewöhnlichen und verallgemeinerten yperbelfunktionen, theilweise auf Grund freier Bearbeitung von Laisant's „Essai r les fonctions hyperboliques" und Forti's „Tavole logaritmiche" dargestellt. it vielen in den Text eingedr. Holzschn. *Halle,* 1881. *Nebert.* 8°. X, 440 pp. 12 *M*

434. **Hahn, O.** Die Meteorite [Chondrite] und ihre Organismen, dargestellt und schrieben. 32 Taf. mit 142 Abbildgn. *Tübingen,* 1880. *Laupp.* 4°. V, 56 pp. 40 *M*

435. Handbuch der Botanik. Herausgegeben von *A. Schenk* unter Mitwirkung n Fd. Cohn, Detmer, O. Drude etc. Mit 191 Holzschn. und einer lith. Taf. Bd. *Breslau,* 1880. *Trewendt.* 8°. VII, 766 pp. 20 *M*
Soll in 3 Bdn. erscheinen.

436. **Hartmann, Rbt.** Der Gorilla. Zoologisch-zootomische Untersuchungen. 13 in den Text gedr. Holzschn. u. 21 Taf. *Leipzig,* 1880. *Veit & Co.* 4°. 160 pp. 30 *M*

437. **v. Hayek, Gst.** Handbuch der Zoologie. 12. Lfg. Mit 206 Holzschn.-Abbildgn. *Wien,* 1880. *Gerold's Sohn.* 8°. II. Bd. p. 401—480. 3 *M* 60 *₰*
S. 1880 Nr. 2839.

438. **Helmert, F. R.**. Die mathemathischen und physikalischen Theorieen der öhern Geodäsie. Einleitung u. I. Tl.: Die mathematischen Theorieen. *Leipzig,* 880. *Teubner.* 8°. XIV, 631 pp. *Mit eingedr. Fig.* 18 *M*

439. **Hulme, F. E.**, and **S. Hibberd.** Familiar Garden Flowers. 1st Series. ndon, 1881. 8°. *Mit color. Taf.* 15 *M*

440. **Kayser, J. C.** Deutschlands Schmetterlinge mit Berücksichtigung sämmtlicher europäischen Arten. (Neue Ausg.) 1. Lfg. *Leipzig,* 1880. *Abel.* 8°. 16 pp. *Mit 5 Kpfrtaf., wovon 4 color.* 1 *M*

441. **Koch, L.**. Die Arachniden Australiens, nach der Natur beschrieben und abgebildet. 26. Lfg. *Nürnberg*, 1880. *Bauer & Raspe*. 4°. p. 1157—1212. *Mit 4 Kpfrtaf.* 9 ℳ
S. 1880 Nr. 1007.

442. **Kraus, Gr.** Ueber die Wasservertheilung in der Pflanze. II. Der Zellsaft und seine Inhalte. Mit 1 Holzschn. [Aus: „Abhandlungen der naturforschenden Gesellschaft zu Halle."] *Halle*, 1880. *Niemeyer*. 4°. 72 pp. 4 ℳ
S. 1879 Nr. 2562.

443. **Leitgeb, Hb.** Untersuchungen über die Lebermoose. 6. Heft. Die Marchantieen und allgemeine Bemerkungen über Lebermoose. Mit 11 Taf. Graz, 1881. *Leuschner & Lubensky*. 4°. VII, 158 pp. 24 ℳ
Schluss. — S. 1879 Nr. 2884.

444. **Levander, F.. W..** Solutions of the Questions in Magnetism and Electricity set at the preliminary scientific and first B. Sc. Pass Examinations of the University of London from 1860 to 1879, together with Definitions, Dimensions of Units, miscellaneous Examples etc. *London*, 1881. 12°. 94 pp. 3 ℳ

445. **Luerssen, Ch.** Medicinisch-pharmaceutische Botanik. Handbuch der systematischen Botanik für Botaniker, Aerzte und Apotheker. Mit zahlreichen vom Verfasser auf Holz gezeichneten Abbildgn. 15. u. 16. Lfg. *Leipzig*, 1880. *Haessel.* 8°. II. Bd. p. 481—640. *Jede Lfg.* 2 ℳ
S. 1880 Nr. 1926.

446. **Mannheim, A..** Cours de géometrie descriptive de l'Ecole polytechnique comprenant les éléments de la géometrie cinématique. *Paris*, 1880. 8°. XIX, 460 pp. *Mit 249 Illustr.* 17 ℳ

447. **Marselli, N..** Le grandi razze dell' umanità. *Torino*, 1881. 8°. 298 pp. 4 ℳ 80 ₰

448. **Müller, Hm.** Alpenblumen, ihre Befruchtung durch Insekten und ihre Anpassungen an dieselben. Mit 173 Abbildgn. in Holzschn. *Leipzig*, 1880. *Engelmann.* 8°. IV, 611 pp. 16 ℳ

449. **Radau, R..** La Constitution intérieure de la terre. *Paris*, 1880. 18°. 83 pp. 1 ℳ 50 ₰

450. **Radau, R..** Le Rôle des vents dans les climats chauds. La pression barométrique et les climats des hautes régions. *Paris*, 1880. 18°. 57 pp. 1 ℳ 50 ₰

451. **Rossmässler, E.. A..** Iconographie der Land- und Süsswasser-Mollusken mit vorzüglicher Berücksichtigung der europäischen noch nicht abgebildeten Arten. Fortgesetzt von *W. Kobelt*. VII. Bd. 4.—6. Lfg. *Wiesbaden*, 1880. *Kreidel.* 4°. V u. p. 25—94. *Mit 15 Steintaf.* *Jede Lfg.* 4 ℳ 60 ₰
S. 1880 Nr. 1014.

452. **Semper, C..** Reisen im Archipel der Philippinen. II. Thl. Wissenschaftliche Resultate. II. Bd. Malacologische Untersuchungen von *Rdf. Bergh.* 1. Suppl.-Heft. Nachträge und Ergänzungen. Mit 6 Taf. Abbildgn., von denen 2 color. *Wiesbaden*, 1880. *Kreidel.* 4°. 78 pp. *Mit 6 Bl. Tafelerklärgn.* 26 ℳ
S. 1880 Nr. 3126.

453. **Semper, K..** The Natural Conditions of Existence as they affect Animal Life. *London*, 1881. 8°. 480 pp. 6 ℳ

454. **Sigsbee, C.. D..** Deep-Sea Sounding and Dredging. With Heliotype Plates and Engravings. *Washington*, 1881. 4°. 208 pp. 88 ℳ

455. **Spitzer, Sim.** Neue Studien über die Integration linealer Differential-Gleichungen. 1. Fortsetzung. *Wien*, 1880. *Gerold's Sohn.* 8°. IV, 96 pp. 4 ℳ
S. 1879 Nr. 2898.

456. **Tissandier, G..** Les Récréations scientifiques, ou l'enseignement par les jeux. *Paris*, 1880. 8°. VIII, 343 pp. *Mit 223 Illustr.* 10 ℳ

VI. Medicin.

457. **Bartholow, R..** Treatise on the Practice of Medicine for use of Students and Practitioners. *New York*, 1881. 8°. 853 pp. 30 ℳ

458. **Beneke, F.. W..** Constitution und constitutionelles Kranksein des Menschen.

459. v. **Bischof, Th. L. W.** Ueber die äusseren weiblichen Geschlechtstheile der lenschen und der Affen. Nachtrag. Mit 2 Abbildgn. [Aus: „Abhandlungen er k. bayer. Akademie der Wissenschaften."] *München*, 1880. *Franz*. 4°. 10 pp.
S. 1879 Nr. 1613. 30 ₰

460. **Bunge, P.** Klinische Beobachtungen über die sympathische Ophthalmie. .us der Gräfe'schen Augenheilanstalt in Halle. *Dessau*, 1880. [*Halle, Hofstetter.*] °. 51 pp. 2 ℳ

461. **Carter, Alfr. H..** Elements of practical Medicine. *London*, 1881. 8°. 10 ℳ 80 ₰

462. **Galtier, V.** Traité des maladies contagieuses et de la police sanitaire des nimaux domestiques. *Paris*, 1881. 8°. VIII, 941 pp. 18 ℳ

463. **Gibbes, H..** Practical Histology and Pathology. *London*, 1880. 8°. 4 ℳ 20 ₰

464. **Goodell, W..** Lessons in Gynecology. *Philadelphia*, 1881. 8°. XIV, 454 pp. *Iit 92 Illustr.* 21 ℳ 50 ₰

465. Handbuch der allgemeinen und speciellen Chirurgie mit Einschluss der opographischen Anatomie, Operations- und Verbandlehre. Mit 136 Kpfrtaf., 52 ith. Umrisstaf. und zahlreichen eingedr. Holzschn. Bearbeitet von *Agatz, Bandl, Bergmann* etc., redigirt von *v. Pitha* und *Billroth*. IV. Bd. 3. Lfg. *Stuttgart*, 1880. *Enke*. 8°. 258 pp. *Mit 100 eingedr. Holzschn.* 6 ℳ
i. S. 1880 Nr. 463.

466. Handbuch der Frauenkrankheiten. Bearbeitet von *Bandl, Billroth, Breisky* tc. Redigirt von *Th. Billroth*. Mit zahlreichen in den Text gedr. Holzschn. II. Abschnitt. *Stuttgart*, 1880 *Enke*. 8°. VI, 260 pp. 6 ℳ
Inhalt: Die Lageveränderungen der Gebärmutter. Von H.. Fritsch. Mit 100 in den ext gedr. Holzschn.
S. 1880 Nr. 1322.

467. **Haufe, P..** Ueber Massage, ihr Wesen und ihre therapeutische Bedeutung. *St. Blasien in Baden*, 1878. [*Frankfurt a. M., Alt.*] 8°. 57 pp. 1 ℳ 50 ₰

468. v. **Heydenreich, Thdr.** Schussverletzungen der Hände und Finger. Eine riegs-chirurgische Studie nach Beobachtungen in zwei Feldzügen. Mit 5 lith. Taf. *Wien*, 1880. *Braumüller*. 8°. 111 pp. 3 ℳ

469. **Humphry, G.. M..** A Treatise on the Human Skeleton, including the Joints. *London*, 1881. 8°. 16 ℳ 50 ₰

470. **Irvine, J.. P..** Relapse of typhoid Fever, especially with Reference to the Temperature. *London*, 1881. 8°. 140 pp. 7 ℳ 20 ₰

471. **Israelsohn, I..** Ueber Radicaloperation der Hernien unter antiseptischer Behandlung. *Dorpat*, 1880. *Karow*. 8°. 87 pp. 1 ℳ 50 ₰

472. **Kessler, F.** Versuche über die Wirkung des Pepsins auf einige animalische nd vegetabilische Nahrungsmittel. *Dorpat*, 1880. *Karow*. 8°. 48 pp. 1 ℳ

473. **Kocher, T..** Ueber Schusswunden. Experimentelle Untersuchungen über ie Wirkungsweise der modernen Klein-Gewehr-Geschosse. *Leipzig*, 1880. *F. C. W. Vogel*. 8°. V, 94 pp. 2 ℳ 40 ₰

474. **Langer, C..** Kurzes Lehrbuch der Physiologie, mit besonderer Rücksicht uf die medicinischen Prüfungen bearbeitet. Mit 21 Fig. in Holzschn. *Berlin*, 1880. *Gutmann*. 8°. III, 243 pp. 4 ℳ 50 ₰

475. **Lipnisski, B..** Ueber die Scheinreductionen bei Hernien. *Dorpat*, 1880. *Karow*. 8°. 128 pp. 1 ℳ 50 ₰

476. **Mauthner, L.** Gehirn und Auge. [Aus: „Vorträge aus der Augenheilunde".] Mit Holzschn. *Wiesbaden*, 1880. *Bergmann*. 8°. IV, 256 pp. 7 ℳ

477. **Michel, C.** Zur Behandlung der Krankheiten der Mundrachenhöhle und des Kehlkopfes. Practische Beiträge. *Leipzig*, 1880. *F. C. W. Vogel*. 8°. V, 120 pp. 3 ℳ

478. **Mosso, A..** Ueber den Kreislauf des Blutes im menschlichen Gehirn. Untersuchungen. Mit 87 Abbildgn. im Text u. 9 Taf. *Leipzig*, 1880. *Veit & Co.* 8°. I, 222 pp. 10 ℳ

479. **Munk, Hm.** Ueber die Functionen der Grosshirnrinde. Gesammelte Mittheilungen aus den Jahren 1877—80 mit Einleitung und Anmerkungen. Mit Holzschn. u. einer lith. Taf. *Berlin*, 1881. *Hirschwald*. 8°. X, 133 pp. 3 ℳ

480. **Neumann, I.**. Atlas der Hautkrankheiten. 72 Taf., in Chromolith. ausgeführt von J. Heitzmann. Mit beschreibendem Texte. 1. Lfg. *Wien*, 1880. *Braumüller*. Fol. *6 Chromolith. u. 18 pp. mit eingedr. Holzschn.* 10 M

481. **Neuschüler, J.**. Conservazione della vista. Dell' occhio, suoi difetti ottici e loro correzioni colle lenti. *Torino*, 1880. 16⁰. 80 pp. 2 M 40 ₰

482. **Novaro, G., F.**. Dell' estirpazione della laringe. *Torino*, 1880. 8⁰. 100 pp. *Mit 4 Illustr.* 4 M 20 ₰

483. **Pajusco, F.**. Della gravidanza cervicale. Considerazioni cliniche. *Roma*, 1881. 8⁰. 57 pp. 1 M 80 ₰

484. **Reich, Ed.** Das Leben des Menschen als Individuum. Die Leibes- und Seelen-Beschaffenheit der menschlichen Persönlichkeit und deren Beziehung zu Gesundheit und Wohlfahrt im gesellschaftlichen Zusammenleben. *Berlin*, 1880. *Hempel*. 8⁰. XIV, 368 pp. 7 M

485. **Schubert, P.** Ueber syphilitische Augenkrankheiten. Nach Beobachtungen aus der Augenklinik von Hrn. Cohn in Breslau. *Berlin*, 1880. *Letto*. 8⁰. VIII, 140 pp. 3 M 60 ₰

486. **Waller, B., C.**. An Investigation into the microscopic Anatomy of interstitial Nephritis. *Edinburgh*, 1881. 8⁰. 82 pp. 5 M 40 ₰

487. **Warren, Jos. H.** Hernia strangulated and reducible, with Cure by subcutaneous Injections. Together with suggested and improved Methods for Kelotomy. Also an Appendix giving a short Account of various new surgical Instruments. *London*, 1881. 8⁰. 292 pp. 19 M

VII. Geographie und Geschichte.

488. **D'Agostini, E.** Le campagne di guerra in Friuli 1797—1866. Memoria. *Udine*, 1881. 8⁰. 174 pp. 2 M 40 ₰

489. **Apjohn, L.**. William Ewart Gladstone, his Life and Times. *London*, 1881. 8⁰. 318 pp. 3 M

490. **Audouard, O.**. Voyage au pays des boyards. Etude sur la Russie actuelle. *Paris*, 1881. 18⁰. 373 pp. 5 M

491. **Bent, J., T.** Genoa. How the Republic rose and fell. *London*, 1881. 8⁰. 438 pp. 21 M 50 ₰

492. **Benvenuti, F., F.**. Episodes of the French Revolution from 1789—1795 examined from a political and philosophical Point of View. With an Appendix embodying the principal Events in France from 1789 to the present Time. *London*, 1881. 8⁰. 326 pp. 9 M

493. Briefe der Kaiserin Maria Theresia an ihre Kinder und Freunde. Herausgegeben von *Alfr. v. Arneth*. I. u. II. Bd. *Wien*, 1880. *Braumüller*. 8⁰. LXIV, 372, III, 515 pp. 16 M

494. Calendar of State Papers, Letters and Papers foreign and domestic: Henry VIII. Vol. V. 1531—32. *London*, 1881. 8⁰. 18 M
S. oben Nr. 182.

495. Calendar of State Papers relating to Ireland of the Reign of James I, 1615—1625, preserved in Her Majesty's Public Record Office and elsewhere. Edited by C. W. Russell and J. P. Prendergast. *London*, 1881. 8⁰. 18 M
S. oben Nr. 494.

496. **Capper, Sam. Jam.** The Shores and Cities of the Boden See, Rambles in 1879 and 1880. With Maps of the District and numerous original Etchings on Stone by W. Schmidt Pecit. *London*, 1881. 8⁰. 488 pp. 13 M

497. **Chantelauze, R.**. Louis XIV et Marie Mancini, d'après de nouveaux documents. *Paris*, 1881. 8⁰. IV, 432 pp. 7 M 50 ₰

498. **Clark, J., W.**. Cambridge. Brief historical and descriptive Notes. With Etchings and Vignettes by A. Brunet-Debaines, H. Toussaint, and G. Greux. *London*, 1881. Fol. 25 M

499. Coleccion de documentos inéditos para la historia de España, por de Marqués de la Fuensanta del Valle, José Sancho Rayon y Francisco de Zabalburu. Tomo LXXII—LXXV. *Madrid*, 1880. 4⁰. XVI, 568, 596, 544, XI, 584 pp.

500. **Politische Correspondenz Friedrich's des Grossen.** V. Bd. *Berlin*, 1880. *A. Duncker.* 8°. 584 pp. 14 *M*; *Quartausg.* 20 *M*
S. 1880 Nr. 2307.

501. **Cronholm, A.** Trettioåriga kriget och underhandlingarna i Tyskland från k. Gustaf II Adolphs död till Westfaliska fredsslutet. Historisk undersökning. 2ª delens förra afd. Kap. I—IX. *Stockholm*, 1881. 8°. 282 pp. 7 *M*
S. 1878 Nr. 472.

502. **Culmann, F. W.** Studien über die morganatische Ehe und den Ursprung des Feudalwesens, nebst mehreren bayerischen Ortsnamen. *Strassburg*, 1880. *Schmidt.* 8°. 34 pp. 1 *M* 40 *ℌ*

503. **Daae, L.** Nordmænds Udvandringer til Holland og England i nyere Tid. Et Bidrag til vor Søfarts Historie. *Christiania*, 1880. 8°. IV, 126 pp. 2 *M* 40 *ℌ*

504. **Del Prato, Fd.** Sinossi di storia e teoria della statistica. *Parma*, 1880. 16°. 162 pp. 4 *M* 20 *ℌ*

505. **Diefenbach, Lr.** Völkerkunde Osteuropas, insbesondere der Haemoshalbinsel und der unteren Donaugebiete. II. Bd. *Darmstadt*, 1880. *Brill.* 8°. VIII, 414 pp.
Schluss. — S. 1880 Nr. 497. 9 *M*

506. **Dixie, F.** Across Patagonia. With Illustrations from Sketches by Jul. Beerbohm. *London*, 1881. 8°. 252 pp. 18 *M*

507. **Duret, Thdr.** Histoire de quatre ans (1870—1873). Tome III. La Commune. *Paris*, 1881. 18°. 318 pp. 3 *M* 50 *ℌ*
S. 1878 Nr. 2010.

508. **v. Falke, Jul.** Costümgeschichte der Culturvölker. 2.—4. Lfg. *Stuttgart*, 1880. *Spemann.* 4°. p. 33—128. *Mit Holzschn.* *Jede Lfg.* 1 *M* 50 *ℌ*
S. 1880 Nr. 1692.

509. **Galland, Jos.** Die Fürstin v. Gallitzin und ihre Freunde. (Herausgegeben von der Görres-Gesellschaft.) *Köln*, 1880. *Bachem.* 8°. VII, 229 pp. 3 *M* 60 *ℌ*

510. **Allgemeine Geschichte** in Einzeldarstellungen. Unter Mitwirkung von Fel. Bamberg, Alx. Brückner, Fel. Dahn, etc. herausgegeben von *W. Oncken.* XXIII.—XXVI. Abth. *Berlin*, 1880. *Grote.* 8°. p. 1—320. *Mit eingedr. Holzschn. u. 7 Holzschntaf. u. 1 chromolith. Karte*, p. 81—192. *Mit eingedr. Holzschn.*, *15 Holzschntaf.*, *2 Chromolith. u. 4 lith. Karten u. Plänen*, p. 161—320. *Mit eingedr. Holzschn. u. 3 Holzschntaf.* *Jede Abth.* 3 *M*
Inhalt: 23. 24. Urgeschichte der germanischen und romanischen Völker. Von Fel. Dahn. — 25. Geschichte des alten Aegyptens. Von Jhs. Dümichen. — 26. Geschichte des römischen Kaiserreichs. Von G. F. Hertzberg.
S. 1880 Nr. 2918.

511. **Geschichte der europäischen Staaten.** Herausgegeben von *H. A. L. Heeren*, *F. A. Ukert* und *W. v. Giesebrecht.* 42. Lfg. 2. Abth. Suppl. zur 38. Lfg. 2. Abth. *Gotha*, 1880. *F. A. Perthes.* 8°. XVIII, 696 pp., p. XVII—CXLVIII.
Subscr.-Preis 12 *M*, *Suppl.* 2 *M* 40 *ℌ*
Inhalt: Geschichte von Spanien. Von F. W. Schirrmacher. IV. Bd. Geschichte Castiliens im 12. u. 13. Jahrhundert. — Suppl. z. 38. Geschichte Frankreichs. Von K. Hillebrand. Ergänzungsheft zum I. Bde.: Die Julirevolution und ihre Vorgeschichte [1814—1830].
S. 1880 Nr. 2600.

512. **Geschichtsquellen der Provinz Sachsen** und angrenzender Gebiete. Herausgegeben von der historischen Commission der Provinz Sachsen. XII. Bd. *Halle*, 1880. *Hendel.* 8°. VI, 282 pp. 8 *M*
Inhalt: Die Kirchenvisitationen des Bisthums Halberstadt in den Jahren 1564 und 1589. Nebst einer Einleitung, enthaltend die Geschichte der Einführung der Reformation im Halberstädtischen. Nach den Quellen bearbeitet von Gst. Nebe. Mit einer Karte.
S. 1880 Nr. 2311.

513. **Greene, F. V.** Sketches of Army Life in Russia. *London*, 1880. 8°. 330 pp. 10 *M* 80 *ℌ*

514. **Guimet, E.** Promenades japonaises. Tokio — Nikko. *Paris*, 1880. 4°. 292 pp. *Mit 39 Taf.* 25 *M*

515. **Hahn, L.** Fürst Bismarck. Sein politisches Leben und Wirken urkundlich in Thatsachen und des Fürsten eigenen Kundgebungen dargestellt. Vollständige, pragmatisch geordnete Sammlung der Reden, Depeschen, wichtigen Staatsschriften und politischen Briefe des Fürsten. III. Bd. bis 1879. *Berlin*, 1881. *Hertz.* 8°. XII, 765 pp. 11 *M*
S. 1879 Nr. 1668.

516. **Hartmann, R.**. Geschichte Hannovers vom Regierungsantritt des Königs Ernst August bis auf die Gegenwart. 1837—1880. [Aus: „Geschichte der Residenzstadt Hannover".] *Hannover*, 1880. *Kniep's Verl.* 8°. IV, 388 pp. *Mit Ansichten, 1 chromolith. u. 1 autogr. Plan.* 4 ℳ 50 ₰

517. **Hayes, A.. A.**. New Colorado and the Santa Fe Trail. *London*, 1881. 8°. 198 pp. *Mit Illustr.* 10 ℳ 80 ₰

518. **Heigel, K. Thdr.** Aus drei Jahrhunderten. Vorträge aus der neuern deutschen Geschichte. *Wien*, 1880. *Braumüller.* 8°. V, 277 pp. 6 ℳ

519. **Heine, W.**. Japan. Beiträge zur Kenntniss des Landes und seiner Bewohner in Wort und Bild. 3.—5. Abth. *Dresden*, 1880. [*Leipzig*, *Urban.*] 8°. *Je 10 Lichtdr. mit 10 Bl. Text.* *Jede Abth.* 5 ℳ
S. 1880 Nr. 1697.

520. **Herries.** Memoir of the public Life of the Right Hon. John Charles Herries in the Reigns of George III, George IV, William IV and Victoria. By his Son Edward Herries, with an Introduction by Sir Charles Herries. 2 vols. *London*, 1881. 8°. 678 pp. 28 ℳ

521. **Hildebrand, H.. H.**. De förhistoriska folken i Europa. En handbok i jämförande fornkunskap. 9ᵉ heft. *Stockholm*, 1881. 8°. p. 641—688, XII pp.
Schluss. — S. 1880 Nr. 2313. 2 ℳ 50 ₰

522. **Hottenroth, F.** Trachten, Haus-, Feld- und Kriegsgeräthschaften der Völker alter und neuer Zeit. Gezeichnet und beschrieben. 5. Lfg. *Stuttgart*, 1880. *G. Weise.* 4°. p. 65—80. *Mit eingedr. Holzschn. u. 12 Steintaf.* 3 ℳ 50 ₰
S. 1880 Nr. 2077.

523. **Johann, König v. Sachsen.** Proklamationen, Reden, Ansprachen und Briefe aus der Zeit seiner Regierung. Veröffentlicht von *J. Petzhold.* *Dresden*, 1880. *Baensch.* 8°. VI, 80 pp. 1 ℳ 50 ₰

524. **Klopp, O.**. Der Fall des Hauses Stuart und die Succession des Hauses Hannover in Gross-Britannien und Irland im Zusammenhange der europäischen Angelegenheiten von 1660—1714. IX. u. X. Bd. *Wien*, 1880. *Braumüller.* 8°. XVII, 528, XV, 433 pp. 15 ℳ
S. 1879 Nr. 1992.

525. **Knorr.** Die polnischen Aufstände seit 1830 in ihrem Zusammenhange mit den internationalen Umsturzbestrebungen. Unter Benutzung archivalischer Quellen. *Berlin*, 1880. *Mittler & Sohn.* 8°. X, 431 pp. 8 ℳ

526. Den dansk tydske Krig, i Aarene 1848—50. Udarbejdet paa Grundlag af officielle Documenter og med Krigsministeriets Tilladelse udgivet af Generalstaben. 3ᵈⁱᵉ Del. Krigen i 1850. Første Afsnit. *Kjøbenhavn*, 1880. 8°. 518 pp. 7 ℳ
S. 1876 Nr. 1370.

527. **v. Mayerfels, K.** Der Wittelsbacher Stamm-, Haus- und Geschlechtswappen. Heraldische Monographie als Festgabe zum 700jährigen Wittelsbacher-Jubiläum. Mit 4 lith. Taf. *Konstanz*, 1880. [*München*, *Th. Ackermann.*] 8°. 44 pp. *Mit eingedr. Holzschn.* 2 ℳ 50 ₰

528. **van der Mey, Wfg.** Rusland en het Nihilismus. *Haarlem*, 1880. 8°. 249 pp. 6 ℳ

529. **Nordenskjöld, Adf. Erik.** Vegas färd kring Asien och Europa jemte en historisk återblick på föregående resor längs gamla verldens nordkust. 1ᵃ heft. *Stockholm*, 1881. 8°. 96 pp. *Mit 1 Karte.* 3 ℳ

530. **v. Nordenskjöld, Adf. Erik.** Die Umsegelung Asiens und Europas auf der Vega 1878—1880. Autorisirte deutsche Ausg. Mit Abbildungen in Holzschn. u. lith. Karten. 1.—3. Lfg. *Leipzig*, 1881. *Brockhaus.* 8°. I. Bd. p. 1—144.
Soll in 2 Bdn. oder ca. 20 Lfgn. erscheinen. *Jede Lfg.* 1 ℳ

531. **Oliphant, L.**. The Land of Gilead. With Excursions in the Lebanon. *London*, 1881. 8°. 584 pp. 25 ℳ

532. **Parry, S.. H.. J.** My Journey round the World, via Ceylon, New Zealand, Australia, Torres Straits, China, Japan and the United States. 2 vols. *London*, 1881. 8°. 610 pp. 25 ℳ

533. **Prelini, C.**. San Siro, primo vescovo e patrono della città e diocesi di Pavia. Studio storico-critico. Vol. I. *Pavia*, 1881. 4°. XLVII, 593 pp. *Mit*

534. **Rein, J. J.** Japan, nach Reisen und Studien im Auftrag der königlich-preussischen Regierung dargestellt. I. Bd. Natur und Volk des Mikadoreiches. Mit 5 Lichtdr.-Bildern, 12 Holzschn., 3 lith. Taf. u. 2 chromolith. Karten. *Leipzig*, 1880. *Engelmann*. 8°. XIII, 630 pp. 20 ℳ

535. **Stricker, W.** Neuere Geschichte von Frankfurt am Main 1806—1866. *Frankfurt a. M.*, 1880. *Auffarth*. 8°. 424 pp. 7 ℳ

536. **Temple, R.** India in 1880. *London*, 1881. 8°. 530 pp. 19 ℳ

537. **Thürheim, A.** Gedenkblätter aus der Kriegs-Geschichte der k. k. österreichischen Armee. 20.—22. Lfg. *Teschen*, 1880. *Prochaska*. 8°. II. Bd. IV u. p.641—804. *Jede Lfg.* 1 ℳ 60 ₰
Schluss. — S. 1880 Nr. 2936.

538. **Urkundenbuch der Stadt Lübeck.** Herausgegeben von dem Vereine für Lübeckische Geschichte und Alterthumskunde. VI. Thl. 9. u. 10. Lfg. *Lübeck*, 1880. *Grautoff*. 4°. p. 641—812. *Jede Lfg.* 3 ℳ
S. 1880 Nr. 2021.

539. **Vaupell, O.** Rigskansler Grev Griffenfeld. Et Bidrag til Nordens Historie i det 17de Hundred-aar. Første Del. *Kjøbenhavn*, 1881. 8°. 400 pp. *Mit einem Portr. u. 2 Plänen.* 15 ℳ

540. **Vigoni, P.** Abissinia. Giornale di un viaggio. *Milano*, 1880. 8°. 246 pp. *Mit 39 Illustr.* 9 ℳ 50 ₰

541. **Weber, G.** Allgemeine Weltgeschichte, mit besonderer Berücksichtigung des Geistes- und Culturlebens der Völker und mit Benutzung der neueren geschichtlichen Forschungen für die gebildeten Stände bearbeitet. XV. Bd. Geschichte des 19. Jahrhunderts. 2. Abth. 2. Hälfte. *Leipzig*, 1880. *Engelmann*. 8°. XVI u. p. 657—1279. 3 ℳ 60 ₰
S. 1880 Nr. 3217.

542. **Wood, C. W.** Round about Norway. *London*, 1881. 8°. 326 pp. 14 ℳ 40 ₰

VIII. Sprachwissenschaft.

543. **Albrecht, K.** Die Leipziger Mundart. Grammatik und Wörterbuch der Leipziger Volkssprache. Zugleich ein Beitrag zur Schilderung der Volkssprache im Allgemeinen. Mit einem Vorwort von Rdf. Hildebrand. *Leipzig*, 1880. *Arnold*. 8°. XVIII, 243 pp. 4 ℳ

544. **Beiträge zur Kunde der indogermanischen Sprachen**, herausgegeben von *Adb. Bezzenberger*. V. Bd. 2.—4. Heft. VI. Bd. 1. u. 2. Heft. *Göttingen*, 1880. *Peppmüller*. 8°. *Preis pro Bd.* 10 ℳ
S. 1879 Nr. 2660.

545. **Foerster, P.** Spanische Sprachlehre. 2. Hälfte. *Berlin*, 1880. *Weidmann*. 8°. XVI u. p. 241—447. 5 ℳ
S. 1880 Nr. 3583.

546. **Kirste, H.** Die constitutionellen Verschiedenheiten der Verschlusslaute im Indogermanischen. *Graz*, 1881. *Leuschner & Lubensky*. 8°. 84 pp. 2 ℳ 60 ₰

547. **Lauer, M.** Armenische Chrestomathie. Zu des Verfassers Grammatik der classischen armenischen Sprache. *Wien*, 1880. *Braumüller*. 8°. IV, 179 pp. 6 ℳ

548. **Levy, J.** Neuhebräisches und chaldäisches Wörterbuch über die Talmudim und Midraschim. Nebst Beiträgen von H. L. Fleischer. 13. Lfg. *Leipzig*, 1880. *Brockhaus*. 4°. III. Bd. p. 225—336. 6 ℳ
S. 1880 Nr. 2039.

549. **Oudemans, A. C.** Bijdrage tot een middel- en oudnederlandsch woordenboek. Uit vele glossaria en andere bronnen bijeengezameld. 7. deel. T—W. *Arnhem*, 1881. [*Leipzig*, *T. O. Weigel.*] 8°. 983 pp. 14 ℳ 40 ₰
S. 1873 Nr. 2078.

550. **Pauli, C.** Etruskische Studien. 3. Heft. Die Besitz-, Widmungs- und Grabformeln des Etruskischen. *Göttingen*, 1880. *Vandenhoeck & Ruprecht's Verl.* 8°. 156 pp. 5 ℳ 80 ₰
S. 1880 Nr. 2340.

551. **Schiller, K., und A. Lübben.** Mittelniederdeutsches Wörterbuch. 29. Heft. *Bremen*, 1880. *Kühtmann & Co.* 8°. Nachtrag p. 1—128. 2 ℳ 50 ₰

552. **Spiess, R..** Beiträge zu einem hennebergischen Idiotikon. *Wien*, 1880. *Braumüller.* 8°. VII, 296 pp. 5 ℳ

553. Altenglische Sprachproben. Nebst einem Wörterbuche herausgegeben von *Ed. Mätzner.* II. Bd.: Wörterbuch. 7. Lfg. *Berlin*, 1880. *Weidmann.* 8°, p. 129—240. 3 ℳ 60 ₰

S. 1879 Nr. 3297.

554. **Stern, L.** Koptische Grammatik. Mit 1 lith. Taf. *Leipzig*, 1880. *T. O. Weigel.* 8°. XVIII, 468 pp. 18 ℳ

555. **Strourvelle, Alx.** The Genders of Substantives in the French Language. *London*, 1881. 8°. 1 ℳ 80 ₰

556. Leipziger Studien zur classischen Philologie. Herausgegeben von *G.. Curtius, L.. Lange, O.. Ribbeck, H.. Lipsius.* III. Bd. 2. Heft. *Leipzig*, 1880. *Hirzel.* 8°. V u. p. 217—328. 2 ℳ 80 ₰

S. 1880 Nr. 2342.

557. **Weinhold, K.** Kleine mittelhochdeutsche Grammatik. *Wien*, 1880. *Braumüller.* 8°. VII, 100 pp. 2 ℳ

IX. Alterthumswissenschaft.

558. **Ascoli, G.. J..** Iscrizioni inedite o mal note, greche, latine, ebraiche, di alcuni sepolcri giudaici del Napoletano, edite ed illustrate. *Torino*, 1880. 8°. 120 pp. *Mit 8 Taf.* 14 ℳ 40 ₰

559. **Breyer, B..** Analecta Pindarica. *Breslau*, 1880. *Barschak.* 8°. 72 pp. 1 ℳ 60 ₰

560. **Budge, E. A..** The History of Esarhaddon (Son of Sennacherib), King of Assyria (b. C. 681—668). Translated from the Cuneiform Inscriptions upon Cylinders and Tablets in the British Museum Collection, together with Original Texts, a grammatical Analysis of each Word, Explanations of the Ideographs by Extracts from the Bi-lingual Syllabaries. *London*, 1881. 8°. 180 pp. 12 ℳ 50 ₰

561. **Enmann, Alx.** Untersuchungen über die Quellen des Pompeius Trogus für die griechische und sicilische Geschichte. *Dorpat*, 1880. *Karow.* 8°. IV, 206 pp. 3 ℳ

562. **Fox, W.** Die Kranzrede des Demosthenes, das Meisterwerk der antiken Redekunst, mit steter Rücksicht auf die Anklage des Aeschines analysiert und gewürdigt. *Leipzig*, 1880. *Teubner.* 8°. XII, 365 pp. 5 ℳ 60 ₰

563. **Geikie, Jam.** Prehistoric Europe. A geological Sketch. *London*, 1881. 8°. 598 pp. *Mit Karten u. Illustr.* 30 ℳ

564. **Grasberger, Lr.** Erziehung und Unterricht im klassischen Alterthum. Nach den Quellen dargestellt. III. Thl. *A. u. d. T.*: Die Ephebenbildung oder die musische und militärische Ausbildung der griechischen und römischen Jünglinge. *Würzburg*, 1881. *Stahel.* 8°. VIII, 642 pp. 12 ℳ 30 ₰

S. 1875 Nr. 1123.

565. **Müller-Strübing, Hm.** Thukydideische Forschungen. *Wien*, 1880. *Konegen.* 8°. V, 276 pp. 7 ℳ

566. **Terninck, A.** L'Artois souterrain. Études archéologiques sur cette contrée depuis les temps les plus reculés jusqu'au règne de Charlemagne. Tome IV. *Arras*, 1880. 8°. 308 pp. *Mit 15 Taf.* 8 ℳ

S. oben Nr. 260.

567. **Trollope, Ant.** Life of Cicero. 2 vols. *London*, 1881. 8°. 18 ℳ

X. Schöne Literatur und Kunst.

568. **Adam, R.. et J..** Architectural Decoration and Furniture. *London*, 1881. Fol. 30 ℳ

569. **Apraxin, J..** L'une ou l'autre. *Paris*, 1880. 18°. 397 pp. 3 ℳ

570. **Apulejus.** Amor und Psyche. Ein Märchen. Aus dem Lateinischen von *Rhld. Jachmann.* Illustrirt in 46 Orig.-Radirgn. und ornamentirt von *Mx. Klinger.*

571. **Bang, H.** Haabløse Slaegter. *Kjøbenhavn*, 1881. 8°. 606 pp. 16 ℳ
572. **Bosc, E.** Dictionnaire raisonné d'architecture et des sciences et arts qui s'y rattachent. Livr. 16—19. *Paris*, 1880. 8°. p. 417—519 à 2 col.
S. 1879 Nr. 3686. *Jede Lfg.* 6 ℳ
573. **Burty, Ph.** Grave imprudence. *Paris*, 1881. 18°. 259 pp. 3 ℳ 50 ₰
574. **Claretie, Jul.** Une femme de proie. Scènes de la vie parisienne. *Paris*, 1880. 18°. 389 pp. 3 ℳ 50 ₰
575. **Conscience, H.** De kerels van Vlaanderen. 2 delen. *Leiden*, 1880. 8°. IV, p. 1—188, IV, p. 189—426. 2 ℳ 50 ₰
576. **Féval, P.** Les Merveilles du mont Saint-Michel. *Paris*, 1881. 8°. XLIV, 356 pp. *Mit Illustr.* 8 ℳ
577. **Fitzgerald, G. R.** Never found out. A Novel. *London*, 1881. 8°. 280 pp. 9 ℳ
578. **Girardin, J.** Grand-père. *Paris*, 1880. 8°. 307 pp. 5 ℳ
579. **Gonse, L.** Eugène Fromentin, peintre et écrivain. Ouvrage augmenté d'un voyage en Egypte et d'autres notes et morceaux inédits de Fromentin. *Paris*, 1881. 8°. 371 pp. *Mit 61 Illustr.* 25 ℳ
580. **Grundtvig, N. F. S.** Poetiske Skrifter, udgivne af S. Grundtvig. Anden Del. *Kjøbenhavn*, 1880. 8°. 560 pp. 14 ℳ
S. 1880 Nr. 2982.
581. **Haggenmacher, O.** Danae. Erzählung aus der römischen Kaiserzeit. *Leipzig*, 1881. *O. Wigand.* 8°. 192 pp. 2 ℳ 50 ₰
582. **Harte, Bret.** Complete Works. Vol. IV. Gabriel Conroy. *London*, 1881. 8°. 488 pp. 7 ℳ 20 ₰
S. 1880 Nr. 3635.
583. **Jahn, Hm.** Im Bann der Venus. Eine Liebesmär. *Rostock*, 1880. *Meyer.* 8°. VIII, 71 pp. 2 ℳ 50 ₰
584. **Janvier, C. A.** Practical Keramics for Students. *London*, 1881. 8°. 268 pp. 7 ℳ 20 ₰
585. **Kekulé, Rhd.** Die Reliefs an der Balustrade der Athena Nike. Nach neuen Zeichnungen und Entwürfen von L. Otto herausgegeben. Mit Beiträgen von *G. Loeschcke* und *R. Bohm*. *Stuttgart*, 1881. *Spemann*, Fol. VII, 30 pp. *Mit eingedr. Holzschn., 7 Kpfrtaf. u. 1 lith. Plan.* 42 ℳ
586. **de Lauzières-Themines, A.** Les Morts vivants. Les drames du feu. *Paris*, 1881. 18°. 793 pp. 6 ℳ
587. **Lindner, Albt.** Der Schwan vom Avon. Culturbilder aus Alt-England. *Berlin*, 1880. *Hanow.* 8°. VIII, 182 pp. 2 ℳ 50 ₰
588. **Meredith, G.** The Tragic Comedians. A Study on a well-known Story. 2 vols. *London*, 1881. 8°. 14 ℳ 40 ₰
589. **Muntz, Eug.** Raphaël, sa vie, son œuvre et son temps. Ouvrage contenant 155 reproductions de tableaux ou fac-similés de dessins insérés dans le texte et 41 planches tirés à part. *Paris*, 1880. 8°. 662 pp. 25 ℳ
590. Muster-Ornamente aus allen Stilen in historischer Anordnung. Nach Original-Aufnahmen von *Jos. Durm, F. Fischbach, A. Gnauth, E. Herdtle, G. Kachel, A. Ortwein, R. Reinhardt, A. Schill, V. Teirich* u. A. 9.—20. Lfg. *Stuttgart*, 1880. *Engelhorn.* 4°. *Je 12 Holzschntaf.* *Jede Lfg.* 1 ℳ
S. 1880 Nr. 1789.
591. **Schücking, Levin.** Seltsame Brüder. Roman. 3 Thle. *Leipzig*, 1880. *Brockhaus.* 8°. 199, 182, 177 pp. 12 ℳ
592. **Seguin, L. G.** A picturesque Tour in picturesque Lands: France, Spain, Germany, Switzerland, Holland, Belgium, Tyrol, Italy, Scandinavia. *London*, 1881. Fol. 176 ℳ
593. **Semper, Hs., und W. Barth.** Hervorragende Bildhauer-Architekten der Renaissance. Mino da Fiesole. Andrea Sansovino. Benedetto da Rovezzano. Forschungen von *Hs. Semper*. Aufnahmen von *W. Barth*. Mit 27 Taf. in Lichtdr. *Dresden*, 1880. *Gilbers' Verl.* Fol. 25 pp. 52 ℳ
594. **Stephens, F. G.** Sir E. Landseer. *London*, 1881. 4°. 25 ℳ
595. **Thomas, A.** Eyre of Blendon. A Novel. 3 vols. *London*, 1881. 8°. 37 ℳ
596. **Werner, E.** Frühlingsboten. Roman. *Leipzig*, 1880. *Keil.* 8°. 354 pp.

XI. Handel. — Industrie. — Oekonomie.

597. **Daupeley-Gouverneur, G.** Le Compositeur et le correcteur typographe. *Paris*, 1880. 18°. XII, 340 pp. 3 M

598. **v. Festenberg-Packisch, Hm.** Der metallische Bergbau Niederschlesiens, unter Benützung amtlicher Quellen in geognostischer, historischer und technischer Beziehung dargestellt. Mit einer Uebersichtskarte der Erzvorkommnisse Niederschlesiens in Farbendr. *Wien*, 1880. *Perles.* 8°. III, 117 pp. 6 M

599. Handbuch der Ingenieurwissenschaften in 4 Bdn. I. Bd. 2. Hälfte. 2. Lfg. und II. Bd. 2. Abth. 1. Lfg. *Leipzig*, 1880. *Engelmann.* 8°. p. 881—1099. *Mit 30 eingedr. Holzschn., nebst Atlas XII pp. mit 15 Steintaf.*, 304 pp. *Mit 137 eingedr. Holzschn. u. 26 Steintaf.* 30 M

Inhalt: I. Vorarbeiten, Erd-, Strassen-, Grund- und Tunnelbau, sowie Construction der Stütz- und Futtermauern. Im Verein mit E. Häseler R. Koch, F. Laissle, E. Mackensen, Gst. Meyer und R. Richard bearbeitet und herausgegeben von Edm. Heusinger v. Waldegg. — II. Der Brückenbau. Im Verein mit Fachgenossen bearbeitet und herausgegeben von Th. Schäffer und Ed. Sonne.
S. 1879 Nr. 3694.

600. **Hautsch, F.** Allgemeine Maschinenkunde für den Gebrauch von Architekten, Bau- und Zimmermeistern zum Selbstunterrichte, sowie als Lehrbuch für Baugewerkschulen. *Leipzig*, 1880. *Knapp.* 8°. 112 pp. *Mit eingedr. Holzschn.* 2 M 40 ₰

601. **Heinzerling, F.** Die Brücken der Gegenwart. Systematisch geordnete Sammlung der geläufigsten neueren Brückenconstructionen, gezeichnet von Studirenden des Brückenbaues an der königl. rheinisch-westphälischen polytechnischen Schule zu Aachen. Zum Gebrauch bei Vorlesungen und Privatstudien über Brückenbau, sowie bei dem Berechnen, Entwerfen und Veranschlagen von Brücken zusammengestellt und mit Text begleitet. I. Abth. Eiserne Brücken. 5. Hft. Eiserne Hängebrücken. Mit 6 lith. Taf., 1 lith. Texttaf. u. 15 Bogen Text mit 23 eingedr. Holzschn. *Aachen*, 1880. *Mayer.* Fol. IV, 53 pp. 14 M
S. 1880 Nr. 596.

602. **Herzbruch** und **Dempwolff.** Die russischen Ostseehäfen Libau, Riga, Reval, St. Petersburg und Kronstadt. Mit 3 Taf. [Aus: „Zeitschrift für Bauwesen".] *Berlin*, 1880. *Ernst & Korn.* 4°. 10 pp. 6 M

603. **v. Kerpely, Ant.** Die Anlage und Einrichtung der Eisenhütten. Ausführliches praktisches Handbuch für Hüttentechniker, Hüttenbesitzer und Ingenieure, sowie für Studirende der Bergwissenschaften. 4. Lfg. Mit einem Atlas von 16 lith. Taf. *Leipzig*, 1880. *Felix.* 8°. p. 417—528. 16 M
S. 1880 Nr. 1177.

604. **Uhland, W. H.** Handbuch für den praktischen Maschinenconstructeur. Eine Sammlung der wichtigsten Formeln, Tabellen, Constructionsregeln und Betriebsergebnisse für den Maschinenbau und die mit demselben verwandten Branchen. Unter Mitwirkung erfahrener Ingenieure und Fabrikdirektoren herausgegeben. 12.—14. Lfg. *Leipzig*, 1880. *Baumgärtner.* 4°. *Je 4 Bl.* *Jede Lfg.* 3 M
S. 1880 Nr. 3357.

605. **Wanderley, G.** Die ländlichen Wirthschaftsgebäude mit Einschluss der Heger-, Unter- und Oberförsterwohnungen, der Pächter- und Gutsherrenhäuser in ihrer Construction, ihrer Anlage und Einrichtung. Unter Mitwirkung von *K. Jähn.* Mit ca. 1500 Holzschn. 24. Heft. *Leipzig*, 1880. *Knapp.* 8°. IV. Bd. p. 241—304.
S. 1880 Nr. 3359. 1 M 60 ₰

606. **Whitney, J. D.** The auriferous Gravels of the Sierra Nevada in California. *Boston*, 1881. 4°. XVI, 569 pp. *Mit 24 Taf. u. 2 Karten.* 108 M

607. **Zetzsche, K. E.** Handbuch der elektrischen Telegraphie. Unter Mitwirkung von mehreren Fachmännern herausgegeben. IV. Bd. Die elektrischen Telegraphen für besondere Zwecke. 4. Lfg. Bearbeitet von *L. Kohlfürst* und *K. E. Zetzsche.* Mit zahlreichen in den Text gedr. Holzschn. *Berlin*, 1879. *Springer.* 8°. p. 513—656. 4 M 20 ₰

Inhalt: Die elektrische Telegraphie beim Eisenbahnbetriebe. [Forts.]
S. 1879 Nr. 3398.

Verantwortlicher Redacteur Otto Kistner in Leipzig.
Druck und Verlag von F. A. Brockhaus in Leipzig.

Allgemeine Bibliographie.

Monatliches Verzeichniss

der

wichtigern neuen Erscheinungen der deutschen und ausländischen Literatur.

Herausgegeben von F. A. Brockhaus in Leipzig.

1881.] März. [Nr. 3.

Dieses Verzeichniss erscheint regelmässig monatlich und ist, gleich den darin angezeigten Büchern, direct von F. A. Brockhaus in Leipzig sowie durch alle Buchhandlungen zu beziehen.

I. Encyklopädie und Literaturwissenschaft.

608. **Bayne, Pt.** Two great Englishwomen, Mrs. Browning and Charlotte Bronte. With an Essay on Poetry illustrated from Wordsworth, Burns, and Byron. *London*, 1881. 428 pp. 9 *M*

609. **Van Bemmel, Eug.** Traité général de la littérature française. [Aus: „Bibliothèque de l'enseignement complémentaire.] *Bruxelles*, 1880. 12⁰. 413 pp. 3 *M* 50 *₰*

610. Internationale wissenschaftliche Bibliothek. XLVIII. Bd. *Leipzig*, 1881. *Brockhaus*. 8⁰. X, 313 pp. 5 *M*
Inhalt: Der Krebs. Eine Einleitung in das Studium der Zoologie. Von T. H. Huxley. Mit 82 Abbildgn. in Holzschn. Autorisirte Ausg. S. 1880 Nr. 3026.

611. **Embden Heine, M.** Ricordi della vita intima di Enrico Heine. *Firenze*, 1880. 16⁰. 135 pp. 2 *M* 40 *₰*

612. **Fischer, K.** G. E. Lessing als Reformator der deutschen Litteratur. 2 Thle. *Stuttgart*, 1881. *Cotta*. 8⁰. VI, 261, VI, 193 pp. 8 *M*
Inhalt: 1. Lessings reformatorische Bedeutung. Minna v. Barnhelm. Faust. Emilia Galotti. 4 *M* 50 *₰* — 2. Nathan der Weise. 3 *M* 50 *₰*

613. **Fulda, K.** Chamisso und seine Zeit. Mit dem Portr. Adelbert's v. Chamisso in Lichtdr. *Leipzig*, 1881. *Reissner*. 8⁰. X, 274 pp. 5 *M*

614. **Gallo, Nic.** L'idealismo e la letteratura. Introduzione allo studio nazionale della letteratura e della sua storia. *Roma*, 1881. 8⁰. 543 pp. 8 *M* 40 *₰*

615. **Gomes de Amorim, Fr.** Garrett. Memorias biographicas. Tomo I. *Lisboa*, 1881. 8⁰. 598 pp. 12 *M*

616. **Jaubert, Mme. C.** Souvenirs. Lettres et correspondances. Berryer, 1847 et 1848. Alfred de Musset. Pierre Lanfrey. Henri Heine. *Paris*, 1881. 18⁰. 327 pp. 3 *M* 50 *₰*

617. **Kühn, Adb.** Findlinge betreffend die Weimarische Literatur-Epoche. *Weimar*, 1881. *Kühn*. 8⁰. 36 pp. *Mit 2 Steintaf.* 7 *M* 50 *₰*

618. **Müller, F. Mx.** Selected Essays on Language, Mythology and Religion. 2 vols. *London*, 1881. 8⁰. 1310 pp. 19 *M*

619. **Pompa, R. C.** Bibliografia filosofica. Corona dell' Italia filosofica contemporanea. Vol. I. *Salerno*, 1880. 24⁰. 176 pp. 2 *M* 40 *₰*

620. **Wace, W. E.** Alfred Tennyson, his Life and Works. *Edinburgh*, 1881.

II. Theologie und Philosophie.

621. **Appleton, C. Ed.** His Life and literary Facts. By J. H.. Appleton and A.. H.. Sayce. *London*, 1880. 8⁰. 340 pp. 12 ℳ 50 ₰

622. **Arbes, J.** Meine Forschungen im Gebiete des Geistes. Zwei empirisch-philosophische Untersuchungen. *Pilsen*, 1880. *Maasch.* 8⁰. 97 pp. *Mit 1 Steintaf.* 1 ℳ 50 ℳ

623. **de Badts de Cugnac, Albt.** La Compagnie de Jésus jugée par l'église universelle. *Bruges*, 1880. 8⁰. VI, 206 pp. 2 ℳ

624. **Bastian, Adf.** Die heilige Sage der Polynesier. Kosmogonie und Theogonie. *Leipzig*, 1881. *Brockhaus.* 8⁰. XIII, 302 pp. 6 ℳ

625. **Cooper, J.** The Province of Law in the Fall and Recovery of Man, or the Law of the Spirit of Life in Contrast with the Law of Sin and Death. *London*, 1881. 8⁰. 260 pp. 7 ℳ 20 ₰

626. **Corriol.** Compendium de la philosophie chrétienne comparée avec les doctrines des philosophes anciens et des philosophes modernes, d'après Sanseverino. Suivi d'une table analytique. Partie objective: Cosmologie, Anthropologie, Theodicée. Tome II. 4ᵉ fasc. *Avignon*, 1881. 8⁰. 166 pp. 1 ℳ 50 ₰
S. 1880 Nr. 2758.

627. **de Coster, G.. Hbt.** Eléments de l'esthétique générale mis à la portée de tous. *Bruxelles*, 1880. 12⁰. XXXVIII, 416 pp. 5 ℳ

628. **Dächsel, A.** Die Bibel oder die ganze heilige Schrift Alten und Neuen Testaments, nach der deutschen Uebersetzung Dr. Martin Luthers, mit in den Text eingeschalteter Auslegung, ausführlichen Inhaltsangaben und erläuternden Bemerkungen. Neues Testament. Heft 22c. *Leipzig*, 1881. *J. Naumann.* 8⁰. VII. Bd. VI u. p. 865—976 u. Sachregister 14 pp. 1 ℳ; *Velin-Ausg.* 1 ℳ 40 ₰
S. 1880 Nr. 2759.

629. **Darras, J.. E.., et J. Bareille.** Histoire de l'église depuis la création jusqu'au XIIᵉ siècle. Continuée jusqu'au pontificat de Pie IX. Tomes XXIII—XXVII. *Paris*, 1880. 8⁰. XXIII, 631 pp. *Jeder Band* 5 ℳ
S. 1875 Nr. 1228.

630. **Gelbhaus, S..** Rabbi Jehuda Hanassi und die Redaction der Mischna, eine kritisch-historische und vergleichend-mythologische Studie. *Wien*, 1876 (1880). *Löwy.* 8⁰. 98 pp. 1 ℳ 80 ₰

631. **Gigli, Andr.** Studii biblico-esegetico-polemici sul primo e secondo capitolo della genesi, ossia il Sacro Esamerone. *Lecce*, 1880. 8⁰. 317 pp. 4 ℳ 80 ₰

632. **Given, J.. J..** The Truth of Scripture in Connection with Revelation, Inspiration and the Canon. *Edinburgh*, 1881. 8⁰. 378 pp. 10 ℳ 80 ₰

633. **Glossner, M.** Das objective Princip der aristotelisch-scholastischen Philosophie, besonders Albert des Grossen Lehre vom objectiven Ursprung, verglichen mit dem subjectiven Princip der neueren Philosophie. Zum Albertus-Jubiläum. *Regensburg*, 1880. *Pustet.* 8⁰. IV, 96 pp. 1 ℳ 20 ₰

634. **Gray, Jam. C..** The Biblical Museum. Vol. IX. Containing the Books of Jeremiah, Lamentations and Ezekiel. *London*, 1881. 8⁰. 384 pp. 6 ℳ
S. 1880 Nr. 2762.

635. **Hammer, A.. T..** Wahrheiten und Hypothesen. Zersteute Betrachtungen über Religion und Theologie. *Berlin*, 1881. *Mrose.* 8⁰. VI, 86 pp. 2 ℳ

636. **Henne-Am-Rhyn, O.** Das Jenseits. Kulturgeschichtliche Darstellung der Ansichten über Schöpfung und Weltuntergang, die andere Welt und das Geisterreich. *Leipzig*, 1881. *O. Wigand.* 8⁰. VIII, 302 pp. 4 ℳ

637. **Klostermann, A.** Die Gemüthsstimmung der Christen in Römer 5, 1—11. *Kiel*, 1881. *Universitäts-Buchh.* 4⁰. 41 pp. 1 ℳ 20 ₰

638. **Löhe's, W.,** Leben. Aus seinem schriftlichen Nachlass zusammengestellt. II. Bd. 1.—2. Hälfte. *Gütersloh*, 1880. *Bertelsmann.* 8⁰. IV, 574 pp. 7 ℳ
S. 1873 Nr. 2970.

639. **Menendez Pelayo, M..** Historia de los heterodoxos españoles. Tomo II. *Madrid*, 1880. 4⁰. 788 pp. 16 ℳ
S. 1880 Nr. 1222.

640. **Monck, W.. H.. S..** Sir William Hamilton. *London*, 1881. 8⁰. 192 pp.

641. **Motte, M. J.**. La Philosophie naturelle mise en action d'après les découvertes anthropologiques sur le régime social de l'homme, sa mission, sa religion innée. L'idéal de sa prédestination selon cette proposition paradoxale: L'être humain a été créé avec son intelligence supérieure, avec sa foi héroique, avec sa croyance en un pouvoir suprême dont il s'inspire dans ses œuvres prescrites. *Charleroi*, 1876. 8°. 408 pp. *Mit 9 Taf.* 6 ℳ

642. **Pearson, T.**. The Bible and Temperance, or the true Scriptural Basis of the Temperance Movement. In which the Writings of A. W. Wilson and Walls Wallace and Others on the Wines of the Bible are examined, and their Arguments answered. *London*, 1881. 8°. 290 pp. 4 ℳ 20 ₰

643. **Pierson, A.**. Studiën over Johannes Kalvyn (1527—1536). *Amsterdam*, 1881. 8°. IV, 256 pp. 6 ℳ 25 ₰

644. **Plummer, A.**. Gospel according to St. John. With Maps, Notes and Introduction. *Cambridge*, 1881. 12°. 390 pp. 5 ℳ 40 ₰

645. **de Roberty, E.**. La Sociologie. Essai de philosophie sociologique. *Paris*, 1881. 8°. VIII, 232 pp. 6 ℳ

646. **Schell, Fr. Jak.** Grundzüge einer vernunftgemässen Religionslehre. I. Thl. *A. u. d. T.:* Grundzüge einer vernunftgemässen Auffassung des Christenthums, wodurch dasselbe dereinst Weltreligion werden kann. *Alzey*, 1881. *Ackermann.* 8°. 159 pp. 1 ℳ 50 ₰

647. **Schneedorfer, Leo Adf.** Das Weissagungsbuch des Profeten Jeremia erklärt. *Prag*, 1881. *Bellmann.* 8°. XX, 765 pp. 9 ℳ 60 ₰

648. **Sciout, L.** Histoire de la constitution civile du clergé (1790—1801). L'église sous la Terreur et le Directoire. Tome III. *Paris*, 1880. 8°. 763 pp. 10 ℳ
S. 1873 Nr. 1430.

649. **Sdralek, Mx.** Hinkmars von Rheims kanonistisches Gutachten über die Ehescheidung des Königs Lothar II. Ein Beitrag zur Kirchen-, Staats- und Rechtsgeschichte des IX. Jahrhunderts. *Freiburg i. Br.*, 1881. *Herder.* 8°. X, 199 pp. 3 ℳ

III. Erziehungswissenschaft.

650. Pädagogische Bibliothek. Eine Sammlung der wichtigsten pädagogischen Schriften älterer und neuerer Zeit. Im Vereine mit Gesinnungsgenossen herausgegeben von *K. Richter.* 90. u. 91. Heft. *Leipzig*, 1881. *Siegismund & Volkening.* 8°. XXIV u. p. 65—176. *Jedes Heft* 50 ₰
Inhalt: Krebsbüchlein oder Anweisung zu einer unvernünftigen Erziehung der Kinder. Von Ch. Gotthilf Salzmann. Mit Anmerkungen und Erläuterungen versehen von K. Richter. 2. u. 3. Heft.
S. 1880 Nr. 2466.

651. **Cobbe, Fr. P.**. The Duties of Women. A Course of Lectures. *London*, 1881. 8°. 172 pp. 6 ℳ

652. **Giordano, M.**. Dell' istruzione pubblica in Italia nei suoi rapporti economici, morali e religiosi. Osservazioni e proposte. Parte I. *Napoli*, 1879. 16°. 233 pp. 1 ℳ 80 ₰

653. **Hoffmann, Hg.** Die Erziehung zur Production, die Aufgabe der realistischen Pädagogik. *Köln*, 1881. *Mayer.* 8°. 235 pp. 4 ℳ

654. **Kehr, C.**. Geschichte der Methodik des deutschen Volksschulunterrichtes. Unter Mitwirkung einer Anzahl Schulmänner herausgegeben. 8. u. 9. Heft. *Gotha*, 1881. *Thienemann.* 8°. III. Bd. III u. p. 161—480. *Jedes Heft* 2 ℳ
Schluss. — S. 1879 Nr. 3452.

655. **Rappold, J.**. Unser Gymnasium. Erwägungen und Vorschläge zu Methode und Lehrplan. *Wien*, 1881. *Pichler's Wwe. & Sohn.* 8°. 91 pp. 2 ℳ 40 ₰

656. **Roggero, S.**. Le nostre scuole considerate in relazione coll' igiene e colla morale. *Viterbo*, 1880. 8°. 115 pp. 2 ℳ 40 ₰

657. **Rousselot, P.** Pédagogie à l'usage de l'enseignement primaire. *Paris*, 1881. 18°. 531 pp. 3 ℳ 50 ₰

658. **Rudolph, L.** Die Stellung der Schule zu dem Kampfe zwischen Glauben und Wissen. Ein Beitrag zur Verständigung für Eltern, Lehrer und Erzieher. *Berlin*, 1881. *Nicolai's Verl.* 8°. VII, 173 pp. 2 ℳ

659. **Sassi, E.**. L'istruzione pubblica in Torino dal medioevo ai tempi nostri.

IV. Rechts- und Staatswissenschaft.

660. **Ali, Seyd Ameer.** The Personal Law of the Mahommedans, according to all the Schools. Together with a comparative Sketch of the Law of Inheritance among the Sunnis and the Shiahs. *London,* 1880. 8⁰. 440 pp. 18 ℳ

661. **Amiaud, Albt.** Recherches bibliographiques sur le notariat français. *Paris,* 1881. 12⁰. XVI, 233 pp. *Mit 1 Illustr.* 10 ℳ

662. **Arendt, O.** Allgemeine Staatsversicherung und Versicherungssteuer. Ein Beitrag zur Frage der Arbeiterversicherung. *Leipzig,* 1881. *Duncker & Humblot.* 8⁰. V, 90 pp. 2 ℳ

663. **v. Bauernfeind, C. Mx.** Joseph v. Utzschneider und seine Leistungen auf staats- und volkswirthschaftlichem Gebiet. *München,* 1880. *Franz.* 4⁰. 50 pp. 2 ℳ

664. **Blanc, C.** Etude sur l'administration des finances municipales. Le municipe romain. Les finances de la Commune et la question des octrois. *Paris,* 1880. 8⁰. 211 pp. 5 ℳ

665. **Bueck, H. A.** Beiträge zur Währungsfrage. [Aus: „Mittheilungen des Vereins zur Wahrung der gemeinsamen wirthschaftlichen Interessen in Rheinland und Westfalen."] *Düsseldorf,* 1881. *Schwann.* 8⁰. 95 pp. 1 ℳ 50 ₰

666. **Bufalini, Fr.** La legge di pubblica sicurezza spiegata nella pratica e nella giurisprudenza, ovvero commentario teorico-pratico della legge e del regolamento di pubblica sicurezza, seguito da un copioso repertorio alfabetico delle più importanti massime emanate dalle Corti e dai Tribunali dal regno dal 1865 al 1880 in argomento di pubblica sicurezza ed in materie affini. *Torino,* 1880. 8⁰. XXIV, 428 pp. 9 ℳ 50 ₰

667. **Bufalini, Fr.** Trattato teorico-pratico di diritto e procedura comunale. Vol. II. parte II. e Vol. III. parte II. *Torino,* 1880. 8⁰. 439, 235 pp. 15 ℳ 50 ₰
S. 1880 Nr. 1585.

668. **Cathrein, Vct.** Die englische Verfassung. Eine rechtsgeschichtliche Skizze. *Freiburg i. Br.,* 1881. *Herder.* 8⁰. III, 123 pp. 1 ℳ 60 ₰

669. **Cracco, A. J. J.** Code expliqué des radiations hypothécaires. *Bruxelles,* 1880. 8⁰. 58 pp. 3 ℳ

670. **Droz, Alfr.** Traité des assurances maritimes, du délaissement et des avaries. Tome I. *Paris,* 1881. 8⁰. XXII, 471 pp. 8 ℳ
Soll in 2 Bdn. erscheinen.

671. **Elias, J. A.** Disposiciones de derecho civil vigentes en Ultramar. Apéndice á la obra. Derecho civil general y foral de España. *Barcelona,* 1880. 4⁰. 224, 320 pp. 9 ℳ 50 ₰
S. 1879 Nr. 1556.

672. **Garofalo, B. R.** Di un criterio positivo della penalità. *Napoli,* 1880. 4⁰. 93 pp. 2 ℳ 40 ₰

673. **Garraud, R.** Précis de droit criminel, comprenant l'explication élémentaire de la partie générale du Code pénal, du Code d'instruction criminelle en entier et des lois qui ont modifié ces deux codes. *Paris,* 1881. 8⁰. XXVIII, 911 pp. 10 ℳ

674. **Gerstfeldt, Phpp.** Ein Finanzreformplan für das Deutsche Reich. Finanzwirthschaftliche Uebersichten und Erwägungen, mit besonderer Berücksichtigung der Staats- und Gemeinde-Finanzen in Preussen. *Leipzig,* 1881. *O. Wigand.* 8⁰. 95 pp. 4 ℳ

675. **Gianzana, Sb.** Commento alle leggi sui dazi di consumo governativi e comunali. Vol. I. *Torino,* 1880. 8⁰. 412 pp. 7 ℳ 80 ₰

676. **Goddyn, Mr., et Ed. Mahiels.** Le Droit criminal belge au point de vue international. *Bruxelles,* 1880. 8⁰. 408 pp. 7 ℳ

677. **Hegler, A.** Das württembergische Privatrecht. Allgemeine Lehren und Sachenrecht. *Stuttgart,* 1881. *Kohlhammer.* 8⁰. IV, 208 pp. 4 ℳ 60 ₰

678. **D'Hoffschmidt, Arth.** 1830—1880. La représentation nationale en Belgique. *Bruxelles,* 1880. 4⁰. 155 pp. 6 ℳ

679. **Jay, R.** Du travail des enfants et des filles mineures dans l'industrie. *Paris,* 1880. 8⁰. 4 ℳ

680. **Laurent, F.** Le Droit civil international. Vol. III—IV. *Bruxelles,* 1880. 8⁰. 694, 636 pp. 9 ℳ

681. **Leroy-Beaulieu, P.** Essai sur la répartition des richesses et sur la tendance à une moindre inégalité des conditions. *Paris*, 1881. 8°. VIII, 587 pp. 9 ℳ

682. **Meredith, Mrs.** A Book about Criminals. *London*, 1881. 12°. 232 pp. 4 ℳ 20 ₰

683. **Moglia, L.** Catechismo di economia politica. *Bologna*, 1880. 16°. 300 pp. 4 ℳ 80 ₰

684. **Nicolas, G.** Le Problème social. Projet de création d'une caisse du travail et de l'escompte sur la consommation. *Paris*, 1881. 8°. VI, 94 pp. 4 ℳ

685. **Olin, X.** Cours de droit commercial. *Bruxelles*, 1880. 8°. 204 pp. 6 ℳ

686. **Pacifici Mazzoni, E..** Trattato dei privilegi e delle ipoteche. Vol. I. *Firenze*, 1879. 8°. 499 pp. 10 ℳ 80 ₰

687. **Peña, E..** Recopilacion por órden de materias, de los fueros y observaciones vigentes en el antiguo reino de Aragon, adicionada con la jurisprudencia del Tribunal Supremo de Justicia, y precedida de un prólogo de Jo. Gil Berges. *Zaragoza*, 1881. 4°. XX, 272 pp. 14 ℳ

688. **v. Roth, P.** System des deutschen Privatrechts. II. Thl. Familienrecht. 1. Hälfte. *Tübingen*, 1880. *Laupp*. 8°. VIII, 270 pp. 5 ℳ
S. 1880 Nr. 669.

689. **Ruiz y Rodriguez, H.. M..** Compilacion reformada de las disposiciones vigentes sobre el enjuiciamiento criminal, anotada para facilitar su inteligencia y aplicacion. *Madrid*, 1881. 4°. VIII, 352 pp. 6 ℳ 40 ₰

690. **v. Schrutka-Rechtenstamm, Emil.** Die Compensation im Concurse nach österreichischem Rechte und mit Berücksichtigung concursrechtlicher Normen des Deutschen Reichs. *Berlin*, 1881. *C. Heymann's Verl.* 8°. VII, 130 pp. 2 ℳ 50 ₰

691. **Schulze, Hm.** Lehrbuch des deutschen Staatsrechts. 2. Lfg. *Leipzig*, 1881. *Breitkopf & Härtel.* 8°. IV u. p. 309—514. 4 ℳ
S. 1880 Nr. 1272.

692. **Vidari, E..** Corso di diritto commerciale. Vol. IV. libro III. Dei contratti. Notizie generale. Comper a e vendita. Trasporto, sulle strade ferrate e sui tramways. *Milano*, 1880. 8°. 667 pp. 14 ℳ 40 ₰
S. 1880 Nr. 2218.

693. **Viglezzi, V..** La ragioneria Trattato di contabilità e d'amministrazione. Vol. III. Le amministrazioni private. *Milano*, 1880. 8°. 432 pp. 6 ℳ
S. 1879 Nr. 2547.

694. **Voitus, C.. A..** Kontroversen betreffend die Strafprozessordnung und das Gerichtsverfassungsgesetz. 3. Heft. *Berlin*, 1881. *Puttkammer & Mühlbrecht.* 8°. I. Bd. XI u. p. 295—442. 3 ℳ
S. 1880 Nr. 2504.

695. **v. Wächter, O..** Carl Georg v. Wächter. Leben eines deutschen Juristen. *Leipzig*, 1881. *Breitkopf & Härtel.* 8°. XI, 192 pp. 4 ℳ 50 ₰

696. **Warmuth, Rch.** Handbuch des deutschen Civilprozessrechts. Die deutsche Civilprozessordnung nebst den ergänzenden Reichsgesetzen erläutert. I. Bd.: Den allgemeinen Theil enthaltend. *Strassburg*, 1881. *Heinrich & Schmittner.* 8°. 406 pp. 5 ℳ

V. Mathematik und Naturwissenschaften.

697. Abhandlungen, herausgegeben von der Senckenbergischen naturforschenden Gesellschaft. XII. Bd. 1. u. 2. Heft. *Frankfurt a. M.*, 1880. *Winter*. 4°. 224 pp. *Mit 20 Steintaf.* 20 ℳ
S. 1880 Nr. 67.

698. Arbeiten aus dem zoologischen Institute der Universität Wien und der zoologischen Station in Triest. Herausgegeben von *C.. Claus.* Tomus II. 3. Heft, III. 1.—2. Heft. *Wien*, 1880. *Hölder*. 8°. 100 pp. *Mit 5 Taf.*, p. 1—242. *Mit 18 lith. Taf.* 39 ℳ 20 ₰
S. 1879 Nr. 3173.

699. **Barbera, L.** Introduzione allo studio del calcolo. *Bologna*, 1881. 8°. XVII, 607 pp. *Mit Taf.* 24 ℳ

[7]00. **Buchner, L. Andr.** Commentar zur Pharmacopoea germanica mit verdeutsch-

Hm. v. Boeck bearbeitet. II. Bd., enthaltend den Commentar der Pharmakopoe. Mit in den Text eingedr. Holzschn. 8.—15. Lfg. *München*, 1877—80. *Oldenburg*. 8°. II. Bd. 1. Thl. VI u. p. 561—872 u. 2. Thl. p. 1—320. *Jede Lfg.* 1 ℳ 20 ₰
S. 1877 Nr. 413.

701. **Bunge, Alx.** Untersuchungen zur Entwickelungsgeschichte des Beckengürtels der Amphibien, Reptilien und Vögel. Inaugural-Dissertation. *Dorpat*, 1880. *Karow*. 8°. 56 pp. *Mit 1 Taf.* 2 ℳ

702. **Cooke, M.. C..** Illustrations of British Fungi (Nymenomycetes). Part I. *London*, 1881. 8°. *20 color. Taf.* 9 ℳ 50 ₰

703. **Crugnola, G..** Sulla spinta delle terre e delle masse liquide. *Torino*, 1880. 8°. 136 pp. *Mit 8 Taf.* 6 ℳ

704. **Dietrich, W.** Die Anwendung des Vierordt'schen Doppelspalts in der Spectralanalyse. *Stuttgart*, 1881. *Wittwer*. 8°. 71 pp. 1 ℳ 60 ₰

705. **Francken, Vct.** Manuel de chimie générale théorique. Tome Ier. *Bruxelles*, 1880. 8°. 124, V pp. 3 ℳ

706. **Frank, A.. B..** Die Krankheiten der Pflanzen. Ein Handbuch für Land- und Forstwirthe, Gärtner, Gartenfreunde und Botaniker. Mit 149 in den Text gedr. Holzschn. 2. Hälfte. *Breslau*, 1881. *Trewendt*. 8°. IX—XV u. p. 401—844.
S. 1880 Nr. 3107. 8 ℳ

707. **Hansen, Adf.** Vergleichende Untersuchungen über Adventivbildungen bei den Pflanzen. Mit 9 lith. Taf. [Aus: „Abhandlungen der Senckenbergischen naturforschenden Gesellschaft."] *Frankfurt a. M.*, 1881. *Winter*. 4°. 52 pp. 8 ℳ

708. **Harting, J.. E..** British Animals extinct within historic Times. With some Account of British wild white Cattle. With Illustrations by J.. Wolf, C.. Whymper and others. *London*, 1881. 8°. 260 pp. 16 ℳ 50 ₰

709. **Hein, H.** Deutschlands Giftpflanzen. Eine kurze Beschreibung der giftigen und verdächtigen einheimischen Pflanzen, nebst Hinweis auf deren Verwendung in der Pharmacie, zugleich als Text für die vom Verfasser herausgegebenen Giftpflanzen-Herbarien für Lehrer, Schüler und zum Hausgebrauche. *Hamburg*, 1880. *Vetter*. 8°. 74 pp. 1 ℳ 50 ₰

710. **Hennings, P..** Cryptogamen-Typen. 120 Arten einheimische Zell-Cryptogamen (in getrockneten Exemplaren). Mit Text. *Hamburg*, 1881. *Vetter*. Fol. 23 pp. 12 ℳ

711. **Hertwig, Osc.**, u. **Rch. Hertwig.** Studien zur Blättertheorie. 4. Heft. *Jena*, 1881. *Fischer*. 8°. V, 146 pp. *Mit 3 Bl. Tafelerklärgn.* 4 ℳ 50 ₰
Inhalt: Die Coelomtheorie. Versuch einer Erklärung des mittleren Keimblattes. Mit 3 Taf.
S. 1880 Nr. 3114.

712. **Heumann, K.** Anleitung zum Experimentiren bei Vorlesungen über anorganische Chemie. Zum Gebrauch an Universitäten und technischen Hochschulen, sowie beim Unterricht an höheren Lehranstalten. Mit zahlreichen in den Text eingedr. Holzst. 3. u. 4. Lfg. *Braunschweig*, 1879. *Vieweg & Sohn*. 8°. XI—XXXIV u. p. 321—668. 9 ℳ 20 ₰
Schluss. — S. 1877 Nr. 1283.

713. **Huxley, T.. H..** Der Krebs. Eine Einleitung in das Studium der Zoologie. Mit 82 Abbildgn. in Holzschn. Autorisirte Ausg. *Leipzig*, 1881. *Brockhaus*. 8°. X, 313 pp. 5 ℳ

714. **Katter, F.** Index entomologicus. Pars I, qua continentur nomina Entomologorum Europae [exceptis Galliae Coleopterologis], societatum actorumque entomologicorum. *Putbus*, 1881. [*Stettin, Katter.*] 12°. IV, 116 pp. 1 ℳ 60 ₰

715. **Kobold, Hm.** Allgemeine Methode zur Berechnung absoluter Störungen. *Hannover*, 1881. [*Göttingen, Vandenhoeck & Ruprecht.*] 4°. 37 pp. 2 ℳ

716. **Kolbe, Hm.** Kurzes Lehrbuch der organischen Chemie. Mit in den Text eingedr. Holzst. 2. Heft. *Braunschweig*, 1881. *Vieweg & Sohn*. 8°. p. 273—512.
S. 1879 Nr. 1594. 3 ℳ

717. **Kovačević, Fd.** Sammlung von Aufgaben aus der galvanischen Elektrizitätslehre mit besonderer Rücksicht für Telegraphen-Beamte. Mit 47 in den Text gedr. Holzschn. *Prag*, 1881. *Dominicus*. 8°. V, 137 pp. 3 ℳ

718. **Kreusler, U..** Lehrbuch der Chemie, nebst einem Abriss der Mineralogie Mit 53 in den Text gedr. Holzschn. u. 17 lith. Taf. *Berlin*, 1880. *Wiegandt*.

719. **Kupfferschlaeger, J.**. Appréciation des nouvelles théories chimiques. *Liége,* 1880. 8⁰. 128 pp. 2 ℳ 50 ₰

720. **Küstner, F.** Bestimmungen des Monddurchmessers aus neun Plejadenbedeckungen des Zeitraumes 1839 bis 1876, mit gleichzeitiger Ermittlung der Oerter des Mondes. [Aus: „Nova Acta der kaiserl. Leop.-Carol.-deutschen Akademie der Naturforscher".] *Halle,* 1880. [*Leipzig, Engelmann.*] 4⁰. 112 pp. 6 ℳ

721. **de La Croix, Nic. J.**. Das Verhalten der Bacterien des Fleischwassers gegen einige Antiseptica. *Dorpat,* 1880. *Karow.* 8⁰. 109 pp. *Mit 3 Tab.* 1 ℳ 50 ₰

722. **Lejtenyi, Karoly.** Ueber den Bau des Gastrodiscus polymastos Leuckart. Mit 3 lith. Taf. [Aus: „Abhandlungen der Senckenbergischen naturforschenden Gesellschaft".] *Frankfurt a. M.,* 1881. *Winter.* 4⁰. 22 pp. 3 ℳ

723. **v. Martens, E.**. Die Mollusken der Maskarenen und Seychellen. Auf Grund der von K. Möbius daselbst gesammelten Mollusken zusammengestellt. Mit 4 lith. u. color. Taf. [Aus: „Beiträge zur Meeresfauna der Insel Mauritius und der Seychellen, bearbeitet von K. Möbius, F.. Richters und E.. v. Martens".] *Berlin,* 1880. *Gutmann.* 4⁰. 176 pp. 20 ℳ

724. **Meinshausen, K. F.**. Flora ingrica oder Aufzählung und Beschreibung der Blüthenpflanzen und Gefäss-Cryptogamen des Gouvernements St. Petersburg. *St. Petersburg,* 1878. *Deubner.* 8⁰. XXXVIII, 512 pp. 10 ℳ

725. **Möbius, K., F.. Richters und E.. v. Martens.** Beiträge zur Meeresfauna der Insel Mauritius und der Seychellen, bearbeitet nach Sammlungen, angelegt auf einer Reise nach Mauritius von *K. Möbius.* Mit einer Karte und 22 Taf. *Berlin,* 1880. *Gutmann.* 4⁰. VI, 352 pp. 68 ℳ

726. **Moreau, E.**. Histoire naturelle des poissons de la France. 3 vol. *Paris,* 1881. 8⁰. VII, 480, 576, 701 pp. *Mit 220 Illustr.* 60 ℳ

727. **Nebeski, O.**. Beiträge zur Kenntniss der Amphipoden der Adria. Mit 4 Taf. [Aus: „Arbeiten aus dem zoologischen Institute der Universität Wien".] *Wien,* 1880. *Hölder.* 8⁰. 52 pp. 7 ℳ 20 ₰

728. **Palaeontographica.** Beiträge zur Naturgeschichte der Vorzeit. III. Suppl. 8. u. 9. Lfg. *Kassel,* 1880. *Fischer.* 4⁰. 40 ℳ

Inhalt: Die Tertiärformen von Sumatra und ihre Thierreste. Von R.. D.. M.. Verbeek.
S. oben Nr. 121.

729. **Peschel, Osc.** Physische Erdkunde. Nach den hinterlassenen Manuscripten selbständig bearbeitet und herausgegeben von *Gst. Leipoldt.* 11.—14. Lfg. *Leipzig,* 1881. *Duncker & Humblot.* 8⁰. II. Bd. VIII u. p. 385—759. *Mit eingedr. Fig.*

Schluss. — S. 1880 Nr. 2848. *Jede Lfg.* 2 ℳ

730. **Pierre, E.**. Flore forestière de la Cochinchine. Fasc. 1. *Paris,* 1881. Fol. p. 1—24. *Mit 16 Taf.* *Preis des ganzen Werkes* 625 ℳ

Soll in 25 Fasc. erscheinen.

731. **Pinter, Thdr.** Untersuchungen über den Bau des Bandwurmkörpers mit besonderer Berücksichtigung der Tetrabothrien und Tetrarhynchen. Mit 5 Taf. [Aus: „Arbeiten aus dem zoologischen Institute der Universität Wien".] *Wien,* 1880. *Hölder.*] 8⁰. 80 pp. 9 ℳ 20 ₰

732. **Plateau, Fél.** Zoologie élémentaire. *Mons,* 1880. 12⁰. 527 pp. *Mit 62 Illustr.* 5 ℳ

733. **Publicationen des astrophysikalischen Observatoriums zu Potsdam.** Nr. 5. [II. Bd. 1. Stück.] *Potsdam,* 1880. [*Leipzig, Engelmann.*] 4⁰. 81 pp. *Mit 32 Steintaf.* 8 ℳ

Inhalt: Beobachtungen der Sonnenflecken von Januar 1874 bis December 1879. Von G.. Spörer.
S. oben Nr. 125.

734. **Rolland, Eug.** Faune populaire de la France. Tome III. Les reptiles, les poissons, les mollusques, les crustacés et les insectes. Noms vulgaires, dictons, proverbes, légendes, contes et superstitions. *Paris,* 1881. 8⁰. XV, 365 pp. 10 ℳ

S. 1879 Nr. 2572.

735. **Rowell, G. A.**. Electric Meteorology. An Endeavour to show the general Agency of Electricity in the Cause of Rain and its allied Phenomena. With an Appeal for the Consideration of the Theorie advanced. *Oxford,* 1881. 8⁰. 44 pp. 1 ℳ 80 ₰

736. **Salvadori, T.**. Ornitologia della Papuasia e delle Molucche. Parte Iª.

737. **Sartorius v. Waltershausen, Wfg.** Der Aetna. Nach den Manuscripten des Verstorbenen herausgegeben, selbständig bearbeitet u. vollendet von *Arn. v. Lasaulx.* II. Bd. Topographisch-geognostische Beschreibung, Entwicklungsgeschichte und Producte des Aetna. Mit einem Farbendr.-Bild, einer lith. Karte der Valle del Bove, 22 Kupfertaf. und zahlreichen Holzschn. *Leipzig*, 1880. *Engelmann.* 4⁰. VIII, 548 pp. 60 *M*
S. 1880 Nr. 2255.

738. **Schaper, W.** Untersuchungen über die aequipotentiale Vertheilung der magnetischen Fluida cylindrischer Stahlstäbe. *Leipzig*, 1880. [*Göttingen, Vandenhoeck & Ruprecht.*] 8⁰. 36 pp. *Mit 1 Steintaf.* 1 *M* 20 *S*

739. **Schilling, C.** Die Minimalflächen fünfter Klasse, mit dem Stereoscop-Bild eines Modells derselben. *Göttingen*, 1880. *Vandenhoeck & Ruprecht.* 8⁰. 54 pp. 2 *M*

740. **Supan, Alx.** Statistik der unteren Luftströmungen. Mit 4 Karten u. 3 eingedr. Holzschn. *Leipzig*, 1881. *Duncker & Humblot.* 8⁰. VII, 296 pp. 8 *M*

741. **Toula, Fr.** Geologische Untersuchungen im westlichen Theile des Balkan und in den angrenzenden Gebieten. Von Ak-Palanka über Niš, Leskovac und die Rui Planina bei Trn, nach Pirot. [Mit 6 lith. Taf. u. 9 Holzsch.] [Aus: „Sitzungsberichte der k. Akademie der Wissenschaften".] *Wien*, 1881. *Gerold's Sohn.* 8⁰. 79 pp. *Mit 6 Bl. Tafelerklärgn.* 3 *M* 20 *S*

742. **Valentiner, W.** Astronomische Bilder. Mit 2 lith. u. 2 chromolith. Taf. und 125 in den Text gedr. Abbildgn. *Leipzig*, 1880. *Weber.* 8⁰. XII, 450 pp. 12 *M*

VI. Medicin.

743. **Baudil, F.** L'Art dentaire moderne ou conservation de la denture. *Bruxelles*, 1880. 8⁰. 91 pp. 2 *M*

744. **Cassin, P.** Recherches cliniques sur l'albuminurie de la grossesse, du travail et des suites des couches. *Paris*, 1881. 8⁰. II, 90 pp. 2 *M* 50 *S*

745. **Collet y Gurgui, Jos.** Die Ovarialschwangerschaft vom pathologisch-anatomischen Standpunkte. Mit 4 Abbildgn. *Stuttgart*, 1880. *Cotta.* 8⁰. VII, 150 pp. 5 *M*

746. **Drasch, O.** Beiträge zur Kenntniss des feineren Baues des Dünndarms, insbesondere über die Nerven desselben. [Mit 3 Taf.] [Aus: „Sitzungsberichte der k. Akademie der Wissenschaften."] *Wien*, 1880. *Gerold's Sohn.* 8⁰. 31 pp. 2 *M*

747. **Fabre, A.** Fragments de clinique médicale. Leçons recueillies par Audibert. *Paris*, 1880. 8⁰. 227 pp. 4 *M*

748. **Faure, J.** Pharmacologische Studien über schwefelsaures Methylstrychnin. *Dorpat*, 1880. *Karow.* 8⁰. 75 pp. *Mit 1 Steintaf.* 1 *M* 50 *S*

749. **Fournier, Alfr.** Syphilis und Ehe. Vorlesungen, gehalten im Hospital Saint-Louis. Ins Deutsche übertragen von *P. Michelson.* Autorisirte Ausgabe. *Berlin*, 1881. *Hirschwald.* 8⁰. XII, 216 pp. 5 *M*

750. **Froelich, L.** Ueber Tonsillarpolypen und Geschwülste des weichen Gaumens. *Göttingen*, 1880. *Vandenhoeck & Ruprecht.* 8⁰. 56 pp. *Mit 1 Chromolith.* 1 *M* 80 *S*

751. **Gélineau, E.** Des névroses spasmodiques, de leur origine, de leurs rapports et de leur traitement. Fasc. 1. *Paris*, 1879. 8⁰. p. 1—132 pp. 3 *M*

752. **Handbuch der gerichtlichen Medicin,** bearbeitet von *Belohradsky, L. Blumenstock, Dragendorff* etc. Herausgegeben von *J. Maschka.* I. Bd. 1. Hälfte. *Tübingen*, 1881. *Laupp.* 8⁰. 480 pp. 8 *M*
Erscheint in 3 Bdn.

753. **Handbuch der allgemeinen Therapie,** bearbeitet von *J. Bauer, F. Busch, W. Erb* etc. Herausgegeben von *H. v. Ziemssen.* II. Bd. 3. Thl. *Leipzig*, 1881. *F. C. W. Vogel.* 8⁰. 6 *M*
Inhalt: Hydrotherapie von W. WINTERNITZ. Mit 15 Holzschn.
S. oben Nr. 150.

754. **Harzé.** L'Assistance des blessés et les hôpitaux. *Liège*, 1880. 8⁰. 12 pp. 1 *M* 50 *S*

755. **Hecquet, Phil.** De l'indécence aux hommes d'accoucher les femmes. *Bru-*

756. **Herzenstein, Ulr.** Beitrag zur Lehre der Augenmuskellähmungen [Berechnung aller möglichen Combinationen der ein- und doppelseitigen Augenmuskelparalysen] mit zwei semiotischen Tafeln der Combinationen 1. Classe. *Berlin*, 1881. *Hirschwald.* 8°. III, 31 pp. 1 ℳ 60 ₰

757. **Juhel, A.** La Médecine du passé et la médecine de l'avenir, ou l'Allopathie et l'Homœopathie en face de la dosimétrie. *Coutances*, 1881. 8°. 75 pp. 1 ℳ 50 ₰

758. **Lane, Jam. R.** Lectures on Syphilis delivered at the Harveian Society. December 1876. *London*, 1881. 8°. 94 pp. 4 ℳ 20 ₰

759. **de Lanessan, J. L.** Manuel d'histoire naturelle médicale. 2e et 3e partie. Zoologie. 1er fasc. *Paris*, 1880. 12°. *Preis des ganzen Werkes* 14 ℳ
S. 1879 Nr. 439.

760. **Langer, L.** Ueber die Blutgefässe der Herzklappen des Menschen. [Mit 1 chromolith. Taf.] [Aus dem anatomischen Institut in Wien.] [Aus: „Sitzungsberichte der k. Akademie der Wissenschaften".] *Wien*, 1880. *Gerold's Sohn.* 8°. 14 pp. 3 ℳ

761. **Pansch, Adf.** Grundriss der Anatomie des Menschen. Mit 398 Holzschn. Nach Zeichnungen des Verfassers gestochen von W. Aarland in Leipzig. 2. Abth. *Berlin*, 1881. *Oppenheim.* 8°. VIII u. p. 281—575. 8 ℳ
Schluss. — S. 1879 Nr. 3546.

762. **Paréla, Gius.** Saggio di climatologia e di geografia nosologica dell' Italia. *Torino*, 1881. 8°. XVI, 816 pp. 14 ℳ 40 ₰

763. **Ribbert, Hg.** Nephritis und Albuminurie. Pathologisch-anatomische Untersuchung. Mit einer lith. Taf. *Bonn*, 1881. *Cohen & Sohn.* 8°. 94 pp. 2 ℳ 80 ₰

764. **Schlemmer.** Die Porro-Operation oder die neue Kaiserschnitt-Methode nach Porro und ihre moralischen Grenzen. Mit 1 lith. Taf. *Stuttgart*, 1881. *Enke.* 8°. 30 pp. 1 ℳ

765. **v. Schrenck, A.** Studien über Schwangerschaft, Geburt und Wochenbett bei der Estin, nebst Untersuchungen über das Becken derselben. *Dorpat*, 1880. *Karow.* 8°. IV, 375 pp. 5 ℳ

766. **Sentiñon, G.** La digestion y sus tropiezos segun las investigaziones químicas y fisiológicas más recientes. *Barcelona*, 1880. 8°. 392 pp. *Mit Illustr.* 7 ℳ

767. **de Smet, Ed.** Des rétrécissements du canal de l'urèthre, envisagés au point de vue de l'étiologie, de l'anatomie pathologique et du traitement. *Bruxelles*, 1880. 8°. 559 pp. 7 ℳ 50 ₰

768. **Steel, J. H.** A Treatise on the Diseases of the Ox. Being a Manual of Bovine Pathology, especially adapted for the use of Veterinary Practitioners and Students. *London*, 1881. 8°. 604 pp. 18 ℳ

769. **Stieda, L.** Untersuchungen über die Entwickelung der Glandula thymus, Glandula thyreoidea und Glandula carotica. Mit 2 lith. Taf. *Leipzig*, 1881. *Engelmann.* 4°. 38 pp. 4 ℳ

770. **Tritschler.** Augenkrankheiten und Gehörleiden. Ihre Heilung durch die neue verbesserte homöopathische Heilmethode. *Stuttgart*, 1880. *Hahn.* 8°. 29 pp. *Mit Holzschn.* 1 ℳ

771. **Tritschler.** Frauen-Krankheiten. Ihre Heilung durch die neue verbesserte homöopathische Heilmethode. *Stuttgart*, 1880. *Hahn.* 8°. 96 pp. 1 ℳ 50 ₰

772. **Tritschler.** Haut-Krankheiten. Ihre Heilung durch die neue verbesserte homöopathische Heilmethode. *Stuttgart*, 1880. *Hahn.* 8°. 30 pp. *Mit 1 Holzschn.* 1 ℳ

773. **Tritschler.** Neue verbesserte homöopathische Heilmethode. Mit 11 in den Text gedr. Holzschn.-Abbildgn. *Stuttgart*, 1880. *Hahn.* XXII, 397 pp. 4 ℳ

774. **Tritschler.** Krankheiten des Magens und Darmkanals. Ihre Heilung durch die neue verbesserte homöopathische Heilmethode. *Stuttgart*, 1880. *Hahn.* 8°. 0 pp. *Mit 2 Holzschn.* 1 ℳ

775. **v. Wyss, Hs.** Die Stellung des Arztes vor Gericht in der Frage nach der Zurechnungsfähigkeit. *Leipzig*, 1881. *F. C. W. Vogel.* 8°. VIII, 43 pp. 1 ℳ

VII. Geographie und Geschichte.

776. **Becker, B.. H..** Disturbed Ireland. Being the Letters written during the Winter of 1880—81. With Route Maps. *London*, 1881. 8°. 340 pp. 7 ℳ 20 ₰

777. **Bernier, Thdr.** Histoire de la ville de Beaumont. *Angre*, 1880. 8°. 255 pp. *Mit 3 Taf.* 5 ℳ

778. **Biedermann, K.** Deutschland im 18. Jahrhundert. Generalregister. *Leipzig*, 1880. *Weber*. 8°. 58 pp. 1 ℳ
S. 1875 Nr. 1635.

779. **Böttger, H.** Geschichte der Brunonen-Welfen vom Urbeginne derselben in Hochasien, der Wiege des Menschengeschlechts, bis Herzog Heinrich den Löwen, mit einer color. Völkerkarte, das Gebiet der Germania des Tacitus, unser grosses Vaterland in drei Fünftel Deutschlands umfassend. *Hannover*, 1880. *Schulbuchh.* 8°. XXIX, 278 pp. *Mit 4 genealog. Tab.* 6 ℳ

780. **Campbell.** — Life of Lord J. Campbell. Consisting of a Selection from his Autobiography, Diary and Letters. Edited by his Daughter, the Hon. Mrs. Hardcastle. 2 vols. *London*, 1880. 8°. 910 pp. *Mit Portr.* 36 ℳ

781. **Candida Gonzaga, B..** Memorie delle famiglie nobili delle provincie meridionali d'Italia. Vol. V. *Napoli*, 1879. 4°. 232 pp. 14 ℳ 40 ₰
S. 1877 Nr. 1660.

782. **Caron, N.. L..** Michel Le Tellier, son administration comme intendant d'armée en Piémont (1640—1643). *Paris*, 1881. 18°. CLXIX, 328 pp. 5 ℳ

783. **Casulli Casabianca, P.. S..** Il feudalismo e la Sardegna nel medio evo. *Napoli*, 1880. 8°. 154 pp. 3 ℳ 60 ₰

784. **Von Conring, Adf.** Marruécos, el país y los habitantes. Condiciones generales, geográficas y etnográficas. Constitucion, Ciudades, la campiña. Habitantes, Relaciones comerciales, Circunstancias políticas, Europeos y sus representantes. Acompañado de una carta general del Imperio marroquí y un plano de la ciudad de Marruecos. *Madrid*, 1881. 4°. 362 pp. 6 ℳ 40 ₰

785. **Delpoux, J.. P..** La Campagne d'Afrique. *Paris*, 1881. 4°. 247 pp. 3 ℳ 50 ₰

786. **Fabié, A.. M.** Notas y apuntes de un viaje por el Pirineo y por la Turena, hecho en el verano de 1878. *Madrid*, 1879. 8°. 224 pp. 4 ℳ

787. **Fornander, A..** An Account of the Polynesian Race, its Origin and Migrations and the ancient History of the Hawaiian People to the Times of Kamehameha I. Vol. II. *London*, 1880. 8°. 396 pp. 12 ℳ 50 ₰
S. 1878 Nr. 479.

788. **Foster, C. T.., and F.. H.. Blackburne Daniell.** The Life and Letters of Ogier Ghiselm de Bousbecq, Seigneur of Bousbecque, Knight Imperial Ambassador. 2 vols. *London*, 1881. 8°. 760 pp. 28 ℳ

789. **Franck, A..** Réformateurs et publicistes de l'Europe. CXVII^e siècle. *Paris*, 1881. 8°. 520 pp. 7 ℳ 50 ₰

790. **Garelli, Ant.** Gli illustri Bolognesi iscrizioni. *Bologna*, 1880. 16°. 206 pp. 3 ℳ 60 ₰

791. **de Gubernatis, A..** Dizionario biografico degli scrittori contemporanei, ornato di 346 ritratti. Fasc. 4 a 13. *Firenze*, 1880. 8°.
Schluss. — S. 1879 Nr. 1666. *Preis des ganzen Werkes* 30 ℳ

792. **Hardy, E..** Les Guerres de religion de 1562 à 1594. *Paris*, 1881. 8°. 199 pp. *Mit 29 Illustr.* 4 ℳ

793. **Hardy, E..** Les Valois d'Angoulême de 1515 à 1589. *Paris*, 1881. 8°. 460 pp. *Mit 86 Illustr.* 8 ℳ

794. **Hillebrand, K.** Zeiten, Völker und Menschen. V. Bd. *A. u. d. T.:* Aus dem Jahrhundert der Revolution. *Berlin*, 1881. *Oppenheim*. 8°. VII, 467 pp.
S. 1878 Nr. 1079. 6 ℳ

795. **Irving, Jos.** The Book of Scotsmen eminent for Achievements in Arms and Arts, Church and State, Laws, Legislation and Literature, Commerce, Science, Travel and Philanthropie. *London*, 1881. 8°. 572 pp. 12 ℳ 50 ₰

796. **Jimenez de la Espada, M..** España en Berbería. (Aus: „Boletin de la Sociedad Geográfica de Madrid".) *Madrid*, 1880. 4°. 52 pp. *Mit Karte.* 2 ℳ 40 ₰

797. **Koechlin-Schwartz, A.**, Un touriste au Caucase: Volga, Caspienne, Caucase. *Paris*, 1881. 18°. 361 pp. *Mit Karte.* 3 ℳ

798. **Longman, F., W.**. Frederick the Great and the Seven years' War. *London*, 1881. 18°. 254 pp. 3 ℳ

799. **Markham, Alb. H.**. A Polar Reconnaissance. Being the Voyage of the Isbjorn to Novuya Zembla in 1879. *London*, 1881. 8°. 356 pp. *Mit Karten u. Illustr.* 19 ℳ

800. **Meyer-Kraus, B.**. Wappenbuch der Stadt Basel. 1. Lfg. *Basel*, 1880. *Bahnmaier.* 4°. *10 Chromolith. mit 3 pp. Text u. chromolith. Titelbl.* 8 ℳ

Soll in 8 Lfgn. erscheinen.

801. **Millani, A., L.**. Il ripostiglio della Venèra. Monete romane della seconda metà del III secolo ordinate e descritte. *Verona*, 1880. 4°. 213 pp. *Mit 3 Taf.* 18 ℳ

802. **Mitchinson, A., W.** The expiring Continent. A Narrative of Travel in Senegambia, with Observations on Native Character, the present Condition and future Prospects of Africa, and Colonisation. *London*, 1880. 8°. 470 pp. *Mit Karte u. 16 Illustr.* 21 ℳ 50 ₰

803. Mittheilungen der antiquarischen Gesellschaft [der Gesellschaft für vaterländische Alterthümer] in Zürich. XXI. Bd. 1. u. 2. Heft. *Zürich*, 1881. *Orell, Füssli & Co.* 4°. 29 pp. *mit 2 Steintaf.*, 28 pp. *mit 4 Steintaf.* 7 ℳ

Inhalt: 1. Die mittelalterlichen Wandgemälde in der italienischen Schweiz. Von J. Rdf. Rahn. 3 ℳ — 2. Dasselbe. II. Spätgothische Werke. 4 ℳ

S. 1880 Nr. 1081.

804. **Mossmann, Sam.** Japan. *London*, 1881. 12°. 250 pp. *Mit Illustr.* 4 ℳ 20 ₰

805. **Nuyens, W., J., F.**. Allgemeene geschiedenis des Nederlandschen volks, van de vroegste tijden tot op onze dagen. X.—XVII. deel. *Amsterdam*, 1876—80. 8°. *Mit Karten u. Taf.* 25 ℳ

S. 1876 Nr. 1088.

806. **Peyer, Gst.** Die Erschliessung Central-Africa's. Mit besonderer Berücksichtigung der Entdeckungsreise H. M. Stanley's und des gegenwärtigen Standes der Africaforschung dargestellt. Mit einer chromolith. Karte. *Basel*, 1881. *Bahnmaier.* 8°. 94 pp. 1 ℳ 60 ₰

807. **Power, E.**. Outlines of ancient and mediaeval History. *London*, 1881. 8°. 140 pp. 6 ℳ

808. **Schneidnagel, M.**. Las colonias españolas de Asia. Islas Filipinas. *Madrid*, 1880. 4°. 208 pp. 9 ℳ 50 ₰

809. **Schramm, R.**. Italienische Skizzen. Wanderungen durch Rom und Neapel. *Leipzig*, 1880. *Albrecht.* 8°. VIII, 307 pp. 6 ℳ

810. **Scuderi, L.** Le biografie degli uomini catanesi del secolo XVIII. *Catania*, 1881. 16°. 332 pp. 3 ℳ

811. **Serrure, Rmd.** Dictionnaire géographique de l'histoire monétaire belge. *Bruxelles*, 1881. 12°. II, 340 pp. *Mit 6 Taf.* 15 ℳ

812. **Stevens, A.**. Madame de Stael. A Study of her Life and Times. The first Revolution and the first Empire. 2 vols. *London*, 1881. 8°. 724 pp. *Mit Portraits.* 28 ℳ

813. **Stillfried, R.**, und **S.. Haenle.** Das Buch vom Schwanenorden. Ein Beitrag zu den Hohenzollerischen Forschungen. Mit 41 photolith. Abbildgn. *Berlin*, 1881. *Moeser.* Fol. VIII, 238 pp. 50 ℳ

814. **Teixeira de Aragão, A., C.**. Descripção geral e istorica das moedas cunhadas em nome dos reis, regentes e governadores de Portugal. Tomo III. *Lisboa*, 1880. 4°. 643 pp. *Mit 15 Taf.* 45 ℳ

Tome I. u II. erschienen zum gleichen Preise.

815. **Tozer, H. F.**. Turkisk Armenia and Eastern Asia Minor. *London*, 1881. 8°. 470 pp. 19 ℳ

816. **Wallon, H.**. Histoire du Tribunal révolutionnaire de Paris avec le journal de ses actes. Tomes I et II. *Paris*, 1881. 8°. XVI, 495, 592 pp. *Jeder Bd.* 7 ℳ 50 ₰

817. **Weiss, J., B.**. Lehrbuch der Weltgeschichte. VII. Bd. Die französische Revolution. 2 Hälften. *Wien*, 1881. *Braumüller.* 8°. 1. Hälfte III, 640 pp. 20 ℳ

VIII. Sprachwissenschaft.

818. **Abu Bekr ibno-'l-Anbāri,** Kitābo-'l-Adhdad sive liber de vocabulis arabicis quae plures habent significationes inter se oppositas. Ex unico qui superest codice Lugdunensi ed. atque indicibus instruxit *M.. Th.. Houtsma. Leiden,* 1880. *Brill.* 8⁰. VIII, 297 pp. 7 *M*

819. **Ad-Dhahabi.** Schamso 'd-in Abu Abdallah Mohammed ibn Ahmed, Al-Moschtabih e codd. mss. ed. a *P.. de Jong. Leiden,* 1880. *Brill.* 8⁰. XII, 612 pp. 15 *M*

820. **Amico, U.. Ant.** Matteo Donia e Leonardo Orlandini, umanisti siciliani del secolo XVI. *Palermo,* 1880. 4⁰. 40 pp. 3 *M* 60 *S*

821. **Beiträge** zur Geschichte der deutschen Sprache und Literatur, herausgegeben von *Hm. P.* und *W. Braune..* VIII. Bd. 3 Hefte. *Halle,* 1881. *Niemeyer.* 8⁰. 1. Heft 160 pp. 15 *M*
S. 1880 Nr. 339.

822. **Cocheris, Hpp.** Origine et formation de la langue française. Notions d'étymologie française. Origine et formation des mots, racines, préfixes et suffixes. *Paris,* 1881. 12⁰. 394 pp. 2 *M* 50 *S*

823. **de Harlez.** Manuel du Pehlevi. Des livres religieux et historiques de la Perse. Grammaire, anthologie, lexique, avec des notes, un fac-simile de manuscrit, les alphabets et un spécimen des légendes des sceaux et monnaies. *Louvain,* 1880. 8⁰. XII, 351 pp. 10 *M*

824. **Hartmann v. Owe.** Diu maere vom armen Heinrich. (Handschriften-Facsimile-Ausgabe im Gewande des 12. Jahrhunderts.) *Kiel,* 1881. *Lipsius & Tischer.* 8⁰. 32 pp. 8 *M*

825. **Heinzel, Rch.** Beschreibung der isländischen Saga. [Aus: „Sitzungsberichte der k. Akademie der Wissenschaften".] *Wien,* 1880. *Gerold's Sohn.* 8⁰. 204 pp. 3 *M* 40 *S*

826. **Nicholson, Alx.** A Collection of Gaelic Proverbs and familiar Phrases, based on Macintosh's Collection. *Edinburgh,* 1881. 8⁰. 450 pp. 10 *M* 80 *S*

827. **Sa'adja b. Jûsuf al-Fajjûmi.** Kitâb al-Amânât wa'l-I'tiqâdât. Herausgegeben von *S.. Landauer. Leiden,* 1881. *Brill.* 8⁰. XXI, 320 pp. 8 *M*

828. **Schrader, E..** Assyrisches Syllabar, für den Gebrauch in seinen Vorlesungen zusammengestellt. Mit den Jagdinschriften Asurbanipal's in Anlage [1 Taf.]. *Berlin,* 1880. *Dümmler's Verl.* 4⁰. 8 pp. 2 *M*

829. **Storm, J.** Englische Philologie. Anleitung zum wissenschaftlichen Studium der englischen Sprache. Vom Verfasser für das deutsche Publikum bearbeitet. I. Die lebende Sprache. *Heilbronn,* 1881. *Henninger.* 8⁰. XVI, 468 pp. 9 *M*

830. **Tedeschi, M..** Thesaurus synoniimorum linguae hebraicae, cum dissertatione de eorum vi quoad etymon atque usum in biblicis libris. *Padova,* 1880. [*Wien, Loewy.*] 8⁰. 327 pp. 8 *M* 40 *S*

IX. Alterthumswissenschaft.

831. **Budinszky, Alx.** Die Ausbreitung der lateinischen Sprache über Italien und die Provinzen des römischen Reiches. *Berlin,* 1881. *Hertz.* 8⁰. XII, 267 pp. 6 *M*

832. **Freund, W..** Cicero historicus. Cicero's Geschichtsangaben über die bedeutendsten griechischen und römischen Staatsmänner, Dichter, Historiker, Philosophen, Mathematiker, Redner und Künstler. Nebst einem phraseologischen Glossar. *Leipzig,* 1880. *Violet.* 8⁰. VI, 194 pp. 2 *M*

833. **Grey, H.** The Classics for the Million. Being an Epitome in English of the Works of the principal Greek and Latin Authors. *London,* 1881. 8⁰. 336 pp. 6 *M*

834. **Ja'îš, Ibn.** Commentar zu Zamachšari's Mufaṣṣal. Nach den Handschriften zu Leipzig, Oxford, Constantinopel und Cairo auf Kosten der deutschen morgenländischen Gesellschaft herausgegeben von *G.. Jahn.* 5. Heft. *Leipzig,* 1880. *Brockhaus' Sort. u. Antiq.* 4⁰. p. 641—800. 12 *M*

835. **Kvičala, J.** Neue Beiträge zur Erklärung der Aeneis, nebst mehreren Ex-
ursen und Abhandlungen. *Prag*, 1881. *Tempsky*. 8°. VIII, 463 pp. 8 ℳ
836. **Plautus.** Miles Gloriosus. A revised Text with Notes by *Rb. Y. Tyrrel.*
ondon, 1881. 12°. 270 pp. 6 ℳ
837. **Weber, G.** Le Sipylos et ses monuments. Ancienne Smyrne (Navlochon).
Ionographie historique et topographique. *Paris*, 1880. 8°. IV, 126 pp. 6 ℳ

X. Schöne Literatur und Kunst.

838. **v. Amyntor, Gh.** Im Hörselberge. *Leipzig*, 1881. *Reissner*. 8°. V, 248 pp. 1 ℳ 50 ₰
839. **Aumüller, Ed.** Les petits maîtres allemands. I. Barthélemy et Hans Se-
ald Beham. *München*, 1881. *Rieger*. 8°. 96 pp. 12 ℳ
840. **Beaconsfield, Earl of** [**Bj. D'Israeli**]. Endymion. Aus dem Englischen von
Böttger. Autorisirte deutsche Ausg. II. u. III. Thl. *Leipzig*, 1881. *Brock-
us*. 8°. 353, 366 pp. *Jeder Bd.* 6 ℳ
Schluss. — S. oben Nr. 264.
841. **Berthet, E.** Le Martyre de la Boscotte. *Paris*, 1880. 18°. 366 pp. 3 ℳ
842. **Bouvier, Alx.** Iza, Lolotte et Cie. *Paris*, 1881. 18°. 408 pp. 3 ℳ
843. **Braun-Wiesbaden, K.** Doctor Sackauer. Neue Bilder aus der deutschen Klein-
aaterei. *Leipzig*, 1881. *Reissner*. 8°. 234 pp. 1 ℳ 50 ₰
844. **Braun-Wiesbaden, K.** Kulturgeschichtliche Novellen. [Der Archimandrit. —
eneralbeichte eines westfälischen Edelmanns.] *Leipzig*, 1881. *Reissner*. 8°. VIII,
1 pp. 1 ℳ 50 ₰
845. **Brook, A.** Licht und Schatten. Roman. 3 Bde. *Berlin*, 1881. *Janke*. 8°.
2, 232, 211 pp. 10 ℳ
846. **Bucher, Br.** Geschichte der technischen Künste. Im Verein mit Just.
inckmann, Alb. Ilg, Jul. Lessing, Fr. Lippmann, Hm. Rollet herausgegeben.
Lfg. *Stuttgart*, 1880. *Spemann*. 8°. II. Bd. p. 145—192. *Mit Holzschn.* 2 ℳ
S. 1878 Nr. 2953.
847. **Byr, Rb.** Sesam. Roman. 3 Bde. *Stuttgart*, 1881. *Hallberger*. 8°. 275,
7, 235 pp. 10 ℳ
848. **Coleridge, C. R.** An English Squire. 3 vols. *London*, 1880. 8°. 37 ℳ
849. **Conscience, H.** Valentijn. *Anvers*, 1880. 12°. 152 pp. 2 ℳ 75 ₰
850. Musikalisches Conversations-Lexicon. Eine Encyclopädie der gesammten
sikalischen Wissenschaften für Gebildete aller Stände. Unter Mitwirkung von
Billert, Fr. M. Böhme, A. Dörffel etc. begründet von Hm. Mendel. Fort-
etzt von *A. Reissmann*. Ergänzungsbd. 1. Lfg. *Berlin*, 1881. *Oppenheim*. 8°.
1—40. 50 ₰
S. 1879 Nr. 1440.
851. **Cremer, J. J.** Romantische werken. Deel XI. Tooneelspelers. *Leiden*,
80. 8°. VIII, 349 pp. 3 ℳ 75 ₰
S. 1880 Nr. 3276.
852. **Derboeck, C. V.** Spledder und Spöhn. II. Ut de Bläuthentid. Snaksche
rtelling. *Berlin*, 1881. *Drewitz*. 12°. VIII, 312 pp. 3 ℳ
Schluss. — S. 1880 Nr. 217.
853. **Edwards, H. S.** Rossini. *London*, 1881. 8°. 112 pp. 3 ℳ 60 ₰
854. **v. der Elbe, A.** Die Brüder Meienburg. Eine Erzählung aus der Franzosen-
. Nach Familienpapieren. 2 Bde. *Heidelberg*, 1881. *C. Winter*. 8°. 267,
pp. 8 ℳ
855. **Erckmann-Chatrian.** Les Vieux de la vieille. *Paris*, 1881. 12°. 303 pp. 3 ℳ
856. **Faber, F.** Documents authentiques et inédits tirés des archives générales
royaume, et bibliographie concernant le théâtre français en Belgique, depuis
origine jusqu'à 1830. *Bruxelles*, 1880. 8°. 354 pp. 12 ℳ
857. **Fleuriot, Mlle. Z.** Cadette. *Paris*, 1881. 18°. 260 pp. 2 ℳ 25 ₰
858. **Frey, Bh.** Aus alter Fehde. *Berlin*, 1880. *Goldschmidt*. 8°. 286 pp. 3 ℳ 50 ₰
859. **v. Fuchs-Nordhoff, Rob.** Josefine. Ein Roman aus der Gegenwart ...

860. **Gautier, Thph.** Les Jeune-France. Romans goguenards. *Paris*, 1881. 32°. XXVIII, 387 pp. 4 ℳ

861. **Guarnerio, P. E.** Rime. *Torino*, 1880. 32°, 151 pp. 2 ℳ 40 ₰

862. **Guillemot, Gbr.** Le Roman d'une bourgeoise. *Paris*, 1881. 18°. 376 pp. 3 ℳ 50 ₰

863. **Haworth, M. E.**, The Silver Greyhound. *London*, 1881. 8°. 12 ℳ 50 ₰

864. **Heyse, P.** Dramatische Dichtungen. X. Bdchn. *Berlin*, 1881. *Hertz*. 8°. 116 pp. 2 ℳ 60 ₰

Inhalt: Die Weiber von Schorndorf. Historisches Schauspiel in 4 Akten. S. 1877 Nr. 2363.

865. **Hirth, G.** Das deutsche Zimmer der Renaissance. Anregungen zu häuslicher Kunstpflege. 4.—5. Lfg. *Leipzig*, 1880. *Hirth*. Fol. p. 101—184. *Mit eingedr. Holzschn.* *Jede Lfg.* 2 ℳ 40 ₰

Schluss. — S. 1880 Nr. 1772.

866. **Hopfen, Hs.** Mein Onkel Don Juan. Eine Geschichte aus dem vorigen Jahrhundert. 2 Bde. *Berlin*, 1881. *Schneider & Co. Verl.* 8°. VIII, 304, 249 pp. 9 ℳ

867. **Houssaye, A.** Alice. Roman d'hier. *Paris*, 1880. 18°. VII, 281 pp. 3 ℳ 50 ₰

868. **Hueffer, F.** Wagner. *London*, 1881. 8°. 112 pp. 3 ℳ 60 ₰

869. **Hugo, Vct.** Bug-Jargal, le dernier jour d'un condamné. Claude Gueux. *Paris*, 1881. 18°. 407 pp. 3 ℳ 50 ₰

870. **James, H.** Washington Square, the Pension Beaurepas. A Bundle of Letters. 2 vols. *London*, 1880. 8°. 530 pp. 25 ℳ

871. **Jensen, W.** Vor Sonnenwende. *Berlin*, 1881. *Schottländer*. 12°. 131 pp. 2 ℳ

872. **Kalisch, L.** Pariser Leben. Bilder und Skizzen. *Mainz*, 1880. *v. Zabern*. 8°. VII, 342 pp. 5 ℳ

873. **Köhler, H.** Polychrome Meisterwerke der monumentalen Kunst in Italien vom V. bis XVI. Jahrhundert. Dargestellt durch 12 perspectivische Ansichten in Farbendruck, mit erläuterndem Text. Durch die Munificenz der königl. preussischen Regierung unterstützt. 5. u. 6. Lfg. *Leipzig*, 1880. *Baumgärtner*. Fol. *Je 2 Chromolith. mit je 5 Bl. deutschem, englischen, französischen u. italienischen Text.*

Schluss. — S. 1877 Nr. 2365. *Jede Lfg.* 36 ℳ

874. **La Mara.** Musikalische Studienköpfe. IV. Bd.: Classiker. 2.—10. Lfg. *Leipzig*, 1881. *Knapp*. 8°. VII u. p. 49—472. *Jede Lfg.* 40 ₰

S. 1880 Nr. 2692.

875. **v. d. Linde, A.** Quellenstudien zur Geschichte des Schachspiels. Mit Unterstützung der königl. Akademie der Wissenschaften zu Berlin. *Berlin*, 1881. *Springer*. 8°. VIII, 412 pp. *Mit eingedr. Diagrammen.* 20 ℳ

876. **Macdonald, G.** Mary Marston. 3 vols. *London*, 1881. 8°. 37 ℳ

877. **Malot, H.** La Bohême tapageuse. Ire partie. Raphaëlle. IIe partie. La Duchesse d'Anvernes. IIIe partie. Corysandre. 3 vol. *Paris*, 1881. 18°. 1265 pp. 7 ℳ

878. **Ménard, R.** Le Monde vu par les artistes. Géographie artistique. *Paris*, 1881. 8°. 1009 pp. 25 ℳ

879. **Michiels, A.** Van Dyck et ses élèves. Avec 5 eaux-fortes du maître reproduites en fac-similé par l'héliogravure et 16 autres gravures dont 12 hors texte. *Paris*, 1881. 8°. XII, 568 pp. 20 ℳ

880. **Oswald, E.** Inge v. Rantum. Eine Sylter Novelle. *Frankfurt a. M.*, 1881. *Diesterweg*. 8°. IV, 220 pp. 3 ℳ 50 ₰

881. **Paludan-Müller, J.** Aarstiderne. Fire Fortællinger. *Kjøbenhavn*, 1881. 8°. 162 pp. 4 ℳ

882. **de Pontmartin, A.** Nouveaux Samedis. 20e série. *Paris*, 1880. 18°. 412 pp. 3 ℳ 50 ₰

S. 1880 Nr. 2099.

883. Deutsche Renaissance. Eine Sammlung von Gegenständen der Architektur, Decoration und Kunstgewerbe in Original-Aufnahmen. Redigirt von *A. Scheffers*. Neue Folge. 72. u. 73. Lfg. [Nr. 116 u. 117.] *Leipzig*, 1881. *Seemann*. Fol. *Je 10 autogr. Taf. mit 1 Bl. Text.* *Jede Lfg.* 2 ℳ 40 ₰

Inhalt: 72. 35. Abth.: Hildesheim. Autographirt und herausgegeben von G. Heuser. 4. Heft. — 73. 40. Abth.: Lüneburg. Autographirt und herausgegeben von G. Heuser. 1 Heft.

884. **Rochefort, H.** Mademoiselle Bismark. Roman parisien. *Paris*, 1881. 18°. 338 pp. 3 ℳ

885. **Saavedra, E.** Historias novelescas: El sueño de la vida. Morir sin Dios. La dicha en el oro. El Padre Anselmo. *Madrid*, 1880. 8°. XVIII, 296 pp. 4 ℳ

886. **Sainte-Beuve, C. A.** Le Clou d'or. La Pendule. Avec une préface de Jul. Troubat. *Paris*, 1881. 16°. VIII, 95 pp. 3 ℳ 50 ₰

887. **Sainte-Beuve.** Nouvelle galerie des grands écrivains français, tirée des Causeries du Lundi et des portraits littéraires. *Paris*. 1881. 8°. 659 pp. *Mit 16 Portr.* 20 ℳ

888. **Schmidt-Cabanis, Rch.** WechselndeLichter. Gesammelte Gedichte und poetische Vorträge. *Berlin*, 1880. *Mosser*. 8°. VIII, 189 pp. 2 ℳ

889. **Schönfeld, P.** Andrea Sansovino und seine Schule. Für Künstler und Kunstfreunde. Mit 30 Abbildgn. in Lichtdr. *Stuttgart*, 1881. *Metzler's Verl.* 4°. 9 pp. 15 ℳ

890. **Schubert, Fr.** Die schöne Müllerin. Gedichte von *W. Müller*. Illustrirt von R. Schuster und A. Baumann. Musik von F. S. *Stuttgart*, 1880. *Hallberger*. °. V, 124 pp. *Mit eingedr. Holzschn.* 12 ℳ

891. **v. Schulte, Auguste.** Deborah. *Hannover*, 1881. *Lüdemann*. 8°. 83 pp. 1 ℳ 80 ₰

892. **Shakespeare's** Wintermärchen. Uebersetzung von *A. W. v. Schlegel* und *. Tieck.* Mit 14 Photographien nach Original-Gemälden von *Lp. Bode*. *Frankfurt a. M.*, 1881. *Keller*. Fol. III, 91 pp. 38 ℳ

893. **de Stolz, Mme.** Les Mésaventures de Mlle. Thérèse. *Paris*, 1881. 18°. 75 pp. 2 ℳ 25 ₰

894. **Sturzen-Becker, O. P.** Valda prosaskrifter. Första och andra samlingen. *Stockholm*, 1880. 8°. p. 1—582. 5 ℳ

895. **Texier, E., et C. Le Senne.** M. Candaule. *Paris*, 1881. 18°. 399 pp. 3 ℳ 50 ₰

896. **Tissot, V., et C. Amero.** La Vie en Sibérie. Aventures de trois fugitifs. *Paris*, 1881. 18°. 376 pp. 3 ℳ 50 ₰

897. **Vernier, V.** La Passion d'André. *Paris*, 1881. 18°. 360 pp. 3 ℳ 50 ₰

898. **Wellmer, Arn.** Aus dem Leben einer Verstorbenen. IV. Bd. *Berlin*, 1880. *Herschel*. 8°. IV, 592 pp. 6 ℳ

Inhalt: Verschollene Herzensgeschichten. Nachgelassene Memoiren von Karoline Bauer, bearbeitet von Arn. Wellmer. 3. Bd.
Schluss. — S. 1880 Nr. 1488.

899. **Wittig, F.** Souvenirs d'Amsterdam. *Amsterdam*, 1880. Fol. *58 dessins.* 35 ℳ

900. **Die ländlichen Wohnsitze, Schlösser und Residenzen der ritterschaftlichen Grundbesitzer in der preussischen Monarchie, nebst den königlichen Familien-, Haus-, Fideicommiss- und Schatull-Gütern in naturgetreuen, künstlerisch ausgeführten, farbigen Darstellungen mit begleitendem Text.** Herausgegeben von *Alx. Duncker*. 301—304. Lfg. *Berlin*, 1881. *A. Duncker*. Fol. *Je 3 Chromolith. mit Bl. Text.* *Jede Lfg.* 3 ℳ 75 ℳ
S. 1880 Nr. 2716.

901. **Woltmann, Alfr., und K. Woermann.** Geschichte der Malerei. Mit vielen Illustr. in Holzschn. 8. Lfg. *Leipzig*, 1881. *Seemann*. 8°. II. Bd. p. 225—336. 3 ℳ
S. 1880 Nr. 2111.

XI. Handel. — Industrie. — Oekonomie.

902. **Bernhardt, Rch.** Cultur-Versuche. *Riga*, 1880. *Fluthwedel & Co.* 8°. 34 pp. 1 ℳ 20 ₰

903. **Cernuschi, H.** Bi-Metallism at 15 $\frac{1}{2}$. A Necessity for the Continent, for United States, for England. *London*, 1881. 8°. 42 pp. 1 ℳ 20 ₰

904. **Edis, Rb. W.** Decoration and Furniture of Town Houses. A Series of Cantor Lectures delivered before the Society of Acts 1880, amplified and enlarged with 29 full-page Illustrations and numerous Sketches. *London*, 1880. 8°. 366 pp.

905. **Engel.** Die deutsche Industrie 1875 und 1861. Statistische Darstellung der Verbreitung ihrer Zweige über die einzelnen Staaten des Deutschen Reichs, mit Hervorhebung Preussens. *Berlin*, 1880. *Statist. Bureau.* 8°. XII, 224 pp. 2 ℳ

906. **Fernandez y Parreño, R..** Diccionario tecnológico, mercantil y numismático. *Sevilla*, 1880. 4°. 456 pp. 16 ℳ

907. **Freytag, C.** Russlands Pferde-Racen. Mit Zeichnungen von H. Schenk. 4. u. 5. Lfg. *Halle*, 1881. *Hendel.* 4°. VIII u. p. 121—216. *Mit 8 Steintaf.*
Schluss. — S. 1880 Nr. 3019. *Jede Lfg.* 4 ℳ

908. **Galloway, Rb. L..** The Steam Engine and its Inventors. A historical Sketch. *London*, 1881. 8°. 276 pp. 12 ℳ 50 ₰

909. **Gröger, J..** Die Statik der Tunnelgewölbe in druckreichem Gebirge. Auf Grundlage von Wahrnehmungen bei der Bauausführung verfasst. Mit 7 lith. Taf. *Prag*, 1880. *Dominicus.* 8°. 100 pp. 4 ℳ

910. **Grossmann, Mr.** Abhandlung über die Konstruktion einer einfachen, aber mechanisch vollkommenen Uhr [Preis-Schrift], nebst einer Abhandlung über das Reguliren der Uhren mit Tabellen. *Glashütte*, 1880. [*Bautzen, Rühl.*] 8°. V, 95, 59 pp. *Mit eingedr. Holzschn.* 2 ℳ 50 ₰

911. **Ilg, Alb., und H. Kábdebo.** Wiener Schmiedewerk des XVIII. Jahrhunderts. Sammlung auserlesener Eisenarbeiten des Barock- und Rococco-Stils mit fachlichen Erläuterungen. 6. Lfg. *Dresden*, 1881. *Gilbers' Verl.* Fol. *6 Lichtdrtaf.* 5 ℳ
S. 1880 Nr. 2418.

912. **Ledebur, A..** Leitfaden für Eisenhütten-Laboratorien. Mit in den Text eingedr. Holzst. [Aus: „Die chemisch-technische Analyse, herausgegeben von Jul. Post".] *Braunschweig*, 1880. *Vieweg & Sohn.* 8°. VI, 80 pp. 2 ℳ

913. **Meyn, F.** Grundzüge des Wiesenbaues und der Drainage. Zum Gebrauch beim Unterricht an landwirthschaftlichen Lehranstalten bearbeitet. Mit 9 Holzschn. *Heidelberg*, 1880. *C. Winter.* 8°. VIII, 142 pp. 2 ℳ 40 ₰

914. **Pacold, G.** Studien des Hochbaues. 1.—3. Serie. *Prag*, 1880. *Dominicus.* Fol. *Je 10 Steintaf.* *Jede Serie* 4 ℳ

915. **Picard, Alfr.** Alimentation du canal de la Marne au Rhin et du canal de l'Est. *Paris*, 1881. 8°. VIII, 544 pp. *Mit Atlas, 25 Taf.* 60 ℳ

916. **Rankine, W.. J.. M..** Miscellaneous scientific Papers from the Transactions and Proceedings of the Royal and other scientific and philosophical Societies and scientific Journals. With a Memoir of the Author by P.. G.. Tait. Edited by W.. J.. Miller. *London*, 1881. 8°. 598 pp. 37 ℳ

917. **Reynolds, Mch.** Engine Driving Life, or Stirring Adventures and Incidents in the Lives of Locomotive Engine Drivers. *London*, 1881. 8°. 190 pp. 2 ℳ 40 ₰

918. **Rothschild's, L.,** kurzgefasstes Hand- und Kontor-Lexikon für den gesammten Kaufmannsstand zum täglichen Gebrauch. Praktisches Nachschlagebuch des Wissenswerthesten aus dem Gebiete der Handelswissenschaft. Mit besonderer Berücksichtigung der Handelsgeographie, Kontorkunde, des Bank-, Börsen- und Aktienwesens, der Waaren-, Münz-, Mass- und Gewichtskunde, sowie auch des Handelsrechts. I. Bd. *Leipzig*, 1881. *Spamer.* 8°. 508 pp. 4 ℳ
Soll in 2 Bdn. erscheinen.

919. **Sautter, A.., und E.. Dobel.** Die Abfuhr und Verwerthung der Fäkalstoffe in Stuttgart. Mit 14 Blatt Zeichnungen, worunter die neu errichtete städtische Eisenbahn-Verladestation für Fäkalstoffe. *Stuttgart*, 1880. *Kohlhammer.* 8°. VII, 136 pp. *Mit 1 Tab.* 3 ℳ 60 ₰

920. **Urquhart, J.. W..** Sewing Machinery. Being a practical Manual of the Sewing Machine, comprising the History and Details of its Construction with full technical Directions for the Adjustment of Sewing Machines. *London*, 18[illegible] 12°. 172 pp. 2 ℳ 40 ₰

921. **Žemlička, F.. H..** Leitfaden der Futter- und Düngerwerths-Berechnung als Grundlage effectiver Rentenbildung in der Landwirthschaft. *Prag*, 1880. *Calve.* 8°. VI, 58 pp. 4 ℳ

Allgemeine Bibliographie.

Monatliches Verzeichniss

der

wichtigern neuen Erscheinungen der deutschen und ausländischen Literatur.

Herausgegeben von **F. A. Brockhaus** in Leipzig.

381.] April. [Nr. 4.

Dieses Verzeichniss erscheint regelmässig monatlich und ist, gleich den darin ngezeigten Büchern, direct von F. A. Brockhaus *in* Leipzig *sowie durch alle Buchhandlungen zu beziehen.*

I. Encyklopädie und Literaturwissenschaft.

922. Abhandlungen der philosophisch-philologischen Classe der k. bayerischen kademie der Wissenschaften. XV. Bd. 3. Abth. [In der Reihe der Denkschriften r LII. Bd.] *München*, 1880. *Franz.* 4°. XIII, 253 pp. 9 *M*

S. oben Nr. 2.

923. **Auerbach, Berthold.** Die Genesis des Nathan. Gedenkworte zu Lessings 0jährigem Todestag. *Berlin*, 1881. *Auerbach.* 8°. 24 pp. 1 *M*

924. Bibliographie der ungarischen nationalen und internationalen Literatur. Bd. *Budapest*, 1880. [*Leipzig, Friedrich.*] 8°. CLXXXIV, 760 pp. 10 *M*

Inhalt: Ungarn betreffende deutsche Erstlings-Drucke 1454—1600. Mitgetheilt von K. M. rtkeny. [Anhang: Deutscher Ausweis der 371 Druckwerke in ungarischer Sprache des 15. u. Jahrhunderts. Nach K. Szabó.]

925. La Bibliomanie en 1880. Bibliographie rétrospective des adjudications les s remarquables faites cette année et de la valeur primitive de ces ouvrages. r *Philomnestre Junior. Bruxelles*, 1880. 8°. 89 pp. 5 *M*

926. **Chamberlain, B. H.** The classical Poetry of the Japanese. *London*, 1881. 240 pp. 9 *M*

927. **Dorer, Edm.** Cervantes und seine Werke nach deutschen Urteilen. Mit em Anhang: Die Cervantes-Bibliographie. *Leipzig*, 1881. *Friedrich.* 8°. VI, 7 pp. 5 *M*

928. **de Lagarde, P.** Deutsche Schriften. II. Bd. *Göttingen*, 1881. *Dieterich's rl.* 8°. 112 pp. 2 *M*

S. 1878 Nr. 3041.

929. Deutsche Literaturdenkmale des 18. Jahrhunderts, in Neudrucken herausgeben von *Bh. Seuffert.* Nr. 1. *Heilbronn*, 1881. *Henninger.* 8°. VIII, 108 pp.

Inhalt: Otto. Trauerspiel. Von F. M. Klinger.

930. Allgemeiner Verein für deutsche Literatur. 5. Serie. II. u. IV. Bd. *Berlin*, 1. *A. Hofmann's Sep.-Cto.* VII, 372, VIII, 373 pp. *Jeder Bd.* 6 *M*

Inhalt: 2. Vom Nil zum Ganges. Wanderungen in die orientalische Welt. Von P. Cassel. Von der Maladetta bis Malaga. Zeit- u. Sittenbilder aus Spanien. Von W. Lauser.

S. 1880 Nr. 329.

931. **Wagner, B. A.** Lessing-Forschungen, nebst Nachträgen zu Lessings Werken.

II. Theologie und Philosophie.

932. **Bautz, Jos.** Der Himmel. Speculativ dargestellt. *Mainz*, 1881. *Kirchheim.* 8°. VIII, 189 pp. 2 *M* 40 *ℌ*

933. **Bergel, Jos.** Die Eheverhältnisse der alten Juden im Vergleiche mit den griechischen und römischen. *Leipzig*, 1881. *Friedrich.* 8°. III, 33 pp. 1 *M* 50 *ℌ*

934. **Bergmann, Jul.** Sein und Erkennen. Eine fundamental-philosophische Untersuchung. *Berlin*, 1880. *Mittler & Sohn.* 8°. IV, 191 pp. 4 *M*

935. Philosophische Bibliothek oder Sammlung der Hauptwerke der Philosophie alter und neuer Zeit. Unter Mitwirkung namhafter Gelehrten herausgegeben, beziehungsweise übersetzt, erläutert und mit Lebensbeschreibungen versehen von *J. H. v. Kirchmann.* 291.—295. Heft. *Leipzig*, 1880. *Koschny.* 8°. *Jedes Heft* 50 *ℌ*
S. 1880 Nr. 1540.

936. **Bouquillon, Th.** Institutiones theologiae moralis specialis. Tractatus de virtute religionis. Tomus I. *Bruges*, 1880. 8°. 461 pp. 4 *M* 50 *ℌ*

937. **Brown, J.** Gods Book for Mans' Life. A Series of Lectures. *London*, 1881. 8°. 218 pp. 4 *M* 20 *ℌ*

938. **Chauvot, H.** Essai sur l'homme. Etude philosophique. *Paris*, 1881. 8°. 526 pp. 9 *M*

939. **Daniel, A..** Die Bedeutung der materiellen Leiblichkeit in dem Weltplane Gottes. Eine heterodoxe Studie. *Heidelberg*, 1881. *C. Winter.* 8°. III, 104 pp. 2 *M*

940. **Delbeke, L.** Harmonie universelle et omniverselle ou l'absolu dans la création, dans l'histoire, dans les cultes religieux, dans la littérature classique, dans les arts etc. 1re partie. Création naturelle. 2e partie. Du culte religieux chez les divers peuples du globe. *Bruxelles*, 1880. 8°. 132 pp. 10 *M*

941. **Descamps, Ed.** L'action du christianisme dans la science et dans les lois. *Louvain*, 1880. 8°. 100 pp. 2 *M*

942. **Evellin, F..** Infini et quantité. Etude sur le concept de l'infini en philosophie et dans les sciences. *Paris*, 1881. 8°. 276 pp. 5 *M*

943. **Glock, W.** Die christliche Ehe und ihre modernen Gegner. Von der Haager Gesellschaft zur Vertheidigung des christlichen Glaubens gekrönte Preisschrift. *Karlsruhe*, 1881. *Reuther.* 8°. VIII, 115 pp. 1 *M* 80 *ℌ*

944. **Gutberlet, Cat.** Lehrbuch der Philosophie. III. Thl. Die Psychologie. *Münster*, 1881. *Theissing.* 8°. XII, 327 pp. 3 *M* 60 *ℌ*
S. 1880 Nr. 30.

945. **Jimenez, J.. M..** Crísis político-religiosa de nuestro tiempo, sus causas, caractéres y soluciones. Memoria leida en el Ateneo de Madrid con motivo de la apertura de la seccion de ciencias morales y politicas. *Madrid*, 1880. 8°. 162 pp. 3 *M* 20 *ℌ*

946. **Joël, D..** Der Aberglaube und die Stellung des Judenthums zu demselben. 1. Heft. *Breslau*, 1881. *Koebner.* 8°. III, 116 pp. 3 *M*

947. **Jung, L.** Drei Antworten aus dem Neuen Testamente auf drei Fragen über die Person und Lehre Jesu Christi. *Freiburg i. Br.*, 1881. *Kiepert.* 8°. 160 pp. 3 *M*

948. **Klofutar, Leon.** Commentarius in epistolam s. apostoli Pauli ad Romanos concinnatus. *Labaci*, 1880. [*Wien, Kirsch.*] 8°. 260 pp. 4 *M*

949. **Littlejohn.** Individualism, its Growth and Tendencies, with some Suggestions as to the Remedy for its Evils. *London*, 1881. 8°. 210 pp. 7 *M* 20 *ℌ*

950. **Maimonides'** Commentar zum Tractat Makkoth, im arabischen Urtext und verbesserter hebräischer Uebersetzung herausgegeben von *J.. Barth. Berlin*, 1881. [*Leipzig, Hinrichs' Verl.*] 8°. 28 pp. 1 *M* 50 *ℌ*

951. **Maurenbrecher, W.** Die preussische Kirchenpolitik und der Kölner Kirchenstreit. *Stuttgart*, 1881. *Cotta.* 8°. IV, 140 pp. 2 *M* 50 *ℌ*

952. **Nippold, F.** Die Theorie der Trennung von Kirche und Staat geschichtlich beleuchtet. *Bern*, 1881. *Wyss.* 8°. 87 pp. 1 *M* 50 *ℌ*

953. **v. Oettingen, Alx.** Obligatorische und fakultative Civilehe nach den Ergebnissen der Moralstatistik. *Leipzig*, 1881. *Duncker & Humblot.* 8°. III, 83 pp. 2 *M*

954. **Paget, Jam.** Theology and Science. *London*, 1881. 8°. 28 pp. 1 *M* 20 *ℌ*

955. [illegible]

956. **Perot, J. M. A.** Science, philosophie. L'homme et Dieu. Méditation phyologique sur l'homme, son origine et son essence. Méditations philosophiques. aris, 1881. 8⁰. XIV, 200 pp. *Mit Portr.* 4 ℳ

957. **Streane, A. W.** The Book of the Prophet Jeremiah, together with the amentations. With Map, Notes and Introduction. *Cambridge*, 1881. [*Leipzig*, . *A. Brockhaus' Sortiment u. Antiq.*] 12⁰. 436 pp. 5 ℳ 40 ₰

958. **Symington, W.** Messiah the Prince, or the mediatorial Dominion of Jesus hrist. With a Memoir of the Author by his Sons. *London*, 1881. 8⁰. 440 pp. 12 ℳ 50 ₰

959. **Waffelaert, G. J.** De dubio solvendo in re morali. *Louvain*, 1880. 8⁰. XII, 295 pp. 3 ℳ 50 ₰

960. **Wordsworth.** A Church History. Council of Nicaea, A. D. 325. *London*, 81. 504 pp. 10 ℳ

961. **Wordsworth.** On the present Disquietude in the Church. *London*, 1881. . 54 pp. 1 ℳ 20 ₰

III. Erziehungswissenschaft.

962. **Bainbrigge, W. H.** Early Education. Being the Substance of four Leces delivered in the Public Hall of the Collegiate Institution. *Liverpool*, 1881. ⁰. 200 pp. 3 ℳ

963. **Bashford, J. L.** Elementary Education in Saxony. *London*, 1881. 8⁰. 89 pp. 1 ℳ 20 ₰

964. **Davies, Ed.** Intermediate and University Education in Wales. *London*, 81. 8⁰. XX, 61 pp. 1 ℳ 20 ₰

965. **Eichler, J. G. J.** Die Principien der Erziehung auf dem Grund der Gehichte. Dargelegt und psychologisch beleuchtet. *Ansbach*, 1881. [*Würzburg*, *uber.*] 8⁰. 196 pp. 2 ℳ 50 ₰

966. **Fitch, J. G.** Lectures on Teaching, delivered in the University of Camidge during the Lent Term 1880. *Cambridge*, 1881. 8⁰. XVII, 436 pp. 7 ℳ 20 ₰

967. **Heegard, S.** Om Opdragelse. En Fremstilling af Pædagogiken tilliged et Omrids af dens Historie. 2. Afsnit. *Kjøbenhavn*, 1881. 8⁰. 168 pp. 4 ℳ
S. 1880 Nr. 2469.

968. **Lauri, Gius.** Manuale di ginnastica educativà ad uso delle scuole elemen-i maschili e femminili. *Macerata*, 1881. 4⁰. 116 pp. *Mit Illustr.* 2 ℳ 40 ₰

969. **Sterner, Mth.** Die Methodik der Volksschule unter Berücksichtigung der hulhygiene und Schulzucht. Ein praktisches Lehr- und Handbuch für Schulminaristen und Volksschullehrer. *Straubing*, 1880. *Attenkofer.* 8⁰. VIII, 438 pp. 5 ℳ 50 ₰

970. **Vogel, A.** Systematische Encyklopädie der Pädagogik. Ein Wegweiser rch das gesammte Gebiet der Erziehung mit ausführlicher Angabe der Literatur. *senach*, 1881. *Bacmeister.* 8⁰. XII, 240 pp. 4 ℳ

971. **Waldeck, Osk.** Grundzüge der wissenschaftlichen Pädagogik und das akamische Seminar. *Leipzig*, 1881. *Mutze.* 8⁰. II, 53 pp. 1 ℳ

972. **Walter, L.** Die Fröbelliteratur. Zusammenstellung, Inhalts-Angabe und itik derselben. *Dresden*, 1881. *Huhle.* 8⁰. XI, 196 pp. 2 ℳ 40 ₰

IV. Rechts- und Staatswissenschaft.

973. **Allfeld, Ph.** Sammlung der neben dem Strafgesetzbuche und dem Militärafgesetzbuche für das Deutsche Reich in Bayern geltenden Reichs- und Landesetze strafrechtlichen Inhalts. Mit Anmerkungen. *Neu-Ulm*, 1881. *Stahl's Verl.* XVI, 614 pp. 6 ℳ

974. **v. Amelunxen, Jul.** Die sogenannte notwendige Streitgenossenschaft der itschen Civilprozessordnung. Betrachtet nach ihren Voraussetzungen und Wirngen vom Standpunkt des römischen und gemeinen deutschen Rechtes. *Mann-*

975. **Arendt, O.** Die Reichsunfallversicherung. Eine Kritik des Gesetzentwurfes betreffend die Versicherung der Arbeiter gegen Unfälle. *Leipzig*, 1881. *Duncker & Humblot.* 8°. V, 88 pp. 2 *M*

976. **Azcarate, G.**. Resúmen de un debate sobre el problema social. *Madrid*, 1881. 8°. 272 pp. 4 *M*

977. **Beer, Adf.** Der Staatshaushalt Oesterreich-Ungarn's seit 1868. *Prag*, 1881. *Tempsky.* 8°. VIII, 524 pp. 13 *M* 50 *ℌ*

978. **Bernardi e Varisco, B.**. Manuale di amministrazione e ragioneria. *Oneglia*, 1880. 8°. 171 pp. 3 *M* 60 *ℌ*

979. **Bormans, T.**. Code de procédure civile belge. Livre préliminaire. Titre premier (loi du 25 mars 1876), compétence en matière contentieuse. 1er supplément au Commentaire législatif et doctrinal avec une table analytique très-complète des matières comprises dans le Commentaire. 2e supplément au Commentaire législatif et doctrinal, avec une table analytique, complétant celle du Commentaire et du 1er supplement. 3e supplément au commentaire législatif et doctrinal avec une table générale des sommaires et une table alphabétique et analytique des matières contenues dans les 4 volumes. *Bruxelles*, 1880. 8°. 356, 303 pp.
S. 1877 Nr. 347. 14 *M* 50 *ℌ*

980. **Descamps, Ed.** Les Harmonies du droit naturel et du droit chretien. *Louvain*, 1880. 8°. 84 pp. 2 *M*

981. **Diephuis, Mr. G.**. Het Nederlandsch burgerligk regt. 6e deel, 1e stuk. *Groningen*, 1880. 8°. p. 1—192. 7 *M*
S. 1878 Nr. 2780.

982. **Favre, Jul.** Discours parlementaires. Publiés par Mme Ve. Jules Favre, née Velten. 2 vol. Tome I, 1848—1851. Tome II, 1860—1865. *Paris*, 1881. 8°. XVI, 536, 618 pp. 16 *M*

983. **Fontanelli, C.** Manuale populare di economia sociale. *Firenze*, 1881. 16°. 272 pp. 2 *M* 40 *ℌ*

984. **George, H.**. Progress and Poverty. An Inquiry into the Cause of industrial Depressions and of Increase of Want with Increase of Wealth: The Remedy. *London*, 1881. 8°. 512 pp. 9 *M*

985. **Grau, R.. F.** Die Judenfrage und ihr Geheimnis. *Gütersloh*, 1881. *Bertelsmann.* 8°. 56 pp. 1 *M*

986. Handbuch des deutschen Handels-, See- und Wechselrechts. Unter Mitwirkung von Brunner, Cohn, Gareis etc. herausgegeben von *W. Endemann.* I. Hlbbd. *Leipzig*, 1881. *Fues.* 8°. I. Bd. p. 1—384. 8 *M*

987. **Herrmann, K.** Wohlfahrt! Oder der Weg zu Wohlstand und Reichthum. Fünfzig wirtschaftliche und sociale Kapitel. *Leipzig*, 1881. *Schöltze.* 12°. V, 114 pp. 1 *M* 20 *ℌ*

988. **Hervé-Bazin, F.**. Traité élémentaire d'économie politique. Contenant les principes généraux, l'étude de la législation économique et les statistiques officielles. *Paris*, 1881. 18°. 445 pp. 4 *M*

989. **Kraft, C.**. Om Hovedprinciperne i den formueretlige Anordnung. En systematisk Betragtning som Besvarelse af en Konkurrenceopgave efter dansk og romersk Ret. *Kjøbenhavn*; 1881. 8°. 456 pp. 11 *M*

990. **Leser, Em.** Untersuchungen zur Geschichte der Nationalökonomie. 1. Heft [I. Aus der Lebensgeschichte des Adam Smith. — II. Rb. Malthus als Entdecker der modernen Grundrentenlehre.]. *Jena*, 1881. *Fischer.* 8°. V, 121 pp. 2 *M* 40 *ℌ*

991. **Matthiass, Bh.** Das foenus nauticum und die geschichtliche Entwicklung der Bodmerei. *Würzburg*, 1881. *Stuber.* 8°. IV, 132 pp. 3 *M*

992. **Norton, Rch.** Die Epoche der Begriffsverwirrung. *Berlin*, 1881. *Stein.* 8°. 84 pp. 1 *M* 50

993. **Oliver, B.**. Historia del derecho en Cataluña, Mallorca y Valencia. Tomo I. *Madrid*, 1881. 4°. XXIV, 574 pp. 24 *M*
Schluss. — S. 1879 Nr. 1914.

994. **Pixley, Fr. W.**. Auditors, their Duties and Responsibilities under the Joint Stock Companies Acts, and the Friendly Societies and industrial and provident Societies Acts. *London*, 1881. 8°. 45

995. **Richardson, R.** Ireland in 1880. With an agricultural Map of Ireland. *ondon*, 1881. 4°. 1 M 20 ₰

996. **Richter, Gst.** Allgemeine Wirthschaftslehre. *Freiberg*, 1881. *Craz & Gerlach.* °. X, 270 pp. 5 M

997. **Rosmini, E.** I Codici d'Italia. Parte IV. Codice penale. Leggi sulla ampa. Leggi sulla privativa dei sali e tabacchi. *Milano*, 1879. 32°. 424 pp. 3 M 50 ₰
Parte III erschien zum gleichen Preise.
S. 1871 Nr. 362.

998. **Schäffle, Alb. E. Fr.** Für internationale Doppelwährung. *Tübingen*, 1881. *aupp.* 8°. IV, 146 pp. 3 M

999. **Seelig, F. W.** Das Gesetz über das Grundbuchwesen vom 29. Mai 1873 dem Bezirk des Appellationsgerichts zu Cassel mit Ausschluss des Amtsgerichts-ezirks Vöhl unter Berücksichtigung der neuen Reichs- und Landesgesetze. 3 Ab-lgn. *Cassel*, 1881. *Hühn.* 8°. VIII, 120, IV u. p. 121—246, IV u. p. 247—310. 4 M

1000. **Siegle, D.** Die Geschäfte der nicht streitigen Gerichtsbarkeit in Württem-rg, mit Ausnahme des Inventur- und Theilungswesens und der Führung der andels- und Standes-Register. *Stuttgart*, 1881. *Kohlhammer.* 8°. VIII, 264 pp. 3 M

1001. **Stratford de Redcliffe.** The Eastern Question. Being a Selection from is Writings during the last five years of his Life. With a Preface by A. P. tanley. *London*, 1881. 8°. 224 pp. 10 M 80 ₰

1002. **Wagner, Adf.** Der Staat und das Versicherungswesen. Socialökonomische nd socialrechtliche Studie. 1. Heft. Principielle Erörterungen über die Frage der emeinwirthschaftlichen oder privatwirthschaftlichen Organisation des Versiche-ngswesens überhaupt. [Aus: „Zeitschrift für die gesammte Staatswissenschaft."] *übingen*, 1881. *Laupp.* 8°. 72 pp. 1 M 50 ₰

1003. **Wappäus, J. E.** Einleitung in das Studium der Statistik. Vorlesungen, halten an der Universität Göttingen. Herausgegeben von *O. Gandil.* *Leipzig*, 381. *Hinrichs' Verl.* 8°. VIII, 252 pp. 5 M

V. Mathematik und Naturwissenschaften.

1004. **Arnoldi, E. W.** Sammlung plastisch nachgebildeter Pilze. Mit Beschrei-ung von *H. Arnoldi.* 18. Lfg. *Gotha*, 1881. *Thienemann.* 8°. (Nr. 205—216 mit pp. Text.) 8 M
S. 1880 Nr. 2507.

1005. **Baillon, H.** Dictionnaire de botanique avec la collaboration de J. de Seynes, . de Lanessan, E. Mussat, W. Nylander, E. Tyson, E. Fournier, J. Poisson, . Soubeiran, H. Bocquillon, G. Dutailly etc. 11ᵉ—13ᵉ fasc. *Paris*, 1881. 4°. 1—240. *Jede Lfg.* 5 M

1006. **Benecke, E. W.,** und **E. Cohen.** Geognostische Beschreibung der Um-gend von Heidelberg, zugleich als Erläuterungen zur geognostischen Karte der mgegend von Heidelberg [Sectionen Heidelberg und Sinsheim]. 2. u. 3. Heft: ra, Tertiär und quartäre Bildungen. *Strassburg*, 1881. *Trübner.* 8°. p. 189—622. 8 M
Schluss. — S. 1879 Nr. 677.

1007. **Beyda, H. F. Th.** Das Unendliche, was es den Philosophen und was es n Mathematikern bisher gewesen und wie es sich mathematisch darstellt, nach ner neuen Erfindung. *Bonn*, 1880. [*Leipzig, Minde.*] 8°. 51 pp. 1 M 50 ₰

1008. **Cohen, E.** Sammlung von Mikrophotographien zur Veranschaulichung der ikroskopischen Structur von Mineralien und Gesteinen, aufgenommen von *J. rimm* in Offenburg. 2. Lfg. *Stuttgart*, 1881. *Schweizerbart.* 4°. *8 Taf. mit 1 Bl. ext.* 16 M
S. oben Nr. 105.

1009. **Day, F.** The Fishes of Great Britain and Ireland. Part I. *London*, 1881. . 64 pp. *Mit 27 Taf.* 14 M 40 ₰

1010. **Gruimm's** Atlas der Astrophysik. 1. Lfg. 13 Mondansichten nach photo-aphischen Aufnahmen in Lichtdr. *Lahr*, 1881. *Schauenburg.* Fol. *1 Bl. Text.*

1011. **Haas, A.** Versuch einer Darstellung der Geschichte des Krümmungsmasses. *Tübingen*, 1881. *Fues.* 4⁰. 80 pp. 3 ℳ

1012. **Haeckel, E.** Das System der Medusen. I. Thl.: Eine Monographie der Medusen. [Denkschriften der medicinisch-naturwissenschaftlichen Gesellschaft zu Jena. I. Bd.] Mit einem Atlas von 40 Taf. 2. Hälfte: System der Acraspeden. Mit 20 lith. u. chromolith. Taf. *Jena*, 1880. *Fischer.* 4⁰. XIII—XVXI u. p. 361—672 *u. Atlas* p. 41—80. 60 ℳ

S. 1880 Nr. 77.

1013. **Hartwig, E.** Beitrag zur Bestimmung der physischen Libration des Mondes aus Beobachtungen am Strassburger Heliometer. *Karlsruhe*, 1881. *Braun.* 4. 51 pp. 3 ℳ 50 ₰

1014. **Heer, Osw.** Flora fossilis arctica. Die fossile Flora der Polarländer. VI. Bd. 1. Abth. *Zürich*, 1880. *Wurster & Co.* 4⁰. IV, 34, 17, 17 u. 38 pp. *Mit 21 lith. Taf.* 20 ℳ

S. 1878 Nr. 3434.

1015. **Hoernes, R.**, und **M. Auinger.** Die Gasteropoden der Meeres-Ablagerungen der 1. und 2. miocänen Mediterran-Stufe in der österreichisch-ungarischen Monarchie. 2. Lfg. [Abhandlungen der k. k. geologischen Reichs-Anstalt. XII. Bd. 2. Heft.] *Wien*, 1880. *Hölder.* Fol. p. 53—112. *Mit 6 Steintaf. u. 6 Bl. Tafel-Erklärgn.* 16 ℳ

S. 1879 Nr. 1929.

1016. **Klaussner, Fd.** Studien über die Muskel-Anordnung am Pylorus der Vertebraten. *Stuttgart*, 1880. *Cotta.* 8⁰. 28 pp. *Mit 1 chromolith. Taf.* 5 ℳ

1017. **Kobelt, W.** Synopsis novorum generum, specierum et varietatum Molluscorum viventium Testaceorum anno 1879 promulgatorum. *Kassel*, 1881. *Fischer.* 8⁰. III, 200 pp. 8 ℳ

1018. **Krukenberg, C. F. W.** Vergleichend-physiologische Studien an den Küsten der Adria. Experimentelle Untersuchungen. IV. Abth. Nebst anatomischen Mittheilungen von *B. Haller* und *E. Berger.* Mit 4 lith. Taf. *Heidelberg*, 1881. *C. Winter.* 8⁰. 65 pp. 5 ℳ

S. 1880 Nr. 3496.

1019. **Laisant, C. A.** Introduction à la méthode des quaternions. *Paris*, 1881. 8⁰. XXII, 242 pp. 6 ℳ

1020. **Levy, Lp.** Ueber die Ausdehnung des Quecksilbers. *Berlin*, 1881. *Steinitz.* 8⁰. 27 pp. 1 ℳ

1021. **Marié-Davy.** Météorologie et physique agricoles. *Paris*, 1881. 18⁰. XII, 371 pp. 3 ℳ 50 ₰

1022. **Pauchon, A.** Recherches sur le rôle de la lumière dans la germination. Etude historique, critique et physiologique. *Paris*, 1881. 8⁰. 226 pp. 8 ℳ

1023. **Piaggio, N. N.** Tratado elemental de aritmética. *Montevideo*, 1881. 4⁰. 214 pp. 8 ℳ

1024. **Reichenow, Ant.** Vogelbilder aus fernen Zonen. Atlas der bei uns eingeführten ausländischen Vögel, mit erläuterndem Text. Allen Naturfreunden, insbesondere den Liebhabern ausländischer Stubenvögel, und Besuchern zoologischer Gärten gewidmet. I. Thl.: Papageien. 7. Lfg. Aquarelle von *G. Mützel.* *Kassel*, 1881. *Fischer.* Fol. *3 Chromolith. mit 3 Bl. Text.* 5 ℳ; *einzelne Taf.* 2 ℳ

S. 1880 Nr. 2850.

1025. **Reinsch, P. F.** Neue Untersuchungen über die Mikrostruktur der Steinkohle des Carbon, der Dyas und Trias. Beiträge zur Aufhellung des Ursprunges und der Zusammensetzung dieser Mineralkörper, sowie zur Kenntniss des einfachsten Pflanzenlebens der Vorwelt. *Leipzig*, 1881. *T. O. Weigel.* 4⁰. VIII, 124 pp. *Mit 94 lith. Taf.* 50 ℳ

1026. **Romeis, K.** Die Strahlung und die Temperatur der Sonne. Eine Darstellung und Erörterung der einschlägigen Messungen und der erlangten Resultate. [Aus: „Gaea".] *Köln*, 1881. *Mayer.* 8⁰. 68 pp. 1 ℳ 60 ₰

1027. **Taylor, C.** An Introduction to the ancient and modern Geometry of Conics. Being a geometrical Treatise on the Conic Sections, with a Collection of Problems, and historical Notes and Prolegomena. *London*, 1881. 8⁰. 488 pp. 18 ℳ

1028. **Verbeek, R., D., M.** Geologische Notizen über die Inseln des niederländisch-indischen Archipels im Allgemeinen und über die fossilführenden Schichten Sumatra's im Besonderen. [Aus: „Palaeontographica".] *Kassel*, 1881. *Fischer*. 8°. 39 pp. *Mit 1 lith. Profil-Taf.* 1 *M* 20 *ₔ*

1029. **Vetter, Benj.** Die Fische aus dem lithographischen Schiefer im Dresdener Museum. Mit 3 (2 lith. u. 1 Lichtdr.-)Taf. [Mittheilungen aus dem königl. mineralogisch-geologischen und prähistorischen Museum in Dresden. 4. Heft.] *Kassel*, 1881. *Fischer*. 4°. VIII, 119 pp. 18 *M*

1030. **Volkmann, P.** Ueber den Einfluss der Krümmung der Wand auf die Constanten der Capillarität bei benetzenden Flüssigkeiten. *Leipzig*, 1880. [*Königsberg*, *Beyer*.] 8°. 40 pp. 1 *M*

1031. **Weyprecht, C.** Praktische Anleitung zur Beobachtung der Polarlichter und der magnetischen Erscheinungen in hohen Breiten. *Wien*, 1881. *Perles*. 8°. 48 pp. 1 *M* 50 *ₔ*

1032. **Wirth, G.** Die Fortschritte der Naturwissenschaften, mit besonderer Berücksichtigung ihrer praktischen Anwendung. Mit Illustr. 4. u. 5. Heft. *Langensalza*, 1881. *Schulbuchh.* 8°. 224, 115 pp. 4 *M* 20 *ₔ*
S. 1874 Nr. 1650.

1033. **Worthington, A., M.** An elementary Course of practical Physics. *London*, 1881. 12°. 50 pp. 3 *M*

1034. **Zander, Arth.** Chemisches über die Samen von Xanthium strumarium. *Dorpat*, 1881. *Karow*. 8°. 36 pp. *Mit 1 Tab.* 1 *M*

VI. Medicin.

1035. **Billroth, Th.** Die Krankenpflege im Hause und im Hospitale. Ein Handbuch für Familien und Krankenpflegerinnen. *Wien*, 1881. *Gerold's Sohn*. 8°. X, 250 pp. 7 *M*

1036. **Bleuler, Eug.**, und **K. Lehmann.** Zwangsmässige Lichtempfindungen durch Schall und verwandte Erscheinungen auf dem Gebiete der andern Sinnesempfindungen. *Leipzig*, 1881. *Fues*. 8°. VII, 96 pp. *Mit 2 Tab.* 3 *M*

1037. **Burnett, J., C.** Ecce Medicus, or Hahnemann as a Man and as a Physician, and the Lessons of his Life. Being the first Hahnemannian Lecture 1880. *London*, 1880. 12°. 160 pp. 4 *M* 20 *ₔ*

1038. **Gill, J., B.** A new and successful Method of treating all forms of Rheumatism. *London*, 1881. 8°. 40 pp. 2 *M* 40 *ₔ*

1039. **Grioli, L.** Sulla dottrina dei morbi venerei locali. Studii clinici e sperimentali. *Messina*, 1880. 8°. 105 pp. 4 *M* 80 *ₔ*

1040. **Guinand.** De la syphilis des verriers. Hygiène et prophylaxie par la visite sanitaire. *Paris*, 1881. 8°. 64 pp. 2 *M* 50 *ₔ*

1041. **Guyon, J., C., Fel.** Leçons cliniques sur les maladies des voies urinaires. *Paris*, 1881. 8°. XVI, 988 pp. 14 *M*

1042. **Hahn, Adf.** Ueber Pseudo-Bulbärparalyse. *Breslau*, 1880. *Koebner*. 8°. 34 pp. 1 *M*

1043. **Henoch, Ed.** Vorlesungen über Kinderkrankheiten. Ein Handbuch für Aerzte und Studirende. *Berlin*, 1881. *Hirschwald*. 8°. VIII, 751 pp. 16 *M*

1044. **Hofmann, Fr.** Die Bedeutung von Fleischnahrung und Fleischconserven mit Bezug auf Preisverhältnisse. Beitrag zur rationellen Verpflegung vom sanitären und wirthschaftlichen Standpunkte für Aerzte und Beamte. *Leipzig*, 1880. *F. C. W. Vogel*. 8°. III, 130 pp. 3 *M*

1045. **Jaeger, Gst.** Die Neuralanalyse, insbesondere in ihrer Anwendung auf die homöopathischen Verdünnungen. Mit 6 color. u. phototyp. Taf. *Leipzig*, 1881. *E. Günther*. 8°. III, 68 pp. *Mit 1 Steintaf.* 4 *M*

1046. **Joly, J. L. S.** De la phthisie pulmonaire et de sa curabilité. *Paris*, 1880. 8°. 100 pp. 2 *M* 50 *ₔ*

1047. **Lannelongue.** Abcès, froid et tuberculose osseuse. *Paris*, 1881. 8°. 190 pp.

1048. **Leroux, H.** Etude sur le diabète sucré chez les enfants. *Paris*, 188 8°. 189 pp. 5

1049. **Löwenthal, Jul.** Ueber das Auftreten von Diabetes mellitus bei Thier nach Unterbindung des Ductus choledochus. *Königsberg*, 1880. *Beyer*. 8°. 31 p 1

1050. **Mayer, G.** Ueber heilbare Formen chronischer Herzleiden, einschliessli der Syphilis des Herzens. *Aachen*, 1881. *Mayer*. 8°. 39 pp. 1 ℳ 20

1051. **Mercklin, A.** Studien über die primäre Verrücktheit. *Dorpat*, 1879. *Kar* 8°. 102 pp. 1 ℳ 80

1052. **Minati, C.** Ostetricia minori. Lezioni. *Milano*, 1881. 8°. 400 pp. *Mit 1 Holzschn.* 9 ℳ 50

1053. **Mucke, J. Rch.** Die tödtlichen Verunglückungen im Königreich Preus seit Einführung der Unfallstatistik. Eine statistische Untersuchung. *Berlin*, 18 *Simion*. 8°. VII, 135 pp. 2 ℳ 50

1054. **Rembold, Sgm.** Ueber Verletzungen des Kopfes und der Glieder der Ki der durch den Geburtsakt selbst und durch Einwirkungen äusserer Gewalt den Unterleib der Mutter während der Schwangerschaft und deren gerichtsärztli Bedeutung. Mit einer lith. Taf. *Stuttgart*, 1881. *Enke*. 8°. 72 pp. 2

1055. **Richer, P.** Etudes cliniques sur l'hystéro-épilepsie ou grande hystér *Paris*, 1881. 8°. XVI, 736 pp. *Mit 105 Illustr.* 19

1056. **Roux, W.** Der Kampf der Theile im Organismus. Ein Beitrag zur V vollständigung der mechanischen Zweckmässigkeitslehre. *Leipzig*, 1881. *Eng mann*. 8°. VIII, 244 pp. 4

1057. **Schlockow.** Die Gesundheitspflege und medizinische Statistik beim pre sischen Bergbau. Mit Unterstützung Sr. Exc. des Herrn Ministers der öffe lichen Arbeiten und unter Zugrundelegung des Materials der preussischen Kna schaftsvereine dargestellt. Mit 7 graphischen lith. Darstellungen. *Berlin*, 18 *C. Heymann's Verl.* 8°. VI, 310 pp. 11

1058. **Sommerbrodt, Jul.** Die reflectorischen Beziehungen zwischen Lunge, H und Gefässen. [Aus: „Zeitschrift für klinische Medicin."] *Berlin*, 1881. *Hirs wald*. 8°. 55 pp. *Mit eingedr. Holzschn.* 3

1059. **Tranjen, C.** Beiträge zur Lehre von der Thierbluttransfusion. *Königsb* 1880. *Beyer*. 8°. 28 pp. 1

1060. **Vulpian, A.** Cours de pathologie expérimentale. Leçons sur l'action p chologique des substances toxiques et médicamenteuses. Tome I. Fasc. I. troduction à l'étude des poisons et des médicaments. Jaborandi-curare. *Pa* 1881. 8°. XXI, 432 pp. 8

1061. **Wilhelm, E.** Der Milzbrand, mechanisch, physisch und chemisch erkl nebst Ergebnissen und Erwerbnissen, welche die wahre Einsicht des Naturgan fördern. Nebst Abbildgn. auf 1 Steintaf. *Liegnitz*, 1881. *Krumbhaar*. 8°. 48 1 ℳ 20

1062. **Witkowski, G. J.** La Génération humaine. *Paris*, 1881. 8°. 363 pp. *226 Illustr. u. 2 Taf.* 10

VII. Geographie und Geschichte.

1063. **Adler, S.** Herzog Welf VI und sein Sohn. *Hannover*, 1881. *Helwi Verl.* 8°. IV, 160 pp. 4

1064. **Bagehot, W.** Biographical Studies. Edited by Rch. H. Hutton. *Lond* 1881. 8°. 370 pp. 14 ℳ 40

1065. **Bahrfeldt, E.** Der Bracteatenfund von Michendorf. Ein Beitrag brandenburgischen Münzkunde des XII. Jahrhunderts. *Berlin*, 1881. *Kühl.* 15 pp. *Mit eingedr. Holzschn.* 1 ℳ 20

1066. **Becker, F. A.** Cuxhaven und das Amt Ritzebüttel. Ein Beitrag zur G schichte und Entwickelung des Landes, nebst topographischen, statistischen u chronologisch geordneten Mittheilungen und einer chromolith. Karte. *Hambu* 1880. *O. Meissner*. 8°. VIII, 248 pp. 3 ℳ 60

1067. **Berger, E.** Les Registres d'Innocent IV. Recueil des bulles de ce pape publiées ou analysées d'après les manuscrits originaux du Vatican et de la Bibliothèque nationale. 1er fasc. *Paris*, 1881. 4°. 8 *M*

1068. **Bernecker, E.** Beiträge zur Chronologie der Regierung Ludwig IV., des Heiligen, Landgrafen von Thüringen. *Königsberg*, 1880. *Beyer*. 8°. 74 pp. 1 *M* 20 *ℌ*

1069. **Bernstein, A.** Die Jahre der Reaktion. Historische Skizze. *Berlin*, 1881. *Bading*. 8°. IV, 260 pp. 2 *M* 50 *ℌ*

1070. Historiskt Bibliotek, utg. af *Silfverstolpe*. 1880. 3e hft. *Stockholm*, 1881. 8°. p. 507—594, VIII pp. 3 *M*
S. 1880 Nr. 3539.

1071. **Blunt, A.** Pilgrimage to Nejd, the Cradle of the Arab Race. A Visit to the Court of the Arab Emir, and our Persian Campaign. With Map, Portraits and Illustrations from the Author's Drawings. 2 vols. *London*, 1881. 8°. 590 pp. 28 *M*

1072. **Bourelly, Jul.** Le Maréchal de Fabert (1599—1662). Etude historique d'après ses lettres et des pièces inédites tirées de la Bibliothèque et des archives nationales, des archives des affaires étrangères du dépôt de la guerre etc. 2e partie. (1653—1662). *Paris*, 1881. 8°. 442 pp. *Mit Portr.* 7 *M* 50 *ℌ*
S. 1880 Nr. 739.

1073. Aus dem politischen Briefwechsel des deutschen Königs mit dem Prinzgemahl von England aus den Jahren 1854 bis 1861. *Gotha*, 1881. *F. A. Perthes*. 8°. 116 pp. 2 *M*

1074. **Chrapovitskijs, A. V.** Dagbok 1787—92. Utdrag, öfvers. fran ryskan af C. Silfverstolpe *Stockholm*, 1881. 8°. VI, 128 pp. *Mit 1 Portr.* 3 *M* 50 *ℌ*

1075. Chronik der Stadt Aarau. [Bis zum Jahre 1820.] *Aarau*, 1881. *Sauerländer*. 8°. VIII, 257 pp. *Mit 1 Steintaf.* 4 *M*

1076. **Conway, W. M.** The Zermatt Pocket Book. A Guide Book to the Pennine Alps, from the Simplon to Arolla, intended for the use of Mountaineers. *London*, 1881. 8°. 140 pp. 4 *M* 20 *ℌ*

1077. **Dammann, D. A.** Kulturkämpfe in Alt-England. Geschichtliche Darstellung. I. Thl. *Gütersloh*, 1881. *Bertelsmann*. 12°. 80 pp. 1 *M*

1078. **Dändliker, C.** Der Ustertag und die politische Bewegung der Dreissiger Jahre im Canton Zürich [nebst Abdruck des „Uster-Memorial" als Beilage]. *Zürich*, 1881. *Orell, Füssli & Co.* 8°. VII, 88 pp. 1 *M* 50 *ℌ*

1079. **Double, L.** L'Empereur Charlemagne. *Paris*, 1881. 18°. XVIII, 291 pp. 3 *M* 50 *ℌ*

1080. **Ellenborough, Lord.** A political Diary 1828—30. Edited by Lord Colchester. 2 vols. *London*, 1881. 8°. 900 pp. 36 *M*

1081. **Forschungen zur deutschen Geschichte.** Herausgegeben von der historischen Commission bei der königl. bayer. Akademie der Wissenschaften. XX. u. XXI. Bd. 1. Hft. *Göttingen*, 1881. *Dieterich's Verl.* 8°. *Jeder Bd.* 10 *M* 50 *ℌ*
S. 1879 Nr. 467.

1082. **Forschungen zur deutschen Geschichte.** Sach-Register zu Bd. I—XX. von *Gst. Buchholz*. *Göttingen*, 1880. *Dieterich's Verl.* 8°. VI, 44 pp. 1 *M*
S. oben Nr. 1081.

1083. **Fournel, H.** Les Berbers. Etude sur la conquête de l'Afrique par les Arabes, d'après les textes arabes imprimés. Tome II. *Paris*, 1881. 4°. IV, 385 pp. 30 *M*
S. 1876 Nr. 171.

1084. **Frantz, Adf.** Die höchsten Adelsgeschlechter im Leben wie im Tode. Eine statistische Untersuchung über Geburten, Eheschliessung und Lebensdauer in den Familien der höchsten Aristokratie. *Berlin*, 1881. *Adf. Klein*. 8°. 59 pp. 2 *M*

1085. **Galiffe, J. B. G.** Le Refuge italien de Genève aux XVIe et XVIIe siècles. *Genève*, 1881. 12°. 6 *M*

1086. **Giraud, C.** La Maréchale de Villars et son temps. *Paris*, 1881. 12°. 3 *M* 50 *ℌ*

1087. **Hellot, A.** Les Cronicques de Normendie (1223—1453). Réimprimées pour la première fois d'après l'édition rarissime de Guillaume le Talleur (Mai 1487). Avec variantes et additions tirées d'autres éditions et de divers manuscrits, et

1088. **Hildebrand, H.**. Sveriges medeltid. Kulturhistorisk skildring. I. 2. *Stockholm*, 1881. 8°. p. 113—224. 4 ℳ
S. 1880 Nr. 513.

1089. **Hole, S. R.**. Nice and her Neighbours. *London*, 1881. 8°. 268 pp. 19 ℳ 20 ₰

1090. **de Lacombe, C.**. Le Comte de Serre. Sa vie et son temps. 2 vol. *Paris*, 1881. 8°. 15 ℳ

1091. **de La Huguerye.** Mémoires inédits de Michel de La Huguerye, publiés d'après les manuscrits autographes pour la Société de l'histoire de France par A. de Ruble. Tome II (1577—1587), III (1587—1602). *Paris*, 1881. 8°. 426, XLIX, 498 pp. *Jeder Bd.* 9 ℳ
S. 1878 Nr. 491.

1092. **de Lamartine, A.**. Histoire des Girondins. 6 vol. *Paris*, 1881. 18°. 452, 474, 453, 487, 461, 427 pp. 21 ℳ

1093. **Laugel, A.**. La Réforme au XVIe siècle. Etudes et Portraits, Eléonore de Roye. Jeanne d'Albret. Louise de Coligny. Le Duc de Bouillon. Le rôle des régiments suisses dans les guerres du XVIe siècle. Les guerres de réligion. La réforme en Hollande. J. L. Motley. *Paris*, 1881. 8°. 7 ℳ 50 ₰

1094. **Løffler, E.**. Quelques réflexions sur les études géographiques, leur but et leur situation actuelle. *Kjøbenhavn*, 1881. 8°. 24 pp. 2 ℳ

1095. **Mantels, W.** Beiträge zur lübisch-hansischen Geschichte. Ausgewählte historische Arbeiten. *Jena*, 1881. *Fischer*. 8°. XXXI, 391 pp. *Mit 1 Steintaf. u. 1 Lichtdr.* 8 ℳ

1096. **Marshall, W. G.**. Through America, or nine Months in the U. St. Illustrated from Photographs. *London*, 1881. 8°. 428 pp. 25 ℳ

1097. Catherine de Médecis. Lettres. Publié par *Hct. de La Ferrière*. Tome I. (1553—1563). *Paris*, 1881. 8°. 12 ℳ

1098. Aus Metternich's nachgelassenen Papieren. Herausgegeben von dem Sohne des Staatskanzlers Fürsten *Rch. Metternich-Winneburg*. Geordnet und zusammengestellt von Alf. v. Klinkowström. Autorisirte deutsche Original-Ausg. III. u. IV. Bd. *A. u. d. T.:* II. Thl. Friedens-Aera. 1816—1848. I. u. II. Bd. *Wien*, 1881. *Braumüller*. 8°. XIV, 596, IX, 605 pp. 24 ℳ
S. 1880 Nr. 527.

1099. Monumenta Germaniae historica inde ab a. Christi 500 usque ad a. 1500. Ed. societas aperiendis fontibus rerum Germanicarum medii aevi. Scriptorum tom. XXV. *Hannover*, 1880. *Hahn*. Fol. VIII, 957 pp. *Mit 5 Steintaf.* 48 ℳ
S. 1880 Nr. 781.

1100. **Nielsen, O.**. Kjøbenhavns Diplomatarium. Samling af Dokumenter, Breve og andre Kilder til Oplysning om Kjøbenhavns ældre Forhold før 1728. Udgivet ved Kjøbenhavns Kommunalbestyrelses Omsorg. V. Binds 1e Hefte. *Kjøbenhavn*, 1881. 8°. 400 pp. 8 ℳ
S. 1880 Nr. 528.

1101. **Nordenskiöld, A. E.**. Vegas färd kring Asien och Europa jemte en historisk återblik på föregående resor längs verldens nordkust. 2.—3[e] Heft. *Stockholm*, 1881. 8°. p. 97—256. *Jedes Heft* 3 ℳ
S. oben Nr. 530.

1102. **Petzholdt, J.**. Aus dem Nachlasse des Königs Johann von Sachsen. Ausführungen zu „v. Falkenstein's Charakterbild des Königs Johann von Sachsen". *Dresden*, 1880. *Baensch*. 8°. VI, 80, 65, XIII, 96 u. 48 pp. *Mit 1 Stahlst.* 6 ℳ

1103. **Polko, Elise.** Die Königin Luise. Portraitskizzen. *Leipzig*, 1880. *Eckstein*. 8°. 125 pp. *Mit 1 Lichtdr.* 2 ℳ

1104. **Ratazzi, M**[me]. Ratazzi et son temps. Documents inédits, correspondance, souvenirs intimes. Tome I. *Paris*, 1881. 8°. VIII, 681 pp. 8 ℳ

1105. **Reiss, W., und A., Stübel.** Das Todtenfeld von Ancon in Perú. Ein Beitrag zur Kenntniss der Kultur und Industrie des Inca-Reiches. Nach den Ergebnissen eigener Ausgrabungen. Mit Unterstützung der Generalverwaltung der königlichen Museen. 2. Lfg. *Berlin*, 1881. *Asher & Co.* Fol. *10 Chromolith. u. 10 Bl. Taf.-Erklärgn.* 30 ℳ
S. oben Nr. 257.

1106. **Rockinger, L.** Ueber ältere Arbeiten zur baierischen und pfälzischen Geschichte im geheimen Haus- und Staatsarchive. III. Abth. [Aus: „Abhandlungen der k. baier. Akademie der Wissenschaften."] *München*, 1880. *Franz.* 4°. 136 pp.
Schluss. — S. 1880 Nr. 1715. 4 *M.*

1107. **Rosenberg, C. M.** Geografiskt-statistiskt handlexikon öfver Sverige. Efter nyaste, hufvudsakligen officiela källor utarbetadt. 1ª hft. *Stockholm*, 1881. 8°. 96 pp. 2 *M.*

1108. **Roth, F. W. E.** Geschichtsquellen aus Nassau. I. Bd. Die Geschichtsquellen des Niederrheingau's. 3 Thle. *Wiesbaden*, 1880. *Limbarth.* 8°. XXIII, 544, 366, XXIV, 465 pp. 27 *M.*
Inhalt: 1. Regesten zur Geschichte des Niederrheingau's. Einzelpr. 15 *M.* — 2. Niederrheingauer Urkunden. Einzelpr. 10 *M.* — 3. Sonstige Geschichtsquellen des Niederrheingau's. Einzelpr. 12 *M.*
Soll in 3 Thln. erscheinen.'

1109. **Russon, Arn.** Der Krieg von 1278 und die Schlacht bei Dürnkrut. Eine kritische Untersuchung. [Aus: „Archiv für österreichische Geschichte."] *Wien*, 1880. *Gerold's Sohn.* 8°. 145 pp. 2 *M.* 40 *Pf.*

1110. **Seinguerlet, E.** L'Alsace française. Strasbourg pendant la Révolution. *Nancy*, 1881. 8°. XII, 364 pp. 7 *M.* 50 *Pf.*

1111. **Thevet, Andr.** La grande et excellente cité de Paris. Introduction et notes par Val. Dufour. *Paris*, 1881. 8°. XXIV, 59 pp. *Mit Vign.* 5 *M.*

1112. **Tuetey, Alx.** Journal d'un bourgeois de Paris 1405—1449. Publié d'après les manuscrits de Rome et de Paris. *Paris*, 1881. 8°. XLIV, 413 pp. 13 *M.*

1113. Urkundenbuch zur Geschichte der Herzöge von Braunschweig und Lüneburg und ihrer Lande. Gesammelt und herausgegeben von *H. Sudendorf.* XI. Thl. 1. Abth. *Hannover*, 1880. *Rümpler.* 4°. 114 pp. 4 *M.*
Inhalt: Chronologisches Verzeichniss der Urkunden, bearbeitet von Sattler.
S. 1880 Nr. 2619.

1114. Ostfriesisches Urkundenbuch. Herausgegeben von *E. Friedländer.* II. Bd. 4. Lfg. 1495—1500. *Emden*, 1880. *Haynel.* 4°. p. 481—642. 4 *M.*
S. 1880 Nr. 2938.

1115. Urkundenregister für den Kanton Schaffhausen. Herausgegeben vom Staatsarchiv. I. Abth. 987—1330. *Schaffhausen*, 1879. *Schoch.* 8°. IV, 113 pp. 2 *M.* 50 *Pf.*

1116. **Vellot, Alfr.** Vie d'Artus Prunier de Saint-André, conseiller du roy en ses conseils d'Estat et privé, premier président aux parlements de Provence et de Dauphiné (1548—1616) d'après un manuscrit de N. Chorier. Avec introduction, notes appendices et la correspondance inédite de Saint-André. *Paris*, 1881. 8°. LVIII, 390 pp. 9 *M.*

1117. **Vogeler, Adf.** Otto v. Nordheim in den Jahren 1070—1083. Beitrag zur Geschichte König Heinrich's IV. *Minden*, 1880. *Körber & Freytag.* 8°. 118 pp. 2 *M.*

1118. **Wheeler, J. T.** The History of India from the earliest Ages. Vol. IV. Part 2. Moghul Empire-Aurangzeb. *London*, 1881. 8°. 286 pp. 14 *M.* 40 *Pf.*
S. 1876 Nr. 834.

1119. **Yriarte, C.** Florence. L'histoire, les Médicis, les Humanistes, les lettres, les arts. 2ᵉ partie, contenant les feuilles 7 à 12, 16, 21, 22, 31, 32, 33, 37, 38, 39, 39, 40. 41—48. *Paris*, 1881. 4°. XII, 229 pp. 30 *M.*
S. oben Nr. 231.

VIII. Sprachwissenschaft.

1120. **Azaïs, Gb.** Dictionnaire des idiomes romans du midi de la France, comprenant les dialectes du haut et du bas Languedoc, de la Provence, de la Gascogne, du Béarn, du Quercy, du Rouergue, du Limousin, du Dauphiné, etc. Tome III. 3ᵉ livr. *Avignon*, 1881. 8°. p. 528—827. 5 *M.* 60 *Pf.*
S. 1880 Nr. 2027.

1121. Assyriologische Bibliothek, herausgegeben von *F. Delitzsch* und *P. Haupt.* *Leipzig*, 1881. *Hinrichs' Verl.* 4°. 44 *autogr. pp.* 7 *M.*
Inhalt: Akkadische und sumerische Keilschrifttexte, nach den Originalen im britischen Museum copirt und mit einleitenden Zusammenstellungen, sowie erklärenden Anmerkungen herausgegeben von P. Haupt. 1. Lfg. Einleitende Zusammenstellungen. [Schrifttafel. Zeichen

1122. The sacred Books of the East. Translated by various Oriental Scholars and edited by *F. Mx. Müller*. Vol. VI. IX. X. Part I. *London*, 1881. 8°.
S. 1880 Nr. 1727. 36 ℳ 50 ₰

1123. **Hartmann, M.** Arabischer Sprachführer für Reisende. *Leipzig*, 1881. *Bibliograph. Institut*. 24°. XII, 367 pp. 6 ℳ

1124. **Kautzsch, Emil.** Ueber die Derivate des Stammes צדק im alttestamentlichen Sprachgebrauch. *Tübingen*, 1881. *Fues*. 4°. 59 pp. 3 ℳ

1125. **Maurer, Alx.** Die Wiederholung als Princip der Bildung von Relativsätzen im Althochdeutschen. *Genf*, 1880. *Müller*. 8°. 32 pp. 1 ℳ

1126. **Metzke, E.** Der Dialect von Ile-de-France im XIII. u. XIV. Jahrhundert. I. Thl.: Vocalismus [1. Vocale]. *Breslau*, 1880. *Koebner*. 8°. 31 pp. 1 ℳ

1127. The Milinda Panho. Being Dialogues between King Milinda and the Buddhist Sage Nagasena. The Pali Text edited by *V.. Trenckner*. *London*, 1881. 8°. 440 pp. 25 ℳ

1128. **Ossowski, Jul.** Ueber den lautwerth einiger palatale im sanskrit. *Königsberg*, 1880. *Beyer*. 8°. 32 pp. 1 ℳ

1129. Pali Miscellany. By *V.. Trenckner*. Part I. The Introductory Part of the Milinda Panho. An English Translation and Notes. *London*, 1881. 8°. 4 ℳ 80 ₰

1130. **Peile, J.** Notes on the Nalopakhyanam or Tale of Nala. *Cambridge*, 1881. 8°. VII, 244 pp. 14 ℳ 40 ₰

1131. **Poor, L.. E..** Sanskrit and its kindred Literatures. Studies in comparative Mythology. *London*, 1881. 8°. IV, 468 pp. 6 ℳ

1132. **Pratje, H..** Dativ und Instrumentalis im Heliand, unter Berücksichtigung der Ergebnisse der vergleichenden Sprachforschung syntaktisch dargestellt. *Sobernheim*, 1880. [*Göttingen, Deuerlich*.] 8°. 75 pp. 1 ℳ 20 ₰

1133. **Quiel, K.** Der Gebrauch des Konjunktivs in den ältesten französischen Sprachdenkmälern bis zum Rolandsliede einschliesslich. *Kiel*, 1881. *v. Maack*. 8°. 42 pp. 1 ℳ 20 ₰

1134. Der Rigveda oder die heiligen Hymnen der Brâhmana. Zum ersten Male vollständig ins Deutsche übersetzt, mit Commentar u. Einleitung von *Alfr. Ludwig*. IV. Bd. *A. u. d. T.*: Commentar zur Rigveda-Uebersetzung. I. Tl.: zu dem I. Bde. der Uebersetzung. *Prag*, 1881. *Tempsky*. 8°. XXXVIII, 435 pp. 12 ℳ
S. 1879 Nr. 522.

1135. **Schiller, K., und A.. Lübben.** Mittelniederdeutsches Wörterbuch. 30. Heft. *Bremen*, 1881. *Fischer*. 8°. Nachtrag p. 129—240. 2 ℳ 50 ₰
S. oben Nr. 551.

1136. **Schulbaum, M..** Allgemeines, vollständiges neuhebräisch-deutsches Wörterbuch, mit Inbegriff aller in den talmudischen Schriften und in der neuen Literatur überhaupt vorkommenden Fremdwörter. (In hebräischer Sprache.) *Lemberg*, 1880. [*Wien, Löwy*.] 8°. IV, 299 pp. 4 ℳ 40 ₰

1137. **Sievers, Ed.** Der Heland und die angelsächsische Genesis. *Halle*, 1875. *Niemeyer*. 8°. 49 pp. 1 ℳ 50 ₰

1138. **Trumpp, E.** Der Kampf Adams [gegen die Versuchungen des Satans], oder: das christliche Adambuch des Morgenlandes. Aethiopischer Text verglichen mit dem arabischen Original-Text. [Aus: „Abhandlungen der k. bayer. Akademie der Wissenschaften.“] *München*, 1880. *Franz*. 4°. XIII, 172 pp. 15 ℳ

1139. **Uhle, Mx.** Beiträge zur Grammatik des vorklassischen Chinesisch. I. Die Partikel ‚Wêi‘ im Schu-King und Schi-King. Mit 18 autogr. Schrifttaf. *Leipzig*, 1881. *T. O. Weigel*. 8°. X, 106 pp. 4 ℳ

1140. **Varnhagen, Hm.** Eine italienische Prosaversion der sieben Weisen. Nach einer Londoner Handschrift zum ersten Male herausgegeben. *Berlin*, 1881. *Weidmann*. 8°. XVI, 39 pp. 2 ℳ

1141. **Walles, Rb.** The joined-vowel System of Phonographic Shorthand. *London*, 1880. 8°. 142 pp. 1 ℳ 20 ₰

1142. **Weidner, G.** Der Prosaroman von Joseph von Arimathia. Mit einer Einleitung über die handschriftliche Ueberlieferung herausgegeben. *Oppeln*, 1881.

IX. Alterthumswissenschaft.

1143. **Aristotle.** The first Book of the Metaphysics of Aristotle. Translated into English Prose, with marginal Analysis and Summary of each Chapter, by a Cambridge Graduate. *London,* 1881. 8°. 68 pp. 6 *M*

1144. **Basset, R.** La Poésie arabe-antéislamique. *Paris,* 1881. 18°. 87 pp. 2 *M* 50 *₪*

1145. **Becker, Fd.** Die heidnische Weiheformel D · M [Diis manibus sc. sacrum] auf altchristlichen Grabsteinen. Ein Beitrag zur Kenntniss des christlichen Alterthums. Mit vielen Abbildgn. in Holzschn. *Gera,* 1881. *Reisewitz.* 8°. 68 pp. 2 *M* 40 *₪*

1146. **Brentano, E.** Zur Lösung der trojanischen Frage. Nebst einem Anhang: Einige Bemerkungen zu Schliemanns Ilios. Mit einer lith. Karte der troischen Ebene u. 2 lith. Plänen. *Heilbronn,* 1881. *Henninger.* 8°. VI, 138 pp. 3 *M* 50 *₪*

1147. **Cartault, A.** La Trière athénienne. Etude d'archéologie navale. *Paris,* 1881. 8°. XXVI, 264 pp. *Mit 5 Taf.* 12 *M*

1148. **Elter, Ant.** De Joannis Stobaei codice Photiano. *Bonn,* 1881. *Strauss.* 8°. 75 pp. 2 *M*

1149. **Fabretti, A.** Appendice al Corpus Inscriptionum Italicarum ed ai suoi supplementi, edita per cura di G. Fr. Gamurrini. *Firenze,* 1881. 4°. VIII, 106 pp. *Mit 10 Taf.* 12 *M* 50 *₪*

1150. **Köhler, C. S.** Das Thierleben im Sprichwort der Griechen und Römer. Nach Quellen und Stellen in Parallele mit dem deutschen Sprichwort. *Leipzig,* 1881. *Fernau.* 8°. VIII, 221 pp. 4 *M* 50 *₪*

1151. **Kopp, W.** Griechische Sakralalterthümer, für höhere Lehranstalten und für den Selbstunterricht bearbeitet. *Berlin,* 1881. *Springer.* 12°. VII, 92 pp. 1 *M* 40 *₪*

1152. **Lenz, Emil.** Das Synedrion der Bundesgenossen im zweiten athenischen Bunde — ein Beitrag zur Kunde des attischen Staatsrechts. *Elbing,* 1880. [*Königsberg, Beyer.*] 8°. 69 pp. 1 *M* 20 *₪*

1153. **Maurer, Kr.** Ueber die Wasserweihe des germanischen Heidenthumes. [Aus: „Abhandlungen der k. bayer. Akademie der Wissenschaften."] *München,* 1880. *Franz.* 4°. 81 pp. 2 *M* 40 *₪*

1154. Ovid Fasti. Edited with Notes and Indices by *G. H. Hallam. London,* 1881. 12°. 378 pp. 6 *M*

1155. **Pöhlmann, Rb.** Die Anfänge Roms. *Erlangen,* 1881. *Deichert.* 8°. IV, 64 pp. 1 *M* 20 *₪*

1156. **Sander, Mx.** Der Sprachgebrauch des Rhetors Annaeus Seneca. II. *Berlin,* 1880. *Weidmann.* 4°. 25 pp. 1 *M* 60 *₪*

1157. **Smith, R. B.** Rome and Carthage. The Punic Wars. *London,* 1881. 18°. 268 pp. 3 *M*

1158. **de Ujfalvy de Mezo-Kovesd, C. E.** Atlas archéologique des antiquités finno-ougriennes et altaïques de la Russie, de la Sibérie et du Turkestan. *Paris,* 1881. 8°. 10 pp. *Mit 23 Taf.* 12 *M*

1159. **v. Veith.** Vetera Castra mit seinen Umgebungen als Stützpunkt der römisch-germanischen Kriege im 1. Jahrhundert vor und nach Christi. *Berlin,* 1881. *Mittler & Sohn.* 8°. V, 41 pp. *Mit 2 lith. Karten.* 1 *M* 60 *₪*

1160. **Vogel, Fr.** De Hegesippo, qui dicitur, Josephi interprete. *Erlangen,* 1881. *Deichert.* 8°. 62 pp. 1 *M* 50 *₪*

1161. **Walker, B.** Selected Titles from the Digest De conditionibus. Digest XII and XIII. Translated and annotated. *Cambridge,* 1881. 8°. 150 pp. 7 *M* 20 *₪*

1162. **Worsaae, J. J. A.** Nordens Forhistorie. Efter samtidige Mindesmærker. *Kjøbenhavn,* 1881. 8°. 206 pp. *Mit 1 Karte.* 5 *M*

X. Schöne Literatur und Kunst.

1163. **Anzengruber, L.** Bekannte von der Strasse. Genrebilder. *Leipzig,* 1881. *Albrecht.* 12°. V, 151 pp. 3 *M*

1165. **de Banville, Th.** Scènes de la vie. Contes pour les Femmes. *Paris*, 1881. 18°. IV, 456 pp. 3 ℳ 50 ₰

1166. **Belot, Adf.** Le Roi des Grecs. 2 vols. *Paris*, 1881. 8°. 375, 410 pp. 6 ℳ

1167. **Benedict, Jul.** Weber. *London*, 1881. 8°. 174 pp. 3 ℳ 60 ₰

1168. **Du Boisgobey, F.** L'Equipage du diable. 2 vol. *Paris*, 1881. 18°. 423, 463 pp. 6 ℳ

1169. **Bouvier, Alx.** Les Créancier de l'échafaud. *Paris*, 1880. 18°. 660 pp. 3 ℳ

1170. **Braddon, M.. E..** Asphodel. 3 vols. *London*, 1881. 8°. 37 ℳ

1171. **Byr, Rb.** Am Wendepunkt des Lebens. Roman. 3 Bde. *Jena*, 1881. *Costenoble.* 8°. 265, 290, 296 pp. 13 ℳ 50 ₰

1172. **Cantacuzène-Altieri, Mme.** Le Mensonge de Sabine. *Paris*, 1881. 18°. 311 pp. 3 ℳ 50 ₰

1173. **Castelnovo, E..** Nella lotta. Romanzo. *Milano*, 1880. 16°. 343 pp. 3 ℳ 60 ₰

1174. **Chesneau, E..** L'Education de l'artiste. *Paris*, 1881. 18°. XI, 438 pp. 3 ℳ 50 ₰

1175. **Claretie, Jul.** La Vie à Paris (1880). Première année. *Paris*, 1881. 18°. X, 537 pp. 3 ℳ 50 ₰

1176. Musikalisches Conversations-Lexicon. Eine Encyclopädie der gesammten musikalischen Wissenschaften für Gebildete aller Stände. Unter Mitwirkung von C. Billert, Fr. M.. Böhme, A.. Dörffel etc. begründet von Hm. Mendel. Fortgesetzt von *A. Reissmann.* Ergänzungsbd. 2. Lfg. *Berlin*, 1881. *Oppenheim.* 8°. p. 41—80. 50 ₰
S. oben Nr. 850.

1177. **Conrad, M.. G..** Französische Charakterköpfe. Studien nach der Natur. *Leipzig*, 1881. *Reissner.* 8°. II, 189 pp. 1 ℳ 50 ₰

1178. **Cottin.** Torquato Tasso e la principessa Eleonora d'Este. Romanzo storico. *Firenze*, 1881. 8°. 344 pp. 2 ℳ 40 ₰

1179. **van Dewall, Jhs.** Die beiden Russinnen. Roman. 2 Bde. *Stuttgart*, 1881. *Hallberger.* 8°. 281, 288 pp. 8 ℳ

1180. **v. Droste-Hülshoff, A..** Gesammelte Schriften. Herausgegeben von *L.. Schücking.* 3 Thle. *Stuttgart*, 1878—79. *Cotta.* 12°. VIII, 423, III, 380, XII, 222 pp. *Mit Portr. der Verfasserin in Holzschn.* 4 ℳ

1181. **v. Dyherrn, G.** Bilder und Skizzen aus Ober-Ammergau und dem baierischen Hochlande. *Breslau*, 1881. *Kiepert.* 8°. 306 pp. 4 ℳ

1182. **v. Dyherrn, G.** Aus der Gesellschaft. *Breslau*, 1881. *Kiepert.* 8°. 325 pp. 4 ℳ

1183. **Emile-Soldi.** Les Arts méconnus. Les camées et les pierres gravés, l'art au moyen âge, l'art persan, l'art khmer, les arts du Pérou et du Méxique, l'art égyptien, les arts industriels, les musées du Trocadéro. *Paris*, 1881. 4°. 531 pp. *Mit 400 Illustr.* 26 ℳ

1184. **Ewart, J.. A..** The Story of a Soldiers Life, or Peace, War, and Mutiny. 2 vols. *London*, 1881. 8°. 840 pp. 38 ℳ

1185. **Forbes, A.. W.. H..** The Science of Beauty. An analytical Inquiry into the Laws of Aesthetics. *London*, 1881. 8°. 284 pp. 7 ℳ 20 ₰

1186. Der Formenschatz. Eine Quelle der Belehrung und Anregung für Künstler und Gewerbtreibende, wie für alle Freunde stylvoller Schönheit aus den Werken der besten Meister aller Zeiten und Völker. Herausgegeben von *G. Hirth.* Jahrgang 1881. 12 Hefte. *Leipzig*, 1881. *Hirth.* 4°. *Je 12—16 Taf. in Fcsm.-Druck.*
S. 1880 Nr. 847. 15 ℳ; *einzelne Hefte à* 1 ℳ 25 ₰

1187. **v. Gottschall, Rdf.** Das Fräulein v. St. Amaranthe. Roman. 3 Bde. *Berlin*, 1881. *Janke.* 8°. 224, 208, 163 pp. 12 ℳ

1188. **Harte, Bret.** Complete Works. Vol. V. Stories and condensed Novels. *London*, 1881. 8°. 488 pp. 7 ℳ 20 ₰
S. oben Nr. 582.

1189. **Junker v. Langegg, F.. A..** Midzuho-gusa. Segenbringende Reisähren. Nationalroman und Schilderungen aus Japan. I. Bd.: Vasallentreue. [Chin-shingurano-bu.] *Leipzig*, 1880. *Breitkopf & Härtel.* 8°. X, 320 pp. 4 ℳ 50 ₰

1190. **Kleinpaul, Rdf.** Kreuziget ihn! Welsche Reiseabenteuer, nach den Papieren eines Verstorbenen herausgegeben. *Leipzig*, 1881. *Friedrich.* 8°. VIII, 411 pp.

1191. **Lehmann.** Aus Vergangenheit und Gegenwart. Jüdische Erzählungen. I., III. u. IV. Thl. *Frankfurt a. M.*, 1881. *Kauffmann.* 8°. 377, 324, 334 pp.
S. 1874 Nr. 2703. 6 *M* 50 *Pf*

1192. **Lewinsky, Jos.** Theatralische Carrièren. Biographische Skizzen. Mit 25 Bildnissen und Facsimiles in Holzschn. *Leipzig*, 1881. *Klein.* 8°. IV, 268 pp. 4 *M* 50 *Pf*

1193. **Monteil, Edg.** Etudes humaines. Madame de Féronni. *Paris*, 1881. 18°. V, 310 pp. 3 *M* 50 *Pf*

1194. **v. Moser, Gst., u. Fr. v. Schönthan.** Krieg im Frieden. Lustspiel in 5 Akten. *Berlin*, 1880. *Lassar.* 8°. 182 pp. 4 *M*

1195. **Muster-Ornamente aus allen Stilen in historischer Anordnung.** Nach Original-Aufnahmen von *Jos. Durm, F. Fischbach, A.. Gnauth, E.. Herdtle, G.. Kachel, A.. Ortwein, R.. Reinhardt, A.. Schill, V. Teirich* u. A. 21.—25. Lfg. *Stuttgart*, 1881. *Engelhorn.* 4°. *59 Holzschntaf.* *Jede Lfg.* 1 *M*
Schluss. — S. oben Nr. 590.

1196. **Deutsche Renaissance.** Eine Sammlung von Gegenständen der Architektur, Decoration und Kunstgewerbe in Original-Aufnahmen. Redigirt von *A.. Scheffers.* Neue Folge. 74.—76. Lfg. [Nr. 118—120.] *Leipzig*, 1881. *Seemann.* Fol. *Je 10 autogr. Taf. mit 1 Bl. Text.* *Jede Lfg.* 2 *M* 40 *Pf*
Inhalt: 74. 75. 40. Abth.: Lüneburg. Autographirt und herausgegeben von G.. Heuser. 1. u. 3. Heft. — 76. 41. Abth.: Hamburg. Autographirt und herausgegeben von G.. Heuser. S. oben Nr. 883.

1197. **Sacher-Masoch.** Neue Judengeschichten. *Leipzig*, 1881. *Morgenstern.* 8°. 209 pp. 4 *M*

1198. **Saulière, A..** Histoires conjugales. Nouveaux contes lestes. *Paris*, 1881. 8°. 292 pp. *Mit 55 Vign. u. 10 Radirungen.* 10 *M*

1199. **Scarron, P..** Le Roman comique. Publié par les soins de Jouaust, avec une préface par P. Bourget. Eaux-fortes par Lp. Flameng. 2 vol. *Paris*, 1881. 16°. XXXVI, 251, 232 pp. 10 *M*

1200. **Scherr, Jhs.** Vom Zürichberg. Skizzenbuch. *Leipzig*, 1881. *O. Wigand.* 8°. 374 pp. 5 *M*

1201. **Steuer's, Mx.,** musikalisches Conversations-Lexicon. Ein Handbuch der Tonkunst, herausgegeben zum Gebrauche für Musiker und Musikfreunde. I. Thl. Die Lebensbeschreibungen aller berühmten Musiker, musikalischen Schriftsteller, Instrumentenbauer etc., nebst Angabe der einschlagenden Literatur. *Berlin*, 1881. *Schlesinger'sche Buchh. (Lienau).* 8°. IV, 196 pp. 2 *M* 50 *Pf*

1202. **Architektonische Studien.** Herausgegeben vom Architekten-Verein am Königl. Polytechnikum in Stuttgart. 46.—49. Heft. *Stuttgart*, 1881. *Wittwer.* Fol. *Je 6 autogr. Taf.* *Jedes Heft* 2 *M* 40 *Pf*
S. 1879 Nr. 3078.

1203. **Du Tralage, J.. N..** Notes et documents sur l'histoire des théâtres de Paris au XVIIe siècle. Extraits mis en ordre et publiés d'après le manuscrit original par le bibliophile Jacob, avec une notice sur le recueil du sieur du Tralage. *Paris*, 1881. 18°. VIII, 13 pp. 5 *M*

1204. **Wesche, H..** Bound by the Law. A Romance of married Life. 3 vols. *London*, 1881. 8°. 37 *M*

1205. **Wohlfahrt, F.** Im Lande der Yankees. Heiteres Allerlei von einem verschämten Anfänger. *Berlin*, 1881. *Auerbach.* 8°. 301 pp. *Mit Holzschn.* 10 *M*

1206. **Die ländlichen Wohnsitze, Schlösser und Residenzen der ritterschaftlichen Grundbesitzer in der preussischen Monarchie,** nebst den königlichen Familien-, Haus-, Fideicommiss- und Schatull-Gütern in naturgetreuen, künstlerisch ausgeführten, farbigen Darstellungen mit begleitendem Text. Herausgegeben von *Alx. Duncker.* Provinz Brandenburg. 53. u. 54. Lfg. Provinz Sachsen. 42.—44. Lfg. Provinz Schlesien. 66.—69. Lfg. *Berlin*, 1881. *A. Duncker.* Fol. *Je 3 Chromolith. mit 3 Bl. Text.* *Jede Lfg.* 4 *M* 25 *M*
S. oben Nr. 900.

1207. **Wyl, W..** Maitage in Oberammergau. Eine artistische Pilgerfahrt. Mit dem zum erstenmale veröffentlichten Texte des Passionsdrama's, drei Proben aus Dedler's Passionsmusik und den Bildnissen der Hauptdarsteller. In 2 Thln.

XI. Handel. — Industrie. — Oekonomie.

1208. Neue und neueste Wiener Bauconstructionen aus dem Gebiete der Maurer-, Steinmetz-, Zimmermanns-, Tischler-, Schlosser-, Spengler- u. s. w. Arbeiten. Auf Veranlassung und mit Unterstützung des k. k. Ministeriums für Cultus und Unterricht herausgegeben von den Fachlehrern der bautechnischen Abtheilungen an der k. k. Staats-Gewerbeschule in Wien, unter der Leitung von *Gst. Gugitz.* 1.—3. Lfg. *Wien*, 1881. *v. Waldheim.* Fol. *Je 10 z. Thl. farbige Steintaf.*
Soll in 5 Lfgn. erscheinen. *Jede Lfg.* 7 ℳ 50 ₰

1209. **Clairac y Saenz, P..** Diccionario general de arquitectura é ingenieria, que comprende todas las voces y locuciones castellanas, tanto antiguas como modernas, usadas en los diversos artes de la construccion. 7º cuaderno. *Madrid*, 1881. 4º. p. 65—224. 12 ℳ
S. 1880 Nr. 594.

1210. **Comoy.** Etude pratique sur les marées fluviales et notamment sur le mascaret. Application aux travaux de la partie maritime des fleuves. *Paris*, 1881. 8º. 393 pp. *Mit 39 Illustr. u. Atlas von 10 Taf.* 15 ℳ

1211. **Engel, F.** Die Bauausführung. Handbuch für Bautechniker, Bauhandwerker und Bauherren. Mit 1015 in den Text gedr. Holzschn. *Berlin*, 1881. *Parey.* 8º. XIV, 850 pp. 20 ℳ

1212. **Kwiatkowski, A..** Der praktische Bienenwirt, eine Anleitung zur nutzbringenden Beschäftigung mit Bienen und Anfertigung zweckmässiger Bienenwohnungen, Maschinen und Geräte, mit 7 lith. Tab. *Lissa*, 1880. *Ebbecke.* 8º. IX, 84 pp. 2 ℳ

1213. **Löbe, W..** Der landwirthschaftliche Fortschritt. Eine Darstellung der belangreichsten Erfahrungen, Verbesserungen und Erfindungen in Maschinen und Geräthen, Acker- und Wiesenbau, Viehzucht, Milchwirthschaft, Thierheilkunde und Betriebslehre. 25. u. 26. Jahrgang. Der neuen Folge X. u. XI. Bd. Die Jahre 1879 und 1880 umfassend. *Breslau*, 1881. *Trewendt.* 8º. VIII, 139 pp.
S. 1879 Nr. 1495. *Jeder Bd.* 2 ℳ 50 ₰

1214. **Michel, Jos.** Theoretisch-praktisches Compendium des Hochbaues. Handbuch für bautechnische und Unterrichts-Kreise. Mit vielen Tab. und Holzschn. *Wien*, 1881. *Gerold's Sohn.* 8º. VII, 482 pp. 9 ℳ

1215. **Michell, S..** Mine Drainage. Being a complete and practical Treatise on direct acting Underground Steam Pumping Machinery. With a Description of a large number of the best-known Engines, their general Utility and the special Sphere of their Action, the Mode of their Application, and their Merits compared with other forms of Pumping Machinery. *London*, 1881. 8º. 296 pp. 18 ℳ

1216. **Perry, J.** An elementary Treatise on Steam. *London*, 1881. 12º. 410 pp. 5 ℳ 40 ₰

1217. **Reiser, F..** Das Härten des Stahles in Theorie und Praxis. *Leipzig*, 1881. *Felix.* 8º. VIII, 136 pp. 3 ℳ 60 ₰

1218. **Schlichting, J..** Anderweitige Eindeichung der Flussthäler. Vortrag im Architekten-Verein zu Berlin am 8. März 1880. Mit 2 Karten. *Sorau*, 1880. *Schilling.* 8º. 30 pp. 2 ℳ

1219. **Siedamgrotzky.** Flötzkarte des Aachener Steinkohlen-Beckens. Wurm- und Eschweiler-Mulde, unter Angabe der übrigen Lagerstätten nutzbarer Mineralien, sowie der im Betrieb stehenden Berg- und Hüttenwerke. Herausgegeben unter Mitwirkung der königl. Bergbehörde von den grösseren Steinkohlen-Werken des Aachener Bezirks. 1 : 20,000. 7 Blatt. Chromolith. *Aachen*, 1881. *M. Jacobi.* Fol. 12 ℳ

1220. **Springmühl, Fd.** Lexicon der Farbwaaren- und Chemikalienkunde. Praktisches Handbuch für Kenntniss und Prüfung aller in der Industrie und im Gewerbebetrieb verwendeten Farbstoffe und Chemikalien. II. Bd. Organische Farbstoffe und Chemikalien. 4. u. 5. Lfg. *Leipzig*, 1881. *G. Weigel.* 8º. p. 577—894. *Jede Lfg.* 2 ℳ
Schluss. — S. 1880 Nr. 1183.

Verantwortlicher Redacteur Otto Kistner in Leipzig.

Allgemeine Bibliographie.

Monatliches Verzeichniss

der

wichtigern neuen Erscheinungen der deutschen und ausländischen Literatur.

Herausgegeben von F. A. Brockhaus in Leipzig.

881.] **Mai.** [Nr. 5.

Dieses Verzeichniss erscheint regelmässig monatlich und ist, gleich den darin angezeigten Büchern, direct von F. A. BROCKHAUS *in* LEIPZIG *sowie durch alle Buchhandlungen zu beziehen.*

I. Encyklopädie und Literaturwissenschaft.

1221. **Ardizzone, G.** Studii letterarii e critici. 1ª serie. *Palermo*, 1880. 18°. 14 pp. 4 *M* 80 *₰*

1222. English Catalogue of Books for 1880, containing a complete List of all he Books published in Great Britain and Ireland in the year 1880, with their izes, Prices and Publishers' Names, and Index of Subjects. *London*, 1881. 8°. 14 pp. 6 *M*

S. 1880 Nr. 1190.

1223. **Duncker, Alb.** Landgraf Wilhelm IV. von Hessen, genannt der Weise, nd die Begründung der Bibliothek zu Kassel im Jahre 1580. *Kassel*, 1881. *ischer.* 8°. VII, 38 pp. 1 *M* 20 *₰*

1224. **Fürst, Jul.** Lessing's Nathan der Weise. Historisch und philosophisch läntert. *Leipzig*, 1881. *Friedrich.* 8°. 41 pp. 1 *M*

1225. **Grimm, W.** Kleinere Schriften. Herausgegeben von *Gst. Hinrichs.* I. Bd. *erlin*, 1881. *Dümmler's Verl.* 8°. IX, 587 pp. 11 *M* 50 *₰*

Erscheint in 3 Bdn.

1226. **Heinsius, W.** Allgemeines Bücher-Lexikon oder vollständiges alphabe-sches Verzeichniss aller von 1700 bis Ende 1879 erschienenen Bücher, welche Deutschland und in den durch Sprache und Literatur damit verwandten Län-rn gedruckt worden sind. Nebst Angabe der Druckorte, der Verleger, des Er-heinungsjahres, der Seitenzahl, des Formats, der Preise etc. XVI. Bd., welcher e von 1875 bis Ende 1879 erschienenen Bücher und die Berichtigungen früherer rscheinungen enthält. Herausgegeben von *O. Kistner.* 8.—11. Lfg. *Leipzig*, 1881. *rockhaus.* 4°. 1. Abth. p. 561—812. 2. Abth. p. 1—64.

S. oben Nr. 9. *Jede Lfg.* 3 *M*; *Schreibpap.* 4 *M*

1227. **Hitchman, F.** Eighteenth Century Studies. Essays. *London*, 1881. 8°. 0 pp. 19 *M*

1228. Molière und seine Bühne. Molière-Museum. Sammelwerk zur Förderung s Studiums des Dichters in Deutschland, unter Mitwirkung von F. v. Bodenstedt, Dingelstedt, Adf. Friedmann etc. in zwanglosen Heften herausgegeben von *H. hweitzer.* 2.—3. Heft. *Wiesbaden*, 1881. [*Leipzig, Thomas.*] 8°. II, 148, II, 164 pp. *t 2 Steintaf.* *Jedes Heft* 3 *M*

S. 1879 Nr. 2472.

1229. **Stapfer, P.** Shakespeare et l'antiquité. 2ᵉ partie. Shakespeare et les agiques grecs, suivie de Molière, Shakespeare et la critique allemande. *Paris*,

1230. **Trenkle, J. B.**. Die alemannische Dichtung seit Johann Peter Hebel. Ei Beitrag zur Geschichte der deutschen mundartlichen Dichtung. Mit einer Au lese alemannischer Gedichte. *Tauberbischofsheim*, 1881. *Lang.* 8°. XII, 225 p 3

1231. **Vapereau, G.**. Dictionnaire universel des littératures, contenant: 1° d notices sur les écrivains de tous les temps et de tous les pays et sur les perso nages qui ont exercé une influence littéraire; l'analyse et l'appréciation des pri cipales œuvres individuelles, collectives, nationales, anonymes etc.; des résum de l'histoire, littéraire des diverses nations; les faits et souvenirs intéressants, curiosité littéraire ou bibliographique; les académies, les théâtres, les journea et revues etc. 2°. la théorie et l'histoire des différents genres de poésie et prose, les règles essentielles de rhétorique et de prosodie, les principes d'esthétiq littéraire, des notions sur les langues, leurs systèmes particuliers de versificatio leurs caractères distinctifs et les principes de leur grammaire; 3° la bibliograph générale et particulière, les ouvrages à consulter sur les questions d'histoire, théorie et d'érudition. *Paris*, 1881. 8°. XVI, 2096 pp. 30

II. Theologie und Philosophie.

1232. **Bridgett, T. E.**. History of the Holy Eucharist in Great Britain. 2 vo *London*, 1881. 8°. 640 pp. 21 ℳ 50

1233. **Brück, H.** Die geheimen Gesellschaften in Spanien und ihre Stellung Kirche und Staat von ihrem Eindringen in das Königreich bis zum Tode Fer nand's VII. *Mainz*, 1881. *Kirchheim.* 8°. XII, 328 pp. 5 ℳ 50

1234. **Burgess, H.**. The Art of Preaching and the Composition of Sermo With an introductory Essay on the present Position and Influence of the Pul of the Church of England. *London*, 1881. 8°. 404 pp. 14 ℳ 40

1235. **Cairns, J.**. Unbelief in the eighteenth Century as contrasted with earlier and later History. Being the Cunningham Lectures for 1880. *Edinbur* 1881. 8°. 310 pp. 12 ℳ 50

1236. **Caspari, O.**. Das Erkenntnissproblem. Mit Rücksicht auf die gegenwär herrschenden Schulen. *Breslau*, 1881. *Trewendt.* 8°. VIII, 51 pp. 1 ℳ 60

1237. **Cutts, Ed. L.**. The Breaking of the Bread. An Explanation of the H Communion. With Notes on the Communion Service. *London*, 1881. 32°. 202 2 ℳ 40

1238. **Duparc, H.**, et **H. Cochin**. Expulsion des congrégations religieuses, ré et témoignages. *Paris*, 1881. 18°. XXVII, 499 pp. 3 ℳ 50

1239. **Fraser, A. C.**. Berkeley. *London*, 1881. 12°. 232 pp. 4 ℳ 20

1240. **Gilliot, A.**. Etudes historiques et critiques sur les religions et instituti comparées. Ire partie. Les origines. *Paris*, 1881. 12°. IV, 212 pp. 3

1241. **Grimes, J. S.**. Problems of Creation. *Chicago*, 1881. 12°. 300 pp. 7 ℳ 80

1242. **Hellenbach, L. B.**. Aus dem Tagebuche eines Philosophen. *Wien*, 18 *Rosner*. 8°. VII, 312 pp. 5

1243. **v. Hofmann, J. Chr. K.**. Die heilige Schrift neuen Testaments zusamm hängend untersucht. IX. Thl. Zusammenfassende Untersuchung der einzel neutestamentlichen Schriften. Nach Manuskripten und Vorlesungen bearbeitet *W. Volck*. *Nördlingen*, 1881. *Beck.* 8°. XII, 411 pp. 7
S. 1878 Nr. 3058.

1244. **Jones, J. C.**. Studies in the Gospel according to St. Matthew. *Lond* 1881. 8°. 6

1245. **Kopallik, Jos.** Cyrillus von Alexandrien. Eine Biographie, nach Quellen gearbeitet. *Mainz*, 1881. *Kirchheim.* 8°. VIII, 375 pp. 6

1246. **Lasagabaster, N.**. La predicacion contemporánea. Estudios teologic científicos expuestos en forma didáctico-oratorio. I^a parte. 1° cuaderno: Di 2° cuaderno: Jesus. *Madrid*, 1881. 4°. 80, 92 pp. *Jede Lfg.* 3 ℳ 20

1247. **Lutz, G.** Gott, Welt, Unsterblichkeit. *Basel*, 1880. *Schweighauser.* 216 pp. 2 ℳ 40

1248. **Matheson, G..** Natural Elements of revealed Theology. Being the Baird Lectures for 1881. *London*, 1881. 8°. 290 pp. 7 *M* 20 *Pf*

1249. **Maurer, H..** Jesuiten und Jesuitismus. Zur richtigen Würdigung der Jesuiten und ihrer Gegner und zur Förderung der Wahrheit für Freund und Feind bearbeitet. *Münster*, 1881. *Nasse*. 8°. IV, 319 pp. 2 *M* 80 *Pf*

1250. Der Midrasch zum Buche Esther. Zum ersten Male ins Deutsche übertragen von *A. Wünsche*. Eingeleitet und mit Noten versehen von *Jul. Fürst*. *Leipzig*, 1881. *O. Schulze*. 8°. X, 102 pp. 3 *M*

1251. **Mühlbauer, Wfg.** Thesaurus resolutionum s. c. concilii, quae consentanee ad Tridentinorum pp. decreta aliasque canonici juris sanctiones prodierunt usque ad a. 1879 cum omnibus constitutionibus et aliis novissimis declarationibus ss. pontificum ad causas respicientibus. Primum ad commodiorem usum ordine alphabetico concinnatus. Tomus IV. Fasc. 7. *München*, 1880. *Stahl*. 4°. p. 625—720. 3 *M*
S. 1880 Nr. 3416.

1252. **Patton, W.. W..** Prayer and its remarkable Answers. *London*, 1881. 12°. 456 pp. *Mit Portrait*. 12 *M*

1253. **Perty, Mx.** Die sichtbare und die unsichtbare Welt, Diesseits und Jenseits. *Leipzig*, 1881. *C. F. Winter*. 8°. III, 320 pp. 5 *M*

1254. **Plumacher, O..** Zwei Individualisten der Schopenhauer'schen Schule. *Wien*, 1881. *Rosner*. 8°. 112 pp. 2 *M* 40 *Pf*

1255. Real-Encyklopädie der christlichen Alterthümer. Unter Mitwirkung mehrerer Fachgenossen bearbeitet und herausgegeben von *F.. X.. Kraus*. Mit zahlreichen, zum grössten Theil Martigny's Dictionnaire des antiquités chrétiennes entnommenen Holzschn. 4. Lfg. *Freiburg i. Br.*, 1881. *Herder*. 8°. p. 289—384. 1 *M* 80 *Pf*
S. 1880 Nr. 2785.

1256. **Riehm, Ed. C.. A.** Handwörterbuch des biblischen Altertums für gebildete Bibelleser. Herausgegeben unter Mitwirkung von G.. Baur, Beyschlag, Fr. Delitzsch etc. Mit vielen Illustr. in eingedr. Holzschn., Holzschntaf. u. Chromolith., Plänen und Karten. 12.—14. Lfg. *Bielefeld*, 1881. *Velhagen & Klasing*. 8°. p. 1057—1344. *Jede Lfg.* 1 *M* 60 *Pf*
S. 1879 Nr. 2811.

1257. **Roisel.** La Substance. Essai de philosophie rationnelle. *Paris*, 1881. 18°. VIII, 175 pp. 2 *M* 50 *Pf*

1258. **Schanz, P.** Commentar über das Evangelium des heiligen Marcus. *Freiburg i. Br.*, 1881. *Herder*. 8°. XI, 435 pp. 6 *M*

1259. **Simons, Ed.** Hat der dritte Evangelist den kanonischen Matthäus bedeutet? *Bonn*, 1881. *Strauss*. 8°. 112 pp. 2 *M*

1260. **Singer, Sal.** Onkelos und das Verhältniss seines Targums zur Halacha. *Berlin*, 1881. [*Frankfurt a. M., Kauffmann.*] 8°. IV, 60 pp. 1 *M* 20 *Pf*

1261. **Stanley, A.. P..** Christian Institutions. Essays on ecclesiastical Subjects. *London*, 1881. 8°. 360 pp. 14 *M* 40 *Pf*

1262. **Swedenborg, E..** Creation, Incarnation, Redemption, and the Divine Trinity. *Philadelphia*, 1881. 16°. 256 pp. 3 *M*

1263. **Swedenborg, E..** Holy Scripture, and the Key to its spiritual Sense. *Philadelphia*, 1881. 16°. 256 pp. 3 *M*

1264. **Trumpp, E.** Die Religion der Sikhs. Nach den Quellen dargestellt. *Leipzig*, 1881. *O. Schulze*. 8°. IV, 124 pp. 3 *M*

1265. **Waite, C.. B..** History of the Christian Religion to the Year 200. *Chicago*, 1881. 8°. 470 pp. 15 *M*

1266. **Warren, F.. E..** The Liturgy and Ritual of the Celtic Church. *London*, 1881. 8°. 310 pp. 16 *M* 50 *Pf*

1267. **Westerburg, Eug.** Der Ursprung der Sage, dass Seneca Christ gewesen sei. Eine kritische Untersuchung, nebst einer Rezension des apokryphen Briefwechsels des Apostels Paulus mit Seneca. *Berlin*, 1881. *Grosser*. 8°. III, 52 pp. 1 *M* 50 *Pf*

1268. **Wilberforce.** — Life of Bishop Sm. Wilberforce. With Selections from his Diaries and Correspondence. By his Son R.. G.. Wilberforce. *London*, 1881.

III. Erziehungswissenschaft.

1269. **Gaskell, G. A.**. Compendium of Forms, educational, social, legal and commercial. *Chicago*, 1881. 4°. 502 pp. 37 ℳ

1270. **Lindemann, Rch.** Herder und die Realschule unserer Zeit. *Löbau*, 1881. *Oliva*. 4°. 30 pp. 1 ℳ 25 ₰

1271. **Zenz, Adf.** Das Schul-Turnwesen in Deutschland und der Schweiz. Mit 8 autograph. Taf. u. 5 statistischen Taf. Bericht, auf Grund eines Reisestipendiums des hohen N. Oe. Landesausschusses erstattet. *Wien*, 1880. *Hölder*. 8°. VIII, 102 pp. 2 ℳ

IV. Rechts- und Staatswissenschaft.

1272. Annalen des Reichsgerichts. Sammlung aller wichtigen Entscheidungen des Reichsgerichts, sowie aller auf die Reichsrechtsprechung bezüglichen Erlasse und Verfügungen. Unter Mitwirkung von K. Braun herausgegeben von *Hs. Blum*. II. Bd. 5. u. 6. Heft. III. Bd. 1. Heft. *Leipzig*, 1881. *Duncker & Humblot*. 8°. p. 401—634 u. p. 1—128. *Jedes Heft* 1 ℳ 60 ₰
S. oben Nr. 62.

1273. **Aschehoug, T. H.**. Norges offentlige Ret. Anden Afdeling. Den nuværende Statsforfatning. 10de Hefte. *Kjøbenhavn*, 1881. 8°. p. 257—384. 3 ℳ
S. 1880 Nr. 2477.

1274. **Baron, J.**. Abhandlungen aus dem römischen Civilprozess. I. *A. u. d. T.*: Die Condictionen. *Berlin*, 1881. *Simion*. 8°. VI, 264 pp. 6 ℳ

1275. **Binmore, H.**. Corporator's Manual. Compilation of all Laws of Illinois affecting General Corporations, with explanatory Notes and Forms, showing the Powers, Duties, and Liabilities of Corporations, Corporators, and their Officers and Agents. *Chicago*, 1881. 16°. 360 pp. 18 ℳ 50 ₰

1276. **Bogović, E.**. Zur bosnischen Frage. [Eine Studie.] *Agram*, 1880. *Hartmán*. 8°. IV, 80 pp. 1 ℳ 60 ₰

1277. **Boyle, H. E.**. Précis of an Action at Law. *London*, 1881. 8°. 6 ℳ

1278. **Browne, J. H. B.**, and **H. S. Theobald**. The Law of Railway Companies. *London*, 1881. 8°. 38 ℳ

1279. **Caron, Alb.** Die Berechnung der Beiträge bei der obligatorischen Arbeiterversicherung. *Berlin*, 1881. *Puttkammer & Mühlbrecht*. 8°. 43 pp. 1 ℳ

1280. **Cernuschi, H.**. Le Bimétallisme à quinze et demi nécessaire pour le Continent, pour les Etats-Unis, pour l'Angleterre. *Paris*, 1881. 8°. 66 pp. 2 ℳ

1281. **Crump, F. O.**, and **F. Evans**. The Practice of the Supreme Court of Judicature, alphabetically, arranged. *London*, 1881. 8°. 36 ℳ

1282. **Fernandez y Gonzalez, Fr.** Instituciones juridicas del pueblo de Israel en los differentes estados de la Peninsula Ibérica desde su dispersion en tiempo del emperador Adriano hasta los principios del siglo XVI. Tomo I. Introduccion histórico-crítica. *Madrid*, 1881. 4°. XV, 346 pp. 11 ℳ

1283. **Flanders, H.**. Lives and Times of the Chief Justices of the Supreme Court of United States. Vols I. II. *Philadelphia*, 1881. 8°. *Jeder Bd.* 21 ℳ 50 ₰

1284. **Fuchs, W.** Rechtsfälle zum allgemeinen bürgerlichen Gesetzbuche. Für den akademischen Gebrauch bearbeitet und herausgegeben. 1. Heft. *Wien*, 1881. *Hölder*. 8°. VIII, 64 pp. 1 ℳ 80 ₰

1285. **Galante y Ruperez.** Diccionario municipal y provincial. Compilacion de las leyes y disposiciones vigentes relativas al régimen de los provincias y de los municipios, anotadas y comentadas, con explicaciones prácticas para su más fácil inteligencia y aplicacion. Tomo II. *Madrid*, 1880. 4°. 992 pp. 24 ℳ
S. 1874 Nr. 3116.

1286. **Gallostra y Fran, J.**. Lo contencioso-administrativo. *Madrid*, 1881. 4°. XXIII, 618 pp. 19 ℳ

1287. **Gaupp, L.**. Die Civilprozessordnung für das Deutsche Reich, nebst den auf den Civilprozess bezüglichen Bestimmungen des Gerichtsverfassungsgesetzes und den Einführungsgesetzen. Mit eingehender Berücksichtigung des Württembergischen Landesrechts erläutert. III. Bd. 2. Lfg. *Freiburg i. Br.*, 1881. *Mohr*. 8°. p. 193—400. 3 ℳ

1288. **Grotefend, G. A.**. Die Gesetze und Verordnungen nebst den sonstigen Erlassen für den preussischen Staat und das Deutsche Reich. Jahrgang 1880. Aus den Gesetzsammlungen für das Königreich Preussen und das Deutsche Reich, dem Reichs-Centralblatt und den amtlichen Mittheilungen der staatlichen und kirchlichen Centralbehörden in Preussen chronologisch zusammengestellt. 5. u. 6. Heft. *Düsseldorf*, 1881. *Schwann*. 8°. p. 255—418. 2 ℳ 75 ₰

S. oben Nr. 72.

1289. **Guyot, Y.**. La Science économique. *Paris*, 1881. 18°. 477 pp. 4 ℳ 50 ₰

1290. **Hahn, C.**. Die gesammten Materialien zu den Reichs-Justizgesetzen. Auf Veranlassung des kaiserlichen Reichs-Justizamts herausgegeben. III. Bd. Materialien zur Strafprozessordnung. 7. Lfg. *Berlin*, 1881. *v. Decker*. 8°. p. 1915—2234. 6 ℳ

S. oben Nr. 398.

1291. **v. Haller, C.**. Strategi og Politik. Et Bidrag til Belysning af Staternes Magtstilling. *Kjøbenhavn*, 1881. 8°. 276 pp. 7 ℳ

1292. **Hart, H.. W.**. Bankruptcy Law and Practice. *London*, 1881. 8°. 15 ℳ

1293. **v. Holst, H.** Verfassung und Demokratie der Vereinigten Staaten von Amerika. I. Thl.: Staatensouveränetät und Sklaverei. 3. Abth.: Von der Annexion von Texas bis zum Kompromiss von 1850. *A. u. d. T.:* Verfassungsgeschichte der Vereinigten Staaten von Amerika seit der Administration Jackson's. II. Bd. *Berlin*, 1880. *Springer*. 8°. XV, 474 pp. 12 ℳ

S. 1878 Nr. 2510.

1294. **Lainé, A.**. Traité élémentaire de droit criminel divisé en trois parties. 2e fasc. Droit pénal. Livre II. Système général des peines. *Paris*, 1881. 8°. p. 193—433. 2 ℳ 50 ₰

S. 1879 Nr. 972.

1295. **Lee, J.. G.**. Handbook for Coroners, containing a Digest of all the Laws in the 38 States of the Union. *Philadelphia*, 1881. 8°. 288 pp. 12 ℳ

1296. **Leggatt, Eug.** A Treatise on the Law of Bills of Lading. *London*, 1881. 8°. 25 ℳ

1297. **Lohren, A.**. Die Durchführung der Goldwährung beleuchtet vom Standpunkte der Handelsbilanz. *Berlin*, 1881. *Behr*. 8°. III, 134 pp. 3 ℳ

1298. **Loundes, Rch.** A practical Treatise on the Law of Marine Insurance. *London*, 1881. 8°. 12 ℳ 50 ₰

1299. **Macaskie, S.. C.**. A Treatise on the Law of Executors and Administrators. *London*, 1881. 8°. 12 ℳ 50 ₰

1300. **Masaryk, Th. G.**. Der Selbstmord als sociale Massenerscheinung der modernen Civilisation. *Wien*, 1881. *Konegen*. 8°. XV, 245 pp. 6 ℳ

1301. **Masselin, O.**. Nouvelle jurisprudence et traité pratique sur les murs mitoyens en harmonie avec les décisions toutes récentes des cours et tribunaux. Suppléments N°s. 2. 3. 4. *Paris*, 1881. 8°. 6 ℳ

S. 1875 Nr. 1284.

1302. **Montravel, P.**. La Réforme successorale et ses conséquences pratiques. *Avignon*, 1881. 8°. 88 pp. 2 ℳ

1303. **Navarro Amandi, M.**. Código civil de España. Compilacion metódica de la doctrina contenida en nuestras leyes civiles vigentes con expresion de sus orígenes, jurisprudencia del Tribunal Supremo, concordancias con los principales códigos de otros pueblos y comentarios. Tomo I. *Madrid*, 1880. 4°. XXV, 670 pp. 24 ℳ

1304. **Neuwirth, Jos.** Der Kampf um die Währung. [Aus: „Jahrbücher für Nationalökonomie und Statistik".] *Jena*, 1881. *Fischer*. 8°. 110 pp. 2 ℳ

1305. **Noel, Oct.** Etude historique sur l'organisation financière de la France. *Paris*, 1881. 18°. XI, 504 pp. *Mit 2 Karten*. 3 ℳ 50 ₰

1306. **Odgers, W.. B.**. A Digest on the Law of Libel and Slander, with the Evidence, Procedure and Practice, both in civil and criminal Cases, and Precedents of Pleadings. *London*, 1881. 8°. 820 pp. 28 ℳ

1307. **Picot, G.** La Réforme judiciaire en France. *Paris*, 1881. 8°. 468 pp. 3 ℳ 50 ₰

1308. **Ratazzi, Urbano.** Discorsi parlamentari raccolti e pubblicati per cura di Gi. Scovazzi. Vol. IV—VII. *Roma*, 1880. 8°. 372. 388 pp. *Jeder Bd.* 8 ℳ 50 ₰

1309. **Rehbein, H.,** und **O.. Reincke.** Allgemeines Landrecht für die Preussischen Staaten, nebst den ergänzenden und abändernden Bestimmungen der Reichs- und Landesgesetzgebung. Mit Erläuterungen. 4. u. 5. Lfg. *Berlin*, 1881. *H. W. Müller.* 8°. III. Bd. 591 pp. IV. Bd. XXI, 854 pp. 15 ℳ

Schluss. — S. oben Nr. 414.

1310. **Rhamon, S..** Völkerrecht und Völkerfriede. *Leipzig*, 1881. *Findel.* 8°. 53 pp. 1 ℳ 20 ₰

1311. **Rogers, R.. V..** The Law of the Road, or the Wrongs and Rights of a Traveller. *Edinburgh*, 1881. 12°. XVI, 322 pp. 9 ℳ

1312. **Salvá, M..** El salvario y el impuesto. *Madrid*, 1881. 8°. 382 pp. 8 ℳ

1313. **Schanz, G.** Englische Handelspolitik gegen Ende des Mittelalters mit besonderer Berücksichtigung des Zeitalters der beiden ersten Tudors Heinrich VII. und Heinrich VIII. Gekrönte Preisschrift. 2 Bde. *Leipzig*, 1881. *Duncker & Humblot.* 8°. XIX, 684 u. XIII, 672 pp. 32 ℳ

1314. **Schneider, J. Phil.** Die Goldwährungs-Autoritäten. Eine Kritik von Schriften über die Währungsfrage und Anregung zu einer internationalen Währungs-Convention. *Bremen*, 1881. *Silomon.* 8°. 100 pp. 2 ℳ

1315. **Seward, G.. F..** Chinese Immigration in its social and economical Aspects. *New York*, 1881. 8°. XVI, 420 pp. *Mit 1 Taf.* 15 ℳ

1316. **Spearman, R.. H..** The Common and Statute Law relating to Highways in England and North Wales. *London*, 1881. 8°. 21 ℳ 50 ₰

1317. **Steiner, Mx.** Zur Haftpflichtfrage. *Wien*, 1881. *Hölder.* 8°. III, 130 pp. 2 ℳ 40 ₰

1318. **Wagner, Adf.** Für bimetallistische Münzpolitik Deutschlands. *Berlin*, 1881. *Puttkammer & Mühlbrecht.* 8°. 66 pp. 1 ℳ 20 ₰

1319. **Wilberforce, Ed.** Statute Law. The Principles which govern the Construction and Operation of Statutes. *London*, 1881. 8°. 21 ℳ 50 ₰

V. Mathematik und Naturwissenschaften.

1320. **Baeblich, H..** Die Wunder der Schöpfung. Gemeinfassliche Darstellung der gesammten Naturwissenschaften. Mit zahlreichen in den Text und auf Taf. gedr. Holzschn. 34.—39. Lfg. *Berlin*, 1881. *Burmester & Stempell.* 8°.

S. 1880 Nr. 2828. *Jede Lfg.* 50 ₰

1321. **Bachmann, Ew. Thdr.** Darstellung der Entwickelungsgeschichte und des Baues der Samenschalen der Scrophularien. Mit 4 Taf. [Aus: „Nova Acta der kaiserl. Leop.-Carol.-deutschen Akademie der Naturforscher".] *Halle*, 1881. [*Leipzig, Engelmann.*] 4°. 179 pp. 10 ℳ

1322. **Barfoed, Chr. Th.** Lehrbuch der organischen qualitativen Analyse. Mit in den Text eingedr. Holzschn. 2. Lfg. *Kopenhagen*, 1881. *Höst & Sohn.* 8°. p. 193—384. *Subscr.-Pr.* 3 ℳ 50 ₰

S. 1880 Nr. 3103.

1323. **Beilstein, F..** Handbuch der organischen Chemie. 2. u. 3. Lfg. *Leipzig*, 1881. *L. Voss.* 8°. p. 161—480. *Jede Lfg.* 3 ℳ

S. 1880 Nr. 3480.

1324. **Braun, Mx.** Die Entwicklung des Wellenpapagei's [Melopsittacus undulatus Sh.] mit Berücksichtigung der Entwicklung andrer Vögel. 1. Hälfte. Mit 7 lith. Taf. [Aus: „Arbeiten des zoologisch-zootomischen Instituts in Würzburg".] *Würzburg*, 1879—81. *Staudinger.* 8°. 183 pp. 16 ℳ 80 ₰

1325. **Cultrera, P.** Fauna biblica, ovvero spiegazione degli animali menzionati nella S. Scrittura. *Palermo*, 1880. 8°. VIII, 478 pp. *Mit 25 Taf.* 8 ℳ 40 ₰

1326. **Edgeworth, F.. Y..** Mathematical Psychics. An Essay on the Application of Mathematics to the Moral Sciences. *London*, 1881. 8°. 138 pp. 9 ℳ

1327. **Finsch, O.** Reise nach West-Sibirien im Jahre 1876. Auf Veranstaltung des Vereins für die deutsche Nordpolfahrt zu Bremen unternommen von O.. Finsch, A.. Brehm und K. Graf v. Waldburg-Zeil-Trauchburg. Wissenschaftliche Ergebnisse. Wirbelthiere. [Aus: „Verhandlungen der k. k. zoologisch-botanischen Gesellschaft in Wien".] *Wien*, 1879. [*Leipzig, Brockhaus' Sortiment u. Antiq.*] 8°.

1328. **Habenicht, H..** Die Grundzüge im geologischen Bau Europa's mit einer lith. u. color. Karte: „Die Verbreitung der Eruptiv- und Uebergangsgesteine in Europa" und 5 Nebenkarten. *Gotha*, 1881. *J. Perthes.*, 8°. 18 pp. 1 M 35 ₰

1329. **Haeckel, E.** Metagenesis und Hypogenesis von Aurelia aurita. Ein Beitrag zur Entwickelungsgeschichte und zur Teratologie der Medusen. *Jena*, 1881. *Fischer.* 4°. 36 pp. *Mit 2 lith. Taf.* 5 M 40 ₰

1330. Neues Handwörterbuch der Chemie. Auf Grundlage des von Liebig, Poggendorff und Wöhler, Kolbe und Fehling herausgegebenen Handwörterbuchs der reinen und angewandten Chemie und unter Mitwirkung von Baumann, Bunsen, Classen etc. bearbeitet und redigirt von *Hm. Fehling.* Mit in den Text eingedr. Holzst. 36. Lfg. *Braunschweig*, 1881. *Vieweg & Sohn.* 8°. III. Bd. p. 865—960. 2 M 40 ₰

S. 1880 Nr. 2837.

1331. **Haniel, J.** Die Flötzlagerung in der Stoppenberger und Horst-Hertener Mulde des westfälischen Steinkohlengebirges. Hierzu 3 Karten [je 2 Blätter und eine Texttaf.] *Essen*, 1881. *Bädeker.* 4°. 59 pp. 30 M

1332. **v. Hayek, Gst.** Handbuch der Zoologie. 13. Lfg. *Wien*, 1881. *Gerold's Sohn.* 8°. II. Bd. III u. p. 481—513. *Mit 56 Holzschn.* 2 M

S. oben Nr. 437.

1333. **Heger, Rch.** Die Konstruktion einer Fläche 2. Ordnung aus neun gegebenen Punkten und verwandte Konstruktionen. *Leipzig*, 1881. *Fues.* 4°. 36 pp. *Mit 1 Steintaf.* 1 M 60 ₰

1334. **Helmling, P..** Ueber die Integration der allgemeinen Riccatischen Gleichung $\frac{dy}{dx} + y^2 = X$ und dervon ihr abhängigen Differential-Gleichungen. *Dorpat*, 1879. [*Leipzig*, *C. A. Koch.*] 4°. V, 43 pp. 1 M 60 ₰

1335. **Jackwitz, E.** Die unendlich kleinen Schwingungen eines aus zwei Massenpunkten bestehenden Pendels. *Posen*, 1881. *Jolowicz.* 4°. 17 pp. 1 M

1336. **Jacobi, C.. G.. J..** Gesammelte Werke. Herausgegeben auf Veranlassung der königl. preussischen Akademie der Wissenschaften. I. Bd. Mit dem Bildnisse Jacobi's. Herausgegeben von *C.. W.. Borchardt.* *Berlin*, 1881. *G. Reimer.* 4°. X, 546 pp. 18 M

1337. **Jordan, W..** Kreis-Coordinaten für 200 Radien. *Leipzig*, 1881. *Teubner.* 16°. IV, 48 pp. 1 M 20 ₰

1338. **Karrer, Fel.** Der Boden der Hauptstädte Europa's. Geologische Studie. Mit 22 in den Text eingedr. geologischen Profilen und einem Titelbilde. *Wien*, 1881. *Hölder.* 8°. 68 pp. 2 M

1339. **Karsten, H..** Deutsche Flora. Pharmaceutisch-medicinische Botanik. Ein Grundriss der systematischen Botanik zum Selbststudium für Aerzte, Apotheker und Botaniker. Mit gegen 700 Holzschn.-Abbildgn. 2. u. 3. Lfg. *Berlin*, 1881. *Spaeth.* 8°. p. 129—336. *Jede Lfg.* 1 M 50 ₰

S. oben Nr. 114.

1340. **Kobelt, W..** Illustrirtes Conchylienbuch. 10. Lfg. *Nürnberg*, 1881. *Bauer & Raspe.* 8°. p. 313—336. *Mit 10 Steintaf.* 6 M

S. 1880 Nr. 2528.

1341. **de Loriol, P.** Description de quatre Echinodermes nouveaux. [Aus: „Mémoires de la société paléontologique suisse".] *Genève*, 1880. [*Basel*, *Georg.* — *Berlin*, *Friedländer & Sohn.*] 4°. 15 pp. *Mit 1 Steintaf.* 2 M 40 ₰

1342. **Major, C.. J.. Forsyth.** Beiträge zur Geschichte der fossilen Pferde, insbesondere Italiens. 2 Thle. Mit 8 lith. Doppeltaf. [Aus: „Abhandlungen der schweizer paläontologischen Gesellschaft".] *Zürich*, 1877—80. [*Basel*, *Georg.* — *Berlin*, *Friedländer & Sohn.*] 4°. 153 pp. 16 M

1343. **Martini und Chemnitz.** Systematisches Conchylien-Cabinet. In Verbindung mit Philippi, L. Pfeiffer, Dunker etc. neu herausgegeben und vervollständigt von *H.. C.. Küster*; nach dessen Tode fortgesetzt von *W.. Kobelt* und *H.. C.. Weinkauff.* 298.—301. Lfg. *Nürnberg*, 1881. *Bauer & Raspe.* 4°. 128 pp. *Mit 23 color. Steintaf.* *Jede Lfg.* 9 M

S. oben Nr. 119.

1344. **Möschler, H. B.** Beiträge zur Schmetterlings-Fauna von Surinam. I u. II. [Aus: „Verhandlungen der k. k. zoologisch-botanischen Gesellschaft in Wien".] *Wien*, 1881. [*Leipzig*, *Brockhaus' Sortimnnt u. Antiq.*] 8°. 60 pp. *Mit 2 Steintaf.* 72 pp. *Mit 3 Steintaf.* 4 ℳ 90 ₰

1345. **Otto, R.** Pharmacologische Studien über Amylnitrit, Aethylnitrit, Nitropentan, Nitromethan, Pikrinsäure, Ortho- und Paranitrophenol. *Dorpat*, 1881. *Karow.* 8°. 128 pp. 2 ℳ

1346. **Palaeontographica.** Beiträge zur Naturgeschichte der Vorzeit. Herausgegeben von *W. Dunker* und *K. A. Zittel*, unter Mitwirkung von W. Benecke, E. Beyrich, v. Fritsch, W. Neumayr, und Fd. Römer als Vertretern der deutschen geologischen Gesellschaft. XXVII. Bd. oder 3. Folge. III. Bd. 3.—6. Lfg. *Kassel*, 1881. *Fischer.* 4°. p. 129—203. *Mit 43 Steintaf. u. 43 Bl. Taf.-Erklärgn.*
S. oben Nr. 728. 90 ℳ

1347. **Plant Life:** Popular Papers on the Phenomena of Botany. With 148 Illustrations drawn by the Author and engraved by *W. M. Quick.* *London*, 1881. 8°. 220 pp. 4 ℳ 20 ₰

1348. **Pringsheim, N.** Untersuchungen über Lichtwirkung und Chlorophyllfunction in der Pflanze. Mit 16 Taf. [Aus: „Jahrbücher für wissenschaftliche Botanik".] *Leipzig*, 1881. *Engelmann.* 8°. 152 pp. 12 ℳ

1349. **Reusch, E.** Die stereographische Projection. Mit 8 auf Stein gravirten Taf. *Leipzig*, 1881. *Teubner.* 8°. VII, 32 pp. 2 ℳ 40 ₰

1350. **Schück, A.** Die Wirbelstürme oder Cyclonen mit Orkangewalt, nach dem jetzigen Standpunkt unserer Kenntniss derselben in Form eines Handbuches gemeinfasslich dargestellt. *Oldenburg*, 1881. *Schulze.* 8°. XII, 124 pp. *Mit 11 Steintaf.* 6 ℳ

1351. **Sejersted, J.** Tachymetri. *Throndhjem*, 1881. 8°. 45 pp. *Mit 3 Tab.* 3 ℳ 10 ₰

1352. **Steiner's, Jac.,** gesammelte Werke. Herausgegeben auf Veranlassung der königl. preussischen Akademie der Wissenschaften. I. Bd. Mit dem Bildnisse Steiner's und 44 Fig.-Taf. Herausgegeben von *K. Weierstrass.* *Berlin*, 1881. *G. Reimer.* 8°. VIII, 527 pp. 16 ℳ

1353. **Sylwan, O. C.** Naturvetenskap eller metafysik? *Stockholm*, 1881. 8°. 179 pp. 5 ℳ 50 ₰

1354. Untersuchungen zur Naturlehre der Menschen und der Thiere. Herausgegeben von *Jac. Moleschott.* XII. Bd. 5. u. 6. Heft. *Giessen*, 1881. *Roth.* 8°. p. 455—654. *Mit 3 Steintaf.* *Jedes Heft* 4 ℳ
S. 1880 Nr. 705.

1355. **Vallès, Fr.** Etudes physiologiques et psychologiques sur la loi naturelle de la propagation de l'espèce. *Paris*, 1881. 12°. XIV, 115 pp. 1 ℳ 50 ₰

1356. **Voss, W.** Materialien zur Pilzkunde Krains. [Aus: „Verhandlungen der k. k. zoologisch-botanischen Gesellschaft in Wien".] *Wien*, 1878. [*Leipzig*, *Brockhaus' Sortiment & Antiq.*] 8°. 64 pp. *Mit 1 Steintaf.* 1 ℳ 20 ₰

1357. **van der Waals, J. D.** 1°. Onderzoekingen omtrent de overeenstemmende eigenschappen der normale verzadigden damp- en vloeistoflijnen voor de verschillende stoffen en omtrent een wijziging in den vorm dier lijnen bij mengsels. 2°. Over de coëfficiënten van uitzetting en van samendrukking in overeenstemmende toestanden der verschillende vloeistoffen. *Amsterdam*, 1881. 4°. 32, 11 pp. 2 ℳ 30 ₰

1358. **Waldner, H.** Deutschlands Farne mit Berücksichtigung der angrenzenden Gebiete Oesterreichs, Frankreichs und der Schweiz. 6. Heft. *Heidelberg*, 1881. *C. Winter.* Fol. *4 Bl. in Lichtdr. mit 4 Bl. deutschem, französischem, englischem u. lateinischem Text.* 2 ℳ 50 ₰
S. 1880 Nr. 2856.

VI. Medicin.

1359. **Bernhardt, M.** Beiträge zur Symptomatologie und Diagnostik der Hirngeschwülste. *Berlin*, 1881. *Hirschwald.* 8°. VIII, 336 pp. 8 ℳ

1360. **Börner, P.** Das Medicinalwesen Deutschlands im Jahre 1880. [Aus: „Reichs-Medicinal-Kalender" für 1881.] *Kassel*, 1881. *Fischer.* 8°. XVIII, 790 pp.

1361. **Creighton, C.** Bovine Tuberculosis in Man. An Account of the Pathology of subjected Cases. *London*, 1881. 8°. 10 ℳ 20 ₰

1362. **Crookshank, H.**. Manual of Home Nursing and Hygiène. Including first Aid to be rendered in Cases of Accidents and Emergencies. *London*, 1881. 8°. 232 pp. 3 ℳ

1363. **Debernardi, Ign.** Guida pratica alla idroterapia. *Biella*, 1881. 16°. 74 pp. 1 ℳ 80 ₰

1364. **Gueterbock, P.** Die englischen Krankenhäuser im Vergleich mit den deutschen Hospitälern. [Aus: „Vierteljahrsschrift für gerichtliche Medicin".] *Berlin*, 1881. *Hirschwald.* 8°. VII, 133 pp. 2 ℳ 50 ₰

1365. **Haas, L.** Die Zähne und ihre Pflege. *Frankfurt a. M.*, 1881. *Alt.* 8°. 28 pp. 1 ℳ

1366. **Hager, Hm.** Handbuch der pharmaceutischen Praxis. Für Apotheker, Aerzte, Droguisten und Medicinalbeamte. Mit zahlreichen in den Text gedr. Holzschn. Ergänzungsbd. 3. u. 4. Lfg. *Berlin*, 1881. *Springer.* 8°. p. 225—448. *Jede Lfg.* 2 ℳ
S. oben Nr. 148.

1367. **Ipsen, E.** Bidrag til Bedømmelsen af Knæledsresectionen, udført for tumor albus, med særligt Hensyn til Enderesultaterne. *Kjøbenhavn*, 1881. 8°. 228 pp. *Mit 1 Plan.* 6 ℳ

1368. **Isler, W.**. Studien über die Abhängigkeit des Strabismus von der Refraction. *Zürich*, 1880. [*Wiesbaden, Bergmann.*] 8°. 45 pp. 1 ℳ 20 ₰

1369. **Jaccoud, S.**. Curabilité et traitement de la phtisie pulmonaire. Leçons faites à la faculté de médecine. *Paris*, 1881. 8°. VI, 484 pp. 10 ℳ

1370. **Jacobi, A.**. Treatise on Diphtheria. *New York*, 1881. 8°. 12 ℳ

1371. **Kane, H.. H.**. Drugs that enslave: The Opium, Morphine, Chloral, and Hashisch Habits. *Philadelphia*, 1881. 12°. IX, 224 pp. 9 ℳ

1372. **Kendall, A. Josephine.** Ueber Herpes corneae. *Zürich*, 1880. [*Wiesbaden, Bergmann.*] 8°. 33 pp. *Mit 1 Chromolith.* 1 ℳ 25 ₰

1373. **Labat, E.**. Recherches cliniques expérimentales sur la tête du fœtus au point de vue obstétrical. *Paris*, 1881. 8°. 101 pp. *Mit Illustr.* 3 ℳ

1374. **Landis, H.. G.**. How to use the Forceps. *New York*, 1881. 12°. 168 pp. 9 ℳ

1375. **Lie, J.**. Chirurgisch-anatomischer Atlas mit autographischen colorirten Abbildungen in Lebensgrösse für praktische Aerzte und Studierende. 1. Heft. *Christiania*, 1880. Fol. *16 pp. Text u. 4 Taf.* 10 ℳ

1376. **Lombard, J.. S.**. Experimental Researches on the Temperature of the Head. *London*, 1881. 8°. 6 ℳ

1377. **Morton, A.. S.**. Refraction of the Eye, its Diagnosis etc. *London*, 1881. 8°. 3 ℳ

1378. **Paulli, R.**. Studier over Urethrotomia interna. *Kjøbenhavn*, 1879. 4°. 40 pp. 8 ℳ

1379. **Ribot, T.**. Les maladies de la mémoire. *Paris*, 1881. 18°. 175 pp. 2 ℳ 50 ₰

1380. **Scioli, Fr.** L'omeopatia per la intelligenza di tutti, o il medico di casa. *Napoli*, 1881. 16°. 6 ℳ

1381. **Smith, H.**. Dysmenorrhea, its Pathology and Treatment. *London*, 1881. 8°. 122 pp. 5 ℳ 40 ₰

1382. **Wernicke, C.** Lehrbuch der Gehirnkrankheiten für Aerzte und Studirende. 1. Bd. *Kassel*, 1881. *Fischer.* 8°. V, 371 pp. *Mit 96 Holzschn.-Abbildgn.* 12 ℳ

1383. **Wood, H.. C.**. Fever. Study in morbid and normal Physiology. *Philadelphia*, 1881. 8°. 15 ℳ

VII. Geographie und Geschichte.

1384. **Anderson, Jos.** Scotland in early Christian Times. The Rhind Lectures in Archaeology, 1879. *Edinburgh*, 1881. 8°. 276 pp. 14 ℳ 40 ₰

1385. **Bennett, W.**. Madame de Maintenon. A Memoir. *London*, 1881. 8°. 12 ℳ

1386. **Besse, P.** Geschichte der Deutschen bis zur höchsten Machtentfaltung des römisch-deutschen Kaiserthums unter Heinrich III. 6. Lfg. *Leipzig*, 1881. *Webel.* 8°. p. 401—480. 1 ℳ 20 ₰

S. oben Nr. 173.

1387. **Beust, Fd. Graf.** Erinnerungen zu Erinnerungen. *Leipzig*, 1881. *Wöller.* 8°. III, 80 pp. 1 ℳ 50 ₰

1388. Allgemeine deutsche Biographie. Herausgegeben durch die historische Commission bei der k. Akademie der Wissenschaften in München. 57.—61. Lfg. *Leipzig*, 1881. *Duncker & Humblot.* 8°. XII. Bd p. 161—796 u. XIII. Bd. p. 1—160.

S. 1880 Nr. 2899. *Jede Lfg.* 2 ℳ 40 ₰

1389. **Boulger, D. C.** History of China. Vol. I. *London*, 1881. 8°. 602 pp. 21 ℳ 50 ₰

1390. **Boyd, R. N.** Chili. Sketches of Chili and the Chilians during the War, 1879—80. *London*, 1881. 8°. 240 pp. 12 ℳ 50 ₰

1391. **Brunkow, Osk.** Die Wohnplätze des Deutschen Reiches. Auf Grund der amtlichen Urmaterialien bearbeitet u. herausgegeben. I. Abth. Königreich Preussen. 9.—13. Lfg. *Berlin*, 1881. *Bickhardt.* 4°. *Jede Lfg.* 5 ℳ

S. oben Nr. 179.

1392. **Bryant, W. C., and S. H. Gay.** A popular History of the United States. Vol. IV. *London*, 1881. 8°. 48 ℳ

S. 1880 Nr. 742.

1393. Calendar of State Papers relating to Ireland, 1615—1625, preserved in Her Majesty's Public Record Office and elsewhere. Edited by C. W. Russell. *London*, 1881. 8°. 18 ℳ

S. oben Nr. 495.

1394. **Camesina Ritter v. San Vittore, Alb.** Urkundliche Beiträge zur Geschichte Wiens im XVI. Jahrhundert. Mit einem lith. Stadtplane. Herausgegeben vom Gemeinderathe der k. k. Reichshaupt- und Residenzstadt Wien. *Wien*, 1881. *Hölder.* 4°. X, 100 pp. 8 ℳ; *mit color. Plan* 14 ℳ

1395. **v. Dittmann, Alx.** Die Weltgeschichte, eine zusammenhängende Erzählung in 12 Büchern. IV. Bd.: Die neue Geschichte. *Leipzig*, 1881. *Siegismund & Volkening.* 8°. VIII, 744 pp. 6 ℳ

S. 1880 Nr. 1057.

1396. **Dreifuss, Hm.** Die Münzen und Medaillen der Schweiz, beschrieben. Herausgegeben zur 100jährigen Jubelfeier des schweizer Münz- und Medaillen-Cabinets von Glb. Em. v. Haller. Mit Abbildungen. 3. u. 4. Lfg. *Zürich*, 1881. *Schmidt.* I. Bd. p. 97—192. *Mit 3 Steintaf.* *Jede Lfg.* 2 ℳ

S. oben Nr. 185.

1397. **Duval-Jouve, J.** Montpellier pendant la révolution. 2e période. La république du 21 septembre 1792 au 18 brumaire an VIII. *Montpellier*, 1881. 12°. 497 pp. 3 ℳ 50 ₰

S. 1879 Nr. 3247.

1398. **Dye, W. M. E.** Moslem Egypt and Christian Abyssinia. *New York*, 1881. 8°. 516 pp. 18 ℳ

1399. Encyklopädie der neueren Geschichte. In Verbindung mit namhaften deutschen und ausserdeutschen Historikern herausgegeben von *W. Herbst.* 3. u. 4. Lfg. *Gotha*, 1881. *F. A. Perthes.* 8°. I. Bd. p. 145—304. *Jede Lfg.* 1 ℳ

S. 1880 Nr. 2911.

1400. **Ferrazzi, Gius. Jac.** Torquato Tasso. Studii biografico-critici-bibliografici. *Bassano*, 1880. 16°. XVI, 493 pp. 7 ℳ 20 ₰

1401. **Gantesweiler, P. T. A.** Chronik der Stadt Wesel. *Wesel*, 1881. *Kühler.* 8°. XVI, 542 pp. *Mit 5 artist. Beilagen.* 8 ℳ

1402. Allgemeine Geschichte in Einzeldarstellungen. Unter Mitwirkung von Fel. Bamberg, Alx. Brückner, Fel. Dahn, etc. herausgegeben von *W. Oncken.* XXVII.—XXXI. Abth. *Berlin*, 1881. *Grote.* 8°. *Jede Abth.* 3 ℳ

Inhalt: 27. 30. Das Zeitalter Friedrichs des Grossen. Von W. Oncken. I. Bd. p. 1—320. Mit eingedr. Holzschn., 5 Holzschntaf. u. 2 Fcsms. — 28. 31. Geschichte der Revolution in England. Von Alfr. Stern. III, 329 pp. Mit eingedr. Holzschn., 8 Holzschntaf. u. 1 chromolith. Karte. — 29. Urgeschichte der germanischen und romanischen Völker. Von Fel. Dahn. I. Bd. p. 321—480. Mit eingedr. Holzschn., 2 Holzschntaf. u. 1 chromolith. Karte.

S. oben Nr. 510.

1403. **Giovio, Gius. Historia patria, ridotta** a miglior lezione, colla versione italiana e coll' aggiunta delle varianti desunte dai manoscritti. Disp. I. *Como*, 1881. 4⁰. 16 pp. *Preis für Bd. I.* 24 *M*

1404. **Gopčević. Oberalbanien und seine Liga.** Ethnographisch-politisch historisch geschildert. Mit 5 Beilagen, Stammtaf. enthaltend. *Leipzig*, 1881. *Duncker & Humblot.* 8⁰. XX, 586 pp. 11 *M* 20 *Pf*

1405. **ter Gouw, J.. Geschiedenis van Amsterdam.** 2ᵉ deel. (2e tijdperk. De ontwikkeling van Amsterdam.) *Amsterdam*, 1881. 8⁰. VIII, 383 pp. *Mit 3 Illustr.* 11 *M*
S. 1880 Nr. 762.

1406. **Guerrazzi, F.. D.. Lettere a cura di** Giosué Carducci. 1ª serie. (1827—1853.) *Livorno*, 1880. 16⁰. X, 498 pp. 6 *M*

1407. **Holloway, L.. C.. Ladies of the White** House, or the Homes of the Presidents. *Philadelphia*, 1881. 12⁰. 630 pp. 25 *M*

1408. **Jung, F.. Bonaparte et son temps** (1769—1799), d'après des documents inédits. Tome III. *Paris*, 1881. 18⁰. IV, 484 pp. *Mit republikanischem Kalender u. Facsimile.* 3 *M* 50 *Pf*
S. 1880 Nr. 1359.

1409. **Lair, J.. Louise de la Vallière et la** jeunesse de Louis XIV, d'après des documents inédits, avec le texte authentique des lettres de la duchesse au maréchal de Bellefonds. *Paris*, 1881. 8⁰. VI, 441 pp. *Mit 2 Portr.* 8 *M*

1410. **Lethbridge, R. A short Manual of** the History of India. With an Account of India as it is, the Soil, Climate, and Productions, the People, their Races, Religions, Public Works and Industries, the Civil Services, and System of Administration. *London*, 1881. 8⁰. 330 pp. 6 *M*

1411. **Lévesque, L.. Notes sur Saint-Maixent.** Le Campus Vocladensis. *Paris*, 1881. 8⁰. 35 pp. 2 *M*

1412. **v. Löher, Fr. Russlands Werden und** Wollen. 3 Bücher. *München*, 1881. *Th. Ackermann.* 8⁰. VIII, 203, IV, 207, IV, 189 pp. 9 *M*

1413. **Magnus. About the Jews since Bible** Times. From the Babylonian Exile till the English Exodus. *London*, 1881. 8⁰. 320 pp. 7 *M* 20 *Pf*

1414. **Marvin, C.. Merv, the Queen of the** World and the Scourge of the Manstealing Turcomans. With an Exposition of the Khorassan Question. *London*, 1881. 8⁰. 128 pp. 21 *M*

1415. **Mason, F.. H.. The Life and public Ser**vices of Jam. A.. Garfield, twentieth President of the United States. A biographical Sketch. With a Preface by Bret Harte. *London*, 1881. 8⁰. 134 pp. 3 *M*

1416. **Meissner, F.. Studien über die fran**zösische Revolution. *Basel*, 1881. *Schneider.* 4⁰. 45 pp. 1 *M* 60 *Pf*

1417. **Morris. — Autobiography of Commodo**re C.. Morris, U. S. Navy. With Portrait and explanatory Notes. *Boston*, 1881. 8⁰. 110 pp. 6 *M*

1418. **Oesterley, Hm. Historisch-geographisches** Wörterbuch des deutschen Mittelalters. 1. Lfg. *Gotha*, 1881. *Perthes.* 8⁰. 80 pp. 2 *M* 40 *Pf*
Soll in ca. 12 Lfgn. erscheinen.

1419. **O'Toole, L.., and his Contemporaries.** Containing the true Account of the English Invasion, or how the Land War began. An Extract from an unpublished Work by Eblana. *London*, 1881. 12⁰. 84 pp. 1 *M* 20 *Pf*

1420. **Pardon. Le Guadeloupe depuis sa dé**couverte jusqu'à nos jours. *Paris*, 1881. 8⁰. 360 pp. *Mit 2 Karten.* 5 *M*

1421. **Posse, O. Die Markgrafen von Meissen** und das Haus Wettin bis zu Konrad dem Grossen. Mit 4 Stammtaf. u. 8 Karten. *Leipzig*, 1881. *Giesecke & Devrient.* 8⁰. XV, 464 pp. 9 *M*

1422. **Rietstap, J.. B.. Wapenboek van den** Nederlandschen adel met genealogische en heraldische aanteekeningen. 1. afl. *Groningen*, 1881. Fol. 12, 16 pp. *Mit 4 Taf., jede 6 Wappen enthaltend.* 13 *M* 50 *Pf*
Soll in 26 Lfgn. erscheinen.

1423. **Talleyrand. — Correspondance inédite** du prince de Talleyrand et du roi Louis XVIII, pendant le Congrès de Vienne. Publié sur les manuscrits conservés au Dépôt des affaires étrangères. Avec préface, éclaircissements et notes par M..

1424. **Talleyrand's** Briefwechsel mit König Ludwig XVIII. während des Wiener Congresses. Nach den im Archiv des Ministeriums des Auswärtigen zu Paris aufbewahrten Handschriften herausgegeben von G.. Pallain. Autorisirte deutsche Ausgabe besorgt von P. Bailleu. *Leipzig*, 1881. *Brockhaus*. 8°. XXXVI, 441 pp. 8 ℳ

1425. **Timayenis, T.. T..** History of Greece from earliest Times to the present. 2 vols. *New York*, 1881. 12. X, 892 pp. *Mit Karten u. Illustr.* 21 ℳ 50 ₰

1426. **Tomaschek, W.** Ethnologische Forschungen über Ost-Europa und Nord-Asien. I. *A. u. d. T.*: Die Goten in Taurien. *Wien*, 1881. *Hölder*. 8°. 78 pp. 2 ℳ

1427. **True, C. K..** Sir Walter Raleigh. *London*, 1881. 12°. 210 pp. 2 ℳ 40 ₰

1428. **v. Ugény, E.** Russland und England. Aeussere und innere Gegensätze. *Leipzig*, 1881. *Friedrich*. 8°. 256 pp. 6 ℳ

1429. **Upjohn, L..** Earl of Beaconsfield, his Life and Work. *London*, 1881. 8°. 292 pp. 3 ℳ

1430. **Walker, P.. F..** Afghanistan. A short Account of Afghanistan, its History and our Dealings with it. *London*, 1881. 12°. 166 pp. 3 ℳ

1431. **Wallon, H..** Histoire du tribunal révolutionnaire de Paris, avec le journal de ses actes. Tome III. *Paris*, 1881. 8°. 539 pp. 7 ℳ 50 ₰
S. oben Nr. 816.

1432. **v. Wurzbach, Cst.** Biographisches Lexikon des Kaiserthums Oesterreich, enthaltend die Lebensskizzen der denkwürdigsten Personen, welche seit 1750 in den österreichischen Kronländern geboren wurden oder darin gelebt und gewirkt haben. Mit Unterstützung des Autors durch die kaiserl. Akademie der Wissenschaften. XLII. Thl. Szedler — Taafe. *Wien*, 1881. *k. k. Hof- u. Staatsdruckerei*. 8°. V, 330 pp. *Mit 6 genealog. Taf.* 6 ℳ
S. 1880 Nr. 2943.

VIII. Sprachwissenschaft.

1433. **Barnes, F.. A..** German-English Dictionary of Words and Terms used in Medicine and its cognate Sciences. *London*, 1881. 16°. 10 ℳ 80 ₰

1434. **Berghaus, H.** Sprachschatz der Sassen. Wörterbuch der plattdeutschen Sprache in den hauptsächlichsten ihrer Mundarten. 13. Heft. *Berlin*, 1881. *Eisenschmidt*. 8°. II. Bd. p. 177—256. 1 ℳ 50 ₰
S. oben Nr. 236.

1435. Assyriologische Bibliothek, herausgegeben von *F. Delitzsch* und *P. Haupt*. I. 2. u. 3. Lfg. *Leipzig*, 1881. *Hinrichs' Verl.* 4°. p. 45—132. 15 ℳ
Inhalt: Akkadische und sumerische Keilschrifttexte, nach den Originalen im Britischen Museum copirt und mit einleitenden Zusammenstellungen, sowie erklärenden Anmerkungen herausgegeben von P. Haupt. 2. Lfg. Akkadische Texte. 3. Lfg. Sumerische Texte.
S. oben Nr. 1121.

1436. **Dominguez, R.. J..** Compendio del diccionario nacional de la lengua española. 2 tomos. *Madrid*, 1881. 8°. XIII, 946, 966 pp. 10 ℳ

1437. **van Eck, R..** Beknopte spraakkunst van het Maleisch, benevens opstellen ter vertaling samenspraken en woordenboekje. *Breda*, 1881. 8°. VIII, 211 pp. 5 ℳ

1438. **Gallé, J.. H..** Gutiska. Lijst van Gotische woorden, wier geslacht of buiging naar analogie van andere gotische woorden, of van het oud-germaansch wordt opgegeven. *Haarlem*, 1881. 8°. 52 pp. 2 ℳ 50 ₰

1439. **Hoernle, A.. F.. Ldf.** A comparative grammar of the Gaudian languages, with special reference to the eastern Hindi, accompanied by a (lith. and col.) language-map and a table of alphabets. *London*, 1880. [*Bonn*, *Strauss*.] 8°. LV, 416 pp. 18 ℳ

1440. **de Pisan, Cristine.** Le livre du chemin de long estude, publié pour la première fois d'après sept manuscrits de Paris, de Bruxelles et de Berlin par *Rbt. Püschel*. *Berlin*, 1881. *Damköhler*. 8°. XXII, 301 pp. 6 ℳ

1441. **Redhouse, J..** The Mesnevi, usually known as the Mesneviyi Sherif or Holy Mesnevi of Mevland (Our Lord) Jelalu' 'd Din Muhammed Er-Rumi. Book I. Together with some Account of the Lives and Acts of the Authors, of his Ancestors, and of his Descendants. Illustrated by a Selection of characteristic Anecdotes, as collected by their Historian, Mevlana Shemsu-'d 'Din Ahmed el Eflâki.

1442. **Thiemann, C.**. Grundzüge der homerischen Modus-Syntax, sowie Lehre vom Gebrauch und Unterschied der Partikeln ἄν und κέν. *Berlin*, 1881. *Mayer & Müller*. 8°. III, 55 pp. 1 ℳ 50 ₰

1443. **Toischer, W.**. Ueber die Alexandreis Ulrichs von Eschenbach. [Aus: „Sitzungsberichte der k. k. Akademie der Wissenschaften".] *Wien*, 1881. *Gerold's Sohn*. 8°. 100 pp. 1 ℳ 50 ₰

IX. Alterthumswissenschaft.

1444. **Baumann, J.**. Die arte metrica Catulli. *Landsberg a. W.*, 1881. *Schaeffer & Co.* 4°. 22 pp. 1 ℳ

1445. **Cicero.** — M. Tullii Ciceronis pro Cnæo Plancio oratio. Edited with Commentary and Introduction for the Syndics of the University Press by Hb. A. Holden. *Cambridge*, 1881. [*Leipzig, F. A. Brockhaus' Sortiment u. Antiq.*] 12°. 10 pp. 5 ℳ 40 ₰

1446. **Fabricius, B.**. Die Elegien des Albius Tibullus und einiger Zeitgenossen erklärt. *Berlin*, 1881. *Nicolai's Verl.* 8°. XII, 149 pp. 2 ℳ 50 ₰

1447. **Floigl, Vct.** Cyrus und Herodot nach den neugefundenen Keilinschriften. *Leipzig*, 1881. *Friedrich*. 8°. V, 197 pp. 6 ℳ

1448. **Hempel, O.** Quaestiones Theocriteae. *Kiel*, 1881. *Lipsius & Tischer*. 8°. 8 pp. 2 ℳ

1449. **Hoernes, Mr.** Alterthümer der Hercegovina. [Mit 34 Abbildgn.] [Aus: „Sitzungsberichte der k. Akademie der Wissenschaften."] *Wien*, 1881. *Gerold's Sohn*. 8°. 124 pp. 2 ℳ 50 ₰

1450. **Löw, Imm.** Aramaeische Pflanzennamen. Mit Unterstützung der k. Akademie der Wissenschaften in Wien. *Leipzig*, 1881. *Engelmann*. 8°. VIII, 490 pp. 20 ℳ

1451. **Madvig, J. N.**. Den romerske Stats Forfatning og Forvaltning. 1ste Bind. *Kjøbenhavn*, 1881. 8°. 500 pp. 14 ℳ

1452. **Massey, G.**. A Book of the Beginning. Containing an Attempt to recover and reconstitute the lost Origins of the Myths and Mysteries, Types and Symbols, Religion and Language with Egypt for the Mouthpiece and Africa as the Birthplace. 2 vols. *London*, 1881. 8°. 1170 pp. 43 ℳ

1453. **Merguet, H.**. Lexikon zu den Reden des Cicero mit Angabe sämmtlicher Stellen. III. Bd. 1. u. 2. Lfg. *Jena*, 1881. *Fischer*. 8°. p. 1—72. *Jede Lfg.* 2 ℳ
S. oben Nr. 254.

1454. **Pfitzner, W.**. Geschichte der römischen Kaiserlegionen von Augustus bis Hadrianus. *Leipzig*, 1881. *Teubner*. 8°. VI, 290 pp. 6 ℳ 40 ₰

1455. **Pfizmaier, A.**. Die älteren Reisen nach dem Osten Japans. [Aus: „Denkschriften der k. Akademie der Wissenschaften."] *Wien*, 1881. *Gerold's Sohn*. 4°. 3 pp. 4 ℳ

1456. **Pfizmaier, A.**. Die fremdländischen Reiche zu den Zeiten der Sui. [Aus: „Sitzungsberichte der k. Akademie der Wissenschaften".] *Wien*, 1881. *Gerold's Sohn*. 8°. 82 pp. 1 ℳ 20 ₰

1457. **Spiess, F.**. Das Jerusalem des Josephus. Ein Beitrag zur Topographie der heiligen Stadt. Mit 2 lith. Taf. *Berlin*, 1881. *Habel*. 8°. IV, 112 pp. 2 ℳ 80 ₰

X. Schöne Literatur und Kunst.

1458. **d'Artigues, Mme. A.**. Lettres de femmes. *Paris*, 1881. 18°. 245 pp. 3 ℳ 50 ₰

1459. **Besant, W.**, and **Jam. Rice.** The ten Years' Tenant, and other Stories. vols. *London*, 1881. 8°. 37 ℳ

1460. **Blackburne, E. O.**. Shadows in the Sunlight. 3 vols. *London*, 1881. 8°. 37 ℳ

1461. **Black, W.**. Sunrise. A Story of these Times. 3 vols. *London*, 1881. 8°.

1462. **ten Brink, J.** Een schitterende Carrière. *Leiden*, 1881. 8°. VIII, 260 pp. 6 ℳ 75 ₰

1463. **Buchanan, R.** A Child of Nature. 3 vols. *London*, 1881. 8°. 37 ℳ

1464. **de Camoens, Luis'**, sämmtliche Gedichte. Zum ersten Male deutsch von *W. Storck*. III. Bd. Buch der Elegieen, Sestinen, Oden und Octaven. Nebst einer Beilage: Camoens in Deutschland. *Paderborn*, 1881. *F. Schöningh*. 8°. XVI, 434 pp. 6 ℳ

S. 1880 Nr. 2360.

1465. **Cherbuliez, Vct.** Noirs et rouges. *Paris*, 1881. 18°. 410 pp. 3 ℳ 50 ₰

1466. **Cladel, L.** Les Va-nu-pieds. *Paris*, 1881. 18°. XI, 375 pp. 3 ℳ 50 ₰

1467. **Conscience, H.** De burgers van Darlingen. *Leiden*, 1881. 4°. 183 pp. 3 ℳ 30 ₰

1468. **Ebers, G.** Eine Frage. Idyll, zu einem Gemälde seines Freundes Alma Tadema erzählt. *Stuttgart*, 1881. *Hallberger*. 8°. VIII, 134 pp. *Mit 1 Lichtdr.* 3 ℳ 50 ₰

1469. **Eckstein, E.** Glück und Erkenntniss. Studienblätter und Skizzen. *Leipzig*, 1881. *Eckstein*. 8°. VII, 174 pp. 3 ℳ

1470. **Ellis, A. M.** Under Sun and Moon. 3 vols. *London*, 1881. 8°. 37 ℳ

1471. **Erckmann-Chatrian.** Alsace. Drame en cinq actes et huit tableaux. *Paris*, 1881. 18°. 262 pp. 3 ℳ

1472. **Fabre, Fd.** Mon oncle Célestin. Mœurs cléricales. *Paris*, 1881. 18°. 484 pp. 3 ℳ 50 ₰

1473. **Fehrmann, E. Gst.** Die architektonischen Formen der Renaissance und ihre Decoration. Photographische Aufnahmen plastischer Vorlagen für Architekten, polytechnische Lehranstalten, Baugewerk-, Kunst- und Gewerbeschulen, für alle Gewerken, die mit der Architektur in Beziehung sind, sowie für den Zeichenunterricht überhaupt. Unter Mitwirkung von *K. Weissbach* herausgegeben. 6.–8. Lfg. *Dresden*, 1881. *Gilbers*. Fol. *30 Lichtdrucktaf.* *Jede Lfg.* 10 ℳ

S. 1880 Nr. 2979.

1474. **Feuillet, Oct.** Histoire d'une Parisienne. *Paris*, 1881. 12°. 281 pp. 3 ℳ 50 ₰

1475. **Gagneur, M. L.** Un chevalier de sacristie. *Paris*, 1881. 18°. 516 pp. 3 ℳ 50 ₰

1476. **Garcias, P.** Nouvelles histoires de femmes. *Paris*, 1881. 18°. 343 pp. 3 ℳ 50 ₰

1477. **Gautier.** Les Vacances du lundi. Tableaux de montagnes. *Paris*, 1881. 18°. 319 pp. 3 ℳ 50 ₰

1478. **Gildemeister, K.** Plattdütsche Gedichte. *Wismar*, 1881. *Hinstorff's Sort.* 8°. VIII, 198 pp. 3 ℳ

1479. **de Goncourt, Edm.** La Maison d'un artiste. 2 vol. *Paris*, 1881. 18°. 365, 386 pp. 7 ℳ

1480. **Gonzalès, E.** Les Caravanes de Scaramouche. Avec une notice historique par P. Lacroix. *Paris*, 1881. 16°. XXV, 289 pp. 10 ℳ

1481. **Goodrich, A. F.** Music as a Language; or the Meaning of musical Sounds. *New York*, 1881. 8°. 106 pp. 4 ℳ 80 ₰

1482. **Jókai, Maurus.** Zweimal sterben. Roman. 3 Bde. *Berlin*, 1881. *Janke.* 8°. 228, 232, 208 pp. 10 ℳ

1483. Das deutsche Haus im Schmucke der Poesie und Kunst. Herausgegeben von *K. Dorenwell*. Eingeführt von *Jul. Sturm*. Mit 12 Lichtdr.-Bildern nach Originalen von Th. Schüz. 1. u. 2. Lfg. *Wolfenbüttel*, 1881. *Zwissler*. 4°. 64 pp. *Mit 1 Lichtdr.* *Jede Lfg.* 1 ℳ

Soll in ca. 12 Lfgn. erscheinen.

1484. **Hoppensack, L. A.** Carl Martel, der grosse Majordomus. Romantische Erzählung. 2 Thle. *Paderborn*, 1881. *F. Schöningh*. 8°. 192, 337 pp. 4 ℳ 50 ₰

1485. **Kekulé, Rhd.** Ueber den Kopf des Praxitelischen Hermes. Mit 2 Taf. in Lichtdr. *Stuttgart*, 1881. *Spemann*. 4°. 32 pp. 2 ℳ 65 ₰

1486. **König, Ew. A.** Der goldene Schatz aus dem dreissigjährigen Kriege. Roman. 4 Bde. *Jena*, 1881. *Costenoble*. 8°. 277, 280, 310, 321 pp. 18 ℳ

1487. **Lindau, P.** Verschämte Arbeit. Schauspiel in 3 Aufzügen. *Berlin*, 1881.

1488. **Lingg, Hm.** Byzantinische Novellen. *Berlin*, 1881. *Janke*. 8⁰. 304 pp. 5 *M*

1489. **Mackay, C.** Luck, and what came of it. A Tale of our Times. 3 vols. *London*, 1881. 8⁰. 37 *M*

1490. **Malot, Hct.** Une femme d'argent. *Paris*, 1881. 18⁰. 357 pp. 3 *M*

1491. **Middlemass, J.** Four-in-Hand. 3 vols. *London*, 1881. 8⁰. 37 *M*

1492. **Mollett, J. W..** Sir David Wilkie. *London*, 1881. 8⁰. 112 pp. 4 *M* 20 *Pf*

1493. **de Montépin, X.** Son altesse l'amour. Drame parisien. 2 vol. *Paris*, 1881. 330, 340 pp. 6 *M*

1494. **Murray, D.. C..** A Life's Atonement. 3 vols. *London*, 1881. 8⁰. 37 *M*

1495. **Neera.** Iride. Nuove novelle. *Milano*, 1881. 8⁰. 390 pp. 4 *M* 80 *Pf*

1496. **d'Or, B..** My Sister's Prussian Lover. 2 vols. *London*, 1881. 8⁰. 25 *M*

1497. **van Rees, C.. F..** Schijn en wezen. Twe novellen. *Haarlem*, 1881. 8⁰. IV, 316 pp. 7 *M*

1498. **Trollope, Ant.** Dr. Wortle's School. 2 vols. *London*, 1881. 8⁰. 25 *M*

1499. A Village Commune. By *Ouida*. 2 vols. *London*, 1881. 8⁰. 25 *M*

1500. **Viollet-Le-Duc.** Histoire d'un dessinateur. Comment on apprend à dessiner. Texte et dessins par Viollet-Le-Duc. *Paris*, 1881. 8⁰. 306 pp. *Mit Titelbild u. 109 Illustr.* 7 *M*

1501. **v. Winterfeld, A..** Das Spukehaus. Komischer Roman. 4 Bde. *Jena*, 1881. *Costenoble*. 8⁰. 187, 203, 224, 214 pp. 10 *M*

1502. **v. Wolzogen, E.** Immaculata. Erzählung. *Leipzig*, 1881. *Reissner*. 8⁰. III, 160 pp. 3 *M*

1503. **Zola, E.** Le Naturalism au théâtre. Les théories et les exemples. *Paris*, 1881. II, 412 pp. 3 *M* 50 *Pf*

XI. Handel. — Industrie. — Oekonomie.

1504. **v. Babo, A..** Handbuch des Weinbaues und der Kellerwirthschaft. Unter Mitwirkung von *E. Mach*. I. Bd. Weinbau. Mit 348 in den Text gedr. Holzschn. *Berlin*, 1881. *Parey*. 8⁰. XVI, 717 pp. 16 *M*

1505. **Beebe, Mrs. C.. D..** Lace, ancient and modern. Comprising a History of its Origin and Manufacture, with Instructions concerning the Manner of making it. *New York*, 1881. 8⁰. 256 pp. 18 *M*

1506. **Behrend, P.** Die Resultate der hauptsächlichsten Felddüngungsversuche von Lawes und Gilbert in England und ihre Bedeutung für die deutsche Landwirthschaft. Bearbeitet und kritisch dargestellt. *Berlin*, 1881. *Parey*. 8⁰. 138 pp. 4 *M*

1507. **Chalmers, Jam. P..** Graphical Determination of Forces in Engineering Structures. *London*, 1881. 8⁰. 436 pp. 28 *M*

1508. **Cundall, Jos.** On Bookbinding, ancient and modern. *London*, 1881. 8⁰. 37 *M*

1509. **Denton, J.. B..** Sewage Disposal. Ten Years' Experience in Works of Intermittent and downward Filtration. *London*, 1881. 8⁰. 4 *M* 20 *Pf*

1510. **Dürre, E. F.** Die Anlage und der Betrieb der Eisenhütten. Ausführliche Zusammenstellung neuerer und bewährter Constructionen aus dem Bereiche der gesammten Eisen- und Stahl-Fabrikation. Unter Berücksichtigung aller Betriebs-Verhältnisse bearbeitet. 4. u. 5. Lfg. *Leipzig*, 1881. *Baumgärtner*. 4⁰. I. Bd. p. 73—120. *Mit 12 photo-lith. Taf.* *Jede Lfg.* 6 *M*
S. 1880 Nr. 3666.

1511. **Hamersly, L.. R..** Naval Encyclopaedia. *Philadelphia*, 1881. 8⁰. 1017 pp. 54 *M*

1512. **Harlacher, A.. R..** Die Messungen in der Elbe und Donau und die hydrometrischen Apparate und Methoden des Verfassers. Mit 50 Holzschn. u. 5 lith. Taf. *Leipzig*, 1881. *Felix*. 4⁰. VI, 61 pp. 17 *M*

1513. **Kohlfürst, L.** Die elektrischen Wasserstands-Anzeiger. Für Wasserbau- und Maschinen-Techniker, Wasserleitungs-Ingenieure, Fabrikdirektoren, Industrielle etc. Mit 54 in den Text gedr. Holzschn. *Berlin*, 1881. *Springer*. 8⁰. VI, 71 pp.

1514. **Lyell, J., C.**, Fancy Pigeons. Containing full Directions for their Breeding and Management. With Descriptions of every known Variety, and all other information of Interest or Use to Pigeon Fanciers. *London*, 1881. 8°. 330 pp. 9 ℳ

1515. **Mann, J., J.**, River Bars. Notes on the Cause of their formation. *London*, 1881. 8°. 9 ℳ

1516. **Meissner, G.**, Die Hydraulik und die hydraulischen Motoren. Ein Handbuch für Ingenieure, Fabrikanten und Constructeure. Zum Gebrauche für technische Lehranstalten, sowie ganz besonders zum Selbstunterricht. II. Bd. Die Turbinen und Wasserräder. 10. Heft. *Jena*, 1881. *Costenoble*. 8°. p. 505—552. *Mit 6 Steintaf.* 3 ℳ

S. oben Nr. 310.

1517. **Möckel, G., L.**, Ausgeführte und projectirte Kirchen, Villen und Wohnhäuser mit übersichtlicher Zusammenstellung der Herstellungskosten. 4.—7. Lfg. *Dresden*, 1881. *Gilbers*. Fol. *Je 6 Bl. in Lichtdr.* *Jede Lfg.* 6 ℳ

S. 1880 Nr. 3022.

1518. **Nosek, Thdr.** Ueber Regulirungen von Gebirgsflüssen und Anlage von Thalsperren in Baiern und in der Schweiz. Reise-Bericht, erstattet an den hohen Landesausschuss der Markgrafschaft Mähren. *Brünn*, 1881. *Winiker*. Fol. 98 pp. *Mit 39 lith. Taf.* 12 ℳ

1519. **Oelsner, G., Hm.** Lehrbuch der Tuch- und Buckskinweberei auf Hand- und mechanischen Stühlen. 25.—27. Lfg. *Altona*, 1881. *Send.* 8°. II. Bd. p. 97—136. *Mit 5 Steintaf.* *Jede Lfg.* 60 ₰

S. 1880 Nr. 2726.

1520. **Philbrick, E., S.**, American Sanitary Engineering. *New York*, 1881. 4°. 129 pp. 12 ℳ

1521. **Riniker, H.**, Die Hagelschläge und ihre Abhängigkeit von Oberfläche und Bewaldung des Bodens im Kanton Aargau, nach Beobachtungen des Forstpersonals und amtlichen Quellen bearbeitet. Mit 2 color. kartographischen Beilagen. *Berlin*, 1881. *Springer*. 8°. VIII, 152 pp. 5 ℳ

1522. **Schmidt, O.** Neuere Bauformen des Ziegel-, Quader- und Holzbaues, für Baugewerks- und Fortbildungsschulen und zum Selbstunterricht bearbeitet. 1. Lfg. Der Verband der Mauersteine. Mit erläuterndem Text. Mit 16 lith. Taf. *Berlin*, 1881. *Springer*. 8°. VII, 23 pp. 5 ℳ

Soll in 5 Lfgn. erscheinen.

1523. **Semper, Gfr.** Die Bauten, Entwürfe und Skizzen. Gesammelt und herausgegeben von *Manfr. Semper*. 1. Lfg. *Leipzig*, 1881. *Knapp*. Fol. *5 Stahlst. mit 1 Bl. Text.* 10 ℳ

Soll in 26 Lfgn. erscheinen.

1524. **Stevenson, T.**, Lighthouse Construction and Illumination. *London*, 1881. 8°. 290 pp. 30 ℳ

1525. **Uhland, W. H.** Handbuch für den praktischen Maschinenconstructeur. Eine Sammlung der wichtigsten Formeln, Tabellen, Constructionsregeln und Betriebsergebnisse für den Maschinenbau und die mit demselben verwandten Branchen. Unter Mitwirkung erfahrener Ingenieure und Fabrikdirektoren herausgegeben. [4 Bde. mit gegen 1000 Textfig. und 40—50 Taf. in Photolith.] 15. u. 16. Lfg. *Leipzig*, 1881. *Baumgärtner*. 4°. *Je 4 Bl.* *Jede Lfg.* 3 ℳ

S. oben Nr. 604.

1526. **Unwin, W. C.** Ueber Nietverbindungen. Erster Bericht an die Sub-Commission der „Institution of mechanical engineers". Mit Genehmigung dieser Gesellschaft ins Deutsche übersetzt von *Fd. Loewe*. *Wien*, 1880. *v. Waldheim*. 8°. 75 pp. *Mit 5 eingedr. Fig.* 2 ℳ 40 ₰

1527. **Wershoven, F., J.**, The scientific English Reader. Englisches naturwissenschaftlich-technisches Lesebuch für höhere technische Lehranstalten und zum Selbststudium für Studirende, Lehrer, Techniker, Industrielle. Mit sprachlichen und sachlichen Erläuterungen. III. Teil. Bau-Ingenieurwesen. Mit 6 Abbildgn. in Holzschn. *Leipzig*, 1881. *Brockhaus*. 8°. V, 144 pp. 2 ℳ

Schluss. — S. oben Nr. 315.

Verantwortlicher Redacteur Otto Kistner in Leipzig.

Allgemeine Bibliographie.

Monatliches Verzeichniss

der

wichtigern neuen Erscheinungen der deutschen und ausländischen Literatur.

Herausgegeben von **F. A. Brockhaus** in Leipzig.

881.] Juni. [Nr. 6.

Dieses Verzeichniss erscheint regelmässig monatlich und ist, gleich den darin angezeigten Büchern, direct von F. A. Brockhaus *in* Leipzig *sowie durch alle Buchhandlungen zu beziehen.*

I. Encyklopädie und Literaturwissenschaft.

1528. **Beowulf.** An Old English Poem translated into modern Rhymes by H. V. Lumsden. *London*, 1881. 8°. XX, 114 pp. 6 M

1529. Internationale wissenschaftliche Bibliothek. XLIX. Bd. *Leipzig*, 1881. *Brockhaus.* 8°. X, 348 pp. 6 M
Inhalt: Das Polarlicht. Von Hm. Fritz. Mit 2 Holzschn.-Abbildgn., 1 chromolith. Karte 4 lith. Taf.
S. oben Nr. 610.

1530. **Hart, J. M.** A Syllabus of Anglo-Saxon Literature. Adapted from Ten Brinks Geschichte der englischen Literatur. *Cincinnati*, 1881. 8°. 6 M

1531. **Morley.** Library of English Literature. 5 vols. *London*, 1881. 4°. 69 M

1532. **Prölss, Rb.** Geschichte des neuern Dramas. II. Bd. 1. Hälfte. Das neuere Drama in Frankreich. *Leipzig*, 1881. *Schlicke.* 8°. III, 498 pp. 13 M 50 ₰
S. 1880 Nr. 3372.

1533. Die Publicistik der Gegenwart. Die Pressverhältnisse im Königreich Preussen. *Würzburg*, 1881. *Woerl.* 12°. VIII, 529 pp. 5 M

1534. **Steuerwald, W.** Lyrisches im Shakspere. *München*, 1881. *Th. Ackermann.* 8°. V, 161 pp. 3 M

1535. **Turmair's, Jhs.,** gen. **Aventinus,** sämmtliche Werke. Auf Veranlassung des Königs von Bayern herausgegeben von der k. Akademie der Wissenschaften. I. Bd. Kleinere historische und philologische Schriften. 2. Hälfte. *München*, 1881. *Kaiser.* 8°. LIX u. p. 373—671. 7 M 80 ₰
S. 1880 Nr. 2749.

II. Theologie und Philosophie.

1536. **Bahnsen, Jul.** Aphorismen zur Sprachphilosophie. Vom Standpunkt der Willensmetaphysik. *Berlin*, 1881. *Grieben.* 8°. 35 pp. 1 M

1537. **Bascom, C. D.** Natural Theology. *New York*, 1881. 12°. 306 pp. 9 M

1538. **Bertini, G. M.** Storia della filosofia moderna. Lezioni, ordinate e pubblicate dal figlio Raimondo. Parte I. Dal 1596 al 1690. Vol. I. *Torino*, 1881 8°. XI, 166 pp. 2 M 40 ₰

1539. **Browne, C. G.**. Instructions in the Way of Life. An Attempt to reply to some practical and theological Questions. *London*, 1881. 8°. 232 pp. 5 *M* 40 *₰*

1540. **Cantalupi, Andr.** Il suffragio universale e la filosofia sociologica. *Torino*, 1881. 8°. 148 pp. 3 *M*

1541. **Charaux, C.** De la pensée. *Paris*, 1881. 18°. 440 pp. 3 *M* 50 *₰*

1542. **Cutts, Ed. C.**. St. Augustine. *London*, 1881. 12°. 236 pp. 2 *M* 40 *₰*

1543. **Dewhurst, W.. W.**. History of St. Augustine, Florida. *New York*, 1881. 12°. 180 pp. 7 *M* 80 *₰*

1544. **Dorner, J.. A.**. System der christlichen Glaubenslehre. II. Bd. Specielle Glaubenslehre. 1.—2. Hälfte. *Berlin*, 1881. *Hertz*. 8°. 1018 pp. 18 *M*
S. 1879 Nr. 1850.

1545. **Ferraz.** Nos devoirs et nos droits. Morale pratique. *Paris*, 1881. 18°. XL, 380 pp. 3 *M* 50 *₰*

1546. **Ghiringhello, Gius.** La critica scientifica ed il sovrannaturale. *Torino*, 1881. 4°. 310 pp. 9 *M* 50 *₰*

1547. **Gilmore, J.. R.**, and **L.. Abbott.** The Gospel History. Complete connected Account of the Life of our Lord, woven from the Text of the four Evangelists. With Notes, original and se'ect, Indexes of Texts and Topics. *New York*, 1881. 16°. 837 pp. 10 *M* 80 *₰*

1548. **Gotch, F.. W.**. Supplement to the Fragments of the Codex Cottonianus, published by Tischendorf in his „Monumenta sacra". Together with a Synopsis of the Codex. *London*, 1881. 4°. *Facsimile Druck.* 9 *M*

1549. **Grozer, W.. H.**. Joshua and his Successors. An Introduction to the Books of Joshua, Judges, Ruth, and Samuel I. With Notes, critical and illustrative. *London*, 1881. 8°. 178 pp. 4 *M* 80 *₰*

1550. **Gunning, J.. H.**. Van Calwijn tot Rousseau. *Rotterdam*, 1881. 8°. 96 pp. 2 *M* 75 *₰*

1551. **v. Hagen, Edm.** Kritische Betrachtung der wichtigsten Grundlehren des Christenthums. *Hannover*, 1881. *Schüssler*. 8°. LVI, 120 pp. 4 *M*

1552. **Henning, K.** Johann Conrad Dippels vistelse i Sverige samt dippelianismen i Stockholm 1727—1741. *Upsala*, 1881. 8°. 164 pp. 3 *M*

1553. **Hess, G.** Abriss der empirischen Psychologie. *Gütersloh*, 1881. *Bertelsmann*. 8°. VIII, 156 pp. 2 *M* 50 *₰*

1554. **Horne, R.. H.**. Bible Tragedies. John the Baptist, or the Valour of the Soul, Rahman, the apocryphical Book of Job's Wife, Judas Iscariot. A Mystery. *London*, 1881. 8°. 190 pp. 9 *M*

1555. **Joiss, Glieb.** Das Sectenwesen im Kanton Bern. *Herzogenbuchsee*, 1881. [*Bern, Huber & Co.*] 8°. 77 pp. 1 *M*

1556. **Kaftan, Jul.** Das Wesen der christlichen Religion, dargestellt. *Basel*, 1881. *Bahnmaier*. 8°. XI, 467 pp. 8 *M*

1557. **Köhler, A.** Lehrbuch der biblischen Geschichte Alten Testamentes. 2. Hälfte. 2. Lfg. *Erlangen*, 1881. *Deichert*. 8°. p. 129—266. 2 *M*
S. 1877 Nr. 1836.

1558. **Krüger, F.** Das Reich Gottes nach der Lehre Jesu. *Güstrow*, 1879. *Opitz & Co.* 8°. 446 pp. 10 *M*

1559. **Lang, H..** Huldreich Zwingli. Et religiøst Karakterbillede fra Reformations Tid. *Kjobenhavn*, 1881. 8°. 100 pp. 3 *M*

1560. **Löhr.** Die Geschichte der heiligen Schrift vom Anfang der Dinge. Für Gebildete erläutert. *Berlin*, 1881. *Wiegandt & Grieben*. 8°. 164 pp. 2 *M* 25 *₰*

1561. **Metz, Adf.** Die antipetrinische Rede des Apostels Paulus [Gal. 2, 14—21] dialektisch erörtert. *Hamburg*, 1881. *Nolte*. 4°. 37 pp. 2 *M* 50 *₰*

1562. **Nathan, Jul.** Kant's logische Ansichten und Leistungen. *Jena*, 1879. [*Berlin, Stuhr.*] 8°. 134 pp. 2 *M* 25 *₰*

1563. **Neudecker, G.** Das Grundproblem der Erkenntnisstheorie. Eine philosophische Studie. *Nördlingen*, 1881. *Beck*. 8°. 62 pp. 1 *M* 40 *₰*

1564. **Notten, J.. W.. A.**. Schrift en ervaring. *Leiden*, 1881. 8°. IV, 167 pp. 2 *M* 25 *₰*

1565. **Paoli, A..** Hume e il principio di causa. Parte 1ª. *Firenze*, 1880. 16°.

1566. **Parker, J.**. The Inner Iife of Christ as revealed in the Gospel of St. Matew. Vol. I. These Sayings of mine. Vol. II. Servant of all. *London*, 1881. . 354, 352 pp. 19 *M.*

1567. **Passaglia, C.** Della dottrina di San Tommaso secondo l'enciclica de ɔone XIII. *Torino*, 1880. 16°. 367 pp. 4 *M.* 20 *ℌ*

1568. **Pettingell, J.. H.**. Platonism versus Christianity. The Question of Imortality historically considered, with special Reference to the Apostasy of the hristian Church. Also Essay on the Unity of Man. *Philadelphia*, 1881. 12°. I, 97 pp. 1 *M.* 80 *ℌ*

1569. **Pfleiderer, Edm.** Kantischer Kritizismus und englische Philosophie. Eine eleuchtung des deutsch-englischen Neu-Empirismus der Gegenwart als Beitrag m Centenarium der Kritik der reinen Vernunft. *Halle*, 1881. *Pfeffer*. 8°. VI, 8 pp. 2 *M.* 50 *ℌ*

1570. **Rabbinovicz, Raph.** Variae lectiones in Mischnam et in Talmud babylocum, quum ex aliis libris antiquissimis et scriptis et impressis tum e codice onacensi praestantissimo collectae, annotationibus instructae. Pars XI. Tract. ıba Bathra. *München*, 1881. *Rosenthal*. 8°. 517 pp. 9 *M.*
S. 1875 Nr. 3323.

1571. **Rodriguez, Alfr.** Esercizio di perfezione e di virtù cristiane. 3 vol. *Roma*, 381. 8°. XVI, 697, 675, 552 pp. 16 *M.* 50 *ℌ*

1572. **Schultzky, G.. M.**. Das Quadrat der Bildung. Mathematisch-philosophische rwägungen. Mit 1 lith. Taf. *Berlin*, 1881. *Grieben*. 8°. VII, 382 pp. 5 *M.*

1573. **Sepp, Ch.** Polemische en irenische theologie. Bijdragen tot hare geschieɪnis. *Leiden*, 1881. 8°. VI, 247 pp. 6 *M.* 75 *ℌ*

1574. **Strümpell, L.** Grundriss der Logik oder die Lehre vom wissenschaftlichen enken. Für Studirende und Lehrer. *Leipzig*, 1881. *Böhme*. 8°. VIII, 216 pp. 2 *M.* 80 *ℌ*

1575. **Turano, Dm.** Vescovo di Girgenti. Filosofia della storia sacra, e notizie cheologiche bibliche. *Torino*, 1881. 8°. 254 pp. 4 *M.* 20 *ℌ*

1576. **Uranga, N.**. La cuestion cristiana y la crisis religiosa actual. *Madrid*, . 248 pp. 3 *M.* 20 *ℌ*

1577. **Windelband, W.**. Die Geschichte der neuern Philosophie, in ihrem Zummenhange mit der allgemeinen Cultur und den besonderen Wissenschaften ırgestellt. II. Bd. Von Kant bis Hegel und Herbart. *A. u. d. T.:* Die Blütheit der deutschen Philosophie. *Leipzig*, 1880. *Breitkopf & Härtel*. 8°. VII, 393 pp.
S. 1879 Nr. 51. 8 *M.*

III. Erziehungswissenschaft.

1578. **Biddle, H.. P.**, Elements of Knowledge. *Cincinnati*, 1881. 12°. VI, 245 pp. 9 *M.*

1579. **Hall, G.. S.**. Aspects of German Culture. *Boston*, 1881. 12°. II, 320 pp. 9 *M.*

1580. **Ogden, J.**. Science of Education, or Philosophy of human Culture. *Cinınati*, 1881. 12°. 234 pp. 9 *M.*

1581. **Pierre, Vct.** L'Ecole sous la révolution française. *Paris*, 1881. 18°. XVI, 2 pp. 2 *M.*

1582. **Pohlmann, Wth.** Beiträge zur Umgestaltung des höheren Schulwesens. Heft: Zur Umgestaltung des Gymnasiallehrplans. *Berlin*, 1881. *Wohlgemuth*. . 55 pp. 80 *ℌ*

1583. **Schettler, G.**. Der Turnunterricht in gemischten Volksschul-Klassen. Mit Abbildgn. *Hof*, 1881. *Grau & Co.* 8°. III, 76 pp. 1 *M.* 20 *ℌ*

IV. Rechts- und Staatswissenschaft.

1584. Annalen des Reichsgerichts. Sammlung aller wichtigen Entscheidungen s Reichsgerichts, sowie aller auf die Reichsrechtsprechung bezüglichen Erlasse d Verfügungen. Unter Mitwirkung von K. Braun herausgegeben von *Hs. Blum*. . Bd. 2.—4. Heft. *Leipzig*, 1881. *Duncker & Humblot*. 8°. p. 129—448.

1585. **v. Bismarck, Fürst.** Ausgewählte Reden, gehalten in den Jahren 1862—1881. Mit einer biographischen Skizze, sowie mit erläuternden Einleitungen und Anmerkungen, und einem Anhang, enthaltend Reden des Abgeordneten v. Bismarck-Schönhausen aus den Jahren 1847—1852. II. Thl. Reden aus den Jahren 1871—1877. 2. u. 3. Heft. *Berlin*, 1880. *Kortkampf.* 8°. XV u. p. 177—522.
S. oben Nr. 377. *Jedes Heft* 1 ℳ 50 ₰

1586. **Conrad, O.** Die Prioritäts-Abtretung in ihrer Wirkung auf Zwischen-Hypotheken. Eine Studie über §. 30 des österreichischen Grundbuchgesetzes vom 25. Juli 1871, R. G. B. 95. *Wien*, 1881. *Manz.* 8°. 98 pp. 2 ℳ

1587. **Couteau, E..** Traité des assurances sur la vie, doctrine, législation, jurisprudence. Tome I. Doctrine et législation. Tome II. Jurisprudence. *Paris*, 1881. 8°. XXIV, 453, XXVIII, 642 pp. 16 ℳ

1588. **Demurtas Zichina, P..** Della spropriazione contro il debitore. Commento teorico-pratico al titolo III, libro II del Codice di procedura civile. Vol. II. *Torino*, 1881. 8°. 288 pp. 9 ℳ 50 ₰
S. 1878 Nr. 55.

1589. **Evans, F..** Alphabetical Practice of the supreme Court of Judicature. Part I. Chancery Division. *London*, 1881. 8°. 36 ℳ

1590. **de Folleville, Dn.** Leçon d'introduction à un cours de droit international privé. *Paris*, 1881. 8°. 59 pp. 2 ℳ

1591. **Freudenstein, C. Gst.** Die Rechtskraft nach der Reichscivilprocessordnung und ihre Wirkungen auf die subjectiven Rechte. *Hannover*, 1881. *Helwing's Verl.* 8°. XXVI, 288 pp. 6 ℳ

1592. **Garelli della Morea, G.. E..** Il quarto stato. Studio sulla quistioni sociale. *Torino*, 1881. 8°. 46 pp. 1 ℳ 80 ₰

1593. **Geller, Leo.** Oesterreichische Justizgesetze. Mit Erläuterungen aus der oberstrichterlichen Rechtsprechung. *Wien*, 1881. *Perles.* 16°. XII, 1966 pp. 12 ℳ

1594. Die Gesetzgebung des deutschen Reiches mit Erläuterungen. In Verbindung mit Endemann, v. Holtzendorff, Puchelt u. A. herausgegeben von *E. Bezold.* III. Thl. Strafrecht. IV. Bd. 3. Heft. *Erlangen*, 1880. *Palm & Enke.* 8°. p. 201—312. 2 ℳ 20 ₰
Inhalt: Reichsgesetz, betreffend die Abwehr und Unterdrückung von Viehseuchen vom 23. Juni 1880. Erläutert von F. A. Wengler.
S. oben Nr. 392.

1595. **Hahn, C..** Die gesammten Materialien zu den Reichs-Justizgesetzen. Auf Veranlassung des kaiserlichen Reichs-Justizamts herausgegeben. III. Bd. Materien zur Strafprozessordnung. 8. Lfg. *Berlin*, 1881. *v. Decker.* 8°. VIII u. p. 2235—2502. 5 ℳ 35 ₰
Schluss. — S. oben Nr. 1290.

1596. **Hälschner, Hg.** Das gemeine deutsche Strafrecht, systematisch dargestellt. I. Bd. Die allgemeinen strafrechtlichen Lehren. *Bonn*, 1881. *Marcus.* 8°. X, 737 pp. 14 ℳ

1597. **Harburger, L.** Das constitutum possessorium im römischen und heutigen Rechte. Ein civilistischer Versuch. *Erlangen*, 1881. *Deichert.* 8°. V, 88 pp. 3 ℳ

1598. **Jacobj, F.. W..** Gold- und Silber im Landes- und Weltverkehre. *Leipzig*, 1881. *Duncker & Humblot.* 8°. III, 36 pp. *Mit 1 Tab.* 1 ℳ

1599. **Katz, Edwin.** Ein Grundriss des kanonischen Strafrechts. *Berlin*, 1881. *Guttentag.* 8°. X, 211 pp. 5 ℳ

1600. **Kirchgessner, A.** Repertorium zu den derzeit im Königreich Bayern geltenden Landes-, Reichs- und Bundesgesetzen sammt den hiezu ergangenen Verordnungen und Ministerialerlassen in alphabetischer Bearbeitung. 1. Lfg. *Bamberg*, 1881. *Buchner.* 8°. I. Bd. IV u. p. 1—192. 3 ℳ
Soll in ca. 6 Lfgn. erscheinen.

1601. **Kleiner, O.** Kommentar zur Civilprozessordnung für das deutsche Reich. Nach den Quellen bearbeitet mit besonderer Berücksichtigung der Gesetzgebung in Bayern, Sachsen und Württemberg. 14. Lfg. *Würzburg*, 1881. *Stuber.* 8°. III. Bd. p. 113—224. 2 ℳ 40 ₰
S. oben Nr. 405.

1602. **Lexis, W.** Erörterungen über die Währungsfrage. *Leipzig*, 1881. *Duncker*

1603. de **Martino, A.**. Della ingerenza dello stato nei fatti economici. *Torino*, 881. 8°. VII, 129 pp. 3 ℳ

1604. **Olshausen, Just.** Kommentar zum Strafgesetzbuch für das Deutsche Reich. . Bd. 2. Lfg. II. Bd. 1. Lfg. *Berlin*, 1881. *Vahlen*. 8°. XIV u. p. 257—527, . 529—720. 7 ℳ 50 ₰

S. 1879 Nr. 3161.

1605. **Pierce, E. L.**. Treatise on the Law of Railroads. *Boston*, 1881. 8°. 43 ℳ

1606. **Ratazzi, U.**. Discorsi parlamentari raccolti e pubblicati per cura di Gi. covazzi. Vol. VIII. *Roma*, 1881. 4°. 389 pp. 8 ℳ 40 ₰

Schluss. — S. oben Nr. 1308.

1607. **Schou, P. F.**. Landkommunernes Forfatning og Styrelse. 2. halfdel. *Jøbenhavn*, 1881. 8°. 448 pp. 8 ℳ 50 ₰

S. 1879 Nr. 3489.

1608. **Voigt, Mr.** Ueber das Vadimonium. [Aus: „Abhandlungen der k. sächsischen Gesellschaft der Wissenschaften."] *Leipzig*, 1881. *Hirzel*. 8°. 75 pp. 3 ℳ 20 ₰

1609. **Wandersleben, A.**. Das Aufgebotsverfahren in Theorie und Praxis. *Berlin*, 381. *Vahlen*. 8°. III, 109 pp. 1 ℳ 80 ₰

1610. **Wilkens, C.**. Samfunds legemets Grundlove. Et Grundrids af Sociologien. *Jøbenhavn*, 1881. 8°. 342 pp. 12 ℳ

1611. **Zanoni, E.**. Studio sui caratteri nazionali. I. Leggi governanti il loro olgimento. L'antichità. *Milano*, 1880. 16°. 392 pp. 4 ℳ 20 ₰

V. Mathematik und Naturwissenschaften.

1612. Nova Acta academiae caesareae Leopoldino-Carolinae germanicae naturae riosorum. Tomus XLI. 2 partes. *E. s. t.:* Verhandlungen der kaiserlichen Leopoldinisch-Carolinischen deutschen Akademie der Naturforscher. XLI. Bd. 2 Thle. it 15, resp. 24 lith. u. photolith. Taf. *Halle*, 1881. [*Leipzig, Engelmann.*] 4°. 4, 442 pp. *Jeder Thl.* 30 ℳ

S. 1879 Nr. 2551.

1613. **Ahlborn, H.**. Ueber Berechnung von Summen vom grössten Ganzen auf ometrischem Wege nach der von Eisenstein zuerst angewandten Methode. *Hamrg*, 1881. *Nolte*. 4°. 20 pp. *Mit 1 Steintaf.* 2 ℳ 50 ₰

1614. **Barfoed, Chr. Th.** Lehrbuch der organischen qualitativen Analyse. Mit den Text eingedr. Holzschn. 3. Lfg. *Kopenhagen*, 1881. *Höst & Sohn*. 8°. u. p. 385—522. 3 ℳ

Schluss. — S. oben Nr. 1322.

1615. **Bauermann, H.** Text-Book of systematic Mineralogy. *London*, 1881. 12°. 8 pp. 7 ℳ 20 ₰

1616. **Blavier, E. E.**. Des grandeurs électriques et de leur mesure en unités solues. *Paris*, 1881. 8°. 592 pp. *Mit Illustr.* 16 ℳ

1617. **Bombicci, L.**. Corso di geologia e fisica terrestre applicate ai materiali costruzioni. *Bologna*, 1881. 16°. III, 412 pp. 4 ℳ 80 ₰

1618. **Bronn's, H. G.**. Klassen und Ordnungen des Thier-Reichs, wissenschaftlich rgestellt in Wort und Bild. Mit auf Stein gezeichneten Abbildungen. VI. Bd. Abth. 16. u. 17. Lfg. *Leipzig*, 1881. *C. F. Winter*. 8°. p. 401—464. *Mit 4 Bl. felerklärgn.* *Jede Lfg.* 1 ℳ 50 ₰

Inhalt: Reptilien. Fortgesetzt von C. K. Hoffmann. 16. u. 17. Lfg. S. oben Nr. 428.

1619. **Buchenau, Fr.** Flora der ostfriesischen Inseln. *Norden*, 1881. *Braams*. VIII, 172 pp. 3 ℳ

1620. **Castigliano, A.**. Théorie de l'équilibre, des systhèmes élastiques et ses plications. *Turin*, 1881. 4°. 480 pp. *Mit 15 Taf.* 14 ℳ 40 ₰

1621. **Döllen, N. Ed.** Perpetuum mobile oder Welt, Erde und Mensch. Entwurf er kosmologischen Stabilitäts-Theorie. *Riga*, 1881. *Kymmel*. 8°. VI, 121 pp. 2 ℳ

1622. **Fritz, Hm.** Das Polarlicht. *Leipzig*, 1881. *Brockhaus*. 8°. X, 348 pp.

1623. **Fuchs, L.** Ueber Funktionen zweier Variabeln, welche durch Umkehrung der Integrale zweier gegebener Funktionen entstehn. [Aus: „Abhandlungen der k. Gesellschaft der Wissenschaften zu Göttingen."] *Göttingen*, 1881. *Dieterich's Verl.* 4°. 39 pp. 2 ℳ

1624. **Gentry, T., G.** Illustrations of Nests and Eggs of Birds of United States. Parts 1—6. *Philadelphia*, 1881. 8°. Je 12 pp. *Mit 2 Taf.* *Jede Lfg.* 7 ℳ 20 ₰

Soll in 25 Lfgn. erscheinen.

1625. **Gerster, C.** Die Plänerbildungen um Ortenburg bei Passau. Mit 1 lith. Taf. [Aus: „Nova Acta der kaiserl. Leop.-Carol.-deutschen Akademie der Naturforscher."] *Halle*, 1881. [*Leipzig, Engelmann.*] 4°. 59 pp. 4 ℳ

1626. **Gilli, A., M.** La prospettiva dei piani inclinati e dei corpi liberi nello spazio ottenuta senza piante ed alzate, coll' uso della regola dei punti di fuga o concorso. Preceduta da tre, altre regole per disposizione geneografica. Applicazione del cubo preso come misura. Studii. *Torino*, 1881. Fol. *46 Taf.* 30 ℳ

1627. **Gordon, J., E., H.** Four Lectures on static electric Introduction. *New-York*, 1881. 12°. 4 ℳ 20 ₰

1628. **Kilias, Ed.** Die Schmetterlinge Graubündens. Aufzählung der bisher nachgewiesenen Arten nach ihrer geographischen Verbreitung in den Rätischen Alpen. *Chur*, 1881. *Hitz.* 8°. III, 224 pp. 3 ℳ

1629. **Leydig, Fr.** Die augenähnlichen Organe der Fische. Anatomisch untersucht. Mit 10 lith. Taf. *Bonn*, 1881. *Strauss.* 8°. 100 pp. 13 ℳ 50 ₰

1630. **Lowis, L.** Familiar Indian Flowers. *London*, 1881. 8°. *Mit color. Taf.* 37 ℳ

1631. **Mivart, St. G.** The Cat. An Introduction to the Study of backboned Animals, especially Mammals. *London*, 1881. 8°. 566 pp. *Mit 200 Illustr.* 36 ℳ

1632. **Neumayr, M., und V. Uhlig.** Ueber Ammonitiden aus den Hilsbildungen Norddeutschlands. Mit 43 lith. Taf. Abbildgn. [Aus: „Palaeontographica."] *Kassel*, 1881. *Fischer.* 4°. IV, 75 pp. *Mit 43 Bl. Tafel-Erklärgn.* 100 ℳ

1633. **Rathke, B.** Ueber die Principien der Thermochemie und ihre Anwendung. [Mit besonderer Berücksichtigung von Berthelot's „Essai de mécanique chimique".] [Aus: „Abhandlungen der naturforschenden Gesellschaft zu Halle".] *Halle*, 1881. *Niemeyer.* 4°. 31 pp. 1 ℳ 60 ₰

1634. **Reyer, E.** Zinn. Eine geologisch-montanistisch-historische Monographie. *Berlin*, 1881. *G. Reimer.* 8°. IV, 249 pp. 4 ℳ

1635. **Russ, K.** Die fremdländischen Stubenvögel, ihre Naturgeschichte, Pflege und Zucht. IV. Bd. Lehrbuch der Stubenvogelpflege, -Abrichtung und -Zucht. 1. Lfg. *Hannover*, 1881. *Rümpler.* 8°. 80 pp. *Mit 1 Chromolith.* 3 ℳ

S. oben Nr. 128.

1636. **Schering, E.** Das Anschliessen einer Function an algebraische Functionen in unendlich vielen Stellen. [Aus: „Abhandlungen der k. Gesellschaft der Wissenschaften zu Göttingen".] *Göttingen*, 1881. *Dieterich's Verl.* 4°. 63 pp. 3 ℳ

1637. **Scherrer, F., R.** Ueber ternäre biquadratische Formen. *Frauenfeld*, 1881. *Huber.* 4°. 33 pp. 1 ℳ 60 ₰

1638. **Schmidt, E.** Ausführliches Lehrbuch der pharmaceutischen Chemie. I. Bd. Anorganische Chemie. 2. Abth. Metalle. II. Bd. Organische Chemie. 1. Abth. Mit zahlreichen in den Text gedr. Holzst. *Braunschweig*, 1881. *Vieweg & Sohn.* 8°. p. V—XX u. 373—900, XII, 512 pp. 10 ℳ

S. 1879 Nr. 2275.

1639. **Schmidt-Göbel, H., M.** Die schädlichen und nützlichen Insecten in Forst, Feld und Garten. 1. Abth.: Die schädlichen Forstinsecten. 6 Foliotaf. in Farbendr. Mit Text. *Wien*, 1881. *Hölzel.* 8°. V, 119 pp. *Mit 9 eingedr. Abbildgn.* 10 ℳ

1640. **Schmidt-Göbel, H., M.** Die schädlichen und nützlichen Insecten in Forst, Feld und Garten. Supplement zur 1. u. 2. Abth.: Die nützlichen Insecten. — Die Feinde der schädlichen. 2 Foliotaf. in Farbendr. Mit Text. *Wien*, 1881. *Hölzel.* 8°. 50 pp. *Mit 1 eingedr. Abbildg.* 3 ℳ 60 ₰

S. oben Nr. 1639.

1641. **Steindachner, Fr.** Ichthyologische Beiträge [X]. [Mit 8 lith. Taf.] [Aus: „Sitzungsberichte der k. Akademie der Wissenschaften".] *Wien*, 1881. *Gerold's Sohn.* 8°. 41 pp. 2 ℳ 60 ₰

1642. **Steindachner, Fr.** Beiträge zur Kenntniss der Flussfische Südamerika's. II. Mit 7 lith. Taf. [Aus: „Sitzungsberichte der k. Akademie der Wissenschaften".] *Wien*, 1881. *Gerold's Sohn*. 4°. 46 pp. 5 *M*
S. 1880 Nr. 446.

1643. **Trommer, E. Emil.** Die Vegetationsverhältnisse im Gebiete der oberen Freiberger Mulde. [Mit einer geologischen (lith. u. color.) Karte der Umgebung von Freiberg.] *Freiberg*, 1881. *Engelhardt*. 4°. 36 pp. 1 *M* 50 *ₔ*

1644. **Unverzagt, W.** Ueber die Grundlagen der Rechnung mit Quaternionen. *Wiesbaden*, 1881. *Kreidel*. 4°. 19 pp. 1 *M* 20 *ₔ*

1645. **Vogt, H.** Das Tetraeder mit Höhenschnittpunkt. *Breslau*, 1881. *Maschke & Berendt*. 4°. 12 pp. *Mit eingedr. Fig.* 1 *M*

1646. **Wainwrigt, S..** Scientific Sophisms. A Review of the current Theories concerning Atoms, Apes and Men. *London*, 1881. 8°. 328 pp. 7 *M* 80 *ₔ*

1647. **Weinmeister, J. Ph.** Die Flächen zweiten Grades. Nach elementar-synthetischer Methode bearbeitet. II. Tl. *Leipzig*, 1881. *Hinrichs' Verl.* 4°. 42 pp. *Mit 2 Steintaf.* 1 *M*
S. 1880 Nr. 1308.

1648. **Wille, N..** Bidrag til Kundskaben om Norges Ferskvandsalger. I. *Christiania*, 1881. 8°. 72 pp. 3 *M* 50 *ₔ*

1649. **Wille, N..** Om en endophytisk Alge. Algologiske Bidrag. *Christiania*, 1881. 8°. 25 pp. *Mit 2 Taf.* 2 *M*

1650. **Wulf, J..** Danmarks Pattedyr. En populær Vejledning til at lære vore Pattedyrarter at kjende. *Kjøbenhavn*, 1881. 8°. 176 pp. 4 *M*

VI. Medicin.

1651. **Bäumler, Chr.** Der sogenannte animalische Magnetismus oder Hypnotismus. Unter Zugrundelegung eines für die akademische Gesellschaft zu Freiburg i. Br. gehaltenen Vortrages. *Leipzig*, 1881. *F. C. W. Vogel*. 8°. III, 74 pp. 2 *M*

1652. **Benzoldt, Fr.** Die Wirkungen der Quebrachodroguen. Der gegenwärtige Stand der Frage nach der Wirkung von Aspidosperma Quebracho [Qu. blanco] und Loxopterygium Lorentzii [Qu. colorado], für praktische Aerzte und Pharmaceuten dargestellt. *Erlangen*, 1881. *Besold*. 8°. VII, 39 pp. 1 *M* 20 *ₔ*

1653. **Blanchet, J..** Maladies de l'estomac et des intestins qui entrent pour les quatre cinquièmes dans nos affections morbides. *Paris*, 1881. 18°. 310 pp. 2 *M*

1654. **Bresgen, Mx.** Der chronische Nasen- und Rachen-Katarrh. Eine klinische Studie. Mit 11 in den Text gedr. Holzschn.-Abbildgn. *Wien*, 1881. *Urban & Schwarzenberg*. 8°. VII, 87 pp. 2 *M*

1655. **Chambard, E..** Du somnambulisme en général. Nature, analogies, signification nosologique, et étiologies, avec huit observations de somnambulisme hystérique. *Paris*, 1881. 8°. 140 pp. 4 *M*

1656. **Chrétien, H..** Nouveaux éléments de médecine opératoire. *Paris*, 1881. 8°. VII, 528 pp. 6 *M*

1657. **Cianciosi, A..** Studii anatomo-fisio-clinici sull' apparato genito-urinario maschile. *Bologna*, 1880. 8°. 138 pp. 2 *M* 40 *ₔ*

1658. **Ciniselli, L.** L'elettrolisi e le sue applicazioni terapeutiche. Opera postuma, compilata di O.. G.. et O.. Vincenzo. *Cremona*, 1880. 8°. 376 pp. 8 *M* 40 *ₔ*

1659. **Day, W. H.** On the Diseases of Children. *London*, 1881. 8°. 766 pp. 15 *M*

1660. **Flagg, J.. F..** Plastic and plastic Fillings, as pertaining to the Filling of all Cavities of Decay in Teeth below Medium in Structure, and to difficult and inaccessible Cavities in Teeth of all Grades of Structure. *Philadelphia*, 1881. 8°. *Mit Illustr.* 18 *M*

1661. **Fouilloux, L..** Etude sur les pseudarthroses et en particulier sur leur traitement par la suture osseuse. *Paris*, 1881. 8°. 88 pp. 2 *M*

1662. Handbuch der gerichtlichen Medicin. Bearbeitet von *Belohradsky*, *L.. Blumenstock*, *Dragendorff* etc. Herausgegeben von *J.. Maschka*. II. Halbbd. *Tübingen*, 1881. *Laupp*. 8°. I. Bd. XIII u. p. 481—1031. 8 *M*

1663. **Hargis, R. B. S.** Yellow Fever. Its Ship Origin and Prevention. *Phila- delphia*, 1881. 8°. 80 pp. 6

1664. **Hermann, Nic.** Experimentelle und casuistische Studien über Fractur der Schädelbasis. Mit 23 lith. Taf. *Dorpat*, 1881. *Karow.* 8°. 66 pp. 4

1665. **Jacobi, M. P., and V. A. White.** Use of the cold Pack, followed Massage in the Treatment of Anaemia. *New York*, 1881. 8°. 76 pp. 7 *M* 80

1666. **Karpinski, O.** Studien über künstliche Glieder. Im Auftrage des köni preussischen Kriegs-Ministeriums bearbeitet. Hierzu 1 Atlas von 50 Steintaf. *Berli* 1881. *Mittler & Sohn.* 8°. XI, 231 pp. u. Beilagen 88 pp. 10

1667. **Krukenberg, C. F. W.** Vergleichend-physiologische Studien. Experimen telle Untersuchungen. V. Abth. Mit 1 Holzschn. u. 3 lith. Taf. *Heidelberg*, 188 *C. Winter.* 8°. 100 pp. 4

S. oben Nr. 1018.

1668. **Lacorché et C. Talamon.** Etudes médicales faites à la maison municip de santé. *Paris*, 1881. 8°. VI, 645 pp. *Mit 10 Illustr. u. 4 Taf.* 12

1669. **Lechner, C.** Zur Pathogenese der Gehirnblutungen der luetischen Frü formen. Aus der Privat-Heilanstalt für Gemüths- und Nervenkranke Fr. Schwartze zu Budapest. [Aus: „Jahrbücher für Psychiatrie".] *Wien*, 1881. *Toeplitz & De ticke.* 8°. 78 pp. 2

1670. **Lewin, L.** Die Nebenwirkungen der Arzneimittel. Pharmakologisch-kli nisches Handbuch. *Berlin*, 1881. *Hirschwald.* 8°. V, 276 pp. 6

1671. **Löwenfeld, L.** Experimentelle und kritische Untersuchungen zur Elect theraphie des Gehirns, insbesondere über die Wirkungen der Galvanisation d Kopfes. *München*, 1881. *J. A. Finsterlin.* 8°. VIII, 146 pp. 3

1672. **Martin, H. N.** The human Body. Accounts of its Structure and Acti vities, and the Conditions of its healthy Working. *New York*, 1881. 8°. XV 655 pp. 16 *M* 50

1673. **Marvaud, A.** Le Sommeil et l'insomnie. Etude physiologique, cliniq et thérapeutique. *Paris*, 1881. 8°. 3 *M* 50

1674. **Merkel, G. H.** Fibroid Tumours of the Uterus and Ovaries. *Bosto* 1881. 8°. 15 pp. 3

1675. **Munk, Imm.** Physiologie der Menschen und der Säugethiere. Mit Holzschn. *Berlin*, 1881. *Hirschwald.* 8°. VIII, 546 pp. 14

1676. **Otis, F. N.** Clinical Lectures on the physiological Pathology and Tre ment of Syphilis. *New York*, 1881. 8°. 116 pp. 9

1677. **Paulier, A. B., et F. Hétet.** Traité élémentaire de médecine légale, jurisprudence médicale et de toxicologie. 2 vol. *Paris*, 1881. 18°. VI, 915, VI 433 pp. *Mit 136 Illustr. u. 24 color. Taf.* 18

1678. **Percheron, G.** Le Vétérinaire des campagnes. Précis sur l'histoire na relle, l'hygiène, la reproduction et les maladies de tous les animaux domestiqu Suivi d'un appendice sur la pharmacie et la jurisprudence vétérinaires etc. *Dij* 1881. 12°. VII, 510 pp. *Mit 10 color. Taf.* 7 *M* 50

1679. **Pommer, Gst.** Ueber die lacunäre Resorption in erkrankten Knoch [Mit 2 lith. Taf.] [Aus: „Sitzungsberichte der k. Akademie der Wissenschaften" *Wien*, 1881. *Gerold's Sohn.* 8°. 124 pp. 2 *M* 80

1680. **Prowe, L.** Coppernicus als Arzt. [Aus: „Leopoldina".] *Halle*, 188 [*Leipzig*, *Engelmann.*] 4°. 25 pp. 1 *M* 50

1681. **Robert, A. H. V.** Contribution au traitement de la pleurésie purulen Indications et contreindications de la pleurotomie. Opération de l'empyème p l'incision intercostale. *Paris*, 1881. 8°. 135 pp. 3 *M* 50

1682. **Roberts, C.** Detection of Colour Blindness and imperfect Eyesight. *Lo don*, 1881. 8°. 6

1683. **Robinson, B.** Practical Treatise on Nasal Catarrh. *New York*, 1881. *Mit Illustr.* 10 *M* 80

1684. **Ross, Jam.** A Treatise on the Diseases of the nervous System. Illustrat 2 vols. *London*, 1881. 8°. 1610 pp. 50

1685. **Roussel, A.** De la syphilis tertiaire dans la seconde enfance et chez adolescents. Etude accompagnée d'observations recueillies à l'hospice de l'An quaille de Lyon. *Paris*, 1881. 8°. 255 pp. 4 *M* 50

1686. **Stanelli, Rdf.** Die Cellular-Therapie als Heilkunst des Paracelsus, in ihrem Gegensatz zur Cellular-Pathologie und wissenschaftlichen Medicin. Nach dem neuesten Standpunkte der Wissenschaften theoretisch und practisch dargelegt. *Wien*, 1881. *Gerold's Sohn.* 8°. XVI, 154 pp. 3 *M.*

1687. **Steele, G..** The physical Signs of Cardiac Disease. *London*, 1881. 8°. 3 *M.*

1688. **Tappe, W..** Die Aetiologie und Histologie der Schafpocke, nebst Bemerkungen über die staatswirthschaftliche Bedeutung der Schafpocken-Seuche. Mit einer lith. Taf. *Berlin*, 1881. *Hirschwald.* 8°. V, 58 pp. 1 *M.* 60 *Pf.*

1689. **Tauber, Ed.** Die Anaesthetica. Eine Monographie, mit besonderer Berücksichtigung von zwei neuen anästhetischen Mitteln. Kritisch und experimentell bearbeitet. *Berlin*, 1881. *Hirschwald.* 8°. VI, 116 pp. 2 *M.* 80 *Pf.*

1690. **Thomas, R..** Contribution à l'étude anatomo-pathologique de la diphthérie, du pharynx et des voies respiratoires. *Paris*, 1881. 8°. 80 pp. 2 *M.* 50 *Pf.*

1691. **Ullmann, G..** Contribution à l'étude de l'étiologie de la cataracte. *Paris*, 1881. 8°. 121 pp. 3 *M.*

1692. **Wernich, A..** Die Medicin der Gegenwart in ihrer Stellung zu den Naturwissenschaften und zur Logik. Ein Beitrag zu den Zeitfragen unserer Wissenschaft. *Berlin*, 1881. *G. Reimer.* 8°. 52 pp. 1 *M.*

1693. **Winckel, F..** Die Pathologie der weiblichen Sexual-Organe in Lichtdruck-Abbildungen nach der Natur in Original-Grösse, durch anatomische und klinische Erfahrungen erläutert. 13. u. 14. Lfg. *Leipzig*, 1881. *Hirzel.* 4°. p. 325—378. *Mit 6 Lichtdruck-Taf.* *Jede Lfg.:* 4 *M.*
S. 1880 Nr. 2580.

1694. **Zinkeisen.** Der Mutter-Beruf, seine Forderungen für das körperliche Wohl der Frauen und die erste Pflege des Kindes. Belehrung für Frauen über die wichtigsten Pflichten der Gesundheitspflege. *Wismar*, 1881. *Hinstorff's Verl.* 8°. VIII, 215 pp. 2 *M.* 50 *Pf.*

VII. Geographie und Geschichte.

1695. **Adam, W.. H.. D..** The Great Civil War from the Accession of Charles I to the Dissolution of the long Parliament. *London*, 1881. 8°. 250 pp. 4 *M.* 20 *Pf.*

1696. **Ahnfelt, A..** Ur svenska hofvets och aristokratiens lif. Skildringar hemtade i arkiven på Säfstaholm, Eriksberg och Sjöholm. III. *Stockholm*, 1881. 8°. 00 pp. 8 *M.* 50 *Pf.*
S. 1880 Nr. 3535.

1697. **Altenburger, G.,** und **B. Rumbold.** Wappenbuch des Königreichs Ungarn und seiner Nebenländer. 2. Lfg. *Budapest*, 1881. *Grimm.* 4°. p. 11—20. *Mit 0 Taf.* 4 *M.*
S. oben Nr. 165.

1698. **Atwater, E.. E..** History of the Colony of New Haven to its Absorption into Connecticut. *New Haven*, 1881. 8°. X, 611 pp. *Mit Karten u. Illustr.* 28 *M.*

1699. **Berblinger, W..** Gerhard der Grosse von Holstein und seine Residenz Rendsburg. Mit einem autograph. Abdruck der Schenkungsurkunde vom 6. December 1339. *Rendsburg*, 1881. *Ehlers.* 4°. 50 pp. 2 *M.*

1700. **Blanc, L.** Dix ans de l'histoire d'Angleterre. X. *Paris*, 1881. 18°. 321 pp. 3 *M.* 50 *Pf.*
S. 1880 Nr. 2900.

1701. **Botkin, Mch.** Alexander Andrejewitsch Iwanoff. 1806—1858. Biographische Skizze. (Russisch u. deutsch.) *Berlin*, 1880. *Asher & Co.* Fol. 66 pp. 10 *M.*

1702. **Boutkowsky, Alx.** Dictionnaire numismatique pour servir de guide aux amateurs, experts et acheteurs des médailles romaines impériales et grecques coloniales, avec indication de leur degré de rareté et de leur prix actuel au XIXme siècle, suivi d'un résumé des ventes publiques de Paris et de Londres. [Fruit d'un travail de 14 ans.] Rédigé sur un plan entièrement nouveau, accompagné d'indices littéraires sur les récentes découvertes, et de notices historiques peu connues sur les poètes, écrivains, architectes, peintres, sculpteurs et graveurs sur pierres fines, qui illustrèrent chaque règne depuis Pompée le Grand jusqu'au Ve siècle de notre ère. 18e—20e livr. *Leipzig*, 1881. *T. O. Weigel.* 8°. I. Bd. p. 1121—1280. *Mit eingedr. Holzschn.*
S. 1880 Nr. 2586. *Jede Lfg.* 1 *M.* 20 *Pf.*; *auf holländ. Pap.* 2 *M.* 40 *Pf.*

1703. **Brenthel, Fr.** André Chénier als Dichter und Politiker. *Döbeln,* 1881. *Schmidt.* 4°. 42 pp. 2 ℳ 50 ₰

1704. Calendar of State Papers. Domestic Series, 1654. Preserved in the State Paper Department of Her Majesty's Public Record Office. Edited by M. A.. Everett Green. *London,* 1881. 8°. 18 ℳ
S. oben Nr. 1393.

1705. **Cox, G. W..** An Introduction to the Science of comparative Mythology and Folk-Lore. *London,* 1881. 8°. 378 pp. 10 ℳ 80 ₰

1706. **Dreifuss, Hm.** Die Münzen und Medaillen der Schweiz, beschrieben. Herausgegeben zur 100jährigen Jubelfeier des schweizer Münz- und Medaillen-Cabinets von Glb. Em. v. Haller. Mit Abbildungen. 5. Lfg. *Zürich,* 1881. *Schmidt.* 8°. I. Bd. p. 97—240. *Mit 3 Steintaf.* 1 ℳ 60 ₰
S. oben Nr. 1396.

1707. **Ermisch, Hb.** Studien zur Geschichte der sächsisch-böhmischen Beziehungen in den Jahren 1464 bis 1471. Mit urkundlichen Beilagen. *Dresden,* 1881. *Baensch.* 8°. 144 pp. 3 ℳ

1708. **Faulmann, K.** Illustrirte Culturgeschichte. Mit 14 Taf. in Farbendruck, mehreren Facsimilebeilagen und ca. 300 in den Text gedr. Illustr. 9.—20. Lfg. *Wien,* 1881. *Hartleben.* 8°. p. 257—656. *Jede Lfg.* 60 ₰
Schluss. — S. oben Nr. 191.

1709. **Freeman, E.. A..** The historical Geography of Europe. 2 vols. *London,* 1881. 8°. 37 ℳ

1710. **Fumi, L.., e A.. Lisini.** Genealogia dei conti Pecci signori di Argiano. Compilata su documenti pubblici. *Pisa,* 1881. 8°. 141 pp. *Mit Illustr. u. 15 Taf.* 6 ℳ

1711. **Geffcken, F.. H..** Zur Geschichte des orientalischen Krieges 1853—1856. *Berlin,* 1881. *Paetel.* 8°. VII, 336 pp. 9 ℳ

1712. Allgemeine Geschichte in Einzeldarstellungen. Unter Mitwirkung von Fel. Bamberg, Alx. Brückner, Fel. Dahn, etc. herausgegeben von *W. Oncken.* XXXII. Abth. *Berlin,* 1881. *Grote.* 8°. p. 321—480. *Subscr.-Pr.* 3 ℳ
Inhalt: Geschichte des römischen Kaiserreichs. Von G. F. Hertzberg. Mit eingedr. Holzschn. u. 4 Holzschntaf.
S. oben Nr. 1402.

1713. Geschichtsquellen der Provinz Sachsen und angrenzender Gebiete. Herausgegeben von der historischen Commission der Provinz Sachsen. VIII. Bd. *Halle,* 1881. *Hendel.* 4°. XXVIII, 432 pp. 27 ℳ
Inhalt: Acten der Erfurter Universität. Bearbeitet von J.. C.. Hm. Weissenborn. I. Thl. Mit 4 in Farbendr. wiedergegebenen Wappentaf.
S. oben Nr. 512.

1714. **Grünhagen, C.** Geschichte des ersten schlesischen Krieges, nach archivalischen Quellen dargestellt. I. Bd.: Bis zum Abkommen von Klein-Schnellendorf. Mit einem lith. Plane der Umgegend von Mollwitz. *Gotha,* 1881. *F. A. Perthes.* 8°. XII, 463 pp. 10 ℳ

1715. Hanserecesse. Herausgegeben von dem Verein für hansische Geschichte. 2. Abth. III. Bd. 1431—1476. 3. Abth. Von 1477—1530. Bearbeitet von *Goswin v. der Ropp.* *Leipzig,* 1881. *Duncker & Humblot.* 8°. XII, 608, XV, 598 pp. 40 ℳ
S. 1880 Nr. 3551.

1716. **Herbst, W.** Goethe in Wetzlar. 1772. Vier Monate aus des Dichters Jugendleben. Mit den Lichtdr.-Bildnissen von Kestner und Lotte Buff. *Gotha,* 1881. *F. A. Perthes.* 8°. XIII, 216 pp. 5 ℳ

1717. **Herrmann, B..** Der Kampf um Erfurt 1636—1638. *Halle,* 1881. *Niemeyer.* 8°. 130 pp. 3 ℳ 60 ₰

1718. **Hirth, G.** Kulturgeschichtliches Bilderbuch aus drei Jahrhunderten. I. Bd.: XVI. Jahrhundert. 1. Lfg. *Leipzig,* 1881. *Hirth.* Fol. p. 1—40. *Mit eingedr. Fig.* 2 ℳ 40 ₰
Soll in ca. 10 Lfgn. erscheinen.

1719. **Hohnstein, O..** Heinrich der Löwe. Sein Leben, seine Thaten und seine Verdienste um Braunschweig. Ein vaterländisches Gedenkbuch. *Braunschweig,* 1881. *Wreden.* 8°. 208 pp. 2 ℳ 40 ₰

1720. **Holländer, A..** Strassburg im Schmalkaldischen Kriege. *Strassburg,* 1881.

1721. **Kleinpaul, Rdf.** Rom in Wort und Bild. Eine Schilderung der ewigen Stadt und der Campagna. Mit 368 Holzschn.-Illustr. 1. Lfg. *Leipzig*, 1881. *Schmidt & Günther.* Fol. 16 pp. 1 *M*

Soll in ca. 36 Lfgn. erscheinen.

1722. **v. Kotzebue, W..** August v. Kotzebue. Urtheile der Zeitgenossen und der Gegenwart. *Dresden*, 1881. *Baensch.* 8°. V, 184 pp. 3 *M* 50 *Pf*

1723. **Leroy-Beaulieu, A..** L'Empire des Tsars et les Russes. Tome I. Le pays et les habitants. *Paris*, 1881. 8°. XII, 595 pp. 7 *M* 50 *Pf*

1724. **v. Loeffler, Emil.** Geschichte der Festung Ulm. Mit 29 Holzschn. u. 3 lith. Plänen. *Ulm*, 1881. *Wohler.* 8°. VIII, 592 pp. 8 *M*

1725. **Maréchal, E..** Histoire romaine depuis la fondation de Rome jusqu'à l'invasion des Barbares. *Paris*, 1881. 12°. VIII, 702 pp. *Mit Vignetten u. Plänen.* 5 *M*

1726. **Masson, G..** Francis I and Charles V. *London*, 1881. 18°. 3 *M*

1727. **Masson, G..** Francis I and the Renaissance. *London*, 1881. 18°. 3 *M*

1728. Monumenta Germaniae historica inde ab a. Chr. D usque ad a. MD, ed. societas aperiendis fontibus rerum germanicarum medii ævi. Auctorum antiquissimorum tomi IV pars 1. *Berlin*, 1881. *Weidmann.* 4°. XXVIII, 427 pp. 12 *M*; *Schreibpap.* 18 *M*

Inhalt: Venanti Honori Clementiani Fortunati, presbyteri italici, opera poetica, rec. et emendavit F. Leo.
S. 1880 Nr. 781.

1729. **Müller, W.** Politische Geschichte der Gegenwart. XIV. Das Jahr 1880. Nebst einer Chronik der Ereignisse des Jahres 1880 und einem alphabetischen Verzeichnisse der hervorragendsten Personen. *Berlin*, 1881. *Springer.* 8°. XVI, 296 pp. 4 *M*

1730. **Niedner, Fel.** Das deutsche Turnier im XII. und XIII. Jahrhundert. *Berlin*, 1881. *Weidmann.* 8°. 90 pp. 2 *M*

1731. **Огородниковъ, П.. И..** Страна солнца. *Petersburg*, 1881. 8°. 363 pp. *Mit Karte.* 7 *M* 50 *Pf*

Ogorodnikov, P.. J.. Das Land der Sonne.

1732. **O'Reilly, E..** Mémoires sur la vie publique et privée de Claude Pellot, conseiller, maître des requêtes, intendant et premier président du parlement de Normandie (1619—1683). D'après de nombreux documents inédits, notamment sa correspondance avec Colbert et le chancelier Séguier. Tome I. Claude Pellot, conseiller maître des requêtes, intendant. *Rouen*, 1881. 8°. XXIII, 679 pp. 12 *M*

1733. **Oswald, Fel. L..** Streifzüge in den Urwäldern von Mexico und Central-Amerika. Mit 76 Abbildgn. in Holzschn. *Leipzig*, 1881. *Brockhaus.* 8°. XXIV, 384 pp. 7 *M* 50 *Pf*

1734. **Pastenaci, Hm.** Die Schlacht bei Enzheim den 4. October 1674. *Halle*, 1880. *Niemeyer.* 8°. 88 pp. *Mit 1 lith. Karte.* 2 *M* 80 *Pf*

1735. **Pfenninger, Mx.** Die kirchliche Politik Kaiser Konrads II., nach den Quellen dargestellt. *Halle*, 1880. [*Bonn, Behrendt.*] 8°. 87 pp. 1 *M* 50 *Pf*

1736. **Rabutaux, P.** De la prostitution en Europe depuis l'antiquité jusqu'à la fin du XVIe siècle. *Paris*, 1881. 8°. 307 pp. 5 *M*

1737. **Randazzo, C..** Storia d'Italia. Medio evo. *Palermo*, 1880. 16°. 294 pp. 2 *M* 40 *Pf*

1738. **Rosenberg, C.. M..** Geografiskt-statistiskt handlexikon öfver Sverige. 2. heft. *Stockholm*, 1881. 8°. p. 97—192 pp. 2 *M*

S. oben Nr. 1107.

1739. **Rutherford.** — The Autobiography of Mark Rutherford, dissenting Minister. Edited by R.. Shapcott. *London*, 1881. 8°. 180 pp. 6 *M*

1740. **Smolka, S..** Mieszko Stary i jego wiek. *Warszawa*, 1881. 8°. XXXI, 544 pp. *Mit 1 Abbildg. u. 1 Tab.* 14 *M*

Mieszko Stary und seine Zeit.

1741. **Sternfeld, Rch.** Das Verhältniss des Arelats zu Kaiser und Reich vom Tode Friedrichs I. bis zum Interregnum. Ein Beitrag zur Geschichte Kaiser Friedrichs II. *Berlin*, 1881. *Hertz.* 8°. IV, 147 pp. 3 *M*

1742. **Swinton, V..** Outlines of the Worlds History, ancient, mediaeval, and modern. *London*, 1881. 8°. 6 *M*

1743. **Taine, H..** Les Origines de la France contemporaine. Tome II. La conquête Jacobine. *Paris*, 1881. 8°. 493 pp. 7 ℳ 50 ₰
S. 1878 Nr. 1409.

1744. Urkunden-Buch der Stadt Lübeck. Herausgegeben von dem Vereine für lübeckische Geschichte und Alterthumskunde. VI. Thl. 11. Lfg. *Lübeck*, 1881. *Grautoff*. 4°. p. 813—871. 4 ℳ
Schluss. — S. oben Nr. 538.

1745. Pommersches Urkundenbuch. II. Bd. 1. Abth. 1254—1278. Bearbeitet und herausgegeben von *R.. Prümers*. *Stettin*, 1881. *v. der Nahmer*. 4°. 387 pp.
S. 1877 Nr. 2907. 9 ℳ

1746. **Usimbardi, P..** Istoria del granduca Ferdinando I de' Medii, pubblicata per cura di G.. E.. Saltini. *Firenze*, 1880. 8°. 39 pp. 3 ℳ 60 ₰

1747. **Valson, C.. A..** Les Savants illustres du XVIe et du XVIIe siècle. 2 vol. *Paris*, 1881. 18°. LXXXIII, 346, II, 382 pp. 6 ℳ

1748. Von Nicolaus I. zu Alexander III. St. Petersburger Beiträge zur neuesten russischen Geschichte. *Leipzig*, 1881. *Duncker & Humblot.* 8°. VI, 426 pp. 8 ℳ

1749. **Wegeler, Jul.** Richard v. Greiffenclau zu Vollraths, Erzbischof und Kurfürst von Trier. 1511—1531. Ein Beitrag zur Specialgeschichte der Rheinlande. Mit einer lith. Taf. *Trier*, 1881. *Lintz*. 8°. V, 56 pp. 1 ℳ 50 ₰

1750. **Zaleski, B..** Żywot księcia Adama Jerzego Czartoryskiego. Tom I. *Poznań*, 1881. 8°. II, 501 pp. 14 ℳ
Leben des Fürsten Adam Georg Czartoryski. 1. Bd.

VIII. Sprachwissenschaft.

1751. **Benfey, Thdr.** Behandlung des auslautenden *a* in *ná* ‚wie' und *ná* ‚nicht' im Rigveda, mit einigen Bemerkungen über die ursprüngliche Aussprache und Accentuation der Wörter im Veda. [Aus: „Abhandlungen der k. Gesellschaft der Wissenschaften zu Göttingen".] *Göttingen*, 1881. *Dieterich's Verl.* 4°. 48 pp. 2 ℳ 40 ₰

1752. **Bischoff, Fr.** Der Conjunctiv bei Chrestien. *Halle*, 1881. *Niemeyer*. 8°. IV, 126 pp. 3 ℳ 60 ₰

1753. The Sacred Books of the East translated by various Oriental Scholars and edited by *F.. Mx. Müller*. Vol. XI: Buddhist Suttas. Translated from Pâli by *T.. W.. Rhys Davids*. *Oxford*, 1881. 8°. XLVIII, 320 pp. 12 ℳ 50 ₰
S. oben Nr. 1122.

1754. **Fioretto, Gi.** Gli Umanisti, o lo studio del latino e del greco nel secolo XV in Italia. Appunti. *Verona*, 1881. 16°. 170 pp. 3 ℳ

1755. Schweizerisches Idiotikon. Wörterbuch der schweizerdeutschen Sprache. Gesammelt auf Veranstaltung der Antiquarischen Gesellschaft in Zürich unter Beihülfe aus allen Kreisen des Schweizervolkes. Herausgegeben mit Unterstützung des Bundes und der Kantone. 1. Heft. Bearbeitet von *F. Staub* und *L. Tobler*. *Frauenfeld*, 1881. *Huber*. 4°. XXX, 128 pp. 2 ℳ

1756. **Laugieri, Ed.** Dizionario di marina e di commercio marittimo italiano-inglese ed inglese-italiano. *Genova*, 1880. 8°. IX, 554 pp. 24 ℳ

1757. **Mahn, A..** Ueber die Entstehung der italiänischen Sprache aus den lateinischen, griechischen, deutschen und celtischen Elementen und über die dabei wirkenden Principien und Ursachen. *Berlin*, 1881. *Dümmler's Verl.* 8°. 40 pp. 1 ℳ

1758. **Pfizmaier, A.** Die japanischen Werke aus den Sammlungen der Häuser. [Aus: „Denkschriften der k. Akademie der Wissenschaften".] *Wien*, 1881. *Gerold's Sohn*. 4°. 98 pp. 4 ℳ

1759. **Radliński, J..** Język asyryjski w rodzinie języków semickich. Studyum hystoryczno-linguistyczne. *Warszawa*, 1880. 8°. 59 pp. 3 ℳ 50 ₰
Die assyrische Sprache in der Familie der semitischen Sprachen. Eine historisch-linguistische Studie.

1760. Sammlung kurzer Grammatiken germanischer Dialecte. Herausgegeben von *W. Braune*. II. Bd. *Halle*, 1881. *Niemeyer*. 8°. VIII, 69 pp. 1 ℳ 20 ₰
Inhalt: Mittelhochdeutsche Grammatik. Von Hm. Paul.
S. 1880 Nr. 3238.

1761. **Savini, G.**. La grammatica ed il lessico del dialetto teromano. Due saggi. Aggiuntevi poche notizie sugli usi, i costumi, le fiabe, le leggende del medesimo popolo teramano. *Torino*, 1881. 8°. 207 pp. 4 M 80 ₰

1762. **Штейнбергеръ, О.. Н..** Полный русско-еврейскій словарь. 2 части. *Wilnă*, 1880. 8°. 612, 914 pp. 12 M

STEINBERGER, O.. N.. Vollständiges russisch-hebräisches Wörterbuch. 2 Thle.

1763. **Trumpp, E.** Der arabische Sazbau nach der Anschauung der arabischen Grammatiker. [Aus: „Sitzungsberichte der k. bayer. Akademie der Wissenschaften".] *München*, 1879. *Th. Ackermann*. 8°. 90 pp. 3 M 60 ₰

1764. **Trumpp, E.** Grammatische Untersuchungen über die Sprache der Brāhūīs. [Aus: „Sitzungsberichte der k. bayer. Akademie der Wissenschaften".] *München*, 1881. *Th. Ackermann*. 8°. 126 pp. 4 M

1765. **Zirwik, Mch.** Studien über griechische Wortbildung. Allgemeiner Theil. *Salzburg*, 1881. [*Würzburg, Woerl.*] 8°. VI, 103 pp. 2 M

IX. Alterthumswissenschaft.

1766. **v. Breska, Adf.** Untersuchungen über die Quellen des Polybius im 3. Buche. *Berlin*, 1880. *Mayer & Müller*. 8°. 98 pp. 1 M 60 ₰

1767. **Büdinger, Mx.** Cicero und der Patriciat. Eine staatsrechtliche Untersuchung. [Aus: „Denkschriften der k. Akademie der Wissenschaften".] *Wien*, 1881. *Gerold's Sohn*. 4°. 66 pp. 3 M 20 ₰

1768. **Evans, J.** The ancient Bronze Implements, Weapons and Ornaments of Great Britain and Ireland. *London*, 1881. 8°. 520 pp. 30 M

1769. **Hauschild, G.. R..** Die rationale Psychologie und Erkenntnisstheorie Tertullian's. *Leipzig*, 1880. *Zangenberg & Himly*. 4°. 78 pp. 1 M 50 ₰

1770. **Heinemann, K.** Ueber das Hrabanische Glossar. *Halle*, 1881. *Niemeyer*. 8°. V, 92 pp. 2 M 40 ₰

1771. **Herzog, E.** Ueber die Glaubwürdigkeit der aus der römischen Republik bis zum Jahre 387 dem Staate überlieferten Gesetze. *Tübingen*, 1881. *Fues*. 4°. 33 pp. 2 M 20 ₰

1772. **Klimke.** Diodorus Siculus und die römische Annalistik. *Königshütte*, 1881. *Lowack*. 4°. 40 pp. 2 M

1773. **Laves.** Kritisch-exegetische Beiträge zu Virgils 6. und 10. Ecloge, sowie zum 1. Buche der Georgica. *Lyck*, 1881. *Wiebe*. 4°. 15 pp. 1 M

1774. **Ménard, R..** La Vie privée des anciens. Dessins d'après les monuments antiques par C.. Sauvageot. La Famille dans l'antiquité. *Paris*, 1881. 8°. 575 pp. Mit 815 Illustr. 100 M

1775. **Meyer, P.** Untersuchung über die Frage der Echtheit des Briefwechsels Cicero ad Brutum sowol vom historischen als vom sprachlichen Gesichtspunkt aus. *Stuttgart*, 1881. *Knapp*. 8°. VIII, 210 pp. 2 M 40 ₰

1776. **Sachau, Ed.** Ueber die Lage von Tigranokerta. [Aus: „Abhandlungen der k. Akademie der Wissenschaften zu Berlin".] Mit 2 chromolith. Karten. *Berlin*, 1881. *Dümmler's Verl.* 4°. 92 pp. 5 M

1777. **Steup, Jul.** Thukydideische Studien. 1. Heft. *Freiburg i. Br.*, 1881. *Mohr*. 8°. VII, 92 pp. 2 M 40 ₰

1778. **Teichmüller, Gst.** Literarische Fehden im vierten Jahrhundert vor Chr. Chronologie der Platon. Dialoge der ersten Periode. Plato antwortet in den „Gesetzen" auf die Angriffe des Aristoteles. Der Panathenaikus des Isokrates.] *Breslau*, 1881. *Koebner*. 8°. XVI, 310 pp. 8 M

1779. **Vahlen, J..** Ueber die Anfänge der Heroiden des Ovid. [Aus: „Abhandlungen der k. Akademie der Wissenschaften zu Berlin".] *Berlin*, 1881. *Dümmler's Verl.* 4°. 40 pp. 1 M 50 ₰

1780. **Wieseler, F.** Scenische und kritische Bemerkungen zu Euripides' Kyklops. [Aus: „Abhandlungen der k. Gesellschaft der Wissenschaften zu Göttingen".] *Göttingen*, 1881. *Dieterich's Verl.* 4°. 37 pp. 2 M

1781. **Wüstenfeld, F.** Geschichte der Faṭimiden-Chalifen. Nach arabischen Quellen. Mit einer lith. Karten-Skizze. [Aus: „Abhandlungen der k. Gesellschaft der Wissenschaften zu Göttingen".] *Göttingen*, 1881. *Dieterich's Verl.* 4°. 352 pp. 14 ℳ

X. Schöne Literatur und Kunst.

1782. **Adelmann, Alfr.** Schwert und Feder. *Jena*, 1881. *Costenoble.* 8°. VIII, 219 pp. 4 ℳ 50 ₰

1783. **Allary, C.** Les Amours buissonières. *Paris*, 1881. 18°. 352 pp. 3 ℳ 50 ₰

1784. **Bennet, S.** Gjæringstid. Kvindebilleder. *Kjøbenhavn*, 1881. 8°. 192 pp. 4 ℳ 50 ₰

1785. **Besant, W.**, and **J. Rice.** The Chaplain of the Fleet. 3 vols. *London*, 1881. 8°. 37 ℳ

1786. **Biart, L.** Les Ailes brûlées. *Paris*, 1881. 18°. 359 pp. 3 ℳ 50 ₰

1787. **de Boden, Mme. D.** Delaissée. *Paris*, 1880. 18°. 313 pp. 3 ℳ

1788. **Buchta, Rch.** Die oberen Nil-Länder. Volkstypen und Landschaften, dargestellt in 160 Photographien, aufgenommen nach der Natur. Mit einer Einleitung von *Rbt. Hartmann. Berlin*, 1881. *Stiehm.* 4°. 7 pp. 250 ℳ

1789. **Burnett, F. H.** A fair Barbarian. *London*, 1881. 8°. 4 ℳ 20 ₰

1790. **Collins, W.** The black Robe. 3 vols. *London*, 1881. 8°. 37 ℳ

1791. **Conscience, H.** Levenslust. *Leiden*, 1880. 8°. 3 ℳ 30 ₰

1792. **Cremer, J. J.** Romantische werken. Dl. XII. Overbetunsche novellen. *Amsterdam*, 1881. 8°. X, 310 pp. 4 ℳ 25 ₰
S. oben Nr. 851.

1793. **Delpit, A.** Le Père de Martial. *Paris*, 1881. 18°. VI, 366 pp. 3 ℳ 50 ₰

1794. **Diefenbach, Lr.** Der Zögling der Ursulinerinnen. Novelle. *Darmstadt*, 1881. *Brill.* 8°. 196 pp. 3 ℳ

1795. **v. Fisenno, L.** Kunstdenkmale des Mittelalters. Baukunst. 2. Serie 1. Heft. *Aachen*, 1881. *Cremer.* Fol. *Subscr.-Preis pro 6 Hefte* 13 ℳ; *Einzelpr.* 2 ℳ 80 ₰
Preis der I. Serie (6 Lfgn.) 20 ℳ.
S. 1880 Nr. 1763.

1796. **Forrester, M^rs.** Roy and Viola. 3 vols. *London*, 1880. 8°. 37 ℳ

1797. **Fournier, Ed.** Paris-capitale. *Paris*, 1881. 18°. VII, 400 pp. 3 ℳ 50 ₰

1798. **Fraser, M^rs. A.** Her Desert. 3 vols. *London*, 1881. 8°. 37 ℳ

1799. **Frost, H. F.** Schubert. *London*, 1881. 8°. 128 pp. 3 ℳ 60 ₰

1800. **Geissler, Rb.** Hinnerk Brodersen. *Wismar*, 1880. *Hinstorff's Verl.* 12°. XVI, 132 pp. 3 ℳ

1801. **Гончаровъ, И. А.** Четыре очерка. *St. Petersburg*, 1881. 8°. 297 pp.
GONČAROV, I. A. Vier Skizzen. 7 ℳ

1802. **Gruner, L.** Die decorative Kunst. Beiträge zur Ornamentik für Architektur und Kunstgewerbe aus den Schätzen der kgl. Sammlung für Handzeichnungen und Kupferstiche. Auf Veranlassung des k. Ministerium des Innern und der General-Direction der kgl. Sammlungen für Kunst und Wissenschaft herausgegeben. 7. Lfg. *Dresden*, 1881. *Gilbers' Verl.* Fol. *Je 10 Lichtdrucktaf.* 10 ℳ
S. 1880 Nr. 2983.

1803. **Gruyer, F. A.** Raphaël peintre de portraits. Fragments d'histoire et d'iconographie sur les personnages représentés dans les portraits de Raphaël. Tome I. Portraits exécutés sous le pontificat de Jules II. Tome II. Portraits exécutés sous le pontificat de Léon X. *Paris*, 1881. 8°. XVI, 387 pp. *Mit Portr.*, 424 pp. 15 ℳ

1804. **Hahn, R. Edm.** Im Park zu Rodenstein. Roman. 2 Bde. *Dresden*, 1881. *Pierson.* 8°. 263, 199 pp. 8 ℳ

1805. **Hansen, E.** Kleine Novellen. [Harznovellen aus alter und neuer Zeit. Skizzen aus Nord und Süd.] *Berlin*, 1881. *Prüfer.* 8°. 110 pp. 2 ℳ 50 ₰

1806. **Hügel, L. F. Jos.** Geschichtliche und systematische Entwicklung und Ausbildung der Perspektive in der classischen Malerei. [Mit 2 Skizzen in Aubeldr.] *Würzburg*, 1881. *Stuber.* 8°. 97 pp. 4 ℳ

1807. **Hugo, Vct.** L'Art d'être grand-père. *Paris*, 1881. 18°. 280 pp. 3 ℳ 50 ₰

1808. **Jensen, W.** Aus stiller Zeit. Novellen. *Berlin*, 1881. *Paetel.* 8°. 205 pp.

1809. **Kaufmann, Lp.** Albrecht Dürer. (Herausgegeben von der Görres-Gesellchaft.) *Köln*, 1881. *Bachem*. 8°. VIII, 112 pp. 1 ℳ 80 ₰

1810. **Lange, T.**. Skitser og Eventyr. *Kjøbenhavn*, 1881. 8°. 280 pp. 7 ℳ

1811. **Laube, H.** Louison. Novelle. *Braunschweig*, 1881. *Westermann*. 8°. 248 pp. 5 ℳ

1812. **Marazzi, A.**. Emigrati. II. In America. Studio e racconto. *Milano*, 881. 8°. 518 pp. 4 ℳ 80 ₰
S. 1880 Nr. 3646.

1813. **Michel, Edm.** Etude biographique sur les Tischbein, peintres allemands u XVIIIe siècle. *Paris*, 1881. 4°. 43 pp. *Mit 5 Illustr.* 10 ℳ

1814. **de Montépin, X.** Son altesse l'amour. Drame parisien. Tome III. et IV. .e prince Totor. *Paris*, 1881. 8°. 340, 319 pp. 3 ℳ
S. oben Nr. 1493.

1815. **de Musset, Alfr.** Contes. *Paris*, 1881. 18°. 319 pp. 3 ℳ 50 ₰

1816. **de Musset, Alfr.** Premières poésies 1829—1835. *Paris*, 1881. 18°. 396 pp. 3 ℳ 50 ₰

1817. **Mützelburg, Adf.** Der Bockreiter. Eine seltsame Historie. 2 Bde. *Berlin*, 881. *Goldschmidt*. 8°. 112, 89 pp. 1 ℳ

1818. **Nyblom, H.**. Noveller. *Kjøbenhavn*, 1881. 8°. 344 pp. 7 ℳ

1819. **Oliphant, M^rs.** Harry Joscelyn. 3 vols. *London*, 1881. 8°. 37 ℳ

1820. **Pradel, G.**. Pascale Nauriah. *Paris*, 1881. 18°. 299 pp. 3 ℳ 50 ₰

1821. **Raabe, W.** Das Horn von Wanza. Eine Erzählung. *Braunschweig*, 1881. *Vestermann*. 8°. 224 pp. 5 ℳ

1822. **Raffo, B.**. La stile e la maniera del Correggio. *Genova*, 1881. 8°. 74 pp. 1 ℳ 80 ₰

1823. **v. Reichenbach, M.** Die Eichhofs. Roman. *Berlin*, 1881. *Janke*. 8°. 69 pp. 4 ℳ

1824. **Reissmann, A.** Illustrirte Geschichte der deutschen Musik. Mit authenschen Abbildungen und facsimilirten Beilagen. 2.—9. Lfg. *Leipzig*, 1881. *Fues*. °. X u. p. 65—482. *Mit eingedr. Holzschn., Holzschntaf. u. fcsm. Beilagen.*
Schluss. — S. 1880 Nr. 1469. *Jede Lfg.* 1 ℳ 60 ₰

1825. **Rössler, Rb.** Durf- und Stoadleute. Neue schlesische Erzählungen. *Berlin*, 881. *Janke*. 8°. VII, 151 pp. 1 ℳ 60 ₰

1826. **Stichlberger, Mx.** Zwischen Inn und Etsch. Tiroler Novellen. *Stuttgart*, 881. *Bonz & Co.* 8°. 288 pp. 2 ℳ

1827. **Тургеневъ, И.. С..** Записки охотника. Полное собранiе очерковъ 1847 -1876 г. *St. Petersburg*, 1880. 8°. VII, 385 pp. 6 ℳ
TURGENEV, I.. S.. Memoiren eines Jägers.

1828. **Webber, B.**. In Lucks Way. 3 vols. *London*, 1881. 8°. 37 ℳ

1829. **Zola, Emile.** Nouveau contes à Ninon. *Paris*, 1881. 18°. 311 pp. 3 ℳ 50 ₰

XI. Handel. — Industrie. — Oekonomie.

1830. **Bayles, W.. E.**. Les Produits commerciaux et industriels. Ire partie. Deription, emploi, provenances et débouchés. *Paris*, 1881. 8°. 120 pp. 3 ℳ 50 ₰

1831. **Böckmann, F.**. Das Celluloid, seine Rohmaterialien, Fabrikation, Eigenhaften und technische Verwendung. Für Celluloid- und Celluloidwaaren-Fabri-.nten, für alle Celluloid verarbeitenden Gewerbe, Zahnärzte und Zahntechniker. it 9 Abbildgn. *Wien*, 1881. *Hartleben*. 8°. IV, 87 pp. 1 ℳ 80 ₰

1832. **Denk, Rb.** Die Fabrikation der Flocken- und Perlstoffe. Nach eigenen ·fahrungen zusammengestellt. Handbuch für Wollenwaarenfabrikanten etc. Mit hlreichen Musterzeichnungen in Holzschn. *Wien — Chemnitz*, 1881. [*Leipzig*, *'lgemeine Zeitschrift für Textil-Industrie (P. Zalud).*] 8°. 47 pp. 4 ℳ

1833. **Dupont, P., et Vct. Schlumberger.** Filature du coton. Des métiers conus à anneaux dits Ringthrostles. Généralités — théorie — description de usieurs types de machines, ainsi que des différents systèmes de broches succes-·ement employées. [Aus: „Bulletin de la société industrielle de Mulhouse".]

1834. **Dürre, E. F.** Die Anlage und der Betrieb der Eisenhütten. Ausführliche Zusammenstellung neuerer und bewährter Constructionen aus dem Bereiche der gesammten Eisen- und Stahl-Fabrikation. Unter Berücksichtigung aller Betriebs-Verhältnisse bearbeitet. 6. Lfg. *Leipzig*, 1881. *Baumgärtner.* 4⁰. I. Bd. p. 121—144. *Mit 6 photo-lith. Taf.* 6 ℳ

S. oben Nr. 1510.

1835. Forschungen auf dem Gebiete der Agrikulturphysik. Unter Mitwirkung von J.. van Bebber, A.. Blomeyer, Jos. Böhm etc. herausgegeben von *E.. Wollny.* IV. Bd. 1. u. 2. Heft. *Heidelberg*, 1881. *C. Winter.* 8⁰. 145 pp. *Mit 1 Holzschn.* 6 ℳ

S. oben Nr. 305.

1836. **Frauenholz, W..** Das Wasser mit Bezug auf wirthschaftliche Aufgaben der Gegenwart. *München*, 1881. *Th. Ackermann.* 8⁰. IV, 71 pp. 1 ℳ 60 ₰

1837. **Jarolimek, E..** Gesteins-Drehbohrmaschine mit Differential-Schraubenvortrieb des Bohrers. [Mit 1 lith. Taf.] [Aus: „Oesterreichische Zeitschrift für Berg- und Hüttenwesen".] *Wien*, 1881. *Manz.* 8⁰. 40 pp. 1 ℳ

1838. **Knäbel, A..** Handbuch für Fabrik- und gewerbliche Baukunde. Enthaltend die Darstellung und Beschreibung von Fabriken und gewerblichen Anlagen mit den dazu gehörigen Gebäuden, Betriebs- und baulichen Einrichtungen. Zum Gebrauche für Fabrikanten, Gewerbtreibende, Architekten etc. I. Bd. Landwirthschaftliche Fabriken und gewerbliche Anlagen. Mit 112 Holzschn.-Abbildgn. *Leipzig*, 1881. *Scholtze.* 8⁰. VII, 275 pp. 6 ℳ

1839. **Lauche, W..** Deutsche Pomologie. Ergänzungsbd. Handbuch des Obstbaues auf wissenschaftlicher und praktischer Grundlage. 1. Lfg. *Berlin*, 1881. *Parey.* 8⁰. 80 pp. *Mit Holzschn.* 2 ℳ

Soll in 8 Lfgn. erscheinen.

1840. **Maldini, G..** Le nuove costruzioni navali per la marina italiana. Navi piccolo e navi giganti. *Roma*, 1881. 8⁰. 2 ℳ 40 ₰

1841. **Molin, W..** Jarn och stål. Deras vigtigaste egenskaper och behandlingssätt hufvudsakligen vid klensmide. *Stockhholm*, 1881. 12⁰. 136 pp. 2 ℳ 50 ₰

1842. **Pacold, J..** Statika konstrukcí pozemního stavitelství. Se 6 tabulkami. *V Praze*, 1881. 8⁰. 122 pp. 8 ℳ

Statik der Constructionen der Landbaukunst.

1843. **Pasquale, G.. A..** Manuale di arboriculture. *Napoli*, 1881. 12⁰. *Mit 190 Illustr.* 7 ℳ 20 ₰

1844. **v. Reiche, H.** Die Untersuchungen an Dampfmaschinen und Dampfkesseln und an einigen rheinischen und westfälischen Kohlensorten auf der Gewerbe-Ausstellung für Rheinland, Westfalen und benachbarte Bezirke in Verbindung mit einer allgemeinen Kunst-Ausstellung in Düsseldorf 1880. Im Auftrage des Vorstandes der Ausstellung herausgegeben unter besonderer Mitwirkung von *F. Böcking.* Mit 18 lith. Taf. *Aachen*, 1881. *Mayer.* Fol. III, 28 pp. 12 ℳ

1845. **Seemann, Alfr.** Die Müller'schen Schieberdiagramme, in Anwendung auf die Steuerungen der Betriebsdampfmaschinen bearbeitet. Mit 11 lith. Taf. *München*, 1881. *Th. Ackermann.* 8⁰. VI, 124 pp. 6 ℳ

1846. **Thaer, A..** Die landwirthschaftlichen Unkräuter. Farbige Abbildung, Beschreibung und Vertilgungsmittel derselben. 24 Chromolith. nebst Text. *Berlin*, 1881. *Parey.* 8⁰. 32 pp. 5 ℳ

1847. **Wirth, Mx.** Die Krisis in der Landwirthschaft und Mittel zur Abhülfe. *Berlin*, 1881. *Herbig.* 8⁰. VIII, 352 pp. 5 ℳ

1848. **Zetzsche, K.. E..** Handbuch der elektrischen Telegraphie. Unter Mitwirkung von mehreren Fachmännern herausgegeben. III. Bd. Die elektrische Telegraphie im engern Sinne. 1. Lfg. Mit zahlreichen in den Text gedr. Holzschn. *Berlin*, 1880. *Springer.* 8⁰. p. 1—176. 5 ℳ

Inhalt: Der Bau der Telegraphenlinien. Bearbeitet von O. Henneberg.
S. 1879 Nr. 3398.

1849. **Zimmermann, H..** Trägheitsmomente, Widerstandsmomente und Gewichte genieteter Blechträger mit Berücksichtigung der Nietverschwächung, berechnet und übersichtlich zusammengestellt. *Berlin*, 1881. *Selbstverl.* 8⁰. IV, 32 pp. 4 ℳ

Verantwortlicher Redacteur Otto Kistner in Leipzig.

Allgemeine Bibliographie.

Monatliches Verzeichniss
der
wichtigern neuen Erscheinungen der deutschen und ausländischen Literatur.

Herausgegeben von F. A. Brockhaus in Leipzig.

1881.] Juli. [Nr. 7.

Dieses Verzeichniss erscheint regelmässig monatlich und ist, gleich den darin angezeigten Büchern, direct von F. A. Brockhaus *in* Leipzig *sowie durch alle Buchhandlungen zu beziehen.*

I. Encyklopädie und Literaturwissenschaft.

1850. **de Amicis, Edm.** Ritratti letterari. *Milano*, 1881. 8°. 378 pp. 4 *M* 80 *₰*

1851. **Bonasi, A.** Sulla legge della stampa. Studio. *Bologna*, 1881. 8. VIII, 104 pp. 3 *M* 60 *₰*

1852. **Creiznach, W.** Die Bühnengeschichte des Goethe'schen Faust. *Frankfurt a. M.*, 1881. *Literar. Anstalt.* 8°. IV, 59 pp. 1 *M* 50 *₰*

1853. **Della-Rocca, Mme.** Souvenirs de la vie intime de Henri Heine. *Paris*, 1881. 16°. VI, 137 pp. 3 *M* 50 *₰*

1854. **Demattio, F.** Letture italiane scelte. Parte 1. *Innsbruck*, 1881. *Wagner.* 8°. IV, 160 pp. 1 *M* 60 *₰*

1855. **Dorer, Edm.** Die Calderon-Literatur in Deutschland. Bibliographische Uebersicht. *Leipzig*, 1881. *Friedrich.* 8°. 42 pp. 1 *M* 20 *₰*

1856. **Dorer, Edm.** Goethe und Calderon. Gedenkblätter zur Calderonfeier. *Leipzig*, 1881. *Friedrich.* 8°. IV, 43 pp. 1 *M* 20 *₰*

1857. **Egelhaaf, Glo.** Grundzüge der deutschen Literaturgeschichte. *Heilbronn*, 1881. *Henninger.* 8°. VIII, 160 pp. 2 *M*

1858. **Fastenrath, J.** Calderon de la Barca. Festgabe zur Feier seines 200-jährigen Todestages [25. Mai 1881]. *Leipzig*, 1881. *Friedrich.* 8°. 80 pp. 1 *M* 50 *₰*

1859. **Frommann, Ed.** Aufsätze zur Geschichte des Buchhandels im 16. Jahrhundert. 2. Heft. Italien. *Jena*, 1881. *Frommann's Verl.* 8°. 160 pp. 2 *M* 40 *₰*
S. 1876 Nr. 3003.

1860. **de Garcia P. de Alcántara.** Calderon de la Barca, su vida y su teatro. El segundo centenario de su muerte. *Madrid*, 1881. 8°. 126 pp. 1 *M* 60 *₰*

1861. **Gasztosowtt, V.** Le Poète polonais Jules Slowacki (1809—1849). Etude biographique et littéraire, suivie de la traduction en vers de: Le Tombeau d'Agamemnon, En Suisse, La Peste au désert. *Paris*, 1881. 18°. 142 pp. 2 *M*

1862. **Halvorsen, J. B.** Norsk Forfatter-Lexikon. Paa Grundlag af J. E. Krafts og Ch. Langes „Norsk Forfatter-Lexikon 1814—1856.“ Første Hefte. Aabel — Engel. *Christiania*, 1881. 8°. 64 pp. 2 *M*

1863. **v. Hoffmann-Wellenhof, P.** Michael Denis. Ein Beitrag zur deutsch-österreichischen Literaturgeschichte des XVIII. Jahrhunderts. *Innsbruck*, 1881. *Wagner.*

1864. Deutsche Litteraturdenkmale des 18. Jahrhunderts, in Neudrucken, herau gegeben von *Bh. Seuffert.* Nr. 2. *Heilbronn*, 1881. *Henninger.* 8⁰. XI, 19 pp. 40

Inhalt: Voltaire am Abend seiner Apotheose. Von H.. L.. Wagner.

S. oben Nr. 929.

1865. Neudrucke deutscher Litteraturwerke des XVI. und XVII. Jahrhunder Nr. 30—32 u. Ergänzungsheft. *Halle*, 1881. *Niemeyer.* 8⁰. X, 76, XIII, 1 50 pp. *Jede Nr.* 50

Inhalt: 30. Der verlorene Sohn, ein Fastnachtspiel von B.. Waldis. [1527.] — 31. 32. D zehn Fastnachtspiele aus den Jahren 1536—1550 von Hs. Sachs. Herausgegeben von Edm. Goe — Ergänzungsheft. Burkard Waldis. Nebst einem Anhang: Ein Lobspruch der alten Deutsch von Burkard Waldis, von Gst. Milchsack.

S. oben Nr. 329.

1866. **Rodrigues Solis, E.** Panorama literario. Coleccion de estudios hist ricos y biográficos, artículos, cuentos, leyendas y poesías. *Madrid*, 1881. 272 pp. 3 ℳ 20

1867. **Samosch, Sgfr.** Pietro Aretino und italienische Charakterköpfe. *Ber* 1881. *Behr.* 8⁰. V, 162 pp. 3

1868. **Scartazzini, G.. A..** Dante in Germania. Storia letteraria e bibliogr Dantesca alemanna. Parte I. Storia critica della letteratura Dantesca aleman dal secolo XIV sino ai nostri giorni. *Milano*, 1881. 4⁰. 312 pp. 12

1869. Весинъ, С.. Очерки исторіи русской журналистики двацатыхъ и тридц годовъ. *St. Petersburg*, 1881. 8⁰. 606 pp. 9

Vesin, S.. Abriss der Geschichte der russischen Journalistik in den zwanziger und dr siger Jahren.

1870. **v. Wolzogen, Hs.** Unsere Zeit und unsere Kunst. Zwei Bücher im A schlusse an ein Buch. *Leipzig*, 1881. *Gebr. Senf.* 8⁰. 236 pp. 3 ℳ 75

II. Theologie und Philosophie.

1871. **Bergel, Jos.** Der Himmel und seine Wunder. Eine archäologische Stu nach alten jüdischen Mythografien. *Leipzig*, 1881. *Friedrich.* 8⁰. 52 pp. 1 ℳ 80

1872. **Bower, G.. S..** Hartley and James Mill. *London*, 1881. 12⁰. 250 pp. 3

1873. **Browne, H..** John's Apocalypse. Literally translated and spiritually int preted. *Manchester*, 1881. 8⁰. 330 pp. 6

1874. **Bruce, Alx. B..** The chief End of Revelation. *London*, 1881. 8⁰. 314 7 ℳ 20

1875. **Calderwood, H.** The Relations of Science and Religion. The Morse L tures 1880. *London*, 1881. 8⁰. 310 pp. 6

1876. **Carey, D..** Circumstantial Evidences of Christianity. *New York*, 18 16⁰. 305 pp. 6

1877. **Carr, A..** Gospel according to St. Matthew. With Maps, Notes and troduction. *Cambridge*, 1881. 12⁰. 370 pp. 5 ℳ 40

1878. **Clarke, J.. F..** Legend of Thomas Didymus, the Jewish Sceptic. *Bos* 1881. 12⁰. XIV, 448 pp. 10 ℳ 80

1879. **Corriol.** Compendium de la philosophie chrétienne comparée avec les d trines des philosophes anciens et des philosophes modernes, d'après Sanseveri Suivi d'une table analytique. Partie objective: Cosmologie, Anthropologie, Th dicée. Tome II. 5ᵉ fasc. Anthropologie. 6ᵉ fasc. Théodicée. *Avignon*, 1881. 194, 231 pp. 4 ℳ 50

S. oben Nr. 626.

1880. **Cowles, H..** Luke. Gospel History and Arts of the Apostles. With No critical, explanatory and practical. *New York*, 1881. 12⁰. IV, 493 pp. 12

1881. **Cowles, H.** Matthew and Mark. With Notes, critical, explanatory practical. *New York*, 1881. 12⁰. IV, 391 pp. 12

1882. **Denton, W..** Is Darwin right, or the Origin of Man. *Wellesley*, 1 16⁰. 193 pp. 6

1883. **Dorman, R.. M..** Origin of primitive Superstitions, and their Develop into the Worship of Spirits, and Doctrine of spiritual Agency among the Ab gines of America. *Philadelphia*, 1881. 8⁰. 398 pp. 18

1884. **Duboc, Jul.** Der Optimismus als Weltanschauung und seine religiös-eth Bedeutung für die Gegenwart. *Bonn*, 1881. *Strauss.* 8⁰. VIII, 200 pp.

1885. **Erdmann, D. Der Brief des** Jakobus, erklärt. *Berlin*, 1881. *Wiegandt & Grieben.* 8°. VII, 383 pp. 5 ℳ

1886. **Ewald, P. Der Einfluss der** stoisch-ciceronianischen Moral auf die Darstellung der Ethik bei Ambrosius. *Leipzig*, 1881. *Bredt.* 8°. 88 pp. 1 ℳ 20 ₰

1887. **Fennell, L.. Twelve Sketches** illustrating the Life of St. Paul in Rome. With descriptive Quotations. *London*, 1881. 4°. 12 ℳ 50 ₰

1888. **Fowler, T.. Bacon.** *London*, 1881. 12°. 206 pp. 4 ℳ 20 ₰

1889. **Galloway, W.. B.. The Chain** of Ages traced in its prominent Links by Holy Scripture, from the Creation of Adam, to the Close of the first Century of the Christian Era. With Notices of contemporary gentile Chronology and careful investigation of the Evidence from the original Sources. *London*, 1881. 8°. 720 pp. 19 ℳ

1890. **Gibson, J.. M.. The Mosaic** Era. A Series of Lectures on Exodus, Leviticus, Numbers and Deuteronomy. *London*, 1881. 8°. 370 pp. 9 ℳ

1891. **Govett, R.. Exposition of the** Gospel of St. John. Vol. I. *London*, 1881. 8°. 9 ℳ

1892. **Graham, W. The Creed of Science**, religious, moral and social. *London*, 1881. 8°. 442 pp. 14 ℳ 40 ₰

1893. **Harkavy, A.. Literarische** Correspondenz neuerer jüdischer Gelehrten, nebst Anmerkungen und Einleitung herausgegeben. (In hebräischer Sprache.) 1. Heft. *St. Petersburg*, 1881. [*Leipzig, Voss' Sort.*] 70 pp. 2 ℳ

Inhalt: Briefe des Oberrabbiners zu Prag S. L. Rappoport an S. D. Luzzatto, Professor am Collegium rabbinicum in Padua [1829—1860]. Nebst einigen Anmerkungen von S.. J.. Halberstam in Bielitz.

1894. **Harnisch, F. W. Das Leiden,** beurteilt vom theistischen Standpunkt. Ein historisch-kritischer Versuch. *Halle*, 1881. *Niemeyer.* 8°. 108 pp. 2 ℳ

1895. **Heman, C.. F.. Die Erscheinung** der Dinge in der Wahrnehmung. Eine analytische Untersuchung. *Leipzig*, 1881. *Hinrichs' Verl.* 8°. VI, 170 pp. 3 ℳ

1896. **Heppe, H. Geschichte des** Pietismus und der Mystik in der reformirten Kirche, namentlich der Niederlande. *Leiden*, 1879. *Brill.* 8°. XVI, 503 pp. 9 ℳ

1897. **Koeber, Rph. Schopenhauer's** Erlösungslehre. *Berlin*, 1881. *C. Dunker.* 8°. 51 pp. 1 ℳ

1898. **Lindner, A. Die Schriftsteller** und die um Wissenschaft und Kunst verdienten Mitglieder des Benediktiner-Ordens im heutigen Königreich Bayern vom Jahre 1750 bis zur Gegenwart. 2 Bde. *Regensburg*, 1880. [*Schrobenhausen, Hueber.*] 8°. XIII, 316, VIII, 303 pp. 9 ℳ

1899. **Lippert, Jul. Die Religionen** der europäischen Culturvölker, der Litauer, Slaven, Germanen, Griechen und Römer, in ihrem geschichtlichen Ursprunge. *Berlin*, 1881. *Th. Hofmann.* 8°. XVI, 496 pp. 8 ℳ

1900. **Lloyd, J.. T.. Life of Henry** Ward Beecher. *London*, 1881. 8°. 312 pp. 3 ℳ

1901. **Mainzer, J.. Die kritische** Epoche in der Lehre von der Einbildungskraft aus Humes und Kants theoretischer Philosophie nachgewiesen. *Jena*, 1881. *E. Frommann's Verl.* 8°. IV, 86 pp. 2 ℳ 40 ₰

1902. **Millington, W. The Resurrection** of our Lord. *London*, 1881. 8°. 310 pp. 10 ℳ 80 ₰

1903. **Nebe, A.. Die Leidensgeschichte** unsers Herrn Jesu Christi nach den vier Evangelien ausgelegt. I. Bd. *Wiesbaden*, 1881. *Niedner.* 8°. XI, 403 pp. 6 ℳ

1904. **Neu, Fr. Zur Geschichte des** Franziskanerklosters, der Kirche und Pfarre zum heiligen Nikolaus in Aachen. Mit 4 photolith. Abbildgn. auf 2 Taf. *Aachen*, 1881. *Jacobi & Co.* 8°. 124 pp. 1 ℳ 50 ₰

1905. **Oswald, J.. H.. Religiöse Ur**geschichte der Menschheit, das ist der Urstand des Menschen, der Sündenfall im Paradiese und die Erbsünde, nach der Lehre der katholischen Kirche dargestellt. *Paderborn*, 1881. *F. Schöningh.* 8°. V, 236 pp. 3 ℳ

1906. **Owen, J.. Evenings with the** Skeptics, or Free Discussion on Free Thinkers. *London*, 1881. 8°. 1100 pp. 38 ℳ

1907. Psalterz Puławski. Z kodeksu pergaminowego księcia Władysława Czartoryskiego. Przedruk homograficzny wykonali Adam i Stanisław Pilińscy. Nakładem Biblioteki Kórnickiéj. *Kornik*, 1880. 16⁰. 311 Bl. 35 ℳ

Der Psalter von Puławy. Aus dem Pergamentcodex des Fürsten W.. Czartoryski. Homographischer Ueberdruck.

1908. **Rahmer, M.**. Die biblische Erdbeben-Theorie. Eine exegetische Studie. *Magdeburg*, 1881. [*Leipzig, Friese.*] 8⁰. 40 pp. 1 ℳ

1909. **v. Reichenau, W.** Die monistische Philosophie von Spinoza bis auf unsere Tage. Gekrönte Preisschrift. *Köln*, 1881. *Mayer*. 8⁰. XX, 348 pp. 7 ℳ

1910. **Rüetschi, Rdf.** Geschichte und Kritik der kirchlichen Lehre von der ursprünglichen Vollkommenheit und vom Sündenfall. Eine von der Haager Gesellschaft zur Vertheidigung der christlichen Religion gekrönte Preisschrift. *Leiden*, 1881. *Brill*. 8⁰. VIII, 234 pp. 4 ℳ 50 ₰

1911. **Sully, Jam.** Illusions. A psychological Study. *London*, 1881. 8⁰. XII, 372 pp. 6 ℳ

1912. **Trumelet, C.**. Les Saints de l'Islam. Légendes hagiologiques et croyances algériennes. *Paris*, 1881. 18⁰. LXIX, 488 pp. 4 ℳ

1913. **Venn, J.**. Symbolic Logic. *London*, 1881. 8⁰. 460 pp. 12 ℳ 50 ₰

1914. **Vitali, V.**. La liberta religiosa e lo stato. La teocrazia e la compagnia di Gesù. La teocrazia e la manomorta. *Piacenza*, 1881. 16⁰. 107 pp. 3 ℳ

1915. **Watson, J.**. Kant and his English Critics. A Comparison of critical and empirical Philosophy. *Glasgow*, 1881. 8⁰. 402 pp. 15 ℳ

1916. **Wiener, W.** Das evangelische Pfarrhaus in seiner sozialen Bedeutung. Ein Wort zur Aufklärung und Verständigung. *Gotha*, 1881. *F. A. Perthes*. 8⁰. VIII, 221 pp. 3 ℳ

1917. **Wilberforce.** — Life of Bishop Sm. Wilberforce. With Selections from his Diaries and Correspondence. By his Son R.. G.. Wilberforce. Vol. II. *London*, 1881. 8⁰. 480 pp. 18 ℳ

S. oben Nr. 1268.

1918. **Williams, H.. W.**. The Constitution and Polity of Wesleyan Methodism. Being a Digest of its Laws and Institutions, brought down to the Conference of 1880. *London*, 1881. 8⁰. 330 pp. 4 ℳ 20 ₰

1919. **Wogue, L.**. Histoire de la bible et de l'exégèse biblique jusqu'à nos jours. *Paris*, 1881. 8⁰. VI, 387 pp. 12 ℳ

1920. **Wright, G.. F.**. The Logic of Christian Evidence. *London*, 1881. 8⁰. 290 pp. 4 ℳ 20 ₰

1921. **Wycliffe, J.** The Morning Star of the Reformation, the Life and Times of John de Wycliffe. *London*, 1881. 8⁰. 2 ℳ 40 ₰

III. Erziehungswissenschaft.

1922. **Arnold, Th.** A Method of Teaching the Deaf and Dumb Speech, Lip-Reading and Language. With Illustrations and Exercises. *London*, 1881. 8⁰. 202 pp. 18 ℳ

1923. Pädagogische Bibliothek. Eine Sammlung der wichtigsten pädagogischen Schriften älterer und neuerer Zeit. Im Vereine mit Gesinnungsgenossen herausgegeben von *K. Richter*. 92. Heft. *Leipzig*, 1881. *Siegismund & Volkening*. 8⁰. 64 pp. 50 ₰

Inhalt: Jhs. L. Vives. Ausgewählte pädagogische Schriften. Uebersetzt und mit Einleitung und Anmerkungen versehen von R. Heine. 1. Heft.

S. oben Nr. 650.

1924. **Galloway, Rb.** Education, scientific and technical, or how the Inductive Sciences are taught and how they ought to be taught. *London*, 1881. 8⁰. 476 pp. 12 ℳ 50 ₰

1925. **Gitschmann, W.** Die Pädagogik des John Locke. Historisch und psychologisch beleuchtet. *Köthen*, 1881. *Schettler's Verl.* 8⁰. VIII, 96 pp. 1 ℳ 20 ₰

1926. **Hudson, H.. N.**. English in Schools. Series of Essays. *Boston*, 1881. 16⁰. 131 pp. 4 ℳ 80 ₰

1927. **Pädagogische Klassiker.** Auswahl der besten pädagogischen Schriftsteller aller Zeiten und Völker. Mit kritischen Erläuterungen versehen. Herausgegeben unter der Redaction von *Gst. Adf. Lindner*. VIII. u. IX. Bd. *Wien*, 1881. *Pichler's Wwe. & Sohn*. 8°. XXXVI, 241, 65, XXII, 171 pp. 5 M 50 ₰

Inhalt: 8. Marcus Fabius Quintilianus. Rednerische Unterweisungen. Bearbeitet von Gst. Lindner. Plutarch's Abhandlungen über die Erziehung der Kinder. Uebersetzung, Einleitung und Kommentar von H. Deinhardt. 3 M. 50 ₰ — 9. Roger Ascham's Schulmeister mit einer Einleitung: R. Ascham's Leben und Wirken. Einleitung, Uebersetzung und Commentar von Jos. Holzamer. 2 M

S. 1879 Nr. 2822.

1928. **Larsen, J.**. Bidrag til Kjøbenhavns offentlige Skolevæsens Historie. *Kjøbenhavn*, 1881. 8°. 222 pp. 6 M

1929. **Путята, Н.. А..** Вильямъ Чаннингъ, его жизнь и сочиненія (Мысли Чаннинга) о самовоспитаніи и самообразованіи. Чтеніе для юношества. *Moskau*, 1881. 12°. 165 pp. 5 M

Putjata, N.. A.. William Channing, und seine Ansichten über Erziehung etc.

IV. Rechts- und Staatswissenschaft.

1930. **Bohlmann, O.** Die Praxis in Expropriationssachen. Beiträge zur Beurtheilung der bezüglichen Controversen des preussischen, wie auch des gemeinen Rechts. 2. Heft. *Berlin*, 1881. *Weber*. 8°. IV, 54 pp. 1 M 50 ₰

S. 1880 Nr. 1584.

1931. **Curtius, P.** Der Weg zum Frieden. Denkschrift über die social-conservativen Bestrebungen. *Berlin*, 1881. *F. Luckhardt*. 8°. VII, 86 pp. 1 M 50 ₰

1932. **Dalcke, A.., und S.. Genzmer.** Handbuch der Strafvollstreckung und Gefängnissverwaltung in Preussen. *Berlin*, 1881. *H. W. Müller*. 8°. XIV, 255 pp. 6 M

1933. **Delaporte, E.. M.. L..** De la condition du prodigue dans le droit romain, le droit français et les législations étrangères modernes. *Paris*, 1881. 8°. 736 pp. 10 M

1934. **Desmaze, C..** Le Crime et la débauché à Paris. Le Divorce. *Paris*, 1881. 18°. VIII, 368 pp. 3 M 50 ₰

1935. **Dydyński, T..** O prawie rolném w starożytnym Rzymie. *Warszawa*, 1881. 8°. 36 pp. 2 M

Ueber das Myrarrecht im alten Rom.

1936. **Eger, G.** Das deutsche Frachtrecht mit besonderer Berücksichtigung des Eisenbahnfrachtrechts. Ein Kommentar zu Titel 5 Buch 4 des deutschen Handelsgesetzbuchs und zu dem deutschen, östereichisch-ungarischen und Vereins-Eisenbahn-Betriebs-Reglement. Bearbeitet mit Benutzung der Akten der k. preussischen Ministerien für Handel und Gewerbe, der öffentlichen Arbeiten und der Justiz, sowie der Protokolle des Vereins deutscher Eisenbahnverwaltungen. II. Bd. *Berlin*, 1881. *C. Heymann's Verl.* 8°. XX, 656 pp. 10 M 50 ₰

S. 1879 Nr. 655.

1937. **Fidler, F..** Der Amtsrichter in Preussen. Darstellung der Amtsgerichtsverfassung, der Stellung des Amtsrichters und des Verfahrens in allen zur Zuständigkeit der Amtsgerichte gehörigen Rechtsangelegenheiten. 1. Lfg. [II. Thl. Die gesetzlichen und instruktionellen Bestimmungen nach ihrer heutigen Gestalt und Geltung in systematischer Anordnung.] Mit Parallelstellen und Erläuterungen aus den Entscheidungen des Reichsgerichts und des Kammergerichts. *Paderborn*, 1881. *F. Schöningh*. 8°. XIV, 254 pp. 4 M 50 ₰

1938. **Staats- und socialwissenschaftliche Forschungen**, herausgegeben von *Gst. Schmoller*. III. Bd. 2. Heft. [Der ganzen Folge 12. Heft.] *Leipzig*, 1881. *Duncker & Humblot*. 8°. XII, 224 pp. 6 M

Inhalt: Die Strassburger Goldschmiedezunft von ihrem Entstehen bis 1681. Urkunden und Darstellung. Ein Beitrag zur Gewerbegeschichte des Mittelalters von Hs. Meyer.

S. 1880 Nr. 3083.

1939. **Gavazzi-Spech, Gi.** Sulla libertà di stampa. *Milano*, 1881. 8°. X, 363 pp. 4 M 20 ₰

1940. **Grotefend, G.. A..** Die Gesetze und Verordnungen nebst den sonstigen

den Gesetzsammlungen für das Königreich Preussen und das Deutsche Reich, de Reichs-Centralblatt und den amtlichen Mittheilungen der staatlichen und kirchlich Centralbehörden in Preussen chronologisch zusammengestellt. 1. u. 2. Heft. *Düss dorf*, 1881. *Schwann*. 8⁰. 144 pp. 2 ℳ 25
S. oben Nr. 1288.

1941. **Grünewald, Ed.** Rechtsgrundsätze der Entscheidungen des Reichsgerich Nach dem Systeme der Gesetzbücher geordnet und gesammelt. III. Bd. Mit au führlichem Gesetz- und Sachregister. *Berlin*, 1881. *C. Heymann's Verl.* 8⁰. V 168 pp. 2 ℳ 80
S. oben Nr. 73.

1942. **Hahn, C.**. Die gesammten Materialien zu den Reichs-Justizgesetzen. A Veranlassung des kaiserlichen Reichs-Justizamts herausgegeben. IV. Bd. Ma rialien zur Konkursordnung. 3. Lfg. *Berlin*, 1881. *v. Decker*. 8⁰. VII u. p. 6 —835. 4
S. oben Nr. 1290.

1943. **Holmes, O.. W.**. The Common Law. *Boston*, 1881. 8⁰. 422 pp. 24

1944. Deutsches Hypothekenrecht. Nach den Landesgesetzen der grösser deutschen Staaten systematisch dargestellt. Unter Mitwirkung von v. Bar, De burg, Exner etc. herausgegeben von *Vct. v. Meibom*. V. Bd. 2. Abth. *Leipz* 1881. *Breitkopf & Härtel*. 8⁰. VIII u. p. 289—676 u. LI pp. 9
Inhalt: Das österreichische Hypothekenrecht von Adf. Exner. 2. Abth.
S. 1877 Nr. 3369.

1945. **v. Jhering, Rdf.** Gesammelte Aufsätze aus den Jahrbüchern für die Do matik des heutigen römischen und deutschen Privatrechts. I. Bd. enthaltend d Abhandlungen aus den 4 ersten Bänden der Jahrbücher. *Jena*, 1881. *Fischer*. VII, 490 pp. 10

1946. **Jones, D.**. Notes on Military Law. *London*, 1881. 8⁰. 158 pp. 4 ℳ 80

1947. **Lehmann, Alfr.** Zur Lehre vom Strafantrage, insbesondere der Sätze § 61 des Reichs-Straf-Gesetz-Buchs. *Leipzig*, 1881. *Fues*. 8⁰. IV, 52 pp. 1 ℳ 20

1948. **Le Play, Pt. F.**. La Constitution essentielle de l'humanité, exposé d principes et des coutumes qui créent la prospérité ou la souffrance des natio *Paris*, 1881. 18⁰. XVI, 328 pp. 2

1949. **Litta, P.**. L'occupazione. Suo concetto e suoi effetti sulle proprietà p bliche e private nella guerra continentale. *Milano*, 1881. 8⁰. 61 pp. 2 ℳ 40

1950. **Lueder, C.**. Grundriss zu Vorlesungen über deutsches Strafprozessrec Mit dem Texte der Strafprocessordnung für das deutsche Reich und den das Str processrecht betreffenden Stellen des Gerichtsverfassungsgesetzes und der Einfü rungsgesetze. *Erlangen*, 1881. *Deichert*. 8⁰. XIV, 206 pp. 4

1951. **Macleod, H.. D.**. The Elements of Economics. 2 vols. *London*, 18 8⁰. 432 pp. 9

1952. **Мартенсъ, Г.. К.**. Опытъ коментарія русскаго торговаго права на ос ванін рѣшеній судебныхъ мѣстъ въ Россійской Имперіи. 2 тома. *St. Petersbu* 1881. 410; 344 pp. 9
Martens, G.. K.. Commentar des russischen Handelsrechts.

1953. **Navarro Amandi, M.**. Código civil de España. Compilacion metódica la doctrina contenida en nuestras leyes civiles vigentes, con expresion de orígenes, jurisprudencia del Tribunal supremo, concordancias con los principa códigos de otros pueblos y commentarios. Tomo II. *Madrid*, 1880. 4⁰. 636 p
S. oben Nr. 1303. 16

1954. **v. Oettingen, Alx.** Ueber akuten und chronischen Selbstmord. Ein Ze bild. *Dorpat*, 1881. *Karow*. 8⁰. V, 66 pp. 2

1955. **Reich, Ed.** Arbeit und Lebensnoth, aus dem Gesichtspunkte der Gesun heitspflege und des Humanismus betrachtet. *Berlin*, 1881. *Hempel*. 8⁰. XVI, 456 p 8

1956. **Ricci, Fr.** Corso teorico-pratico di diritto civile. Vol. III. *Torino*, 18 8⁰. 503 pp. 9 ℳ 50
S. 1880 Nr. 1908.

1957. **Seager, J.. R.**. A Handbook of the Law of parliamentary Registratio *London*, 1881. 8⁰. 4 ℳ 80

V. Mathematik und Naturwissenschaften.

1958. **Andræ, C. G.** Problèmes de haute géodésie. Extraits de l'ouvrage danois: Den danske Gradmaaling". 1er Cahier. Formation et calcul des triangles géoiques. *Kjøbenhavn*, 1881. 4°. 58 pp. 4 *M*

1959. Arbeiten aus dem zoologischen Institute der Universität Wien und der ologischen Station in Triest. Herausgegeben von *C. Claus*. Tom. III. 3. Heft. it 7 lith. Taf. u. 2 Holzschn. *Wien*, 1881. *Hölder*. 8°. p. 243—344. 14 *M*
S. oben Nr. 698.

1960. **Brefeld, Osc.** Botanische Untersuchungen über Schimmelpilze. Unterschungen aus dem Gesammtgebiete der Mykologie. 4. Heft. Mit 10 lith. Taf. eipzig, 1881. *Felix*. 4°. VII, 191 pp. 20 *M*
S. 1877 Nr. 3390.

1961. **Casas Barbosa, Jos.** Manual de electricidad popular. *Madrid*, 1881. 8°. 40 pp. 2 *M* 40 *₰*

1962. **Claus, C.** Ueber Aequorea Forskalea Esch. als Aequoride des adriatischen leeres, zugleich eine Kritik von E. Haeckel's Aequoridensystem. [Aus: „Arbeiten les zoologischen Instituts zu Wien".] *Wien*, 1881. *Hölder*. 8°. 30 pp. 2 *M* 40 *₰*

1963. **Cohen, E.** Sammlung von Mikrophotographien zur Veranschaulichung der nikroskopischen Structur von Mineralien und Gesteinen, aufgenommen von *J. Grimm* in Offenburg. 3. u. 4. Lfg. *Stuttgart*, 1881. *Schweizerbart*. 4°. *Je 8 Taf. mit 1 Bl. Text.* *Jede Lfg.* 16 *M*
S. oben Nr. 1008.

1964. **Dewitz, H.** Afrikanische Nachtschmetterlinge. *Halle*, 1881. [*Leipzig, Engelmann.*] 4°. 31 pp. 2 *M* 50 *₰*, *mit col. Taf.* 5 *M*

1965. **Dronke, A.** Die Kegelschnitte in synthetischer Behandlungsweise für die Prima höherer Lehranstalten. Mit Fig. im Text. *Leipzig*, 1881. *Teubner*. 8°. IV, 76 pp. 2 *M*

1966. **Duncan, P. M., and W. P. Slaten.** A Memoir of the Echinodermata of the Arctic Sea on the West of Greenland. *London*, 1881. Folio. *Mit 6 Taf.* 12 *M* 50 *₰*

1967. **Флавицкій, Ф.** О нѣкоторыхъ свойствахъ терпеновъ и ихъ взаимныхъ отношеніяхъ. *Kasan*, 1880. 8°. 179 pp. 8 *M*
FLAVICKIJ, F. Ueber einige Eigenschaften der Terpina und ihre gegenseitigen Beziehungen.

1968. **Grobben, C.** Die Entwickelungsgeschichte von Cetochilos septentrionalis Goodsir. Mit 4 Taf. u. 2 Holzschn. [Aus: „Arbeiten des zoologischen Instituts zu Wien".] *Wien*, 1881. *Hölder*. 8°. 40 pp. 9 *M* 60 *₰*

1969. Neues Handwörterbuch der Chemie. Auf Grundlage des von Liebig, Poggendorff und Wöhler, Kolbe und Fehling herausgegebenen Handwörterbuchs der reinen und angewandten Chemie und unter Mitwirkung von Baumann, Bunsen, Classen etc. bearbeitet und redigirt von *Hm. v. Fehling*. Mit in den Text eingedr. Holzst. 37. Lfg. *Braunschweig*, 1881. *Vieweg & Sohn*. 8°. III. Bd. p. 961—1056. 2 *M* 40 *₰*
S. oben Nr. 1330.

1970. **Harnack, Axel.** Die Elemente der Differential- und Integralrechnung. Zur Einführung in das Studium dargestellt. Mit Fig. im Text. *Leipzig*, 1881. *Teubner*. °. VIII, 409 pp. 7 *M* 60 *₰*

1971. **v. Homeyer, E. F.** Ornithologische Briefe. Blätter der Erinnerung an eine Freunde. *Berlin*, 1881. *Grieben*. 8°. VI, 340 pp. 6 *M*

1972. **Kayser, J. C.** Deutschlands Schmetterlinge mit Berücksichtigung sämmtlicher europäischer Arten. (Neue Ausgabe.) 2.—38. Lfg. *Leipzig*, 1881. *Abel*. °. VIII u. p. 369—608. *Mit je 4 color. Kpfrtaf.* *Jede Lfg.* 1 *M*
Schluss. — S. oben Nr. 440.

1973. **Kobelt, W.** Illustrirtes Conchylienbuch. 11. Lfg. *Nürnberg*, 1881. *Bauer Raspe*. 4°. II. Bd. p. 337—391. *Mit 12 Steintaf.* 6 *M*
S. oben Nr. 1340.

1974. **Locard, Arn.** Etudes sur les variations malacologiques d'après la faune vivante et fossile de la partie centrale du bassin du Rhône. 2 vol. *Paris*, 1881.

1975. **Martini und Chemnitz.** Systematisches Conchylien-Cabinet. In Verbindung mit Philippi, L. Pfeiffer, Dunker etc. neu herausgegeben und vervollständigt von *H.. C.. Küster*; nach dessen Tode fortgesetzt von *W.. Kobelt* und *H.. C.. Weinkauf*. 302.—304. Lfg. *Nürnberg*, 1881. *Bauer & Raspe*. 4°. 80 pp. *Mit 11 color. Steintaf.* *Jede Lfg.* 9 ℳ

S. oben Nr. 1343.

1976. **Pfeffer, W..** Pflanzenphysiologie. Ein Handbuch des Stoffwechsels und Kraftwechsels in der Pflanze. I. Bd. Stoffwechsel. Mit 39 Holzschn. *Leipzig*, 1881. *Engelmann*. 8°. VIII, 383 pp. 8 ℳ

1977. **Roser, K.** Beiträge zur Biologie niederster Organismen. Mit 1 lith. Taf. *Marburg*, 1881. *Elwert's Verl.* 8°. 30 pp. 1 ℳ

1978. **Rupertsberger, Mth.** Biologie der Käfer Europas. Eine Uebersicht der biologischen Literatur, gegeben in einem alphabetischen Personen- und systematischen Sach-Register, nebst einem Larven-Cataloge. *Linz*, 1880. *Fink*. 8°. XII, 295 pp. 6 ℳ

1979. **v. Schlagintweit-Sakünlünski, Hm.** Die Regenverhältnisse in Indien, nebst dem indischen Archipel und in Hochasien. I. Thl. Erläuterung der Untersuchungen. Die Beobachtungen im nördlichen Indien, von Ost gegen West. [Aus: „Abhandlungen der k. bayer. Akademie der Wissenschaften."] *München*, 1881. *Franz*. 4°. 93 pp. 2 ℳ 80 ₰

1980. **Schmitz-Dumont, O..** Die Einheit der Naturkräfte und die Deutung ihrer gemeinsamen Formel. Mit 5 Fig.-Taf. *Berlin*, 1881. *C. Duncker*. 8°. IV, 168 pp. 4 ℳ

1981. **Schwarz, K.** Ebbe und Fluth, deren Ursache experimentell nachgewiesen. Mit 1 lith. Fig.-Taf. *München*, 1881. *Kellerer*. 8°. III, 87 pp. 1 ℳ 80 ₰

1982. **Стебницкій, I.. И..** Наблюденія надъ караніями поворотныхъ маятникъ рисскаго академическаго приборя, произведенныя въ городѣ Тифлисѣ. *St. Petersburg*, 1880. 8°. 103 pp. 2 ℳ

Stebnickij, I.. I.. Beobachtungen über die Schwingungen drehbarer Pendel, ausgeführt in Tiflis.

1983. **Thiele, P.. N..** Sur la compensation de quelques erreurs quasi-systematiques par la méthode des moindres carrés. *Kjøbenhavn*, 1881. 8°. 30 pp. 6 ℳ

1984. **Townsend, Rch.** Chapters on the modern Geometry of the Point, Line and Circle. 2 vols. *Dublin*, 1881. 8°. 14 ℳ 40 ₰

VI. Medicin.

1985. **Berenger-Feraud, L.. J.. B..** Traité clinique des maladies des Européens aux Antilles (Martinique). 2 vols. *Paris*, 1881. 8°. XIV, 620 u. 1 Karte, 590 pp. 16 ℳ

1986. **Bloch, L..** Beiträge zur Kenntniss der Aneurysmen. Mit Benutzung aller Fälle, welche auf der chirurgischen Klinik in Zürich in den Jahren 1870—1881 dem Herrn Prof. Dr. Rose zur Beobachtung kamen, mit Einschluss der Fälle aus dessen Privatpraxis. Mit 8 lith. Taf. mit 13 Abbildgn. *Zürich*, 1881. *Verlags-Magazin*. 8°. 111 pp. 2 ℳ 40 ₰

1987. **Cloetta, A..** Lehrbuch der Arzneimittellehre, nebst Anleitung zu Arzneiverordnungen. *Freiburg i. Br.*, 1881. *Mohr*. 8°. XI, 332 pp. 6 ℳ

1988. **Debell, H.,** On the Mont Dore Cure, and the proper way to use it in the rheumatic gouty, scrofulous, syphilitic, tuberculosis, dactrous, and other morbid constitutional states. Also in Asthma, Cousumption, Bronchitis, Emphysema, Norso, pulmonary Catarrh, and other Affections of the Throat, Chest and mucous Membrane. *London*, 1881. 8°. 180 pp. 9 ℳ

1989. **Fritsch, H.** Die Krankheiten der Frauen; Aerzten und Studirenden geschildert. Mit 159 Abbildgn. in Holzschn. *Braunschweig*, 1881. *Wreden*. 8°. IX, 416 pp. 8 ℳ 60 ₰

1990. **Hager, Hm.** Handbuch der pharmaceutischen Praxis. Für Apotheker, Aerzte, Droguisten und Medicinalbeamte. Mit zahlreichen in den Text gedr. Holzschn. Ergänzungsband. 5. Lfg. *Berlin*, 1881. *Springer*. 8°. p. 449—560. 2 ℳ

2032. **Fitzgerald, J. F. V. Australia.** *London*, 1881. 12°. 234 pp. *Mit Illustr.* . *Karten.* 4 M 20 ₰

2033. **Fradin, E. Descriptions et plans** des îles composant l'archipel Gilbert Océanie). **Précédés de considérations** sur les mers comprises entre 5° nord et ° **sud, 165° et 175° est. Voyage du Buff**on, 1879—80. *Royan*, 1881. 8°. 100 pp. 2 M

2034. **Frey, C. Die Schicksale des kö**niglichen Gutes in Deutschland unter den etzten **Staufern seit König Philipp.** *Berlin*, 1881. *Hertz.* 8°. 321 pp. 6 M

2035. **Des Conrad Grünenberg, Ritters** und Burgers zu Costenz, Wappenpuch, ollbracht **am nünden Tag des Abrellen,** do man zalt tusend vierhundert drü und ıchtzig **jar. In Farbendruck neu hera**usgegeben von *R. Stillfried-Alcántara* und 1. *M. Hildebrandt.* **8.—30. Lfg.** *Görlitz*, 1881. *Starke.* Fol. *233 Chromolith.* :. *150 pp. Text.* *Jede Lfg.* 10 M
Schluss. — S. 1877 Nr. 1360.

2036. **Heath, Rch. Edgar Quinet, his** early Life and Writings. With Portraits, llustr. **and an autographed Letter.** *London*, 1881. 8°. 390 pp. 15 M

2037. **Heidenheimer, H. Petrus Mart**yr Anglerius und sein Opus epistolarum. Ein **Beitrag zur Quellenkunde des Zeita**lters der Renaissance und der Reformation. *Berlin*, **1881.** *Seehagen.* **8°. IV, 216 pp.** 4 M 50 ₰

2038. **Hyde, A. G., and A. C. Baldwin.** The Frozen Zone and its Explorers. *London*, **1881. 8°. 800 pp.** 21 M

2039. **Kleinpaul, Rdf. Rom in Wort** und Bild. Eine Schilderung der ewigen Stadt **und der Campagna. Mit 368** Holzschn.-Illustr. 2. Lfg. *Leipzig*, 1881. *Schmidt & Günther.* **Fol. p. 17—28.** 1 M
S. oben Nr. 1721.

2040. **v. Klutschak, H. Als Eskimo** unter den Eskimos. Eine Schilderung der Erlebnisse **der Schwatka'schen Frankl**in-Aufsuchungs-Expedition in den Jahren 1878—80. **Mit 3 chromolith. Karten,** 12 Vollbildern und zahlreichen in den Text gedr. **Illustr. nach den Skizzen des Verf**assers. *Wien*, 1881. *Hartleben.* 8°. V, 247 pp. 6 M

2041. **Leokosia, the Capital of Cyprus.** *London*, 1881. 8°. 76 pp. *Mit 12 Illustr.* 12 M 50 ₰

2042. **Lesson, A. Les Polynésiens, le**ur origine, leurs migrations, leur langage. Ouvrage **rédigé d'après le manuscrit de** l'auteur par L. Martinet. Tome II. *Paris*, 1881. **8°. 556 pp.** 15 M
S. 1880 Nr. 1075.

2043. **Lodge, H. C. A short History** of the English Colonies in America. *New-York*, **1881. 8°. VIII, 560 pp.** 18 M

2044. **Loris, G. De la république et** des républicains en France. *Paris*, 1881. 8°. **XII, 186 pp.** 2 M

2045. **Lossing, B. J. Eminent Ameri**cans. Brief Biography of leading Statesmen, **Patriots, Orators and others, Men** and Women, who have made American History. *New York*, **1881. 12°. 488 pp.** 6 M

2046. **de Lucay. Des origines du pou**voir ministériel en France. Les secrétaires d'état, **depuis leur institution jusqu'à la** mort de Louis XV. *Paris*, 1881. 8°. VIII, 547 pp. 10 M

2047. **Lufft, A. Der Feldzug am Mit**telrhein von Mitte August bis Ende December **1793.** *Freiburg i. Br.*, **1881.** *Mohr.* 8°. XV, 160 pp. 3 M

2048. **Marcellus. Ny samling af politis**ka silhuetter. *Stockholm*, 1881. 8°. 319 pp. 7 M 50 ₰

2049. **Martin, E. M. A Tour throug**h India in Lord Cannings Time. *London*, 1881. **8°.** 9 M

2050. **Meding, Osk. [Greg. Samarow.]** Memoiren zur Zeitgeschichte. 1. u. 2. Abth. Das **Jahr 1866.** *Leipzig*, **1881.** *Brockhaus.* 8°. XIV, 375, XIV, 388 pp. *Jeder Bd.* 6 M

2051. **Milano 1881.** *Mailand*, **1881.** 8°. XX, 519 pp. 7 M 20 ₰

2052. **Money, W. The first and second** Battles of Newbury and the Siege of Donnington **Castle during the Civil War.** A. D. 1643—46. *Newbury*, 1881. 8°.

2053. **Müller, J. G.** Aus dem Herder'schen Hause. Aufzeichnungen. [1780—82] Herausgegeben von *Jak. Baechtoldt*. *Berlin*, 1881. *Weidmann*. 8°. XXVII, 123 pp. 2 *M* 50 *₰*

2054. **Muños y Rivero, J..** Paleografía visigoda. Metodo teorico-práctico para aprender á leer los códices y documentos españoles de los siglos V al XII. *Madrid*, 1881. 4°. 148 pp. 19 *M*

2055. **Nielsen, O..** Kjøbenhavn i Aarene 1536—1660. Første Dels andet Hefte. *Kjøbenhavn*, 1881. 8°. 5 *M*
S. 1880 Nr. 2010.

2056. **v. Noer, F.. A..** Kaiser Akbar. Ein Versuch über die Geschichte Indiens im 16. Jahrhundert. I. 2. Heft. *Leiden*, 1881. *Brill*. 8°. I. Bd. IV u. p. 217—516. 6 *M*
S. 1880 Nr. 3196.

2057. **v. Nordenskjöld, Adf. Erik.** Die Umsegelung Asiens und Europas auf der Vega 1878—1880. Autorisirte deutsche Ausg. Mit Abbildungen in Holzschn. u. lith. Karten. 4.—8. Lfg. *Leipzig*, 1881. *Brockhaus*. 8°. I. Bd. p. 145—384.
S. oben Nr. 1101. *Jede Lfg.* 1 *M*

2058. **O'Grady, S..** History of Ireland, critical and philosophical. Vol. I. *London*, 1881. 8°. 12 *M* 50 *₰*

2059. **Oldfield, H.. A..** Sketches from Nipal historical and descriptive. With Anecdotes of the Court Life and wild Sports of the Country in the Time of Maharaja Jung Bahadur. To which is added an Essay on Nipalese Buddhism, and Illustration of religious Monuments, Architecture and Scenery, from the Authors own Drawings. 2 vols. *London*, 1881. 8°. 764 pp. 43 *M*

2060. **Oliver, D.. B..** Libre de les costums generals escrites de la insigne ciutat de Tortosa. Testo auténtico del siglo XIII que, da á luz nuevamente, illustrado con observaciones crítico-literarias y un copioso vocabulario. *Madrid*, 1881. 4°. XXIII, 556 pp. 40 *M*

2061. **Osterley, Hm.** Historisch-geographisches Wörterbuch des deutschen Mittelalters. 2. u. 3. Lfg. *Gotha*, 1881. *J. Perthes*. 8°. p. 81—240.
S. oben Nr. 1418. *Jede Lfg.* 2 *M* 40 *₰*

2062. **Oxenstjerna, J.. G..** Dagboksanteckningar åren 1769—71. Efter originalhandskriften å Upsala universitets-bibliotek utg. genom G.. Stjernström. I. År 1769. *Upsala*, 1881. 8°. 76 pp. 4 *M*

2063. **Pantaleoni, D..** Storia civile e costituzionale di Roma. Dai suoi primordi fino agli Antonini. Vol. I. *Torino*, 1881. 8°. LIX, 695 pp. 12 *M*

2064. **v. Planta, P.. C..** Die currätischen Herrschaften in der Feudalzeit. Mit einer Karte der currätischen weltlichen und geistlichen Herrschaften. 1. Lfg. *Bern*, 1881. *Wyss*. 8°. IV, 86 pp. *Mit 1 genealog. Tab.* 2 *M*
Erscheint in 4 Lfgn.

2065. **Poole, S.. L..** Egypt. *London*, 1881. 12°. 204 pp. 4 *M* 20 *₰*

2066. **Reinkens, Jos. Hb.** Melchior v. Diepenbrock. Ein Zeit- und Lebensbild. Mit dem Porträt Diepenbrock's in Orig.-Radirg. *Leipzig*, 1881. *Fernau*. 8°. VIII, 499 pp. 8 *M*

2067. **Schebek, Edm.** Die Lösung der Wallensteinfrage. *Berlin*, 1881. *Th. Hofmann*. 8°. VII, 614 pp. 12 *M*

2068. **v. Schweiger-Lerchenfeld, A..** Der Orient, geschildert. Mit 200 Illustr. in Holzschn. u. 32 Kartenbeilagen. 1.—11. Lfg. *Wien*, 1881. *Hartleben*. 8°. p. 1—200 u. Ergänzungen p. I—XXXII. *Jede Lfg.* 60 *₰*

2069. **Strindberg, A..** Kulturhistoriska studier. *Stockholm*, 1881. 8°. 182 pp. 2 *M* 40 *₰*

2070. **Thalheimer, M.. E..** Eclectic History of the United States. *Cincinnati*, 1881. 12°. 392 pp. *Mit Illustr. u. Karten.* 9 *M*

2071. **Thomson, J.** To the Central African Lakes and back. The Narrative of the Royal Geographical Society's East-Central-African Expedition, 1878—80. With a short biographical Notice of the late Keith Johnston. 2 vols. *London*, 1881. 8°. 650 pp. 28 *M*

2072. **Trotter, P.. D..** Our Mission to the Court of Morocco in 1880, under Sir

2073. **Upton, R. W.** Gleanings from the Deserts of Arabia. *London*, 1881. 8°. 94 pp. 12 M 50 ₰

2074. **Valfrey, J.** Diplomatie française au XVIIe siècle. Hugues de Lionne, ses ambassades en Espagne et en Allemagne, la paix des Pyrénées d'après sa correspondance conservée aux archives du ministère des affaires étrangères. *Paris*, 1881. 8°. CXXXI, 535 pp. 7 M 50 ₰

2075. **Walch, G.** Victoria in 1880. *Melbourne*, 1881. 4°. XVI, 215 pp. 100 M

2076. **Wallon, H.** Histoire du tribunal révolutionnaire de Paris, avec le journal de ses actes. Tome IV. *Paris*, 1881. 8°. 564 pp. 7 M 50 ₰
S. oben Nr. 1431.

VIII. Sprachwissenschaft.

2077. Abhandlungen für die Kunde des Morgenlandes. Herausgegeben von der Deutschen Morgenländischen Gesellschaft unter der Red. von *E. Windisch*. VII. Bd. Nr. 4. *Leipzig*, 1881. *Brockhaus' Sortiment u. Antiq.* 8°. LXIV, 597 pp. 32 M
Inhalt: Das Saptaçatakam des Hâla. Herausgegeben von Albr. Weber.
S. 1880 Nr. 2344.

2078. **Böhtlingk, O.** Sanskrit-Wörterbuch in kürzerer Fassung. II. Thl. 2. Lfg. *St. Petersburg*, 1881. [*Leipzig, Voss' Sort.*] 4°. IV u. p. 161—301. 4 M
S. 1880 Nr. 2337.

2079. Schlesische Denkmäler des deutschen schrifttums im mittelalter, herausgegeben von *P. Pietsch*. I. *Breslau*, 1881. *Koebner*. 8°. CXX, 136 pp. 6 M 40 ₰
Inhalt: Trebnitzer psalmen, herausgegeben von P. Pietsch.

2080. **Dieterici, F.** Arabisch-deutsches Handwörterbuch zum Koran, und Thier und Mensch. *Leipzig*, 1881. *Hinrichs' Verl.* 8°. IV, 180 pp. 5 M 50 ₰

2081. **Doce, J. M.** Diccionario ortográfico etimológico español. *Madrid*, 1881. 8°. 470 pp. 8 M

2082. **Grimm, Jac.**, und **W. Grimm.** Deutsches Wörterbuch. Fortgesetzt von *Mr. Heyne*, *Rdf. Hildebrand* und *K. Weigand*. VI. Bd. 7. Lfg. Bearbeitet von *Mr. Heyne*. *Leipzig*, 1881. *Hirzel*. 8°. Sp. 1153—1344. 2 M
S. 1880 Nr. 3229.

2083. **Lewin, Hm.** Das mittelenglische Poema morale. Im kritischen Text, nach den 6 vorhandenen Handschriften zum ersten Male herausgegeben. *Halle*, 1881. *Niemeyer*. 8°. 78 pp. 2 M

2084. **Ribbeck, O.** Friedrich Wilhelm Ritschl. Ein Beitrag zur Geschichte der Philologie. II. Bd. Mit einem Lichtdr.-Bildniss Ritschls. *Leipzig*, 1881. *Teubner*. 8°. X, 591 pp. 12 M

2085. **Туловъ, М.** Объ элементарныхъ звукахъ человѣческой рѣчи и азбукѣ. *Kiev*, 1881. 8°. 112 pp. 3 M
Tulov, M. Ueber die Elementarlaute der menschlichen Stimme und über das Alphabet.

2086. The Vinaya Pitakam. One of the principal Buddhist Holy Scriptures in the Pali Language. Edited by *H. Oldenberg*. Vol. III. The Suttavibhanga. I. Parajika, Samghadisesa, Anayata Nissaggiya. *London*, 1881. 8°. 343 pp. 25 M
S. 1880 Nr. 1115.

IX. Alterthumswissenschaft.

2087. **Archimedis** opera omnia cum commentariis Eutocii. E codice Florentino etc., latine vertit notisque illustravit *J. L. Heiberg*. Vol. II. *Leipzig*, 1881. *Teubner*. 8°. VIII, 468 pp. *Mit 1 Lichtdr.-Fcsm.* 6 M
S. 1880 Nr. 3597.

2088. **Bindseil, T.** Die antiken Gräber Italiens. 1. Tl. Die Gräber der Etrusker. *Schneidemühl*, 1881. [*Berlin, Calvary & Co.*] 4°. 52 pp. 2 M 40 ₰

2089. **Dümichen, Jhs.** Die kalendarischen Opferfest-Listen im Tempel von Medinet-Habu. 10 autogr. Taf., enthaltend auf 3 Taf. in Buntdruck die am vordersten Pylon von Medinet-Habu aufgefundenen 30 Bruchstücke des unter Rames II. abgefassten Originals der Thebanischen Schenkungsurkunde, und auf 7 Taf. die die allmonatlichen Feste behandelnden Tabellen, nach der älteren und jüngeren Redaction in Vollständigkeit und Richtigkeit zusammengestellt. Mit Vorwort und Uebersetzung der auf die allmonatlich gefeierten Feste bezüglichen Tabellen. *Leip-*

2090. **Euripides.** Heracleidae. With Introduction, Analysis, critical and explanatory Notes by *Ed. Ant. Beck. Cambridge*, 1881. 12°. 140 pp. 4 ℳ 20 ₰

2091. **Jung, Jul.** Die romanischen Landschaften des römischen Reiches. Studien über die inneren Entwickelungen in der Kaiserzeit. *Innsbruck*, 1881. *Wagner.* 8°. XXXII, 574 pp. 12 ℳ

2092. **Keim, Thdr.** Rom und das Christenthum. Eine Darstellung des Kampfes zwischen dem alten und dem neuen Glauben im römischen Reiche während der beiden ersten Jahrhunderte unsrer Zeitrechnung. Aus Th. Keim's handschriftlichem Nachlass herausgegeben von *H.. Ziegler. Berlin*, 1881. *G. Reimer.* 8°. XXXVI, 667 pp. 10 ℳ

2093. **Klein, Jos.** Fasti consulares inde a Caesaris nece usque ad imperium Diocletiani. *Leipzig*, 1881. *Teubner.* 8°. VIII, 130 pp. 4 ℳ

2094. **Madvig, J.. N..** Die Verfassung und Verwaltung des römischen Staates. I. Bd. *Leipzig*, 1881. *Teubner.* 8°. XIV, 596 pp. 12 ℳ

2095. **Merguet, H..** Lexikon zu den Reden des Cicero mit Angabe sämmtlicher Stellen. III. Bd. 3. u. 4. Lfg. *Jena*, 1881. *Fischer.* 8°. p. 73—144. *Jede Lfg.* 2 ℳ
S. oben Nr. 1453.

2096. **Miln, Jam.** Excavations at Carnac (Brittany). A Record of archaeological Researches in the Alignments of Kermario. *Edinburgh*, 1881. 8°. 118 pp. 18 ℳ

2097. **Plautus.** I Prigionieri. Tradotto in italiano e di un prologhetto originale di G.. P.. Clerici. *Parma*, 1881. 8°. LV, 48 pp. 1 ℳ 20 ₰

2098. **Polak, H.. J..** Ad Odysseam ejusque scholiastas curae secundae. Fasc. I. Emendationes ad scholia in Homeri Odysseam. *Leiden*, 1881. *Brill.* 8°. VIII, 275 pp. 6 ℳ

2099. **Reiss, W.., and A.. Stübel.** The Necropolis of Ancon in Peru. A Series of Illustrations of the Civilisation and Industry of the Empire of the Incas. Being the Results of Excavations made on the spot. With the aid of the General Administration of the Royal Museums of Berlin. 2d and 3d part. *Berlin*, 1881. *Asher & Co.* Fol. *Je 10 Chromolith. mit 10 Bl. Taf.-Erklärgn.* *Jeder Thl.* 30 ℳ
S. oben Nr. 256.

2100. **Reiss, W.., und A.. Stübel.** Das Todtenfeld von Ancon in Perú. Ein Beitrag zur Kenntniss der Kultur und Industrie des Inca-Reiches. Nach den Ergebnissen eigener Ausgrabungen. Mit Unterstützung der Generalverwaltung der königlichen Museen. 3. Lfg. *Berlin*, 1881. *Asher & Co.* Fol. *10 Chromolith. u. 10 Bl. Taf.-Erklärgn.* 30 ℳ
S. oben Nr. 1105.

X. Schöne Literatur und Kunst.

2101. **Ainsworth, W.. H..** Auriol, or the Elixir of Life. With Illustrations by H.. K.. Browne. *London*, 1881. 8°. 240 pp. 4 ℳ 20 ₰

2102. **Albee, J..** Literary Art. Conversations between a Poet, Painter and Philosopher. *New York*, 1881. 16°. 240 pp. 6 ℳ

2103. **Bach, O.** Elfriede. Roman aus der vollen Gegenwart. *Berlin*, 1881. *Le Coutre.* 8°. 320 pp. 5 ℳ

2104. **Боклевскій, П..** Альбомъ Гоголевскихъ типовъ. *St. Petersburg*, 1881. 4°. 35 pp. 6 ℳ
Boklevskij, P.. Album Gogol'scher Typen.

2105. Klassische Bühnendichtungen der Spanier, herausgegeben und erklärt von *Mx. Krenkel.* I. *Leipzig*, 1881. *Barth.* 8°. XII, 292 pp. 4 ℳ 50 ₰
Inhalt: Calderon. Das Leben ist Traum. — Der standhafte Prinz.

2106. **Buxton, H.. J.. W.., and E. J.. Poynter.** German, Flemish and Dutch Painting. *London*, 1881. 8°. 258 pp. 6 ℳ

2107. **Clément, Fél., et Pt. Larousse.** Dictionnaire des opéras (dictionnaire lyrique). Contenant l'analyse et la nomenclature de tous les opéras et opéras-comiques représentés en France et à l'étranger, depuis l'origine de ce genre d'ouvrages jusqu'à nos jours. Complété par des suppléments périodiques maintenant à cet ouvrage un caractère d'actualité. *Paris*, 1881. 8°. XVI, 955 pp. à 2 col.

2108. **Musikalisches Conversations-Lexicon.** Eine Encyclopädie der gesammten musikalischen Wissenschaften für Gebildete aller Stände. Unter Mitwirkung von . Billert, Fr. M.. Böhme, A.. Dörffel etc. begründet von Hm. Mendel. Fortgesetzt von *A. Reissmann*. Ergänzungsbd. 3.—6. Lfg. *Berlin*, 1881. *Oppenheim*. °. p. 81—208. *Jede Lfg.* 50 ₰

S. oben Nr. 1176.

2109. **Darc, Dn.** Le Péché d'une vierge. *Paris*, 1881. 18°. 406 pp. 3 ℳ 50 ₰

2110. **Drachmann, H..** Vildt og Tæmmet. Fortællinger og Naturstudier. *Kjøbenhavn*, 1881. 8°. 456 pp. 11 ℳ

2111. **Elster, K..** Farlige Folk. *Kjøbenhavn*, 1881. 8°. 314 pp. 8 ℳ

2112. **Fischer, L. V..** Donauwellen. Drei Novellen. *Aschersleben*, 1881. *Schlegel's Verl.* 8°. III, 302 pp. 6 ℳ

2113. **Hähnel, E. Jul.** Sculpturen an dem königlichen Museum und dem alten königlichen Hoftheater zu Dresden, ferner: Denkmäler, Statuen, Entwürfe, Reliefs etc. 7.—12. Lfg. *Dresden*, 1881. *Gilbers' Verl.* Fol. *Je 6 Bl. in Lichtdr.*

S. 1880 Nr. 3298. *Jede Lfg.* 6 ℳ

2114. **v. Hillern, H..** Jugendträume. *Stuttgart*, 1881. *Krabbe*. 12°. VIII, 104 pp. 2 ℳ 40 ₰

2115. **Hoefer, Edm.** In der letzten Stunde und andere Erzählungen. 2 Bde. *Jena*, 1881. *Costenoble*. 8°. 376, 352 pp. 10 ℳ

2116. **Hottenroth, F.** Trachten, Haus-, Feld- und Kriegsgeräthschaften der Völker alter u. neuer Zeit. Gezeichnet u. beschrieben. 6. Lfg. *Stuttgart*, 1881. *G. Weise*. °. p. 81—96. *Mit eingedr. Holzschn. u. 12 Steintaf.* 3 ℳ 50 ₰

S. oben Nr. 522.

2117. **Hugo, Vct.** Les quatre vents de l'esprit. 2 vols. *Paris*, 1881. 8°. 340, 30 pp. 15 ℳ

2118. **Jefferis, Rch.** Wood Magic. A Fable. 2 vols. *London*, 1881. 8°. 490 pp. 25 ℳ

2119. **Jeż, T.. T..** Z ciężkich dni. Powieść historyczna. Tom I i II. *Lwów*, 1881. 8°. 196, 201 pp. 9 ℳ

Aus schweren Tagen. Eine historische Erzählung. 2 Bde.

2120. **Keyserling, M..** Die Sturmhexe. Roman. *Stuttgart*, 1881. *Hallberger*. 8°. I, 294 pp. 5 ℳ

2121. **Kraszewski, J.. J..** Pan z panów, sceny z życia naszego. *Lwów*, 1881. °. 192 pp. 7 ℳ 50 ₰

Der Pan der Pane. Scenen aus dem polnischen Leben.

2122. **Die Kunst- und Geschichts-Denkmäler der Provinz Westfalen.** Herausgegeben vom westfälischen Provinzial-Verein für Wissenschaft und Kunst. Stück I. *Münster*, 1881. [*Leipzig, Seemann.*] 4°. VII, 146 pp. *Mit eingedr. Holzschn., 5 Holzschntaf. u. 9 Lichtdr.* 12 ℳ

Inhalt: Die Kunst- und Geschichts-Denkmäler des Kreises Hamm. Im Auftrage der Commission zur Erforschung der provinzialen Kunst- und Geschichtsdenkmäler bearbeitet von J.. . Nordhoff.

2123. **Lauder, Th. D..** Tales of the Highlands. *London*, 1881. 8°. *Mit 6 Illustr.* 7 ℳ 20 ₰

2124. **Lauder, T..** Legends and Tales of the Harz Mountains. *London*, 1881. . 260 pp. 6 ℳ

2125. **Mantegazza, P..** Fisonomia e mimica. Con più che cento disegni originali di Ettore ed Ed. Ximenes. *Milano*, 1881. 8°. 12 ℳ

2126. **Pecht, F.** Deutsche Künstler des 19. Jahrhunderts. Studien und Erinnerungen. 3. Reihe. *Nördlingen*, 1881. *Beck*. 8°. VIII, 379 pp. 5 ℳ 50 ₰

S. 1879 Nr. 828.

2127. **Poynter, E.. F..** Among the Hills. 2 vols. *London*, 1881. 8°. 25 ℳ

2128. **Samarow, Greg.** Kaiserin Elisabeth. Roman. 6 Bde. *Stuttgart*, 1881. *Hallberger*. 8°. 312, 316, 313, 314, 301, 297 pp. 24 ℳ

2129. **Sirven, Alfr., et H. Leverdier.** La Fille de Nana. *Paris*, 1881. 12°. 495 pp. 3 ℳ 50 ₰

2130. **Spielhagen, F.** Skizzen, Geschichten und Gedichte. *Leipzig*, 1881. *Staackmann*. 8°. 576 pp. 3 ℳ 50 ₰

2131. **Stowe. E.** Velasquez. *London*. 1881. 8°. 104 pp. 4 ℳ 20 ₰

XI. Handel. — Industrie. — Oekonomie.

2133. **Bauer, Lr.** Entwürfe für Architektur und Kunstgewerbe. 18 photolith. Blätter. *München*, 1881. *Kellerer*. 4°. 8 *M*

2134. **Bauer, Lr.** Architektonische Entwürfe. 15 Lichtdr. *München*, 1881. *Kellerer*. Fol. 8 *M*

2135. **Constantine, Jos.** Practial Ventilation and Warming. With Illustrations, and Examples, and Suggestions in the Construction and Heating etc. of Disinfecting Rooms and Turkish Baths. *London*, 1881. 8°. 174 pp. 7 *M* 20 *S*

2136. **v. Ehrenwerth, Jos.** Studien über den Thomas-Gilchrist-Process. [Aus: „Oesterreichische Zeitschrift für Berg- und Hüttenwesen".] *Wien*, 1881. [*Leipzig, Felix*.] 8°. VI, 226 pp. *Mit 2 lith. Taf.* 5 *M*

2137. **Fliegner, Alb.** Die Umsteuerungen der Locomotiven in rein graphischer Behandlungsweise. Mit 7 lith. Fig.-Taf. *Zürich*, 1881. *Schulthess*. 8°. VIII, 142 pp. 4 *M* 40 *S*

2138. **Hasluck, P. N.** Lathe Work. A practical Treatise on the Tools, Appliances, and Processes employed in the Art of Turning, including Hand Turning, Boring and Drilling, the Use of Slide Rests and Overhead Gear, Screw Cutting by Hand and Self-acting Motion, Wheel Cutting etc. *London*, 1881. 8°. 204 pp. *Mit vielen Illustr.* 6 *M*

2139. **v. Hefner-Alteneck, J. H.** Ornamente der Holzsculptur von 1450 bis 1820 aus dem Bayerischen National-Museum. Geordnet und beschrieben. Aufgenommen und in unveränderlichem Lichtdr. ausgeführt von J. B. Obernetter in München. 1. Lfg. *Frankfurt a. M.*, 1881. *Keller*. Fol. *5 Lichtdr.-Taf. mit 2 Bl. Text.* 4 *M*
Soll in 8 Lfgn. erscheinen.

2140. **Hunt, T. S.** Coal and Iron in Southern Ohio. *Boston*, 1881. 8°. 152 pp. 9 *M*

2141. **Japing, Ed.** Die Darstellung des Eisens und der Eisenfabrikate. Handbuch für Hüttenleute und sonstige Eisenarbeiter, für Techniker, Händler mit Eisen und Metallwaaren, für Gewerbe- und Fachschulen etc. Mit 73 Holzschn.-Abbildgn. *Wien*, 1881. *Hartleben*. 8°. IV, 246 pp. 3 *M* 25 *S*

2142. **Meissner, G.** Die Walzen-Müllerei und die vortheilhaftesten Vermahlungs-Methoden. Für Müller und Mühlenbauer. Mit in den Text gedr. Holzschn. u. 12 lith. Taf. *Jena*, 1881. *Costenoble*. 8°. VIII, 132 pp. 10 *M*

2143. **Oelsner, G. Hm.** Lehrbuch der Tuch- und Buckskinweberei auf Hand- und mechanischen Stühlen. 28. Lfg. *Altona*, 1881. *Send*. 8°. II. Bd. p. 135—155. *Mit 3 Steintaf.* 60 *S*
Schluss. — S. oben Nr. 1519.

2144. **Pohl, J., und Jul. E. Thausing.** Buchführung für Bierbrauereien nach einfachem und doppeltem System. *Leipzig*, 1881. *Gebhardt*. 8°. VIII, 207 pp. 6 *M*

2145. **Русаковъ, М.** Самоучитель сельскаго хозяйства, необходимое руководство для любителей сельскаго труда, для всѣхъ желающихъ изучить агрономію и улучшить свое хозяйство. 4 части. *Moskau*, 1880. 8°. 252, 240, 62 pp. *Mit Abbildg.* 12 *M*
Rusakov, M. Lehrbuch der Landwirthschaft für den Selbstunterricht. 4 Thle.

2146. **Scott, Mch.** Occasional Papers. 2 vols. *London*, 1881. 8°. 15 *M*

2147. **Steel, Jam.** Selection of the practical Points of Malting and Brewing and Strictures thereon for the use of Brewery Proprietors. *London*, 1881. 8°. 134 pp. 36 *M*

2148. **Uhland, W. H.** Handbuch für den praktischen Maschinenconstructeur. Eine Sammlung der wichtigsten Formeln, Tabellen, Constructionsregeln und Betriebsergebnisse für den Maschinenbau und die mit demselben verwandten Branchen. Unter Mitwirkung erfahrener Ingenieure und Fabrikdirektoren herausgegeben. [4 Bde. mit 2—3000 Textfig. und über 50 Taf. in Photolith.] 17. u. 18. Lfg. *Leipzig*, 1881. *Baumgärtner*. 4°. *Je 4 Bl.* *Jede Lfg.* 3 *M*
S. oben Nr. 1255.

Allgemeine Bibliographie.

Monatliches Verzeichniss

der

wichtigern neuen Erscheinungen der deutschen und ausländischen Literatur.

Herausgegeben von **F. A. Brockhaus** in Leipzig.

1881.] August. [Nr. 8.

Dieses Verzeichniss erscheint regelmässig monatlich und ist, gleich den darin angezeigten Büchern, direct von F. A. Brockhaus *in* Leipzig *sowie durch alle Buchhandlungen zu beziehen.*

I. Encyklopädie und Literaturwissenschaft.

2149. Abhandlungen der mathematisch-physikalischen Classe der k. bayerischen Akademie der Wissenschaften. XIV. Bd. 1. Abth. [In der Reihe der Denkschriften der L. Bd.] *München*, 1881. *Franz*. 4°. 252 pp. 7 ℳ

S. oben Nr. 1.

2150. **Bohn, H. G.** A Dictionary of Quotations from the English Poets. *London*, 1881. 8°. 730 pp. 12 ℳ 50 ₰

2151. **Buchner, W.** Ferdinand Freiligrath. Ein Dichterleben in Briefen. 1. Lfg. *Lahr*, 1881. *Schauenburg*. 8°. I. Bd. p. 1—80. 1 ℳ 25 ₰

Soll in 12 Lfgn. erscheinen.

2152. **Colvin, S.** Landor. *London*, 1881. 8°. 232 pp. 3 ℳ

2153. Denkschriften der kaiserlichen Akademie der Wissenschaften. Philosophisch-historische Classe. XXX. u. XXXI. Bd. *Wien*, 1881. *Gerold's Sohn*. 4°. 385, 450 pp. 46 ℳ

S. 1879 Nr. 2783.

2154. **Duffield, A. J.** Don Quixote, his Critics and his Commentators. With a brief Account of the Minor Works of Miguel de Cervantes Saavedra, and a Statement of the Aim and End of the greatest of them all. *London*, 1881. 8°. 152 pp. 4 ℳ 20 ₰

2155. **Fockens, P.** Beknopte geschiedenis der Nederlandsche letterkunde. *Amersfoort*, 1881. 8°. IV, 219 pp. 3 ℳ 75 ₰

2156. **de Gubernatis, A.** Annuario della letteratura italiana nel 1880. *Firenze*, 1881. 16°. XII, 536 pp. 4 ℳ 80 ₰

2157. **Hinrichs'** fünfjähriger Bücher-Catalog. Verzeichniss der in der zweiten Hälfte des 19. Jahrhunderts im deutschen Buchhandel erschienenen Bücher und Landkarten. VI. Bd. 1876—1880. Bearbeitet von *Rch. Haupt*. 1. Hälfte: A—K. *Leipzig*, 1881. *Hinrichs' Verl*. 4°. p. 352 pp. 16 ℳ

S. 1876 Nr. 3282.

2158. **Jennings, H. J.** Curiosities of Criticism. *London*, 1881. 12°. 168 pp. 3 ℳ

2159. **Lamber, J.** Poètes grecs contemporains. *Paris*, 1881. 18°. LII, 309 pp. 3 ℳ 50 ₰

2160. **Lasso de la Vega, A.** Calderon de la Barca. Estudio de las obras de este insigne poeta, consagrado á su memoria en el segundo centenario de su

2161. **Pabst, C. R.**. Vorlesungen über G. E. Lessing's Nathan. Aus den hinterlassenen Papieren desselben herausgegeben von *Fr. Edinger*. *Bern*, 1881. *Haller*. 8°. III, 268 pp. 4 *M*

2162. **Rafaelli, Pt.** Il melodramma in Italia dall' anno 1600 sino ai nostri giorni. *Firenze*, 1881. 16°. 83 pp. 3 *M* 60 *S*

2163. **Richardson, C. F.**. The Choice of Books. *London*, 1881. 12°. 214 pp. 4 *M* 20 *S*

2164. **Rümelin, Gst.** Reden und Aufsätze. Neue Folge. *Freiburg i. Br.*, 1881. *Mohr*. 8°. VII, 624 pp. 8 *M*
S. 1875 Nr. 1217.

2165. **Scherer, W**, Geschichte der deutschen Litteratur. 4. Heft. *Berlin*, 1881. *Weidmann*. 8°. p. 225—304. 1 *M*
S. oben Nr. 332.

2166. **Schreyer, Hm.** Goethe's Faust als einheitliche Dichtung erläutert und verteidigt. *Halle*, 1881. *Buchh. des Waisenhauses*. 8°. XVI, 422 pp. 4 *M* 50 *S*

2167. **Sundén, D. A.**. Kort öfversigt af svenska vitterhetens historia jemte föregående öfversigt af diktkonsten och hennes arter. *Stockholm*, 1881. 8°. VIII, 184 pp. 4 *M*

2168. **v. Wiskowatow, P.** Geschichte der russischen Literatur in gedrängter Uebersicht. Ein Leitfaden, nebst bibliographischen Notizen mit besonderer Berücksichtigung der neueren Literatur. *Dorpat*, 1881. *Karow*. 8°. 48 pp. 1 *M* 20 *S*

II. Theologie und Philosophie.

2169. **Ayma, L.** Vie de soeur Marie de Villeneuve, fondatrice de l'institut de l'Immaculée-Conception de Castres. *Paris*, 1881. 18°. XII, 448 pp. 3 *M*

2170. **St. Athanasius'** historical Writings, according to the Benedictine Text. With an Introduction by W. Bright. *London*, 1881. 8°. 402 pp. 12 *M* 50 *S*

2171. **Betz, H. J.**. Ervaringswijsbegeerte. *s'Gravenhage*, 1881. 8°. 401 pp. 12 *M* 30 *S*

2172. **Bouché-Leclercq, A.**. Histoire de la divination dans l'antiquité. Tome II—III. Oracles de dieux, oracles des héros et des morts, oracles exotiques hellénisés. *Paris*, 1881. 8°. 18 *M*
S. 1879 Nr. 1713.

2173. **Brown, Alx.** The Doctrine of Sin. *London*, 1881. 12°. 3 *M*

2174. **Brunton, T. L.**. The Bible and Science. *London*, 1881. 8°. 426 pp. 12 *M* 50 *S*

2175. **Caspari, C. P.**. Historisk-kritiske Afhandlingar over en Del virkelige og formentlige orientalske Daabsbekjendelser. Separatabdruck aus „Theologisk Tidsskrift for den evangelisk-lutherske Kirke i Norge." *Christiania*, 1881. 8°. 1, 758 pp. 10 *M*

2176. **Cless, Alfr.** Das Ideal der Menschheit. Nach C. Chr. Fr. Krause's Schrift „Das Urbild der Menschheit". *Stuttgart*, 1881. *Krabbe*. 8°. XXIII, 99 pp. 2 *M*

2177. **Costantini, Vct.** Institutiones theologiae moralis. Pars generalis. *Prati*, 1881. 8°. 168 pp. 1 *M* 80 *S*

2178. **Farrar, F. W.**. Mercy and Judgment. A few last Words on Christian Eschatology, with Reference to Dr. Pusey's „What is of Faith". *London*, 1881. 1881. 8°. 500 pp. 12 *M* 50 *S*

2179. **Fraser, D.**. Thomas Chalmers. *London*, 1881. 8°. 168 pp. 3 *M*

2180. **Fröbel, K. F.**. Definitions and Axioms, or a future Science of Existence, or Ontology. A Study. *London*, 1881. 8°. 160 pp. 6 *M*

2181. **Frohschammer, J.**. Ueber die Principien der aristotelischen Philosophie und die Bedeutung der Phantasie in derselben. *München*, 1881. *A. Ackermann*. 8°. VII, 143 pp. 3 *M*

2182. **Grassmann, Rb.** Das Weltleben oder die Metaphysik. *Stettin*, 1881. *Grassmann*. 8°. XII, 350 pp. 6 *M*

2183. **Hamilton, Lee. —, Eug.** God's Saints and Men. *London*, 1881. 8°. 120 pp. Mit 10 Abbildgn., gezeichnet v. E. Mazzanti. 9 *M*

2184. **Hoffmann, Fr.** Philosophische Schriften. VII. Bd. *Erlangen*, 1881. *Deichert.* 8°. XVI, 464 pp. 6 ℳ
S. 1879 Nr. 1854.

2185. **Kirchner, F.** Katechismus der Logik. Mit 36 in den Text gedr. Abbildgn. *Leipzig*, 1881. *Weber.* 8°. VIII, 240 pp. 2 ℳ 50 ₰

2186. Der Koran nach dem arabischen Original Manuscript von Ali Ahkali geschrieben von Hafiz Osman [im Jahre 1094 der Hedschra]. Phototypograf. Reproduction. *London*, 1881. [*München, Franz.*] 8°. 876 pp. *Mit chromolith. Titel.* 30 ℳ

2187. **Красносельцевъ, Н.. О..** О происхожденіи христіанскаго храма. Критическія замѣтки. *Kasan*, 1880. 8°. 152 pp. 4 ℳ
KRASNOSELCEV, N.. O.. Ueber den Ursprung des christlichen Kirchengebäudes.

2188. **Langen, Jos.** Geschichte der römischen Kirche bis zum Pontifikate Leo's I. Quellenmässig dargestellt. *Bonn*, 1881. *Cohen & Sohn.* 8°. XII, 873 pp. 15 ℳ

2189. **v. Lehner, F.. A..** Die Marienverehrung in den ersten Jahrhunderten. Mit 8 Doppeltaf. in Steindr. *Stuttgart*, 1881. *Cotta.* 8°. VIII, 343 pp. 6 ℳ

2190. **Märkel, P.** Platos Ideal-Staat. Dargestellt und mit besonderer Rücksicht auf die moderne Zeit beurteilt. *Berlin*, 1881. *Weidmann.* 8°. 102 pp. 2 ℳ

2191. **Mir, M.** Armonía entre la ciencia y la fe. *Madrid*, 1881. 4°. 372 pp. 9 ℳ 60 ₰

2192. **Moufang, Cp.** Katholische Katechismen des 16. Jahrhunderts in deutscher Sprache. Herausgegeben und mit Anmerkungen versehen. *Mainz*, 1881. *Kirchheim.* 8°. VII, L, 626 pp. 10 ℳ

2193. **Nicholson, E.. B..** A new Commentary on the Gospel according to Matthew. *London*, 1881. 8°. 286 pp. 14 ℳ 40 ₰

2194. **Peill, G.** The threefold Basis of Universal Restitution. *London*, 1881. 8°. 3 ℳ 60 ₰

2195. **Philippi, Fd.** Die Notwendigkeit und Verbindlichkeit des kirchlichen Bekenntnisses. Eine Festschrift zum 300jährigen Jubiläum des lutherischen Konkordienbuches [25. Juni 1880]. *Gütersloh*, 1880. *Bertelsmann.* 8°. VIII, 110 pp. 1 ℳ 50 ₰

2196. **Previti, L.** Il protestantesimo. Conferenze polemiche. *Palermo*, 1881. 8°. XV, 360 pp. 6 ℳ

2197. **Rocquain, F.** La Papauté au moyen âge: Nicolas I, Grégoire VII, Innocent III, Boniface VIII. Etudes sur le pouvoir pontifical. *Paris*, 1881. 8°. XII, 393 pp. 7 ℳ 50 ₰

2198. **Rogers, J.. G..** The Church Systems of England in the Nineteenth Century: The sixth Congregational Union Lecture. *London*, 1881. 8°. 680 pp. 14 ℳ 40 ₰

2199. **Rüetschi, Rdf.** Geschichte und Kritik der kirchlichen Lehre von der ursprünglichen Vollkommenheit und vom Sündenfall. Gekrönte Preisschrift. *Leiden*, 1881. 8°. VIII, 234 pp. 6 ℳ

2200. **Rushbrooke, W.. G..** Synopticon. An Exposition of the common Matter of the Synoptic Gospels. *London*, 1881. Fol. 240 pp. 42 ℳ

2201. **San Martin y Jos. F.. Aguirre.** Filosofía menuda. Apuntes críticos sobre varias cosas. *Madrid*, 1881. 4°. 236 pp. 4 ℳ 80 ₰

2202. **Savarese, G.. B..** Idea cristiana della politica ragione, ed il clero cattolico sostenitore del popolo. *Napoli*, 1881. 8°. VIII, 315 pp. 6 ℳ

2203. **Schneid, Mth.** Die Philosophie des heiligen Thomas v. Aquin und ihre Bedeutung für die Gegenwart. Zugleich eine Rechtfertigung der Encyclika „Aeterna Patris". *Würzburg*, 1881. *Woerl.* 8°. 112 pp. 1 ℳ 40 ₰

2204. **Scholl, Eug.** Die Lehre des heiligen Basilius von der Gnade. Von der theologischen Facultät zu Würzburg gekrönte Preisschrift. *Freiburg i. Br.*, 1881. *Herder.* 8°. VIII, 235 pp. 3 ℳ 20 ₰

2205. **Schreiter, Emil.** Die Versöhnung von Natur und Kultur. Vorträge über unsere Zeit und naturgemässe Philosophie. *Leipzig*, 1881. *Rohn.* 8°. XII, 176 pp. 2 ℳ 80 ₰

2206. **Strickler, J.** Actensammlung zur schweizerischen Reformationsgeschichte in den Jahren 1521—1532, im Anschluss n die gleichzeitigen eidgenössischen Abschiede bearbeitet und herausgegeben. V. Bd. [1531, 11. October bis 1532,

2207. **Thomae Aquinatis** sermones et opuscula concionatoria, parochis universi et sacris praedicatoribus dicata et edita a *J. B. Raulx.* 2 vols. *Bar-le-Duc*, 1881. 8°. II, 571, 620 pp. 12 ℳ

2208. **Vaihinger, H.**. Commentar zu Kants Kritik der reinen Vernunft. Zum 100jährigen Jubiläum derselben bearbeitet. I. Bd. 1. Hälfte. *Stuttgart*, 1881. *Spemann.* 8°. XVI, 208 pp. 4 ℳ 50 ₰

Soll in 4 Bdn. erscheinen.

2209. **Vilmar, A. F. Ch.** Collegium biblicum. Praktische Erklärung der heiligen Schriften Alten und Neuen Testaments. Aus dem handschriftlichen Nachlass der akademischen Vorlesungen. Herausgegeben von *Ch. Müller.* Des Alten Testaments 1. Tl. [Einleitung. Der Pentateuch oder die 5 Bücher Mose.] Des Neuen Testaments 2. Thl. [Apostelgeschichte. Apostolische Briefe. Offenbarung St. Johannis.] *Gütersloh*, 1881. *Bertelsmann.* 8°. VI, 378, VI, 573 pp. 15 ℳ

2210. **Weir, A.**. The critical Philosophy of Kant. Being an Introduction to the Study of the „Critique of pure Reason". *London*, 1881. 8°. 120 pp. 3 ℳ

2211. **Winchell, Alx.** Science and Religion. *London*, 1881. 8°. 390 pp. 6 ℳ

2212. **Wordsworth.** A Discourse on Scottish Church History, from the Reformation to the present Time. With prefatory Remarks on the St. Giles's Lectures and Appendix of Notes and References. *London*, 1881. 8°. 106 pp. 3 ℳ

2213. **Zahn, D.**. Die natürliche Moral, christlich beurteilt und angewandt auf die Gegenwart in Kirche, Schule und innerer Mission. *Gotha*, 1881. *Schloessmann.* 8°. XII, 240 pp. 3 ℳ 60 ₰

III. Erziehungswissenschaft.

2214. **Adlerstam, P.**. Handbok rörande undervisnings-anstalterna i Sverige. *Stockholm*, 1881. 12°. VII, 314 pp. 4 ℳ

2215. **Barbieri, E.**. La pedagogia educativa esposta in venti lezioni. *Ferrara*, 1881. 16°. 223 pp. 2 ℳ 40 ₰

2216. **Bell, A.**. An old educational Reformer, Dr. Andrew Bell. *London*, 1881. 12°. 180 pp. 4 ℳ 20 ₰

2217. **Bintz, Jul.** Die Leibesübungen des Mittelalters. *Gütersloh*, 1880. *Bertelsmann.* 8°. VII, 193 pp. 2 ℳ 40 ₰

2218. **Chassiotis, G.** L'instruction publique chez les Grecs, depuis la prise de Constantinople jusqu'à nos jours, avec statistique et 4 cartes figuratives pour l'année scolaire 1878—1879. *Paris*, 1881. 8°. XVI, 550 pp. 25 ℳ

2219. **Felkin, H. M.**. Technical Education in a Saxon Town. *London*, 1881. 8°. 68 pp. 2 ℳ 40 ₰

2220. **Heimerdinger, Arth.** Das Stottern und seine naturgemässe Heilung auf sprachgymnastischem Wege. Für Eltern, Lehrer, Erzieher und zum Selbststudium für Stotternde. *Strassburg*, 1881. *Bensheimer.* 8°. XII, 52 pp. 3 ℳ

2221. **Kruse, K.** Die pädagogischen Meinungen des Michel Montaigne, nach den Begriffen und Grundsätzen der philosophischen Pädagogik dargestellt und beurteilt. *Jena*, 1881. *Neuenhahn.* 8°. 70 pp. 1 ℳ 35 ₰

2222. **Tiling, W.** Von dem Rechte und dem Werthe der Gymnasialbildung. Eine pädagogische Studie. *Riga*, 1881. *Stieda.* 8°. XII, 88 pp. 1 ℳ 40 ₰

IV. Rechts- und Staatswissenschaft.

2223. **Бакунинъ, П.**. Запоздалый голосъ сороковыхъ годовъ. По поводу женскаго вопроса. *St. Petersburg*, 1881. 8°. 471 pp. 5 ℳ 30 ₰

Bakunin, P.. Eine verspätete Stimme der vierziger Jahre über die Frauenfrage.

2224. **Bellavite, L.** L'azione Paulliana del diritto romano. Delle persone collettive volontarie secondo il diritto romano dei tempi classici. *Verona*, 1881. 8°. 76 pp. 1 ℳ 80 ₰

2225. **di Bernardo, L.**. Problemi studiati e risoluti. Serie II. *Firenze*, 1881. 16°. XVI, 238 pp. 3 ℳ

2226. **Binding, K.** Grundriss des gemeinen deutschen Strafprocessrechts. *Leipzig*, 1881. *Duncker & Humblot.* 8°. VIII, 201 pp. 4 M

2227. **de Bismarck.** Député. [1847—1851.] *Berlin*, 1881. *Boll.* 8°. 456 pp. 10 M

2228. **Blom, O.. G..** Det svenska statsrådets organisation 1809—1840. *Upsala*, 1881. 8°. 84, VIII pp. 2 M 50 ₰

2229. **Bluntschli, J.. C..** Gesammelte kleine Schriften. II. Bd. Aufsätze über Politik und Völkerrecht. *Nördlingen*, 1881. *Beck.* 8°. III, 312 pp. 5 M

Schluss. — S. 1879 Nr. 3136.

2230. **v. Böhm-Bawerk, Eug.** Rechte und Verhältnisse vom Standpunkte der volkswirthschaftlichen Güterlehre. Kritische Studie. *Innsbruck*, 1881. *Wagner.* 8°. IV, 154 pp. 2 M 40 ₰

2231. **Burke, Edm.** Letters, Speeches, and Tracts on Irish Affairs, collected and arranged by Mth. Arnold. *London*, 1881. 8°. 440 pp. 7 M 20 ₰

2232. **Challamel, J.** L'hypothèque judiciaire. Etude critique de législation française et étrangère. *Paris*, 1881. 8°. 239 pp. 6 M

2233. Svod zakonův slovanských (Сводъ славянскихъ законовъ). Zpořadal H.. Jireček. *V Praze*, 1880. 8°. XXVIII, 596 pp. 15 M

Codex slavischer Gesetze, herausgegeben von H.. Jireček.

2234. **Diaz Rocafull, A..** Legislacion forestal. Recopilacion de las Leyes, Decretos y demás disposiciones oficiales vigentes, relativas al ramo de montes. Seguida de un Indice general de todas las dictadas desde Diciembre de 1833 hasta el de 1880. *Madrid*, 1881. 4°. XXXII, 364, 144 pp. 16 M

2235. **Ephren, A..** Vier Zeitfragen in neuer Behandlung. *Breslau*, 1881. *Hepner.* 8°. V, 102 pp. 2 M

2236. **Favre, Jul.** Discours parlementaires. Publiés par Mme Ve. Jules Favre. Vol. III. IV. 1865—1879. *Paris*, 1881. 8°. 845, 608 pp. 16 M

S. oben Nr. 982.

2237. **Ferri, E..** I nuovi orizzonti del diritto e della procedura penale. *Bologna*, 1881. 8°. 150 pp. 2 M 40 ₰

2238. **Fornari, Gius.** Della comunione dei beni. Commento al titolo IV, libro III del Codice civile. *Napoli*, 1881. 8°. XXI, 117 pp. 6 M

2239. Staats- und socialwissenschaftliche Forschungen, herausgegeben von *Gst. Schmoller.* III. Bd. 3. Heft. [Der ganzen Folge 13. Heft.] *Leipzig*, 1881. *Duncker & Humblot.* 8°. X, 244 pp. 6 M

Inhalt: Die Effektenbörse. Eine Vergleichung deutscher und englischer Zustände. Nebst einem Anhang über die Entwickelung des Instituts der beeidigten Handelsmakler in Deutschland während des 19. Jahrhunderts. Von Emil Struck.
S. oben Nr. 1938.

2240. **Fortesque, C.** A Digest of licensing Cases. *London*, 1881. 8°. 64 pp. 4 M 20 ₰

2241. **Fournier, M..** Essai sur l'histoire du droit d'appel suivi d'une étude sur la réforme de l'appel. *Paris*, 1881. 8°. II, 344 pp. 6 M

2242. **Frantz, Cst.** Die sociale Steuerreform als die conditio sine qua non, wenn der socialen Revolution vorgebeugt werden soll. *Mainz*, 1881. *Kirchheim.* 8°. VIII, 206 pp. 3 M

2243. **Gambetta.** Discours et plaidoyers politiques, publiés par J. Reinach. Vol. II—III. (Septembre 1872—Mai 1873). *Paris*, 1881. 8°. *Jeder Bd.* 7 M 50 ₰

S. oben Nr. 389.

2244. **Gaupp, L..** Die Zwangsvollstreckung nebst dem Mahnverfahren, in Erläuterungen zur Civilprocessordnung mit besonderer Berücksichtigung des württembergischen Rechts dargestellt. [Separat-Abdruck aus dem Commentar desselben Verfassers.] *Freiburg i. Br.*, 1881. *Mohr.* 12°. VIII, 629 pp. 5 M

2245. Die Gesetzgebung des deutschen Reiches mit Erläuterungen. In Verbindung mit Endemann, v. Holtzendorff, Puchelt u. A. herausgegeben von *E. Bezold.* II. Thl. Strafrecht. VI. Bd. 1. Abth. 1. Heft. *Erlangen*, 1881. *Palm & Enke.* 8°. 284 pp. 8 M

Inhalt: Strafprocessordnung für das Deutsche Reich nebst Einführungsgesetz. Erläutert von Rch. Ed. John. I. Bd. 1. Heft.
S. oben Nr. 1594.

2246. **Gierke, O.** Das deutsche Genossenschaftsrecht. III. Bd. *A. u. d. T.:* Die Staats- und Korporationslehre des Alterthums und des Mittelalters und ihre Aufnahme in Deutschland. *Berlin*, 1881. *Weidmann.* 8°. LII, 826 pp. 12 *M*
S. 1873 Nr. 1601.

2247. **Grassi, T.**. Le finanze dei comuni. Considerazioni, e proposte di reforme. *Recanati*, 1880. 8°. 154 pp. *Mit Taf.* 3 *M* 60 *ℌ*

2248. **Helmakerk, J.**. De praktijk onzer grondwet. 2 dln. *Utrecht*, 1881. 8°. VI, 225, IV, 231 pp. 15 *M* 75 *ℌ*

2249. **Hobbe's, Th.**, Leviathan, or the Matter, Forms and Power of a Commonwealth, ecclesiastical and civil. *Oxford*, 1881. 8°. 570 pp. 15 *M*

2250. **Klein, A.** Das Eheverlöbniss nach gemeinem, sowie nach dem Rechte, wie es auf Grund der Reichsgesetzgebung im Königreich Sachsen und in dem zu dem Bezirke des gemeinschaftlichen Thüringischen Oberlandesgerichtes zu Jena gehörigen rechtsverwandten Staaten heute gilt. *Strassburg*, 1881. *Heinrich & Schmittner.* 8°. VIII, 179 pp. 5 *M*

2251. **Kuhlmann, Hg.** Die Hypothek des Eigenthümers, nach den Grundsätzen des heutigen römischen Rechts dargestellt. *Leipzig*, 1881. *Duncker & Humblot.* 8°. XV, 86 pp. 2 *M*

2252. **Lichtenstein, Mx.** De in jure cessionis origine et nature. *Berlin*, 1880. *Puttkammer & Mühlbrecht.* 8°. 170 pp. 2 *M*

2253. **Loehnis, H.**. Die europäischen Kolonien. Beiträge zur Kritik der deutschen Kolonialprojekte. *Bonn*, 1881. *Strauss.* 8°. VII, 103 pp. *Mit 2 lith. und color. Karten.* 3 *M*

2254. **Loening, Rch.** Die Widerklage im Reichs-Civilprozess. [Aus: „Zeitschrift für deutschen Civilprozess".] *Berlin*, 1881. *C. Heymann's Verl.* 8°. II, 190 pp. 4 *M*

2255. **Meier, Th.** Sammlung der polizeilichen Gesetze und Verordnungen, welche im Regierungs-Bezirk und in der Stadt Königsberg zur Zeit Geltung haben. Systematisch geordnet und durch die Entscheidungen des Oberverwaltungsgerichts und der Ministerien erläutert. 2. Thl. [Nachtrag u. 1. Folge.] *Königsberg*, 1881. *Koch.* 8°. VIII, 474 pp. 5 *M* 50 *ℌ*
S. 1875 Nr. 2482.

2256. **Meves.** Die Civil-Prozess-Ordnung und die Zwangsvollstreckung in das unbewegliche Vermögen nach jetzt geltendem preussischen Recht. *Breslau*, 1881. *Maruschke & Berendt.* 8°. XII, 536 pp. 10 *M*

2257. **Neubauer.** Zusammenstellung des in Deutschland geltenden Wasserrechts, einschliesslich des Mühlen-, Flösserei- und Flötzrechts, und Nachträge zu den Zusammenstellungen von 1879 und 1880 über verschiedene Rechtsmaterien unter Benutzung amtlicher Materialien. *Berlin*, 1881. *v. Decker.* 8°. VI, 103 pp. 2 *M* 20 *ℌ*

2258. **Ortloff, Hm.** Lehrbuch der Kriminal-Polizei auf Grund der deutschen Reichsgesetze. *Leipzig*, 1881. *Fues.* 8°. XXIV, 286 pp. 2 *M* 60 *ℌ*

2259. **Palma, L.**. Corso di diritto costituzionale. Vol. III. *Firenze*, 1881. 8°. 375 pp. 8 *M* 40 *ℌ*
Band I. u. II. erschienen zum Preise von 16 *M* 80 *ℌ*

2260. **Querenet, R.**. Etude sur la condition du mineur devant la loi pénale française. *Paris*, 1881. 8°. 167 pp. 4 *M*

2261. **Rintelen, V.**. Systematische Darstellung des gesammten neuen Prozessrechts einschliesslich des Gerichtsverfassungsrechts in seiner Gestaltung für die ordentlichen Gerichte des ganzen Preussischen Staats und für das Reichsgericht auf Grund der Reichsgesetzgebung, der preussischen Landesgesetzgebung, sowie der Vorschriften der preussischen Landesjustizverwaltung. II. Bd., enthaltend 15 Anlagen zum I. Bde. *Breslau*, 1881. *Maruschke & Berendt.* 8°. XI, 612 pp. 12 *M*
S. 1880 Nr. 3460.

2262. **Rossignoli, Gi.** L'Italia avvenire studiata nella generazione presente. *Torino*, 1881. 24°. 237 pp. 2 *M* 40 *ℌ*

2263. **v. Roth, P.** System des deutschen Privatrechts. II. Thl. Familienrecht. 2. Hälfte. *Tübingen*, 1881. *Laupp.* 8°. XIV u. p. 273—498. 4 *M*
S. 1880 Nr. 669.

2264. **Routh, M.**. The Law of artistic Copyright. A Handybook for the use of Artists, Publishers and Photographers. With explanatory Dialogues. *London*, 1881. 12°. 148 pp.

2265. **Щербина, Ф.**. Очерки южнорусскихъ артелей и общинно-артельныхъ ормъ. *Odessa*, 1880. 8°. 390 pp. 7 ℳ 50 ₰
SCERBINA, F.. Skizzen der russischen Arteln und ähnlicher genossenschaftlicher Formen.

2266. **Schiattarella, R.**. Propedeutica al diritto internazionale. Lezioni sulla toria dei trattati. *Firenze*, 1881. 8°. 553 pp. 12 ℳ

2267. **Seuffert, L.**. Zur Geschichte der obligatorischen Verträge. Dogmengechichtliche Untersuchungen. *Nördlingen*, 1881. *Beck*. 8°. VII, 170 pp. 4 ℳ

2268. **Sichart, E.** Ueber Rückfälligkeit der Verbrecher und über die Mittel u deren Bekämpfung. Ansichten und Erfahrungen eines Praktikers über Strafesetzgebung, Strafrechtspflege und Strafvollzug. *Heidelberg*, 1881. *Weiss*. 8°. 4 pp. 1 ℳ 40 ₰

2269. **v. Stein, Lr.** Die drei Fragen des Grundbesitzes und seiner Zukunft. [Die ische, die continentale und die transatlantische Frage.] *Stuttgart*, 1881. *Cotta*. °. XI, 305 pp. 5 ℳ

2270. **Stöpel, Fr.** Die freie Gesellschaft. Versuch einer Schlichtung des Streites wischen Individualismus und Socialismus. *Chemnitz*, 1881. *Schmeitzner*. 8°. VIII, 36 pp. 6 ℳ 60 ₰

2271. **Struckmann, J.**, und **R.. Koch.** Die preussischen Ausführungsgesetze zu den eichs-Justizgesetzen. Mit kurzen Erläuterungen und einem ausführlichen Sachgister. 2. Hälfte. *Berlin*, 1881. *Guttentag*. 8°. VI u. p. 237—735. 10 ℳ 50 ₰
S. 1879 Nr. 2544.

2272. **Thiers.** Discours parlementaires publiés par *Calmon*. IIIe partie (1865 -1868). Vol. X. XI. *Paris*, 1881. 8°. 637, 659 pp. 15 ℳ
S. 1880 Nr. 3472.

2273. **Ulry, A.**. Code des règlements d'ordres soit amiables, soit judiciaires, et es collocations des créanciers. 2 vols. *Paris*, 1881. 8°. 266, 226 pp. 7 ℳ

2274. **Vincent, G.. E.. H.**. A Police Code and Manual of criminal Law. *London*, 1881. 8°. 450 pp. 7 ℳ 20 ₰

2275. **Voitus, C.. A.**. Kontroversen betreffend die Strafprozessordnung und das erichtsverfassungsgesetz. II. Bd. 1. Heft. *Berlin*, 1881. *Puttkammer & Mühlbrecht*. . VI, 160 pp. 3 ℳ
S. oben Nr. 694.

2276. **v. Wächter, C. G.** Pandekten, herausgegeben durch *O.. v. Wächter*. II. esonderer Theil. 1. Sachenrecht. 2. Obligationenrecht. 3. Familienrecht. 4. Erbcht. *Leipzig*, 1881. *Breitkopf & Härtel*. 8°. X, 886 pp. 18 ℳ
S. 1880 Nr. 3473.

2277. **Walcker, K.** Die Arbeiterfrage mit besonderer Berücksichtigung der deuthen Gewerkvereine [Hirsch-Duncker]. *Eisenach*, 1881. *Bacmeister*. 8°. XII, 54 pp. 3 ℳ

2278. **Warneck, F.. S.**. Das Princip der politischen Gleichberechtigung und die odernen Emancipationsfragen. Skizzirung der leitenden Grundgedanken zur Syematisirung der einschlägigen Gesichtspunkte. *Hamburg*, 1881. *Behre*. 8°. 175 pp. 7 ℳ

2279. **Zander, C.**. Handbuch der preussischen Gesetze über die Enteignung von rundeigenthum vom 11. Juni 1874 und über die Vertheilung der öffentlichen asten bei Grundstücks-Theilungen und der Gründung neuer Ansiedelungen vom . August 1876, nebst Ergänzungen, Erläuterungen, den Ausführungs-Instructionen, inisterial-Rescripten, Entscheidungen der höchsten Gerichtshöfe etc. *Breslau*, 81. *Hepner*. 8°. VI, 288, VI, 135 pp. 6 ℳ

V. Mathematik und Naturwissenschaften.

2280. **Arendt, Rdf.** Technik der Experimentalchemie. Anleitung zur Ausführung chemischer Experimente beim Unterrichte an niederen und höheren Schulen. ür Lehrer und Studirende. Mit zahlreichen in den Text gedr. Holzschn. I. Bd. Lfg. *Leipzig*, 1881. *L. Voss*. 8°. p. 209—318. 3 ℳ
S. 1880 Nr. 2827.

2281. **Baltzer, L.**. Hällristningar från Bohuslän (Sverige). Med förord af V.. Ryd-

2282. **van Beneden, M.. P.. J.**. Description des ossements fossiles des environs d'Anvers. 2e partie. Cétacés: Genres Balænula, Balæna et Balænotus. [Aus: „Annales du Musée d'histoire naturelle de Belgique".] *Bruxelles,* 1880. 4°. 83 pp. *Mit Atlas von 39 Taf.* 30 ℳ
S. 1877 Nr. 2211.

2283. **Bresadola, Jac.** Fungi Tridentini novi, vel nondum delineati, descripti et iconibus illustrati. Fasc. I. *Tridenti*, 1881. [*Berlin*, *Friedländer & Sohn.*] 8°. 14 pp. *Mit 15 chromolith. Taf.* 7 ℳ

2284. **Bronn's, H.. G.**. Klassen und Ordnungen des Thier-Reichs, wissenschaftlich dargestellt in Wort und Bild. Mit auf Stein gezeichneten Abbildungen. VI. Bd. 3. Abth. 18.—21. Lfg. *Leipzig*, 1881. *C. F. Winter.* 8°. p. 465—592. *Mit 8 Bl. Tafelerklärgn.* *Jede Lfg.* 1 ℳ 50 ₰
Inhalt: Reptilien. Fortgesetzt von C.. K.. Hoffmann. 18.—21. Lfg.
S. oben Nr. 1618.

2285. **Brügger, Ch. G.** Beobachtungen über wildwachsende Pflanzenbastarde der Schweizer- und Nachbar-Floren. [Aus: „Jahresbericht der naturforschenden Gesellschaft Graubündens".] *Chur,* 1881. *Hitz.* 8°. 77 pp. 1 ℳ 60 ₰

2286. **de Candolle, A.. et C.**. Monographiae phanerogamarum prodromi nunc continuatio nunc revisio. Vol. II—III. Auctoribus Caruel, Micheli, Clarke, Cogniaux. *Paris,* 1881. 8°. 48 ℳ
S. 1878 Nr. 2214.

2287. **Cesati, V.., G.. Passerini e G.. Gibelli.** Compendio della Flora italiana. Con un atlante di circa 130 tavole. Disp. 53 e 54. *Milano*, 1881. 8°. p. 617—640. *Taf. 79—81.* *Jede Disp.* 1 ℳ 50 ₰
Die frühern Lfgn. erschienen zum gleichen Preise.

2288. **Fitzgerald, R.. D.**. Australian Orchids. Part 1—6. *Sidney*, 1880. Fol. *Mit color. Taf.* 156 ℳ

2289. **Franke, Ad.** Die Reptilien und Amphibien Deutschlands. Nach eigenen Beobachtungen geschildert. Mit einem Vorwort von Rdf. Leuckart. *Leipzig*, 1881. *Veit & Co.* 8°. X, 174 pp. 2 ℳ

2290. **Fries, El.** Icones selectae Hymenomycetum nondum delineatorum. Vol. II. Fasc. 6. *Stockholm*, 1881. [*Berlin*, *Friedländer & Sohn.*] Fol. p. 45—58. *Mit 10 Chromolith.* 13 ℳ
S. oben Nr. 106.

2291. **Haslam, S.. H.., and Jos. Edwards.** Conic Sections treated geometrically. *London*, 1881. 8°. 140 pp. 6 ℳ 50 ₰

2292. **Herrmann, Fel.** Ueber das Product der Einwirkung von Alkalimetallen auf den Bernsteinsäureäthylester. Mit 2 Xylogr. [Aus: „Verhandlungen der physikalisch-medicinischen Gesellschaft zu Würzburg".] *Würzburg*, 1881. *Stahel.* 8°. 68 pp. 1 ℳ 20 ₰

2293. **Hoppe-Seyler, Fel.** Physiologische Chemie. IV. Thl. *A. u. d. T.:* Specielle physiologische Chemie. III. Die Organe des Thierkörpers und ihre Functionen, der Gesammtstoffwechsel der Thiere. *Berlin*, 1881. *Hirschwald.* 8°. XVI u. p. 619—1036. 10 ℳ
S. 1879 Nr. 1623.

2294. **Imhof, O.. Emil.** Beiträge zur Anatomie der Perla maxima Scopoli. *Aarau*, 1881. *Sauerländer.* 8°. 41 pp. 2 ℳ

2295. **Judd, J.. W.**. Volcanoes. What they are, and what they teach. *London*, 1881. 8°. 396 pp. *Mit 96 Abbildgn.* 6 ℳ

2296. **Lecomte, A.**. Le Darwinisme et l'expression des émotions chez l'homme et chez les animaux. *Louvain*, 1881. 8°. VI, 461 pp. 5 ℳ 50 ₰

2297. **Nauman, C. J.** Om Sveriges hydrachnider. [Aus Kongl. Sv. Vetenskapsakad. handl.] *Stockholm*, 1880. 4°. 123, 14 pp. 30 ℳ

2298. **Nyman, C. F.** Conspectus florae europaeae. III. Corolliflorae — Monochlamydeae. *Oerebro*, 1881. [*Berlin*, *Friedländer & Sohn.*] 8°. p. 491—677. 4 ℳ
S. 1879 Nr. 3196.

2299. Palaeontographica. Beiträge zur Naturgeschichte der Vorzeit. Herausgegeben von *W. Dunker* und *K. A.. Zittel*, unter Mitwirkung von W.. Benecke, E.. Beyrich, v. Fritsch, W.. Neumayr, und Fd. Römer als Vertretern der deutschen geologischen Gesellschaft. XXVIII. Bd. oder 3. Folge. IV. Bd. 1. Lfg. *Kassel*, 1881. *Fischer.* 4°. p. 1—39. *Mit 7 Steintaf.* 20 ℳ

2300. **Quenstedt, F. A.** Petrefactenkunde Deutschlands. Der 1. Abth. VI. Bd. 7. Heft. [Korallen (Sternkorallen). 12. Heft]. Hierzu ein Atlas mit 6 Taf. in Tondr. *Leipzig*, 1881. *Fues*. 8°. X u. p. 913—1093. 18 ℳ
S. 1880 Nr. 3506.

2301. **Rubini, R.**. Complemento al calcolo infinitesimale. *Napoli*, 1880. 8°. 168 pp. 6 ℳ

2302. **Scheffler, Hm.** Die Naturgesetze und ihr Zusammenhang mit den Prinzipien der abstrakten Wissenschaften. Für Naturforscher, Mathematiker, Logiker, Philosophen und alle mathematisch gebildeten Denker. IV. Thl. *A. u. d. T.*: Die Theorie des Bewusstseins oder die philosophischen Gesetze. Enthaltend die Gesetze der Vernunft, der Phantasie, des Selbstbestimmungsvermögens, des Gewissens und des Entfaltungsvermögens. *Leipzig*, 1881. *Förster*. 8°. VI, 499 pp.
S. 1880 Nr. 1639. 9 ℳ

2303. **Schlickum, O.**. Exkursionsflora von Deutschland. Kurze Charakteristik der daselbst wildwachsenden und häufiger kultivierten Gefässpflanzen. Nebst einem illustrirten Anhang für Anfänger: Auffindung der Gattungen nach leicht erkennbaren Merkmalen. *Leipzig*, 1881. *E. Günther*. 12°. XX, 374 pp. *Mit Holzschn.* 5 ℳ

2304. **de Visiani, Rb.** Florae dalmaticae supplementum alterum, adjectis plantis in Bosnia, Hercegovina et Montenegro crescentibus. Pars II [posthuma]. *Venetiis*, 1881. [*Berlin, Friedländer & Sohn.*] 4°. 72 pp. *Mit 7 Steintaf.* 8 ℳ
S. 1877 Nr. 3415.

2305. **Warnstorff, C.**. Die europäischen Torfmoose. Eine Kritik und Beschreibung derselben. *Berlin*, 1881. *Grieben*. 8°. VII, 152 pp. 3 ℳ

2306. **Wartmann, B.,** und **Th. Schlatter.** Kritische Uebersicht über die Gefässpflanzen der Kantone St. Gallen und Appenzell. 1. Heft. Eleutheropetalae [Dialypetalae, Polypetalae]. [Aus: „Jahresbericht der St. Galler naturwissenschaftlichen Gesellschaft".] *St. Gallen*, 1881. *Köppel*. 8°. 182 pp. 1 ℳ 80 ₰

2307. **Willkomm, Mr.** Illustrationes florae Hispaniae insularumque Balearium. Figures de plantes nouvelles ou rares décrites dans le Prodromus Flora Hispanicae ou récemment découvertes en Espagne et aux Iles Baléares, accompagnées d'observations critiques et historiques. 2e livr. *Stuttgart*, 1881. *Schweizerbart*. Fol. p. 13—28. *Mit 10 color. Steintaf.* 12 ℳ
S. oben Nr. 137.

VI. Medicin.

2308. **Abadie, C.**. Leçons de clinique ophthalmologique, recueillies par Parenteau, revues par l'auteur. *Paris*, 1881. 8°. 286 pp. 7 ℳ

2309. **v. Arlt, F.** Klinische Darstellung der Krankheiten des Auges, zunächst der Binde-, Horn- und Lederhaut, dann der Iris und des Ciliarkörpers. Mit einer xylogr. Taf. *Wien*, 1881. *Braumüller*. 8°. VII, 316 pp. 6 ℳ

2310. **Aufrecht.** Pathologische Mittheilungen. 1. Heft. *Magdeburg*, 1881. *Faber*. 8°. VI, 216 pp. 3 ℳ

2311. **Balfour, Fr. M.**. A Treatise on comparative Embryology. Vol. II. *London*, 1881. 8°. 660 pp. 25 ℳ
S. 1880 Nr. 2271.

2312. **Bardenheuer.** Die Drainirung der Peritonealhöhle. Chirurgische Studien, nebst einem Bericht über sieben Nierenexstirpationen. *Stuttgart*, 1881. *Enke*. 8°. VII, 291 pp. 7 ℳ

2313. **Bergmann, F.**. Die Anwendung der Milchsäure bei Geisteskrankheiten. *Jena*, 1881. *Neuenhahn*. 8°. 41 pp. 1 ℳ

2314. Deutsche Chirurgie. Mit zahlreichen eingedr. Holzschn. und lith. Taf. Bearbeitet von *Bandl*, *v. Bergmann*, *Billroth* etc. Herausgegeben von *Billroth* u. *Luecke*. 11. Lfg. 1. Hälfte. *Stuttgart*, 1881. *Enke*. 8°. 224 pp. *Mit 10 in den Text gedr. Holzschn.* 5 ℳ 20 ₰
Inhalt: Pathologie und Therapie der Syphilis. Von Mr. Kaposi. 1. Hälfte.
S. oben Nr. 143.

2315. **Cutter, G. R.** A Dictionary of German Terms used in Medecine. *London*, 1881. 8°. 300 pp. 7 ℳ 80 ₰

2316. Nouveau Dictionnaire de médecine et de chirurgie pratiques. Illustré de figures intercalées dans le texte, rédigé par *Bernutz, Bæckel, Buignet, Cusco, Demarquay, Desnos, Nélaton, Ph. Ricord, A. Tardieu, Trousseau*, etc. Directeur de la rédaction: *Jaccoud*. Tomes XXVIII—XXX. *Paris*, 1881. 8°. 841 pp. *Mit 58 Abbildgn.*
S. 1879 Nr. 3215. *Jeder Bd.* 10 ℳ

2317. **Eichhorst, Hm.** Lehrbuch der physikalischen Untersuchungsmethoden innerer Krankheiten. 2 Thle. Mit Holzschn. *Braunschweig*, 1881. *Wreden.* 8°. 1. Thl. XI, 475 pp. 17 ℳ

2318. **Fiordelisi, P.** Prontuario popolare di igiene e malattie. *Napoli*, 1881. 24°. 167 pp. 2 ℳ 40 ₰

2319. **Gaillard, G.** Des déviations des arcades dentaires et de leur traitement rationnel. *Paris*, 1881. 8°. 203 pp. *Mit 80 Abbildgn.* 8 ℳ

2320. **Gimeno y Cabañas.** Tratado elemental de terapéutica, materia médica y arte de recetar. Tomo II. Cuaderno I. *Valencia*, 1881. 8°. 160 pp. 24 ℳ
S. 1880 Nr. 3518.

2321. **Goldzieher, W.** Therapie der Augenkrankheiten für praktische Aerzte und Studirende. *Stuttgart*, 1881. *Enke.* 8°. VIII, 292 pp. 7 ℳ

2322. **Hoffmann, Fd.** Ein Beitrag zur Physiologie und Pathologie der farblosen Blutkörperchen. *Dorpat*, 1881. *Karow.* 8°. 106 pp. *Mit 4 Steintaf.* 2 ℳ

2323. **Holmes, G.** A Guide to the Use of the Laryngoscope in general Practice. *London*, 1881. 8°. 66 pp. 3 ℳ

2324. **Kleinwächter, L.** Compendio di ostetricia ad uso delle levatrici. *Innsbruck*, 1881. *Wagner.* 8°. XI, 230 pp. *Mit 12 Steintaf.* 6 ℳ

2325. **Kühne, W., und J. Steiner.** Ueber electrische Vorgänge im Sehorgan. Mit 13 Holzschn. u. 2 lith. Taf. [Aus: „Untersuchungen aus dem physiologischen Institute der Universität Heidelberg".] *Heidelberg*, 1881. *C. Winter.* 8°. 106 pp. 5 ℳ 40 ₰

2326. **de Lanessan, J. L.** Manuel d'histoire naturelle médicale. 3e Partie. Zoologie. Fasc. 2. *Paris*, 1881. 18°. 220 pp. *Mit 160 Abbildgn.*
S. oben Nr. 759. *Preis des compl. Werkes* 25 ℳ

2327. **Lankester, E. R.** Observations and Reflections on the Appendages and on the nervous System of Apus cancriformis. *London*, 1881. 8°. 36 pp. *Mit Illustr.* 2 ℳ 40 ₰

2328. **Leeser, J.** Die Pupillarbewegung in physiologischer und pathologischer Beziehung. Mit einem Vorwort von Alfr. Graefe. Von der medicinischen Facultät der Universität Halle-Wittenberg gekrönte Preisschrift. Mit einer lithogr. Taf. *Wiesbaden*, 1881. *Bergmann.* 8°. IV, 124 pp. 4 ℳ

2329. **Luys, J.** Traité clinique et pratique des maladies mentales. *Paris*, 1881. 8°. XVI, 697 pp. *Mit 10 color. Taf. u. 27 Abbildgn.* 17 ℳ

2330. **Maclagan, T. J.** Rheumatism: Its Nature, its Pathology, and its successful Treatment. *London*, 1881. 8°. 340 pp. 12 ℳ 50 ₰

2331. **Preyer, W.** Ueber den Farben- und Temperatur-Sinn mit besonderer Rücksicht auf Farbenblindheit. Mit 1 Taf. in Farbendr. [Aus: „Pflüger's Archiv für die gesammte Physiologie".] *Bonn*, 1881. *Strauss.* 8°. 72 pp. 2 ℳ

2332. **Purcell, F. Alb.** On Cancer, its Allies and other Tumours. With special reference to their medical and surgical Treatment. *London*, 1881. 8°. 310 pp. *Mit mikroskop. Illustr.* 12 ℳ 50 ₰

2333. **Thierfelder, Alb.** Atlas der pathologischen Histologie. 6. u. 7. Lfg. Pathologische Histologie des Herzens und der Blutgefässe [Myocardium, Endocardium, Arterien, Venen und Capillaren]. 12 Lichtdr.-Taf. [XXXI—XLII] mit erklärendem Text. *Leipzig*, 1881. *Fues.* Fol. 25 pp. 16 ℳ
S. 1877 Nr. 114.

2334. **Tscherning, E. A.** Bidrag til Bedømmelse af den saakaldte Localtuberkuloses Betydning for Tumor albus. Chirurgisk-pathologisk Studie. *Kjøbenhavn*, 1881. 4°. 128 pp. *Mit 2 Taf.* 9 ℳ

2335. **Tyrell, W.** The tonic Treatment of Epilepsy and kindred nervous Affections. *London*, 1881. 8°. 108 pp. 3 ℳ

2336. **Untersuchungen aus dem physiologischen Institute der Universität Heidel-** rg. Herausgegeben von *W.. Kühne.* IV. Bd. 1. u. 2. Heft. *Heidelberg*, 1881. . *Winter.* 8⁰. 168 pp. *Mit 13 Holzschn. u. 4 Steintaf.* 9 ℳ

S. oben Nr. 162.

2337. **Vogt, Adf.** Der alte und der neue Impfglaube. *Bern*, 1881. *Dalp.* 8⁰. VI, 278 pp. 5 ℳ

2338. **Voillemier, L., et A. Le Dentu.** Traité des maladies des voies urinaires. ol. II: Maladies de la prostate et de la vessie. *Paris*, 1881. 8⁰. X, 804 pp. *it 120 Abbildgn.* 16 ℳ

S. 1868 Nr. 128.

2339. **Vovard.** De la grippe, sa pathogénie. *Paris*, 1881. 8⁰. 60 pp. 2 ℳ

2340. **Wölfler, Ant.** Ueber die von Herrn Prof. Billroth ausgeführten Resectio- n des carcinomatösen Pylorus. Mit 5 Holzschn. u. 5 lith. Taf. *Wien*, 1881. *raumüller.* 8⁰. V, 54 pp. 4 ℳ

VII. Geographie und Geschichte.

2341. **Archives de la Bastille.** Documents inédits, recueillis et publiés par Fr. avaisson. Vol. X—XII, règnes de Louis XIV et de Louis XV (1709—1772). *ris*, 1881. 8⁰. *Jeder Bd.* 9 ℳ

S. 1877 Nr. 2560.

2342. **Beesley, A.. H..** Sir John Franklin. *London*, 1881. 8⁰. 240 pp. 3 ℳ

2343. **Bertolini, F..** L'Italia dal 1814 al 1878. Disp. 12. 13. *Milano*, 1881. . p. 353—416. *Jede Lfg.* 1 ℳ 50 ₰

Die frühern Lfgn. erschienen zum gleichen Preise.

2344. **Bornecque, J.** Rôle de la fortification dans la dernière guerre de l'Orient. *ris*, 1881. 8⁰. 384 pp. *Mit 15 Plänen u. 57 Abbildgn.* 7 ℳ 50 ₰

2345. **Briefe über die gegenwärtige Lage Russlands.** 11. [23.] April 1879 — [18.] April 1880. Aus dem Russischen übersetzt. *Leipzig*, 1881. *Brockhaus.* 8⁰. I, 160 pp. 2 ℳ 80 ₰

2346. **de Castro, Gi.** Storia d'Italia dal 1799 al 1814. Disp. 22 e 23. *Milano*, 81. 8⁰. X u. p. 257—326. *Jede Lfg.* 1 ℳ 50 ₰

Die frühern Lfgn. erschienen zum gleichen Preise.

2347. **Chronik des sächsischen Königshauses** und seiner Residenzstadt vom . Juni 1853 bis zum 18. Juni 1878. Ihren königl. Majestäten Albert und Carola n Sachsen zum silbernen Ehejubiläum in Ehrfucht gewidmet von der königlichen upt- und Residenzstadt Dresden. *Dresden*, 1881. *Baensch.* 8⁰. V, 402 pp. *Mit lzschn.-Ornamenten, eingedr. Holzschn. u. Lichtdr.-Bildern.* 150 ℳ

2348. **Cipolla, C.** Storia delle signorie italiane dal 1313 al 1530. Disp. 29 et 30. *lano*, 1881. 8⁰. p. 889—973. *Mit Vorwort und Inhaltsverzeichniss.*

Die frühern Lfgn. erschienen zum gleichen Preise. *Jede Lfg.* 1 ℳ 50 ₰

2349. **Codex diplomaticus Silesiae.** Herausgegeben vom Vereine für Geschichte d Alterthumskunde Schlesiens. X. Bd. Urkunden des Klosters Kamenz. Namens Vereins herausgegeben von *P. Pfotenhauer.* Mit einer Bildertaf. in Lichtdr. *eslau*, 1881. *Max & Co.* 4⁰. VIII, 375 pp. 10 ℳ

S. 1879 Nr. 1658.

2350. **Cunningham, H.. S..** British India and its Rulers. *London*, 1881. 8⁰.) pp. 12 ℳ 50 ₰

2351. **Davis, J..** The Rise and Fall of the Confederate Government. 2 vols. *ndon*, 1881. 8⁰. 1520 pp. 50 ℳ

2352. **Diplomatarium veneto-levantinum**, sive Acta et diplomata res venetas ecas, atque Levantis illustrantia a. 1300—1350. *Venetiis*, 1880. 4⁰. XXVI, pp. 24 ℳ

2353. **Ellis, T.. J..** On a Raft through the Desert. The Narrative of an Artist's rney through Northern Syria and Kurdestan, by the Tigris to Mosul and ghdad, and of a Return Journey across the Desert by the Euphrates and Palmyra Damascus, over the Anti-Lebanon to Baalbek and Beyrout. 2 vols. *London*, 1. 8⁰. 240 pp. *Mit 38 Stahlst.* 63 ℳ

2354. **Gardiner, S.. R.., and J.. B.. Mullinger.** Introduction to the Study of Eng-

2355. **v. Gonzenbach, A.** Der General Hans Ludwig v. Erlach v. Castelen. Ein Lebens- und Charakterbild aus den Zeiten des 30jährigen Krieges. Bearbeitet nach zeitgenössischen Quellen. II. Thl. Mit einer radirten Ansicht des Schlosses Castelen im Aargau und beigedruckten Urkunden. *Bern*, 1881. *Wyss*. 8°. XXX, 643 u. Urkunden 94 pp. 10 ℳ

S. 1880 Nr. 147.

2356. **Hamont, T.** Un essai d'empire français dans l'Inde au 18e siècle; Dupleix l'après sa correspondance inédite. *Paris*, 1881. 8°. XII, 327 pp. *Mit 2 Karten.* 7 ℳ 50 ₰

2357. **Hatton, J.** To-day in America. Studies for the Old World and the New. 2 vols. *London*, 1881. 8°. 490 pp. 21 ℳ 50 ₰

2358. Historiae hungaricae fontes domestici. Pars I. Scriptores. *Leipzig*, 1881. *Brockhaus' Sort. u. Antiq.* 8°. 236 pp. *Mit 1 Fcsm.-Taf.* 8 ℳ

Inhalt: Vitae sanctorum Stephani regis et Emerici ducis. Ad fidem codicum saeculi XII, XIII, et XV-i recensuit, nonnulla ejusdem aetatis monumenta, disquisitionesque criticas adjecit M. Florianus.

2359. **Hutton, W. H.** The political Disturbances which accompanied the early Period of the Reformation in Germany. The Stanhope Essay for 1881. *Oxford*, 1881. 8°. 42 pp. 2 ℳ 40 ₰

2360. **de la Jonquières, A.** Histoire de l'empire Ottoman depuis les origines jusqu'au traité de Berlin. *Paris*, 1881. 8°. 670 pp. 6 ℳ

2361. Kaiserurkunden in Abbildungen herausgegeben von *H. v. Sybel* und *Th. Sickel*. 2. Lfg. Dreissig Urkunden in Lichtdr. auf 29 Taf. Mit Text. *Berlin*, 1881. *Weidmann*. Fol. IV u. p. 17—40. 30 ℳ

S. oben Nr. 204.

2362. **Katscher, Lp.** Bilder aus dem chinesischen Leben. Mit besonderer Rücksicht auf Sitten und Gebräuche. [Mit autorisirter Zugrundelegung eines Theiles des in John Henry Gray's „China: a history of the laws, manners and customs of the people" niedergelegten Materiales.] *Leipzig*, 1881. *C. F. Winter*. 8°. XVI, 367 pp. 6 ℳ

2363. **Lenormant, F.** La Grande-Grèce. Paysages et histoire. Littoral de la mer ionienne. Vol. I—II. *Paris*, 1881. 8°. 470 pp. *Jeder Bd.* 7 ℳ 50 ₰

2364. **Martens, W.** Die römische Frage unter Pippin und Karl dem Grossen. Eine geschichtliche Monographie. *Stuttgart*, 1881. *Cotta*. 8°. XI, 379 pp. 6 ℳ

2365. **Martin, W. A. P.** The Chinese, their Education, Philosophy and Letters. *London*, 1881. 8°. 316 pp. 9 ℳ

2366. **Meyer, Chr.** Geschichte des Landes Posen. *Posen*, 1881. *Jolowicz*. 8°. III, 483 pp. 12 ℳ

2367. Monumenta ad Neapolitani Ducatus historiam pertinentia, quae partim nunc primum, partim iterum typis vulgantur, cura et studio Bm. Capasso. Serie I. Cronache. Vol. I. *Napoli*, 1881. Fol. XVIII, 351 pp. *Mit 8 Taf.* 48 ℳ

2368. **Munro, Th.** Selections from his Minutes and other Official Writings. Edited with an Introductory Memoir and Notes by Alx. J. Arbuthnot. 2 vols. *London*, 1881. 8°. 740 pp. 36 ℳ

2369. **v. Nottbeck, Eug.** Siegel aus dem Revaler Rathsarchiv, nebst Sammlung von Wappen der Revaler Rathsfamilien. *Lübeck*, 1880. [*Reval, Prahm.*] 4°. 62 pp. *Mit 22 Steintaf.* 28 ℳ

2370. **Osenbrüggen, Ed.** Wanderstudien aus der Schweiz. Fortgeführt von E. *Buss*. VI. Bd. *Basel*, 1881. *Schwabe*. 8°. IV, 345 pp. 3 ℳ 20 ₰

S. 1876 Nr. 2876.

2371. Письма о современномъ состоянiи Россiи 11-го Апрѣля 1879 — 6-го Апрѣля 1880. *Leipzig*, 1881. *F. A. Brockhaus*. 8°. V, 148 pp. 2 ℳ 50 ₰

Briefe über die gegenwärtige Lage Russlands. — Erschien auch deutsch, s. oben Nr. [illegible]

2372. Quellen zur Schweizer Geschichte, herausgegeben von der allgemeinen geschichtforschenden Gesellschaft der Schweiz. III. Bd. 1. Abth. *Basel*, 1881. *Schneider*. 8°. 218 pp. 4 ℳ 20 ₰

Inhalt: Das Kloster Allerheiligen in Schaffhausen. Herausgegeben von F. L. Baumann.
S. 1880 Nr. 3202.

2373. Recueil des historiens des croisades, publié par les soins de l'Académie des Inscriptions et Belles-Lettres. Historiens grecs. Tome II. *Paris*, 1881. Fol. VIII, 882 pp. 45 ℳ

2374. **Richardson, E.** Geschichte der Familie Merode. II. Bd. *Prag*, 1881. *Dominicus.* 8°. VIII, 495 pp. 20 ℳ

S. 1877 Nr. 2310.

2375. **Roller, Th.** Les catacombes de Rome. Histoire de l'art et des croyances religieuses pendant les premiers siècles du christianisme. 2 vols. *Paris*, 1881. Fol. 720 pp. *Mit 100 Taf. Abbildgn.* 250 ℳ

2376. **Sathas, C. N.** Documents inédits relatifs à l'histoire de la Grèce au moyen âge, publiés sous les auspices de la chambre des députés de Grèce. Vol. II. *Paris*, 1881. [*Leipzig, F. A. Brockhaus' Sortiment & Antiqu.*] 4°. XVI, 298 pp. *Mit 2 Karten.* 20 ℳ

S. 1880 Nr. 1383.

2377. **Swalin, W.** Konungens svenska och norska statsråd 1809—1814—1881. *Stockholm*, 1881. 8°. 194, 64 pp. 6 ℳ

2378. Ostfriesisches Urkundenbuch. Herausgegeben von *E. Friedländer.* II. Bd. 2. Lfg. *Emden*, 1881. *Haynel.* 4°. p. 643—794. 4 ℳ

S. oben Nr. 1114.

2379. Pommerellisches Urkundenbuch. Herausgegeben vom westpreussischen Geschichtsverein. Bearbeitet von *M. Perlbach.* I. Abth. *Danzig*, 1881. *Bertling.* 4°. VI, 322 pp. 12 ℳ

2380. **White, Rch.** England, without and within. *London*, 1881. 8°. 600 pp. 12 50 ₰

2381. **Wichert, Th. F. A.** Jacob von Mainz, der zeitgenössische Historiograph, und das Geschichtswerk des Matthias v. Neuenburg. Nebst Excursen zur Kritik des Naucleras. Zur Geschichte und Quellenkunde des XIV. Jahrhunderts. Mit einer Beigabe: Zehn Kaiserurkunden. *Königsberg*, 1881. *Hartung.* 8°. X, 368 pp. 10 ℳ

2382. **Wilson, J.** Studies of modern Mind and Character at several European epochs. *London*, 1881. 8°. 446 pp. 14 ℳ 40 ₰

2383. **Winstanley, W.** A Visit to Abyssinia. An Account of Travel in modern Ethiopia. 2 vols. *London*, 1881. 8°. 618 pp. 25 ℳ

2384. **de Youferow, W.** Etudes ethnographiques sur les Bachkirs, populations du versant oriental de l'Oural. *Paris*, 1881. 4°. 25 pp. *Mit 1 Karte.* 3 ℳ

2385. **v. Ziegler, Fd.** Die politische Reformbewegung in Siebenbürgen zur Zeit Josef's II. *Wien*, 1881. *Braumüller.* 8°. XVIII, 599 pp. 12 ℳ

VIII. Sprachwissenschaft.

2386. **Arnold, E.** Indian Poetry. Containing a new edition of „The Indian Song of Songs" from the Sanskrit of the Gita Govinda of Jayadewa, two books from „The Iliad of India" (Mahabharata, proverbial Wisdom from the Shlokas of the Hitopadesa, and other Oriental Poems. *London*, 1881. 8°. 9 ℳ

2387. Brus jazyka českého, ktery sestavila kommisse širším sborem Matice zřízená. *V Praze*, 1881. 8°. XV, 296 pp. 5 ℳ

Der cechische Sprachpurist. Zusammengestellt von einer dazu gewählten Matica-Commission.

2388. **Cummins, A. H.** A Grammar to the Old Friesic Language. *London*, 1881. 8°. 84 pp. 4 ℳ 20 ₰

2389. **Deecke, W., und C. Pauli.** Etruskische Forschungen und Studien. 1. Heft. *Stuttgart*, 1881. *Heitz.* 8°. VI, 94 pp. 5 ℳ

Inhalt: Etruskische Studien. Von C. Pauli. 4. Heft. 1. Noch einmal die *tautni-* und *ra-*Frage. 2. Nachträge und Neues in Bezug auf *arnθial* und *larθial* und ihre Verwandten.

2390. **Gachon.** Dictionnaire pongué-français, précédé des principes de la langue ponguée. *Paris*, 1881. 12°. XXXIX, 288 pp. à 2 col. 10 ℳ

2391. **Hofmann, K.** Altburgundische Uebersetzung der Predigten Gregors über Ezechiel, aus der Berner Handschrift. [Aus: „Abhandlungen der k. bayer. Akademie des Wissenschaften."] *München*, 1881. *Franz.* 4°. 126 pp. 5 ℳ

2392. **Koffmane, G.** Geschichte des Kirchenlateins. I. Bd. 2. Heft. *Breslau*, 1881. *Koebner.* 8°. p. 93—168. 1 ℳ 80 ₰

S. 1879 Nr. 2026.

2393. **Palmer, E. H.** The Arabic Manual, comprising a condensed Grammar of both classical and modern Arabic Reading Lessons and Exercises. With Analysis and a Vocabulary of useful Words. *London*, 1881. 12°. 316 pp. 9 ℳ

2394. **Rossberg, Kr.** Deutsche Lehnwörter in alphabetischer Anordnung. Zusammengestellt und auf ihren Ursprung zurückgeführt. *Hagen*, 1881. *Risel.* 8°. IX, 120 pp. 3 M

IX. Alterthumswissenschaft.

2395. **Bauer, Adf.** Themistokles. Studien zur griechischen Historiographie und Quellenkunde. *Merseburg*, 1881. *Steffenhagen.* 8°. V, 173 pp. 3 M
2396. **Gerber, A., et A. Greef.** Lexicon Taciteum. Fasc. IV. *Leipzig*, 1881. *Teubner.* 8°. p. 337—480. 3 M 60 Pf
S. 1879 S. 2035.
2397. **Götzinger, E.** Reallexikon der deutschen Alterthümer. Ein Hand- und Nachschlagebuch für Studirende und Laien. 1. Lfg. *Leipzig*, 1881. *Urban.* 8°. 48 pp. 1 M
Soll in 20 Lfgn. erscheinen.
2398. **Justinian.** Select Titles from the Digest of Justinian. Edited by Th. Erskine Holland and C. Lancelot Shadwell. *London*, 1881. 8°. 462 pp. 16 M 80 Pf
2399. **van Leeuwen, J.** Commentatio de authentia et integritate Aiacis Sophoclei, edidit societas artium disciplinarumque Rheno-Traiectina. *Trajecti ad Rhenum*, 1881. 8°. XVI, 203 pp. 4 M 50 Pf
2400. **Mayor, Jos. B.** A Sketch of ancient Philosophy, from Thales to Cicero. *Cambridge*, 1881. [*Leipzig, F. A. Brockhaus' Sort. u. Antiq.*] 12°. 266 pp. 4 M 20 Pf
2401. **Paucker, C.** De latinitate B. Hieronymi, observationes ad nominum verborumque usum pertinentes. Editio adjecto indice auctior. *Berlin*, 1880. *Calvary & Co.* 8°. IV, 189 pp. 10 M
2402. **Rawlinson, G.** History of ancient Egypt. 2 vols. *London*, 1881. 8°. 830 pp. 75 M
2403. **Rayet, O.** Monuments de l'art antique. Livr. 2. *Paris*, 1881. Fol. 72 pp. *Mit 15 heliogr. Taf.* 25 M
Soll in 6 Lfgn. erscheinen.
S. 1880 Nr. 2962.
2404. Records of the Past. Being Translations of the Assyrian and Egyptian Monuments. Vol. XII. Egyptian Texts. *London*, 1881. 8°. 170 pp. 4 M 20 Pf
S. 1879 Nr. 784.
2405. **Ritter, Cst.** Die Quintilianischen Declamationen. Untersuchungen über Art und Herkunft derselben. Mit 2 Facsimile-Drucken in Holzschn. u. 4 Taf. *Freiburg i. Br.*, 1881. *Mohr.* 8°. XIV, 275 pp. 8 M
2406. **Thucydides.** Translated into English. With Introduction, marginal Analysis, Notes and Indices, by B. Jowett. 2 vols. *London*, 1881. 8°. 1270 pp. 38 M
2407. **Waltz, A.** Des variations de la langue et de la métrique d'Horace dans ces différents ouvrages. *Paris*, 1881. 8°. 251 pp. 5 M

X. Schöne Literatur und Kunst.

2408. **Assolant.** La bataille de Laon (1814). *Paris*, 1881. 18°. 287 pp. 3 M 50 Pf
2409. **Baumbach, Rdf.** Sommermärchen. *Leipzig*, 1881. *Liebeskind.* 12°. X, 280 pp. 5 M 40 Pf
2410. **Bianchi, G.** Fra i monti. Romanzo. *Milano*, 1881. 16°. 311 pp. 4 M 20 Pf
2411. **Bouvier, A.** La princesse saltimbanque. *Paris*, 1881. 12°. 506 pp. 3 M
2412. **Carini, Alfr.** Ricordi di mare. Bozzetti. *Torino*, 1881. 8°. 3 M
2413. **Conscience, H.** Een O to veel. Koning Oriand. Een zeemanshuisgezin. *Leiden*, 1880. 8°. IV, 73, 28, 83 pp. 2 M 25 Pf
2414. **Crowest, F. J.** Phases of musical England. *London*, 1881. 8°. 320 pp. 9 M
2415. **Filhés, B.** Schloss Isenstein. Roman. 2 Thle. in 1 Bde. *Breslau*, 1881. *Trewendt.* 8°. 254, 126 pp. 6 M
2416. **Fitzgerald, P.** Young Cœlebs. 3 vols. *London*, 1881. 8°. 762 pp. 37 M
2417. **Gréville, H.** Les degrés de l'échelle. *Paris*, 1881. 18°. 297 pp. 3 M 50 Pf

2419. **Jókai, Maurus.** Pater Peter. Roman. Mit einem Nachwort von *Adf. Silberstein. Budapest*, 1881. *Révai.* 8°. 187 pp. 3 ℳ

2420. **König, Ew. A.** Verlassen! Roman. 3 Bde. *Berlin*, 1881. *Goldschmidt.* 8°. 188, 167, 163 pp. 7 ℳ 50 ₰

2421. **Kraszewski, J. I.** Pod blachą. Opowiadanie z końca XVIII wieku. Tom I—III. *Warszawa*, 1881. 8°. 167, 176, 182 pp. 14 ℳ

Unter dem Panzer. Eine Erzählung aus dem 18. Jahrhundert. 3 Bde.

2422. **La Ferronays, E..** Gabriella. 2 vol. *Palermo*, 1880. 16°. 236, 240 pp. 3 ℳ 60 ₰

2423. **Maffei, G..** Memorie di uno studente. Romanzo. *Milano*, 1881. 18°. 47 pp. 2 ℳ 40 ₰

2424. **Mallock, W.. H..** A Romance of the Nineteenth Century. 2 vols. *London*, 1881. 8°. 550 pp. 25 ℳ

2425. **Malot, H..** Pompon. *Paris*, 1881. 18°. 473 pp. 3 ℳ

2426. **Marryat, F..** My Sister the Actress. A Novel. 3 vols. *London*, 1881. 8°. 37 ℳ

2427. **de Montépin, Xav.** Son Altesse l'amour. Tome V et VI. Le vitriol. *Paris*, 1881. 18°. *Jeder Bd.* 3 ℳ

Schluss. — S. oben Nr. 1814.

2428. **Ninous, P..** Le batard. 2 vol. *Paris*, 1881. 18°. 392, 476 pp. 6 ℳ

2429. **Pailleron, E..** Le théâtre chez Madame. *Paris*, 1881. 16°. 208 pp. 3 ℳ 50 ₰

2430. **Palm, Adf.** Briefe aus der Bretterwelt. Ernstes und Heiteres aus der Geschichte des Stuttgarter Hoftheaters. *Stuttgart*, 1881. *Bonz & Co.* 8°. VIII, 333 pp. 3 ℳ

2431. **Proelss, Jhs.** Emancipirte Novellen. [Die Gleichheitsbrüder. Die Studentin. Delila. Unsere liebe Frau von Köln. Ebbe und Fluth.] *Leipzig*, 1881. *Reissner.* 8°. 164 pp. 2 ℳ 50 ₰

2432. **Quentel, Pt.** Musterbuch für Ornamente und Stickmuster. [1527—1529.] 265 Vorlagen für Kunsthandwerker und weibliche Handarbeiten, herausgegeben vom Leipziger Kunstgewerbe-Museum. In Lichtdr.-Reproduction von A. Naumann & Schroeder. 1. Lfg. *Leipzig*, 1881. *Schloemp.* 4°. *13 Bl. mit 2 pp. Text.* 2 ℳ

Soll in 8 Lfgn. erscheinen.

2433. **Reid, Mayne.** The Free Lances. A Romance of the Mexican Valley. 3 vols. *London*, 1881. 8°. 37 ℳ

2434. **Rochefort, H.** Les naufrageurs. *Paris*, 1881. 18°. 346 pp. 3 ℳ

2435. **Schücking, L..** Wunderliche Menschen. Drei Erzählungen. [Ein Kulturkämpfer. Ein Gründer. Ein ehrlicher Mann.] *Berlin*, 1881. *Goldschmidt.* 8°. 328 pp. 3 ℳ

2436. **Sirven, A.., et H.. Leverdier.** La fille de Nana. Roman de mœurs parisiennes. *Paris*, 1881. 18°. 499 pp. 3 ℳ 50 ₰

2437. **Uzanne, O.** Les surprises du cœur. *Paris*, 1881. 8°. 194 pp. *Mit Abbild.* 6 ℳ

2438. **v. Varnbüler, Thdr.** Buchenheim. Ein Roman. *Stuttgart*, 1881. *Krabbe.* 8°. VIII, 262 pp. 4 ℳ

2439. **Verga, G..** I Malavoglia. Romanzo. *Milano*, 1881. 16°. XI, 465 pp. 6 ℳ

2440. **Vischer, F. Thdr.** Altes und Neues. 2. Heft. *Stuttgart*, 1881. *Bonz & Co.* 8°. VIII, 280 pp. 5 ℳ

S. oben Nr. 295.

2441. **Wachenhusen, Hs.** Gelebt und gelitten. Roman. 4 Bde. *Berlin*, 1881. *Janke.* 8°. 262, 252, 251, 237 pp. 15 ℳ

XI. Handel. — Industrie. — Oekonomie.

2442. **Bach, C..** Die Maschinenelemente. Ihre Berechnung und Construction mit Rücksicht auf die neueren Versuche. Mit in den Text gedr. Holzschn. und 2 lith. Taf. Zeichnungen in besonderem Atlas. *Stuttgart*, 1881. *Cotta.* 8°. XIII, 301 pp. 16 ℳ

2443. **Ball, V..** The Diamonds, Coal, and Gold of India, their mode of Occurrence and Distribution. *London*, 1881. 12°. 142 pp. 6 ℳ

2444. **Brennecke, L..** Ueber die Methode der pneumatischen Fundirungen. Vortrag. Mit 1 autogr. Taf. Zeichnungen. *St. Petersburg*, 1881. *Krans.* 8°. 46 pp. 3 ℳ 50 ₰

2445. **Dietrich, P.** Essays über Dampfbodencultur. *Bromberg*, 1881. [*Berlin, Bohne.*] 4°. III, 100 pp. *Mit 1 lith. Portr. u. 1 lith. Tab.* 5 ℳ

2446. **Doherty, J.. J..** An elementary Textbook of Mechanics (Kinematics and Dynamics). With numerous Exercises, solved Examples, and Hints for the Solution of the Exercises. *Dublin*, 1881. 8°. 218 pp. 4 ℳ 20 ₰

2447. **Foley, N..** The mechanical Engineer's Office Book: Boiler Construction. *London*, 1881. Fol. 25 ℳ

2448. **Genardini, A..** Trattato elementare teorico-pratico ad uso dei macchinisti marittimi. Parte I. Fisica e Meccanica. *Napoli*, 1880. 4°. 415 pp. *Mit Atlas.*
Soll in ca. 3 Bdn. erscheinen. *Preis des vollständ. Werkes in 3 Bdn.* 48 ℳ

2449. **Heinzerling, F..** Die eisernen Häng-Brücken. Zum Gebrauche bei dem Berechnen, Entwerfen und Veranschlagen von eisernen Häng-Brücken. [Aus: „Brücken der Gegenwart".] *Aachen*, 1881. *Mayer.* Fol. IV, 53 pp. *Mit 23 Holzschn. u. 7 Steintaf.* 14 ℳ

2450. **Lupton, Jam. J..** The Horse, as he was, as he is, and as he ought to be. *London*, 1881. 8°. 116 pp. 4 ℳ 20 ₰

2451. **Matheson, E..** Aid Book to Engineering Enterprise abroad. Part II. *London*, 1881. 8°. 470 pp. 15 ℳ
S. 1878 Nr. 1203.

2452. **Michel, C.** Lehrbuch der Bierbrauerei nach dem neuesten Standpunkte der Wissenschaft und Praxis unter Zugrundlegung seiner eigenen Versuche und Erfahrungen. I. Bd. Anlage und Einrichtung von Brauereien. Mit 219 Holzschn. und Plänen. *Augsburg*, 1880. [*Leipzig, Gracklauer.*] 8°. III, 231 pp. 8 ℳ

2453. **Pacchi, T..** Manuale teorico-pratico sugli antichi livelli toscani, per uso degli ingegneri, periti ecc. *Livorno*, 1880. 8°. 135 pp. 6 ℳ

2454. **Pallmann, Rhld.** Der deutsche Exporthandel der Neuzeit und die nordamerikanische Concurrenz. Eine handelsgeographisch-statistische Studie. *Hamburg*, 1881. *Friederichsen & Co.* 8°. V, 118 pp. 3 ℳ

2455. **van Pesch, F.. J..** Beknopte handleiding tot de kennis van den Nederlandschen landbouw. Met een voorwoord van C.. J.. M.. Jongkindt Coninck. *Amsterdam*, 1881. 8°. VIII, 479 pp. *Mit ca. 150 Abbildgn.* 10 ℳ

2456. **Thaer, A..** Die alt-ägyptische Landwirthschaft. Ein Beitrag zur Geschichte der Agricultur. Mit 6 Taf. [Aus: „Landwirthschaftliche Jahrbücher.] *Berlin*, 1881. *Parey.* 8°. 36 pp. 3 ℳ

2457. **Toifel, W. J.** Keramik. Eine Sammlung Originalentwürfe zur Ausführung in Glas, Fayence, Porzellan, Majolika, Terracotta, Thon, Steinzeug, Marmor, Metall etc. zum praktischen Gebrauch für Fabrikanten, Modelleure, Decorateure etc. herausgegeben unter Mitwirkung vorzüglicher Fachmänner. 5. u. 6. Lfg. *Dresden*, 1881. *Gilbers.* Fol. *Je 5 Lichtdrtaf.* *Jede Lfg.* 6 ℳ
S. 1880 Nr. 1812.

2458. **Undeutsch, Hm.** Einführung in die Mechanik. Zum Gebrauch bei Vorlesungen sowie zum Selbststudium. Mit 333 in den Text gedr. Holzschn. *Freiberg*, 1881. *Craz & Gerlach.* 8°. XV, 447 pp. 12 ℳ

2459. **Warrington, R..** The Chemistry of the Farm. *London*, 1881. 8°. 134 pp. 3 ℳ

2460. Die ländlichen Wohnsitze, Schlösser und Residenzen der ritterschaftlichen Grundbesitzer in der preussischen Monarchie, nebst den königlichen Familien-, Haus-, Fideicommiss- und Schatull-Gütern in naturgetreuen, künstlerisch ausgeführten, farbigen Darstellungen mit begleitendem Text. Herausgegeben von *Alex. Duncker.* 305.—308. Lfg. *Berlin*, 1881. *A. Duncker.* Fol. *Je 3 Chromolith. und 3 Bl. Text.* *Jede Lfg.* 3 ℳ 75 ₰
S. oben Nr. 1206.

Verantwortlicher Redacteur Otto Kistner in Leipzig.

Allgemeine Bibliographie.

Monatliches Verzeichniss der wichtigern neuen Erscheinungen der deutschen und ausländischen Literatur.

Herausgegeben von F. A. Brockhaus in Leipzig.

1881.] September. [Nr. 9.

Dieses Verzeichniss erscheint regelmässig monatlich und ist, gleich den darin angezeigten Büchern, direct von F. A. Brockhaus in Leipzig sowie durch alle Buchhandlungen zu beziehen.

I. Encyklopädie und Literaturwissenschaft.

2461. Abhandlungen der königl. böhmischen Gesellschaft der Wissenschaften vom Jahre 1879 und 1880. 6. Folge. X. Bd. *Prag*, 1881. *Tempsky*. 4°. 785 pp. *Mit 2 lith. Taf.* 30 ℳ

S. 1879 Nr. 1823.

2462. **Benvenuti, Leo.** Bibliografia Atestina. Saggio. *Bologna*, 1881. 8. 133 pp. 4 ℳ 20 ₰

2463. Bibliographie générale de l'astronomie ou catalogue méthodique des ouvrages, des mémoires et des observations astronomiques publiés depuis l'origine de l'imprimerie jusqu'en 1880 par J. C. Houzeau et A. Lancaster. Tome II. Fasc. 1—3. *Bruxelles*, 1881. 8°. 344 pp. à 2 Sp. 17 ℳ 10 ₰

Vol. I erscheint später.

2464. **de Bourmont, A.** Lecture et transcription des vieilles écritures. Manuel de paléographie des 16ᵉ, 17ᵉ et 18ᵉ siècles, composé de pièces extraites des collections publiques et particulières, et destiné aux instituteurs. 1ʳᵉ livr. fasc. 1. *Caen*, 1881. Fol. 12 pp. *Mit 5 Taf.* 25 ℳ

2465. **Calderon.** Album Calderoniano. Homenaje que rinden los escritores portugueses y españoles al esclarecido poeta Pedro Calderon de la Barca en la solemne conmemoracion de su centenario, celebrada en el mes de Mayo de 1881. *Madrid*, 1881. 4°. VIII, 124 pp. 8 ℳ

2466. **Conway, M. D.** Thomas Carlyle. *London*, 1881. 8°. 220 pp. 7 ℳ 20 ₰

2467. **Gilfillan, G.** Sketches, literary and theological; being Selections from an unpublished Ms. edited by F. Henderson. *Edinburgh*, 1881. 8°. 300 pp. 9 ℳ

2468. **Grotefend, H.** Christian Egenolf, der erste ständige Buchdrucker zu Frankfurt a. M. und seine Vorläufer. *Frankfurt a. M.*, 1881. *Völcker*. 4°. VII, 28 pp. 2 ℳ 40 ₰

2469. **de Keyser, J. P.** Neerlands letterkunde in de 19e eeuw. Schooluitgave, bewerkt door A. W. Stellwagen. Proza I. *'s Gravenhage*, 1881. 8°. IV, 333, 11 pp. 3 ℳ 90 ₰

2470. **Linnström, Hjalmar.** Svenskt boklexikon. Åren 1830—65. Häftena 37—42. 1881. 4°. p. 557—672. *Jedes Heft* 4 ℳ

S. 1880 Nr. 1369.

2471. **Pawel, J.** Die literarischen Reformen des XVIII. Jahrhunderts in Wien. Ein Beitrag zur Geschichte der deutschen Literatur. *Wien*, 1881. *Konegen*. 8°.

2472. **Prevost, Abbé.** Histoire de Manon Lescaut et du chevalier Des Grieux. *Paris*, 1881. 32°. VII, 371 pp. *Mit 2 Radirungen.* 4 *M*
2473. **Sigwart, Cp.** Kleine Schriften. 1. u. 2. Reihe. *Freiburg i. Br.*, 1881. *Mohr.* 8°. V, 255, V, 286 pp. *Jede Reihe* 4 *M* 50 *S*
2474. **Symonds, J. A..** Renaissance in Italy. Italian Literature. 2 vols. *London*, 1881. 8°. 1190 pp. 38 *M*

II. Theologie und Philosophie.

2475. Acta pontificum romanorum inedita. I. Urkunden der Päpste vom Jahre 748 bis zum Jahre 1198, gesammelt und herausgegeben von *J. v. Pflugk-Harttung* [Jul. Harttung]. I. Bd. *Tübingen*, 1881. *Fues.* 8°. VIII, 476 pp. 20 *M*
2476. **Arasieve, C.** La religione e i partiti estremi. Studii. *Lecce*, 1881. 8°. XXIV, 324 pp. 4 *M* 20 *S*
2477. **Baronii, C..** Annales ecclesiastici, denuo excusi et ad nostra usque tempora perducti ab *A. Theiner*. Tom. I. 1—69. *Barri Ducis*, 1864. [*Luxemburg. Brück.*] 4°. XVI, 615 pp. 12 *M* 80 *S*
2478. **Belsheim, J..** Das Evangelium des Matthäus nach dem lateinischen Codex ff¹. . . . . Corbeiensis auf der kaiserlichen Bibliothek zu St. Petersburg von Neuem in verbesserter Gestalt herausgegeben. Nebst einem Abdruck des Briefes Jacobi nach Martianay's Ausgabe von 1695. *Christiania*, 1881. 8°. XIV, 69 pp. 5 *M* 20 *S*
2479. **Berthoud, J.** Bref exposé de la doctrine chrétienne, pour servir à l'instruction des catéchumènes. *Vevey*, 1881. 12°. 500 pp. 3 *M* 50 *S*
2480. **Blyth, F.. C..** Thoughts on the Lord's Prayer. *London*, 1881. 8°. 390 pp. 9 *M*
2481. **Brodbeck, Adf.** Einleitung in die Philosophie. Mit Zugrundelegung von Schleiermachers Dialektik dargestellt. *Tübingen*, 1881. *Fues.* 8°. VIII, 51 pp. 1 *M* 20 *S*
2482. **de Broglie.** Le positivisme et la science expérimentale. 2 vol. *Paris*, 1881. 8°. LXXIV, 1193 pp. 15 *M*
2483. **Caspari, O.** Der Zusammenhang der Dinge. Gesammelte philosophische Aufsätze. *Breslau*, 1881. *Trewendt.* 8°. VI, 488 pp. 8 *M*
2484. **Chudleigh, M.. E..** What is Truth? St. John XVIII, 38: XIV, 6. *London*, 1881. 8°. 89 pp. 3 *M*
2485. **Comte, A.** Philosophie positive. Résumé par J. Rig. 2 vols. *Paris*, 1881. 8°. LXVIII, 571, 612 pp. 20 *M*
2486. **Cook, J..** Certainties of the Soul, and Speculations of Science. *London*, 1881. 8°. 128 pp. 1 *M* 20 *S*
2487. **Cook, J..** Christ and modern Thought. With a preliminary Lecture on the Methods of meeting modern Unbelief. *London*, 1881. 8°. 3 *M*
2488. **Cotton, W.. A..** Bromsgrove Church, its History and Antiquities. With an Account of the Sunday Schools, Churchyard and Cemetery. Compiled from the Parish Books, Registers, and other authentic Sources. *London*, 1881. 8°. 172 pp. 9 *M*
2489. **Dahl, J..** Populære Afhandlinger om Religionen og Religionerne. *Christiania*, 1881. 8°. 128 pp. 3 *M* 60 *S*
2490. **Davies, J..** Hindu Philosophy. The Sankhya Karika of Iswara Krishna An Exposition of the System of Kapila. With an Appendix on the Nyàya and Vaiseshika Systems. *London*, 1881. 8°. 146 pp. 7 *M* 20 *S*
2491. **Hettinger, Fr.** Die „Krisis des Christenthums", Protestantismus und katholische Kirche. *Freiburg i. Br.*, 1881. *Herder.* 8°. VII, 149 pp. 1 *M* 50 *S*
2492. **Hore, A.. H..** Eighteen Centuries of the Church in England. *London*, 1881. 8°. 700 pp. 18 *M*
2493. **Hurter, H..** Nomenclator literarius recentioris theologiae catholicae, theologos exhibens, qui inde a concilio Tridentino floruerunt, aetate, natione, disciplinis distinctos. Ed. et commentariis auxit. Tom. II. Fasc. 5. *E. s. t.*: Theologiae catholicae seculum secundum post celebratum concilium Tridentinum. Fasc. 5. Ab a. 1741—1763. *Innsbruck*. 1881. *Wagner*. 8°. p. 1231—1626. 5 *M* 92 *S*

2494. **Jungmann, B..** Dissertationes selectae in historiam ecclesiasticam. Tom. II. *Regensburg*, 1881. *Pustet.* 8°. 464 pp. 4 *M*
S. 1880 Nr. 2769.

2495. **Юзовъ, I..** Русскіе диссиденты. Староверы и духовные христіане. *St. Petersburg*, 1881. 8°. 184 pp. 4 *M* 50 *Pf*
I.. Juzov. Die russischen Dissidenten. Die Altgläubigen und die Spiritualisten.

2496. **Kahnis, K. F. A.** Der Gang der Kirche, in Lebensbildern dargestellt. *Leipzig*, 1881. *Dörffling & Franke.* 8°. XII, 464 pp. 8 *M*

2497. **Kant's** Kritik der reinen Vernunft. Aus Kant's Nachlass herausgegeben von *Benno Erdmann. Kiel*, 1881. *Lipsius & Tischer.* 8°. 59 pp. 1 *M* 60 *Pf*

2498. **Kübel, Rb.** Ueber den Unterschied zwischen der positiven und der liberalen Richtung in der modernen Theologie. *Nördlingen*, 1881. *Beck.* 8°. 143 pp. 2 *M*

2499. **Lillie, A..** Buddha and early Buddhism. *London*, 1881. 8°. 266 pp. 9 *M*

2500. **St. Luke.** — The Gospel according to St. Luke. With Notes and Introduction by F.. W.. Farrar. *Cambridge*, 1881. [*Leipzig*, *F. A. Brockhaus' Sort. u. Antiq.*] 8°. 5 *M* 40 *Pf*

2501. **Maldonati, J..** Commentarii in quatuor evangelistas. Tomi I—III. *Madrid*, 1881. 8°. 300, 316, 296 pp. 9 *M*

2502. **Mühlbauer, Wfg.** Supplementum ad decreta authentica congregationis sacrorum rituum in usum cleri commodiorem ordine alphabetico concinnata. Tom. III. Fasc. 2. *München*, 1881. *Stahl.* 8°. p. 177—304. 2 *M* 50 *Pf*
S. 1880 Nr. 3057.

2503. **Orti y Lara, J.. M..** La ciencia y la divina. Revelacion ó demostracion de que entre las ciencias y los dogmas de la religion católica no pueden existir conflictos. *Madrid*, 1881. 4°. XII, 372 pp. 8 *M*

2504. **Patiss, G.** Paulus in seinen apostolischen Tugenden dargestellt. *Regensburg*, 1881. *Pustet.* 8°. IV, 602 pp. 4 *M* 80 *Pf*

2505. **Paz, A..** Luz en la tierra. Demostracion de que entre la religion católica y la ciencia no pueden existir conflictos. *Madrid*, 1881. 4°. 276 pp. 8 *M*

2506. **Pelesz, Jul.** Geschichte der Union der ruthenischen Kirche mit Rom von den ältesten Zeiten bis auf die Gegenwart. II. Bd. Von der Wiederherstellung der Union der ruthenischen Kirche mit Rom von 1595 bis auf die Gegenwart. *Würzburg*, 1881. *Woerl.* 8°. XXIV, 1095 pp. 10 *M*
S. 1879 Nr. 496.

2507. **Pfeifer, X.** Die Controverse über das Beharren der Elemente in den Verbindungen von Aristoteles bis zur Gegenwart. Historisch und kritisch dargestellt. *Dillingen*, 1879. [*München, Th. Ackermann.*] 8°. 92 pp. 1 *M* 20 *Pf*

2508. **Plumptre, E.. H..** The Book of Ecclesiastes. *Cambridge*, 1881. [*Leipzig, F. A. Brockhaus' Sort. u. Antiq.*] 8°. 9 *M*

2509. **Plumptre, E.. H..** The general Epistle of St. James. *Cambridge*, 1881. [*Leipzig*, *F. A. Brockhaus' Sort. u. Antiq.*] 8°. 1 *M* 80 *Pf*

2510. **Rolfus, Hm.** Kirchengeschichtliches in chronologischer Reihenfolge von der Zeit des Vaticanischen Concils bis auf unsere Tage. Mit besonderer Berücksichtigung der kirchenpolitischen Wirren. II. Bd. 2. Lfg. Das Jahr 1873. *Mainz*, 1881. *Kupferberg.* 8°. IV u. p. 209—335. 1 *M* 50 *Pf*
S. 1880 Nr. 2457.

2511. **Rubió y Ors, J..** Los supuestos conflictos entre la religion y la ciencia, ó sea la abra de Draper ante el tribunal del sentido comun, de la razon y de la historia. *Madrid*, 1881. 4°. 500 pp. 9 *M* 60 *Pf*

2512. **Savage, W.. Rch.** The Souls of the Righteous. Their Place and State between Death and the General Resurrection. *London*, 1881. 8°. 7 *M* 20 *Pf*

2513. **Schreiber, Em.** Der Talmud vom Standpunkte des modernen Judenthums. *Berlin*, 1881. *Issleib.* 8°. IV, 52 pp. 1 *M*

2514. **Schultze, F.** Die Grundgedanken des Materialismus und die Kritik derselben. Ein Vortrag, gehalten am 13. Januar 1881 im „Gemeinnützigen Verein" zu Dresden. *Leipzig*, 1881. *E. Günther.* 8°. III, 80 pp. 2 *M*

2515. **Schultze, F.** Philosophie der Naturwissenschaft. Eine philosophische Einleitung in das Studium der Natur und ihrer Wissenschaften. I. Tl. *Leipzig*, 1881. *E. Günther.* 8°. XXIV, 446 pp. 8 ℳ

2516. **Смирновъ, А..** Исторія англиской этики. Томъ I. *Kasan*, 1880. 8°. 458 pp. 11 ℳ
Smirnov, A.. Geschichte der englischen Ethik. I. Bd.

2517. **Söder, Rdf.** Der Begriff der Katholicität der Kirche und des Glaubens, nach seiner geschichtlichen Entwicklung dargestellt. Von der theologischen Facultät Würzburg gekrönte Preisschrift. *Würzburg*, 1881. *Woerl.* 8°. X, 231 pp. 3 ℳ

2518. **Spitta, H.** Die Willensbestimmungen und ihr Verhältniss zu den impulsiven Handlungen. Eine forensisch-psychologische Untersuchung. *Tübingen*, 1881. *Fues.* 8°. X, 138 pp. 2 ℳ 80 ₰

2519. **Spitzer, Hg.** Ueber Ursprung und Bedeutung des Hylozoismus. Eine philosophische Studie. *Graz*, 1881. *Leuschner & Lubensky.* 8°. 80 pp. 2 ℳ 40 ₰

2520. **Steude, E. G.** Ein Problem der allgemeinen Religionswissenschaft und ein Versuch seiner Lösung. *Leipzig*, 1881. *J. Naumann.* 8°. 107 pp. 2 ℳ

2521. **Tonning.** Om det kirkelige Embede og dets Functioner. Efter Kirkens Bekjendelse. Heft 1. *Christiania*, 1881. 8°. 80 pp. 2 ℳ

2522. **Tonning.** Kirkelige Vidnesbyrd om Absolution. Heft 1. *Christiania*, 1881. 8°. 96 pp. 2 ℳ

III. Erziehungswissenschaft.

2523. **Comi, F..** Nozioni storiche della ginnastica. *Pavia*, 1881. 16°. 27 pp. *Mit 33 Abbildgn.* 1 ℳ 80 ₰

2524. **Garcia, P.. de Alcantara.** Educacion intuitiva y lecciones de cosas. *Madrid*, 1881. 8°. XXXI, 270 pp. 6 ℳ 40 ₰

2525. **Sturm, L..** Das Volksschulwesen Schlesiens in seiner geschichtlichen Entwickelung. Kurz dargestellt für Lehrer und Freunde der Schule. *Breslau*, 1881. *Priebatsch.* 8°. IV, 128 pp. 1 ℳ 25 ₰

2526. **Völcker, Gst.** Rollin als Pädagoge. Ein Beitrag zur Geschichte der Pädagogik. *Leipzig*, 1881. *Siegismund & Volkening.* 8°. 72 pp. 1 ℳ 20 ₰

IV. Rechts- und Staatswissenschaft.

2527. **Ancelme, Cl.** Des avantages du droit de préférence par hypothèque ou des droits du premier créancier hypothécaire en droit romain. Distinction et indépendance du droit de suite et du droit de préférence en matière de privilèges et hypothèques en droit français. *Paris*, 1881. 8°. 211 pp. 5 ℳ

2528. **Atard, R.., y S.. Cervellera.** Ley de enjuiciamiento civil de 3 de Febrero de 1881, anotada, concordada y ligeramente comentada. *Madrid*, 1881. 4°. 604 pp. 12 ℳ

2529. **Bardoux, A.** Etudes sociales et politiques. Le comte de Montlosier et le Gallicanisme. *Paris*, 1881. 8°. VIII, 394 pp. 7 ℳ 50 ₰

2530. **Barsanti, P..** Della scienza economica nelle sue relazioni con la sociologia e in specie col diritto civile e penale. Conferenza. *Lucca*, 1881. 16°. 38 pp. 1 ℳ 80 ₰

2531. **Beck, C. L..** Eine Rechtfertigung der Juden und wahre Lösung der Judenfrage. *Leipzig*, 1881. *Morgenstern.* 8°. V, 105 pp. 2 ℳ

2532. **Blondel, G..** Etude sur la loi Cincia et sur la publicité des donations en droit romain dans l'ancien droit et dans le droit moderne. *Dijon*, 1881. 8°. 283 pp. 5 ℳ

2533. **Bonwick, Jam.** Our Nationalities. *London*, 1881. 8°. 6 ℳ

2534. **Boysen, A..** Danske Retskrivningsøvelser. *Kjøbenhavn*, 1881. 8°. 98 pp. 2 ℳ

2535. **Brugnon, M..** De l'intercessio des femmes et du senatus-consulte Velléien en droit romain. De la condition de la femme commerçante en droit français.

2536. **Brunialti, A.**. La costituzione italiana. Prolusione. *Torino*, 1881. 8°. 55 pp. 1 M. 80 ₰

2537. **Ceneri, Gius.** Lezioni su temi del „jus familiae". *Bologna*, 1881. 8°. 386 pp. 6 M.

2538. Código civil de la República de Chile, precedido de un juicio critico por *G.. de Azcárate. Madrid*, 1881. 4°. XXVII, 296 pp. 8 M.

2539. **Cripps, C.. A.**. A Treatise on the Principles of the Law of Compensation in Reference to the Land Clauses Consolidation Acts. *London*, 1881. 8°. 18 M.

2540. **Desjardins, A.**. Traité du vol dans les principales législations de l'antiquité et spécialement dans le droit romain. *Paris*, 1881. 8°. VIII, 368 pp. 8 M.

2541. **Detourbet, Ed.** La procédure criminelle au 17ᵉ siècle. Histoire de l'ordonnance du 28 août 1670, son influence sur les législations qui l'ont suivie, et notamment sur celle qui nous régit actuellement. *Paris*, 1881. 8°. 220 pp. 4 M.

2542. **Dunin, K.** Dawne mazowieckie prawo. *Warschau*, 1880. 8°. III, 271 pp. 6 M.
Das alte masurische Recht.

2543. **Eisele, F.**. Cognitur und procuratur. Untersuchungen zur Geschichte der processualen Stellvertretung. *Freiburg i. Br.*, 1881. *Mohr*. 8°. VII, 252 pp. 6 M.

2544. **Fayard, M.-V.** De la venditio bonorum en droit romain. Des effets du jugement déclaratif de faillite sur les actes antérieurement faits par le failli en droit français. *Paris*, 1881. 8°. 192 pp. 4 M.

2545. **de Foresta, Ad.** L'adulterio del marito. — Uguaglianza della donna. — Divorzio. Studio sociale. *Milano*, 1881. 16°. VIII, 386 pp. 4 M. 80 ₰

2546. Die Gesetzgebung des deutschen Reiches mit Erläuterungen. In Verbindung mit Endemann, v. Holtzendorff, Puchelt u. A. herausgegeben von *E. Bezold*. III. Thl. Strafrecht. IV. Bd. 4. Heft. *Erlangen*, 1881. *Palm & Enke*. 8°. p. 313—514. 4 M. 20 ₰
Inhalt: Reichsgesetz, betreffend die Abwehr und Unterdrückung von Viehseuchen vom 23. Juni 1880. Erläutert von F. A. Wengler. 2. Heft.
S. oben Nr. 2245.

2547. **v. Glück, Ch. F.** Ausführliche Erläuterungen der Pandecten nach Hellfeld. Ein Commentar, fortgesetzt von Chrn. F. Mühlenbruch, Ed. Fein, K. L. Arndts v. Arnesberg und nach deren Tode neben Burkard W. Leist von *Hg. Burckhard*. Serie der Bücher XXXIX. u. XL. III. Thl. *Erlangen*, 1881. *Palm & Enke*. 8°. XXIV, 637 pp. 12 M.
S. 1879 Nr. 1559.

2548. **Gross, G.**. La litiscontestatio en droit romain. Le retrait successoral en droit français. *Paris*, 1881. 8°. 256 pp. 4 M.

2549. **Lambert, L.** Etude sur les associations syndicales. Précédée d'une étude sur les associations en droit romain. *Paris*, 1881. 8°. 194 pp. 6 M.

2550. **de la Lande, A.**. Des donations à causes de noces en droit romain. Des donations de biens à venir en droit français. *Paris*, 1881. 8°. 199 pp. 4 M.

2551. **Laurent, E.**. Le droit civil international. Tome V—VI. *Bruxelles*, 1881. 8°. *Jeder Bd.* 9 M.
S. oben Nr. 680.

2552. **Limelette.** Le code pénal belge appliqué, ou l'interprétation donnée à ce code par la jurisprudence des cours et tribunaux, avec renvois aux travaux préparatoires, la doctrine belge et français et de nombreuses annotations. *Bruxelles*, 1881. 8°. VIII, 339 pp. 8 M.

2553. **Lomonaco, Gi.** Nozioni elementari di diritto civile. Parte I. *Napoli*, 1880. 8°. 94 pp. 2 M. 40 ₰

2554. **Mainardi, Gi.** La riscossione delle imposte dirette in base alla legge 20 aprile 1871. Raccolta delle leggi, decreti, regolamenti ecc. Vol. I e Vol. II, fasc. 1. Con indice cronologico ed alfabetico-analitico. *Milano*, 1879—1880. 8°. XV, 644, 111 pp. 8 M. 40 ₰

2555. **Mammoli, T.**. La prostituzione considerata ne' suoi rapporti con la storia, la famiglia, la società. *Rocca San Casciano*, 1881. 16°. 170 pp. 1 M. 20 ₰

2556. **Martin-Sarzeaud, G.** Recherches historiques sur l'inamovibilité de la magistrature. *Paris*, 1881. 8°. XII, 530 pp. 10 M.

2557. **Marzorati, E.**. Elementi di economia ed estimo rurale e catasto. *Milano*

2558. **Moya, F.. J..** Teoría del derecho y del deber. *Madrid*, 1881. 4°. 46 pp. 3 *M* 20 *S*

2559. **Nelson, J.. H..** A Prospectus of the scientific Study of the Hindû Law. *London*, 1881. 8°. 214 pp. 10 *M* 80 *S*

2560. **Nippold, Mx.** Zur Auslegung der deutschen Civilprozessordnung und der Kostengesetze. Mittheilungen aus der Literatur und Praxis in lexikalischer Anordnung. *Leipzig*, 1881. *Fues*. 8°. III, 103 pp. 2 *M*

2561. **Quarles van Ufford, J.. M..** Allgemeene maatregelen van inwendig bestuur. *'s Gravenhage*, 1881. 8°. VI, 126 pp. 3 *M* 10 *S*

2562. Rechtsbronnen der stad Zutphen van het begin der 14de tot de tweete helft der 16e eeuw. Uitgegeven door C. Pynacker Hordijk. *'s Gravenhage*, 1881. 8°. XXVII, 164 pp. 8 *M* 75 *S*

2563. **Renaud, A.** Das Recht der Commanditgesellschaften. *Leipzig*, 1881. *B. Tauchnitz*. 8°. XV, 823 pp. 15 *M*

2564. **Rohan, K. J..** Ein Versuch über die Entstehung und Strafbarkeit der menschlichen Handlungen. *Wien*, 1881. *Konegen*. 8°. IV, 70 pp. 1 *M* 20 *S*

2565. **Ruggenini, O..** L'ipoteca legale della dote in antinomia coll' art. 1400 del Codice civile. Studio. *Bologna*, 1881. 8°. 55 pp. 1 *M* 45 *S*

2566. **Sachsse, Hg.** Die Lehre vom defectus sacramenti, ihre historische Entwicklung und dogmatische Begründung. *Berlin*, 1881. *Guttentag*. 8°. VIII, 219 pp. 5 *M*

2567. **Salvan, L.** De l'administration du tuteur en droit romain. De l'administration de la fortune mobilière des mineurs en droit français. *Paris*, 1881. 8°. 234 pp. 5 *M*

2568. **Santamaría de Paredes, V..** Curso de derecho político segun la filosofía política moderna, la historia general de España y la legislacion vigente. Con un prólogo de Ed. Perez Pujol. *Valencia*, 1881. 4°. XLVIII, 708 pp. 20 *M*

2569. **v. Scheurl, Adf.** Das gemeine deutsche Eherecht und seine Umbildung durch das Reichsgesetz vom 6. Februar 1875 über die Beurkundung des Personenstandes und die Eheschliessung, mit besonderer Rücksicht auf die Kirchen-Eheordnung dargestellt. 1. Heft. Einleitung. Formelles und materielles Eheschliessungsrecht. Rechtswirkungen der Ehe. *Erlangen*, 1881. *Deichert*. 8°. 266 pp. 4 *M*

2570. **Schmidberger, H.** Die Volkswirtschaftslehre oder National-Oekonomik. Lehrbuch für höhere Unterrichtsanstalten, sowie zum Privatstudium. *Innsbruck*, 1881. *Wagner*. 8°. XV, 353 pp. 4 *M*

2571. **Schwalbach, Thdr.** Der Civilprocess des Pariser Parlaments nach dem „Stilus" Du Brueils. *Freiburg i. Br.*, 1881. *Mohr*. 8°. VII, 160 pp. 4 *M*

2572. **Ucelay, E..** El decreto del Ministerio-Regencia sobre matrimonio civil y el partido liberal-dinástico. Estudio jurídico-político. Con un apéndice que contiene varios decretos, proyectos de ley, sentencias del Tribunal Supremo, artículos publicados en la prensa y otros documentos de interés acerca de la cuestion. *Madrid*, 1881. 4°. 188 pp. 3 *M* 20 *S*

2573. **Underhill, A..** A practical and concise Manual of the Procedure of the Chancery Division of the High Court of Justice both in Actions and Matters. *London*, 1881. 8°. 402 pp. 12 *M* 50 *S*

2574. **Virgilio, Ant.** Della prova per testimoni tanto delle obbligazioni quanto della loro estinzione secondo il diritto italiano. *Genova*, 1881. 8°. 176 pp. 3 *M* 60 *S*

2575. **v. Weinrich, Alfr.** Der Einfluss der Reichs-Civilprocess-Ordnung auf das französisch-badische eheliche Güterrecht. *Freiburg i. Br.*, 1881. *Mohr*. 8°. VII, 43 pp. 1 *M* 20 *S*

2576. **Westergaard, H..** Die Lehre von der Mortalität und Morbilität. Anthropologisch-statistische Untersuchungen. [Von der Universität in Kopenhagen preisgekrönte Schrift.] 1. Abth. *Jena*, 1881. *Fischer*. 8°. VII, 252 pp. 7 *M*

2577. Geneeskundige Wetten met aanteekeningen bevattende de jurisprudentie tot den laatsten tijd, benevens koninklijke besluiten, ministerieele beschikkingen, beslissingen van geneeskundige raden en aanschrijvingen van inspecteurs en adjunctinspecteurs voor het geneeskundig staatstoezicht door *S.. Gratama*. *Schoon-*

V. Mathematik und Naturwissenschaften.

2578. **Baeblich, H.**. Das Buch der Physik. Gemeinfassliche Darstellung der ;iele und Ergebnisse physikalischer Forschung. Mit vielen in den Text gedr. Ab- ildungen. *Berlin*, 1881. *Burmester & Stempell.* 8°. 624 pp. 7 *M*

2579. **di Bernardo, Dm.** Il Darwinismo e le specie animali. *Siena*, 1881. 16°. XIV, 732 pp. 7 *M* 20 *Pf*

2580. **Bird, C.** A short Sketch of the Geology of Yorkshire. *Bradford*, 1881. °. 196 pp. 6 *M*

2581. **Challis, Jam.** Lectures on practical Astronomy and astronomical Experi- ıents. *Cambridge*, 1881. 8°. 12 *M*

2582. **Cotteau, G.**. Description des échinides tertiaires de la Belgique. *Paris*, 881. 4°. 90 pp. *Mit 6 Taf.* 15 *M*

2583. **Drechsler, Adf.** Illustrirtes Lexikon der Astronomie und der Chronologie, ebst den astrognostischen und astrologischen Benennungen und den zugehörigen ;ezeichnungen aus anderen Wissenschaftszweigen. Mit 180 in den Text gedr. 'iguren und Abbildgn. *Leipzig*, 1881. *Weber.* 8°. VI, 254 pp. 6 *M*

2584. **Fick, Emil.** Flora von Schlesien preussischen und österreichischen An- ıeils, enthaltend die wildwachsenden, verwilderten und angebauten Phanerogamen nd Gefäss-Cryptogamen. Unter Mitwirkung von *Rdf. v. Uechtritz* bearbeitet. *Breslau*, 1881. *Kern's Verl.* 8°. 571 pp. 14 *M*

2585. **Focke, Hm.** Die Quarzporphyre des centralen Thüringerwaldes. *Jena*, 881. *Neuenhahn.* 8°. 59 pp. 1 *M* 20 *Pf*

2586. **Heller, C.**. Ueber die Verbreitung der Thierwelt im Tiroler Hochgebirge. Abth. [Aus: „Sitzungsberichte der k. Akademie der Wissenschaften."] *Wien*, 881. *Gerold's Sohn.* 8°. 73 pp. 1 *M*

2587. **van Heurck, H.** Synopsis des diatomées de Belgique. Fasc. 2—3. Pseudo- ;aphidées. 1re partie. *Anvers*, 1881. 8°. *23 Taf. mit Text.* 33 *M* 75 *Pf*
S. oben Nr. 112.

2588. **Hoernes, R.**. Die Erdbeben-Theorie Rudolf Falb's und ihre wissenschaft- che Grundlage, kritisch erörtert. *Wien*, 1881. *Brockhausen & Bräuer.* 8°. VII, 34 pp. *Mit 5 Abbildgn.* 2 *M* 40 *Pf*

2589. **Klein, B.**. Theorie der trilinear-symmetrischen Elementargebilde. *Mar- ırg*, 1881. *Elwert's Verl.* 8°. IV, 78 pp. *Mit 4 lith. Taf.* 1 *M* 80 *Pf*

2590. **Koch, L.**. Die Arachniden Australiens, nach der Natur beschrieben und ɔgebildet. 27. Lfg. *Nürnberg*, 1881. *Bauer & Raspe.* 4°. p. 1213—1268. *Mit Kpfrtaf.* 9 *M*
S. oben Nr. 441.

2591. **Koenigs, W.** Studien über die Alkaloïde. *München*, 1880. *Rieger.* 8°. 19 pp. 2 *M*

2592. **Langerhans, P.** Ueber einige canarische Anneliden. Mit 2 lith. Taf. [Aus: Nova acta der kaiserl. Leop.-Carol.-deutschen Akademie der Naturforscher".] *'alle*, 1881. [*Leipzig, Engelmann.*] 4°. 32 pp. 2 *M* 50 *Pf*

2593. **de Lapparent, A.**. Traité de géologie. Fasc. 1. *Paris*, 1881. 8°. 160 pp. *'it 26 Abbildgn.* *Preis des vollständ. Werkes in 7 Lfgn.* 20 *M*

2594. **Laubenheimer, A.** Grundzüge der organischen Chemie. 1. u. 2. Lfg. *Hei- lberg*, 1881. *C. Winter.* 8°. 400 pp. 10 *M*
Soll in 3 Lfgn. erscheinen.

2595. **Lee, J. Ed.** Note Book of an Amateur Geologist. *London*, 1881. 8°. 25 *M*

2596. **v. Lendenfeld, R.**. Der Flug der Libellen. Ein Beitrag zur Anatomie und hysiologie der Flugorgane von Insecten. [Aus: „Sitzungsberichte der k. Aka- ɛmie der Wissenschaften".] *Wien*, 1881. *Gerold's Sohn.* 8°. 88 pp. *Mit 7 lith. 13 Holzschn.* 5 *M*

2597. **v. Martius, C. F. Ph., et A. W.. Eichler.** Flora Brasiliensis. Enumeratio lantarum in Brasilia hactenus detectarum, quas suis aliorumque botanicorum udiis descriptas et methodo naturali digestas, partim icone illustratas edd. asc. 83 et 84. *Leipzig*, 1881. *F. Fleischer.* Fol. 84 Sp. *Mit 15 Steintaf.*, 470 Sp. *'it 67 Steintaf.* 106 *M* 75 *Pf*

2598. **Назимовъ, П.. С..** Объ интегрированіи дифференціалныхъ уравненій съ частными производными. *Moskau*, 1880. 8⁰. 210 pp. 7 ℳ 50 ₰
Nazimov, P.. S.. Ueber die Integrirung von Differenzialgleichungen.

2599. **Onnes, H.. K..** Algemeene theorie der vloeistoffen. 1e en 2e stuk. *Amsterdam*, 1881. 8⁰. 2 ℳ 60 ₰

2600. **Rodrigues y Largo, B..** La Electricidad y sus principales aplicaciones. *Madrid*, 1881. 4⁰. 440 pp. *Mit 193 Abbildgn.* 11 ℳ 20 ₰

2601. **Salvadori, T..** Ornitologia della Papuasia e delle Molucche. Parte II. *Torino*, 1881. 8⁰. XVI, 705 pp. 60 ℳ
S. oben Nr. 736.

2602. **de Saporta, G.., et A.. F.. Marion.** L'évolution du règne végétal; les cryptogames. *Paris*, 1881. 8⁰. XII, 238 pp. *Mit 85 Abbildgn.* 6 ℳ

2603. **Schier, W..** Die schädlichen Vögel. Mit chromolith. Original-Bildern, gezeichnet und lith. von K. Maixner. 1. Heft. *Prag*, 1878. *Kosmack & Neugebauer.* 8⁰. 64 pp. *Mit 4 Chromolith.* 2 ℳ 40 ₰

2604. **Schlosser, Mx.** Die Fauna des Kehlheimer Diceras-Kalkes. 1. Abth.: Vertebrata, Crustacea, Cephalopoda und Gastropoda. [Aus: „Palaeontographica".] *Kassel*, 1881. *Fischer.* 4⁰. 65 pp. *Mit 6 Steintaf. u. 6 Bl. Tafelerklärgn.* 25 ℳ

2605. **Schmidt, Adf.** Atlas der Diatomaceen-Kunde. In Verbindung mit Gründler, Grunow, Janisch und Witt herausgegeben. 17. u. 18. Heft. *Aschersleben*, 1881. *Schlegel's Verl.* Fol. *Je 4 Lichtdr.-Taf. mit 1 Bl. Text.* *Jedes Heft* 6 ℳ
S. 1878 Nr. 3444.

2606. **Stur, D..** Zur Morphologie der Calamarien. [Mit 1 Lichtdr.-Taf. und 16 Textfig.] [Aus: „Sitzungsberichte der k. Akademie der Wissenschaften".] *Wien*, 1881. *Gerold's Sohn.* 8⁰. 64 pp. 2 ℳ 40 ₰

2607. **Sydow, P..** Die Moose Deutschlands. Anleitung zur Kenntniss und Bestimmung der in Deutschland vorkommenden Laubmoose. *Berlin*, 1881. *Stubenrauch.* 8⁰. XVI, 185 pp. 2 ℳ

2608. **Symons, G.. J..** British Rainfall 1880. On the Distribution of Rain over the British Isles during the year 1880. *London*, 1880. 8⁰. 190 pp. 12 ℳ

2609. **Underhill, J..** Essays on the Floating-Matter of the Air in relation to Putrefaction and Infection. *London*, 1881. 8⁰. 358 pp. 9 ℳ

2610. **Valdonio, G..** Sulla variabilità della specie e sull' adattamento degli animali a soddisfare le esigenze dell' uomo. *Parma*, 1881. 16⁰. 96 pp. 1 ℳ 80 ₰

2611. **Wekerle, L..** Urentstehung und Leben der Organismen. *Leipzig*, 1881. *Schlicke.* 8⁰. XVI, 104 pp. *Mit 1 Taf. in Farbendr.* 3 ℳ

VI. Medicin.

2612. **Arnould, J..** Nouveaux éléments d'hygiène. *Paris*, 1881. 8⁰. 1352 pp. *Mit 234 Abbildgn.* 20 ℳ

2613. **Baratoux, J..** Pathogénie des affections de l'oreille. Eclairée par l'étude expérimentale. *Paris*, 1881. 8⁰. 119 pp. 3 ℳ 50 ₰

2614. **Bouchardat, A..** Traité d'hygiène publique et privée basée sur l'étiologie. *Paris*, 1881. 8⁰. VIII, 1096, CLXIII pp. 18 ℳ

2615. **Burq, V..** La métallothérapie à Vichy contre le diabète et la cachexie alcaline; association des métaux à la médecine alcaline pour en augmenter et corriger les effets. *Paris*, 1881. 8⁰. 116 pp. 2 ℳ

2616. **Cerné, A..** De la mort rapide par le traumatisme chez les sujets atteints de néoplasmes profonds. *Paris*, 1881. 8⁰. 69 pp. 2 ℳ 50 ₰

2617. **Coleman, A..** Manual of Dental Surgery and Pathology. *London*, 1881. 8⁰. 354 pp. 15 ℳ

2618. **Dowse, Th. S..** On Brain and Nerve Exhaustion, Neurasthenia. Its Nature and curative Treatment. *London*, 1881. 8⁰. 70 pp. 3 ℳ

2619. **Dupeyrat, D..** Recherches cliniques et expérimentales sur la pathogénie de l'érysipèle. *Paris*, 1881. 8⁰. 85 pp. 2 ℳ 50 ₰

2620. **Eulenberg, Hm.** Handbuch des öffentlichen Gesundheitswesens. Im Verein mit Fachmännern bearbeitet und herausgegeben. I. Bd. *Berlin*, 1881. *Hirschwald.* [illegible]

2621. **Fayrer, Jos.** Tropical Dysentery and chronic Diarrhœa, Liver Abscess, Malarial Cachexia, Insolation, with other Forms of tropical Disease, and on Health of European Children and others in India. *London*, 1881. 8°. 400 pp. 18 *M*

2622. **Fothergill, J. M.** Indigestion, Biliousness, and Gout in its protean Aspects. Part I. Indigestion and Biliousness. *London*, 1881. 8°. 328 pp. 9 *M*

2623. **Frey, A., und F. Heiligenthal.** Die heissen Luft- und Dampfbäder in Baden-Baden. Experimentelle Studie über ihre Wirkung und Anwendung. Mit 4 lith. Taf. *Leipzig*, 1881. *F. C. W. Vogel.* 8°. VI, 170 pp. *Mit 1 Grundriss in Holzschn.* 5 *M*

2624. **Giraud Teulon, F.** La Vision et ses anomalies. Cours théorique et pratique sur la physiologie et les affections fonctionnelles de l'appareil de la vue. *Paris*, 1881. 8°. 936 pp. *Mit 117 Abbildgn.* 20 *M*

2625. **Hahn, Thdr.** Das Büchlein vom gesunden und kranken Magen. Receptblätter aus der Mappe eines Naturarztes. *Köthen*, 1881. *Schettler's Verl.* 8°. VIII, 112 pp. 1 *M* 60 *Pf*

2626. **Haeser, H.** Lehrbuch der Geschichte der Medicin und der epidemischen Krankheiten. Dritte Bearbeitung. II. Bd. Geschichte der Medicin in der neueren Zeit. 8. Lfg. *Jena*, 1881. *Fischer.* 8°. XIV u. p. 961—1120 u. Nachträge 25 Bl.
S. 1874 Nr. 434. Preis des inzwischen Erschienenen 53 *M*. 4 *M* 50 *Pf*

2627. **Hemming, W. D.** Throat Diseases and the Use of the Laryngoscope. A Handbook for Practitioners and Senior Students. *London*, 1881. 12°. 120 pp. 3 *M*

2628. **Hilsmann, F. Jos.** Physiologische Studien und Entdeckungen an Lebenden durch Beobachtungen bei chirurgischen Operationen. Ein Beitrag zur Physiologie des 19. Jahrhunderts. 1. Heft. *Paderborn*, 1881. *F. Schöningh.* 8°. VIII, 88 pp. 1 *M* 50 *Pf*

2629. **Huguet.** Les fièvres graves et l'empoisonnement alimentaire. Influence des aliments altérés et falsifiés. Sur le développement des affections typhoïdes et éruptives, leur rôle prédisposant aux invasions typhiques et cholériques. *Paris*, 1881. 8°. XII, 190 pp. 3 *M* 50 *Pf*

2630. **Lacassagne, A.** Les tatouages. Etude anthropologique et médico-légale. *Paris*, 1881. 8°. 115 pp. *Mit 36 Taf.* 5 *M*

2631. **Loreta, Pt.** Conferenze di medicina operatoria sopra un nuovo metodo di cistotomia perineale. *Bologna*, 1881. 8°. 208 pp. *Mit 17 Abbildgn.* 4 *M* 80 *Pf*

2632. **Maltrait, P.** Contribution à l'étude des traumatisme de la vessie. *Paris*, 1881. 8°. 219 pp. 3 *M* 50 *Pf*

2633. **Mayer, Sgm.** Ueber Vorgänge der Degeneration und Regeneration im unversehrten peripherischen Nervensystem. Eine biologische Studie. Mit 2 lith. Taf. [Aus: „Zeitschrift für Heilkunde".] *Prag*, 1881. *Tempsky.* 8°. 109 pp. 3 *M* 20 *Pf*

2634. **Mendel, E.** Die Manie. Eine Monographie. *Wien*, 1881. *Urban & Schwarzenberg.* 8°. VIII, 196 pp. 4 *M*

2635. **Milne Edwards, H.** Leçons sur la physiologie et l'anatomie comparée de l'homme et des animaux, faites à la faculté des sciences de Paris. Tome X—XIV. Fonctions de relation (fin); considérations générales; table générale des matières. *Paris*, 1881. 8°. 534 pp. *Jeder Bd.* 15 *M*
Schluss. — S. 1870 Nr. 1895.

2636. **Moos, S.** Ueber Meningitis cerebrospinalis epidemica [Genickkrampf], insbesondere über die nach derselben zurückbleibenden combinirten Gehörs- und Gleichgewichtsstörungen. *Heidelberg*, 1881. *C. Winter.* 8°. VII, 68 pp. 2 *M* 40 *Pf*

2637. **Morselli, E.** Introduzione alla lezioni di psicologia, patologia e di clinica psichiatrica. *Torino*, 1881. 8°. 75 pp. 1 *M* 80 *Pf*

2638. **Motais, E.** Du traitement du strabisme. Précédé de notions générales sur le strabisme, avec le tableau du résultat de 26 opérations et les photographies de 6 strabiques, prises avant et après l'opération. *Paris*, 1881. 8°. 94 pp. 5 *M*

2639. **Quioc.** Mémoire sur la déviation conjugée des yeux et la rotation de la face dans les lésions bulbo-protubérantielles. A propos d'une tumeur de cette région. *Paris*, 1881. 8°. 45 pp. *Mit Taf.* 2 *M*

2640. **Rheindorf.** Beobachtungen über Glaskörperrherhexis bei Scleralextraktion.

2641. **Ridel-Saillard, G.**. De la cachexie pachydermique. (Myxoedème des auteurs anglais.) *Paris*, 1881. 8°. 76 pp. *Mit Taf.* 2 M 50 ₰

2642. **Robinski, S.**. Du développement du typhus exanthématique, sous l'influence des eaux malsaines et d'une mauvaise alimentation. Observations recueillies pendant une épidémie. *Paris*, 1881. 8°. 115 pp. 3 M

2643. **Schultze, B. S.**. Die Pathologie und Therapie der Lageveränderungen der Gebärmutter. Mit 120 Holzschn. *Berlin*, 1881. *Hirschwald*. 8°. XV, 248 pp. 7 M

2644. **Schulz, Hg.** Das Eucalyptusöl, pharmakologisch und klinisch dargestellt. Mit einer lith. Curventaf. *Bonn*, 1881. *Cohen & Sohn*. 8°. 102 pp. 2 M

2645. Słownik terminologii lekarskiéj polskiéj, opracowany przez Komisyą terminologiczną Towarzystwa lekarskiego krakowskiego. *Kraków*, 1881. 8°. XVI, 544 pp. *Mit 1 Taf. Abbildgn.* 16 M

Wörterbuch der polnischen medicinischen Terminologie, bearbeitet von der terminologischen Commission der Gesellschaft der Aerzte in Krakau.

2646. **Soltmann, O.** Ueber die Behandlung der wichtigsten Magen-Darmkrankheiten des Säuglings. Für den Praktiker. *Tübingen*, 1881. *Laupp*. 8°. 37 pp. 1 M

2647. **Tardieu, A.**. Etude médico-légale sur l'avortement. Suivi d'une note sur l'obligation de déclarer à l'état-civil les fœtus mort-nés, et d'observations et recherches pour servir à l'histoire médico-légale des grossesses fausses ou similées. *Paris*, 1881. 8°. 288 pp. 4 M

2648. **Wilbrand, Hm.** Ueber Hemianopsie und ihr Verhältniss zur topischen Diagnose der Gehirnkrankheiten. *Berlin*, 1881. *Hirschwald*. 8°. VI, 214 pp. 5 M

2649. **Wilmart, L.**. De l'action de la pesanteur sur l'utérus gravide et son contenu chez la femme. *Bruxelles*, 1881. 8°. 79 pp. *Mit 1 Taf.* 2 M

2650. **Zegers, H. A.**. Operatieve heelkunde. Handleiding bij het verrichten van heelkundige kunstbewerkingen. 1e stuk. Algemeen gedeelte. *Amsterdam*, 1881. 8°. VI, 101 pp. 7 M 30 ₰

2651. **Ziegler, E.** Lehrbuch der allgemeinen und speciellen pathologischen Anatomie und Pathogenese. Mit einem Anhang über die Technik der pathologisch-anatomischen Untersuchung. Für Aerzte und Studirende. I. Thl. und II. Thl. 1. Hälfte. *Jena*, 1881. *Fischer*. 8°. XIV, 710 pp. 12 M

2652. **Ziehl, Fr.** Ueber die Bildung von Darmfisteln an der vorderen Bauchwand in Folge von Peritonitis tuberculosa. *Heidelberg*, 1881. *C. Winter*. 8°. 52 pp. 1 M 80 ₰

2653. Zur Aetiologie der Infectionskrankheiten mit besonderer Berücksichtigung der Pilztheorie. Vorträge, gehalten in den Sitzungen des ärztlichen Vereins zu München im Jahre 1880. 2. Hälfte. *München*, 1881. *J. A. Finsterlin*. 8°. VI u. p. 199—434. *Mit Abbildgn. u. 5 lith. Curventaf.* 6 M

S. 1880 Nr. 2895.

VII. Geographie und Geschichte.

2654. **van der Aa, R.**. De groote Bantamsche opstand in hed midden der vorige eeuw, bewerkt naar meerendeels onuitgegeven bescheiden uit het oud-koloniaal archief met drie officieele documenten als bijlagen. Overgedrukt uit de Bijdragen voor de taal-, land- en volkenkunde van Nederlandsch-Indië. *'s Gravenhage*, 1881. 8°. II, 127 pp. 3 M 75 M

2655. **Allershof, E.**. Landbuishoudkundige beschrijving der kantons Bergum en Beetsterzwaag in de provincie Friesland. (Preisgekrönt.) *Haarlem*, 1881. 8°. VI, 150, 14 pp. *Mit 1 Taf. u. 1 Karte.* 4 M 50 ₰

2656. **Andree, Rch.** Zur Volkskunde der Juden. Mit einer chromolith. Karte über die Verbreitung der Juden in Mitteleuropa. *Bielefeld*, 1881. *Velhagen & Klasing*. 8°. VIII, 269 pp. 5 M

2657. Atsume Gusa pour servir à la connaissance de l'extrême Orient. Recueil publié par *F. Turrettini*. Vol. VIII. *Genf*, 1881. 4°. 223 pp. *Mit Karte.* 24 M

Vol. I—VII erschienen zum gleichen Preise.

2658. **Beeck, N.**. Handlexikon der Geschichte und Biographie. Historisch-biographische Daten in alphabetischer Ordnung. *Berlin*, 1881. *Bolm*. 8°. 443 pp.

2659. **Bock, C.** Reis in Oost- en Zuid-Borneo van Koetei naar Banjermassin, ndernomen op last der Indische regeering in 1879 en 1880. Met historische ıleiding over Koetei en de betrekkingen van dit leenrijk tot de regeering van ederlandsch Indië door Robidé van der Aa. 1e gedeelte. *'s Gravenhage*, 1881. °. p. 1—64. *Mit einem Atlas von 30 Blatt.* 20 *M.*

2660. **Brunialti.** Algeria, Tunisia e Tripolitania. Studii di geografia politica. *Bologna*, 1881. 8°. 276 pp. 4 *M.* 20 *₰*

2661. **Cailleux, Th.** Belges et Bataves. Leur origine, leur haute importance ans la civilisation primitive, d'après les théories nouvelles. *Bruxelles*, 1881. 12°. 29 pp. 4 *M.*

2662. **Carlyle.** — Memoirs of the Life and Writings of Thomas Carlyle. With ersonal Reminiscences, and Selections from his private Letters to numerous Corspondents. Edited by Rch. H.. Shepherd, assisted by C. N.. Williamson. 2 vols. *ondon*, 1881. 8°. 810 pp. 25 *M.*

2663. **Castro y Rossi, A.. D..** Discurso acerca de las costumbres públicas y priadas de los españoles en el siglo XVII, fundado en el estudio de las comedias e Calderon. Preisgekrönt. *Madrid*, 1881. 4°. 173 pp. 4 *M.* 80 *₰*

2664. **Ciampi, Ign.** Storia moderna, dalla scoperta dell' America alla pace di Vestfalia. Opera postuma, edita per cura di P. E.. Castagnola. Vol. I. *Imola*, 881. 16°. XLIII, 409 pp. 4 *M.* 80 *₰*

2665. Codex diplomaticus Anhaltinus. Auf Befehl Sr. Hoheit des Herzogs Leoold Friedrich von Anhalt herausgegeben von *O. v. Heinemann*. V. Thl.: 1380 -1400. Mit 2 Stammtaf. *Dessau*, 1881. *Barth.* 4°. 414 pp. 15 *M.*
S. 1879 Nr. 1657.

2666. Politische Correspondenz Friedrich's des Grossen. VI. Bd. *Berlin*, 1881. . *Duncker.* 8°. 608 pp. 14 *M.*
S. oben Nr. 500.

2667. **Floro, L. A..** Compendio di storia romana, volgarizz. inedito secondo un odice dell' Ambrosiana, pubblicato per cura di Ant. Ceruti. *Bologna*, 1881. 16°. LIV, 228 pp. 12 *M.*

2668. **Foggo, A.** Earl Beaconsfield. A Biography. *London*, 1881. 8°. 670 pp. 12 *M.* 50 *₰*

2669. **Frederiksen, L..** Folkelivet i Danmark og Sønderjylland i Aarhundredet 766—1866. En historisk Afhandling. *Kjøbenhavn*, 1881. 8°. 148 pp. 3 *M.* 50 *₰*

2670. **Geisthirt, J. Cr.** Historia Schmalcaldica oder historische Beschreibung der errschaft Schmalkalden, 1075—1734. 1. Heft. *Schmalkalden*, 1881. *Wilisch.* 8°. I, 170 pp. *Mit 1 Karte in Lichtdr.* 5 *M.*

2671. **Guerrazzi, F.. D..** La battaglia di Benevento. Storia del sec. XIII. 2 vol. *Milano*, 1881. 18°. 5 *M.* 50 *₰*

2672. **Heisterbergk, Bh.** Ueber den Namen Italien. *Freiburg i. Br.*, 1881. *Mohr.* °. IV, 166 pp. 4 *M.*

2673. **Hughes, T. Fr.** Among the Sons of Han. Notes of a six Years' Resiznce in various Parts of China and Formosa. *London*, 1881. 8°. 322 pp. 14 *M.* 40 *₰*

2674. **Jobez, A..** La France sous Louis XVI. II. Necker et la guerre d'Amèque (1777—1784). *Paris*, 1881. 8°. VII, 600. 6 *M.*
S. 1877 Nr. 1367.

2675. **Kraus, Fr. X.** Kunst und Alterthum in Elsass-Lothringen. Beschreibende atistik, im Auftrage des kaiserl. Ministeriums für Elsass-Lothringen herausgeben. II. Bd. 1. Abth. *Strassburg*, 1881. *Schmidt.* 8°. 224 pp. *Mit 47 Holzhn., einer Taf. in Lichtdr. u. 2 Chromolith. Karten.* 5 *M.*
S. 1877 Nr. 2895.

2676. **v. Lang, K. H.** Memoiren. Skizzen aus meinem Leben und Wirken, einen Reisen und meiner Zeit. 2 Bde. *München*, 1881. *Bibliograph.-artist. Intut.* 8°. XIV, 277, 275 pp. 6 *M.*

2677. **Mankell, J..** Om Gustav II Adolf's politik. Historisk afhandling. *Stocklm*, 1881. 8°. 234 pp. *Mit 1 Karte.* 6 *M.*

2678. **Martin, H.** Histoire de France depuis 1789 jusqu'à nos jours. Vol. V. *aris*. 1881. 8°. 488 pp. 6 *M.*

2679. **Nordenskiöld, A. E.** Vegas färd kring Asien och Europa jemte en historisk återblik på föregående resor längs verldens nordkust. 4.—6ª Heft. *Stockholm*, 1881. 8⁰. p. 257—510. *Jedes Heft* 3 *M*
S. oben Nr. 1101.

2680. **Pajol.** Les guerres sous Louis XV. Tome I. (1715—39.) *Paris*, 1881. 8⁰. XVI, 653 pp. 12 *M*

2681. **Rejchman, B.** Z dalekiego wschodu, wrażenia, obrazki, opisy z dobrowolnéj podróży po Syberyi. *Warschau*, 1881. 8⁰. 287 pp. 6 *M*
Aus dem fernen Osten. Skizzen etc. aus einer freiwilligen Reise durch Sibirien.

2682. **Rivadeneyra, A.** Viaje al interior de Persia. 3 tomos. *Madrid*, 1881. 8⁰. XI, 386, 400, 412 pp. *Mit 1 Karte.* 24 *M*

2683. **Rodriguez Villa, A.** Bosquejo biográfica de Beltran de la Cueva, primer Duque de Alburquerqne. Illustrado con documentos inéditos. *Madrid*, 1881. 8⁰. IX, 254 pp. 16 *M*

2684. **Rückert, K. Th.** Reise durch Palästina und über den Libanon. Mit 4 Karten und 2 Plänen in Chromolith. *Mainz*, 1881. *Kupferberg*. 8⁰. VIII, 524 pp. 6 *M*

2685. **Sandret, L.** Louis II de La Tremouille, le chevalier sans reproche, d'après le panégyrique de J. Bouchet et autres documents inédits. *Paris*, 1881. 8⁰. XXIV, 215 pp. *Mit Portr.* 3 *M* 50 *₰*

2686. **Schlagintweit, Emil.** Indien in Wort und Bild. Eine Schilderung des indischen Kaiserreiches. Mit ca. 400 Holzschn.-Illustr. 24.—33. Lfg. *Leipzig*, 1881. *Schmidt & Günther*. Fol. *Jede Lfg.* 1 *M* 50 *₰*
S. oben Nr. 224.

2687. **Schuyler, Eug.** Passages from the Life of Peter the Great. *London*, 1881. 8⁰. 3 *M*

2688. **Schwarz, Bh.** Algerien [Küste, Atlas und Wüste] nach 50 Jahren französischer Herrschaft. Beiseschilderung, nebst einer systematischen Geographie des Landes. Mit Illustr. (Holzschntaf.) und einer chromolith. Karte. *Leipzig*, 1881. *Frohberg*. 8⁰. IV, 398 pp. 10 *M*

2689. **Sello, G.** Lehnin. Beiträge zur Geschichte von Kloster und Amt. *Berlin*, 1881. *F. u. P. Lehmann*. 8⁰. V, 262 pp. 4 *M*

2690. **Thürheim, A.** Christoph Martin Freiherr v. Degenfeld, General der Venezianer, General-Gouverneur von Dalmatien und Albanien und dessen Söhne [1600—1733]. Ein Beitrag zur Geschichte des 17. Jahrhunderts. Nach Original-Documenten und Correspondenzen des gräflich Degenfeld'schen Familien-Archivs. Mit dem Bildnisse des Frhrn. Chr. Martin v. Degenfeld in Heliogravure. *Wien*, 1881. *Braumüller*. 8⁰. V, 292 pp. 6 *M*

2691. **Urechi, Grég.** Chronique de Moldavie depuis le milieu du 14ᵉ siècle jusqu'à l'an 1594. Texte roumain, avec traduction française, notes historiques, tableaux généalogiques, glossaire et table. Fasc. 1—3. *Paris*, 1881. 8⁰. p. 1—368. *Preis des compl. Werkes* 20 *M*

2692. Urkundenbuch der Landschaft Basel. Herausgegeben von *H. Boos*. I. Thl.: 708—1370. *Basel*, 1881. *Bahnmaier*. 8⁰. XII, 390 pp. 8 *M*

2693. **Zeller, J.** Histoire d'Allemagne. L'empire germanique sous les Hohenstauffen; l'empereur Frédéric Barberousse. *Paris*, 1881. 8⁰. 499 pp. 7 *M* 50 *₰*

2694. **Zevort, E.** Histoire des temps modernes depuis la seconde moitié du XVᵉ siècle jusqu'à nos jours. 2 vols. *Paris*, 1881. 16⁰. III, 342, 233 pp. 12 *M*

VIII. Sprachwissenschaft.

2695. **Arbois de Jubainville, H.** Etudes grammaticales sur les langues celtiques. 1ʳᵉ partie. Introduction. *Paris*, 1881. 8⁰. 200 pp. 8 *M*

2696. **Barbier de Meynard, A. C.** Dictionnaire turc-français. Supplément aux dictionnaires publiés jusqu'à ce jour renfermant: 1. Les mots d'origine turque; 2. les mots arabes et persanes employés en Osmanli avec leur signification particulière; 3. un grand nombre de proverbes et de locutions populaires; 4. un vocabulaire géographique de l'empire ottoman. Vol. I. livr. 1. *Paris*, 1881. 8⁰.

2697. **Barbour's**, des schottischen Nationaldichters, Legendensammlung nebst den ragmenten seines Trojanerkrieges. Zum ersten Mal herausgegeben und kritisch earbeitet von C.. Horstmann. I. Bd. *Heilbronn*, 1881. *Henninger*. 8°. XI, 247 pp. 8 *M*

2698. **Dawson, Jam.** Australian Aborigines. The Language and Customs of veral Tribes of Aborigines in the Western District of Victoria, Australia. *London*, 1881. 4°. 12 *M* 50 *₰*

2699. **Einenkel, Eug.** Ueber die Verfasser einiger neuangelsächsischer Schriften. *eipzig*, 1881. *Fock*. 8°. 132 pp. 3 *M* 50 *₰*

2700. **Forbes, C.. J..** Comparative Grammar of the Languages of further India. Fragment, and three other Essays. *London*, 1881. 8°. 7 *M* 20 *₰*

2701. **Forcellini, Aegidius.** Totius latinitatis lexicon. Pars altera sive Onomastion totius latinitatis, opera et studio *Vinc. De-Vit.* Distr. 18. *Prati*, 1881. [*Leipg, Brockhaus' Sortiment & Antiq.*] 4°. II. Bd. p. 577—656. 2 *M* 50 *₰*
S. 1880 Nr. 2946.

2702. **Grimm, Jac., und W. Grimm.** Deutsches Wörterbuch. Fortgesetzt von *r. Heyne, Rdf. Hildebrand* und *K. Weigand.* VI. Bd. 1. Abth. 2. Hälfte. 3. Lfg. earbeitet von *Rdf. Hildebrand. Leipzig*, 1881. *Hirzel.* 8°. Sp. 2537—2728. 2 *M*
S. oben Nr. 2082.

2703. **Halberstadt, A..** De hoofdpunten der Latijnsche spraakleer. *Amsterdam*, 81. 8°. IV, 133 pp. 3 *M* 50 *₰*

2704. **Hoefer, F.. A..** Fransch-Nederlandsch militair technisch woordenboek. *rnhem*, 1881. 8°. VI, 604 pp. 9 *M* 80 *₰*

2705. **Кайлаловъ, А..** О родствѣ славянъ, шалавовъ и сколотовъ по языку. *. Petersburg*, 1880. 8°. 66 pp. 1 *M*
Kajlalov, A.. Ueber die Verwandtschaft der Slaven mit den Salaven und Skoloten der rache nach.

2706. **Miklosich, Fr.** Rumunische Untersuchungen. I. Istro- und Macedo-rumusche Sprachdenkmäler. [Aus: „Denkschriften der k. Akademie der Wissenaften."] *Wien*, 1881. *Gerold's Sohn.* 4°. 92 pp. 4 *M*

2707. **Mistrail, Fr.** Lou Tresor dóu Felibrige ou Dictionnaire provençal-franis, embrassant les divers dialectes de la langue d'oc moderne: 1. Tous les mots ités dans le midi de la France, avec leur signification française, les acceptions propre et au figuré; 2. les variétés dialectales et archaïques à coté de chaque ot, avec les similiaires des diverses langues romanes; 3. les radicaux, les formes s-latines et les etymologies; 4. la synonymie de tous les mots dans leur divers is; etc. Livr. 6 à 19. *Maillane*, 1881. 8°. p. 681—760. *Jede Lfg.* 2 *M*
S. 1879 Nr. 2668.

2708. **Pökel, W..** Philologisches Schriftsteller-Lexikon. 1. Lfg. *Leipzig*, 1881. *Krüger.* 8°. 64 pp. 1 *M*

2709. **Raynaud, G.** Elie de Saint-Gille, Chanson de geste. Publié avec introducn, glossaire et index par G. Raynaud. Accompagnée de la rédaction norvénne, trad. par E. Koelbing. *Paris*, 1881. 8°. XLIII, 211 pp. 8 *M*

2710. **Reinisch, Leo.** Die Kunama-Sprache in Nordost-Afrika. [Aus: „Sitzungsrichte der k. Akademie der Wissenschaften."] *Wien*, 1881. *Gerold's Sohn.* 8°. pp. 1 *M* 40 *₰*

2711. Sprawozdania Komisyi językowéj Akademii umiejętności. Tom I. *Krakau*, 80. 8°. 374 pp. *Mit 3 Taf. Abbildgn.* 9 *M*
Berichte der Sprachcommission der Akademie der Wissenschaften. I. Bd.

2712. Leipziger Studien zur classischen Philologie. Herausgegeben von *G.. Curtius, Lange, O.. Ribbeck, H.. Lipsius.* IV. Bd. 1. Heft. *Leipzig*, 1881. *Hirzel.* 8°. pp. 4 *M*
S. oben Nr. 556.

2713. **Turrettini, Fr.** San-Ze-King. Les phrases de trois caractères en chinois ec les versions japonaise, mandchoue et mongole suivies de l'explication de tous rs mots. *Genf*, 1881. 8°. 110 pp. 8 *M*

2714. **Zimmer, H.** Keltische Studien. 1. Heft. Irische Texte mit Wörterbuch E. Windisch. *Berlin*, 1881. *Weidmann.* 8°. 143 pp. 3 *M*

2715. **Zirwik, Mch.** Studien über griechische Wortbildung. Specieller Theil. *zburg*, 1881. [*Würzburg, Woerl.*] 8°. p. 105—232. 2 *M*

IX. Alterthumswissenschaft.

2716. **Biuso, C..** Ovidio. Saggio critico. *Palermo,* 1880. 16°. 278 pp. 4 M 20 $

2717. Caesaris de bello gallico commentarii V. With Notes by A.. G.. Peskett. *Cambridge,* 1881. [*Leipzig, F. A. Brockhaus' Sort. u. Antiq.*] 8°. 2 M 40 $

2718. Corpus inscriptionum latinarum. Consilio et auctoritate Academiae litterarum regiae borussicae editum. Vol. VIII. 2 partes. Inscriptiones Africae latinae. Collegit *Gst. Wilmanns.* 2 partes. *Berlin,* 1881. *G. Reimer.* 4°. XXXVIII, 714, p. 715—1141. *Mit 3 chromolith. Karten.* 96 M

Inhalt: 1. Inscriptiones Africae proconsularis et Numidiae comprehendens. — 2. Inscriptiones Maurotaniarum.
S. 1877 Nr. 2629.

2719. **Gnecchi, Fr.** Monete imperiali romane inedite della sua collezione. *Milano,* 1881. 8°. 66 pp. *Mit 1 Taf.* 3 M 60 $

2720. **Pflügl, Fr. X.** Das lateinische Sprüchwort bei Plautus und Terenz. *Straubing,* 1880. [*Leipzig, O. Schulze.*] 8°. 44 pp. 2 M 50 $

2721. **Robert, Ch.** Etude sur quelques inscriptions antiques du musée de Bordeaux. *Paris,* 1881. 8°. 34 pp. *Mit 5 Taf.* 4 M

2722. **Stampini, H..** De Junii Juvenalis vita dissertatio. *Augustae Taurinorum,* 1881. 18°. XI, 165 pp. 1 M 20 $

2723. **Turk, R..** The Age of the great Patriarchs, from Adam to Jacob. With Notes, critical and illustrative. *London,* 1881. 8°. 478 pp. 6 M

2724. **Undset, J..** Jernalderens begyndelse i Nord-Europa. En studie i sammenlignende forhistorisk arkæologi. *Christiania,* 1881. 8°. 464 pp. 30 M

2725. **Valeton, Mth.** Handboek der oude geschiedenis. I. De Grieken tot en met Alexander den Groote. Ingelascht in en overzicht van de wording der Perzische monarchie en van de geschiedenis der volkeren waaruit zij bestond. *Groningen,* 1881. 8°. 16, 168 pp. *Mit 1 Karte.* 4 M 80 $

2726. Vergilii Maronis Aeneidos. Libri V and VI. Edited with Notes by *A. Sidgwick. Cambridge,* 1881. [*Leipzig, Brockhaus' Sort. u. Antiq.*] 8°. 3 M 60 $

X. Schöne Literatur und Kunst.

2727. **Adamy, Rdf.** Architektonik auf historischer und aesthetischer Grundlage. Unter künstlerischer Mitwirkung von *A. Haupt.* 3 Bde. in 11 Abtlgn. I. Bd. Architektonik des Alterthums. 1. u. 2. Abtlg. *Hannover,* 1881. *Helwing's Verl.* 8°. X, 189, X, 230 pp. *Mit Holzschn.* 12 M 80 $

Inhalt: 1. Die Architektur als Kunst. Aesthetische Forschungen. — 2. Architektur des orientalischen Alterthums.

2728. **de Alarcon, Pedro Antonio.** Novelas cortas. I^a serie. Cuentos amatorios. *Madrid,* 1881. 8°. XLVIII, 306 pp. 6 M 40 $

2729. **Bentzon, Th.** Le veuvage d'Aline. *Paris,* 1881. 18°. 320 pp. 3 M 50 $

2730. **Bersezio.** Il segreto di Matteo Arpione. *Bologna,* 1881. 8°. 400 pp. 4 M 80 $

2731. **Bode, W..** Rembrandt's früheste Thätigkeit. Der Künstler in seiner Vaterstadt Leiden. [Aus: „Die graphischen Künste."] *Wien,* 1881. *Gesellschaft für vervielfältigende Kunst.* Fol. 24 pp. *Mit eingedr. Holzschn., Radirungen u. Heliogr.* 10 M

2732. **Cadol, E.** Le fils adultérin. *Paris,* 1881. 12°. 316 pp. 3 M

2733. **Champfleury.** Contes de bonne humeur. Surtout n'oublie pas ton parapluie. *Paris,* 1881. 12°. II, 347 pp. 3 M

2734. **Conscience, H..** Een slachtoffer der moederliefde. De baanwachter. De minnezanger. *Leiden,* 1881. 8°. IV, 48, 100, 54 pp. 2 M 50 $

2735. **Conscience, H..** Everard 't Serclaes. *Leiden,* 1881. 8°. IV, 176 pp. 3 M 75 $

2736. **Cradock, M^rs.** Rose. A Novel. 2 vols. *London,* 1881. 8°. 25 M

2737. **Féval, P.** La chasse au roi. *Paris,* 1881. 12°. II, 423 pp. 3 M

2739. **Girardin, J.** Le locataire des demoiselles Rocher. *Paris*, 1881. 12⁰. 342 pp. 3 *M*

2740. **Halevy, L..** Un mariage d'amour. *Paris*, 1881. 18⁰. 257 pp. 3 *M* 50 *S*

2741. **Hart, G.** The Violin and its Music. With Portraits of eminent Violinists. *ondon*, 1881. 4⁰. 37 *M*

2742. **Hartner, E..** Severa. Eine Familiengeschichte. 2 Bde. *Leipzig*, 1881. *'eissner*. 8⁰. 230, 203 pp. 8 *M*

2743. **Kraszewski, J.. I..** Dwa bogi, dwie droyi. Powiśc wspołczesna. 2 tomy. *Ińsk*, 1881. 8⁰. 200, 200 pp. 8 *M*

Zwei Götter, zwei Wege. Erzählung.

2744. **Lafenestre, G..** L'art vivant. La peinture et la sculpture aux salons de 868 à 1877. Tome I (1868 à 1873). *Paris*, 1881. 12⁰. XI, 366 pp. 4 *M*

2745. **Landsteiner, K.** Trautheim. Roman. *Würzburg*, 1881. *Woerl*. 12⁰. 400 pp. 3 *M* 50 *S*

2746. **Lapi, R..** Dell' avvenire della musica in Italia, origini, passato, presente. 'enni storico-critici dettati per la esposizione musicale in Milano 1881. *Torino*, 881. 16⁰. 77 pp. 1 *M* 80 *S*

2747. **Leighton, J..** Suggestions in Design. Being a comprehensive Series of riginal Sketches in various Styles of Ornament, arranged for Application in the ecorative and constructive Arts. With descriptive Letterpress by Jam. K. Colling. *ondon*, 1881. 4⁰. 188 pp. 50 *M*

2748. **Linton, E..** Lynn. My Love. 3 vols. *London*, 1881. 8⁰. 37 *M*

2749. **Marlitt, E..** Amtmanns Magd. Roman. *Leipzig*, 1881. *Keil*. 8⁰. 324 pp. 5 *M*

2750. **Mazzotti, Fr.** Le arti belle nei varii tempi della loro coltura. Discorsi ritico. *Bologna*, 1881. 16⁰. 229 pp. 3 *M* 60 *S*

2751. **de Montépin, X.** La Maîtresse masquée. 2 vols. *Paris*, 1881. 18⁰. 318, 16 pp. 6 *M*

2752. **de Parnes, R.** La Régence; portefeuille d'un roué. Avec préface par G. Heylli. *Paris*, 1881. 8⁰. XXVI, 225 pp. 15 *M*

2753. **de Pontmartin, A..** Souvenirs d'un vieux critique. 1re série. *Paris*, 1881. 3⁰. 383 pp. 3 *M* 50 *S*

2754. **van Rees, C. F..** Oostersch bloed. 2 dln. *Deventer*, 1881. 8⁰. 206, 177 pp. 9 *M* 60 *S*

2755. **San Martin, A..** Las mujeres que pegan y las mujeres que pagan. Novela iginal. *Madrid*, 1881. 8⁰. 288 pp. 3 *M* 20 *S*

2756. **Streckfuss, Adf.** Sliko. Roman. *Berlin*, 1881. *Exped. der Tribüne*. 4⁰. 96 pp. 3 *M*

2757. **Texier, E.. et C.. Le Senne.** La fin d'une race. *Paris*, 1881. 18⁰. 428 pp. 3 *M* 50 *S*

2758. **Ulbach, L..** La Fleuriotte. 2 vols. *Paris*, 1881. 12⁰. VIII, 309, 349 pp. 7 *M*

2759. **Verne, J..** Les voyages extraordinaires. La Jangada. Huit cents lieues r l'Amazone. Vol. I. *Paris*, 1881. 18⁰. 288 pp. 3 *M*

2760. **Viotta, H..** Lexicon der toonkunst. Met medewerking van de heeren: . Benoit, Fr. Coenen, F.. Gernsheim, L.. van Gheluwe, G.. A.. Heinze, Rch. Hol, n. de Lange, W.. F.. G.. Nicolai etc. Deel I. A—G. *Amsterdam*, 1881. 8⁰. ', 650 pp. 17 *M* 30 *S*

2761. **Voss, Rch.** Messallina. Eine Satyre. Vom Verfasser der „Scherben". *rich*, 1881. *Schmidt*. 8⁰. 284 pp. 4 *M*

XI. Handel. — Industrie. — Oekonomie.

2762. **Armengaud ainé.** Les scieries mécaniques et les machines-outils à trailler le bois. *Paris*, 1881. 4⁰. IV, 408 pp. *Mit Atlas von 40 Taf.* 40 *M*

2763. **Bowser, G..** The Hawaiian Kingdom. Statistical and commercial Direcy and Tourists Guide, 1880—1881. *Honolulu*, 1881. 8⁰. 648 pp. 18 *M*

2763. **Bruinsma, V.**. Leerboek der boter- en kaasbereiding naar de nieuwste ontdekkingen op het gebied der zuivelbereiding. *Groningen*, 1881. 8⁰. IV, 208 pp. *Mit 208 Abbildgn.* 3 *M* 75 *S*

2764. **Brünings, K.** Der forstliche und der landwirthschaftliche Anbau der Hochmoore mittelst des Brandfruchtbaus. Mit in den Text gedr. Holzschn. *Berlin*, 1881. *Springer*. 8⁰. VII, 86 pp. 2 *M*

2765. **Burckhardt, H.** Aus dem Walde. Mittheilungen in zwanglosen Heften. 9.—10. Heft. Aus dem Nachlasse. *Hannover*, 1881. *Rümpler*. 8⁰. VI, 201, IV, 108 pp.. 6 *M*

S. 1877 Nr. 2975.

2766. **Collot, T.** Etude sur les engrais commerciaux, leur emploi, leur fabrication. Examen de toutes les matières fertilisantes, suivie de chapitres spéciaux sur le guano de Perou, les tourteaux, le nitrate de soude etc. *Paris*, 1881. 8⁰. 150 pp. 5 *M*

2767. **Dun, F.**. American Farming and Food. *London*, 1881. 8⁰. 482 pp. 12 *M* 50 *S*

2768. **Forschungen auf dem Gebiete der Agrikulturphysik.** Unter Mitwirkung von J.. van Bebber, A.. Blomeyer, Jos. Böhm etc. herausgegeben von *E.. Wollny.* IV. Bd. 3. u. 4. Heft. *Heidelberg*, 1881. *C. Winter*. 8⁰. p. 147—325. *Mit 4 lith. Taf.* 7 *M* 60 *S*

S. oben Nr. 1835.

2769. **Gill, L.. U.**. Book of the Rabbit, giving the History, Variations, Uses, Points, Selection, and other information bearing on the subject of Fancy Rabbits. Coloured Illustrations by various Breeders and Exhibitors. *London*, 1881. 8⁰. 448 pp. 15 *M*

2770. **Kraupner, Fr.** Direction, Verwaltung und Organisation der Grossgüter. Erfahrungen eines alten Landwirthes. 1.—5. Lfg. *Raudnic*, 1881. [*Prag, Calve.*] 8⁰. 320 pp. *Jede Lfg.* 1 *M* 20 *S*

2771. **Liénard.** Spécimens de la décoration et de l'ornementation au 19ᵉ siècle. *Liége*, 1881. Fol. *125 Taf.* 125 *M*

2772. **Monet, L.**. Manual de galvanoplastica y estereotipia y otros procedimientos de reproduccion en relieve. *Madrid*, 1881. 8⁰. 220 pp. 2 *M* 40 *S*

2773. **Morre, G.. J.**. Burgerlijke bouwkunde. Constructie der onderdeelen van gebouwen. Trappenboek. Afl. I. *'s Gravenhage*, 1881. 8⁰. 4 *M* 60 *S*

2774. **Müller-Breslau, H. F. B.** Elemente der graphischen Statik der Baucoństructionen für Architekten und Ingenieure. Mit Atlas von 18 lith. Taf. *Berlin*, 1881. *Polytechn. Buchh.* 8⁰. VIII, 136 pp. 6 *M*

2775. **Olivetti, A.., e S.. Fadda.** La locomotiva, sua costruzione e arte di guidarla. Parte II. Meccanismo e carro della locomotiva. *Torino*, 1881. 16⁰. 544 pp. *Mit 5 Taf.* 4 *M* 80 *S*

2776. **Pernolet, A.., et L.. Aguillon.** Exploitation et réglementation des mines à grisou en Belgique, en Angleterre et en Allemagne. Rapport de mission fait à la commission chargée de l'étude des moyens propres à prévenir les explosions de grisou dans les houillères. 3 vols. Vol. I. Belgique. Vol. II. Angleterre. Vol. III. Allemagne. *Paris*, 1881. 8⁰. VII, 118, XI, 335 pp. *Mit 2 Taf.*, XI, 288 pp. *Mit 4 Taf.* 20 *M*

2777. **v. Weber, Mx. Maria.** Die Wasserstrassen Nord-Europa's. Ergebnisse von im Auftrage des königl. preussischen Ministers für öffentliche Arbeiten unternommenen Studienreisen. Mit 6 Karten u. 3 Plänen in Lith. u. Chromolith. *Leipzig*, 1881. *Engelmann*. 8⁰. XII, 397 pp. 10 *M*

2778. **Zetzsche, K.. E.**. Handbuch der elektrischen Telegraphie. Unter Mitwirkung von mehreren Fachmännern herausgegeben. IV. Bd. Die elektrischen Telegraphen für besondere Zwecke. 5. Lfg. Mit zahlreichen in den Text gedr. Holzschn. u. 10 statist. Tab. *Berlin*, 1881. *Springer*. 8⁰. XV u. p. 657—864.

Inhalt: Die elektrische Telegraphie beim Eisenbahnbetriebe. Bearbeitet von L. Kohlfürst und E. Zetzsche.

Schluss. — S. oben Nr. 1848. 6 *M* 20 *S*

Allgemeine Bibliographie.

Monatliches Verzeichniss
der
wichtigern neuen Erscheinungen der deutschen und ausländischen Literatur.

Herausgegeben von F. A. Brockhaus in Leipzig.

1881.] October. [Nr. 10.

Dieses Verzeichniss erscheint regelmässig monatlich und ist, gleich den darin angezeigten Büchern, direct von F. A. Brockhaus in Leipzig sowie durch alle Buchhandlungen zu beziehen.

I. Encyklopädie und Literaturwissenschaft.

2779. **Abhandlungen** der philosophisch-philologischen Classe der königl. bayerischen Akademie der Wissenschaften. XVI. Bd. 1. Abth. [In der Reihe der Denkschriften der LV. Bd.] *München*, 1881. *Franz.* 4⁰. 226 pp. 7 ℳ
S. oben Nr. 922.

2780. **Abhandlungen** der königlichen Gesellschaft der Wissenschaften zu Göttingen. XXVII. Bd. vom Jahre 1881. *Göttingen*, 1881. *Dieterich's Verl.* 4⁰. XVI, 489 pp.
S. oben Nr. 316. 36 ℳ

2781. **Brandes, G.** Die Litteratur des 19. Jahrhunderts in ihren Hauptströmungen dargestellt. I. Bd. Die Emigrantenlitteratur. *Leipzig*, 1882. *Veit & Co.* 8⁰. VII, 242 pp. 5 ℳ

2782. **Brockhaus'** Conversations-Lexikon. 13. vollständig umgearbeitete Auflage. Mit Abbildungen und Karten auf 400 Tafeln und im Texte. 1. u. 2. Heft. A — Adam. *Leipzig*, 1882. *Brockhaus.* 8⁰. I. Bd. p. 1—128. *Jedes Heft* 50 ₰
Erscheint in 240 Heften oder 16 Bdn.; jeder Bd. geh. 7 ℳ. 50 ₰.

2783. **Desforges.** Le Poète. Mémoires d'un homme de lettres écrits par lui-même. Précédé d'une notice et de la clef des noms des principaux personnages. 5 vol. *Bruxelles*, 1881. 18⁰. XVI, 264, VIII, 276, IV, 264, IV, 318, IV, 284 pp. *Mit 5 Titelkpfrn.* 30 ℳ

2784. **Halvorsen, J. B.** Norsk Forfatter-Lexikon. 1814—1880. Paa Grundlag af J. E. Krafts og C. Langes „Norsk Forfatter-Lexikon 1814—1856." Andet Hefte. Angell — Asperhain. *Christiania*, 1881. 8⁰. p. 65—128. 2 ℳ
S. oben Nr. 1862.

2785. **de Keller, A.** Bibliographie universelle d'apiculture. *Milano*, 1881. 8⁰. 223 pp. 5 ℳ

2786. **de Lungo, J.** Dell' esilio di Dante. Discorsi con documenti. *Firenze*, 1881. 16⁰. 208 pp. 2 ℳ 50 ₰

2787. **Schröder, Hs.** Lexikon der hamburgischen Schriftsteller bis zur Gegenwart. Im Auftrage des Vereins für hamburgische Geschichte begründet. Fortgesetzt von *A. H. Kellinghusen.* 26.—29. Heft. *Hamburg*, 1881. *Mauke Söhne.* 8⁰.
S. 1875 Nr. 2120. *Jedes Heft* 1 ℳ 50 ₰

2788. **Schweitzer, P.** Die Entwicklung der nationalen Dichtung in Norwegen [1750—1850]. *Jena*, 1881. *Deistung.* 8⁰. 110 pp. [illegible]

2789. **Steiff, K.** Der erste Buchdruck in Tübingen [1498—1534]. Ein Beitrag zur Geschichte der Universität. *Tübingen*, 1881. *Laupp*. 8°. XI, 254 pp. *Mit eingedr. Holzschn. u. 1 Holzschntaf.* 6 ℳ; *auf Kpfdr.-Pap.* 8 ℳ.

2790. **Talbot, E.** Histoire de la littérature grecque. *Paris*, 1881. 16°. IV, 343 pp. 2 ℳ 50 ₰

II. Theologie und Philosophie.

2791. **Adamson, Rbt.** Fichte. *London*, 1881. 8°. 228 pp. 4 ℳ 20 ₰

2792. **Albertus, J.** Die Sozialpolitik der Kirche. Geschichte der sozialen Entwickelung im christlichen Abendlande. *Regensburg*, 1881. *Pustet*. 8°. X, 715 pp. 6 ℳ

2793. **Bach, Jos.** Des Albertus Magnus Verhältniss zu der Erkenntnisslehre der Griechen, Lateiner, Araber und Juden. Ein Beitrag zur Geschichte der Noetik. Festschrift, im Auftrage des Comité's zu der 6. Säcularfeier und zur Enthüllung des Albertus-Denkmals in dessen Vaterstadt Lauingen verfasst. *Wien*, 1881. *Braumüller*. 8°. VIII, 212 pp. 5 ℳ

2794. **Bar-Hebraeus.** Carmen de divina sapientia auctore celeberrimo viro Abulpharagio Gregorio filio Haronis Bar-Hebraeo. Accedunt adnotationes et interpretationes Joannis Notayn Darauni. (Text und Anmerkungen in arabischer Sprache.) *Romae*, 1880. 8°. 4 ℳ 20 ₰

2795. **Beelen, J. Th.** Het boek der wijsheid, nar den latijnschen tekst der Vulgaat, in het Neederlandsch vertald en doorloopende aanteekeningen uitgelegt. *Louvain*, 1881. 8°. VIII, 135 pp. 3 ℳ 60 ₰

2796. **Blunt, J. H.** A Companion to the New Testament. Being a plain Commentary on Scripture History from the Birth of our Lord to the End of the Apostolic Age. *London*, 1881. 8°. 421 pp. 4 ℳ 20 ₰

2797. **Brooks, Ph.** Lectures on Preaching, delivered before the Divinity School of Yale College. *London*, 1881. 8°. 280 pp. 4 ℳ 20 ₰

2798. **de Castro, J.** Methodus cantus ecclesiastici graeco-slavici. Accedit Enchiridion canticorum. *Romae*, 1881. 4°. XVIII, 228 pp. *Mit 5 Taf. Musikbeilagen.* 12 ℳ

2799. **Claretta, G.** Statuti antichi inediti e statuti recenti dell' Ordine supremo della St. Annunziata, con notizie storiche. *Torino*, 1881. 4°. 84 pp. 6 ℳ

2800. **Doherty, H.** Philosophie organique. L'homme et la nature. Immortalité de l'âme; Circulation de la vie; Mondes naturels et surnaturels; Matières et forces indestructibles; Sciences et religion. *Paris*, 1881. 8°. VIII, 447 pp. 6 ℳ

2801. **Dräseke, Jhs.** Der Brief an Diognetos, nebst Beiträgen zur Geschichte des Lebens und der Schriften des Gregorios von Neocaesarea. *Leipzig*, 1881. *Barth*. 8°. VIII, 207 pp. 3 ℳ

2802. **Drossbach, Mx.** Ueber den Ausgangspunkt und die Grundlage der Philosophie. Zur Richtschnur für die Bewerber um den vom Freien Deutschen Hochstifte für Wissenschaften, Künste und allgemeine Bildung in Goethe's Vaterhause zu Frankfurt a. M. ausgeschriebenen Preis. *Frankfurt a. M.*, 1881. [*Leipzig, Brockhaus' Sort.*] 8°. IX, 111 pp. 2 ℳ 50 ₰

2803. **Filopanti.** Dio esiste. Sintesi enciclopedica. *Milano*, 1881. 8°. 296 pp. 3 ℳ 60 ₰

2804. **Fischer, O.** Bonifatius, der Apostel der Deutschen. Nach den Quellen dargestellt. *Leipzig*, 1881. *T. O. Weigel*. 8°. VII, 295 pp. 6 ℳ

2805. **Friedrich, J.** Beiträge zur Geschichte des Jesuiten-Ordens. [Aus: „Abhandlungen der k. bayer. Akademie der Wissenschaften."] *München*, 1881. *Franz*. 4°. 89 pp. 2 ℳ 70 ₰

2806. **Gass, W.** Geschichte der christlichen Ethik. I. Bd. Bis zur Reformation. *Berlin*, 1881. *G. Reimer*. 8°. XVIII, 458 pp. 7 ℳ

2807. **Gaume.** Biographies évangéliques. I. Les premiers adorateurs du Messie: les maîtres de la Judée; miracles et conversions; les parents de N. S.; les disciples de N. S.; les amis de N. S.; les hôtesses de N. S.; les déicides; le calvaire.

2808. **Glover, R.** Lectures on the Lord's Prayer. *London*, 1881. 8°. 1 *M* 80 *Pf*

2809. **Hasak, Vc.** Dr. M. Luther und die religiöse Literatur seiner Zeit bis zum ahre 1520. *Regensburg*, 1881. *Manz.* 8°. 259 pp. 3 *M* 60 *Pf*

2810. **Hexapla.** — The English Hexapla. Exhibiting the six important English ranslations of the New Testament Scriptures. *London*, 1881. 4°. 28 *M* 50 *Pf*

2811. **Jacobson, G.** Om den materiela behandlingen af det evangeliska ordet i et kyrkliga predikan. Försök till framställning af sättet att framdaga prediko-aterialet ur texter, hemtade från evangelierna. *Upsala*, 1881. 8°. 144 pp. 2 *M* 50 *Pf*

2812. **Kämmlitz, A. T. H.** Paulus, der Apostel Jesu Christi. Ein Lebensbild, nzig auf dem Grunde des Neuen Testaments, für gebildete Leser entworfen. *rankenberg*, 1881. *Rossberg.* 8°. 111 pp. 1 *M* 80 *Pf*

2813. **Klostermann, A.** Korrekturen zur bisherigen Erklärung des Römerbriefes. *otha*, 1881. *F. A. Perthes.* 8°. XI, 235 pp. 4 *M* 80 *Pf*

2814. **Kohn, B.** Untersuchungen über das Causalproblem auf dem Boden einer ritik der einschlägigen Lehren J. St. Mills. *Wien*, 1881. *Gerold's Sohn.* 8°. II, 7 pp. 3 *M*

2815. **Kolde, Thdr.** Friedrich der Weise und die Anfänge der Reformation. Eine rchenhistorische Skizze mit archivalischen Beilagen. *Erlangen*, 1881. *Deichert.* . III, 75 pp. 1 *M* 50 *Pf*

2816. **Krakauer, M.** Zur Geschichte des Spinozismus in Deutschland während r ersten Hälfte des 18. Jahrhunderts. *Breslau*, 1881. *Köhler.* 8°. 51 pp. 1 *M*

2817. **Küchler, F.** Zur Freiheit des Gewissens. Eine religionsphilosophisch-rchenpolitische Studie. *Leipzig*, 1881. *Lehmann.* 8°. V, 306 pp. 5 *M*

2818. **Little, W. J. K.** The Mystery of the Passion of our most Holy Redeemer. *ondon*, 1881. 8°. 4 *M* 20 *Pf*

2819. **Ludewig, J.** Geist und Stoff. Erörterungen und Betrachtungen über die ouveränetät der Materie. *Iserlohn*, 1881. *Bädeker.* 8°. VIII, 244 pp. 5 *M*

2820. H. Mc Neille and Reformation Truth, the Characteristics of Romanism d Protestantism, with a Biographical Sketch of C. Bullock. *London*, 1881. 8°. pp. 2 *M* 40 *Pf*

2821. **Macpherson, J.** Henry Moorhouse, the English Evangelist. *London*, 1881. 152 pp. 3 *M*

2822. Der Midrasch Bereschit Rabba, das ist die haggadische Auslegung der enesis. Zum ersten Male ins Deutsche übertragen von *A. Wünsche.* Mit einer nleitung von J. Fürst, Noten und Verbesserungen von demselben und D. O. raschun, und Varianten von M. Grünwald. *Leipzig*, 1881. *O. Schulze.* 8°. VIII, 7 pp. 13 *M*

2823. **Mühlbauer, Wfg.** Thesaurus resolutionum s. c. concilii, quae consentanee Tridentinorum pp. decreta aliasque canonici juris sanctiones prodierunt usque a. 1879 cum omnibus constitutionibus et aliis novissimis declarationibus ss. ntificum ad causas respicientibus. Primum ad commodiorem usum ordine al-abetico concinnatas. Tomus IV. Fasc. 8—9. *München*, 1881. *Stahl.* 4°. p. 721 936. *Jeder Fasc.* 3 *M*

S. oben Nr. 1251.

2824. **Nicholson, E. B.** Our new New Testament. An Explanation of the Need, d a Criticism of the Fulfilment. *London*, 1881. 8°. 86 pp. 1 *M* 80 *Pf*

2825. **Occagna, Fr.** Cenni storici sui concili ecumenici. *Napoli*, 1880. 8°. 402 pp. 5 *M*

2826. **Ottley, H. B.** The great Dilemma. Christ his own Witness, or his own ccuser. Six Lectures. *London*, 1881. 8°. 204 pp. 4 *M* 20 *Pf*

2827. **Pfeifer, Fr. X.** Harmonische Beziehungen zwischen Scholastik und mo-rner Naturwissenschaft, mit spezieller Rücksicht auf Albertus Magnus, St. Tho-s v. Aquin und die Worte der Encyclica „Aeterni Patris": St. Thomas, B. Al-rtus Magnus aliique Scholasticorum princeps non ita se contemplationi philo-phiae dediderunt, ut non etiam multum operae in naturalium rerum cognitione locarint. *Augsburg*, 1881. *Schmid's Verl.* 8°. IV, 100 pp. 1 *M* 20 *Pf*

2828. **Romundt, H. A.** Neuer Aufbau der Lehre Kants über Seele, Freiheit

2829. **Rosin, D.** Der Pentateuch-Commentar des Rabbi Samuel ben Meir, nach Handschriften und Druckwerken berichtigt und mit kritischen, erklärenden, vergleichenden und den Nachweis der Stellen enthaltenden Anmerkungen herausgegeben. *Breslau,* 1881. *Schottländer.* 8°. XLIII, 232 pp. 4 ℳ

2830. **de Rosny, L.** La religion des Japonais. Quelques renseignements sur le Sintanisme. *Paris,* 1881. 8°. 16 pp. 2 ℳ

2831. **Royer, Mme. C.** Le bien et la loi morale; Ethique et téléologie. *Paris,* 1881. 18°. XXXVI, 321 pp. 3 ℳ 50 ₰

2832. **Steudel, Adf.** Philosophie im Umriss. II. Thl. Practische Fragen. 2. Abth. Kritik der Religion, insbesondere der christlichen. 1. u. 2. Buch. *Stuttgart,* 1881. *Bonz & Co.* 8°. XIX, 474, XII, 685 pp. 14 ℳ
S. 1877 Nr. 333.

2833. **Traina, T.** La morale di Herbert Spencer. Studio preceduto da una introduzione. *Torino,* 1881. 8°. 162 pp. 3 ℳ 60 ₰

2834. **Turcotti, A.** Principio di un nuovo mondo nel secolo XIX, ossia contrasto fra le vechie e le nuove idee. Fallimento generale delle profezie bibliche. *Torino,* 1881. 8°. 208 pp. 2 ℳ 40 ₰

2835. **Vallet, P.** Histoire de la philosophie. *Paris,* 1881. 18°. 634 pp. 4 ℳ

2836. **Warschauer, Adf.** Ueber die Quellen zur Geschichte des Florentiner Concils. *Breslau,* 1881. *Köhler.* 8°. 23 pp. 1 ℳ

III. Erziehungswissenschaft.

2837. **Babeau, A.** L'école de village pendant la révolution. *Paris,* 1881. 18°. XI, 272 pp. 3 ℳ

2838. **Pädagogische Bibliothek.** Eine Sammlung der wichtigsten pädagogischen Schriften älterer und neuerer Zeit. Im Vereine mit Gesinnungsgenossen herausgegeben von *K. Richter.* 93.—96. Heft. *Leipzig,* 1881. *H. Hesse.* 8°. p. 65—288. *Jedes Heft* 50 ₰
Inhalt: Jhs. L. Vives. Ausgewählte pädagogische Schriften. Uebersetzt und mit Einleitung und Anmerkungen versehen von R. Heine. 2. Heft.
S. oben Nr. 1923.

2839. **Danti, Fr.** La scienza della educazione, ovvero Esposizione teorico-pratica del metodo intuitivo. *Milano,* 1881. 8°. 481 pp. 6 ℳ

2840. **García, P. A.** Teoría y práctica de la educacion y la enseñanza. Curso completo y enciclopédico de pedagogía, expuesto conforme á un método rigurosamente didáctico. Tomo III. *Madrid,* 1881. 4°. 526 pp. 8 ℳ
S. 1880 Nr. 1576.

2841. **Hertel, A.** Om Sundhedsforholdene i de højere Drenge- og Pigeskoler i Kjøbenhavn. *Kjøbenhavn,* 1881. 8°. 100 pp. *Mit 4 Taf.* 3 ℳ 50 ₰

2842. **Jaeger, O. H.** Die Gymnastik der Hellenen. Neue Bearbeitung mit 6 Taf. Tafeln Bilder. *Stuttgart,* 1881. *Heitz.* 8°. III, 336 pp. 8 ℳ

2843. **Kehr, C.** Pädagogische Reden und Abhandlungen über Volkserziehung und Lehrerbildung. *Gotha,* 1881. *Thienemann.* 8°. VII, 266 pp. 3 ℳ

2844. **Liedbeck, C. H.** Gymnastiska dagöfningar valda bland dem som begagnas vid Stockholms stads folkskolor under åren 1870—1880. *Stockholm,* 1881. 4°. 80 pp. 6 ℳ

2845. **Pfisterer, Gst. Fr.** Pädagogische Psychologie. Ein Versuch. *Gütersloh,* 1880. *Bertelsmann.* 8°. XII, 340 pp. 6 ℳ

2846. **Veniali, Fr.** Questioni pedagogiche. *Torino,* 1881. 8°. XV, 264 pp. 3 ℳ 60 ₰

IV. Rechts- und Staatswissenschaft.

2847. Annalen des Reichsgerichts. Sammlung aller wichtigen Entscheidungen des Reichsgerichts, sowie aller auf die Reichsrechtsprechung bezüglichen Erlasse und Verfügungen. Unter Mitwirkung von K. Braun herausgegeben von *Hs. Blum.* III. Bd. 5. u. 6. Heft. IV. Bd. 1. u. 2. Heft. *Leipzig,* 1881. *Duncker & Humblot.* 8°. p. 449—668 u. p. 1—184. *Jedes Heft* 1 ℳ 60 ₰

2848. **Armandi, Gi.** Trattato dei contratti e della restituzione. *Faenza*, 1881. 6°, 164 pp. 3 ℳ

2849. **Auffray, J.** Les expulsés devant les tribunaux. Recueil des décisions judiciaires relatives à l'exécution des decrets du 29 mars 1880. *Paris*, 1881. 8°. 49 pp. 15 ℳ

2850. **Baumbach, K.** Staats-Lexikon. Handbuch für jeden Staatsbürger zur Kenntnis des öffentlichen Rechts und des Staatslebens aller Länder, insbesondere des Deutschen Reichs. *Leipzig*, 1882. *Bibliograph. Institut.* 8°. IV, 639 pp. 6 ℳ

2851. **Behrend, J. F.** Lehrbuch des Handelsrechts. I. Bd. 2. Lfg. *Berlin*, 1881. *Guttentag.* 8°. p. 193—384. 3 ℳ

S. 1880 Nr. 1582.

2852. **Bonnard, L.** Des contrats à la grosse, en droit romain et en droit français. *Chartres*, 1881. 8°. 298 pp. 5 ℳ

2853. **Borain, J.** Les énormités du libre échange anglais. *Bruxelles*, 1881. 8°. 76 pp. 6 ℳ

2854. **Capuzzi, Gius.** Dei ruoli esecutivi nelle provincie napolitane e siciliane. *Napoli*, 1881. 8°. 160 pp. 4 ℳ 80 ₰

2855. **Chenon, E.** Droit romain: le tribunal des centumvirs; droit français: les démembrements de la propriété foncière avant et après la révolution. *Paris*, 1881. 8°. X, 178 pp. 2 ℳ

2856. **Cianchi, N.** Del contratto di colonia e mezzadria secondo il codice civile italiano. Saggio teorico-pratico. *Siena*, 1881. 16°. XXI, 459 pp. 6 ℳ

2857. **Constantinesco, Alx.** Etude sur les conditions des enfants naturels chez les peuples anciens, à Rome, en France, et dans les différents pays de l'Europe. *Bucuresci*, 1881. 8°. 439, IV pp. 8 ℳ 40 ₰

2858. **Daude, P.** Das Aufgebotsverfahren nach preussischem Recht, unter besonderer Berücksichtigung des in den neuerworbenen Landestheilen bestehenden Rechtszustandes bearbeitet. *Berlin*, 1881. *H. W. Müller.* 8°. VII, 264 pp. 6 ℳ

2859. **Demombynes, G.** Constitutions européennes. Résumé de la législation concernant les parlements, les conseils provinciaux et communaux et l'organisation judiciaire dans les divers états de l'Europe, avec une notice sur le Congrès des Etats-Unis. 2 vols. *Paris*, 1881. 8°. XXXV, 740, 831 pp. 18 ℳ

2860. **Dupuy, P.** La question sociale en France. *Paris*, 1881. 8°. XXIII, 20 pp. 6 ℳ

2861. **Evaldsen, A. C.** Fortolkning af Vexelloven. Udarbejdet for praktiske Jurister og andre Forretningsmænd. *Kjøbenhavn*, 1881. 8°. 400 pp. 10 ℳ

2862. **Fidler, F.** Der Amtsrichter in Preussen. Darstellung der Amtsgerichtsverfassung, der Stellung des Amtsrichters und des Verfahrens in allen zur Zuständigkeit der Amtsgerichte gehörigen Rechtsangelegenheiten. 2. Lfg. [2. Thl.] Die gesetzlichen und instruktionellen Bestimmungen nach ihrer heutigen Gestalt und Geltung in systematischer Anordnung. Mit Parallelstellen und Erläuterungen aus den Entscheidungen des Reichsgerichts und des Kammergerichts. *Paderborn*, 1881. *F. Schöningh.* 8°. p. 255—477. 4 ℳ

S. oben Nr. 1937.

2863. **Fitting, Hm.** Das Reichs-Concursrecht und das Concursverfahren. *Berlin*, 1881. *Guttentag.* 8°. XIV, 428 pp. 6 ℳ

2864. **Fuld, L.** Der Einfluss der Lebensmittelpreise auf die Bewegung der strafbaren Handlungen. *Mainz*, 1881. *Diemer.* 8°. 72 pp. 1 ℳ 20 ₰

2865. **Goepel, E.** Ueber Begriff und Wesen des Urheberrechtes. Eine Studie. *Altenburg*, 1881. *Schnuphase.* 8°. 54 pp. 1 ℳ

2866. **Grotefend, G. A.** Die Gesetze und Verordnungen nebst den sonstigen Erlassen für den preussischen Staat und das deutsche Reich. Jahrg. 1881. Aus den Gesetzsammlungen für das Königreich Preussen und das Deutsche Reich, dem Reichs-Centralblatt und den amtlichen Mittheilungen der staatlichen und kirchlichen Centralbehörden in Preussen chronologisch zusammengestellt. 3. u. 4. Heft. *Düsseldorf*, 1881. *Schwann.* 8°. p. 145—368. *Jedes Heft* 1 ℳ 75 ₰

S. oben Nr. 1940.

2867. **Hahn, L.** Geschichte des „Kulturkampfes" in Preussen. In Aktenstücken dargestellt. Mit einer Uebersicht. *Berlin*, 1881. *Hertz.* 8°. XXXII, 277 pp. 4 ℳ 50 ₰

2868. **Hube, R.**. Prawo polskie w XIV wieku. Ustawodawstwo Kazimierz Wielkiego. *Warszawa*, 1881. 8⁰. 226, LXVI, V pp. 7 ℳ 50
Das polnische Recht im 14. Jahrhundert. Die Gesetzgebung Kasimir's des Grossen.

2869. **Jerrold, S.**. A Handbook of English and Foreign Copyright in some of th chief Countries of the World. Together with an Analysis of the chief Copyrig Conventions existing between Great Britain and foreign Countries. *London*, 188 8⁰. 120 pp. 3

2870. **de Kéguelin de Rozières, A.** Du droit d'administration légale sous l'auto rité paternelle et de la juridiction compétente pour en discipliner l'exercice. *Pari* 1881. 8⁰. VIII, 245 pp. 5 ℳ 50

2871. **Kraatz, E.**. Die Geschichte der Steuern und die Reform derselben i Reich, Staat und Stadt vom Standpunkt der Praxis. Kurz und verständlich fü Jedermann. *Liegnitz*, 1881. *Reisner*. 8⁰. IV, 68 pp. 1 ℳ 50

2872. **Landucci, L.**. Le obbligazioni in solido secondo il diritto romano. Libro I Parte generale. *Padova*, 1881. 8⁰. XXIII, 236 pp. 4 ℳ 20

2873. **v. Lilienfeld, P.** Gedanken über die Socialwissenschaft der Zukunft. V. Th *A. u. d. T.:* Die Religion, betrachtet vom Standpunkte der real-genetischen So cialwissenschaft, oder Versuch einer natürlichen Theologie. *Hamburg*, 1881. *Behr* 8⁰. XLVII, 592 pp. 10
S. 1879 Nr. 2529.

2874. **Manfredi, Pt.** Il diritto penale della stampa. Studi e proposte. *Milan* 1881. 8⁰. XVI, 480 pp. 8 ℳ 50

2875. **Marcinowski, F.**. Die Wehrsteuer im deutschen Reich, ihre geschichtlic Entwickelung, politische, finanzielle und wirthschaftliche Bedeutung. *Berlin*, 188 *v. Decker*. 8⁰. V, 192 pp. 3 ℳ 20

2876. **Maurey, P.** De la voirie et de l'expropriation. Observations pratiques a point de vue notariel, avec formules. *Paris*, 1881. 8⁰. 103 pp. 2

2877. **Morrell, C. Fr.** The Handy Book of the Law of Horses. *London*, 188 12⁰. 60 pp. 1 ℳ 20

2878. **Naimski, J.**. O pojedynkach. *Warszawa*, 1881. 8⁰. 146, II pp. 5
Ueber Duelle.

2879. **Nazzani, E.**. Saggio di economia politica. *Milano*, 1881. 8⁰. 180 pp. 3 ℳ 60

2880. **Nyssens, A.**, et **H. Debaets**. Commentaire législatif du code de commer belge, tiré des discussions parlementaires et des travaux parlementaires. Livr. *Bruxelles*, 1881. 8⁰. 136 pp. 5
Soll in ca. 10 Lfgn. erscheinen.

2881. **Pawiński, Adf.** Skarbowość w Polsce i jéj dzieje za Stefana Batoreg *Warszawa*, 1881. 8⁰. XV, IX, 470 pp. 14
Das Finanzwesen in Polen und seine Geschichte zur Zeit des Stephan Bathori.

2882. **Rinaldi, Ant.** Il comune e la provincia nella storia del diritto italia Studii. *Potenza*, 1881. 8⁰. 373 pp. 6

2883. **Schvarcz, Jul.** Die Demokratie. I. Bd. 2. Hälfte. 2.—3. Abth. *Leipz* 1881. *Duncker & Humblot*. 8⁰. p. 365—600. 6 ℳ 60
S. 1878 Nr. 1295.

2884. **Seraphim, Ed.** Zur Lehre vom Eigenthumserwerbe durch Verbindung u Verarbeitung beweglicher Sachen nach dem Rechte der Ostseeprovinzen, mit b sonderer Berücksichtigung der einschlägigen Bestimmungen des preussischen Rech *Hamburg*, 1881. *Behre*. 8⁰. III, 61 pp. 1 ℳ 60

2885. **Underhill, A.**, and **Plumptre.** Principles of the Law of Torts, or Wron independent of Contract. First American edition, with American Cases by N. Moak. *Albany*, 1881. 8⁰. 360

2886. **Walsh, W. J.**. A plain Exposition of the Irish Land Act of 1881. *Dubl* 1881. 8⁰. 154 pp. 2 ℳ 40

2887. **Zander, C.**. Die Jagdpolizei-Gesetze für den Preussischen Staat. Han buch mit Erläuterungen und ausführlichem Sachregister. *Berlin*, 1881. *Eigenschmi* 8⁰. IV, 154 pp. 2 ℳ 40

V. Mathematik und Naturwissenschaften.

2888. **Arnoldi, E. W.** Sammlung plastisch nachgebildeter Pilze. Mit Beschreibung von *H. Arnoldi.* 19. Lfg. *Gotha,* 1881. *Thienemann.* 8°. (Nr. 217—228 mit 3 pp. Text.) 8 *M.*
S. oben Nr. 1004.

2889. **Baeblich, H.** Die Wunder der Schöpfung. Gemeinfassliche Darstellung der gesammten Naturwissenschaften. Mit zahlreichen in den Text und auf Taf. gedr. Holzschn. 40.—44. Lfg. *Berlin,* 1881. *Burmester & Stempell.* 8°.
Schluss. — S. oben Nr. 1320. *Jede Lfg.* 50 *₰*

2890. **Beilstein, F.** Handbuch der organischen Chemie. 4.—6. Lfg. *Leipzig,* 1881. *L. Voss.* 8°. p. 481—944. *Jede Lfg.* 3 *M.*
S. oben Nr. 1323.

2891. **Beyse, Gst.** Untersuchungen über den anatomischen Bau und das mechanische Princip im Aufbau einiger Arten der Gattung Impatiens. Mit 4 lith. Taf. [Aus: „Nova Acta der kaiserl. Leop.-Carol.-deutschen Akademie der Naturforscher."] *Halle,* 1881. [*Leipzig, Engelmann.*] 4°. 63 pp. 8 *M.*

2892. **Bohnensieg, G. C. W.** Repertorium annuum literaturae botanicae periodicae. Tom. VI. 1877. *Haarlem,* 1881. *Erven Loosjes.* 8°. XXVI, 420 pp. 9 *M.* 20 *₰*
S. 1880 Nr. 425.

2893. **Brühl, C. Bh.** Zootomie aller Thierklassen für Lernende, nach Autopsien skizzirt. Illustrirt durch 200 Taf. mit nahezu 4000, vom Verfasser meist nach der Natur gezeichneten und sämmtlich von ihm mit dem Diamant in Stein radirten Figuren. Atlas in 50 Lfgn. zu 4 Taf. 21.—22. Lfg. *Wien,* 1881. *Hölder.* Fol. *8 Steintaf. mit 12 Bl. Text.* *Jede Lfg.* 4 *M.*
S. oben Nr. 429.

2894. **Buchner, L. Andr.** Commentar zur Pharmacopoea germanica mit verdeutschtem Texte. Für Apotheker, Aerzte und Medicinal-Beamte unter Mitwirkung von *Hm. v. Boeck* bearbeitet. II. Bd., enthaltend den Commentar der Pharmakopoe. Mit in den Text eingedr. Holzschn. 16. Lfg. *München,* 1881. *Oldenburg.* 8°. II. Bd. 2. Thl. p. 321—400. 1 *M.* 20 *₰*
S. oben Nr. 700.

2895. Collectanea mathematica, in memoriam Dominici Chelini nunc primum edita cura et studio *L. Cremona* et *E. Beltrami.* Accessit imago (photolith.) ejusdem Chelini et testamentum Nic. Tartaleae. *Mailand,* 1881. *Hoepli.* 8°. VII, XXXII, 424 pp. *Mit 1 Facsimile.* 20 *M.*

2896. **Cramer, C.** Ueber die geschlechtslose Vermehrung des Farn-Prothallium, namentlich durch Gemmen, resp. Conidien. [Aus: „Denkschriften der schweizer. Gesellschaft für die gesammte Naturwissenschaft."] *Basel,* 1881. *Georg.* 4°. 16 pp. *Mit 3 Steintaf.* 2 *M.* 40 *₰*

2897. **Darwin, C.** The Formation of vegetable Mould through the Action of Worms, with Observations on their Habits. *London,* 1881. 8°. VII, 326 pp. 10 *M.* 80 *₰*

2898. Neues Handwörterbuch der Chemie. Auf Grundlage des von Liebig, Poggendorff und Wöhler, Kolbe und Fehling herausgegebenen Handwörterbuchs der reinen und angewandten Chemie und unter Mitwirkung von Baumann, Bunsen, Classen etc. bearbeitet und redigirt von *Hm. v. Fehling.* Mit in den Text eingedr. Holzst. 38. u. 39. Lfg. *Braunschweig,* 1881. *Vieweg & Sohn.* 8°. III. Bd. p. 1057—1248. *Jede Lfg.* 2 *M.* 40 *₰*
S. oben Nr. 1963.

2899. **Hollgren, C. A.** Barrskogarne i naturen. *Stockholm,* 1881. 8°. 68 pp. 2 *M.* 50 *₰*

2900. **v. Homeyer, E. F.** Die Wanderungen der Vögel mit Rücksicht auf die Züge der Säugethiere, Fische und Insekten. *Leipzig,* 1881. *Grieben.* 8°. X, 415 pp. 8 *M.*

2901. **Karsten, H.** Deutsche Flora. Pharmaceutisch-medicinische Botanik. Ein Grundriss der systematischen Botanik zum Selbststudium für Aerzte, Apotheker und Botaniker. Mit gegen 700 Holzschn.-Abbildgn. 4. u. 5. Lfg. *Berlin,* 1881. *Spaeth.* 8°. p. 337—528. *Jede Lfg.* 1 *M.* 50 *₰*

2902. v. Konkoly, Nic. Beobachtungen, angestellt am astrophysicalischen Observatorium in OGyalla. II.—III. Bd., mit 7 lith. Taf. *Halle*, 1881. *Schmidt.* 4°. V, 73, III, 91 pp. 21 ℳ
S. 1879 Nr. 2882.

2903. Lilljeborg, W.. Fauna. Sveriges or Norges fiskar. 1ª häftet. *Upsala*, 1881. 8°. 208 pp. 6 ℳ

2904. Loew, Osc., und Th. Bokorny. Die chemische Ursache des Lebens, theoretisch und experimentell nachgewiesen. *München*, 1881. *J. A. Finsterlin.* 8°. IV, 60 pp. *Mit 1 lith. u. color. Taf.* 2 ℳ

2905. Luerssen, Ch. Medicinisch-pharmaceutische Botanik. Handbuch der systematischen Botanik für Botaniker, Aerzte und Apotheker. Mit zahlreichen vom Verfasser auf Holz gezeichneten Abbildgn. 17. u. 18. Lfg. *Leipzig*, 1881. *Haessel.* 8°. II. Bd. p. 641—800. *Jede Lfg.* 2 ℳ
S. oben Nr. 445.

2906. Madamet, A.. Résistance des matériaux. Notions générales; Traction; Compression; Glissement. *Paris*, 1881. 8°. 80 pp. *Mit 4 Taf. u. Abbildgn.* 3 ℳ

2907. Martini und Chemnitz. Systematisches Conchylien-Cabinet. In Verbindung mit Philippi, L. Pfeiffer, Dunker etc. neu herausgegeben und vervollständigt von *H.. C.. Küster*; nach dessen Tode fortgesetzt von *W.. Kobelt* und *H.. C.. Weinkauf.* 305.—307. Lfg. *Nürnberg*, 1881. *Bauer & Raspe.* 4°. 64 pp. *Mit 17 color. Steintaf.* *Jede Lfg.* 9 ℳ
S. oben Nr. 1975.

2908. Palaeontographica. Beiträge zur Naturgeschichte der Vorzeit. Herausgegeben von *W. Dunker* und *K. A. Zittel*, unter Mitwirkung von W. Benecke, E.. Beyrich, v. Fritsch, W.. Neumayr, und Fd. Römer als Vertretern der deutschen geologischen Gesellschaft. XXVIII. Bd. oder 3. Folge. IV. Bd. 2. Lfg. *Kassel*, 1881. *Fischer.* 4°. p. 41—109. *Mit 6 Steintaf. u. 6 Bl. Tafelerklärgn.* 20 ℳ
S. oben Nr. 2299.

2909. Perugia, Alb. Elenco dei pesci dell' Adriatico. *Milano*, 1881. 4°. VIII, 60 pp. *Mit 7 color. Taf.* 9 ℳ 50 ₰

2910. Pirmez, E.. De l'unité des forces de gravitation et d'inertie. *Bruxelles*, 1881. 8°. 282 pp. 3 ℳ 50 ₰

2911. Ramsvig, S.. A.., Akustik eller Læren om Lyden. Tilligemed en Fremstilling af Læren om Svingninger og Bølgebevægelse. *Christiania*, 1881. 8°. III, 154 pp. *Mit 56 Holzschn.* 4 ℳ

2912. Rothpletz, A.. Das Diluvium um Paris und seine Stellung im Pleistocän. Mit 3 lith. Taf. [Aus: „Denkschriften der schweiz. Gesellschaft für die gesammten Naturwissenschaften."] *Basel*, 1881. *Georg.* 4°. 132 pp. 6 ℳ 40 ₰

2913. Schier, W.. Die schädlichen Vögel. Mit chromolith. Original-Farbendruck-Bildern, gezeichnet und lith. von K. Maixner. 2. Heft. *Prag*, 1881. *Kosmack & Neugebauer.* 8°. p. 65—134. *Mit 4 Chromolith.* 2 ℳ 40 ₰
S. oben Nr. 2603.

2914. Sihleanu, St. Principii de zoologiă generală relative la anatomia și la fisiologia animalelor. Tomul I. Parte generală. *Bucuresci*, 1881. 8°. XIII, 238 pp. 3 ℳ 60 ₰

2915. Simon, E.. Les Arachnides de France. Tome IV. VII; et V, première partie, contenant les familles des Epeiridae (supplément) et des Theridionidae (commencement). *Paris*, 1881. 8°. *Jeder Bd.* 12 ℳ
S. 1876 Nr. 2499.

2916. Simony, Osk. Ueber jene Gebilde, welche aus kreuzförmigen Flächen durch paarweise Vereinigung ihrer Enden und gewisse in sich selbst zurückkehrende Schnitte entstehen. [Aus: „Sitzungsberichte der k. Akademie der Wissenschaften."] *Wien*, 1881. *Gerold's Sohn.* 8°. 21 pp. *Mit 8 lith. Taf.* 2 ℳ

2917. Steindachner, Fr. Ichthyologische Beiträge [XI]. [Aus: „Sitzungsberichte der k. Akademie der Wissenschaften."] *Wien*, 1881. *Gerold's Sohn.* 8°. 16 pp. *Mit 1 lith. Taf.* 60 ₰
S. oben Nr. 1641.

2918. Steindachner, Fr. Beiträge zur Kenntniss der Flussfische Süd-Amerika's. III. [Aus; „Denkschriften der k. Akademie der Wissenschaften."] *Wien*, 1881. *Gerold's Sohn.* 4°. 18 pp. *Mit 5 lith. Taf.* 2 ℳ 40 ₰
S. oben Nr. 1642.

2919. Tyndall, J. Essays on the Floating Matter of the Air in relation to Putrefaction and Infection. *London*, 1881. 8⁰. 358 pp. 9 *M*

2920. Vanden-Broeck, E. Mémoires sur les phénomènes d'altération des dépôts superficiels par l'infiltration des eaux météoriques étudiés dans leurs rapports avec la géologie stratigraphique. *Bruxelles*, 1881. 4⁰. 180 pp. *Mit 1 Taf.* 8 *M*

VI. Medicin.

2921. Arène, L. Des adénites et des adéno-phlegmons de la région cervicale dans l'angine diphtérique et dans la scarlatine. *Paris*, 1881. 8⁰. 144 pp. 3 *M* 50 *ℌ*

2922. Arrigo, Gius. Trattato teorico-pratico per organo. *Torino*, 1881. 4⁰. 74 pp. 7 *M* 20 *ℌ*

2923. Biedermann, W. Beiträge zur allgemeinen Nerven- und Muskel-Physiologie. [3. Mittheilung.] Ueber die durch chemische Veränderung der Nervensubstanz bewirkten Veränderungen der polaren Erregung durch den elektrischen Strom. [Aus: „Sitzungsberichte der k. Akademie der Wissenschaften."] *Wien*, 1881. *Gerold's Sohn*. 8⁰. 52 pp. 2 *M*

2924. Bruchet, C. P. Contribution à l'étude des rapports des affections rénales avec les maladies chirurgicales. *Paris*, 1881. 8⁰. 136 pp. 3 *M* 50 *ℌ*

2925. Brun, A. F. De l'arthride aiguë d'origine blennorrhagique. *Paris*, 1881. 8⁰. 87 pp. 2 *M* 50 *ℌ*

2926. Brunetti, L. Propedeutica, ossia guida per il dissettore al tavole di sezione. Libro I. *Padova*, 1881. 8⁰. 183 pp. *Mit 2 Taf.* 7 *M* 20 *ℌ*

2927. Coulbault, G. Des lésions de la corne d'Ammon dans l'épilepsie. *Paris*, 1881. 4⁰. 68 pp. 2 *M*

2928. Debierre, L. Du décollement rétinien et de son traitement. *Paris*, 1881. 8⁰. 76 pp. 3 *M* 50 *ℌ*

2929. Dessart, J. B., et C. Thiebaud. Traité de médecine légale vétérinaire, comprenant la jurisprudence vétérinaire, la médecine judiciaire et la police sanitaire. 2ᵉ et 3ᵉ sections. Médecine judiciaire et police sanitaire. *Bruxelles*, 1881. 8⁰. p. 675—1265. *Preis des compl. Werkes* 9 *M*
S. 1879 Nr. 3535.

2930. Edis, Arth. W. Diseases of Women, including their Pathology, Causation, Symptoms, Diagnosis, and Treatment. *London*, 1881. 8⁰. 554 pp. 15 *M*

2931. Exner, Sgm. Untersuchungen über die Localisation der Functionen in der Grosshirnrinde des Menschen. *Wien*, 1881. *Braumüller*. 8⁰. IX, 180 pp. *Mit 25 Taf.* 20 *M*

2932. Gowers, W. R. Epilepsy and other chronic convulsive Diseases. Their Causes, Symptoms and Treatment. *London*, 1881. 8⁰. 34 pp. 12 *M* 50 *ℌ*

2933. Hager, Hm. Handbuch der pharmaceutischen Praxis. Für Apotheker, Aerzte, Droguisten und Medicinalbeamte. Mit zahlreichen in den Text gedr. Holzschn. Ergänzungsband 6. Lfg. *Berlin*, 1881. *Springer*. 8⁰. p. 561—672. 2 *M*
S. oben Nr. 1990.

2934. Hall, J. Drink Thirst; its medical Treatment. *London*, 1881. 8⁰. 88 pp. 2 *M* 40 *ℌ*

2935. Handbuch der allgemeinen und speciellen Chirurgie mit Einschluss der topographischen Anatomie, Operations- und Verbandlehre. Mit 136 Kpfrtaf., 52 lith. Umrisstaf. und zahlreichen eingedr. Holzschn. Bearbeitet von *Agatz*, *Bandl*, *Bergmann* etc., redigirt von *v. Pitha* u. *Billroth*. II. Bd. 2. Abth. 3. Lfg. [2. Hälfte.] *Stuttgart*, 1881. *Enke*. 8⁰. p. 257—419. *Mit 143 eingedr. Holzschn.* 4 *M*
S. oben Nr. 465.

2936. Henry, M. H. Treatment of Varicocele by Excision of redundant Scrotum. Illustrated by new Instruments, and on Account of fifteen successful Cases. *New York*, 1881. 12⁰. 24 pp. 3 *M*

2937. Hillairet, J. B., et E. Gaucher. Traité théorique et pratique des maladies de la peau. Leçons professées à l'hôpital Saint-Louis. Iᵉʳ fasc. *Paris*, 1881. 8⁰. VIII, 227 pp. *Mit 18 Abbild.* 5 *M*

2938. **Hoppe, J.**. Psychologisch-physiologische Optik in experimentell psychophysischer Darstellung. *Leipzig*, 1881. *O. Wigand*. 8°. XIII, 371 pp. *Mit Holzschn.* 6 ℳ

2939. **Horwitz, M.**. Zur Lehre von der künstlichen Unterbrechung der Schwangerschaft [künstliche Frühgeburt und künstlicher Abortus]. *Giessen*, 1881. *Ricker*. 8°. IV, 92 pp. 2 ℳ

2940. **Howard, J. W.**. A Treatise on Orthopaedic Surgery. *London*, 1881. 8°. 166 pp. 15 ℳ

2941. **Hunnius, H.**. Zur Symptomatologie der Brückenerkrankungen und über die conjugirte Deviation der Augen bei Hirnkrankheiten. *Bonn*, 1881. *Cohen & Sohn*. 8°. 91 pp. *Mit 6 Holzschn.* 2 ℳ

2942. **Legende, H.** Etude de la scarlatine chez les femmes en couches. *Paris*, 1881. 8°. 103 pp. *Mit 6 Taf.* 3 ℳ

2943. **Martin, R.** Sveriges tandläkare-historia från äldsta tider till närvarande tid. *Stockholm*, 1881. 8°. 26 pp. 4 ℳ

2944. **Mauthner, L.** Glaucom. [Aus: „Vorträge aus der Augenheilkunde.“ *Wiesbaden*, 1881. *Bergmann*. 8°. 116 pp. *Mit Abbildgn.* 2 ℳ 60 ₰

2945. **Presl, F.** Die Prophylaxis der übertragbaren Infections-Krankheiten. Ein Handbuch für Aerzte, Sanitätsbeamte und Physikats-Candidaten. Mit besonderer Berücksichtigung der österreichischen und deutschen Gesetzgebung. *Wien*, 1881. *Urban & Schwarzenberg*. 8°. V, 147 pp. 3 ℳ

2946. **Reynolds, J. J.**. Notes on Midwifery. *London*, 1881. 12°. 134 pp. 4 ℳ 80 ₰

2947. **Tigerstedt, R.**. Handledning för nybörjare vid praktiska öfningar i fysiologi. Fysiologisk optik. I. *Stockholm*, 1881. 8°. 48 pp. *Mit 31 Abbildgn.* 2 ℳ

2948. **Underwood, Arth. S.**. Surgery for Dental Students. *London*, 1881. 8°. 202 pp. 6 ℳ

2949. **Vejdovský, Fr.** Untersuchungen über die Anatomie, Physiologie und Entwicklung von Sternaspis. [Aus: „Denkschriften der k. Akademie der Wissenschaften.“] *Wien*, 1881. *Gerold's Sohn*. 4°. 58 pp. 8 ℳ 80 ₰

2950. **Зеленскій, М.**. Дифтеритъ. Критическій этюдъ для врачей и родителей. *St. Petersburg*, 1881. 8°. 313 pp. 8 ℳ
Zelenskij, M.. Die Diphtheritis. Kritische Studie.

2951. **Zuckerkandl, E.** Ueber die Anastomosen der Venae pulmonales mit den Bronchialvenen und mit dem mediastinalen Venennetze. [Aus: „Sitzungsberichte der k. Akademie der Wissenschaften.“] *Wien*, 1881. *Gerold's Sohn*. 8°. 43 pp. *Mit 4 Taf.* 6 ℳ

VII. Geographie und Geschichte.

2952. **Altenburger, G., und B. Rumbold.** Wappenbuch des Königreichs Ungarn und seiner Nebenländer. 3. u. 4. Heft. *Budapest*, 1881. *Grimm*. 4°. p. 21—36. *Mit 20 Steintaf.* *Jedes Heft* 4 ℳ
S. oben Nr. 1697.

2953. **Apjohn, L.**. John Bright and the Party of Peace, Retrenchment and Reform. *London*, 1881. 8°. 306 pp. 3 ℳ

2954. **Archives historiques de la Saintonge et de l'Aunis.** Vol. VII—IX. *Saintes*, 1881. 8°. *Jeder Bd.* 15 ℳ
S. 1879 Nr. 2609.

2955. **La Belgique et le Vatican.** Documents et travaux législatifs concernant la rupture des relations diplomatiques entre le gouvernement belge et le Saint-Siége. Précédés d'un exposé historique des rapports qui ont existé entre eux depuis 1830. Vol. I—III. *Bruxelles*, 1881. 8°. LXVIII, 576, 630 pp. *Jeder Bd.* 7 ℳ

2956. **Benloew, L.**. Les Lois de l'histoire. *Paris*, 1881. 8°. 406 pp. 5 ℳ

2957. **Allgemeine deutsche Biographie.** Herausgegeben durch die historische Commission bei der k. Akademie der Wissenschaften in München. 62. u. 63. Lfg. *Leipzig*, 1881. *Duncker & Humblot*. 8°. XIII. Bd p. 161—400. *Jede Lfg.* 2 ℳ 40 ₰
S. oben Nr. 1388.

2958. **Besant, W., and Jam. Rice.** Sir Richard Whittington, Lord Mayor of London. *London*, 1881. 8°. 212 pp. 3 *M*

2959. **Bock, C.** The Head Hunters of Borneo. Up the Mahakkam, and down the Barita, also Journeyings in Sumatra. *London*, 1881. 8°. *Mit 36 color. Taf.* 43 *M*

2960. **Bose, S. C.** The Hindoos as they are. A description of the Manners, Customs, and Inner Life of Hindoo Society in Bengal. With a prefatory Note by W. Hastie. *London*, 1881. 8°. 312 pp. 9 *M*

2961. **Boutkowsky, Alx.** Dictionnaire numismatique pour servir de guide aux amateurs, experts et acheteurs des médailles romaines impériales et grecques coloniales, avec indication de leur degré de rareté et de leur prix actuel au XIXme siècle, suivi d'un résumé des ventes publiques de Paris et de Londres. [Fruit d'un travail de 14 ans.] Rédigé sur un plan entièrement nouveau, accompagné d'indices littéraires sur les récentes découvertes, et de notices historiques peu connues sur les poètes, écrivains, architectes, peintres, sculpteurs et graveurs sur pierres fines, qui illustrèrent chaque règne depuis Pompée le Grand jusqu'au 5me siècle de notre ère. 21e livr. *Leipzig*, 1881. *T. O. Weigel.* 8°.
S. oben Nr. 1702. 4 *M* 20 *₰*; *auf holländ. Pap.* 2 *M* 40 *₰*

2962. Briefe der Kaiserin Maria Theresia an ihre Kinder und Freunde. Herausgegeben von *Alfr. v. Arneth.* III. u. IV. Bd. 8°. III, 479, IV, 622 pp. 18 *M*
S. oben Nr. 493.

2963. **Brunkow, Osk.** Die Wohnplätze des Deutschen Reiches. Auf Grund der amtlichen Urmaterialien bearbeitet u. herausgegeben. I. Abth. Königreich Preussen. 14.—22. Lfg. *Berlin*, 1881. *Bickhardt.* 4°. III. Bd. p. 505—903, IV. Bd. 1051 pp.
S. oben Nr. 1391. *Jede Lfg.* 5 *M*

2964. **de Bulmerincq, M.** Le passé de la Russie depuis les temps les plus reculés jusqu'à la paix de San-Stefano 1878. *Bruxelles*, 1881. 18°. 333 pp. *Mit 3 Taf. u. 1 Karte.* 3 *M* 50 *₰*

2965. Calendar of Home Office Papers of the Reign of George III, 1770—72, preserved in Her Majesty's Public Record Office. Edited by Rch. Arth. Roberts. *London*, 1881. 8°. 18 *M*

2966. **Casa, E.** Controversie fra la Corte di Parma e la S. Sede nel secolo XVIII. Studio storico. *Modena*, 1881. 18°. 290 pp. 3 *M* 60 *₰*

2967. **Conwell, R. H.** The Life, Travels and literary Career of Bayard Taylor. *Boston*, 1881. 12°. 357 pp. 9 *M*

2968. **Coolsma, S.** West-Java. Het land, de bewoners en de arbeid der Nederlandsche zendingsvereeniging. *Rotterdam*, 1881. 8°. IV, 260 pp. *Mit 1 Karte.* 3 *M* 75 *₰*

2969. **Cornish, F. W.** Life of Oliver Cromwell. *London*, 1881. 8°. 434 pp. *Mit Karten u. Plänen.* 4 *M* 20 *₰*

2970. **Cosentino, E.** Sunto delle lezioni di storia generale svolte ai signori ufficiali allievi delle scuole di guerra. 2 vol. *Torino*, 1880—81. XV, 576, XVIII, 636 pp. 8 *M* 75 *₰*

2971. **Elze, Thdr.** Die Münzen Bernhards Grafen von Anhalt, Herzog v. Sachsen. 2. Heft: Die Bracteaten Bernhards als Herzog von Sachsen. 1180—1212. *Berlin*, 1881. *Mittler & Sohn.* 4°. 51 pp. *Mit 5 Kpfrtaf.* 6 *M*
S. 1871 Nr. 708.

2972. Encyklopädie der neueren Geschichte. In Verbindung mit namhaften deutschen und ausserdeutschen Historikern herausgegeben von *W. Herbst.* 5.—9. Lfg. *Gotha*, 1881. *F. A. Perthes.* 8°. I. Bd. p. 305—704. *Subscr.Pr. jede Lfg.* 1 *M*
S. oben Nr. 1399.

2973. **Felkin, R. W., and C. T. Wilson.** Uganda and the Egyptian Soudan. An Account of Travel in Eastern and Equatorial Africa. 2 vols. *London*, 1881. 8°. 8 pp. 33 *M* 50 *₰*

2974. **Foggo, A.** Earl Beaconsfield. A Biography. Vol. II. *London*, 1881. 8°. 70 pp. 12 *M* 50 *₰*
S. oben Nr. 2868.

2975. **Formentini, M.** La dominazione spagnuola in Lombardia. *Milano*, 1881. 8°. 515 pp. 14 *M* 40 *₰*

2976. **Ghebapol, D.** Istoria critică a Românilor. Vol. I. *Bucuresci*, 1881. 8°. 12 *M*

2977. **Heidemann, Jul.** Die Mark Brandenburg unter Jobst von Mähren. *Berlin*, 1881, *W. Weber*. 8°. VIII, 260 pp. 5 ℳ

2978. **v. Heinemann, O.** Aus der Vergangenheit des Welfischen Hauses. Sechs Vorträge. *Wolfenbüttel*, 1881. *Zwissler*. 8°. VI, 245 pp. 3 ℳ

2979. **Hensman, H.**. The Afghan War of 1879—80. Being a complete Narrative of the Capture of Cabul, the Siege of Sherpur, the Battle of Ahmed Khel, the brilliant March to Candahar, and the Defeat of Ayub Khan. With the Operations in the Helmund, and the Settlement with Abdur Rahman Khan. With Maps. *London*, 1881. 8°. 556 pp. 25 ℳ

2980. **v. Hesse-Wartegg, E.** Mississippi-Fahrten. Reisebilder aus dem amerikanischen Süden [1879—1880]. Mit zahlreichen Abbildgn. *Leipzig*, 1881. *Reissner*. 8°. VI, 354 pp. 8 ℳ

2981. **Houghton, W.**. Conspectus of the History of political Parties and the Federal Government. *New York*, 1881. 4°. 30 ℳ

2982. **Hovgaard, A.**. Nordenskiølds Rejse omkring Asien og Europa. Populairt fremstillet efter mine Dagbøger. 1. Hefte. *Kjøbenhavn*, 1881. 8°. 40 pp. *Mit 3 Tondr. u. 2 Karten*. 1 ℳ 50 ₰

2983. **v. Hurmuzaki, E.**. Fragmente zur Geschichte der Rumänen. II. Bd. *Bucuresci*, 1881. 8°. 237 pp. 7 ℳ 20 ₰
S. 1878 Nr. 1891.

2984. **de Ideville, H.**. Le Maréchal Bugeaud d'après sa correspondance intime et ses documents inédits (1784—1849). Tome I. *Paris*, 1881. 8°. XI, 414 pp. *Mit Portr.* 8 ℳ

2985. **Lamathière, T.**. Panthéon de la légion d'honneur. Tome II—IV. *Paris*, 1881. 4°. 25 ℳ
S. 1880 Nr. 518.

2986. **de Lescure.** Mémoires sur les assemblées parlementaires de la révolution. Avec introduction, notices et notes. 2 vol. Tome I. Constituante. Tome II. Convention. *Paris*, 1881. XLV, 520, 441 pp. 7 ℳ

2987. **Loriot, C. F.**. David Livingstone et sa mission sociale. *Paris*, 1881. 12°. XIII, 331 pp. *Mit 3 Karten, Portr. u. Abbildgn.* 3 ℳ 50 ₰

2988. Magyarland. A Narrative of Travels through the Snowy Carpathians and Great Alfold of the Magyar. 2 vols. *London*, 1881. 8°. 50 ℳ

2989. **Mangold, F.**. Geschichte des Bürgerkrieges in den Vereinigten Staaten von Amerika 1861 bis 1865. Der Feldzug in Nord-Virginien im August 1862. *Hannover*, 1881. *Helwing's Verl.* 8°. XII, 335 pp. *Mit 4 lith. u. chromolith. Karten.* 8 ℳ

2990. **Masson, Gst.** Henry IV and the End of the Wars of Religion. Edited from Guizot's History of France. With Notes, and historical, genealogical, and other Tables. *London*, 1881. 12°. 178 pp. 3 ℳ

2991. **Maton, E.**. Histoire du Monténégro ou Tsernogore. *Paris*, 1881. 8°. 340 pp. *Mit Karte.* 4 ℳ

2992. **Meyer-Kraus, B.**. Wappenbuch der Stadt Basel. 2. Lfg. *Basel*, 1881. *Bahnmaier*. 4°. *10 Chromolith.* 8 ℳ
S. oben Nr. 800.

2993. **Müller, W.** Reichskanzler Fürst Bismarck. Mit dem Porträt Bismarck's. *Stuttgart*, 1881. *Krabbe*. 8°. XXIV, 332 pp. 6 ℳ

2994. **Murray, E. C. G.**. Side Lights on English Society, or Sketches from Life, social and satyrical. 2 vols. *London*, 1881. 8°. *Mit ca. 300 Illustr.* 30 ℳ

2995. History of Napoleon Buonaparte. Reprinted from the Family Library. Illustrated by G. Cruikshank. With an Appendix. *London*, 1881. 8°. 674 pp. 6 ℳ

2996. **v. Nordenskiöld, Adf. E.**. Vegas färd kring Asien och Europa jemte en historisk återblick på föregående resor längs gamla verldens nordkust. 7e häfte. *Stockholm*, 1881. 8°. II, 96 pp. *Mit 1 Karte.* 3 ℳ
S. oben Nr. 2679.

2997. **v. Nordenskjöld, Adf. E.**. Die Umsegelung Asiens und Europas auf der Vega 1878—1880. Autorisirte deutsche Ausgabe. Mit Abbildungen in Holzschn. u. lith. Karten. 9.—11. Lfg. *Leipzig*, 1881. *Brockhaus*. 8°. I. Bd. 385—477. jede Lfg. 1 ℳ
S. oben Nr. 2057.

2998. **Oates, F.** Matabele Land and the Victoria Falls. A Naturalist's Wanderings in the Interior of South Africa. Edited by C. G. Oates. *London*, 1881. 8°. 708 pp. 25 ℳ

2999. Pantheon di Bologna. Biografie degli illustri Bolognesi. *Bologna*, 1881. Fol. VIII, 208 pp. 48 ℳ

3000. **Pio, Oss.** Storia popolare della dinastia di Savoia nelle sue relazioni colla storia d'Italia dalle origini di essa casa sino all' anno 1880. *Voghera*, 1881. 8°.
Erscheint in monatlichen Lfgn. *Preis des compl. Werkes* 21 ℳ 50 ₰

3001. **v. Planta, P. C.** Die currätischen Herrschaften in der Feudalzeit. Mit einer Karte der currätischen weltlichen und geistlichen Herrschaften. 2. Lfg. *Bern*, 1881. *Wyss.* 8°. p. 85—228. 2 ℳ
S. oben Nr. 2064.

3002. **Pyl, Thdr.** Geschichte des Cistertienserklosters Eldena im Zusammenhange mit der Stadt und Universität Greifswald. 2 Thle. *Greifswald*, 1880—82. *Bindewald.* 8°. XVIII, 823 pp. *Mit 6 Steintaf.* 12 ℳ

3003. **Rehman, Ant.** Szkice z podróży do południowej Afryki, odbytéj w latach 1875—77. *Warszawa*, 1881. 8°. 368 pp. 8 ℳ
Skizze einer Reise nach Südafrika in den Jahren 1875 - 1877.

3004. **de Rosales, Diego.** Historia general de el Reyno de Chile. Publicada, anotada i precedida de la vida del Autor i de una estensa noticia de sus obras por B. V. Mackenna. 3 tomos. *Valparaiso*, 1877—78. 4°. LXIX, 506, 676, 502 pp. 100 ℳ

3005. **Rosenberg, C. M.** Geografiskt-statistiskt handlexikon öfver Sverige. Efter nyaste hufvudsakligen officiella källor utarbetadt. 3. häft. *Stockholm*, 1881. 8°. p. 193—288. 2 ℳ
S. oben Nr. 1738.

3006. **Salzer, J. Mch.** Der königliche freie Markt Birthälm in Siebenbürgen. Ein Beitrag zur Geschichte der Siebenbürger Sachsen. *Wien*, 1881. *Graeser.* 8°. XVI, 750 pp. *Mit eingedr. Holzschn. u. 1 Steintaf.* 12 ℳ

3007. **Sanderson, E.** A History of the British Empire. *London*, 1881. 12°. 462 pp. *Mit vielen Illustr., geneal. Taf., Karten u. Plänen.* 3 ℳ

3008. **Silvagni, D.** La corte e la società romana nei secoli XVIII e XIX. Vol. I. *Firenze*, 1881. 16°. 551 pp. *Mit 2 Facs.* 6 ℳ

3009. **Starbäck, C. G.** Berättelser ur svenska historien. Fortsättning af P. O. Bäckström. XXIII. Oscar I. Carl XV. *Stockholm*, 1881. 8°. XVIII, 770 pp. 6 ℳ
Preis des completen Werkes 88 ℳ

3010. **Stumpf-Brentano, K. Fr.** Die Reichskanzler vornehmlich des X., XI. und XII. Jahrhunderts. Nebst einem Beitrage zu den Regesten und zur Kritik der Kaiserurkunden dieser Zeit. III. Bd. 5. Abth.: Acta imperii adhuc inedita. Indices. *Innsbruck*, 1881. *Wagner.* 8°. XXXV u. p. 601—887. 6 ℳ 48 ₰
S. 1874 Nr. 1097.

3011. **Thayer, M.** Garfield. From Log Cabin to White House. The Story of President Garfield's Life. *London*, 1881. 8°. 356 pp. 6 ℳ

3012. **Ward, R. D.** An Account of General La Fayette's Visit to Virginia in the Years 1824—25. *Richmond, Va.*, 1881. 8°. 136 pp. *Mit Portr.* 3 ℳ 60 ₰

3013. **Wilson, E.** The Egypt of the Past. *London*, 1881. 8°. 14 ℳ 40 ₰

3014. **v. Wurzbach, Cst.** Biographisches Lexikon des Kaiserthums Oesterreich, enthaltend die Lebensskizzen der denkwürdigsten Personen, welche seit 1750 in den österreichischen Kronländern geboren wurden oder darin gelebt und gewirkt haben. Mit Unterstützung des Autors durch die kaiserl. Akademie der Wissenschaften. XLIII. Thl. Tabacchi — Terklau. *Wien*, 1881. *k. k. Hof- u. Staatsdruckerei.* 8°. 301 pp. *Mit 6 genealog. Taf.* 6 ℳ
S. oben Nr. 1432.

VIII. Sprachwissenschaft.

3015. **Berghaus, H.** Sprachschatz der Sassen. Wörterbuch der plattdeutschen Sprache in den hauptsächlichsten ihrer Mundarten. 14. Heft. *Berlin*, 1881. *Eisenschmidt.* 8°. II. Bd. p. 257—336. 1 ℳ 50 ₰

3016. **Boltz, A.** Die hellenische oder neugriechische Sprache. Studien zur Kenntniss derselben, nach ihrem Wesen, ihrer Entwickelung und ihrem jetzigen Bestande, mit vielen Sprachproben aus allen Stylarten und den wichtigsten Dialecten, nebst eigener deutscher Uebersetzung. *Darmstadt*, 1881. *Brill.* 8°. VIII, 176 pp. 4 ℳ

3017. **ten Doornkaat Koolman, J.** Wörterbuch der ostfriesischen Sprache. 12. Heft. *Norden*, 1881. *Braams.* 8°. II. Bd. p. 337—432. 2 ℳ
S. oben Nr. 240.

3018. **van Drival, E.** De l'origine et de la constitution intime du langage. *Paris*, 1881. 8°. 153 pp. 6 ℳ

3019. Grammaire coréenne. Précédée d'une introduction sur le caractère de la langue coréenne, sa comparaison avec le chinois etc. Suivie d'un appendice. *Yokohama*, 1881. 8°. XXII, 194, 60, 40, 6 pp. 45 ℳ

3020. **Grünert, Mx.** Neupersische Chrestomathie. 2 Tle. [I. Texte. II. Vocabular.] *Prag*, 1881. *Calve.* 4°. XI, 116, 264 autogr. pp. 16 ℳ

3021. **Jarnik, J. U.** Zur albanischen Sprachenkunde. *Leipzig*, 1881. *Brockhaus' Sort.* 8°. 51 pp. 2 ℳ

3022. **Levy, J.** Neuhebräisches und chaldäisches Wörterbuch über die Talmudim und Midraschim. Nebst Beiträgen von H. L. Fleischer. 14. Lfg. *Leipzig*, 1881. *Brockhaus.* 8°. III. Bd. p. 337—448. 6 ℳ
S. oben Nr. 548.

3023. **Lucy-Fossarieu.** Les langues indiennes de la Californie. *Paris*, 1881. 8°. 55 pp. 5 ℳ

3024. **Mistral, Fr.** Lou Tresor dóu Felibrige ou Dictionnaire provençal-français, embrassant les divers dialectes de la langue d'oc moderne. Livr. 20. *Maillane*, 1881. 4°. p. 761—800. 2 ℳ
S. oben Nr. 2707.

3025. **Pertsch, W.** Die arabischen Handschriften der herzoglichen Bibliothek zu Gotha. Auf Befehl Sr. Hoheit des Herzogs Ernst II. von Sachsen-Coburg-Gotha verzeichnet. III. Bd. *Gotha*, 1881. *F. A. Perthes.* 8°. VII, 488 pp. 17 ℳ
S. 1880 Nr. 1784.

3026. **Pierret, P.** Le décret trilingue de Canope. Transcription et interprétation interlinéaire du texte hiéroglyphique. *Paris*, 1881. 4°. XVI, 44 pp. 7 ℳ 50 ₰

3027. **Rigaud, L.** Dictionnaire d'argot moderne. *Paris*, 1881. 12°. XL, 302 pp. 6 ℳ

IX. Alterthumswissenschaft.

3028. **Bernays, Jac.** Phokion und seine neueren Beurtheiler. Ein Beitrag zur Geschichte der griechischen Philosophie und Politik. *Berlin*, 1881. *Hertz.* 8°. III, 139 pp. 4 ℳ

3029. **Ciasca, A.** I papiri copti del Museo Borgiano della S. C. de Propaganda Fide. Tradotti e commentati. *Roma*, 1881. 4°. VIII, 27 pp. coptischer Text, 27 pp. Commentar. 12 ℳ

3030. **Claus, Adf.** De Dianae antiquissima apud Graecos natura. *Breslau*, 1881. *Köhler.* 8°. 105 pp. 1 ℳ 50 ₰

3031. **Euripides.** Phœnissae. With brief Notes by F. A. Paley. (Cambridge Texts). *London*, 1881. 18°. 110 pp. 1 ℳ 80 ₰

3032. **Götzinger, E.** Reallexikon der deutschen Alterthümer. Ein Hand- und Nachschlagebuch für Studierende und Laien. 2. u. 3. Heft. *Leipzig*, 1881. *Urban.* 8°. p. 49—128. *Jede Lfg.* 1 ℳ
S. oben Nr. 2397.

3033. **de Gubernatis.** Letture di archeologia indiana. *Milano*, 1881. 16°. 81 pp. 1 ℳ 20 ₰

3034. **Merguet, H.** Lexikon zu den Reden des Cicero mit Angabe sämmtlicher Stellen. III. Bd. 5. u. 6. Lfg. *Jena*, 1881. *Fischer.* 8°. p. 145—216. *Jede Lfg.* 2 ℳ
S. oben Nr. 2095.

3035. **Sophocles.** Œdipus Tyrannus. A revised Text, with brief English Notes. By F. A. Paley. *London*, 1881. 12°. 110 pp. 1 ℳ 80 ₰

3036. **Swoboda, H.** Thukydideische Quellenstudien. *Innsbruck*, 1881. *Wagner.* 8°. III, 85 pp.

X. Schöne Literatur und Kunst.

3037. Assolant, A.. Chiffon. *Paris*, 1881. 18⁰. 295 pp. 3 ℳ
3038. Bertolotti, A.. Artisti Lombardi a Roma nei secoli XV, XVI e XVII. Studi e ricerche negli archivi romani. Vol. I. II. *Milano*, 1881. 8⁰. 382, 387 pp. 9 ℳ 50 ₰
3039. du Boisgobey, F.. L'affaire Matapan. 2 vol. 18⁰. 363, 345 pp. 6 ℳ
3040. Börnstein, H. Fünfundsiebzig Jahre in der alten und neuen Welt. Memoiren eines Unbedeutenden. 2 Bde. *Leipzig*, 1881. *O. Wiegand.* 8⁰. VIII, 448, 48 pp. 10 ℳ
3041. Conscience, H.. De ziekte der verbeelding. Bavo en Lieveken. *Leiden*, 1881. 8⁰. IV, 98, 103 pp. 3 ℳ 75 ₰
3042. Beschreibende Darstellung der älteren Bau- und Kunstdenkmäler der Provinz Sachsen und angrenzender Gebiete. Herausgegeben von der historischen Commission der Provinz Sachsen. 4. Heft. *Halle*, 1881. *Hendel.* 8⁰. V, 144 pp. *Mit eingedr. Fig.* 3 ℳ
Inhalt: Beschreibende Darstellung der älteren Bau- und Kunstdenkmäler des Kreises Mühlhausen. Unter Mitwirkung von H. Otte bearbeitet von Gst. Sommer.
S. oben Nr. 2367.
3043. Fehrmann, E.. Gst. Die architektonischen Formen der Renaissance und ihre Decoration. Photographische Aufnahmen plastischer Vorlagen für Architekten, Polytechnische Lehranstalten, Baugewerk-, Kunst- und Gewerbeschulen, für alle Gewerken, die mit der Architektur in Beziehung sind, sowie für den Zeichenunterricht überhaupt. Unter Mitwirkung von *K. Weissbach* herausgegeben. 9. Lfg. *Dresden*, 1881. *Gilbers.* Fol. *10 Lichtdrucktaf.* 10 ℳ
S. oben Nr. 1473.
3044. Fogazzaro, A.. Malombra. *Milano*, 1881. 8⁰. 532 pp. 6 ℳ
3045. Fothergill, J.. One of three. A Fragment. *London*, 1881. 12⁰. 214 pp. 3 ℳ
3046. Hesekiel, L.. Lottchen Lindholz. Eine Berliner Geschichte aus dem 18. Jahrhundert. 2 Thle. in 1 Bde. *Berlin*, 1882. *Janke.* 8⁰. 188, 182 pp. 5 ℳ
3047. Jeż, T. T.. Wnuk chorążego, powieść w dwóch tomach. *Warszawa*, 1881. 8⁰. 311, 283 pp. 8 ℳ
Der Enkel des Fahnenträgers. Eine Erzählung. 2 Bde.
3048. Kretzer, Mx. Sonderbare Schwärmer. Roman. 2 Bde. *Berlin*, 1881. *Rogge & Fritze.* 8⁰. 317, 224 pp. 9 ℳ
3049. Kristensen, E. T.. Æventyr fra Jylland, samlede af Folkemunde. *Kjøbenhavn*, 1881. 8⁰. 400 pp. 8 ℳ
3050. Montrosier, E.. Les artistes modernes. Première partie: les peintres de genre. Contenant 40 biographies avec dessins et croquis, lettres ornées, en-têtes par G. Fraipont, et 40 photograv. Tome I. *Paris*, 1881. 4⁰. 164 pp. 50 ℳ
3051. Neera (Pseud.). Il castigo. Racconto. *Milano*, 1881. 16⁰. 296 pp. 3 ℳ 60 ₰
3052. Niemojowski, L. Powieści i szkice obyczajowe. 3 tomy. *Warszawa*, 1881. 8⁰. 346, 365, 328 pp. 14 ℳ
Erzählungen und Sittenskizzen. 3 Bde.
3053. Pasqué, E. Prinzessin Ilse. Roman. 3 Bde. *Berlin*, 1882. *Janke.* 8⁰. 263, 310, 298 pp. 10 ℳ
3054. Петровъ. Русскіе въ Парижѣ. Романъ. 2 тома. *St. Petersburg*, 1881. 12⁰. 330, 310 pp. 10 ℳ
Petrov. Die Russen in Paris. Roman in 2 Bdn.
3055. Pougin, Ant. Giuseppe Verdi. Vita aneddotica, con note ed aggiunte di Folchetto. *Milano*, 1881. 4⁰. VIII, 160 pp. *Mit Illustr.* 7 ℳ 20 ₰
3056. Schücking, L.. Ein Familiendrama. *Berlin*, 1881. *Goldschmidt.* 8⁰. 306 pp. 1 ℳ
3057. Architektonische Studien. Herausgegeben vom Architekten-Verein am Königl. Polytechnicum in Stuttgart. 50. Heft. *Stuttgart*, 1881. *Wittwer.* Fol. *autogr. Taf.* 2 ℳ 40 ₰
S. oben Nr. 1202.
3058. Vasari, G.. Opere. Con nuove annotazioni e commenti di Gaetano Milanesi. Tomo V—VI. *Firenze*, 1881. 8⁰. 662 pp. *Jeder Bd.* 9 ℳ 50 ₰

XI. Handel. — Industrie. — Oekonomie.

3059. **Armengaud aîné.** Manuel de l'éclairage électrique. Relevé général de tous les brevets d'invention ayant trait à la lumière électrique. Sources et générateurs d'électricité, lampes et régulateurs, éclairage par incandescence et par arc voltaïque, division et distribution de la lumière. *Paris*, 1881. 8°. 250 pp. 5 *M*

3060. Die Bodenkultur des deutschen Reichs. Atlas der landwirthschaftlichen Bodenbenutzung, nebst Darstellung der Forstfläche, nach der Aufnahme im Jahre 1878, mit Tabellen und erläuterndem Text, herausgegeben vom kaiserlich statistischen Amt. *Berlin*, 1881. *Berliner lithogr. Institut.* Fol. XI, 51 pp. *Mit 15 chromolith. Karten.* 15 *M*

3061. **Colyer, F.** Hydraulic Steam and Hand Power. Listing and Pressing Machinery. *London*, 1881. 8°. 21 *M* 50 *₰*

3062. **Courtois, A.. H..** Etude sur les machines centrifuges, pompes et ventilateurs. *Paris*, 1881. 8°. VIII, 172 pp. *Mit 6 Taf.* 7 *M* 50 *₰*

3063. **Crofton, M.. W..** Lectures on the Elements of applied Mechanics. Comprising I. Stability of, II. Strength of Materials. *London*, 1881. 8°. 104 pp. 9 *M*

3064. **Dürre, E. F.** Die Anlage und der Betrieb der Eisenhütten. Ausführliche Zusammenstellung neuerer und bewährter Constructionen aus dem Bereiche der gesammten Eisen- und Stahl-Fabrikation. Unter Berücksichtigung aller Betriebs-Verhältnisse bearbeitet. 7. u. 8. Lfg. *Leipzig*, 1881. *Baumgärtner.* 4°. I. Bd. p. 145—192. *Mit 12 photo-lith. Taf.* *Jede Lfg.* 6 *M*
S. oben Nr. 1834.

3065. **Fischer jun., L.** Haandbog for Capitainer og Skibsrhedere. *Gravenhorst*, 1881. 8°. 240 pp. 5 *M*

3066. **Giraud, J.. B..** Les arts du métal. Recueil descriptif et raisonné des principaux objets ayant figuré à l'exposition de 1880 de l'Union centrale des beaux-arts. *Paris*, 1881. Fol. *50 heliograph. Taf. mit begleit. Texte.* 150 *M*

3067. **Lallemand, V.** Constructions des voies ferrées dans les stations, traversées et bifurcations. Première partie: Voies droites. *Bruxelles*, 1881. 8°. 92 pp. *Mit Atlas von 5 Taf.* 6 *M*

3068. **Lauche, W.** Deutsche Pomologie. Ergänzungsbd. Handbuch des Obstbaumes auf wissenschaftlicher und praktischer Grundlage. 2.—4. Lfg. *Berlin*, 1881. *Parey.* 8°. p. 81—320. *Mit eingedr. Holzschn.* *Jede Lfg.* 2 *M*
S. oben Nr. 1839.

3069. **Lundgren, W.. T..** Hamn-lexikon. *Stockholm*, 1881. 8°. XXXVIII, 625, 24 pp. 20 *M*

3070. **Meissner, G..** Die Hydraulik und die hydraulischen Motoren. Ein Handbuch für Ingenieure, Fabrikanten und Constructeure. Zum Gebrauche für technische Lehranstalten, sowie ganz besonders zum Selbstunterricht. II. Bd. Die Turbinen und Wasserräder. 11. Heft. *Jena*, 1881. *Costenoble.* 8°. p. 553—600. *Mit 6 Steintaf.* 3 *M*
S. oben Nr. 1516.

3071. **Oberstadt, F.** Die Technologie der Eisenbahn-Werkstätten. Lehrbuch für Maschinen-Techniker. Mit Vorwort von E. Hartig. *Wiesbaden*, 1881. *Kreidel.* 4°. VIII, 190 pp. *Mit 21 lith. Taf.* 12 *M*

3072. **du Sartel, O..** La porcelaine de Chine. Origines, fabrication, décors et marques, la porcelaine de Chine en Europe, classement chronolog., imitations, contrefaçons. Livr. 1 et 2. *Paris*, 1881. 4°. p. 1—80. *Mit Abbildgn. u. 6 Taf., wovon 4 Chromolith.* *Jede Lfg.* 40 *M*

3073. **Uhland, W. H.** Handbuch für den praktischen Maschinenconstructeur. Eine Sammlung der wichtigsten Formeln, Tabellen, Constructionsregeln und Betriebsergebnisse für den Maschinenbau und die mit demselben verwandten Branchen. Unter Mitwirkung erfahrener Ingenieure und Fabrikdirektoren herausgegeben. [4 Bde. mit gegen 3000 Textfig. und ca. 60 Taf. in Photolith.] 19. u. 20. Lfg. *Leipzig*, 1881. *Baumgärtner.* 4°. *Je 4 Bl.* *Jede Lfg.* 3 *M*
S. oben Nr. 2148.

Verantwortlicher Redacteur Otto Kistner in Leipzig.

Allgemeine Bibliographie.

Monatliches Verzeichniss

der

wichtigern neuen Erscheinungen der deutschen und ausländischen Literatur.

Herausgegeben von F. A. Brockhaus in Leipzig.

1881.]	November.	[Nr. 11.

Dieses Verzeichniss erscheint regelmässig monatlich und ist, gleich den darin angezeigten Büchern, direct von F. A. BROCKHAUS *in* LEIPZIG *sowie durch alle Buchhandlungen zu beziehen.*

I. Encyklopädie und Literaturwissenschaft.

3074. **Bethge, Rch.** Wirnt v. Gravenberg. Eine literarhistorische Untersuchung. *Berlin*, 1881. *Weidmann*. 8°. 80 pp. 2 *M*

3075. **Ferrazzi, Jac.** Bibliografia Ariostesca. *Bassano*, 1881. 16°. XII, 275 pp. 4 *M* 20 *ℌ*

3076. **Gaedertz, K. Thdr.** Gabriel Rollenhagen, sein Leben und seine Werke. Beitrag zur Geschichte der deutschen Litteratur, des deutschen Dramas und der niederdeutschen Dialektdichtung. Nebst bibliographischem Anhang. *Leipzig*, 1881. *Hirzel*. 8°. VI, 129 pp. 2 *M* 80 *ℌ*

3077. **Hidalgo, D.** Diccionario general de bibliografía española. Tomo VII. (Indice de materias). *Madrid*, 1881. 4°. 472 pp. 24 *M*
S. 1880 Nr. 914.

3078. **Linnström, H.** Svenskt boklexikon. Åren 1830—65. Häftena 43—44. *Stockholm*, 1881. 4°. p. 673—704. 4 *M*
S. oben Nr. 2470.

3079. **Moltke, Mx.** Shakespeare's Hamlet-Quellen: Saxo Grammaticus [lateinisch und deutsch], Belleforest und The hystorie of Hamblet. Zusammengestellt und mit Vorwort, Einleitung und Nachträgen von *Rb. Gericke* herausgegeben. *Leipzig*, 1881. *Barth*. 8°. 104 pp. 3 *M*

3080. **Müller-Fraureuth, C.** Die deutschen Lügendichtungen bis auf Münchhausen dargestellt. *Halle*, 1881. *Niemeyer*. 8°. III, 142 pp. 3 *M*

3081. **Potvin, C.** Essai de littérature dramatique en Belgique. 2 vol. *Bruxelles*, 1881. 12°. VIII, 404, 344 pp. 6 *M*

3082. **v. d. Recke, E.** Principerne for den danske Verskunst efter dens historiske og systematiske Udvikling. 2 Dele. *Kjøbenhavn*, 1881. 8°. 232, 276 pp. *Mit 1 Taf.* 14 *M*

3083. **Soennecken, F.** Das deutsche Schriftwesen und die Notwendigkeit seiner Reform. Mit Abbildgn. *Bonn*, 1881. *Soennecken*. 4°. VI, 69 pp. 4 *M*

3084. **Thümmel, Jul.** Vorträge über Shakespeare-Charaktere. *Halle*, 1881. *Niemeyer*. 8°. V, 276 pp. 4 *M*

II. Theologie und Philosophie.

3086. **Blackie, J. S.** Lay Sermons. *London*, 1881. 8°. 346 pp. 7 *M* 20 *ℌ*

3087. **Brunner, Seb.** Ein Cisterzienserbuch. Geschichte und Beschreibung der bestehenden und Anführung der aufgehobenen Cisterzienserstifte in Oesterreich-Ungarn, Deutschland und der Schweiz. Mit Holzschn.-Illustr. *Würzburg*, 1881. *Woerl.* 12°. VIII, 738 pp. 8 *M*

3088. **Carus, P.** Metaphysik in Wissenschaft, Ethik und Religion. Eine philosophische Untersuchung. *Dresden*, 1881. *v. Grumbkow.* 8°. 64 pp. 1 *M* 50 *ℌ*

3089. Catolicismo y la democracia. Conformidad de las doctrinas de los teólogos con los principios del 89. Puesto en castellano, con una introduccion y notas por Enrique Muñiz. Adicionado con documentos referentes á la Union Católica de España. *Madrid*, 1881. 8°. 206 pp. 3 *M* 20 *ℌ*

3090. **Christie, T. W.** Methodism a part of the great Christian Apostacy. A Review of the Life and Doctrine of John Wesley. *London*, 1881. 8°. 310 pp. 4 *M* 20 *ℌ*

3091. **v. Criegern, Hm. Fd.** Johann Amos Comenius als Theolog. Ein Beitrag zur Comeniusliteratur. *Leipzig*, 1881. *C. F. Winter.* 8°. VII, 396 pp. 6 *M*

3092. **Darras, J. E.** Histoire de l'église depuis la création jusqu'au 12e siècle. Continuée jusqu'au pontificat de Pie IX par J. Bareille. Vol. 28. *Paris*, 1881. 8°. 655 pp. *Preis des completen Werkes in 30 Bdn.* 200 *M*
S. oben Nr. 629.

3093. **Frank, Gst.** Das Toleranz-Patent Kaiser Joseph II. Urkundliche Geschichte seiner Entstehung und seiner Folgen. *Wien*, 1882. *Braumüller.* 8°. IV, 158 pp. 2 *M*

3094. **Geiler v. Kaisersberg** ausgewählte Schriften, in freier Bearbeitung von *Ph. de Lorenzi.* II. Bd. *Trier*, 1881. *Groppe's Verl.* 8°. X, 430 pp. 4 *M*
S. 1877 Nr. 1830.

3095. **Gossi, M.** Histoire du christianisme et de la papauté. *Paris*, 1881. 8°. III, 428 pp. 5 *M*

3096. **Hood, P.** Christmas Evans, the Preacher of Wild Wales. His Country, his Times, and his Contemporaries. *London*, 1881. 8°. 420 pp. 9 *M*

3097. **Houghton.** Evenings at home in spiritual Seance. *London*, 1881. 8°. 9 *M* 50 *ℌ*

3098. **Hughes, H.** The Redemption of the World. *London*, 1881. 8°. 106 pp. 4 *M* 20 *ℌ*

3099. **Keil, C. F.** Commentar über das Evangelium des Johannes. *Leipzig*, 1881. *Dörffling & Franke.* 8°. 604 pp. 11 *M*

3100. **Kennedy, J.** The Resurrection of our Lord Jésus Christ. An historical Fact. With an Examination of naturalistic Hypotheses. *London*, 1881. 8°. 3 *M*

3101. **Knabenbauer, Jos.** Erklärung des Propheten Isaias. *Freiburg i. Br.*, 1881. *Herder.* 8°. IX, 718 pp. 10 *M*

3102. **Le Blanc d'Ambonne, T. P.** Le langage symbolique et le sens spirituel des Saintes Ecritures. *Paris*, 1881. 8°. 208 pp. 3 *M* 50 *ℌ*

3103. **Malleson, F. A.** The Acts and Epistles of St. Paul. *London*, 1881. 8°. 628 pp. 14 *M* 40 *ℌ*

3104. **Marche, E. A.** Catholicisme et Calvinisme; la Vicomté de Turenne et ses principales villes, Beaulieu, Argentat, Saint-Céré, Martel. *Paris*, 1881. 8°. 515 pp. *Mit 7 Abbildgn., Karte u. Wappeneaf.* 7 *M* 50 *ℌ*

3105. **Oort, H.** Evangelie en Talmud, uit het oogpunt der zedelijkheid vergeleken. *Leiden*, 1881. 8°. IV, 107 pp. 3 *M*

3106. **Plumacher, O.** Der Kampf um's Unbewusste. Nebst einem chronologischen Verzeichniss der Hartmann-Literatur als Anhang. *Berlin*, 1881. *C. Duncker.* 8°. VIII, 151 pp. 3 *M*

3107. **Pons, A. J.** Ernest Renan et les origines du christianisme. *Paris*, 1881. 18°. 345 pp. 3 *M* 50 *ℌ*

3108. **Radcliffe, F. R. Y.** The New Politicus. A Dialogue concerning the

3109. **Reuss, Ed.** Die Geschichte der heiligen Schriften Alten Testaments. Hälfte. *Braunschweig*, 1881. *Schwetschke & Sohn.* 8°. XV, 400 pp. 7 *M.*

3110. **Riehl, Ant.**, und **Rainer v. Reinöhl.** Kaiser Josef II. als Reformator auf rchlichem Gebiete. *Wien*, 1881. *Rosner.* 8°. 160 pp. 2 *M.* 40 *Pf.*

3111. **Riehm, Ed. C. A.** Handwörterbuch des biblischen Altertums für gebildete ibelleser. Herausgegeben unter Mitwirkung von G. Baur, Beyschlag, Fr. Dezsch etc. Mit vielen Illustr. in eingedr. Holzschn., Holzschntaf. u. Chromolith., länen und Karten. 15. Lfg. *Bielefeld*, 1881. *Velhagen & Klasing.* 8°. p. 1345-1440. 1 *M.* 60 *Pf.*

S. oben Nr. 1256.

3112. **Roskovany, A.** Beata virgo Maria in suo conceptu immaculata ex monuentis omnium seculorum demonstrata. Accedit amplissima literatura. Tom VII -IX. *Wien*, 1881. *Braumüller.* 8°. LI, 670, LXVI, 951, XVI, 738 pp. 30 *M.*

Inhalt: VII. Literaturam supplementarem usque a. 1859, quam ulterior usque a. 1875 complectens. — VIII. Literaturam supplementarem et ulteriorem usque a. 1880 complectens. — X. Monumenta Mariana usque a. 1880 et repertorium in novem tomos complectens.

S. 1874 Nr. 2189.

3113. **Ruffoni, A. Gius.** Il sillabo e la regola di fede. Studio polemico-teolo-co. *Milano*, 1881. 8°. XV, 255 pp. 2 *M.* 40 *Pf.*

3114. **Schurman, J. G.** Kantian Ethics and the Ethics of Evolution. A critical tudy. *London*, 1881. 8°. 102 pp. 6 *M.*

3115. **Simon, Osw. J.** The Nature of God. Four Essays. *London*, 1881. 8°.) pp. 2 *M.* 40 *Pf.*

3116. **Smith, T.** The Christ of Calvary. *London*, 1881. 8°. 7 *M.* 20 *Pf.*

3117. **Stamm, Ch.** Mariologia seu potiores de s. Deipara quaestiones ex Ss. atrum ac theologorum mente propositae. *Paderborn*, 1881. *Junfermann.* 8°. XIII, 36 pp. 7 *M.*

3118. **Steinmeyer, F. L.** Beiträge zur Christologie. II. *A. u. d. T.:* Die Theoanien im Leben des Herrn. *Berlin*, 1881. *Wiegandt & Grieben.* 8°. VI, 130 pp. 2 *M.*

S. 1880 Nr. 3067.

3119. **Theodorus.** Det nye Testamente og den danske Folkekirke. *Kjøbenhavn*, 381. 8°. 118 pp. 3 *M.*

3120. **Tonning, E. Krogh.** Om det kirkelige Embede og dets Functioner. Efter irkens Bekjendelse. Andet Hefte. *Christiania*, 1881. 8°. p. 81—160. 2 *M.*

S. oben Nr. 2521.

3121. **Tonning, E. Krogh.** Kirkelige Vidnesbyrd om Absolutionen. 2det Hefte. *hristiania*, 1881. 8°. p. 97—168. 2 *M.*

S. oben Nr. 2522.

3122. **Zahn, Thdr.** Forschungen zur Geschichte des neutestamentlichen Kanons ıd der altkirchlichen Literatur. 1. Thl.: Tatian's Diatessaron. *Erlangen*, 1881. *eichert.* 8°. VI, 386 pp. 9 *M.*

III. Erziehungswissenschaft.

3123. Freiburg. — Die Universität Freiburg seit dem Regierungsantritt Sr. könighen Hoheit des Grossherzogs Friedrich von Baden. Mit 9 Holzschn. und Tabellen. *eiburg i. Br.*, 1881. *Mohr.* 4°. XIII, 128 pp. *Subscr.-Pr.* 16 *M.*; *Ladenpr.* 20 *M.*

3124. **Fricke, F. W.** Erziehungs- und Unterrichtslehre. 1.—3. Lfg. *Mannheim*, 381. *Bensheimer.* 8°. p. 1—256. *Jede Lfg.* 1 *M.*

Soll in 6 Lfgn. erscheinen.

3125. **Müller, C. A.** Geschichte des Friedrichs-Werderschen Gymnasiums zu erlin. *Berlin*, 1881. *Weidmann.* 8°. V, 156 pp. 4 *M.*

3126. **Perez, B.** L'éducation dès le berceau. Essai de pédagogique expérimentale. *tris*, 1881. 8°. 306 pp. 5 *M.*

3127. **Teichmüller, Gst.** Pädagogisches. Zur Revision des Lehrplans unserer ymnasien. *Dorpat*, 1881. [*Leipzig, K. F. Köhler.*] 8°. IV, 58 pp. 1 *M.* 50 *Pf.*

IV. Rechts- und Staatswissenschaft.

3129. **Bianco, Ant.** La legislazione normanno-sveva in rapporto alla moderna società civile. Considerazioni e giudizii. *Messina*, 1881. 8°. 63 pp. 1 *M* 20 *$\mathcal{S}$*

3130. **Bloch, J.**. Wplyw dróg żelaznych na stan ekonomiczny Rosyi. Tom. I —V. *Warszawa*, 1878—1880. 4°. *Mit Atlas.* 140 *M*

Der Einfluss der Eisenbahnen auf den wirthschaftlichen Zustand in Russland. I.—V. Bd

3131. **Henrici de Bracton.** De legibus et consuetudinibus Angliae. Libri quinque in varios tractatus distincti. Ad diversorum et vetustissimorum codicum collationem typis Vulgati. Edited by Sir Travers Twiss. Vol. I—IV. *London*, 1881. 8°. *Jeder Bd.* 12 *M*

3132. **Braschen, G.**. Gedanken zur Consolidirung des livländischen Landesstaates. *Dorpat*, 1880. [*Leipzig, K. F. Köhler.*] 8°. 79 pp. 2 *M*

3133. **Cenni, E.**. Il divorzio considerato come contro natura ed antigiuridico. *Firenze*, 1881. 8°. 115 pp. 2 *M* 40 *$\mathcal{S}$*

3134. **Diephuis, G.**. Het Nederlandsch burgerlijk regt. 6e deel. 2e stuk. *Groningen*, 1881. 8°. p. 193—432. 9 *M* 50 *$\mathcal{S}$*

S. oben Nr. 981.

3135. Il digesto italiano. Enciclopedia metodica e alfabetica di legislazione, dottrina e giurisprudenza: Diritto civile, commerciale, penale, giudiziario, costituzionale, amministrativo, internazionale pubblico e privato, ecclesiastico, militare, marittimo. Storia del diritto, diritto romano-legislazione comparata. Compilato da distinti giureconsulti. Disp. 1 e 2. A — Abrogazione. *Torino*, 1881. p. 1—128. *Jede Lfg.* 2 *M* 40 *$\mathcal{S}$*

3136. **Falcone, Gius.** Della colpabilità. *Lanciano*, 1881. 16°. 232 pp. 3 *M* 60 *$\mathcal{S}$*

3137. **Fowle, T.. W.**. The Poor Law. *London*, 1881. 8°. 4 *M* 20 *$\mathcal{S}$*

3138. **Garcia Moreno, A.**. Principales constituciones de Suiza ó instituciones políticas nacionales, regionales y municipales de la Confederacion helvética, con una extensa introduccion historico-crítica y notas comparativas. Tomo I. *Madrid*, 1881. 8°. 202 pp. 3 *M* 20 *$\mathcal{S}$*

3139. **Gaupp, L.**. Die Civilprozessordnung für das Deutsche Reich, nebst den auf den Civilprozess bezüglichen Bestimmungen des Gerichtsverfassungsgesetzes und den Einführungsgesetzen. Mit eingehender Berücksichtigung des Württembergischen Landesrechts erläutert. III. Bd. 3. u. 4. Lfg. *Freiburg i. Br.*, 1881. *Mohr*. 8°. (I. Bd. XXXVI pp. u. III. Bd. XII u. p. 401—727.) 8 *M*

S. oben Nr. 1287.

3140. **Guelle, J.** Droit international. La guerre continentale et les personnes. *Paris*, 1881. 8°. 256 pp. 5 *M*

3141. **Hagemann, M.**. Memorandum betreffend die beiden letzten dänisch-deutschen Kriege, deren Beziehung zu dem bewaffneten Frieden der Gegenwart, nebst Anrege zur Abwehr dieses unheilvollen Uebels, der europäischen Diplomatie gewidmet von einem geborenen Holsteiner. *Kopenhagen*, 1881. *Lehmann & Stage.* 8°. 112 pp. 2 *M*

3142. **v. Hartmann, Ed.** Die politischen Aufgaben und Zustände des Deutschen Reiches. *Berlin*, 1881. *C. Duncker's Verl.* 8°. III, 52 pp. 1 *M*

3143. **Henriquet, L.** Ex quibus causis majores in integrum restituuntur, en droit romain; de la rescision de la vente pour cause de lésion, en droit français. *Paris*, 1881. 8°. 191 pp. 5 *M*

3144. **Hohoff, W.** Protestantismus und Socialismus. Historisch-politische Studien. *Paderborn*, 1881. *Bonifacius-Druckerei.* 8°. 184 pp. 1 *M* 50 *$\mathcal{S}$*

3145. **Hue de Grais.** Handbuch der Verfassung und Verwaltung in Preussen und dem Deutschen Reich. *Berlin*, 1882. *Springer*. 8°. VIII, 466 pp. 7 *M*

3146. **Le Jolis, G.** Du mandat et de la commission en droit romain, dans notre ancien droit et dans notre droit actuel. Avec l'indication, pour la partie commerciale, des différences, existant entre notre législation et les principales législations étrangères. *Paris*, 1881. 8°. 612 pp. 9 *M*

3147. **Melgares, J., y S.. Arribas.** Formularios ajustavos á la novísima ley de enjuiciamiento civil. *Madrid*, 1881. 8°. 512 pp. 8 *M*

3148. **Merkel, J.** Abhandlungen aus dem Gebiete des römischen Rechts. 1. Heft. Ueber die Begnadigungscompetenz in römischen Strafprocesse. *Halle*, 1881. *Nie-*

3149. **Muro y J., Martinez.** Recopilacion historico-critica de la legislacion de España desde que ésta en el siglo IV de constituyó en nacion independiente hasta nuestros dias. 2 tomos. *Madrid*, 1881. 4°. XVI, XXVI, 450, VII, 424 pp. 12 ℳ 80 ₰

3150. **Pfersche, Emil.** Methodik der Privatrechts-Wissenschaft. *Graz*, 1881. *Leuschner & Lubensky.* 8°. 87 pp. 1 ℳ 60 ₰

3151. **Phear, J. B.,** International Trade, and the Relation between Exports and Imports. *London*, 1881. 8°. 3 ℳ

3152. Practical Politics. Published under the Auspices of the National Federation. *London*, 1881. 8°. 7 ℳ 20 ₰

3153. **Sanchez Roman, F.,** Estudios de ampliacion del derecho civil y códigos españoles. Tomo I y II, cuadernos 1 á 4. *Granada*, 1881. 4°.
Subscr.-Preis des compl. Werkes 84 ℳ

3154. **Schlossmann, Sgm.** Der Besitzerwerb durch Dritte nach römischem und heutigem Rechte. Ein Beitrag zur Lehre von der Stellvertretung. *Leipzig*, 1881. *Breitkopf & Härtel.* 8°. X, 175 pp. 4 ℳ 50 ₰

3155. **Schmidt, K.** Jus primae noctis. Eine geschichtliche Untersuchung. *Freiburg i. Br.*, 1881. *Herder.* 8°. XLIII, 397 pp. 8 ℳ

3156. **Schulze, Hm.** Lehrbuch des deutschen Staatsrechts. 3. Lfg. *Leipzig*, 1881. *Breitkopf & Härtel.* 8°. I. Buch VII u. p. 515—690. 4 ℳ
S. oben Nr. 691.

3157. **Seydel, Mx.** Das Gewerbe-Polizeirecht nach der Reichs-Gewerbeordnung. Mit einem Anhang, den Text der Gewerbeordnung enthaltend. *Leipzig*, 1881. *Hirth.* 8°. VIII, 193 pp. 3 ℳ

3158. **Simmons, F.,** The present Practice in District Registries of the Common Law Division of the High Court of Justice. *London*, 1881. 8°. 4 ℳ 20 ₰

3159. **Способинъ, А., Д.,** О разводѣ въ Россіи. *St. Petersburg*, 1882. 8°. 6 ℳ
Sposobin, A., D., Ueber die Ehescheidung in Russland.

3160. Statutes. — Public General Statutes passed in the forty-fourth and forty-fifth Years of the Reign of Her Majesty Queen Victoria. With a copious Index, Tables etc. *London*, 1881. 8°. 7 ℳ 20 ₰

3161. **Traill, H., D.,** Central Government. *London*, 1881. 8°. 4 ℳ 20 ₰

3162. **van Vliet, L., van Woudrichem.** Het kiesregt der toekomst. *Batavia*, 1881. 8°. IV, 72 pp. 6 ℳ

3163. **v. Wächter, C. G.** Beilagen zu Vorlesungen über das deutsche Strafrecht. Einleitung und allgemeiner Theil. Vervollständigte Ausg. *Leipzig*, 1881. *Breitkopf & Härtel.* 8°. XII, 250 pp. 4 ℳ 80 ₰

3164. **Walpole, S.,** The Electorate and the Legislature. *London*, 1881. 8°. 4 ℳ 20 ₰

3165. **Weisl, E.** Deutsches Pfandrecht bis zur Reception des römischen Rechts. *Wien*, 1881. *Hölder.* 8°. IV, 80 pp. 2 ℳ 40 ₰

V. Mathematik und Naturwissenschaften.

3166. **Bardin.** Etudes paléontologiques sur les terrains tertiaires miocènes du Maine-et-Loire. *Paris*, 1881. 8°. 115 pp. 3 ℳ 50 ₰

3167. **Blondlot, R.,** Recherches expérimentales sur la capacité de polarisation voltaïque. *Paris*, 1881. 4°. 47 pp. 2 ℳ 50 ₰

3168. **Brady, H. B.,** Ueber einige arktische Tiefsee-Foraminiferen, gesammelt während der österreichisch-ungarischen Nordpol-Expedition in den Jahren 1872—1874. Mit 2 Taf. *Wien*, 1881. *Gerold's Sohn.* 4°. 22 pp. 2 ℳ

3169. **Brown, J., H.,** Report on the Migration of Birds in the Spring and Autumn of 1880. *London*, 1881. 8°. 2 ℳ 40 ₰

3170. **Carez, L.** Etude des terrains crétacés et tertiaires du nord de l'Espagne. *Paris*, 1881. 8°. 327 pp. *Mit 8 Taf.* 12 ℳ

3171. **Cooke, M., C.,** Freaks and Marvels of Plant Life, or Curiosities of Vegetation. *London*, 1881. 8°. 7 ℳ 20 ₰

3172. **Fritsch, Ant.** Fauna der Gaskohle und der Kalksteine der Permformation Böhmens. [Veröffentlicht mit Subvention der kaiserl. Akademie der Wissenschaften in Wien.] Von der geologischen Gesellschaft in London mit dem Lyell-Preise ausgezeichnet. I. Bd. 3. Heft. *Prag*, 1881. *Rziwnatz*. 4°. p. 127—158. *Mit eingedr. Holzschn. u. 12 Chromolith. mit 12 Bl.-Tafelerklärgn.* 32 ℳ
S. 1880 Nr. 2232.

3173. **Goursat, E..** Sur l'équation différentielle linéaire qui admet pour intégrale la série hypergéométrique. *Paris*, 1881. 4°. 145 pp. 5 ℳ

3174. **Kessler, Hm.** Die auf Populus nigra L. und Populus dilatata Ait. vorkommenden Aphiden-Arten und die von denselben bewirkten Missbildungen. Mit 4 lith. Taf. Abbildgn. *Kassel*, 1882. *Kay*. 8°. 41 pp. 1 ℳ 60 ₰

3175. **Kraus, Gr.** Ueber die Wasservertheilung in der Pflanze. III. Die tägliche Schwellungsperiode der Pflanzen. *Halle*, 1881. *Niemeyer*. 4°. 91 pp. 3 ℳ
S. oben Nr. 442.

3176. **Magrini, A..** Elementi di scienze naturali spiegati coi principii della fisica moderna. *Bergamo*, 1881. 8°. 312 pp. 4 ℳ 80 ₰

3177. **Mahler, Ed.** Die Fundamentalsätze der allgemeinen Flächentheorie. Eine neue, selbständige, leichtfassliche Bearbeitung der wichtigsten Sätze der allgemeinen Flächentheorie. 2. Heft. *Wien*, 1881. *Seidel & Sohn*. 8°. IV, 32 pp. 1 ℳ
S. 1880 Nr. 2844.

3178. **Mauri, A..** Nuovo studio comparativo sulle pile elettriche con nuovi sistemi. *Milano*, 1881. 16°. XII, 146 pp. *Mit 2 Taf.* 3 ℳ 60 ₰

3179. **Mayr, Gst.** Die Genera der gallenbewohnenden Cynipiden. *Wien*, 1881. *Hölder*. 8°. 38 pp. 1 ℳ 20 ₰

3180. **Menendez y Pintado, M..** Principios de geometría y trigonometría rectilínea. *Madrid*, 1881. 4°. 228 pp. *Mit 7 Holzschn.* 12 ℳ 80 ₰

3181. **Minks, Arth.** Symbolae lichenomycologicae. Beiträge zur Kenntniss der Grenzen zwischen Flechten und Pilzen. 1. Thl. *Kassel*, 1881. *Fischer*. 8°. LXXVII, 176 pp. 8 ℳ

3182. **Neumann, F..** Vorlesungen über die Theorie des Magnetismus, namentlich über die Theorie der magnetischen Induktion. *Leipzig*, 1881. *Teubner*. 8°. VIII, 116 pp. 3 ℳ 60 ₰

3183. **Pellat, H.** Différence de potentiel des couches électriques qui recouvrent deux métaux au contact. *Paris*, 1881. 4°. 135 pp. 5 ℳ

3184. **Perugia, Albt.** Elenco dei pesci dell' Adriatico. *Milano*, 1881. 4°. 60 pp. *Mit 7 Taf.* 9 ℳ 50 ₰

3185. **Saccardo, P.. A..** Fungi italici autographice delineati [additis nonnullis extraitalicis asterisco notatis]. Fasc. XVII—XXVIII. [Tab. 641—1120.] *Patavii*, 1881. [*Berlin, Friedländer & Sohn.*] 4°. *120 autogr. u. color. Bl.* 48 ℳ
S. 1879 Nr. 2242.

3186. **Sachs, C.** Untersuchungen am Zitteraal, Gymnotus electricus. Nach dessen Tode bearbeitet von *Emil Du Bois-Reymond*. Mit 2 Abhandlgn. von *Gst. Fritsch*. *Leipzig*, 1881. *Veit & Co.* 8°. XXVIII, 446 pp. *Mit 49 Holzschn.-Abbildgn. im Text u. 8 lith. Taf.* 26 ℳ

3187. **v. Schlagintweit-Sakünlünski, Hm.** Die Regenverhältnisse in Indien, nebst dem indischen Archipel und in Hochasien. II. Thl. Reihe A u. B. [Aus: „Abhandlungen der k. bayer. Akademie der Wissenschaften."] *München*, 1881. *Franz*. 4°. 58, 68 pp. 2 ℳ 90 ₰
Inhalt: A. Die Beobachtungen im centralen und im südlichen Indien. 1 ℳ. 70 ₰. — B. Die Beobachtungen in Ceylon, in Hinterindien und im Archipel. 1 ℳ. 20 ₰.
S. oben Nr. 1979.

3188. **Wenghöffer, L.** Kurzes Lehrbuch der Chemie der Kohlenstoffverbindungen unter besonderer Berücksichtigung der neuesten Forschungen. *Stuttgart*, 1882. *Wittwer*. 8°. VIII, 756 pp. 12 ℳ

3189. **Wiesner, Jul.** Das Bewegungsvermögen der Pflanzen. Eine kritische Studie über das gleichnamige Werk von Charles Darwin, nebst neuen Untersuchungen. Mit 3 Holzschn. *Wien*, 1881. *Hölder*. 8°. VI, 212 pp. 5 ℳ

3190. **Wiesner, Jul.** Elemente der wissenschaftlichen Botanik. I. Bd. A. d. T.: Elemente der Anatomie und Physiologie der Pflanzen. Mit 101 Holzschn.

VI. Medicin.

3191. **D'Arpe, C.** Vaiuolo e vaccinazione. *Napoli*, 1881. 16°. 239 pp. 4 ℳ 80 ₰

3192. **Bergeron, A..** Précis de petite chirurgie et de chirurgie d'urgence. *Paris*, 1881. 18°. 440 pp. *Mit 377 Abbildgn.* 5 ℳ

3193. **Bonnet, L.. E..** Introduction à l'étude des tumeurs. *Paris*, 1881. 8°. 203 pp. 4 ℳ

3194. **v. Brunn, A.** Das Verhältniss der Gelenkkapseln zu den Epiphysen der Extremitätenknochen. An Durchschnitten dargestellt. Mit 4 Taf. *Leipzig*, 1881. *F. C. W. Vogel.* 8°. 26 pp. 6 ℳ

3195. **Buchmann, O.** Mikroskopische und anderweitige Beobachtungen und Untersuchungen zum Nachweis der Löslichkeit von Metallen und andern harten Körpern hauptsächlich in den Verdünnungen aus homöopathischen Verreibungen. Gekrönte Preisschrift. Eine Festgabe des homöopathischen Centralvereins Deutschlands für den internationalen homöopathischen Congress in London im Jahre 1881. *Leipzig*, 1881. *Baumgärtner.* 8°. VIII, 92 pp. *Mit eingedr. Holzschn.* 2 ℳ

3196. **Eternod, A.. C.. F..** Recherches sur les affections chroniques des ganglions trachéo-bronchiaques et les suites de ces affections. *Genf*, 1881. 8°. 92 pp. *Mit 6 Taf.* 3 ℳ 50 ₰

3197. **Fleck, H..** Die Chemie im Dienste der öffentlichen Gesundheitspflege. Ein Wegweiser für Verwaltungsbeamte, Aerzte, Ingenieure und Chemiker zur Beantragung, Bewerkstelligung und Beurtheilung chemischer Untersuchungen und darauf begründeter fachmännischer Gutachten. *Dresden*, 1882. *v. Zahn's Verl.* 8°. VI, 220 pp. 6 ℳ

3198. **Friedberg, Hm.** Gerichtsärztliche Praxis. Vierzig gerichtsärztliche Gutachten. Mit einem Anhang: Ueber die Verletzung der Kopfschlagader bei Erhängten und Erdrosselten und über ein neues Zeichen des Erwürgungsversuches. *Wien*, 1881. *Urban & Schwarzenberg.* 8°. XII, 452 pp. 10 ℳ

3199. **Grashey, Hb.** Die Wellenbewegung elastischer Röhren und der Arterienpuls des Menschen sphygmographisch untersucht. Mit 237 Abbildgn. *Leipzig*, 1881. *F. C. W. Vogel.* 8°. X, 206 pp. 8 ℳ

3200. **Hartmann, Arth.** Die Krankheiten des Ohres und deren Behandlung. Mit 34 Holzschn. *Kassel*, 1881. *Fischer.* 8°. VII, 212 pp. 5 ℳ

3201. **Heger, P., et J. Dallemagne.** Etudes sur les caractères craniologiques d'une série d'assassins exécutés en Belgique. *Bruxelles*, 1881. 8°. 64 pp. *Mit 5 Taf.* 4 ℳ

3202. **Hueter, C..** Grundriss der Chirurgie. II. Hälfte. Specieller Thl. 2. Lfg. Hals. Brust. Bauch. Becken. Mit 152 Abbildgn. *Leipzig*, 1881. *F. C. W. Vogel.* 8°. p. 257—736. 10 ℳ

S. oben Nr. 1994.

3203 **Kirchner, W..** Beitrag zur Topographie der äusseren Ohrtheile mit Berücksichtigung der hier einwirkenden Verletzungen. Mit 1 lith. Taf. *Würzburg*, 1881. *Stahel.* 8°. 43 pp. 2 ℳ

3204. **Kölliker, A..** Zur Kenntniss des Baues der Lunge des Menschen. Mit 4 lith. Taf. *Würzburg*, 1881. *Stahel.* 8°. 24 pp. 3 ℳ

3205. **Königsfeld, G.. A..** Lebens-Quellen und Gränzen. Eine biologische Denkschrift. *Düren*, 1881. *Hamel.* 8°. VII, 87 pp. 1 ℳ 50 ₰

3206. **Lalesque, F..** Etudes critiques et expérimentales sur la circulation pulmonaire. Anatomie. — Physiologie. — Applications pathologiques. *Paris*, 1881. 8°. IV, 194 pp. 4 ℳ

3207. **Luton, A..** Etudes de thérapeutique générale et spéciale avec applications aux maladies les plus usuelles. *Paris*, 1881. 8°. 500 pp. 6 ℳ

3208. **Mair, Ign.** Gerichtlich-medicinische Casuistik der Körperverletzungen und Tödtungen durch mechanisch-physische Gewalt. *Ingolstadt*, 1881. *Ganghofer.* 8°. V, 242 pp. 4 ℳ

3209. **Marey, E.. J..** La circulation du sang à l'état physiologique et dans les maladies. *Paris*, 1881. 8°. III, 745 pp. *Mit 358 Abbildgn.* 18 ℳ

3210. **Marri, E..** Delle scrofole e della rachitide. *Forli*, 1881. 16°. X, 113 pp. 1 ℳ 80 ₰

3211. **Milne, A.**. How to nurse a Child. The Management of Children, and their Diseases. *Edinburgh*, 1881. 12°. 246 pp. 3 ℳ

3212. **Moore, W.. J.**. Health Resorts for tropical Invalids in India, at home and abroad. *London*, 1881. 8°. 200 pp. 6 ℳ

3213. **Paladino, Gi.** Della caducità del parenchima ovarico, e del rinnovamento totale dello stesso mercè ripetizione del processo di primordiale produzione. *Napoli*, 1881. 8°. 73 pp. *Mit 2 Taf.* 2 ℳ 40 ₰

3214. **Pancritius, F.. W.. T.**. Ueber Lungen-Syphilis. *Berlin*, 1881. *Hirschwald.* 8°. V, 295 pp. 7 ℳ 60 ₰

3215. **Pramberger, Hg.** Ueber fibrinöse Bronchitis. *Wien*, 1881. [*Graz, Leuschner & Lubensky.* 8°. 68 pp. *Mit 1 Holzschntaf.* 1 ℳ 60 ₰

3216. **Pütz, H.**. Die Seuchen und Herdekrankheiten unserer Hausthiere mit Rücksicht auf die Zoonosen des Menschen. Nach seinen eigenen Vorlesungen bearbeitet. 1. Abth. Mit 57 in den Text gedr. Holzschn. *Stuttgart*, 1881. *Enke.* 8°. 144 pp. 3 ℳ

3217. **Rizat, A.**. Manuel pratique des maladies vénériennes. *Paris*, 1881. 18°. VIII, 560 pp. *Mit 24 chromolith. Taf.* 11 ℳ

3218. **Ruge, C..**, und **J. Veit.** Der Krebs der Gebärmutter. Mit 7 lith. Taf. *Stuttgart*, 1881. *Enke.* 8°. 157 pp. 6 ℳ

3219. **Startin, J.**. Lectures on the parasitic Diseases of the Skin. *London*, 1881. 8°. 4 ℳ 20 ₰

3220. **Winckel, F.**. Die Pathologie der weiblichen Sexual-Organe in Lichtdruck-Abbildungen nach der Natur in Original-Grösse, durch anatomische und klinische Erfahrungen erläutert. 15. u. 16. Lfg. *Leipzig*, 1881. *Hirzel.* 4°. VIII u. p. 379—439. *Mit 8 Lichtdruck-Taf.* 9 ℳ

Schluss. — S. oben Nr. 1693.

3221. **Zweifel, P.** Lehrbuch der operativen Geburtshülfe für Aerzte und Studirende. Mit 87 in den Text gedr. Holzschn. *Stuttgart*, 1881. *Enke.* 8°. VIII, 444 pp. 10 ℳ 80 ₰

VII. Geographie und Geschichte.

3222. **Adams, W.. H.. D.**. The Land of the Nile, or Egypt past and present. *London*, 1881. 8°. 340 pp. 4 ℳ 20 ₰

3223. **Adinolfi, P.**. Roma nell' età di mezzo. Vol. I. *Roma.* 1881. 8°. 444 pp. 9 ℳ 50 ₰

3224. **Alberti, Jul.** Urkunden-Sammlung zur Geschichte der Herrschaft Gera im Mittelalter. Mit Erläuterungen. 1. Heft. *Gera*, 1881. *Griesbach.* 8°. 64 pp. 1 ℳ

3225. **Badeau, A.**. Military History of Ulysses S. Grant, from April 1861 to April 1865. 3 vols. *London*, 1881. 8°. 62 ℳ

3226. **v. Bernhardi, Thdr.** Friedrich der Grosse als Feldherr. 2 Bde. *Berlin*, 1881. *Mittler & Sohn.* 8°. X, 468, V, 647 pp. 21 ℳ

3227. **Bingham, D.. A.**. The Marriage of the Bonapartes. 2 vols. *London*, 1881. 8°, 704 pp. 25 ℳ 20 ₰

3228. **Bosc, E.**, et **L. Bonnemère.** Histoire nationale des Gaulois sous Vercingétorix. *Paris*, 1881. 8°. XVI, 466 pp. *Mit 160 Abbildgn.* 8 ℳ

3229. **Du Chaillu, P.. B.**. The Land of the Midnight Sun. Summer and Winter Journeys through Sweden, Norway, Lapland, and Northern Finland. With Description of the Inner Life of the People, their Manners and Customs, the primitive Antiquities. 2 vols. *London*, 1881. 8°. 946 pp. *Mit Karte u. 235 Illustr.* 43 ℳ

3230. **Corradi, Gius.** Napoleone dal 1789 al 1815. Studio storico-critico. Parte I. *Palermo*, 1881. 16°. 256 pp. 3 ℳ

3231. **Cutts, E.. L.**. Constantine the Great. The Union of Church and State. *London*, 1881. 8°. 4 ℳ 20 ₰

3232. **Demengeot, Ch.** Dictionnaire du chiffre-monogramme dans les styles moyen âge et renaissance et couronnes nobiliaires universelles. *Paris*, 1881. Fol. *34 Taf. mit Text.*

3233. **Euler, C.** Friedrich Ludwig Jahn. Sein Leben und Wirken. Mit einem olzschn.-Bilde Jahn's. *Stuttgart*, 1881. *Krabbe*. 8⁰. XV, 634 pp. 6 ℳ 50 ₰

3234. **Fahne, A..** Chroniken und Urkundenbücher hervorragender Geschlechter, tifter und Klöster. Mit vielen Siegeln, Wappen und anderen Illustrationen. V. Bd. *A. u. d. T.:* Urkundenbuch des Geschlechts Momm oder Mumm. II. Mit 2 Holzschn. [Siegeln und Wappen] im Texte und 11 Registern. *Köln*, 1878. *Düsseldorf*, *Schaub*.] 8⁰. 386 pp. 8 ℳ
S. 1876 Nr. 1356.

3235. **Fontane, M.** Histoire universelle. Les Iraniens. Zoroastre (de 2500 à 00 av. J. C.) *Paris*, 1881. 8⁰. 447 pp. *Mit 3 Karten.* 7 ℳ 50 ₰
S. oben Nr. 193.

3236. **de Groote, P.** Nouvelle France. Colonie libre de Port-Breton. (Océanie). Euvre de colonisation agricole chrétienne et libre de Ch. du Breuil, marquis de tays. *Bruxelles*, 1881. 8⁰. 368 pp. *Mit Abbildgn.* 4 ℳ

3237. **Grünhagen, C..** Geschichte des ersten schlesischen Krieges, nach archialischen Quellen dargestellt. II. Bd.: Bis zum Friedensschlusse von Breslau. Mit inem lith. Plane der Umgegend von Chotusitz. *Gotha*, 1881. *F. A. Perthes*. 8⁰. /, 387 pp. 8 ℳ
S. oben Nr. 1714.

3238. **Hardy, Lady D.** Through Cities and Prairie Lands. Sketches of an American Tour. *London*, 1881. 8⁰. 312 pp. 16 ℳ 80 ₰

3239. **v. Hesse-Wartegg, E.** Tunis. Land und Leute. Mit 40 Illustr. u. 4 (lith.) Karten. *Wien*, 1882. *Hartleben*. 8⁰. VIII, 234 pp. 5 ℳ

3240. **Hovgaard, A..** Nordenskiølds Rejse omkring Asien og Europa. 2—4de Hefte. *Kjøbenhavn*, 1881. 8⁰. je 40 pp. *Mit Abbildgn. u. Karten.*
S. oben Nr. 2982. *Jedes Heft* 1 ℳ 60 ₰

3241. **Jackson, C., C..** The French Court in the Reign of Louis XVI. and during the first Empire. 2 vols. *London*, 1881. 28 ℳ 80 ₰

3242. **Jennings, Sm.** My Visit to the Gold Fields in the South-East Wynaad. *London*, 1881. 8⁰. 88 pp. 6 ℳ

3243. **Kaden, Wold.** Skizzen und Kulturbilder aus Italien. *Jena*, 1882. *Costenoble*. 8⁰. VIII, 332 pp. 8 ℳ 50 ₰

3244. **Keane, J.. F..** My Journal to Medinah. Describing a Pilgrimage to Medinah performed by the Author disguised as a Mohammedan. *London*, 1881. 8⁰. 220 pp. 12 ℳ 50 ₰

3245. **v. Klingspor, C.. A..** Baltisches Wappenbuch. Wappen sämmtlicher, den Ritterschaften von Livland, Estland, Kurland und Oesel zugehöriger Adelsgeschlechter. 1. Lfg. *Stockholm*, 1881. 4⁰. *20 col. Tafeln.* 36 ℳ

3246. **Kuntze, O.** Um die Erde. Reiseberichte eines Naturforschers. *Leipzig*, 1881. *Frohberg*. 8⁰. IV, 514 pp. 6 ℳ

3247. **Leichhardt's, L.** Briefe an seine Angehörigen. Herausgegeben im Auftrage der geographischen Gesellschaft in Hamburg von *G. Neumayer* und *O. Leichhardt*. Mit einem Anhang: L. Leichhardt als Naturforscher und Entdeckungsreisender von *G. Neumayer*. Mit einem lith. Portr. Leichhardt's und einer lith. Karte von Australien. *Hamburg*, 1881. *Friederichsen & Co.* 8⁰. VII, 215 pp. 5 ℳ

3248. **Leist, F.** Aus Frankens Vorzeit. Kleine Kulturbilder. *Würzburg*, 1881. *Stahel*. 8⁰. 190 pp. 2 ℳ

3249. **Marmier, X.** Lettres sur l'Amérique. Canada; Etats-Unis; Havane; Rio de la Plata. 2 vol. *Paris*, 1881. 18⁰. VIII, 367, 369 pp. 7 ℳ

3250. **Monumenta Germaniae historica** inde ab a. Chr. D usque ad a. MD, ed. societas aperiendis fontibus rerum germanicarum medii aevi. Poetarum latinorum medii aevi tomi I pars 2. *Berlin*, 1881. *Weidmann*. 4⁰. VIII u. p. 393—652. *Mit 3 Lichtdr.-Taf.* 7 ℳ; *Schreibpap.* 10 ℳ 50 ₰
Inhalt: Poetae latini aevi Carolini, rec. E. Duemmler.
S. oben Nr. 1728.

3251. **Muñoz y Rivero, J..** Nociones de diplomática española. Reseña sumaria de los caractéres que distinguen los documentos anteriores al siglo XVIII auténticos, de los que son falsos ó sospechosos. *Madrid*, 1881. 8⁰. 133 pp. 3 ℳ 20 ₰

3252. **Muro y J.. Martinez.** Constituciones de España y de las demas naciones de Europa. Con la historia general de España misma y de cada una de estas naciones. 2 tomos. *Madrid*, 1881. 4⁰. XXIII, 182, 240, 358 pp. *Mit 3 Portr.*

3253. **Namèche, A. J.** Histoire nationale, depuis les origines jusqu'à l'avènement du roi Léopold II. Tome III. *Louvain*, 1881. 8°. 462 pp. 3 *M* 75 ₰

S. 1880 Nr. 2929.

3254. **Nitzulescu, N.** Compendiu de istoria bisericiĭ, coprindendu istoria preparatore, istoria primitivă, secolul apostolicu, istoria veche si istoria medie (1—1453). *Bucuresci*, 1881. 12°. VII, 247 pp. 4 *M* 20 ₰

3255. **v. Nordenskiöld, Adf. E.** Vegas färd kring Asien och Europa jemte en historisk återblick på föregående resor längs gamla verldens nordkust. 8e häftet. *Stockholm*, 1881. 8°. p. 97—176. *Mit 1 Karte.* 3 *M*

S. oben Nr. 2996.

3256. **Oberländer, Rch.** Fremde Völker. Ethnographische Schilderungen aus der alten und neuen Welt. 1. Lfg. *Leipzig*, 1881. *Klinkhardt.* Fol. 24 pp. *Mit eingedr. Holzschn.* 1 *M* 50 ₰

Soll in 24 Lfgn. erscheinen.

3257. **Oesterley, Hm.** Historisch-geographisches Wörterbuch des deutschen Mittelalters. 4. u. 5. Lfg. *Gotha*, 1881. *J. Perthes.* 8°. 241—400.

S. oben Nr. 2061. *Jede Lfg.* 2 *M* 40 ₰

3258. **Paulsen, J.** Norsk Provindsliv. *Kjøbenhavn*, 1881. 8°. 518 pp. 12 *M*

3259. **Raffay, M. A.** Viaje á nueva Guinea. *Madrid*, 1881. Fol. 680 pp. *Mit Holzschnitten und 1 Karte.* 4 *M* 80 *M*

3260. **Reemelin, C.** A critical Review of American Politics. *London*, 1881. 8°. 648 pp. 16 *M* 80 ₰

3261. **Reiss, W., and A. Stübel.** The Necropolis of Ancon in Peru. A Series of Illustrations of the Civilisation and Industry of the Empire of the Incas. Being the Results of Excavations made on the spot. With the aid of the General Administration of the Royal Museums of Berlin. 4th part. *Berlin*, 1881. *Asher & Co.* Fol. *10 Chromolith. mit 10 Bl. Taf.-Erklärgn.* 30 *M*

S. oben Nr. 2099.

3262. **Reiss, W., und A. Stübel.** Das Todtenfeld von Ancon in Perú. Ein Beitrag zur Kenntniss der Kultur und Industrie des Inca-Reiches. Nach den Ergebnissen eigener Ausgrabungen. Mit Unterstützung der Generalverwaltung der königlichen Museen. 4. Lfg. *Berlin*, 1881. *Asher & Co.* Fol. *10 Chromolith. u. 10 Bl. Taf.-Erklärgn.* 30 *M*

S. oben Nr. 2100.

3263. **Ρενιερις, Μ.** Ἱστορικαι μελέται. Ὁ Ἕλλην πάπας, Ἀλεξάνδρος Ε' το Βυζαντιον καὶ ἡ ἐν Βασιλείᾳ σύνοδος. Ἐν Ἀθήναις, 1881. 8°. 192 pp. 8 *M*

Renieris, M. Geschichtliche Studien. Pabst Alexander V., Byzanz und das Basler Concil.

3264. **Ribbeck, W.** Friedrich I. und die römische Curie in den Jahren 1157—1159. Untersuchungen über die Vorgeschichte der Kirchenspaltung von 1159. *Leipzig*, 1881. *Veit & Co.* 8°. V, 91 pp. 2 *M* 60 ₰

3265. **Richter, Hm. Mch.** Geschichte der deutschen Nation, nach den Grundzügen ihrer Entwickelung dargestellt. *Berlin*, 1882. *Seehagen.* 8°. VIII, 479 pp. 5 *M*

3266. **Rohlfs, Gh.** Kufra. Reise von Tripolis nach der Oase Kufra. Ausgeführt im Auftrage der afrikanischen Gesellschaft in Deutschland. Nebst Beiträgen von *P. Ascherson, J. Hann, F. Karsch, W. Peters, A. Stecker.* Mit 11 Holzschn.-Abbildgn. u. 3 lith. Karten. *Leipzig*, 1881. *Brockhaus.* 8°. VIII, 559 pp. *Mit 21 Tab.* 16 *M*

3267. **Rosenberg, C. M.** Geografiskt-statistiskt handlexikon öfver Sverige. Efter nyaste hufvudsakligen officiella källor utarbetadt. 4. häft. *Stockholm*. 1881. 8°. p. 289—384. 2 *M*

S. oben Nr. 3005.

3268. Rubensbriefe, gesammelt und erläutert von *Adf. Rosenberg*. *Leipzig*, 1881. *Seemann.* 8°. XV, 346 pp. 8 *M*

3269. **Rübsam, Jos.** Heinrich V. v. Weilnau, Fürstabt von Fulda [1288—1313], nebst einem Excurs über die Quellen der Geschichte des Hochstifts. *Kassel*, 1881. *Freyschmidt.* 8°. XVI, 207 pp. 3 *M*

3270. **Ruge, Arn.** Geschichte unsrer Zeit von den Freiheitskriegen bis zum Ausbruche des deutsch-französischen Krieges. *Leipzig*, 1881. *C. F. Winter.* 8°. VIII,

3271. **Sarot, E.** Des tribunaux répressifs ordinaires de la Manche en matière politique pendant la première révolution. Etude historique. Tome I. *Paris*, 1881. 8°. 412 pp. 7 ℳ 50 ₰

3272. **Semmig, Hm.** Die französische Schweiz und Savoyen. Ihre Geschichte und Litteratur, Kunst und Landschaft. Mit Auszügen aus den einheimischen Schriftstellern. [Choix de lectures françaises.] 1. Lfg. *Zürich*, 1881. *Trüb.* 8°. 80 pp. 1 ℳ

Soll in 6 Lfgn. erscheinen.

3273. **Slavici, J.** Die Rumänen in Ungarn, Siebenbürgen, und der Bukovina. (Aus: „Die Völker Oesterreich-Ungarns.") *Teschen*, 1881. 8°. 236 pp. 8 ℳ 50 ₰

3274. Urkundenbuch der Stadt Hildesheim. Im Auftrage des Magistrats zu Hildesheim herausgegeben von *Rch. Doebner*. 2. Lfg. *Hildesheim*, 1881. *Gerstenberg*. 8°. VIII u. p. 177—650. 10 ℳ

S. 1880 Nr. 2620.

3275. **de Vaujany, H.** Histoire d'Egypte depuis les temps les plus reculés jusqu'à nos jours. Rédigée d'après les égyptologues anciens et modernes. *Le Caire*, 1881. 12°. 292 pp. 6 ℳ

3276. **Virchow, R.**. Ueber die Weddas von Ceylon und ihre Beziehungen zu den Nachbarstämmen. Mit 3 lith. Taf. [Aus: „Abhandlungen der k. Akademie der Wissenschaften zu Berlin."] *Berlin*, 1881. *Dümmler's Verl.* 4°. 143 pp. 8 ℳ

3277. **Vizanti, Andr.** Fragment din istoria civilisaţiuneĭ Romanilor. Veniamin Costaki, Mitropolitul Moldoveĭ şi Suceveĭ. Epoca, viaţa si operile sale 1763—1846. *Jasĭ*, 1881. 8°. 164 pp. 4 ℳ 80 ₰

3278. **Wallon, H.**. Histoire du tribunal révolutionnaire de Paris, avec le journal de ses actes. Tome V. *Paris*, 1881. 8°. 460 pp. 7 ℳ 50 ₰

S. oben Nr. 2076.

3279. **White, E. W.**. Cameos from the Silverland. The Experiences of a young Naturalist in the Argentine Republic. Vol. I. *London*, 1881. 8°. 18 ℳ

3280. **Wüppermann, W. E. A.**. De geschiedenis van den tiendaagschen veldtocht in Augustus 1831. *'s Gravenhage*, 1881. 8°. 6, VIII, 422 pp. *Mit 2 Karten.* 12 ℳ 50 ₰

3281. Zimmerische Chronik. Herausgegeben von *K. A. Barack*. 2. verbesserte Auflage. Bd. I. u. II. *Freiburg*, 1881. *Mohr.* 8°. VIII, 631, 651 pp. *Subscr.-Preis pro Bd.* 15 ℳ

3282. **Zschokke, Hm.** Nach Nordamerika und Canada. Schilderungen von Land und Leuten. Mit einer lith. u. color. Karte. *Würzburg*, 1882. *Woerl's Sep.-Cto.* 12°. XV, 895 pp. 7 ℳ

VIII. Sprachwissenschaft.

3283. Abhandlungen für die Kunde des Morgenlandes. Herausgegeben von der Deutschen Morgenländischen Gesellschaft unter der Red. von *E. Windisch*. VIII. Bd. Nr. 1. *Leipzig*, 1881. *Brockhaus' Sortiment u. Antiq.* 8°. XXX, 236 pp. 8 ℳ

Inhalt: Die Vetâlapañcavinçatikâ, in den Recensionen des Çivadâsa und einem Ungenannten mit kritischem Commentar herausgegeben von H. Uhle.

S. oben Nr. 2077.

3284. **Almkvist, H.**. Die Bischari Sprache Tū-bedāwie in Nordost-Afrika beschreibend und vergleichend dargestellt. I. Bd. Einleitung — Grammatik. I. Beschreibender Theil. *Upsala*, 1881. 4°. 302 pp. 44 ℳ

3285. **Ballin, A. S.** and **F. L.**. A Hebrew Grammar. With Exercises selected from the Bibel. *London*, 1881. 8°. 500 pp. 9 ℳ

3286. **Böhtlingk, O.** Sanskrit-Wörterbuch in kürzerer Fassung. III. Thl. 1. Lfg. *St. Petersburg*, 1881. [*Leipzig*, *Voss' Sort.*] 4°. 120 pp. 3 ℳ 30 ₰

S. oben Nr. 2078.

3287. **Cardahi, Gbr.** Al'yhkam seu linguae et artis metricae syrorum institutiones. *Romae*, 1880. 8°. 74, IV pp. 7 ℳ 20 ₰

3288. Commentationes philologae Jenenses, edd. seminarii philologorum Jenensis professores. Vol. I. *Leipzig*, 1881. *Teubner*. 8°. IV, 238 pp. 5 ℳ

3289. **Cordier, H.** Bibliotheca Sinica. Dictionnaire bibliographique des ouvrages relatifs à l'empire chinois. Tome I. fasc. 4. (Fin du tome I.) *Paris*, 1881. 8°. p. 321 à 873. *Preis des compl. Werkes in 2 Bdn.* 60 ℳ

3290. **Davis, T. L. O.** A supplementary English Glossary. *London*, 1881. 8°. 752 pp. 19 ℳ 20 ₰

3291. **Daurel et Beton.** Chanson de geste provençale publiée pour la première fois d'après le manuscrit unique appartenant à A. Didot par P. Meyer. *Paris*, 1881. 8°. CXX, 109 pp. 8 ℳ

3292. **ten Doornkaat-Koolman, J.** Wörterbuch der ostfriesischen Sprache. 13. Heft. *Norden*, 1881. *Braams*. 8°. II. Bd. p. 433—528. 2 ℳ

S. oben Nr. 3017.

3293. **Duval, R.** Traité de grammaire syriaque. *Paris*, 1881. 8°. XL, 447 pp. 20 ℳ

3294. **Elis Saga ok Rosamundu.** Mit Einleitung, deutscher Uebersetzung und Anmerkungen zum ersten Mal herausgegeben von *Eug. Kölbing*. *Heilbronn*, 1881. *Henninger*. 8°. XLI, 217 pp. 8 ℳ 50 ₰

3295. **Grimm, Jac., und W. Grimm.** Deutsches Wörterbuch. Fortgesetzt von *Mr. Heyne*, *Rdf. Hildebrand* und *Mth. Lexer*. VII. Bd. 1. Lfg. Bearbeitet von *Mth. Lexer*. *Leipzig*, 1881. *Hirzel*. 8°. 192 Sp. 2 ℳ

S. oben Nr. 2082.

3296. **Hanusz, J.** Materyały do historyi form deklinacyjnych w języku staropolskim w. XIV i XV. Sesz. 1 a 2. *Kraków*, 1880. 8°. 50 pp. 1 ℳ 50 ₰

Materialien zur Geschichte der Declinationsformen in der altpolnischen Sprache des 14. u. 15. Jahrhunderts. 1. u. 2. Heft.

3297. **Heerdegen, Fd.** Untersuchungen zur lateinischen Semasiologie. 3. Heft. *A. u. d. T.:* Ueber historische Entwicklung lateinischer Wortbedeutungen. Ein lexikalischer Beitrag zur lateinischen Bedeutungslehre, Syntax und Stilistik. *Erlangen*, 1881. *Deichert*. 8°. 107 pp. 1 ℳ 80 ₰

S. 1879 Nr. 212.

3298. **Ickelsamer, Val.** Teutsche Grammatica. Herausgegeben von Kohler. Mit Titel und Initialen nach dem Originalwerk in Facsimiledruck. 3. verbesserte Aufl. *Freiburg*, 1881. *Mohr*. 8°. 1 ℳ

3299. **Kalkar, O.** Ordbog til det ældre danske Sprog (1300—1700). Første Hæfte. *Kjøbenhavn*, 1881. 8°. 98 pp. 6 ℳ

3300. Mâitrâyanî Samhitâ, herausgegeben von *Lp. v. Schroeder*. I. Buch. *Leipzig*. 1881. *Brockhaus' Sortiment u. Antiq.* 8°. XLVI, 173 pp. 8 ℳ

3301. **Osthoff, Hm., und K. Brugman.** Morphologische Untersuchungen auf dem Gebiete der indogermanischen Sprachen. 1.—4. Thl. *Leipzig*, 1881. *Hirzel*. 8°. XIX, 418 pp. 10 ℳ

3302. **Sanders, Dn.** Ergänzungs-Wörterbuch der deutschen Sprache. Eine Vervollständigung und Erweiterung aller bisher erschienenen deutschsprachlichen Wörterbücher [einschliesslich des Grimm'schen]. Mit Belegen von Luther bis auf die neueste Gegenwart. 5.—8. Lfg. *Berlin*, 1881. *Abenheim*. 4°. p. 65—128.

S. 1880 Nr. 1112. *Jede Lfg.* 1 ℳ 25 ₰

3303. Sibouya, dit Sibawaihi. Le livre de Sibawaihi, traité de grammaire arabe. Texte arabe, publié d'après les manuscrits du Caire, de l'Escurial, d'Oxford, de Paris, de St. Pétersbourg et de Vienne par H. Derenbourg. Tome I. *Paris*, 1881. 8°. XLIV, 464 pp. 15 ℳ

3304. **Spurrell, W.** Practical Lessons in Welsh in Imitation of the Natural Method of learning to speak a Language. *Carmarthen*, 1881. 12°. 160 pp. 3 ℳ

3305. **Thurot, C.** De la prononciation française depuis le commencement du 16ᵉ siècle, d'après les témoignages des grammairiens. Tome I. *Paris*, 1881. 8°. CIV, 568 pp. 8 ℳ

IX. Alterthumswissenschaft.

3306. **Appiani** historia romana, ed. *L. Mendelssohn*. Vol. II. *Leipzig*, 1881. *Teubner*. 8°. VI u. p. 565—1227. 4 ℳ 50 ₰

S. 1879 Nr. 1413.

3307. **Armellini, M.** Le catacombi romane. *Roma*, 1881. 8°. 437 pp. Mit 1 Plan. 6 ℳ

3308. **Armellini, M.** Il cimitero di S. Agnese, sulla via nomentana descritto

3309. **Aeschylus.** Agamemnon. With Introduction and Notes by A.. Sidgwick. *London*, 1881. 12°. 166 pp. 3 ℳ 60 ₰

3310. Corpus inscriptionum semiticarum ab Academia inscriptionum et litterarum humaniorum conditum atque digestum. Pars prima, inscriptiones phoenicias continens. Tomus I. Fasc. 1 et tabulae 1—14. *Paris*, 1881. 4°. XVI, 116 pp. 25 ℳ

3311. **Ćwiklinski, L.** Homer i Homerycy, rzecz o studyach i przekładach Homera, szczególnie w Polsce. *Lwów*, 1881. 8°. 181 pp. 5 ℳ
Homer und Homeriden. Ueber Studien und Uebersetzungen des Homer, insbesondere in Polen.

3312. **Flaxman, J..** Composition from the Works and Days and Theogony of Hesiod. *London*, 1881. 8°. 3 ℳ

3313. **Fligier.** Die Urzeit von Hellas und Italien. Ethnologische Forschungen. [Aus: „Archiv für Anthropologie".] *Braunschweig*, 1881. *Vieweg & Sohn.* 4°. VIII, 50 pp. 4 ℳ

3314. **Hercher, Rdf.** Homerische Aufsätze. Mit dem Bildniss Hercher's in Stahlst. *Berlin*, 1881. *Weidmann.* 8°. 96 pp. 4 ℳ

3315. **Jacolliot, L.** L'Olympe brahmanique; la mythologie de Manou. *Paris*, 1881. 8°. 374 pp. 6 ℳ

3316. **Kayser, K.. L..** Homerische Abhandlungen. Herausgegeben von *Hm. Usener. Leipzig*, 1881. *Teubner.* 8°. IL, 106 pp. 3 ℳ

3317. **Liénard, F.** Archéologie de la Meuse; Description des voies anciennes et des monuments aux époque celtique et gallo-romaine. Tome I. Partie sud du département. *Verdun*, 1881. 4°. VII, 125 pp. *Mit 41 Taf.* 30 ℳ

3318. **Madden, F. W..** Coins of the Jews. Being a History of the Jewish Coinage and Money in the Old and New Testaments. *London*, 1881. 4°. 330 pp. 50 ℳ

3319. **Paley, F.. A..** A short Treatise on the Greek Particles, according to their Attic usage. *London*, 1881. 8°. 90 pp. 3 ℳ

3320. **Plauti, T. M..** Miles gloriosus. Emendabat, adnotabat *O. Ribbeck.* 8°. I, 106 pp. 2 ℳ 80 ₰

3321. **Sales y Ferré, M..** El hombre primitivo y las tradiciones orientales. La encia y la religion. *Sevilla*, 1881. 8°. 327 pp. 5 ℳ 60 ₰

3322. **Schliemann, H.** Reise in der Troas im Mai 1881. Mit einer lith. Karte. *Leipzig*, 1881. *Brockhaus.* 8°. V, 77 pp. 2 ℳ

3323. **Sefer Nameh.** Relation du voyage de Nassiri Khosrau en Syrie, en Palestine, en Egypte, en Arabie, et en Perse pendant les années de l'hégire 437—44 (1035—1042). Publié, traduit et annoté par Ch. Schefer. *Paris*, 1881. 8°. VIII, 348, 97 pp. *Mit Taf.* 25 ℳ

3324. **Stoll, H.. W..** Die Meister der römischen Litteratur. Eine Uebersicht der klassischen Litteratur der Römer für die reifere Jugend und Freunde des Alterums. *Leipzig*, 1881. *Teubner.* 8°. IV, 428 pp. *Mit 1 Stahlst.* 4 ℳ 20 ₰

3325. **Unger, G. F.** Der sogenannte Cornelius Nepos. [Aus: „Abhandlungen der k. bayer. Akademie der Wissenschaften."] *München*, 1881. *Franz.* 4°. 100 pp. 3 ℳ

X. Schöne Literatur und Kunst.

3326. **Åberg, J.. O..** Eleonora Lubomirski. Historisk-romantisk skildring från Karl X:s och Karl XI:s tid. *Stockholm*, 1881. 8°. 274 pp. 4 ℳ

3327. **Achkinasi, H.** Les victimes du Tzar. *Paris*, 1881. 18°. 333 pp. 3 ℳ 50 ₰

3328. **v. Amyntor, Gh.** Ein Priester. Historie in sechs Gesängen. *Breslau*, 1881. *Trewendt.* 12°. 206 pp. 3 ℳ

3329. **Arnold's** Vorlagen-Mappe VII. Zehn Blumenstücke nach Aquarellen von *Al. Hoeppner* als Vorlagen für Aquarell- und Porzellan-Malerei. Chromolithographie. *Leipzig*, 1881. *Arnold.* 4°. 6 ℳ
S. 1879 Nr. 3314.

3331. **Bartlett, J.**. The Shakespeare Phrase Book. *London*, 1881. 8°. 15 ℳ

3332. **Beiträge zur Kunstgeschichte.** 3.—4. Heft. *Leipzig*, 1881. *Seemann.* 8°. 128 pp. *Mit Portr. in Lichtdr.* 5 ℳ

Inhalt: 3. Das Motiv des aufgestützten Fusses in der antiken Kunst und dessen statuarische Verwendung durch Lysippos. — 4. Anton Graff. Ein Beitrag zur Kunstgeschichte des 18. Jahrhunderts von Rch. Muther.
S. 1879 Nr. 1114.

3333. **Black, W.** The beautiful Wretch. The four Mac Nicols. The Pupils of Aurelius. *London*, 1881. 8°. 37 ℳ

3334. **Blackburne, E.**. The Love that loves alway. 3 vols. *London*, 1881. 8°. 37 ℳ

3335. **v. Brackel, Fd.** Am Heidstock. Roman. *Köln*, 1881. *Bachem.* 8°. 406 pp. 4 ℳ 20 ₰

3336. **Carlen, O.**. Birger Ulfssons löfte. Historisk roman från konungarne Johan III's och Sigismunds tid. *Stockholm*, 1881. 8°. 150 pp. 3 ℳ

3337. **Cartwright, J.**. Mantegna and Francia. *London*, 1881. 8°. 122 pp. 4 ℳ 20 ₰

3338. **Cladier, J.**. Lia-Margot. Mœurs parisiennes. *Paris*, 1881. 18°. XII, 307 pp. 3 ℳ 50 ₰

3339. **Conscience, H.** De burgermeester van Luik. *Leiden*, 1880. 4°. 186 pp. 3 ℳ 75 ₰

3340. **Conscience, H.** Eene gekkenwereld. *Anvers*, 1881. 12°. 87 pp. 1 ℳ 50 ₰

3341. **Cremer, J. J.**. Overbetuwsche novellen. *Leiden*, 1881. 8°. 6, 80, 95, 80, 84 pp. *Mit 8 lith. Taf.* 3 ℳ 75 ₰

3342. **Daudet, A.** Numa Roumestan. Mœurs parisiennes. *Paris*, 1881. 8°. 346 pp. 3 ℳ 50 ₰

3343. **Demmin, A.** Keramik-Studien. 1. Folge. I. Die Fayence, ihr Charakter und ihre geschichtliche Entwickelung. II. Die Aretinischen Töpferwaaren, sowie die Terra-Sigillata-Gefässe und Thonwaaren von Keneh und Sciout. Mit Holzschn. *Leipzig*, 1881. *Schloemp.* 8°. 94 pp. 2 ℳ 50 ₰

3344. **van Dewall, Jhs.** Der alte Hans. Roman. 4 Bde. *Stuttgart*, 1881. *Deutsche Verlags-Anstalt.* 8°. 312, 337, 332, 327 pp. 15 ℳ

3345. **Drachmann, H.**. Vandenes Datter. *Kjøbenhavn*, 1881. 8°. 348 pp. 9 ℳ

3346. **Durdík, Jos.** Poetika jakožto aesthetika umění básnického. Díl I. *V Praze*, 1881. 8°. 8, 564 pp. 14 ℳ

Die Poetik als Aesthetik der Dichtkunst. 1. Thl.

3347. **v. Dyherrn, G.** Höhen und Tiefen. Novellen. 2 Bde. *Freiburg i. Br.*, 1881. *Kiepert.* 8°. 670 pp. 8 ℳ

3348. **Flach, Josephine.** Unter der Herreneiche. Roman. *Köln*, 1881. *Bachem.* 8°. VII, 434 pp. 4 ℳ 20 ₰

3349. **Frenzel, K.** Die Geschwister. Roman in vier Büchern. 4 Bde. *Berlin*, 1881. *Paetel.* 8°. 205, 214, 173, 208 pp. 12 ℳ

3350. **Gaboriau, E.** Les amours d'une empoisonneuse. *Paris*, 1881. 18°. 339 pp. 3 ℳ 50 ₰

3351. **v. Gottschall, Rdf.** Die Erbschaft des Blutes. Roman in 3 Büchern. 3 Bde. *Breslau*, 1882. *Trewendt.* 8°. 349, 373, 333 pp. 15 ℳ

3352. **Hamerton, Ph. G.**. The Graphic Arts. *London*, 1881. 8°. 126 ℳ

3353. **Havard, H.** L'art et les artistes hollandais. 4 Fasc. *Paris*, 1881. 8°. 211 pp. *Mit 3 Abbildgn.* 40 ℳ

3354. **Haweis, H. R.**. The Art of Decoration. *London*, 1881. 8°. 428 pp. 12 ℳ 50 ₰

3355. **Heath, R. F.**. Albrecht Durer. *London*, 1881. 8°. 96 pp. 4 ℳ 20 ₰

3356. **Hemyng, B.**. The Bondage of Brandon. 3 vols. *London*, 1881. 8°. 37 ℳ

3357. **Jensen, W.** Versunkene Welten. Historischer Roman. 2 Bde. *Breslau*, 1882. *Schottländer.* 8°. 297, 283 pp. 9 ℳ

3358. **Jerrold, B.**. The Life of George Cruikshank. 2 vols. *London*, 1881. 8°. *Mit Illustr.* 28 ℳ 80 ₰

3359. **Jeż, T. T.** Z ciężkich dni, powieść historyczna. 2 tomy. *Lwów*, 1881. 8°. 196, 201 pp. 9 ℳ

3360. **König, Ew. A.** Eine Million. Roman. 2 Bde. *Jena*, 1881. *Costenoble.* . 300, 330 pp. 9 *M*

3361. **Lie, J.** Staali Storli. En Fortælling fra Telemarken. *Hamar*, 1881. 8°. 6 pp. 6 *M*

3362. **Lorm, Hieron.** Ein Schatten aus vergangenen Tagen. Roman. *Stuttgart*, 82. *Deutsche Verlags-Anstalt.* 8°. 308 pp. 5 *M*

3363. **Macquoid, K. S.** Little Fifine, and other Tales. 3 vols. *London*, 1881. . 37 *M*

3364. **Malot, H.** Séduction. *Paris*, 1881. 18°. 376 pp. 3 *M*

3365. **Mark Twain.** The Prince and the Pauper. *London*, 1881. 8°. 9 *M*

3366. **Marazzi, A.** Emigrati. III. Dall' America in Italia. Studio e racconto. *ilano*, 1881. 16°. 469 pp. 4 *M* 80 *S*

S. oben Nr. 1812.

3367. **Mollet, J. W.** Meissonier. A Memoir, drawn from various sources. *ndon*, 1881. 8°. 3 *M*

3368. **Müller, Hm. Alx.** Biographisches Künstler-Lexikon der Gegenwart. Die kanntesten Zeitgenossen auf dem Gesamtgebiet der bildenden Künste aller Län-r mit Angabe ihrer Werke. *Leipzig*, 1882. *Bibliograph. Institut.* 8°. III, 576 pp. 5 *M* 50 *S*

3369. **Murray, D. C.** A Life's Atonement. A Novel. 3 vols. *London*, 1881. . 37 *M*

3370. Nell' Azzurro. Racconti di Albini, Colombi, Cordelia, Morandi, Neera, erani. *Milano*, 1881. 12°. 230 pp. 4 *M* 20 *S*

3371. **Nicolai, Hm. G.** Das Ornament der italienischen Kunst des XV. Jahr-nderts. Eine Sammlung der hervorragendsten Motive, unter redactioneller Lei-g von *E. Herrmann.* Nach photographischen Original-Aufnahmen durch Lichtdr. rvielfältigt. 1. Lfg. *Dresden*, 1881. *Gilber's Verl.* Fol. *10 Bl.* 10 *M*

Soll in 10 Lfgn. erscheinen.

3372. **Phillipps-Wolley, C.** Sport in the Crimea and Caucasus. *London*, 1881. 16 *M* 80 *S*

3373. **Reissmann, A.** Georg Friedrich Händel. Sein Leben und seine Werke. it Portr. in Stahlst. und Notenbeilagen. *Berlin*, 1882. *Guttentag.* 8°. VII, 6 pp. u. Notenbeilagen 16 pp. 6 *M* 50 *S*

3374. **Ring, J.** I Tidens Løb. Fem Fortællinger. *Kjøbenhavn*, 1881. 8°. 8 pp. 8 *M* 50 *S*

3375. **Roeder, Mt.** Dal taccuino di un direttore d'orchestra. Studii critici. *Mi-o*, 1881. 16°. 342 pp. 4 *M* 80 *S*

3376. **Sacchetti, Rbt.** Entusiasmi. Romanzo postumo. 2 vol. *Milano*, 1881. 16°. °. 6 *M*

3377. **Schandorph, S.** Thomas Fris's Historie. Fortælling. 2 Dele. *Kjøben-n*, 1881. 8°. 288, 410 pp. 16 *M*

3378. **Schasler, Mx.** Das System der Künste, entwickelt. *Leipzig*, 1882. *Friedrich.* XV, 264 pp. 6 *M*

3379. **Scott, G. G.** An Essay on the History of English Church Architecture or to the Separation of England from the Roman Obedience. *London*, 1881. l. 200 pp. 37 *M*

3380. **Sigurdsson, S.** Den sköna synderskan. Skildringar ur Stockholms lifvet. *ckholm*, 1881. 8°. 608 pp. *Mit Illustr.* 10 *M*

3381. **Silvestre, A.** Les malheurs du commandant Laripète. *Paris*, 1881. 18°.) pp. 3 *M* 50 *S*

3382. **Spender, J. K.** Till Death us do part. 3 vols. *London*, 1881. 8°. 37 *M*

3383. **Spielhagen, F.** Angela. Roman. 2 Bde. *Leipzig*, 1881. *Staackmann.* 8°. 4, 376 pp. 9 *M*

3384. **Swinburne, A. C.** Maria Stuart. A Tragedy in five Acts. *London*, 1881. 9 *M* 60 *S*

3385. **Theuriet, A.** Sauvageonne. *Paris*, 1881. 18°. 311 pp. 3 *M* 50 *S*

3386. **Wachenhusen, Hs.** Die Gnädige. Roman. 2 Bde. *Berlin*, 1882. *Janke.* 217, 209 pp. 9 *M*

3387. **v. Winterfeld, A.** Die Reise nach Berlin. Komischer Roman. 3 Bde.

XI. Handel. — Industrie. — Oekonomie.

3388. **Bertagnolli, C.** Delle vicende dell' agricoltura in Italia. *Firenze*, 1881. 16°. 344 pp. 4 *M* 20 *ℌ*

3389. **Delfosse, Ch.** Le tapissier décorateur de Paris. D'après les compositions de P. Brunet. *Paris*, 1881. 4°. *60 Radirungen.* 55 *M*

3390. **Giannini, E.** Guida storico-commerciale della Toscana. *Firenze*, 1881. 16°. 446 pp. 6 *M*

3391. **Grashof, F.** Theoretische Maschinenlehre. II. Bd. Getriebe — mechanische Messinstrumente. Mit in den Text gedr. Holzschn. 3. Lfg. *Leipzig*, 1881. *L. Voss.* 8°. p. 385—576. 4 *M* 80 *ℌ*

S. 1879 Nr. 3066.

3392. **Hostmann, W.** Bau und Betrieb der Schmalspurbahnen und deren volkswirthschaftliche Bedeutung für das Deutsche Reich. Mit 7 Taf. *Wiesbaden*, 1881. *Bergmann.* 8°. XII, 96 pp. 4 *M*

3393. **Jičinský, W.** Behelfe zur richtigen Beurtheilung der Dampfkessel-Feuerungen und zur Bestimmung des Brennwerthes der Steinkohlen und Braunkohlen. Mit 19 Abbildungen. *Wien*, 1881. *Lehmann & Wentzel.* 8°. V, 114 pp. 2 *M* 40 *ℌ*

3394. **Kässner, B.** Der Sägewerk-Techniker. Ein Lehr- und Hilfsbuch für Theorie und Praxis der Sägemaschinenarbeit mit Rücksicht auf die Betriebsökonomie der Sägewerke. Mit 17 in den Text gedr. Fig. *München*, 1881. *Bassermann.* 8°. VI, 145 pp. 3 *M*

3395. **Markus, Ed.** Das landwirthschaftliche Meliorationswesen Italiens. Mit 70 Textfig. u. 14 Taf. *Wien*, 1881. *Frick.* 8°. IV, 341 pp. *Mit 2 Tab.* 14 *M*

3396. **Michel, M.** La reliure française commerciale et industrielle depuis l'invention de l'imprimerie jusqu'à nos jours. *Paris*, 1881. 4°. III, 187 pp. *Mit 23 Taf. u. Abbildgn.* 50 *M*

3397. **Ménard, R.** Histoire artistique du métal. *Paris*, 1881. 4°. 208 pp. à 2 Sp. *Mit 15 Radirungen u. 224 Abbildgn.* 25 *M*

3398. **Pilley, J. J.** The Elements of scientific Agriculture for Students and Farmers. With Appendix adapted to the Syllabus of the Science and Art Department, South Kensington. *London*, 1881. 12°. 256 pp. 3 *M*

3399. **Rühlmann, M.** Vorträge über Geschichte der theoretischen Maschinenlehre und der damit in Zusammenhang stehenden mathemathischen Wissenschaften. Zunächst für technische Lehranstalten bestimmt. Mit zahlreichen Holzschn.-Illustr. und 5 Portr. in Stahlst. Zugleich als Supplement zu des Verfassers Werk: „Allgemeine Maschinenlehre." 1. Hälfte. *Braunschweig*, 1881. *Vieweg & Sohn.* 8°. 192 pp. 5 *M*

3400. **Schnitler, B.** Dampmaskinlaere. *Christiania*, 1881. 8°. III, XVI, 209 pp. 9 *M*

3401. **Siemens, W.** Gesammelte Abhandlungen und Vorträge. Mit in den Text gedr. Holzschn., 6 lith. Taf. und dem Portr. des Verfassers in Stahlst. *Berlin*, 1881. *Springer.* 8°. VIII, 582 pp. 14 *M*

3402. **Sosnkowski, J.** Złoto, srebro i drogie kamienie, podręcznik dla pragnących obeznać się z wartoscą i próbą złota srebra w monecie i wyrobach, oraz wartością drogich kamieni. *Warszawa*, 1881. 8°. 144 pp. 6 *M*

Gold, Silber und Edelsteine. Handbuch zur Schätzung ihres Werthes u. s. w.

3403. **Vidal, L.** Traité pratique de photoglyptie. *Paris*, 1881. 8°. XIV, 247 pp. *Mit Portr. u. Abbildgn.* 7 *M*

3404. **Winkler, E.** Vorträge über Brückenbau. Theorie der Brücken. 2. Heft. Innere Kräfte gerader Träger. 3. Lfg. Mit 115 Holzschn. u. 2 lith. Taf. *Wien*, 1881. *Gerold's Sohn.* 8°. p. 217—367. 6 *M* 40 *ℌ*

S. 1879 Nr. 1819.

3405. **Wylie, C.** A Treatise on Iron Founding. Illustrated with Diagrams. *Sunderland*, 1881. 8°. 150 pp. 4 *M* 20 *ℌ*

Allgemeine Bibliographie.

Monatliches Verzeichniss der wichtigern neuen Erscheinungen der deutschen und ausländischen Literatur.

Herausgegeben von **F. A. Brockhaus** in Leipzig.

.881.] **December.** [Nr. 12.

Dieses Verzeichniss erscheint regelmässig monatlich und ist, gleich den darin angezeigten Büchern, direct von F. A. Brockhaus *in* Leipzig *sowie durch alle Buchhandlungen zu beziehen.*

I. Encyklopädie und Literaturwissenschaft.

3406. **Brockhaus'** Conversations-Lexikon. 13. vollständig umgearbeitete Auflage. Mit Abbildungen und Karten auf 400 Tafeln und im Texte. 3.—8. Heft. *Leipzig*, 1882. *Brockhaus.* 8⁰. I. Bd. p. 129—512. *Jedes Heft* 50 ₰
S. oben Nr. 2782.

3407. Germanischer Bücherschatz, herausgegeben von *Alfr. Holder*. I—III. *Freiburg i. Br.*, 1882. *Mohr.* 8⁰. 22, 33, 70 pp. 2 ℳ 60 ₰
Inhalt: I. Cornelii Taciti de origine et situ germanorum liber. 40 ₰ — II. Einhardi vita Karoli imperatoris. 60 ₰ — III. Beowulf I. Abdruck der Handschrift im British Museum, Cotton. Vitellius A. XV. 1 ℳ 60 ₰

3408. **Burton, Rch. F.**, Camoens, his Life and his Lusiads. A Commentary. 2 vols. *London*, 1881. 12⁰. 482 pp. 14 ℳ 40 ₰

3409. **Cardona, E.**, Wagner e il Lohengrin. *Napoli*, 1881. 8⁰. 37 pp. 1 ℳ 80 ₰

3410. **Eichhorn, C.**, Nya svenska studier. Strödda bidrag till fäderneslandets litteratur- konst- och odlingshistoria. *Stockholm*, 1881. 8⁰. 272 pp. *Mit 2 Taf.* 7 ℳ

3411. **Hinrichs'** fünfjähriger Bücher-Catalog. Verzeichniss der in der zweiten Hälfte des 19. Jahrhunderts im deutschen Buchhandel erschienenen Bücher und Landkarten. VI. Bd. 1876—1880. Berbeitet von *Rch. Haupt.* 2. Hälfte; L—Z. *Leipzig*, 1881. *Hinrichs' Verl.* 4⁰. p. 353—744. 17 ℳ
S. oben Nr. 2157.

3412. **Körner's, Chr. Gfr.**, gesammelte Schriften, herausgegeben von *Adf. Stern. Leipzig*, 1881. *Grunow.* 8⁰. VII, 433 pp. 8 ℳ

3413. **Lindau, P.** Aus dem literarischen Frankreich. *Breslau*, 1881. *Schottländer.* 8⁰. 383 pp. 5 ℳ

3414. **Robert, U.** Inventaire sommaire des manuscrits des bibliothèques de France dont les catalogues n'ont pas été imprimés. Publié par U. Robert. Fasc. 1—2. *Paris*, 1881. 8⁰. p. 1—288. 4 ℳ

3415. **Saint-René Taillandier.** Etudes littéraires. Un poète comique du temps de Molière (Boursault, sa vie et ses œuvres). La renaissance de la poésie provençale. *Paris*, 1881. 12⁰. 335 pp. 3 ℳ 60 ₰

3416. **Stapfer, P.** Goethe et ses deux chefs-d'œuvre classiques. *Paris*, 1881. 18⁰. 309 pp. 3 ℳ 50 ₰

3417. **Vahl, J.**. Dansk Borfortegnelse for Aarene 1869—1880. 2det Hefte. *Kjøbenhavn*, 1881. 8°. 16 pp. 2 ℳ
S. oben Nr. 3085.

3418. **Zola, E.** Documents littéraires. Etudes et portraits. *Paris*, 1881. 18°. 420 pp. 3 ℳ 50 ₰

II. Theologie und Philosophie.

3419. **Blunt, J.. H.** Annotated Bible. Being a Household Commentary upon the Holy Scriptures, comprehending the Results of modern Discovery and Criticism. The New Testament. *London*, 1881. 8°. 25 ℳ

3420. **Bocci, A.**. L'apostolato di San Paolo. *Pistoia*, 1881. 16°. XII, 573 pp. 4 ℳ 80 ₰

3421. **Böhl, Ed.** Christologie des Alten Testamentes oder Auslegung der wichtigsten messianischen Weissagungen. *Wien*, 1882. *Braumüller*. 8°. VIII, 332 pp. 6 ℳ

3422. **Bonito, Ant. M.**. Della filosofia dialettica, suo scopo ed importanza. Coll'aggiunta delle regole a ben condurre le dispute filosofiche e teologiche. *Siena*, 1881. 8°. 86 pp. 1 ℳ 20 ₰

3423. **Gilles, P.** Histoire ecclésiastique des églises Vaudoises de l'an 1160 au 1643. *Torino*, 1881. 12°. 6 ℳ

3424. **Grafe, Ed.** Ueber Veranlassung u. Zweck des Römerbriefes. *Freiburg i. Br.*, 1881. *Mohr*. 8°. VII, 100 pp. 3 ℳ

3425. **v. Hartmann, Ed.** Das religiöse Bewusstsein der Menschheit im Stufengang seiner Entwickelung. *Berlin*, 1882. *C. Duncker*. 8°. XII, 627 pp. 10 ℳ

3426. **Holyoake, G. J.** Life of Jos. Rayner Stevens. With an introductory Chapter by J. Stevens. *London*, 1881. 8°. 246 pp. 3 ℳ 60 ₰

3427. **Hötzl, Pt.** Jakob und Esau, Typik und Kasuistik. Eine historisch-dogmatische Untersuchung. *München*, 1881. *Stahl*. 8°. VI, 64 pp. 1 ℳ 80 ₰

3428. **Hutton, R.. S.**. A present Saviour, or great Truths for earnest Times. *London*, 1881. 12°. 1 ℳ 80 ₰

3429. **Kurz, Ant.** Mariologie oder Lehre der katholischen Kirche über Maria die seligste Jungfrau. *Regensburg*, 1881. *Manz*. 8°. VIII, 483 pp. 7 ℳ

3430. **Liberatore, M.**. Institutiones philosophicae. Vol. I. Logica et Metaphysica generalis. *Prati*, 1881. 8°. VIII, 411 pp. 4 ℳ 80 ₰

3431. **Loewe, J. H.** Lehrbuch der Logik. *Wien*, 1881. *Braumüller*. 8°. XVII, 283 pp. *Mit 1 Tab.* 6 ℳ

3432. **Mc Ilvaine (Bishop of Ohio).** Memorials. Edited by W. Carus. *London*, 1881. 8°. 410 pp. 10 ℳ 20 ₰

3433. **Martin, B.**. Karl Christian Friedrich Krause's Leben, Lehre und Bedeutung. Mit Krause's Lichtdr.-Bildniss nach Hähnels Büste. *Leipzig*, 1881. *Findel*. 8°. IV, 236 pp. 4 ℳ

3434. **Mielot, J.**. Vie de Ste. Cathérine d'Alexandrie. Texte revu et rapproché du français moderne par M. Sepet. *Paris*, 1881. 4°. 342 pp. *Mit 12 Chromolith., 14 Taf. u. ca. 400 Abbildgn.* 30 ℳ

3435. **Murray, J.. H.**. Mistranslated Passages in Our Bible. A Help for English Readers to understand. With Explanations and Corrections. *London*, 1881. 8°. 7 ℳ 20 ₰

3436. **Nirschl, Jos.** Lehrbuch der Patrologie und Patristik. I. Bd. *Mainz*, 1881. *Kirchheim*. 8°. VI, 384 pp. 4 ℳ 80 ₰

3437. **v. Olfers, E.. W.. M.** Pastoralmedicin. Die Naturwissenschaft auf dem Gebiete der katholischen Moral und Pastoral. Ein Handbuch für den katholischen Clerus. *Freiburg i. Br.*, 1881. *Herder*. 8°. VIII, 216 pp. 2 ℳ 80 ₰

3438. **Patroni, R.**. Lezioni di sacra liturgia, ossia esposizione della messa. *Napoli*, 1881. 8°. 514 pp. 7 ℳ 20 ₰

3439. Sanctorum Patrum opuscula selecta. Ad usum praesertim studiosorum theologiae ed. et commentariis auxit *H. Hurter*. Vol. XLII et XLIII. *Innsbruck*, 1881. *Wagner*. 16⁰. 723 pp. 3 ℳ

Inhalt: S. Aur. Augustini Hipponensis episcopi, de trinitate libri XV. S. 1880 Nr. 2779.

3440. **Plumptre, C. E.** General Sketch of the History of Pantheism. 2 vols. *London*, 1881. 8⁰. 730 pp. 21 ℳ 50 ₰

3441. **Preger, W.** Geschichte der deutschen Mystik im Mittelalter. Nach den Quellen untersucht und dargestellt. II. Thl.: Aeltere und neuere Mystik in der ersten Hälfte des XIV. Jahrhunderts. Heinrich Suso. *Leipzig*, 1881. *Dörffling & Franke*. 8⁰. VI, 468 pp. 9 ℳ

S. 1875 Nr. 651.

3442. **Proctor, G. J.** The Restoration of God's Banished One's, and other Sermons. Edited with prefatory Memoir by Alx. Mackennal. *London*, 1881. 8⁰. 290 pp. 7 ℳ 20 ₰

3443. **Ritschl, Albr.** Theologie und Metaphysik. Zur Verständigung und Abwehr. *Bonn*, 1881. *Marcus*. 8⁰. 64 pp. 1 ℳ 20 ₰

3444. **Böhm, J. B.** Aufgaben der protestantischen Theologie. *Augsburg*, 1882. *Literar. Institut von M. Huttler*. 8⁰. IV, 237. 3 ℳ

3445. **Runze, G.** Der ontologische Gottesbeweis. Kritische Darstellung seiner Geschichte seit Anselm bis auf die Gegenwart. *Halle*, 1881. *Pfeffer*. 8⁰. VIII, 176 pp. 3 ℳ 60 ₰

3446. **Schmid, H.** Handbuch der Kirchengeschichte. II. Thl. *Erlangen*, 1881. *Deichert*. 8⁰. VI, 350 pp. 5 ℳ

Schluss. — S. 1880 Nr. 1858.

3447. **Schröder, F.** Der Brief Pauli an die Galater. Mit besonderer Berücksichtigung der darin enthaltenen Unterscheidungslehren. *Heidelberg*, 1882. *C. Winter*. 8⁰. VIII, 131 pp. 1 ℳ 80 ₰

3448. **Simcox, W. H.** The Beginnings of the Christian Church. *London*, 1881. 8⁰. 418 pp. 9 ℳ

3449. **Stein, L.** Die Willensfreiheit und ihr Verhältniss zur göttlichen Präscienz und Providenz bei den jüdischen Philosophen des Mittelalters. *Berlin*, 1882. [*Frankfurt a. M., Kaufmann.*] 8⁰. VI, 142 pp. 2 ℳ

3450. **Stieglitz, Thdr.** Grundsätze der historischen Entwicklung, aus den übereinstimmenden Principien der Philosophie A. Schoppenhauer's und der naturwissenschaftlichen Empirie abgeleitet. *Wien*, 1881. *F. Beck*. 8⁰. VII, 117 pp. 2 ℳ

3451. **Stirling, J. H.** Text-Book of Kant. The Critique of Pure Reason, Aesthetic, Categories, Schematism, Translation, Reproduction, Commentary, Index. With biographical Sketch. *Edinburgh*, 1881. 8⁰. 580 pp. 16 ℳ 80 ₰

3452. **Stoughton, J.** Footsteps of Italian Reformers. *London*, 1881. 4⁰. 10 ℳ 80 ₰

3453. **Witz, C. Alph.** Der erste Brief Petri. Für die Gemeinde in Vorträgen ausgelegt. *Wien*, 1881. *Braumüller*. 8⁰. III, 500 pp. 8 ℳ

3454. **Zimmer, F.** Galaterbrief und Apostelgeschichte. Ein exegetischer Beitrag zur Geschichte des Urchristentums. *Hildburghausen*, 1882. *Gadow & Sohn*. 8⁰. VII, 208 pp. 3 ℳ

III. Erziehungswissenschaft.

3455. **Becq de Fouquières, L.** Traité de diction et de lecture à haute voix. Le rythme, l'intonation, l'expression. *Paris*, 1881. 18⁰. XVIII, 314 pp. 3 ℳ 50 ₰

3456. **Browning, O.** An Introduction to the History of educational Theories. *London*, 1881. 8⁰. 192 pp. 4 ℳ 20 ₰

3457. **Catanzaro-Mazzoni, A.** Pensieri sull' educazione. *Venezia*, 1881. 8⁰. 46 pp. 1 ℳ 20 ₰

3458. **Czekala, S.** Sollen unsere Gymnasien bleiben, wie sie sind? Ein pädagogisches Mahnwort. *Moskau*, 1881. *Lang*. 8⁰. III, 84 pp. 1 ℳ 25 ₰

3459. **Hofmann, Rdf.** Die praktische Vorbildung zum höheren Schulamt auf der Universität. *Leipzig*, 1881. *Edelmann*. 8⁰. 43 pp. 1 ℳ 20 ₰

3459. **Hollenbach, W.** Darstellung und Beurteilung der Pädagogik Kants. *Jena*, 1881. *Neuenhahn*. 8°. 91 pp. 2 ℳ

3460. **Sachse.** Beiträge zur Geschichte des Thomasklosters und der Thomasschule. *Leipzig*, 1880. *Hinrichs' Sort.* 4°. 40 pp. 1 ℳ 50 ₰

3461. **Zaglia, M.**, Compendio di pedagogia teoretica, seguito da alcuni cenni sulla storia della pedagogia. *Torino*, 1881. 8°. 316 pp. 3 ℳ

3462. **v. Zezschwitz, Gh.** Lehrbuch der Pädagogik. *Leipzig*, 1882. *Hinrichs' Verl.* XII, 291 pp. 4 ℳ 80 ₰

IV. Rechts- und Staatswissenschaft.

3463. **Acton, R.**, Our Colonial Empire. *London*, 1881. 12°. 186 pp. 1 ℳ 20 ₰

3464. **André, A.**, Traité pratique des partages d'ascendants entre vifs et testamentaires et des actes qui en dérivent (droit civil, droit fiscal, formules). *Paris*, 1881. 8°. VIII, 260 pp. 5 ℳ

3465. **Archibald, W.. F.. A.**, Country Solicitors' Practice. *London*, 1881. 8°. 30 ℳ

3466. **Baudry-Lacantinerie, G.**, Précis de droit civil. Contenant dans une première partie l'exposé des principes et dans une deuxième les questions de détail, et les controverses. Tome I. contenant les matières exigées pour le premier examen de la licence en droit. *Paris*, 1881. 8°. VIII, 879 pp. 12 ℳ 50 ₰

3467. **Benevolo, F.**, La parte civile nel giudizio penale. *Torino*, 1881. 8°. 264 pp. 4 ℳ 80 ₰

3468. **Bert, P.**, Discours parlementaires. Assemblée nationale. Chambre des députés (1872—1881). *Paris*, 1881. 18°. 450 pp. 3 ℳ 50 ₰

3469. **Beutner.** Materialien zum Abschlusse eines Handels-Vertrages zwischen Russland und dem deutschen Reiche. *Berlin*, 1881. *Puttkammer & Mühlbrecht.* 8°. 101 pp. 2 ℳ

3470. **Bouissou, M.**, De la condition aux dépens. Article 130 du code de procédure civile. *Paris*, 1881. 8°. 64 pp. 2 ℳ

3471. **Bráf, A.**, Studien über nordböhmische Arbeiterverhältnisse. *Prag*, 1881. *Otto*. 8°. 163 pp. 4 ℳ

3472. **v. Brünneck, W.** Siciliens mittelalterliche Stadtrechte, nach alten Drucken und Handschriften mit einer Einleitung herausgegeben und dem Inhalte nach systematisch dargestellt. *Halle*, 1881. *Niemeyer*. 8°. LXV, 246, IV, 383 pp. 20 ℳ

3473. **Calva, C.**, Manuel de droit international public et privé, conforme au programme des facultés de droit. *Paris*, 1881. 18°. XXXIV, 422 pp. 7 ℳ

3474. **Carrara, Fr.** Progresso e regresso del giure penale nel nuovo regno d'Italia, osservato nella dottrina, nella legislazione e nella giurisprudenza. 2 vol. *Prato*, 1881. 8°. 621, 607 pp. 16 ℳ 80 ₰

3475. **Clamageron, J.. J.**, La France républicaine. Etudes constitutionnelles, économiques et administratives. *Paris*, 1881. 18°. 346 pp. 3 ℳ 50 ₰

3476. **Clementi, Gius.** L'organismo politico dello stato spiegato al popolo. *Roma*, 1881. 8°. 56 pp. 1 ℳ 20 ₰

3477. **Clementini, P.** Commento alla legge per la tassa sulla macinazione dei cereali. *Torino*, 1881. 8°. 7 ℳ 20 ₰

3478. **Clementini, P.** Legge sulle tasse di registro annotate. Parte I. *Torino*, 1881. 8°. 12 ℳ

3479. **Dauvert, P.** Les conseils de préfecture. Procédure; Travaux. Législation. *Paris*, 1881. 8°. 163 pp. 3 ℳ 50 ₰

3480. Il digesto italiano. Enciclopedia metodica e alfabetica di legislazione, dottrina e giurisprudenza: Diritto civile, commerciale, penale, giudiziario, costituzionale, amministrativo, internazionale pubblico e privato, ecclesiastico, militare, marittimo. Storia del diritto, diritto romano, legislazione comparata. Compilato da distinti giureconsulti. Disp. 3 e 4. *Torino*, 1881. 4°. p. 129—256.
S. oben Nr. 3135. *Jede Lfg.* 2 ℳ 40 ₰

3481. **Dorendorf, W.** Straf-Prozess-Ordnung für das Deutsche Reich vom 1. Februar 1877, erläutert. *Breslau*, 1881. *Kern's Verl.* 8°. VIII, 342 pp. [illegible]

3482. **Durrieux, A.** Du divorce et de la séparation de corps depuis leur origine jusqu'à nos jours, suivi d'un projet de loi sur la séparation de corps. *Paris*, 1881. 12°. XV, 311 pp. 3 ℳ 50 ₰

3483. **Eilers, T.** Beitrag zur Geschichte der Steuer-Reform im Reiche und in Preussen, unter Benutzung amtlicher Materialien bearbeitet. *Berlin*, 1881. *Parey*. 8°. IV, 96 pp. 2 ℳ 50 ₰

3484. **Eisenhart, H.** Geschichte der Nationalökonomik. *Jena*, 1881. *Fischer*. 8°. VII, 243 pp. 4 ℳ

3485. **Falcon, M.** Historia del derecho civil español, comun y foral. *Salamanca*, 1881. 4°. 508 pp. 17 ℳ 60 ₰

3486. **Frauenstädt, P.** Blutrache und Todtschlagsühne im deutschen Mittelalter. Studien zur deutschen Kultur- und Rechtsgeschichte. *Leipzig*, 1881. *Duncker & Humblot*. 8°. XII, 250 pp. 5 ℳ

3487. **García Moreno, A.** Principales constituciones suizas ó instituciones políticas nacionales, regionales y municipales de la Confederacion helvética. Con una extensa introduccion historico-crítica y notas comparativas. Tomo II. *Madrid*, 1881. 8°. 175 pp. 3 ℳ 30 ₰

S. oben Nr. 3138.

3488. **Heymann, Eug.** Die preussischen Hypotheken-Actien-Banken und das Staats-Interesse. *Breslau*, 1881. *Fiedler*. 8°. 53 pp. 1 ℳ 25 ₰

3489. **Humphry, H. M.** New Conveyancing Acts, including the Conveyancing and Law of Property Act 1881, and Solicitor's Remuneration Act 1811. With introduction by S. E. Williams. *London*, 1881. 8°. 7 ℳ 20 ₰

3490. **Jaekel, P.** Die Anfechtung von Rechtshandlungen zahlungsunfähiger Schuldner ausserhalb des Konkurses, auf Grund des Reichsgesetzes vom 21. Juli 1879 mit besonderer Berücksichtigung des preussischen Rechts systematisch dargestellt. *Berlin*, 1881. *Vahlen*. 8°. VIII, 218 pp. 4 ℳ

3491. **Johnston, R.** The Land Law (Ireland) Act. With Notes, copious Index, and Précis. *London*, 1881. 8°. 1 ℳ 20 ₰

3492. **Kah, Rh.** Beiträge zum Recht der Erwerbs- und Wirthschafts-Genossenschaften. *Mannheim*, 1881. *Bensheimer*. 8°. VIII, 319 pp. 5 ℳ

3493. **Kalkar, C. H.** Israel og Kirken. Historisk Overblik over deres gjensidige Forhold indtil de nyeste Tider. *Kjobenhavn*, 1881. 8°. 426 pp. 11 ℳ

3494. **Kleser, Hs.** Geld und Währung. Eine Kritik bimetallistischer Anschauungen. *Berlin*, 1881. *Puttkammer & Mühlbrecht*. 8°. VI, 85 pp. 2 ℳ

3495. **de Larrinaga, Fr. G.** Die wirthschaftliche Lage Cuba's, anknüpfend an die Entwickelung der Insel. *Leipzig*, 1881. *Duncker & Humblot*. 8°. VIII, 158 pp. 3 ℳ 60 ₰

3496. **Lora.** Estudios jurídico-administrativos. La Hacienda y el Catastro. *Madrid*, 1881. 8°. 280 pp. 4 ℳ 80 ₰

3497. **Mayer, S.** Handbuch des österreichischen Strafprocessrechtes. II. Bd. Commentar zu der österreichischen Strafprocess-Ordnung vom 23. Mai 1873. 2. Lfg. *Wien*, 1881. *Manz*. 8°. I. Thl. V u. p. 179—713. 8 ℳ

S. 1878 Nr. 1285.

3498. **Meyer, G.** Die Verleihung des Königsbannes und das Dingen bei markgräflicher Huld. *Jena*, 1881. *Fischer*. 8°. 46 pp. 2 ℳ

3499. **Ratzinger, G.** Die Volkswirthschaft in ihren sittlichen Grundlagen. Ethisch-sociale Studien über Cultur und Civilisation. *Freiburg i. Br.*, 1881. *Herder*. 8°. XIV, 532 pp. 7 ℳ

3500. **v. Reitzenstein, F.** Die Armengesetzgebung Frankreichs in den Grundzügen ihrer historischen Entwickelung. [Aus: „Jahrbuch für Gesetzgebung, Verwaltung und Volkswirthschaft."] *Leipzig*, 1881. *Duncker & Humblot*. 8°. VIII, 235 pp. 5 ℳ

3501. **Rocholl, C.** Rechtsfälle aus der Praxis des Reichsgerichts, besprochen. 1. Heft. *Breslau*, 1881. *Morgenstern*. 8°. IV, 162 pp. 2 ℳ

3502. **Romen, Ant.** Die Kundmachung der sogenannten stillen Gesellschaft und deren Wirkungen zu Gunsten dritter Personen. *Emmerich*, 1881. *Romen*. 8°. 53 pp.

3503. **Sancianco y Goson, G.**. El progreso de Filipinas. Estudios económicos, administrativos y politicos. Parte económico. *Madrid*, 1881. 8°. XIV, 260 pp. 6 *M* 40 *₰*

3504. **Santamaria, V.**. Las capitulaciones matrimoniales y la hipoteca por razon de dote. *Barcelona*, 1881. 4°. 423, 107 pp. 12 *M* 80 *₰*

3505. **v. Scherzer, K.** Wirthschaftliche Thatsachen zum Nachdenken. *Leipzig*, 1881. *O. Wigand*. 8°. 82 pp. 1 *M*

3506. **Schraut, M.**. Die Lehre von den auswärtigen Wechselkursen unter besonderer Berücksichtigung der deutschen Verhältnisse. *Leipzig*, 1881. *Duncker & Humblot*. 8°. VI, 39 pp. 1 *M* 20 *₰*

3507. **Schröder, Rch.** Die Franken und ihr Recht. [Aus: „Zeitschrift der Savigny-Stiftung für Rechtsgeschichte".] *Weimar*, 1881. *Böhlau*. 8°. 82 pp. 1 *M* 60 *₰*

3508. **Supino, D.** La rivendicazione nel fallimento. *Firenze*, 1881. 8°. 159 pp. 4 *M* 80 *₰*

3509. **Tardif, J.** Etudes sur les institutions politiques et administratives de la France. Période mérovingienne I. *Paris*, 1881. 8°. 224 pp. 6 *M*

3510. **De Vero, Vc.** La civiltà moderna in rapporto alla scienza ed alla morale. Brevi considerazioni filosofico-sociali. *Napoli*, 1881. 8°. 61 pp. 2 *M* 40 *₰*

V. Mathematik und Naturwissenschaften.

3511. **Baillon, H.**. Anatomie et physiologie végétale. *Paris*, 1881. 8°. VIII, 300 pp. *Mit 465 Abbildgn.* 5 *M*

3512. **Beilstein, F.**. Handbuch der organischen Chemie. 7. Lfg. *Leipzig*, 1881. *L. Voss*. 8°. p. 945—1104. 3 *M*

S. oben Nr. 2890.

3513. **Bronn's, H. G.**. Klassen und Ordnungen des Thier-Reichs, wissenschaftlich dargestellt in Wort und Bild. Mit auf Stein gezeichneten Abbildungen. VI. Bd. 3. Abth. 22.—24. Lfg. *Leipzig*, 1881. *C. F. Winter*. 8°. p. 593—672. *Mit 12 Bl. Tafelerklärgn.* *Jede Lfg.* 1 *M* 50 *₰*

Inhalt: Reptilien. Fortgesetzt von C. K. Hoffmann. 22.—24. Lfg.
S. oben Nr. 2284.

3514. **Büchner, L.** Licht und Leben. Drei allgemeinverständliche naturwissenschaftliche Vorträge als Beiträge zur Theorie der natürlichen Weltordnung. *Leipzig*, 1882. *Thomas*. 8°. XII, 376 pp. 5 *M*

3515. **Cooke, M. C.**. Illustrations of British Fungi (Hymenomycetes). Parts 2—5. *London*, 1881. 8°. *84 color. Taf.* *Jede Lfg.* 9 *M* 60 *₰*

S. oben Nr. 702.

3516. **Cosson, E.**. Compendium florae atlanticae seu expositio methodica plantarum omnium in Algeria etc. ou Flore des états barbaresques Algérie, Tunésie et Maroc. Tome I. Première partie: Histoire et géographie. *Paris*, 1881. 8°. 265 pp. *Mit 2 Karten.* 15 *M*

3517. **Donadt, Alfr.** Das mathematische Raumproblem und die geometrischen Axiome. *Leipzig*, 1881. *Barth*. 8°. 68 pp. 1 *M* 60 *₰*

3518. **v. Escherich, Gst.** Einleitung in die analytische Geometrie des Raumes. *Leipzig*, 1881. *Teubner*. 8°. VIII, 282 pp. 5 *M* 20 *₰*

3519. **Eudes-Deslongchamps, E.**. Catalogue descriptif des trochilidés ou oiseaux-mouches aujourd'hui connus. Revue d'après les exemplaires du musée de Caen. 1er fasc. *Caen*, 1881. 8°. 493 pp. *Mit 5 Taf.* 15 *M*

3520. **Eyton, T. C.**. Osteologia avium, or a Sketch of the Osteology of Birds. Complete with all Supplements. *London*, 1881. 4°. *185 Taf.* 126 *M*

3521. **Freyn, J.**. Zur Kenntniss einiger Arten der Gattung Ranunculus. II. *Kassel*, 1881. *Fischer*. 8°. 24 pp. *Mit 2 Steintaf.* 1 *M*

3522. **Goette, Alx.** Abhandlungen zur Entwickelungsgeschichte der Tiere. 1. Heft. Untersuchungen zur Entwickelungsgeschichte der Würmer. Beschreibender Teil.

3523. **Hatschek, B..** Studien über Entwicklung des Amphioxus. Mit 9 Taf. Aus: „Arbeiten des zoologischen Intituts zu Wien".] *Wien*, 1881. *Hölder*. 8°. 8 pp. 16 *M*

3524. **Helmholtz, H..** Wissenschaftliche Abhandlungen. I. Bd. 1. Abth. *Leipzig*, 882. *Barth.* 8°. IV, 320 pp. 6 *M*

3525. **Hoffmann, C.** Pflanzen-Atlas nach dem Linné'schen System. 80 fein color. 'af. mit mehr als 800 Abbildgn. und erläuterndem Text. *Stuttgart*, 1881. *Thiene-iann.* 4°. IV, 88 pp. 12 *M*

3526. **Kirchhoff, G..** Gesammelte Abhandlungen. I. Abth. *Leipzig*, 1882. *Barth.* °. IV, 320 pp. 6 *M*

Soll in 2 Abthlgn. erscheinen.

3527. **McAlpine, D..** Zoological Atlas. Including comparative Anatomy. 249 oloured Figures and Diagrams. Invertebrata. *London*, 1881. Fol. 25 *M*

3528. **Magnus, Hg.** Farben und Schöpfung. Acht Vorlesungen über die Beiehungen der Farben zum Menschen und zur Natur. Mit einer chromolith. Taf. *Breslau*, 1881. *Kern's Verl.* 8°. XII, 290 pp. 5 *M*

3529. **Marbach, Osw.** Die Polbahnen des Hooke'schen Gelenks. Mit 2 Taf. *Berlin*, 1881. *Ernst & Korn.* 8°. 49 pp. 4 *M*

3530. **Maxwell, Jam. C..** Electricity and Magnetism. Edited by W.. D.. Niven. [2]d ed. *London*, 1881. 8°. 37 *M*

3531. **Maxwell, Jam. C..** An elementary Treatise on Electricity. Edited by W.. Garnett. *London*, 1881. 8°. 9 *M*

3532. **Monselise, A..** La chimica moderna. 2 vol. *Verona*, 1881. 8°. 10 *M* 80 *Pf*

3533. **Noth, Hm.** Die Arithmetik der Lage. Ein neues Hilfsmittel zur analyischen Behandlung der Raumlehre. Mit Berücksichtigung ebener geometrischer Gebilde 1. und 2. Ordnung dargestellt. *Leipzig*, 1882. *Barth.* 8°. VI, 89 pp. 2 *M* 40 *Pf*

3534. **Pagenstecher, H.. Alx.** Allgemeine Zoologie oder Grundgesetze des thieschen Baus und Lebens. IV. Thl. *Berlin*, 1881. *Parey.* 8°. VIII, 959 pp. *Mit 14 Holzschn.* 21 *M*

Schluss. — S. 1878 Nr. 3441.

3535. **Prantl, K..** Untersuchungen zur Morphologie der Gefässkryptogamen. . Heft. Die Schizaeaceen, morphologisch und systematisch bearbeitet. Mit 8 Taf. . 1 Holzschn. *Leipzig*, 1881. *Engelmann.* 4°. VI, 161 pp. 12 *M*

S. 1875 Nr. 3385.

3536. **Reichenbach fil., H. Gst.** Xenia orchidacea. Beiträge zur Kenntniss der rchideen. III. Bd. 2. Heft. *Leipzig*, 1881. *Brockhaus.* 4°. p. 25—48. *Mit 10 'pfrtaf., wovon 5 color.* 8 *M*

S. 1878 Nr. 1943.

3537. **Sandberger, F..** Untersuchungen über Erzgänge. 1. Heft. Mit 2 lith. zum heil color. Taf. *Wiesbaden*, 1881. *Kreidel.* 8°. IV, 159 pp. 3 *M* 60 *Pf*

3538. **Schlesinger, Jos.** Die Entstehung der physischen und geistigen Welt aus em Aether. Eine naturwissenschaftliche Studie, insbesondere zur Anbahnung einer uf materieller Grundlage beruhenden Theorie der Seele. *Wien*, 1882. *Hölder.* 8°. II, 97 pp. 2 *M* 40 *Pf*

3539. **Schmidt-Göbel, H. M..** Die schädlichen und nützlichen Insecten in Forst, eld und Garten. II. Abth. Die schädlichen Insecten des Land- und Gartenaues. Mit 6 Foliotaf. in Farbendr. und 13 Abbildgn. im Texte. *Wien*, 1881. *Hölzel.* 8°. VIII, 296 pp. 11 *M* 60 *Pf*

Schluss. — S. oben Nr. 1639.

3540. **Selenka, Emil.** Zoologische Studien. II. Zur Entwickelungsgeschichte er Seeplanarien. Ein Beitrag zur Keimblätterlehre und Descendenztheorie. Mit Taf. u. 2 Holzschn. *Leipzig*, 1881. *Engelmann.* 4°. V, 44 pp. 6 *M*

S. 1878 Nr. 1638.

3541. **Toula, Fr.** Grundlinien der Geologie des westlichen Balkan. [Mit 1 geogischen Uebersichtskarte des westlichen Balkan-Gebietes, 4 lith. Taf. u. 23 Zinkoaph. im Texte.] [Aus: „Denkschriften der k. Akademie der Wissenschaften."]

3542. **Weiss, E.** Aus der Flora der Steinkohlenformation. Zur Erläuterung der wichtigeren Pflanzen dieser Formation, mit besonderer Berücksichtigung der Steinkohlengebiete in Preussen bearbeitet. Herausgegeben von der königl. geologischen Landesanstalt in Berlin. Hierzu 20 Taf. Abbildgn., lith. von E. Ohmann und W. Pütz. *Berlin*, 1881. *Schropp.* 8°. 19 pp. 3 ℳ

3543. **Wiik, F.. I..** Mineral-karakteristik. En handledning vid bestämmandet af mineralier och bergarter. *Helsingfors*, 1881. 8°. VI, 218 pp. *Mit 1 Taf.* 5 ℳ

3544. **Wilson, O.. S..** The Larvae of the British Lepidoptera, and their Food Plants. With Life-size Figures drawn and coloured from Nature by E.. Wilson. *London*, 1881. 8°. *Mit 40 fein color. Taf., über 600 Abbildgn. von Larven auf ihren Nahrungspflanzen enthaltend.* 75 ℳ 50 ₰

3545. **Woldřich, J. N..** Diluviale Fauna von Zuzlawitz bei Winterberg im Böhmerwalde. II. Thl. Mit 4 lith. Taf. [Aus: „Sitzungsberichte der k. Akademie der Wissenschaften".] *Wien*, 1881. *Gerold's Sohn.* 8°. 93 pp. 2 ℳ 50 ₰
S. oben Nr. 138.

3546. **Żmurko, Lr.** Beitrag zur Theorie der Auflösung von Gleichungen mit Bezugnahme auf die Hilfsmittel der algebraischen und geometrischen Operationslehre. Mit 6 Holzschn. [Aus: „Denkschriften der k. Akademie der Wissenschaften".] *Wien*, 1881. *Gerold's Sohn.* 4°. 64 pp. 3 ℳ

VI. Medicin.

3547. **Carrick, G.. L..** Koumiss, or fermented Mare's Milk, and its Uses in the Treatment and Cure of pulmonary Consumption, and other Wasting Diseases. With an Appendix of the best Methods of fermenting Cow's Milk. *London*, 1881. 8°. 302 pp. 12 ℳ 50 ₰

3548. **Ходинъ.** Курсъ глазныхъ операцій (оперативная офтальмологія). *St. Petersburg*, 1881. 8°. 447 pp. *Mit 85 Abbildgn. im Text u. 4 Taf.* 12 ℳ
Chodin. Operative Ophthalmologie.

3549. **Corso, Fr.** L'aumento e la diminuzione del calore nel cervello per il lavoro intellettuale. *Firenze*, 1881. 8°. 52 pp. 2 ℳ 40 ₰

3550. **Evens, C.. W.. de Lacy.** Consumption. A Re-investigation of its Causes. *London*, 1881. 8°. 3 ℳ

3551. **Fuchs, E.** Das Sarcom des Uvealtractus. Mit 6 lith. Taf. *Wien*, 1882. *Braumüller.* 8°. XII, 293 pp. 7 ℳ

3552. **Goltz, F.** Ueber die Verrichtungen des Grosshirns. Gesammelte Abhandlungen. Mit 3 Taf. in Farbendr. [Aus: „Pflüger's Archiv für die gesammte Physiologie".] *Bonn*, 1881. *Strauss.* 8°. IV, 177 pp. 8 ℳ 80 ₰

3553. **Gualta, R..** Pediatria e malattie dei bambini. *Milano*, 1881. 16°. 63 pp. 2 ℳ 40 ₰

3554. **Henschen, S.. E..** Studier öfver hufvudets nevralgier. *Upsala*, 1881. 8°. IV, 102 pp. *Mit 4 Tabellen.* 6 ℳ

3555. **Hoeniger, Rb.** Der schwarze Tod in Deutschland. Ein Beitrag zur Geschichte des 14. Jahrhunderts. *Berlin*, 1882. *Grosser.* 8°. VI, 180 pp. 4 ℳ

3556. **Housé de l'Aulnoit, A.** Thérapeutique chirurgicale. Des pansements à la période ischémique à l'aide de l'élévation verticale du membre chez les grands opérés et chez les blessés atteints d'hémorrhagies artérielles et veineuses. *Paris*, 1881. 8°. VIII, 102 pp. 2 ℳ 50 ₰

3557. **Ingals, E.. F..** Lectures on the Diagnosis and Treatment of Disease of the Chest, Throat, and Nasal Cavities. Illustrated. *London*, 1881. 8°. 437 pp. 21 ℳ 50 ₰

3558. **Kilian, P.** On the physiological and therapeutic Properties of mineral Waters. *London*, 1881. 8°. 52 pp. 2 ℳ 40 ₰

3559. **Kingsford, A..** The perfect Way in Diet. A Treatise advocating a return to the natural and ancient Food of our Race. *London*, 1881. 8°. 120 pp. 2 ℳ 40 ₰

3560. Kolbe, Br. Geometrische Darstellung der Farbenblindheit. Mit 2 Holz-Taf

3561. **Krukenberg, C. F. W.** Vergleichend-physiologische Studien. Experimentelle Untersuchungen. 2. Reihe. 1. Abth. Mit 4 eingedr. Holzschn. *Heidelberg*, 1882. *C. Winter*. 8°. 184 pp. 6 ℳ

S. oben Nr. 1667.

3562. **Kundrat, H.** Die Porencephalie. Eine anatomische Studie. *Graz*, 1882. *Leuschner & Lubensky*. 8°. 126 pp. *Mit 9 Steintaf.* 9 ℳ

3563. **Ladame, P.** La névrose hynoptique ou le magnétisme dévoilé. Etude de physiologie pathologique sur le système nerveux. *Neuchâtel*, 1881. 12°. 212 pp. 2 ℳ 25 ₰

3564. **Landau, Lp.** Die Wanderniere der Frauen. Mit 9 Holzschn. *Berlin*, 1881. *Hirschwald*. 8°. V, 104 pp. 2 ℳ 40 ₰

3565. **Marchant, G.** Des épanchements sanguins intra-craniens consécutifs au traumatisme. *Paris*, 1881. 8°. 207 pp. 4 ℳ 50 ₰

3566. **Murrell, W.** What to do in Cases of Poisoning. *London*, 1881. 32°. 1 ℳ 80 ₰

3567. **Myrdacz, P.** Sanitäts-Geschichte und Statistik der Occupation Bosniens und der Hercegovina im Jahre 1878. Mit Benützung amtlicher und anderer authentischer Quellen dargestellt. *Wien*, 1881. *Urban & Schwarzenberg*. 8°. XII, 420 pp. 8 ℳ 40 ₰

3568. **Piana, A.** Delle malattie del naso e delle fosse nasali. *Fossombrone*, 1881. 8°. 213 pp. 4 ℳ 80 ₰

3569. **Preyer, W.** Die Seele des Kindes. Beobachtungen über die geistige Entwickelung des Menschen in den ersten Lebensjahren. *Leipzig*, 1882. *Grieben*. 8°. XII, 424 pp. 8 ℳ

3570. **Ramon y Cajal, S.** Estudios anatómicos. Observaciones microscópicas sobre las terminaciones nerviosas en los músculos voluntarios. *Zaragoza*, 1881. 4°. 50 pp. 12 ℳ

3571. **Röll, M. F.** Die Thierseuchen. Mit Berücksichtigung der österreichischen und deutschen Gesetzgebung für Thierärzte und Aerzte bearbeitet. *Wien*, 1881. *Braumüller*. 8°. VIII, 434 pp. 9 ℳ

3572. **Satterthwaite, T. E.** A Manual of Histology. Edited and prepared by Ths. E. Satterthwaite, in association with Ths. Wright, J. Collins Warren, W. F. Whitney, C. J. Blake. *London*, 1881. 8°. 480 pp. 25 ℳ

3573. **Smith, S.** Manual of the Principle and Practice of operative Surgery. *London*, 1881. 8°. 21 ℳ 50 ₰

3574. **Stein, Sgm. Thdr.** Die parasitären Krankheiten des Menschen. I. *A. u. d. T.:* Entwickelungsgeschichte und Parasitismus der menschlichen Cestoden. Aetiologie, Pathologie und Therapie der Bandwurmkrankheiten des Menschen. Mit 79 Textillustr. und 14 phototyp. Taf., enthaltend 115 photogr. Abbildgn., aufgenommen von Jul. Grimm in Offenburg. *Lahr*, 1882. 4°. VIII, 52 pp. 18 ℳ

3575. **Todaro, Fr.** Intorno al movimento, degli studii embriologici. Introduzione al corso di embriologia comparata. *Torino*, 1881. 8°. 61 pp. 2 ℳ 40 ₰

3576. **Valenti, Ant.** Lezioni di patologia generale. Parte I. Nosologia. *Torino*, 1881. 8°. XI, 292 pp. *Mit 2 lith. Taf.* 7 ℳ 20 ₰

3577. **Вехтеревъ, В.** Опытъ клиническаго изслѣдованія температуры при нѣкоторыхъ формахъ душевныхъ заболѣзнованій. *St. Petersburg*, 1881. 8°. 315 pp. *Mit 7 Tab.* 10 ℳ

Vechterev, V. Versuch einer klinischen Erforschung der Temperatur bei einigen Formen der Geisteskrankheiten.

VII. Geographie und Geschichte.

3578. **Anemüller, E.** Geschichte der Verfassung Mailands in den Jahren 1075—1117. Nebst einem Anhang über das Consulat zu Cremona. *Halle*, 1881. *Niemeyer*. 8°. 57 pp. 1 ℳ 60 ₰

3579. **Barbou, A.** Victor Hugo et son temps. *Paris*, 1881. 4°. 468 pp. *Mit 120 Abbildgn.* 6 ℳ

3580. **Bastian, A.** Der Völkergedanke im Aufbau einer Wissenschaft vom Menschen und seine Begründung auf ethnologische Sammlungen. *Berlin*, 1881. *Dümm-*

3581. **Bent, J.. Th.** Life of Garibaldi. *London*, 1881. 8°. 314 pp. 9 ℳ

3582. Allgemeine deutsche Biographie. Herausgegeben durch die historische Commission bei der k. Akademie der Wissenschaften in München. 64.—66. Lfg. *Leipzig*, 1881. *Duncker & Humblot.* 8°. *Jede Lfg.* 2 ℳ 40 ₰
S. oben Nr. 2957.

3583. **Black, J.. R..** Young Japan, Yokohama, and Yedo. A Narrative of the Settlement and the City from the Signing of the Treaties in 1858 to the Close of the Years 1879. With a Glance at the Progress of Japan during a Period of twenty-one Years. 2 vols. *London*, 1881. 8°. 960 pp. 50 ℳ

3584. Briefe eines Unbekannten (Alx. v. Villers). *Wien*, 1881. *Gerold's Sohn.* 8°. VII, 431 pp. 6 ℳ

3585. **Bright, J.** Life and Speeches. By G.. B.. Smith. *London*, 1881. 8°. 1050 pp. 28 ℳ 80 ₰

3586. **Castelar, E..** La Rusia contemporánea. Bocetos históricos. *Madrid*, 1881. 4°. 370 pp. 4 ℳ 80 ₰

3587. **Choisy, A..** Le Sahara. Souvenirs d'une mission à Goléah. *Paris*, 1881. 18°. II, 290 pp. *Mit Karte.* 3 ℳ 50 ₰

3588. Deutsche Chroniken aus Böhmen, herausgegeben von *L.. Schlesinger.* Im Auftrage des Vereins für Geschichte der Deutschen in Böhmen. II. Bd. *Leipzig*, 1881. *Brockhaus' Sort. u. Antiq.* 8°. XXV, 435 pp. 10 ℳ
Inhalt: Simon Hüttel's Chronik der Stadt Trautenau [1484—1601]. Bearbeitet von L.. Schlesinger.
S. 1879 Nr. 2618.

3589. Coleccion de documentos inéditos para la historia de Espana, por de la Fuensanta del Valle, José Sancho Rayon y Fr. de Zabalburo. Tomos 76 y 77. *Madrid*, 1881. 4°. 576—664 pp. *Jeder Bd.* 21 ℳ
S. oben Nr. 499.

3590. **Dulcken, H.. W..** Worthies of the World. A Series of historical and critical Sketches of the Lives, Actions and Characters of great and eminent Men of all Countries and Times. *London*, 1881. 8°. 768 pp. 9 ℳ

3591. **Emerson, G.. R.** Gladstone, Prime Minister of England. A political and literary Biography. *London*, 1881. 8°. 430 pp. 7 ℳ 20 ₰

3592. **v. Erlach, R..** Zur Bernischen Kriegsgeschichte des Jahres 1798. Sammlung meist ungedruckter Aktenstücke mit einem Plan und einer Karte nach Original-Zeichnungen aus damaliger Zeit. *Bern*, 1881. *Wyss.* 8°. XVI, 973 pp. 16 ℳ

3593. **Freeman, E.. A..** Subject and Neighbour Lands of Venice. *London*, 1881. 8°. 12 ℳ 50 ₰

3594. **Gairdener, Jam., and Jam. Spedding.** Studies in English History. *Edinburgh*, 1881. 8°. 300 pp. 14 ℳ 40 ₰

3595. **Gätschenberger, St.** Geschichte der aufgeklärten Selbstherrschaft und der Wiedergeburt der Sitten. *Leipzig*, 1881. *O. Wigand.* 8° X, 371 pp. 6 ℳ

3596. **Gomez de Arteche, J..** Guerra de la Independencia. Historia militar de España de 1808 á 1814. Tomo IV. *Madrid*, 1881. 4°. 590 pp. 15 ℳ 20 ₰

3597. **v. Goetze, Pt.** Fürst Alexander Nikolajewitsch Galitzin und seine Zeit. *Leipzig*, 1882. *Duncker & Humblot.* 8°. X, 429 pp. 8 ℳ

3598. **Hovgaard, A..** Nordenskiølds Rejse omkring Asien og Europa. 5—8de Hefte. *Kjøbenhavn*, 1881. 8°. 160 pp. *Mit 6 Abbildgn.* *Jedes Heft* 1 ℳ 60 ₰
S. oben Nr. 3240.

3599. **Kaden, Wold.** Italien. Eine Sommerfahrt nach dem Süden. Mit 88 (4 chromolith., 20 Tondr.- und 64 eingedr. Holzschn.-)Bildern unserer ersten deutschen Künstler und einer lith. u. color. Karte. *Glogau*, 1881. *Flemming.* 8°. VIII, 380 pp. 12 ℳ

3600. **Latomus, Bh.** Uhrsprung und Anfang des in Vorzeiten Hochgeehrten Ritterstandes vnd dahero entsprossenen Compturien. Item: Kurze Beschreibung vnd ordentliche Stam-Regiester aller vnd Jeden aussgestorbenen vnd noch lebenden alten vnd newen Adelichen vnd Rittermessigen im Lande zu Stargardt eingesessenen Geschlechtern, mit grosser trew, fleiss vnd Arbeit aus jhren vnd andern schriftlichen monumentis zusamen getragen. Nach den Originalen neu abgedruckt.

3601. **v. Liebenau, Thdr.** Das alte Luzern, topographisch-kulturgeschichtlich geschildert. Mit 4 Bildern nach Diebold Schillings Chronik vom Jahre 1512. 1. Lfg. *Luzern*, 1881. *Prell.* 8°. 64 pp. 1 *M.* 60 *Pf.*
Soll in 4 Lfgn. erscheinen.

3602. **Lindt, K.** Beiträge zur Geschichte des deutschen Kriegswesens in der staufischen Zeit im Anschluss an die Kämpfe zwischen Philipp von Schwaben und Otto IV. *Freiburg i. Br.*, 1881. *Mohr.* 8°. 71 pp. 1 *M.* 50 *Pf.*

3603. Le Livre rouge de l'hôtel de ville de Saint-Quentin. Publié avec une préface de H. Martin par H. Bouchot et E. Lemaire. *Saint-Quentin*, 1881. 4°. CX, 491 pp. *Mit Taf.* 40 *M.*

3604. **Morrice, F. L. H.** The nightless North. A Walk across Lapland. *Cambridge*, 1881. 8°. 186 pp. 7 *M.* 20 *Pf.*

3605. **de Nolhac, St.** La Dalmatie, les Iles Ioniennes. Athènes et le Mont Athos. *Paris*, 1881. 12°. 316 pp. 3 *M.* 50 *Pf.*

3606. **Orsi, Count.** Recollections of the last Half-Century. *London*, 1881. 8°. 320 pp. 9 *M.*

3607. **Pfizmaier, A.** Zwei Reisen nach dem Westen Japans in den Jahren 1369 und 1389 n. Chr. [Aus: „Denkschrift der k. Akademie der Wissenschaften".] *Wien*, 1881. *Gerold's Sohn.* 4°. 98 pp. 4 *M.* 80 *Pf.*

3608. **Pollio, J., et A. Marcel.** Le bataillon du 10 août. Recherches pour servir à l'histoire de la révolution française. *Paris*, 1881. 18°. 479 pp. 3 *M.* 50 *Pf.*

3609. **Raich, J. M.** Dorothea v. Schlegel geb. Mendelssohn und deren Söhne Johannes und Philipp Veit. Briefwechsel, im Auftrage der Familie Veit herausgegeben. 2 Bde. Mit den Bildnissen von Dorothea und Friedrich v. Schlegel, Johannes und Philipp Veit. *Mainz*, 1881. *Kirchheim.* 8°. XVI, 32, 418 u. VI, 456 pp. 15 *M.*

3610. **Roussin, A.** Album de l'île de la Réunion. Recueil de dessins représentant les sites les plus pittoresques et les principaux monuments de la colonie etc. Ouvrage accompagné d'un texte historique et descriptif par une société de savants. Tome II. *Saint-Denis*, 1881. 4°. 216 pp. *Mit 56 Taf.* 75 *M.*
Complet in 4 Bdn. (Preis für Bd. I. 75 *M.*)

3611. Семевскій, В. И. Крестьяне въ царствованіе Императрицы Екатерины II. Томъ I. *St. Petersburg*, 1881. 8°. 570 pp. 12 *M.*
Semevskij, V. I. Die Bauern während der Regierung der Kaiserin Katharina II. I. Bd.

3612. **Sikes, W.** Rambles and Studies in Old South Wales. *London*, 1881. 8°. 316 pp. 21 *M.* 50 *Pf.*

3613. **Smith, G. B.** Sir Robert Peel. *London*, 1881. 8°. 208 pp. 3 *M.*

3614. **Stevenson, S.** Our Ride through Asia minor. *London*, 1881. 8°. 410 pp. *Mit Karte.* 21 *M.* 50 *Pf.*

3615. Ostfriesisches Urkundenbuch. Herausgegeben von *E. Friedländer.* II. Bd. 6. Lfg. *Emden*, 1881. *Haynel.* 4°. VIII u. p. 795—876. 2 *M.* 50 *Pf.*
S. oben Nr. 2378.

3616. **Vincent, F.** Norsk, Lapp and Finn, or Travel Tracings from the Far North of Europe. With Route Map and Frontispiece. *London*, 1881. 8°. 272 pp. 14 *M.* 40 *Pf.*

3617. **v. Zdekauer, Kr.** Kriegs- und Friedensfahrten. 2 Bde. *Teschen*, 1881. *Prochaska.* 8°. III, 185, 175 pp. 7 *M.* 20 *Pf.*

VIII. Sprachwissenschaft.

3618. **Aasen, J.** Norsk Ordbog med dansk Forklaring. Omarbeidet og forøget Udgave af en aeldre „Ordbog over det norske Folkesprog". Ny Subskription. 6. Hefte. *Christiania*, 1881. 8°. p. 641—768. 2 *M.*

3619. **Bartsch, K.** Alte französische Volkslieder, übersetzt. Nebst einer Einleitung über das französische Volkslied des 12. bis 16. Jahrhunderts. *Heidelberg*, 1882. *C. Winter.* 8°. XXXV, 248 pp. 5 *M.*

3620. **Beltrame, Gi.** Grammatica e vocabolario della lingua denka. *Roma*, 1881.

3621. **Berghaus, H.** Sprachschatz der Sassen. Wörterbuch der plattdeutschen Sprache in den hauptsächlichsten ihrer Mundarten. 15. Heft. *Berlin*, 1881. *Eisenschmidt*. 8°. II. Bd. p. 337—416. 1 *M* 50 *Pf*
S. oben Nr. 3015.

3622. **Clarke, H.. W..** The Sikander Hawa e Bara, or Book of Alexander the Great, written a. D. 1200. Translated for the first Time out of the Persian into Prose. *London*, 1881. 8°. 50 *M*

3623. **Derenbourg, J.** Deux versions hébraïques du livre de Kalîlâh et Dimnâh. La première accompagnée d'une traduction française. Publiée d'après les manuscrits de Paris et Oxford par J. Derenbourg. *Paris*, 1881. 8°. X, 395 pp. 20 *M*

3624. **Frohwein, Eug.** Verbum homericum. Die homerischen Verbalformen zusammengestellt. Nach dem Tode des Verfassers dem Druck übergeben. *Leipzig*, 1881. *Teubner*. 8°. IV, 144 pp. 3 *M* 60 *Pf*

3625. Germanistische Handbibliothek, herausgegeben von *Jul. Zacher*. V. *Halle*, 1882. *Buchh. des Waisenhauses*. 8°. VIII, LXXVII, 493 pp. 10 *M*
Inhalt: Otfrids Evangelienbuch, herausgegeben und erklärt von Osk. Erdmann.
S. 1878 Nr. 1229.

3626. **Heintze, Alb.** Die deutschen Familien-Namen geschichtlich, geographisch, sprachlich. *Halle*, 1882. *Buchh. des Waisenhauses*. 8°. VIII, 227 pp. 4 *M* 50 *Pf*

3627. **Hodgson, W.. B..** Errors in the Use of English. *Edinburgh*, 1881. 8°. 220 pp. 4 *M* 20 *Pf*

3628. Крушевскій, Н.. В.. Къ вопрасу о гунѣ. **Изслѣдованіе въ облости старославянскаго вокализма.** *Warschau*, 1881. 8°. 113 pp. 4 *M*
Krusevskij, N.. V.. Zur Frage über das Guna. Eine Forschung im Gebiet des altslavischen Vokalismus.

3629. **Kruszewski, N.** Ueber die Lautabwechselung. *Kasan*, 1881. 8°. 43 pp. 1 *M* 50 *Pf*

3630. **Michaelis, G..** Ueber die Anordnung der Vokale. [Aus: „Herrig's Archiv".] *Berlin*, 1881. *Barthol & Co.* 8°. 79 pp. 1 *M* 50 *Pf*

3631. **Mistral, Fr.** Muereglie. Traduction en dialecte dauphinois de Mireille; précédée de notes sur le langage de Saint-Maurice-de-l'exil (Isère) et suivie d'un appendice par Rivière-Bertrand. *Paris*, 1881. 8°. VII, 188 pp. 6 *M*

3632. **Müller, F.** Grundriss der Sprachwissenschaft. II. Bd. Die Sprachen der schlichthaarigen Rassen. 1. Abth. Die Sprachen der australischen, der hyperboreischen und der amerikanischen Rasse. 2. Hälfte. *Wien*, 1882. *Hölder*. 8°. X u. p. 177—439. 5 *M* 60 *Pf*
S. 1879 Nr. 520.

3633. I papiri copti del museo Borgiano della S. C. de Propaganda Fide, tradotti e commentati dal *A. Ciasca*. *Roma*, 1881. 4°. VIII, 27, 27 pp. 12 *M*

3634. **Riccoboni, Dn.** Appendice ai dizionarii italiano-latini, come guida allo stile della prose augustea. *Venezia*, 1881. 16°. 122 pp. 2 *M* 40 *Pf*

3635. Sammlung englischer Denkmäler in kritischen Ausgaben. II.—III. Bd. *Berlin*, 1882. *Weidmann*. 8°. XII, 147, XII, 291 pp. 9 *M* 60 *Pf*
Inhalt: II. Thomas of Erceldoune. Herausgegeben von A.. Brandl. — III. The Erl of Tolous and the Emperes of Almayn. Eine englische Romanze aus dem Anfange des 15. Jahrhunderts, nebst litterarischer Untersuchung über ihre Quelle, die ihr verwandten Darstellungen und ihre geschichtliche Grundlage herausgegeben von Gst. Lüdtke.
S. oben Nr. 247.

3636. **Sanders, Dn.** Neue Beiträge zur deutschen Synonymik. *Berlin*, 1881. *Abenheim*, 8°. IV, 230 pp. 4 *M*

3637. **de Suckau, W.., et T.. Fix.** Dictionnaire allemand-français et français-allemand. Complètement refondus et remaniés sur un plan nouveau. 2 vols. *Paris*, 1881. 8°. XXXII, 776, 887 pp. à 3 Sp. 15 *M*

3638. **de Tuim, J.** Li hystore de Julius Cesar. Eine altfranzösische Erzählung in Prosa. Zum ersten Mal herausgegeben von *F.. Settegast*. *Halle*, 1881. *Niemeyer*. 8°. XXXIV, 270 pp. 9 *M*

IX. Alterthumswissenschaft.

3639. **Archimedis** opera omnia cum commentariis Eutocii. E codice Florentino rec., latine vertit notisque illustravit *J.. L.. Heiberg*. Vol. III. *Leipzig*, 1881. *Teubner*. 8. LXXXIX, 525 pp. 6 *M*

3640. **Aristotle.** Nicomachian Ethics. Books 1 to 4 and Book 10, Chapter VI—IX. With Notes by E.. L.. Hawkins. *Oxford*, 1881. 8⁰. 132 pp. 10 *M* 20 *Pf*

3641. **de Bourmont, A.** Lecture et transcription des vieilles écritures. Manuel de paléographie des XVIe, XVIIe et XVIIIe siècles. Composé de pièces extraites des collections publiques et particulières. 2e livr. *Caen*, 1881. Fol.
S. oben Nr. 2464. *Preis pro cplt.* 25 *M*

3642. **Ellissen, O.. A..** Der Senat im oströmischen Reiche. *Göttingen*, 1881. *Peppmüller*. 8⁰. 63 pp. 1 *M* 20 *Pf*

3643. **Gilbert, Gst.** Handbuch der griechischen Staatsalterthümer. I. Bd.: Der Staat der Lakedaimonier und der Athener. *Leipzig*, 1881. *Teubner*. 8⁰. VIII, 432 pp. 5 *M* 60 *Pf*

3644. **Harrison, J.. E..** Myths of the Odyssey in Art und Literature. *London*, 1881. 8⁰. 246 pp. 21 *M* 50 *Pf*

3645. **Hoffmann, F..** Das Orakelwesen im Alterthume. *Basel*, 1880. *Krüsli*. 8⁰. VII, 225 pp. 4 *M* 80 *Pf*

3646. **Hug, Arn.** Studien aus dem classischen Alterthum. 1. Heft. *Freiburg i. Br.*, 1881. *Mohr*. 8⁰. VIII, 200 pp. 4 *M*

3647. **Lemière, P.. L..** Etude sur les Celtes et les Gaulois et recherche des peuples anciens appartenant à la race celtique ou à celle des Scythes. *Paris*, 1881. 8⁰. XII, 618 pp. 10 *M*

3648. Manual of Hindu Pantheism; The Vedântasâra. Translated with copious Annotations by G.. A.. Jacob. *London*, 1881. 8⁰. 122 pp. 7 *M* 20 *Pf*

3649. **Moretti, A..** Iscrizioni italiane. *Imola*, 1881. 16⁰. 62 pp. 1 *M* 80 *Pf*

3650. **Neumann, C.** Geschichte Roms während des Verfalles der Republik. Vom Zeitalter des Scipio Aemilianus bis zu Sulla's Tode. Aus seinem Nachlasse herausgegeben von *E.. Gothein*. *Breslau*, 1881. *Koebner*. 8⁰. V, 623 pp. 12 *M*

3651. **Renan, E..** Marc Aurèle et la fin du monde antique. *Paris*, 1881. 8⁰. VI, 648 pp. 7 *M* 50 *Pf*

3652. **Sardagna, V..** Storia della Grecia antica dalle origini alla colonizzazione dell' Asia minore. *Verona*, 1881. 16⁰. 346 pp. 5 *M* 40 *Pf*

3653. **Schmidt, Lp.** Die Ethik der alten Griechen. I. Bd. *Berlin*, 1882. *Hertz*. 8⁰. V, 400 pp. 7 *M*
Soll in 2 Bdn. erscheinen.

3654. **Straub, A..** Le cimetière gallo-romain de Strassbourg. Avec 3 cartes, 17 planches et de nombreuses gravures sur bois. *Strassburg*, 1881. *Trübner*. 8⁰. 136 pp. 20 *Pf*

3655. **Tiele, C.. P..** Histoire comparée des anciennes religions de l'Egypte et des peuples sémitiques. Traduit du hollandais par C. Collins, préface de A. Réville. *Paris*, 1881. 8⁰. XVI, 511 pp. 12 *M*

3656. **Уваровъ, А.. С..** Археологія Россіи. Каменный періодъ. 2 тома. *Moskau*, 1881. 8⁰. 451, 156 pp. *Mit Abbildgn., 2 Karten u. 1 Plan.* 24 *M*
Uvarov. A.. S.. Alterthumskunde Russlands. Die Steinzeit. 2 Bde.

3657. **Waltz, A..** De carmine Ciris. *Frankfurt a. M.*, 1881. *Baer & Co.* 8⁰. 85 pp. 2 *M* 40 *Pf*

X. Schöne Literatur und Kunst.

3658. **Belot, A..** Fleur-de-crime. 2 vols. *Paris*, 1881. 18⁰. 437, 388 pp. 6 *M*

3659. **de Besenval.** Contes. Avec une notice bio-bibliographique par O. Uzanne. *Paris*, 1881. 8⁰. 234 pp. 10 *M*

3660. **Bötticher, C.. W..** Valda dikter. *Stockholm*, 1881. 8⁰. XXVII, 416 pp. *Mit 1 Portr.* 8 *M*

3661. **Bouvier, A.** Auguste Manette. *Paris*, 1881. 18⁰. 423 pp. 3 *M*

3662. **Buchanan, R..** God and the Man. 3 vols. *London*, 1881. 8⁰. 37 *M*

3663. **Conscience.** Eene welopgevoede dochter. *Anvers*, 1881. 12⁰. 87 pp. 1 *M* 50 *Pf*

3664. **Crebillon fils.** Le hasard au coin du feu. *Paris*, 1881. 12⁰. VIII, 171 pp. 5 *M*

3665. **Доль, А.** Въ чаду. Романъ. Въ двухъ частахъ. *Moskau*, 1881. 12°. 149 pp. 4 ℳ

Dol, A.. Im Dunst. Roman.

3666. **Eckstein, E.** Die Claudier. Roman aus der römischen Kaiserzeit. 3 Bde. *Wien*, 1882. *Zamarski*. 8°. VI, 243, 308, 252 pp. 12 ℳ

3667. **Eidlitz, L.** The Nature und Function of Art, more especially of Architecture. *London*, 1881. 8°. 496 pp. 25 ℳ

3668. **Fane, F.** Sophy, or the Adventures of a Savage. *London*, 1881. 8°. 37 ℳ

3669. **Féval, P.** La cavalière. *Paris*, 1881. 18°. 423 pp. 3 ℳ

3670. **Franzos, K. Emil.** Ein Kampf um's Recht. Roman. 2 Bde. *Breslau*, 1882. *Schottländer*. 8°. V, 387, 272 pp. 10 ℳ

3671. **Geibel, Eman.** Echtes Gold wird klar im Feuer. Ein Sprichwort. *Schwerin*, 1882. *Hildebrand*. 8°. 47 pp. 1 ℳ 25 ₰

3672. **Goncourt, E. et J.** L'art du XVIII. siècle. Première série. Watteau, Chardin, Boucher, La Tour. *Paris*, 1881. 18°. 413 pp. 3 ℳ 50 ₰

3673. **Grant, J.** Derval Hampton. A Story of the Sea. 2 vols. *London*, 1881. 8°. 25 ℳ

3674. **Gréville, H.** Perdue. *Paris*, 1881. 18°. 323 pp. 3 ℳ 50 ₰

3675. **Gruner, L.** Die decorative Kunst. Beiträge zur Ornamentik für Architektur und Kunstgewerbe aus den Schätzen der kgl. Sammlung für Handzeichnungen und Kupferstiche. Auf Veranlassung des k. Ministerium des Innern und der General-Direction der kgl. Sammlungen für Kunst und Wissenschaft herausgegeben. 8. Lfg. *Dresden*, 1881. *Gilbers' Verl.* Fol. *Je 10 Lichtdrucktaf.* 10 ℳ

S. oben Nr. 1802.

3676. Das deutsche Haus im Schmucke der Poesie und Kunst. Herausgegeben von *K. Dorenwell*. Eingeführt von *Jul. Sturm*. Mit 12 Lichtdr.-Bildern nach Originalen von Th. Schüz. 3.—15. Lfg. *Wolfenbüttel*, 1881. *Zwissler*. 4°. VIII u. p. 65—460. *Mit 11 Lichtdr.* *Jede Lfg.* 1 ℳ

Schluss. — S. oben Nr. 1483.

3677. **Helm, C.** Leni v. Hohenschwangau. Erzählung. Mit einem Holzschn. *Stuttgart*, 1882. *Richter & Kappler*. 8°. 222 pp. 5 ℳ

3678. **Holst, H. P.** Noveller, Skizzer og Novelletter. *Kjøbenhavn*, 1881. 12°. 516 pp. 12 ℳ

3679. **Ingelow, J.** Don John. A Story. 3 vols. *London*, 1881. 8°. 37 ℳ

3680. **Jensen, W.** Stimmen des Lebens. Gedichte. *Dresden*, 1881. *Ehlermann*. 8°. XII, 155 pp. 3 ℳ

3681. **Klette, R.** Die Entwicklungsgeschichte der Architektur. Mit 200 in den Text gedr. Abbildgn. *Leipzig*, 1882. *Knapp*. 8°. IV, 269 pp. 4 ℳ

3682. **Корневъ, А. Г.** Около золотаго тельца. Повѣсть. *Moskau*, 1881. 8°. 276 pp. 3 ℳ

Kornev, A.. G.. Um das goldene Kalb. Eine Erzählung.

3683. **Leconte de Lisle.** Œuvres. Poèmes barbares. *Paris*, 1881. 16°. 366 pp. 6 ℳ

3684. **v. Liliencron, A.** Giovanna. Historischer Roman aus den Jahren 1788—1793. 2 Bde. *Hildburghausen*, 1881. *Gadow & Sohn*. 8°. 223, 221 pp. 6 ℳ

3685. **Manucci, C.** L'arte musicale a Roma. Biografie dei maestri. *Roma*, 1881. 8°. 182 pp. 4 ℳ 80 ₰

3686. Memoiren eines Theekessels. Vom Verfasser der „Sommersprossen". *Leipzig*, 1882. *Barth*. 8°. VIII, 270 pp. 3 ℳ

3687. **Molloy, J. F.** Merely Players. A Novel. 2 vols. *London*, 1881. 8°. 25 ℳ

3688. **Nielsen, Z.** Nye Tider. Fortælling. *Kjøbenhavn*, 1881. 8°. 284 pp. 7 ℳ

3689. **Petersen, R.** Henrik Steffens. Et Livsbillede. *Kjøbenhavn*, 1881. 8°. 714 pp. *Mit 1 Portr.* 12 ℳ

3690. **Pinchia, E.** Ricordi di Tunisia. *Torino*, 1881. 12°. 222 pp. *Mit Illustr. von A. Montalti.* 6 ℳ

3691. **Reade, T. B.** Brushwood. Illustrated from Designs by F. Dielmann. *London*, 1881. 16°. 7 ℳ 20 ₰

3692. **Redtenbacher, Rdf.** Tektonik. Principien der künstlerischen Gestaltung der Gebilde und Gefüge von Menschenhand, welche den Gebieten der Architektur, der Ingenieurfächer und der Kunst-Industrie angehören. *Wien*, 1881. *v. Waldheim*. 8°. IX, 255 pp. 7 *M*

3693. **v. Reichenbach, Mx.** Die Schlossfrau von Dromnitz. Roman. 2 Bde. *Stuttgart*, 1882. *Deutsche Verlags-Anstalt*. 8°. 215, 209 pp. 6 *M*

3694. **Rembrandt.** L'œuvre complet décrit, et catalogne par E. Dutuit. Livr. 5. *Paris*, 1881. Fol. p. 117—132. *Mit 14 Radirgn.* 40 *M*

3695. **Rémusat, A.** Six mois à la Havane. (Souvenirs d'un marin.) Un roman vrai. *Paris*, 1881. 12°. 369 pp. 3 *M*

3696. **Samarow, Gr.** Garde du Corps. Novelle. *Stuttgart*, 1882. *Deutsche Verlags-Anstalt*. 8°. 216 pp. 4 *M* 50 *ℌ*

3697. **Smart, H..** The Great Tontine. A Novel. 3 vols. *London*, 1881. 8°. 37 *M*

3698. **Stahly, F.. J.. A..** Elementi di un sistema di drammaturgia, ossia di un edifizio teorico delle arti drammatiche. Sunto di pubbliche lezioni. Vol. I. *Roma*, 1881. 293 pp. 12 *M*

3699. **Stapleaux, L.** La séduction de Savine. *Paris*, 1881. 18°. 550 pp. 3 *M*

3700. **Storm, Thdr.** Der Herr Etatsrath. *Berlin*, 1882. *Paetel*. 16°. 86 pp. 3 *M*

3701. **Taylor, B..** Ausgewählte Schriften. I. Bd. Die Dichtung in Bildern. Literarische Studien. *Leipzig*, 1881. *Grieben*. 8°. IV, 294 pp. 3 *M*

3702. **Uchard, M..** La buveuse de perles. *Paris*, 1881. 18°. 360 pp. 3 *M* 50 *ℌ*

3703. **Umlauff v. Frankwell, Vct.** Romänenlieder. *Wien*, 1881. *Braumüller*. 8°. III, 37 pp. 2 *M*

3704. **Verne, J.** La Jangada. Huit cents lieues sur l'Amazone. Vol. I—II. *Paris*, 1881. 18°. 300 pp. *Jeder Bd.* 3 *M*

3705. **de Villers, E.** Le mal du pays. Le roman du bibliothécaire. Cécile. La dame de compagnie. Le mariage de Berthe. *Paris*, 1881. 18°. 338 pp. 3 *M* 50 *ℌ*

3706. **Yriarte, Ch.** Rimini. Un condottière au 15ᵉ siècle. Etudes sur les lettres et les arts à la cour de Malatesta. D'après les papiers d'état des archives et Italie. *Paris*, 1881. 8°. 500 pp. *Mit 200 Illustr.* 25 *M*

XI. Handel. — Industrie. — Oekonomie.

3707. **Blanc, C.** Grammaire des arts décoratifs. Décoration intérieure de la maison. *Paris*, 1881. 8°. 500 pp. *Mit 11 Chromolith. u. 150 Abbildgn.* 30 *M*

3708. **Boulnois, H.. P..** Dirty Dustbins and sloppy Streets. A practical Treatise on the Scavenging and Cleansing of Cities and Towns. *London*, 1881. 8°. 106 pp. 4 *M* 20 *ℌ*

3709. **Clark, K..** Tramways. 2 vols. *London*, 1881. 8°. *Mit Holzschn. u. Taf.* 30 *M*

3710. **Cusmano, Gius.** L'agricoltura della Sicilia. Istruzioni pratiche. Libro popolare e di premio. *Firenze*, 1881. 16°. IV, 481 pp. 4 *M* 80 *ℌ*

3711. **Grothe, Hm.** Technologie der Gespinnstfasern. Vollständiges Handbuch der Spinnerei, Weberei und Appretur. II. Bd. *A. u. d. T.:* Die Appretur der Gewebe [Methoden, Mittel, Maschinen]. Mit 551 eingedr. Holzschn. u. 24 Taf. *Berlin*, 1882. *Springer*. 8°. XII, 876 pp. 30 *M*
S. 1879 Nr. 1805.

3712. **Guinard, A.** L'ameublement artistique. Carton du tapissier du 11ᵉ au 12ᵉ siècle. 100 compositions et dessins inédits. Première partie. *Paris*, 1881. Fol. *50 Taf.* 120 *M*

3713. **Heinzerling, F..** Die hölzernen Brücken und Lehrgerüste. Zum Gebrauche bei deren Berechnen, Entwerfen und Veranschlagen bearbeitet. [Aus: „Brücken der Gegenwart".] *Aachen*, 1881. *Mayer*. Fol. VI, 40 pp. *Mit 63 Holzschn. u. 6 Steintaf.* 10 *M*

Neuer Anzeiger

für

Bibliographie und Bibliothekwissenschaft.

Jahrgang 1881. Heft 10.

Herausgegeben unter verantwortlicher Redaction

von

Dr. Julius Petzholdt,

Geh. Hofrath, Bibliothekar Sr. Majestät des Königs Albert von Sachsen, sowie Sr. Königl. Hoheit des Prinzen Georg, Herzogs zu Sachsen etc. etc.

Dresden,

G. Schönfeld's Verlagsbuchhandlung.

New York: E. Steiger, 25 Park Place.

1881.

Hierzu: Mittheilungen der Verlagsbuchhandlung B. G. Teubner in Leipzig

Das tägliche Leben in Skandinavien während des sechzehnten Jahrhunderts Eine culturhistorische Studie über die Entwickelung und Einrichtung der Wohnungen von Dr. Troels Lund. Deutsche, vom Verfasser besorgte, Ausgabe. Kopenhagen, Höst & Sohn. 1882. gr. 8°. 6 Bll. 483 S.

Diese vom Pastor Michelsen in Lübeck besorgte, in einzelnen Partien vom Dänischen Originale abweichende Uebersetzung von des Verf.'s Schrift „Dagligt Liv i Norden i det 16 de Aarhundrede" I—II, worin sich der wesentliche Inhalt einer Reihe von vom Verf. an der Kopenhagener Universität gehaltenen Vorlesungen zusammengestellt findet, wird sicher in Deutschen Kreisen sehr willkommen geheissen werden, insofern die Schrift nicht nur überhaupt einen interessanten Beitrag zur Culturgeschichte liefert, sondern u. insbesondere auch den Lesern einen Einblick in ein Stück ihnen wohl zum grössten Theile noch unbekannten Lebens gewährt. Der Verf. hat, auf Grund ungedruckter Quellen u. verschiedenartiger Dokumente, ein möglichst getreues u. anschauliches Bild theils der Wohnungen der Bauern u. Bürger, theils der Herrschaftlichen Gehöfte u. Schlösser, nach ihrem Aeusseren sowohl als ihren inneren Einrichtungen, zu geben mit vielem Glück sich bemüht, u. wohl verstanden, selbst bei der ausführlichen Schilderung von Gegenständen von scheinbar untergeordneterer Bedeutung doch stets das Interesse rege u. wach zu erhalten. Das Buch liest sich sehr gut. Für wissenschaftliche Zwecke bei der Lectüre des Buches ist durch den beigefügten Anhang zahlreicher Quellennachweise u. Anmerkungen hinreichend gesorgt. J. P.

Der Orient. Geschildert von Amand von Schweiger-Lerchenfeld. Mit 200 Illustrationen in Holzschnitt und 32 Kartenbeilagen. Lief. 16—22. Wien, Pest, Leipzig: A. Hartleben's Verlag. 1881. gr. 8°. S. 449—640 m. eingedr. Holzschn., 6 Holzschn.-Taf., 1 Karte, sowie S. XXXIII—LXIV Ergänzungen. Pr. à 60 Pf. (S. Anz. Aug.-Septbr. 1881.)

Mit vielem Interesse folgt man in den vorl. neuen Lief. dem Verf. auf seiner Wanderung durch Arabien, wo der Leser bereits in den beiden letztvorhergegangenen Hften eingeführt worden war, nach Syrien, Palästina u. die Sinai-Halbinsel, sowie nach Aegypten — letzteres das Land, wohin die Ereignisse der neuesten Zeit den Blick des Abendlandes in erhöhtem Maasse gelenkt haben. Ueberall wird man sich auf dieser Wanderung durch ebenso lehrreiche u. unterhaltende, wie stoffreiche u. durch gute bildliche Darstellung veranschaulichte Schilderungen angezogen fühlen, namentlich auf Palästinensischem u. Sinaitischem Boden, wo Geschichte sowohl als Legende mehr als anderwärts Interessantes zu erzählen haben. Ueberall erweist sich der Verf. als kundigen u. unterrichteten Führer, dem man mit Vertrauen u. willig folgen darf. J. P.

Verlag von G. Schönfeld's Verlagsbuchhandlung in Dresden.

Festgeschenk!

Ein lustiges **Liederbuch** für Gymnasiasten mit den Singweisen

Pan.

zusammengestellt von Dr. Friedrich Polle, Professor am Vitzthum'schen Gymnasium zu Dresden.

Klein-Oktav. XVI und 208 Seiten. Geheftet Preis 1 Mark 50 Pf.

In farbig illustrirtem Umschlag. In Ganzleinwand geb. Preis 2 Mk.

Inhaltsübersicht.

I. Wanderlieder. — II. Marschlieder. — III. Ringellieder und Ringelreime. — IV. Zählgeschichten. — V. Lieder mit Geberden oder sonstigem Beiwerk. — VI. Tanzlieder und Jodler. — VII. Kanons. — VIII. Heitere Laune in allerlei Gestalt. — IX. Antikes und Altdeutsches.

Daß Polle's „Pan" nicht ein Liederbuch gewöhnlichen Schlags ist, dürfte schon daraus hervorgehen, daß 35 der geachtetsten Zeitschriften dasselbe besprochen haben. Aber mehr als das: es ist unter diesen 35 Besprechungen nicht eine einzige, die das Büchlein nicht mit warmer Freude, reichem Lobe und beinahe unbedingter Anerkennung begrüßt hätte. Vom Herausgeber ursprünglich für Gymnasiasten und Realschüler zusammengestellt, eignet es sich ebensowohl für Studenten und Techniker, für Haus und Familie, wie überhaupt für alle Kreise, in welchen gesunder Witz und harmloser Scherz ihre Heimstätte haben.

Aus den Zeitungsstimmen über Polle's „Pan":

„Eine wahre Mustersammlung munterer und drolliger Lieder oft des heitersten Blödsinnes." (Zarncke's Literar. Centralblatt 1877. Nr. 36.)

„Eine für den Freund ächten und gesunden Volkshumors mit Liebe, Sachkenntniß und ungemeiner Sorgfalt gemachte Sammlung". (Im Neuen Reich 1877. II. S. 640.)

„Eine prächtige Gabe nicht nur für Gymnasiasten, auch nicht allein für die ganze sangesfrohe Jugend, sondern für Alle, welche Sinn haben für den köstlichen Humor im deutschen Volksgesange". (Weser-Zeitung 1877. Nr. 11, 411.)

„Ein sehr anmuthiges und mit reichem Inhalte gefülltes Schatzkästlein der heiteren Poesie für Jedermann". (Posener Zeitung 1877. Nr. 609.)

„Ein prächtiges Buch! frisch, fromm, fröhlich, frei wie der Kernspruch der Turner. Der Herausgeber hat damit nicht nur der studirenden Jugend, sondern auch Eltern und Erziehern, die punkto Befriedigung des Unterhaltungsbedürfnisses der wilden Jungens oft ihre liebe Noth haben, einen großen Gefallen erwiesen. ☞ **Ein Weihnachtsgeschenk wie kein zweites!**" ☜ (Bote für Tirol u. Vorarlberg 1877. Nr. 270.)

Druck von Joh. Pässler in Dresden.

Neuer Anzeiger

für

Bibliographie und Bibliothekwissenschaft.

Jahrgang 1881. Heft 12.

Herausgegeben unter verantwortlicher Redaction

von

Dr. Julius Petzholdt,
Geh. Hofrath, Bibliothekar Sr. Majestät des Königs Albert von Sachsen, sowie
Sr. Königl. Hoheit des Prinzen Georg, Herzogs zu Sachsen etc. etc.

Dresden,
G. Schönfeld's Verlagsbuchhandlung.
New York: E. Steiger, 25 Park Place.
1881.

Hierzu: **Mitteilungen** der Verlagsbuchhandlung **B. G. Teubner** in **Leipzig**. 1881. Nr. 4.

Deutscher Humor neuerer Zeit. Ein Buch für Freunde des Humors und zugleich ein Beitrag zur Cultur- und Sittengeschichte Deutschlands von der Mitte des 18. bis in die dreißiger Jahre unseres Jahrhunderts. Von Heinrich Merkens und Richard Weitbrecht. Würzburg, Stuber. 1881. 8⁰. XV, 556 S Pr. n. 8 Mk.

Dem mit vielem und gerechtem Beifalle aufgenommenen Werke von Merkens „Deutscher Humor alter Zeit“ (s. Anz. Juliheft 1879) ist, unter Mitwirkung des Pastors Weitbrecht, als zweiter Theil u. in gleich eleganter u. geschmackvoller Ausstattung der vorl. Band erschienen, der sicher auch auf eine sehr freundliche Aufnahme zu rechnen allen Anspruch hat. Wer sich für die Entwickelung u. die Wandlungen des Deutschen Volksgemüths interessirt, die sich geradè auf dem Gebiete des Humors am treffendsten abspiegeln, Dem wird der vorl. Band in gleicher Weise, wie der frühere, vielen Genuss gewähren. Der Humor ist seit der Mitte des vorigen Jhrhdts ein anderer geworden, als er früher gewesen; die naiven u. urwüchsigen Roh- u. Derbheiten, die wir in den Ueberlieferungen der früheren Humoristen antreffen, sind grösstentheils verschwunden, u. an ihre Stelle andere humoristische Strömungen getreten, die wenn sie auch hier u. da, nach unseren heutigen Begriffen, den gemeinen Cynismus athmen u. zotenhaft erscheinen, doch immerhin harmlos u. fern von aller Raffinirtheit sind. Sicher ganz harmlos ist z. B. die „Strohkranzrede“ des biederen u. tugendhaften Gellert, „die haarscharf auf der Grenze des nach unseren Begriffen Erlaubten sich bewegt“ u. fast schon dem Gebiete des Cynismus angehört. Von besonderem Interesse würde es sein, wenn die Herausg. durch Darstellung des „Deutschen Humors der Gegenwart“ ihr treffliches Werk fortsetzen u. abschliessen wollen. J. P.

Rosegger's Ausgewählte Schriften. — Lief. 31—40: Heidepeter's Gabriel. Eine Geschichte in zwei Büchern. S. 1—336; Das Buch der Novellen. III. Band. S. 1—445; Waldheimat. Erinnerungen aus der Jugendzeit. I. Band. Kindesjahre. S. 1—16. — Wien, Pest, Leipzig: Hartleben. 1881. kl. 8⁰. Pr. à 0,50 Mk. (S. Okt.-Heft des Anz.'s.)

Den kurzen Charakteristiken der Aelpler u. Steirer Gestalten u. Typen des Dorfes, des Waldes u. der Almen, die in den letzten zehn Lief. enthalten, sind in den vorl. zehn neuen grössere Stücke gefolgt, welche aber ebenso, wie jene kürzeren, den Zweck verfolgen, das Land u. Volk der Alpen, mit besonderer Berücksichtigung der Steiermark, nach allen Seiten hin dichterisch darzustellen. Der Verf. zeigt sich als Meister darin. Und mit welcher Liebe u. Wahrheit sich R. bei seinen Darstellungen selbst in die abnormsten psychologischen Zustände des Volkes, dem er als Kind angehört, zu vertiefen weiss, davon giebt insbesondere der III. Band der Novellen einen neuen Beweis. In dieser Hinsicht ist vornehmlich auf die Novellen „Maria im Elend,“ „Ums Heimatland“ u. „Reich“ aufmerksam zu machen, welche zudem vorzüglich geeignet sind, dem Dichter der Alpen neue Freunde zu verschaffen. J. P.

Druck von Johannes Pässler in Dresden.

CPSIA information can be obtained
at www.ICGtesting.com
Printed in the USA
LVHW041945220323
742311LV00004B/266

9 783382 007942